W9-AEP-995

CUENTOS COMPLETOS

(1952-1994)

CUENTOS COMPLETOS

Ribeyro

ALFAGUARA

ALFAGUARA

1994, Santillana, S. A.
Juan Bravo, 38. 28006 Madrid
Teléfono (91) 322 47 00
Telefax (91) 322 47 71

• Aguilar, Altea, Taurus, Alfaguara S. A.
Beazley 3860. 1437 Buenos Aires
• Aguilar, Altea, Taurus, Alfaguara S. A. de C. V.
Avda. Universidad, 767, Col. del Valle,
México, D.F. C. P. 03100

ISBN:84-204-8142-4
Depósito legal: M.13.428-1994
© Diseño de colección:
José Crespo, Teresa Perelétegui y Rosa Marín
© Cubierta:
Luis Pita

© Fotografía: Luis Olivas

Índice

El arte genuino de Ribeyro

Difícilmente clasificables dentro de la narrativa peruana y, más aún, dentro de la narrativa latinoamericana, los cuentos de Julio Ramón Ribeyro son una prueba palpable de lo peligroso y sospechoso que es colocarle adjetivo alguno a la palabra literatura. Puede decirse, sí, que el gran escritor peruano toca registros que lo vinculan a la narrativa urbana y a la fantástica, pero esta comodidad facilita poco la entrada a una obra que toca una inmensa gama de registros. De ahí la dificultad con que nos topamos en cada tentativa de clasificación de un corpus narrativo en el que las tendencias cambian tanto que a veces apenas si se insinúan y que, al mismo tiempo, excede cada uno de sus períodos.

Ribeyro afirma que en el fondo de sus relatos están «la vejez, el deterioro, la frustración y el pereciminento» y es cierto que el autor quiere darles una voz, al menos una vez en la vida, a aquellos personajes tan suyos que han quedado expulsados del festín de la vida como en una condena que patéticamente parece contener un alto grado de predestinación o, cuando menos, una muda aceptación de una realidad tan dolorosa y absurda como previa y fatalmente establecida.

Pero vejez, perecimiento, deterioro, ensimismamiento y muda frustración son, a decir del autor, «diversos acordes que le dan al conjunto su tonalidad, aparte del tema de la aventura tardía», aunque de manera alguna agoten la tremenda capacidad del autor para hacer vivir a sus personajes en los límites brutalmente excluyentes de una realidad chata y la más frágil y total entrega a una ilusión. La atmósfera de los cuentos de Ribeyro los sitúa fuera de cualquier relación entre lo verosímil y lo inverosímil, de la misma manera en que hace caso omiso a las confusas relaciones entre realidad y ficción. De frente y brutalmente, los cuentos de este narrador genial sitúan a sus personajes entre la más banal y penosa realidad y la ilusión total.

Se podría afirmar que cada cuento de Ribeyro toca un tema determinado o que los temas que obsesionan a su autor saltan desde un cuento a otro, pero ello significaría una vez más quedarnos en el umbral de su profundidad, ya que dichos temas no suponen contenidos llenos o resueltos sino procesos, excepciones, límites, y son formas de un sentido que se configura como enigma para un lector que poco a poco será captado por la aparente inocencia de un lenguaje que sostiene la excepción y el poder de la fábula.

Relatos muy directos como *El ropero, los viejos y la muerte* o *El polvo del saber* acontecen en un campo muy reducido de la historia, con un discurso muy sumario, pero en una mayor apertura de la fábula en la que se inserta una narrativa que produce distintas versiones de su propia evolución y va hablando en ellas con la soltura de un saber expansivo pero con las palabras de un nombrar restringido. No hay en ello paradoja. Simplemente Ribeyro excede sus formas y sus temas cuando nuevas imágenes dicen más que los nombres: con sabiduría, la fábula habla por sí misma.

Podría, pues, afirmarse que la tentación de lo fantástico como la percepción de lo social y la ironía piadosa de la comedia urbana, tanto como la aventura poco heroica del sujeto de la carencia, son resonancias que persisten a lo largo de esta obra; y no en vano abren en ella zonas de convergencia y zonas de conflicto y ambigüedad. Esa ambigüedad es el paisaje natural de los cuentos de Ribeyro, su apertura interna, antes o después de las opciones, en el espacio previo o ya desolado de la aventura o de la desventura.

De modo que el análisis de estos relatos puede articular uno de los niveles dados y postular la recurrencia social, la representación ideológica, la indagación del malestar, el escepticismo antidramático y anticomplaciente como el nivel determinante, y ésta sería una lectura no sólo parcial sino a posteriori, es decir, finalista. Pero cuando el análisis tiene que ver con todas esas resonancias se impone la fábula misma como un tejido complejo y necesario, previo a las respuestas que configuran las representaciones. Las preguntas que inquietan al lector son de difícil resolución: tienen que ver con un lenguaje que asume el mundo que dice como un objeto insuficiente al decir mismo. Sólo tenemos las palabras, parece proponer la fábula, para contarnos ese mundo nuestro, sólo que deja de ser nuestro en ese mismo acto; y el cuento, al final fábula con esa sutil fractura, como la huella de las explicaciones incumplidas.

Todavía desde otra perspectiva, la entonación de estos relatos podría evocar el prolijo registro de Chejov, ese soliloquio intenso, breve e íntimo. Sólo que la variedad episódica evoca a Maupassant, y hay momentos que parecen de un rápido brío stendhaliano. Esa narrativa del siglo pasado es aquí otro horizonte familiar, nunca evidente ni aludido, pero próximo. El valor de los detalles, de los gestos tipificadores, la inocencia o la inconsciencia del sujeto en el laberinto social, remiten a ese paisaje, tal vez revelando la nostalgia de un espacio arraigado y verificable. No obstante, más que anunciar la estirpe supuestamente realista de estos cuentos, estos vínculos muestran que, en la tradición, Ribeyro encuentra un paradigma del acto de contar que funciona como un instrumento flexible, neutral pero internalizado a la historia, de manera que la fábula aparece como un orden gratuito pero necesario, y abierto hacia las nuevas ambigüedades que registra e indaga.

Al final, es la lectura quien elige una posibilidad a riesgo de perder otras. A manera de ilustración, quizá conviene aquí revisar el caso de los cuentos sobre la clase media de Lima, ejemplo del nivel social y urbano. Estos cuentos, en efecto, son representaciones (el lenguaje confirma el mundo) y presentativos (presentan, no explican); y, en fin, plantean unas situaciones que tipifican el conflicto de una clase media moviéndose en el modesto infierno de una sociedad pre-capitalista que se moderniza sin democratizarse. Porque al revés de lo que ocurre en la mayoría de las capitales de la modernización capitalista (donde se supone que la democratización de la relaciones sociales es una consecuencia; y la mayor participación en la información, otra), en Lima el proceso urbanizador parece haber reforzado la estratificación de todo tipo que hace a la sociedad peruana profundamente antidemocrática.

En estos cuentos, Ribeyro nos presenta individuos más o menos típicos que protagonizan precisamente la mala distribución de las expectativas, y que reaccionan a sus fracasos oponiendo compensaciones imaginarias. Wolfang A. Luchtinga ha creído ver en ello una incapacidad del personaje de clase media para distinguir entre la realidad y la ficción. Con razón, la crítica ha encontrado en este nivel un cuestionamiento social agudo y pertinente. Esas alegorías sociales de la subsistencia en el desarrollo escenifican la diversa alienación. Y puede encontrarse incluso la intención satírica y crítica del autor al ilustrar hasta qué punto la modernización capitalista demanda una liquidación de la conciencia no sólo solidaria sino de la autoconciencia del mismo sujeto. Y es verdad que en Ribeyro hay un lado satírico, pero sin énfasis, más bien de auscultador moral.

Y, sin embargo, con ser correcta esta lectura es incompleta. Veamos otra vez el caso de los mecanismos de compensación imaginaria. No se agotan en su explicación social, porque al suscitar una realidad, digamos paralela, lo que están haciendo es proveer al sujeto de un discurso suplementario. Porque esa compensación no es mera ilusión o fantasía divagante o indulgente; es una sistemática sustitución, o sea, una mayor posibilidad del discurso: la de seguir nombrando más allá de la verificaciones, en un espacio donde el sujeto compensa su deseo pero también recobra su persona humanizada. En efecto, por una suerte de doble interno de la fábula, en varios de estos cuentos ocurre una segunda instancia de la significación. El individuo socialmente desamparado encuentra nuevo amparo en el discurso que lo sustituye. Se diría entonces que el sujeto del drama del subdesarrollo o de la modernización desigual puede perderlo todo salvo esa capacidad piadosa de recuperar su humanidad en la imaginación. Esto hace más aguda a la crítica, ciertamente, pero también a la fábula, que en la verdad implícita de su ficción sostiene la frágil verdad de ese sujeto iluso. (Tal como ocurre en los magistrales relatos *Explicaciones a un cabo de servicio*, *Espumante en el sótano* o *El profesor suplente,* por ejemplo.)

La tiranía de los códigos y su arbitrariedad no suponen un existir solamente social. Suponen también la ambigüedad del individuo, su existir íntimamente irresuelto. Esta es una de las cualidades de la narrativa de Ribeyro: su capacidad para representar un laberinto cuya materia es social pero cuyo contenido es el enigma que traza el sujeto. Esa figura del destino incierto es otro laberinto, tan precario como el social. De ahí la calidad subjetiva de estas historias: la subjetividad no se nombra pero es la tierra movediza en que se desliza el sujeto. Esta emotividad sobria nos conmueve con su gratuidad, porque nos deja libres al no demandarnos o proponernos respuestas, al dejarnos por entero el espacio de la lectura. No es que no nos comprometan con la resonancia moral de su crítica, sino que después de la crítica nos dejan todavía un espacio no evidente, sólo legible. Y esto porque Ribeyro es capaz, como en el enigmático relato *Los jaracandás,* de representar con los materiales de la evidencia una verdadera fábula de la interrogación.

Notablemente, relatos como *El ropero, los viejos y la muerte* y *El polvo del saber* también podrían ser leídos desde un paralelismo vallejiano, ya que, como nadie antes ni después de él, Ribeyro ha logrado trasladar el dolor humano de la poesía de Vallejo a la prosa. Y no porque sus cuentos tengan una entonación similar a la de Vallejo sino porque una reflexión trágica se convierte en un brío del decir. En la poesía madura de César Vallejo, como en estos relatos figurativos de Julio Ramón Ribeyro, el lenguaje gana todos sus poderes cuando intenta despojarse de sus referentes. No se trata únicamente de la semejanza temática (la muerte, el desamparo) sino también de ese lugar precario y definitivo de los objetos que son huellas de lo cotidiano, lugar donde la percepción de la desheredad los vincula. No hay páginas, en la mejor literatura peruana o latinoamericana, que puedan como estas de Ribeyro hacer compañía a los poemas de Vallejo.

Por lo demás, hay otras zonas de la existencia —o al menos de su representación— donde los códigos se disuelven del todo. Así, la irrupción de lo fantástico permite que la ausencia de explicaciones (el final, en efecto, del lenguaje) sea también la ausencia del código. Por ejemplo, en *Ridder y el pisapapeles*, el joven escritor que visita al escritor famoso encuentra en su mesa el pisapapeles que una noche arrojó a unos gatos en otro país: el objeto, esa noche, cayó en el corral de Ridder, pero ¿cómo?, sin explicación posible, salvo ésta: la fábula de lo fantástico, un discurso sobre lo insólito, esto es, acerca de la ruptura de la lógica casual.

En otro relato, *El embarcadero de la esquina,* vamos más allá de esas licencias. Ángel Devoto es un poeta alucinado, enloquecido, que escapa de la reclusión casi animal en que lo tiene su familia para asistir a una reunión de condiscípulos, acto éste paradigmático del código social que el loco disuelve. Frente al éxito social y el fracaso moral de los celebrantes, Ángel es la imagen de la destrucción, no sólo de todos los códigos, sino también del mismo lenguaje. Como el bufón, pero a la vez como el juez del grupo, él es la excepción al destino social; y es, claro, el marginado total: la sociedad no prosigue en él. Es el paria, y el único ser libre en la des-representación del mundo que produce su habla alucinada. La ruptura del código (social y lingüístico) no deja de acarrear la autodestrucción, sólo que en la perspectiva contrastante del relato las promesas de la integración son una locura más lamentable; los triunfadores de este mundo no son menos patéticos y moralmente son imbéciles.

Frente a la alternativa de la integración, Ribeyro diseña aquí otra, la desintegración, esto es, la disolución de los códigos en la orfandad radicalizada por su libertad dramática. Por eso, el poema que Ángel recita en la reunión como un balbuceo, se reconstruye al final como el lenguaje verdadero del solitario. Ya en otros relatos tempranos, Ribeyro había trazado la parábola de la sociedad como un código vacío. En ese vacío habla la voz de la fábula como la instancia posible de un decir agónicamente libre.

Sólo quiero mencionar tres *nouvelles* o novelas breves, *Al pie del acantilado*, *Silvio en el rosedal* y la muy autobiográfica *Sólo para fumadores* como ejemplos de la calidad sin par de la narrativa de Julio Ramón Ribeyro. Escritos con muchos años de distancia, estos tres relatos bastarían para situar a su autor entre los más grandes exponentes de la narrativa breve en el mundo occidental. Son, por lo demás, prueba contundente de la incapacidad de Ribeyro de escribir por hedonismo, complacencia o provecho; su obra no está hecha para satisfacer las expectativas del consumidor de novedades, y, más bien, acontece al margen de las ofertas y las demandas. Su ambición es mayor: ser un arte genuino. Y el lector tiene ante sí todos los cuentos de un narrador excepcional que, a lo largo de cuatro décadas, se ha entregado a la literatura sin aspavientos, alejado de modas y todo tipo de experimentalismos al día. Leer a Ribeyro, como bien señala Julio Ortega, es un ejercicio de aficionados comprometidos con la letra viva de la mejor literatura, aquella que, como pocas cosas ya, sigue siendo una pasión gratuita. En los espejismos y desvalores de estos tiempos, estos cuentos nos acompañan, fieles.

ALFREDO BRYCE ECHENIQUE

Cuentos completos

Los gallinazos sin plumas

—¡Mi pobre Pascual! Hoy día te quedarás con hambre por culpa de estos zamarros. Ellos no te engríen como yo. ¡Habrá que zurrarlos para que aprendan!

Al comenzar el invierno el cerdo estaba convertido en una especie de monstruo insaciable. Todo le parecía poco y don Santos se vengaba en sus nietos del hambre del animal. Los obligaba a levantarse más temprano, a invadir los terrenos ajenos en busca de más desperdicios. Por último los forzó a que se dirigieran hasta el muladar que estaba al borde del mar.

—Allí encontrarán más cosas. Será más fácil además porque todo está junto.

Un domingo, Efraín y Enrique llegaron al barranco. Los carros de la Baja Policía, siguiendo una huella de tierra, descargaban la basura sobre una pendiente de piedras. Visto desde el malecón, el muladar formaba una especie de acantilado oscuro y humeante, donde los gallinazos y los perros se desplazaban como hormigas. Desde lejos los muchachos arrojaron piedras para espantar a sus enemigos. Un perro se retiró aullando. Cuando estuvieron cerca sintieron un olor nauseabundo que penetró hasta sus pulmones. Los pies se les hundían en un alto de plumas, de excrementos, de materias descompuestas o quemadas. Enterrando las manos comenzaron la exploración. A veces, bajo un periódico amarillento, descubrían una carroña devorada a medias. En los acantilados próximos los gallinazos espiaban impacientes y algunos se acercaban saltando de piedra en piedra, como si quisieran acorralarlos. Efraín gritaba para intimidarlos y sus gritos resonaban en el desfiladero y hacían desprenderse guijarros que rodaban hasta el mar. Después de una hora de trabajo regresaron al corralón con los cubos llenos.

—¡Bravo! —exclamó don Santos—. Habrá que repetir esto dos o tres veces por semana.

Desde entonces, los miércoles y los domingos, Efraín y Enrique hacían el trote hasta el muladar. Pronto formaron parte de la extraña fauna de esos lugares y los gallinazos, acostumbrados a su presencia, laboraban a su lado, graznando, aleteando, escarbando con sus picos amarillos, como ayudándolos a descubrir la pista de la preciosa suciedad.

Fue al regresar de una de esas excursiones que Efraín sintió un dolor en la planta del pie. Un vidrio le había causado una pequeña herida. Al día siguiente tenía el pie hinchado, no obstante lo cual prosiguió su trabajo. Cuando regresaron no podía casi caminar, pero don Santos no se percató de ello pues tenía visita. Acompañado de un hombre gordo que tenía las manos manchadas de sangre, observaba el chiquero.

—Dentro de veinte o treinta días vendré por acá —decía el hombre—. Para esa fecha creo que podrá estar a punto.

Cuando partió, don Santos echaba fuego por los ojos.

—¡A trabajar! ¡A trabajar! ¡De ahora en adelante habrá que aumentar la ración de Pascual! El negocio anda sobre rieles.

A la mañana siguiente, sin embargo, cuando don Santos despertó a sus nietos, Efraín no se pudo levantar.

—Tiene una herida en el pie —explicó Enrique—. Ayer se cortó con un vidrio.

Don Santos examinó el pie de su nieto. La infección había comenzado.

—¡Ésas son patrañas! Que se lave el pie en la acequia y que se envuelva con un trapo.

—¡Pero si le duele! —intervino Enrique—. No puede caminar bien.

Don Santos meditó un momento. Desde el chiquero llegaban los gruñidos de Pascual.

—¿Y a mí? —preguntó dándose un palmazo en la pierna de palo—. ¿Acaso no me duele la pierna? Y yo tengo setenta años y yo trabajo... ¡Hay que dejarse de mañas!

Efraín salió a la calle con su lata, apoyado en el hombro de su hermano. Media hora después regresaron con los cubos casi vacíos.

—¡No podía más! —dijo Enrique al abuelo—. Efraín está medio cojo.

Don Santos observó a sus nietos como si meditara una sentencia.

—Bien, bien —dijo rascándose la barba rala y cogiendo a Efraín del pescuezo lo arreó hacia el cuarto—. ¡Los enfermos a la cama! ¡A podrirse sobre el colchón! Y tú harás la tarea de tu hermano. ¡Vete ahora mismo al muladar!

Cerca de mediodía Enrique regresó con los cubos repletos. Lo seguía un extraño visitante: un perro escuálido y medio sarnoso.

—Lo encontré en el muladar —explicó Enrique— y me ha venido siguiendo.

Don Santos cogió la vara.

—¡Una boca más en el corralón!

Enrique levantó al perro contra su pecho y huyó hacia la puerta.

—¡No le hagas nada, abuelito! Le daré yo de mi comida.

Don Santos se acercó, hundiendo su pierna de palo en el lodo.

—¡Nada de perros aquí! ¡Ya tengo bastante con ustedes!

Enrique abrió la puerta de la calle.

—Si se va él, me voy yo también.

El abuelo se detuvo. Enrique aprovechó para insistir:

—No come casi nada..., mira lo flaco que está. Además, desde que Efraín está enfermo, me ayudará. Conoce bien el muladar y tiene buena nariz para la basura.

Don Santos reflexionó, mirando el cielo donde se condensaba la garúa. Sin decir nada soltó la vara, cogió los cubos y se fue rengueando hasta el chiquero.

Enrique sonrió de alegría y con su amigo aferrado al corazón corrió donde su hermano.

—¡Pascual, Pascual... Pascualito! —cantaba el abuelo.

—Tú te llamarás Pedro —dijo Enrique acariciando la cabeza de su perro e ingresó donde Efraín.

Su alegría se esfumó: Efraín inundado de sudor se revolcaba de dolor sobre el colchón. Tenía el pie hinchado, como si fuera de jebe y estuviera lleno de aire. Los dedos habían perdido casi su forma.

—Te he traído este regalo, mira —dijo mostrando al perro—. Se llama Pedro, es para ti, para que te acompañe... Cuando yo me vaya al muladar te lo dejaré y los dos jugarán todo el día. Le enseñarás a que te traiga piedras en la boca.

—¿Y el abuelo? —preguntó Efraín extendiendo su mano hacia el animal.

—El abuelo no dice nada —suspiró Enrique.

Ambos miraron hacia la puerta. La garúa había empezado a caer. La voz del abuelo llegaba:

—¡Pascual, Pascual... Pascualito!

Esa misma noche salió luna llena. Ambos nietos se inquietaron, porque en esta época el abuelo se ponía intratable. Desde el atardecer lo vieron rondando por el corralón, hablando solo, dando de varillazos al emparrado. Por momentos se aproximaba al cuarto, echaba una mirada a su interior y al ver a sus nietos silenciosos, lanzaba un salivazo cargado de rencor. Pedro le tenía miedo y cada vez que lo veía se acurrucaba y quedaba inmóvil como una piedra.

—¡Mugre, nada más que mugre! —repitió toda la noche el abuelo, mirando la luna.

A la mañana siguiente Enrique amaneció resfriado. El viejo, que lo sintió estornudar en la madrugada, no dijo nada. En el fondo, sin embargo, presentía una catástrofe. Si Enrique se enfermaba, ¿quién se ocuparía de Pascual? La voracidad del cerdo crecía con su gordura. Gruñía por las tardes con el hocico enterrado en el fango. Del corralón de Nemesio, que vivía a una cuadra, se habían venido a quejar.

Al segundo día sucedió lo inevitable: Enrique no se pudo levantar. Había tosido toda la noche y la mañana lo sorprendió temblando, quemado por la fiebre.

—¿Tú también? —preguntó el abuelo.

Enrique señaló su pecho, que roncaba. El abuelo salió furioso del cuarto. Cinco minutos después regresó.

—¡Está muy mal engañarme de esa manera! —plañía—. Abusan de mí porque no puedo caminar. Saben bien que soy viejo, que soy cojo. ¡De otra manera los mandaría al diablo y me ocuparía yo solo de Pascual!

Efraín se despertó quejándose y Enrique comenzó a toser.

—¡Pero no importa! Yo me encargaré de él. ¡Ustedes son basura, nada más que basura! ¡Unos pobres gallinazos sin plumas! Ya verán cómo les saco ventaja. El abuelo está fuerte todavía. ¡Pero eso sí, hoy día no habrá comida para ustedes! ¡No habrá comida hasta que no puedan levantarse y trabajar!

A través del umbral lo vieron levantar las latas en vilo y volcarse en la calle. Media hora después regresó aplastado. Sin la ligereza de sus nietos el carro de la Baja Policía lo había ganado. Los perros, además, habían querido morderlo.

—¡Pedazos de mugre! ¡Ya saben, se quedarán sin comida hasta que no trabajen!

Al día siguiente trató de repetir la operación pero tuvo que renunciar. Su pierna de palo había perdido la costumbre de las pistas de asfalto, de las duras aceras y cada paso que daba era como un lanzazo en la ingle. A la hora celeste del tercer día quedó desplomado en su colchón, sin otro ánimo que para el insulto.

—¡Si se muere de hambre —gritaba— será por culpa de ustedes!

Desde entonces empezaron unos días angustiosos, interminables. Los tres pasaban el día encerrados en el cuarto, sin hablar, sufriendo una especie de reclusión forzosa. Efraín se revolcaba sin tregua, Enrique tosía, Pedro se levantaba y después de hacer un recorrido por el corralón, regresaba con una piedra en la boca, que depositaba en las manos de sus amos. Don Santos, a medio acostar, jugaba con su pierna de palo y les lanzaba miradas feroces. A mediodía se arrastraba hasta la esquina del terreno donde crecían verduras y preparaba su almuerzo que devoraba en secreto. A veces aventaba a la cama de sus nietos alguna lechuga o una zanahoria cruda, con el propósito de excitar su apetito creyendo así hacer más refinado su castigo.

Efraín ya no tenía fuerzas ni para quejarse. Solamente Enrique sentía crecer en su corazón un miedo extraño y al mirar los ojos del abuelo creía desconocerlos, como si ellos hubieran perdido su expresión humana. Por las noches, cuando la luna se levantaba, cogía a Pedro entre sus brazos y lo aplastaba tiernamente hasta hacerlo gemir. A esa hora el cerdo comenzaba a gruñir y el abuelo se quejaba como si lo estuvieran ahorcando. A veces se ceñía la pierna de palo y salía al corralón. A la luz de la luna Enrique lo veía ir diez veces del chiquero a la huerta, levantando los puños, atropellando lo que encontraba en su camino. Por último reingresaba al cuarto y quedaba mirándolos fijamente, como si quisiera hacerlos responsables del hambre de Pascual.

La última noche de luna llena nadie pudo dormir. Pascual lanzaba verdaderos rugidos. Enrique había oído decir que los cerdos, cuando tenían hambre, se volvían locos como los hombres. El abuelo permaneció en vela, sin apagar siquiera el farol. Esta vez no salió al corralón ni maldijo entre dientes. Hundido en su colchón miraba fijamente la puerta. Parecía amasar dentro de sí una cólera muy vieja, jugar con ella, aprestarse a dispararla. Cuando el cielo comenzó a desteñirse sobre las lomas abrió la boca, mantuvo su oscura oquedad vuelta hacia sus nietos y lanzó un rugido.

—¡Arriba, arriba, arriba! —los golpes comenzaron a llover—. ¡A levantarse haraganes! ¿Hasta cuándo vamos a estar así? ¡Esto se acabó! ¡De pie!...

Efraín se echó a llorar. Enrique se levantó, aplastándose contra la pared. Los ojos del abuelo parecían fascinarlo hasta volverlo insensible a los golpes. Veía la vara alzarse y abatirse sobre su cabeza, como si fuera una vara de cartón. Al fin pudo reaccionar.

—¡A Efraín no! ¡Él no tiene la culpa! ¡Déjame a mí solo, yo saldré, yo iré al muladar!

El abuelo se contuvo jadeante. Tardó mucho en recuperar el aliento.

—Ahora mismo... al muladar... lleva dos cubos, cuatro cubos...

Enrique se apartó, cogió los cubos y se alejó a la carrera. La fatiga del hambre y de la convalecencia lo hacían trastabillar. Cuando abrió la puerta del corralón, Pedro quiso seguirlo.

—Tú no. Quédate aquí cuidando a Efraín.

Y se lanzó a la calle respirando a pleno pulmón el aire de la mañana. En el camino comió yerbas, estuvo a punto de mascar la tierra. Todo lo veía a través de una niebla mágica. La debilidad lo hacía ligero, etéreo: volaba casi como un pájaro. En el muladar se sintió un gallinazo más entre los gallinazos. Cuando los cubos estuvieron rebosantes emprendió el regreso. Las beatas, los noctámbulos, los canillitas descalzos, todas las secreciones del alba comenzaban a dispersarse por la ciudad. Enrique, devuelto a su mundo, caminaba feliz entre ellos, en su mundo de perros y fantasmas, tocado por la hora celeste.

Al entrar al corralón sintió un aire opresor, resistente, que lo obligó a detenerse. Era como si allí, en el dintel, terminara un mundo y comenzara otro fabricado de barro, de rugidos, de absurdas penitencias. Lo sorprendente era, sin embargo, que esta vez reinaba en el corralón una calma cargada de malos presagios, como si toda la violencia estuviera en equilibrio, a punto de desplomarse. El abuelo, parado al borde del chiquero, miraba hacia el fondo. Parecía un árbol creciendo desde su pierna de palo. Enrique hizo ruido pero el abuelo no se movió.

—¡Aquí están los cubos!

Don Santos le volvió la espalda y quedó inmóvil. Enrique soltó los cubos y corrió intrigado hasta el cuarto. Efraín, apenas lo vio, comenzó a gemir:

—Pedro... Pedro...

—¿Qué pasa?

—Pedro ha mordido al abuelo... el abuelo cogió la vara... después lo sentí aullar.

Enrique salió del cuarto.

—¡Pedro, ven aquí! ¿Dónde estás, Pedro?

Nadie le respondió. El abuelo seguía inmóvil, con la mirada en la pared. Enrique tuvo un mal presentimiento. De un salto se acercó al viejo.

—¿Dónde está Pedro?

Su mirada descendió al chiquero. Pascual devoraba algo en medio del lodo. Aún quedaban las piernas y el rabo del perro.

—¡No! —gritó Enrique tapándose los ojos—. ¡No, no! —y a través de las lágrimas buscó la mirada del abuelo. Éste la rehuyó, girando torpemente sobre su pierna de palo. Enrique comenzó a danzar en torno suyo prendiéndose de su camisa, gritando, pataleando, tratando de mirar sus ojos, de encontrar una respuesta.

—¿Por qué has hecho eso? ¿Por qué?

El abuelo no respondía. Por último, impaciente, dio un manotón a su nieto que lo hizo rodar por tierra. Desde allí Enrique observó al viejo que, erguido como un gigante, miraba obstinadamente el festín de Pascual. Estirando la mano encontró la vara que tenía el extremo manchado de sangre. Con ella se levantó de puntillas y se acercó al viejo.

—¡Voltea! —gritó—. ¡Voltea!

Cuando don Santos se volvió, divisó la vara que cortaba el aire y se estrellaba contra su pómulo.

—¡Toma! —chilló Enrique y levantó nuevamente la mano. Pero súbitamente se detuvo, temeroso de lo que estaba haciendo y, lanzando la vara a su alrededor, miró al abuelo casi arrepentido. El viejo, cogiéndose el rostro, retrocedió un paso, su pierna de palo tocó tierra húmeda, resbaló, y dando un alarido se precipitó de espaldas al chiquero.

Enrique retrocedió unos pasos. Primero aguzó el oído pero no se escuchaba ningún ruido. Poco a poco se fue aproximando. El abuelo, con la pata de palo quebrada, estaba de espaldas en el fango. Tenía la boca abierta y sus ojos buscaban a Pascual, que se había refugiado en un ángulo y husmeaba sospechosamente en el lodo.

Enrique se fue retirando, con el mismo sigilo con que se había aproximado. Probablemente el abuelo alcanzó a divisarlo pues mientras corría hacia el cuarto le pareció que lo llamaba por su nombre, con un tono de ternura que él nunca había escuchado.

—¡A mí, Enrique, a mí!...

—¡Pronto! —exclamó Enrique, precipitándose sobre su hermano— ¡Pronto, Efraín! ¡El viejo se ha caído al chiquero! ¡Debemos irnos de acá!

—¿Adónde? —preguntó Efraín.

—¡Adonde sea, al muladar, donde podamos comer algo, donde los gallinazos!

—¡No me puedo parar!

Enrique cogió a su hermano con ambas manos y lo estrechó contra su pecho. Abrazados hasta formar una sola persona cruzaron lentamente el corralón. Cuando abrieron el portón de la calle se dieron cuenta que la hora celeste había terminado y que la ciudad, despierta y viva, abría ante ellos su gigantesca mandíbula.

Desde el chiquero llegaba el rumor de una batalla.

(París, 1954)

Interior «L»

El colchonero con su larga pértiga de membrillo sobre el hombro y el rostro recubierto de polvo y de pelusas atravesó el corredor de la casa de vecindad, limpiándose el sudor con el dorso de la mano.

—¡Paulina, el té! —exclamó al entrar a su habitación dirigiéndose a una muchacha que, inclinada sobre un cajón, escribía en un cuaderno. Luego se desplomó en su catre. Se hallaba extenuado. Toda la mañana estuvo sacudiendo con la vara un cerro de lana sucia para rehacer los colchones de la familia Enríquez. A mediodía, en la chingana de la esquina, comió su cebiche y su plato de frejoles y prosiguió por la tarde su tarea. Nunca, como ese día, se había agotado tanto. Antes del atardecer suspendió su trabajo y emprendió el regreso a su casa, vagamente preocupado y descontento, pensando casi con necesidad en su catre destartalado y en su taza de té.

—Acá lo tienes —dijo su hija, alcanzándole un pequeño jarro de metal—. Está bien caliente —y regresó al cajón donde prosiguió su escritura. El colchonero bebió un sorbo mientras observaba las trenzas negras de Paulina y su espalda tenazmente curvada. Un sentimiento de ternura y de tristeza lo conmovió. Paulina era lo único que le quedaba de su breve familia. Su mujer hacía más de un año que muriera víctima de la tuberculosis. Esta enfermedad parecía ser una tara familiar, pues su hijo que trabajaba de albañil, falleció de lo mismo algún tiempo después.

—¡Le ha caído un ladrillo en la espalda! ¡Ha sido sólo un ladrillo! —recordó que argumentaba ante el dueño del callejón, quien había acudido muy alarmado a su propiedad al enterarse que en ella había un tísico.

—¿Y esa tos?, ¿y ese color?

—¡Le juro que ha sido sólo un ladrillo! Ya todo pasará.

No hubo de esperar mucho tiempo. A la semana el pequeño albañil se ahogaba en su propia sangre.

—Debió ser un ladrillo muy grande —comentó el propietario cuando se enteró del fallecimiento.

—Paulina, ¿me sirves otro poco?

Paulina se volvió. Era una cholita de quince años baja para su edad, redonda, prieta, con los ojos rasgados y vivos y la nariz aplastada. No se parecía en nada a su madre, la cual era más bien delgada como un palo de tejer.

—Paulina, estoy cansado. Hoy he cosido dos colchones —suspiró el colchonero, dejando el jarro en el suelo para extenderse a lo largo de todo el catre. Y como Paulina no contestara y dejara tan sólo escuchar el rasgueo de la pluma sobre el papel, no insistió. Su mirada fue deslizándose por el techo de madera hasta descubrir un tragaluz donde faltaba un vidrio. «Sería necesario comprar uno», pensó y súbitamente se acordó de Domingo. Se extrañó que este recuerdo no le produjera tanta indignación. ¡También había tenido que sucederle eso a él!

—Paulina, ¿cómo apellidaba Domingo?

Esta vez su hija se volvió con presteza y quedó mirándolo fijamente.

—Allende —replicó y volvió a curvarse sobre su tarea.

—¿Allende? —se preguntó el colchonero. Todo empezó cuando una tarde se encontró con el profesor de Paulina en la avenida. Apenas lo divisó corrió hacia él para preguntarle por los estudios de su hija. El profesor quedó mirándolo sorprendido, balanceó su enorme cabeza calva y apuntándole con el índice le hizo una revelación enorme:

—Hace dos meses que no va al colegio. ¿Es que está enferma acaso?

Sin dar crédito a lo que escuchaba regresó en el acto a su casa. Eran las tres de la tarde, hora eminentemente escolar. Lo primero que divisó fue el mandil de Paulina colgado en el mango de la puerta y luego, al ingresar, a Paulina que dormía a pierna suelta sobre el catre.

—¿Qué haces aquí?

Ella despertó sobresaltada.

—¿No has ido al colegio?

Paulina prorrumpió a llorar mientras trataba de cubrir sus piernas y su vientre impúdicamente al aire. Él, entonces, al verla tuvo una sospecha feroz.

—Estás muy barrigona —dijo acercándose—. ¡Déjame mirarte! —y a pesar de la resistencia que le ofreció logró descubrirla.

—¡Maldición! —exclamó—. ¡Estás embarazada! ¡No lo voy a saber yo que he preñado por dos veces a mi mujer!

—Allende, ¿no? —preguntó el colchonero incorporándose ligeramente—. Yo creía que era Ayala.

—No, Allende —replicó Paulina sin volverse.

El colchonero volvió a recostar su cabeza en la almohada. La fatiga le inflaba rítmicamente el pecho.

—Sí, Allende —repitió—. Domingo Allende.

Después de los reproches y de los golpes ella lo había confesado. Domingo Allende era el maestro de obras de una construcción vecina, un zambo fornido y bembón, hábil para decir un piropo, para patear una pelota y para darle un mal corte a quien se cruzara en su camino.

—Pero ¿de quién ha sido la culpa? —habíale preguntado tirándola de las trenzas.

—¡De él! —replicó ella—. Una tarde que yo dormía se metió al cuarto, me tapó la boca con una toalla y...

—¡Sí, claro, de él! ¿Y por qué no me lo dijiste?

—¡Tenía vergüenza!

Y luego qué rabia, qué indignación, qué angustia la suya. Había pregonado a voz en cuello su desgracia por todo el callejón, confiando en que la solidaridad de los vecinos le trajera algún consuelo.

—Vaya usted donde el comisario —le dijo el gasfitero del cuarto próximo.

—Estas cosas se entienden con el juez —le sugirió un repartidor de pan.

Y su compadre, que trabajaba en carpintería, le insinuó cogiendo su serrucho.

—Yo que tú... ¡zas! —y describió una expresiva parábola con su herramienta.

Esta última actitud le pareció la más digna, a pesar de no ser la más prudente, y armado solamente de coraje se dirigió a la construcción donde trabajaba Domingo.

Todavía recordaba la maciza figura de Domingo asomando desde un alto andamio.

—¿Quién me busca?

—Aquí un señor pregunta por ti.

Se escuchó un ruido de tablones cimbrándose y pronto tuvo delante suyo a un gigante con las manos manchadas de cal, el rostro salpicado de yeso y la enorme pasa zamba emergiendo bajo un gorro de papel. No sólo decayeron sus intenciones belicosas, sino que fue convencido por una lógica —que provenía más de los músculos que de las palabras— que Paulina era la culpable de todo.

—¿Qué tengo que ver yo? ¡Ella me buscaba! Pregunte no más en el callejón. Me citó para su cuarto. «Mi papá no está por las tardes», dijo. ¡Y lo demás ya lo sabe usted!...

Sí, lo demás ya lo sabía. No era necesario que se lo recordaran. Bastaba en aquella época ver el vientre de Paulina, cada vez más hinchado, para darse cuenta que el mal estaba hecho y que era irreparable. En su desesperación no le quedó más remedio que acudir donde la señora Enríquez, vieja mujer obesa a quien cada cierto tiempo rehacía el colchón.

—No sea usted tonto —lo increpó la señora—. ¡Cómo se queda así tan tranquilo! Mi marido es abogado. Pregúntele a él.

Por la noche lo recibió el abogado. Estaba cenando, por lo cual lo hizo sentar a un extremo de la mesa y le invitó un café.

—¿Su hija tiene sólo catorce años? Entonces hay presunción de violencia. Eso tiene pena de cárcel. Yo me encargaré del asunto. Le cobraré, naturalmente, un precio módico.

—Paulina, ¿no te dan miedo los juicios? —preguntó el colchonero con la mirada fija en el vidrio roto, por el cual asomaba una estrella.

—No sé —replicó ella, distraídamente.

Él sí lo tenía. Ya una vez había sido demandado por desahucio. Recordaba, como una pesadilla, sus diarios vagares por el palacio de justicia, sus discusiones con los escribanos, sus humillaciones ante los porteros. ¡Qué asco! Por eso la posibilidad de embarcarse en un juicio contra Domingo lo aterró.

—Voy a pensarlo —dijo al abogado.

Y lo hubiera seguido pensando indefinidamente si no fuera por aquel encuentro que tuvo con el zambo Allende, un sábado por la tarde, mientras bebía cerveza. Envalentonado por el licor se atrevió a amenazarlo.

—¡Te vas a fregar! Ya fui donde mi abogado. ¡Te vamos a meter a la cárcel por abusar de menores! ¡Ya verás!

Esta vez el zambo no hizo bravatas. Dejó su botella sobre el mostrador y quedó mirándolo perplejo. Al percatarse de esta reacción, él arremetió.

—¡Sí, no vamos a parar hasta verte metido entre cuatro paredes! La ley me protege.

Domingo pagó su cerveza y sin decir palabra abandonó la taberna. Tan asustado estaba que se olvidó de recoger su vuelto.

—Paulina, esa noche te mandé a comprar cerveza.

Paulina se volvió.

—¿Cuál?

—La noche de Domingo y del ingeniero.

—Ah, sí.

—Anda ahora, toma esto y cómprame una botella. ¡Que esté bien helada! Hace mucho calor.

Paulina se levantó, metió las puntas de su blusa entre su falda y salió de la habitación.

El mismo sábado del encuentro en la taberna, hacia el atardecer, Domingo apareció con el ingeniero. Entraron al cuarto silenciosos y quedaron mirándolo. Él se asombró mucho de la expresión de sus visitantes. Parecían haber tramado algo desconocido.

—Paulina, anda a comprar cerveza —dijo él, y la muchacha salió disparada.

Cuando quedaron los tres hombres solos hicieron el acuerdo. El ingeniero era un hombre muy elegante. Recordó que mientras estuvo hablando, él no cesó de mirarle estúpidamente los dos puños blancos de su camisa donde relucían gemelos de oro.

—El juicio no conduce a nada —decía, paseando su mirada por la habitación con cierto involuntario fruncimiento de nariz—. Estará usted peleando durante dos o tres años en el curso de los cuales no recibirá un cobre y mientras tanto la chica puede necesitar algo. De modo que lo mejor es que usted acepte esto... —y se llevó la mano a la cartera.

Su dignidad de padre ofendido hizo explosión entonces. Algunas frases sueltas repicaron en sus oídos. «¿Cómo cree que voy a hacer eso?», «¡Lárguese con su dinero!», «...el juez se entenderá con ustedes!» ¿Para qué tanto ruido si al final de todo iba a aceptar?

—Ya sabe usted —advirtió el ingeniero antes de retirarse—. Aquí queda el dinero, pero no meta al juez en el asunto.

Paulina entró con la cerveza.

—Destápala —ordenó él.

Aquella vez Paulina también llegó con la cerveza pero, cosa extraña, hubo de servirle al ingeniero y a su violador. Ella también bebió un dedito y los cuatro brindaron por «el acuerdo».

—¿No quieres un poco? —preguntó el colchonero.

Paulina se sirvió en silencio y entregó la botella a su padre.

Por el hueco del vidrio seguía brillando la estrella. Entonces, también brillaba la estrella, pero sobre la mesa ahora desolada, había un alto de billetes.

—¡Cuánto dinero! —había exclamado Paulina cayendo sobre el colchón.

Mucho dinero había sido, en efecto, ¡mucho dinero! Lo primero que hizo fue ponerle vidrios al tragaluz. Después adquirió una lámpara de kerosene. También se dieron el lujo de admitir un perrito.

—Paulina, ¿te acuerdas de Bobi? ¡El pobre!

Y así como el perrito desapareció sin dejar rastros —se sospechó siempre del carnicero— el cristal fue destrozado de un pelotazo. Sólo quedaba el lamparín de kerosene. Y el recuerdo de aquellos días de fortuna. ¡El recuerdo!

—¡Qué días esos, Paulina!

Durante más de quince días estuvo sin trabajar. En sus ociosas mañanas y en sus noches de juerga encontraba el delicioso sabor de una revancha. Del dinero que recibiera iba extrayendo, en febriles sorbos, todas las experiencias y los placeres que antes le estuvieron negados. Su vida se plagó de anécdotas, se hizo amable y llevadera.

—¡Maestro Padrón! —le gritaba el gasfitero todas las tardes—. ¿Nos vamos a tomar nuestro caldito? —y juntos se iban a la chingana de don Eduardo.

—¡Maestro Padrón! ¿Conoce usted el hipódromo? —recordaba un vasto escenario verde lleno de chinos, de boletos rotos y naturalmente de caballos. Recordaba, también, que perdió dinero.

—¡Maestro Padrón! ¿Ha ido usted a la feria?...

—¡Sería necesario poner un nuevo vidrio! —exclamó el colchonero con cierta excitación—. Puede entrar la lluvia en el invierno.

Paulina observó el tragaluz.

—Está bien así —replicó—. Hace fresco.

—¡Hay que pensar en el futuro!

Entonces no pensaba en el futuro. Cuando el gasfitero le dijo: «¡Maestro Padrón! ¿Damos una vuelta por la Victoria?», él aceptó sin considerar que Paulina tenía ocho meses de embarazo y que podía dar a luz de un momento a otro. Al regresar a las tres de la mañana, abrazado del gasfitero, encontró su habitación llena de gente: Paulina había abortado. En un rincón, envuelto en una sábana, había un bulto sanguinolento. Paulina yacía extendida sobre una jerga con el rostro verde como un limón.

—¡Dios mío, murió Paulicha! —fue lo único que atinó a exclamar antes de ser amonestado por la comadrona y de recibir en su rostro congestionado por el licor un jarro de agua helada.

Por el tragaluz se colaba el viento haciendo oscilar la llama del lamparín. La estrella se caía de sueño.

—¡Habrá que poner un vidrio! —suspiró el colchonero y como Paulina no contestara insistió—: ¡Qué bien nos sirvió el de la vez pasada! No costó mucho, ¿verdad?

Paulina se levantó, cerrando su cuaderno.

—No me acuerdo —dijo y se acercó a la cocina. Recogiendo su falda para no ensuciarla puso las rodillas en tierra y comenzó a ordenar los carbones.

—¿Cuánto costaría? —pensó él—. Tal vez un día de trabajo —y observó las anchas caderas de su hija. Muchos días hubieron de pasar para que recuperara su color y su peso. Los restos de su pequeño capital se fueron en remedios. Cuando por las noches el farmacéutico le envolvía los grandes paquetes de medicinas él no dejaba de inquietarse por el tamaño de la cuenta.

—Pero no ponga esa cara —reía el boticario—. Se diría que le estoy dando veneno.

El día que Paulina pudo levantarse él ya no tenía un céntimo. Hubo, entonces, de coger su vara de membrillo, sus temibles agujas, su rollo de pita y reiniciar su trabajo con aquellas manos que el descanso había entorpecido.

—Está usted muy pesado —le decía la señora Enríquez al verlo resoplar mientras sacudía la lana.

—Sí, he engordado un poco.

Hacía de esto ya algunos meses. Desde entonces iba haciendo su vida así, penosamente, en un mundo de polvo y de pelusas. Ese día había sido igual a muchos otros, pero singularmente distinto. Al regresar a su casa, mientras raspaba el pavimento con la varilla, le había parecido que las cosas perdían sentido y que algo de excesivo, de deplorable y de injusto había en su condición, en el tamaño de las casas, en el color del poniente. Si pudiera por lo menos pasar un tiempo así, bebiendo sin apremios su té cotidiano, escogiendo del pasado sólo lo agradable y observando por el vidrio roto el paso de las estrellas y de las horas. Y si ese tiempo pudiera repetirse... ¿era imposible acaso?

Paulina inclinada sobre la cocina soplaba en los carbones hasta ponerlos rojos. Un calor y un chisporroteo agradables invadieron la pieza. El colchonero observó la trenza partida de su hija, su espalda amorosamente curvada, sus caderas anchas. La maternidad le había asentado. Se la veía más redonda, más apetecible. De pronto una especie de resplandor cruzó por su mente. Se incorporó hasta sentarse en el borde del catre:

—Paulina, estoy cansado, estoy muy cansado... necesito reposar... ¿por qué no buscas otra vez a Domingo? Mañana no estaré por la tarde.

Paulina se volvió a él bruscamente, con las mejillas abrasadas por el calor de los carbones y lo miró un instante con fijeza. Luego regresó la vista hacia la cocina, sopló hasta avivar la llama y replicó pausadamente:

—Lo pensaré.

(Madrid, 1953)

Mar afuera

Desde que zarpara la barca, Janampa había pronunciado sólo dos o tres palabras, siempre oscuras, cargadas de reserva, como si se hubiera obstinado en crear un clima de misterio. Sentado frente a Dionisio, hacía una hora que remaba infatigablemente. Ya las fogatas de la orilla habían desaparecido y las barcas de los otros pescadores apenas se divisaban en lontananza, pálidamente iluminadas por sus faroles de aceite. Dionisio trataba en vano de estudiar las facciones de su compañero. Ocupado en desaguar el bote con la pequeña lata, observaba a hurtadillas su rostro que, recibiendo en plena nuca la luz cruda del farol, sólo mostraba una silueta negra e impenetrable. A veces, al ladear ligeramente el semblante, la luz se le escurría por los pómulos sudorosos o por el cuello desnudo y se podía adivinar una faz hosca, decidida, cruelmente poseída de una extraña resolución.

—¿Faltará mucho para amanecer?

Janampa lanzó sólo un gruñido, como si dicho acontecimiento le importara poco y siguió clavando con frenesí los remos en la mar negra.

Dionisio cruzó los brazos y se puso a tiritar. Ya una vez le había pedido los remos pero el otro rehusó con una blasfemia. Aún no acertaba a explicarse, además, por qué lo había escogido a él, precisamente a él, para que lo acompañara esa madrugada. Es cierto que el *mocho* estaba borracho pero había otros pescadores disponibles con quienes Janampa tenía más amistad. Su tono, por otra parte, había sido imperioso. Cogiéndolo del brazo le había dicho:

—Nos hacemos a la mar juntos esta madrugada —y fue imposible negarse. Apenas pudo apretar la cintura de la *prieta* y darle un beso entre los dos pechos.

—¡No tardes mucho! —había gritado ella, en la puerta de la barraca, agitando la sartén del pescado.

Fueron los últimos en zarpar. Sin embargo, la ventaja fue pronto recuperada y al cuarto de hora habían sobrepasado a sus compañeros.

—Eres buen remador —dijo Dionisio.

—Cuando me lo propongo —replicó Janampa, disparando una risa sorda.

Más tarde habló otra vez:

—Por acá tengo un banco de arenques —tiró al mar un salivazo—. Pero ahora no me interesa —y siguió remando mar afuera.

Fue entonces cuando Dionisio empezó a recelar. El mar, además, estaba un poco picado. Las olas venían encrespadas y cada vez que embestían el bote, la proa se elevaba al cielo y Dionisio veía a Janampa y el farol suspendidos contra la Cruz del Sur.

—Yo creo que está bien acá —se había atrevido a sugerir.

—¡Tú no sabes! —replicó Janampa, casi colérico.

Desde entonces, ya tampoco él abrió la boca. Se limitó a desaguar cada vez que era necesario pero observando siempre con recelo al pescador. A veces escrutaba el cielo, con el vivo deseo de verlo desteñirse o lanzaba furtivas miradas hacia atrás, esperando ver el reflejo de alguna barca vecina.

—Bajo esa tabla hay una botella de pisco —dijo de pronto Janampa—. Échate un trago y pásamela.

Dionisio buscó la botella. Estaba a medio consumir y casi con alivio vació gruesos borbotones en su garganta salada.

Janampa soltó por primera vez los remos, con un sonoro suspiro, y se apoderó de la botella. Luego de consumirla la tiró al mar. Dionisio esperó que al fin fuera a desarrollarse una conversación pero Janampa se limitó a cruzar los brazos y quedó silencioso. La barca con sus remos abandonados, quedó a merced de las olas. Viró ligeramente hacia la costa, luego con la resaca se incrustó mar afuera. Hubo un momento en que recibió de flanco una ola espumosa que la inclinó casi hasta el naufragio pero Janampa no hizo un ademán ni dijo una palabra. Nerviosamente buscó Dionisio en su pantalón un cigarrillo y en el momento de encenderlo aprovechó para mirar a Janampa. Un segundo de luz sobre su cara le mostró unas facciones cerradas, amarradas sobre la boca y dos cavernas oblicuas incendiadas de fiebre en su interior.

Cogió nuevamente la lata y siguió desaguando, pero ahora el pulso le temblaba. Mientras tenía la cabeza hundida entre los brazos, le pareció que Janampa reía con sorna. Luego escuchó el paleteo de los remos y la barca siguió virando hacia alta mar.

Dionisio tuvo entonces la certeza de que las intenciones de Janampa no eran precisamente pescar. Trató de reconstruir la historia de su amistad con él. Se conocieron hacía dos años en una construcción de la cual fueron albañiles. Janampa era un tipo alegre, que trabajaba con gusto pues su fortaleza física hacía divertido lo que para sus compañeros era penoso. Pasaba el día cantando, haciendo bromas o aventándose de los andamios para enamorar a las sirvientas, para quienes era una especie de tarzán o de bestia o de demonio o de semental. Los sábados después de cobrar sus jornales, se subían al techo de la construcción y se jugaban a los dados todo lo que habían ganado.

—Ahora recuerdo —pensó Dionisio—. Una tarde le gané al póker todo su salario.

El cigarrillo se le cayó de las manos, de puro estremecimiento. ¿Se acordaría? Sin embargo, eso no tenía mucha importancia. Él también perdió algunas veces. El tiempo, además, había corrido. Para cerciorarse, aventuró una pregunta.

—¿Sigues jugando a los dados?

Janampa escupió al mar, como cada vez que tenía que dar una respuesta.

—No —dijo y volvió a hundirse en su mutismo. Pero después añadió—: Siempre me ganaban.

Dionisio aspiró fuertemente el aire marino. La respuesta de su compañero lo tranquilizó en parte a pesar de que abría una nueva veta de temores. Además, sobre la línea de la costa, se veía un reflejo rosado. Amanecía, indudablemente.

—¡Bueno! —exclamó Janampa, de repente—. ¡Aquí estamos bien! —y clavó los remos en la barca. Luego apagó el farol y se movió en su asiento como si buscara algo. Por último se recostó en la proa y comenzó a silbar.

—Echaré la red —sugirió Dionisio, tratando de incorporarse.

—No —replicó Janampa—. No voy a pescar. Ahora quiero descansar. Quiero silbar también... —y sus silbidos viajaban hacia la costa, detrás de los patillos que comenzaban a desfilar graznando—. ¿Te acuerdas de esto? —preguntó, interrumpiéndose.

Dionisio tarareó mentalmente la melodía que su compañero insinuaba. Trató de asociarla con algo. Janampa, como si quisiera ayudarlo, prosiguió sus silbos, comunicándole vibraciones inauditas, sacudido todo él de música, como la cuerda de una guitarra. Vio, entonces, un corralón inundado de botellas y de valses. Era un cambio de aros. No podía olvidarlo pues en aquella ocasión conoció a la *prieta*. La fiesta duró hasta la madrugada. Después de tomar el caldo se retiró hacia el acantilado, abrazando a la *prieta* por la cintura. Hacía más de un año. Esa melodía, como el sabor de la sidra, le recordaba siempre aquella noche.

—¿Tú fuiste? —preguntó, como si hubiera estado pensando en viva voz.

—Estuve toda la noche —replicó Janampa.

Dionisio trató de ubicarlo. ¡Había tanta gente! Además, ¿qué importancia tendría recordarlo?

—Luego caminé hasta el acantilado —añadió Janampa y rió, rió para adentro, como si se hubiera tragado algunas palabras picantes y se gozara en su secreto.

Dionisio miró hacia ambos lados. No, no se avecinaba ninguna barca. Un repentino desasosiego lo invadió. Recién lo asaltaba la sospecha. Aquella noche de la fiesta Janampa también conoció a la *prieta.* Vio claramente al pescador cuando le oprimía la mano bajo el cordón de sábanas flotantes.

—Me llamo Janampa —dijo (estaba un poco mareado)—. Pero en todo el barrio me conocen por «el buenmozo zambo Janampa». Trabajo de pescador y soy soltero.

Él, minutos antes, le había dicho también a la *prieta:*

—Me gustas. ¿Es la primera vez que vienes aquí? No te había visto antes.

La *prieta* era una mujer corrida, maliciosa y con buen ojo para los rufianes. Vio detrás de todo el aparato de Janampa a un donjuán de barriada vanidoso y violento.

—¿Soltero? —le replicó—. ¡Por allí andan diciendo que tiene usted tres mujeres! —y tirando del brazo de Dionisio, se lanzaron a cabalgar una polca.

—Te has acordado, ¿verdad? —exclamó Janampa—. ¡Aquella noche me emborraché! ¡Me emborraché como un caballo! No pude tomar el caldo... Pero al amanecer caminé hasta el acantilado.

Dionisio se limpió con el antebrazo un sudor frío. Hubiera querido aclarar las cosas. Decirle para qué lo había seguido aquella vez y qué cosa era lo que ahora pretendía. Pero tenía en la cabeza un nudo. Recordó atropelladamente otras cosas. Recordó por ejemplo que cuando se instaló en la playa para trabajar en la barca de Pascual, se encontró con Janampa, que hacía algunos meses que se dedicaba a la pesca.

—¡Nos volveremos a encontrar! —había dicho el pescador y, mirando a la *prieta* con los ojos oblicuos, añadió—: Tal vez juguemos de nuevo como en la construcción. Puedo recuperar lo perdido.

Él, entonces, no comprendió. Creyó que hablaba del póker. Recién ahora parecía coger todo el sentido de la frase que, viniendo desde atrás, lo golpeó como una pedrada.

—¿Qué cosa me querías decir con eso del póker? —preguntó animándose de un súbito coraje— ¿Acaso te referías a ella?

—No sé lo que dices —replicó Janampa y, al ver que Dionisio se agitaba de impaciencia, preguntó—: ¿Estás nervioso?

Dionisio sintió una opresión en la garganta. Tal vez era el frío o el hambre. La mañana se había abierto como un abanico. La *prieta* le había preguntado una noche, después que se cobijaron en la orilla:

—¿Conoces tú a Janampa? Vigílalo bien. A veces me da miedo. Me mira de una manera rara.

—¿Estás nervioso? —repitió Janampa—. ¿Por qué? Yo sólo he querido dar un paseo. He querido hacer un poco de ejercicio. De vez en cuando cae bien. Se toma el fresco...

La costa estaba aún muy lejos y era imposible llegar a nado. Dionisio pensó que no valía la pena echarse al agua. Además, ¿para qué? Janampa —ya caían gotas de mañana en su cara— estaba quieto, con las manos aferradas a los remos inmóviles.

—¿Lo has visto? —volvió a preguntar la *prieta* una noche—. Siempre ronda por acá cuando nos acostamos.

—¡Son ideas tuyas! —entonces estaba ciego—. Lo conozco hace tiempo. Es charlatán pero tranquilo.

—Ustedes se acostaban temprano... —empezó Janampa— y no apagaban el farol hasta la medianoche.

—Cuando se duerme con una mujer como la *prieta*... —replicó Dionisio y se dio cuenta que estaban hollando el terreno temido y que ya sería inútil andar con subterfugios.

—A veces las apariencias engañan —continuó Janampa— y las monedas son falsas.

—Pues te juro que la mía es de buena ley.

—¡De buena ley! —exclamó Janampa y lanzó una risotada. Luego cogió la red por un extremo y de reojo observó a Dionisio, que miraba hacia atrás.

—No busques a los otros botes —dijo—. Han quedado muy lejos. ¡Janampa los ha dejado botados! —y sacando un cuchillo, comenzó a cortar unas cuerdas que colgaban de la red.

—¿Y sigue rondando? —preguntó tiempo después a la *prieta.*

—No —dijo ella—. Ahora anda tras la sobrina de Pascual.

A él, sin embargo, no le pareció esto más que una treta para disimular. De noche sentía rodar piedras cerca de la barraca y al aguaitar a través de la cortina, vio a Janampa varias veces caminando por la orilla.

—¿Acaso buscabas erizos por la noche? —preguntó Dionisio.

Janampa cortó el último nudo y miró hacia la costa.

—¡Amanece! —dijo señalando el cielo. Luego de una pausa, añadió—: No; no buscaba nada. Tenía malos pensamientos, eso es todo. Pasé muchas noches sin dormir, pensando... Ya, sin embargo, todo se ha arreglado...

Dionisio lo miró a los ojos. Al fin podía verlos, cavados simétricamente sobre los pómulos duros. Parecían ojos de pescado o de lobo. «Janampa tiene ojos de máscara», había dicho una vez la *prieta.* Esa mañana, antes de embarcarse, también los había visto. Cuando forcejeaba con la *prieta* a la orilla de la barraca, algo lo había molestado. Mirando a su alrededor, sin soltar las adorables trenzas, divisó a

Janampa apoyado en su barca, con los brazos cruzados sobre el pecho y la peluca rebelde salpicada de espuma. La fogata vecina le esparcía brochazos de luz amarilla y los ojos oblicuos lo miraban desde lejos con una mirada fastidiosa que era casi como una mano tercamente apoyada en él.

—Janampa nos mira —dijo entonces a la *prieta.*

—¡Qué importa! —replicó ella, golpeándole los lomos—. ¡Que mire todo lo que quiera! —y prendiéndose de su cuello, lo hizo rodar sobre las piedras. En medio de la amorosa lucha, vio aún los ojos de Janampa y los vio aproximarse decididamente.

Cuando lo tomó del brazo y le dijo: «Nos hacemos a la mar esta madrugada», él no pudo rehusar. Apenas tuvo tiempo de besar a la *prieta* entre los dos pechos.

—¡No tardes mucho! —había gritado ella, agitando la sartén del pescado.

¿Había temblado su voz? Recién ahora parecía notarlo. Su grito fue como una advertencia. ¿Por qué no se acogió a ella? Sin embargo, tal vez se podía hacer algo. Podría ponerse de rodillas, por ejemplo. Podría pactar una tregua. Podría, en todo caso, luchar... Elevando la cara, donde el miedo y la fatiga habían clavado ya sus zarpas, se encontró con el rostro curtido, inmutable, luminoso de Janampa. El sol naciente le ponía en la melena como una aureola de luz. Dionisio vio en ese detalle una coronación anticipada, una señal de triunfo. Bajando la cabeza, pensó que el azar lo había traicionado, que ya todo estaba perdido. Cuando sobre la construcción, a la hora del juego, le tocaba una mala mano, se retiraba sin protestar, diciendo: «Paso, no hay nada que hacer»...

—Ya me tienes aquí... —murmuró y quiso añadir algo más, hacer alguna broma cruel que le permitiera vivir esos momentos con alguna dignidad. Pero sólo balbuceó—: No hay nada que hacer...

Janampa se incorporó. Sucio de sudor y de sal, parecía un monstruo marino.

—Ahora echarás la red desde la popa —dijo y se la alcanzó.

Dionisio la tomó y, dándole la espalda a su rival, se echó sobre la popa. La red se fue extendiendo pesadamente en el mar. El trabajo era lento y penoso. Dionisio, recostado sobre el borde, pensaba en la costa que se hallaba muy lejos, en las barracas, en las fogatas, en las mujeres que se desperezaban, en la *prieta* que rehacía sus trenzas... Todo aquello se hallaba lejos, muy lejos; era imposible llegar a nado...

—¿Ya está bien? —preguntó sin volverse, extendiendo más la red.

—Todavía no —replicó Janampa a sus espaldas.

Dionisio hundió los brazos en el mar hasta los codos y sin apartar la mirada de la costa brumosa, dominado por una tristeza anónima que diríase no le pertenecía, quedó esperando resignadamente la hora de la puñalada.

(París, 1954)

Mercedes tendió en el cordel la última sábana y con los brazos aún en alto quedó pensativa, mirando la luna. Luego fue caminando, muy despacito, hasta su habitación. En el candelero ardía la vela. Moisés con el pecho descubierto roncaba mirando el techo. En un rincón Panchito yacía ovillado como un gato. A pesar de encontrarse fatigada y con sueño no se acostó de inmediato. Sentándose en una banqueta quedó mirando ese cuadro que al influjo de la llama azul cobraba a veces un aire insustancial y falso.

—Me acostaré cuando termine de arder —pensó y se miró las manos agrietadas por la lejía. Luego su mirada se posó en su marido, en su hijo, en los viejos utensilios, en la miseria que se cocinaba silenciosamente bajo la débil luz. Había tranquilidad, sin embargo, un sosiego rural, como si el día cansado de vivir se hubiera remansado en un largo sueño. Unas horas antes, en cambio, la situación era tan distinta. Moisés yacía en la cama como ahora, pero estaba inconsciente. Cuando ella lavaba la ropa en el fondo del patio dos obreros lo trajeron cargado.

—¡Doña Mercedes! —gritaron ingresando al corralón—. ¡Moisés ha sufrido un accidente!

—Subió un poco mareado al andamio —añadieron tirándolo sobre la cama— y se vino de cabeza al suelo.

—Creí que se me iba... —murmuró Mercedes, observándolo cómo roncaba, ahora, los ojos entreabiertos.

Lejos de irse, sin embargo, regresó de su desmayo fácilmente, como de una siesta. Panchito, que a esa hora bailaba su trompo sobre el piso de tierra, lo miró asustado y ella se precipitó hacia él, para abrazarlo o insultarlo, no lo sabía bien. Pero Moisés la rechazó y sin decir palabra comenzó a dar vueltas por el cuarto.

—Estaba como loco —pensó Mercedes y miró nuevamente sus manos agrietadas por la lejía. Si pudiera abrir la verdulería no tendría que lavar jamás. Tras el mostrador, despachando a los clientes, no solamente descansaría, sino que adquiriría una especie de autoridad que ella sabría administrar con cierto despotismo. Se levantaría temprano para ir al mercado, además. Se acostaría temprano, también...

Moisés se movió en la cama y abrió un ojo. Cambiando de posición volvió a quedarse dormido.

—¡Estaba como loco! —repitió Mercedes. En efecto aburrido de dar vueltas por el cuarto, dirigió un puntapié a Panchito que huyó hacia el patio chillando. Luego encendió un periódico a manera de antorcha y comenzó a dar de brincos con la intención de incendiar la casa.

—¡Luz, luz! —gritaba—. ¡Un poco de luz! ¡No veo nada! —y por el labio leporino le saltaba la baba. Ella tuvo que atacarlo. Cogiéndolo de la camisa le arrebató el periódico y le dio un empellón.

—Cómo sonó la cabeza —pensó Mercedes. Moisés quedó tendido en el suelo. Ella pisó el periódico hasta extinguir la última chispa y salió al patio a tomar un poco de aire. Atardecía. Cuando ingresó de nuevo, Moisés seguía en el suelo sin cambiar de posición.

—¿Otra vez? —pensó ella—. Ahora sí va de veras —y agachándose trató de reanimarlo. Pero Moisés seguía rígido y ni siquiera respiraba.

Un golpe de viento hizo temblar la llama. Mercedes la miró. Lejos de apagarse, sin embargo, la llama creció, se hizo ondulante, se enroscó en los objetos como un reptil. Había algo fascinador, de dañino en su reflejo. Mercedes apartó la vista. «Hasta que se apague no me acostaré», se dijo mirando el piso.

Allí, junto a las manchas oscuras de humedad, estaba la huella que dejó la cabeza. ¡Cómo sonó! Ni siquiera respiraba el pobre y además la baba le salía por el labio roto.

—¡Panchito! —chilló ella—. ¡Panchito! —y el rapaz apareció en el umbral transformado de susto—. ¡Panchito, mira a tu papá, muévelo, dile algo! —Panchito saltó al cuello de su papá y lo sacudió con sus sollozos. Al no encontrar respuesta se levantó y dijo con voz grave, casi indiferente: «No contesta» y se dirigió muy callado al rincón, a buscar su trompo.

Ahora dormía con el trompo en la mano y la guaraca enredada entre los dedos. Seguramente soñaba que bailaba un trompo luminoso en la explanada de una nube. Mercedes sonrió con ternura y volvió a observar sus manos. Estaban cuarteadas como las de un albañil que enyesara. Cuando instalara la verdulería las cuidaría mejor y, además, se llevaría a Panchito consigo. Ya estaba grandecito y razonaba bien.

—Vamos a ponerlo sobre la cama —le dijo a ella observando desde el rincón el cuerpo exánime de su padre.

Entre los dos lo cargaron y lo extendieron en la cama. Ella le cerró los ojos, gimió un poco, luego más, hasta que la atacó una verdadera desesperación.

—¿Qué hacemos, mamá? —preguntó Panchito.

—Espera —murmuró ella al fin—. Iré donde la señora Romelia. Ella me dirá.

Mercedes recordó que mientras atravesaba las calles la invadió un gran sosiego. «Si alguien me viera —pensó— no podría adivinar que mi marido ha muerto.» Estuvo pensando todo el camino en la verdulería, con una obstinación que le pareció injusta. Moisés no le quería dar el divorcio. «¡No seas terca, chola! —gritaba—. Yo te quiero, ¡palabra de honor!» Ahora que él no estaba —¿los muertos están acaso?— podría sacar sus ahorros y abrir la tienda. La señora Romelia, además, había aprobado la idea. Después de darle el pésame y de decirle que iba a llamar a la Asistencia Pública, le preguntó: «Y ahora, ¿qué vas a hacer?» Ella contestó: «Abrir una verdulería.» «Buena idea —replicó la señora—. Con lo caras que están las legumbres.»

Mercedes miró a Moisés que seguía roncando. Seguramente tenía sueños placenteros —una botella de pisco sin fondo— pues el labio leporino se retorcía en una mueca feliz. «No podré abrir la tienda —se dijo—. Si él sabe lo de los ahorros se los bebe en menos de lo que canta un gallo.»

La vela osciló nuevamente y Mercedes temió que se apagara, pues entonces tendría que acostarse. En la oscuridad no podía pensar tan bien como bajo ese reflejo triste que le daba a su espíritu una profundidad un poco perversa y sin embargo turbadora como un pecado. La señora Romelia, en cambio, no podía soportar esa luz. Cuando la acompañó hasta la casa para los menesteres del velorio, se asustó del pabilo más que del cadáver.

—¡Apaga eso! —dijo—. Pide un farol a tus vecinos.

Luego se aproximó a Moisés y lo miró como a un trasto. «Bebía mucho», dijo y se persignó. Los vecinos, que habían olido seguramente a muerto como los gallinazos, comenzaron a llegar. Entraban asustados, pero al mismo tiempo con ese raro contento que produce toda calamidad cercana y, sin embargo, ajena. Los hombres se precipitaron directamente hacia el cadáver, las mujeres abrazaron a Mercedes y los chicos, a pesar de ser zurrados por sus padres, se empujaban en el umbral para huir espantados apenas veían el perfil del muerto.

Panchito se despertó. Al ver la luz encendida se volvió contra la pared. A Mercedes le provocó acariciarlo, pero se contuvo. Eran nuevamente las manos. Ásperas como la lija hacían daño cuando querían ser tiernas. Ella lo había notado horas antes, durante el velorio, cuando tocó la cara de su hijo. En medio del tumulto, Panchito era el único que permanecía apartado, mirando todo con incredulidad.

—¿Por qué hay tanta gente? —dijo al fin acercándose a ella—. Papá no está muerto.

—¿Qué dices? —exclamó Mercedes apretándole el cuello con una crueldad nerviosa.

—No. No está muerto... Cuando fuiste a buscar a doña Romelia conversé con él.

De una bofetada lo hizo retroceder.

—¡Estaba fuera de mí! —pensó Mercedes, mordiéndose las yemas de los dedos—. ¡Estaba fuera de mí!

—¿Vivo? ¿Vivo? —preguntaron los asistentes—. ¿Quién dice que está vivo? ¿Es posible que esté vivo? ¡Está vivo! ¡Está vivo!

La voz se fue extendiendo, de pregunta se convirtió en afirmación, de afirmación en grito. Los hombres se la echaban unos a otros como si quisieran liberarse de ella. Hubo un movimiento general de sorpresa, pero al mismo tiempo de decepción. Y al influjo de aquella gritería Moisés abrió los ojos.

—¡Mercedes! —gritó—. ¿Dónde te has metido, chola? ¡Dame un vaso de agua!

Mercedes sintió sed. Desperezándose sobre la banca se acercó al jarro y bebió. La vela seguía ardiendo. Volvió a su sitio y bostezó. Los objetos se animaron nuevamente en su memoria. Allí, sobre la cama, Moisés se reía con su labio leporino rodeado de los vecinos que, en lugar de felicitarlo, parecían exigir de él alguna disculpa. Allá, en el rincón, Panchito cabizbajo se cogía la mejilla roja. Las mujeres murmuraban. Doña Romelia fruncía el ceño. Fue entonces cuando llegaron de la Asistencia Pública.

—¿Cómo me dijeron que había un muerto? —gritó el enfermero, después de haber tratado inútilmente de encontrar entre los concurrentes un cadáver.

—Parecía disfrazado —pensó Mercedes al recordarlo con su mandil blanco y su gorro sobre la oreja—. Y tenía las uñas sucias como un carnicero.

—En lugar de gritar —dijo doña Romelia— debería usted aprovechar para observar al enfermo.

El enfermero auscultó a Moisés que se reía de cosquillas. Parecía escuchar dentro de esa caja cosas asombrosas, pues su cara se iba retorciendo, como si le hubieran metido dentro de la boca un limón ácido.

—¡Que no beba, que no beba! —pensó Mercedes—. ¡Claro!, eso también lo sabía yo.

—Ni un sólo trago —dijo el enfermero—. Tiene el corazón dilatado. A la próxima bomba revienta.

—Sí, a la próxima revienta —repitió Mercedes, recordando la bocina de la ambulancia, perdiéndose en la distancia, como una mala seña. Los perros habían ladrado.

El cuarto quedó vacío. Los hombres se fueron retirando de mala gana, con la conciencia vaga de haber sido engañados. El último se llevó su farol y se plació de ello, como de un acto de despojo. Hubo de encenderse nuevamente la vela. A su reflejo todo pareció poblarse de malos espíritus.

—Todavía me faltaban lavar algunas sábanas —pensó Mercedes y miró sus manos, como si le fuera necesario buscar en ellas alguna razón profunda. Habían perdido toda condición humana. «El enfermero a pesar de tenerlas sucias —pensó— las tenía más suaves que las mías.» Con ellas clavó la inyección en la nalga de Moisés, diciendo:

—Ni una gota de alcohol. Ya lo sabe bien.

Doña Romelia también se marchó después de echar un pequeño sermón que Moisés recibió medio dormido. Panchito hizo bailar su trompo por última vez y cayó de fatiga. Todo quedó en silencio. Afuera, en la batea, dormían las sábanas sucias.

—¡No podré abrir la verdulería! —se dijo Mercedes con cierta cólera reprimida y se levantó. Abriendo la puerta del patio quedó mirando el cordel donde las sábanas, ya limpias, flotaban como fantasmas. A sus espaldas la vela ardía, se obstinaba en permanecer. «¿A qué hora se apagará? —murmuró con angustia—. Me caigo de sueño», y se acarició la frente. «Ni una gota de alcohol», el enfermero lo dijo con mucha seriedad, ahuecando la voz, para darle solemnidad a su advertencia.

Mercedes se volvió hacia el cuarto y cerró la puerta. Moisés dormía con el labio leporino suspendido de un sueño. Panchito roncaba con la guaraca enredada entre los dedos. Si ella durmiera a su vez, ¿con qué estaría soñando? Tal vez con un inmenso depósito de verduras y unos guantes de goma para sus manos callosas. Soñaría también que Panchito se hacía hombre a su lado y se volvería cada vez más diferente a su padre.

La vela estaba a punto de extinguirse. Mercedes apoyó una rodilla en la banca y cruzó los brazos. Aún le quedaban unos segundos. Mientras tendía las sábanas había mirado la luna, había tenido el primer estremecimiento. A la luz de la vela, en cambio, su corazón se había calmado, sus pensamientos se habían hecho luminosos y cortantes, como hojas de puñal. «Aún me queda tiempo», pensó y se aproximó a la canasta de ropa sucia. Sus manos se hundieron en ese mar de prendas ajenas y quedaron jugando con ellas, distraídamente, como si todavía le quedara una última duda. «¡Se apaga, se apaga!», murmuró mirando de reojo el candelero y sin podérselo explicar sintió unas ganas invencibles de llorar. Por último hundió los brazos hasta el fondo de la canasta. Sus dedos tocaron la curva fría del vidrio. Se incorporó y de puntillas se encaminó hasta la cama. Moisés dormía. Junto a su cabecera estaba la maleta de albañil. La botella de aguardiente fue colocada al lado del nivel, de la plomada, de las espátulas salpicadas de yeso. Luego se metió bajo las sábanas y abrazó a su marido. La vela se extinguió en ese momento sin exhalar un chasquido. Los malos espíritus se fueron y sólo quedó Mercedes, despierta, frotándose silenciosamente las manos, como si de pronto hubieran dejado ya de estar agrietadas.

(París, 1953)

En la comisaría

Cuando el comisario abandonó el patio, entre los detenidos se elevó como un murmullo de conspiración. Inclinándose unos sobre otros, disimulando las bocas bajo las manos cóncavas, miraban torvamente al panadero, cuyo rostro había adquirido la palidez de un cuerpo inerte. Lentamente el murmullo fue decreciendo y en un momento inaprehensible, como el que separa la vigilia del sueño, el silencio apareció.

Martín sintió que a su rostro había subido un chorro de sangre. Sentía, además, sobre su perfil derecho, la mirada penetrante de Ricardo, visiblemente empeñada en descubrir sus pensamientos. A su oído llegó un susurro:

—Anímate, es tu oportunidad...

Martín, sin replicar, dirigió la mirada al centro del patio. El panadero seguía allí, en el fondo mismo del silencio. Sintiéndose atrapado por todas las miradas, acomodaba su ropa con movimientos convulsivos. Había anudado ya su corbata, había metido las puntas de su camisa bajo el pantalón y, sin atreverse a posar los ojos en un punto determinado, describía con su cabeza un lento semicírculo.

—Fíjate bien, es un pedacito de hombre... —continuó Ricardo rozándole la oreja—. No necesitarás ser muy brusco...

Martín se miró los puños, aquellos puños rojos y sarmentosos que en Surquillo habían dejado tantos malos recuerdos. Las últimas palabras del comisario repicaron en sus oídos: «Si alguno de los detenidos quiere salir no tiene más que darle una paliza a este miserable.»

—Le ha pegado a su mujer... —insistió Ricardo—. ¿Te parece poco? ¡Le ha dado una pateadura a su mujer!

—¡Estaba borracho! —repitió Martín sin desprender su mirada del panadero—. Cuando uno está borracho... —pero se interrumpió, porque él mismo no creía en sus palabras. Era evidente que trataba de defender una causa perdida.

—Quieres engañarte a ti mismo —dijo Ricardo.

Martín miró a su amigo, sorprendido de verse descubierto. Su pequeño rostro amarillo sonreía maliciosamente. En el fondo lo admiraba, admiraba su sagacidad, sus respuestas chispeantes, su manera optimista y despreocupada de vivir y era justamente por esta admiración que lo toleraba a su lado como a una especie de cerebro suplementario encargado de suministrarle ideas. Cuando en un grupo de amigos Martín era blanco de alguna broma, era Ricardo quien contestaba en nombre suyo o quien le soplaba al oído la respuesta. Ahora, sin embargo, su presencia le resultaba incómoda porque sabía que sus pensamientos eran contrarios y malignos.

—¡Te digo que estaba borracho! —repitió con un tono de falsa convicción y volvió a observar al panadero. Éste había metido las manos en los bolsillos, había fruncido los labios en un intento de silbido y con el rabillo del ojo espiaba el movimiento de los detenidos. Sobre su pómulo tenía la huella de un arañón.

—Su mujer se ha defendido —pensó Martín—. Le ha clavado las uñas en la cara. Él, en cambio, ha empleado los pies.

—¡Le he dado una patadita en la boca del estómago! —había replicado poco antes al comisario, tratando de justificarse. Había insistido mucho sobre el término «patadita», como si el hecho de emplear el diminutivo convirtiera su golpe en una caricia.

—¡Una patadita en la boca del estómago! —repitió Martín y recordó cómo eran de dolorosas esas patadas cuando la punta del zapato hendía la carne. Él, en sus incontables peleas, había dado y recibido golpes semejantes. Al influjo del dolor, los brazos caían sobre el vientre, las rodillas se doblaban, los dientes se incrustaban en los labios y la víctima quedaba indefensa para el golpe final.

—No necesitarás ser muy brusco... —prosiguió Ricardo—. Te bastará darle una patadita en...

—¿Te vas a callar? —interrumpió Martín, levantando el puño sobre su amigo. Éste se retiró lentamente y le miró a los ojos con una expresión picante, como si se aprestara a disparar su última flecha. Martín bajó la mano y sintió un estremecimiento. Una imagen, una cara, un cuerpo fresco y fugitivo pasaron por su memoria. Casi sintió contra su pecho velludo el contacto de una mano suave y en sus narices un fresco olor a mariscos. Ricardo iba abriendo los labios con una sonrisa victoriosa, como si todo le resultara perfectamente claro y Martín temió que esta vez también hubiera adivinado.

—Además... —empezó— además, acuérdate que a las doce, en el paradero del tranvía...

—¡Ya sé! —exclamó Martín, con un gesto de vencimiento. Era cierto: a las doce del día, en el paradero del tranvía, lo esperaba Luisa para ir a la playa. Recordó sus muslos de carne dorada y lisa donde él trazaba con las uñas extraños jeroglíficos. Recordó la arena caliente y sucia donde sus cuerpos semienterrados se dejaban mecer en un dulce cansancio.

—Hará calor hoy día —añadió Ricardo—. El agua debe estar tibia...

Esta vez Martín no replicó. Pensaba que, efectivamente, el agua debía estar tibia, cargada de yodo y algas marinas. Sería muy bello sobrepasar a nado el espigón y llegar hasta los botes de los primeros pescadores. Luisa, desde la orilla, lo seguiría con la mirada y él, volviéndose, le haría una seña o daría un grito feroz como el de alguna deidad marina. Luego se echaría de espaldas y se dejaría arrastrar suavemente por la resaca. La luz del sol atravesaría sus párpados cerrados.

—¡Toma! —dijo Ricardo a su lado—. Allí hay uno que enterró el pico.

Martín despertó sobresaltado. En una esquina del patio, un joven, vestido de smoking, se había cogido la frente y vomitaba sobre el piso.

—Debe de haber chupado mucho —añadió Ricardo y al observar su camisa impecable, su elegante corbata de mariposa, agregó con cierto rencor—: ¡Y después dice que él no tiene la culpa, que el hombre se le tiró a las ruedas!...

—Debe haber chupado mucho —repitió Martín maquinalmente, viendo la mancha viscosa extenderse en el suelo. Pronto ese desagradable olor de entrañas humanas, de secretos y complicados procesos digestivos, infestó el ambiente. Los detenidos que estaban a su lado se alejaron un poco. Martín, a pesar suyo, no podía apartar la vista de ese sucio espectáculo. Una atracción morbosa, mezcla de asco y de curiosidad, lo retenía inmóvil. Era la misma atracción que sentía ante los animales muertos, los accidentes de tránsito, las heridas humanas...

—¿Tú crees que lo haya matado? —preguntó Ricardo—. El comisario dijo que lo habían llevado con conmoción cerebral.

—No sé —replicó Martín haciendo una mueca—. No me hables de eso —y cubriéndose los ojos, comenzó a pensar nuevamente en Luisa. Si se enterara que estaba en la comisaría, que faltaría a la cita solamente por eso, no le diría nada, pero haría un mohín de fastidio y sobre todo, tomaría aquellas represalias... Muchas veces lo había llamado al orden y él, en cierta forma, había obedecido. Hacía más de dos meses que no se disputaba con nadie.

—¿Me creerá Luisa? —preguntó súbitamente—. ¿Me creerá ella si le digo la verdad?

—¿Qué cosa?

—¿Me creerá si le digo que estuve en la comisaría sólo por no pagar una cerveza?

—¿Se lo piensas decir?

—¿Y qué otra excusa le voy a dar si no llego a las doce al paradero?

—Ah, verdad, tú no vas a llegar.

Irritado, Martín miró a su amigo. Hubiera querido que dijera algo más, que lo contradijera, que excitara con sus réplicas su propio raciocinio. Pero Ricardo había encendido un cigarro y con la mayor indiferencia del mundo, fumaba mirando el cuadrilátero de cielo azul por donde el sol empezaba a rodar. Martín miró también al cielo.

—Deben ser las once —murmuró Ricardo.

—Las once —repitió Martín y lentamente fue dirigiendo su cabeza al centro del patio. El panadero seguía allí. El color había regresado a su cara, sin embargo, aún seguía inmóvil, conteniendo la respiración, como si temiera hacer demasiado ostensible su presencia. El incidente del joven atacado de náuseas había distraído un poco la atención de los detenidos y él aprovechaba estos instantes para tirar aquí y allá una rápida mirada, como si tratara de reafirmarse en la idea de que el peligro había cesado. Su mirada se cruzó un segundo con la de Martín y en su mandíbula se produjo un leve temblor. Volviendo ligeramente el rostro, quedó mirándolo a hurtadillas.

—Es un cobarde —pensó Martín—. No se atreve a mirarme de frente —y se volvió hacia Ricardo con el ánimo de comunicarle esta reflexión. Pero Ricardo seguía distraído, fumando su cigarrillo. El mal olor comenzaba a infestar el patio.

—¡Es insoportable! —exclamó Martín—. ¡Debían tirar allí un baldazo de agua!

—¿Para qué? Se está bien aquí. Yo estoy encantado. Es un lindo domingo.

—¡Lindo domingo!

—¿No te parece? Yo no sé qué haría si estuviera en la calle. Tendría que ir a la playa... ¡qué aburrimiento! Trepar a los tranvías repletos, después la arena toda sucia...

Martín miró desconcertado a su amigo. No sabía exactamente adónde quería ir, pero sospechaba que sus intenciones eran temibles. En su cerebro se produjo una gran confusión.

—¡Idiota! —murmuró y observó sus puños cuyos nudillos estaban cruzados de cicatrices. En esa parte de sus manos y no en las palmas estaba escrita toda su historia. Lo primero que le exigía Luisa cuando se encontraba con él, era que le mostrara sus puños, porque sabía que ellos no mentían. Allí estaba, por ejemplo, aquella cicatriz en forma de cruz que le dejaran las muelas del negro Mundo. Esa noche, precisamente, para huir de la policía que se aproximaba, se refugió en el baño del bar Santa Rosa. Luisa, que trabajaba tras el mostrador, vino hacia él y le curó la herida.

—¿Cómo te has metido con ese negro? —le preguntó—. ¡Yo he tenido miedo, Martín! —él la miró a los ojos, sorprendió en ellos una chispa de ansiedad y comprendió, entonces, que lo admiraba y que algún día sería capaz de amarlo.

Un sordo suspiro se escapó de su tórax. Al elevar la mirada hacia el patio, se dio cuenta que el panadero lo había estado espiando y que en ese momento pretendía hacerse el disimulado.

—¿Te has dado cuenta? —preguntó dando un codazo a Ricardo—. ¡Hace rato que me está mirando!

—No sé, no he visto nada.

—Pues te juro que no me quita el ojo de encima —añadió Martín y una especie de cólera dormida iluminó sus pupilas. Vio las piernas cortas y arqueadas del panadero —probablemente de tanto pedalear en el triciclo—, su espinazo encorvado, su cutis curtido como la costra del pan. Pensó lo fácil que sería liquidar a un adversario de esa calaña. Bastaba acorralarlo contra la pared, quitarle el radio de acción y, una vez fijado, aplastarlo de un golpe vertical... La sangre inundó nuevamente su rostro y, muy dentro suyo, en una zona indeterminada que él nunca podía escrutar, sintió como una naciente ansiedad.

—¿Tú crees que Luisa me espere? —preguntó sin poder contener su excitación.

—No sé.

—¡No sé, no sé, no sabes nada! —exclamó y buscó inútilmente en sus bolsillos un cigarrillo. El mal olor se había condensado en el aire caliente. El sol entraba a raudales por el techo descubierto. Martín sintió que en su frente aparecían las primeras gotas de sudor y que todo comenzaba a tomar un aspecto particularmente desagradable. Cosas que hasta el momento no había observado —la dureza de las bancas, el color amarillo de las paredes, la sordidez de la compañía— le parecían ahora hostiles e insoportables. En la playa, en cambio, todo sería distinto. Enterrado de bruces sentiría un hilillo de arena, excitante como una caricia, que Luisa le derramaría en la espalda. Las carpas rojas y blancas, blancas y azules, pondrían alternadamente su nota festiva. Bocanadas de aire caliente llegarían por intermitencias y a veces traerían un olor a yodo y pescado...

—¡Esto no puede seguir así! —exclamó—. ¡Te juro que no puede seguir así! —y, al elevar la cara, sorprendió nuevamente la mirada del panadero—. ¿Qué tanto me mira ese imbécil?

El sudor le anegaba los ojos. La sangre, esa sangre cargada de hastío y de cólera, le cortaba el aliento. Ricardo lo miró con cierta perplejidad, casi sorprendido de que tan pronto sus humores se hubieran despertado y en sus labios pálidos se fue abriendo una sonrisa.

—A lo mejor cree... —comentó.

—... ¿que le tenemos miedo? —terminó Martín y en su conciencia se produjo como una ruptura—. ¿Que le tenemos miedo? —repitió—. ¡Eso no! —y se levantó de un salto—. ¡Esto se acabó!

Ricardo trató de contenerlo, pero fue imposible. Cuando el panadero se volvió, encontró a Martín delante suyo, con los brazos caídos, la respiración jadeante, mirándolo a boca de jarro.

—¿Tú crees que te tenemos miedo? —bramó—. ¡Hace rato que me miras de través, como un tramboyo! —y sin atender al balbuceo de su rival, se dirigió hacia el corredor donde montaba guardia un policía.

—Dígale al comisario que aquí hay un voluntario dispuesto a sacarle la mugre a este cochino...

Después de un minuto de silencio, durante el cual Martín se frotó nerviosamente los puños, en el patio se produjo una gran agitación. Las bancas fueron arrimadas contra la pared, los presos formaron como un ring improvisado y pronto el comisario apareció con sus botas relucientes y una sonrisa enorme bajo el bigote oscuro, como quien se dispone a presenciar un espectáculo divertido. El panadero, completamente lívido, había retrocedido hasta un rincón y aún no podía articular palabra. Martín se había quitado ya el saco, había levantado las mangas de su camisa y en sus mandíbulas apretadas se adivinaba una resolución indomable. Ricardo reía con un aire malévolo y el joven del smoking se desgañitaba pidiendo una taza de café.

—Pero, entonces... ¿es cierto? —pudo al fin articular el panadero.

En el patio se elevó un murmullo de impaciencia y de chacota por esta salida.

—¡Claro, maricón!

—¡Que salga a la cancha!

Entre dos detenidos lo cogieron por la cintura y lo lanzaron al centro del patio. Martín, en un extremo, tenía los puños apretados y sólo esperaba las órdenes del comisario para comenzar. A veces se limpiaba el sudor con el antebrazo, y lanzaba una rápida mirada hacia el sol, como si de él recibiera en ese momento su fuerza y su aprobación.

El panadero se despojó de su sombrero y de su saco. Pasando el límite físico del miedo, una decisión insospechada —la misma que deben de sentir los suicidas— transfiguró sus rasgos y sin esperar órdenes de nadie comenzó a danzar en torno de Martín, dando ágiles saltos delante y atrás, como quien se decide y luego se arrepiente. Martín, sólidamente asentado en el piso, medía a su adversario y sólo esperaba que entrara dentro de su radio de acción para fulminarlo de un golpe. El panadero gastaba sus energías en el preámbulo y Martín comenzaba a sentir un poco de impaciencia, porque se daba cuenta que su entusiasmo decaía y que había algo de grotesco en toda esa escena. Fijando su mirada en el panadero, trató de alentarlo, trató de convencerlo que se aproximara, que todo se arreglaría rápidamente, que aquello era una simple formalidad administrativa. Y su deseo pareció surtir efecto, pues en el momento menos pensado, cuando entre los espectadores comenzaban a sentirse algunas risas, se vio arrinconado contra la pared y envuelto en una desusada variedad de golpes —patadas, cabezazos, arañones— como si su pequeño rival hubiera sido disparado con una horqueta. Con gran esfuerzo logró desprenderse de él. En el labio sentía un dolor. Al palparse vio sus dedos manchados de sangre. Entonces todo se oscureció. Lo último que recordó fue la cara del panadero con los ojos desorbitados, retrocediendo contra la banca y tres puñetazos consecutivos que él proyectó contra esa máscara blanca, entre una lluvia de protestas y de aplausos.

Luego vinieron los abrazos, los insultos, la sucesión de rostros asustados o radiantes, las preguntas, las respuestas... El comisario le invitó a un café en su oficina y antes de despedirse le palmeó amigablemente la espalda.

Como quien despierta de un sueño, se vio de pronto libre, en la calle, en el centro mismo de su domingo bajo un sol rabioso que tostaba la ciudad. Adoptando un ligero trote, comenzó a enfilar rectamente hacia el paradero del tranvía. El ritmo de su carrera, sin embargo, fue decreciendo. Pronto abandonó el trote por el paso, el paso por el paseo. Antes de llegar se arrastraba casi como un viejo. Luisa, sobre la plataforma del paradero, agitaba su bolsa de baño. Martín se miró los puños, donde dos nuevas cicatrices habían aparecido y, avergonzado, se metió las manos en los bolsillos, como un colegial que quiere ocultar ante su maestro las manchas de tinta.

(París, 1954)

La tela de araña

Cuando María quedó sola en el cuarto, una vez que hubo partido Justa, sintió un extraño sentimiento de libertad. Le pareció que el mundo se dilataba, que las cosas se volvían repentinamente bellas y que su mismo pasado, observado desde este ángulo nuevo, era tan sólo un mal sueño pasajero. Ya a las diez de la noche, al salir sigilosamente de la casa de su patrona, con su bulto de ropa bajo el brazo, adivinó que un momento de expansión se avecinaba. Luego en el taxi, con Justa a su lado que canturreaba, permaneció muda y absorta, embriagada por la aventura. Pero era sólo ahora, al encontrarse en esa habitación perdida, ignorada de todo el mundo, cuando tomó conciencia de su inmensa libertad.

Ella duraría poco, sin embargo, tal vez dos o tres días, hasta que encontrara un nuevo trabajo. Felipe Santos, su protector, se lo había prometido. Ella no conocía, no obstante, a ese Felipe Santos del cual oyera hablar a Justa, sirvienta de la casa vecina.

—Esta noche vendrá a verte —había dicho Justa antes de salir—. Este cuarto es de un hermano suyo que es policía y que está de servicio. Aquí estarás tú hasta que te consiga un nuevo trabajo.

—Aquí viviré yo —se dijo María y observó el cuarto que parecía abrazarla con sus paredes blancas. Había una cama, un espejo colgado en la pared, un cajón a manera de velador y una silla. Es cierto que en casa de doña Gertrudis se encontraba más cómoda y tenía hasta un armario con percha. Pero, en cambio, aquí carecía de obligaciones. Y esto era ya suficiente.

—Mañana —pensó—, cuando llegue el carro de la basura, doña Gertrudis se dará cuenta que me he escapado —y se deleitó con esta idea, como de una broma que su antigua patrona nunca le perdonaría.

Abriendo su bolsa, sacó un peine y comenzó a arreglarse el cabello frente al espejo.

—Es necesario que Felipe Santos me encuentre decente —pensó—. Así dirá que soy capaz de trabajar en una buena residencia, con autos y televisión.

Su rostro redondo como una calabaza apareció ligeramente rosado en el espejo. Era la emoción, sin duda. Un fino bozo le orillaba el labio abultado, aquel labio que el niño Raúl tantas veces se obstinara en besar con los suyos incoloros y secos.

—Acá el niño Raúl nunca te encontrará —había añadido Justa antes de salir, como si se empeñara en darle el máximo de garantías—. Por ese lado puedes estar segura.

—¿Y si me encontrara? —se preguntó María e inconscientemente miró la puerta, donde el grueso cerrojo aparecía corrido.

—Te seguiré donde te vayas —le había jurado él una noche, acorralándola contra el lavadero, como si presintiera que algún día habría de fugarse.

—El muy desgraciado, con su facha de tísico —pensó María y continuó arreglando su pelo negro y revuelto. Detrás del espejo surgió una araña de largas patas. Dio un ligero paseo por la pared y regresó a su refugio.

—El niño Raúl era aficionado a las arañas —recordó de inmediato María. Conduciéndola al jardín, la obligaba a sostenerle la escalera, mientras él espiaba las copas de los cipreses. Él mismo siempre le pareció como una especie de araña enorme, con sus largas piernas y su siniestra manera de acecharla desde los rincones. Ya había oído hablar de él en casa del negro Julio, adonde llegara de Nazca con una carta de recomendación. El negro Julio no quería que trabajara.

—Todavía está muy pichona —decía mirándola compasivamente.

Pero su mujer, una zamba gorda y revoltosa que había dado doce criaturas al mundo, chillaba:

—¿Pichona? Yo he trabajado desde los doce años y ella tiene ya dieciséis. Habrá que meterla de sirvienta por algún lado.

Y así, de la noche a la mañana, se encontró trabajando en casa de doña Gertrudis. Fue precisamente el día que ingresó, después del almuerzo, cuando vio al niño Raúl.

Ella se encontraba fregando el piso de la cocina, cuando llegó de la calle.

—Me miró de reojo —pensó María— y ni siquiera me contestó el saludo.

Bruscamente se distrajo. En la puerta sonaban tres golpes nítidos.

—¿Será Felipe Santos? —se preguntó y después de mirarse en el espejo, avanzó con sigilo hasta la puerta.

—¡Soy yo, Justa! —gritó una voz al otro lado—. ¡Me había olvidado de decirte algunas cosas!

María abrió la puerta y la chola Justa entró contoneando sus caderas escurridas.

—Me he regresado desde el paradero porque me olvidé de decirte que Felipe tal vez demore un poco. Él tiene que estar hasta tarde en la panadería, de modo que tienes que esperarlo. Dale las gracias y dile además que sabes cocinar. Así es más fácil que te consiga trabajo. Otra cosa: aquí en la esquina hay una pulpería. Si te da hambre puedes comprar un pan con mortadela. Pero apúrate, que a las once cierra.

María quedó nuevamente sola. Observó su cabellera en el espejo. El niño Raúl se acercaba a la ventana para verla peinarse.

—¡Váyase de aquí! —gritaba ella—. ¡Su mamá lo puede ver!

—¡Qué me importa! Me gusta verte peinar. Tienes un lindo pelo. Deberías hacerte moño.

Por la noche, cuando ella iba al fondo del jardín a tender la ropa, de nuevo la abordaba.

—Pero, ¿es que usted no tiene nada que hacer?

—¡Qué te importa a ti eso!

—Debería estudiar...

—¡Quiero estar a tu lado!

Cuando Justa, a quien conociera una mañana mientras barría la vereda, se enteró de esto, se echó a reír.

—¡Así son todos, unos vivos! ¡Creen que somos qué cosa! A mí también, en una casa que trabajé, había uno que me perseguía día y noche, hasta que le di su zape. Lo mejor es no hacerles caso. Al fin se aburren y se van con su música a otra parte.

La araña salió de su refugio y comenzó a recorrer la pared. María la vio aproximarse al techo. Allí se detuvo y comenzó a frotar sus patas, una contra otra, como sorprendida por un mal pensamiento.

Acercándose a su bolsa, María extrajo alguna ropa y la fue extendiendo sobre la cama. Sus vestidos estaban arrugados y además olían a cosas viejas, a días que ella no quería recordar. Allí estaba esa falda a cuadros que ella misma se cosió y ese saco rosado, obsequio de doña Gertrudis. Cuando se lo ceñía al talle los hombres la miraban por la calle y hasta el chino de la pulpería, que parecía asexuado, la piropeaba. Raúl, por su parte, se aferraba a este detalle para abrumarla de frases ardientes.

—Te queda mejor que a mis hermanas. Yo te podría regalar muchos como ése.

—Usted es un sinvergüenza. ¡Métase con sus iguales!

—¡Lo mejor es no hacerles caso! —recordó María el consejo de Justa. La indiferencia era aún más peligrosa, sin embargo, pues era considerada como un asentimiento tácito. Cada día la cosa empeoraba. A los dos meses, su vida se hizo insoportable.

—¡Desde las siete de la mañana! —exclamó María, estrujando su ropa entre las manos, como si quisiera ejercer sobre ella una represalia impersonal y tardía.

En efecto, a las siete de la mañana, hora en que se levantaba para sacar el cubo de basura, el niño Raúl estaba ya de pie. A esa hora doña Gertrudis se encontraba en misa y las hermanas aún dormían. Aprovechando esa momentánea soledad, Raúl intentaba pasar de la palabra a la acción.

—¡Lo voy a acusar a su mamá! —gritaba ella hundiéndole las uñas. La cocina fría fue escenario de muchos combates. Éstos terminaban generalmente cuando una silla derrumbada sobre el piso amenazaba con despertar a las hermanas. Raúl huía como un sátiro vencido, chupándose la sangre de los arañones.

—¡Caramba! —exclamó Justa al enterarse de estas escenas, con una sorpresa que provenía más de la resistencia de María que de la tenacidad de Raúl—. Esto anda mal. Si sigue así tendrás que acusarlo a su mamá.

María sintió un cosquilleo en el estómago. Debían ser ya las once de la noche y la pulpería estaría cerrada. Por un momento decidió salir a la calle y buscar alguna chingana abierta. Pero ese barrio desconocido le inspiraba recelo. Había pasado en el taxi por un bosque, luego por una avenida de altos árboles, después se internó por calles rectas, donde las casas de una abrumadora uniformidad no podían albergar otra cosa que existencias mediocres. El centro de la ciudad no debía encontrarse lejos, pues contra la baja neblina había divisado reflejos de avisos luminosos.

—Aguardaré hasta mañana —se dijo y bostezando se sentó al borde de la cama. La araña seguía inmóvil junto al techo. Cerca del foco, una mariposa gris revoloteaba en grandes círculos concéntricos. A veces se estrellaba contra el cielo raso con un golpe seco. Parecía beber la luz a grandes borbotones.

—Sí, no hay más remedio —le había dicho Justa, cuando ella le confió un día que el niño Raúl la había amenazado con entrar a su cuarto por la noche—. Acúsalo a su mamá.

Doña Gertrudis recibió la noticia sin inmutarse. Parecía estar acostumbrada a este tipo de quejas.

—Regresa a tu trabajo. Ya veré yo.

Algo conversaría con el niño Raúl, pues éste permaneció una semana ignorándola por completo.

—Ni siquiera me miraba —recordó María—. Pasaba por mi lado silbando, como si yo fuera un mueble.

En la puerta se escucharon unos golpes apresurados. María sintió un sobresalto. ¿Otra vez? ¿Sería ya Felipe Santos? Sin moverse, pregunto tímidamente:

—¿Quién?

Por toda respuesta se escucharon otros golpes. Luego una voz exclamó:

—¡Tomás! ¿Estás allí?

María se aproximó y pegó el oído.

—¡Abre, Tomás!

—Acá no hay ningún Tomás.

—¿Quién eres tú?

—Yo estoy esperando a Felipe Santos.

—Bueno, pues, si viene Tomás le dirás que vino Romualdo para invitarlo a una fiesta.

Los pasos se alejaron. El incidente no tenía mayor importancia, pero María se sintió inquieta, como si la seguridad de su refugio hubiera sufrido ya una primera violación. Volviéndose lentamente, quedó apoyada en la puerta. Deseaba con urgencia que su protector llegara. Quería preguntarle quién era ese Tomás y por que venían extraños a tocarle la puerta. Las paredes del cuarto le parecieron revestidas de una espantosa palidez.

La excitación y el cansancio la condujeron a la cama. Le provocó apagar la luz pero un instinto oscuro le advirtió que era mejor permanecer con la luz encendida. Una inseguridad sin consistencia, surgida de mil motivos secundarios (la araña, el bosque que atravesara, el dondoneo de una guitarra que llegaba desde una habitación lejana) fue atravesándola de parte a parte. Sólo ahora le pareció comprender que lo que ella tomó al principio por libertad, no era en el fondo sino un enorme desamparo. En casa de doña Gertrudis, al menos, se sentía acompañada.

—¿Y cómo van tus asuntos? —preguntó Justa, tiempo después.

—Ayer empezó otra vez —replicó María—. Mientras tendía la ropa, quiso abrazarme. Yo pegué un grito y él casi me da una cachetada.

La araña comenzó a caminar oblicuamente hacia el foco de luz. A veces se detenía y cambiaba de rumbo. Parecía atormentada por una gran duda.

—Pues entonces hablaré con Felipe Santos —dijo Justa.

—Fue la primera vez que oí hablar de él —pensó María.

—Es un amigo mío que vive a la vuelta —aclaró Justa—. Tiene una panadería y es muy bueno. Él te podrá conseguir trabajo.

Esta sola promesa hizo su vida más llevadera y le permitió soportar con alguna ligereza el asedio del niño Raúl. A veces se complacía incluso en bromear con él, en darle ciertas esperanzas, con la seguridad de que al no cumplirlas ejercería una represalia digna de los riesgos que corría.

—Así me gusta que te rías —decía Raúl—. Ya te darás cuenta que conmigo no perderás el tiempo.

Y ella, con alguna tonta promesa, en el fondo de la cual ponía el más refinado cálculo, lo mantenía a cierta distancia, mientras se aproximaba la fecha de su partida.

—Ya hablé con Felipe —dijo una tarde Justa—. Dice que te puede ayudar. Dice además que te conoce.

—Me vería pasar cuando iba a la pulpería —pensó María—. ¡Qué raro que no lo haya visto!

—¿Y hasta cuándo te voy a esperar? —la increpó un día Raúl—. Ayer estuve en el jardín hasta las once y tú... nada.

—El viernes por la noche —aseguró María—. De verdad no lo engaño. Esta vez no faltaré.

Justa le había dicho esa misma mañana:

—Ya está todo arreglado. Felipe dice que te puede conseguir trabajo. El jueves por la noche saldrás con tus cosas sin decir nada a doña Gertrudis. Él tiene un cuarto desocupado en Jesús María, donde puedes estar hasta que se te avise.

El jueves por la noche hizo un bulto con su ropa y, cuando todos dormían, salió por la puerta falsa. Justa la esperaba para conducirla al cuarto. Tomaron un taxi.

—Felipe me dio una libra para el carro —dijo—. Me regresaré en ómnibus para economizar.

Ella no contestó. La aventura la tenía trastornada. Al abandonar su barrio le pareció que los malos días quedaban enterrados para siempre, que una vida expansiva, sin obligaciones ni mandados ni diarias refriegas en la cocina blanca, se abría delante de ella. Atravesó un bosque, una avenida de altos árboles, casas uniformes y sórdidas, hasta ese pequeño cuarto donde la intimidad había sido para ella una primera revelación.

En pocos minutos, sin embargo, su optimismo había decaído. Algo ocurría muy dentro suyo: pequeños desplazamientos de imágenes, lento juego de sospechas. Un agudo malestar la obligó a sentarse en el borde de la cama y a espiar los objetos que la rodeaban, como si ellos le tuvieran reservada alguna sorpresa maligna. La araña había regresado a su esquina. Aguzando la vista, descubrió que había tejido una tela, una tela enorme y bella como una obra de mantelería.

La espera sobre todo le producía una desazón creciente. Trató por un momento de refugiarse en algún recuerdo agradable, de cribar todo su pasado hasta encontrar un punto de apoyo. Pensó con vehemencia en sus días en Nazca, en su padre a quien jamás conoció, en su madre que la enviaba a la plaza a vender el pescado, en su viaje a Lima en el techo de un camión, en el negro Julio, en la casa de doña Gertrudis, en la chola Justa contoneando sus caderas escurridas en ese Felipe Santos que nunca terminaba de llegar... Solamente en este último su pensamiento se detuvo, como fatigado de esa búsqueda infructuosa. Era el único en quien podía confiar, el único que podía ofrecerle amparo en aquella ciudad para ella extraña, bajo cuyo cielo teñido de luces rojas y azules, las calles se entrecruzaban como la tela de una gigantesca araña.

La puerta sonó por tercera vez y ahora no le cupo duda a María que se trataba de su protector. Delante del espejo se acomodó rápidamente sus cabellos y corrió hacia el cerrojo.

En la penumbra del callejón apareció un hombre que la miraba sin decir palabra. María retrocedió unos pasos.

—Yo soy Felipe Santos —dijo al fin el hombre y entrando en la habitación cerró la puerta. María pudo observar su rostro de cincuentón y sus pupilas tenazmente fijas en ella, a través de los párpados hinchados y caídos.

—Yo te conozco —prosiguió el hombre aproximándose—. Te veía pasar cuando ibas a la pulpería... —y llegó tan cerca de ella que sintió su respiración pesada abrasándole el rostro.

—¿Qué quiere usted?

—Yo quiero ayudarte —respondió él sin retroceder, arrastrando las palabras—. Desde que te vi pensé en ayudarte. Eres muy pequeña aún. Quiero ser como tu padre...

María no supo qué responder. Miró hacia la puerta, cuyo cerrojo estaba corrido. Detrás de ella quedaba la ciudad con sus luces rojas y azules. Si franqueaba la puerta, ¿adónde podría ir? En Justa ya no tenía fe y la niebla debía haber descendido.

—¿No quieres que te ayude? —prosiguió Felipe—. ¿Por qué no quieres? Yo soy bueno. Tengo una panadería, ya te lo habrá dicho Justa. Fíjate: hasta te he traído un regalito. Una cadenita con su medalla. Es de una virgen muy milagrosa, ¿sabes? Mírala qué linda es. Te la pondré para que veas qué bien te queda.

María levantó el mentón lentamente, sin ofrecer resistencia. Había en su gesto una rara pasividad. Pronto sintió en su cuello el contacto de aquella mano envejecida. Entonces se dio cuenta, sin ningún raciocinio, que su vuelo había terminado y que esa cadena, antes que un obsequio, era como un cepo que la unía a un destino que ella nunca buscó.

(París, 1953)

El primer paso

Danilo pensó que si su madre no hubiera muerto, que si no fuera por esa riña donde perdió los dientes, que si no tuviera un solo terno verde, no tendría que estarse a esa hora en el bar, con el ojo clavado en el reloj de péndulo y el espíritu torturado por la espera. Pero a causa de todo ello, horas más tarde estaría instalado en un ómnibus, rumbo al norte del país, recostado en el hombro de Estrella. El arenal se divisaría desde la ventana, amarillo e interminable, como un paisaje lunar. Todo eso iba a suceder. Parecía mentira. Iba a suceder porque había perdido los dientes en una riña, porque Panchito lo había descubierto rondando sin un cobre por el billar.

Su consentimiento le había costado al principio un poco de esfuerzo. Panchito lo había acosado día y noche, hasta liquidar todos sus escrúpulos. Su resistencia primitiva, sin embargo, no provenía de ninguna razón moral. Al fin y al cabo para él los *demás* no tenían ninguna importancia. Él estaba acostumbrado a salir disparado de los taxis para no pagar la tarifa, a echarse un paquete de mantequilla al bolsillo cuando el chino de la pulpería volvía la espalda. Perjudicar al prójimo a base de astucia —hacer una *criollada,* como él decía— jamás le había producido el menor remordimiento. Por el contrario, le proporcionaba un regocijo secreto que él nunca pudo ocultar. Ahora, sin embargo, la empresa era más vasta, los riesgos mayores, las víctimas numerosas y anónimas. Era necesario obrar con la más absoluta cautela.

Danilo observó a su alrededor, como si creyera que la temeridad de sus pensamientos fuera a crearle una expresión sospechosa. Aquel bar era discreto, para tranquilidad suya. En las mesas vecinas, grupos de empleados jugaban ruidosamente al cacho, alargando con una alegría un poco pueril las delicias de su noche de sábado. Desde el fondo llegaba una discusión sobre fútbol. En el mostrador, dos hombres reían bebiendo cerveza. El ruido de los dados, el estrépito de los brindis, creaban una atmósfera un poco agitada pero burguesa en el fondo y tolerable. Danilo se sintió bien allí, amparado por esa pacífica compañía, cuya sola preocupación en ese momento era el temor de pagar la cuenta o la angustia de que su equipo descendiera de categoría.

En el espejo del fondo observó su rostro redondo y desteñido. Estrella, acariciándolo, le decía a veces que tenía cara de bebé. Por toda barba tenía cuatro pelos de lampiño. Era en suma un rostro que inspiraba confianza. Danilo pensó que ello sería una ventaja enorme. Precisamente Panchito había insistido en ese detalle para convencerlo.

—Además —decía poniéndole el dedo en la barbilla—, tú tienes cara de mosca muerta.

Danilo sonrió y metió la lengua en su copa de pisco. Había pedido una buena marca, porque Panchito pagaría. Panchito siempre pagaba. Nunca le faltaban en los bolsillos unos buenos cientos de soles. Además se vestía bien, envolvía su cuerpo raquítico y magro en los mejores cortes ingleses.

—Tú sabes, la presencia... —decía acomodándose la corbata—. La presencia sirve de mucho en los negocios.

Él también podría al fin quitarse ese espantoso terno verde. La falta de ropa le había causado siempre sinsabores. Fiestas a las que no pudo ir, muchachas a las que jamás volvió a ver, porque mientras él les hablaba, ellas no desprendían la mirada del cuello mugriento de su camisa. Todas esas miserias iban a terminar aquella noche —Panchito lo había citado a las tres de la madrugada— cuando cumpliera la comisión. Los beneficios que obtendría no eran, por otra parte, el único incentivo de esta aventura. La aventura en sí misma, con todos los peligros imprevisibles que entrañaba, le producía una suerte de obsesión. Se veía ya viajando de incógnito, conociendo ciudades lejanas, entrevistándose con personas desconocidas, elevando la realidad a la altura de su imaginación.

Un dado, escapándose de su cubilete, rodó bajo su mesa. Danilo dudó un momento antes de recogerlo. Le molestaba hacer un servicio, porque la gratitud ajena le parecía ofensiva. Por fin se decidió y lo tomó entre los dedos. Era un as. Inmediatamente interpretó el incidente como un buen augurio. Era un viejo hábito suyo el tratar de sorprender en los objetos que lo rodeaban los misterios del destino. A veces la sugerencia de un número, las letras de un aviso luminoso, la dirección que seguía una piedra al recibir una patada, eran para él argumentos más convincentes que cualquier raciocinio. Ese as caído milagrosamente a sus pies era más que un signo de aliento: era la complicidad del azar. Danilo deseó que Panchito estuviera en ese momento a su lado para decirle que contara siempre con él, que trabajaría ciegamente a su servicio. Pero Panchito tardaba, tardaba como siempre. Para colmo de males, si no venía, se iba a ver en apuros para pagar su copa de pisco.

Danilo volvió a mirar a su alrededor. Los empleados continuaban jugando a los dados, los hombres del mostrador bebiendo cerveza. Sus hábitos moderados, su alegría mediocre y hebdomadaria, comenzaban a producirle irritación. En el fondo los despreciaba porque carecían de espíritu de revuelta, porque se habían habituado a los horarios fijos y a las vacaciones reglamentadas. En sus gestos, en su vocabulario, en sus bigotes, había ya como una deformación profesional. Recordó casi con júbilo que él nunca había durado más de dos meses en un empleo. Prefirió siempre la libertad con todas sus privaciones y todos sus problemas. Ser libre —que consistía para él en husmear por los cafés y por los billares buscando un conocido que le convidara un cigarro o le prestara cinco soles— era una de sus ocupaciones favoritas y una de sus grandes tareas. En ellas había puesto lo mejor de su talento.

El reloj marcó las tres y media y Danilo temió que Estrella se marchara o, peor aún, se comprometiera con algún cliente. Él le había recomendado que esa noche no saliera del bar y que esperara su llamada pues tenía algo importante que comunicarle. Estuvo a punto de decirle: «Espérame lista, que saldremos de viaje.» Pero quizá fue mejor no adelantar nada. Panchito le había recomendado discreción. «No hay que meter a las mujeres en la danza», era el consejo que siempre tenía a flor de labios.

Estrella, sin embargo, no era una mujer como las otras. Para empezar, era fea, lo cual equivalía casi a una garantía de fidelidad. Panchito le había dicho que cómo podía estar enamorado de ese *bagre.* Pero, ¿acaso él estaba enamorado? Ya muchas veces había pensado en eso. Era algo distinto, indudablemente, algo primitivo y violento, más poderoso quizás que el mismo amor. Una atracción morbosa, por momentos humillante, que desaparecía o se redoblaba según las fluctuaciones de su instinto. El marco de la casa de doña Perla, por otra parte, con sus borrachos, su olor a desinfectante, sus biombos, sus litografías de la Virgen alternando con figuras obscenas, era el más adecuado para la naturaleza de su pasión. Danilo pensó por un momento cómo sería Estrella fuera de ese lugar, si no perdería algo de su vitalidad al ser trasplantada.

En ese momento la puerta del bar giró y apareció Panchito. Llevaba un impermeable, a pesar de que no llovía, y un sombrero gris tirado sobre la oreja. Sentándose frente a Danilo puso sobre la mesa un paquete de Lucky.

—¡Qué lío! —exclamó—. El trabajo aumenta. No tengo un minuto de descanso.

Danilo lo observó. Vio cómo sus ojos, bajo el ala del sombrero, repasaban el bar, con movimientos rápidos y seguros. En el anular tenía una espesa sortija de oro. Danilo miró su mano pequeña y curtida y le pareció que un temblor la sobrecogía. Elevando la cara, siguió la dirección de su mirada, que estaba posada en el fondo de la sala, en un punto indefinido.

—¿Alguna novedad? —preguntó.

Panchito volvió hacia él repentinamente la cara y sonrió a toda mandíbula. Su rostro, sin embargo, parecía cubierto por una capa de ceniza.

—Que hace un poco de frío y la neblina me ha calado los huesos —respondió y se frotó repetidamente los ojos—. No me siento muy bien... —añadió y trató de encender un cigarrillo.

Danilo observó nuevamente a su alrededor, como si de pronto algo hubiera cambiado y fuera necesario comprobarlo. Todo seguía igual, sin embargo. Quizá los rostros de los empleados comenzaban a angularse como los de los noctámbulos, y los hombres del mostrador estaban un poco borrachos. Danilo esperó que Panchito comenzara a hablar, pero lejos de hacerlo, su compañero había doblado la cabeza contra el pecho y permanecía en la actitud de un hombre que reflexiona o que duerme. El temor de haber perdido su confianza, de que hubiera descubierto que Estrella estaba también comprometida, sobrecogió a Danilo. Veía ya sus proyectos abatirse y una súbita amargura lo hizo imitar el gesto profundo de su amigo. Pronto sintió, sin embargo, que Panchito lo cogía de la manga e inclinaba su rostro por encima de la mesa. Al observarlo, notó que gotitas de sudor resbalaban por su frente.

—Debemos abreviar —dijo en voz baja—. Mi impermeable está cargado, como supondrás... La plata está en el bolsillo de adentro... No mires tanto a tu alrededor... Debemos abreviar. Tú ya sabes lo que tienes que hacer. Yo me voy a quitar el impermeable para ir al urinario. Luego la pico por la puerta del costado... No es por nada, pero siempre es mejor tomar precauciones. Tú te estás un rato y luego enfilas para tu hotel hasta que parta el ómnibus, con el impermeable, naturalmente...

Danilo asintió con la cabeza, un poco sorprendido, pero en el fondo admirado de la habilidad con que se desempeñaba su compañero. Pensó que en adelante tendría mucho que aprender de él. Lo vio levantarse con el cigarrillo en los labios, dejar el impermeable sobre la silla y caminar hacia el urinario haciendo el ademán de desabrocharse la bragueta. Poco después lo vio desaparecer por la puerta lateral, sin hacerle siquiera un guiño.

Danilo quedó nuevamente solo. Su mirada se posó en el impermeable, que yacía en la silla en una posición un poco indolente de cosa olvidada. De sus pulmones se escapó un hondo suspiro. La ansiedad contenida se desbordaba al fin. La comisión estaba recibida, ahora solo faltaba cumplirla. Tuvo la tentación momentánea de encargar otro trago, pero empezaba a sentir un poco de fatiga. Además tenía que pasar por Estrella. Un momento más permaneció sentado, repensando la escena vivida, tomando conciencia de la importancia de su misión. El destino de los empleados, que en ese momento levantaban la voz, le pareció al lado del suyo miserable y ridículo. Ellos encarnaban la normalidad, el orden, el buen sentido, la pequeña licencia semanal... Él, en cambio, acababa de ingresar en el círculo de las grandes empresas secretas, en el dominio de la clandestinidad. Levantándose, cogió el impermeable y lanzó una mirada soberbia en torno suyo. Le provocó escupir a su alrededor.

Después de dejar una libra en la mesa —ya empezaba a mostrarse magnífico— se echó el impermeable sobre los hombros, con una naturalidad que a él mismo lo sorprendió. Notó que pesaba, como si tuviera los bolsillos cargados de piedras.

Con paso seguro atravesó el umbral y quedó delante del bar un poco indeciso. Optó por ir a pie hasta la casa de doña Perla. Estrella debía estar impaciente. Con la frente alta, se echó a andar, cortando la neblina. Pensó que dentro de unas horas estaría instalado en el ómnibus, atravesando los arenales amarillos. Todo eso iba a suceder porque había conocido a Panchito, porque su madre había muerto, porque tenía un terno verde... Su mirada se posó en las casas, en los letreros de los bares, en las luces altas de los edificios, con esa vaga melancolía que precede a todo viaje. Volteando la cara, divisó a dos hombres que venían caminando. La neblina le impidió advertir que eran los mismos que bebían cerveza en el bar. Sigilosamente, habían comenzado a seguirlo.

(París, 1954)

Junta de acreedores

Cuando el campanario de Surco dio las seis de la tarde, don Roberto Delmar abandonó el umbral de su encomendería y, sentándose tras el mostrador, encendió un cigarrillo. Su mujer, que lo había estado espiando desde la trastienda, sacó la cabeza a través de la cortinilla.

—¿A qué hora van a venir?

Don Roberto no respondió. Tenía la mirada fija en la puerta de la calle, por donde se veía un pedazo de pista sin asfaltar, la verja de una casa, unos rapaces jugando a las bolitas.

—No fumes tanto —prosiguió su mujer—. Tú sabes que eso te pone nervioso.

—¡Déjame en paz! —exclamó él, dando un golpe en el mostrador. Su mujer desapareció sin decir palabra. Él continuó mirando la calle, como si allí se estuviera desarrollando un espectáculo apasionante. Los representantes no tardaban en llegar. Las sillas ya estaban preparadas. La sola idea de verlos sentados allí, con sus relojes, sus bigotes, sus mofletes, lo exacerbaba: «Hay que conservar la dignidad —se repetía—. Es lo único que todavía no he perdido.» Y su mirada inspeccionaba rápidamente las cuatro paredes de su tienda. En las repisas de madera sin pintar, se veían infinidad de comestibles. Se veían también pilas de jabón, cacerolas, juguetes, cuadernos. El polvo se había acumulado.

A las seis y cinco, una cabeza colocada al extremo de un pescuezo ostensiblemente largo, asomó por el umbral.

—¿La encomendaría de Roberto Delmar?

—La misma.

Un hombre alto ingresó con un cartapacio bajo el brazo.

—Yo soy representante de la compañía Arbocó, Sociedad Anónima.

—Encantado —replicó don Roberto, sin moverse de su sitio.

El recién llegado dio unos pasos por la tienda, se ajustó los anteojos y comenzó a observar la mercadería.

—¿Esto es todo lo que hay?

—Sí, señor.

El representante hizo una mueca de decepción y, tomando asiento, comenzó a revisar su cartapacio.

Don Roberto fijó nuevamente su mirada en la puerta. Sentía una viva curiosidad por observar al recién llegado, pero se dominaba. Le parecía que ello sería un signo de debilidad, o por lo menos, de condescendencia. Prefería mantenerse inmutable y digno, en la actitud de un hombre que debe pedir cuentas en lugar de rendirlas.

—Según el tenor de las letras que obran en mi poder, su débito para con Arbocó, Sociedad Anónima asciende a la cifra...

—Por favor —interrumpió don Roberto—. Preferiría que no hable de números hasta que lleguen los otros acreedores.

Un hombre bajito y gordo, con sombrero de hongo, atravesó el umbral en ese momento.

—Buenas tardes —dijo, y cayendo en una silla quedó quieto y callado, como si se hubiera dormido. Poco después extrajo un papel y comenzó a trazar cifras.

Don Roberto comenzó a sentir una especie de enervamiento. El tabaco le había dejado la boca amarga. A veces descargaba sobre los acreedores una mirada furtiva y voraz, como si quisiera aprehenderlos y aniquilarlos por un solo acto de percepción. Sin conocer nada de sus vidas, los detestaba íntimamente. Él no era hombre de sutilezas para hacer diferencias entre una empresa y sus empleados. Para él, ese hombre alto y de lentes, era la compañía Arbocó en persona, vendedora de papel y de cacerolas. El otro hombre, porque era adiposo y parecía bien comido, debía ser la fábrica de fideos La Aurora, en chaleco y sombrero de hongo.

—Quisiera saber... —comenzó la fábrica de fideos— cuántos acreedores han sido citados a esta junta.

—¡Cinco! —replicó Arbocó, sin esperar la respuesta del encomendero—. ¡Cinco! Según la convocatoria que obra en mi *folder*, somos cinco los que detentamos los créditos.

El hombre gordo agradeció con una venia y continuó enfrascado en sus números.

Don Roberto abrió otro paquete de cigarrillos. Pensó por un momento que hubiera sido mejor entrecerrar la puerta, porque siempre era probable que entrara algún cliente y olfateara lo que sucedía. Sin embargo, sentía cierta resistencia a levantarse, como si el menor movimiento le fuera a ocasionar una enorme pérdida de energías. La inmovilidad era en este momento para él una de las condiciones de su fuerza.

Un muchacho con unos libros bajo el brazo, ingresó rápidamente en el establecimiento. Al ver a esos extraños visitantes, quedó como cortado.

—Buenas tardes, papá —dijo al fin, y atravesando la cortinilla se perdió en la trastienda. Del interior llegó un rumor de voces.

Don Roberto, por un acto mecánico, miró su muñeca izquierda donde sólo quedaba una huella de piel clara. Una súbita vergüenza lo asaltó al imaginar que los acreedores podían haberse percatado de su acto fallido. Entre ellos, sin embargo, había comenzado una conversación tediosa.

—¿Arbocó? —preguntaba el gordo—. ¿Eso no queda en la avenida Arica?

—¡No! Esa es Arbicó —replicó el otro, sensiblemente ofendido por la confusión.

Los otros acreedores aún no aparecían y don Roberto comenzó a sentir una impaciencia creciente. Ellos sí sabían hacerse esperar, en cambio a él eran incapaces de concederle unos meses de mora. En su irritación confundía la puntualidad de las citas con la de los plazos judiciales, los atributos de los hombres con los de las instituciones. Estaba a punto de incurrir en mayores enredos, cuando dos hombres ingresaron conversando animadamente.

—Fábrica de cemento Los Andes —dijo uno.

—Caramelos y chocolates Marilú —dijo el otro, y tomando asiento, prosiguieron su charla.

«Cemento... Caramelos», repitió don Roberto maquinalmente y lo repitió varias veces como si fueran para él palabras extrañas a las cuales fuera necesario encontrarles un sentido. Recordó la ampliación de su local, que tuvo que suspender por falta de cemento. Recordó los pomos de caramelos numerados del uno al veinte. Recordó al italiano Bonifacio Salerno...

—Bueno, ¿quién es el que falta? —preguntó una voz.

Don Roberto se abrió paso desde su mundo interior. El hombre del cemento lo miraba, esperando su respuesta. Pero ya Arbocó había consultado su cartapacio, para replicar:

—Según los documentos que tengo en mi *folder,* el que falta es Ajito. ¡A-j-i-t-o, así como suena! Es un japonés del Callao.

—Gracias —replicó el interesado. Y volviéndose hacia su compañero añadió—: No se puede hablar en este caso de cortesía oriental.

—Por el contrario —replicó el otro—. El tal japonés, por el nombre, parece más peruano que... que el ají.

Los representantes rieron. Su complicidad de acreedores pareció requerir de esta broma fácil para hacerse patente. Entre los cuatro comenzaron a hablar animadamente de sus empresas, de sus créditos, de sus funciones. Abriendo sus cartapacios, exhibían letras de cambio, cartas confidenciales y otros documentos que ellos calificaban de «fehacientes», poniendo una especie de voluptuosidad en el carácter técnico del término.

Don Roberto, a la vista de todos aquellos papeles, sintió una sorda humillación. Tenía la impresión de que esos cuatro señores se habían puesto a desnudarlo en público para escarnecerlo o para descubrir en él algún horrible defecto. A fin de defenderse de esta agresión, se enroscó sobre sí mismo, como un escarabajo; rastreó su pasado, su vida, tratando de encontrar algún acto honroso, alguna experiencia estimable que prestara apoyo a su dignidad amenazada. Recordó que era presidente de la Asociación de Padres de Familia del Centro Escolar N.º 480, donde estudiaban sus hijas. Este hecho, sin embargo, que antes lo enorgullecía, pareció revolverse ahora contra él. Creyó descubrir que en el fondo ocultaba una punta de ironía. La idea de renunciar al cargo le vino inmediatamente. Comenzó a pensar en los términos en que redactaría la carta, cuando su hijo salió de la trastienda y se detuvo en medio de la pieza. Don Roberto se estremeció porque el muchacho estaba pálido y parecía irritado. Después de mirar con desprecio a los acreedores salió a la calle sin decir palabra.

—Bueno —dijo uno de ellos—. Creo que debe abrirse la junta.

—Esperemos cinco minutos —replicó don Roberto, y se asombró de descubrir aún en su voz un resto de autoridad.

Una sombra apareció en el umbral. Los representantes creyeron que se trataba de Ajito; sin embargo, era el hijo del encomendero, que volvía.

—Papá, ven un momento.

Don Roberto se levantó y atravesando la tienda salió a la calle. Su hijo lo esperaba a pocos pasos de la puerta, vuelto de espaldas.

—¿Qué significa todo esto? —preguntó, dándole bruscamente la cara.

Don Roberto no replicó, cortado por el tono del muchacho.

—¿Qué hace toda esta gente metida en la tienda? ¿Cómo los has dejado entrar?

—Pero, muchacho, escúchame, los negocios... tú sabes...

—¡Yo no sé nada! ¡Lo único que yo sé es que en tu lugar los sacaría a patadas! ¿No te das cuenta de que se ríen? ¿No te das cuenta de que te toman el pelo?

—¿Tomarme el pelo? ¡Eso nunca! —protestó don Roberto—. Mi dignidad...

—¡Qué dignidad ni ocho cuartos! —gritó él fuera de sí. A su lado había un carro elegante, probablemente de alguno de los acreedores—. ¡Tu dignidad! —repitió con desprecio—. ¡Esa es la única dignidad! —añadió señalando el carro—. ¡Cuando tengas uno así podrás hablar de ella! —y cegado por la cólera dio un puntapié a una de las llantas, que resonó como un tambor.

—¡Cálmate! —ordenó don Roberto tratando de cogerlo del brazo—. ¡Cálmate, Beto! Todo se arreglará, yo sé, ya verás... —y para apaciguarlo, añadió—: ¿No quieres un cigarrillo?

—No quiero nada —replicó él y comenzó a alejarse. Algunos pasos más allá se detuvo—. ¿No tienes una libra? —preguntó—. Quiero ir al cine esta noche, no puedo seguir escuchando a esos imbéciles...

Don Roberto sacó la cartera. El muchacho recibió el dinero y sin agradecer se marchó muy apurado. Don Roberto lo vio alejarse, descorazonado. Desde la tienda llegaba el rumor de los acreedores.

Aprovechando su ausencia, ellos se habían levantado «para estirar las piernas», según dijeron. Acercándose a las repisas, cogían la mercadería y la examinaban. Se fumaba, se contaban chistes. Reignados a la espera, trataban de sacar de ella el mejor partido posible. A fuerza de olfatear, Arbocó descubrió, tras una pila de tinteros, unas botellas de pisco.

—¡Había secretitos! —exclamó, regocijado por su hallazgo.

Cuando don Roberto ingresó, volvieron a sus sitios, retomaron su papel de acreedores. Los rostros se endurecieron, las manos se posaron solemnemente en las sisas de los chalecos.

—Puede abrirse la junta —ordenó don Roberto—. El otro acreedor no tardará en llegar.

Hubo un corto silencio. El hombre de los fideos se levantó al fin y, abriendo su cartapacio, comenzó a hacer la enumeración de sus créditos. Los demás acreedores asentían con la cabeza, algunos tomaban rápidas anotaciones. Don Roberto hacía lo posible por concentrarse, por aparentar un poco de atención. El recuerdo de su hijo, sin embargo, ironizando sobre la dignidad, arrancándole la libra de la mano, lo atormentaba. Pensó por un momento que debía haberlo abofeteado. Pero, ¿para qué? Ya estaba demasiado grande para este tipo de castigo. Además, temía estar en el fondo de acuerdo con lo que su hijo había dicho.

—... he terminado —dijo el gordo y se sentó.

Don Roberto despertó.

—Bien, bien... —dijo—. Perfectamente. Estoy de acuerdo con eso. Pasemos al siguiente.

Cemento Los Andes desarrolló un largo papel.

Una letra de trescientos soles, de fecha cuatro de agosto. Otra letra de ochocientos, del dieciséis del mismo mes...

Don Roberto recordó las bolsas de cemento que le trajeron en el mes de agosto. Recordó el entusiasmo con que inició la ampliación de su local. Pensaba hacer una bodega moderna, incluso abrir hasta un restaurante. Todo, sin embargo, había quedado a la mitad. Los pocos sacos que le restaban, se habían endurecido con la humedad. La llegada de Bonifacio Salerno fue para él el comienzo de su ruina...

—... total: dos mil ochocientos soles —terminó el representante del cemento y tomó asiento.

Caramelos y chocolates Marilú se levantó, pero ya don Roberto no escuchaba nada. Cada vez que venía a su memoria la figura de Bonifacio Salerno, sentía un enardecimiento que lo embrutecía. Al mes que abrió su bodega, a pocos pasos de la suya, le había arrebatado toda la clientela. Bien instalada, mejor provista, le hizo una competencia desleal. Don Bonifacio otorgaba créditos y además era panzón, completamente panzón... Don Roberto se aferró a este detalle con una alegría infantil exagerando mentalmente el defecto de su rival, hasta convertirlo en una caricatura. Éste era, no obstante, un subterfugio muy fácil en el que siempre recaía. Haciendo un esfuerzo volvió a la realidad. El hombre de los caramelos seguía leyendo:

—... dos kilos de chocolates, treinta y cinco soles...

—¡Basta! —exclamó don Roberto y al percatarse que había levantado mucho la voz, se excusó—. La verdad es que esta lectura no tiene objeto —añadió—. Conozco perfectamente mis deudas. Sería mejor pasar directamente al arreglo.

El hombre de Arbocó protestó. Si sus colegas habían leído, él también tenía que hacerlo. ¡No era justo que lo dejaran de lado!

—¡Mis documentos son fehacientes! —gritaba, agitando su cartapacio.

Entre sus compañeros lo calmaron, lo convencieron que renunciara a la lectura. Él no quedó muy satisfecho. Lanzando su mirada miope sobre las repisas, trató de cobrarse una revancha. Los picos de las botellas de pisco asomaban discretamente.

—¿No podría servirme una copita? —insinuó—. La tarde está un poco fría. Yo padezco de los bronquios.

Don Roberto se levantó. En su impaciencia por liquidar el asunto, era capaz de cualquier concesión de este tipo. Pensaba, además, que sus hijas podían llegar de un momento a otro. Alineó cuatro copas en el mostrador y las llenó.

En ese momento un oriental bajito, con un sombrero metido hasta las sienes, se deslizó en la tienda como una sombra.

—Ajito —murmuró con voz imperceptible—. Yo soy Ajito.

—¡Llega usted a tiempo! —exclamó Cemento Los Andes.

—¡Para el brindis de honor! —añadió Caramelos Marilú. Y los dos rieron sonoramente. Era evidente que entre ambos había algo así como una sociedad clandestina para hacer bromas estúpidas. Sus espíritus formaban una bolsa común. Uno siempre coronaba las frases del otro y entre los dos se repartían las ganancias.

—No tomo —se excusó el japonés.

—Su copa para mí —intervino Arbocó, y se sirvió un trago tras otro. Después de chasquear la lengua, regresó a su sitio. Dos manchas rojas le habían aparecido en las mejillas.

—Bueno —repitió don Roberto—. Insisto en que pasemos directamente al arreglo.

—De acuerdo —dijeron los acreedores.

—¡De acuerdo! —añadió Arbocó, levantándose—. Estoy de acuerdo con eso. Pero antes creo que debemos hacer un resumen...

—¡Nada de resúmenes! ¡Al grano! —gritaron algunas voces.

—¡El resumen es imprescindible! —exclamó Arbocó—. No se puede hacer nada sin un resumen... Ustedes saben, el método antes que nada. ¡Seamos ordenados! Yo he preparado un resumen, yo he tomado notas...

A fuerza de insistir, logró su propósito y pronto se embarcó en una larga exposición donde se mezclaban arbitrariamente las anécdotas, los artículos del Código Civil, las consideraciones del orden moral, tratando a toda costa de mostrar un poco de ingenio. Los acreedores comenzaron a conversar por lo bajo. Ajito se levantó para echar una mirada a la calle. Don Roberto pensaba nuevamente en sus hijas. Si llegaban en ese momento ¿cómo les explicaría el sentido de esa ceremonia? Sería imposible ocultarles la verdad de las cosas. Desde la trastienda todo se escuchaba.

Arbocó, mientras tanto, se había interrumpido al ver la poca atención que se prestaba a su discurso. Decepcionado, se acercó al mostrador y se sirvió otra copa de pisco. Los acreedores reían seguramente de algún chiste. Él se sintió ofendido, como si fuera el blanco de las burlas. Todo lo vio por un momento negro y hostil. Su fracaso como orador, su poca suerte con las mujeres, su tragedia de viajar en tranvía, le envenenaron el hígado, le predispusieron a la intransigencia.

—¡Pues si se trata de abreviar, abreviemos! —exclamó—. ¡Basta de corrillos, al grano! —y cayendo en su silla, cruzó los brazos con una seriedad un poco presuntuosa. Ajito regresó a su puesto. Todas las miradas se posaron en el encomendero.

Don Roberto se levantó. Sentía un ligero malestar. La idea de que su mujer lo estaría espiando desde la cortinilla, aumentaba su nerviosidad. No ceder era su divisa. Conservar la dignidad.

—Señores —empezó—. Ésta es mi propuesta. Mis deudas ascienden a la suma de veinticinco mil soles. Bien, yo creo que si ustedes me conceden una mora de dos meses...

Un rumor de protesta se levantó en la tienda. Arbocó era el más exaltado.

—¿Por qué no, de una vez, todo el año? —gritaba—. ¿Por qué no, de una vez, todo el año?

—¡Déjeme terminar! —exclamó don Roberto, golpeando el mostrador—. ¡Después escucharé sus razones! Digo que si me conceden una mora de dos meses y si reducen sus créditos al treinta por ciento...

—¡Eso no, eso no! —gritó Arbocó y al ver que sus compañeros lo apoyaban, se levantó, tratando de adueñarse de la situación—. ¡Eso no, señor Delmar!... —continuó, pero luego sus ideas se ofuscaron, no encontró las palabras precisas y lapidarias que en ese momento se requerían y quedó repitiendo mecánicamente—: ¡Eso no, señor Delmar! ¡Eso no, señor Delmar!...

El representante de los fideos se levantó a su vez. Su tranquilidad contagiosa puso un poco de calma.

—Señores —dijo—. Veamos la cosa sin apasionamientos. Considero que la propuesta de nuestro deudor es muy interesante, pero es francamente inaceptable. En realidad nuestros créditos son muy antiguos. Algunos datan de hace un año. Si en doce meses no ha podido pagar, creo que en dos le será igualmente imposible.

—Usted olvida la reducción —objetó don Roberto.

—Precisamente sobre eso quiero hablar. Reducir nuestros créditos al treinta por ciento, es casi remitirle sus deudas. Yo creo que las empresas que representamos no aceptarán...

—¡Mi principal!, ¡de ninguna manera! —intervino Arbocó—. ¡Mi principal es persona muy seria!

—¡El mío tampoco! —añadió el acreedor de cemento.

—¡Ni el mío! —terminó el de los caramelos.

Don Roberto quedó silencioso. Presentía una negativa; sin embargo, no creyó encontrar una solidaridad tan enérgica en el grupo. Los cuatro hombres estaban también callados, de pie, formando una especie de unidad indestructible, y lo miraban desafiantes, dispuestos a sepultarlo en un mar de razones y de números si él cometía la torpeza de insistir. Solamente Ajito continuaba sentado en un rincón, ajeno al ritmo de las pasiones. Don Roberto lo miró casi con simpatía, adivinando que en él tenía un colaborador.

—¿Y usted? —preguntó dirigiéndose a él—, ¿qué piensa usted?

—Yo estoy de acuerdo, de acuerdo... —susurró.

—¿De acuerdo con quién? —gritó Arbocó estirando hacia él su largo pescuezo.

—De acuerdo con el deudor.

Arbocó tronó. Habló de deslealtad, de falta de tacto, de ausencia de compañerismo. Solamente en el ataque parecía cobrar cierta elocuencia. Trató de agitar la opinión contra el japonés, contra todos los japoneses, contra el Oriente en suma.

—¡Diríase que no les importa el dinero! —farfullaba—. Claro, éste es un asunto de poca monta para ellos. ¡Ellos forman clan, tienen redes de chinganas por toda la capital, cuentan con ayuda de su gobierno!...

Ajito se mantenía imperturbable. Don Roberto intervino.

—No es el momento de discutir esas cosas. Estoy dispuesto a escuchar su contrapuesta.

Los cuatro acreedores —de hecho excluyeron a Ajito— se pusieron a discutir formando un bloque cerrado. El desacuerdo reinaba. Arbocó parecía encarnar la posición extrema. Su voz dominaba el grupo. Por momentos se acercaba al mostrador y se servía una copa de pisco. Para mayor comodidad, por último, conservó la botella en la mano.

—¡Sentimentalismo aparte! —gritaba—. ¡Representamos los intereses de la empresa!

Don Roberto hacía lo posible por aparentar indiferencia. De lo que en ese momento se decidiera, sin embargo, dependía su suerte. Con la mirada fija en la puerta, chupaba su cigarro. De una casa vecina llegaba el ritmo de un mambo. Su mujer debía de estar como él tras la cortinilla, con el corazón estrujado en la mano... Su hijo, ¿dónde estaría su hijo? ¿Por qué no lo había abofeteado?... ¡Y en el Centro Escolar 480 tenía que pronunciar un discurso!... Don Bonifacio vendía, seguramente, toneladas de spaghetti... El ruido del mambo aumentaba... Era un baile, sin duda un baile en la casa vecina... ¿Por qué no se cogían de la mano él y los acreedores y Bonifacio y se iban al baile para olvidar todas esas pequeñas miserias?

—Don Roberto Delmar... —empezó el gordo de los fideos—, en cierta medida hemos llegado a un acuerdo.

—¡Disiento! —protestó Arbocó—. ¡Mi opinión!...

—¡Hemos llegado por mayoría a un acuerdo! —insistió el gordo, elevando la voz—. Se trata de lo siguiente: se le concede una mora de quince días y se reducen sus créditos al cincuenta por ciento. ¿Está usted de acuerdo?

—¡No! —replicó don Roberto. Y ante este súbito rechazo se hizo un silencio profundo. Don Roberto lo fue alargando lentamente, mientras regulaba su pulso, mientras preparaba su respuesta. El mambo comenzó nuevamente. Por el umbral asomaban algunos curiosos—. No puedo aceptar esas condiciones —añadió al fin—. No puedo, señores, no puedo... —su voz reveló un primer desfallecimiento—. Ustedes no saben, ustedes no comprenden cómo han sucedido las cosas. Yo no he querido estafar a nadie. Yo soy un comerciante honrado. Pero en los negocios no es suficiente la honradez... ¿Ustedes conocen acaso a mi competidor? Él es poderoso y gordo, él ha abierto una bodega a dos pasos de aquí y me ha arruinado... Si no fuera por él, yo estaría vendiendo y podría haber terminado la ampliación de mi local... Pero él está surtido y gordo... Se lo repito, señores, gordo... —los acreedores se miraron inquietos entre sí—. Él posee un gran capital y una gran panza. Yo no puedo contra él... Yo no puedo levantar cabeza sino dentro de dos meses y al treinta por ciento... Ustedes verán en la pieza de al lado la construcción paralizada... ¡Si no fuera por Bonifacio, ya estaría abierto mi restaurante y yo vendería y pagaría mis deudas!... Pero la competencia es terrible, y además mis hijas van al colegio y yo soy presidente de la Asociación de Padres...

—En una palabra... —interrumpió Arbocó al ver el extraño giro que tomaba el asunto—, ¿no puede usted?

—¡No puedo! —terminó don Roberto.

—No hay más que hablar, entonces. Informaré a mis principales.

—Pero recapacite —intervino el hombre de los fideos—. Nuestras condiciones no son draconianas.

—¡No puedo! —repitió don Roberto—. ¿Para qué se lo voy a ofrecer? ¡Dentro de quince días se repetirá la historia!

—Entonces, no hay nada que hacer —intervinieron conjuntamente cemento y caramelos—. ¡La quiebra!

—Sí, la quiebra —confirmó fideos.

—¡La quiebra! —gritó Arbocó con cierto encarnizamiento, como si se anotara una victoria personal.

—Se procederá a la quiebra.

—Sí, naturalmente, la quiebra.

Don Roberto los miraba alternativamente, viendo cómo la palabra saltaba de boca en boca, se repetía, se combinaba con otras, crecía, estallaba como un cohete, se confundía con las notas de la música...

—¡Pues bien, la quiebra! —dijo a su vez y apoyó los codos con tanta fuerza en el mostrador, que diríase hubiera querido clavarse a la madera.

Los acreedores se miraron entre sí. Esta súbita resignación a lo que ellos consideraban su más fuerte amenaza, los desconcertó. Arbocó farfulló algo. Los otros hicieron comentarios por lo bajo. En general esperaban que el encomendero diera un nuevo testimonio de su decisión. Como no se atrevían a preguntar ni a moverse ni a partir, don Roberto intervino.

—La junta ha terminado, señores —dijo, y cruzando los brazos quedó mirando fijamente el techo.

Los acreedores cogieron sus cartapacios, tiraron sus colillas al suelo, saludaron con una reverencia y atravesaron uno a uno el umbral. Ajito, antes de salir, se quitó el sombrero.

Don Roberto se apretó fuertemente las sienes y quedó con la cabeza enterrada entre las manos. La música había cesado. El ruido de un automóvil que arrancaba rompió por un momento el silencio.

Luego todo quedó en calma. La idea de que había conservado la dignidad comenzó a parecerle verosímil, comenzó a llenarlo de una rara embriaguez. Tenía la impresión de que había ganado la batalla, que había batido en retirada a sus adversarios. El espectáculo de las sillas vacías, de las colillas humeantes, de las copas volteadas, le producía una especie de frenesí victorioso. Sintió por un momento el deseo de ingresar en la trastienda y abrazar emocionado a su mujer, pero se contuvo. No, su mujer no comprendería el sentido, el matiz de su victoria. Desde las repisas, además, las mercaderías cubiertas de polvo se obstinaban en guardar una sorda reserva. Don Roberto las repasó con la mirada y sintió como una perturbación. Esa mercadería ya no le pertenecía, era de los «otros», había sido dejada allí expresamente para enturbiar su gozo, para confundir su espíritu. Dentro de pocos días sería retirada y la tienda quedaría vacía. Dentro de pocos días se haría efectivo el embargo y el negocio sería clausurado.

Don Roberto se levantó nerviosamente y encendió un cigarrillo. Quiso revivir en su espíritu la sensación de la victoria pero le fue imposible. Se dio cuenta que desfiguraba la realidad, que forzaba sus propios raciocinios. Su mujer, en ese momento, apareció tras la cortinilla, extrañamente pálida.

Don Roberto no resistió su mirada y volvió la cara a la pared. Un pomo de caramelos le devolvió su imagen en un ángulo aberrante.

—¡Tú no sabes!... —exclamó, pero no pudo añadir nada más.

Su mujer se encogió de hombros y regresó a la trastienda.

Don Roberto observó su imagen en el pomo, pequeñita y torcida. «¡La quiebra!», susurró, y esta palabra adquirió para él todo su trágico sentido. Nunca una palabra le pareció tan real, tan atrozmente tangible. Era la quiebra del negocio, la quiebra del hogar, la quiebra de la conciencia, la quiebra de la dignidad. Era quizá la quiebra de su propia naturaleza humana. Don Roberto tuvo la penosa impresión de estar partido en pedazos, y pensó que sería necesario buscarse y recogerse por todos los rincones.

De un puntapié derribó una silla y luego se caló la bufanda. Apagando la luz de la tienda, se aproximó a la puerta. Su mujer, que lo sintió salir, asomó por tercera vez.

—¿Dónde vas, Roberto? La comida ya va a estar lista.

—¡Bah!, ¿adónde va a ser? ¡Voy a dar una vuelta! —y atravesó el umbral.

Cuando estuvo en la calle, vaciló un momento. No sabía exactamente para qué había salido, adónde quería ir. A pocos metros se veían las luces rojas de la bodega de Bonifacio Salerno. Don Roberto volteó la cara, como esquivando un encuentro desagradable y, cambiando de rumbo, comenzó a caminar. Unas muchachas pasaron riéndose, y él se pegó a la pared. Temió que fueran sus hijas, que le preguntaran algo, que quisieran besarlo. Acelerando el paso, llegó a la esquina, donde un grupo de vecinos conversaban. Al verlo pasar se dirigieron a él.

—¿Cómo, don Roberto, no va usted a la procesión?

Él contestó con un ademán y siguió su camino. Poco después recapacitó. Se trataba de la procesión del Señor de los Milagros. Este acontecimiento, que antes le era tan significativo, ahora le resultaba completamente indiferente y hasta irrisorio. Pensó que las calamidades tenían un límite más allá del cual ni Dios mismo podía intervenir. Una sensación extraña de haberse insensibilizado, de haber cambiado la piel en corteza, de haberse convertido en cosa, lo aguijoneaba. El hecho de que estaba en quiebra contribuía a fortalecer esta idea. Era horrible, pensaba, que se aplicaran a las personas palabras que habían nacido por referencia a los objetos. Se podía quebrar un vaso, se podía quebrar una silla, pero no se podía quebrar a una persona humana, así, por una sola declaración de voluntad. Y a él, esos cuatro señores lo habían quebrado delicadamente, con sus reverencias y sus amenazas.

Al llegar a un bar se detuvo irresoluto pero pronto reemprendió su marcha. No, no quería beber. No quería conversar con el tabernero ni con nadie. Quizás la única compañía que en ese momento soportaría sería la de su hijo. Casi con placer había visto desarrollarse en él sus mismas cejas negras y su orgullo... Pero no. Era absurdo. Él tampoco podría comprenderlo. Era necesario evitar su encuentro. Era necesario evitar el encuentro de todos: el de aquellas personas que pasaban y lo miraban, y el de aquellas otras que ni siquiera se daban el trabajo de hacerlo.

Había oscurecido. Un olor a mar saturaba el ambiente. Don Roberto pensó en el malecón. Allí se estaba bien. Había un barandal ondulante, una hilera de faroles amarillos, un mar oscuro que batía incesantemente la base del barranco. Era un lugar apacible donde apenas llegaban los rumores de la ciudad, donde apenas se presentía la hostilidad de los hombres. A su amparo se podían tomar grandes resoluciones. Allí él recordaba haber besado por primera vez a su mujer, hacía tanto tiempo. En ese límite preciso entre la tierra y el agua, entre la luz y las tinieblas, entre la ciudad y la naturaleza, era posible ganarlo todo o perderlo todo... Su marcha se hizo acelerada. Las tiendas, las personas, los árboles, pasaban fugazmente a su lado, como incitándolo a que estirara la mano y se aferrara. Un olor a sal hirió sus narices.

Aún faltaba mucho, sin embargo...

(París, 1954)

Cuentos de circunstancias

La insignia

Hasta ahora recuerdo aquella tarde en que al pasar por el malecón divisé en un pequeño basural un objeto brillante. Con una curiosidad muy explicable en mi temperamento de coleccionista, me agaché y después de recogerlo lo froté contra la manga de mi saco. Así pude observar que se trataba de una menuda insignia de plata, atravesada por unos signos que en ese momento me parecieron incomprensibles. Me la eché al bolsillo y, sin darle mayor importancia al asunto, regresé a mi casa. No puedo precisar cuánto tiempo estuvo guardada en aquel traje, que por lo demás era un traje que usaba poco. Sólo recuerdo que en una oportunidad lo mandé lavar y, con gran sorpresa mía, cuando el dependiente me lo devolvió limpio, me entregó una cajita, diciéndome: «Esto debe ser suyo, pues lo he encontrado en su bolsillo.»

Era, naturalmente, la insignia y este rescate inesperado me conmovió a tal extremo que decidí usarla.

Aquí empieza verdaderamente el encadenamiento de sucesos extraños que me acontecieron. Lo primero fue un incidente que tuve en una librería de viejo. Me hallaba repasando añejas encuadernaciones, cuando el patrón, que desde hacía rato me observaba desde el ángulo más oscuro de su librería, se me acercó y, con un tono de complicidad, entre guiños y muecas convencionales, me dijo: «Aquí tenemos algunos libros de Feifer.» Yo lo quedé mirando intrigado porque no había preguntado por dicho autor, el cual, por lo demás, aunque mis conocimientos de literatura no son muy amplios, me era enteramente desconocido. Y acto seguido añadió: «Feifer estuvo en Pilsen.» Como yo no saliera de mi estupor, el librero terminó con un tono de revelación, de confidencia definitiva: «Debe usted saber que lo mataron. Sí, lo mataron de un bastonazo en la estación de Praga.» Y dicho esto se retiró hacia el ángulo de donde había surgido y permaneció en el más profundo silencio. Yo seguí revisando algunos volúmenes maquinalmente pero mi pensamiento se hallaba preocupado en las palabras enigmáticas del librero. Después de comprar un librito de mecánica salí, desconcertado, del negocio.

Durante algún tiempo estuve razonando sobre el significado de dicho incidente pero como no pude solucionarlo, acabé por olvidarme de él. Mas, pronto, un nuevo acontecimiento me alarmó sobremanera. Caminaba por una plaza de los suburbios, cuando un hombre menudo, de faz hepática y angulosa, me abordó intempestivamente y antes que yo pudiera reaccionar, me dejó una tarjeta entre las manos, desapareciendo sin pronunciar palabra. La tarjeta, en cartulina blanca, sólo tenía una dirección y una cita que rezaba: SEGUNDA SESIÓN: MARTES 4. Como es de suponer, el martes 4 me dirigí a la numeración indicada. Ya por los alrededores me encontré con varios sujetos extraños, que merodeaban, y que por una coincidencia que me sorprendió, tenían una insignia igual a la mía. Me introduje en el círculo y noté que todos me estrechaban la mano con gran familiaridad. En seguida ingresamos a la casa señalada y en una habitación grande tomamos asiento. Un señor de aspecto grave emergió tras un cortinaje y, desde un estrado, después de saludarnos, empezó a hablar interminablemente. No sé precisamente sobre qué versó la conferencia ni si aquello era efectivamente una conferencia. Los recuerdos de niñez anduvieron hilvanados con las más agudas especulaciones filosóficas, y a unas digresiones sobre el cultivo de la remolacha fue aplicado el mismo método expositivo que a la organización del Estado. Recuerdo que finalizó pintando unas rayas rojas en una pizarra, con una tiza que extrajo de su bolsillo.

Cuando hubo terminado, todos se levantaron y comenzaron a retirarse, comentando entusiasmados el buen éxito de la charla. Yo, por condescendencia, sumé mis elogios a los suyos, mas, en el momento en que me disponía a cruzar el umbral, el disertante me pasó la voz con una interjección, y al volverme me hizo una seña para que me acercara.

—Es usted nuevo, ¿verdad? —me interrogó, un poco desconfiado.

—Sí —respondí, después de vacilar un rato, pues me sorprendió que hubiera podido identificarme entre tanta concurrencia—. Tengo poco tiempo.

—¿Y quién lo introdujo?

Me acordé de la librería, con gran suerte de mi parte.

—Estaba en la librería de la calle Amargura, cuando el...

—¿Quién? ¿Martín?

—Sí, Martín.

—¡Ah, es un gran colaborador nuestro!

—Yo soy un viejo cliente suyo.

—¿Y de qué hablaron?

—Bueno... de Feifer.

—¿Qué le dijo?

—Que había estado en Pilsen. En verdad... yo no lo sabía.

—¿No lo sabía?

—No —repliqué con la mayor tranquilidad.

—¿Y no sabía tampoco que lo mataron de un bastonazo en la estación de Praga?

—Eso también me lo dijo.

—¡Ah, fue una cosa espantosa para nosotros!

—En efecto —confirmé—. Fue una pérdida irreparable.

Mantuvimos luego una charla ambigua y ocasional, llena de confidencias imprevistas y de alusiones superficiales, como la que sostienen dos personas extrañas que viajan accidentalmente en el mismo asiento de un ómnibus. Recuerdo que mientras yo me afanaba en describirle mi operación de las amígdalas, él, con grandes gestos, proclamaba la belleza de los paisajes nórdicos. Por fin, antes de retirarme, me dio un encargo que no dejó de llamarme la atención.

—Tráigame en la próxima semana —dijo— una lista de todos los teléfonos que empiecen con 38.

Prometí cumplir lo ordenado y, antes del plazo concedido, concurrí con la lista.

—¡Admirable! —exclamó—. Trabaja usted con rapidez ejemplar.

Desde aquel día cumplí una serie de encargos semejantes, de lo más extraños. Así, por ejemplo, tuve que conseguir una docena de papagayos a los que ni más volví a ver. Más tarde fui enviado a una ciudad de provincia a levantar un croquis del edificio municipal. Recuerdo que también me ocupé de arrojar cáscaras de plátano en la puerta de algunas residencias escrupulosamente señaladas, de escribir un artículo sobre los cuerpos celestes, que nunca vi publicado, de adiestrar a un mono en gestos parlamentarios, y aun de cumplir ciertas misiones confidenciales, como llevar cartas que jamás leí o espiar a mujeres exóticas que generalmente desaparecían sin dejar rastros.

De este modo, poco a poco, fui ganando cierta consideración. Al cabo de un año, en una ceremonia emocionante, fui elevado de rango. «Ha ascendido usted un grado», me dijo el superior de nuestro círculo, abrazándome efusivamente. Tuve, entonces, que pronunciar una breve alocución, en la que me referí en términos vagos a nuestra tarea común, no obstante lo cual, fui aclamado con estrépito.

En mi casa, sin embargo, la situación era confusa. No comprendían mis desapariciones imprevistas, mis actos rodeados de misterio, y las veces que me interrogaron evadí las respuestas porque, en realidad, no encontraba una satisfactoria. Algunos parientes me recomendaron, incluso, que me hiciera revisar por un alienista pues mi conducta no era precisamente la de un hombre sensato. Sobre todo, recuerdo haberlos intrigado mucho un día que me sorprendieron fabricando una gruesa de bigotes postizos pues había recibido dicho encargo de mi jefe.

Esta beligerancia doméstica no impidió que yo siguiera dedicándome, con una energía que ni yo mismo podía explicarme, a las labores de nuestra sociedad. Pronto fui relator, tesorero, adjunto de conferencias, asesor administrativo, y conforme me iba sumiendo en el seno de la organización, aumentaba mi desconcierto, no sabiendo si me hallaba en una secta religiosa o en una agrupación de fabricantes de paños.

A los tres años me enviaron al extranjero. Fue un viaje de lo más intrigante. No tenía yo un céntimo; sin embargo, los barcos me brindaban sus camarotes, en los puertos había siempre alguien que me recibía y me prodigaba atenciones, y los hoteles me obsequiaban sus comodidades sin exigirme nada. Así me vinculé con otros cofrades, aprendí lenguas foráneas, pronuncié conferencias, inauguré filiales a nuestra agrupación y vi cómo extendía la insignia de plata por todos los confines del continente. Cuando regresé, después de un año de intensa experiencia humana, estaba tan desconcertado como cuando ingresé a la librería de Martín.

Han pasado diez años. Por mis propios méritos he sido designado presidente. Uso una toga orlada de púrpura con la que aparezco en los grandes ceremoniales. Los afiliados me tratan de vuecencia. Tengo una renta de cinco mil dólares, casas en los balnearios, sirvientes con librea que me respetan y me temen, y hasta una mujer encantadora que viene a mí por las noches sin que yo la llame. Y a pesar de todo esto, ahora, como el primer día y como siempre, vivo en la más absoluta ignorancia, y si alguien me preguntara cuál es el sentido de nuestra organización, yo no sabría qué responderle. A lo más, me limitaría a pintar rayas rojas en una pizarra negra, esperando confiado los resultados que produce en la mente humana toda explicación que se funda inexorablemente en la cábala.

(Lima, 1952)

El banquete

Con dos meses de anticipación, don Fernando Pasamano había preparado los pormenores de este magno suceso. En primer término, su residencia hubo de sufrir una transformación general. Como se trataba de un caserón antiguo, fue necesario echar abajo algunos muros, agrandar las ventanas, cambiar la madera de los pisos y pintar de nuevo todas las paredes. Esta reforma trajo consigo otras y —como esas personas que cuando se compran un par de zapatos juzgan que es necesario estrenarlos con calcetines nuevos y luego con una camisa nueva y luego con un terno nuevo y así sucesivamente hasta llegar al canzoncillo nuevo— don Fernando se vio obligado a renovar todo el mobiliario, desde las consolas del salón hasta el último banco de la repostería. Luego vinieron las alfombras, las lámparas, las cortinas y los cuadros para cubrir esas paredes que desde que estaban limpias parecían más grandes. Finalmente, como dentro del programa estaba previsto un concierto en el jardín, fue necesario construir un jardín. En quince días, una cuadrilla de jardineros japoneses edificaron, en lo que antes era una especie de huerta salvaje, un maravilloso jardín rococó donde había cipreses tallados, caminitos sin salida, laguna de peces rojos, una gruta para las divinidades y un puente rústico de madera, que cruzaba sobre un torrente imaginario.

Lo más grave, sin embargo, fue la confección del menú. Don Fernando y su mujer, como la mayoría de la gente proveniente del interior, sólo habían asistido en su vida a comilonas provinciales, en las cuales se mezcla la chicha con el whisky y se termina devorando los cuyes con la mano. Por esta razón sus ideas acerca de lo que debía servirse en un banquete al presidente, eran confusas. La parentela, convocada a un consejo especial, no hizo sino aumentar el desconcierto. Al fin, don Fernando decidió hacer una encuesta en los principales hoteles y restaurantes de la ciudad y así pudo enterarse que existían manjares presidenciales y vinos preciosos que fue necesario encargar por avión a las viñas del Mediodía.

Cuando todos estos detalles quedaron ultimados, don Fernando constató con cierta angustia que en ese banquete, al cual asistirían ciento cincuenta personas, cuarenta mozos de servicio, dos orquestas, un cuerpo de ballet y un operador de cine, había invertido toda su fortuna. Pero, al fin de cuentas, todo dispendio le parecía pequeño para los enormes beneficios que obtendría de esta recepción.

—Con una embajada en Europa y un ferrocarril a mis tierras de la montaña rehacemos nuestra fortuna en menos de lo que canta un gallo —decía a su mujer—. Yo no pido más. Soy un hombre modesto.

—Falta saber si el presidente vendrá —replicaba su mujer.

En efecto, don Fernando había omitido hasta el momento hacer efectiva su invitación. Le bastaba saber que era pariente del presidente —con uno de esos parentescos serranos tan vagos como indemostrables y que, por lo general, nunca se esclarecen por el temor de encontrarles un origen adulterino— para estar plenamente seguro que aceptaría. Sin embargo, para mayor seguridad, aprovechó su primera visita a palacio para conducir al presidente a un rincón y comunicarle humildemente su proyecto.

—Encantado —le contestó el presidente—. Me parece una magnífica idea. Pero por el momento me encuentro muy ocupado. Le confirmaré por escrito mi aceptación.

Don Fernando se puso a esperar la confirmación. Para combatir su impaciencia, ordenó algunas reformas complementarias que le dieron a su mansión el aspecto de un palacio afectado para alguna solemne mascarada. Su última idea fue ordenar la ejecución de un retrato del presidente —que un pintor copió de una fotografía— y que él hizo colocar en la parte más visible de su salón.

Al cabo de cuatro semanas, la confirmación llegó. Don Fernando, quien empezaba a inquietarse por la tardanza, tuvo la más grande alegría de su vida. Aquél fue un día de fiesta, una especie de anticipo del festín que se aproximaba. Antes de dormir, salió con su mujer al balcón para contemplar su jardín iluminado y cerrar con un sueño bucólico esa memorable jornada. El paisaje, sin embargo, parecía haber perdido sus propiedades sensibles pues donde quiera que pusiera los ojos, don Fernando se veía a sí mismo, se veía en chaqué, en tarro, fumando puros, con una decoración de fondo donde —como en ciertos afiches turísticos— se confundían los monumentos de las cuatro ciudades más importantes de Europa. Más lejos, en un ángulo de su quimera, veía un ferrocarril regresando de la floresta con sus vagones cargados de oro. Y por todo sitio, movediza y transparente como una alegoría de la sensualidad, veía una figura femenina que tenía las piernas de una *cocotte,* el sombrero de una marquesa, los ojos de una tahitiana y absolutamente nada de su mujer.

El día del banquete, los primeros en llegar fueron los soplones. Desde las cinco de la tarde estaban apostados en la esquina, esforzándose por guardar un incógnito que traicionaban sus sombreros, sus modales exageradamente distraídos y sobre todo ese terrible aire de delincuencia que adquieren a menudo los investigadores, los agentes secretos y en general todos los que desempeñan oficios clandestinos.

Luego fueron llegando los automóviles. De su interior descendían ministros, parlamentarios, diplomáticos, hombres de negocios, hombres inteligentes. Un portero les abría la verja, un ujier los anunciaba, un valet recibía sus prendas y don Fernando, en medio del vestíbulo, les estrechaba la mano, murmurando frases corteses y conmovidas.

Cuando todos los burgueses del vecindario se habían arremolinado delante de la mansión y la gente de los conventillos se hacía a una fiesta de fasto tan inesperado, llegó el presidente. Escoltado por sus edecanes, penetró en la casa y don Fernando, olvidándose de las reglas de la etiqueta, movido por un impulso de compadre, se le echó en los brazos con tanta simpatía que le dañó una de sus charreteras.

Repartidos por los salones, los pasillos, la terraza y el jardín, los invitados se bebieron discretamente, entre chistes y epigramas, los cuarenta cajones de whisky. Luego se acomodaron en las mesas que les estaban reservadas —la más grande, decorada con orquídeas, fue ocupada por el presidente y los hombres ejemplares— y se comenzó a comer y a charlar ruidosamente mientras la orquesta, en un ángulo del salón, trataba inútilmente de imponer un aire vienés.

A mitad del banquete, cuando los vinos blancos del Rin habían sido honrados y los tintos del Mediterráneo comenzaban a llenar las copas, se inició la ronda de discursos. La llegada del faisán los interrumpió y sólo al final, servido el champán, regresó la elocuencia y los panegíricos se prolongaron hasta el café, para ahogarse definitivamente en las copas de coñac.

Don Fernando, mientras tanto, veía con inquietud que el banquete, pleno de salud ya, seguía sus propias leyes, sin que él hubiera tenido ocasión de hacerle al presidente sus confidencias. A pesar de haberse sentado, contra las reglas del protocolo, a la izquierda del agasajado, no encontraba el instante propicio para hacer un aparte. Para colmo, terminado el servicio, los comensales se levantaron para formar grupos amodorrados y digestónicos y él, en su papel de anfitrión, se vio obligado a correr de grupo en grupo para reanimarlos con copas de menta, palmaditas, puros y paradojas.

Al fin, cerca de medianoche, cuando ya el ministro de Gobierno, ebrio, se había visto forzado a una aparatosa retirada, don Fernando logró conducir al presidente a la salita de música y allí, sentados en uno de esos canapés que en la corte de Versalles servían para declararse a una princesa o para desbaratar una coalición, le deslizó al oído su modesta demanda.

—Pero no faltaba más —replicó el presidente—. Justamente queda vacante en estos días la embajada de Roma. Mañana, en Consejo de Ministros, propondré su nombramiento, es decir, lo impondré. Y en lo que se refiere al ferrocarril sé que hay en Diputados una comisión que hace meses discute ese proyecto. Pasado mañana citaré a mi despacho a todos sus miembros y a usted también, para que resuelvan el asunto en la forma que más convenga.

Una hora después el presidente se retiraba, luego de haber reiterado sus promesas. Lo siguieron sus ministros, el Congreso, etcétera, en el orden preestablecido por los usos y costumbres. A las dos de la mañana quedaban todavía merodeando por el bar algunos cortesanos que no ostentaban ningún título y que esperaban aún el descorchamiento de alguna botella o la ocasión de llevarse a hurtadillas un cenicero de plata. Solamente a las tres de la mañana quedaron solos don Fernando y su mujer. Cambiando impresiones, haciendo auspiciosos proyectos, permanecieron hasta el alba entre los despojos de su inmenso festín. Por último, se fueron a dormir con el convencimiento de que nunca caballero limeño había tirado con más gloria su casa por la ventana ni arriesgado su fortuna con tanta sagacidad.

A las doce del día, don Fernando fue despertado por los gritos de su mujer. Al abrir los ojos, la vio penetrar en el dormitorio con un periódico abierto entre las manos. Arrebatándoselo, leyó los titulares y, sin proferir una exclamación, se desvaneció sobre la cama. En la madrugada, aprovechándose de la recepción, un ministro había dado un golpe de Estado y el presidente había sido obligado a dimitir.

(Lima, 1958)

Doblaje

En aquella época vivía en un pequeño hotel cerca de Charing Cross y pasaba los días pintando y leyendo libros de ocultismo. En realidad, siempre he sido aficionado a las ciencias ocultas, quizás porque mi padre estuvo muchos años en la India y trajo de las orillas del Ganges, aparte de un paludismo feroz, una colección completa de tratados de esoterismo. En uno de estos libros leí una vez una frase que despertó mi curiosidad. No sé si sería un proverbio o un aforismo, pero de todos modos era una fórmula cerrada que no he podido olvidar: «Todos tenemos un doble que vive en las antípodas. Pero encontrarlo es muy difícil porque los dobles tienden siempre a efectuar el movimiento contrario.»

Si la frase me interesó fue porque siempre había vivido atormentado por la idea del doble. Al respecto, había tenido solamente una experiencia y fue cuando al subir a un ómnibus tuve la desgracia de sentarme frente a un individuo extremadamente parecido a mí. Durante un rato permanecimos mirándonos con curiosidad hasta que al fin me sentí incómodo y tuve que bajarme varios paraderos antes de mi lugar de destino. Si bien este encuentro no volvió a repetirse, en mi espíritu se abrió un misterioso registro y el tema del doble se convirtió en una de mis especulaciones favoritas.

Pensaba, en efecto, que dados los millones de seres que pueblan el globo, no sería raro que por un simple cálculo de probabilidades algunos rasgos tuvieran que repetirse. Después de todo, con una nariz, una boca, un par de ojos y algunos otros detalles complementarios no se puede hacer un número infinito de combinaciones. El caso de los sosias venía, en cierta forma, a corroborar mi teoría. En esa época, estaba de moda que los hombres de Estado o los artistas de cine contrataran a personas parecidas a ellas para hacerlas correr todos los riesgos de la celebridad. Este caso, sin embargo, no me dejaba enteramente satisfecho. La idea que yo tenía de los dobles era más ambiciosa; yo pensaba que a la identidad de los rasgos debería corresponder identidad de temperamento y a la identidad de temperamento —¿por qué no?— identidad de destino. Los pocos sosias que tuve la oportunidad de ver unían a una vaga semejanza física —completada muchas veces con la ayuda del maquillaje— una ausencia absoluta de correspondencia espiritual. Por lo general, los sosias de los grandes financistas eran hombres humildes que siempre habían sido aplazados en matemáticas. Decididamente, el doble constituía para mí un fenómeno más completo, más apasionante. La lectura del texto que vengo de citar contribuyó no solamente a confirmar mi idea sino a enriquecer mis conjeturas. A veces, pensaba que en otro país, en otro continente, en las antípodas, en suma, había un ser exactamente igual a mí, que cumplía mis actos, tenía mis defectos, mis pasiones, mis sueños, mis manías, y esta idea me entretenía al mismo tiempo que me irritaba.

Con el tiempo la idea del doble se me hizo obsesiva. Durante muchas semanas no pude trabajar y no hacía otra cosa que repetirme esa extraña fórmula esperando quizás que, por algún sortilegio, mi doble fuera a surgir del seno de la tierra. Pronto me di cuenta que me atormentaba inútilmente, que si bien esas líneas planteaban un enigma, proponían también la solución: viajar a las antípodas.

Al comienzo rechacé la idea del viaje. En aquella época tenía muchos trabajos pendientes. Acababa de empezar una madona y había recibido, además, una propuesta para decorar un teatro. No obstante, al pasar un día por una tienda del Soho, vi un hermoso hemisferio exhibiéndose en una vitrina. En el acto lo compré y esa misma noche lo estudié minuciosamente. Para gran sorpresa mía, comprobé que en las antípodas de Londres estaba la ciudad australiana de Sidney. El hecho que esta ciudad perteneciera al Commonwealth me pareció un magnífico augurio. Recordé, asimismo, que tenía una tía lejana en Melbourne, a quien aprovecharía para visitar. Muchas otras razones igualmente descabelladas fueron surgiendo —una insólita pasión por las cabras australianas— pero lo cierto es que a los tres días, sin decirle nada a mi hotelero, para evitar sus preguntas indiscretas, tomé el avión con destino a Sidney.

No bien había aterrizado cuando me di cuenta de lo absurda que había sido mi determinación. En el trayecto había vuelto a la realidad, sentía la vergüenza de mis quimeras y estuve tentado de tomar el mismo avión de regreso. Para colmo, me enteré que mi tía de Melbourne hacía años que había muerto. Luego de un largo debate decidí que al cabo de un viaje tan fatigoso bien valía la pena quedarse unos días a reposar. Estuve en realidad siete semanas.

Para empezar, diré que la ciudad era bastante grande, mucho más de lo que había previsto, de modo que en el acto renuncié a ponerme en la persecución de mi supuesto doble. Además ¿cómo haría para encontrarlo? Era en verdad ridículo detener a cada transeúnte en la calle a preguntarle si conocía a una persona igual a mí. Me tomarían por loco. A pesar de esto, confieso que cada vez que me enfrentaba a una multitud, fuera a la salida de un teatro o en un parque público, no dejaba de sentir cierta inquietud y contra mi voluntad examinaba cuidadosamente los rostros. En una ocasión, estuve siguiendo durante una hora, presa de una angustia feroz, a un sujeto de mi estatura y mi manera de caminar. Lo que me desesperaba era la obstinación con que se negaba a volver el semblante. Al fin, no pude más y le pasé la voz. Al volverse, me enseñó una fisonomía pálida, inofensiva, salpicada de pecas que, ¿por qué no decirlo?, me devolvió la tranquilidad. Si permanecí en Sidney el monstruoso tiempo de siete semanas no fue seguramente por llevar adelante estas pesquisas sino por razones de otra índole: porque me enamoré. Cosa rara en un hombre que ha pasado los treinta años, sobre todo en un inglés que se dedica al ocultismo.

Mi enamoramiento fue fulminante. La chica se llamaba Winnie y trabajaba en un restaurante. Sin lugar a dudas, ésta fue mi experiencia más interesante en Sidney. Ella también pareció sentir por mí una atracción casi instantánea, lo que me extrañó, desde que yo he tenido siempre poca fortuna con las mujeres. Desde un comienzo aceptó mis galanterías y a los pocos días salíamos juntos a pasear por la ciudad. Inútil describir a Winnie; sólo diré que su carácter era un poco excéntrico. A veces me trataba con enorme familiaridad; otras, en cambio, se desconcertaba ante algunos de mis gestos o de mis palabras, cosa que lejos de enojarme me encantaba. Decidido a cultivar esta relación con mayor comodidad, resolví abandonar el hotel y, hablando por teléfono con una agencia, conseguí una casita amoblada en las afueras de la ciudad.

No puedo evitar un poderoso movimiento de romanticismo al evocar esta pequeña villa. Su tranquilidad, el gusto con que estaba decorada, me cautivaron desde el primer momento. Me sentía como en mi propio hogar. Las paredes estaban decoradas con una maravillosa colección de mariposas amarillas, por las que yo cobré una repentina afición. Pasaba los días pensando en Winnie y persiguiendo por el jardín a los bellísimos lepidópteros. Hubo un momento en que decidí instalarme allí en forma definitiva y ya estaba dispuesto a adquirir mis materiales de pintura, cuando ocurrió un accidente singular, quizá explicable, pero al cual yo me obstiné en darle una significación exagerada.

Fue un sábado en que Winnie, luego de ofrecerme una tenaz resistencia, resolvió pasar el fin de semana en mi casa. La tarde transcurrió animadamente, con sus habituales remansos de ternura. Hacia el anochecer, algo en la conducta de Winnie comenzó a inquietarme. Al principio yo no supe qué era y en vano estudié su fisonomía, tratando de descubrir alguna mudanza que explicara mi malestar. Pronto, sin embargo, me di cuenta que lo que me incomodaba era la familiaridad con que Winnie se desplazaba por la casa. En varias ocasiones se había dirigido sin vacilar hacia el conmutador de la luz. ¿Serían celos? Al principio fue una especie de cólera sombría. Yo sentía verdadera afección por Winnie y si nunca le había preguntado por su pasado fue porque ya me había forjado algunos planes para su porvenir. La posibilidad de que hubiera estado con otro hombre no me lastimaba tanto como que aquello hubiera ocurrido en mi propia casa. Presa de angustia, decidí comprobar esta sospecha. Yo recordaba que curioseando un día por el desván, había descubierto una vieja lámpara de petróleo. De inmediato pretexté un paseo por el jardín.

—Pero no tenemos con qué alumbrarnos —murmuré.

Winnie se levantó y quedó un momento indecisa en medio de la habitación. Luego la vi dirigirse hacia la escalera y subir resueltamente sus peldaños. Cinco minutos después apareció con la lámpara encendida.

La escena siguiente fue tan violenta, tan penosa, que me resulta difícil revivirla. Lo cierto es que monté en cólera, perdí mi sangre fría y me conduje de una manera brutal. De un golpe derribé la lámpara, con riesgo de provocar un incendio, y precipitándome sobre Winnie, traté de arrancarle a viva fuerza una imaginaria confesión. Torciéndole las muñecas, le pregunté con quién y cuándo había estado en otra ocasión en esa casa. Sólo recuerdo su rostro increíblemente pálido, sus ojos desorbitados, mirándome como a un enloquecido. Su turbación le impedía pronunciar palabra, lo que no hacía sino redoblar mi furor. Al final, terminé insultándola y ordenándole que se retirara del lugar. Winnie recogió su abrigo y atravesó a la carrera el umbral.

Durante toda la noche no hice otra cosa que recriminarme mi conducta. Nunca creí que fuera tan fácilmente excitable y en parte atribuía esto a mi poca experiencia con las mujeres. Los actos que en Winnie me habían sublevado me parecían, a la luz de la reflexión, completamente normales. Todas esas casas de campo se parecen unas a otras y lo más natural era que en una casa de campo hubiera una lámpara y que esta lámpara se encontrara en el desván. Mi explosión había sido infundada, peor aún, de mal gusto. Buscar a Winnie y presentarle mis excusas me pareció la única solución decente. Fue inútil; jamás pude entrevistarme con ella. Se había ausentado del restaurante y cuando fui a buscarla a su casa se negó a recibirme. A fuerza de insistir salió un día su madre y me dijo de mala manera que Winnie no quería saber absolutamente nada con locos.

¿Con locos? No hay nada que aterrorice más a un inglés que el apóstrofe de loco. Estuve tres días en la casa de campo tratando de ordenar mis sentimientos. Luego de una paciente reflexión, comencé a darme cuenta que toda esa historia era trivial, ridícula, despreciable. El origen mismo de mi viaje a Sidney era disparatado. ¿Un doble?

¡Qué insensatez! ¿Qué hacía yo allí, perdido, angustiado, pensando en una mujer excéntrica a la que quizá no amaba, dilapidando mi tiempo, coleccionando mariposas amarillas? ¿Cómo podía haber abandonado mis pinceles, mi té, mi·pipa, mis paseos por Hyde Park, mi adorable bruma del Támesis? Mi cordura renació; en un abrir y cerrar de ojos hice mi equipaje, y al día siguiente estaba retornando a Londres.

Llegué entrada la noche y del aeródromo fui directamente a mi hotel. Estaba realmente fatigado, con unos enormes deseos de dormir y de recuperar energías para mis trabajos pendientes. ¡Qué alegría sentirme nuevamente en mi habitación! Por momentos me parecía que nunca me había movido de allí. Largo rato permanecí apoltronado en mi sillón, saboreando el placer de encontrarme nuevamente entre mis cosas. Mi mirada recorría cada uno de mis objetos familiares y los acariciaba con gratitud. Partir es una gran cosa, me decía, pero lo maravilloso es regresar.

¿Qué fue lo que de pronto me llamó la atención? Todo estaba en orden, tal como lo dejara. Sin embargo, comencé a sentir una viva molestia. En vano traté de indagar la causa. Levantándome, inspeccioné los cuatro rincones de mi habitación. No había nada extraño pero se sentía, se olfateaba una presencia, un rastro a punto de desvanecerse...

Unos golpes sonaron en la puerta. Al entreabrirla, el botones asomó la cabeza.

—Lo han llamado del Mandrake Club. Dicen que ayer ha olvidado usted su paraguas en el bar. ¿Quiere que se lo envíen o pasará a recogerlo?

—Que lo envíen —respondí maquinalmente.

En el acto me di cuenta de lo absurdo de mi respuesta. El día anterior yo estaba volando probablemente sobre Singapur. Al mirar mis pinceles sentí un estremecimiento: estaban frescos de pintura. Precipitándome hacia el caballete, desgarré la funda: la madona que dejara en bosquejo estaba terminada con la destreza de un maestro y su rostro, cosa extraña, su rostro era de Winnie.

Abatido caí en mi sillón. Alrededor de la lámpara revoloteaba una mariposa amarilla.

(París, 1955)

El libro en blanco

De pura casualidad me encontré con Francesca en el Boulevard Saint-Germain y como hacía dos o tres años que no la veía y como según me explicó se había mudado a un departamento a dos pasos de allí subimos a su piso a tomar una copa.

Era un departamento pequeño, con vista al bulevar, pero sin duda poca cosa comparado con la linda y amplia casa que tuvo en una época en Versalles, cuando aún estaba casada con el pintor Carlos Espadaña. Yo recordaba con simpatía los grandes almuerzos que se dieron en esa casa, almuerzos que se prolongaban hasta el atardecer y donde los veinte o treinta amigos que asistíamos, después de comer magníficamente y beber como condenados, terminábamos discutiendo a gritos en la terraza, jugando fútbol en el enorme jardín y algunos tumbados en el césped y durmiendo la siesta.

Francesca me invitó una copa de Sancerre. Me contó que después de su divorcio se había instalado en ese pequeño departamento y se dedicaba al comercio del arte. Pero las cosas no iban muy bien, pues se pasaba por una época de recesión y las transacciones de cuadros y grabados eran escasas y poco productivas. Yo la escuchaba, observando el salón, en cuyos muros se veían algunos de los cuadros de su ex marido, pero sobre todo muchos grabados y dibujos de autores de segundo orden o desconocidos. En las estanterías, en cambio, había una buena colección de libros de arte y catálogos de pintores y, cuando me levanté para curiosear, vi el lomo de un libro forrado en damasco y sin ninguna referencia. Al sacarlo noté que todas sus páginas estaban en blanco. Pero era un hermoso libro, no sólo por la encuadernación sino por la calidad del papel, que era grueso, ligeramente estriado y sus bordes exteriores bañados en pan de oro.

—Qué lindo —dije—. Es como para escribir allí una obra maestra.

—¿Te gusta? Me lo dejó mi hermano Domenico, el anticuario, ¿te acuerdas? Ese pesado que me detestaba porque me casé con un peruano. Me lo regaló hace ya cinco años o más, cuando tuvo que liquidar su negocio, mucho antes de que me divorciara de Carlos. Yo pensé siempre escribir algo allí, pero no soy escritora. Mira, si te gusta —durante un momento pareció dudar—, si te gusta te lo regalo. Tú le vas a sacar más provecho que yo. Tú que eres escritor te puede inspirar.

Francesca insistió y terminé por aceptar, pues yo era aficionado a ese tipo de cuadernos raros, antiguos, que me servían para tomar notas o para dibujar. Ya me imaginaba escribiendo en esas páginas sentencias o microtextos memorables. Luego de una larga cháchara me levanté. Francesca tuvo la gentileza de acompañarme hasta el ascensor y se despidió con un abrazo que yo encontré agradablemente caluroso.

El libro en blanco lo coloqué en uno de los estantes de mi biblioteca y me olvidé por completo de él. Lo que no impidió que a menudo me viniera a la mente la imagen de Francesca, sus delicados rasgos de florentina que, a pesar de los años y de los difíciles momentos que había pasado en su vida, conservaban un irresistible atractivo. Fue sobre todo en los últimos tiempos que tuvo que pasar por dolorosos trances. Aparte de su divorcio, uno o dos años antes, su marido sufrió un grave accidente de auto que lo condujo al hospital durante varios meses. Luego, estando ambos de vacaciones en Italia, entraron ladrones a la casona de Versalles y se llevaron todo lo que pudieron, salvo los cuadros abstractos de Carlos, cuyo valor artístico sin duda no comprendieron, lo que los movió tal vez a tasajearlos con una navaja. Siempre pensé que lo que más dolió a Carlos no fue que destruyeran sus cuadros sino que no se los llevaran, desdeñándolos por los sofás, el televisor o la refrigeradora. Lo cierto es que este incidente lo puso de un humor de perros, su vida en común se hizo insostenible y meses después se divorciaron.

Dejé de ver a Francesca durante un año o más hasta que reapareció en mi vida en circunstancias particulares. Mi situación en mi trabajo —era traductor en una agencia de noticias— se había ido deteriorando, a raíz de la llegada de un nuevo jefe, un cretino que no admitía que los periodistas tuvieran veleidades literarias. Un día me sorprendió, en un momento de poco trabajo, leyendo a Proust y esto lo sacó de quicio.

—¡Leyendo novelas! —exclamó—. ¡Y nada menos que *En busca del tiempo perdido!* ¿Cree que está aquí para perder el tiempo? Así haya momentos de calma, los redactores deben aprovecharlos para releer los cables del día o para repasar el *Manual de Redacción* de la agencia.

Como castigo por lo que a sus ojos era una gravísima falta, me pasó al turno de la noche y tuve que trabajar durante meses de una a las siete de la mañana. Esto trastocó todos mis hábitos, me era difícil dormir de día, comía a horas imposibles y finalmente resurgió una antigua úlcera estomacal, sufrí una hemorragia y terminé en el hospital operado de urgencia.

Estuve gravísimo y fue entonces cuando Francesca reapareció. Se enteró de mi percance a través de la amiga con la cual yo vivía y vino a verme casi todos los días al hospital. Me traía frutas, revistas, mostrándose muy solícita y alarmada por mi salud. Durante sus gratas visitas me contó que su situación había al fin mejorado, pues se había producido un nuevo *boom* en el mercado del arte y había hecho excelentes negocios. Al fin me dieron de alta y pude reanudar mi vida normalmente.

Normalmente es un decir, pues mi jefe volvió a sorprenderme un día leyendo esta vez *Elogio de la pereza,* de Bertrand Russell. La cosa la tomó no sólo como la reiteración de una falta profesional sino como una burla a su persona. Empezó entonces a hostigarme a tal punto, que mi vida en la agencia se volvió insoportable y no me quedó otro remedio que presentar mi carta de renuncia.

Pasé unos meses viviendo de mi indemnización, mientras buscaba otro trabajo. Para colmo, entretanto, mi madre enfermó gravemente y tuve que viajar al Perú de urgencia. Por fortuna se recuperó, pero este viaje me acarreó gastos que mermaron mis ya menguados recursos. De regreso a París empecé a vivir de trabajos esporádicos y mal pagados —clases de español, traducciones al destajo—, en la estrechez y la incertidumbre, al punto que mi amiga me dejó y quedé sumido en la soledad y la melancolía.

Para olvidar estos malos momentos recibía de cuando en cuando en mi pequeño departamento a tres o cuatro amigos escritores, tan desvalidos como yo, para beber vino barato, compartir nuestras desventuras e ilusionarnos con las obras maestras que esperábamos escribir. El único que tenía realmente talento y gozaba de mejor situación era el poeta Álvaro Chocano. Luego de años de pellejerías había conseguido entrar en la editorial Gallimard como lector y se había casado hacía poco con una profesora francesa de liceo. Era el único además que se entretenía en husmear en mi biblioteca, a diferencia de los otros que jamás se dieron el trabajo de mirar otra cosa que mi bar.

Fue así que una noche descubrió el libro en blanco, del cual me había olvidado por completo. Acarició su forro de damasco, olió sus gruesas páginas de filo dorado y a tal punto lo noté fascinado por la belleza y la rareza de este precioso objeto que en un momento de desprendimiento se lo regalé.

—Para que escribas tus mejores poemas —le dije—. Es un libro de notas florentino del siglo XVIII. Yo jamás pude poner en él una línea.

Algún tiempo después conseguí un trabajo seguro y dejé de frecuentar a mis amigos. Como periodista de los programas en español de una radio francesa tenía que preparar los noticieros, hacer entrevistas y reportajes, de modo que disponía de poco tiempo para el vino y las amanecidas literarias. Por otra parte, mi relativa bonanza y estabilidad me permitieron reanudar mis relaciones con la vieja amiga que me abandonó. Al fin, me dije, la vida me volvía a sonreír.

De pronto me enteré de algo que me acongojó: Álvaro Chocano se encontraba mal. Me lo dijo Monique, su esposa, una noche en que me llamó por teléfono muy preocupada. Tenía mareos, insoportables dolores de cabeza, a veces se desvanecía. Prometí ir a verlo y el día en que me disponía a hacerlo Monique me avisó que lo había hospitalizado. Al parecer tenía un tumor en el cerebro. Días después lo operaron. Fui a visitarlo, pero estaba semiinconsciente, apenas me reconoció, musitó algo acerca de un libro, de un largo poema que no había podido terminar. Su estado empeoró y a la semana siguiente murió.

Entretanto volví a encontrarme con Francesca, quien se quedó muy sorprendida al verme tan recuperado de mi operación y más aún al saber que había reanudado mis relaciones con Patricia y que pensábamos casarnos. Me dijo también que sus negocios iban viento en popa y que, por coincidencia, veía con frecuencia a Carlos y que a lo mejor volvían a casarse. Bromeamos diciendo que podíamos tal vez celebrar nuestros matrimonios juntos en la casona de Versalles que Carlos, después del famoso robo, había reamoblado y donde estaba pintando mejor que nunca.

No pasó de una broma. Una tarde Monique me llamó por teléfono y me dijo que cumpliendo un deseo de Álvaro me iba a dejar sus poemas inéditos y parte de su biblioteca. Eran cuatro grandes cajas de cartón, por lo cual para transportarlas tuve que alquilar una pequeña camioneta. Como en mis estanterías no había sitio para más libros arrumbé las cajas en el desván dejando para más tarde la revisión de los inéditos de Álvaro y las gestiones para su eventual publicación.

Días más tarde, Patricia, que subía jubilosamente las escaleras de la casa para anunciarme que ya tenía todos los papeles listos para nuestro matrimonio, se resbaló y rompió una pierna. Estuvo dos semanas en el hospital y luego tuvo que someterse a un tratamiento de reeducación. Esto nos obligó a postergar nuestros proyectos. Pero como si fuera poco surgieron problemas en mi trabajo. Un argentino de origen israelita —y en esto no hay ninguna connotación racista— y que por añadidura era trotskista y diplomado en psicoanálisis, entró a trabajar en la radio y gracias a su inteligencia y a sus intrigas fue ganándose la simpatía de mis jefes y al final logró desplazarme de mi puesto. Por una cuestión de dignidad tuve que renunciar, lo que me dejó nuevamente sin cargo ni salario. Patricia soportó mal la cosa, se dio tal vez cuenta que no valía la pena liarse con un tipo que no sabía bandearse y luchar como un ogro para abrirse un camino en la vida y apenas dejó las muletas me abandonó para alejarse rápidamente de mí sobre sus propias patitas.

Otra vez quedé así librado a la soledad, la pobreza y la melancolía. Y sin ánimo de convocar a mis viejos amigos escritores, para desquitarnos en casa de nuestras frustraciones en ágapes secretos, alcohólicos y muchas veces turbulentos. Quise aprovechar esos momentos de enclaustramiento para escribir artículos y rematarlos al primer diario o revista que se interesara, pero me encontraba seco y estéril y no pude sino pergeñar banalidades que fueron rechazadas. Para matar el tiempo me puse a ordenar mis libros y papeles y por vía de consecuencia me encontré con las cajas que me dejó Álvaro Chocano. Las puse en el centro de mi salita y empecé a revisar su contenido con curiosidad, pues me acordé de pronto del poema inédito de que me habló antes de morir. Encontré decenas de cuadernos con borradores indescifrables y cientos de libros de poesía española, francesa, inglesa, china y de pronto, entre ellos, oh sorpresa, el libro en blanco que le regalé. Lo abrí con emoción, pensando hallar allí el poema famoso, pero seguía en blanco, tal como yo se lo ofrecí. Defraudado, no me quedó otra cosa que meterlo en uno de los estantes de mi biblioteca.

Justamente por esos días recibí una esquela de Francesca. Me anunciaba su nuevo matrimonio con Carlos para dentro de un mes y me invitaba a la ceremonia en la municipalidad de Versalles. Me rompí la cabeza pensando qué le iba a regalar pues, sin trabajo y sin recursos, no podía embarcarme en gastos importantes. Y me vino de pronto a la mente el libro en blanco. Recordé la vacilación que mostró antes de regalármelo y me dije que sería para ella agradable recibir este precioso objeto como un obsequio que era más bien una restitución. Hice un lindo paquete con él y se lo envié por correo con unas líneas de felicitación.

Días después, días en que me sentí muy optimista y con ganas de escribir, de buscar un nuevo trabajo, de salir en suma de mi estado de aislamiento e indolencia, recibí un sobre recomendado. Al abrirlo me encontré con el libro en blanco. Francesca me lo devolvía, con una pequeña nota en la que decía: «Lo regalado no se devuelve.»

Tuve un momento el libro en las manos, admiré nuevamente su forro adamascado y el oro del filo de sus páginas y cuando lo abrí distinguí la pequeña letra cursiva de Álvaro Chocano. Era un poema de apenas diez líneas. ¿Cómo no lo había visto la última vez que lo abrí? Sin duda porque el libro, sin título ni portada, podía abrirse en ambos sentidos.

Contienen todas las penas del mundo
Líbrate de ellos como de una maldición

La de la gitana que desdeñaste en tu infancia
La del amigo que ofendiste un día
Una estatuilla egipcia puede enloquecerte
Un anillo arruinarte
Un libro no escrito conducirte a la muerte.

La lectura de este poema me dejó atónito. Pasé unos días aterrado, sin atreverme a tocar el libro en blanco que dejé sobre mi escritorio. Por un momento pensé en regalárselo a alguien, pero no me atreví, hubiera sido un acto cruel, odioso y no tenía aún enemigos dignos de este castigo. La única solución era deshacerse de él, tirarlo a la basura, tanto más que entretanto empecé a sentirme mal, con fuertes dolores de estómago que me recordaron los síntomas de mi antigua úlcera. Al fin opté por lo más práctico. Como mi pequeño departamento quedaba no lejos del parque Monceau salí al atardecer y busqué un lugar donde arrojarlo. Estábamos en primavera y los macizos de flores resplandecían en medio del césped bajo el sol crepuscular. Al fin distinguí un tupido parterre de espléndidas rosas cerca de una alamedilla. Cuidándome de no ser visto lancé el libro en medio de ellas y regresé a casa aliviado.

Días más tarde pasó un viejo amigo por París y se me ocurrió llevarlo a conocer el parque Monceau. Le mostré las estatuas de Chopin, Musset, Maupassant, los viejos cedros y el gigantesco *Platanus orientalis.* Admiramos los macizos de tulipanes y para concluir lo conduje hasta el rosedal. Al llegar quedé paralizado. No quedaba de él sino las ramas secas sobre un manto de pétalos marchitos.

(París, 8 de octubre de 1993)

La molicie

Mi compañero y yo luchábamos sistemáticamente contra la molicie. Sabíamos muy bien que ella era poderosa y que se adueñaba fácilmente de los espíritus de la casa. Habíamos observado cómo, agazapada en las comidas fuertes, en los muelles sillones y hasta en las melodías lánguidas de los boleros, aprovechaba cualquier instante de flaqueza para tender sobre nosotros sus brazos tentadores y sutiles y envolvernos suavemente, como la emanación de un pebetero.

Había, pues, que estar en guardia contra sus asechanzas; había que estar a la expectativa de nuestras debilidades. Nuestra habitación estaba prevenida, diríase exorcizada contra ella. Habíamos atiborrado los estantes de libros, libros raros y preciosos que constantemente despertaban nuestra curiosidad y nos disponían al estudio.

Habíamos coloreado las paredes con extraños dibujos que día a día renovábamos para tener siempre alguna novedad o, por lo menos, la ilusión de una perpetua mudanza. Yo pintaba espectros y animales prehistóricos, y mi compañero trazaba con el pincel transparentes y arbitrarias alegorías que constituían para mí un enigma indescifrable. Teníamos, por último, una pequeña radiola en la cual en momentos de sumo peligro poníamos cantigas gregorianas, sonatas clásicas, o alguna fustigante pieza de jazz que comunicara a todo lo inerte una vibración de ballet.

A pesar de todas estas medidas no nos considerábamos enteramente seguros. Era a la hora de despertarnos, cuando las golondrinas (¿eran las golondrinas o las alondras?) nos marcaban el tiempo desde los tejados, el momento en que se iniciaba nuestra lucha. Nos provocaba correr la persiana, amortiguar la luz y quedarnos tendidos sobre las duras camas, dulcemente mecidos por el vaivén de las horas. Pero estimulándonos recíprocamente con gritos y consejos, saltábamos semidormidos de nuestros lechos y corríamos a través del corredor caldeado hasta la ducha, bajo cuya agua helada recibíamos la primera cura de emergencia. Ella nos permitía pasar la mañana con ciertas reservas, metidos entre nuestros libros y nuestras pinturas. A veces, cuando el calor no era muy intenso salíamos a dar un paseo entre las arboledas, viendo a la gente arrastrarse penosamente por las calzadas, huyendo también de la molicie, como nosotros.

Después del almuerzo, sin embargo, sobrevenían las horas más difíciles y en las cuales la mayoría de nuestros compañeros sucumbían. Del comedor pasábamos al salón y embotados por la cuantiosa comida caíamos en los sillones. Allí pedíamos café, antes que los ojos se nos cerraran, y gracias a su gusto amargo y tostado, febrilmente sorbido, podíamos pensar lo elemental para mantenernos vivos. Repetíamos el café, fumábamos, hojeábamos por centésima vez los diarios, hasta que la molicie hacía su ingreso por las tres grandes ventanas asoleadas. Poco a poco disminuía el ritmo de los coloquios, las partidas de ajedrez se suspendían, el humo iba desvaneciéndose, el radio sonaba perezosamente y muchos quedaban inmóviles en los sillones, un alfil en la mano, los ojos entrecerrados, la respiración sofocada, la sangre viciada por un terrible veneno. Entonces, mi compañero y yo, huíamos torpemente por las escaleras y llegábamos exhaustos a nuestro cuarto, donde la cama nos recibía con los brazos abiertos y nos hacía brevemente suyos.

A esta hora, tal vez, fuimos en alguna oportunidad presas de la molicie. Recuerdo especialmente un día en que estuve tumbado hasta la hora de la merienda sin poder moverme, y más aún, hasta la hora de la cena, hora en que pude levantarme y arrastrarme hasta el comedor como un sonámbulo. Pero esto no volvió a repetirse por el momento. Aún éramos fuertes. Aún éramos capaces de rechazar todos los asaltos y llenar la tarde de lecturas comunes, de glosas y de disputas, muchas veces bizantinas, pero que tenían la virtud de mantener nuestra inteligencia alerta.

A veces, hartos de razonar, nos aproximábamos a la ventana que se abría sobre un gran patio, al cual los edificios volvían la intimidad de sus espaldas. Veíamos, entonces, que la molicie retozaba en el patio, bajo el resplandor del sol y, reptando por las paredes, hacía suyos los departamentos y las cosas. Por las ventanas abiertas veíamos hombres y mujeres desnudos, indolentemente estirados sobre los lechos blancos, abanicándose con periódico. A veces alguno de ellos se aproximaba a su ventana y miraba el patio y nos veía a nosotros. Luego de hacernos un gesto vago, que podía interpretarse como un signo de complicidad en el sufrimiento, regresaba a su lecho, bebía lentos jarros de agua y, envuelto en sus sábanas como en su sudario, proseguía su descomposición. Este cuadro al principio nos fortalecía, porque revelaba en nosotros cierta superioridad. Mas, pronto aprendimos a ver en cada ventana como el reflejo anticipado de nuestro propio destino y huíamos de ese espectáculo como de un mal presagio. Habíamos visto sucumbir, uno por uno, a todos los desconocidos habitantes de aquellos pisos, sucumbir insensiblemente, casi con dulzura, o más bien, con voluptuosidad. Aun aquellos que ofrecieron resistencia —aquel, por ejemplo, que jugaba solitarios, o aquel otro que tocaba la flauta— habían perecido estrepitosamente.

La poca gente que disponía de recursos —nosotros no estábamos en esa situación— se libraban de la molicie abandonando la ciudad. Cuando se produjeron los primeros casos improvisaron equipajes y huyeron hacia las sierras nevadas o hacia las playas frescas, latitudes en las cuales no podía sobrevivir el mal. Nosotros, en cambio, teníamos que afrontar el peligro, esperando la llegada del otoño para que extendiera su alfombra de hojas secas sobre los maleficios del estío. A veces, sin embargo, el otoño se retrasaba mucho, y cuando llegaban los primeros cierzos, la mayoría de nosotros estábamos incurablemente enfermos, completamente corrompidos para toda la vida.

Las siete de la noche era la hora más benigna. Diríase que la molicie hacía una tregua y abandonando provisoriamente la ciudad, reunía fuerzas en la pradera, preparándose para el asalto final. Éste se producía después de la cena, a las once de la noche, cuando la brisa crepuscular había cesado y en el cielo brillaban estrellas implacablemente lúcidas. A esta hora eran también, sin embargo, múltiples las posibilidades de evasión. Los adinerados emigraban hacia los salones de fiesta en busca de las mujerzuelas para hallar, en el delirio, un remedio a su cansancio. Otros se hartaban de vino y regresaban ebrios en la madrugada, completamente insensibles a las sutilezas de la molicie. La mayoría, en cambio, se refugiaba en los cinematógrafos del barrio, después de intoxicarse de café. Los preparativos para la incursión al cine eran siempre precedidos de una gran tensión, como si se tratara de una medida sanitaria. Se repasaban los listines, se discutían las películas y pronto salía la gran caravana cortando el aire espeso de la noche. Muchos, sin embargo, no tenían dinero ni para eso y mendigaban plañideramente una invitación, o la exigían con amenazas, a las que eran conducidos fácilmente por el peligro en que se hallaban. En las incómodas butacas veíamos tres o cuatro cintas consecutivas, con un interés excesivo, y que en otras circunstancias no tendría explicación. Nos reíamos de los malos chistes, estábamos a punto de llorar en las escenas melodramáticas, nos apasionábamos con héroes imaginarios y había en el fondo de todo ello como una cruel necesidad y una común hipocresía. A la salida frecuentábamos paseos solitarios, aromados por perfumes fuertes, y esperábamos en peripatéticas charlas que el alba plantara su estandarte de luz en el oriente, signo indudable de que la molicie se declaraba vencida en aquella jornada.

Al promediar la estación la lucha se hizo insostenible. Sobrevinieron unos días opacos, con un cielo gris cerrado sobre nosotros como una campana neumática. No corría un aliento de aire y el tiempo detenido husmeaba sórdidamente entre las cosas. En estos días, mi compañero y yo, comprendimos la vanidad de todos nuestros esfuerzos. De nada nos valían ya los libros, ni las pinturas, ni los silogismos, porque ellos a su vez estaban contaminados. Comprendimos que la molicie era como una enfermedad cósmica que atacaba hasta a los seres inorgánicos, que se infiltraba hasta en las entidades abstractas, dándoles una blanda apariencia de cosas vivas e inútiles.

La residencia, piso por piso, había ido cediendo sus posiciones. La planta inferior, ocupada por la despensa y la carbonería, fue la primera en suspender la lucha. Las materias corruptibles que guardaba —pilas de carbón vegetal, víveres malolientes— fueron presas fáciles del mal. Luego el mal fue subiendo, inflexiblemente, como una densa marea que sepultara ciudades y suspendiera cadáveres. Nosotros, que ocupábamos el último piso, organizamos una encarnizada resistencia. Nuestro reducto fue un pequeño y anónimo cantar de gesta. Abriendo los grifos dejamos correr el agua por los pasillos e infiltrarse en las habitaciones. En una heroica salida regresamos cargados de frutas tropicales y de palmas, para morder la pulpa jugosa o abanicarnos con las hojas verdes. Pero pronto el agua se recalentó, las palmas se secaron y de las frutas sólo quedaron los corazones oxidados. Entonces, desplomándonos en nuestras camas, oyendo cómo nuestro sudor rebotaba sobre las baldosas, decidimos nuestra capitulación. Al principio llevamos la cuenta de las horas (un campanario repicaba cansadamente muy cerca nuestro, ¿quién lo tañería?), la cuenta de los días, pero pronto perdimos toda noción del tiempo. Vivíamos en un estado de somnolencia torpe, de embrutecimiento progresivo. No podíamos proferir una sola palabra. Nos era imposible hilvanar un pensamiento. Éramos fardos de materia viva, desposeídos de toda humanidad...

¿Cuánto tiempo duraría aquel estado? No lo sé, no podría decirlo. Sólo recuerdo aquella mañana en que fuimos removidos de nuestros lechos por un gigantesco estampido que conmovió a toda la ciudad. Nuestra sensibilidad, agudizada por aquel impacto, quedó un instante alerta. Entonces sobrevino un gran silencio, luego una ráfaga de aire fresco abrió de par en par las ventanas y unas gotas de agua motearon los cristales. La atmósfera de toda la habitación se renovó en un momento y un saludable olor de tierra humedecida nos arrastró hacia la ventana. Entonces vimos que llovía copiosa, consoladoramente. También vimos que los árboles habían amarilleado y que la primera hoja dorada se desprendía y después de un breve vals tocaba la tierra. A este contacto —un dedo en llaga gigantesca— la tierra despertó con un estertor de inmenso y contagioso júbilo, como un animal después de un largo sueño, y nosotros mismos nos sentimos partícipes de aquel renacimiento y nos abrazamos alegremente sobre el dintel de la ventana, recibiendo en el rostro las húmedas gotas del otoño.

(Madrid, 1953)

En una ocasión tuve necesidad de una pequeña suma de dinero y como me era imposible procurármela por las vías ordinarias, decidí hacer una pesquisa por la despensa de mi casa, con la esperanza de encontrar algún objeto vendible o pignorable. Luego de remover una serie de trastos viejos, divisé, acostada en un almohadón, como una criatura en su cuna, una vieja botella de chicha. Se trataba de una chicha que hacía más de quince años recibiéramos de una hacienda del norte y que mis padres guardaban celosamente para utilizarla en un importante suceso familiar. Mi padre me había dicho que la abriría cuando yo «me recibiera de bachiller». Mi madre, por otra parte, había hecho la misma promesa a mi hermana, para el día «que se casara». Pero ni mi hermana se había casado ni yo había elegido aún qué profesión iba a estudiar, por lo cual la chicha continuaba durmiendo el sueño de los justos y cobrando aquel inapreciable valor que dan a este género de bebidas los descansos prolongados.

Sin vacilar, cogí la botella del pico y la conduje a mi habitación. Luego de un paciente trabajo logré cortar el alambre y extraer el corcho, que salió despedido como por el ánima de una escopeta. Bebí un dedito para probar su sabor y me hubiera acabado toda la botella si es que no la necesitara para un negocio mejor. Luego de verter su contenido en una pequeña pipa de barro, me dirigí a la calle con la pipa bajo el brazo. Pero a mitad del camino un escrúpulo me asaltó. Había dejado la botella vacía abandonada sobre la mesa y lo menos que podía hacer era restituirla a su antiguo lugar para disimular en parte las trazas de mi delito. Regresé a casa y para tranquilizar aún más mi conciencia, llené la botella vacía con una buena medida de vinagre, la alambré, la encorche y la acosté en su almohadón.

Con la pipa de barro, me dirigí a la chichería de don Eduardo.

—Fíjate lo que tengo —dije mostrándole el recipiente—. Una chicha de jora de veinte años. Sólo quiero por ella treinta soles. Está regalada.

Don Eduardo se echó a reír.

—¡A mí!, ¡a mí! —exclamó señalándose el pecho—. ¡A mí con ese cuento! Todos los días vienen a ofrecerme chicha y no sólo de veinte años atrás. ¡No me fío de esas historias! ¡Como si las fuera a creer!

—Pero yo no te voy a engañar. Pruébala y verás.

—¿Probarla? ¿Para qué? Si probara todo lo que traen a vender terminaría el día borracho, y lo que es peor, mal emborrachado. ¡Anda, vete de aquí! Puede ser que en otro lado tengas más suerte.

Durante media hora recorrí todas las chicherías y bares de la cuadra. En muchos de ellos ni siquiera me dejaron hablar. Mi última decisión fue ofrecer mi producto en las casas particulares pero mis ofertas, por lo general, no pasaron de la servidumbre. El único señor que se avino a recibirme, me preguntó si yo era el mismo que el mes pasado le vendiera un viejo burdeos y como yo, cándidamente, le replicara que sí, fui cubierto de insultos y de amenazas e invitado a desaparecer en la forma menos cordial.

Humillado por este incidente, resolví regresar a mi casa. En el camino pensé que la única recompensa, luego de empresa tan vana, sería beberme la botella de chicha. Pero luego consideré que mi conducta sería egoísta, que no podía privar a mi familia de su pequeño tesoro solamente por satisfacer un capricho pasajero, y que lo más cuerdo sería verter la chicha en su botella y esperar, para beberla, a que mi hermana se casara o que a mí pudieran llamarme bachiller.

Cuando llegué a casa había oscurecido y me sorprendió ver algunos carros en la puerta y muchas luces en las ventanas. No bien había ingresado a la cocina cuando sentí una voz que me interpelaba en la penumbra. Apenas tuve tiempo de ocultar la pipa de barro tras una pila de periódicos.

—¿Eres tú el que anda por allí? —preguntó mi madre, encendiendo la luz—. ¡Esperándote como locos! ¡Ha llegado Raúl! ¿Te das cuenta? ¡Anda a saludarlo! ¡Tantos años que no ves a tu hermano! ¡Corre! que ha preguntado por ti.

Cuando ingresé a la sala quedé horrorizado. Sobre la mesa central estaba la botella de chicha aún sin descorchar. Apenas pude abrazar a mi hermano y observar que le había brotado un ridículo mostacho. «Cuando tu hermano regrese», era otra de las circunstancias esperadas. Y mi hermano estaba allí y estaban también otras personas y la botella y minúsculas copas pues una bebida tan valiosa necesitaba administrarse como una medicina.

—Ahora que todos estamos reunidos —habló mi padre—, vamos al fin a poder brindar con la vieja chicha —y agració a los invitados con una larga historia acerca de la botella, exagerando, como era de esperar, su antigüedad. A mitad de su discurso, los circunstantes se relamían los labios.

La botella se descorchó, las copas se llenaron, se lanzó una que otra improvisación y llegado el momento del brindis observé que las copas se dirigían a los labios rectamente, inocentemente, y regresaban vacías a la mesa, entre grandes exclamaciones de placer.

—¡Excelente bebida!

—¡Nunca he tomado algo semejante!

—¿Cómo me dijo? ¿Treinta años guardada?

—¡Es digna de un cardenal!

—¡Yo que soy experto en bebidas, le aseguro, don Bonifacio, que como ésta ninguna!

Y mi hermano, conmovido por tan grande homenaje, añadió.

—Yo les agradezco, mis queridos padres, por haberme reservado esta sorpresa con ocasión de mi llegada.

El único que, naturalmente, no bebió una gota, fui yo. Luego de acercármela a las narices y aspirar su nauseabundo olor a vinagre, la arrojé con disimulo en un florero.

Pero los concurrentes estaban excitados. Muchos de ellos dijeron que se habían quedado con la miel en los labios y no faltó uno más osado que insinuara a mi padre si no tenía por allí otra botellita escondida.

—¡Oh, no! —replicó—. ¡De estas cosas sólo una! Es mucho pedir.

Noté, entonces, una consternación tan sincera en los invitados, que me creí en la obligación de intervenir.

—Yo tengo por allí una pipa con chicha.

—¿Tú? —preguntó mi padre, sorprendido.

—Sí, una pipa pequeña. Un hombre vino a venderla... Dijo que era muy antigua.

—¡Bah! ¡Cuentos!

—Y yo se la compré por cinco soles.

—¿Por cinco soles? ¡No has debido pagar ni una peseta!

—A ver, la probaremos —dijo mi hermano—. Así veremos la diferencia.

—Sí, ¡que la traiga! —pidieron los invitados.

Mi padre, al ver tal expectativa, no tuvo más remedio que aceptar y yo me precipité hacia la cocina. Luego de extraer la pipa bajo el montón de periódicos, regresé a la sala con mi trofeo entre las manos.

—¡Aquí está! —exclamé, entregándosela a mi padre.

—¡Hum! —dijo él, observando la pipa con desconfianza—. Estas pipas son de última fabricación. Si no me equivoco, yo compré una parecida hace poco —y acercó la nariz al recipiente—. ¡Qué olor! ¡No! ¡Esto es una broma! ¿Dónde has comprado esto, muchacho? ¡Te han engañado! ¡Qué tontería! Debías haber consultado —y para justificar su actitud hizo circular la botija entre los concurrentes, quienes ordenadamente la olían y después de hacer una mueca de repugnancia, la pasaban a su vecino.

—¡Vinagre!

—¡Me descompone el estómago!

—Pero ¿es que esto se puede tomar?

—¡Es para morirse!

Y como las expresiones aumentaban de tono, mi padre sintió renacer en sí su función moralizadora de jefe de familia y, tomando la pipa con una mano y a mí de una oreja con la otra, se dirigió a la puerta de calle.

—Ya te lo decía. ¡Te has dejado engañar como un bellaco! ¡Verás lo que se hace con esto!

Abrió la puerta y, con gran impulso, arrojó la pipa a la calle, por encima del muro. Un ruido de botija rota estalló en un segundo. Recibiendo un coscorrón en la cabeza, fui enviado a dar una vuelta por el jardín y mientras mi padre se frotaba las manos, satisfecho de su proceder, observé que en la acera pública, nuestra chicha, nuestra magnífica chicha norteña, guardada con tanto esmero durante quince años, respetada en tantos pequeños y tentadores compromisos, yacía extendida en una roja y dolorosa mancha. Un automóvil la pisó alargándola en dos huellas; una hoja de otoño naufragó en su superficie; un perro se acercó, la olió y la meó.

(París, 1955)

Explicaciones a un cabo de servicio

Yo tomaba un pisco donde *el gordo* mientras le daba vueltas en la cabeza a un proyecto. Le diré la verdad: tenía en el bolsillo cincuenta soles... Mi mujer no me los quiso dar, pero usted sabe, al fin los aflojó, la muy tonta... Yo le dije: «Virginia, esta noche no vuelvo sin haber encontrado trabajo.» Así fue como salí: para buscar un trabajo... pero no cualquier trabajo... eso, no... ¿Usted cree que un hombre de mi condición puede aceptar cualquier trabajo?... Yo tengo cuarenticinco años, amigo, y he corrido mundo... Sé inglés, conozco la mecánica, puedo administrar una hacienda, he fabricado calentadores para baños, ¿comprende? En fin, tengo experiencia... Yo no entro en vainas: nada de jefes, nada de horarios, nada de estar sentado en un escritorio, eso no va conmigo... Un trabajo independiente para mí, donde yo haga y deshaga, un trabajo con iniciativa, ¿se da cuenta? Pues eso salí a buscar esta mañana, como salí ayer, como salgo todos los días, desde hace cinco meses... ¿Usted sabe cómo se busca un trabajo? No, señor; no hace falta coger un periódico y leer avisos... allí sólo ofrecen menudencias, puestos para ayudantes de zapatero, para sastres, para tenedores de libros... ¡bah! Para buscar un trabajo hay que echarse a caminar por la ciudad, entrar en los bares, conversar con la gente, acercarse a las construcciones, leer los carteles pegados en las puertas... Ése es mi sistema, pero sobre todo tener mucho olfato; uno nunca sabe; quizás allí, a la vuelta de una esquina... pero, ¿de qué se ríe? ¡Si fue así precisamente! A la vuelta de una esquina me tropecé con Simón Barriga... Fue en la avenida Arenales, cerca de la bodega Lescano, donde venden pan con jamón y chilcanos... ¿Se figura usted? Hacía veinte años que no nos veíamos; treinta, quizás; desde el colegio; hemos mataperreado juntos... Muchos abrazos, mucha alegría, fuimos a la bodega a festejar el encuentro... ¿Pero qué? ¿Adónde vamos? Bueno, lo sigo a usted, pero con una condición: siempre y cuando quiera escucharme... Así fue, tomamos cuatro copetines... ¡Ah! usted no conoce a Simón, un tipo macanudo, de la vieja escuela, con una inteligencia... En el colegio era un burro y lo dejaban siempre los sábados con la cara a la pared... pero uno después evoluciona... yo también nunca he sabido muy bien mi cartilla... Pero vamos al grano... Simón andaba también en busca de un trabajo, es decir, ya lo tenía entre manos; le faltaban sólo unos detalles, un hombre de confianza...

Hablamos largo y tendido y ¡qué coincidencia! Imagínese usted: la idea de Simón coincidía con la mía... Como se lo dije en ese momento, nuestro encuentro tenía algo de providencial... Yo no voy a misa ni me gustan las sotanas, pero creo ciegamente en los azares... Ésa es la palabra: ¡providencial!... Figúrese usted: yo había pensado —y esto se lo digo confidencialmente— que un magnífico negocio sería importar camionetas para la repartición de leche y... ¿sabe usted cuál era el proyecto de Simón? ¡Importar material para puentes y caminos!... Usted dirá, claro, entre una y otra cosa no hay relación... Sería mejor que importara vacas. ¡Vaya un chiste! Pero no, hay relación; le digo que la hay... ¿Por dónde rueda una camioneta? Por un camino. ¿Por dónde se atraviesa un río? Por un puente. Nada más claro, eso no necesita demostración. De este modo comprenderá por qué Simón y yo decidimos hacernos socios... Un momento, ¿dónde estamos? ¿Ésta no es la avenida Abancay? ¡Magnífico!... Bueno, como le decía, ¡socios! Pero socios de a verdad... Fue entonces cuando nos dirigimos a Lince, a la picantería de que le hablé. Era necesario planear bien el negocio, en todos sus detalles, ¿eh? Nada mejor para eso que una buena enramada, que unos tamales, que unas botellitas de vino Tacama... Ah, ¡si viera usted el plano que le hice de la oficina! Lo dibujé sobre una servilleta... pero eso fue después... Lo cierto es que Simón y yo llegamos a la conclusión de que necesitábamos un millón de soles... ¿Qué? ¿Le parece mucho? No haga usted muecas... Para mí, para Simón, un millón de soles es una bicoca... Claro, en ese momento ni él ni yo los teníamos. Nadie tiene, dígame usted, un millón de soles en la cartera como quien tiene un programa de cine... Pero cuando se tiene ideas, proyectos y buena voluntad, conseguirlos es fácil... sobre todo ideas. Como le dije a Simón: «Con ideas todo es posible. Ése es nuestro verdadero capital»... Verá usted: por lo pronto Simón ofreció comprometer a un general retirado, de su conocencia y así, de un sopetón, teníamos ya cien mil soles seguros... Luego a su tío Fernando, el hacendado, hombre muy conocido... Yo, por mi parte, resolví hablar con el boticario de mi barrio que la semana pasada ganó una lotería... Además yo iba a poner una máquina de escribir Remington, modelo universal... ¿Estamos por el mercado? Eso es, déme el brazo, entre tanta gente podemos extraviarnos... En una palabra, cuando terminamos de almorzar teníamos ya reunido el capital. Amigo: cosa difícil es formar una sociedad. No se lo recomiendo... Nos faltaban aún dos cosas importantes: el local y la razón social. Para local, mi casa... no se trata de una residencia, todo lo contrario: una casita en el jirón Ica, cuatro piezas solamente... Pero mi mujer y mis cinco hijos irían a dormir al fondo... De la sala haría la oficina y del comedor que tiene ventana a la calle la sala de exhibiciones... Todo era provisional, naturalmente; pero para comenzar, magnífico, créalo usted; Simón estaba encantado... Pero a todo esto ya no estábamos en la picantería. Pagué, recuerdo... Pagué el almuerzo y las cuatro botellas de vino. Simón me trajo al Patio a tomar café. Pagué el taxi. Simón me invitó un puro... ¿Fue de allí que llamé?... Sí, fue de allí. Llamé a Virginia y le dije: «Mujer, acabó la mala época. Acabo de formar una sociedad con Simón Barriga. Tenemos ya un millón de soles. No me esperes a comer que Simón me invitará a su casa»... Luego del café, los piscos; Simón invitaba e invitaba, estupendo... Entonces vino una cuestión delicada: el nombre de la sociedad... ¡Ah! no crea usted que es una cosa fácil; yo también lo creía... Pero mirándolo bien, todos los buenos nombres están ya tomados... Primero pensamos que El Porvenir, fíjese usted, es un bonito nombre, pero hay un barrio que se llama El Porvenir, un cine que se llama El Porvenir, una Compañía de Seguros que se llama El Porvenir y hasta un caballo, creo, que se llama El Porvenir... ¡Ah! es cosa de mucho pensar... ¿Sabe usted qué nombre le pusimos? ¡A que no adivina!... Fue idea mía, se lo aseguro... Ya había anochecido, claro. Le pusimos Fructífera, S. A. ¿Se da usted cuenta del efecto? Yo encuentro que es un nombre formidablemente comercial... Pero, ¡no me jale usted!, no vaya tan rápido, ¿estamos en el jirón Cuzco?... Vea usted; después de los piscos, una copa de menta, otra copa de menta... Pero entonces, ya no organizábamos el negocio: nos repartíamos las ganancias, Simón dijo: «Yo me compro un carro de carrera.» ¿Para qué? —me pregunto yo. Esos son lujos inútiles... Yo pensé inmediatamente en un chalet con su jardincito, con una cocina eléctrica, con su refrigeradora, con su bar para invitar a los amigos... Ah, pensé también en el colegio de mis hijos... ¿Sabe usted? Me los han devuelto porque hace tres meses que no pago... Pero no hablemos de esto... Tomábamos menta, una y otra copa; Simón estaba generoso... De pronto se me ocurrió la gran idea... ¿usted ha visto? Allí en los portales del Patio hay un hombre que imprime tarjetas, un impresor ambulante... Yo me dije: «Sería una bonita sorpresa para Simón que yo salga y mande hacer cien tarjetas con el nombre y dirección de nuestra sociedad»... ¡Qué gusto se va a llevar! Estupendo, así lo hice... Pagué las tarjetas con mis últimos veinte soles y entré al bar... El hombre las traería a nuestra mesa cuando estuvieran listas... «He estado tomando el aire», le dije a Simón; el muy tonto se lo creyó... Bueno, me hice el disimulado, seguimos hablando... Para esto, el negocio había crecido, ah, ¡naturalmente! Ya las camionetas para leche, los caminos, eran pequeñeces... Ahora hablábamos de una fábrica de cerveza, de unos cines de actualidades, inversiones de primer orden... otra copita de menta... Pero, ¿qué es esto? ¿La plaza Francisco Pizarro?... Bueno, el hombre de las tarjetas vino. ¡Si viera usted a Simón! Se puso a bailar de alegría; le juro que me abrazó y me besó... Él cogió cincuenta tarjetas y yo cincuenta.

Fumamos el último puro. Yo le dije: «Me he quedado sin un cobre pero quería darme este gusto.» Simón se levantó y se fue a llamar por teléfono... Avisaría a su mujer que íbamos a comer... Quedé solo en el bar. ¿Usted sabe lo que es quedarse solo en un bar luego de haber estado horas conversando? Todo cambia, todo parece distinto; uno se da cuenta que hay mozos, que hay paredes, que hay parroquianos, que la otra gente también habla... es muy raro... Unos hombres con patillas hablaban de toros, otros eran artistas, creo, porque decían cosas que yo no entendía... y los mozos pasaban y repasaban por la mesa... Le juro, sus caras no me gustaban... Pero, ¿y Simón? me dirá usted... ¡Pues Simón no venía! Esperé diez minutos, luego veinte; la gente del Teatro Segura comenzó a llegar... Fui a buscarlo al baño... Cuando una persona se pierde en un bar hay que ir a buscarlo primero al baño... Luego fui al teléfono, di vueltas por el café, salí a los portales... ¡Nada! ... En ese momento el mozo se me acercó con la cuenta... ¡Demonios! se debía 47 soles... ¿en qué? me digo yo. Pero allí estaba escrito... Yo dije: «Estoy esperando a mi amigo.» Pero el mozo no me hizo caso y llamó al *maître*... Hablé con el *maître* que es una especie de notario con una servilleta en la mano... Imposible entenderse... Le enseñé mis tarjetas... ¡nada! Le dije: «Yo soy Pablo Saldaña!» ¡Ni caso! Le ofrecí asociarlo a nuestra empresa, darle parte de las utilidades... el tipo no daba su brazo a torcer... En eso pasó usted, ¿recuerda? ¡Fue verdaderamente una suerte! Con las autoridades es fácil entenderse; claro, usted es un hombre instruido, un oficial, sin duda; yo admiro nuestras instituciones, yo voy a los desfiles para aplaudir a la policía... Usted me ha comprendido, naturalmente; usted se ha dado cuenta que yo no soy una piltrafa, que yo soy un hombre importante, ¿eh?... Pero, ¿qué es esto?, ¿dónde estamos?, ¿ésta no es la comisaría?, ¿qué quieren estos hombres uniformados? ¡Suélteme, déjeme el brazo le he dicho! ¿Qué se ha creído usted? ¡Aquí están mis tarjetas! Yo soy Pablo Saldaña el gerente, el formador de la Sociedad, yo soy un hombre, ¿entiende?, ¡un hombre!

(Amberes, 1957)

Página de un diario

El confesor atravesó la sala, cogió su sombrero y haciendo con la mano un gesto incomprensible, se marchó. Mi madre se puso a llorar, mis hermanas la imitaron y yo también tuve que hacerlo porque mi padre, a pesar de sus defectos, había sido un hombre muy bueno. Mi llanto, sin embargo, fue debilitándose y en mis ojos quedó un ardor equívoco, como el que acompaña a un dolor sincero o a una súbita alegría. Pronto mis lágrimas cesaron y quedé solo, habitado por un gran asombro. De puntillas, inadvertidamente, me acerqué al dormitorio. Allí, sobre el lecho, estaba él, rígido, con los brazos cruzados sobre el pecho y el rostro barbudo elevado al cielo. Lo observé un rato y mi pecho se estremeció. Pero luego sentí aflorar a mis labios una sonrisa involuntaria, como si hubiera sido sorprendido por un recuerdo agradable.

Más tarde comenzaron a llegar los parientes. Algunos eran lejanos, de aquellos que sólo concurren a las nupcias y a los velorios y que tienen una máscara apropiada para cada ocasión. Ahora —yo recordaba haberlos visto en la boda de mi hermana bebiendo champán entre carcajadas— estaban condolidos, con vestidos oscuros y semblante de responso. Me abrazaron murmurando palabras vagas que en vano traté de comprender pero que por momentos me parecían hasta una felicitación. A veces me refugiaba en el jardín y permanecía espiándolos por la ventana, viéndolos circular interminablemente.

Pronto oscureció y en la casa reinaba un gran alboroto. Algunos vecinos, muchos amigos, inundaron las habitaciones. La muerte había abierto de par en par las puertas de la casa. Se encontraba gente en todas las habitaciones, en la cocina, en los dormitorios de las mujeres y hasta en el cuarto de baño. Mucho me sorprendió encontrar en el cuarto de costura al gerente de la firma donde trabajaba mi padre, conversando con un albañil de las inmediaciones. Nunca sospeché que ambos pudieran conocerse ni mucho menos verlos juntos en dicha habitación. Sin embargo, estaban allí. Y todo parecía lo más natural.

El tiempo comenzó a transcurrir y pronto me pareció que aquella noche, como en Navidad o fiestas patrias tendría que velar hasta tarde. Este pensamiento por un momento me entusiasmó porque siempre era agradable imitar los actos de las personas grandes.

Pero inmediatamente me di cuenta que todo sería distinto pues no habrían bombardas ni chocolate pascual.

Mi madre me reunió con mis hermanas y nos introdujo en el dormitorio del difunto. «Vamos a rezar un rosario», dijo, poniéndose de rodillas. Cerraron la puerta. Se escuchaba venir de afuera el rumor de los asistentes y alguna cabeza pasaba de vez en cuando por la ventana para echar una mirada curiosa.

Observé nuevamente a mi padre. Le habían puesto su terno azul, su hermoso vestido con el que acostumbraba ir a las recepciones. Tenía incluso chaleco, corbata, gemelos. «Parece que va a ir a una fiesta», pensé. Pronto mi madre empezó con los misterios —eran los gloriosos— y mis hermanas respondían en coro. Yo también contestaba pero maquinalmente, porque no veía relación entre esas invocaciones de júbilo y la presencia del muerto, y porque me había detenido, a examinar los pies de mi padre, que estaban descalzos, cubiertos sólo con unas medias de seda. Estaban inmóviles, ligeramente separados de las puntas y al observarlos sentí por primera vez miedo de la muerte. El rezo se me trabó en la garganta y sin dar ninguna explicación abandoné el dormitorio. Atravesando la sala pasé al jardín. Allí me detuve y mirando al cielo negro traté de pensar en mi padre. Una nubecilla cruzó el abismo e imaginé que podría ser el alma del difunto. «Qué blanca está», pensé, cuando a mi lado escuché una voz. Era Flora, la sirvienta. «Niño Raúl —dijo—, acompáñeme al garaje a traer un candelero. Tengo miedo ir sola.» La observé. Siempre había excitado mi curiosidad, habiendo llegado incluso a espiarla cuando se bañaba. Estaba decidido a tocarla para comprobar con mis manos cómo era ese cuerpo moreno. Y en aquellas circunstancias esta tentativa tenía un extraño sabor a profanación, que me enardecía. Avancé unos pasos hacia ella, que permaneció inmóvil, mirándome con sus grandes ojos espantados, bajo la sombra del emparrado. Pero el recuerdo de los pies de mi padre, tan rígidos, tan inútiles, tan tristes, vino a mi memoria. «Anda tú no más», repliqué, dando un paso hacia atrás.

Cuando ingresé en la casa habían llegado de la agencia funeraria. Los empleados estaban introduciendo el cajón, los cirios y los demás aditamentos para la cámara mortuoria; y los circunstantes observaban las maniobras con algo de impaciencia, como si esperaran la función de un teatro. Los odié a todos intensamente y busqué de nuevo refugio en el jardín. Al aguaitar por la ventana observé que habían servido café en tacitas y que los hombres echaban mano, inmisericordes, a los cigarrillos de la sala. El cansancio, el sueño, comenzaron a perturbarme. Tuve que ir a mi dormitorio, donde se encontraban algunas personas de confianza. A pesar de ello, me dio vergüenza echarme a dormir porque me pareció que dormir en esos momentos era una infidelidad. Pero el sueño terminó por vencerme y vestido caí sobre la almohada.

Cuando abrí los ojos era de día. El dormitorio estaba desierto. ¿Qué hora sería? Me levanté. Todos parecían dormir. El velorio había terminado y la sala estaba llena de colillas y de tazas de café vacías. En la salida donde mi padre jugaba a las cartas con sus amigos, divisé un paño negro. Habían instalado allí la capilla ardiente. Al acercarme descubrí el féretro entre cuatro lámparas enormes. El muerto estaba solitario. «Qué pronto se han olvidado de él», pensé. Lo observé nuevamente. A través del cristal se veía su rostro blanco (lo habían afeitado), sonriente, impregnado de una rara serenidad. No sentí en ese momento pena alguna. Estuve mirándolo largo rato como si fuera otra cosa y no mi padre. Pronto sentí unos pasos y mi madre apareció, vestida de negro, e intentó abrazarme. Tal vez no había dormido en toda la noche, tal vez necesitaba una palabra de consuelo, pero la esquivé y mientras se retiraba escuché que empezaba a sollozar.

Gran parte de la mañana estuve dando vueltas, impaciente, por mi dormitorio. Pensaba si mi vida a partir de ese momento cambiaría. «Faltará un poco de dinero —me dije—, tal vez tengamos que vender el auto.» Pero, aparte de ello, no creía advertir otro cambio notable en mi destino. Sin embargo, el recuerdo que desde la noche anterior me había perturbado, apareció en mi conciencia. Evoqué el escritorio enorme, inaccesible, mientras mi padre viviera y, evitando la vigilancia de las personas mayores, me aproximé a él y crucé el umbral.

Los rayos del sol penetrando oblicuamente por la ventana revestían las estanterías, las alfombras, de un aire doloroso y grave, como el de una iglesia antes de los oficios. Con una avidez incontenible, me precipité hacia el escritorio y tomando asiento en el ancho sillón, comencé a remover los libros, los papeles, los cajones. Al fin apareció la pluma fuente con su tapa dorada, aquella hermosa pluma fuente que durante tantos años admirara en el chaleco de mi padre como un símbolo de autoridad y de trabajo. Ahora sería mía, podría llevarla a la escuela, mostrarla a mis amigos, hacerla relucir también sobre mi traje negro. ¡Hasta tenía grabadas las mismas iniciales! Buscando un papel, tracé mi nombre, que era también el nombre de mi padre. Entonces comprendí, por primera vez, que mi padre no había muerto, que algo suyo quedaba vivo en aquella habitación, impregnando las paredes, los libros, las cortinas, y que yo mismo estaba como poseído de su espíritu, transformado ya en una persona grande. «Pero si yo soy mi padre», pensé. Y tuve la sensación de que habían transcurrido muchos años.

(Lima, 1952)

Los eucaliptos

Entre mi casa y el mar, hace veinte años, había campo abierto. Bastaba seguir la acequia de la calle Dos de Mayo, atravesar potreros y corralones, para llegar al borde del barranco. Un desfiladero cavado en el hormigón conducía a La Pampilla, playa desierta frecuentada sólo por los pescadores.

Los sábados íbamos allí, acompañados de la sirvienta y de los perros. En la playa estrecha y pedregosa —apenas un zócalo entre el barranco y el mar— pasábamos largas horas desenterrando patillos muertos, recogiendo conchas y caracoles. Los perros corrían por la orilla, ladrando alegremente al océano. Por las paredes del acantilado trepaba el musgo, la yerba salvaje, y caía un agua fina que bebíamos en la cueva de la mano.

Matilde, nuestra sirvienta, iba siempre a la cabeza del grupo. A pesar de ser una moza, sabía multitud de cosas extrañas, como la gente crecida en el campo. Preparaba trampas para los gorriones, distinguía las matas de ortiga entre la maleza o los panales de avispas en las grietas de un muro. En el trayecto recogía flores de mastuerzo para regalar a Benito, el pescador. Ambos se retiraban luego por el desfiladero hasta una arena sucia donde se enterraban. A veces los seguíamos para espiarlos o merodeábamos en torno suyo lanzando piedras a los abismos.

Más tarde, cuando conocimos la huaca Juliana, nos olvidamos del mar. La huaca estaba para nosotros cargada de misterio. Era una ciudad muerta, una ciudad para los muertos. Nunca nos atrevimos a esperar en ella el atardecer. Bajo la luz del sol era acogedora y nosotros conocíamos de memoria sus terraplenes y el sabor de su tierra, donde se encontraban pedazos de alfarería. A la hora del crepúsculo, sin embargo, cobraba un aspecto triste, parecía enfermarse y nosotros huíamos despavoridos, por sus faldas. Se hablaba de un tesoro escondido, de una bola de fuego que alumbraba la luna. Había, además, leyendas sombrías de hombres muertos con la boca llena de espuma.

La gente del pueblo llamaba a nuestro barrio «Matagente». En aquella época no había alumbrado público. De noche las calles eran tenebrosas y nosotros las recorríamos alumbrándonos con linternas. A veces íbamos hasta el Mar del Plata, viejo caserón abandonado sobre la avenida Pardo. A través de su verja de madera observábamos el jardín donde la yerba crecía en desorden invadiendo los caminos y las gradas de piedra. Perdidas en el follaje se veían estatuas de yeso sin brazos, sin nariz, sucias de polvo y de excrementos de ave. Algunas habían caído de su pedestal y yacían semienterradas entre la hojarasca. Nunca supimos a quién pertenecía esa casa ni qué sucedía en su interior. Sus persianas estaban siempre cerradas. En sus cornisas anidaban las palomas.

Además de los ficus de la avenida Pardo, de los laureles de la Costanera, de las moreras de las calles transversales, en nuestro barrio había eucaliptos. La casa del millonario Gutiérrez estaba rodeada de una cincuentena de estos árboles enormes que crecían desde el siglo anterior, quizá desde la guerra con Chile. Ni los hombres más viejos de Santa Cruz sabían quién los había plantado. Sus poderosas raíces levantaban la calzada, abrían grietas en la tierra. Sus ramas crujían con el viento y cada cierto tiempo alguna se desprendía y caía sobre la pista con un ruido de cataclismo. En menos de diez minutos desaparecía. De todos los corralones acudía la gente del pueblo con hachas, con machetes, con cuchillos y la destrozaban para fabricar leña, como se descuartiza una res.

Estos árboles eran como los genios tutelares del lugar. Ellos le daban a nuestra calle el aspecto pacífico de un rincón de provincia. Su tupido follaje nos protegía del sol en el verano, nos resguardaba de la polvareda cuando soplaba el viento. Nosotros nos trepábamos a sus troncos como monos. Conocíamos su gruesa corteza por cuyos nudos brotaba una goma olorosa. Sus hojas se renovaban todo el año y caían, rojas, amarillas, plateadas, sobre nuestro jardín. Sus copas, donde cantaban las cuculíes, se veían desde la huaca, desde el mar, porque nuestros árboles eran los más arrogantes de todo el balneario. Tan sólo en el parque había un pino soberbio del cual estábamos celosos.

Bajo los eucaliptos desfilaron todos los personajes pintorescos de Santa Cruz. Cuando veíamos aparecer al loco Saavedra con su hoz en la mano y su costal de yerbas a la espalda, escalábamos sus troncos y desde lo alto, inmunes a su cólera, nos burlábamos de su extravío. Él pasaba hablando solo, cantando y al divisarnos nos amenazaba con su hoz y se atrevía a lanzarnos terrones que se destrozaban en el aire. Luego tocaba los timbres de las casas, pidiendo comida. Algunos le soltaban los perros, otros le daban monedas de cobre que él convertía en alcohol.

El loco Saavedra prestaba un servicio a la comunidad. Con su hoz limpiaba la maleza de las acequias, desatoraba las esclusas y permitía circular el agua de los regadíos. Nadie sabía si este trabajo lo realizaba por capricho o por obligación. Siempre estaba sin zapatos, mojado, sucio de barro hasta las rodillas. Su única elegancia la constituían sus sombreros. Todas las semanas traía uno diferente: chambergos, gorras de marinero, boinas de colegial. Al final andaba sin camisa pero con un hermoso sombrero de copa.

A veces transcurrían semanas sin que se vieran trazas de su persona. El agua se rebalsaba e invadía los jardines particulares. Se decía, entonces, que había muerto. Pero cuando menos se le esperaba, reaparecía más pálido, más sucio, más trastornado. Sus resurrecciones nos llenaban de pavor porque siempre creíamos estar en presencia de su sombra. Con el tiempo se le vio con menos frecuencia. Matilde decía que donde la japonesa María bebía ron de quemar en vasos de cerveza. Por fin desapareció definitivamente. Una tarde vimos pasar un camión con un ataúd y un ramo de flores, seguido de una tropa de perros que ladraban. Se llevaban al loco al cementerio de Surquillo.

Más tarde, cuando se construyeron nuevas casas y el número de vecinos aumentó, formamos los chicos una verdadera pandilla. En razón de nuestro número nos atrevíamos a salir fuera del área de los eucaliptos y nos aventurábamos hasta la calle Enrique Palacios en cuyos callejones vivían muchas familias del pueblo. Existía allí otra pandilla que nosotros llamábamos la pandilla de los «cholos». Ellos nos llamaban los «gringos» y nos tiraban piedras con sus hondas. Las riñas se sucedían. Muchas veces regresamos a casa con la cabeza rota. Nuestro barrio era, en realidad, como una pequeña aldea y las rivalidades de clase eran notorias. Había la gente del corralón, la gente del callejón, la gente de la quinta, la gente del chalet, la gente del palacete. Cada cual tenía su grupo, sus costumbres, su manera de vestir. Las distancias se guardaban estrictamente y ni aun en la época de los carnavales se perdía la noción de las jerarquías. Nosotros nos enfurecíamos cuando los negros mojaban a nuestras hermanas, así como los niños que usaban escarpines e iban a misa en automóvil, se ponían pálidos cuando les arrojábamos un globo con anilina.

En uno de los callejones de Enrique Palacios vivía don Santos, un hombre enigmático. Se decía que era el cholo más rico de todo el barrio, propietario de tiendas y corralones. Nunca nadie lo vio trabajar. Pasaba el día acodado en el mostrador de María, bebiendo pisco barato. Hacia el atardecer se llegaba a los eucaliptos y orinaba en sus troncos sus borracheras. Cuando nos veía pasar nos llamaba a su lado para contarnos su vida. Hablaba de París, del Barrio Latino. Decía que él había vivido allí por el año veinte, que había tenido su *paletot* y usado un peinado a lo Valentino. Hablaba también de sus amigos diputados, de su cuenta corriente, de un banquete al cual estaba invitado precisamente esa noche. Al ver nuestros rostros escépticos, quedaba callado, se afligía y nos rogaba con voz lastimosa que le consiguiéramos un puesto.

—¡Aunque sea de portero! —añadía, limpiándose una lágrima.

Con el tiempo, nuestro barrio se fue transformando. Bastó que pusieran luz eléctrica, que el servicio de agua potable se regularizara, para que las casas comenzaran a brotar de la tierra, como yerbas de estación. Por todo sitio se veían obreros cavando fosas para los cimientos, levantando muros, armando los encofrados. Los corralones fueron demolidos, los terrenos de desmonte arrasados. La gente del pueblo huía hacia los extramuros portando tablones y adobes para armar por otro lugar sus conventillos. Las grandes acequias fueron canalizadas y ya no pudimos hacer correr sobre su corriente nuestros barcos de papel. La hacienda Santa Cruz fue cediendo sus potreros donde se trazaban calles y se sembraban postes eléctricos. Hasta la huaca Juliana fue recortada y al final quedó reducida a un ridículo túmulo sin grandeza, sin misterio.

Pronto nos vimos rodeados de casas. Las había de todos los estilos; la imaginación limeña no conocía imposibles. Se veían chalets estilo buque con ojos de buey y barandas de metal; casas californianas con tejados enormes para soportar a la tímida garúa; palacetes neoclásicos con recias columnas dóricas y frisos de cemento representando escudos inventados; no faltaban tampoco esas extrañas construcciones barrocas que reunían al mismo tiempo la ojiva del medioevo, el balcón de la colonia, el minarete árabe y la gruta romántica donde una virgen chaposa sonreía desde su yeso a los paseantes. Para llegar al barranco teníamos que atravesar calles y calles, contornear plazas, cuidarnos de los ómnibus y llevar a nuestros perros amarrados del pescuezo. Una baranda nos separaba del mar. Llegar allí era antes un viaje campestre, una expedición que sólo realizaban los aventureros y los pescadores. Ahora los urbanitos descargaban allí su población dominical de fámulas y furrieles.

Los personajes pintorescos se disolvieron en la masa de vecinos. Por todo sitio se veía la mediocridad, la indiferencia. Don Santos desapareció, al igual que el loco Saavedra. A nuestro policía lo cambiaron de lugar. Nuestros perros fueron atropellados. Ya no se veía pasar al hombre que, con su canasta y su farol, pregonaba en las noches de invierno la «revolución caliente» ni tampoco a las vacas de la hacienda Santa Cruz que mugían y hacían sonar sus cascabeles. El viejo que vendía choclos reemplazó su borrico por un triciclo. El primer cinema fue el símbolo de nuestro progreso, así como la primera iglesia, el precio de nuestra devoción. Sólo nos faltaba tener un alcalde y un cabaret.

En medio de estas mudanzas había algo que permanecía siempre igual, que envejecía sin perder su fuerza: los eucaliptos. Nuestra mirada, huyendo de los tejados y de las antenas, encontraba reposo en su follaje. Su visión nos restituía la paz, la soledad. Nosotros habíamos crecido, habíamos ido descubriendo en estos árboles nuevas significaciones, le habíamos dado nuevos usos... Ya no nos trepábamos a sus ramas ni jugábamos a los escondidos tras sus troncos, pero hubo una época de perversidad en que espiábamos su copa con la honda tendida para abatir a las tórtolas. Más tarde nos dimos cita bajo su sombra y grabamos en sus cortezas nuestros primeros corazones.

Una mañana se detuvo frente a nuestra casa, un camión. De su caseta descendieron tres negros portando sierras, machetes y sogas. Por su aspecto, parecían desempeñar un oficio siniestro. La noticia de que eran podadores venidos de Chincha, circuló por el barrio. En un santiamén se encaramaron en los eucaliptos y comenzaron a cortar sus ramas. Su trabajo fue tan veloz que no tuvimos tiempo de pensar en nada. Solamente les bastó una semana para tirar abajo los cincuenta eucaliptos. Fue una verdadera carnicería. El tráfico se había suspendido. Nosotros, los que durante quince años habíamos crecido a la sombra de aquellos árboles, contemplamos el trabajo, desolados. Vimos caer uno a uno todos aquellos troncos: aquel donde se anidaban las arañas; aquel otro donde escondíamos soldados, papelitos; el grueso, el de la esquina, que sacudía su crin durante las ventoleras y saturaba el aire de perfumes. Cuando la sierra los dividió en trozos de igual longitud, nos dimos cuenta que había sucedido algo profundo; que habían muerto como árboles para renacer como cosas. Sobre los camiones sólo partieron una profusión de vigas rígidas a las que aguardaba algún tenebroso destino.

La ciudad progresó. Pero nuestra calle perdió su sombra, su paz, su poesía. Nuestros ojos tardaron mucho en acostumbrarse a ese nuevo pedazo de cielo descubierto, a esa larga pared blanca que orillaba toda la calle como una pared de cementerio. Nuevos niños vinieron y armaron sus juegos en la calle triste. Ellos eran felices porque lo ignoraban todo. No podían comprender por qué nosotros, a veces, en la puerta de la casa, encendíamos un cigarrillo y quedábamos mirando el aire, pensativos.

(Múnich, 1956)

Scorpio

Ramón penetró en su cuarto como un endemoniado y arrojándose de bruces en el lecho, empezó a gimotear. Sentía en el labio inferior una costra de sangre coagulada, sobre la cual pasaba a veces la lengua, como si le fuera imprescindible reavivar el dolor para mantener una cólera razonable.

«¡Lo odio, lo odio!», mascullaba, estrujando la almohada y por momentos quedaba inmóvil, como aletargado. «¡Yo lo vi primero!», exclamó de pronto, sentándose de un brinco, y su mirada recorrió toda la habitación, buscando tal vez un rostro amable, un gesto aprobatorio. Su pequeño lamparín de trabajo, balanceándose sobre el escritorio, parecía hacerle reverencias. Ramón se aproximó a él y continuó hablando eufórico: «Yo lo vi primero, en la enredadera, cuando salí a tomar el fresco. Si no ¡que le pregunten a Luisa!», pero Luisa había huido porque tenía miedo de los escorpiones y debía estar en ese momento refugiada en el seno de la mamá. «Porque es más grande que yo y porque ya fuma cuando no lo ven en casa es que abusa y me pega», masculló, y al verse el labio partido, en el espejo, sintió que los puños se le endurecían como dos raíces.

En ese momento escuchó unos silbidos en el cuarto vecino. De inmediato imaginó a su hermano Tobías, acomodando al escorpión bajo la campana de vidrio. «Yo lo vi primero —insistió nuevamente— cuando salí a tomar el fresco», y apagando la luz se puso a escuchar lo que hacía su hermano. Un ruido de vidrios, de cajas, llegaba desde la otra habitación.

«Nunca va a cuidarlo él mejor que yo —pensó—. Yo le daría a comer moscas, arañitas, lo trataría como un rey. Tobías, en cambio, lo hincará con su lapicero hasta que reviente.» Recordó entonces aquella hermosa araña que cazara en el verano sobre la copa de los cipreses. Durante una semana la estuvo vigilando y mimando dentro de una caja de zapatos. Le arrojaba mosquitos, lombrices, para que se alimentara, y hasta llegó a echarle una avispa, el domingo, como una sorpresa de día feriado. Tobías fue también, aquella vez, quien, en un descuido suyo, la ahogó en unas gotas de amoníaco. Después pregonó y se vanaglorió de su crimen como de una hazaña. «¡Él, siempre él!», se dijo Ramón, y abriendo sigilosamente la puerta, salió al jardín. Allí aspiró el perfumado aliento de los jazmines que sobre la oscura enredadera brillaban como estrellas en el cielo. La luna se remontaba sobre las montañas y cayendo oblicuamente sobre los manzanos, les imprimía un aspecto artificial y metálico. De puntillas, se aproximó a la ventana del dormitorio de Tobías. Por sus postigos abiertos divisó a su hermano inclinado sobre su mesa de trabajo. La lamparilla encendida iluminaba la campana de vidrio, bajo la cual el escorpión se paseaba desesperadamente, golpeando el cristal con sus tenazas. La boca de Tobías se distendía en una sonrisa, en la que había algo de crueldad. Tenía en la mano un afilado lápiz con el que a veces golpeaba la campana como si quisiera llamar la atención de su prisionero. «Lo está atormentando —pensó Ramón—, en el momento menos pensado lo aplastará.» Pero Tobías no tenía trazas de hacerlo. Se contentaba con observarlo, siempre sonriente, como si meditara una más refinada tortura. De pronto se incorporó, dirigiéndose a su ropero.

«¿Qué tramará?», se preguntó Ramón, y al verlo regresar con una caja de fósforos, sintió un dolor casi físico que le cortó el aliento. «¡Lo quemará, lo quemará!», gimió sordamente y en su irritación estuvo a punto de derribar la banqueta sobre la cual estaba apoyado. Apenas tuvo tiempo de escabullirse detrás de los manzanos, cuando Tobías, aplastando su rostro contra el cristal de la ventana, lanzó una mirada asustada hacia el jardín. Cuando retiró la cara de la ventana, Ramón se aproximó nuevamente. Tobías había encendido un cigarrillo, y esta constatación lo alivió pues desvanecía sus conjeturas acerca del destino de los fósforos. Lo vio alzar la cabeza y lanzar gruesas bocanadas de humo contra el techo. «Mañana lo acusaré —se prometió Ramón al ver la delectación con que Tobías chupaba su cigarro—. Diré que fuma como un grande y hasta que bota humo por la nariz, como tío Enrique.»

Tobías volvió a inspirar el humo pero esta vez, en lugar de soplarlo, lo retuvo entre sus carrillos y aproximando sus labios al orificio superior de la campana, lo vació lentamente en su interior. El alacrán, semiasfixiado, comenzó a dar coletazos contra el cristal.

«¡Qué bestia, qué bestia!», murmuró Ramón y sus ojos se humedecieron de rabia. Tobías repitió la operación varias veces pues el humo se desvanecía por la abertura superior. Cuando esto sucedía, el escorpión aparecía inmóvil, replegado y sólo se reanimaba al ser azuzado por el lápiz. Entonces, volvía Tobías a envolverlo en una densa humareda.

«Se morirá sin duda —pensó Ramón—... Que yo sepa, no le gusta el tabaco como a los murciélagos.»

Tobías se agotó de esta diversión y apagando su cigarro quedó con los brazos cruzados, contemplando al animal que, recuperándose, reiniciaba su nervioso paseo.

«Y ahora, ¿qué pensará? —se preguntó Ramón—. Probablemente lo rocíe con alcohol y le prenda fuego.» Pero Tobías, bostezando sonoramente, se levantó de la silla. Ramón se retiró hasta el segundo manzano y continuó espiándolo a través de sus ramas. Vio a su hermano desperezarse, quitarse el saco y dirigirse hacia la cama. Pronto quedó envuelto en su pijama listado, con el que dio ridículas vueltas por el cuarto. «Él también parece un escorpión encerrado —pensó Ramón—. Quisiera tener un cigarro enorme como un bambú para atorarlo de humo por la ventana.» Tobías cogió un libro, lo cerró, llenó un vaso de agua, aplastó una mosca de un cuadernazo; por último se sentó en su cama y se hizo una imperfecta señal de la cruz. Ramón vio cómo movía los labios mecánicamente, mientras se escarbaba las uñas de los pies y su falta de fe lo llenó de un sentimiento de superioridad. «Ni siquiera reza con devoción —pensó—. El otro día dijo, riéndose, que no creía en Dios.» El cuarto quedó a oscuras y lo último que escuchó fue el crujido del somier.

Ramón permaneció un momento tras el manzano y luego se retiró hacia el jardín. Echándose de espaldas sobre el césped, se puso a contemplar la luna. Primero le pareció un queso perforado, luego una calavera muy pulida. Algunas nubes muy diáfanas pasaban a escasa altura, cubriéndola discretamente. «Los poetas la comparan con una mujer —pensó, al ver su contorno tras la gasa de nubes—. Debe ser con una mujer horrible y muerta.» Este pensamiento lo sobrecogió de un extraño terror. Le pareció que en el interior de la luna se efectuaban lentos desplazamientos de sombras, como si contuviera una masa de gusanos. Sentándose en el césped, miró hacia los cipreses. En la oscuridad de su base, cuatro puntos fosforescentes lo miraban. Eran los ojos de los gatos. Intentó aproximarse a ellos, reptando, pero se esfumaron sin hacer ruido. Nuevamente se entretuvo mirando al cielo con tanta insistencia que a veces tenía la sensación de precipitarse a un abismo, y lo dominaba una especie de vértigo delicioso. «Allá está la Osa Mayor —pensó—. Más allá las Tres Marías. (Recordó a su padre, enseñándole con su dedo huesudo a leer los secretos del cielo). Ésos deben ser los siete cabritos. Ésa de ahí, la Cruz del Sur..., ¿y Scorpio? —se preguntó, acordándose súbitamente de su animal—, Scorpio ha sido capturado», añadió, y en el acto se precipitó hacia los manzanos. Se acercó de puntillas a la ventana y aplicó el oído. No se escuchaba sino la respiración de Tobías. Trató de mirar hacia la mesa de trabajo pero todo yacía en la más cerrada oscuridad. «Allí debe estar Scorpio —pensó— completamente solo y triste, como la luna. Tal vez no duerme y tiene miedo a los fantasmas.» Su idea primitiva fue tomando cuerpo. «Me lo llevaré a mi cuarto —pensó—. Mañana se lo devolveré o no se lo devolveré, ¡qué tanto!», Empujó ligeramente la ventana y ésta cedió, abriéndose sin ruido. Corrió un momento a su cuarto, por su linterna de pilas, y de regreso se encaramó en la banqueta y puso las rodillas en el alféizar. Esta operación le era familiar. Cuando su padre ocupaba esa habitación, algunas tardes él, en medio del mayor sigilo, se introducía por la ventana para revisar los papeles y objetos paternos. Pasaba horas abriendo y cerrando los cajones, los libros, los cartapacios. Siempre encontraba alguna cosa rara que lo estremecía y lo llenaba de un secreto gozo. Monedas antiguas, estampilladas de países exóticos, postales amarillentas, lápices automáticos. Una vez encontró la fotografía de una estatua desnuda y esto le produjo una gran turbación. Más tarde rompió un florero y hubo que echarle la culpa al gato. Ahora, sin embargo, tomó infinitas precauciones. Como un hábil ladrón, estuvo de pronto en el interior del cuarto y, encendiendo la linterna, iluminó la mesa. El alacrán, al descubrir la luz, comenzó a moverse. Ramón lo observó detenidamente. Lo que admiraba era su estructura metálica y su limpieza. Parecía construido con planchas de cobre y aceitado en sus articulaciones. «Si fuera cien veces más grande —pensó— podría comerse a un toro y triturar a un león.» En ese momento Tobías se movió en la cama y Ramón, apagando la linterna, se agazapó contra la puerta. Su hermano se agitó un rato más, balbuceando algunas incoherencias. Cuando empezó a roncar, Ramón se aproximó a la mesa y cogió el cartón sobre el cual se hallaba el alacrán y la campana. «Me robo a Scorpio como Mahoma se robó la media luna», pensó, y una idea repentina lo detuvo. En el espejo del ropero había divisado su labio partido. Encendió nuevamente la linterna para observar la magnitud del daño. Con el aire de la noche, la sangre se había coagulado, formando una enorme costra negra. Como en una pantalla de cine, vino a su memoria la imagen de Tobías, golpeándole con la tijera de podar, para arrebatarle el escorpión. «¡Es mío! Si no te vas de aquí te voy a tirar del techo abajo.» Y él tuvo que huir con la camisa manchada de sangre porque Tobías era capaz de cumplir sus amenazas. Ahora el agresor estaba ahí, indefenso, plácidamente expuesto a todos los vejámenes. Él también podía hacerle ahora una pequeña herida en el labio, para quedar los dos iguales y en paz para el futuro. Podía utilizar, por ejemplo, el cortapapel de acero. O aquel lapicero malogrado que Tobías había clavado en la pared, como una simbólica protesta contra el estudio. Pero no, era imposible. Tobías se despertaría en el acto y entonces todo estaría perdido.

Ramón iluminó al alacrán, que volvió a desplazarse ágilmente en su reducto. Pensó que tal vez ni siquiera podría robárselo porque la venganza de Tobías no se haría esperar. ¡Era tan bello, sin embargo! En ese momento caminaba doblado, con su lanceta suspendida sobre su cabeza, dispuesto a incrustarla sobre cualquier enemigo.

Ramón recordó las propiedades de aquella lanceta. Lo había leído precisamente en uno de los libros de su padre: «Es tan resistente, que puede perforar un cartón regularmente grueso.» En seguida iluminó la cama de Tobías, desde los pies, lentamente, hasta la cintura. Como aún hacía calor, dormía cubierto solamente por la sábana, sobre la cual sus dos manos yacían inmóviles, como dos arañas de mar. «Scorpio luchará contra las arañas», pensó, y con el cartón en la mano fue aproximándose al lecho. Se detuvo un momento, respirando agitadamente y, levantando la campana, dejó resbalar al animal. Al cruzar bajo los manzanos, de regreso al jardín, recordó al escorpión, recortado sobre la sábana blanca, avanzando cautelosamente, con el aguijón erguido hacia el dominio de las arañas.

(Madrid, 1953)

Los merengues

Apenas su mamá cerró la puerta, Perico saltó del colchón y escuchó, con el oído pegado a la madera, los pasos que se iban alejando por el largo corredor. Cuando se hubieron definitivamente perdido, se abalanzó hacia la cocina de kerosene y hurgó en una de las hornillas malogradas. ¡Allí estaba! Extrayendo la bolsita de cuero, contó una por una las monedas —había aprendido a contar jugando a las bolitas— y constató, asombrado, que había cuarenta soles. Se echó veinte al bolsillo y guardó el resto en su lugar. No en vano, por la noche, había simulado dormir para espiar a su mamá. Ahora tenía lo suficiente para realizar su hermoso proyecto. Después no faltaría una excusa. En esos callejones de Santa Cruz, las puertas siempre están entreabiertas y los vecinos tienen caras de sospechosos. Ajustándose los zapatos, salió desalado hacia la calle.

En el camino fue pensando si invertiría todo su capital o sólo parte de él. Y el recuerdo de los merengues —blancos, puros, vaporosos— lo decidieron por el gasto total. ¿Cuánto tiempo hacía que los observaba por la vidriera hasta sentir una salivación amarga en la garganta? Hacía ya varios meses que concurría a la pastelería de la esquina y sólo se contentaba con mirar. El dependiente ya lo conocía y siempre que lo veía entrar, lo consentía un momento para darle luego un coscorrón y decirle:

—¡Quita de acá, muchacho, que molestas a los clientes!

Y los clientes, que eran hombres gordos con tirantes o mujeres viejas con bolsas, lo aplastaban, lo pisaban y desmantelaban bulliciosamente la tienda.

Él recordaba, sin embargo, algunas escenas amables. Un señor, al percatarse un día de la ansiedad de su mirada, le preguntó su nombre, su edad, si estaba en el colegio, si tenía papá y por último le obsequió una rosquita. Él hubiera preferido un merengue pero intuía que en los favores estaba prohibido elegir. También, un día, la hija del pastelero le regaló un pan de yema que estaba un poco duro.

—¡Empara! —dijo, aventándolo por encima del mostrador. Él tuvo que hacer un gran esfuerzo a pesar de lo cual cayó el pan al suelo y, al recogerlo, se acordó súbitamente de su perrito, a quien él tiraba carnes masticadas divirtiéndose cuando de un salto las emparaba en sus colmillos.

Pero no era el pan de yema ni los alfajores ni los piononos lo que le atraía: él sólo amaba los merengues. A pesar de no haberlos probado nunca, conservaba viva la imagen de varios chicos que se los llevaban a la boca, como si fueran copos de nieve, ensuciándose los corbatines. Desde aquel día, los merengues constituían su obsesión.

Cuando llegó a la pastelería, había muchos clientes, ocupando todo el mostrador. Esperó que se despejara un poco el escenario pero no pudiendo resistir más, comenzó a empujar. Ahora no sentía vergüenza alguna y el dinero que empuñaba lo revestía de cierta autoridad y le daba derecho a codearse con los hombres de tirantes. Después de mucho esfuerzo, su cabeza apareció en primer plano, ante el asombro del dependiente.

—¿Ya estás aquí? ¡Vamos saliendo de la tienda!

Perico, lejos de obedecer, se irguió y con una expresión de triunfo reclamó: ¡veinte soles de merengues! Su voz estridente dominó en el bullicio de la pastelería y se hizo un silencio curioso. Algunos lo miraban, intrigados, pues era hasta cierto punto sorprendente ver a un rapaz de esa calaña comprar tan empalagosa golosina en tamaña proporción. El dependiente no le hizo caso y pronto el barullo se reinició. Perico quedó algo desconcertado, pero estimulado por un sentimiento de poder repitió, en tono imperativo:

—¡Veinte soles de merengues!

El dependiente lo observó esta vez con cierta perplejidad pero continuó despachando a los otros parroquianos.

—¿No ha oído? —insistió Perico excitándose—. ¡Quiero veinte soles de merengues!

El empleado se acercó esta vez y lo tiró de la oreja.

—¿Estás bromeando, palomilla?

Perico se agazapó.

—¡A ver, enséñame la plata!

Sin poder disimular su orgullo, echó sobre el mostrador el puñado de monedas. El dependiente contó el dinero.

—¿Y quieres que te dé todo esto en merengues?

—Sí —replicó Perico con una convicción que despertó la risa de algunos circunstantes.

—Buen empacho te vas a dar —comentó alguien.

Perico se volvió. Al notar que era observado con cierta benevolencia un poco lastimosa, se sintió abochornado. Como el pastelero lo olvidaba, repitió:

—Déme los merengues —pero esta vez su voz había perdido vitalidad y Perico comprendió que, por razones que no alcanzaba a explicarse, estaba pidiendo casi un favor.

—¿Vas a salir o no? —lo increpó el dependiente.

—Despácheme antes.

—¿Quién te ha encargado que compres esto?

—Mi mamá.

—Debes haber oído mal. ¿Veinte soles? Anda a preguntarle de nuevo o que te lo escriba en un papelito.

Perico quedó un momento pensativo. Extendió la mano hacia el dinero y lo fue retirando lentamente. Pero al ver los merengues a través de la vidriera, renació su deseo, y ya no exigió sino que rogó con una voz quejumbrosa:

—¡Déme, pues, veinte soles de merengues!

Al ver que el dependiente se acercaba airado, pronto a expulsarlo, repitió conmovedoramente:

—¡Aunque sea diez soles, nada más!

El empleado, entonces, se inclinó por encima del mostrador y le dio el cocacho acostumbrado pero a Perico le pareció que esta vez llevaba una fuerza definitiva.

—¡Quita de acá! ¿Estás loco? ¡Anda a hacer bromas a otro lugar!

Perico salió furioso de la pastelería. Con el dinero apretado entre los dedos y los ojos húmedos, vagabundeó por los alrededores.

Pronto llegó a los barrancos. Sentándose en lo alto del acantilado, contempló la playa. Le pareció en ese momento difícil restituir el dinero sin ser descubierto y maquinalmente fue arrojando las monedas una a una, haciéndolas tintinear sobre las piedras. Al hacerlo, iba pensando que esas monedas nada valían en sus manos, y en ese día cercano en que, grande ya y terrible, cortaría la cabeza de todos esos hombres gordos, de todos los mucamos de las pastelerías y hasta de los pelícanos que graznaban indiferentes a su alrededor.

(Lima, 1952)

El tonel de aceite

En la semioscuridad de la cocina, iluminada tan sólo por los carbones rojos que ardían bajo las parrillas, la vieja Dorotea y su sobrino Pascual se miraban silenciosamente. Ella permanecía en pie, las crenchas canosas dominadas por el pañolón negro y el semblante cobrizo torcido en una mueca inexpresiva y vegetal. Su sobrino, sentado en cuclillas, elevaba hacia ella sus ojos despavoridos, mientras sus dedos, apoyados en el suelo, rascaban nerviosamente la tierra. La mirada de la tía, cayéndole oblicuamente, lo tenía atrapado e inmóvil. Hacía un cuarto de hora que estaban así, como hechizados, sin pronunciar palabra.

—Así que fue con el hacha de Eleuterio —murmuró ella.

El muchacho no replicó. Se limitó a bajar la cabeza en son de asentimiento, mientras su pecho se rajaba en débiles sollozos.

—¡Hijo de mala perra! —bramó la tía, agitando un brazo huesudo surcado de venas negras—. ¡Y después te vienes a refugiar en mi casa! ¿Por qué no has huido para las sierras? ¡Hubieras podido coger una mula de donde el aguazal y arrear para las montañas! Valor tienes para subirte al terrado a robarme las semillas, pero no para marcharte solo por los peñascales.

El muchacho, con la cabeza cada vez más caída, gemía convulsivamente, dejando al descubierto una nuca sucia y desnutrida. Dorotea lo observó con una expresión de infinito desprecio en sus ojos acerados. Había vuelto a cruzar los brazos y su boca trazaba un surco abyecto.

—¿Y todo fue por la Antoña? —interrogó nuevamente.

El muchacho asintió con la cabeza.

—Todo por la Antoña, una chica piojosa que aún no puede ser madre —mascullo la tía, recuperando luego su antiguo hieratismo.

Pascual elevó un ojo furtivo hacia ella y lo bajó sin replicar. El silencio fue invadiendo nuevamente la cocina. De cuando en cuando se escuchaba la crepitación de una chispa en la parrilla o el balido de un carnero en el galpón. La noche se iba cerrando en el descampado.

Pascual, de pronto, levantó la faz lívida manchada de lágrimas sucias, y abriendo los labios, dejó escapar un gruñido.

—¡Tengo miedo, tía Dorotea! —exclamó—. ¡Los guardias ya deben de conocer todo! ¡Esteban tenía un tío cabo! ¡Me perseguirán!

—¡Calla, deslenguado! —interrumpió la vieja—. ¡Pueden oírte en el rancho de Pedro Limayta! —y bajando la voz, hasta hacerla sibilante, añadió—: Y ¿dónde quieres que te esconda, pedazo de mugre? Ya sabes que si te encuentran aquí, la que va a pagar todo soy yo. Recuerda lo que le pasó a la tía Domitila por esconder en su lugar al bribón de Domingo, que se había robado dos vacas. ¡Y sólo por dos vacas! —la tía Dorotea dio un paso hacia él, un paso mecánico, como el de un muñeco de madera—. ¡Debes irte de aquí! ¡No debes dejar una sola huella! Entiéndetelas tú, y si te pescan, cuidado con decir que anduviste rondando por acá. Te daré una barra de pan, y date por bien servido. ¡Anda, levántate! La noche se ha vencido.

El sobrino no replicó. Tenía el cuello estirado hacia adelante en una incómoda posición, y un dedo ligeramente erecto. Parecía estar a punto de caerse de bruces; sin embargo, se mantenía en equilibrio como por arte de magia.

—¿Qué? —preguntó la vieja, doblándose hacia él.

—¡Psht! —susurró Pascual, mientras su rostro, primitivamente tenso, se iba transfigurando por el terror.

Claramente se escuchó el trotar de unas cabalgaduras.

—¡Allí están! —bramó, y, levantándose de un brinco, se arrojó de espaldas contra la pared, quedando allí con los ojos muy abiertos.

La tía Dorotea se aproximó a la ventana. Empujando el postigo oteó hacia el campo. En el rancho de Pedro Limayta habían desmontado dos guardias. Los vio conversar con el viejo labriego, y luego volver a montar sus caballos rurales.

La tía se aproximó a su sobrino, que continuaba pegado a la pared, como si lo hubieran cosido con alfileres. Cruzó su rostro repetidas veces con su mano huesuda, hasta que le partió los labios.

—¿Y ahora? —exclamó—. ¿Ves en el lío que me has metido? ¿Qué les voy a decir? ¡Salta por la ventana, huye a campo traviesa, despéñate por los riscos!...

Los cascos de los caballos resonaron en las piedras del galpón. Algunos carneros balaron, asustados.

—¡Ya es tarde! —maldijo la tía Dorotea, y recorrió con sus ojos vivaces las cuatro paredes de la cocina.

Junto a la puerta divisó el tonel de aceite, que en la noche anterior lo habían llenado.

—¡Mira! —dijo al sobrino, tirándolo del brazo con sus garras—. ¡Métete allí dentro, rápido! Cuando abran la puerta, hundes la cabeza. Yo te avisaré con un golpe cuando se hayan ido. ¡Cuidadito no más con chistar! ¡Anda! —añadió, al ver que Pascual permanecía sin aliento.

Cuando los guardias entraron divisaron a la tía Dorotea, sentada al lado de la cocina, con la mirada perdida en las llamitas azules.

—¡Levántese! —ordenó uno de ellos, mientras el otro, con su fusil preparado, husmeaba por los ángulos oscuros. La tía Dorotea no se movió.

—¿Dónde está su sobrino?

—Yo no tengo sobrinos —replicó ella, sin dejar de mirar los carbones.

—¿Y Pascual Molina?

—No lo conozco.

Uno de los guardias la cogió por la espalda y la levantó de un zamacón.

—¡Usted nos engaña! ¡Pedro Limayta me dijo que lo vio entrar antes del anochecer!

—¡No me toque! —rugió la vieja, con un tono tan feroz que el guardia retrocedió—. ¡No me vuelva a tocar! —añadió, y por su boca brotó un espumarajo de saliva turbia—. Si creen que está aquí, búsquenlo. ¡Pero yo no lo conozco!

Uno de los guardias encendió un cabo de vela en la cocina y salió por los alrededores. El otro quedó junto a Dorotea, mirando a todo sitio con desconfianza.

—¿Adónde da esa ventana? —preguntó.

—Al rancho de Limayta —replicó la vieja.

—¿Y ese tragaluz?

—Al terrado.

El guardia divisó el tonel de aceite.

—¿Qué cosa hay allí? —preguntó aproximándose.

—Aceite.

El guardia se inclinó sobre el borde y observó su superficie lisa.

—¿Está bueno? —preguntó metiendo el dedo, y como observara que en el rostro de la vieja no se movía una arruga, añadió para congraciarse—: Ya vendré por aquí para que me regale un poquito.

En ese momento apareció el otro guardia.

—No hay nadie —dijo, echándose la carabina a la espalda—. Ese viejo de Limayta, con los tragos que se echa, está viendo siempre fantasmas.

Los dos guardias miraron a la tía Dorotea, esperando tal vez unas palabras de ella. Pero la vieja seguía impasible, con los brazos tenazmente cruzados, como si se amarrara con su propia carne.

—Bueno —dijo un guardia, levantando el ala de su sombrero—. Está visto que aquí no hay nada.

—Buenas noches —añadió el otro, abriendo la puerta.

—Se ha librado usted de una buena —añadió el primero, cruzando el umbral.

La tía Dorotea no replicó nada. Cuando cerraron la puerta, tampoco se movió. Esperó con el oído atento a que subieran a sus caballos. Cuando el ruido de los cascos repicó y fue lentamente debilitándose, el surco de sus labios se distendió brotando de ellos una sonrisa primitiva ácida, como arrancada a bofetones. Cogiendo un mazo se aproximó al tonel, y dio con él un golpe en su armadura.

—¡Ya puedes salir! —gritó—. ¡Ya se fueron!

La superficie del aceite vibró un rato al influjo del golpe y fue quedando luego definitivamente quieta.

(Madrid, 1953)

Las botellas y los hombres

Las botellas y los hombres

—Lo buscan —dijo el portero—. Un hombre lo espera en la puerta.

Luciano alcanzó a dar una recia volea que hizo encogerse a su adversario y dejando su raqueta sobre la banca tomó el caminillo de tierra. Primero vio una cabeza calva, luego un vientre mal fajado pero sólo cuando la distancia le permitió distinguir la tosca cara de máscara javanesa, sintió que las piernas se le doblaban. Como antes de llegar a la puerta de salida había una cantina, se arrastró hacia ella y pidió una cerveza.

Luego de echarse el primer sorbo, sobre esa boca quemada por la vergüenza, miró hacia el alambrado. El hombre seguía allí parado, lanzando de cuando en cuando una mirada tímida al interior del club. A veces observaba sus manos con esa atención ingenua que prestan a las cosas más insignificantes las personas que esperan.

Luciano secó su cerveza y avanzó resueltamente hacia la puerta. El hombre, al verlo aparecer, quedó rígido, mirándolo con estupefacción. Pero pronto se repuso y sacando una sucia mano del bolsillo la extendió hacia adelante.

—Dame unas chauchas —dijo—. Necesito ir al Callao.

Luciano no respondió: hacía ocho años que no veía a su padre. Sus ojos no abandonaban esos rasgos que conociera de niño y que ahora le regresaban completamente usados y refractados por el tiempo.

—¿No has oído? —repitió—. Necesito que me des unas chauchas.

—Ésa no es manera de saludar —dijo Luciano—. Sígueme.

Mientras caminaba, sintió unos pasos precipitados y luego una mano que lo cogía por el brazo.

—¡Disculpa, ñato!, pero estoy fregado, sin plata, sin trabajo... Hace dos días que llegué de Arequipa.

Luciano continuó su camino.

—¿Y todos estos años?

—He estado en Chile, en Argentina...

—¿Te ha ido bien?

—¡Como el ajiaco! He pasado la gran vida.

Cuando llegaron a la cantina, Luciano pidió dos cervezas.

—¡Nada de cerveza! Yo soy viejo pisquero. Un soldeíca para mí... Pregunté por ti, me dijeron que seguías en el club.

Hacía calor. En la gran explanada se escuchaba apenas el ruido de las pelotas rebotando en las cuerdas. Luciano miró hacia la cancha, donde su compañero lo aguardaba aburrido, manoseando la red. Pensó que podría acercarse a la cantina, que podría crearse una situación embarazosa.

—¿Estabas jugando? —preguntó el viejo—. Puedes seguir no más. ¡Yo seco esto y me voy! No he venido para hacer tertulia. Pero eso sí, déjame para el tranvía. Tengo que ir al muelle para buscar un trabajo.

—Tengo tiempo de sobra —replicó Luciano regresando la mirada hacia el mostrador. Su padre se llevaba a los labios el primer sorbo y en seguida se secó la boca con la mano, repitiendo ese gesto que se ve en las pulperías, entre los bebedores de barrio. Ambos permanecieron callados, cercanas las cabezas pero irremediablemente alejados por los años de ausencia. El viejo dirigió la mirada hacia las instalaciones del club, hacia el hermoso edificio perdido tras la arboleda.

—Todo esto es nuevo, ¡yo no lo conocía! Me acuerdo cuando era guardián y vivíamos allí, en esa caseta. Tú has progresado, ya no recoges bolas. Ahora te mezclas con la *cremita...*

—Hace años que no recojo bolas.

—¡Ahora juegas! —suspiró el viejo.

Luciano comenzó a sentirse incómodo. El empleado de la cantina no quitaba la vista de ese extraño visitante con la camisa sebosa y la barba mal afeitada. Hombres de esa catadura sólo entraban al club por la puerta falsa, cuando había un caño por desatorar.

—¡Allí viene tu rival! —dijo su padre, apurando su copa—. Me voy. Dame lo que te he pedido.

Luciano vio que su compañero de juego se acercaba a pasos elásticos, dando de raquetazos a invisibles pelotas. Metiendo la mano al bolsillo buscó ansiosamente unas monedas, las cerró entre sus dedos, las mantuvo un momento prisioneras pero terminó por abandonarlas.

—Bebe tranquilo —dijo—. A mí nadie me apura.

Su amigo se detuvo frente a la cantina.

—¿Vas a venir o no? Se me está enfriando el cuerpo.

—Te presento a mi padre —dijo Luciano.

—¿Tu padre?

Ambos se estrecharon la mano. Mientras cambiaban los primeros saludos, Luciano trataba de explicarse por qué su amigo había puesto esa entonación en su pregunta. Sin poderlo evitar, observó con más atención el aspecto de su padre. Sus codos raídos, la basta deshilachada del pantalón, adquirieron en ese momento a sus ojos una significación moral: se daba cuenta que en Lima no se podía ser pobre, que la pobreza era aquí una espantosa mancha, la prueba plena de una mala reputación.

—Hacía tiempo que no lo veía —añadió sin saber por qué—. Ha estado de viaje.

—He estado en el Sur —confirmó el viejo—. Una gran turné de negocios por Santiago, por Buenos Aires... Yo me dedico a los negocios, un negocio de vinos, también de ferretería, pero ahora, con los impuestos, con las divisas, las cosas andan...

Súbitamente se calló. El joven lo miraba atónito. Luciano se dio cuenta que comenzaban a sudarle las manos.

—¿No se toman una copita? —añadió el viejo—. Ahora invito yo.

—Lo dejaremos para más tarde —intervino Luciano, impaciente—. Tenemos que terminar la partida. ¿Dónde nos vemos?

—Donde tú quieras. Ya te he dicho que voy para el Callao.

—Te acompaño a la puerta.

Ambos se encaminaron hacia la salida. Marchaban silenciosos.

—No has debido hacerme entrar aquí —balbuceó el viejo—. ¿Qué dirán tus amigos?

—¿Qué van a decir?

—En fin, aquí viene gente elegante. Hay que venir muy palé, con pantalón tubo, ¿eh?

—Si pasas por la casa, te puedo dar unas camisas.

El viejo lo miró irritado.

—¡No me vas a vestir ahora a mí: a mí, que te he comprado tus primeros chuzos!

Luciano trató de recordar a qué chuzos se refería su padre. Todos sus recuerdos de infancia le venían descalzos desde la puerta de un callejón. A pesar de ello, cuando llegaron al alambrado, extrajo todo el dinero que tenía en el bolsillo.

—A las seis en el jardín Santa Rosa —murmuró extendiendo la mano.

Cuando el viejo terminó de contar el dinero levantó la cara pero ya Luciano se encontraba lejos, como si hubiera querido ahorrarle una de esas embarazosas escenas de gratitud.

Poco después de las seis, Luciano llegaba al jardín Santa Rosa. Obedeciendo a un impulso de vanidad, se había puesto su mejor terno, sus mejores zapatos, un prendedor de oro en la corbata, como si se propusiera demostrarle a su padre con esos detalles que su ausencia del hogar no había tenido ninguna importancia, que había sido —por el contrario— una de las razones de su prosperidad.

Esto no era exacto, sin embargo, y nadie sabía mejor que Luciano qué cantidad de humillaciones había sufrido su madre para permitirle terminar el colegio. Nadie sabía mejor que él, igualmente, que esa prosperidad que parecía leerse en su vestimenta, en sus relaciones de club —donde servía de pareja a los socios viejos y se emborrachaba con sus hijos— era una prosperidad provisional, amenazada, mantenida gracias a negocios oscuros. Si el club lo toleraba no era ciertamente por razones sociales sino porque Luciano, aparte de ser el infatigable *sparring*, conocía las debilidades de los socios y era algo así como el agente secreto de sus vicios, el órgano de enlace entre el hampa y el salón.

Lo primero que vio al cruzar el umbral fue a su padre, bajo el emparrado, bebiendo aguardiente y conversando con dos hombres. Deteniéndose, quedó un momento contemplándolo. Tenía el aspecto de estar sentado allí muchas horas, quizás desde que se despidieron en el club. Se había desanudado la corbata y gesticulaba mucho, ayudándose con las manos. Sus interlocutores lo escuchaban, divertidos. Clientes de otras mesas estiraban la oreja para escuchar fragmentos de su charla.

Su llegada debió producirle cierta inquietud porque esbozó con la mano un gesto inacabado, como ante un proyectil que vemos venir hacia nosotros y esfumarse en el camino. En seguida se levantó, derribando aparatosamente una silla.

—¡Ya está acá! —exclamó dando unos pasos, los brazos extendidos—. ¿Qué les decía yo? ¡Ha llegado mi ñato!

Luciano lo vio venir y a pesar suyo se encontró aferrado contra su pecho. Durante un tiempo, que le pareció interminable, sufrió la violencia de su abrazo. A sus narices penetraba un tufo de licor barato, de cebolla de picantería. Este detalle lo conmovió y sus manos, que al principio vacilaban, se crisparon con fuerza sobre la espalda de su padre. Luego de tantos años, bien valía la pena de un abrazo.

—Vamos a sentarnos —dijo el viejo—. Aquí te presento unos amigos, todos chicos muy simpáticos. Trabajan en la banca. Acabo de conocerlos.

Luciano tomó asiento y por complacer a su padre se sirvió un pisco. Los empleados lo observaban con perplejidad. El prendedor de su corbata, pero sobre todo el rubí de su anular, parecía dejarlos cavilosos. No veían verdaderamente relación entre ese viejo seboso y charlatán y esa especie de mestizo con aires de dandi.

—El chico es ingeniero —mintió el viejo—. Ha estudiado en La Molina. Siempre sacó las mejores notas. Yo también, cuando estaba en la Facultad... ¿te acuerdas, Luciano?

Luciano permanecía silencioso y dejaba hablar a su padre. Al acudir a esa cita, su intención primera había sido acosarlo a preguntas, irlo acorralando hasta llegar a esa época de abandono en la cual todos los reproches eran posibles. Pero la presencia de los empleados y esa primera copa de pisco lo habían disuadido. Comenzaba a olvidarse de su ropa, de sus rencores, y a penetrar en ese mundo ficticio que crean los hombres cuando se sientan alrededor de una botella abierta. La mirada perdida en el fondo del jardín, veía a un grupo de parroquianos jugar a las bochas. De vez en cuando su padre le pedía confirmar un embuste y él repetía maquinalmente: «Es verdad.» El rumor de su voz, además, irrigaba zonas muertas de su memoria. Había un partido de fútbol al cual su padre lo condujera de niño, algunas monedas de plata que le dieron acceso al paraíso de los turrones.

—¡Vamos a jugarnos un sapo! —exclamó el viejo—. ¡A ver tú, caballerazo, pásame la dolorosa!

El mozo se acercó. Luciano se vio conducido por su padre a un rincón.

—Eh, ¿tienes allí algunos morlacos libres? Este par de bancarios está chupando a mis costillas. Pero, espérate, en el sapo nos desquitaremos.

Luciano quedó arreglándose con el mozo mientras su padre avanzaba con los empleados hacia el juego del sapo. En el camino iba hablando en voz alta, palmeaba a los camareros, hacía chistes con los demás parroquianos, intervenía en todas las disputas. Su aspecto ambiguo de mercachifle y de reclutador de feria, su ronca voz de guarapero, lo habían hecho rápidamente popular y parecía, por momentos, el más antiguo de todos los clientes.

—¿Por dónde está el gerente? —gritaba—. ¡Díganle que aquí está don Francisco, presidente del club Huarasino, para invitarle un huaracazo!

Luciano apuró el paso y lo alcanzó. Había experimentado la necesidad de estar a su lado, de hacer ostensible su vinculación con ese hombre que dominaba un jardín de recreo. Cogiéndolo resueltamente del brazo, caminó silencioso a su vera.

El viejo le habló al oído:

—He apostado con los empleados una docena de Cristal.

—¡Pero si yo no sé jugar!

—¡Déjalo por mi cuenta!

Las fichas comenzaron a volar hacia la boca del sapo. Los empleados, que estaban un poco borrachos, las arrojaban como piedras y descascaraban la pared del fondo. Su padre, en cambio, medía sus tiros y efectuaba los lanzamientos con un estilo impecable. Luciano no se cansaba de observarlo, creía descubrir en él una elegancia escondida que una vida miserable había recubierto de gestos vulgares sin llegar por completo a destruir. Pensó cómo sería su padre con un buen chaleco y se dijo que bien valía la pena obsequiarle el más lujoso que encontrara.

Mientras tanto, las botellas de Cristal se vaciaban. A cada trago, el viejo parecía rejuvenecer, alcanzar una talla legendaria. Su desbordante euforia contagió a Luciano, quien se dijo que tenían una noche por delante y que sería necesario hacer algo con ella. Los empleados estorbaban. Uno de ellos había caído vomitando bajo la enramada y el otro trataba de levantarlo.

—¡Vámonos! ¡Éstos ya enterraron el pico!

—¡Todavía no! —protestó el viejo y Luciano hubo de seguirlo a través de todos los apartados, mezclarse en sus conversaciones, verlo, por último, jugarse una partida de bochas, en mangas de camisa, tronando como un titán y aniquilando a sus adversarios.

—¡Así juegan los porteños! —vociferaba, mientras los palitroques volaban por los aires.

Al fin Luciano logró convencerlo que debían irse de allí.

—¿Habrá juerga? —indagó el viejo.

—¡Iremos al Once Amigos Bolognesi, a la Victoria, donde mis verdaderos patines!

Ambos abandonaron el jardín Santa Rosa y abrazados, cantando, se lanzaron por las calles de Magdalena a la caza de un taxi.

En el club —un garaje deshabitado, al cual se penetraba por un postigo— había una docena de personas de catadura dudosa, jugando al *craft,* a las damas, fumando, bebiendo cerveza. El estrépito que hizo Luciano al entrar, obligó a todos a volver la cabeza.

—¡Señores! —gritó cuando llegó al centro de la pieza—. ¡Les presento a mi padre!

Todos quedaron callados mirando a ese extraño hombre gordo que, la corbata desanudada, el pelo revuelto alrededor del pelado occipital, se apoyaba en el mostrador para no caer. Luciano avanzó hacia las mesas y echó por tierra los tableros y los cubiletes.

—¡Se acabó el juego! Ahora todo el mundo chupa con nosotros. Un padre como éste no se ve todos los días. Nos encontramos en la calle. Hacía ocho años que no lo veía.

Algunos amigos protestaron, otros trataron de reconstruir las partidas disputándose sobre la posición de las fichas, pero cuando escucharon que Luciano enviaba al cantinero por algunas botellas de champán, se resignaron a hacerle los honores al recién llegado.

—¡Pero si tiene tu misma quijada! —dijo uno, acercándose al viejo para estrecharle la mano. Otros se levantaron y lo abrazaron. Se hicieron los primeros brindis.

—¡A puerta cerrada! —dijo Luciano tirando el postigo—. ¡Aquí no entran ni los tombos!

Las mesas fueron arrimadas unas contra otras hasta formar una superficie descomunal. El primer trago sacó al viejo de su torpor y luego de lanzar algunos carajos para aclararse la voz, se dispuso a mostrarse digno de aquella acogida. Primero con réplicas, luego con anécdotas, fue apoderándose de la conversación. Cuando el cantinero llegó con el champán, él era el único que hablaba. Sus historias, contadas en la sabrosa jerga criolla, inventadas en su mayoría, interrumpidas, retomadas, vueltas a contar de una manera diferente, adobadas con groseros refranes de su cosecha, con invocaciones a valses populares, provocaban estallidos de risa.

En un rincón, Luciano asistía mudo a esta escena. Sus ojos animados, en lugar de posarse en su padre, viajaban por los rostros de sus amigos. La atención que en ellos leía, el regocijo, la sorpresa, eran los signos de la existencia paterna: en ellos terminaba su orfandad. Ese hombre de gran quijada lampiña, que él había durante tantos años odiado y olvidado, adquiría ahora tan opulenta realidad, que él se consideraba como una pobre excrecencia suya, como una dádiva de su naturaleza. ¿Cómo podría recompensarlo? Regalarle dinero, retenerlo en Lima, meterlo en sus negocios, todo le parecía poco. Maquinalmente se levantó y se fue aproximando a él, con precaución. Cuando estuvo detrás suyo, lo cogió de los hombros y lo besó violentamente en la boca.

El viejo, interrumpido, hizo un movimiento de esquive sobre la silla. Los amigos rieron. Luciano quedó desconcertado. Abriendo los brazos a manera de excusa, regresó a su silla. Su padre prosiguió, luego de limpiarse los labios con la manga.

Se hablaba de mujeres. Luciano se sintió de súbito triste. En su copa de champán quedaba un concho espumoso. Con un palillo de fósforo perforó sus burbujas mientras se acordaba de su madre, a quien visitaba de cuando en cuando en el callejón, llevándole frutas o pañuelos. Su atención se dispersaba. Alguien hablaba de ir a las calles alegres de La Victoria. Siempre era así: en las reuniones de hombres, por más numerosas que fueran, siempre llegaba un momento en que todos se sentían profundamente solos.

Pero eso no era lo que lo preocupaba. Era la voz de su padre. Ella se aproximaba, hacía fintas sobre una zona peligrosa. Luciano sintió la tentación de hundir la frente entre las manos, de taparse los oídos. Era ya tarde.

—¿Y cómo está la vieja?

La pregunta llegó desde el otro extremo de la mesa, a través de todas las botellas. Se había hecho un silencio. Luciano miró a su padre y trató de sonreír.

—Está bien —contestó y volvió a hundir su mirada en la copa vacía—. Tampoco le has hecho falta. Nunca ha preguntado por ti.

—Hace ocho o diez años que no le veo ni el bulto —prosiguió el viejo, dirigiéndose a los amigos—. ¡Cómo corre el tiempo! Nos hacemos viejos... ¿No queda más champán para mí?... Vivíamos en un callejón, vivíamos como cerdos, ¿no es verdad, Luciano? Yo no podía aguantar eso... un hombre como yo, en fin, sin libertad... viendo siempre la misma cara, el mismo olor a mujer, qué mierda, había que conocer mundo y me fui... Sí, señores, ¡me fui!

Luciano apretó la copa deseando que reventara entre sus dedos. El cristal resistió.

—Además... —continuó el viejo, sonriendo con sorna— yo, yo... ella, con el perdón de Luciano, pero la verdad es que ella, ustedes comprenden, ella...

—¡Calla! —gritó Luciano, poniéndose de pie.

—¡... ella se acostaba con todo el mundo!

Las carcajadas de los amigos estallaron. En un instante Luciano se encontró al lado de su padre. Cuando los amigos terminaron de reír vieron que el viejo tenía sangre en los labios. Luciano lo tenía aferrado por la corbata y su ágil cabeza volvía a golpear la gran cara pastosa.

—¡Agárrenlo, agárrenlo! —gritaba el viejo.

Entre cuatro cogieron a Luciano y lo arrastraron a un rincón. Su pequeño cuerpo se revolvía, de su boca salía un resuello rabioso.

—¡Si se quieren pegar que salgan a la calle! —exclamó uno—. ¡Aquí van a romper los confortables!

Luego de un forcejeo en el cual intervinieron todos los amigos —no se sabía si para contenerlos o para expulsarlos—, Luciano y su padre se encontraron en la calle.

—Al jirón Humboldt —dijo Luciano y se echó a caminar decididamente mientras se acomodaba la corbata y se alisaba el cabello con las manos. Su padre lo seguía a pasos cortos y precipitados.

—¡Espera! ¿Por qué tan lejos?

Cuando lo alcanzó, anduvo a su lado, borracho aún, hablando en voz alta, llenándolo de injurias.

—¿No lo sabías tú, acaso? ¡Con todo el mundo! ¿Quién daba para el diario, entonces?

Al llegar al jirón Humboldt comenzaron a recorrerlo, buscando una transversal oscura. Luciano se sentía fatigado, pensaba en las cien formas de enfrentarse a un rival corpulento y pesado: evitar el cuerpo a cuerpo, fintear provocando la fatiga, tierra en los ojos o una piedra metida con disimulo en el bolsillo de su saco.

—Acá —dijo el viejo, señalando una bocacalle penumbrosa en medio de la cual pendía un foco amarillo. En el tapabarro de un colectivo abandonado dejaron sus sacos. Luego se remangaron la camisa. Luciano metió la basta de su pantalón bajo la liga de sus medias. Cuadrándose, tomaron distancia.

Luciano vio que su padre tenía la guardia abierta y que su gran vientre se le ofrecía como un blanco infalible. A pesar de ello, retrocedió unos pasos. El viejo se aproximó. Luciano volvió a retroceder. El viejo continuó avanzando.

—¿Me vas a dar pelea? ¡Aguárdate, que te calzo!

Luciano llegó a tocar la pared con la espalda e impulsándose con las manos arremetió hacia adelante. De un salto salvó la distancia y ya iba a descargar su puño cuando advirtió un gesto, tan sólo un gesto de desconcierto —de pavor— en el rostro de su padre, y su puño quedó suspendido en el aire. El viejo estaba inmóvil. Ambos se miraban a los ojos como si estuvieran prontos a lanzar un grito. Aún tuvo tiempo de pensar Luciano: «Parece que me miro en un espejo», cuando sintió la pesada mano que le hendía el esternón y la otra que se alargaba rozando sus narices. Recobrándose, tomó distancia y recibió a la forma que avanzaba con un puntapié en el vientre. El viejo cayó de espaldas.

Luciano cruzó velozmente por encima de él y recogiendo su saco corrió hacia la esquina. Al llegar al jirón Humboldt se detuvo en seco. El cuerpo continuaba allí —se le veía como un animal atropellado— en medio de la pista. Con prudencia se fue acercando. Al inclinarse, vio que el viejo dormía, la garganta llena de ronquidos. Tirándolo de las piernas lo arrastró hasta la vereda. Luego volvió a inclinarse para mirar por última vez esa mandíbula recia, esa ilusión de padre que jamás volvería a repetirse. Arrancando su anillo del anular, lo colocó en el meñique del vencido, con el rubí hacia la palma. Después encendió un cigarrillo y se retiró, pensativo, hacia los bares de La Victoria.

(Berlín, 1958)

Los moribundos

A los dos días que empezó la guerra comenzaron a llegar a Paita los primeros camiones con muertos. Mi hermano Javier me llevó a verlos a la entrada del hospital. Los camiones se detenían un momento frente al portón y los enfermeros salían para echarles una ojeada. A veces encontraban a un moribundo entre tanto cadáver, lo ponían en una camilla, lo metían rápidamente al hospital y el camión seguía rumbo al cementerio.

—Los que tienen polainas son los ecuatorianos —decía Javier—. Los que tienen botas son los peruanos.

Pero estos detalles me tenían sin cuidado pues lo único que me interesaba era ver cómo los muertos, al morir trataban de abrir la boca y de enseñar los dientes, aunque fuera los dientes rotos, a través de los labios rotos. Me llamaba la atención la risa de los muertos, una risa que yo encontraba, no sé por qué, un poco provocadora, como la risa de aquellas personas que lo hacen sin ganas, solamente por fastidiarnos la paciencia. Otra impresión no me producían los muertos, quizás porque había demasiados y su misma abundancia destruía ese efecto patético que produce el muerto solitario. Ya no parecían hombres los muertos en camionadas. Parecían cucarachas o pescados.

—¿Y por qué los traen hasta aquí? —le pregunté a Javier—. ¿Por qué no los dejan en Tumbes o los entierran en la frontera?

—No sé —me respondió—. Yo creo que los traen vivos pero que se mueren en el camino.

Cuando regresábamos a la casa, me enseñó dos tiendas que estaban con las puertas cerradas. En ambas habían pintado con tiza la palabra MONO.

—A los ecuatorianos les dicen MONOS —me explicó—. Estas tiendas son de MONOS, que no abren porque tienen miedo o porque se han ido. En Paita y en Tumbes hay bastantes MONOS. A nosotros, en Ecuador, nos dicen GALLINAS porque hemos perdido todas las guerras, la con Chile, la con Colombia... qué sé yo... Pero ésta sí que no la perdemos.

En la casa, mi hermana Eulalia estaba llorando porque a su novio Marcos, que es teniente, lo habían destacado a la frontera. Esa mañana había recibido una carta de él desde Tumbes, en la que contaba la batalla de Zarumilla y la captura de Puerto Bolívar. Mi mamá le daba valeriana para calmarle los nervios y encendía velas a todos los santos. Mi papá, en cambio, no hacía sino renegar de la mañana a la noche. Las clases del Colegio Nacional, donde es profesor, habían sido suspendidas a causa de la guerra y por esta razón andaba ocioso por la casa, sin saber qué hacer con su enorme mañana en blanco.

—¡A mí qué me importa la guerra! —exclamaba—. Si todos supieran bien su cartilla y su tabla de multiplicar no tendrían por qué estarse matando. ¡Y yo que pensaba aplazar esta semana a Pérez en botánica!

Pronto los muertos no entraron ya en el cementerio ni los heridos en el hospital. A los muertos comenzaron a enterrarlos cerca del río y a los heridos a guardarlos en el municipio y en el Colegio Nacional. Mi papá salió muy alborotado cuando se enteró de esto, para ver qué iba a pasar con su salón de clase. Todos esperábamos que regresaría rabiando pero llegó muy orondo, con un brazalete rojo en la manga de su camisa.

—Pertenezco al cuerpo de requisición de cuartos vacíos —dijo—. Tengo que regresar esta tarde al colegio para ver dónde metemos a los heridos. Hoy han llegado siete ambulancias.

Esa noche vino Marcos del frente. Lo habían mandado a Paita con una misión especial. Lo primero que hizo fue venir a casa y se estuvo allí hablando hasta tarde. Mi hermana lo tocaba por todas partes, para ver si no estaba herido, sorprendida de que viniera de la guerra sin que le faltara un brazo o por lo menos un dedo.

—Déjame que me haces cosquillas —se quejaba Marcos y seguía contando la batalla de Zarumilla y la captura de Puerto Bolívar. Algunos vecinos habían venido para escucharlo.

—¿Es verdad que lanzamos paracaidistas? —le preguntaron.

—Lanzamos seis. Uno de ellos cayó en el mar y fue recogido por una lancha ecuatoriana. Pero los otros cinco capturaron el puerto.

—Y esta guerra, ¿la ganamos o no?

—Ya está ganada.

—¡Viva el Perú! —gritó uno de los vecinos. Nadie le hizo caso.

Al día siguiente mi padre llegó a la casa muy campante:

—Hoy he metido siete heridos en la parroquia y cuatro en la casa de Timoteo Velázquez, que tiene huerta. ¡Y que no me frieguen mucho ni me miren de reojo en la calle porque les meto heridos en su casa!

Nuestro turno no tardó en llegar. Fue la misma noche que Marcos regresó al frente y que mi hermana se arrastró por la casa dando de gritos. Ya la habían calmado y todo estaba en silencio cuando tocaron la puerta de la calle. Alguien decía en la calzada:

—Requisición de cuartos vacíos.

Después sentí que mis padres caminaban por la sala.

—¿Pero tú habías declarado que teníamos cuartos? —preguntaba mi mamá.

—Dije sólo que teníamos un depósito desocupado. Estos heridos me los debe haber mandado Timoteo Velázquez, en venganza.

—Habrá que recibirlos, pues. ¿Son peruanos o ecuatorianos?

Mi hermano Javier se levantó y entreabrió la puerta para espiar. Yo lo imité y ambos vimos cómo atravesaban la sala los enfermeros llevando dos parihuelas. Mi papá, en pijama, los guiaba por el corredor que conduce a la cocina.

—Dentro de un rato iré a ver quiénes son los heridos —dijo Javier, poniéndose sus pantuflas—. Tú no te muevas de acá.

Cuando sentimos que los enfermeros se iban y que los viejos se acostaban, Javier salió del dormitorio con su linterna. A los cinco minutos regresó.

—¿Son peruanos o ecuatorianos? —le pregunté.

—No sé —me respondió confundido—. No tienen botas ni polainas. Están descalzos.

Al día siguiente me desperté muy temprano. La presencia de esos soldados me causaba cierta opresión, como si al fin la guerra hubiera metido sus zarpas en nuestra casa.

Apenas mi madre partió para la misa de seis, me levanté y me fui corriendo al depósito. Sin el menor miramiento abrí la puerta de par en par y quedé plantado delante de los heridos. Los habían tirado en dos colchonetas de paja y ambos, a pesar de la hora, estaban con los ojos abiertos, mirando fijamente las vigas del techo. Uno de ellos estaba color ceniza y sudaba y el otro tenía un brazo vendado fuera de la cama y las mejillas hundidas. Aparte de esto no vi en ellos nada especial. Parecían dos pastorcitos cajamarquinos o dos de esos arrieros que yo había visto caminando infatigables por las punas de Ancash.

—«Son peruanos —pensé—. Los ecuatorianos deben ser más peludos.»

Me iba a retirar, un poco decepcionado, cuando uno de ellos dijo algo. Al volverme, vi que el pálido movía los labios:

—Agua...

Al decir esto, sacó una pierna por debajo de las sábanas y me mostró su rodilla: una herida se abría redonda y violácea, como una hortensia en toda su floración.

Yo corrí a la cocina, sintiendo una especie de vértigo y allí me encontré con mi hermana, que ponía la tetera en el fogón.

—¿Qué te pasa? —me preguntó—. ¡Se te ha ido la sangre de la cara!

—Uno de los heridos quiere agua —le respondí—. Tiene un tumor horrible en la rodilla.

—¡No se la des! —chilló Eulalia—. Que se mueran de sed, que revienten esos pestíferos. ¡Son ecuatorianos! Ellos son los que disparan contra Marcos. ¿Por qué los han traído acá? ¡Si no se van de la casa me voy a tirar al mar!

Ya comenzaba a llorar y yo no sabía qué hacer.

—¿Quién te ha dicho que son ecuatorianos? —le pregunté.

—No sé. Anoche oí algo cuando me iba a dormir. ¡Ay, virgencita mía, nuestra casa con los asesinos de Marcos!

Yo serví un vaso de agua y no supe si dárselo a Eulalia para calmarla o si llevárselo al herido. Por último me lo bebí. En ese momento apareció mi padre.

—¿Qué haces tú sin zapatos? —gritó y se llevó a mi hermana a zamacones. Poco después regresó. Yo estaba inmóvil, con el vaso vacío en la mano.

—Seguro que has estado viendo a los heridos —me dijo—. ¿No se nos ha muerto ninguno por la noche?

—El que está medio cojo quiere agua.

—Vamos a dársela —me respondió.

Cuando entramos al depósito los heridos parecían dormitar.

—Ése es el peruano —dijo señalando al que había pedido agua—. Eh, tú, abre los ojos, ¿no quieres refrescarte un poco?

Cuando el soldado abrió los ojos, mi padre, que avanzaba el brazo, se contuvo.

—Creo que me he equivocado, éste es el ecuatoriano. ¡Caramba, ayer me dijeron cuál era cuál! Ya me olvidé. ¿De dónde eres tú?

El soldado no respondió: se limitaba a mirar el vaso que mi padre sostenía en la mano.

—Toma —dijo—. Me dirás después de dónde eres.

El soldado bebió y, recostándose en la almohada, se volvió contra la pared y se echó a dormir.

—Pregúntale al otro —dije.

El otro había abierto los ojos y nos miraba o trataba de mirarnos, como si fuéramos sombras o pesadillas. Sus mejillas se le hundían bajo los pómulos y el mentón se le caía, dejando ver la punta de una sonrisa.

—¿Tú eres peruano? —preguntó mi padre.

El soldado abrió más la boca, parecía que se iba a reír ya, como los moribundos del camión, pero sólo dijo una palabra que no entendimos.

—¿Qué demonios dice? —preguntó mi padre—. Parece que tuviera un nudo en la lengua. Esperaremos que vengan los enfermeros para que los reconozcan. Ellos sí saben de dónde son.

Los enfermeros vinieron sólo en la tarde. Estaban muy atareados y decían que se les estaban acabando las medicinas. Cuando los condujimos al depósito convertido en enfermería, examinaron a los heridos. A los dos les pusieron termómetros en el ano y les tomaron la presión.

—El de acá puede todavía curarse —dijo uno de los enfermeros señalando al de la pierna herida—. Pero el otro creo que se nos va.

Al decir esto, lo descubrió para que lo viéramos: tenía un tapón de algodones rojos en la axila y la sábana estaba toda manchada de sangre.

—¿Ése es el peruano? —preguntó mi padre.

Los enfermeros se miraron entre sí, consultaron unas fichas y quedaron mirando a mi padre, desconcertados.

—¿Usted no lo sabe? Con todo este lío se han perdido los documentos de identidad. Se lo averiguaremos en el hospital.

Al día siguiente la radio dijo que los ecuatorianos habían capitulado: había sido una guerra relámpago. Hubo una parada en la ciudad y a los escolares nos obligaron a desfilar con una banderita peruana en la mano. Por la noche se realizó una ceremonia en la Municipalidad, en la cual mi padre habló, en nombre de la defensa civil. Y mientras tanto los heridos, olvidados ya, se seguían muriendo en nuestra casa.

Por una confusión de la burocracia militar, esos heridos no figuraban en ninguna planilla y las autoridades querían desentenderse de ellos. En medio del regocijo del armisticio, los moribundos eran como los parientes pobres, como los defectos físicos, lo que conviene esconder y olvidar para que nadie pueda poner en duda la belleza de la vida. Mi padre había ido varias veces al hospital para que le enviaran un médico pero sólo le mandaron de vez en cuando a un enfermero que venía a casa, les ponía una inyección y se iba a la carrera, como después de cometer una fechoría. A la semana, los heridos formaban parte del paisaje de nuestra casa. Mi hermano había perdido el interés por ellos y prefería irse por las playas a cazar patillos y mi madre, resignada, había asumido la presencia de los soldados, entre jaculatorias, como un pecado más.

Una mañana me llevé una enorme sorpresa: al entrar al depósito encontré levantado a uno de los soldados. El de la pierna herida estaba de pie, apoyado contra la pared. Al verme entrar, señaló a su compañero:

—Se está muriendo, niño. Toditita la noche ha llorado. Dice que ya no puede más.

El del brazo herido parecía dormir.

—Yo ya me quiero ir, niño —siguió—. Yo soy del Ecuador, de la sierra de Riobamba. Este aire me hace mal. Ya puedo caminar. Despacito me iré caminando.

Al decir esto, dio unos pasos, cojeando, por el depósito.

—Que me den un pantalón. Ya no tengo calentura. Déjenme ir, niño.

Como avanzaba hacia mí, me asusté y salí a la carrera. Mis padres se habían ido al puerto a buscar pescado fresco pues esa noche le daban una comida a Marcos. El soldado salió hasta el corredor y desde allí me seguía llamando. Por suerte, mi hermano Javier llegaba en ese momento de la calle.

—¡Ya sé cuál es el ecuatoriano! —le dije, señalando el corredor—. ¡Dice que quiere irse!

Al ver al soldado, Javier buscó su honda en el bolsillo.

—¡Tú eres nuestro preso! —gritó—. ¿No sabes que la guerra la hemos ganado? ¡Regresa a tu cuarto!

El soldado vaciló un momento y regresó al depósito, apoyándose en la pared. Javier avanzó por el corredor y puso una tranca en la puerta. Después me miró.

—Montaré guardia —dijo—. De aquí nadie se nos escapa.

Mucha gente importante de la ciudad fue invitada a la comida de esa noche, entre ella, el comandante de la zona y un ecuatoriano que era dueño del Chimborazo, el bar más grande de Paita. Marcos, que iba mucho a ese bar, había querido que lo invitaran pues dijo que era una comida de «fraternidad». En medio de la comida llegaron los gritos del depósito.

Después de interrumpirse un momento, los invitados siguieron conversando. Pero como los gritos se repitieron, mi papá se levantó.

—Tenemos unos heridos —dijo, excusándose—. Voy a ver qué pasa —y, mirando al dueño del Chimborazo, agregó—: Uno es paisano de usted, según me he enterado esta mañana.

El ecuatoriano se hizo el desentendido y le llenó la copa al comandante, mientras la conversación empezaba de nuevo. Yo me levanté para seguir a mi papá.

Al entrar al depósito encendimos la luz: el peruano había aventado su ropa de cama y estaba extendido de través sobre el colchón, moviendo las piernas en el aire, como si hiciera gimnasia. Pero bastaba mirarle la cara para darse cuenta que esos movimientos no tenían nada que ver con él y que eran como de otro hombre que tuviera metido dentro del tronco.

Mi papá se agachó para sujetarle las piernas y el herido lo agarró, con su mano sana, de la corbata. Sus ojos lo miraban con terror. Sus labios comenzaron a moverse y por ellos salían sus palabras tan amontonadas que parecían formar un canto sin fin.

—¿Qué quieres? —le preguntaba mi papá—. ¿Quieres agua? ¿Quieres que te echen un poco de aire? ¡Pero habla en castellano, si quieres que te entienda! De Jauja, sí, ya sé que eres de Jauja, pero ¿qué más?

El herido seguía hablando en quechua. Mi papá salió rápidamente y se dirigió hacia el comedor.

—¿Alguno de ustedes sabe quechua?—oí que preguntaba.

Algo respondió Marcos y los invitados se echaron a reír. Mi padre reapareció. El moribundo había dejado de mover las piernas y sus palabras eran cada vez más lentas.

El ecuatoriano, que había estado todo el tiempo completamente cubierto con su sábana, sacó la cabeza.

—Quiere escribir carta —dijo.

—¿Cómo sabes?

—Yo entiendo, señor.

Mi papá lo miró sorprendido.

—Él y yo hablamos la misma lengua.

Mi padre me mandó traer papel y lápiz. Cuando regresé, le decía al ecuatoriano:

—Díctame, pero claro. Que yo pueda escribir palabra por palabra.

Mi papá comenzó a escribir. Tenía la nariz colorada, como cuando se emborrachaba. El otro soldado le dictaba:

—En la cuadra hay tres caballos, dice... el caballo del teniente, dice... matadura en el anca del caballo del teniente, dice... con la escobilla, dice... en la cocina dice...

Mi papá dejó de escribir para mirar al ecuatoriano. Éste se había sentado en su colchón y miraba fijamente la boca del herido.

—Cólico le dio, dice... diarrea al teniente el pozo cerca del río... se cayó al pozo el caballo del teniente, dice... Tulio Tulio, dice...

—¿Quién es Tulio? —preguntó mi papá.

—¡Vivan los patriotas! —gritó alguien en el comedor.

—¡Cierra bien la puerta! —me ordenó mi papá.

—Tulio es su hermano —dijo el soldado—. Siga usted: ya no puedo más, dice... el caballo del teniente en el campo, dice... en el campo galopa rápido caballito, dice... caballito de todos los colores caballito lindo, dice... ay mi estomaguito, dice... ay cólico le dio al teniente florcita, dice... al galope voy montando, dice... por el campo va, dice... ya no puedo más, dice... diarrea, dice... diarrea le dio al teniente, dice... diarrea diarrea...

El moribundo dejó de hablar y comenzó nuevamente a mover las piernas. Mi papá quiso sujetárselas. Sentimos un mal olor. Vimos que el colchón comenzaba a ensuciarse. El soldado se había zurrado. Cuando mi papá le levantó la cara de los pelos, vimos que reía. Estaba ya muerto.

Los tres quedamos callados. Mi papá enderezó al soldado y lo tapó con la frazada. Después quedó mirando el papel que había escrito y lo leyó varias veces.

—Habrá que mandar esto —dijo—. Pero, ¿a quién?, ¿para qué?

Doblando el papel en cuatro se lo guardó en el bolsillo. En el comedor alguien lanzaba vítores por Marcos.

—¿Cuándo me iré de aquí? —preguntó el ecuatoriano—. Este aire me mata, señor. Ya puedo caminar.

Mi papá no le respondió. Regresamos al comedor, donde estaban sirviendo el postre. El dueño del Chimborazo descorchaba el champán que había traído de regalo.

—¿Qué ha pasado? —preguntó mi mamá por lo bajo, al ver que mi padre estaba de pie junto a la mesa, con su nariz más colorada que nunca.

—Nada —respondió y se sentó en su silla, mirando fijamente la medalla nueva que brillaba en el pecho del comandante.

(París, 1961)

La piel de un indio no cuesta caro

—¿Piensas quedarte con él? —preguntó Dora a su marido.

Miguel, en lugar de responder, se levantó de la perezosa donde tomaba el sol y haciendo bocina con las manos gritó hacia el jardín:

—¡Pancho!

Un muchacho que se entretenía sacando la yerba mala volteó la cabeza, se puso de pie y echó a correr. A los pocos segundos estuvo frente a ellos.

—A ver, Pancho, dile a la señora cuánto es ocho más ocho.

—Dieciséis.

—¿Y dieciocho más treinta?

—Cuarentiocho.

—¿Y siete por siete?

Pancho pensó un momento.

—Cuarentinueve.

Miguel se volvió hacia su mujer:

—Eso se lo he enseñado ayer. Se lo hice repetir toda la tarde pero se le ha grabado para toda la vida.

Dora bostezó:

—Guárdalo entonces contigo. Te puede ser útil.

—Por supuesto. ¿No es verdad, Pancho, que trabajarás en mi taller?

—Sí, señor.

A Dora que se desperezaba:

—En Lima lo mandaré a la escuela nocturna. Algo podemos hacer por este muchacho. Me cae simpático.

—Me caigo de sueño —dijo Dora.

Miguel despidió a Pancho y volvió a extenderse en su perezosa. Todo el vallecito de Yangas se desplegaba ante su vista. El modesto río Chillón regaba huertos de manzanos y chacras de panllevar. Desde el techo de la casa se podía ver el mar, al fondo del valle, y los barcos surtos en el Callao.

—Es una suerte tener una casa acá —dijo Miguel—. Sólo a una hora de Lima. ¿No, Dora?

Pero ya Dora se había retirado a dormir la siesta. Miguel observó un rato a Pancho que merodeaba por el jardín persiguiendo mariposas, moscardones; miró el cielo, los cerros, las plantas cercanas y se quedó profundamente dormido.

Un griterío juvenil lo despertó. Mariella y Víctor, los hijos del presidente del club, entraban al jardín. Llevaba cada cual una escopeta de perdigones.

—Pancho, ¿vienes con nosotros? —decían—. Vamos a cazar al cerro.

Pancho, desde lejos, buscó la mirada de Miguel, esperando su aprobación.

—¡Anda no más! —gritó—, ¡y fíjate bien que estos muchachos no hagan barbaridades!

Los hijos del presidente salieron por el camino del cerro, escoltados por Pancho. Miguel se levantó, miró un momento las instalaciones del club que asomaban a lo lejos, tras un seto de jóvenes pinos, y fue a la cocina a servirse una cerveza. Cuando bebía el primer sorbo, sintió unas pisadas en la terraza.

—¿Hay alguien aquí? —preguntaba una voz.

Miguel salió: era el presidente del club.

—Estuvimos esperándolos en el almuerzo —dijo—. Hemos tenido cerca de sesenta personas.

Miguel se excusó:

—Usted sabe que Dora no se divierte mucho en las reuniones. Prefiere quedarse aquí leyendo.

—De todos modos —añadió el presidente—, hay que alternar un poco con los demás socios. La unión hace la fuerza. ¿No saben acaso que celebramos el primer aniversario de nuestra institución? Además no se podrán quejar del elemento que he reunido en torno mío. Toda gente chic, de posición, de influencia. Tú, que eres un joven arquitecto...

Para cortar el discurso que se avecinaba, Miguel aludió a los chicos:

—Mariella y Víctor pasaron por acá. Iban al cerro. He hecho que Pancho los acompañe.

—¿Pancho?

—Un muchacho que me va a ayudar en mi oficina de Lima. Tiene sólo catorce años. Es del Cuzco.

—¡Que se diviertan, entonces!

Dora apareció en bata, despeinada, con un libro en la mano.

—Traigo buenas noticias para tu marido —dijo el presidente—. Ahora, durante el almuerzo, hemos decidido construir un nuevo bar, al lado de la piscina. Los socios quieren algo moderno, ¿sabes? Hemos acordado que Miguel haga los planos. Pero tiene que darse prisa. En quince días necesitamos los bocetos.

—Los tendrán —dijo Dora.

—Gracias —dijo Miguel—. ¿No quiere servirse un trago?

—Por supuesto. Tengo además otros proyectos de más envergadura. Miguel tiene que ayudarnos. ¿No te molesta que hablemos de negocios en día domingo?

El presidente y Miguel se sentaron en la terraza a conversar, mientras Dora recorría el jardín lentamente, bebía el sol, se dejaba despeinar por el viento.

—¿Dónde está Pancho? —preguntó.

—¡En el cerro! —gritó Miguel—. ¿Necesitas algo?

—No; pregunto solamente.

Dora continuó paseándose por el jardín, mirando los cerros, el esplendor dominical. Cuando regresó a la terraza, el presidente se levantaba.

—Acordado, ¿no es verdad? Pasa mañana por mi oficina. Tengo que ir ahora a ver a mis invitados. ¿Saben que habrá baile esta noche? Al menos pasarán un rato para tomarse un cóctel.

Miguel y Dora quedaron solos.

—Simpático tu tío —dijo Miguel—. Un poco hablador.

—Mientras te consiga contratos —comentó Dora.

—Gracias a él hemos conseguido este terreno casi regalado —Miguel miró a su alrededor—. ¡Pero habría que arreglar esta casa un poco mejor! Con los cuatro muebles que tenemos sólo está bien para venir a pasar el *week-end.*

Dora se había dejado caer en una perezosa y hojeaba nuevamente su libro. Miguel la contempló un momento.

—¿Has traído algún traje decente? Creo que debemos ir al club esta noche.

Dora le echó una mirada maliciosa:

—¿Algún proyecto entre manos?

Pero ya Miguel, encendiendo un cigarrillo, iba hacia el garaje para revisar su automóvil. Destapando el motor se puso a ajustar tornillos, sin motivo alguno, sólo por el placer de ocupar sus manos en algo. Cuando medía el aceite, Dora apareció a sus espaldas.

—¿Qué haces? He sentido un grito en el cerro.

Miguel volvió la cabeza. Dora estaba muy pálida. Se aprestaba a tranquilizarla, cuando se escuchó cuesta arriba el ruido de unas pisadas precipitadas. Luego unos gritos infantiles. De inmediato salieron al jardín. Alguien bajaba por el camino de pedregullo. Pronto Mariella y Víctor entraron sofocados.

—¡Pancho se ha caído! —decían—. Está tirado en el suelo y no se puede levantar.

—¡Está negro! —repetía Mariella. Miguel los miró. Los chicos estaban transformados: tenían rostros de adultos.

—¡Vamos allí! —dijo y abandonó la casa, guiado por los muchachos.

Comenzó a subir por la pendiente de piedras, orillada de cactus y de maleza.

—¿Dónde es? —preguntaba.

—¡Más arriba!

Durante un cuarto de hora siguió subiendo. Al fin llegó hasta los postes que traían la corriente eléctrica al club. Los muchachos se detuvieron.

—Allí está —dijeron, señalando el suelo.

Miguel se aproximó. Pancho estaba contorsionado, enredado en uno de los alambres que servían para sostener los postes. Estaba inmóvil, con la boca abierta y el rostro azul. Al volver la cara vio que los hijos del presidente seguían allí, espiando, asustados, el espectáculo.

—¡Fuera! —les gritó—. ¡Regresen al club! ¡No quiero verlos por acá!

Los chicos se fueron a la carrera. Miguel se inclino sobre el cuerpo de Pancho. Por momentos le parecía que respiraba. Miró el alambre ennegrecido, el poste, luego los cables de alta tensión que descendían del cerro y poniéndose de pie se lanzó hacia la casa.

Dora estaba en medio del jardín, con una margarita entre los dedos.

—¿Qué pasa?

—¿Dónde está la llave del depósito?

—Está colgada en la cocina. ¡Qué cara tienes!

Miguel hurgó entre los instrumentos de jardinería hasta encontrar la tijera de podar, que tenía mangos de madera.

—¿Qué le ha pasado a ese muchacho? —insistía Dora.

Pero ya Miguel había partido nuevamente a la carrera. Dora vio su figura saltando por la peñolería, cada vez más pequeña. Cuando desapareció en la falda del cerro, se encogió de hombros, aspiró la margarita y continuó deambulando por el jardín.

Miguel llegó ahogándose al lado de Pancho y con las tijeras cortó el alambre aislándolo del poste y volvió a cortar aislándolo de la tierra. Luego se inclinó sobre el muchacho y lo tocó por primera vez. Estaba rígido. No respiraba. El alambre le había quemado la ropa y se le había incrustado en la piel. En vano trató Miguel de arrancarlo. En vano miró también a su alrededor, buscando ayuda. En ese momento, al lado de ese cuerpo inerte, supo lo que era la soledad.

Sentándose sobre él, trató de hacerle respiración artificial, como viera alguna vez en la playa, con los ahogados. Luego lo auscultó. Algo se escuchaba dentro de ese pecho, algo que podría ser muy bien la propia sangre de Miguel batiendo en sus tímpanos. Haciendo un esfuerzo, lo puso de pie y se lo echó al hombro. Antes de iniciar el descenso miró a su alrededor, tratando de identificar el lugar. Ese poste se encontraba dentro de los terrenos del club.

Dora se había sentado en la terraza. Cuando lo vio aparecer con el cuerpo del muchacho, se levantó.

—¿Se ha caído?

Miguel, sin responder, lo condujo al garaje y lo depositó en el asiento posterior del automóvil. Dora lo seguía.

—Estás todo despeinado. Deberías lavarte la cara.

Miguel puso el carro en marcha.

—¿Adónde vas?

—¡A Canta! —gritó Miguel, destrozando, al arrancar, los tres únicos lirios que adornaban el jardín.

El médico de la Asistencia Pública de Canta miró al muchacho.

—Me trae usted un cadáver.

Luego lo palpó, lo observó con atención.

—¿Electrocutado, no?

—¿No se puede hacer algo? —insistió Miguel—. El accidente ha ocurrido hace cerca de una hora.

—No vale la pena. Probaremos, en fin, si usted lo quiere.

Primero le inyectó adrenalina en las venas. Luego le puso una inyección directa al corazón.

—Inútil —dijo—. Mejor es que pase usted por la comisaría para que los agentes constaten la defunción.

Miguel salió de la Asistencia Pública y fue a la comisaría. Luego emprendió el retorno a la casa. Cuando llegó, atardecía.

Dora estaba vistiéndose para ir al club.

—Vino el presidente —dijo—. Está molesto porque Mariella ha vomitado. Han tenido que meterla a la cama. Dice que qué cosa ha pasado en el cerro con ese muchacho.

—¿Para qué te vistes? —preguntó Miguel—. No iremos al club esta noche. No irás tú en todo caso. Iré yo solo.

—Tú me has dicho que me arregle. A mí me da lo mismo.

—Pancho ha muerto electrocutado en los terrenos del club. No estoy de humor para fiestas.

—¿Muerto? —preguntó.Dora—. Es una lástima. ¡Pobre muchacho!

Miguel se dirigió al baño para lavarse.

—Debe ser horrible morir así —continuó Dora—. ¿Piensas decírselo a mi tío?

—Naturalmente.

Miguel se puso una camisa limpia y se dirigió caminando al club. Antes de atravesar la verja se escuchaba ya la música de la orquesta. En el jardín había algunas parejas bailando. Los hombres se habían puesto sombreritos de cartón pintado. Circulaban los mozos con azafates cargados de whisky, gin con gin y jugo de tomate.

Al penetrar al hall vio al presidente con un sombrero en forma de cucurucho y un vaso en la mano. Antes de que Miguel abriera la boca, ya lo había abordado.

—¿Qué diablos ha sucedido? Mis chicos están alborotados. A Mariella hemos tenido que acostarla.

—Pancho, mi muchacho, ha muerto electrocutado en los terrenos del club. Por un defecto de instalación, la corriente pasa de los cables a los alambres de sostén.

El presidente lo cogió precipitadamente del brazo y lo condujo a un rincón.

—¡Bonito aniversario! Habla más bajo que te pueden oír. ¿Estás seguro de lo que dices?

—Yo mismo lo he recogido y lo he llevado a la asistencia de Canta.

El presidente había palidecido.

—¡Imagínate que Mariella o que Víctor hubieran cogido el alambre! Te juro que yo...

—¿Qué cosa?

—No sé... habría habido alguna carnicería.

—Le advierto que el muchacho tiene padre y madre. Viven cerca del Porvenir.

—Fíjate, vamos a tomarnos un trago y a conversar detenidamente del asunto. Estoy seguro que las instalaciones están bien hechas. Puede haber sucedido otra cosa. En fin, tantas cosas suceden en los cerros. ¿No hay testigos?

—Yo soy el único testigo.

—¿Quieres un whisky?

—No. He venido sólo a decirle que a las diez de la noche regresaré a Lima con Dora. Veré a los padres del muchacho para comunicarles lo ocurrido. Ellos verán después lo que hacen.

—Pero Miguel, espérate, tengo que enseñarte dónde haremos el nuevo bar.

—¡Por lo menos quítese usted ese sombrero! Hasta luego.

Miguel atravesó el camino oscuro. Dora había encendido todas las luces de la casa. Sin haberse cambiado su traje de fiesta, escuchaba música en un tocadiscos portátil.

—Estoy un poco nerviosa —dijo.

Miguel se sirvió, en silencio, una cerveza.

—Procura comer lo antes posible —dijo—. A las diez regresaremos a Lima.

—¿Por qué hoy? —preguntó Dora.

Miguel salió a la terraza, encendió un cigarrillo y se sentó en la penumbra, mientras Dora andaba por la cocina. A lo lejos, en medio de la sombra del valle, se divisaban las casitas iluminadas de los otros socios y las luces fluorescentes del club. A veces el viento traía compases de música, rumor de conversación o alguna risa estridente que rebotaba en los cerros.

Por el caminillo aparecieron los faros crecientes de un automóvil. Como un celaje, pasó delante de la casa y se perdió rumbo a la carretera. Miguel tuvo tiempo de advertirlo: era el carro del presidente.

—Acaba de pasar tu tío —dijo, entrando a la cocina.

Dora comía desganadamente una ensalada.

—¿Adónde va?

—¡Qué sé yo!

—Debe estar preocupado por el accidente.

—Está más preocupado por su fiesta.

Dora lo miró:

—¿Estás verdaderamente molesto?

Miguel se encogió de hombros y fue al dormitorio para hacer las maletas. Más tarde fue al jardín y guardó en el depósito los objetos dispersos. Luego se sentó en el living, esperando que Dora se arreglara para la partida. Pasaban los minutos. Dora tarareaba frente al espejo.

Volvió a sentirse el ruido de un automóvil. Miguel salió a la terraza. Era el carro del presidente que se detenía a cierta distancia de la casa: dos hombres bajaron de su interior y tomaron el camino del cerro. Luego el carro avanzó un poco más, hasta detenerse frente a la puerta.

—¿Viene alguien? —preguntó Dora, asomando a la terraza—. Ya estoy lista.

El presidente apareció en el jardín y avanzó hacia la terraza. Estaba sonriendo.

—He batido un récord de velocidad —dijo—. Vengo de Canta. ¿Nos sentamos un rato?

—Partimos para Lima en este momento —dijo Miguel.

—Solamente cinco minutos —en seguida sacó unos papeles del bolsillo—. ¿Qué cuento es ese del muchacho electrocutado? Mira.

Miguel cogió los papeles. Uno era un certificado de defunción extendido por el médico de la Asistencia Pública de Canta. No aludía para nada al accidente. Declaraba que el muchacho había muerto de una «deficiencia cardíaca». El otro era un parte policial redactado en los mismos términos.

Miguel devolvió los papeles.

—Esto me parece una infamia —dijo.

El presidente guardó los papeles.

—En estos asuntos lo que valen son las pruebas escritas —dijo—. No pretenderás además saber más que un médico. Parece que el muchacho tenía, en efecto, algo al corazón y que hizo demasiado ejercicio.

—El cerro está bastante alto —acotó Dora.

—Digan lo que digan esos papeles, yo estoy convencido de que Pancho ha muerto electrocutado. Y en los terrenos del club.

—Tú puedes pensar lo que quieras —añadió el presidente—. Pero oficialmente éste es un asunto ya archivado.

Miguel quedó silencioso.

—¿Por qué no vienen conmigo al club? La fiesta durará hasta medianoche. Además, insisto en que veas el lugar donde construiremos el bar.

—¿Por qué no vamos un rato? —preguntó Dora.

—No. Partimos a Lima en este momento.

—De todas maneras, los espero.

El presidente se levantó. Miguel lo vio partir. Dora se acercó a él y le pasó un brazo por el hombro.

—No te hagas mala sangre —le susurró al oído—. A ver, pon cara de gente decente.

Miguel la miró: algo en sus rasgos le recordó el rostro del presidente. Detrás de su cabellera se veía la masa oscura del cerro. Arriba brillaba una luz.

—¿Tiene pilas la linterna? —preguntó.

—¿Qué piensas hacer?

Miguel buscó la linterna: todavía alumbraba. Sin decir una palabra se encaminó por la pendiente riscosa. Trepaba entre cantos de grillos e infinitas estrellas. Pronto divisó la luz de un farol. Cerca del poste, dos hombres reparaban la instalación defectuosa. Los contempló un momento, en silencio, y luego emprendió el retorno.

Dora lo esperaba con un sobre en la mano.

—Fíjate. Mi tío mandó esto.

Miguel abrió el sobre. Había un cheque al portador por cinco mil soles y un papel con unas cuantas líneas: «La dirección del club ha hecho esta colecta para enterrar al muchacho. ¿Podrías entregarle la suma a su familia?»

Miguel cogió el cheque con la punta de los dedos y cuando lo iba a rasgar, se contuvo. Dora lo miraba. Miguel guardó el cheque en el bolsillo y dándole la espalda a su mujer quedó mirando el valle de Yangas. Del accidente no quedaba ni un solo rastro ni un alambre fuera de lugar, ni siquiera el eco de un grito.

—¿En qué piensas? —preguntó Dora—. ¿Regresamos a Lima o vamos al club?

—Vamos al club —suspiró Miguel.

(París, 1961)

Por las azoteas

A los diez años yo era el monarca de las azoteas y gobernaba pacíficamente mi reino de objetos destruidos.

Las azoteas eran los recintos aéreos donde las personas mayores enviaban las cosas que no servían para nada: se encontraban allí sillas cojas, colchones despanzurrados, maceteros rajados, cocinas de carbón, muchos otros objetos que llevaban una vida purgativa, a medio camino entre el uso póstumo y el olvido. Entre todos estos trastos yo erraba omnipotente, ejerciendo la potestad que me fue negada en los bajos. Podía ahora pintar bigotes en el retrato del abuelo, calzar las viejas botas paternales o blandir como una jabalina la escoba que perdió su paja. Nada me estaba vedado: podía construir y destruir y con la misma libertad con que insuflaba vida a las pelotas de jebe reventadas, presidía la ejecución capital de los maniquíes.

Mi reino, al principio, se limitaba al techo de mi casa pero poco a poco, gracias a valerosas conquistas, fui extendiendo sus fronteras por las azoteas vecinas. De estas largas campañas, que no iban sin peligros —pues había que salvar vallas o saltar corredores abismales— regresaba siempre enriquecido con algún objeto que se añadía a mi tesoro o con algún rasguño que acrecentaba mi heroísmo. La presencia esporádica de alguna sirvienta que tendía ropa o de algún obrero que reparaba una chimenea, no me causaba ninguna inquietud pues yo estaba afincado soberanamente en una tierra en la cual ellos eran sólo nómades o poblaciones trashumantes.

En los linderos de mi gobierno, sin embargo, había una zona inexplorada que siempre despertó mi codicia. Varias veces había llegado hasta sus inmediaciones pero una alta empalizada de tablas puntiagudas me impedía seguir adelante. Yo no podía resignarme a que este accidente natural pusiera un límite a mis planes de expansión.

A comienzos del verano decidí lanzarme al asalto de la tierra desconocida. Arrastrando de techo en techo un velador desquiciado y un perchero vetusto, llegué al borde de la empalizada y construí una alta torre. Encaramándome en ella, logré pasar la cabeza. Al principio sólo distinguí una azotea cuadrangular, partida al medio por una larga farola. Pero cuando me disponía a saltar en esa tierra nueva, divisé a un hombre sentado en una perezosa. El hombre parecía dormir. Su cabeza caía sobre su hombro y sus ojos, sombreados por un amplio sombrero de paja, estaban cerrados. Su rostro mostraba una barba descuidada, crecida casi por distracción, como la barba de los náufragos.

Probablemente hice algún ruido pues el hombre enderezó la cabeza y quedó mirándome perplejo. El gesto que hizo con la mano lo interpreté como un signo de desalojo, y dando un salto me alejé a la carrera.

Durante los días siguientes pasé el tiempo en mi azotea fortificando sus defensas, poniendo a buen recaudo mis tesoros, preparándome para lo que yo imaginaba que sería una guerra sangrienta. Me veía ya invadido por el hombre barbudo; saqueado, expulsado al atroz mundo de los bajos, donde todo era obediencia, manteles blancos, tías escrutadoras y despiadadas cortinas. Pero en los techos reinaba la calma más grande y en vano pasé horas atrincherado, vigilando la lenta ronda de los gatos o, de vez en cuando, el derrumbe de alguna cometa de papel.

En vista de ello decidí efectuar una salida para cerciorarme con qué clase de enemigo tenía que vérmelas, si se trataba realmente de un usurpador o de algún fugitivo que pedía tan sólo derecho de asilo. Armado hasta los dientes, me aventuré fuera de mi fortín y poco a poco fui avanzando hacia la empalizada. En lugar de escalar la torre, contorneé la valla de maderas, buscando un agujero. Por entre la juntura de dos tablas apliqué el ojo y observé: el hombre seguía en la perezosa, contemplando sus largas manos trasparentes o lanzando de cuando en cuando una mirada hacia el cielo, para seguir el paso de las nubes viajeras.

Yo hubiera pasado toda la mañana allí, entregado con delicia al espionaje, si es que el hombre, después de girar la cabeza, no quedara mirando fijamente el agujero.

—Pasa —dijo, haciéndome una seña con la mano—. Ya sé que estás allí. Vamos a conversar.

Esta invitación, si no equivalía a una rendición incondicional, revelaba al menos el deseo de parlamentar. Asegurando bien mis armamentos, trepé por el perchero y salté al otro lado de la empalizada. El hombre me miraba sonriente. Sacando un pañuelo blanco del bolsillo —¿era un signo de paz?— se enjugó la frente.

—Hace rato que estás allí —dijo—. Tengo un oído muy fino. Nada se me escapa... ¡Este calor!

—¿Quién eres tú? —le pregunté.

—Yo soy el rey de la azotea —me respondió.

—¡No puede ser! —protesté—. El rey de la azotea soy yo. Todos los techos son míos. Desde que empezaron las vacaciones paso todo el tiempo en ellos. Si no vine antes por aquí fue porque estaba muy ocupado por otro sitio.

—No importa —dijo—. Tú serás el rey durante el día y yo durante la noche.

—No —respondí—. Yo también reinaré durante la noche. Tengo una linterna. Cuando todos estén dormidos, caminaré por los techos.

—Está bien —me dijo—. ¡Reinarás también por la noche! Te regalo las azoteas pero déjame al menos ser el rey de los gatos.

Su propuesta me pareció aceptable. Mentalmente lo convertía ya en una especie de pastor o domador de mis rebaños salvajes.

—Bueno, te dejo los gatos. Y las gallinas de la casa de al lado, si quieres. Pero todo lo demás es mío.

—Acordado —me dijo—. Acércate ahora. Te voy a contar un cuento. Tú tienes cara de persona que le gustan los cuentos. ¿No es verdad? Escucha, pues: «Había una vez un hombre que sabía algo. Por esta razón lo colocaron en un púlpito. Después lo metieron en una cárcel. Después lo internaron en un manicomio. Después lo encerraron en un hospital. Después lo pusieron en un altar. Después quisieron colgarlo de una horca. Cansado, el hombre dijo que no sabía nada. Y sólo entonces lo dejaron en paz.»

Al decir esto, se echó a reír con una risa tan fuerte que terminó por ahogarse. Al ver que yo lo miraba sin inmutarme, se puso serio.

—No te ha gustado mi cuento —dijo—. Te voy a contar otro, otro mucho más fácil: «Había una vez un famoso imitador de circo que se llamaba Max. Con unas alas falsas y un pico de cartón, salía al ruedo y comenzaba a dar de saltos y a piar. ¡El avestruz! decía la gente, señalándolo, y se moría de risa. Su imitación del avestruz lo hizo famoso en todo el mundo. Durante años repitió su número haciendo gozar a los niños y a los ancianos. Pero a medida que pasaba el tiempo, Max se iba volviendo más triste y en el momento de morir llamó a sus amigos a su cabecera y les dijo: "Voy a revelarles un secreto. Nunca he querido imitar al avestruz, siempre he querido imitar al canario."»

Esta vez el hombre no rió sino que quedó pensativo, mirándome con sus ojos indagadores.

—¿Quién eres tú? —le volví a preguntar—. ¿No me habrás engañado? ¿Por qué estás todo el día sentado aquí? ¿Por qué llevas barba? ¿Tú no trabajas? ¿Eres un vago?

—¡Demasiadas preguntas! —me respondió, alargando un brazo, con la palma vuelta hacia mí—. Otro día te responderé. Ahora vete, vete por favor. ¿Por qué no regresas mañana? Mira el sol, es como un ojo... ¿lo ves? Como un ojo irritado. El ojo del infierno.

Yo miré hacia lo alto y vi sólo un disco furioso que me encegueció. Caminé, vacilando, hasta la empalizada y cuando la salvaba, distinguí al hombre que se inclinaba sobre sus rodillas y se cubría la cara con su sombrero de paja.

Al día siguiente regresé.

—Te estaba esperando —me dijo el hombre—. Me aburro, he leído ya todos mis libros y no tengo nada que hacer.

En lugar de acercarme a él, que extendía una mano amigable, lancé una mirada codiciosa hacia un amontonamiento de objetos que se distinguía al otro lado de la farola. Vi una cama desarmada, una pila de botellas vacías.

—Ah, ya sé —dijo el hombre—. Tú vienes solamente por los trastos. Puedes llevarte lo que quieras. Lo que hay en la azotea —añadió con amargura— no sirve para nada.

—No vengo por los trastos —le respondí—. Tengo bastantes, tengo más que todo el mundo.

—Entonces escucha lo que te voy a decir: el verano es un dios que no me quiere. A mí me gustan las ciudades frías, las que tienen allá arriba una compuerta y dejan caer sus aguas. Pero en Lima nunca llueve o cae tan pequeño rocío que apenas mata el polvo. ¿Por qué no inventamos algo para protegernos del sol?

—Una sombrilla —le dije—, una sombrilla enorme que tape toda la ciudad.

—Eso es, una sombrilla que tenga un gran mástil, como el de la carpa de un circo y que pueda desplegarse desde el suelo, con una soga, como se iza una bandera. Así estaríamos todos para siempre en la sombra. Y no sufriríamos.

Cuando dijo esto me di cuenta que estaba todo mojado, que la transpiración corría por sus barbas y humedecía sus manos.

—¿Sabes por qué estaban tan contentos los portapliegos de la oficina? —me preguntó de pronto—. Porque les habían dado un uniforme nuevo, con galones. Ellos creían haber cambiado de destino, cuando sólo se habían mudado de traje.

—¿La construiremos de tela o de papel? —le pregunté.

El hombre quedó mirándome sin entenderme.

—¡Ah, la sombrilla! —exclamó—. La haremos mejor de piel, ¿qué te parece? De piel humana. Cada cual daría una oreja o un dedo. Y al que no quiera dárnoslo, se lo arrancaremos con una tenaza.

Yo me eché a reír. El hombre me imitó. Yo me reía de su risa y no tanto de lo que había imaginado —que le arrancaba a mi profesora la oreja con un alicate— cuando el hombre se contuvo.

—Es bueno reír —dijo—, pero siempre sin olvidar algunas cosas: por ejemplo, que hasta las bocas de los niños se llenarían de larvas y que la casa del maestro será convertida en cabaret por sus discípulos.

A partir de entonces iba a visitar todas las mañanas al hombre de la perezosa. Abandonando mi reserva, comencé a abrumarlo con toda clase de mentiras e invenciones. Él me escuchaba con atención, me interrumpía sólo para darme crédito y alentaba con pasión todas mis fantasías. La sombrilla había dejado de preocuparnos y ahora ideábamos unos zapatos para andar sobre el mar, unos patines para aligerar la fatiga de las tortugas.

A pesar de nuestras largas conversaciones, sin embargo, yo sabía poco o nada de él. Cada vez que lo interrogaba sobre su persona, me daba respuestas disparatadas u oscuras:

—Ya te lo he dicho: yo soy el rey de los gatos. ¿Nunca has subido de noche? Si vienes alguna vez verás cómo me crece un rabo, cómo se afilan mis uñas, cómo se encienden mis ojos y cómo todos los gatos de los alrededores vienen en procesión para hacerme reverencias.

O decía:

—Yo soy eso, sencillamente, eso y nada más, nunca lo olvides: un trasto.

Otro día me dijo:

—Yo soy como ese hombre que después de diez años de muerto resucitó y regresó a su casa envuelto en su mortaja. Al principio, sus familiares se asustaron y huyeron de él. Luego se hicieron los que no lo reconocían. Luego lo admitieron pero haciéndole ver que ya no tenía sitio en la mesa ni lecho donde dormir. Luego lo expulsaron al jardín, después al camino, después al otro lado de la ciudad. Pero como el hombre siempre tendía a regresar, todos se pusieron de acuerdo y lo asesinaron.

A mediados del verano, el calor se hizo insoportable. El sol derretía el asfalto de las pistas, donde los saltamontes quedaban atrapados. Por todo sitio se respiraba brutalidad y pereza. Yo iba por las mañanas a la playa en los tranvías atestados, llegaba a casa arenoso y famélico y después de almorzar subía a la azotea para visitar al hombre de la perezosa.

Éste había instalado un parasol al lado de su sillona y se abanicaba con una hoja de periódico. Sus mejillas se habían ahuecado y, sin su locuacidad de antes, permanecía silencioso, agrio, lanzando miradas coléricas al cielo.

—¡El sol, el sol! —repetía—. Pasará él o pasaré yo. ¡Si pudiéramos derribarlo con una escopeta de corcho!

Una de esas tardes me recibió muy inquieto. A un lado de su sillona tenía una caja de cartón. Apenas me vio, extrajo de ella una bolsa con fruta y una botella de limonada.

—Hoy es mi santo —dijo—. Vamos a festejarlo. ¿Sabes lo que es tener treinta y tres años? Conocer de las cosas el nombre, de los países el mapa. Y todo por algo infinitamente pequeño, tan pequeño que la uña de mi dedo meñique sería un mundo a su lado. Pero, ¿no decía un escritor famoso que las cosas más pequeñas son las que más nos atormentan, como, por ejemplo, los botones de la camisa?

Ese día me estuvo hablando hasta tarde, hasta que el sol de brujas encendió los cristales de las farolas y crecieron largas sombras detrás de cada ventana teatina.

Cuando me retiraba, el hombre me dijo:

—Pronto terminarán las vacaciones. Entonces, ya no vendrás a verme. Pero no importa, porque ya habrán llegado las primeras lloviznas.

En efecto, las vacaciones terminaban. Los muchachos vivíamos ávidamente esos últimos días calurosos, sintiendo ya en lontananza un olor a tinta, a maestro, a cuadernos nuevos. Yo andaba oprimido por las azoteas, inspeccionando tanto espacio conquistado en vano, sabiendo que se iba a pique mi verano, mi nave de oro cargada de riquezas.

El hombre de la perezosa parecía consumirse. Bajo su parasol, lo veía cobrizo, mudo, observando con ansiedad el último asalto del calor, que hacía arder la torta de los techos.

—¡Todavía dura! —decía señalando el cielo—. ¿No te parece una maldad? Ah, las ciudades frías, las ventosas. Canícula, palabra fea, palabra que recuerda a un arma, a un cuchillo.

Al día siguiente me entregó un libro:

—Lo leerás cuando no puedas subir. Así te acordarás de tu amigo... de este largo verano.

Era un libro con grabados azules, donde había un personaje que se llamaba Rogelio. Mi madre lo descubrió en el velador. Yo le dije que me lo había regalado «el hombre de la perezosa». Ella indagó, averiguó y cogiendo el libro con un papel, fue corriendo a arrojarlo a la basura.

—¿Por qué no me habías dicho que hablabas con ese hombre? ¡Ya verás esta noche cuando venga tu papá! Nunca más subirás a la azotea.

Esa noche mi papá me dijo:

—Ese hombre está marcado. Te prohíbo que vuelvas a verlo. Nunca más subirás a la azotea.

Mi mamá comenzó a vigilar la escalera que llevaba a los techos. Yo andaba asustado por los corredores de mi casa, por las atroces alcobas, me dejaba caer en las sillas, miraba hasta la extenuación el empapelado del comedor —una manzana, un plátano, repetidos hasta el infinito— u hojeaba los álbumes llenos de parientes muertos. Pero mi oído sólo estaba atento a los rumores del techo, donde los últimos días dorados me aguardaban. Y mi amigo en ellos, solitario entre los trastos.

Se abrieron las clases en días aún ardientes. Las ocupaciones del colegio me distrajeron. Pasaba mañanas interminables en mi pupitre, aprendiendo los nombres de los catorce incas y dibujando el mapa del Perú con mis lápices de cera. Me parecían lejanas las vacaciones, ajenas a mí, como leídas en un almanaque viejo.

Una tarde, el patio de recreo se ensombreció, una brisa fría barrió el aire caldeado y pronto la garúa comenzó a resonar sobre las palmeras. Era la primera lluvia de otoño. De inmediato me acordé de mi amigo, lo vi jubiloso, recibiendo con las manos abiertas esa agua caída del cielo que lavaría su piel, su corazón.

Al llegar a casa estaba resuelto a hacerle una visita. Burlando la vigilancia materna, subí a los techos. A esa hora, bajo ese tiempo gris, todo parecía distinto. En los cordeles, la ropa olvidada se mecía y respiraba en la penumbra, y contra las farolas los maniquíes parecían cuerpos mutilados. Yo atravesé, angustiado, mis dominios y a través de barandas y tragaluces llegué a la empalizada. Encaramándome en el perchero, me asomé al otro lado.

Sólo vi un cuadrilátero de tierra humedecida. La sillona, desarmada, reposaba contra el somier oxidado de un catre. Caminé un rato por ese reducto frío, tratando de encontrar una pista, un indicio de su antigua palpitación. Cerca de la sillona había una escupidera de loza. Por la larga farola, en cambio, subía la luz, el rumor de la vida. Asomándome a sus cristales vi el interior de la casa de mi amigo, un corredor de losetas por donde hombres vestidos de luto circulaban pensativos.

Entonces comprendí que la lluvia había llegado demasiado tarde.

(Berlín, 1958)

Dirección equivocada

Ramón abandonó la oficina con el expediente bajo el brazo y se dirigió a la avenida Abancay. Mientras esperaba el ómnibus que lo conduciría a Lince, se entretuvo contemplando la demolición de las viejas casas de Lima. No pasaba un día sin que cayera un solar de la colonia, un balcón de madera tallada o simplemente una de esas apacibles quintas republicanas, donde antaño se fraguó más de una revolución. Por todo sitio se levantaban altivos edificios impersonales, iguales a los que había en cien ciudades del mundo. Lima, la adorable Lima de adobe y de madera, se iba convirtiendo en una especie de cuartel de concreto armado. La poca poesía que quedaba se había refugiado en las plazoletas abandonadas, en una que otra iglesia y en la veintena de casonas principescas, donde viejas familias languidecían entre pergaminos y amarillentos daguerrotipos.

Estas reflexiones no tenían nada que ver evidentemente con el oficio de Ramón: detector de deudores contumaces. Su jefe, esa misma mañana, le había ordenado hacer una pesquisa minuciosa por Lince para encontrar a Fausto López, cliente nefasto que debía a la firma cuatro mil soles en tinta y papel de imprenta.

Cuando el ómnibus lo desembarcó en Lince, Ramón se sintió deprimido, como cada vez que recorría esos barrios populares sin historia, nacidos hace veinte años por el arte de alguna especulación, muertos luego de haber llenado algunos bolsillos ministeriales, pobremente enterrados entre la gran urbe y los lujosos balnearios del Sur. Se veían chatas casitas de un piso, calzadas de tierra, pistas polvorientas, rectas calles brumosas donde no crecía un árbol, una yerba. La vida en esos barrios palpitaba un poco en las esquinas, en el interior de las pulperías, traficadas por caseros y borrachines.

Consultando su expediente, Ramón se dirigió a una casa de vecindad y recorrió su largo corredor perforado de puertas y ventanas, hasta una de las últimas viviendas.

Varios minutos estuvo aporreando la puerta. Por fin se abrió y un hombre somnoliento, con una camiseta agujereada, asomó el torso.

—¿Aquí vive el señor Fausto López?

—No. Aquí vivo yo, Juan Limayta, gasfitero.

—En estas facturas figura esta dirección —alegó Ramón, alargando su expediente.

—¿Y a mí qué? Aquí vivo yo. Pregunte por otro lado —y tiró la puerta.

Ramón salió a la calle. Recorrió aún otras casas, preguntando al azar. Nadie parecía conocer a Fausto López. Tanta ignorancia hacía pensar a Ramón en una vasta conspiración distrital destinada a ocultar a uno de sus vecinos. Tan sólo un hombre pareció recurrir a su memoria.

—¿Fausto López? Vivía por aquí pero hace tiempo que no lo veo. Me parece que se ha muerto.

Desalentado, Ramón penetró en una pulpería para beber un refresco. Acodado en el mostrador, cerca del pestilente urinario, tomó despaciosamente una coca-cola. Cuando se disponía a regresar derrotado a la oficina, vio entrar en la pulpería a un chiquillo que tenía en la mano unos programas de cine. La asociación fue instantánea. En el acto lo abordó.

—¿De dónde has sacado esos programas?

—De mi casa, ¿de dónde va a ser?

—¿Tu papá tiene una imprenta?

—Sí.

—¿Cómo se llama tu papá?

—Fausto López.

Ramón respiró aliviado.

—Vamos allí. Necesito hablar con él.

En el camino conversaron. Ramón se enteró que Fausto López tenía una imprenta de mano, que se había mudado hacía algunos meses a pocas calles de distancia y que vivía de imprimir programas para los cines del barrio.

—¿Te pagan algo por repartir los programas?

—¿Mi papá? ¡Ni un taco! Los dueños de los cines me dejan entrar gratis a las seriales.

En los barrios pobres también hay categorías. Ramón tuvo la evidencia de estar hollando el suburbio de un suburbio. Ya los pequeños ranchos habían desaparecido. Sólo se veían callejones, altos muros de corralón con su gran puerta de madera. Menguaron los postes del alumbrado y surgieron las primeras acequias, plagadas de inmundicias.

Cerca de los rieles, el muchacho se detuvo.

—Aquí es —dijo, señalando un pasaje sombrío—. La tercera puerta. Yo me voy porque tengo que repartir todo esto por la avenida Arenales.

Ramón dejó partir al muchacho y quedó un momento indeciso. Algunos chicos se divertían tirando piedras en la acequia. Un hombre salió, silbando, del pasaje y echó en sus aguas el contenido dudoso de una bacinica.

Ramón penetró hasta la tercera puerta y la golpeó varias veces con los puños. Mientras esperaba, recordó las recomendaciones de su jefe: nada de amenazas, cortesía señorial, espíritu de conciliación, confianza contagiosa. Todo esto para no intimidar al deudor, regresar con la dirección exacta y poder iniciar el juicio y el embargo.

La puerta no se abrió pero, en cambio, una ventana de madera, pequeña como el marco de un retrato, dejó al descubierto un rostro de mujer. Ramón, desprevenido, se vio tan súbitamente frente a esta aparición, que apenas tuvo tiempo de ocultar el expediente a sus espaldas.

—¿Qué cosa quiere? ¿Qué hay? —preguntaba insistentemente la mujer.

Ramón no desprendió los ojos de aquel rostro. Algo lo fascinaba en él. Quizá el hecho de estar enmarcado en la ventanilla, como si se tratara de la cabeza de una guillotina.

—¿Qué quiere usted? —proseguía la mujer—. ¿A quién busca?

Ramón titubeó. Los ojos de la mujer no lo abandonaban. Estaba tan cerca de los suyos que Ramón, por primera vez, se vio introducido en el mundo secreto de una persona extraña, contra su voluntad, como si por negligencia hubiera abierto una carta dirigida a otra persona.

—¡Mi marido no está! —insistía la mujer—. Se ha ido de viaje, regrese otro día, se lo ruego...

Los ojos seguían clavados en los ojos. Ramón seguía explorando ese mundo inespacial, presa de una súbita curiosidad pero no como quien contempla los objetos que están detrás de una vidriera sino como quien trata de reconstruir la leyenda que se oculta detrás de una fecha. Solamente cuando la mujer continuó sus protestas, con voz cada vez más desfalleciente, Ramón se dio cuenta que ese mundo estaba desierto, que no guardaba otra cosa que una duración dolorosa, una historia marcada por el terror.

—Soy vendedor de radios —dijo rápidamente—. ¿No quiere comprar uno? Los dejamos muy baratos, a plazos.

—¡No, no, radios no, ya tenemos, nada de radios! —suspiró la mujer y, casi asfixiada, tiró violentamente el postigo.

Ramón quedó un momento delante de la puerta. Sentía un insoportable dolor de cabeza. Colocando su expediente bajo el brazo, abandonó el pasaje y se echó a caminar por Lince, buscando un taxi. Cuando llegó a una esquina, cogió el cartapacio, lo contempló un momento y debajo del nombre de Fausto López escribió: «Dirección equivocada.» Al hacerlo, sin embargo, tuvo la sospecha de que no procedía así por justicia, ni siquiera por esa virtud sospechosa que se llama caridad, sino simplemente porque aquella mujer era un poco bonita.

(Amberes, 1957)

El profesor suplente

Hacia el atardecer, cuando Matías y su mujer sorbían un triste té y se quejaban de la miseria de la clase media, de la necesidad de tener que andar siempre con la camisa limpia, del precio de los transportes, de los aumentos de ley, en fin, de lo que hablan a la hora del crepúsculo los matrimonios pobres, se escucharon en la puerta unos golpes estrepitosos y cuando la abrieron irrumpió el doctor Valencia, bastón en mano, sofocado por el cuello duro.

—¡Mi querido Matías! ¡Vengo a darte una gran noticia! De ahora en adelante serás profesor. No me digas que no... ¡espera! Como tengo que ausentarme unos meses del país, he decidido dejarte mis clases de historia en el colegio. No se trata de un gran puesto y los emolumentos no son grandiosos pero es una magnífica ocasión para iniciarte en la enseñanza. Con el tiempo podrás conseguir otras horas de clases, se te abrirán las puertas de otros colegios, quién sabe si podrás llegar a la Universidad... eso depende de ti. Yo siempre te he tenido una gran confianza. Es injusto que un hombre de tu calidad, un hombre ilustrado, que ha cursado estudios superiores, tenga que ganarse la vida como cobrador... No señor, eso no está bien, soy el primero en reconocerlo. Tu puesto está en el magisterio... No lo pienses dos veces. En el acto llamo al director para decirle que ya he encontrado un reemplazo. No hay tiempo que perder, un taxi me espera en la puerta... ¡Y abrázame, Matías, dime que soy tu amigo!

Antes de que Matías tuviera tiempo de emitir su opinión, el doctor Valencia había llamado al colegio, había hablado con el director, había abrazado por cuarta vez a su amigo y había partido como un celaje, sin quitarse siquiera el sombrero.

Durante unos minutos, Matías quedó pensativo, acariciando esa bella calva que hacía la delicia de los niños y el terror de las amas de casa. Con un gesto enérgico, impidió que su mujer intercalara un comentario y, silenciosamente, se acercó al aparador, se sirvió del oporto reservado a las visitas y lo paladeó sin prisa, luego de haberlo observado contra la luz de la farola.

—Todo esto no me sorprende —dijo al fin—. Un hombre de mi calidad no podía quedar sepultado en el olvido.

Después de la cena se encerró en el comedor, se hizo llevar una cafetera, desempolvó sus viejos textos de estudio y ordenó a su mujer que nadie lo interrumpiera, ni siquiera Baltazar y Luciano, sus colegas de trabajo, con quienes acostumbraba reunirse por las noches para jugar a las cartas y hacer chistes procaces contra sus patrones de la oficina.

A las diez de la mañana, Matías abandonaba su departamento, la lección inaugural bien aprendida, rechazando con un poco de impaciencia la solicitud de su mujer, quien lo perseguía por el corredor de la quinta, quitándole las últimas pelusillas de su terno de ceremonia.

—No te olvides de poner la tarjeta en la puerta —recomendó Matías antes de partir—. Que se lea bien: *Matías Palomino, profesor de historia.*

En el camino se entretuvo repasando mentalmente los párrafos de su lección. Durante la noche anterior no había podido evitar un temblorcito de gozo cuando, para designar a Luis XVI, había descubierto el epíteto de Hidra. El epíteto pertenecía al siglo XIX y había caído un poco en desuso pero Matías, por su porte y sus lecturas, seguía perteneciendo al siglo XIX y su inteligencia, por donde se la mirara, era una inteligencia en desuso. Desde hacía doce años, cuando por dos veces consecutivas fue aplazado en el examen de bachillerato, no había vuelto a hojear un solo libro de estudios ni a someter una sola cogitación al apetito un poco lánguido de su espíritu. Él siempre achacó sus fracasos académicos a la malevolencia del jurado y a esa especie de amnesia repentina que lo asaltaba sin remisión cada vez que tenía que poner en evidencia sus conocimientos. Pero si no había podido optar al título de abogado, había elegido la prosa y el corbatín del notario: si no por ciencia, al menos por apariencia, quedaba siempre dentro de los límites de la profesión.

Cuando llegó ante la fachada del colegio, se sobreparó en seco y quedó un poco perplejo. El gran reloj del frontis le indicó que llevaba un adelanto de diez minutos. Ser demasiado puntual le pareció poco elegante y resolvió que bien valía la pena caminar hasta la esquina. Al cruzar delante de la verja escolar, divisó un portero de semblante hosco, que vigilaba la calzada, las manos cruzadas a la espalda.

En la esquina del parque se detuvo, sacó un pañuelo y se enjugó la frente. Hacía un poco de calor. Un pino y una palmera, confundiendo sus sombras, le recordaron un verso, cuyo autor trató en vano de identificar. Se disponía a regresar —el reloj del Municipio acababa de dar las once— cuando detrás de la vidriera de una tienda de discos distinguió a un hombre pálido que lo espiaba. Con sorpresa constató que ese hombre no era otra cosa que su propio reflejo. Observándose con disimulo, hizo un guiño, como para disipar esa expresión un poco lóbrega que la mala noche de estudio y de café había grabado en sus facciones. Pero la expresión, lejos de desaparecer, desplegó nuevos signos y Matías comprobó que su calva convalecía tristemente entre los mechones de las sienes y que su bigote caía sobre sus labios con un gesto de absoluto vencimiento.

Un poco mortificado por la observación, se retiró con ímpetu de la vidriera. Una sofocación de mañana estival hizo que aflojara su corbatín de raso. Pero cuando llegó ante la fachada del colegio, sin que en apariencia nada la provocara, una duda tremenda lo asaltó: en ese momento no podía precisar si la Hidra era un animal marino, un monstruo mitológico o una invención de ese doctor Valencia, quien empleaba figuras semejantes para demoler a sus enemigos del Parlamento. Confundido, abrió su maletín para revisar sus apuntes, cuando se percató que el portero no le quitaba el ojo de encima. Esta mirada, viniendo de un hombre uniformado, despertó en su conciencia de pequeño contribuyente tenebrosas asociaciones y, sin poder evitarlo, prosiguió su marcha hasta la esquina opuesta.

Allí se detuvo resollando. Ya el problema de la Hidra no le interesaba: esta duda había arrastrado otras muchísimo más urgentes. Ahora en su cabeza todo se confundía. Hacía de Colbert un ministro inglés, la joroba de Marat la colocaba sobre los hombros de Robespierre y por un artificio de su imaginación, los finos alejandrinos de Chenier iban a parar a los labios del verdugo Sansón. Aterrado por tal deslizamiento de ideas, giró los ojos locamente en busca de una pulpería. Una sed impostergable lo abrasaba.

Durante un cuarto de hora recorrió inútilmente las calles adyacentes. En ese barrio residencial sólo se encontraban salones de peinado. Luego de infinitas vueltas, se dio de bruces con la tienda de discos y su imagen volvió a surgir del fondo de la vidriera. Esta vez Matías la examinó: alrededor de los ojos habían aparecido dos anillos negros que describían sutilmente un círculo que no podía ser otro que el círculo del terror.

Desconcertado, se volvió y quedó contemplando el panorama del parque. El corazón le cabeceaba como un pájaro enjaulado. A pesar de que las agujas del reloj continuaban girando, Matías se mantuvo rígido, testarudamente ocupado en cosas insignificantes, como en contar las ramas de un árbol, y luego en descifrar las letras de un aviso comercial perdido en el follaje.

Un campanazo parroquial lo hizo volver en sí. Matías se dio cuenta de que aún estaba en la hora. Echando mano a todas sus virtudes, incluso a aquellas virtudes equívocas como la terquedad, logró componer algo que podría ser una convicción y, ofuscado por tanto tiempo perdido, se lanzó al colegio. Con el movimiento aumentó su coraje. Al divisar la verja asumió el aire profundo y atareado de un hombre de negocios. Se disponía a cruzarla cuando, al levantar la vista, distinguió al lado del portero a un cónclave de hombres canosos y ensotanados que lo espiaban, inquietos. Esta inesperada composición —que le recordó a los jurados de su infancia— fue suficiente para desatar una profusión de reflejos de defensa y, virando con rapidez, se escapó hacia la avenida.

A los veinte pasos se dio cuenta que alguien lo seguía. Una voz sonaba a sus espaldas. Era el portero.

—Por favor —decía—. ¿No es usted el señor Palomino, el nuevo profesor de historia? Los hermanos lo están esperando.

Matías se volvió, rojo de ira.

—¡Yo soy cobrador! —contestó brutalmente, como si hubiera sido víctima de alguna vergonzosa confusión.

El portero le pidió excusas y se retiró. Matías prosiguió su camino, llegó a la avenida, torció hacia el parque anduvo sin rumbo entre la gente que iba de compras, se resbaló en un sardinel, estuvo a punto de derribar a un ciego y cayó finalmente en una banca, abochornado, entorpecido, como si tuviera un queso por cerebro.

Cuando los niños que salían del colegio comenzaron a retozar a su alrededor, despertó de su letargo. Confundido aún, bajo la impresión de haber sido objeto de una humillante estafa, se incorporó y tomó el camino de su casa. Inconscientemente eligió una ruta llena de meandros. Se distraía. La realidad se le escapaba por todas las fisuras de su imaginación. Pensaba que algún día sería millonario por un golpe de azar. Solamente cuando llegó a la quinta y vio que su mujer lo esperaba en la puerta del departamento, con el delantal amarrado a la cintura, tomó conciencia de su enorme frustración No obstante se repuso, tentó una sonrisa y se aprestó a recibir a su mujer, que ya corría por el pasillo con los brazos abiertos.

—¿Qué tal te ha ido? ¿Dictaste tu clase? ¿Qué han dicho los alumnos?

—¡Magnífico!... ¡Todo ha sido magnífico! —balbuceó Matías—. ¡Me aplaudieron! —pero al sentir los brazos de su mujer que lo enlazaban del cuello y al ver en sus ojos, por primera vez, una llama de invencible orgullo, inclinó con violencia la cabeza y se echó desoladamente a llorar.

(Amberes, 1957)

El jefe

El directorio de la casa Ferrolux, S. A., daba esa noche una fiesta a sus empleados, con motivo de inaugurarse su nuevo club social. En el cuarto piso de un edificio moderno, situado en el centro de Lima, la firma había alquilado cinco piezas que fueron convertidas en sala de baile, bar, biblioteca, billares y guardarropa. En la pared más importante —porque hasta las paredes tienen categorías— se había colocado una fotografía del fundador de la firma y otra del gerente en ejercicio. El resto de la decoración lo constituían pequeños carteles que contenían frases alusivas al trabajo, a la puntualidad, tales como «Piense, luego responda» o «No calcule, verifique», las que formaban un recetario destinado a cuadricular, hasta en sus horas de recreo, el cráneo de los pobres empleados.

Desde las siete de la noche, los empleados comenzaron a llegar. La mayoría venía directamente de la oficina luego de haber hecho una estación en algún bar del camino para beberse un trago y «ponerse a tono». Otros, los que pertenecían a la raza de inventores de protocolos, habían dado el trote hasta su casa para ponerse el terno azul, la corbata de mariposa, y llegaron tarde, naturalmente, oliendo a brillantina.

Eusebio Zapatero, ayudante de contador, fue uno de los que prefirió «ponerse a tono» antes de llegar al club. En la fiesta se esmeró en no dejar pasar una bandeja sin estirar el brazo con prontitud para apoderarse de un vaso de ron con hielo y limón. Gracias a esto se achispó un poco y pudo realizar algunas observaciones interesantes: por ejemplo, lo raro que le resultaba ver en un marco diferente del de la oficina a muchos de sus compañeros de trabajo. En la oficina, casi todos se quitaban el saco, se ponían manguitos para no ensuciarse los puños de la camisa y se subían los anteojos sobre la frente. Todo esto les daba cierto aire de intimidad, de viejo compañerismo. Aquí, en cambio, bien compuestos y pulidos, un poco tiesos delante de tantos jefes que circulaban brindando, parecían acartonados y desplegaban todos los ademanes de la inhibición. Algunos se metían constantemente el dedo entre el cuello de la camisa y la garganta; otros fumaban con avidez y se apoyaban tan pronto sobre una pierna como sobre la otra; unos terceros, dentro de los cuales se encontraba Eusebio, se rascaban la frente o se tiraban maquinalmente de la nariz.

Se bailó hasta las diez de la noche y cuando el directorio observó que entre los circunstantes aparecían los primeros síntomas de embriaguez, se dio por finalizada la fiesta. Después de todo, como se dejó entender, aquello no era una juerga sino un pequeño acto simbólico de júbilo y fraternidad.

—Esto es democracia —dijeron algunos empleados cuando el gerente, para cerrar con gracia la reunión, bailó la última pieza de la noche con una mecanógrafa.

En seguida comenzaron a abandonar el local. Eusebio, que durante gran parte de la ceremonia se había contentado con merodear alrededor de su jefe, el apoderado Felipe Bueno, tratando de integrar los grupos donde aquél se encontraba pero sin atreverse a dirigirle la palabra, fue uno de los últimos en salir del club. Para sorpresa suya, en el grupo de doce personas que ingresó al ascensor, se encontraba el apoderado. La caja descendía velozmente y en su interior se hacían bromas fáciles. Todos tenían los ojos brillantes y un vago anhelo de prolongar un momento la velada.

—Señores, los invito a tomar un trago —dijo el apoderado Felipe Bueno, cuando el ascensor los dejó en el pasillo del edificio.

En el grupo de empleados se levantó un murmullo de entusiasmo. Eusebio luchó de inmediato por ponerse en primera fila, para que la invitación, por un capricho de última hora, no fuera a recortarse en perjuicio de su persona.

—¡Encantado, encantado! —repetía en coro con los demás empleados, sintiendo que su voz, al sumarse a las otras, adquiría una insólita convicción.

—Vamos al bar del hotel Ambassadeur —dijo el apoderado.

El grupo caminó unas cuadras por las calles invernales de Lima. Formaban un comité animado, que recordaba a los integrantes de una comida de ex alumnos. Cuando llegaron al bar, se acodaron en el mostrador y el apoderado Felipe Bueno pidió whisky para todos.

Bebieron tres o cuatro ruedas. La tensión se había relajado. El jefe contaba chistes. Ya los empleados no le decían «señor apoderado» ni «don Felipe Bueno» sino simplemente «oiga usted». A las once se comenzó a hablar de política. Eusebio, para impresionar a su jefe, se embarcó en una discusión sobre la reforma agraria, con otro empleado, pero cuando su adversario le habló del «minifundio», quedó callado, un poco contrito por meterse en cosas que no entendía.

Por la fisura de un corto silencio, algunos empleados se retiraron, con el objeto de no perder el servicio de ómnibus que funcionaba hasta las doce, o por el temor de tener que pagar una rueda de licor. Eusebio, tres colegas más y el apoderado, continuaron bebiendo.

—Hay que tirar de vez en cuando una cana al aire —decía don Felipe Bueno—. Con prudencia, estas cosas hacen bien al espíritu.

Solamente en ese momento Eusebio se dio cuenta que podía aprovechar la coyuntura para solicitar un aumento de sueldo. Después de todo, entre copas todo está permitido. Pero la presencia de los otros empleados lo cohibía. «Esperaré la ocasión», se repetía y comenzó a concebir un odio profundo contra aquellos empleados que le impedían disfrutar con exclusividad de la confianza del jefe. «Los batiré en retirada, los emborracharé», pensaba, demorando su trago.

Pero aquello no fue necesario. Los empleados, bastante mareados ya y temiendo cometer algún desatino, se despidieron del apoderado. Eusebio no se movió.

—Usted es de los que no abandonan el barco —observó el apoderado, mirándolo con curiosidad.

—Vivo cerca —mintió Eusebio—. Pensaba acompañarlo hasta su automóvil.

Don Felipe pagó la cuenta y ambos salieron del hotel. Era más de medianoche. Caminaron un rato silenciosos. Eusebio gozaba secretamente de esa rara confluencia de circunstancias que le permitían caminar a solas con su jefe, por las calles de Lima, a esas horas tan avanzadas. Deseaba que pasara algún conocido para detenerlo por la manga, señalar al apoderado con el pulgar y decir guiñando un ojo: «Mi jefe».

—¡Pero es una tontería! —exclamó de pronto el apoderado consultando su reloj—. Todavía no es la una. Vamos a bebernos un coñac.

Entraron al Negro-Negro. Había música. Ocuparon una mesita en la parte oscura. Eusebio ya no cabía en sí de felicidad.

Hasta las tres de la mañana estuvieron bebiendo coñac. El jefe comenzó a galantear a una mujer que había en el mostrador. Luego regresó a la mesa, rompió una copa, insultó al mozo y comenzó a divagar.

Eusebio creyó que había llegado el momento.

—Señor apoderado... —comenzó.

—¡Nada de apoderados! Yo soy Felipe Bueno... Dígame Felipe Bueno, a secas...

—Señor Felipe Bueno, quería decirle... quería decirle que en los quince años que llevo en la oficina...

—¿Asuntos de oficina? ¡No hablemos de ellos ahora, señor Zapatero! No quiero saber nada con la oficina. ¿No ve que estamos en plan de divertirnos?... Mozo, ¡traiga dos coñacs más!

Eusebio quedó callado. Se dio cuenta que, a pesar de su aturdimiento, el jefe conservaba aún suficiente tino como para defenderse de todo tipo de solicitudes. «Por lo menos esta noche —se dijo— me contentaré con ganarme su confianza.»

Al poco rato el apoderado dijo:

—¡Señor Felipe Bueno para arriba, señor Felipe Bueno para abajo!... ¿Por qué me llama usted Felipe Bueno? ¡Somos dos amigos que estamos tomando unos tragos! Dígame simplemente Felipe.

A partir de ese momento las jerarquías desaparecieron. Comenzaron a tutearse mientras seguían bebiendo. Eusebio se olvidó hasta del aumento de sueldo.

—A mí me dicen Bito... —mascullaba Eusebio—. Todos mis amigos me dicen Bito... Mi nombre es muy feo... Oye Felipe, yo soy Bito, ¿no es verdad? A ver, dime cómo me llamo.

—Pito... —respondió el apoderado.

Ambos se echaron a reír.

—¡Linda noche! —exclamó el apoderado—. Solamente nos falta una mujercita, ¿eh? ¡Éstas son las noches que alegran la vida!... ¡Ah, pero si me viera mi mujer! Me cogería de la solapa y me diría: «Pim, media vuelta y a la casa.»

—¡Te dice Pim! —intervino Eusebio asombrado.

—Es verdad, en mi casa me dicen Pim.

—¡Pim! —repitió Eusebio—. ¿Me dejas que te invite un trago, Pim?

Eusebio pagó los últimos coñacs. Estaban ya completamente borrachos. Cantaron a dúo un vals criollo. Luego se cambiaron las corbatas. A las cinco de la mañana Eusebio tuvo un momento de lucidez.

—¡Pim!, mañana es día de trabajo.

—Es verdad, Bito, me había olvidado.

Cuando salieron a la plaza San Martín, el apoderado se apoyaba en su subalterno y le palmeaba cariñosamente la papada.

—Búscame un taxi, Bito —dijo—. No puedo manejar.

Eusebio introdujo a su jefe en un carro de plaza y se despidió oprimiéndole la mano.

—Hasta mañana, Pim —dijo.

—Chau, Bito.

Tres horas más tarde, Eusebio Zapatero llegó a la oficina con los ojos hinchados y un retraso de diez minutos. Contra su costumbre, saludó a la secretaria alegremente y haciendo una pirueta tiró su sombrero en la percha.

—¿Está Felipe? —preguntó.

La secretaria lo miró sorprendida.

—¿Por quién pregunta usted?

—Por nuestro patrón.

—Está en su despacho.

Eusebio se dirigió hacia la puerta.

—¿Va a entrar así, sin que lo anuncie?

Eusebio se contentó con hacerle un guiño y empujó la puerta. El apoderado estaba sentado frente a su escritorio, ocupado en leer la correspondencia de la mañana. Eusebio se fue acercando sigilosamente y cuando estuvo ante el pupitre adelantó la cabeza y murmuró: «Pim.»

El apoderado levantó rápidamente la cara y quedó mirándolo con una expresión fría, desmemoriada y anónima: la mirada inapelable del jefe.

—Buenos días... señor Eusebio Zapatero —respondió.

Y continuó leyendo sus cartas.

(Lima, 1958)

Una aventura nocturna

A los cuarenta años, Arístides podía considerarse con toda razón como un hombre «excluido del festín de la vida». No tenía esposa ni querida, trabajaba en los sótanos del municipio anotando partidas del Registro Civil y vivía en un departamento minúsculo de la avenida Larco, lleno de ropa sucia, de muebles averiados y de fotografías de artistas prendidas a la pared con alfileres. Sus viejos amigos, ahora casados y prósperos, pasaban de largo en sus automóviles cuando él hacía la cola del ómnibus y si por casualidad se encontraban con él en algún lugar público, se limitaban a darle un rápido apretón de manos en el que se deslizaba cierta dosis de repugnancia. Porque Arístides no era solamente la imagen moral del fracaso sino el símbolo físico del abandono: andaba mal trajeado, se afeitaba sin cuidado y olía a comida barata, a fonda de mala muerte.

De este modo, sin relaciones y sin recuerdos, Arístides era el cliente obligado de los cines de barrio y el usuario perfecto de las bancas públicas. En las salas de los cines, al abrigo de la luz, se sentía escondido y al mismo tiempo acompañado por la legión de sombras que reían o lagrimeaban a su alrededor. En los parques podía entablar conversación con los ancianos, con los tullidos o con los pordioseros y sentirse así partícipe de esa inmensa familia de gentes que, como él, llevaban en la solapa la insignia invisible de la soledad.

Una noche, desertando de sus lugares preferidos, Arístides se echó a caminar sin rumbo por las calles de Miraflores. Recorrió toda la avenida Pardo, llegó al malecón, siguió por la costanera, contorneó el cuartel San Martín, por calles cada vez más solitarias, por barrios apenas nacidos a la vida y que no habían visto tal vez ni siquiera un solo entierro. Pasó por una iglesia, por un cine en construcción, volvió a pasar por la iglesia y finalmente se extravió. Poco después de medianoche erraba por una urbanización desconocida donde comenzaban a levantarse los primeros edificios de departamentos del balneario.

Un café cuya enorme terraza llena de mesitas estaba desierta, llamó su atención. Sobreparándose, pegó las narices a la mampara y observó el interior. El reloj marcaba la una de la mañana. No se veía un solo parroquiano. Tan sólo detrás del mostrador, al lado de la caja,

—Bueno —dijo la dueña levantándose—. Es hora de cerrar el bar.

Conteniendo un bostezo, se dirigió hacia la puerta.

—Me quedo —dijo Arístides, con un tono imperioso que lo sorprendió.

A medio camino, la mujer se volvió:

—Claro. Está convenido —y continuó su marcha.

Arístides se tiró de los puños de la camisa, los volvió a esconder porque estaban deshilachados, se sirvió otra copa, encendió un cigarrillo, lo apagó, lo encendió otra vez. Desde la mesa observaba a la mujer y la lentitud de sus movimientos lo impacientaba. Vio cómo cogía un vaso y lo llevaba hasta el mostrador. Luego hacía lo mismo con un cenicero, con una taza. Cuando todas las mesas quedaron limpias experimentó un enorme alivio. La mujer se dirigió hacia la puerta y en lugar de cerrarla, quedó apoyada en el marco inmóvil, mirando hacia la calle.

—¿Qué hay? —preguntó Arístides.

—Hay que guardar las mesas de la terraza.

Arístides se levantó, maldiciendo entre dientes. Para echarse prosa, avanzó hacia la puerta mientras decía:

—Ésa es cosa de hombres.

Cuando llegó a la terraza sufrió un sobresalto: había una treintena de mesas con su respectiva serie de sillas y ceniceros. Mentalmente calculó que en guardar aquello tardaría un cuarto de hora.

—Si las dejamos afuera se las roban —observó la patrona.

Arístides empezó su trabajo. Primero recogió todos los ceniceros. Luego empezó con las sillas.

—¡Pero no en desorden! —protestó la mujer—. Hay que apilarlas bien para que mañana el mozo haga la limpieza.

Arístides obedeció. A mitad de su labor sudaba copiosamente. Guardaba las mesas, que eran de hierro y pesaban como caballos. La dueña, siempre en el dintel lo miraba trabajar con una expresión amorosa. A veces, cuando él pasaba resoplando a su lado, extendía la mano y le acariciaba los cabellos. Este gesto terminó de reanimar a Arístides, por darle la ilusión de ser el marido cumpliendo sus deberes conyugales para luego ejercer sus derechos.

—Ya no puedo más —se quejó al ver que la terraza seguía llena de mesas, como si éstas se multiplicaran por algún encanto.

—Creí que eras más resistente —respondió la mujer con ironía.

Arístides la miró a los ojos.

—Valor, que ya falta poco —añadió ella, haciéndole un guiño.

Al cabo de media hora, Arístides había dejado limpia la terraza. Sacando su pañuelo se enjugó el sudor. Pensaba si tamaño esfuerzo no comprometería su virilidad. Menos mal que todo el bar estaba a su disposición y que podría reponerse con un buen trago. Se disponía a ingresar al bar, cuando la mujer lo contuvo:

—¡Mi macetero! ¿Lo vas a dejar afuera?

Todavía faltaba el macetero. Arístides observó el gigantesco artefacto a la entrada de la terraza, donde un vulgar geranio se deshojaba. Armándose de coraje se acercó a él y lo levantó en peso. Encorvado por el esfuerzo, avanzó hacia la puerta y, cuando levantó la cabeza, comprobó que la mujer acababa de cerrarla. Detrás del cristal lo miraba sin abandonar su expresión risueña.

—¡Abra! —musitó Arístides.

La patrona hizo un gesto negativo y gracios on el dedo.

—¡Abra! ¿No ve que me estoy doblando?

La mujer volvió a negar.

—¡Por favor, abra, no estoy para bromas!

La mujer corrió el cerrojo, hizo una atenta rever cia y le volvió la espalda. Arístides, sin soltar el macetero, vio cón se alejaba cansadamente, apagando las luces, recogiendo las copas, h a desaparecer por la puerta del fondo. Cuando todo quedó oscuro y e silencio, Arístides alzó el macetero por encima de su cabeza y lo estre contra el suelo. El ruido de la terracota haciéndose trizas lo hizo vol en sí: en cada añico reconoció un pedazo de su ilusión rota. Y tuvo l ensación de una vergüenza atroz, como si un perro lo hubiera orina

(Lima, 1 8)

Vaquita echada

Los cuatro atravesaron la calle desierta, entraron al zaguán, subieron las escaleras y después de empujar la mampara penetraron en la vasta sala alfombrada de rojo. Allí estuvieron un rato silenciosos, deambulando en la penumbra, tropezándose, buscando sillas, ceniceros o simplemente el conmutador de la luz. Bastidas encendió la araña de cristal de roca y, después de prender un cigarrillo, como el silencio continuaba, dejó escapar un suspiro:

—¡Pues sí, es lamentable!

—Sobre todo en las actuales circunstancias —acotó el ingeniero Manrique, acomodándose en un canapé.

—Yo no he dormido en toda la noche —bostezó Gandolfo, mirando vanamente hacia un anaquel donde creyó haber distinguido una botella.

—¡Qué espejos! —exclamó Cantela—. Uno se ve con cara de muerto. ¿Por qué no los vendes, Bastidas? Son verdaderamente horribles.

—Recuerdos de familia —dijo Bastidas—. Además, mi mujer me mataría. Ella cree que son muy elegantes.

—¿La señora todavía no sabe nada? —preguntó Manrique.

—Todavía no —dijo Bastidas—. Se lo diré mañana, cuando se despierte. Es decir, a mediodía. ¿Quieren tomar algo?

Cuando Bastidas salió, Cantela se paseó por el salón, mirando los muebles, las porcelanas.

—Esto no es un salón, es un museo. Yo vendería todo, quitaría esta alfombra que debe tener tierra de siglos y pondría cuatro o cinco muebles modernos.

—¿Viste al viejo Choper? —preguntó Gandolfo—. Estaba en el comedor. Bebió toda la noche.

—Es un roble —añadió Cantela—. Un canalla, además.

Bastidas entraba con una botella de ron.

—Tú lo has dicho, un canalla. Pero un tipo admirable. ¿Saben cuántos años tiene? Nadie lo sabe. Pero lo cierto es que ha enterrado a todos los tarmeños. Yo, desde que tengo uso de razón, lo he visto siempre barbudo pero entero. El único más viejo que él era Cárdenas, el que componía mulizas, pero hace cuatro años que reventó.

—¿Y a qué se dedica Choper? —preguntó Manrique—. Yo siempre lo veo vagando por la plaza.

—Ese viejo es una lechuza —prosiguió Bastidas—. Por la noche ni duerme: enamora. Hace dos años una cocinera mía salió encinta. ¿Quién te lo hizo?, le pregunté: «Choper.»

—Yo he oído decir que su madre lo maldijo —comentó Cantela— y que él la arrastró de los pelos por la plaza de Armas.

—Es verdad —dijo Gandolfo—. Lo vi con mis propios ojos. En esa época yo tenía siete años y venía todos los días a Tarma en la carreta de la leche.

—Ha hecho cosas peores —dijo Bastidas—. Mi padre las sabía todas. Cuando yo estaba chico me contaba las hazañas de Choper y me asustaba con él cuando no tomaba la sopa.

—Una vez ahorcó a un toro —dijo Cantela—. Antes era muy fuerte.

—Pero lo más grave que le pasó fue en época de elecciones, hace una cincuentena de años, cuando los velardistas y los rodriguistas se disputaban una diputación. Choper estaba con los velardistas y el día del sufragio entró a caballo y se robó las ánforas, matando a un policía. Lo persiguieron hasta las alturas de Casapalca, le metieron cinco tiros, lo tiraron a la laguna de Marcapomacocha y para que no saliera más a flote, le rompieron la frente de un varillazo. Al mes estaba otra vez en Tarma y mató a tres rodriguistas.

—Yo no puedo ver sangre —dijo Gandolfo—. Debe ser horrible morir de una hemorragia.

—¡Vaquita echada! —dijo el ingeniero Manrique, acostando su vaso vacío sobre la mesa.

Los demás secaron su vaso y lo acostaron también.

—¿De dónde has sacado ese dicho? —preguntó Cantela—. Eso no es del lugar. ¡Vaquita echada! Parece cosa de niños.

—Es del Cuzco —dijo Manrique—. Allá trabajé dos años. Lo oí decir en un bar, a un profesor de matemáticas.

—¿A qué hora abrirán el correo? —intervino Gandolfo—. Yo quisiera salir de una vez de esto.

—Pero todavía no hemos decidido quién hablará.

—Hagamos lo que dije antes: vamos a jugarlo a la suerte.

—Traite unos dados, Bastidas —dijo Cantela—. O unos naipes. Así nos divertiremos un poco.

Una voz sonó en el fondo de la casa:

—¡Bastidas!

—Esperen, mi mujer me llama. Ya la despertaron con su tertulia. ¿No se sirven un vaso más?

Mientras Bastidas pasaba a los dormitorios, Manrique sirvió otra vez los vasos.

—Ese profesor de matemáticas decía también, cada vez que bebía un trago: «Hay una voz interior.» Nunca supe por qué lo decía. Ni él mismo lo sabía tal vez. Cada borracho tiene sus fórmulas.

—Yo tenía un amigo —dijo Gandolfo— que cada vez que se emborrachaba decía «el proceso». Nada más que esta palabra. Pero la repetía toda la noche, pensativo, como si se tratara de una cosa muy profunda.

Bastidas reapareció.

—Y, ¿ya le dijiste? —preguntó Gandolfo.

—Todavía no; no quiero alarmarla. Que se entere mañana.

—¿Mañana? —dijo Manrique señalando la ventana—. Ya es mañana.

Bastidas se acercó a la ventana y descorrió la gruesa cortina. Entraba una claridad celeste.

—Sí, y dentro de un rato abrirán las oficinas del correo. ¿A qué lo jugamos?

—Al póker —dijo Manrique—. En eso soy imbatible.

—El que gana llamará por teléfono —dijo Cantela—. ¿Quieres tú dar la comisión?

—¡Por nada del mundo! Juguemos entonces a otra cosa.

—¡Ah, la vida, la vida! —se quejó Bastidas, sorbiendo su vaso—. ¿Qué cosa es la vida? Una llamita en la punta de una vela, en un lugar donde sopla un vendaval.

—La vida es una cosa muy frágil —agregó Cantela.

—A mí me harta la filosofía —dijo Gandolfo—. Tengo que regresar a la hacienda. Vamos a salir de esto de una vez. ¿Tienes unos dados? Juguemos a mayor y menor. El que saca menor pierde.

—Eso es —aprobó Manrique—. Así saldremos más rápido.

Bastidas abrió el cajón de una mesita de juego y sacó un cubilete con dados.

—El doctor Céspedes es una buena persona, ¿no les parece? —dijo Gandolfo—. Habla poco, lo cual es raro. Yo conozco a las personas por la manera de reír. Él tiene una risa muy franca, parece que se abriera de par en par cuando se ríe y mostrara, qué sé yo... su corazón.

—Al desnudo —acotó Cantela.

—No te burles —dijo Manrique—. Yo no quisiera estar en su pellejo. ¿Y por qué diablos se le ocurriría irse a Lima?

—Su madre estaba enferma —dijo Bastidas.

—Además no es borracho —añadió Manrique—. Una vez en el Cuzco tuve que ir de urgencia donde un médico para que me curara un uñero que no me dejaba caminar. El pobre estaba borracho como un cerdo. Me operó a la luz de una vela porque cuando estaba en el consultorio se malogró la corriente eléctrica. Por poco me corta el pie, la mala bestia. Total: que me hizo crecer un sexto dedo. En el pie derecho tengo ahora seis dedos. No sé qué me haría este animal.

—Un injerto —dijo Gandolfo.

—Acérquense a la mesa —dijo Bastidas—. Pero antes hagamos un salud.

Cuando todos secaron su vaso, Manrique dijo «Vaquita echada» e hizo rodar su vaso sobre la alfombra.

—«Hay una voz interior» —añadió Gandolfo.

—Juguemos de una vez —opinó Bastidas, agitando el cubilete—. A mayor o menor, ¿no es verdad?

—Simplifiquemos —dijo Cantela—. El que saca el tiro menor pierde.

Bastidas tiró e hizo tres.

—¡Mierda! Menos mal que aún quedan el as y el dos.

Gandolfo hizo sena.

—¿No lo ven? Una suerte de cornudo para los dados.

—Ya puedes irte a tu casa —dijo Cantela—. Y que duermas bien.

Manrique tiró e hizo cuatro.

—Otro que se libra.

—El asunto está entre Cantela y yo —dijo Bastidas—. ¡Ya lo sabía!

Cantela tiró e hizo tres, igual que Bastidas.

—¿No lo decía? Ahora a desempatar.

—Pero antes un traguito —sugirió Manrique—. Y después al mercado, a tomarnos un caldo bien caliente.

Después de brindar, Bastidas tiró los dados y volvió a hacer tres. Cantela tiró e hizo sena.

—¡Ah, vida, vida, vida! —suspiró Bastidas—. ¡Siempre me toca el lado torcido! A resignarse, ahora.

—¿Tú crees que ya hayan abierto? —preguntó Gandolfo—. Yo me muero de sueño. Los acompañaré al correo por solidaridad. ¿Cómo demonios estarán mis vacas?

—¡Vacas! Estoy seguro que nunca has apretado una ubre —dijo Bastidas—. Tú conoces a las vacas como las conocen los que sólo las han visto pintadas en los paquetes de mantequilla.

—Para eso tengo mis cholos —dijo Gandolfo—. Una vaca es solamente, para mí, tantos soles por día. ¿Y tú alguna vez has capado un carnero?

—Los he desollado también y me los he comido. Me he comido hasta sus huevos. ¿No ves que hasta tengo cara de carnero?

—Bueno, en camino —dijo Cantela—. Tengo que abrir mi botica a las siete.

—¿No hacemos otra vaquita echada? —preguntó Manrique.

—La última —aprobó Bastidas sirviendo los vasos—. Tengo que templarme el ánimo para hablar como un caballero.

—¿Qué le vas a decir? —preguntó Gandolfo—. Yo me vería en un lío.

—Ya lo inventaré —dijo Bastidas—. ¡Salud!

Después de hacer el último brindis, los cuatro abandonaron el salón, bajaron las escaleras y se encontraron en la calle Lima. Andando por el centro de la pista —a esa hora no pasaba un solo carro— atravesaron la acequia de Mantarana y llegaron a la oficina de correos. La puerta estaba cerrada.

—Aquí nadie trabaja —protestó Bastidas—. Ya son más de las siete.

—Demos una vuelta por la plaza —aconsejó Cantela—. Así echaré una ojeada a mi botica.

Pasearon un rato por el pequeño cuadrilátero sombreado de palmeras serranas. En la catedral comenzaron a tañer las campanas.

—¿Ustedes saben que a las personas del coro las invitan después del canto pasteles y cerveza? —dijo Bastidas—. Dejan un azafate allí, en la torre, detrás de la puerta que comunica con el coro. Cuando era chico subí con mi hermano Jacinto a la torre, durante la misa, nos tomamos la cerveza y nos orinamos en las botellas. Nunca supe qué pasó después.

—Las ocho —dijo Cantela—. Me voy a la botica. ¿No ven un tipo parado allí? Debe ser un cliente.

—Tú vienes con nosotros —dijo Gandolfo, aferrándolo del brazo—. No te nos escapas. Bastidas hablará pero nosotros tenemos que estar a su lado.

Los cuatro se cogieron del brazo y fueron hacia la oficina de Correos. Acababa de abrir.

—Tengo que hacer una llamada a Lima —dijo Bastidas a la telefonista—. Déme la guía.

Después de hojear en la letra C, ordenó a la telefonista que lo comunicara con el 58666.

—Pase a la cabina número uno —dijo la telefonista—. Yo le indicaré cuándo debe levantar el fono.

Los cuatro avanzaron hacia la cabina.

—Aquí no entramos todos —dijo Bastidas—. Por lo menos uno quédese a mi lado.

—¡Estás pálido, Bastidas! —dijo Gandolfo—. Ahora sí que pareces un carnero.

—Mejor deja la puerta abierta —dijo Cantela—. Los tres nos quedaremos en la puerta como un solo hombre.

—Todos para uno, uno para todos —bostezó Manrique.

—¡Ya puede hablar! —gritó la telefonista.

Bastidas descolgó el fono, mientras sus tres amigos se reunían en la puerta.

—Enciéndanme un cigarrillo —dijo Bastidas a sus amigos—. ¿Aló? ¿La casa de la familia Céspedes? Sí, una llamada de Tarma. Con el doctor Herminio Céspedes, por favor. —A sus amigos—: ¡Lo van a despertar!

—¿Qué le pasa a esas manitas que tiemblan? —dijo Cantela— Vamos, tira una pitada a ese cigarro y acuérdate cuando toreábamos en los potreros. ¿Saben ustedes que Bastidas era un gran torero?

—Claro —dijo Gandolfo—. Cuando teníamos quince años...

—¡Cállense! —ordenó Bastidas—. ¿Aló? ¿Con el doctor Céspedes? De Tarma, le habla Bastidas...

Se produjo un silencio. Los tres amigos miraban la cara de Bastidas.

—Es por algo muy serio... Su mujer...

Bastidas puso la mano sobre el fono. A sus amigos:

—¡Me pregunta si ha dado a luz! ¿Qué le digo?

Cantela hizo un gesto de impaciencia. Manrique volteó la cara, malhumorado, hacia la calle.

—Vaquita echada —susurró Gandolfo.

—No, doctor —continuó Bastidas—. Es algo muy doloroso. Su mujer murió anoche de una hemorragia... Fue un parto prematuro. El niño también... Nosotros... sus amigos de Tarma... en fin... nosotros queremos decirle... le testimoniamos...

—¡Pero no tartamudees, caramba! —protestó Cantela.

Bastidas cubrió el fono con la mano:

—¿Pero qué quieren que le diga? ¡Si está llorando!

Alargando el auricular, lo hizo circular por los oídos de sus amigos.

—Lo mejor es que cortes —dijo Gandolfo.

—¿Aló? —continuó Bastidas—. ¿Me escucha usted, doctor Céspedes? ¿Aló?... ¡Imposible seguir hablando! —y cortó la comunicación.

Los cuatro caminaron en silencio hacia la puerta.

—Póngame la llamada en mi cuenta —dijo Bastidas a la telefonista.

Cuando estuvieron en la calzada respiraron un poco aliviados el aire de la mañana.

—Iremos al mercado a tomar desayuno —sugirió Manrique.

—Sí —dijo Bastidas, iniciando la marcha—. ¿Saben que me han hecho mayordomo de la feria de Santa Ana?

Al llegar a Sequialta, Gandolfo se arrancó a correr y le dio una soberbia patada a una lata vacía de leche Gloria.

—¡Vaquita echada! —gritó Manrique.

Los cuatro se echaron a reír.

(París, 1961)

De color modesto

Lo primero que hizo Alfredo al entrar a la fiesta fue ir directamente al bar. Allí se sirvió dos vasos de ron y luego, apoyándose en el marco de una puerta, se puso a observar el baile. Casi todo el mundo estaba emparejado, a excepción de tres o cuatro tipos que, como él, rondaban por el bar o fumaban en la terraza un cigarrillo.

Al poco tiempo comenzó a aburrirse y se preguntó para qué había venido allí. Él detestaba las fiestas, en parte porque bailaba muy mal y en parte porque no sabía qué hablar con las muchachas. Por lo general, los malos bailarines retenían a su pareja con una charla ingeniosa que disimulaba los pisotones e, inversamente, los borricos que no sabían hablar aprendían a bailar tan bien que las muchachas se disputaban por estar en sus brazos. Pero Alfredo, sin las cualidades de los unos ni de los otros, pero con todos sus defectos, era un ser condenado a fracasar infaliblemente en este tipo de reuniones.

Mientras se servía el tercer vaso de ron, se observó en el espejo del bar. Sus ojos estaban un poco empañados y algo en la expresión blanda de su cara indicaba que el licor producía sus efectos. Para despabilarse, se acercó al tocadiscos donde un grupo de muchachas elegía alegremente las piezas que luego tocarían.

—Pongan un bolero —sugirió.

Las muchachas lo miraron con sorpresa. Sin duda se trataba de un rostro poco familiar. Las fiestas de Miraflores, a pesar de realizarse semanalmente en casas diferentes, congregaban a la misma pandilla de jovenzuelos en busca de enamorada. De esos bailes sabatinos en residencias burguesas salían casi todos los noviazgos y matrimonios del balneario.

—Nos gusta más el mambo —respondió la más osada de las muchachas—. El bolero está bien para los viejos.

Alfredo no insistió pero mientras regresaba al bar se preguntó si esa alusión a los viejos tendría algo que ver con su persona. Volvió a observarse en el espejo. Su cutis estaba terso aún pero era en los ojos donde una precoz madurez, pago de voraces lecturas, parecía haberse aposentado. «Ojos de viejo», pensó Alfredo desalentado, y se sirvió un cuarto vaso de ron.

Mientras tanto, la animación crecía a su alrededor. La fiesta, fría al comienzo, iba tomando punto. Las parejas se soltaban para contorsionarse. Era la influencia de la música afrocubana, suprimiendo la censura de los pacatos e hipócritas habitantes de Lima. Alfredo caminó hasta la terraza y miró hacia la calle. En la calzada se veían ávidos ojos, cabezas estiradas, manos aferradas a la verja. Era gente del pueblo, al margen de la alegría.

Una voz sonó a sus espaldas:

—¡Alfredo!

Al voltear la cabeza se encontró con un hombrecillo de corbata plateada, que lo miraba con incredulidad.

—Pero, ¿qué haces aquí, hombre? Un artista como tú...

—He venido acompañando a mi hermana.

—No es justo que estés solo. Ven, te voy a presentar unas amigas.

Alfredo se dejó remolcar por su amigo entre los bailarines, hasta una segunda sala, donde se veían algunas muchachas sentadas en un sofá. Una afinidad notoria las había reunido allí: eran feas.

—Aquí les presento a un amigo —dijo, y sin añadir nada más, lo abandonó.

Las muchachas lo miraron un momento y luego siguieron conversando. Alfredo se sintió incómodo. No supo si permanecer allí o retirarse. Optó heroicamente por lo primero pero tieso, sin abrir la boca, como si fuera un ujier encargado de vigilarlas. Ellas elevaban de cuando en cuando la vista y le echaban una rápida mirada, un poco asustadas. Alfredo encontró la idea salvadora. Sacó su paquete de cigarrillos y lo ofreció al grupo.

—¿Fuman?

La respuesta fue seca:

—No, gracias.

Por su parte, encendió uno y al echar la primera bocanada de humo, se sintió más seguro. Se dio cuenta que tendría que iniciar una batalla.

—¿Ustedes van al cine?

—No.

Aún aventuró una tercera pregunta:

—¿Por qué no abrirán esa ventana? Hace mucho calor.

Esta vez fue peor: ni siquiera obtuvo respuesta. A partir de ese momento ya no despegó los labios. Las muchachas, intimidadas por esa presencia silenciosa, se levantaron y pasaron a la otra sala. Alfredo quedó solo en la inmensa habitación, sintiendo que el sudor empapaba su camisa.

El hombrecillo de la corbata plateada reapareció.

—¿Cómo?, ¿sigues parado allí? ¡No me dirás que no has bailado!

—Una pieza —mintió Alfredo.

—Seguramente que todavía no has saludado a mi hermana. Vamos, está aquí con su enamorado.

Ambos pasaron a la sala vecina. La dueña del santo bailaba un vals criollo con un cadete de la Escuela Militar.

—Elsa, aquí Alfredo quiere saludarte.

—¡Ahora que termine la pieza! —respondió Elsa sin interrumpir sus rápidas volteretas. Alfredo quedó cerca, esperando, meditando uno de los habituales saludos de cumpleaños. Pero Elsa empalmó ese baile con el siguiente y en seguida, del brazo del cadete, se encaminó alegremente hacia el comedor, donde se veía una larga mesa repleta de bocaditos.

Alfredo, olvidado, se acercó una vez más al bar. «Tengo que bailar», se dijo. Era ya una cuestión de orden moral. Mientras bebía el quinto trago, buscó en vano a su hermana entre los concurrentes. Su mirada se cruzó con la de dos hombres maduros que observaban lujuriosamente a las niñas y de inmediato se vio asaltado por un torbellino de pensamientos lúcidos y lacerantes. ¿Qué podía hacer él, hombre de veinticinco años, en una fiesta de adolescentes? Ya había pasado la edad de cobijarse «a la sombra de las muchachas en flor». Esta reflexión trajo consigo otras, más reconfortantes, y lanzando la vista en torno suyo, trató de ubicar alguna chica mayor a quien no intimidaran sus modales ni su inteligencia.

Cerca del vestíbulo había tres o cuatro muchachas un poco marchitas, de aquellas que han dejado pasar su bella época, obsesionadas por algún amor loco y frustrado, y que llegan a la treintena sin otra esperanza que la de hacer, ya que no un matrimonio de amor, por lo menos uno de fortuna.

Alfredo se acercó. Su paso era un poco inseguro, al extremo que algunas parejas con las que tropezó, lo miraron airadas. Al llegar al grupo tuvo una sorpresa: una de las muchachas era una antigua vecina de su infancia.

—No me digas que he cambiado mucho —dijo Corina—. Me vas a hacer sentir vieja —y lo presentó al resto del grupo.

Alfredo departió un rato con ellas. Las cinco copas de ron lo frivolizaban lo suficiente como para responder a la andanada de preguntas estúpidas. Advirtió que había un clima de interés en torno a su persona.

—¿Ya habrás terminado tu carrera? —indagó Corina.

—No. La dejé —respondió francamente Alfredo.

—¿Estás trabajando en algún sitio?

—No.

—¡Qué suerte! —intervino una de las chicas— Para no trabajar habrá que tener muy buena renta.

Alfredo la miró: era una mujer morena, bastante provocativa y sensual. En el fondo de sus ojos verdes brillaba un punto dorado, codicioso.

—Pero, entonces, ¿a qué te dedicas? —preguntó Corina.

—Pinto.

—Pero... ¿de eso se puede vivir? —inquirió la morena, visiblemente intrigada.

—No sé a qué le llamará usted vivir —dijo Alfredo—. Yo sobrevivo, al menos.

A su alrededor se creó un silencio ligeramente decepcionado. Alfredo pensó que era el momento de sacar a bailar a alguien, pero sólo tocaban la maldita música afrocubana. Se arriesgaba ya a extender la mano hacia la morena, cuando un hombre calvo, elegante, con dos puños blancos de camisa que sobresalían insolentemente de las mangas de su saco, irrumpió en el grupo como una centella.

—¡Ya todo está arreglado, regio! —exclamó—. Mañana iremos a Chosica con Ernesto y Jorge. Las tres hermanas Puertas vendrán con nosotros. ¿No les parece regio? Lo mismo que Carmela y Roxana.

Hubo un estallido de alegría.

—Te presento a un amigo —dijo Corina, señalando a Alfredo.

El calvo le estrechó efusivamente la mano.

—Regio, si quiere puede venir también con nosotros. Nos va a faltar sitio para Elsa y su prima. ¿Quiere usted llevarlas en su carro?

Alfredo se sintió enrojecer.

—No tengo carro.

El calvo lo miró perplejo, como si acabara de escuchar una cosa absolutamente insólita. Un hombre de veinticinco años que no tuviera carro en Lima podría pasar por un perfecto imbécil. La morena se mordió los labios y observó con más atención el terno, la camisa de Alfredo. Luego le volvió lentamente la espalda.

El vacío comenzó. El calvo había acaparado la atención del grupo, hablando de cómo se distribuirían en los carros, cómo se desarrollaría el programa del domingo.

—¡Tomaremos el aperitivo en Los Ángeles! Luego almorzaremos en Santa María, ¿no les parece regio? Más tarde haremos un poco de *footing*...

Alfredo se dio cuenta de que allí también sobraba. Poco a poco, pretextando mirar los cuadros, se fue alejando del grupo, se tropezó con un cenicero y cuando llegó al bar, escuchó aún la voz del calvo que bramaba:

—¡Almorzaremos en el río, regio!

—¡Un ron! —dijo a la chica que estaba detrás del mostrador.

La chica lo miró enojada.

—¿No ha oído? ¡Un ron!

—Sírvaselo usted. Yo no soy la sirvienta —contestó, y se retiró de prisa.

Alfredo se sirvió un vaso hasta el borde. Volvió a mirarse en el espejo. Un mechón de pelo había caído sobre su frente. Sus ojos habían envejecido aún más. «Su mirada era tan profunda que no se la podía ver», musitó. Vio sus labios apretados: signo de una naciente agresividad.

Cuando se disponía a servirse otro, divisó a su hermana que atravesaba la sala. De un salto estuvo a su lado y la cogió del brazo.

—Elena, vamos a bailar.

Elena se desprendió vivamente.

—¿Bailar entre hermanos? ¡Estás loco! Además, estás apestando a licor. ¿Cuántas copas te has tomado? ¡Anda, lávate la cara y enjuágate la boca!

A partir de ese momento, Alfredo erró de una sala a otra, exhibiendo descaradamente el espectáculo de su soledad. Estuvo en la terraza mirando el jardín, fumó cigarrillos cerca del tocadiscos, bebió más tragos en el bar, rehusó la simpatía de otros solitarios que querían hacer observaciones irónicas sobre la vida social y por último se cobijó bajo las escaleras, cerca de la puerta que daba al oficio. El ron le quemaba las entrañas.

Al segundo golpe, la puerta del oficio se abrió y una mucama asomó la cabeza.

—Déme un vaso de agua, por favor.

La mucama dejó la puerta entreabierta y se alejó, dando unos pasos de baile. Alfredo observó que en el interior de la cocina, la servidumbre, al mismo tiempo que preparaba el arroz con pato, celebraba, a su manera, una especie de fiesta íntima. Una negra esbelta cantaba y se meneaba con una escoba en los brazos. Alfredo, sin reflexionar, empujó la puerta y penetró en la cocina.

—Vamos a bailar —dijo a la negra.

La negra rehusó, disforzándose, riéndose, rechazándolo con la mano pero incitándolo con su cuerpo. Cuando estuvo arrinconada contra la pared, dejó de menearse.

—¡No! Nos pueden ver.

La mucama se acercó, con el vaso de agua.

—Baila no más —dijo—. Cerraré la puerta. ¿Por qué no nos vamos a divertir nosotros también?

Los parlamentos continuaron, hasta que al fin la negra cedió.

—Solamente hasta que termine esta pieza —dijo.

Mientras la mucama cerraba la puerta con llave, Alfredo atenazó a la negra y comenzó a bailar. En ese momento se dio cuenta que bailaba bien, quizá por ese sentido del ritmo que el alcohol da cuando no lo quita o simplemente por la agilidad con que su pareja lo seguía. Cuando esa pieza terminó, empezaron la siguiente. La negra aceptaba la presión de su cuerpo con una absoluta responsabilidad.

—¿Tú trabajas aquí?

—No, en la casa de al lado. Pero he venido para ayudar un poco y para mirar.

Terminaron de bailar esa pieza, entre cacerolas y tufos de comida. El resto de la servidumbre seguía trabajando y, a veces, interrumpiéndose, los miraban para reírse y hacer comentarios graciosos.

—¡Apagaremos la luz!

—¿Qué cosa hay allí? —preguntó Alfredo, señalando una mampara al fondo de la cocina.

—El jardín, creo.

—Vamos.

La negra protestó.

—Vamos —insistió Alfredo—. Allí estaremos mejor.

Al empujar la mampara se encontraron en una galería que daba sobre el jardín interior. Había una agradable penumbra. Alfredo apoyó su mejilla contra la mejilla negra y bailó despaciosamente. La música llegaba muy débil.

—Es raro estar así, ¿no es verdad? —dijo la negra—. ¡Qué pensarán los patrones!

—No es raro —dijo Alfredo—. ¿Tú no eres acaso una mujer?

Durante largo rato no hablaron. Alfredo se dejaba mecer por un extraño dulzor, donde la sensualidad apenas intervenía. Era más bien un sosiego de orden espiritual, nacido de la confianza en sí mismo readquirida, de su posibilidad de contacto con los seres humanos.

Una gritería se escuchó en el interior de la casa.

—¡La torta! ¡Van a partir la torta!

Antes de que Alfredo se percatara de lo que sucedía, se encendió la luz de la galería, se abrió la puerta del jardín y una fila de alegres parejas irrumpió, cogidas de la cintura, formando un ruidoso tren, tocando pitos, gritando a voz en cuello:

—¡Vengan todos que van a partir la torta!

Alfredo tuvo tiempo de observar algo más: no habían estado solos en la galería. En las mesitas cobijadas a la sombra de la enramada, algunas parejas se habían refugiado y ahora, sorprendidas también, se despertaban como de un sueño.

El ruidoso tren dio unas vueltas por el jardín y luego se encaminó hacia la galería. Al llegar delante de Alfredo y de la negra, la gritería cesó. Hubo un corto silencio de estupor y el tren se desbandó hacia el interior de la casa. Incluso las parejas, desde el fondo de los sillones, se levantaron y los hombres partieron, arrastrando a sus mujeres de la mano. Alfredo y la negra quedaron solos.

—¡Qué estúpidos! —dijo sonriendo—. ¿Qué les sucede?

—Me voy —dijo la negra, tratando de zafarse.

—Quédate. Vamos a seguir bailando.

Por la fuerza la retuvo de la mano. Y la hubiera abrazado nuevamente, si es que un grupo de hombres, entre los cuales se veía al dueño de la casa y al hombrecillo de la corbata plateada, no apareciera por la puerta de la cocina.

—¿Qué escándalo es éste? —decía el dueño, moviendo la cabeza.

—Alfredo —balbuceó el hombrecillo—. No te las des de original.

—¿No tiene usted respeto por las mujeres que hay acá? —intervino un tercer caballero.

—Váyase usted de mi casa —ordenó el dueño a la negra—. No quiero verla más por aquí. Mañana hablaré con sus patrones.

—No se va —respondió Alfredo.

—Y usted sale también con ella, ¡caramba!

Algunas mujeres asomaban la cabeza por la puerta de la cocina. Alfredo creyó reconocer a su hermana que, al verlo, dio media vuelta y se alejó a la carrera.

—¿No ha oído? ¡Salga de aquí!

Alfredo examinó al dueño de casa y, sin poderse contener, se echó a reír.

—Está borracho —dijo alguien.

Cuando terminó de reír, Alfredo soltó el brazo de la negra.

—Espérame en la calle Madrid —y abotonándose el saco con dignidad, sin despedirse de nadie, atravesó la cocina, la sala donde el baile se había interrumpido, el jardín, y, por último, la verja de madera.

«Caballísimo de mí», pensó mientras se alejaba hacia su casa, encendiendo un cigarrillo. Al llegar a su bajo muro se detuvo: por la ventana abierta de la sala se veía su padre, de espaldas, leyendo un periódico. Desde que tenía uso de razón había visto a su padre a la misma hora en la misma butaca, leyendo el mismo periódico. Un rato permaneció allí. Luego se mojó la cabeza en el caño del jardín y se encaminó a la calle Madrid.

La negra estaba esperándolo. Se había quitado su mandil de servicio y en el apretado traje de seda su cuerpo resaltaba con trazos simples y perentorios, como un tótem de madera. Alfredo la cogió de la mano y la arrastró hacia el malecón, lamentando no tener plata para llevarla al cine. Caminaba contento, en silencio, con la seguridad del hombre que reconduce a su hembra.

—¿Por qué hace usted esto? —preguntó la negra.

—¡Va! No interesa.

—Mañana no se acordará de nada.

Alfredo no respondió. Estaba otra vez al lado de su casa. Pasando su brazo sobre el hombro femenino, se apoyó en el muro y quedó mirando por la ventana, donde su padre continuaba leyendo el periódico. Alguna intuición debió tener su padre, porque fue volteando lentamente la cabeza. Al distinguir a Alfredo y a la negra, quedó un instante perplejo. Luego se levantó, dejó caer el periódico y tiró con fuerza los postigos de la ventana.

—Vamos al malecón —dijo Alfredo.

—¿Quién es ese hombre?

—No lo conozco.

Esa parte del malecón era sombría. Por allí se veían automóviles detenidos, en cuyo interior se alocaban y cedían las vírgenes de Miraflores. Se veían también parejas recostadas contra la baranda del malecón que daba al barranco. Alfredo anduvo un rato con la negra y se sentó por último en el parapeto.

—¿No quieres mirar el mar? —preguntó—. Saltamos al otro lado y estamos a un paso del barranco.

—¡Qué dirá la gente! —protestó la negra.

—¡Tú eres más burguesa que yo!... Ven, sígueme. Todo el mundo viene a mirar el mar.

Ayudándola a salvar la baranda, caminaron un poco por el desmonte hasta llegar al borde del barranco. El ruido del mar subía incansable, aterrador. Al fondo se veía la espuma blanca de las olas estrellándose contra la playa de piedras. El viento los hacía vacilar.

—¿Y si nos suicidamos? —preguntó Alfredo—. Será la mejor manera de vengarnos de toda esta inmundicia.

—Tírese usted primero y yo lo sigo —rió la negra.

—Comienzas a comprenderme —dijo Alfredo, y cogiendo a la negra de los hombros, la besó rápidamente en la boca.

Luego emprendieron el retorno. Alfredo sentía nacer en sí una incomprensible inquietud. Estaban saltando la baranda cuando un faro poderoso los cegó. Se escuchó el ruido de las portezuelas de un carro que se abrían y se cerraban con violencia y pronto dos policías estuvieron frente a ellos.

—¿Qué hacían allá abajo?, ¡a ver, sus papeles!

Alfredo se palpó los bolsillos y terminó mostrando su Libreta Electoral.

—Han estado planeando en el barranco, ¿no?

—Fuimos a mirar el mar.

—Te están tomando el pelo —intervino el otro policía—. Vamos a llevarlos a la cana. Con una persona de color modesto no se viene a estas horas a mirar el mar.

Alfredo sintió nuevamente ganas de reír.

—A ver —dijo acercándose al guardia—. ¿Qué entiende usted por gente de color modesto? ¿Es que esta señorita no puede ser mi novia?

—No puede ser.

—¿Por qué?

—Porque es negra.

Alfredo rió nuevamente.

—¡Ahora me explico por qué usted es policía!

Otras parejas pasaban por el malecón. Eran parejas de blancos. La policía no les prestaba atención.

—Y a ésos, ¿por qué no les pide sus papeles?

—¡No estamos aquí para discutir! Suban al patrullero.

Esas situaciones se arreglaban de una sola manera: con dinero. Pero Alfredo no tenía un céntimo en el bolsillo.

—Yo subo encantado —dijo—. Pero a la señorita la dejan partir.

Esta vez los guardias no respondieron sino que, cogiendo a ambos de los brazos, los metieron por la fuerza en el interior del vehículo.

—¡A la comisaría! —ordenaron al conductor.

Alfredo encendió un cigarrillo. Su inquietud se agudizaba. El aire de mar había refrescado su inteligencia. La situación le parecía inaceptable y se disponía a protestar, cuando sintió la mano de la negra que buscaba la suya. Él la oprimió.

—No pasará nada —dijo, para tranquilizarla.

Como era sábado, el comisario debía haberse ido de parranda, de modo que sólo se encontraba el oficial de guardia, jugando al ajedrez con un amigo. Levantándose, dio una vuelta alrededor de Alfredo y de la negra, mirándolos de pies a cabeza.

—¿No serás tú una polilla? —preguntó echando una bocanada de humo en la cara de la negra—. ¿Trabajas en algún sitio?

—La señorita es amiga mía —intervino Alfredo—. Trabaja en una calle de la casa José Gálvez. Puedo garantizar por ella.

—Y por usted, ¿quién garantiza?

—Puede llamar por teléfono para cerciorarse.

—Están prohibidos los planes en el malecón —prosiguió el oficial—. ¿Usted sabe lo que es un delito contra las buenas costumbres? Hay un libro que se llama Código Penal y que habla de eso.

—No sé si será para usted delito pasearse con una amiga.

—En la oscuridad sí y más con una negra.

—Estaban abrazados, mi teniente —terció un policía.

—¿No ve? Esto le puede costar veinticuatro horas de cárcel y la foto de ella puede salir en *Última Hora.*

—¡Todo esto me parece grotesco! —exclamó Alfredo, impaciente—. ¿Por qué no nos dejan partir? Repito, además, que esta señorita es mi novia.

—¡Su novia!

El oficial se echó a reír a mandíbula batiente y los policías, por disciplina, lo imitaron. Súbitamente dejó de reír y quedó pensativo.

—No crea que soy un imbécil —dijo aproximándose a Alfredo—. Yo también, aunque uniformado, tengo mi culturita. ¿Por qué no hacemos una cosa? Ya que esta señorita es su novia, sígase paseando con ella. Pero eso sí, no en el malecón, allí los pueden asaltar. ¿Qué les parece si van al parque Salazar? El patrullero los conducirá.

Alfredo vaciló un momento.

—Me parece muy bien —respondió.

—¡Adelante, entonces! —rió el teniente—. ¡Llévenlos al parque Salazar!

Nuevamente en el patrullero, Alfredo permaneció silencioso. Pensaba en la inclemente iluminación del parque Salazar, especie de vitrina de la belleza vecinal. La negra buscó su mano, pero esta vez Alfredo la estrechó sin convicción.

—Tengo vergüenza —le susurró al oído.

—¡Qué tontería! —contestó él.

—¡Por ti, por ti es que tengo vergüenza!

Alfredo quiso hacerle una caricia pero las luces del parque aparecieron.

—Déjennos aquí no más —pidió a los policías—. Les prometo que nos pasearemos por el parque.

El patrullero se detuvo a cien metros de distancia.

—Vigilaremos un rato —dijeron.

Alfredo y la negra descendieron. Bordeando siempre el malecón, comenzaron a aproximarse al parque. La negra lo había cogido tímidamente del brazo y caminaba a su lado, sin levantar la mirada, como si ella también estuviera expuesta a una incomprensible humillación. Alfredo, en cambio, con la boca cerrada, no desprendía la mirada de esa compacta multitud que circulaba por los jardines y de la cual brotaba un alegre y creciente murmullo. Vio las primeras caras de las lindas muchachas miraflorinas, las chompas elegantes de los apuestos muchachos, los carros de las tías, los autobuses que descargaban pandillas de juventud, todo ese mundo despreocupado, bullanguero, triunfante, irresponsable y despótico calificador. Y como si se internara en un mar embravecido, todo su coraje se desvaneció de un golpe.

—Fíjate —dijo—. Se me han acabado los cigarros. Voy hasta la esquina y vuelvo. Espérame un minuto.

Antes de que la negra respondiera, salió de la vereda, cruzó entre dos automóviles y huyó rápido y encogido, como si desde atrás lo amenazara una lluvia de piedras. A los cien pasos se detuvo en seco y volvió la mirada. Desde allí vio que la negra, sin haberlo esperado, se alejaba cabizbaja, acariciando con su mano el borde áspero del parapeto.

(París, 1961)

Tres historias sublevantes

El Perú es un país grande y rico, situado en América del Sur, que se divide en tres zonas: costa, sierra y montaña.
(De un viejo texto escolar de geografía.)

Al pie del acantilado

A Hernando Cortés

Nosotros somos como la higuerilla, como esa planta salvaje que brota y se multiplica en los lugares más amargos y escarpados. Véanla cómo crece en el arenal, sobre el canto rodado, en las acequias sin riego, en el desmonte, alrededor de los muladares. Ella no pide favores a nadie, pide tan sólo un pedazo de espacio para sobrevivir. No le dan tregua el sol ni la sal de los vientos del mar, la pisan los hombres y los tractores, pero la higuerilla sigue creciendo, propagándose, alimentándose de piedras y de basura. Por eso digo que somos como la higuerilla, nosotros, la gente del pueblo. Allí donde el hombre de la costa encuentra una higuerilla, allí hace su casa porque sabe que allí podrá también él vivir.

Nosotros la encontramos al fondo del barranco, en los viejos baños de Magdalena. Veníamos huyendo de la ciudad como bandidos porque los escribanos y los policías nos habían echado de quinta en quinta y de corralón en corralón. Vimos la planta allí, creciendo humildemente entre tanta ruina, entre tanto patillo muerto y tanto derrumbe de piedras, y decidimos levantar nuestra morada.

La gente decía que esos baños fueron famosos en otra época, cuando los hombres usaban escarpines y las mujeres se metían al agua en camisón. En ese tiempo no existían las playas de Agua Dulce y La Herradura. Dicen también que los últimos concesionarios del establecimiento no pudieron soportar la competencia de las otras playas ni la soledad ni los derrumbes y que por eso se fueron llevándose todo lo que pudieron: se llevaron las puertas, las ventanas, todas las barandas y las tuberías. El tiempo hizo lo demás. Por eso, cuando nosotros llegamos, sólo encontramos ruinas por todas partes, ruinas y, en medio de todo, la higuerilla.

Al principio no supimos qué comer y vagamos por la playa buscando conchas y caracoles. Después recogimos esos bichos que se llaman muy-muy, los hervimos y preparamos un caldo lleno de fuerza, que nos emborrachó. Más tarde, no recuerdo cuándo, descubrimos a un kilómetro de allí una caleta de pescadores donde mi hijo Pepe y yo trabajamos durante un buen tiempo, mientras Toribio, el menor, hacía la cocina. De este modo aprendimos el oficio, compramos cordeles, anzuelos y comenzamos a trabajar por nuestra propia cuenta, pescando toyos, robalos, bonitos, que vendíamos en la paradita de Santa Cruz.

Así fue como empezamos, yo y mis dos hijos, los tres solos. Nadie nos ayudó. Nadie nos dio jamás un mendrugo ni se lo pedimos tampoco a nadie. Pero al año ya teníamos nuestra casa en el fondo del barranco y ya no nos importaba que allá arriba la ciudad fuera creciendo y se llenara de palacios y de policías. Nosotros habíamos echado raíces sobre la sal.

Nuestra vida fue dura, hay que decirlo. A veces pienso que San Pedro, el santo de la gente del mar, nos ayudó. Otras veces pienso que se rió de nosotros y nos mostró, a todo lo ancho, sus espaldas.

Esa mañana que Pepe vino corriendo al terraplén de la casa, con los pelos parados, como si hubiera visto al diablo, me asusté. Él venía de las filtraciones de agua dulce que caen por las paredes del barranco. Cogiéndome del brazo me arrastró hasta el talud al pie del cual estaba nuestra casa y me mostró una enorme grieta que llegaba hasta el nivel de la playa. No supimos cómo se había hecho, ni cuándo, pero lo cierto es que estaba allí. Con un palo exploré su profundidad y luego me senté a cavilar sobre el pedregullo.

—¡Somos unos imbéciles! —maldije—. ¿Cómo se nos ha ocurrido construir nuestra casa en este lugar? Ahora me explico por qué la gente no ha querido nunca utilizar este terraplén. El barranco se va derrumbando cada cierto tiempo. No será hoy ni mañana, pero cualquier día de estos se vendrá abajo y nos enterrará como a cucarachas. ¡Tenemos que irnos de aquí!

Esa misma mañana recorrimos toda la playa, buscando un nuevo refugio. La playa, digo, pero hay que conocer esta playa: es apenas una pestaña entre el acantilado y el mar. Cuando hay mar brava, las olas trepan por la ribera y se estrellan contra la báse del barranco. Luego subimos por la quebrada que lleva a la ciudad y buscamos en vano una explanada. Es una quebrada estrecha como un desfiladero, está llena de basura y los camioneros la van cegando cuando la remueven para llevarse el hormigón.

La verdad es que yo empezaba a desesperar. Pero fue mi hijo Pepe quien me dio la idea.

—¡Eso es! —dijo—. Debemos construir un contrafuerte para contener el derrumbe. Pondremos unos cuartones de madera, luego unos puntales para sostenerlos y así el paredón quedará en pie.

El trabajo duró varias semanas. La madera la arrancamos de las antiguas cabinas de baño que estaban ocultas bajo las piedras. Pero cuando tuvimos la madera nos dimos cuenta que nos faltaría fierro para apuntalar esa madera. En la ciudad nos quisieron sacar un ojo de la cara por cada pedazo de riel. Allí estaba el mar, sin embargo. Uno nunca sabe todo lo que contiene el mar. Así como el mar nos daba la sal, el pescado, las conchas, las piedras pulidas, el yodo que quemaba nuestra piel, también nos dio fierros el mar.

Ya nosotros habíamos notado, desde que llegamos a la playa, esos fierros negros que la mar baja mostraba, a cincuenta metros de la orilla. Nos decíamos: «Algún barco encalló aquí hace mucho tiempo.» Pero no era así: fueron tres remolcadores que fondearon, los que construyeron los baños, para formar un espigón. Veinte años de oleaje habían volteado, hundido, removido, cambiado de lugar esas embarcaciones. Toda la madera fue podrida y desclavada (aún ahora varan algunas astillas), pero el fierro quedó allí, escondido bajo el agua, como un arrecife.

—Sacaremos ese fierro —le dije a Pepe.

Muy de mañana nos metíamos desnudos al mar y nadábamos cerca de las barcazas. Era peligroso porque las olas venían de siete en siete y se formaban remolinos y se espumaban al chocar contra los fierros. Pero fuimos tercos y nos desollamos las manos durante semanas tirando a pulso o remolcando con sogas, desde la playa unas cuantas vigas oxidadas. Después las raspamos, las pintamos; después construimos, con la madera, una pared contra el talud; después apuntalamos la pared con las vigas de fierro. De esta manera el contrafuerte quedó listo y nuestra casa protegida contra los derrumbes. Cuando vimos toda la mole apoyada en nuestra barrera, dijimos:

—¡Que San Pedro nos proteja! Ni un terremoto podrá contra nosotros.

Mientras tanto, nuestra casa se había ido llenando de animales. Al comienzo fueron los perros, esos perros vagabundos y pobres que la ciudad rechaza cada vez más lejos, como a la gente que no paga alquiler. No sé por qué vinieron hasta aquí: quizás porque olfatearon el olor a cocina o simplemente porque los perros, como muchas personas, necesitan de un amo para poder vivir.

El primero llegó caminando por la playa, desde la caleta de pescadores. Mi hijo Toribio, que es huraño y de poco hablar, le dio de comer y el perro se convirtió en su lamemanos. Más tarde descendió por la quebrada un perro lobo que se volvió bravo y que nosotros amarrábamos a una estaca cada vez que gente extraña bajaba a la playa. Luego llegaron juntos dos perritos escuálidos, sin raza, sin oficio, que parecían dispuestos a cualquier nobleza por el más miserable pedazo de hueso. También se instalaron tres gatos atigrados que corrían por los barrancos comiendo ratas y culebrillas.

A todos estos animales, al principio, los rechazamos a pedradas y palazos. Bastante trabajo nos daba ya mantener sano nuestro pellejo. Pero los animales siempre regresaban, a pesar de todos los peligros, había que ver las gracias que hacían con sus tristes hocicos. Por más duro que uno sea, siempre se ablanda ante la humildad. Fue así como terminamos por aceptarlos.

Pero alguien más llegó en esos días: el hombre que llevaba su tienda en un costal.

Llegó en un atardecer, sin hacer ruido, como si ningún desfiladero tuviera secretos para él. Al principio creíamos que era sordo o que se trataba de un imbécil porque no habló ni respondió ni hizo otra cosa que vagar por la playa, recogiendo erizos o reventando malaguas. Sólo al cabo de una semana abrió la boca. Nosotros freíamos el pescado en la terraza y había un buen olor a cocina mañanera. El extraño asomó desde la playa y quedó mirando mis zapatos.

—Se los compongo —dijo.

Sin saber por qué se los entregué y en unos pocos minutos, con un arte que nos dejó con la boca abierta, cambió sus dos suelas agujereadas.

Por toda respuesta, le alcancé la sartén. El hombre cogió una troncha con la mano, luego otra, luego una tercera y así se tragó todo el pescado con tal violencia que una espina se le atravesó en el pescuezo y tuvimos que darle miga de pan y palmadas en el cogote para desatorarlo.

Desde esa vez, sin que yo ni mis hijos le dijéramos nada, comenzó a trabajar para nuestra finca. Primero compuso las cerraduras de las puertas, después afiló los anzuelos, después construyó, con unas hojas de palmera, un viaducto que traía hasta mi casa el agua de las filtraciones. Su costal parecía no tener fondo porque de él sacaba las herramientas más raras y las que no tenía las fabricaba con las porquerías del muladar. Todo lo que estuvo malogrado lo compuso y de todo objeto roto inventó un objeto nuevo. Nuestra morada se fue enriqueciendo, se fue llenando de pequeñas y grandes cosas, de cosas que servían o de cosas que eran bonitas, gracias a este hombre que tenía la manía de cambiarlo todo. Y por este trabajo nunca pidió nada: se contentaba con una troncha de pescado y con que lo dejáramos en paz.

Cuando llegó el verano, sólo sabíamos una cosa: que se llamaba Samuel.

En los días del verano, el desfiladero cobraba cierta animación. La gente pobre que no podía frecuentar las grandes playas de arena, bajaba por allí para tomar baños de mar. Yo la veía cruzar el terraplén, repartirse por la orilla pedregosa y revolcarse cerca de los erizos, entre las plumas de pelícano, como en el mejor de los vergeles.

Eran en su mayoría hijos de obreros, muchachos de colegio fiscal en vacaciones o artesanos de los suburbios. Todos se soleaban hasta la puesta del sol. Al retirarse pasaban delante de mi casa y me decían:

—Su playa está un poco sucia. Debía hacerla limpiar.

A mí no me gustan los reproches pero en cambio me gustó que me dijeran su playa. Por eso me empeñé en poner un poco de limpieza. Con Toribio pasé algunas mañanas recogiendo todos los papeles, las cáscaras y los patillos que, enfermos, venían a enterrar el pico entre las piedras.

—Muy bien —decían los bañistas—. Así las cosas van mejor.

Después de limpiar la playa, levanté un cobertizo para que los bañistas pudieran tener un poco de sombra. Después Samuel construyó una poza de agua filtrada y cuatro gradas de piedra en la parte más empinada del desfiladero. Los bañistas fueron aumentando. Se pasaban la voz. Se decían: «Es una playa limpia en donde nos dan hasta la sombra gratis.» A mediados del verano eran más de un centenar. Fue entonces cuando se me ocurrió cobrarles un derecho de paso. En realidad, esto no lo había planeado: se me vino así, de repente, sin que lo pensara.

—Es justo —les decía—. Les he hecho una escalera, he puesto un cobertizo, les doy agua de beber y además tienen que atravesar mi casa para llegar a la playa.

—Pagaríamos si hubiera un lugar donde desvestirse —respondieron.

Allí estaban las antiguas cabinas de baño. Quitamos el hormigón que las cubría y dejamos libres una docena de casetas.

—Está todo listo —dije—. Cobro solamente diez centavos por la entrada a la playa.

Los bañistas se rieron.

—Falta una cosa. Debe quitar esos fierros que hay en el mar. ¿No se da cuenta que aquí no se puede nadar? Uno tiene que contentarse con bañarse en la orilla. Así no vale la pena.

—Sea. Los sacaremos —respondí.

Y a pesar de que había terminado el verano y que los bañistas iban disminuyendo, me esforcé, con mi hijo Pepe, en arrancar los fierros del mar. El trabajo ya lo conocíamos desde que sacamos las vigas para el talud. Pero ahora teníamos que sacar todos los fierros, hasta aquellos que habían echado raíces entre las algas. Usando garfios y picotas, los atacamos desde todo sitio, como si fueran tiburones. Llevábamos una vida submarina y extraña para los forasteros que, durante el otoño, bajaban a veces por allí para ver de más cerca la caída del crepúsculo.

—¡Qué hacen esos hombres! —se decían—. Pasan horas sumergiéndose para traer a la orilla un poco de chatarra.

En la lucha contra los fierros, Pepe parecía haber empeñado su palabra de hombre. Toribio, en cambio, como los forasteros, lo veía trabajar sin ninguna pasión. El mar no le interesaba. Sólo tenía ojos para la gente que venía de la ciudad. Siempre me preocupó la manera como los miraba, como los seguía y como regresaba tarde, con los bolsillos llenos de chapas de botellas, de bombillas quemadas y de otros adefesios en los cuales creía reconocer la pista de una vida superior.

Cuando llegó el invierno, Pepe seguía luchando contra los fierros del mar. Eran días de blanca bruma que llegaba de madrugada, trepaba por el barranco y ocupaba la ciudad. De noche, los faroles de la Costanera formaban halos y desde la playa se veía una mancha lechosa que iba desde La Punta hasta el Morro Solar. Samuel respiraba mal en esa época y decía que la humedad lo estaba matando.

—En cambio a mí me gusta la neblina —le decía yo—. De noche hay buen temperamento y se goza tirando del cordel.

Pero Samuel tosía y una tarde anunció que se trasladaría a la parte alta del barranco, a esa explanada que los camioneros, a fuerza de llevarse el hormigón, habían cavado en pleno promontorio. A ese lugar comenzó a trasladar las piedras de su nueva habitación. Las escogía en la playa, amorosamente, por su forma y su color, las colocaba en su costal y se iba cuesta arriba, canturreando, parándose cada diez pasos para resollar. Yo y mis hijos contemplábamos, asombrados, ese trabajo. Nos decíamos: Samuel es capaz de limpiar de piedras toda la orilla del mar.

La primera migración de aves guaneras pasó graznando por el horizonte: Samuel levantaba ya las paredes de su casa. Pepe, por su parte, había casi terminado su trabajo. Tan sólo a ochenta metros de la orilla quedaba el armazón de una barcaza imposible de remover.

—Con ésa no te metas —le decía—. Una grúa sería necesario para sacarla.

Sin embargo, Pepe, después de la pesca y del negocio, nadaba hasta allí, hacía equilibrio sobre los fierros y buceaba buscando un punto donde golpear. Al anochecer, regresaba cansado y decía:

—Cuando no quede un sólo fierro vendrán cientos de bañistas. Entonces sí que lloverá plata sobre nosotros.

Es raro: yo no había notado nada, ni siquiera había tenido malos sueños. Tan tranquilo estaba que, al volver de la ciudad, me quedé en la parte alta del desfiladero, conversando con Samuel, que ponía el techo de su casa.

—¡Ya vendrán! —me dijo Samuel, señalando unas piedras que había tiradas por el suelo—. Hoy día he visto gente rondando por aquí. Han dejado esas piedras como señal. Mi casa es la primera pero pronto me imitarán.

—Mejor —le respondí—. Así no tendré que ir hasta la ciudad a vender el pescado.

Al oscurecer, bajé a mi casa. Toribio daba vueltas por el terraplén y miraba hacia el mar. El sol se había puesto hacía rato y sólo quedaba una línea naranja, allá muy lejos, una línea que pasaba detrás de la isla San Lorenzo e iba hacia los mares del norte. Quizás ésa era la advertencia, la que yo en vano había esperado.

—No veo a Pepe —me dijo Toribio—. Hace rato que entró pero no lo veo. Fue nadando con la sierra y la picota.

En ese momento sentí miedo. Fue una cosa violenta que me apretó la garganta, pero me dominé.

—Quizás esté buceando —dije.

—No podría aguantar tanto rato bajo el agua —respondió Toribio.

Volví a sentir miedo. En vano miraba hacia el mar, buscando el esqueleto de la barcaza. Tampoco vi la línea naranja. Grandes tumbos venían y se enroscaban y chocaban contra la base del terraplén.

Para darme tiempo, dije:

—A lo mejor se ha ido nadando hacia la caleta.

—No —respondió Toribio—. Lo vi ir hacia la barcaza. Varias veces sacó la cabeza para respirar. Después se puso el sol y ya no vi nada.

En ese momento me comencé a desvestir, cada vez más rápido, más rápido, arrancando los botones de mi camisa, los pasadores de mis zapatos.

—¡Anda a buscar a Samuel! —grité, mientras me zambullía en el agua.

Cuando comencé a nadar ya todo estaba negro: negro el mar, negro el cielo, negra la tierra. Yo iba a ciegas, estrellándome contra las olas, sin saber lo que quería. Apenas podía respirar. Corrientes de agua fría me golpeaban las piernas y yo creía que eran los toyos buscando la carnaza. Me di cuenta que no podía seguir porque no podía ver nada y porque en cualquier momento me tropezaría contra los fierros. Me di la vuelta, entonces, casi con vergüenza. Mientras regresaba, las luces de la Costanera se encendieron, todo un collar de luces que parecía envolverme y supe en ese momento lo que tenía que hacer. Al llegar a la orilla ya estaba Samuel esperándome.

—¡A la caleta! —le grité—. ¡Vamos a la caleta!

Ambos empezamos a correr por la playa oscura. Sentí que mis pies se cortaban contra las piedras. Samuel se paró para darme sus zapatos pero yo no quería saber nada y lo insulté. Yo sólo miraba hacia adelante, buscando las luces de los pescadores. Al fin me caí de cansancio y me quedé tirado en la orilla. No podía levantarme. Comencé a llorar de rabia. Samuel me arrastró hasta el mar y me hundió varias veces en el agua fría.

—¡Falta poco, papá Leandro! —decía—. Mira, allí se ven las luces.

No sé cómo llegamos. Algunos pescadores se habían hecho ya a la mar. Otros estaban listos para zarpar.

—¡De rodillas se lo pido! —grité—. ¡Nunca les he pedido un favor, pero esta vez se lo pido! Pepe, el mayor, hace una hora que no sale del mar. ¡Tenemos que ir a buscarlo!

Tal vez hay una manera de hablarle a los hombres, una manera de llegar hasta su corazón. Me di cuenta, esta vez, que todos estaban conmigo. Me rodearon para preguntarme, me dieron pisco de beber. Luego dejaron en la playa sus redes y sus cordeles. Los que acababan de entrar regresaron cuando escucharon los gritos. En once barcas entramos. Íbamos en fila hacia Magdalena, con las antorchas encendidas, alumbrando la mar.

Cuando llegamos a la barcaza, la rodeamos formando un círculo. Mientras unos sostenían las antorchas, otros se lanzaron al agua. Estuvimos buceando hasta media noche. La luz no llegaba al fondo del mar. Chocábamos bajo el agua, nos rasguñamos contra los fierros pero no encontramos nada, ni la picota ni su gorra de marinero. Ya no sentía cansancio, quería seguir buscando hasta la madrugada. Pero ellos tenían razón.

—La resaca lo debe haber jalado —decían—. Hay que buscarlo más allá de los bancos.

Primero entramos, luego salimos. Samuel tenía una pértiga que hundía en el mar cada vez que creía ver algo. Seguimos dando vueltas en fila. Me sentía mareado y como idiota, tal vez por el pisco que bebí. Cuando miraba hacia los barrancos, veía allá arriba, tras la baranda del malecón, faros de automóviles y cabezas de gente que miraban. Entonces me decía: «¡Malditos los curiosos! Creen que celebramos una fiesta, que encendemos antorchas para divertirnos.» Claro, ellos no sabían que yo estaba hecho pedazos y que hubiera sido capaz de tragarme toda el agua del mar para encontrar el cadáver de mi hijo.

—¡Antes que lo muerdan los toyos! —me repetía, muy despacito—. ¡Antes que lo muerdan!

Para qué llorar, si las lágrimas ni matan ni alimentan. Como dije delante de los pescadores:

—El mar da, el mar también quita.

Yo no quise verlo. Alguien lo descubrió, flotando vientre arriba, sobre el mar soleado. Ya era el día siguiente y nosotros vagábamos por la orilla. Yo había dormido un rato sobre las piedras hasta que el sol del mediodía me despertó. Después fuimos caminando hacia La Perla y cuando regresábamos, una voz gritó: «¡Allá está!» Algo se veía, algo que las olas empujaban hacia la orilla.

—Ése es —dijo Toribio—. Allí está su pantalón.

Entraron varios hombres al mar. Yo los vi que iban cortando las olas bravas y los vi casi sin pena. En verdad estaba agotado y no podía siquiera conmoverme. Lo fueron jalando entre varios, lo traían así, hinchado, hacia mí. Después me dijeron que estaba azul y que lo habían mordido los toyos. Pero yo no lo vi. Cuando estaba cerca, me fui sin voltear la cabeza. Sólo dije, antes de partir:

—Que lo entierren en la playa, al pie de las campanillas. (Él siempre quiso estas flores del barranco que son, como el geranio, como el mastuerzo, las flores pobres, las que nadie quiere ni para su entierro.)

Pero no me hicieron caso. Se le enterró al día siguiente, en el cementerio de Surquillo.

Perder un hijo que trabaja es como perder una pierna o como perder un ala para un pájaro. Yo quedé como lisiado durante varios días. Pero la vida me reclamaba, porque había muchísimo que hacer. Era época de mala pesca y el mar se había vuelto avaro. Sólo los que tenían barca salían al mar y regresaban ojerosos de mañana, cuatro bonitos en su red, apenas de qué hacer un caldo.

Yo había roto a pedradas la estatua de San Pedro pero Samuel la compuso y la colocó a la entrada de mi casa. Debajo de la estatua puso una alcancía. Así, la gente que usaba mi quebrada, veía la estatua y, como eran pescadores, dejaban allí cinco centavos diez centavos. De eso vivimos hasta que llegó el verano.

Digo verano porque a las cosas hay que ponerles un nombre. En esta tierra todos los meses son iguales: quizás en una época hay más neblina y en otra calienta más el sol. Pero, en el fondo, todo es lo mismo. Dicen que vivimos en una eterna primavera. Para mí, las estaciones no están en el sol ni en la lluvia sino en las aves que pasan o en los peces que se van o que vuelven. Hay épocas en las cuales es más difícil vivir, eso es todo.

Este verano fue difícil porque fue triste, sin calor, y los bañistas apenas venían. Yo había puesto un letrero a la entrada que decía: «Caballeros 20 centavos. Damas 10 centavos.» Pagaron, es verdad, pero eran muy pocos. Se zambullían un momento, tiritaban y después se iban cuesta arriba, maldiciendo, como si yo tuviera la culpa de que el sol no calentara.

—¡Ya no hay fierros! —les gritaba.

—Sí —me respondían—. Pero el agua está fría.

Sin embargo, en este verano pasó algo importante: en la parte alta del barranco comenzaron a levantar casas.

Samuel no se había equivocado. Los que dejaron piedras y muchos más vinieron. Llegaban solos o en grupos, miraban la explanada, bajaban por el desfiladero, husmeaban por mi casa, respiraban el aire del mar, volvían a subir, siempre mirando arriba y abajo, señalando, cavilando, hasta que, de pronto, se ponían desesperadamente a construir una casa con lo que tenían al alcance de la mano. Sus casas eran de cartón, de latas chancadas, de piedras, de cañas, de costales, de esteras, de todo aquello que podía encerrar un espacio y separarlo del mundo. Yo no sé de qué vivía esa gente, porque de pesca no entendía nada. Los hombres se iban temprano a la ciudad o se quedaban tirados en las puertas de sus cabañas, viendo volar los gallinazos. Las mujeres, en cambio, bajaban a la orilla, en la tarde, para lavar la ropa.

—Usted ha tenido suerte —me decían—. Usted sí que ha sabido escoger un lugar para su casa.

—Hace tres años que vivo aquí —les respondía—. He perdido un hijo en el mar. Tengo otro que no trabaja. Necesito una mujer que me caliente por las noches.

Todas eran casadas o amancebadas. Al comienzo no me hacían caso. Después se reían conmigo. Yo puse un puesto de bebidas y de butifarras, para ayudarme.

Y así pasó un año más.

Agosto es el mes de los vientos y los palomillas corren por los potreros volando las cometas. Algunos se trepan a las huacas para que sus cometas vuelen más alto. Yo siempre he mirado este juego con un poco de pena porque en cualquier momento el hilo puede romperse y la cometa, la linda cometa de colores y de larga cola, se enreda en los alambres de la luz o se pierde en las azoteas. Toribio era así: yo lo tenía sujeto apenas por un hilo y sentía que se alejaba de mí, que se perdía.

Cada vez hablábamos menos. Yo me decía: «No es mi culpa que viva en un barranco. Aquí por lo menos hay un techo, una cocina. Hay gente que ni siquiera tiene un árbol donde recostarse.» Pero él no comprendía eso: sólo tenía los ojos para la ciudad. Jamás quiso pescar. Varias veces me dijo: «No quiero morir ahogado.» Por eso prefería irse con Samuel a la ciudad. Lo acompañaba por los balnearios, ayudándolo a poner vidrios, a componer caños. Con los reales que ganaba se iba al cine o se compraba revistas de aventuras. Samuel le enseñó a leer.

Yo no quería verlo vagar y le dije:

—Si tanto te gusta la ciudad, aprende un oficio y vete a trabajar. Ya tienes dieciocho años. No quiero mantener zánganos.

Esto era mentira: yo lo hubiera mantenido toda mi vida, no sólo porque era mi hijo sino porque tenía miedo de quedarme solo. Por la tarde no tenía con quién conversar y mis ojos, cuando había luna, iban hacia los tumbos y buscaban la barcaza, como si una voz me llamara desde adentro.

Una vez Toribio me dijo:

—Si me hubieras mandado al colegio ahora sabría qué hacer y podría ganarme la vida.

Esa vez le pegué porque sus palabras me hirieron. Estuvo varios días ausente. Después vino, sin decirme nada, y pasó algún tiempo comiendo mi pan y durmiendo bajo el cobertizo. Desde entonces, siempre se iba a la ciudad pero también siempre volvía. Yo no quise preguntarle nada. Algo debía pasar, cuando regresaba. Samuel me lo hizo notar: venía por Delia, la hija del sastre.

A la Delia varias veces la había invitado a sentarse en el terraplén, para tomar una limonada. Yo la había distinguido entre las mujeres que bajaban porque era redonda, zumbona y alegre como una abeja. Pero ella no me miraba a mí, miraba a Toribio. Es verdad que yo podía pasar por su padre, que estaba reseco como metido en salmuera y que me había arrugado todo de tanto parpadear en la resolana.

Se veían a escondidas en los tantos recovecos del lugar, detrás de las enredaderas, en las grutas de agua filtrada, porque lo que tenía que suceder sucedió. Un día Toribio se fue, como de costumbre, pero la Delia se fue con él. El sastre bajó rabioso, me amenazó con la policía, pero terminó por echarse a llorar. Era un pobre viejo, sin vista ya, que hacía remiendos para la gente de la barriada.

—A mi hijo lo he crecido sano —le dije, para consolarlo—. Ahora no sabe nada pero la vida le enseñará a trabajar. Además, se casarán, si se entienden, como lo manda Dios.

El sastre quedó tranquilo. Me di cuenta que la Delia era un peso para él y que toda su gritería había sido puro detalle. Desde ese día me mandaba con las lavanderas una latita para que le diera un poco de sopa.

Verdad que es triste quedarse solo, así, mirando a sus animales. Dicen que hablaba con ellos y con mi casa y que hasta con el mar hablaba. Pero quizás sea mentira de la gente o envidia. Lo único cierto es que cuando venía de la ciudad y bajaba hacia la playa, gritaba fuerte, porque me gustaba escuchar mi voz por el desfiladero.

Yo mismo me hacía todo: pescaba, cocinaba, lavaba mi ropa, vendía el pescado, barría el terraplén. Tal vez fue por eso que la soledad me fue enseñando muchas cosas como, por ejemplo, a conocer mis manos, cada una de sus arrugas, de sus cicatrices, o a mirar las formas del crepúsculo. Esos crepúsculos del verano, sobre todo, eran para mí una fiesta. A fuerza de mirarlos pude adivinar su suerte. Pude saber qué color seguiría a otro o en qué punto del cielo terminaría por ennegrecerse una nube.

A pesar de mi mucho trabajo, me sobraba el tiempo, el tiempo de la conversación. Fue entonces cuando me dije que era necesario construir una barca. Por eso hice bajar a Samuel, para que me ayudara. Juntos íbamos hasta la caleta y mirábamos los barcos de los otros. Él hacía dibujos. Después me dijo qué madera necesitábamos. Hablamos mucho en aquella época. Él me preguntaba por Toribio y me decía: «Buen chico, pero ha hecho mal en meterse con una mujer. Las mujeres, ¿para qué sirven? Ellas nos hacen maldecir y nos meten el odio en los ojos.»

La barca iba avanzando: construimos la quilla. Era gustoso estarse en la orilla, fumando, contando historias y haciendo lo que me haría señor del mar. Cuando las mujeres bajaban a lavar la ropa —¡cada vez eran más!— me decían:

—Don Leandro, buen trabajo hace usted. Nosotras necesitamos que se haga a la mar y nos traiga algo barato de qué comer.

Samuel decía:

—¡Ya la explanada está llena! No entra una persona más y siguen llegando. Pronto harán sus casas en el mismo desfiladero y llegarán hasta donde revientan las olas.

Esto era verdad: como un torrente descendía la barriada.

Si la barca quedó a medio hacer fue porque en ese verano pasaron algunas cosas extrañas.

Fue un buen verano, es cierto, lleno de gente que bajó, se puso roja, se despellejó con el sol y luego se puso negra. Todos pagaron su entrada y yo vi por primera vez que la plata llovía, como dijera mi hijo Pepe, el finado. Yo la guardaba en dos canastas, bajo mi cama, y cerraba la puerta con doble candado.

Digo que en ese verano pasaron algunas cosas extrañas. Una mañana, cuando Samuel y yo trabajábamos en la barca, vimos tres hombres, con sombrero, que bajaban por el barranco con los brazos abiertos, haciendo equilibrio para no caerse. Estaban afeitados y usaban zapatos tan brillantes que el polvo resbalaba y les huía. Eran gentes de la ciudad.

Cuando Samuel los vio, noté que su mirada se acobardaba. Bajando la cabeza, quedó observando fijamente un pedazo de madera, no sé para qué, porque allí no había nada que mirar. Los hombres cruzaron por mi casa y bajaron a la playa. Dos de ellos estaban cogidos del brazo y el otro les hablaba señalando los barrancos. Así estuvieron paseándose varios minutos, de un extremo a otro, como si estuvieran en el pasillo de una oficina. Al fin uno de ellos se acercó a mí y me hizo varias preguntas. Luego se fueron por donde habían venido, en fila, ayudándose unos a otros a salvar los parajes difíciles.

—Esa gente no me gusta —dije—. Tal vez vienen a cobrarme algún impuesto.

—A mí tampoco —dijo Samuel—. Usan tongo. Mala señal.

Desde ese día Samuel quedó muy intranquilo. Cada vez que alguien bajaba por el desfiladero, miraba hacia arriba y si era algún extraño, sus manos temblaban y comenzaba a sudar.

—Me va a dar la terciana —decía, secándose el sudor.

Falso: era de miedo que temblaba. Y con razón, porque algún tiempo después se lo llevaron.

Yo no lo vi. Dicen que fueron tres policías y un patrullero que aguardaba arriba, en la Pera del Amor. Me contaron que bajó corriendo hacia mi casa y que a mitad del desfiladero, él, que nunca daba un paso en falso, resbaló sobre el canto rodado. Los cachacos le cayeron encima y se lo llevaron, torciéndole el brazo y dándole de varillazos.

Esto fue un gran escándalo porque nadie sabía qué había pasado. Unos decían que Samuel era un ladrón. Otros, que hacía muchos años había puesto una bomba en casa de un personaje. Como nosotros no comprábamos periódicos no supimos nada hasta varios días después cuando, de casualidad, cayó uno en nuestras manos: Samuel, hacía cinco años, había matado a una mujer con un formón de carpintero. Ocho huecos le hizo a esa mujer que lo engañó. No sé si sería verdad o si sería mentira pero lo cierto es que si no se hubiera resbalado, si hubiera llegado corriendo hasta mi casa, a mordiscos hubiera abierto una cueva en el acantilado para esconderlo o lo habría escondido bajo las piedras. Samuel era bueno conmigo. No me importa qué hizo con los demás.

El perro alemán, que siempre había vivido a su lado, bajó a mi casa y anduvo aullando por la playa. Yo acariciaba su lomo espeso y comprendía su pena y le añadía la mía. Porque todo se iba de mí, todo, hasta la barca que vendí, porque no sabía cómo terminarla. Viejo loco era yo, viejo loco y cansado, pero para qué, me gustaba mi casa y mi pedazo de mar. Miraba la barrera, miraba el cobertizo de estera, miraba todo lo que habían hecho mis manos o las manos de mi gente y me decía: «Esto es mío. Aquí he sufrido. Aquí debo morir.»

Sólo me faltaba Toribio. Pensaba que algún día habría de venir, no importa cuándo, porque los hijos siempre terminan por venir aunque sea para ver si ya estamos lo bastante viejos y si nos falta poco para morirnos. Toribio vino justamente cuando yo había empezado a construir un cuarto grande para él, un lindo cuarto con ventana hacia el mar.

Estaba huesudo y pálido, con esa cara madura que tienen los muchachos que comen mal y no saben qué hacer de su vida.

—Dame quinientos soles —me dijo—. He perdido un hijo y no quiero que me pase lo mismo con el que ha de venir.

Luego se fue. Yo no quise retenerlo pero seguí construyendo su cuarto. Lo fui pintando con mis propias manos. Cuando me cansaba, subía a la barriada y conversaba con la gente. Trataba de hacer amigos pero todos me recelaban. Es difícil hacer amigos cuando se es viejo y se vive solo. La gente dice: «Algo malo tendrá ese hombre cuando está solo.» Los pobres chicos, que no saben nada del mundo, me seguían a veces para tirarme piedras. Es verdad: un hombre solo es como un cadáver, como un fantasma que camina entre los vivos.

Esos señores del sombrero y de los zapatos de charol vinieron varias veces más y se pasearon por la playa. Yo no los quería porque los hacía responsables de la suerte de Samuel. Un día les dije:

—El que me ayudaba a hacer la barca era un buen cristiano. Hicieron mal ustedes en delatarlo. Razones tendría para matar a su mujer.

Ellos se echaron a reír.

—Se confunde usted. Nosotros no somos policías. Nosotros somos de la municipalidad.

Debían serlo porque poco después llegó la notificación. De la barriada bajó una comisión para mostrármela. Estaban muy alborotados. Ahora sí me trataban bien y me llamaban «Papá Leandro». Claro, yo era el más viejo del lugar y el más ducho y sabían que los sacaría del apuro. En el papel decía que todos los habitantes del desfiladero debían salir de allí en el plazo de tres meses.

—¡Arréglenselas ustedes! —dije—. Lo que es a mí, nadie me saca de aquí. Yo tengo siete años en el lugar.

Tanto me rogaron que terminé por hacerles caso.

—Buscaremos un abogado —dije—. Esta tierra no es de nadie. No pueden sacarnos.

Cuando el abogado vino, nos reunimos en mi casa. Era un señor bajito, que usaba lentes, sombrero y un maletín gastado, lleno de papeles.

—La municipalidad quiere construir un nuevo establecimiento de baños —dijo—. Necesitan, por eso, que despejen todo el barranco, para hacer una nueva bajada. Pero esta tierra es del Estado. Nadie los sacará de aquí.

En seguida nos hizo dar cincuenta soles a cada jefe de familia y se fue con unos papeles que firmamos. Todos me felicitaban. Me decían:

—¡No sabemos qué nos haríamos sin usted!

En verdad, el abogado nos dio coraje y nosotros estábamos felices.

—Nadie —decíamos—. Nadie nos sacará de aquí. Esta tierra es del Estado.

Así pasaron varias semanas. Los hombres de la municipalidad no regresaron. Yo había acabado con el cuarto de Toribio y le había puesto vidrios en la ventana. El abogado siempre venía para arengarnos y hacernos firmar papeles. Yo me pavoneaba entre la gente de la barriada, y les decía:

—¿Ven? ¡No hay que despreciar nunca a los viejos! Si no fuera por mí ya estarían ustedes clavando sus esteras en el desierto.

Sin embargo, en la primera mañana del invierno, un grupo bajó corriendo por la quebrada y entró gritando en mi casa.

—¡Ya están allí! ¡Ya están allí! —decían, señalando hacia arriba.

—¿Quiénes? —pregunté.

—¡La cuadrilla! ¡Han comenzado a abrirse camino!

Yo subí en el acto y llegué cuando los obreros habían echado abajo la primera vivienda. Traían muchas máquinas. Se veían policías junto a un hombre alto y junto a otro más bajo, que escribía en un grueso cuaderno. A este último lo reconocí: hasta nuestras cabañas también llegaban los escribanos.

—Son órdenes —decían los obreros, mientras destruían las paredes con sus herramientas—. Nosotros no podemos hacer nada.

Es verdad, se les veía trabajar con pena, entre una nube de polvo.

—¿Ordenes de quién? —pregunté.

—Del juez —respondieron, señalando al hombre alto.

Yo me acerqué a él. Los policías quisieron contenerme pero el juez les indicó que me dejaran pasar.

—Aquí hay una equivocación —dije—. Nosotros vivimos en tierras del Estado. Nuestro abogado dice que de aquí nadie puede sacarnos.

—Justamente —dijo el juez—. Los sacamos porque viven en tierras del Estado.

La gente comenzó a gritar. Los policías formaron un cordón alrededor del juez mientras el escribano, como si nada pasara, miraba con calma el cielo, el paisaje, y seguía escribiendo en su cuaderno.

—Ustedes deben tener parientes —decía el juez—. Los que se queden hoy sin casa, métanse donde sus parientes. Esto después se arreglará. Lo siento mucho, créanme. Yo haré algo por ustedes.

—¡Por lo menos, déjenos llamar a nuestro abogado! —dije yo—. Que no hagan nada los obreros hasta que no llegue nuestro abogado.

—Pueden llamarlo —contestó el juez—. Pero los trabajos deben continuar.

—¿Quién viene conmigo a la ciudad? —pregunté.

Varios quisieron venir pero yo elegí a los que tenían camisa. Fuimos en un taxi hasta el centro de la ciudad y subimos las escaleras en comisión. El abogado estaba allí. Primero no nos reconoció pero después se puso a gritar.

—¡Los juicios se ganan o se pierden! Yo no tengo ya nada que ver. Esto no es una tienda donde se devuelve la plata si el producto está malo. Ésta es la oficina de un abogado.

Discutimos largo rato pero al final tuvimos que regresar. En el camino no hablábamos, no sabíamos qué decir. Cuando llegamos al barranco, ya el juez se había ido pero seguían allí los policías. La gente de la barriada nos recibió furiosa. Algunos decían que yo tenía la culpa de todo, que tenía mis entendimientos con el abogado. Yo no les hice caso. Había visto que la casa de Samuel, la primera que hubo en el lugar, había caído abajo y que sus piedras estaban tiradas por el suelo. Reconocí una piedra blanca, una que estuvo mucho tiempo en la orilla, cerca de mi casa. Cuando la recogí, noté que estaba rajada. Era extraño: esa piedra que durante años el mar había pulido, había redondeado, estaba ahora rajada. Sus pedazos se separaron entre mis manos y me fui bajando hacia mi casa, mirando un pedazo y luego el otro, mientras la gente me insultaba y yo sentía unas ganas terribles de llorar.

—¡Allá ellos! —me dije en los días siguientes—. ¡Que los aplasten, que los revienten! Lo que es a mi casa no llegarán fácilmente las máquinas. ¡Hay mucho barranco que rebanar!

Era verdad: la cuadrilla trabajaba sin prisa. Cuando no había vigilancia, dejaban sus herramientas y se ponían a fumar, a conversar.

—Es una pena —decían—. Pero son órdenes.

A pesar de los insultos, a mí también me daba pena. Fue por eso que no subí, para no ver la destrucción. Para ir a la ciudad usaba el desfiladero de La Pampilla. Allí me encontraba con los pescadores y les decía:

—Están echando la barriada contra el mar.

Ellos se contentaban con responder:

—Es un abuso.

Nosotros lo sabíamos, claro, pero ¿qué podíamos hacer? Estábamos divididos, peleados, no teníamos un plan, cada cual quería hacer lo suyo. Unos querían irse, otros protestar. Algunos, los más miserables, los que no tenían trabajo, se enrolaron en la cuadrilla y destruyeron sus propias viviendas.

Pero la mayoría fue bajando por el barranco. Levantaban su casa a veinte metros de los tractores para, al día siguiente, recoger lo que quedaba de ella y volverla a levantar diez metros más allá. De esta manera la barriada se venía sobre mí, caía todos los días un trecho más abajo, de modo que me parecía que tendría pronto que llevarla sobre mis hombros. A las cuatro semanas que empezaron los trabajos, la barriada estaba a las puertas de mi casa, deshecha, derrotada, llena de mujeres y de hombres polvorientos que me decían, por encima del barandal:

—¡Don Leandro, tenemos que pasar al terraplén! Nos quedaremos allí hasta que encontremos otra cosa.

—¡No hay sitio! —les respondía—. Ese cuarto grande que ven allí es para mi hijo Toribio, que vendrá con la Delia. Además, ustedes nunca me han dado la mano. ¡Reviéntense ahora! ¡Al desierto, a pudrirse!

Pero esto era injusto. Yo sabía muy bien que las cabinas de baños para mujeres, que eran de madera, y las cabinas de estera para los hombres, podrían albergar a los que huían. Esta idea me daba vueltas por la cabeza. Como era invierno, las casetas estaban abandonadas. Pero yo no quería decir nada, quizás para que conocieran a fondo el sufrimiento. Al fin no pude más.

—Que pasen las mujeres que están encinta (casi todas lo estaban pues en las barriadas secas, entre tanta cosa marchita, lo único que siempre florece y está siempre a punto de madurar son los vientres de nuestras mujeres). ¡Que se metan en los nichos de madera y que aguanten allí!

Las mujeres pasaron. Pero al día siguiente tuve que dejar pasar a los niños y después a los hombres porque la cuadrilla seguía avanzando, con paciencia, es verdad, pero con un ruido terrible de máquinas y de farallones que caían. Mi casa se llenó de voces y de disputas. Los que no tenían sitio se fueron a la playa. Todo parecía un campamento de gente sin esperanza, de personas que van a ser fusiladas.

Allí estuvimos una semana, no sé para qué, puesto que sabíamos que habrían de llegar. Una mañana la cuadrilla apareció detrás de la baranda, con toda su maquinaria. Cuando nos vieron, quedaron inmóviles, sin saber qué hacer. Nadie se decidía a dar el primer golpe de barreta.

—¿Quieren echarnos al mar? —dije—. De aquí no pasarán. Todos saben muy bien que ésta es mi casa, que ésta es mi playa, que éste es mi mar, que yo y mis hijos lo hemos limpiado todo. Aquí vivo desde hace siete años y los que están conmigo, todos, son como mis invitados.

El capataz quiso convencerme. Después vino el ingeniero. Nosotros nos mantuvimos firmes. Éramos más de cincuenta y estábamos armados con todas las piedras del mar.

—No pasarán —decíamos, mirándonos con orgullo.

Durante todo el día las máquinas estuvieron paradas. A veces bajaba el capataz, a veces subíamos nosotros para parlamentar. Al fin, el ingeniero dijo que llamaría al juez. Nosotros pensamos que ocurriría un milagro.

El juez vino al día siguiente, acompañado de los policías y otros señores. Apoyado en la baranda, nos habló.

—Yo voy a arreglar esto —dijo—. Créanme, lo siento mucho. No pueden echarlos al mar, es evidente. Vamos a conseguirles un lugar donde vivir.

—Miente —dije más tarde a los míos—. Nos engañarán. Terminarán por tirarnos a una zanja.

Esa noche deliberamos hasta tarde. Algunos comenzaban a flaquear.

—Tal vez nos consigan un buen terreno —decían los que tenían miedo—. Además los policías están con sus varas, con sus fusiles y nos pueden abalear.

—¡No hay que ceder! —insistía yo—. Si nos mantenemos unidos, no nos sacarán de aquí.

El juez regresó.

—¡Los que quieran irse a la Pampa de Comas que levanten la mano! —dijo—. He conseguido que les cedan veinte lotes de terreno. Vendrán dos camiones para recogerlos. Es un favor que les hace la municipalidad.

En ese momento me sentí perdido. Supe que todos me iban a traicionar. Quise protestar pero no me salía la voz. En medio del silencio vi que se levantaba una mano, luego otra, luego otra y pronto todo no fue más que un pelotón de manos en alto que parecían pedir una limosna.

—¡Adonde van no hay agua! —grité—. ¡No hay trabajo! ¡Tendrán que comer arena! ¡Tendrán que dejarse matar por el sol!

Pero nadie me hizo caso. Ya habían comenzado a enrollar sus colchones, rápidamente, afanosos, como si temieran perder esa última oportunidad. Toda la tarde estuvieron desfilando cuesta arriba, por la quebrada. Cuando el último hombre desapareció, me paré en medio del terraplén y me volví hacia la cuadrilla, que descansaba detrás de la baranda. La miré largo rato, sin saber qué decirle, porque me daba cuenta que me tenían lástima.

—Pueden comenzar —dije al fin, pero nadie me hizo caso.

Cogiendo una barreta, añadí:

—Miren, les voy a dar el ejemplo.

Algunos se rieron. Otros se levantaron.

—Ya es tarde —dijeron—. Ha terminado la jornada. Vendremos mañana.

Y se fueron, ellos también, dejándome humillado, señor aún de mis pobres pertenencias.

Ésa fue la última noche que pasé en mi casa. Me fui de madrugada para no ver lo que pasaba. Me fui cargando todo lo que pude, hacia Miraflores, seguido por mis perros, siempre por la playa, porque yo no quería separarme del mar. Andaba a la deriva, mirando un rato las olas, otro rato el barranco, cansado de la vida, en verdad, cansado de todo, mientras iba amaneciendo.

Cuando llegué al gran colector que trae las aguas negras de la ciudad, sentí que me llamaban. Al voltear la cabeza divisé a una persona que venía corriendo por la orilla. Era Toribio.

—¡Sé que los han botado! —dijo—. He leído los periódicos. Quise venir ayer pero no pude. La Delia espera en el terraplén con nuestros bultos.

—Anda vete —respondí—. No te necesito. No me sirves para nada.

Toribio me cogió del brazo. Yo miré su mano y vi que era una mano gastada, que era ya una verdadera mano de hombre.

—Tal vez no sirva para nada pero tú me enseñarás.

Yo continuaba mirando su mano.

—No tengo nada que enseñarte —dije—. Te espero. Ve por la Delia.

Había bastante luz cuando los tres caminábamos por la playa. Buen aire se respiraba pero andábamos despacio porque la Delia estaba encinta. Yo buscaba, buscaba siempre, por uno y otro lado, el único lugar. Todo me parecía tan seco, tan abandonado. No crecía ni la campanilla ni el mastuerzo. De pronto, Toribio que se había adelantado, dio un grito:

—¡Mira! ¡Una higuerilla!

Yo me acerqué corriendo: contra el acantilado, entre las conchas blancas, crecía una higuerilla. Estuve mirando largo rato sus hojas ásperas, su tallo tosco, sus pepas preñadas de púas que hieren la mano de quien intenta acariciarlas. Mis ojos estaban llenos de nubes.

—¡Aquí! —le dije a Toribio—. ¡Alcánzame la barreta!

Y escarbando entre las piedras, hundimos el primer cuartón de nuestra nueva vivienda.

(Huamanga, 1959)

El chaco

A Alida Cordero

Sixto llegó de las minas hace meses, junto con otros mineros huaripampinos. Venían a ver su pueblo, las retamas, las vacas que dejaron en el pastizal y a partir nuevamente hacia La Oroya, el caserío de las chimeneas, después de reposarse. Pero sólo venían a morir, como dijo Pedro Limayta, pues tenían los pulmones quemados de tanto respirar en los socavones. Y en verdad que se fueron muriendo, poco a poco, en las sementeras, tosiendo sobre las acequias, y se quedaron torcidos en el suelo, entre nosotros, que no sabíamos qué bendición echarles. Así se fueron todos, menos Sixto Molina.

Quizá Sixto vino ya muerto y nosotros hemos vivido con un aparecido. Su cara, de puro hueso y pellejo, la ponía a quemar al sol, en la puerta de su casa o la paseaba por la plaza cuando había buen tiempo. No iba a las procesiones ni a escuchar los sermones. Vivía solo, con sus tres carneros y sus dos vaquillas. Nosotros nos decíamos que cuando llegara la época de barbechar se moriría de hambre porque con ese pecho chato que tenía se ahogaría de sólo levantar el azadón.

Pero Sixto comenzó a durar más de lo que pensábamos y a caminar por las afueras de Huaripampa. Varias veces lo encontramos escalando los cerros, arrastrándose por la carretera o sentado en esa peñolería alta que da sobre la casa del patrón. Allí pasaba horas, mirando los tejados de la casa y el patio donde capan a los carneros y encostalan la papa. Los pastores dicen que también se le veía por las punas y que a veces se acercaba para hablar con ellos de las minas y chupar su bola de coca.

Un día lo encontré en la carretera que separa nuestra comunidad de la hacienda de don Santiago. Él estaba parado al borde del camino, debajo de ese quinuar seco donde saltan los gorriones. Estábamos conversando cuando vimos acercarse al niño José, el hijo del patrón, que ya creció y dicen que es ingeniero. Venía al paso de su yegua *Mariposa.* Al pasar a nuestro lado se detuvo y nos saludó. Yo me quité el sombrero y le di los buenos días, pero Sixto no dijo nada y lo miró a los ojos. Así estuvieron mirándose largo rato, como buscándose querella.

—No te conozco —dijo el niño José—. Pero por la cara que tienes debes ser minero y huaripampino. ¿No sabes decir buenos días?

Sixto se rió como nunca lo había oído yo, dándose puñetes en el vientre y cogiéndose luego más abajo las partes de la vergüenza.

—¿De dónde ha salido éste? —me preguntó el niño José—. ¿Más idiotas todavía en Huaripampa?

—Es Sixto Molina —le dije—. Ha venido de las minas hace unos meses. Pero Limayta dice que pronto tendremos que enterrarlo.

El hijo del patrón se fue hacia las minas sin decir nada pero yo me enteré por el chiuchi Antonio, que vive en la hacienda, que esa misma noche le contó todo a don Santiago.

—Debe ser hijo del viejo Molina, que fue mi pastor —dijo don Santiago—. El viejo murió de asma porque fumaba mucho. Se fumaba hasta esos cigarros que yo metía en mi boquilla para que sirvieran de filtro y que luego tiraba al patio cuando estaban negros de nicotina.

Desde ese día Sixto iba siempre a la carretera y se paraba debajo del quinuar. El niño José pasaba a las ocho en su yegua para visitar el ganado en las alturas. Sixto lo esperaba y cuando el ingeniero pasaba, lo miraba en los ojos, sin quitarse el sombrero. El niño José se detenía un momento y lo miraba también, hasta que Sixto se echaba a reír y se retiraba.

Al principio el niño José no decía nada y seguía su camino. Pero como todos los días pasaba lo mismo, se bajó una mañana de su yegua y se acercó a Sixto.

—No me gusta que me mires de esa manera —dijo—. Sé que eres Sixto Molina, el hijo del pastor y que estás enfermo. Si quieres algo, dímelo ahora mismo.

Como Sixto no respondió, el niño José volvió a montar.

—No quiero verte mañana por aquí —continuó—. Acuérdate de lo que te digo.

Pero al día siguiente Sixto estaba en su lugar. El niño José desmontó, dejó su sombrero encima de una tapia y se acercó a Sixto.

—Te voy a pegar —dijo, y comenzó a darle de trompadas. Sixto, que estaba flaco, se cayó y allí el niño José le partió la frente de un botazo. Luego se puso su sombrero y se fue. Sixto quedó sentado en la acequia, limpiándose la sangre con la mano.

A la mañana siguiente estaba de nuevo bajo el quinuar. El niño José volvió a desmontar y le pegó otra vez. Así le pegó durante varios días, le dio hasta con el fuete pero Sixto siempre regresaba al camino. Al final el niño José se aburrió o no sé qué pasaría, pero la verdad es que para ir hacia el ganado tomaba el camino de la quebrada y no la carretera, donde Sixto lo seguía esperando.

Una mañana, después de una noche de aguacero, nos enteramos por el chiuchi Antonio que una piedra muy grande había rodado desde el cerro hasta la casa del patrón. La piedra fue dejando un surco en la ladera, abrió una brecha en los tunares, rompió la pirca del corral y se metió al galpón, matando cuatro ovejas.

—Don Santiago dice que la piedra la han empujado —nos contó Antonio—. Dice que no ha caído sola con la lluvia.

Esa misma noche don Santiago apareció en la comunidad. Nosotros nos asustamos porque el patrón sólo venía a Huaripampa en época de cosecha o de barbecho, cuando necesitaba brazos para su tierra. Entonces sí que venía todos los días, invitaba cigarros y aguardiente, contaba historias que hacían reír, bailaba con las cholas y hasta se emborrachaba con Celestino Pumari, el personero. Pero en época de descanso era raro verlo venir. Por eso nos asustamos cuando cruzó la plaza a caballo, con su hijo José y el mayordomo Justo Arrayán. Se fueron derechito a la casa de Celestino Pumari.

—Anoche han hecho rodar una peña sobre mi casa y han matado cuatro ovejas —dijo don Santiago—. Yo quiero saber quién ha sido ese hijo de perra. Si no me lo dicen iré esta tarde a Huancayo y hablaré con el prefecto para que me busque al criminal.

—Estoy seguro de que ha sido Sixto Molina —dijo el niño José—. La gente de la hacienda lo ha visto varias veces rondando por el cerro.

Se fueron en montón hasta la casa de Sixto y lo encontraron en el zaguán, remendando un sombrero. Don Santiago le habló en castellano pero Sixto se hizo el que no entendía. Justo Arrayán, el mayordomo, tuvo que hablarle en quechua y después dijo:

—Molina dice que es muy débil para empujar una piedra grande.

—¿Cómo sabe que es una piedra grande? —preguntó el niño José.

Justo Arrayán volvió a hablar en quechua con Sixto y dijo:

—Molina dice que una piedra chica hubiera matado sólo un gorrión.

Nosotros nos echamos a reír. Don Santiago gritó:

—¡Que hable en castellano! ¡Todos ustedes saben castellano! No creo que sea tan bestia que se haya olvidado. Dime tú, carajo, ¿entiendes lo que te digo?

Entonces Sixto Molina habló en castellano y lo hizo mejor que los señores, como nunca habíamos oído nosotros hablar a un huaripampino.

—Usted no es mi padre —dijo—. Usted no es dios, usted no es mi patrón tampoco. ¿Por qué me viene a gritar? Yo no soy su aparcero ni su pongo ni su hijo ni trabajo en su hacienda. No tengo nada que ver con usted. Cuando más, vecinos. Y carretera de por medio, y pirca de tunares.

Nosotros creíamos que allí no más don Santiago le iba a rajar la cara de un fuetazo pero se quedó como atontado, pensando. Miró a su hijo, al mayordomo y a la veintena de comuneros que formaban círculo.

—Estás tísico y pronto te vas a morir —dijo—. Por eso es que no te hago nada. Pero cuídate no más. Si te veo rondando por la hacienda o si me faltas el respeto otra vez, no me importará que tengas los pulmones podridos y te haré apalear por mi gente.

Al decir esto, se fue. Nosotros nos quedamos mirando a Sixto. Cuando los jinetes se retiraron, Sixto se echó a reír y se llevó las manos a la entrepierna.

Una semana después, poco antes de que empezara la cosecha, el pastor Específico Sánchez bajó de madrugada a la casa de don Santiago y dijo que la choza de la punta de Purumachay se había incendiado. En la hacienda del patrón había doce puntas de carneros con sus doce pastores y sus doce corrales. La punta de Purumachay era la más preciada, donde se guardaba el ganado fino que trajeron del extranjero. Los carneros habían saltado la pirca, asustados por la candela y se habían ido balando por los pajonales.

Durante todo el día don Santiago y su gente estuvieron recorriendo las punas para reunir a los merinos. Era fácil reconocerlos por la marca azul que tenían en la oreja. Pero muchos no pudieron ser encontrados porque se metieron en las haciendas vecinas o porque se despeñaron con el susto y cayeron a esas quebradas hondas donde sólo bajan las aguas.

A Específico Sánchez sólo le pusieron multa y si no lo botaron fue porque era de esos pastores sufridos que nunca duermen en época de parición y que caminan leguas para salvarle un pacho al patrón. Pero don Santiago se emborrachó como cada vez que enrabiaba y durante tres días estuvo pegado a su botella hasta que sus ojos se pusieron amarillos. Su mujer había tenido que venir en carro desde Huancayo para atenderlo. Don Santiago decía: «Sé que hay un cholo ladino, Sixto Molina, que me las pagará».

Al tercer día lo vimos venir a Huaripampa pero esta vez lo acompañaba una docena de gentes. Además de su hijo José y de su mayordomo, había otros ingenieros y unos cuantos cholos que se han criado en la hacienda y que son ya como de la familia de don Santiago. Todos venían gritando y lanzando carajos. Estaban rojos, un poco borrachos, pues llevaban mal las bridas y se bamboleaban en sus monturas.

La cabalgata pasó delante de la iglesia, perseguida por los perros de la comunidad. Pasó también delante de la casa de Celestino Pumari y se fue derecho al barrio bajo, donde vive Sixto Molina. Como vieron que la puerta estaba cerrada, se quedaron cavilando. Don Santiago bajó y comenzó a gritar:

—¡Sixto Molina! ¡Aquí hemos venido para que nos digas por qué has prendido fuego en la punta de Purumachay!

La puerta seguía cerrada. A esa hora Sixto no estaba pues se había ido temprano, llevando su ganado a pastear. Así se lo dijimos pero el niño José no nos creyó y, desmontado, comenzó a dar de patadas en la puerta. Cuando la rompió, entró a la casa seguido de su gente. Se fueron hasta el corral que hay detrás y encontraron allí a las dos vaquillas.

No se las llevaron porque eran muy chuscas. Nosotros sólo escuchamos los tiros. Cuando entramos al corral vimos que se habían muerto con los ojos abiertos, sin protestar, echando sangre por su pellejo lleno de huecos de bala.

Para avisarle a Sixto tuvimos que atravesar todas las tierras bajas, las que están alrededor del caserío, y subir a las alturas. Anduvimos buscándolo entre los pajonales, largo rato, porque nuestras punas son grandes, casi tan grandes como las que tiene don Santiago. Pasamos cerca del cerro de Marcapampa y lo encontramos en la última quebrada, la que está húmeda y verde aun en el verano.

—Te han matado a tus vaquillas —le dijimos.

Sixto arreó su ganado y comenzamos a bajar a Huaripampa. Sin decir nada, corría delante de nosotros, dándoles de guaracazos a sus carneros. Llegamos resollando y vimos que delante de su casa había un montón de comuneros y de mujeres. Estaba también el personero Celestino Pumari.

—Bien merecido lo tienes —dijo el personero—. Nos estás metiendo en líos con el patrón. Cuando venga la cosecha no te dará trabajo. Nos pagará ocho soles diarios esta vez y nos regalará una máquina de escribir.

Sixto se abrió camino y entró a su corral. Allí se agachó al lado de sus vaquillas, les tocó el hocico y metió sus manos en sus heridas. Después sacó su cuchillo y las desolló. Las arrastró por las pezuñas, primero una y después la otra, hasta las retamas que hay junto al río y estuvo enterrándolas en la orilla largo tiempo, hasta que nosotros no veíamos nada en tanta sombra y escuchábamos sólo la tierra que caía.

Yo creo que después el patrón se arrepintió, porque vino a hacer las paces con Sixto. Esta vez vino solo, al atardecer, y se llevó a Sixto y a otros comuneros a conversar a la chichería de Basilisa Pérez.

—Ustedes son mis vecinos —dijo don Santiago—. Y es bueno vivir en paz con sus vecinos. Entre nosotros podemos ayudarnos. Yo puedo darles remedios contra la gusanera de sus carneros. Tu padre —le dijo a Sixto— fue mi pastor durante más de veinte años. Se traía al hombro hasta la casa a los capones enfermos. El viejo murió de asma porque fumaba mucho.

Sixto sólo repetía:

—Hablar bonito no es decir la verdad. No tengo nada que ver con usted —y no bebió la chicha ni comió el chuño que invitó don Santiago.

—Te he dado la mano y no me la has querido recibir —dijo don Santiago—. Acuérdate de esto para toda tu vida.

Cuando se fue, Sixto dijo:

—Habla sólo mentiras. Mi padre murió de pulmonía porque se levantaba a las tres de la mañana, en medio de las heladas, para espantar a los zorros. Si quiere curar la gusanera de nuestro ganado es sólo para que no ensucien la paja y contagien a sus carneros. Ahora se va donde el personero para comprarlo. Le da plata para que los huaripampinos trabajen en su cosecha. Sé que le va a comprar hasta un camión. Los dos son como perros: ladran en la misma lengua. Peor todavía porque cuando muerden lo hacen calladitos, a la traición.

A partir de ese día, don Santiago venía casi todos los días donde Celestino Pumari, para hacer el trato. Como ya había que empezar a cosechar, necesitaba que los huaripampinos escarbaran su papa, igual que todos los años. Nosotros no queríamos trabajar porque para eso teníamos nuestra papa también y nuestro ganado. Pero don Santiago nos daba plata además y con esa plata podíamos ir a Huancayo, a comprar aguardiente, coca y cigarros. Además, Pumari nos enseñó la máquina que nos regaló el patrón, la máquina de escribir que él se había llevado a su casa, no sé para qué pues no entendía nada de escrituras.

—Con esta máquina —decía— podemos escribir como los blancos. Y así, cuando haya algo que reclamar, las autoridades nos harán caso, escribiremos en un papelito bien limpio. Ya verán cómo el señorito José nos va a enseñar.

Los sábados que había feria en Huaripampa y que venían los cholos de todos los caseríos, que venían de Jauja con su ganado, y que hasta los blancos venían desde la carretera para comprar ponchos y colchas de vicuña, Pumari nos hablaba en la plaza que estaba llena de gente. Así, poco a poco nos fue convenciendo y reunió a los quinientos braceros que necesitaba don Santiago.

El único que no quería trabajar era Sixto. Nos dijo que don Santiago nos iba a sacar la grasa y que toda la plata se la llevaría para sus casas de Huancayo y sus casas de la capital.

Don Santiago sabía esto y por eso cada vez que veía a Sixto en Huaripampa detenía su caballo para insultarlo:

—¡Malparido, hijo de perra, me quieres malear a la gente! Te he dicho que te vayas de aquí. Si sigues diciendo mentiras, algo te va a pasar.

Pero Sixto no cejaba, iba hablando de un lado para otro y cuando al atardecer llegaban los braceros a Huaripampa, dolidos de tanto trabajar en la tierra de don Santiago, los esperaba a la entrada de la comunidad y los seguía por el camino para reírse de ellos.

—Ustedes tienen sangre de calandria —les decía—. Alma de borrego tienen. Lamen la pezuña del patrón.

Algunos braceros le hacían caso a veces y no iban a trabajar y cuando el mayordomo Justo Arrayán venía a buscarlos, le decían:

—Por nadita del mundo trabajamos. Sixto dice que somos como borregos. Que venga don Santiago a pedírnoslo de rodillas o que nos pague más.

Fue por eso que una tarde, cuando Sixto venía del río donde lavaba su ropa, vio tres sombras detrás de las retamas. Sixto quedó mirándolas porque las sombras estaban quietas y no se movieron cuando les tiró una piedra. Dice que le dio miedo, no fueran aparecidos de tanta gente que murió en las minas, y se echó a correr.

—¡Sixto Molina! —dice que le gritaban por detrás y cuando dobló el recodo que lleva a la comunidad volvió a verlas, esta vez en medio del camino. Recién se dio cuenta que eran sombras de hombres vivos. Pero esta vez ya no hablaron. Una se quedó atrás y las otras dos avanzaron y él ya no tuvo tiempo sino para agacharse y hacerse una bola antes que le comenzaran a golpear. Con un palo le daban y con las correas de la cintura. Sixto se tapaba con las manos pero antes de que su mano llegara al sitio, ya el sitio había sido zurrado. Ni con cien manos, dice, se hubiera podido cubrir porque de todo lado venían los cinchazos y ya él sentía que los huesos se le partían. Después ya no sintió nada más y se quedó con una oreja metida en un charco, viendo cómo se alumbraban las estrellas y sintiendo cómo se le trepaban los grillos.

Más tarde el viejo Limayta se tropezó con él, lo maldijo varias veces, quiso dejarlo tirado, después jalarlo y como no podía, fue a buscar una bestia a los potreros y así lo trajo a Huaripampa, doblado sobre el espinazo de un burro.

Nosotros creíamos que lo habían matado, esta vez de verdad.

—¡Ah, Molina, haces mal en seguir viviendo! —decía Pedro Limayta—. Eso te pasa por no querer morirte de una vez, cuando has venido de la mina con el cuerpo podrido. Uno de estos días te vamos a encontrar con el pescuezo cortado y los ojos fuera de su sitio, tirado en el cementerio.

En su casa lo estuvo curando. Tenía manchas moradas por toda la piel, mataduras en las piernas y orinaba un jugo negro, cuando orinaba. A la semana se pudo levantar pero un brazo se le quedó recogido para siempre, como si fuera el ala de una gallina y ni dos hombres juntos se lo podían enderezar.

De la hacienda de don Santiago hicieron correr las voces de que estaban penando, para disimular. Decían que malos espíritus andaban por los caminos y que era peligroso atardarse en el campo porque a uno lo podían degollar. Hablaban de llamar al cura para que echara cruces en el valle de Huaripampa y nos librara de los aparecidos.

Pero a Sixto Molina no lo engañaban:

—Los que avanzaron tenían ojotas —decía—. Pero el que se quedó atrás llevaba botas de hacendado. Si lo vi clarito. ¡Que se me caiga la lengua a pedazos si es que no era el hijo de don Santiago!

Una tarde compró muchas botellas de chicha donde Basilisa Pérez, compró cancha y coca, envolvió todo en su poncho y se fue para los pajonales, con los hermanos Pauca. Como yo los seguía, me quisieron echar pero después me dejaron andar junto a ellos. Yo tenía que correr porque ellos andaban rápido y sin cansarse por esos atajos filudos que solo conocen los chivatos. Pronto pasamos el roquedal de los zorros y llegamos a la quebradita que linda con la tierra de los gringos.

La tierra de los gringos, la más grande que hay en estos lugares, está toda alambrada y nadie puede pasar por allí. Detrás de los alambres están sus carneros, que vienen hacia nosotros y meten sus cabezas entre las púas. Son carneros de otra raza, muy gordos, grandes, casi como terneras y con toda la lana blanca. Nuestros carneros, en cambio, tienen la lana moteada con manchas marrones y a veces son todos negros y a veces ni lana tienen, que se les ve el pellejo. Pero a pesar de eso, nuestros carneros meten también la cabeza por los alambres y se miran y se hociquean con los carneros de los gringos.

Yo creí que nos íbamos a quedar allí, mirando esas punas enormes que llegan, según se dice, hasta la fundición de La Oroya. Pero Sixto empezó de nuevo a caminar y los hermanos Pauca lo siguieron y yo iba detrás. Así llegamos hasta el cerro Marcapampa, donde están las ruinas. Nadie sube por allí porque trae mala suerte. Hace algunos años unos cholos subieron para sacar piedras y hacer con ellas corrales. Pero casi todos se murieron después o se quedaron ciegos.

Cuando llegamos a la cumbre, uno de los Pauca me dijo:

—Ya está bien, chiuchi, ahorita te bajas. ¡Qué nos vienes siguiendo!

Yo me fui a dar una vuelta por entre los muros, entre tanta piedra caída o todavía parada, donde se ven huecos de puertas y ventanas y donde la yerba crece y lo va cubriendo todo. Sixto y los Pauca se sentaron y comenzaron a tomar chicha y a conversar. Los Pauca odiaban a don Santiago porque sus mujeres se fueron a trabajar de sirvientas a su casa de Huancayo y nunca más quisieron regresar.

—¿Todavía estás aquí? —me dijeron los Pauca—. A pedradas te vamos a echar. ¡Baja por la ladera, desbarráncate de una vez!

Yo iba a partir cuando Sixto me llamó:

—Vente mejor con nosotros. Ya te diré lo que vas a hacer.

En lugar de cruzar por Huaripampa, comenzamos a caminar por los potreros. Íbamos hacia la carretera, escondiéndonos detrás de las tapias. Nadie me lo había dicho pero caminando así sólo podíamos estar yendo para la casa de don Santiago.

La casa de don Santiago tiene un portón que da al camino y está rodeada de paredes muy altas. También atrás hay un portón que da a los corrales y a los cerros. De noche las puertas están cerradas.

—Súbete allí —me dijo Sixto, señalando una pared— y mira hacia la carretera. Si ves venir algún camión, avísanos.

Yo le obedecí y subí al muro que está frente a la casa de don Santiago. Desde allí podía ver la curva y la carretera que va a Jauja. Por otro lado veía la carretera que va a Huancayo.

Uno de los Pauca fue al portón y tocó la aldaba mientras el otro Pauca y Sixto estaban escondidos junto a la pared. Pauca tocó varias veces hasta que salieron a abrirle. Se había embozado bien la cara con su poncho. Yo no sé qué habló con uno de los sirvientes de la hacienda pero al poco rato el niño José salió a la carretera con un farol en la mano.

Todo pasó muy rápido. Mientras el niño José hablaba con uno de los Pauca, Sixto y el otro le cayeron por los costados. En ese momento supe que lo estaban matando. Estaba tirado en el suelo, junto al farol que seguía prendido y levantaba los pies para un lado y para otro. Sixto le había pasado un cincho por el pescuezo mientras los Pauca lo golpeaban. Después el niño José estaba levantado y uno de los Pauca había caído. Después fue Sixto el que cayó. Después todos estaban en el suelo. Se levantaban y se volvían a caer. Dos cholos salieron de la hacienda y se metieron en el lío. Todo pasaba en medio de gritos. Yo estaba parado en el muro, agarrado de un eucalipto. Las luces de la casa se encendieron. Después vi las luces de un carro en la carretera y silbé, silbé varias veces. Sólo cuando vi que Sixto y los Pauca me oían y empezaban a correr, dejando en el suelo a dos hombres tirados, me aventé de la pared y me escapé.

Al poco rato ya se sabía todo en Huaripampa. Las voces corrían de boca en boca. A pesar de que era tarde, muchos cholos habían salido de sus casas y andaban asustados por la plaza y por las chicherías. Donde Basilisa Pérez se decía que los malos espíritus habían asaltado al niño José y le habían quitado el ánimo.

Los malos espíritus pasaron más tarde. Nosotros no los vimos porque era una noche oscura. Sentíamos sólo el trotar de sus bestias y los fuetazos que les zumbaban sobre las ancas. Debían ser muchos. Primero entraron al galope en la plaza y allí se detuvieron. Alguien hablaba con una voz muy ronca. Después empezaron de nuevo a trotar, unos por un lado, otros por otro, como si se persiguieran o se huyeran, como si montaran caballos locos. Daban vueltas por el pueblo, se juntaban todos en la calle ancha, se dividían por las calles angostas que van al río, siempre bajo la misma voz que los reunía o los separaba. Nosotros corríamos de aquí para allá, a veces para verlos de cerca, a veces para no ser atropellados pues pasaban tan rápido que dejaban detrás un hueco de viento frío y un olor a azufre que se quemaba. Estaban por todo sitio pues cholos que llegaron de Jauja dijeron haberlos visto en la carretera, sacando chispas de las piedras y los que bajaron de los pajonales también los vieron quebrando la paja brava con su galope. Las viejas ya se habían encerrado santiguándose, arrodillándose delante de velas y retratos, y sólo unos pocos quedamos donde Basilisa, escuchando cómo se perdían los cascos, allá lejos, en los potreros.

La primera que les vio la cara fue la hermana de los Pauca, que llegó sofocada, que ni hablar podía. Dijo que habían entrado en montón a su casa, haciendo astillas las puertas. Habían roto los porongos y buscado por todo sitio. Don Santiago la había aferrado del cogote y su gente le había dado de puntapiés.

—¡Para Acobamba se fueron, los dos solitos se fueron por los cerros, así le dije al patroncito! —nos contó la Pauca—. Se fueron donde su entenada, la que vive cerca del agua de Huairuray. A esconderse se fueron por lo que hicieron con el niño José.

Cuando la Pauca dijo esto, sonaron nuevamente los cascos. Esta vez se acercaban a la comunidad. Parecía la época de avenida, cuando los cerros se derrumban con el aguacero y se vienen por las calles arrastrando a los chanchos, a los terneros.

Sentimos que cruzaban la explanada de la plaza, haciendo ecos contra el paredón de la iglesia y después, frente al zaguán, vimos las cabezas de las bestias que echaban humo por el morro y los jinetes que saltaban a tierra. Entraron todos en la chichería, llevados por don Santiago.

—¡Tus hermanos no llegarán lejos! —dijo don Santiago a la Pauca—. Ya mandé a mi gente para que cuide los caminos que van a Jauja. Hasta por los cerros los he mandado. ¡Los traerán amarrados en las monturas arrastrándose por los charcos!

Todos estaban contentos, pidieron porongos de chicha y encendieron cigarros. Algunos habían dejado sus armas en las fundas de sus monturas pero otros las tenían aún en la mano. Estaban allí Justo Arrayán, el personero Celestino Pumari, tres o cuatro cholos de la hacienda, el contador de don Santiago, el inspector de aguas, dos ingenieros y otra gente que yo no conocía, seguramente de esos vagos que andan por estas tierras y que pasan temporadas en las haciendas comiendo y bebiendo donde los patrones porque saben tocar guitarra y están siempre listos para el cargamontón.

—El prefecto me mandará dos policías y una orden de grado o fuerza —decía don Santiago—. Además, he avisado a los Otoya y a todos los hacendados de la región para que vengan esta noche. En la madrugada empezaremos el chaco. ¡No se me escanará Sixto Molina! Quiso joder a mi hijo. Esta vez sí que lo cazamos de verdad. Vamos a limpiar el lugar de la malayerba.

Más tarde sentimos los gritos que venían de las afueras. Mucha gente se despertó en la comunidad. Ya traían a los Pauca. Como dijo don Santiago, los traían amarrados a las monturas, poniendo los caballos al galope para que los Pauca tuvieran que apurarse y dar de saltos por todo lugar para no caer al suelo y ser arrastrados.

Don Santiago se rió de ellos cuando entraron, a uno le quemó la punta de la nariz con el cigarro y después dijo que se los llevaran a la hacienda y los guardaran allí hasta el día siguiente. Pero Justo Arrayán no quiso dejarlos partir así no más y comenzó a patearlos cuando estaban con las manos amarradas.

—¿Dónde está Sixto? —preguntaba—. Ustedes dos y él me golpearon en la puerta de la hacienda, cuando salí a defender al niño José.

—Déjalos —decía don Santiago—. ¡No les des tan fuerte! No quiero ver huesos rotos. Después habrá que llevarlos cargados.

Un grupo de cholos se los llevaron, los demás se quedaron en la chichería. Como se estaban emborrachando, don Santiago mandó que prepararan ayacochupe para todos. A la Pauca la habían traído a la mesa y le metían la mano por debajo de las polleras y la manoseaban.

—¡No les haremos nada a tus hermanos, palomita linda! —le decían—. ¡Dinos, pues, para dónde se ha ido Sixto, florecita de Huaripampa!

Como la Pauca no decía nada, le dieron chicha, la hicieron cantar y hasta bailaron con ella. La chola hacía todo, sin saber por qué, casi llorando, hasta que se tiró al suelo y se quedó acurrucada junto al fogón.

Don Santiago mandaba a cada rato a un hombre para que le averiguara algo o para que le trajera una botella fina de la hacienda. Con tanta botella se iban quedando callados, que ni el ayacochupe les tiraba palabras y así pasaba la noche y cerca del amanecer se quedaron todos dormidos, con las bocas que babeaban, sin quitar las manos de sus fusiles.

Yo salí, porque era el momento de avisarle a Sixto. En la calle ancha me encontré con los Otoya y otros hacendados que venían en trote hacia la chichería. Todos se odiaban con don Santiago y en época de cosecha o cuando había concurso de ganado discutían en Huancayo delante de los jurados y hasta se agarraban a trompadas. Pero cuando había un cholo de por medio se volvían amigos y se ayudaban. Ellos se prestaban a sus cholos o se los quitaban, según su humor, pero generalmente los juntaban en sus haciendas, dándoles plata o como fuese, porque el que tenía cholos era el más rico.

Por la casa de Sixto ya había pasado la mala gente porque estaba abierta y llena de roturas. Su corral no guardaba ningún borrego. Seguro que Sixto los arreó para los potreros antes de escaparse pero no debía haberse ido muy lejos, con los caminos tan custodiados. Ni siquiera el alambrado de los gringos pudiera haber pasado porque don Santiago también les había dicho de cuidarlos.

El viejo Pedro Limayta estaba de madrugada, a la puerta de su casa, cuando yo iba a cruzar el pueblo.

—¡Lo matarán! —me dijo—. ¡He visto ya tantas cosas! ¡Pedacitos lo van a hacer y hasta los perros se lo comerán! Vino temprano para dejarme sus borregos y llevarse mi fusil. Me dijo que se iba para Huancayo pero mentira, que de aquí no se va. Debe estar allá arriba, en el cerro de Marcapampa.

Yo le pedí su caballo.

—¿Para qué? ¡Si no se escapará! Ni siquiera lluvia hay, ni nubes para que se esconda. Todo está amarillo y quemado. Ni una perdiz podrá esconderse en el pajonal.

De todos modos, yo me llevé su caballo amarrado con una soga. En las afueras de Huaripampa me encontré con los guardias civiles que llegaban. Me preguntaron por la chichería de Basilisa Pérez. Yo les señalé el camino, monté al pelo y me fui para la salida del pueblo.

Cuando iba a tomar el camino del roquedal, dos cholos aparecieron, me llamaron, corrieron detrás de mí, saltando las tapias, hasta que me empuñaron.

—¿Adónde llevas el caballo de Limayta? —me preguntaron—. Órdenes tenemos del patroncito de que nadie salga ni entre por aquí. Chaco van a hacer hoy día, dicen en la hacienda.

Yo dije que llevaba el caballo a pastear pero no me hicieron caso y me arrearon para el pueblo. Yo regresé un trecho y quise salir por otro lado pero habían allí más cholos de don Santiago. Todo Huaripampa, en verdad, parecía estar ocupado por sus sirvientes.

Como no tenía nada que hacer, me fui para la plaza. El sol ya había salido todo, en un cielo pelado que no echaba una sola sombra. Delante de la chichería estaban reunidas todas las gentes. Eran tantas que no entraban en las tiendas y estaban esparcidas por todo sitio. Don Santiago ya estaba sobre su caballo, junto a los policías y a los hermanos Otoya.

—¡Ya cantaron los Pauca! —decía—. Sixto se ha ido para los cerros. Dicen que piensa escaparse para Huancayo pero ya mi gente está guardando el camino. Si alguno de ustedes lo ve, tiene que avisar y disparar sólo para asustarlo.

Después se dividieron por parejas. Unos se iban para la hacienda, otros para el río, otros para el camino de Jauja, otros para el de Huancayo. Eran más de sesenta jinetes. Estaban no sólo los hacendados del vecindario sino también sus mayordomos y todos sus pongos. Mientras se separaban, se iban haciendo adiós con la mano, se quitaban los sombreros y se reían fuerte en la mañana, igualitos de alegres que cuando los cholos se van a emborracharse a una feria.

Con el chiuchi Antonio, que vino de la hacienda, los fuimos siguiendo. Primero íbamos detrás de unos, después detrás de otros, montados los dos en el caballo de Limayta. Cada vez se iban separando más, formando una rueda enorme que iba a envolver toda la comunidad. Yo miraba el cielo, que seguía pelado, limpio, azul por todos sus costados, cielo de verano huaripampino. Pensaba que Sixto estaba escondido en algún sitio mirando también el cielo y que vería aparecer en el cielo primero un jinete por un lado y después otros por otro lado y así jinetes por todas partes, juntándose cada vez más, cada vez más, hasta quedar encerrado y solo en un cerco redondo de caballos.

El chiuchi Antonio estaba prendido de mi espalda y temblaba tanto que me hacía perder la rienda.

—¡Son fusiles de verdad! —decía—. Yo vi una vez en la hacienda al niño José que con uno de ellos mató a una mula que se había roto una pata. Primero le acarició el morro y después le apuntó entre los dos ojos. ¡Ah, la mulita que pataleó y quiso pararse, pero se quedó tiesa y por la noche estaba llena de moscas!

Nos tocó ir detrás de Justo Arrayán, que iba muy despacito, mirando aquí y allá, metiendo los ojos en las acequias, parándose bajo los árboles o aguaitando tras de las tapias. Cuando veía a otro jinete del chaco, allá a lo lejos, gritaba «¡Libre!» y el otro le respondía «¡Libre!» Así, por todo sitio, nos venía esta voz y cuando llegamos al roquedal de los zorros, la voz nos rebotaba de las peñolerías, tantas veces que ya ni oírla queríamos y después ni la oíamos ya, que nos era tan natural como el ruido del agua.

Cuando el sol ya quemaba, los jinetes comenzaron a juntarse en la puna. Los pastos estaban amarillos y comidos. Como todo era plano, se veía un jinete por aquí, otro por allá, que iban avanzando hacia el cerro Marcapampa. A un lado de Justo Arrayán estaba Celestino Pumari y al otro uno de los hermanos Otoya, el que dicen que es tuerto porque hasta de noche anda con anteojos negros.

A mitad de la pampa vimos a don Santiago que llegaba al galope gritando «¡Libre!» desde lejos y sacándose el sombrero.

—¡Ni que fuera gusano! —dijo—. ¡Nadie ha visto todavía a este condenado hijo de puta!

Otoya y Pumari, que se acercaron, dijeron que tampoco habían visto nada.

—Vayan hasta el alambrado —ordenó don Santiago—. Allí nos juntaremos.

Tres nubecitas avanzaban en fila por encima de Marcapampa.

—Mira —le dije al chiuchi Antonio—. ¡Si caminaran más rápido, si vinieran otras detrás! El cerro se pone como jabón con la lluvia.

Seguimos mirando el cielo mientras avanzábamos. Las tres nubes crecieron, se juntaron, formaron una sola mancha, se dividieron en pedacitos y, pasando sobre nosotros, se perdieron, blancas, sobre las tierras de la hacienda. Detrás no venía nada. Detrás sólo venía el cielo azul y el sol que seguía quemando.

Al llegar al alambrado de los gringos, vimos muchos jinetes reunidos. Otros se habían quedado cercando el cerro. Don Santiago hablaba con gente que había detrás de los alambres. Había un hombre con bigote y botas, que tenía un lente para ver de lejos. Con el lente miraba el cerro y luego se lo pasaba por entre los alambres a don Santiago. Todo el mundo quería mirar con él y estiraba la mano.

—¡Atrás, mierdas! —gritó don Santiago—. ¡Esto no es un juego! ¡Si no ha salido por aquí ni por mi fundo ni por donde los Otoya, debe estar en el cerro o que me arranquen los cojones!

Como muchos tenían hambre, habían desmontado y comenzaron a comer y a fumar. Dos o tres cholos se echaron a dormir sobre la paja. El chiuchi Antonio y yo mirábamos el cerro, tratábamos de mirar bien, tanto, que mis ojos me engañaban y por todo sitio veía cuerpos o cosas que se movían.

—Ni agarrar el fusil podrá —le decía al chiuchi Antonio—. ¡Cómo disparará si tiene un brazo tronchado!

—¡Todos arriba! —gritó don Santiago—. ¡Se hace ya tarde! Iremos a caballo hasta la falda del cerro, después subiremos a pie.

Cuando todos montaban, aparecieron por la puna los primeros comuneros de Huaripampa. Venían caminando en fila o por grupos y se quedaron parados, lejos de nosotros. Detrás venían algunas mujeres, que se sentaron en la paja. Eran bastantes pero no se movían, sólo miraban a los jinetes.

—¿Qué quiere esa gente? —preguntó don Santiago a Pumari.

Pumari se acercó un trecho a ellos, les gritó desde lejos y luego regresó, trotando:

—... Dicen que no quieren nada, que se están no más en sus pastos.

Don Santiago partió con toda la gente y cuando habíamos andado un poco, vimos otra fila de comuneros que venía por el costado del cerro. También se quedaron lejos, parados, mirando cómo cabalgábamos. Al llegar a la falda volteamos la cabeza. Los comuneros habían avanzado un poco pero se habían vuelto a parar. Así como nosotros envolvíamos el cerro de Marcapampa, ellos también nos envolvían a nosotros.

—¡Alto! —dijo don Santiago y quedó pensando, mirando hacia los huaripampinos, mientras se jalaba la mandíbula hacia adelante, como si se la quisiera arrancar. Se le veía viejo, arrugado por la mala noche y hasta con cara de indio, de tanto andar junto a los indios.

—¡Sigamos! —dijo al fin, poniendo su caballo al galope.

Cuando llegamos a la falda del Marcapampa, los huaripampinos habían vuelto a avanzar un trecho más. Conforme los mirábamos, se iban quedando tiesos. Don Santiago volteó otra vez la cabeza para ver cómo se alineaban, como santones, a la distancia.

—Esto no me gusta —dijo y otra vez se puso caviloso. Todos estábamos callados, mirándolo. Don Santiago comenzó a caracolear con su caballo, de un lado a otro, mirando el cerro, mirando a los comuneros. Daba vueltas en redondo, cejaba, manejaba como un trapo a su caballo, el mejor de lo mejor de todas estas tierras.

—La mitad se quedará aquí abajo —dijo—. El resto subirá conmigo. Y que no me avance esa gente, ¿entienden?

Los jinetes desmontaron y unos treinta quedaron guardando los caballos mientras el resto empezaba a subir el cerro, cada cual por su lado.

Marcapampa es un cerro largo y peñascoso, con dos pendientes, una a cada extremo. Los costados son filudos y caen a pico sobre la pampa. Entre la roca crece la paja alta porque ni siquiera los borregos suben allí para morderla. Hay florecitas y cactus redondos y huesos de pájaros tirados por todo sitio.

La subidita por donde Sixto y los Pauca me llevaron una tarde, no la encontraron los cholos; por eso iban trepando a poquitos, agarrándose con las manos y hasta con la quijada de las peñas. Y con el chiuchi Antonio íbamos por detrás, despacio, sin decir nada, perdiendo cada vez más el aliento y mirando las caras de los cholos, que estaban ojerosas y negras como caras de apestados.

A la mitad, un cholo se resbaló y se vino cabeza abajo. Era un pongo de los Otoya. Mucha gente se alarmó y hasta medio que empezó la desbandada. Don Santiago empezó a gritar que nadie bajara a recogerlo, que los que estaban abajo subirían. Y así, primero unos, después otros, fuimos llegando a la explanada que está antes de la cumbre.

Allí todos se reunieron. Don Santiago estaba con la lengua afuera y se sujetaba los riñones como para que no se le cayeran pero seguía con su cigarro pegado al labio.

—Si no está en las ruinas, todo se va a la mierda —decía—. De ahora en adelante pongan cuidado, miren hasta debajo de las piedras.

La explanada que va hasta las ruinas está descubierta, de modo que no hay ni sitio donde esconderse. Por eso todos avanzaban a campo raso, moviendo primero un pie, después el otro, un poco agachados, con los fusiles preparados y sin quitar los ojos de adelante.

—Aquí no más quedémonos —me dijo el chiuchi Antonio.

Era terrible ver cómo avanzaba esa gente, por ese cerro donde nunca subía nadie, bajo un cielo tan azul. Yo me quedé parado, mirando las punas de alrededor, los alambrados, los cholos que se habían quedado abajo y más allá los comuneros que formaban una mancha muy larga que ni se movía. Ya no valía la pena, verdaderamente, seguir más adelante.

Allí nos quedamos, viendo cómo el chaco se había ya cerrado y envolvía las últimas piedras. Después se perdió entre las ruinas. Yo miraba al chiuchi Antonio a la cara y por primera vez me di cuenta que era parecido a mí, que podía pasar por mi hermano. Mi cara, como la suya, debía estar también ahora color de ceniza, casi vieja, sin tiempo, como una de las tantas piedras que habían allí tiradas.

Nosotros mirábamos el silencio pero el silencio seguía durando y duraba cada vez más y duraba tanto que otra vez en el cielo vimos aparecer las nubes. Esta vez sí venían en grupos de distinto tamaño, venían muy rápido, se detenían, cambiaban de dirección y volvían a caminar. Así se vinieron sobre Marcapampa, hicieron un poco de sombra, se estuvieron un rato allí, pero después el calor las arreó hacia las cumbres de Jauja.

Cuando otra vez todo brillaba, don Santiago salió de las ruinas seguido de su gente. Caminaba rápido, mirando el suelo y echando humo por toda la cara. En la explanada se paró, dio una vuelta y comenzó a pasearse. Todos lo rodeaban. Parecía que nadie quería hablar. El chiuchi y yo nos habíamos acercado y mirábamos cómo detrás de las ruinas iban apareciendo los últimos cholos, un poco asustados, mirando hacia atrás.

—¡Esto se jodió! —dijo don Santiago—. ¡Diez horas de chaco y nada! ¿Quién mierda dijo que estaba en Marcapampa?

Yo miré al chiuchi Antonio y vi que su cara se ponía roja, como la cara de una mujer a la cual han besado, cuando en ese momento escuchamos los gritos que venían de abajo. Al principio no sabíamos ni quién gritaba, si los cholos que cuidaban a los caballos o si los comuneros de Huaripampa. Todos corríamos hasta el borde de la explanada, donde la ladera cae en la hondura sobre la puna. Los cholos que cuidaban los caballos, señalaban para arriba y gritaban:

—¡Allá va, allá va!

No podía ser sino Sixto el que bajaba de Marcapampa por la peñolería. Era un bulto encogido que se dejaba rodar entre las piedras para elevarse a veces por los aires y desaparecer entre las grietas. Don Santiago, los dos guardias y uno de los Otoya comenzaron a seguirlo.

—¡Está armado, tiene fusil! —gritaban desde abajo.

Los demás cholos quedaron un momento parados pero después se fueron detrás de don Santiago. El chiuchi Antonio y yo, en lugar de bajar por la ladera, nos fuimos caminando por la explanada para ver todo desde arriba. Sixto seguía bajando, a veces parecía que se estaba cayendo, a veces que estaba volando, así como los venados, cuando Limayta y yo hemos ido a cazarlos, con sus pies ni que se le ven, su cuerpo más rato en los aires que sobre la tierra.

Empezaron a sonar los tiros, de abajo y de arriba. Pero era difícil darle porque cada vez que uno de los guardias apuntaba, tenía que detenerse, apoyarse en una peña y mientras Sixto ya se había hecho pequeñito o se había alejado.

Sixto desapareció. Nadie sabía dónde estaba. Ni los que corrían por la pampa ni los que bajaban por la ladera. El Otoya de los anteojos negros fue el primero en seguir bajando y de pronto sonó un disparo y lo vimos rodar dando de gritos. Sus hermanos y don Santiago corrieron donde él, que se había puesto de pie y caminaba tropezándose como un ciego. Desde arriba vimos que se le habían caído los anteojos y se agarraba la cara.

—¡Allá va! —seguían gritando desde la pampa.

Otra vez Sixto se dejó ver: era como una piedrecita, que rebotaba de grieta en grieta y llegaba a los pajonales. Pero ya los Otoya estaban detrás de él y don Santiago y los guardias, y de abajo lo iban cercando.

—¿Adónde corre? —me preguntaba el chiuchi Antonio—. Si de aquí se ve clarito que lo están esperando.

Era cierto, desde arriba se podía ver que corría hacia los fusiles. Después ya no sentimos sino los disparos, disparos por todo sitio. Humo veíamos y apestaba a azufre pero seguían los disparos, cada vez más rápidos. Parecía que nunca iban a terminar. Después sonó un último tiro y después ya nada más. Todo pasaba tan lejos que ni siquiera podíamos ver. Era un grupo de gente que llegaba corriendo y formaba un remolino al pie del cerro. Allí se estuvieron parados un rato muy largo y después empezaron a moverse. Yo creí que se iban a ir todos juntos pero no: don Santiago partió solo por un lado, tan al galope que su sombrero voló con el viento y no se dio el trabajo de recogerlo. Los Otoya se fueron por otro, llevando a su hermano que tenía un trapo amarrado en la cabeza. Los cholos y los celadores se fueron hacia la carretera. Todos se iban rápido, casi asustados, como si les hubieran dicho que Marcapampa y todas sus piedras iban a derrumbarse sobre sus cabezas. Y en verdad que sólo ahora, y nosotros no nos habíamos dado cuenta, habían llegado las nubes, las verdaderas.

El chiuchi Antonio y yo empezamos a bajar por la ladera, bajo los goterones, resbalándonos, rompiéndonos los llanques, hasta que llegamos al lugar, justo al borde de los pajonales. Lo habían dejado tirado allí, como si fuera un borrego despeñado. Estaba caído como sólo saben caer los muertos, con todos sus brazos y sus piernas torcidos y hasta con el cuello torcido. Tenía los ojos abiertos y sólo su boca se movía y cada vez que se movía salía un globo rojo que se hinchaba y reventaba.

Nosotros también nos fuimos cuando los comuneros habían comenzado a acercarse, callados siempre, formando un muro alrededor del muerto. Nadie lloró ni soltó un gemido. Sólo miraban ese cuerpo agujereado, que la lluvia atravesaba como un colador.

(París, 1961)

Fénix

A Javier Heraud

Después de haber dado los golpes, soy yo ahora el que los recibe y duro, sin descanso, como la buena bestia que soy. Pero no son tanto los golpes lo que me fatiga, pues mi piel es un solo callo, sino el calor de la selva. Yo he vivido siempre a la orilla del mar, respirando el aire seco de Paramonga, en una costa sin lluvias y aquí todo es vapor que brota de los pantanos y agua que cae del cielo y plantas y árboles y maleza que nos echa su aliento de ponzoña. A cien metros de nuestra carpa corre el Marañón, de tumbos colorados y terrosos y, al otro lado del Marañón, los montes silbadores, cada vez más apretados y húmedos, que llegan al Amazonas. No sé cómo puede vivir la gente aquí, donde se suda tanto. Duermo en una hamaca y al enano Max le pago cincuenta centavos para que me eche baldes de agua durante la noche y espante a los murciélagos. Nuestro patrón dice que pronto nos iremos pues todos los soldados de Baguas han visto ya nuestro circo y están cansados de oír a los payasos repetir los mismos chistes. Pero si nos quedamos es porque aún no ha venido la gente de Pucará y de Corral Quemado y porque aún podemos llegar a Jaén recorriendo otros campamentos. Odio esta vida y me iría a los mares si alguien quisiera hacer algo de mí —¡ya han hecho tantas cosas!— pero me quedo por Irma y por Kong, el animal, la estrella.

Fénix fue el hombre fuerte de su pueblo, cuántas veces me lo ha dicho, cuántas veces. Medía cerca de dos metros y pesaba más de cien kilos. De un solo puñetazo derribaba a una mula. Y de pronto alguien vino, le robó su fuerza y la fue vendiendo de ciudad en ciudad, hasta no dejar de él ni la sombra de lo que fue, ni siquiera el remedo de su sombra. Si yo lo hubiera conocido en ese tiempo, lo querría, lo querría como una loca, y me hubiera hundido para siempre en su pecho, me hubiera convertido en un pelo suyo, en una cicatriz, en un tatuaje. Pero Fénix llegó a mí cansado, cuando su músculo era puro pellejo y su ánimo se había vuelto triste. A veces, sin embargo, cuando habla de su pueblo, algo regresa a él y algo le deja: su voz suena como una campana nueva y en la penumbra arden sus ojos. Será verdad tal vez que cantaba en el cañaveral, que desatascaba de un empujón los carros atollados en el arenal, que se comía crudos a los cangrejos, que cortaba la caña como si fuera flores y que en la plaza de Paramonga, los domingos, su pecho era el más robusto, el que asomaba con más alegría por la camisa blanca.

Hubiera preferido nacer rey, claro, o millonario, pero ya que no tengo corona ni fortuna aprovechemos esta vida como mejor podamos. He luchado, con más fuerza que muchos y he dejado a cuántos tirados en el arroyo. No tengo principios ni quiero tenerlos. Las buenas almas que hagan novenas y ganen la vida eterna. Mueran los curas, mueran los millonarios. Yo, Marcial Chacón, he vendido periódicos, a nadie se lo oculto. Y ahora soy dueño del circo: ¡cómo he penado para tener esta carpa, estas graderías, los camiones, los trapecios, los caballos y el oso! He sudado en todas las provincias. Trabajo, en consecuencia no me insulten. Pero sobre todo, hago que trabajen los demás. Vivo de su trabajo pero no a la manera de un parásito sino como un inteligente administrador. Soy superior a ellos, ¿quién me lo puede discutir? Reconozco también que hay superiores a mí: los que tienen más plata. El resto, son mis sirvientes, los compro. Soy superior al enano Max, más alto que él, más rico: le pego cuando me da la gana. Soy superior a Irma, puesto que la alimento y hago que se gane la vida y la meto a mi cama cuando me place. Soy superior a Fénix, porque puedo despacharlo del circo en cualquier momento u ordenarle que levante pesas más pesadas. Soy superior al oso porque soy más inteligente. Soy superior a todos estos soldados porque no tengo jefe. Soy un hombre libre. Diría casi que soy feliz si pudiera abandonar el circo en manos de una persona honrada y vivir de mis rentas. Pero no hay personas honradas y además no se gana tanto como para pagar un gerente. Por lo tanto, sigo con los míos de acá para allá, levanto mi tienda bajo sol o bajo lluvia, agito el látigo contra los remolones y como, bebo y hago el amor lo más que puedo.

Me gustan las mariposas, las mariposas amarillas con pintas negras, todas las mariposas que hay cerca del río. Si no fuera enano podría alcanzarlas con la mano cuando se paran en las ramas. Pero más me gusta Irma, sus piernas delgadas, sus pechos. Me gustan hasta sus arrugas, las que tiene en el vientre. Yo se las he visto, de noche, a través de la ranura de la tienda. He visto cómo se desviste y mira su cuerpo en el espejo y lo mira de abajo para arriba. La he visto también abierta como una araña, pataleando bajo el peso del patrón. Eso es horrible. Pero a pesar de ser horrible lo veo, cada vez que el patrón entra en su tienda o la lleva a la suya a zamacones. Enano soy, por desgracia, y cabezón y feo. No tengo mujer ni tendré. Soy como Fénix, el hombre fuerte, un hombre solo. Pero él, al menos, cuando boxeaba, hace ya años, era querido. Iba a los burdeles, me cuenta, dormía con varias putas a la vez y amanecía borracho, tirado por las acequias. Él me cuenta todo eso cuando vamos caminando por esta maleza, en las tardes. Me habla de Irma y del calor, de los zancudos, de su pueblo, donde no llueve, dice, donde hay caña de azúcar, donde tiene siete hermanos negros que trabajan en el cañaveral. Pronto nos iremos, felizmente, yo tampoco me acostumbro aquí. De noche ni duermo. Doy vueltas por la hamaca de Fénix, le echo aire y agua cuando me lo pide y espío las tiendas, la araña patuda, que se revuelca, la baba del patrón.

Lo mejor del circo es el oso. El teniente nos ha traído desde Corral Quemado para verlo luchar contra el fortachón. Vinimos en un camión y en el tambo de la Benel nos paramos para almorzar. Allí tomamos cerveza, todos, hasta emborracharnos un poco. Es bueno el sábado, caramba, bueno aunque se sea soldado. Bueno el billar, las cholas que andan por las chacras, los partidos de fútbol en la polvareda. Nosotros, soldados del séptimo de Zapadores, los que hacemos los caminos y los puentes. Lo malo es que en el regimiento hay mucho serrano, tanto chuto que ni siquiera sabe hablar como gente decente. Yo soy mestizo, medio mal, cabeceado entre indio y blanco; por eso será que el teniente me prefiere, aunque me da esos combos que me hacen ver estrellas. Lo bueno de los serranos es que son duros para el trabajo, aguantadores. Lo único que los fastidia aquí es el calor. De los treintidós que éramos en Corral Quemado, quedamos veinticuatro, pues ocho se enfermaron cuando se hizo el puente de Baguas; empezaron a toser y hubo que mandarlos a Lima o despacharlos a su tierra. Allá ellos si no se acostumbran. Yo, costeño y acholado, me las arreglo bien. Dentro de un año asciendo y con la vara del teniente seré sargento y después oficial. Ahora, hasta que comience la función, estamos de licencia. Veremos si hay faldas por estos potreros y si encontramos un tambo donde secarnos la garganta.

Carajo, me dijo el capitán Rodríguez, carajo delante de mi tropa. Carajo me dijo en el cuartel de San Martín de Miraflores. Los cholos estaban alineados en un grupo de combate. Estaba allí Eusebio, mi ordenanza, al que le grito Eusebio y cuando viene hasta mí corriendo y se cuadra, le doy un trompón en la mandíbula hasta hacerlo caer. A pesar de eso nadie limpia las botas mejor que él ni rasquetea mejor su caballo. Carajo, me dijo el capitán delante de mis cholos. Eso no se dice nunca cuando hay subordinados. Fue igual que sobre la cara de Eusebio, con más fuerza tal vez porque había rabia en mi puño: como era flaco, lo hice rodar. Capitán en el suelo, con sus galones sucios de tierra. Cholos riéndose. Teniente Sordi ante tribunal de disciplina. Y de pronto, cuando creo que me van a dar de baja, hacen peor, me sacan del San Martín y me mandan de castigo a Corral Quemado, a mil kilómetros de Lima, a cuarenta grados a la sombra. Un rancho de cañas y un brazo de río. Dos años aquí. Dos años viendo la cara de mis veinticuatro cholos y dándole de combos a Eusebio. Ni Lima ni mujer, a no ser la hija de la Benel, que es sucia y se pone a contar las vigas del techo cuando hacemos el amor. Todo eso por un carajo mal dado y por un puñetazo en cara del capitán Rodríguez. Y adiós Miraflores, adiós paseos a caballo por la huaca Juliana, al amanecer. El circo, ahora: un hombre contra un oso.

Los macheteros se lavaban sus brazos con cuidado y los miraban con lástima, como si fueran brazos ajenos. Eso era en Paramonga, hasta ahora me acuerdo. Mis siete hermanos no hacían otra cosa que emborracharse después del trabajo y tirarse en las hamacas, mirando las arenas y sin ganas de vivir. A veces se despertaban en la noche gritando horribles pesadillas. Claro, desde niños no hacían otra cosa que cortar caña, los zambos. Por eso me fui de la hacienda, gracias al gordo Bartolo, que me vio un día levantar cuatro arrobas de azúcar. «Boxeador, me dije, boxeador, compadre. Tú te vienes a Lima, zambo, hay que probar suerte en el ring.» Además, yo no era un santo: había perjudicado a una menor. Casi me fui a la carrera. Al comienzo, Lima fue el hambre, las manos en los bolsillos, la vagancia, una pensión en la plaza Bologniesi donde paraban todos los hombres fuertes, hombres con las orejas reventadas, con las narices chatas, algunos viejos ya y que orinaban sangre después de los contrasuelazos en el coliseo Manco Cápac. «Zambo tú en el interbarrios, me decía el gordo Bartolo, come bien, no chupes y verás. Tú, boxeador, pasta de campeón.» Buen ojo tenía Bartolo, porque en el interbarrios nadie aguantó mi zurda. Cinturón de oro. Foto en *La Crónica.* Fénix, la *Dinamita de Paramonga.* ¿Cuánto hace de eso, mi dios, cuánto? Pellejo ahora, callo por todo sitio, y sudor, sudor, sudor...

Caminar sobre la soga no es nada, torcerme hasta meter mi cabeza entre mis muslos tampoco, pero lo horrible son esas noches calientes, cuando el patrón viene a mi tienda o me lleva a la suya. A veces, fuete en la mano, yo sobre el colchón, con sueño, con ganas de vomitar. Luego su peso, su baba, su boca que apesta a cebolla. Antes de encender su cigarro ya me está echando porque después de usarme ya no soy nada para él, soy una cosa que odia. Y así, de la cama al ruedo, del ruedo a la cama. Y Fénix que no hace nada, que mira sólo, que se queja del sol, que cobra, que se calla, como todos. ¿Qué se puede hacer? Y esta noche otra vez. Ya llegó la gente de Pucará y un camión de Corral Quemado. Soldados, menos mal que éstos no protestan si las cosas salen mal. Verme solo en calzón será para ellos una fiesta. Después se acostarán entre ellos o se masturbarán o qué se harán. ¡Y el oso que respira mal! Ahora el patrón estuvo mirándolo y metiéndole la mano en la boca. El oso está viejo, más que Fénix tal vez. Por eso se entienden entre los dos y se quieren como dos hermanos, como animales sufridos que son.

A los animales como a la gente: a puntapiés. Nadie conoce mejor que yo el efecto moral de una buena patada. Yo las he recibido a tiempo, a tiempo dejé de recibirlas y ahora tengo el derecho de darlas. Así que si el ron no levanta a Kong, a Kong lo levantará el patadón. De otro modo vamos a perder la mejor taquilla de este maldito lugar: doscientos cholos de Pucará, unos treinta de Corral Quemado, cien de Baguas, aparte de la gente de las chacras, que siempre vienen a ver las mismas cosas, los imbéciles. Y mañana a levantar la tienda. Y pasado mañana en Jaén o en Olmos, ya se verá, para donde sople el buen aire. Que el calor está fuerte, caramba, y que si vienen las lluvias, como se dice, con los agujeros que hay en la carpa nos vamos a ver en apuros. De modo que adelante, Marcial Chacón, que vayan los payasos a tocar la corneta por los caminos, que barran el ruedo, que enciendan las luces, pues dentro de un rato anochece. Y que el oso abra los ojos, que si no, que si no...

Todos los enanos se parecen a mí. En el circo del capitán Paz, en Lima, yo era el único enano: me hacían cabalgar sobre un chivato y meterme en la maleta del payaso. De pronto llegaron tres enanos del sur: eran igualitos a mí, la misma nariz aplastada, la misma cabezota. Pero eran más bajos que yo, el mayor me llegaba a la oreja. Eran requeteenanos. Por eso me echaron del circo o quizás porque me peleaba con los otros enanos —y nos peleábamos hasta a mordiscones, peor que la gente grande— o porque un día me perdí en el Callao y no llegué a la función. Desde ese día pasé varios meses en los bares del Callao, gorreando tragos y butifarras a los marineros. Era famoso allí. Cuando llegaban barcos con gringos, les servía de guía en las cantinas y los llevaba donde las putas. Mucha *money* en esa época, *beautiful girls, thank you, I speak english,* yo enano, *ten dollars, I go to bed with you* y otras cosas más. Hasta que en una temporada dejaron de venir barcos, mis amigos se fueron y yo quedé solo en las cantinas, recogiendo puchos, mendrugos, sin banco donde dormir, verde de puro hambre. Un día me fui caminando hasta Lima, siguiendo la línea del tranvía. Llegué al Paseo de la República y me eché a dormir en el pasto. Allí fue donde me encontró Marcial Chacón: «Necesito un enano. Coge tu sombrero y sígueme.» Hace tres años de eso y desde entonces de pueblo en pueblo, por costa y por sierra, hasta aquí.

La contorsionista está buena. Acabo de verla detrás de la carpa, conversando con el dueño del circo. ¿Cómo demonios habrá venido a parar aquí? Seguro como en las películas: su madre tísica, cinco hermanitos que mantener. A lo mejor es de esas que lo presta, con platita de por medio, por supuesto. No estaría mal darle un apretón por allí. Aunque a lo mejor en calzón no vale nada. En eso soy desconfiado y me he llevado varios chascos. La chola Benel, por ejemplo, que cuando se quita el sostén las tetas se le desbordan. Antes de darle el trompón al capitán Rodríguez, tenía una buena hembrita en Miraflores, empleada en una zapatería. ¡Para qué recordar! Era una mujer de un civil, un marica que sabía todo pero que nunca me dijo nada. Los civiles son todos maricas. Apenas ven un uniforme se orinan de miedo. Yo quisiera ver a un civil metido en Corral Quemado durante dos años, sin ver otra cosa que sus cholos, la carretera y el Marañón. ¿Qué hablaría el dueño con la contorsionista? La había agarrado de la muñeca, la jalaba. A lo mejor es su marido. Ni zonzo que fuera. Y el enano que rondaba por allí. Ya los payasos andan por el camino de Baguas anunciando la función. Me gustaría ver al oso. Dicen que el fortachón lo vence. Debe ser truco. Una estrella, dos, tres, cinco. La cerveza de Baguas sabe a jabón. ¡Qué vida esta, carajo! Si no tuviera dos galones me tiraría un tiro. Teniente Sordi, con barba de puro aburrimiento.

¡Ay, mi Lima! A veces la extraño también. Me digo: qué hago con este uniforme verde. Seguiría trabajando en la carpintería si no fuera porque me levaron, yo que andaba feliz por Abajo del Puente. Pero es verdad que aquí me respetan, caramba, que si el teniente Sordi me da de combos, yo también se los doy a los serranos. Además me han enseñado a leer, como y duermo gratis, he aprendido a montar a caballo (no sé para qué, es verdad), las sirvientas me prefieren a los civiles y hasta sé disparar un fusil. Una vez disparé sobre un zambo. Fue en esa revuelta que hubo en una hacienda del norte. Es la única vez que he disparado sobre un hombre. Yo estaba en el regimiento de Chiclayo cuando nos avisaron que unos tipos habían bloqueado la carretera. Eran unos tipos que trabajaban en la hacienda La Libertad y que no querían dejar pasar los carros, los camiones cargados de fruta que iban a Lima. Teníamos otro jefe, entonces, un comandante. A mí me tocó ir. En medio del arenal los obreros estaban parapetados, habían puesto piedras y troncos en la carretera Panamericana. Yo no sé lo que pasó. Creo que nos tiraron piedras ellos. Pero el comandante dijo que disparáramos. Yo disparé contra un zambo. ¿Por qué? Ni sé quién sería pero una vez un zambo me rompió la jeta en el Rímac. Además, el jefe dijo que tirásemos. Lo maté. Cuando le cuento esto a mi teniente dice que él también disparó en la guerra con Ecuador pero hace más de diez años. Dice que yo he tenido suerte porque hay muchos que se pasan toda su vida sin disparar. Ahora el barbudo está medio borracho. Nos ha hecho dar diez vueltas al canchón de fútbol y meternos al río antes de llevarnos al circo.

Kong está mal. Acabo de discutir con el patrón. Dice que con amoníaco lo puede hacer levantar y le ha dado a oler un frasco y le ha metido un algodón en la boca. Lo que le falta a Kong es comida, pero de la buena, carne por ejemplo, la que yo le conseguía cuando estábamos en el sur, carne de perro callejero, de mulo que se muere en los potreros. Aquí, solo yerbas y raíces. Además está viejo, el pobre Kong, que ni dientes tiene. Este calor le hace daño también, ya se desacostumbró con tanto tiempo que ha pasado en otros climas. Tirado en su jaula se revuelca, caliente está su hocico, su hocico que conozco de cerca, su olor a pulgas aplastadas, su sudor que le hace arder el pelaje, su mirada legañosa. Kong y sus tetas de hombre, en medio del pecho que se le pela de puro viejo. Y dentro de un cuarto de hora empieza la función. Ya están entrando los soldados a las graderías. Kong, el tremendo animal tirado en su jaula, con su algodón de amoníaco en el hocico. Ron dice el patrón que le dará y si así tampoco se levanta, patada en la costilla, patada en el culo, patada de patrón. Mi viejo hermano, hermano peludo, ojos de papá, de abuelito, mi pariente sin habla, de grititos, de rugidos, el que se deja abrazar y tumbar, de puro bueno seguro o de cansado o de sueño o de aburrido. Kong, hermanito, levántate, que ya viene el batallón, que ya viene el patadón.

Un latigazo en la cara: como si fuera un corte de cuchillo. ¿Por qué? Porque traté de defender a Kong. Marcial le daba de puntapiés en las costillas y lo jalaba del pescuezo con una soga. Ya había comenzado a llegar el público y Kong seguía tirado en su jaula. Fénix no ha visto nada pues salió un rato a caminar por la maleza para ver si encontraba algo que darle al oso. Salió sólo con una barra de hierro, ya que nosotros no tenemos con qué cazar. Cuando quise decirle a Marcial que así no se levantaría nunca el oso, levantó el brazo y me dio un fuetazo en la cara. Lo hizo con naturalidad, en medio de su impaciencia, como quien se espanta una mosca. Claro que después quiso besarme, pedirme perdón —él a veces hasta se arrodilla pero sólo para mejor morderme las piernas—, pero yo huí de su lado. Encerrada en mi tienda, lo siento dar vueltas, gritar órdenes. Ahorita empieza la función. Menos mal que hoy arrancan los trapecistas, después el enano, los payasos, después yo. Tengo que enseñar mis piernas y además, ahora, esta marca en la cara. El ojo me lagrimea y en mi mejilla nace una cicatriz.

Esto se pone feo: el oso no se levanta ni a puntapiés; creo que está perdiendo hasta el resuello. Ya empezaron los trapecistas. Es verdad que todavía falta el enano, Irma, el caballo, el intermedio. Pero, ¡mierda!, si suprimimos la pelea con el oso, nos van a incendiar el circo. Nadie habla más que de la pelea. He escuchado a los soldados que hacen apuestas, a que vence el oso, a que gana el gigantón. Y Fénix ha desaparecido, el único que puede hacerlo levantar. Lo peor sería que el oso se me derrumbe en plena pelea y se den cuenta de la estafa. Una vez en Huanta, hace un año, el oso se echó en pleno ruedo apenas comenzó la pelea y no quiso levantarse. Tuvimos que decir que Fénix había logrado hacerle la llave Nelson y lo había puesto fuera de combate. A pesar de ello nos tiraron mazorcas de maíz, casi nos linchan, tuvimos que devolver la plata de las entradas y levantar nuestra tienda en plena madrugada. No sé con qué podríamos reemplazar ahora este número. Y el calor aumenta. El aire está amodorrado, quizás llueva esta noche. Irma encerrada en su tienda por lo del fuetazo. Todo sale mal hoy día. Pero el público ríe. Seguramente que Zanahoria acaba de darle al enano una de esas divertidísimas patadas en el culo. ¿Por qué las patadas serán siempre tan graciosas? Ahí regresa Fénix, menos mal, con un mono agarrado de la cola.

A fierrazos dice que lo mató, al pobre monito enfermo: el primero le hundió un ojo y el otro le partió el espinazo. Todo en vano porque el oso no come mono o no quiere comerlo ahora. Fénix está con pena, por el mono y por el oso. Mira la piel del macaco desollado y cuenta que ni gritar podía cuando lo encontró en el bosque, que se vino hacia él arrastrándose, dando de coletazos a las hormigas. Con la piel del monito puedo hacerme un abrigo, justo cae para mi tamaño.

En materia de ropa, es una suerte ser enano: de cualquier retazo nos sale un traje. ¡Pero para lo demás! Ahora Zanahoria, por ejemplo, cuando yo tenía que saltar en el ruedo me dio esa patada en el trasero, más fuerte que otras veces. Me tiene cólera porque escupo más lejos que él y lo gano jugando damas. Si fuera de su tamaño ya le hubiera refregado el hocico contra el barro. Ahora veremos qué pasa con la función. El patrón tendrá que suspender la pelea. Y a la pobre Irma la veo doblarse con su calzoncito rojo en el ruedo, mientras los soldados la señalan con el dedo y le mandan chupetes en la boca.

La mujercita tiene la cara hinchada y un poco de panza pero está buena, requetebuena. Me gustaría que me haga esas piruetas en la cama. Si no hubiera tomado tanta cerveza me tiraría un lance después de la función. Juraría que cuando trepó a la soga me miraba, buscaba mis ojos y se sonreía. Sería por mi barba. O por mi pinta: siempre las mujeres me han mirado. Teniente Sordi, teniente buena pinta. La zapatería de Miraflores y otras tantas; mujeres he tenido como vellos en el brazo. Hombre peludo, hombre suertudo. Y con dos galones encima, no hay potito que resista. ¡Ah, si no fuera por el combo! A esta hora, bien afeitado, por el malecón, con mi hembrita. El cinema, los chocolates con esos polvitos que las ponen arrechas, no sé cómo se llaman. Y después, colchón de plumas. Pero seguiré en esta selva, sabe Dios cuánto tiempo más, acostándome con la chola tetona. ¡Qué vida ésta! Me da ganas de hacer algo, no sé, cortar árboles, escaparme al mar. Conozco a mis cholos hasta por la manera de roncar, los he mirado como miraba mis estampillas a los doce años. Ahora viene el intermedio y después el peleón. A que gana el fortachón. Ya aposté con mi ordenanza. Y después otra cervecita y a la cama, a soñar con el calzón rojo o con que me ascienden a capitán.

Este circo me huele a ensarte. El intermedio dura ya diez minutos y la segunda parte no comienza. El enano salió un rato ahora para hacer sus maromas pero todos lo pifiaron. Lo que queremos es que comience la pelea. Le he apostado una libra a mi teniente a que gana el oso, toda mi propina del próximo sábado. Yo di la señal de patear las graderías y ya todos me han copiado. Ta, ta, ta, suenan los zapatos contra la madera, ta, ta, ta. Parece que esto se va a desarmar. Y la luz parpadea. Debe estar alimentada por un motor a gasolina, como el que hay en Pucará. En Corral Quemado, en cambio, sólo tenemos quinqués. Es decir, el teniente. Los demás con velas. En Lima vivía en un cuartito pero tenía luz eléctrica: apretaba el botón y zas, se encendía el foco. Ta, ta, ta, siguen sonando los pies; a mala hora di la señal, pues hacen un ruido del diablo estos serranos copiones. El dueño de la carpintería, en Lima, decía que a estos cholos debían matarlos o cortarles los huevos: «Ni producen ni consumen, decía, son el tumor nacional.» Quería gringos por todo sitio, gringos trabajando en las minas, gringos sembrando papas, gringos construyendo casas. ¡Bonita idea! Y él ni siquiera era blanco pues parecía salchichón pasado por la sartén.

Maldita idea la del patrón: quiere que me disfrace de oso. Si no fuera por la piel de monito no se hubiera acordado que había una piel de oso guardada en un baúl, una piel de oso con arañas, polillas y hasta pulgas. ¡Ponérsela con este calor! Él luchará contra mí. Dirá que el fortachón está enfermo y que para no defraudar al público, él lo reemplazará en la pelea. Y yo reemplazaré al oso. No será la primera vez que me disfrazo. Cuando luchaba cachascán en el coliseo Manco Cápac —después que me liquidaron del box porque me noquearon siete veces seguidas— salí al ring con una careta de japonés, con un capuchón de cura, con un cuerno de toro, y qué sé yo con cuántas cosas más. Mi nacionalidad cambiaba con mis disfraces, hasta mi nombre cambiaba. Fui el hijo del Sol Naciente, Jack el Renegado, el Búfalo de las Pampas. Al final me decían el Hombre Llanta pues mi especialidad era caer fuera del ring, sobre la mesa del jurado, y dar botes y botes entre el público. Así, hasta que me quebré tres costillas. Y ahora de oso, ¡sólo me faltaba esto! Pero oso de verdad, con hocico y todo. El patrón dice que hasta debo rugir. ¿Cómo rugirá un oso? El pobre Kong, de viejo, ni rugía. Lanzaba como grititos de rata. Tendré que ensayar. Cri, cri, cri... Y a caminar en cuatro patas, con la nariz en tierra. Cri, cri, cri. Rata, hombre, oso, qué sé yo lo que soy.

¡Qué susto me he llevado! Veo entrar un oso a mi tienda y era Fénix con la piel esa, que no sé de dónde habrá sacado. Dice que luchará contra el patrón. Éste le ha dicho que a los diez minutos de pelea, cuando le haga una seña, debe dejarse poner de espaldas en el ruedo. ¡Pobre Fénix! Con semejante piel en este infierno. Estaba sudando a chorros y quiso que le diera unas puntadas a la cabezota que se le ha separado del cuello. Me preguntó qué tal se le veía y yo me quedé callado. No quise decírselo, pero ese disfraz peludo le iba como el guante a la mano. Me pareció que era su ropa natural, su misma piel que él acababa, no se sabe cómo, de recuperar. Es que él, aun sin piel, ha sido siempre una especie de oso manso, de oso cansado, o es que ha terminado por parecerse al animal de tanto frotarse contra su pelaje y sus enormes brazos. A través del mascarón vio mi hinchazón en la cara y quiso saber qué me había pasado. ¡Para qué decirle la verdad! Le dije que me había raspado con la soga al hacer equilibrio. Quiso pasarme la mano por la cara pero su mano estaba enfundada en la garra velluda. Ni tocarme pudo, su misma voz me llegaba oscura, como a través de un bosque. Entre él y yo se interponía la piel y era como si perteneciéramos a reinos diferentes. Nada nos podía juntar en ese momento: yo mujer y él sólo una bestia.

Respetable público: Por una indisposición de último momento, Fénix el Hombre Fuerte, no podrá presentarse esta noche en su terrible combate contra Kong, el oso de la selva africana. En vista de ello y para no defraudar a tan distinguida concurrencia, yo, Marcial Chacón, en mi calidad de director del circo Chacón Hermanos, he decidido reemplazar al Hombre Fuerte en esta difícil pelea. Para tranquilizar a los espectadores, sobre todo a los espectadores exigentes, que se han hecho merecidamente la idea de presenciar un combate platónico y homérico, debo advertirles que ya en una ocasión tuve que enfrentar al oso. Fue hace tres años, en la localidad de Pisco, la patria del aguardiente, y todos los que asistieron a esa memorable velada no olvidarán jamás el espectáculo que ofrecimos, la bestia de la selva africana y yo, Marcial Chacón, en un combate singular y a muerte. Vencí yo, naturalmente, pero después de un esfuerzo inconmensurable, que me exigió dos semanas de asistencia hospitalaria. Arriesgando mi vida no vacilo esta noche en salir al ruedo frente a tan furioso enemigo, solamente por el cariño que tengo a mi público y porque la divisa de mi circo es: «Entretener, aunque reventemos.»

¡Empezó la lluvia! Por mí que venga hasta el diluvio y se derrumbe esta carpa. Ya estoy harto de escuchar insultos. Que me digan enano está bien, porque lo soy, o que me digan retaco, zócalo, mediopolvo y todo lo demás. Pero que me silben cuando salgo al ruedo o se pongan a mear en las galerías, yo que salgo a entretenerlos y que me dejo moler a patadas, eso sí que no lo aguanto. Y eso que era un número de regalo pues no me corresponde trabajar en el intermedio. Todo por la idea del patrón de hacer tiempo para que Fénix se disfrace de oso y él de luchador. Que se las arreglen ellos, Fénix peludo y el patrón panzón en calzoncillos. Yo ya no tengo nada que ver. Y para colmo, está entrando agua al ruedo. Ahorita me mandan echar aserrín para que los luchadores no se resbalen. Enano de los mandados, cabezota, ojo de pescado, chicapierna, quijadón... ¿Quiénes serían mis padres?

Lo único que sé es que me fabricaron mal y de vergüenza me tiraron por alguna parte. O como algunos dicen, que me parió una perra.

¡Vaya, al fin salió el oso! Es más grande de lo que creía. Esta bestia es capaz de tragarse a un hombre, sobre todo si el fortachón está enfermo y ha tenido que reemplazarlo el dueño. A mala hora aposté una libra con mi ordenanza. Pero no, Chacón también es fuerte, un poco panzudo tal vez, allí acaba de entrar. Y es valiente, caramba, yo, en confianza, no me metería con el animalote ese. Claro que ya debe conocer sus mañas, pero de todos modos un animal no piensa y en el momento menos pensado saca la garra. Vamos a ver, ya comienzan las fintas, esto se pone interesante. ¡Buena! Por poco lo agarra el oso, si no se agacha a tiempo le vuela la cabeza de un manotón. He debido traer mi pistola por si acaso. No vaya a ser que esta fiera se trepe a las tribunas. ¡Otra vez! Ahora el luchador le dio cuatro o cinco golpes en el pecho. Pero el oso parece de piedra. Rápido se alejó el luchador. Tiene que ser así porque un abrazo de oso dicen que es como echarse un camión encima. Ahora le da otro golpe, ¡buena! El oso lo persigue...

Así cualquiera: si no hace más que correr. Mete un golpe y se va para atrás. Lo que debe hacer es esperarlo, darle pelea. Quiero ver una buena trenzada. Esto no es box sino lucha, lucha franca. ¡Así, ahora! Por poco lo agarra. Yo lo vi entre sus brazos. Pero el cuco se zafó. Es una culebra ese patrón: cuando ya va a caer, se escapa. Pero estoy seguro que gano la apuesta. Ese oso es un fenómeno, va derechito detrás de su rival. ¡Dale, dale, allí están abrazados! Se volvió a salir. Ahora grita el oso, grita como si tuviera dolor de muelas. Los cholos alrededor de mí, están asustados. El teniente también. Vuelve a gritar, el luchador se acerca. ¡Otra vez abrazados! Diablos, Chacón tiene fuerza, el oso no lo puede tumbar. Trastabillan en el aserrín. ¡Cayeron! De pie todo el mundo. Se revuelcan... Chacón se levantó. El oso está mal, mierda. No, ya se levanta. Allí va detrás del luchador. Chacón corre. ¡Date la vuelta, marica! El oso parece cansado, se pasa la garra por el hocico. Sería una vaina que lo ganen, toda mi propina del sábado.

El patrón tiene miedo: lo veo en sus ojos. El segundo golpe que me dio me ha dolido. De buena gana me iría a toser un rato o a escupir. ¡Y los minutos se hacen tan largos! Cuando terminemos me daré un baño en el Marañón. Pero, ¿cuándo terminaremos? Tiene que hacerme la seña. La gente grita. Hay que animar más la pelea. Pero no puedo hacerlo, no es rival para mí. Si fuera un profesional, podríamos hacer algunas figuras. Aunque me da ganas de ensayar algo, una de esas llaves de los viejos tiempos. Acércate, Chacón, acércate, ven hacia aquí, así... ¡Otra vez el puñete! Y se va para atrás. Eso no me lo había dicho, que me iba a dar fuerte en la cabeza. Debajo de esta piel tengo mi pellejo de hombre, de hombre sufrido, pero esos golpes hacen daño. Claro, él puede hacer lo que quiera y yo nada. Se acerca otra vez, ahora lo agarro. Ya, ya está aquí. Así, así, despacito, vamos a revolcarnos un rato, tú patrón, yo tu sirviente. No te asustes, no te voy a quebrar un hueso. Está con miedo, qué raro, con miedo el patrón. Bueno, levántate, yo me quedo aquí un rato en el suelo. Me ha dicho al oído que en la próxima debo hacerme el vencido, enterrar la cabeza en el barro. Sí, ya lo sé, en la próxima me haré el vencido, estoy sudando ya y además tengo ganas de irme al río. En la próxima llorará el oso, gloria para el vencedor.

Los dos, en medio del griterío. Primera vez, en mucho tiempo, que me pongo a ver qué pasa en el ruedo. Y me da pena por Fénix, su triste papel de oso. Si la gente supiera que ese animal al que golpean es un hombre como todos, o quizá deba decir «fue un hombre como todos». Porque, ¿qué cosa es Fénix al fin? Ni él mismo lo sabe. Ahora hasta ruge. Marcial lo ha cogido por atrás, le pasa el brazo por el pescuezo, lo tiró al suelo. Parece que Fénix no ve, quizás la cabezota se le ha movido y no tiene por dónde mirar. Camina como a ciegas, en cuatro pies, de un lado para otro y de esto se aprovecha Chacón. Le pega como de verdad, en un momento le dio hasta con la rodilla y los soldados aplaudieron. Sí, seguramente no veía, porque acaba de cogerse la cabeza con las garras como para ponérsela en su sitio. ¿A qué horas terminará esto? Y el público parece que hubiera perdido el aliento. Ni siquiera el teniente barbudo, que tanto me miraba cuando hice equilibrio, quita la vista de los luchadores. Otra vez Chacón le da con la rodilla, peor todavía, con el pie. Fénix lo persigue, parece que lo va a agarrar, están aquí, delante de mí, me ha visto, se queda parado...

Fénix de mis amores, ¿estás cansadito? Cuando iba detrás del panzón y ya estaba a punto de agarrarlo, mira hacia la entrada de los artistas y se queda parado. Su pechote peludo se infla y se desinfla. Irma está en la entrada, acabo de verla. Ya se puso su traje para taparse las piernas y se lleva la mano a la cara, seguro para sobarse la hinchazón. ¿Qué esperas, Fénix? El público está callado, sólo se oye la lluvia rebotar contra la lona encerada. Chacón, en el centro de la pista, aguarda con los brazos extendidos hacia adelante. Rara situación. Chacón avanza hacia Fénix, entra en su terreno, le pasa las manos por delante de la cara (valiente, valiente, dice la gente), mira a Irma, mira al público. Pero Fénix no se mueve. Yo veo todo por debajo de las graderías, por entre las botas de los soldados, en un recoveco donde sólo cabe un enano. Todos inmóviles. ¿Por qué nadie se mueve? Me doy duro en la frente para ver si estoy soñando. Chacón vuelve a avanzar hacia Fénix. «No te acerques», grita un soldado. Chacón da un salto atrás, asustado. Fénix avanza ahora pero no hacia el ruedo sino hacia la puerta, hacia Irma. El público pifea. «Se quiere escapar», dice. Otro grita: «No le dejen irse.» Mi plata, mi plata, protestan todos, oso marica.

Este animal es medio loco: cuando la pelea está más reñida se olvida de todo y se queda como un idiota, mirando la entrada. A lo mejor lo que quiere es irse a descansar porque, para ser justos, lo único que ha hecho es encajar golpes. Hasta patadas. Pero todo vale con un animal. Lo cierto es que ya gané mi libra. Aunque tal vez... sí, ahora se mueve otra vez, vuelve la cabezota hacia el ruedo. Allí lo veo avanzar pero cansado, cansado, de mala gana. El luchador lo está esperando, dando saltitos sobre un pie y después sobre el otro. El oso estira una garra y sólo agarra aserrín. ¡Sus golpes son tan avisados! Ahora vuelve a la carga, el patrón le da un par de golpes y se aleja. El oso sigue avanzando, parece que quiere pararse, sí, está de pie, grita, avanza otra vez, rápido, muy rápido. El hombre retrocede, esquiva, trata de meter un golpe pero se arrepiente. El oso lo persigue, parado en sus dos pezuñas. ¡No corras, remátalo de una vez! El patrón lo espera esta vez. Lo golpea, el oso contesta. Están abrazados. Se dan de manotazos, encima, ahora sí, ¿qué?

Harto ya, harto Chacón, harto de tanto calor, de tanto contrazuelazo. Déjame echarme sobre ti un rato, sólo un ratito. Así, que sienta tu corazón contra mi corazón, que sienta tu respirar. Raro colchón eres para un hombre como yo, colchón de carne de gallina. Pálido estás, ojitos de colibrí, grita si quieres, grita con tu boca morada, grita para que te oigan los soldados. ¿Por qué no trajiste tu cuchillo? Me lo hubieras hundido en la cara. Pero sin cuchillo, oh Chacón, o sin fuete, sin otra cosa que tus propias manos, ay Chacón, estás como amarrado. No abras los ojos, no, si ya me voy a levantar, y esa lengüita, ¿por qué la sacas? ¿No oyes cómo grita la gente? Diles que hacemos circo, circo para que se entretengan. Circo hago desde que nací. Haz circo tú también. Vamos, déjame que te abrace un poco, déjame quererte, Chacón, te quiero tanto que me pasaría la noche aquí, mirando tus ojos, oyendo tu respirar. Pero quiero irme al río a bañar, porque me has hecho sudar y no sólo sudor sino que hasta orines sudan mis ojos y sal que me quema los párpados. ¿No ves? Si hasta lloro, creo, de tanto dolor. Porque me das pena, Chacón, pena de tu lengüita morada, de tus ojos que ya no saben mirar.

¿Qué cosa pasa? Fénix está encima de Marcial. Los soldados hace rato que gritan. Ahora se han puesto de pie y señalan la pista y pegan de alaridos. «Lo está asfixiando», dicen. ¿Será verdad? Yo sólo veo un cuerpo echado sobre otro. Fénix parece dormir. Ahora levanta la cabeza y la hace girar lentamente, muy lentamente, como si buscara algo. Mira hacia aquí. «Quítenlo de encima», grita el barbudo. Fénix se levanta: los soldados se avientan de las tribunas, saltan en confusión, algunos salen por debajo de la tienda. ¿Adónde van? Se escapan, seguramente, hacia su campamento... Fénix comienza a caminar, está parado sobre sus dos pies, sus brazos cuelgan, va hacia la puerta, se detiene, vuelve hacia aquí. Algunos soldados han quedado en la parte alta de la tribuna, el teniente entre ellos, y no se atreven a bajar. Quieren treparse por los soportes. Y Marcial sigue en el suelo, sin moverse, con los puños apretados, la lengua casi arrancada. El enano sale por debajo de las graderías y se le acerca. «Cuidado», le gritan desde arriba. El enano pasa al lado de Fénix y va donde Marcial, se agacha, le mira la cara, le mete un dedo en el ojo, lo jala de la lengua, se desabrocha la bragueta, se pone a mear.

El capitán no me ha querido creer, le digo que lo ha estrangulado, que lo ha aplastado contra el suelo hasta ponerlo verde. Si lo he visto con mis propios ojos, no sólo la pelea, sino hasta el propio muerto. Allí estaba sobre el aserrín, mojado por la lluvia y meado por el enano. La contorsionista me ha contado no sé qué historia, que el oso es un hombre, que el hombre es un oso. Está loca. Pero mi ordenanza ha visto también y, a pesar de que le debo una libra, está impresionado como yo, como todos. Ya me decía: debía haber traído mi revólver. Pero iremos a buscarlo, es un peligro dejar un animal así cerca del campamento. Doce cholos me han dado y antorchas además y un perro. El enano nos dirá por dónde se ha ido, porque si no lo mandaremos al calabozo por haber ofendido al muerto. Con un vivo se pueden tomar ciertas libertades, ¡pero con un muerto! Ahora él nos llevará donde la fiera. Mi fusil está bien aceitado y en la cacerina tengo mis balas dum-dum. Hay que poner orden aquí, para eso nos pagan y para eso he pasado dos años en Corral Quemado sin quemar un cartucho. Te ilustrarás, teniente Sordi, y a lo mejor por allí hasta se te descuelga un galón.

Escampa. Noche espléndida, estrellada, como al lado del mar. Paramonga y los cañaverales, dunas de la costa, todo eso parece venirme del cielo tan limpio. Pero del suelo sólo me llega el lodazal. Dejo mis surcos hondos. Avanzo, libre, hacia el río, con mi cabeza de oso en la mano, decapitado, feliz. Atrás, sólo la tienda iluminada del circo. En el circo, Marcial, Max, Irma, Kong, los soldados meones, todo enterrado, todo olvidado. Avanzo hacia el agua, sereno al fin, a hundirme en ella, a cruzar la selva, tal vez a construir una ciudad. Merezco todo eso por mi fuerza. No me arrepiento de nada. Soy el vencedor. Si esas luces de atrás son antorchas, si esos ruidos que cruzan el aire son ladridos, tanto peor. Los llevo hacia la violencia, es decir, hacia su propio exterminio. Yo avanzo, rodeado de insectos, de raíces, de fuerzas de la naturaleza, yo mismo soy una fuerza y avanzo aunque no haya camino, me hago un camino avanzando...

(París, 1962)

Los cautivos

Te querré eternamente

A fuerza de recorrerlo, el mar había ido perdiendo para mí su poder mitológico. Cuando me inicié en estas travesías creía ver por todo sitio sirenas y tritones. Algunas noches de solitaria borda me pareció distinguir también a flor de agua, bajo la leche lunar, alguna de esas serpientes marinas que sólo atisban, locos de alcohol algunos de esos ya embrutecidos lobos de mar que rondan por muelles y tabernas. Pero ahora, en mi cuarto viaje, el mar me aburría, me parecía exento de misterio, excesivo, agua sumada al agua, mineral pozo líquido conteniendo acorazados hundidos —ni siquiera bellos galeones— y carroñas verdosas de infantes de la marina. Los argonautas de la antigüedad se habían convertido ahora en sucios marineros que comían spaghetti y hacían contrabando de cigarrillos. Decepcionado del piélago y de la tripulación, mi único entretenimiento era observar a los pasajeros.

Descubrí, entonces, al extraño hombre enlutado que viajaba en primera. En todos los barcos hay siempre un pasajero silencioso pero el silencio de este hombre, canoso ya, sobrepasaba los límites que impone la timidez, el aburrimiento o el menosprecio: parecía ser un silencio de orden metafísico. Yo recordaba haberlo visto subir en Cannes, con un equipaje monstruoso que excedía con holgura la tonelada métrica a la que tiene derecho todo pasajero. Si bien viajaba en primera, era corriente verlo al atardecer bajar a la cubierta de segunda y pasearse de babor a estribor, con el paso indeciso de quien se desliza no por el espacio natural del paseo sino de algún espacio interior ajeno a toda medida. Aquel hombre, sin duda, caminaba por su pasado. Su mirada parecía estar detenida en una lejana imagen de la cual ningún paisaje, ninguna travesía podían arrancarlo.

Poco a poco, adicionando mis observaciones, pude comprobar que el enlutado cumplía por el barco un itinerario mucho más inquietante del que a primera vista podía suponerse. Las mañanas las pasaba en primera, acodado en la baranda. Por las tardes debía dormir la siesta, como corresponde a todo hombre elegante a quien el mar no altera el orden de sus hábitos terrenos. Al atardecer iniciaba su circulación por las cubiertas de segunda. Pero en la noche —lo que descubrí durante mi primer insomnio— descendía aún más y se perdía en las más lóbregas bodegas, las que se encuentran, y lo digo con cierto pavor, «bajo el nivel del mar».

Le acompañaba un marinero viejo en cuyo antebrazo podía leerse claramente este tatuaje: ME LA PAGARÁS, GISELLE. Se perdían por una escalera estrecha, situada más allá de la sala de máquinas, señalada por un letrero que prohibía el descenso a todo pasajero. Pero el enlutado debía gozar de un estatuto especial pues, precedido por su guía, abordaba el caracol oscuro con toda impunidad y con la arrogancia adicional de un gran señor inspeccionando los sótanos de su castillo.

Estos descensos a las bodegas, que se prolongaron durante los primeros días del viaje, me intrigaron en extremo. Como era imposible atravesar esa barrera de silencio que el enlutado oponía a todo el que osara hacerle algún avance amistoso, decidí conquistar al marinero. Yo había seguido sus pasos y sabía que después de la cena se acercaba al bar por una ventanilla reservada a los tripulantes y pedía una cerveza. Una noche, antes de cruzar Gibraltar, me aposté en ese lugar y cuando el marinero, apoyado en la borda, chupaba del gollete de su botella, lo asedié. El tatuaje fue el pretexto y estimulado por mis preguntas y una segunda cerveza que le invité me comenzó a contar la historia de Giselle, banal amor de juventud del cual lo único memorable que quedaba era el tatuaje de su brazo.

—Yo padezco de insomnios —le dije al fin—. Me gusta pasearme hasta tarde por las cubiertas. Varias veces lo he visto bajar a las bodegas con un hombre de negro.

El marinero no me dejó continuar, me miró con desconfianza, sorbió el concho de su botella, y arrojándola al mar se alejó rápidamente.

Al día siguiente lo encontré. Volvimos a beber y no tuve más remedio que sobornarlo. Por un resto de honor el marinero se negó a hacerme cualquier revelación pero se comprometió a no cerrar esa noche la puerta tras de sí cuando bajaran a las bodegas.

A la hora acostumbrada, por el pasillo ya desierto, el enlutado apareció conducido por el viejo del tatuaje. Cuando desaparecieron por la escalera prohibida salí de mi escondite y descendí las espirales hasta llegar a la puerta de acero. Mi cómplice la había dejado entreabierta. Empujándola suavemente introduje la cabeza y traté de orientarme en medio del hacinamiento de maletas y embalajes. Una voz me guió. Era el enlutado el que hablaba en perfecto italiano:

—Mañana en la noche lo llevaremos a mi camarote. Aquí hay mucha humedad y eso no me agrada. El capitán me lo ha autorizado.

El marinero lo escuchaba sin interés, dándole la espalda, mientras fumaba su pipa. Y el enlutado estaba inmóvil, contemplando detenidamente un ataúd.

Que un viajero de primera lleve un cadáver en las bodegas del barco no tiene nada de particular. Pero que lo visite todas las noches y obtenga el derecho de transportarlo a su camarote es suficiente para despertar en todo espíritu un poco activo hipótesis necrofílicas.

Y yo hubiera hecho el resto del viaje sin otro alimento que estas suposiciones si un incidente fortuito no me permitiera franquear la reserva del enlutado.

Fue la víspera de llegar a las islas Canarias. Hacía calor, no podía conciliar el sueño y vistiéndome salí a dar una vuelta por estribor. Era cerca de medianoche. Se me ocurrió, entonces, sin saber por qué, subir a la cubierta de proa, lugar peligroso, casi nunca visitado pues corría en él un viento irresistible. Lo primero que vi cuando estuve en lo alto, fue el perfil del enlutado, apoyado en la borda, aspirando con avidez el aire ya tibio del trópico. Decidido a jugarme el todo por el todo me acerqué a su lado y me apoyé en la baranda. No sé cuántos largos minutos permanecimos así, uno al lado del otro, sin despegar los labios. Todas las fórmulas para iniciar una conversación que tuviera la apariencia de ser una conversación ocasional me parecían cargadas de sobreentendidos y capaces de suscitar la fuga de quien me interesaba retener. Pero fue él quien me sacó de mi confusión, hablando él primero, sin dirigirse específicamente a mí, con la voz átona de quien elige su interlocutor con indiferencia, porque está a mano, como podía haberse dirigido también a una fotografía, a un bibelot.

—Después de mirar durante media hora un cielo estrellado sólo cabría hacer dos cosas: echarse al mar con una piedra amarrada al cuello o encerrarse en un monasterio para el resto de su vida.

En seguida inclinó el dorso para recoger una botella que había en el suelo.

—¿Quiere un trago?

Acepté su oferta y sorbí directamente del gollete un borbotón del inconfundible coñac Fundador. Al poco rato estábamos conversando animadamente. Al enterarme que era chileno abandonamos el francés, que él hablaba con una exquisita perfección, y empezamos a cambiar nuestras viejas palabras castellanas, sonoras, secas, separadas, suntuosas también y muchas veces hueras, como obispos en fiesta o hidalgos arruinados.

Para ser justo, era él quien hablaba, con esa facilidad de los hombres a quienes un ocio fino les ha permitido cultivar su inteligencia y su elocuencia. Supe que regresaba a su país después de treinta años que pasó en Europa ocupado en visitar museos, coleccionar encuadernaciones —los libros ya no le interesaban— y educar su paladar en los mejores restaurantes de occidente. Pero toda su conversación, donde yo comenzaba a descubrir un artificio fruto más de la aplicación que del talento, soslayaba los asuntos personales e iba de tema en tópico con discreción, como quien se conforma con mostrar del índice de un libro a lo más los epígrafes pero nunca el tenor de los capítulos.

Por fortuna allí estaba la botella de coñac y sus sediciosos efectos. Provocando sus brindis, verificaba con paciencia la lenta disolución de su censura. En fin, en popa ya, a las cuatro de la mañana, terminado el Fundador, el enlutado me obligaba casi a relamer su pobre alma desnuda en la palma de su mano. Alma candorosa es verdad, pero en la cual, como en el antebrazo del marinero, una historia de amor había dejado, a su vez, el cauce de un doloroso tatuaje.

¿Quién era Alicia? No lo sé bien. Sólo recuerdo —porque a fuerza de beber mi atención se relajó— que me habló apasionadamente de un gran amor, pleno de comprensión y de talento, de aquellos que explican la vida y la perdonan, irregular como todos los grandes amores, prodigador de dicha y de amargura, y que marchó irremediablemente hacia una catástrofe terminal: después de haber vivido treinta años juntos, Alicia había muerto y ahora, sin estímulos ya, deshecho, el enlutado regresaba a su país a enterrar a su amante y a morir.

—Nos conocimos justamente un quince de marzo, como hoy día. Por eso es que me he emborrachado, a la mala, como un *vaporino.* Me da vueltas la cabeza. Ahora me voy. Discúlpeme. Y sobre todo no se extrañe si al volvernos a ver no le dirija la palabra.

A raíz de ese diálogo dejé de verlo. Llegamos además a las Canarias, bajé al puerto y como cada vez que pisaba tierra me pareció mudar de piel, de preocupaciones e iniciar una existencia diferente. En esa vida en miniatura que es un viaje en barco cada escala tiene el mismo valor que el paso de las estaciones o la iniciación de los grandes ciclos vitales.

Atravesábamos el Atlántico. La Cruz del Sur apareció en el cielo, lo que me permitió comprobar que penetraba al fin en mis jardines siderales. Habían subido nuevos pasajeros en Tenerife, con los cuales era necesario definirse y amarlos u odiarlos por un cigarrillo ofrecido o la semejanza en el color de una camisa. Además, nuestros problemas sexuales se iban agravando y muchos de nosotros comenzábamos a sufrir una sicosis de embellecimiento. Mujeres que al embarcarse con nosotros nos fueron anodinas parecían florecer a medida que duraba el viaje, sus rasgos se reordenaban, sus senos se erguían, sus cuerpos se hacían lánguidos y provocativos, sus miradas plenas de misterio y sus palabras rezumaban la miel de una seducción desconocida. Yo incluso comencé a encontrar voluptuosa, turbadora, la giba de una pobre jorobada.

A pesar de estas distracciones, no dejaba de inquietarme la desaparición del enlutado. En vano espiaba a veces las cubiertas de primera con la esperanza de distinguir su atormentada silueta. ¿Estaría enfermo? ¿Se habría recluido en su camarote, con su muerta, presa de un acceso de misantropía? La única forma de confirmar estas suposiciones sería subiendo a primera, pero, a bordo las clases son tan exclusivas como en tierra y yo no podía aspirar a una breve incursión por las altas esferas sin ser expulsado por los porteros o, peor aún, acusado de arribista.

Por fortuna me hice amigo de un rico español, aceitunero andaluz que, viajando en primera, paseaba a menudo por los barrios pobres de segunda su frondosa charlatanería y su colección de gorras marineras. Diríase que su redondo cráneo no tenía otra función que servir de sostén a las más caprichosas invenciones sombreriles. Lucía alternativamente gorras de portuario bretón, de *yatch-man* británico y de contrabandista siciliano. A veces penetraba en el bar de segunda, como un señorito penetra en una tasca de Lavapiés, para demostrar aparentemente su ausencia de prejuicios aristocráticos pero con la inconfesable intención de seducir a alguna viajera plebeya. Alrededor de un chianti nos hicimos amigos, me contó que había subido en Tenerife y que viajaba a Sudamérica sin ningún plan, simplemente para ver «cómo iban las colonias».

Yo aproveché la ocasión para interrogarlo acerca del enlutado.

—¿Un hombre de negro? En primera sólo viajan quince personas. Desde que subí me hice amigo de todas. Pero estoy seguro que no viajaba nadie de luto.

Mi olivero tenía razón, porque la misma noche de esta revelación, al visitar el servicio médico para pedir unas pastillas contra el mareo, distinguí al enlutado en un corredor: llevaba una elegante camisa roja y un pañuelo de seda envolvía su cuello. Al verme me dio la espalda y desapareció de prisa por una escotilla.

A mitad del Atlántico se celebró la fiesta ecuatorial. Yo conocía bien estas fiestas absolutamente ficticias, en las cuales se elige un rey Neptuno y una corte de deidades marinas. Los primerizos en estas travesías son bautizados simbólicamente y embadurnados con lavaza. Todo esto a la postre resulta grotesco y aburrido. Pero si resolví intervenir, por lo menos como espectador, fue porque estas festividades favorecen una efímera promiscuidad de cubiertas, en la cual sería inevitable tropezarme con el enlutado.

Por supuesto que el olivero andaluz fue elegido rey Neptuno. A mediodía, precedido por música de platillos, recorrió el barco envuelto en una sábana blanca, coronado con pámpanos postizos y blandiendo un cetro de cartón dorado. Lo seguían una decena de beldades entre las cuales, sin embargo, se notaba la presencia de una mujer cuarentona cuya elección debía haber sido el fruto de un vergonzoso avenimiento.

El cortejo marino anduvo de un lado a otro haciendo escándalo y sembrando un júbilo conmovedor. Toda la población del barco, incluidos los tripulantes, seguía sus huellas. Hasta el inaccesible capitán se dignó bajar de su puente y como un súbdito más, pero con el uniforme lleno de medallas, se sumó al séquito. Y en las primeras filas de la caravana, dando saltitos y aplaudiendo, percibí al enlutado, de blanco esta vez, deportivo en sus sandalias, frenético bajo su gorra, adherido al cortejo con dos ojos bobos de los cuales chorreaba el agua del embeleso.

Durante el almuerzo hubo pollo, espumante, helados de chocolate y una embriaguez colectiva. Hasta los camareros, tan seguros en mar movido, trastabillaban entre las mesas y echaban el menestrón en las faldas de los viajeros. Una orquesta amenizaba nuestra gula y todo el barco parecía una ciudad de locos viajando hacia algún tenebroso remolino.

Más tarde, en la cubierta, se celebraron esos juegos inmemoriales de la carrera de encostalados, la gallina ciega o la manzana amarrada en una pita, juegos inventados por soldados o por frailes para conmemorar la terminación de una guerra o el vencimiento de una herejía y que ahora, injertados en un navío, ejecutados por gente de nuestro siglo y usados porque la carta marítima indicaba un cambio de paralelo, parecían completamente desprovistos de sentido. Mi sorpresa aumentó: el grave enlutado, cuando pidieron voluntarios, estuvo en primera fila y lo vi llevar entre los dientes una cucharita donde bailaba una bolilla, tratando, confundido entre una docena de jovenzuelos, de llegar a la meta sin que su preciosa carga se cayera.

Todo esto no podía tener sino una explicación y esa noche la encontré cuando, aprovechando la confusión, me deslice hasta primera para presenciar el baile de disfraces. Me costó distinguirlo entre tanto mamarracho. Pero estaba allí, vestido de pierrot, bailando con una especie de cetáceo, en la cual reconocí a la más vieja de las deidades marinas. A mitad del baile salieron a la cubierta y pasearon cogidos de la mano, trémulos, dándose besos furtivos. En la parte oscura lo vi arrodillarse y extender los brazos como si recitara un poema o se declarara en alejandrinos mientras la ondina, emocionada sin duda, le acariciaba la cabeza con una de sus aletas.

El resto de la historia es de una infinita trivialidad. El olivero me contó que entre mi enlutado y la jamona, que subió en las Canarias, había surgido un romance senil, que ya los viajeros estaban hartos de verlos reproducir, exasperados y penosos, los gestos más cándidos de la pasión.

El ataúd fue restituido a las bodegas. Poco antes de llegar a Panamá, el marinero tatuado me informó que, como esa distancia aún lo incomodaba, el enlutado había obtenido el permiso para arrojar el féretro al mar. En Panamá los enamorados descendieron para casarse y retornar a Europa, con la esperanza de que tal vez comenzaba para ellos el eterno amor.

(París, 1961)

Bárbara

Durante diez años conservé la carta de Bárbara. La llevé una época en el bolsillo, con la esperanza de encontrar a alguien que me la tradujera. Luego la abandoné en un cartapacio, junto con otros papeles viejos. Una tarde al fin, presa de uno de esos súbitos accesos de destrucción, en los cuales uno pone una especie de ferocidad en aniquilar todas las huellas de su pasado, la rompí junto con lo que se rompe en estos casos: boletos de tren de algún largo viaje, facturas de un hotel donde fuimos dichosos, programas de teatro de alguna pieza olvidada. De Bárbara no quedó en consecuencia nada y nunca sabré qué cosa me decía en esa carta escrita en polaco.

Fue en Varsovia, años después de la terminación de la guerra. De las ruinas los polacos habían sacado una capital nueva, fea más bien, plagada de edificios de cemento que un arquitecto calificaría tal vez de totalitarios. Yo era uno de los treinta mil muchachos que asistía a uno de esos Congresos de la Juventud, luego venidos a menos. Éramos ilusos entonces y optimistas. Creíamos que bastaba reunir a jóvenes de todo el mundo en una ciudad, hacerlos durante quince días pasear, conversar, bailar, comer y beber juntos para que la paz se instaurara en el mundo. No sabíamos nada del hombre ni de la historia.

La vi en una de esas visitas de amistad —encuentros, se llamaban— que jóvenes polacos hacían a las delegaciones extranjeras. Tenía la cabeza perfectamente redonda y dorada y era pequeñita, ágil, fina y de un perfil tan delicadamente dibujado que daba miedo mirarlo con insistencia, no fuera a usarlo y demolerlo la mirada. Por señas nos hicimos amigos. En el encuentro, que era al mismo tiempo una reunión folclórica y un canje de virtuosidades, uno de nosotros bailó y Bárbara nos cantó una canción enigmática y agreste que nos dejó embelesados.

Trabajaba en un laboratorio donde fui algunas veces a buscarla. En la plaza Lenin, frente al Palacio de la Cultura, bailamos en las noches, con los otros miles de jóvenes, al son de varias orquestas que mezclaban sus ritmos. Después del baile íbamos todos a un parque cercano, oscuro, donde, en nombre de la solidaridad universal, nos besábamos. La primera vez la oprimí con tanta brutalidad que perdió el aliento y se dobló, quebrada, entre mis brazos.

Pero a diferencia de otros muchachos que hacían rápidamente de su amiga su amante —en las noches, de retorno a nuestro albergue, se encendían los cigarrillos y se contaban historias de fornicaciones viles y violentas— mis relaciones con Bárbara eran más bien ambiguas y morosas. En gran parte ello se debía a que no nos entendíamos. Bárbara hablaba sólo polaco y ruso y yo español y francés. Reducidos a gestos y señales, nuestra amistad estaba bloqueada, más aún cuando de por medio no había el amor que todo lo inventa. Había sólo de mi parte deseo, pero un deseo que para abrirse camino requería del socorro de la palabra, palabra en este caso imposible.

Una noche bebimos cerveza, un líquido abominable en un bar que pretendía ser occidental, y noté que Bárbara quería comunicarme algo. Ya en otras ocasiones la había visto hacer el mismo gesto, pero ahora era más explícita: cogía el vuelo de su vestido, acariciaba su tela y tiraba de su basta hacia sus rodillas o la levantaba mostrándome al descuido parte de un muslo divino. ¿Qué cosa quería Bárbara? ¿Al fin había logrado comprender lo que yo deseaba? Yo reía de verla tan dispuesta y tan desarmada para transmitirme lo que pensaba. Sólo después de muchos aspavientos comprendí que quería decirme esto: vivo fuera de la ciudad, iremos a mi casa un día, hay que tomar un tren.

¡Al fin la bella Bárbara había cedido y comprendía! Llegaría también yo una noche al albergue para encender mi cigarrillo y contar mi historia, la del macho latino cobrándose una buena pieza en el vergel centroeuropeo, historia de reír, de recordar más tarde y de ufanarse, hasta que la vida se encargara de vaciarla de todo contenido y reducirla a un incidente más bien mezquino.

El viaje se realizó al fin, una tarde calurosa. Varias veces había sido aplazado, supongo porque habría algún obstáculo para encontrarnos a solas en su casa. Yo había dejado enteramente en manos de Bárbara la estrategia de esta cita campestre, temiendo que el Congreso terminara sin que lograra concertarse.

Pero en la tarde calurosa Bárbara me dio a entender que había llegado el momento y fuimos caminando muy lejos de la plaza Lenin, hasta una estación de tren. Eran apenas tres vagones que hacían el servicio regular entre una de las puertas de Varsovia y los suburbios del Sur, atiborrados de proletarios. Al subir al vehículo me di cuenta que era probablemente el único extranjero que osaba alejarse de los itinerarios más o menos oficiales a los que estábamos circunscritos. El viaje se convertía así, aparte de una fuga de amor, en un acto prohibido.

El tren atravesó los suburbios, luego campos sembrados y a los veinte minutos se detuvo en un pueblecito, donde Bárbara me hizo descender. En una dependencia de la estación cogimos dos bicicletas que eran de propiedad comunal y estaban al servicio de los lugareños y proseguimos por este medio un viaje que desde entonces comenzó para mí a teñirse de irrealidad. Íbamos por senderos de tierra rodeados de tapias y árboles, pasábamos delante de casas solariegas y viejas dotadas de huertas y jardines, cruzábamos a labriegos que se detenían para mirarnos pasar, alborotábamos a perros rurales que saltaban ladrando detrás de las cercas, e íbamos aceleradamente, Bárbara delante mío, pedaleando con energía y yo detrás fascinado por su cráneo redondo y su cola de caballo dorada.

Al fin se detuvo ante una casa más bien pequeña, con una verja de madera que daba sobre el camino. Yo la imité y juntos, riendo, alegres, empujando nuestras bicicletas, sudorosos, penetramos en el jardín exterior. Bárbara me cogió de la mano y subimos corriendo los peldaños de madera que conducían a la puerta principal. De su cartera extrajo una llave y abrió de par en par la puerta. Entramos a un vestíbulo oscuro y luego a una sala, que inspeccioné rápidamente —muebles viejos, campestres— buscando en qué sofá descansaríamos un momento, preparando el clima, hablando como sea, ya no me importaban las palabras, mis manos serían elocuentes y me sentía tan seguro que me importaba un pito el hombre de gruesos bigotes que me observaba desde un marco de madera tallada y que Bárbara diciendo pumpum, cortándose la pierna con la mano, haciendo luego tac-tac-tac-tac, me explicó que era su padre, inválido de guerra y empleado del ferrocarril.

Pero no nos detuvimos en la sala. La prisa de Bárbara era incontenible, pues ya estaba otra vez arrastrándome de la mano por un pasillo, empujando una puerta y nos encontramos en un dormitorio, donde lo primero que vi fue una cama más bien estrecha, cubierta con una colcha de cretona floreada. Una cama. ¡Qué largo había sido el camino para llegar desde nuestro primer encuentro hasta ese pequeño espacio, tan escueto como una tumba, pero tan suficiente, donde al fin nuestros cuerpos hablarían un idioma común!

Bárbara se quitó el vestido y avanzó hacia la cama, pero en lugar de tenderse en ella la contorneó y se precipitó hacia un enorme ropero, hablándome en polaco, sin preocuparse en que yo la entendiera y abrió bruscamente sus puertas.

En sus colgadores vi que pendían media docena de faldas. Bárbara las sacó y se las fue probando una por una, señalando sus dibujos estampados, convidándome a palpar su tela, explicándome su corte, su función y su modelo, en su endemoniada lengua que ahora yo entendía sin comprender, excitada, hasta que al fin, sin quitarse la última, quedó callada delante de las telas amontonadas en la cama, mirándome fija, ansiosamente a los ojos.

—Muchas faldas —dije al fin.

Pero ella parecía esperar algo más y seguía interrogándome con la mirada.

—Bonitas faldas —añadí—, lindas, *molto bellas, beautiful,* muchas faldas, lindas faldas.

Me había comprendido y sonrió. Suspirando quedó un momento observando sus prendas y luego, lentamente, las fue colocando en sus colgadores y las colgó en su ropero. De él extrajo una blusa y se la puso. Al cerrar las puertas del mueble seguía sonriendo y me dio a entender que debíamos salir. Tampoco esta vez nos detuvimos en la sala —de reojo, la mirada del hombre mostachudo me pareció hosca, feroz— y nos encontramos en el jardín cogiendo nuestras bicicletas. Yo estaba atontado, idiota, la seguía como un pelele, monté y nuevamente me vi pedaleando por el florido sendero, rumbo a la estación, detrás del cráneo redondo y de la cola de caballo flamígera.

Dejamos las bicicletas en el mismo depósito de la estación y minutos después regresábamos a Varsovia en el tren de los arrabales. Bárbara no hablaba, pero yo no notaba en su silencio ni hastío ni pena, sino algo así como alivio, contento y una placentera serenidad. Cada vez que me miraba sonreía como a su más entrañable compinche, el que compartía sus secretos y había tenido el derecho de contemplar, más que su desnudez, sus pertenencias.

Al día siguiente partíamos de vuelta a París. Los vagones del tren estaban de bote en bote de muchachos que bebían, cantaban y se despedían por la ventanilla de sus amantes pasajeras. En vano busqué a Bárbara entre la gente del andén.

Fue meses después que recibí su carta.

(París, 1972)

La piedra que gira

Bernard detuvo súbitamente el carro en la ruta nacional e inclinándose sobre el volante quedó pensativo, mirando un camino transversal que se perdía detrás de una colina, dando una suave curva.

—Esto me recuerda algo —dijo—. Claro, allí está el letrero: Vézelay.

Yo viajaba a su lado, ovillado en mi abrigo, muerto de frío, con un hambre feroz y sin otro deseo que llegar cuanto antes a París.

—¿No te molestaría si nos desviamos un momento? —continuó—. Son apenas las diez.

Como el carro era suyo y yo andaba mal de fondos no pude oponer a su pedido ningún argumento de valor y acepté su propuesta. El carro retrocedió unos metros y torciendo se internó por la carretera transversal.

—Vézelay —dije—. Si no me equivoco, allí hay una catedral. He leído eso en alguna parte.

Bernard no respondió. Conducía lentamente en esa mañana nublada, mirando a derecha e izquierda, aspirando a veces el aire helado que penetraba por la ventanilla entreabierta. Yo levanté las solapas de mi abrigo y volví a hundirme en uno de esos silencios que duran kilómetros.

—Este albergue es nuevo —dijo Bernard señalando una posada donde se leía Auberge du Cheval Blanc. El edificio estaba cerrado, con restos de nieve que se deshelaba en el tejado.

Un trecho más allá el carro volvió a sobrepararse.

—Mira —dijo Bernard—. Mira esa colina. ¿No ves un camino que trepa por el borde? Siguiendo ese camino se desciende al otro lado, se cruza el brazo del río y se llega a Vézelay.

En efecto, cuando el carro se puso en marcha y contorneó la colina, vi el caminillo saltar sobre el río por un puente de madera y subir entre arbustos por una especie de promontorio en cuya cima se avistaban los tejados de Vézelay.

Era un pueblo pequeño, viejísimo, solitario, con calles estrechas y lúgubres casas de piedra. A pesar de ser plena mañana sus calzadas estaban desiertas. ¿Dónde podían estar sus habitantes?

—Trabajando en el campo —dijo Bernard—. O tal vez encerrados en sus casas. No lo sé.

El carro pasó bajo un arco románico y luego de rodar por una calle estrechísima desembocó en una plazoleta, frente a la cual se levantaba la catedral.

Bernard cuadró el carro y descendimos. La plazoleta estaba también desierta. Las dos tiendas de *souvenirs* estaban cerradas. Corría un aire helado. Pronto empezó a llover con fuerza y tuvimos que correr hasta el atrio de la iglesia. La puerta principal estaba cerrada. Bordeando la construcción llegamos a una puerta lateral, la empujamos y penetramos en el templo.

En su interior hacía un frío de catacumba. No se veían cirios, ni bancas, ni fieles, ni siquiera uno de esos infalibles sacristanes que se ofrecen a mostrarnos los tesoros del lugar por una modesta propina. Recorrimos la nave de un lado a otro, mirando sus columnas, sus capiteles donde se distinguían monstruos labrados en la piedra. En el nártex un cristo crucificado aparecía rodeado de santos.

—Las misas del verano —dijo Bernard—. Campesinos vestidos de domingo, racimos de muchachas muy coloradas y un cura que dice cosas razonables. En la noche era diferente. En la noche venían los verdaderos fieles, los armados. Y allí —señaló una nave lateral— el confesionario donde los niños temblaban contando sus pecados.

—Yo miré el lugar que señalaba y no vi ningún confesionario.

—¿Has vivido alguna vez en Vézelay? —pregunté.

Bernard me miró, sonrió y sin responderme salió de la catedral.

Seguía lloviendo. Corrimos para guarecernos bajo el alero de una tienda de *souvenirs* y de allí volvimos a correr hasta el automóvil. Bernard se sentó frente al timón y quedó inmóvil, mirando la plazoleta.

—Valía la pena haber venido hasta aquí —dije—. Es una catedral interesante.

Bernard puso el carro en movimiento y volvimos a recorrer las callejas de la ciudad. Bernard iba y venía por los mismos lugares. Yo pensé que buscaba un albergue o la salida hacia la ruta nacional.

—Por allí hemos venido —dije señalando el puente de madera.

Pero Bernard, sin hacerme caso, volvió a internarse en Vézelay, encontró un desvío detrás de la catedral y pronto descendimos el promontorio y tomamos un camino que bordeaba el río.

—¿Adónde vamos? —pregunté.

Bernard volvió a sonreír, pero esta vez noté en su sonrisa algo extraño: era, simplemente, una simulación de sonrisa, un gesto que trataba de ser risueño pero que escondía, era visible, un sentimiento de nostalgia, de amargura.

—Vamos, vamos... —dijo al cabo de un rato—. ¿Acaso lo sé yo?

—¿Te has perdido?

—Más o menos.

Las rutas comunales son de tierra apisonada. Con la lluvia se habían formado charcos y el carro se hundía y elevaba como una chalana en mar picado.

Pronto dejamos el río a un lado y nos internamos por un paisaje onduloso, de colinas redondeadas, todas semejantes, un poco obscenas, de una majestad lamentable bajo ese cielo brumoso. Al poco rato llegamos ante una construcción que recordaba un convento. Bernard detuvo el carro.

—Pero, ¿qué buscas? —pregunté.

—Busco la piedra que gira.

Y bajando del carro se dirigió hacia el convento.

(Yo había conocido a Bernard en mi país, hacía varios años. Llegó de Francia sin dinero, pero al poco tiempo se casó y prosperó, gracias a su talento para los negocios y a sus relaciones israelitas. Luego lo encontré en París donde, al cabo de tanto tiempo de ausencia, venía a gozar de sus primeras vacaciones. En su automóvil me había invitado a Suiza y justamente regresábamos esa mañana invernal de Ginebra. En el curso del viaje habíamos hablado poco, sin familiaridad pero cortésmente, como dos personas que suman su soledad sin llegar por ello a constituir una compañía.)

—Queda cerca de aquí —dijo Bernard regresando del convento—. El cura dice que al otro lado del bosque.

El carro arrancó y anduvo aún por caminos sinuosos y desiertos, siempre entre colinas ovulares, cultivadas, de una monotonía que me fatigaba y me hacía añorar las autopistas o los paisajes quebrados.

—Mi hermano tenía catorce años y yo once —dijo Bernard—. Entonces nos habíamos refugiado en esta región. París estaba ocupado por los alemanes. Una vez salimos a caminar, empezó una tormenta, yo me caí a una fosa y me disloqué el pie. Entonces mi hermano Michel me cargó y me llevó hasta la casa. Doce kilómetros, exactamente, doce kilómetros sobre sus hombros, ¿te das cuenta?

Más allá —aún no se veía ningún bosque— Bernard añadió:

—En poco tiempo dejé de ser un niño. En el 44 Michel cumplió diecisiete años y yo catorce. Me daba cuenta de lo que pasaba. La guerra había llegado hasta esta campiña tan apacible. En la catedral de Vézelay se celebraban reuniones, también en un albergue que no he podido encontrar. Michel iba a ellas. Yo lo acompañaba en bicicleta y lo esperaba en la plaza jugando con otros muchachos, para regresar más tarde con él.

—Allá está el bosque —dije señalando un compacto grupo de arbustos que emergía tras un recodo.

—Yo sabía que estaba al lado del río —dijo Bernard—. Hemos vuelto a regresar a él. Si Michel hiciera de nuevo como yo este camino, si viera otra vez estas colinas, el bosque, seguramente que se sentiría como yo, conmovido. Sí, conmovido.

Acelerando, el carro avanzó hacia el follaje. Comenzaba a salir el sol y a disolverse la bruma.

—¡Cómo hemos jugado aquí! —prosiguió—. Ahora me acuerdo. Para llegar al bosque hay que pasar una acequia, con dos puentes de troncos caídos. Hay también un pedazo de alambrada. Mira.

Distinguí una zona defendida por púas enmohecidas y caídas por partes.

Al fin Bernard detuvo el carro.

—Vamos —dijo abriendo la puerta.

Lo seguí por el camino barroso, cruzamos la fosa del tronco caído y después de atravesar un pedazo de bosque llegamos al borde del río. En una pequeña explanada se veía una enorme piedra piramidal que soportaba en su cúspide, yuxtapuesta, milagrosamente sostenida por alguna ley mecánica que ignoro, otra piedra plana y circular que con el viento parecía girar sobre sí misma.

Bernard se acercó y tocó la base de la piedra.

—Aquí lo fusilaron —dijo—. A él y a otros siete muchachos de la resistencia. Los disparos hicieron huecos en la piedra. ¿Ves? Mira, aquí se ven las huellas.

Palpé la piedra. Estaba fría y mojada. Bernard se alejó un poco. Miraba el río, su turbia agua lenta deslizándose entre los brazales.

—Pero antes, cuando éramos más chicos, Michel y yo veníamos aquí para otra cosa. Era nuestro escondite, nuestro lugar secreto. Veníamos, ¿sabes para qué?

Hice un gesto de ignorancia.

—Para masturbarnos. Nuestra primera esperma, la inocente, cayó aquí. Y cayó también su vida. Así, placer y muerte se reúnen. Al lado de la piedra que gira.

(París, 1961)

Ridder y el pisapapeles

Para ver a Charles Ridder tuve que atravesar toda Bélgica en tren. Teniendo en cuenta las dimensiones del país, fue como viajar del centro de una ciudad a un suburbio más o menos lejano. Madame Ana y yo tomamos el rápido de Amberes a las once de la mañana y poco antes de mediodía, después de haber hecho una conexión, estábamos en el andén de Blanken, un pueblecito perdido en una planicie sin gracia, cerca de la frontera francesa.

—Ahora a caminar —dijo madame Ana.

Y nos echamos a caminar por el campo chato, recordando la vez que en la biblioteca de madame Ana cogí al azar un libro de Ridder y no lo abandoné hasta que terminé de leerlo.

—Y después no quiso leer otra cosa que Ridder.

Eso era verdad. Durante un mes pasé leyendo sus obras. Intemporales, transcurrían en un país sin nombre ni fronteras, que podía corresponder a una kermese flamenca, pero también a una verbena española o a una fiesta bávara de la cerveza. Por ellas discurrían hombres corpulentos, charlatanes y tragones, que tumbaban a las doncellas en los prados y se desafiaban a combates singulares, en los que predominaba la fuerza sobre la destreza. Carecían de toda elegancia esas obras, pero eran coloreadas, violentas, impúdicas, tenían la fuerza de un puño de labriego haciendo trizas un terrón de arcilla.

Al ver mi entusiasmo madame Ana me reveló que Ridder era su padrino y es por ello que ahora, anunciada nuestra visita, nos acercábamos a su casa de campo, cortando una pradera. No lejos distinguí un pedazo de mar plomizo y agitado que me pareció, en ese momento, una interpolación del paisaje de mi país. Cosa extraña, eran quizás las dunas, la yerba ahogada por la arena y la tenacidad con que las olas barrían esa costa seca.

Al doblar un sendero avistamos la casa, una casa banal como la de cualquier campesino del lugar, construida al fondo de un corral que circundaba un muro de piedra. Precedidos por una embajada de perros y gallinas llegamos a la puerta.

—Hace por lo menos diez años que no lo veo —dijo madame Ana—. Él vive completamente retirado.

Nos recibió una vieja que podía ser una gobernanta o ama de llaves.

—El señor los espera.

Ridder estaba sentado en un sillón de su sala-escritorio, con las piernas cubiertas con una frazada y al vernos aparecer no hizo el menor movimiento. No obstante, por las dimensiones del sillón y el formato de sus botas, pude apreciar que era extremadamente fornido y comprendí en el acto que entre él y sus obras no había ninguna fisura, que ese viejo corpachón, rojo, canoso, con un bigote amarillo por el tabaco, era el molde ya probablemente averiado de donde habían salido en serie sus colosos.

Madame Ana le explicó que era un amigo que venía de Sudamérica y que había querido conocerlo. Ridder me invitó a sentarme con un ademán frente a él mientras su ahijada le daba cuenta de la familia, de lo que había sucedido en tantos años que no se veían. Ridder la escuchaba aburrido, sin responder una sola palabra, contemplando sus dos enormes manos curtidas y pecosas. Tan sólo de vez en cuando levantaba un ojo para observarme a través de sus cejas grises, mirada rápida, celeste, que sólo en ese momento parecía cobrar una irresistible acuidad. Luego recaía en su distracción, en su torpor.

La gobernanta había traído una botella de vino con dos vasos y una tisana para su patrón. Nuestro brindis no encontró ningún eco en Ridder, que sin tocar su tisana jugaba ahora con su dedo pulgar. Madame Ana seguía hablando y Ridder parecía, si no complacerse, al menos habituarse a esa cháchara que amoblaba el silencio y lo ponía al abrigo de toda interrogación.

Aprovechando una pausa de madame Ana pude al fin intercalar una frase.

—He leído todos sus libros, señor Ridder, y créame que los he apreciado mucho. Pienso que es usted un gran escritor. No creo exagerar: un gran escritor.

Lejos de agradecerme, Ridder se limitó a clavarme una vez más sus ojos celestes, esta vez con cierto estupor, y luego, con la mano, indicó vagamente la biblioteca de su sala, que ocupaba íntegramente un muro, desde el suelo hasta el cielo raso. En su gesto creí comprender una respuesta: «Cuánto se ha escrito.»

—Pero dígame, señor Ridder —insistí—, ¿en qué mundo viven sus personajes? ¿Dé qué época son, de qué lugar?

—¿Época?, ¿lugar? —preguntó a su vez y volviéndose a madame Ana la interrogó sobre un perro que seguramente les era familiar.

Madame Ana le contó la historia del perro, muerto ya hacía años y Ridder pareció encontrar un placer especial en el relato, pues se animó a probar su tisana y encendió un cigarrillo.

Pero ya la gobernanta entraba con una mesita rodante anunciándonos el almuerzo, que tomaríamos allí en la sala, para que el señor no tuviera que levantarse.

El almuerzo fue penosamente aburrido. Madame Ana, agotado su repertorio de novedades, no sabía qué decir. Ridder sólo abría la boca para engullir su comida, con una voracidad que me chocó. Yo reflexionaba sobre la decepción, sobre la ferocidad que pone la vida en destruir las imágenes más hermosas que nos hacemos de ella. Ridder poseía la talla de sus personajes, pero no su voz, ni su aliento. Ridder era, ahora lo notaba, una estatua hueca.

Sólo cuando llegamos al postre, al beber medio vaso de vino, se animó a hablar un poco y narró una historia de caza, pero enredada, incomprensible, pues transcurría tan pronto en Castilla la Vieja como en las planicies de Flandes y el protagonista era alternativamente Felipe II y el mismo Ridder. En fin, una historia completamente idiota.

Luego vino el café y el aburrimiento se espesó. Yo miraba a madame Ana de reojo, rogándole casi que nos fuéramos ya, que encontrara una excusa para salir de allí. Ridder, además, embotado por la comida, cabeceaba en un sillón, ignorándonos.

Por hacer algo me puse de pie, encendí un cigarrillo y di unos pasos por la sala-escritorio. Fue sólo en ese momento cuando lo vi: cúbico, azul, transparente con las aristas biseladas, estaba en la mesa de Ridder, detrás de un tintero de bronce. Era exacto al pisapapeles que me acompañó desde la infancia hasta mis veinte años, su réplica perfecta. Había sido de mi abuelo, que lo trajo de Europa a fines de siglo, lo legó a mi padre y yo lo heredé junto con libros y papeles. Nunca pude encontrar en Lima uno igual. Era pesado, pero al mismo tiempo diáfano, verdaderamente funcional. Una noche, en Miraflores, fui despertado por un concierto de gatos que celaban en la azotea. Saliendo al jardín grité, los amenacé. Pero como seguían haciendo ruido, regresé a mi cuarto, busqué qué cosa arrojarles y lo primero que vi fue el pisapapeles. Cogiéndolo, salí nuevamente al jardín y lancé el artefacto contra la buganvilla donde maullaban los gatos. Éstos huyeron y pude dormir tranquilo.

Al día siguiente, lo primero que hice al levantarme fue subir al techo para recoger el pisapapeles. Inútil encontrarlo. Examiné la azotea palmo a palmo, aparté una por una las ramas de la buganvilla, pero no había rastro. Se había perdido, para siempre.

Pero ahora, lo estaba viendo otra vez, brillaba en la penumbra de ese interior belga. Acercándome lo cogí, lo sopesé en mis manos, observé sus aristas quiñadas, lo miré al trasluz contra la ventana, descubrí sus minúsculos globos de aire capturados en el cristal. Cuando me volví hacia Ridder para interrogarlo, noté que interrumpiendo su siesta, me estaba observando, ansiosamente.

—Es curioso —dije mostrándole el pisapapeles—. ¿De dónde lo ha sacado usted?

Ridder acarició un momento su pulgar.

—Yo estaba en el corral, hace de eso unos diez años —empezó—. Era de noche, había luna, una maravillosa luna de verano. Las gallinas estaban alborotadas. Pensé que era un perro vecino que merodeaba por la casa. Cuando de pronto un objeto cruzó la cerca y cayó a mis pies. Lo recogí. Era el pisapapeles.

—Pero, ¿cómo vino a parar aquí?

Ridder sonrió esta vez:

—Usted lo arrojó.

(París, 1971)

Los cautivos

Era lo último que podía esperar: vivir en esa pensión burguesa de las afueras de Francfort, en ese barrio industrial rodeado de chimeneas, de tranvías y de gente atareada, madrugadora, eficiente, que ponía al descubierto con su ajetreo mi pereza y mi inutilidad. Una pensión de gente de paso, además, vendedores hanseáticos, propagandistas circunspectos de algún turbio producto, que no asomaban nunca en pijama por los corredores, incapaces de interesarse por ese pensionista exótico que erraba resbalándose por el linóleum inmaculado, inseguro de sí, pensando disparates, triste en el fondo, como un camello extraviado en el continente polar.

La verdad es que yo no estaba ocioso. Un amigo romántico caído en el comercio me había encomendado, con la promesa de sufragar mis gastos de viaje, enterarme de los últimos procedimientos para la impresión a cuatro colores, asunto que me era completamente indiferente. Pero como mi amigo estaba al otro lado del Atlántico, yo cumplía su encargo en forma muy subjetiva, contentándome de cuando en cuando en husmear por algún establecimiento y pedir explicaciones técnicas en alemán que escuchaba con estoicismo. Alternaba este trabajo con largos paseos por la ciudad.

El centro de Francfort me atrajo al comienzo, pero terminé por renunciar a él. En la mayoría de sus calles, tiendas y barcitos me tropecé con soldados norteamericanos, a los que yo reconocía así estuviesen sin uniforme por su pelo rapado, sus anchos pantalones, sus extraños zapatos-zapatillas, su manía de andar en grupos, sus cadenillas en la muñeca, su caminar desgarbado y su manera altanera, cibernética, de mirar y de ordenar.

Por eso elegí mi barrio como lugar de mis andanzas, pero sus fábricas me arredraron. Nada es para mí más pavoroso que una fábrica. Yo las temo porque ellas me colman de ignorancia y de preguntas sin respuesta. A veces las observo interrogándome por qué han sido construidas así y no de otra manera, por qué hay una chimenea aquí, una grúa allá, un puente levadizo, un riel, un aglomerado de tuberías, de poleas, de palancas y de implementos que se mueven. Es claro que todos esos artefactos han sido construidos en función de algo preciso, pensados, diseñados, programados. Pero a su vez, para construir esos artefactos ha sido sin duda necesario construir otros antes, pues nada sale de la nada. Cada máquina, por simple que sea, requiere la existencia de otra máquina anterior que la fabricó. De este modo, una fábrica es para mí el resultado de una infinidad de fábricas anteriores, cada herramienta de una herramienta precedente, quizás cada vez más pequeñas y simples, pero cuyo encadenamiento se remonta hasta los albores de la edad industrial, más allá aún, hasta el Renacimiento, y más lejos todavía, hasta la prehistoria, de modo que encontramos al final de esta pesquisa sólo una herramienta, no creada ni inventada, pero perfecta: la mano del hombre.

Pero este hallazgo de la mano humana en el origen de todo el milagro industrial podía regocijar mi inteligencia pero no aplacaba mi aburrimiento ni mi agobio. Francfort era en realidad una urbe demasiado organizada, capitalista y potente para mi gusto ancestral, catoniano, por la naturaleza.

La naturaleza estaba sin embargo en la pensión Hartman y una mañana la descubrí. Me desperté ese día muy temprano y decidí tomar un baño. Para ello tuve que atravesar toda la pensión rumbo a la bañera. Estaba en el lado trasero del edificio que lindaba, supuse yo, con uno de esos patios sombríos, terror de los viajeros, donde languidece algún arbusto en maceta o se sacuden las alfombras. Fue al entreabrir la alta ventana para evitar que el vapor de agua caliente empañara los espejos que descubrí la naturaleza. Llegó a mí como un concierto de instrumentos extremadamente vivos y sutiles. ¿No era del más apartado boscaje que llegaba ese canto? ¿No era el rincón ameno que venía a mí a través de un trino, de un enjambre de trinos? ¿Era la voz de todas las aves del paraíso?

Encaramándome en la bañera me asomé a la ventana y vi un espectáculo radiante: en la mañana temprana, centenares de pájaros en amplias pajareras de alambre saltaban y trinaban. La pensión Hartman tenía un enorme jardín y ese jardín estaba poblado de pajareras. Las enormes pajareras estaban distribuidas a ambos lados de un pasaje por el cual un señor en bata, corpulento y canoso, con una canasta bajo el brazo, andaba repartiendo comida a las aves. Observé el amor con que las interpelaba, las acariciaba con el dedo a través de los alambres y las alimentaba. Era en verdad una escena insólita, irreal, como la cita de un verso eglógico en el balance anual de una compañía de seguros.

Apenas terminé de bañarme me vestí y descendí a la planta baja en busca del jardín encantado. Tuve que recorrer un largo pasillo, empujar varias puertas, atravesar la amplia cocina, el oficio y la despensa para llegar a una terraza interior que comunicaba con el paraje de los trinos.

El hombre en bata me distinguió y quedó plantado en medio del pasaje, con su canasta en la mano, observándome. Bruscamente los pájaros dejaron de cantar.

—¿Qué quiere usted aquí?

—Soy un pensionista.

El hombre avanzó hacia mí colérico y quedó apenas a un palmo de mi nariz, la que examinó como un anatomista, luego mis orejas y la forma de mi cráneo, con una desconfianza que pareció irse disipando.

—¿Usted no es alemán?

—Soy sudamericano.

El hombre volvió a observar mis rasgos y su hosquedad desapareció.

—Muy bien. Soy el señor Hartman, el dueño de la pensión. Le permito entrar aquí por ser extranjero. ¿Le interesan los pájaros?

—Los oí cantar cuando estaba en la bañera. Y me tomé la libertad de bajar.

—Puede mirarlos, si quiere.

La primera pajarera a la que me acerqué era la de los canarios. Había por lo menos un centenar, con un plumaje sedalino, que iba desde el gris azulado hasta el amarillo más luminoso. Apenas distinguieron a Hartman empezaron a saltar en sus columpios y a trinar, despertando ecos en otras pajareras, inaugurando un concierto que pronto alcanzó un crescendo irresistible. Hartman intervino con una extraña y penetrante modulación, mitad silbido mitad grito, y el concierto cesó en el acto.

—Me conocen. Son muy disciplinados. ¿Quiere ver los pájaros exóticos?

El pasaje estaba cortado en la mitad por un corredor transversal, poblado también de pajareras. En una de ellas distinguí una paleta movediza de rojos y verdes. Era la jaula de los loros. Hartman me los nombró, me mostró la diferencia entre loros, pericos, cotorras, guacamayos, me explicó el origen y las particularidades de cada uno con una minucia y una ciencia que me pasmó.

—¿Es usted ornitólogo? —pregunté al fin.

El dueño sonrió y con un amplio ademán echó un poco de alpiste a la pajarera.

—Un simple aficionado. Siempre me han gustado los pájaros, así, reunidos en sus jaulas. Son tan obedientes, tan sumisos y al fin de cuentas tan indefensos. Su vida depende enteramente de mí.

A partir de ese día, antes de iniciar mis penosas visitas por las imprentas recogiendo datos para mi amigo, descendí dos o tres veces por semana al jardín para acompañar un rato a Hartman en su recorrido matinal. Como se avecinaba el invierno estaba preparando las pajareras para soportar el frío y la nieve. Encima de cada una de ellas había una lona encerada y plegadiza, que había comenzado a extender.

—Algunas especies son muy frágiles. Sobre todo las que vienen de los países tórridos. Los primeros fríos las quiebran como a una brizna de paja.

Me di cuenta que algunas pajareras tenían hasta un sistema de calefacción a base de radiadores de agua caliente.

—Pero sus pájaros viven como príncipes.

—¿Usted cree? Tal vez, pero como príncipes cautivos.

Como yo lo interrogué sobre un pájaro blanco, zancudo, de alas negras y largo pico que hurgaba la tierra, me dijo.

—Es una de mis joyas. Un ibis, viene de Egipto, le gustan las lombrices.

—Ya sé, de él se habla en el Libro de los Muertos. Me parece que hasta en la cerámica egipcia hay dibujos de este pájaro.

—Pero veo que usted sabe algunas cosas. Si le interesa le mostraré una de estas tardes mis libros.

Una de esas tardes, en efecto, vino a mi cuarto. Era la hora en que los pensionistas, reunidos en la sala, esperaban la hora de la cena viendo televisión y bebiendo cerveza. Hartman traía un libro debajo del brazo. Sentándose en el borde de mi cama lo abrió y me invitó a que mirásemos juntos las láminas. Era un volumen sobre los colibríes. Hasta la hora en que la mucama tocó la puerta para que bajara al comedor estuvo explicándome las variedades de esa especie.

—Mañana le mostraré otro —dijo.

Vino entonces cotidianamente. Entre nosotros surgió una relación que, más que amistad, tenía que ver con la pedagogía. Tal vez Hartman descubrió en mí ciertas cualidades receptivas o al providencial depositario de su ciencia y de su pasión por los pájaros. Cada día traía un libro diferente y me iniciaba en los misterios de la ornitología. Más que su erudición, pues conocía la anatomía, las costumbres, los caprichos de cada especie, lo que me admiraba era su fervor. Hablar para él de los pájaros era como orar. Yo me sentía algo así como el discípulo medieval recibiendo por vía oral del maestro las llaves del arcano.

Al cabo de unos días, durante los cuales, supongo, dio por terminada mi iniciación, vino a verme sin ningún libro y me dijo que podía ir a su biblioteca. Él mismo me condujo. Quedaba en el tercer piso, al fondo del edificio y era seguramente la pieza más grande de la pensión. Dos o tres mil libros colmaban las estanterías, en las paredes había grabados de aves y en una repisa toda una colección de pájaros disecados.

—Mi vida transcurre entre el jardín y la biblioteca. Aquí no entra nadie. Pero usted puede hacerlo, cuando quiera consultar algún libro. Claro que todos son sobre el mismo tema.

Agradecí su invitación y para satisfacerlo le pedí que me diera una pista para orientarme en ese laberinto.

—Tengo un fichero.

Señalaba un mueble de metal.

Cuando me dirigía al archivador me interpeló.

—Sé que usted es de Sudamérica, pero nunca le he preguntado de qué país. Hay tantos países por allá.

—Del Perú.

—¿Perú? Raro país. No sé casi nada de él. Me intereso poco por la historia. Tendré que consultar un diccionario. Pero conozco sus pájaros. El chaucato, por ejemplo, el huanchaco. Y la tuya, que canta en los altos árboles.

Mientras yo examinaba distraídamente el fichero, Hartman extrajo de un armario un grueso volumen que hojeó con atención.

—Perú, los incas, Pizarro, los virreyes. No se habla mucho de su país aquí, mejor dicho se habla sólo de cosas muy antiguas. A mí me interesan las más recientes. ¿Qué me puede usted decir sobre eso?

—Lo que usted quiera.

Hartman me observó detenidamente. Mirada glacial. Me sentí como un pájaro en su jaula.

—Prefiero averiguarlo.

Luego me dijo que podía escoger un libro y llevármelo a mi cuarto, pues tenía que terminar un artículo para una revista.

Elegí un volumen sobre las calandrias y me fui.

A la mañana siguiente recibí una carta de mi amigo y mecenas de Lima instándome a partir rápidamente para Berlín. Como los encargos que me había dado para Francfort los había cumplido poco y mal, decidí remediarlo y pasé esos últimos días sin pensar en Hartman y sus pájaros, en investigaciones increíblemente aburridas.

La víspera de mi partida, antes de ir a comprar mi billete de tren, bajé al jardín para echarle una última mirada a los pájaros y despedirme de Hartman. Estaba de pie, con abrigo y sombrero, en medio del pasaje, ante la jaula de los canarios. Al verme, en lugar de avanzar hacia mí con la mano extendida como otras veces, se dio la vuelta y quedó dándome la espalda. Yo vacilé un momento. Su gesto me pareció destemplado.

—Señor Hartman, he venido a despedirme. Mañana parto a Berlín de madrugada.

—Tenga la bondad de retirarse.

Su orden era tan perentoria, que me dispuse a partir, cuando lo vi voltear la cabeza. Estaba rojo, quizá por el frío aire matinal.

—Así que del Perú, ¿no? ¿No fue el primer país de Sudamérica que le declaró la guerra a Alemania?

Yo había olvidado ese asunto. No sólo me pareció anacrónico sino poco delicado que me lo recordara. Pero como había vuelto a darme la espalda me retiré.

En la noche, al hacer mi equipaje, vi el libro sobre las calandrias que me había prestado. Yo no había tenido tiempo ni de hojearlo y desde el primer día había quedado abandonado en mi mesa de noche. Cogiéndolo me dirigí hacia la biblioteca. Toqué la puerta y como no me respondían la abrí. La pieza estaba vacía. Seguramente Hartman había bajado a comer en la cocina. Acercándome a su escritorio coloqué el libro encima. Vi entonces sobre el secante verde una Historia de la Segunda Guerra Mundial, entre cuyas páginas cerradas sobresalía la punta de un cartón satinado. Por curiosidad abrí el libro y se deslizó la fotografía de un oficial en uniforme, fornido, sonriente, que armado de un fusil montaba guardia delante de una alambrada, que muy bien podía corresponder a una pajarera gigante. Volteando la foto para mirar el reverso leí: Hans Hartman, 1942, Auschwitz.

Desde el jardín llegó el canto penetrante de un tordo. Asomándome a la ventana vi al carcelero, inclinado en el anochecer ante una jaula, dialogando amorosamente con uno de sus cautivos.

(París, 1971)

Nada que hacer, monsieur Baruch

El cartero continuaba echando por debajo de la puerta una publicidad a la que monsieur Baruch permanecía completamente insensible. En los últimos tres días había deslizado un folleto de la Sociedad de Galvanoterapia en cuya primera página se veía la fotografía de un hombre con cara de cretino bajo el rótulo «Gracias al método del doctor Klein ahora soy un hombre feliz»; había también un prospecto del detergente Ayax proponiendo un descuento de cinco centavos por el paquete familiar que se comprara en los próximos diez días; se veía por último programas ilustrados que ofrecían las memorias de sir Winston Churchill pagaderas en catorce mensualidades, un equipo completo de carpintería doméstica cuya pieza maestra era un berbiquí eléctrico y finalmente un volante de colores particularmente vivos sobre «El arte de escribir y redactar», que el cartero lanzó con tal pericia que estuvo a punto de caer en la propia mano de monsieur Baruch. Pero éste, a pesar de encontrarse muy cerca de la puerta y con los ojos puestos en ella, no podía interesarse por esos asuntos, pues desde hacía tres días estaba muerto.

Hacía tres días justamente monsieur Baruch se había despertado en la mitad de la tarde, después de una noche de insomnio total en la cual había tratado de recordar sucesivamente todas las camas en las que había dormido en los últimos veinte años y todas las canciones que estuvieron de moda en su juventud. Lo primero que hizo al levantarse fue dirigirse al lavatorio de la cocina, para comprobar que seguía obstruido y que, como en los días anteriores, le sería necesario, para lavarse, llenar el agua en una cacerola y enjuagarse sólo los dedos y la punta de la nariz.

Luego, sin darse el trabajo de quitarse el pijama, se abocó por rutina a un problema que lo había ocupado desde que Simón le cedió esa casa, hacía un año, y que nunca había logrado resolver: ¿cuál de las dos piezas de ese departamento sería la sala-comedor y cuál la dormitorio-escritorio? Desde su llegada a esa casa había barajado el pro y el contra de una eventual decisión y cada día surgían nuevas objeciones que le impedían ponerla en práctica. Su perplejidad venía del hecho que ambas habitaciones eran absolutamente simétricas con relación a la puerta de calle —que daba sobre un minúsculo vestíbulo donde sólo cabía una percha— y a que ambas estaban amobladas en forma similar: en ambas había un sofá-cama, una mesa, un armario, dos sillas y una chimenea condenada. La diferencia residía en que la habitación de la derecha comunicaba con la cocina y la de la izquierda con el *water closet.* Hacer su dormitorio a la derecha significaba poner fuera de su alcance inmediato el excusado, adonde un viejo desfallecimiento de su vejiga lo conducía con inusitada frecuencia; hacerlo a la izquierda implicaba alejarse de la cocina y de sus tazas de café nocturnas, que se habían convertido para él en una necesidad de orden casi espiritual.

Por todo ello es que monsieur Baruch, desde que llegó a esa casa, había dormido alternativamente en una u otra habitación y comía en una u otra mesa, según las soluciones sucesivas y siempre provisionales que le iba dando a su dilema. Y esta especie de nomadismo que ponía en práctica en su propia casa le había producido un sentimiento paradójico: por un lado le daba la impresión de vivir en una casa más grande, pues podía concluir que tenía dos salas-comedor y dos dormitorios-escritorio, pero al mismo tiempo se daba cuenta que la similitud de ambas piezas reducía en realidad su casa, ya que se trataba de una duplicación inútil del espacio, como la que podía provenir de un espejo, pues en la segunda habitación no podía encontrar nada que no hubiera en la primera y tratar de adicionarlas era una superchería, como la de quien al hacer el recuento de los títulos de su biblioteca pretende consignar en la lista dos ediciones exactas del mismo libro.

Ese día monsieur Baruch tampoco pudo resolver el problema y dejándolo en suspenso una vez más regresó a la cocina para preparar su desayuno. Con su taza de café humeante en una mano y una tostada seca en la otra se instaló en la mesa más cercana, dio cuenta meticulosamente de su frugal alimento y luego se trasladó a la mesa de la habitación contigua, donde lo esperaba una carpeta con papel de carta. Cogiendo una hoja escribió unas breves líneas, que metió en un sobre. Encima de éste anotó: Madame Renée Baruch, 17 Rue de la Joie, Lyon. Y más abajo, con un bolígrafo de tinta roja, añadió: personal y urgente.

Dejando el sobre en un lugar visible de la mesa monsieur Baruch prospectó mentalmente el resto de su jornada y aisló dos hechos que de costumbre realizaba antes de enfrentarse una vez más a la noche: comprarse un periódico y prepararse otro café con su tostada seca. Mientras esperaba que anocheciera vagó de una habitación a otra, mirando por sus respectivas ventanas. La de la derecha daba al corredor de una fábrica donde nunca supo qué fabricaban, pero que debía ser un lugar de penitencia, pues sólo la frecuentaban obreros negros, argelinos e ibéricos. La de la izquierda daba al techo de un garaje, detrás del cual, haciendo un esfuerzo, podía avistarse un pedazo de calle, por donde los automóviles pasaban interminablemente con sus faros ya encendidos. Pasó también un carro de bomberos haciendo sonar su sirena. Alguna casa ardía a la distancia.

Monsieur Baruch prolongó su paseo más de lo habitual, convenciéndose ya que debía renunciar al periódico. Aparte de las ofertas de trabajo, nunca los terminaba de leer, no entendía lo que decían: ¿qué querían los vietnamitas?, ¿quién era ese señor Lacerda?, ¿qué cosa era una ordenadora electrónica?, ¿dónde quedaba Karachi? Y en este paseo, mientras anochecía, volvió a sentir ese pequeño ruido en el interior de su cráneo, que no provenía, como lo había descubierto, del televisor de madame Pichot ni del calentador de agua del señor Belmonte ni de la máquina en la cual el señor Ribeyro escribía en los altos: era un ruido semejante al de un vagón que se desengancha del convoy de un tren estacionado e inicia por su propia cuenta un viaje imprevisto.

En el departamento ahora oscuro se mantuvo un momento al lado del conmutador de la luz, interrogándose. ¿Y si salía a dar una vuelta? Ese barrio apenas lo conocía. Desde su llegada había estudiado el itinerario más corto para llegar a la panadería, a la estación del metro y a la tienda de comestibles y se había ceñido a él escrupulosamente. Sólo una vez osó apartarse de su ruta para caer en una plaza horrible que, según comprobó, se llamaba la plaza de la Reunión, circunferencia de tierra, con árboles sucios, bancas rotas, perros libertinos, ancianos tullidos, rondas de argelinos sin trabajo y casas, santo Dios, casas chancrosas, sin alegría ni indulgencia, que se miraban aterradas, como si de pronto fueran a dar un grito y desaparecer en una explosión de vergüenza.

Descartado también el paseo, monsieur Baruch encendió la luz de la habitación donde había dejado la carta, comprobó que seguía en su lugar y atravesando la siguiente habitación a oscuras entró en la cocina. En cinco minutos se afeitó con esmero, se puso un terno limpio y regresó ante el espejo del lavatorio para observarse el rostro. No había en él nada diferente de lo habitual. El largo régimen de café y tostadas había hundido sus carrillos, es verdad, y su nariz, que él siempre consideró con cierta conmiseración debido a su tendencia a encorvarse con los años, le pendía ahora entre las mejillas como una bandera arriada en señal de dimisión. Pero sus ojos tenían la expresión de siempre, la del pavor que le producía el tráfico, las corrientes de aire, los cinemas, las mujeres hermosas, los asilos, los animales con casco, las noches sin compañía y que lo hacía sobresaltarse y protegerse el corazón con la mano cuando un desconocido lo interpelaba en la calle para preguntarle la hora.

Debía ser el momento del film de sobremesa, pues del televisor vecino llegó una voz varonil, que podía ser muy bien la de Jean Gabin en comisario de policía hablando en argot con un cigarrillo en la boca, pero monsieur Baruch, indiferente a la emoción que seguramente embargaba a madame Pichot, se limitó a enjuagar su máquina de afeitar, extraer la hoja y apagar la luz. Vestido se introdujo en la ducha, que quedaba dentro de una caseta metálica, en un rincón de la cocina y abriendo el caño dejó que el agua fría le fuera humedeciendo la cabeza, el cuello, el terno. Aferrando bien la hoja de afeitar entre el índice y el pulgar de la mano derecha levantó la mandíbula y se efectuó una incisión corta pero profunda en la garganta. Sintió un dolor menos vivo del que había supuesto y estuvo tentado de repetir la operación. Pero finalmente optó por sentarse en la ducha con las piernas cruzadas y se puso a esperar. Su ropa ya empapada lo hizo tiritar, por lo cual levantó el brazo para cerrar el caño. Cuando las últimas gotas dejaron de caer sobre su cabeza experimentó en el pecho una sensación de tibieza y casi de bienestar, que le hizo recordar las mañanas de sol en Marsella, cuando iba por los bares del puerto ofreciendo sin mucha fortuna corbatas a los marineros o aquellas otras mañanas genovesas, cuando ayudaba a despachar a Simón en su tienda de géneros. Y luego sus proyectos de viaje a Lituania, donde le dijeron que había nacido y a Israel, donde debía tener parientes cercanos, que él imaginaba numerosos, dibujando en sus rostros en blanco su propio rostro.

Un nuevo carro de bomberos pasó a la distancia haciendo sonar su sirena y entonces se dijo que era absurdo estar metido en esa caseta oscura y mojada, como quien purga una falta o se oculta de una mala acción (¿pero toda su vida acaso no había sido una mala acción?) y que mejor era extenderse en el sofá de cualquiera de las habitaciones y fundar con ese gesto una nueva pieza en su casa, la capilla mortuoria, pieza que desde que llegó sabía que existía potencialmente, asechándolo, en ese espacio simétrico.

No tuvo ninguna dificultad en ponerse de pie y salir de la ducha. Pero cuando estaba a punto de abandonar la cocina sintió una arcada que lo dobló y empezó a vomitar con tal violencia que perdió el equilibrio. Antes de que pudiera apoyarse en la pared se encontró tendido en el suelo bajo el dintel de la puerta, con las piernas en la cocina y el tronco en la habitación contigua. En la siguiente habitación la luz había quedado encendida y desde su posición de cúbito ventral monsieur Baruch podía ver la mesa y en su borde el lomo de la carpeta con papel de carta.

Mentalmente se exploró el cuerpo, a la caza de algún dolor, de alguna fractura, de algún deterioro grave que revelara que su máquina humana estaba definitivamente fuera de uso. Pero no sentía ningún malestar. Lo único que sabía es que le era imposible ponerse de pie y que si algo en fin había sucedido era que en adelante debía renunciar a llevar una vida vertical y contentarse con la existencia lenta de las lombrices y sus quehaceres chatos, sin relieve, su penar al ras del suelo, del polvo de donde había surgido.

Inició entonces un largo viaje a través del piso sembrado de prospectos y periódicos viejos. Los brazos le pesaban y en su intento de avanzar comenzó a utilizar la mandíbula, los hombros, a quebrar la cintura, las rodillas, a raspar el suelo con la punta de sus zapatos. Se contuvo un rato tratando de recordar dónde había dejado esa larga venda con la que en invierno se envolvía la cintura para combatir sus dolores de ciática. Si la había dejado en el armario de la primera pieza sólo tendría que avanzar cuatro metros para llegar a él. De otro modo, su viaje se volvería tan improbable como el retorno a Lituania o el periplo al reino de Sión.

Mientras memorizaba y se debatía contra la sensación de que el aire se había convertido en algo agrio e irrespirable y reproducía los actos de sus últimas semanas y recreaba los objetos que guardaba en todos los cajones de la casa, monsieur Baruch sintió una vez más la sirena de los bomberos, pero acompañada esta vez por el traqueteo del vagón que se desengancha y acelerando progresivamente se lanza desbocado por la campiña rasa, sin horario ni destino, cruzando sin verlas las estaciones de provincia, los bellos parajes marcados con una cruz en las cartas de turismo, desapegado, ebrio, sin otra conciencia que su propia celeridad y su condición de algo roto, segregado, condenado a no terminar más que en una vía perdida, donde no lo esperaba otra cosa que el enmohecimiento y el olvido.

Tal vez sus párpados cayeron o el globo de sus ojos abiertos se inundó con una sustancia opaca, porque dejó de ver su casa, sus armarios y sus mesas para ver nítidamente, esta vez sí, inesperadamente, a la luz de un proyector interior, maravillosamente, las camas en las que había dormido en los últimos veinte años, incluyendo la última doble de la tienda del Marais, donde Renée se apelotonaba a un lado y no permitía que pasara de una línea geométrica e ideal que la partía por la mitad. Camas de hoteles, pensiones, albergues, siempre estrechas, impersonales, ásperas, ingratas, que se sucedían rigurosamente en el tiempo, sin que faltara una sola, y se sumaban en el espacio formando un tren nocturno e infernal, sobre el que había reptado como ahora, durante noches sin fin, solo, buscando un refugio a su pavor. Pero lo que no pudo percibir fueron las canciones, aparte de un croar sin concierto, como de decenas de estaciones de radio cruzadas, que pugnaban por acallarse unas a otras y que sólo lograban hacer descollar palabras sueltas, tal vez títulos de aires de moda, como traición, infidelidad, perfidia, soledad, cualquiera, angustia, venganza, verano, palabras sin melodía, que caían secamente como fichas en su oído y se acumulaban proponiendo tal vez una charada o constituyendo el registro escueto, capitular, de una pasión mediocre, sin dejar por ello de ser catastrófica, como la que consignan los diarios en su página policial.

El bordoneo cesó bruscamente y monsieur Baruch se dio cuenta que veía otra vez, veía la lámpara inaccesible en la habitación contigua y bajo la lámpara la carpeta de cartas inaccesible. Y ese silencio en el que flotaban ahora los objetos familiares era peor que la ceguera. Si al menos empezara a llover sobre la calamina reseca o si madame Pichot elevara el volumen de su televisor o si al señor Belmonte se le ocurriera darse un baño tardío, algún ruido, por leve o estridente que fuere, lo rescataría de ese mundo de cosas presentes y silenciosas, que privadas del sonido parecían huecas, engañadoras, distribuidas con artificio por algún astuto escenógrafo para hacerle creer que seguía en el reino de los vivos.

Pero no oía nada y ni siquiera lograba recordar en qué rincón de la casa había podido dejar la venda de la ciática y lo más que podía era progresar en su viaje, sin mucha fe además, pues los periódicos se arrugaban ante su esfuerzo, formaban ondulaciones y accidentes que él se sentía incapaz de franquear. Aguzando la vista leyó un gran titular «Sheila acusa» y más abajo, con letras más discretas, «Lord Chalfont asegura que la libra esterlina no bajará» y al lado un recuadro que anunciaba «Un tifón barre el norte de Filipinas» y luego, con letras casi imperceptibles —y qué tenacidad ponía en descifrarlas— «Monsieur y madame Lescène se complacen en anunciar el nacimiento de su nieto Luc-Emmanuel.» Y después volvió a sentir el calor, la agradable brisa en su pecho y al instante escuchó la voz de Bernard diciéndole a Renée que si no le aumentaban de sueldo se iría de la tienda del Marais y la de Renée que decía que ese muchacho merecía un aumento y su propia voz recomendando esperar aún un tiempo y el crujido de las escaleras la primera vez que descendió en puntillas para espiar cómo conversaban y bromeaban detrás del mostrador, entre carteras, paraguas y guantes y un rasguido que no podía ser otro que el del mensaje que dejó Renée antes de su fuga, escrito en un papel de cuaderno y que él hizo añicos después de leerlo varias veces, pensando idiotamente que rompiendo la prueba destruiría lo probado.

Las voces y los ruidos se alejaron o monsieur Baruch renunció a sintonizarlos, pues al girar el globo del ojo efectuó una comprobación que lo obligó a cambiar en el acto todos sus proyectos: más cerca que los armarios de ambas habitaciones y de su venda improbable estaba la puerta de calle. Por su ranura inferior veía la luz del descanso de la escalera. Empezó entonces a girar sobre su vientre, con una dificultad extrema, pues le era necesario modificar toda la orientación de su itinerario inicial y mientras trataba de hacerlo la luz del descanso se encendió y se apagó varias veces, al par que sonaban pasos en las escaleras, pero probablemente en redondo o en los pisos más bajos o en el sótano, pues nunca, nunca terminaban de acercarse.

Con el esfuerzo que hizo por cambiar de rumbo, su cabeza dejó de apoyarse en la mandíbula y cayó pesadamente hacia un lado quedando reclinada sobre una oreja. Las paredes y el techo giraban ahora, la chimenea pasó varias veces delante de sus ojos, seguida por el armario, el sofá y los otros muebles y a la zaga una lámpara y estos objetos se perseguían unos a otros, en una ronda cada vez más desaforada. Monsieur Baruch apeló entonces a un último recurso, tenido hasta ese momento en reserva y quiso gritar, pero en ese desorden, ¿quién le garantizaba dónde estaba su boca, su lengua, su garganta? Todo estaba disperso y las relaciones que guardaba con su cuerpo se habían vuelto tan vagas que no sabía realmente qué forma tenía, cuál era su extensión, cuántas sus extremidades. Pero ya el torbellino había cesado y lo que veía ahora, fijo ante sus ojos, era un pedazo de periódico donde leyó «Monsieur y madame Lescène se complacen en anunciar el nacimiento de su nieto Luc-Emmanuel».

Entonces abandonó todo esfuerzo y se abandonó sobre los diarios polvorientos. Apenas sentía la presencia de su cuerpo flotando en un espacio acuoso o inmerso en el fondo de una cisterna. Nadaba ahora con agilidad en un mar de vinagre. No, no era un mar de vinagre, era una laguna encalmada. Trinaba un pájaro en un árbol coposo. Discurría el agua por la verde quebrada. Nacía la luna en el cielo diáfano. Pacía el ganado en la fértil pradera. Por algún extraño recodo había llegado al paisaje ameno de los clásicos, donde todo era música, orden, levedad, razón, armonía. Todo se volvía además explicable. Ahora comprendía, sin ningún raciocinio, apodícticamente, que debía haber hecho el dormitorio en el lugar donde dejó la venda o haber dejado la venda en el lugar que iba a ser el dormitorio y haber echado a Bernard de la tienda y denunciado a Renée por haber huido con la plata y haberla perseguido hasta Lyón rogándole de rodillas que volviera y haberle dicho a Renée de partir sin que Bernard lo supiera y haberse matado la noche misma de su fuga para no sufrir un año entero y haber pagado a un asesino para que acuchillara a Bernard o a Renée o a los dos o a él mismo en las gradas de una sinagoga y haberse ido solo a Lituania dejando a Renée en la indigencia y haberse casado en su juventud con la empleada de la pensión de Marsella a la que le faltaba un seno y haber guardado la plata en el banco en lugar de tenerla en la casa y haber hecho el dormitorio donde estaba tendido y no haber ido a la primera cita que le dio Renée en el Café des Sports y haberse embarcado en ese mercante rumbo a Buenos Aires y haberse dejado alguna vez un espeso bigote y haber guardado la venda en el armario más cercano para poder ahora que se moría, lejos ya del rincón ameno, caído más bien en un barranco inmundo, tentar una curación *in extremis,* darse un plazo, durar, romper la carta anunciadora, escribirla la mañana siguiente o el año siguiente y seguirse paseando aún por esa casa, sesentón, cansado, sin oficio ni arte ni destreza, sin Renée ni negocio, mirando la fábrica enigmática o los techos del garaje o escuchando cómo bajaba el agua por las tuberías de los altos o madame Pichot encendía su televisor.

Y todo era además posible. Monsieur Baruch se puso de pie, pero en realidad seguía tendido. Gritó, pero sólo mostró los dientes. Levantó un brazo, pero sólo consiguió abrir la mano. Por eso es que a los tres días, cuando los guardias derribaron la puerta, lo encontramos extendido, mirándonos, y a no ser por el charco negro y las moscas hubiéramos pensado que representaba una pantomima y que nos aguardaba allí por el suelo, con el brazo estirado, anticipándose a nuestro saludo.

(París, 1967)

La estación del diablo amarillo

Los diablos* dormían encadenados en la estación de Payol, al final del andén. Nosotros llegábamos a las seis de la mañana, nos cambiábamos nuestro terno por la ropa de trabajo y nos lanzábamos a toda carrera para coger el diablo amarillo, el único que tenía ruedas de goma y mangos encorvados que permitían palanquear la carga con facilidad.

Gastón ya estaba allí, junto a la abarrotada mercadería y conforme nos acercábamos iba voceando:

—*Gare du Nord!*

—*Pantin!*

—*Austerlitz!*

Mientras ladeaba los bultos, nosotros deslizábamos bajo ellos la cuchilla de nuestros diablos, hacíamos presión sobre los mangos y una vez cargados iniciábamos la procesión hacia los camiones que nos esperaban alineados a lo largo del andén. Una rampa de madera nos comunicaba con cada uno de ellos. La subíamos empujando nuestro diablo, pero cuando el bulto era muy pesado debíamos tomar distancia, visar bien la rampa y lanzarnos hacia ella como quien se suicida. Al principio no faltó quien trastabilló, se tropezó o se fue con diablo y todo fuera del andén. Pero a fuerza de golpetones y caídas nos volvimos expertos y despachábamos, apenas una docena de cargadores, trescientas toneladas de mercancía por jornada.

Casi todos éramos amigos y veníamos del Barrio Latino, espoleados por la necesidad. Habían terminado ya las ociosas mañanas de vino en los cafés de Saint-Germain. Habían terminado también nuestras andanzas por las márgenes del Sena buscando libros raros, postales cursis o viejos mapamundis. Todos teníamos un patrón rabioso que amenazaba con echarnos del hotel; una máquina empeñada que nos hacía falta para escribir nuestra obra maestra; lienzos o pinceles por comprar; o simplemente una desnutrición capaz de obligarnos a las más tristes claudicaciones. Pero la verdad es que al salir del trabajo éramos incapaces de cumplir nuestros preciosos sueños.

* Diablo es la traducción literal de *diable,* que en argot ferroviario francés designa las carretillas para llevar carga.

Llegábamos a casa tan cansados que no nos quedaba otra cosa que comer, emborracharnos y echarnos a dormir hasta el día siguiente.

El único obrero de nuestro equipo era Bel-Amir, el argelino. Y el único viejo. A pesar de tener más de sesenta años era el primero en llegar a la estación —por lo cual capturaba casi siempre el codiciado diablo amarillo— y el último en retirarse. Laboraba hasta los feriados para tener derecho a sobresueldo. Nos miraba como a intrusos, como a caprichosos jovenzuelos venidos por azar al mundo del sudor. Jamás nos dirigía la palabra, si no era para refunfuñar cuando nos deteníamos a conversar o a fumar un cigarrillo.

—Ya está bien, ¿no? ¡A trabajar! ¡Esto no es un juego, *merde!*

Lo que nos permitió al comienzo soportar este rudo trabajo fue el buen humor. Tomábamos un poco en broma nuestro fatigoso oficio, lo considerábamos pasajero y aleccionador, dada nuestra condición de artistas en potencia, algo así como un *stage* de vida proletaria capaz de enriquecer nuestra experiencia del mundo. Pero cuando las semanas fueron pasando y las mañanas se hacían cada vez más frías; cuando vimos nuestras manos encallecidas y enmohecidos los mecanismos más frágiles de nuestra inteligencia; cuando en la cantina de la estación, entre centenares de ferroviarios, no podíamos conversar sino de cosas cada vez más triviales; cuando todo esto sucedió, comprendimos que había terminado el tiempo de la risa. Nos dimos cuenta que cada día nos volvíamos tan torpes, tan tristes y tan rutinarios como Bel-Amir, el más antiguo de los cargadores.

Algunos encontraron otro trabajo; otros, más afortunados, recibieron dinero y disfrutaron de una legítima tregua. Pero los olvidados seguimos madrugando, viajando en metro rumbo a la estación y corriendo por el andén a la caza del diablo amarillo. Se aproximaba el invierno, además, y nuestro equipo, con abrigo y guantes, formaba una procesión sombría que marchaba sin gracia por el filo de las tardes otoñales.

Un día Gastón, nuestro reclutador, me llamó a un lado.

—¿Quieres trabajar a tarea? Han llegado unos vagones con carbón y es necesario descargarlos. Cada día se te asigna una cuota y cuando la termines puedes irte a tu casa. Así, en lugar de trabajar las ocho horas reglamentarias, trabajas cuatro o seis, según la velocidad con que descargues. Pero eso sí, se comienza a las cinco de la mañana.

La propuesta me pareció buena y acepté. Al día siguiente, a las cinco de la mañana, estaba en la estación. Bel-Amir me esperaba.

—Vas a trabajar conmigo —me dijo—. ¿Qué prefieres, llenar la carreta o llevarla hasta el horno?

En seguida me condujo hasta un andén subterráneo y me mostró el vagón que debíamos descargar.

—Hay cuarenta toneladas.

Yo subí al vagón. Estaba repleto de carbón húmedo y desmenuzado. Había una larga pala clavada en la montaña negra y en el andén reposaba sobre sus mangos una carreta de dos ruedas, como las que tiran los caballos en los pueblos de provincia.

—Prefiero descargar —dije.

Bel-Amir colocó la carreta al lado del vagón, con los mangos apoyados en una tabla y yo comencé a descargar. Trepado a la montaña lanzaba gruesas paletadas sobre la carreta. Bel-Amir me contemplaba fumando. Mis paletadas se hacían cada vez más espaciadas.

—¡De prisa! ¡Este trabajo lo hacemos normalmente en tres horas!

Continué arrojando furiosas paletadas.

—¡Suficiente! Ya debe haber cuatrocientos kilos.

Mientras yo encendía a mi turno un cigarrillo, Bel-Amir cogió la carreta de los mangos y empujándola recorrió gran parte del andén y se perdió por una puerta lateral.

A los cinco minutos reapareció y se cuadró al lado del vagón.

—Otra vez.

Comencé a lanzar nuevas lampadas. Esta vez lo hacía con más calma, procurando que mis movimientos fueran más armónicos, buscando la cadencia perfecta que aliviara mi fatiga. Por momentos creí haberla encontrado, luego la perdí. Bel-Amir se impacientaba.

—¿Prefieres jalar la carreta?

Seguí lampadeando. Cuando Bel-Amir hizo el cuarto viaje eran las seis y media de la mañana y yo tenía carbón hasta en las pestañas. La montaña parecía no haber disminuido. Estaba enterrado en ella hasta las rodillas.

—Ahora tú vas a descargar —indiqué.

Bel-Amir subió al vagón y yo descendí al andén. Cada enorme paletada suya remecía la carreta y en pocos minutos quedó llena.

—¡En la segunda puerta está el horno! —gritó.

Comencé a tirar. ¡Qué gran invento era la rueda! A pesar de su voluminosa carga, la carreta se deslizaba con facilidad sobre el piso plano. Cuando crucé la segunda puerta me detuve pasmado: había una estrecha rampa ascendente, tan larga que apenas se veía el final, donde humeaba el horno de la estación. Luego de un descanso me lancé por la rampa, jalando la carreta. A la mitad estuve a punto de dejarme vencer por la inercia, pero haciendo un esfuerzo llegué al borde y vertí el carbón en el abismo candente. Cuando retorné hacia el vagón Bel-Amir me recibió indignado.

—¡Te has demorado mucho!

El segundo viaje fue más penoso. La carreta me parecía más pesada, la rampa más empinada. Maldecía a Bel-Amir por haberme cargado mucho. Estuve a punto de caerme en el horno. Poco a poco sentí que me deshumanizaba, que me convertía en un buey, en un caballo. Tenía las manos ampolladas. Mi conciencia se había estrechado, al punto que no percibía la realidad sino por fragmentos: tan pronto la rampa o la carreta, pero siempre a Bel-Amir, gigantesco, oscuro, lanzando sus paletadas y gritando desde la altura: «¡Son las nueve!», «¡Son las diez!»... «¡Quieres pasarte aquí toda la mañana?»

Al mediodía no pude más.

—Escucha —le dije—. Renuncio a mi salario. Te daré lo que hasta ahora he ganado, pero ya no puedo más. Me voy.

—¡Imposible! Éste es trabajo de equipo.

Sin hacerle caso me fui a buscar a Gastón. Se sorprendió un poco de mi aspecto lamentable, pero me habló de compañerismo, de las necesidades del horno, de que «el árabe no puede hacerlo solo» y después de invitarme un vino en la cantina me convenció para que siguiera trabajando.

Pero ya la guerra entre Bel-Amir y yo estaba declarada. El resto no fue sino una sucesión de insultos. Yo lo increpaba en español y él en árabe. Llegué a tocar los límites del agotamiento. No sabía qué faena hacer. Por momentos descargaba, pero la lampa me quemaba las manos. En seguida tiraba de la carreta, pero me tropezaba en el trayecto o echaba el carbón fuera del horno. A las cinco de la tarde, entre las maldiciones de Bel-Amir, terminamos el trabajo.

—¡Doce horas para un vagón de hulla! —gritó arrojando la pala en la carreta vacía.

Yo me arrastré al vestuario, pero no tuve fuerzas para ducharme ni para cambiarme de ropa. Viajé en el metro como un fantasma de hollín, escandaloso para mis inocentes vecinos. Cuando llegué a mi hotel del Barrio Latino me lavé, conseguí unos francos prestados y me fui a un restaurante chino, dispuesto a cobrarme un merecido premio de arroz chaufa y langostinos. Cada plato me sabía a carbón. Tragué todo por venganza. Al salir del restaurante me sentí mal y vomité los mil francos de comida sobre la vereda.

Estuve cuatro días en cama tosiendo, escupiendo el hollín tragado con tanta pena. Como no trabajé no pude pagar el cuarto y en consecuencia el patrón me echó del hotel. No me quedó otro recurso que regresar a la estación y hablar con el reclutador.

—Claro que puedes seguir trabajando —me dijo Gastón—. El carbón no te conviene, regresa al andén de la mercadería. Además, si no tienes donde dormir puedes hacerlo en la barraca. No hay mucha comodidad, pero puedes hacerlo hasta que encuentres otro lugar.

Esa misma tarde, después del trabajo, me condujo hasta la barraca. Había que salir de los hangares, atravesar un puente sobre la vía férrea, contornear una larga pared que apestaba a orines y cruzar durante quince minutos un mundo de rieles perdidos, de vagones abandonados, de casetas sin destino, de vieja carga olvidada y herrumbrosa. Al final había una barraca de madera, cuyos tablones estaban separados y cuarteados por el golpe de muchos inviernos. Cuando empujé la puerta Bel-Amir, que cocía algo en una ronera, se sobresaltó.

—Será tu compañero —me dijo Gastón—. Tú dormirás en ese catre. No hay sábanas, pero alguien te las prestará. Los huecos de la pared puedes taparlos con periódicos.

Desde entonces dormí en la barraca, al lado de Bel-Amir. Yo lo asociaba demasiado a mi jornada carbonosa para que me fuera simpático. Además, carecía completamente de curiosidad. No le interesaba saber quién era yo, de dónde venía, cómo me llamaba. Cuando llegaba del trabajo cocinaba su comida en la hornilla de ron y luego se metía en la cama, con un gorro de lana en la cabeza. Yo iba a menudo hasta el Barrio Latino y regresaba bastante tarde. Bel-Amir dormía, pero apenas encendía la luz para desvestirme, se despertaba.

—¡Apaga! ¡Somos gente de trabajo! ¡Hay que dormir bien para poder ganarnos el pan!

Bastaba que me dijera esto para que el sueño se me fuera. Daba vueltas en la cama. Afuera soplaban los aires del invierno inminente. Fumaba en la oscuridad y añoraba terriblemente una lámpara encendida, una hora de lectura, un nocturno reencuentro con la parte aún viviente de mi espíritu.

Poco antes de Navidad el trabajo se hizo insoportable. La ciudad estaba nevada y despachábamos una mercadería injuriosa: canastas de ostras y cajones de champán. La despachábamos llenos de rencor, de contenida violencia, deseando alguna catástrofe que aniquilara esa opulencia. Todo lo que París comería y bebería en su noche de fiesta, nosotros, los inteligentes braceros, lo llevábamos del andén a los camiones, otros braceros lo llevarían de los camiones a las cocinas y de las cocinas pasarían a bocas pintadas o ajadas o melifluas, bocas que no habían conocido otra fatiga que la del amor.

Pero seguimos bregando en los primeros días invernales. Ojerosos, íbamos detrás de Bel-Amir, en larga fila, mirando su recia nuca, sus pasos de siete leguas que marcaban el ritmo de nuestro trabajo. No se quejaba nunca, era infatigable, una máquina perfecta acoplada a su diablo. Para emularlo, intentábamos a veces cargar los bultos más grandes, pero al final salíamos vencidos. A menudo hacía hasta dos turnos diarios, lo que nos parecía fuera de las posibilidades humanas. Gastón nos había dicho que todo su dinero lo enviaba a Orán, donde vivía su familia. Hacía doce años que dormía en la barraca. No conocía París. Su vida consistía en ir del diablo a la cama y de la cama al diablo. Y así probablemente hasta reventar.

Por fin una mañana me tocó el diablo amarillo. En verdad era un gusto trabajar con él. Parecía estar hecho de una madera más liviana. Sus ruedas de goma no hacían el espantoso ruido de los diablos con ruedas de metal y se acomodaban a todas las fallas del piso, sin amenazar la estabilidad de la carga. La cuchilla de su parte inferior era de un acero tan afilado que penetraba fácilmente, sin la ayuda de Gastón, debajo de los bultos más aparatosos.

Estuve así trabajando todo el día, con la conciencia adormilada por la rutina de mis movimientos, mirando al caminar ora el reloj de la estación donde caían lentamente los minutos, ora las casas de la *rue d'Aubervilliers,* distintas todas, pero que a fuerza de haber permanecido siempre juntas, bajo el mismo sol y la misma lluvia, formaban un paredón ceniciento perforado de ventanas.

Una hora antes de terminar mi jornada iba yo como un autómata, guiado por mis reflejos. Al pasar entre dos pilas de mercadería calculé mal la anchura del pasaje y mi diablo se estrelló contra un cajón. Salí volando por encima del diablo y caí sentado sobre su cuchilla acerada. Al levantarme sentí un dolor en la nalga. Al palparme noté que tenía el pantalón desgarrado. Descansé un momento y seguí trabajando. Al poco rato un compañero me pasó la voz:

—Tienes el pantalón manchado.

Me llevé la mano al trasero y mis dedos se mancharon de rojo. Estaba sangrando.

De inmediato llamaron a Gastón. Con él fui a la ducha para lavarme. Tenía un corte en la nalga.

—Ven conmigo a la oficina.

Allí me extendieron una papeleta para que me atendieran en la enfermería de la estación. El médico me desinfectó la herida y me puso una gasa con esparadrapo.

—¿Puedo seguir trabajando?

—Hoy día descanse. Mañana puede seguir.

Cuando regresé a la estación el resto del equipo había partido al Barrio Latino. No me quedó más remedio que caminar hacia la barraca. Había comenzado a nevar. Yo andaba lentamente, sin sentir dolor, sino más bien una inmensa desazón por tener que recluirme en la cama, lejos de las luces de la ciudad, de los animados bares, de la conversación de mis amigos. El camino me pareció larguísimo. La nevada y la prematura oscuridad me despistaron y vagué largo rato entre los rieles y los vagones abandonados buscando la barraca.

Cuando entré a ella Bel-Amir estaba con la luz encendida, a punto de acostarse. Al verme cojear me miró un momento con atención, pero no dijo nada. Luego se metió a la cama y se cubrió con las cobijas. Me desvestí con lentitud, deseando gozar un momento más de la luz de la lámpara. Tenía necesidad de ocuparme de algo y cogiendo un periódico viejo comencé a hojearlo. Pronto sentí la voz de Bel-Amir.

—¡Apaga la luz, *merde!* ¡He hecho dos turnos y estoy cansado!

Apagué la luz y me tendí de espaldas en la cama. Trataba de distinguir alguna ranura en el techo. A veces pensaba en mi herida, pero no sentía allí más que un agradable calor. No sé cuánto tiempo pasé así, quizás una hora o dos. Me dominaba una especie de somnolencia, que era como caer en el sueño y salir de él y volver a caer. Cada caída estaba acompañada de imágenes coloreadas de mi ciudad natal donde no nevaba nunca, donde ni siquiera llovía. Luego salía a flote en la barraca oscura y arrullado por el silencio me volvía a adormecer. Yo luchaba contra esa somnolencia, sin saber por qué, puesto que era tan agradable descender al pozo iluminado de la infancia. Por eso, cuando regresaba de él, abría los ojos hasta el dolor o exploraba con el oído los alrededores buscando algún vestigio de vida.

En uno de esos despertares escuché quejarse a Bel-Amir. Se removía en la cama, parecía hablar consigo mismo. Al poco rato tosió. Estaba despierto. ¿Pensaría también él en su ciudad natal? Imaginé las casas blancas y chatas de Orán, como las de mi país, casas asoleadas, de un solo piso, rodeadas de flores y palmeras.

—Bel-Amir —murmuré.

En vano esperé respuesta.

—¡Bel-Amir! —grité esta vez.

Mi propio grito me asustó, pero a pesar de ello seguí llamándolo.

—¿Te vas a callar?

—Bel-Amir... ¿Piensas alguna vez en Orán?

Quedó callado, Volvió a toser.

—Bel-Amir, ¿tú quieres regresar a Orán?

—¿Por qué haces preguntas idiotas? ¡Cállate, déjame dormir!

—¿Tú quieres regresar a Orán? —insistí.

Algo refunfuñó, se movió de un lado para otro y al cabo de un momento dijo:

—No tengo suficiente plata.

—Eso es lo que quería saber, si pensabas regresar a Orán... Pero te quedarás aquí, Bel-Amir, te quedarás toda tu vida en la estación de Payol...

—¡Déjame en paz! Estoy resfriado, necesito dormir.

Quedé silencioso largo rato. El sopor me atrapaba. Cuando toqué mi frente la sentí helada. De inmediato comprendí lo que estaba sucediendo: desde mucho tiempo atrás, quizás desde que me acosté, la vida se me escapaba gota a gota por mi herida. Palpé mi vendaje y lo sentí húmedo y pegajoso. Sangraba nuevamente.

—¡Enciende la luz! —grité—. ¡Enciende la luz!

—¡Cierra esa boca, *merde!*

Yo seguí implorando. Traté de levantarme, pero mi cuerpo no me obedecía. Mi voz debía sonar a moribundo, porque Bel-Amir saltó de la cama, tosiendo.

—¡Un minuto nada más! —protestó.

Se hizo la luz. Bel-Amir quedó con la mano en el conmutador esperando que pasara el minuto. Aparté con pena mis frazadas y vi que estaba acostado en una sábana roja.

—Mira.

Bel-Amir se acercó. Observó las sábanas, la gasa sangrante, luego mis ojos. Lo vi más arrugado que nunca, con su espeso bigote completamente canoso.

—Ah, muchacho —lo sentí murmurar—. Envuélvete en la manta.

Yo lo obedecía, mientras él se calzaba refunfuñando y se ponía su mugrienta gabardina. En seguida se acercó, metió un brazo bajo mi espalda y el otro bajo mis rodillas. El techo de la barraca se desplazó y pronto me sentí en el aire, viajando hacia la puerta. Luego fueron los rieles que se sucedían, las casetas abandonadas, el golpe en la cara de la nieve fría.

—¿Adónde me llevas, Bel-Amir?

—¡A Orán! —respondió soltando una risotada.

Sus pasos eran largos y seguros como los de un camello. En la estación pitaban los trenes. Ya no quise preguntar nada más. Cerré nuevamente los ojos, sabiendo que entre los brazos de Bel-Amir, esos brazos que durante sesenta años le había impedido morir, mi vida estaba salvada.

(Huamanga, 1960)

La primera nevada

Los objetos que me dejó Torroba se fueron incorporando fácilmente al panorama desordenado de mi habitación. Eran, en suma, un poco de ropa sucia envuelta en una camisa y una caja de cartón conteniendo algunos papeles. Al principio no quise recibirle estos trastos porque Torroba tenía bien ganada una reputación de ladronzuelo de mercado y era sabido que la policía no veía las horas de ponerlo en la frontera por extranjero indeseable. Pero Torroba me lo pidió de tal manera, acercando mucho al mío su rostro miope y mostachudo, que no tuve más remedio que aceptar.

—Hermano, ¡sólo por esta noche! Mañana mismo vengo por mis cosas.

Naturalmente que no vino por ellas. Sus cosas quedaron allí varios días. Por aburrimiento observé su ropa sucia y me entretuve revisando sus papeles. Había poemas, dibujos, páginas de diario íntimo. En verdad, como se rumoreaba en el Barrio Latino, Torroba tenía un gran talento, uno de esos talentos difusos y exploradores que se aplican a diversas materias, pero sobre todo al arte de vivir. (Algunos versos suyos me conmovieron: «Soldado en el rastrojo del invierno, azules por el frío la manos y las ingles.») Quizás por ello cobré cierto interés por este vate vagabundo.

A la semana de su primera visita apareció nuevamente. Esta vez traía una maleta amarrada con una soguilla.

—Disculpa, pero no he conseguido todavía habitación. Me vas a tener que guardar esta maleta. ¿No tienes una hoja de afeitar?

Antes que yo respondiera dejó su maleta en un rincón y acercándose al laboratorio cogió mis enseres personales. Frente al espejo se afeitó silbando, sin darse el trabajo de quitarse la chompa, la bufanda, ni la boina. Cuando terminó se secó con mi toalla, me contó algunos chismes del barrio y se fue diciéndome que regresaría al día siguiente por sus bultos.

Al día siguiente vino, en efecto, pero no para recogerlos. Por el contrario, me dejó una docena de libros y dos cucharitas, robadas probablemente en algún restaurante de estudiantes. Esta vez no se afeitó, pero se dio maña para comerse un buen cuadrante de mi queso y para que le obsequiara una corbata de seda. Ignoro para qué, porque jamás usaba camisa de cuello. De este modo sus visitas se multiplicaron a lo largo de todo el otoño. Mi cuarto de hotel se convirtió en algo así como en una estación obligada de su vagabundaje parisino. Allí tenía a su disposición todo lo que le hacía falta: un buen pedazo de pan, cigarrillos, una toalla limpia, papel para escribir. Dinero nunca le di, pero él se desquitaba largamente en especie. Yo lo toleraba no sin cierta inquietud y esperaba con ansiedad que encontrara una buhardilla donde refugiarse con todos sus cachivaches.

Por fin sucedió algo inevitable: un día Torroba llegó a mi habitación bastante tarde y me pidió que lo dejara dormir por esa noche.

—Aquí, no más, sobre la alfombra —dijo señalando el tapiz por cuyos agujeros asomaba un piso de ladrillos exagonales.

A pesar de que mi cama era bastante amplia consentí que durmiera en el suelo. Lo hice con el propósito de crearle incomodidad e impedir de esta manera que adquiriera malas costumbres. Pero él parecía estar habituado a este tipo de vicisitudes porque, durante mi desvelo, lo sentí roncar toda la noche, como si estuviera acostado sobre un lecho de rosas.

Allí permaneció tirado hasta cerca de mediodía. Para preparar el desayuno tuve que saltar por encima del cuerpo. Al fin se levantó, pegó el oído a la puerta y corriendo hacia la mesa se echó un trago de café a la garganta.

—¡Es el momento de salir! El patrón está en las habitaciones de arriba.

Y se fue rápidamente sin despedirse.

Desde entonces, vino todas las noches. Entraba muy tarde, cuando ya el patrón del hotel roncaba.

Entre nosotros parecía existir un convenio tácito, pues sin pedirme ni exigirme nada, aparecía en el cuarto, se preparaba un café y se tiraba luego sobre la alfombra deshilachada. Rara vez me hablaba. salvo que estuviera un poco borracho. Lo que más me incomodaba era su olor. No es que se tratara de un olor especialmente desagradable, sino que era un olor distinto al mío, un olor extranjero que ocupaba el cuarto y que me daba la sensación, aun durante su ausencia, de estar completamente invadido.

El invierno llegó y ya comenzaba a crecer la escarcha en los vidrios de la ventana. Torroba debía haber perdido su chompa en alguna aventura, porque andaba siempre en camisa tiritando. A mí me daba cierta lástima verlo extendido en el suelo, sin cubrirse con ninguna frazada. Una noche su tos me despertó. Ambos dialogamos en la oscuridad. Me pidió, entonces, que lo dejara echarse en mi cama, porque el piso estaba demasiado frío.

—Bueno —le dije—. Por esta noche nada más.

Por desgracia su resfrío duró varios días y él aprovechó esa coyuntura para apoderarse de un pedazo de mi cama. Era una medida de emergencia, es cierto, pero que terminó por convertirse en rutina. Ida la tos, Torroba había conquistado el derecho de compartir mi almohada, mis sábanas y mis cobijas.

Brindarle su cama a un vagabundo es un signo de claudicación. A partir de ese día Torroba reinó plenamente en mi cuarto. Daba la impresión de ser él el ocupante y yo el durmiente clandestino. Muchas veces, al regresar de la calle, lo encontré metido en mi cama, leyendo y subrayando mis libros, comiendo mi pan y llenando las sábanas de migajas. Se tomó incluso libertades sorprendentes, como usar mi ropa interior y pintarle anteojos a mis delicadas reproducciones de Botticelli.

Lo más inquietante, sin embargo, era que yo no sabía si él me guardaba cierta gratitud. Nunca escuché de sus labios la palabra *gracias.* Es verdad que por las noches, cuando lo encontraba en uno de esos sórdidos reductos como el Chez Moineau, rodeado de suecas lesbianas, de yanquis invertidos, y de fumadores de marihuana, me invitaba a su mesa y me brindaba un vaso de vino rojo. Pero tal vez lo hacía para divertirse a mis costillas, para decir, cuando yo partía: «Ése es un tipo imbécil al cual tengo dominado.» Es cierto, yo vivía un poco fascinado por su temperamento y muchas veces me decía para consolarme de este dominio: «Quizás tenga albergado en mi cuarto a un genio desconocido.»

Por fin sucedió algo insólito: una noche dieron las doce y Torroba no apareció. Yo me acosté un poco intranquilo, pensando que tal vez había sufrido un accidente. Pero, por otra parte, me parecía respirar un dulce aire de libertad. Sin embargo, a las dos de la mañana sentí una piedrecilla estrellarse contra la ventana. Al asomarme, inclinándome sobre el alféizar, divisé a Torroba parado en la puerta del hotel.

—¡Aviéntame la llave que me muero de frío!

Después de medianoche el patrón cerraba la puerta con llave. Yo se la avienté envuelta en un pañuelo y regresando a mi cama esperé que ingresara. Tardó mucho, parecía subir las escaleras con extremada cautela. Al fin la puerta se abrió y apareció Torroba. Pero no estaba solo: esta vez lo acompañaba una mujer.

Yo los miré asombrado. La mujer, que estaba pintada como un maniquí y usaba largas uñas de mandarín, no se dio el trabajo de saludarme. Dio una vuelta teatral por el cuarto y por último se despojó del abrigo, dejando ver un cuerpo apetecible.

—Es Françoise —dijo Torroba—. Una amiga mía. Esta noche dormirá aquí. Está un poco dopada.

—¿Sobre la alfombra? —pregunté.

—No, en la cama.

Como yo quedé dudando, añadió:

—Si no te gusta el plan, échate tú en el suelo.

Torroba apagó la luz. Yo quedé sentado en la cama, viendo cómo ambos se desplazaban en la penumbra. Probablemente se desvestían, porque el olor —esta vez un olor desconocido— me envolvió, me penetró por las narices y quedó clavado en mi estómago como una saeta. Cuando se metieron a la cama, yo salté arrastrando una frazada y me tendí en el suelo. En toda la noche no pude dormir. La mujer no hablaba (quizás se había quedado dormida), pero en cambio Torroba trepidó y rugió hasta la madrugada.

Se fueron al mediodía. En todo ese tiempo no cruzamos una palabra. Cuando quedé solo, cerré la puerta con llave y estuve paseándome entre mis papeles y mi desorden, fumando interminablemente. Al fin, cuando comenzaba a atardecer, cerré las cortinas de la ventana y empecé a tirar, metódicamente, todos los objetos de Torroba en el pasillo del hotel. Delante de la puerta de mi cuarto quedaron amontonados sus calcetines, sus poemas, sus libros, sus mendrugos de pan, sus cajas y sus maletas. Cuando no quedaba en mi cuarto un vestigio de su persona, apagué la luz y me tendí en mi cama.

Comencé a esperar. Afuera soplaba furioso el viento. Al cabo de unas horas sentí los pasos de Torroba subiendo las escaleras y luego un largo silencio delante de mi puerta. Lo imaginé estupefacto, delante de sus bienes desparramados.

Primero fue un golpe indeciso, luego varios golpes airados.

—Eh, ¿estás allí? ¿Qué cosa ha pasado?

No le respondí.

—¿Qué significa esto? ¿Te vas a mudar de cuarto?

No le respondí.

—¡Déjate de bromas y abre la puerta!

No le respondí.

—¡No te hagas el disimulado! Sé muy bien que estás allí. El patrón me lo ha dicho.

No le respondí.

—¡Abre, que me estoy amoscando!

No le respondí.

—Abre, nieva, ¡estoy todo mojado!

No le respondí.

—Solamente me tomo un café y luego me voy.

No le respondí.

—¡Un minuto, te voy a enseñar un libro!

No le respondí.

—¡Si me abres, traeré esta noche a Françoise para que duerma contigo!

No le respondí.

Durante media hora continuó gritando, suplicando, amenazando, injuriando. A menudo reforzaba sus clamores con algún puntapié que remecía la puerta. Su voz se había vuelto ronca.

—¡Vengo a despedirme! Mañana me voy a España. ¡Te invitaré a mi casa! ¡Vivo en la calle Serrano, aunque no lo creas! ¡Tengo mozos con librea!

A pesar mío, me había incorporado en la cama.

—¿Así tratas a un poeta? ¡Fíjate, te regalaré ese libro que has visto tú, escrito e iluminado con mi propia mano! Me han ofrecido tres mil francos por él. ¡Te lo regalo, es para ti!

Me acerqué a la puerta y apoyé las manos en la madera. Me sentía perturbado. En la penumbra casi buscaba la manija. Torroba seguía implorando. Yo esperaba una frase suya, la decisiva, la que me impulsara a mover esa manija que mis manos habían encontrado. Pero sobrevino una enorme pausa. Cuando pegué el oído a la puerta no escuché nada. Quizás Torroba, al otro lado, imitaba mi actitud. Al poco rato sentí que levantaba sus cosas, que se le caían, que las volvía a levantar. Luego, sus pasos bajando la escalera...

Corriendo hacia la ventana descorrí la punta del visillo. Esta vez Torroba no me había engañado: nevaba.

Grandes copos caían oblicuamente, estrellándose contra las fachadas de los hoteles. La gente pasaba corriendo sobre el suelo blanco, ajustándose el sombrero y abotonándose los gruesos abrigos. Las terrazas de los cafés estaban iluminadas, llenas de parroquianos que bebían vino caliente y gozaban de la primera nevada protegidos por las transparentes mamparas.

Torroba apareció en la calzada. Estaba en camisa y portaba en las manos, bajo las axilas, sobre los hombros, en la cabeza, su heteróclito patrimonio. Elevando la cara quedó mirando mi ventana, como si supiera que yo estaba allí, espiándolo, y quisiera exhibirse abandonado bajo la tormenta. Algo debió decir porque sus labios se movieron. Luego emprendió una marcha indecisa, llena de meandros, de retrocesos, de dudas, de tropezones.

Cuando atravesó el bulevar rumbo al barrio árabe, sentí que me ahogaba en esa habitación que me parecía, ahora, demasiado grande y abrigada para cobijar mi soledad. Abriendo la ventana de un manotazo, se qué medio cuerpo fuera de la baranda.

—¡Torroba! —grité—. ¡Torroba, estoy aquí! ¡Estoy en mi cuarto!

Torroba seguía alejándose entre una turba de caminantes que se deslizaban silenciosos sobre la nieve silenciosa.

—¡Torroba! —insistí—. ¡Ven, hay sitio para ti! No te vayas, Torrobaaa!...

Sólo en ese momento se dio media vuelta y quedó mirando mi ventana. Pero, cuando yo creí que iba a venir hacia mí, se limitó a levantar un brazo con el puño cerrado, con un gesto que era, más que una amenaza, una venganza, antes de perderse para siempre en la primera nevada.

(París, 1960)

He vivido en cuartos grandes y pequeños, lujosos y miserables, pero si he buscado siempre algo en una habitación, algo más importante que una buena cama o que un sillón confortable, ha sido una ventana a la calle. El más sórdido reducto me pareció llevadero si tenía una ventana por donde mirar a la calle. La ventana, en muchísimos casos, reemplazó para mí al amigo lejano, a la novia perdida, al libro cambiado por un plato de lentejas. A través de la ventana llegué al corazón de los hombres y pude comprender las consejas de la ciudad.

Sin embargo, estaría tan pobre en aquel verano español, que acepté un cuarto que no tenía ventana a la calle: la ventana daba a un patio de vecindad. Estos patios siempre los he detestado porque mirarlos es como ver un edificio en ropa interior. Estos patios de vecindad son un cajón helado y mustio en invierno, tórrido y bullanguero en verano, perforado de tragaluces, de respiraderos, de postigos, de ventanas detrás de las cuales circulan viejas que cocinan u hombres en tirantes, con cordeles de ropa tendida, alféizares que sirven de repostero o de jardinera y muchos gatos al fondo, que se alborotan cuando lanzamos un salivazo. No hay misterio en estos patios, todo es demasiado evidente y basta echarles una ojeada para apercibirnos de inmediato de toda la desnudez del colmenar madrileño.

Por esta razón pasé unos días deprimido en este cuarto sin cerrojo —la puerta la trancaba con una silla—, mirando la palangana donde todas las mañanas vertía el agua dormida, mirando el balde de las inmundicias y el ropero con la luna rajada donde guardaba el único traje que se libró del empeño. A veces leía o trataba de escribir. Por las noches iba en busca de algún amigo con quien jugar al ajedrez o a quien convencer que debía invitarme un bocadillo con su respectivo vaso de vino. Con los pensionistas de la casa no tenía contacto ni quería tenerlo —oh, ellos comían tan bien en la larga mesa— por el temor de que se apiadaran de mí. Tan sólo veía a la patrona regularmente para decirle, con mucha seriedad, que esperaba una carta con dinero y que, por lo tanto, podía adelantarme cinco *duros.* Verdes *duros* que se hacían humo en la boca de un empedernido fumador.

Así fue pasando el verano hasta que al fin, espoleado por el aburrimiento, decidí asomarme al patio de vecindad. Lo hacía por las noches, cuando amainaba el calor y triunfaban los aires del Guadarrama. Miraba entonces las ventanas, con un poco de lástima, viendo cómo primero aquí, luego allá, se apagaba una luz, se desvanecía una tonada, hasta que todo quedaba oscuro y silencioso, mientras arriba, en el cielo azul, rodaban las estrellas.

No sé cuándo fue pero lo cierto es que una noche, absorto en mi contemplación, me di cuenta que no estaba solo: por la ventana de la derecha asomaba otra persona. Asomaba solamente el extremo de un perfil convulsivo. Al mirar con insistencia, el perfil se alarmó. Era una mujer joven que al verme desapareció tirando los postigos.

Al cabo de unos días volví a verla. Mi presencia parecía incomodarla pues cada vez que me distinguía cerraba la ventana o retiraba el torso, dejando abandonadas en el alféizar un par de manos pensativas. Yo miraba esas manos con pasión, diciéndome que para un buen observador toda la historia de una persona está contenida en su dedo meñique. Pero, a fuerza de examinarlo, sólo deduje que se trataba de una persona lánguida, esbelta, espiritual y desgraciada.

A tal punto me intrigaron estas manos que yo, especie de araña ocupada en tejer sobre el papel mi vana mantelería, me aventuré a recorrer durante el día los pasillos de la pensión. Me topé con tres mujeres de vida alegre, con un vejete en saco de pijama, con un curita estudiante, con un militar y, más de lo deseable, con la patrona de los duros. Pero de la muchacha del perfil convulsivo no pude ver ni las trazas.

Pronto, sin embargo, un acontecimiento social de la más alta importancia me permitió conocerla. Fue con motivo del aniversario de la patrona. Desde temprano noté gran ajetreo en la casa y, poco antes del mediodía, doña Candelas vino en persona a mi cuarto:

—Está invitado a comer. Hoy es mi cumpleaños.

Cuando más tarde ingresé al comedor con mi regalo —una botella de Marqués del Riscal comprada al crédito en los bajos— estaban los pensionistas reunidos en pleno. De inmediato reconocí a mi vecina: vestía un descolorido traje color mostaza y, aparte de sus ojos celestes, tenía esa palidez que sólo producen la castidad, la pobreza y las pensiones españolas.

Después de las primeras manzanillas, la tensión se relajó. El curita le decía a una de las mujeres de vida alegre: «Para ganar las oposiciones hay que tener buenos enchufes.» La mujer de vida alegre le decía al vejete en saco de pijama: «Yo me lavo todas las mañanas la cabeza con limón.» El vejete en saco de pijama le decía al militar: «Sin duda el generalísimo es un hombre providencial.» El militar le decía a doña Candelas: «En el Pasapoga la consumición vale cuarenta pesetas.» Doña Candelas le decía al curita: «Prefiero las gambas a la gabardina.»

La conversación rondaba, pero en su larga cadena había dos eslabones rotos: Angustias y yo. Nos mirábamos de lejos y apenas abríamos la boca. Solamente durante la paella fui invitado a contar algo de mi país —de «Las Indias», como seguía llamándolo el militar— y dije tres o cuatro disparates que regocijaron al auditorio. Cuando hablé del ají, el vejete en saco de pijama me interrumpió con suficiencia:

—Ya lo sabemos, el ají no es otra cosa que una guindilla exaltada.

Eso fue todo. Pero en la noche, cuando asomé a la ventana, Angustias estaba allí, con su traje color mostaza y esta vez no se escondió. Miramos juntos el cielo y empezamos una vaga conversación acerca de las constelaciones. Me habló luego de Salamanca, de su plaza dorada, de su catedral románica, del Tormes, donde croan las ranas al anochecer, y de los estudiantes que dan serenatas en capa negra y vihuela. Cuando me fui a acostar tenía entre mis manos algunos hilos de su destino: supe que el vejete en saco de pijama era su padre, que ambos vivían en la misma habitación, que casi nunca salía a la calle y que, como lo leyera en su meñique, era esbelta, lánguida, espiritual y desgraciada.

Desde entonces la vi con cierta frecuencia, siempre en la ventana, al atardecer. Ella abandonó cada vez más su reserva y terminó contándome los avatares de su pobreza. Al escucharla, yo me decía que cómo era posible que esa flor salmantina, que en otras tierras hubiera despertado la codicia y el pleito, tuviera que malograr sus veinte años de senos blancos, de vientre blanco y castaño, en una sucia pensión de Lavapiés. Pero me sentía incapaz de hacer algo por ella porque, aparte de fumar al crédito y de comer bocadillos de regalo, no me inspiraba Angustias, a causa de su extremada fragilidad, más que una pasión protectoral. Además, Dolli, la menor de las mujeres de vida alegre, había cambiado conmigo algunas miradas calinas que presagiaban una aventura prosaica pero sin complicaciones. Varias veces, durante mis insomnios, la vi al amanecer llegar de la calle y colgar en el cordel del patio, tristemente, su braga lavada, prenda de tantas batallas.

No obstante, seguí conversando con Angustias en ese verano que se iba, hablándole de Madrid, de sus esplendores, pero también de las cuevas de Ventosa, por ejemplo, donde la gente, para entrar, tenía que humillarse hasta la condición del topo. Quería distraerla, al menos, darle un poco de vuelo a su imaginación encadenada al dedal, a la cacerola, a los cuatro muros de la impotencia. Deseaba convertirme para ella en un espectáculo. ¡Pero, he allí!, ¡yo no era para ella otra cosa que un espectáculo!

Por fin Angustias se enamoró no de mí, naturalmente, sino de un joven que la cortejaba cuando iba de compras a la tienda de ultramarinos. Varias veces me habló de él, de sus galanteos y sus invitaciones. Yo acogí estas confidencias con ese remanente de celos genéricos que tienen todos los hombres pero luego me di cuenta que la salud de Angustias dependía de este providencial amor. Espié con disimulo al tipo y descubrí con placer que era uno de esos españoles honestos, un poco tozudos, pero seguros de sí mismos, capaces de cualquier proeza por conquistar y proteger a su hembra. Mozo duro, de una sola mujer y que visaba, por falta de imaginación, el matrimonio. Alenté a Angustias en sus amores y gracias a ello hubo un paseo otoñal al parque del Retiro, con viaje en bote y llovizna y dos o tres cines donde las manos pensativas conocieron por primera vez las manos del bruto enamorado. Pero a poco de iniciado el romance, se abrió el paréntesis de mi súbita fortuna y abandoné por un tiempo mi ventana y sus historias.

Una mañana recibí el esperado giro. Es necesario conocer los más humillantes límites de la privación para saber lo que significa tener, de pronto, quince mil pesetas en la mano: no hay prudencia ni providencia que valgan. Lo primero que hice fue ordenar la confección de cuatro trajes en la mejor sastrería de la Gran Vía. Luego me forré de tabaco rubio y de buena manzanilla. Después desmantelé una librería con toda la avidez de mis lecturas atrasadas. Por último, pagadas mis deudas apremiantes, me quedaron aún algunos duros sobre los cuales mi virilidad reclamó sus más legítimos derechos.

Entenderme con Dolli, la chica de vida alegre, dentro de la pensión, era imposible, pues gracias a convenciones muy españolas, yo no podía hablar con ella en ese recinto más que de temas castos, en los cuales pudieran terciar el curita, el militar o la patrona. Pero me bastó descender a la tasca de los bajos y llamarla por teléfono para que la cita quedara concertada.

Nos encontramos en el paseo de la Castellana, en una de esas mesitas aireadas que aún retenían los días cálidos del otoño. Tomamos el delicioso jerez y fuimos a bailar al Casablanca. Fue una noche encantadora que terminó como debía de terminar: en un amueblado de la calle San Marcos. A la semana de salir juntos, yo no tenía una *perra gorda* y cuando ella se dio cuenta que me pagaba con demasiada frecuencia los desayunos, me dijo con la mayor franqueza:

—Majo, creo que debemos terminar. Yo tengo que vivir, ¿no es verdad?

Era verdad. No me quedó más remedio que recluirme en mi cuarto, fumar las colillas de mis cigarros, las colillas de mis recuerdos, escribir, soñar y asomarme, cuando me aburría, a la ventana.

Angustias estaba allí. Yo que esperaba encontrarme con un rostro dichoso, vi sólo la carátula de la desgracia. Su perfil, más convulsivo que nunca, me habló desdeñosamente de los placeres vanos de la vida y matizó hasta el infinito el tema de la renunciación. Todo esto me lo decía, claro está, jugando con las hilachas que pendían de las mangas relavadas de su traje color mostaza.

Me enteré, entonces, que había reñido con su galán a propósito de una invitación a bailar en la Parrilla del Rex. Dentro de los usos y costumbres de los enamorados madrileños, ir a bailar a la Parrilla del Rex es la consagración solemne de una frecuentación dudosa. Un romance no puede prosperar si no se cumple este rito. Tres veces la había invitado y tres veces ella había rehusado. Él había insistido una cuarta vez para el sábado siguiente, amenazándola con la ruptura si no acudía a la cita.

—No voy porque no sé bailar —me previno Angustias.

La razón no me pareció suficiente y no lo era pues ella misma me confesó más tarde que no iba porque no tenía vestido. Uno no se imagina todo lo que significa un vestido en la vida de una mujer. Esa tarde, al pasear por la Gran Vía, observé a las mujeres y a sus vestidos y me di cuenta cómo cada cual tenía el alma de su vestido y comprendí que, a menudo, el destino de las mujeres depende del precio de una tela y que es posible entrar a una tienda y comprar el gozo por metros y la dicha en una caja de cartón.

Conforme llegaba el sábado vi cómo Angustias, metida en su traje color mostaza, se marchitaba vertiginosamente. Ninguna de mis palabras era capaz de consolarla. Yo comenzaba a encontrar ridículo a su padre, con su saco de pijama, su «generalísimo providencial» y su vagabundeo por Madrid vendiendo lápices y ceniceros. Me provocaba zarandearlo y decirle: «Cómprele un vestido a su hija.» Pero el pobre fumaba el espantoso *caldo de gallina* y no conocía otro placer que su dominó semanal jugado con otros saldos igualmente respetables de la triste sociedad española.

Cuando llegó el sábado, yo me encontraba tan apesadumbrado como Angustias. Con el objeto de distraerme fui al cuarto de Dolli para gozar un rato de su alegre cháchara. Después de nuestra aventura, visitaba con frecuencia ese cuarto grande y oloroso que compartían las tres mujeres de vida alegre. Dolli y Encarnita, que no tenían demasiadas pretensiones, dormían en dos camas gemelas y pulcras, como dos hermanitas de caridad. Pero Paloma, que sólo recolectaba sus pesetas en los cabarets elegantes, había creado en un rincón del aposento, valiéndose de un biombo, un mundo aparte donde se veían cortinas, espejos y otros signos de una opulencia bastante discutible. Como ellas no se levantaban hasta la una, era fácil encontrarlas allí por las mañanas, laxas y palidecidas después de sus últimos amores oficiosos. Yo me tendía a los pies de la cama de Dolli y mirando el cielo raso conversaba con ella y conversaba con todas. Cuando Paloma estaba de buen humor, se levantaba cantando, me mandaba a comprar cerveza y achispada por ese desayuno recitaba versos de García Lorca.

Esa mañana Paloma estaba en bata, arreglando su guardarropa. Había tendido sobre la cama, en las sillas y del biombo, sus innumerables vestidos. Los cogía, los examinaba, los olía, los volvía a dejar (como hacía yo a veces con mi veintena de libros). Al verme, quizá por ostentación, desplegó con mayor energía toda la ofensiva de su ropero. Entre tantas pieles, sedas y plumas, recordé por contraste a Angustias y me sentí deprimido por ese esplendor.

—¡Qué cara tienes! —exclamó Dolli—. ¡Parece que hubieras recibido un tortazo!

No pude contenerme y les referí las tribulaciones de Angustias.

—Es una chica pobre, pero honrada —suspiró Encarnita.

Pero Paloma lo tomó a la broma:

—Si hiciera como nosotras no tendría de qué quejarse.

Me retiré desalentado. A la una pedí mi desayuno y me eché a dormir la siesta. Dormí mucho rato pues cuando me desperté atardecía. Alguien tocaba la puerta. Paloma y Dolli entraron.

—¡Pobre chica! —dijo Dolli—. No ha querido comer y se ha pasado toda la tarde encerrada en su cuarto.

Al principio no supe de quién hablaba.

—Encarnita dice que le puede prestar un par de zapatos —intervino Paloma—. Yo le puedo dar un traje y algunas joyas. ¿Habías dicho que a las siete la espera su novio?

De inmediato comprendí todo.

—¡Dense prisa! —exclamé, bajando de la cama—. Tienen menos de una hora para convencerla y para que se vista.

Mientras Dolli y Paloma llamaban al cuarto de Angustias, me dirigí a la cocina. En el corredor me interceptó el militar. La noticia parecía haberse infiltrado por todos los vericuetos de la pensión.

—¿Sabe la nueva? —me preguntó—. ¡Por un vestido no puede ir a la fiesta! Si yo usara faldas ya se las hubiera prestado.

El curita corría excitado por los pasillos de la casa.

—Ya entraron al cuarto de Angustias —dijo—. Las acabo de ver. Iré a escuchar qué cosa dicen.

Doña Candelas salió al paso:

—¡Y su padre jugando al dominó! Y encima me debe tres meses de pensión.

El curita reapareció:

—¡Ya la están convenciendo!

—Si no quiere, procederemos *manu militari* —aconsejó el oficial—. Daré la orden de cargar y entre todos la dejamos en bragas y le embutimos un traje de Paloma.

Al poco rato vimos pasar a Paloma y a Dolli. Ambas nos hicieron un guiño. Angustias las seguía, gimoteando sobre la manga de su traje.

Cuando a la media hora Encarnita vino a decirnos que «ya estaba lista», nosotros nos lanzamos por el pasillo, penetramos en la olorosa cámara y comprobamos que nuestra pobre pensión de Lavapiés había sido visitada por una reina. Angustias estaba delante del espejo, peinada, enjoyada, contemplándose sin reposo, incrédula aún, lagrimosa aún, pero irradiando un brutal resplandor de felicidad. Paloma le terminaba de acomodar la basta mientras Dolli le abrochaba el collar y Encarnita le alcanzaba los guantes. Cuando los arreglos terminaron, Angustias se dirigió hacia la puerta de calle, seguida por todos nosotros. Pero apenas puso la mano en la perilla se volvió bruscamente:

—¡Que no voy!

—¡Pero estás loca! —intervino doña Candelas.

—¡Que no voy! —repitió Angustias, llevándose las manos a las sienes.

Todos, hablando al mismo tiempo, tratamos de convencerla.

—¡Que no voy, que no voy, que no voy, que no voy!...

Y por orgullo, así su renuncia le costara la vida, no fue.

(Lima, 1959)

Papeles pintados

Yo dejaba hablar a Carmen, sorbía mi calvados y miraba de soslayo la hora, esperando el momento preciso de decirle que nos fuésemos ya, que era muy tarde, que podíamos hacer otras cosas más interesantes que estarnos allí, en el entresuelo del café Danton, perdiendo miserablemente las mejores horas en vana parlería, mientras a nuestro alrededor las parejas se besaban y en los hoteles de las inmediaciones la gente no vivía sino para el amor. Pero Carmen seguía hablando de un español que la amaba, de otro que partió después de hacerle un hijo y así, entre bostezos y alcohol, vi con indignación que eran las cuatro de la madrugada.

—Te acompaño a tu hotel —dije llamando al mozo.

—Por supuesto —convino Carmen, adelantando la mejilla para que la besara.

A esa hora las calles del Barrio Latino estaban desiertas. De alguna *cave* salía el quejido anacrónico, desamparado de un New Orleans. La Pérgola funcionaba a puerta cerrada. Cuando pasamos por el bar Metro vimos que comenzaba a abrir sus mamparas aguardando a los madrugadores.

—Espera —dijo Carmen—. ¿No te molesta si damos una vuelta antes de ir al hotel?

Adelantándose por la rue de Buci apuró el paso mientras yo la seguía impaciente. Al llegar a una tienda de artículos de viaje se detuvo.

—¿No viene nadie? —preguntó y estirando los brazos hacia la vidriera desprendió un afiche de turismo en el cual se distinguía vagamente una bahía azul dominada por un volcán.

—Hacía tiempo que lo había visto —añadió haciendo con él un rollo que colocó bajo su capuchón—. En Nápoles vamos a la rue de Seine. Allí hay otro que me interesa.

Sin esperar mi parecer se lanzó por el laberinto de callejas oscuras. Yo andaba un poco despistado como siempre que, de noche, recorría ese intrincado barrio donde las calles, surgidas en una época en la que no existía aún la noción del urbanismo, eran un desafío al sentido de la orientación. Calles en apariencia paralelas empezaban a separarse y terminaban por conducir a puntos diametralmente opuestos, mientras que otras cuya contigüidad era inconcebible se cruzaban de súbito, se afrontaban para de nuevo evitarse o se fundían, perdiendo su nombre, en una nueva arteria.

Carmen llegó a la rue de Seine y después de titubear se acercó a un restaurante en cuya fachada se veía un afiche con motivos alpinos. Esta vez lo arrancó de un tirón, pues por el final de la calle venían dos guardias en bicicleta. Cogiéndome del brazo me dijo que me hiciera el disimulado y ambos nos echamos a andar hacia su hotel.

Cuando nos faltaban tres cuadras se detuvo por segunda vez.

—¡Me olvidaba! Antes de ayer vi cerca del jardín de Luxemburgo una pared que está llena de afiches. Son afiches nuevos, sobre la costa dálmata. Vamos. Los miraremos solamente.

Protesté diciendo que ya iba a amanecer, pero Carmen me cogió del brazo y me remolcó por la rue Monsieur le Prince. Al pasar delante de su hotel traté de detenerla, pero ella me prometió que dentro de diez minutos estaríamos de regreso.

Cerca de Luxemburgo, en efecto, había una pared plagada de afiches recientes. Carmen los contempló un momento y luego, sin poder contenerse, comenzó a desprenderlos uno tras otro. Como ya no cabían bajo su capuchón me entregó el rollo.

—Deja esto en el suelo. Arranca tú también. ¡Ayúdame!

Para complacerla arranqué un afiche, luego otro y otro, pero sin pasión, disgustado más bien por ese proceder que me parecía un atentado contra el ornato de la ciudad.

—¿Ya está bien! —me quejé—. ¿Qué vas a hacer con tanto papel?

Sin responderme Carmen prosiguió su trabajo. Cuando la pared quedó pelada, recogimos nuestro botín y emprendimos el retorno. Pero a los diez pasos Carmen se sobreparó.

—Ya que estamos aquí podemos dar un salto hasta la rue Soufflot. Allí hay una verdadera mina. Ya verás.

Fue inútil disuadirla. La seguí. Pero no se trató solamente de la rue Soufflot, porque después fuimos a la plaza del Panteón, bajamos por la rue Cujas, tomamos la rue de la Sorbonne y retornamos por el boulevard Saint Germain. A las seis de la mañana, exhaustos, lívidos, en plena luz solar, llegamos a la puerta de su hotel.

Lo que temía sucedió:

—Ya es muy tarde para hacerte pasar. El patrón debe estar levantado. Pero no importa. Nos vemos esta noche. Me vas a buscar, ¿verdad?

A las dos de la mañana estaba yo ante el cabarecito árabe de la rue de la Huchette, esperando que Carmen saliera. Carmen había encontrado allí un trabajo un poco clandestino y múltiple: recibía los abrigos de los clientes, vendía cigarrillos, servía en las mesas y conversaba, mediando una invitación, con los parroquianos solitarios. Al verme parado en la puerta cobró su jornal, cogió su cartera y su capuchón y salió a la carrera.

Del brazo nos dirigimos hacia el boulevard Saint Michel.

—Nos tomaremos algo antes —dijo.

Pasamos delante del café Cluny, del Old Navy, del Mabillon que estaban ya cerrados. En el Deux Magots los mozos hacían pilas con las sillas. Terminamos en el Royal Saint Germain. Allí pedimos una cerveza. Yo me encontraba aún malhumorado.

—¿Qué te pasa? —me preguntó Carmen.

—¡Ayer me has hecho pasar la gran trasnochada! A mí no me gustan esos planes. ¡Caminar como un estúpido toda la noche!

Carmen se echó a reír. Después de beber un trago de su cerveza se puso seria:

—Yo soy una mujer difícil. Mis amigos tienen que acostumbrarse a mí.

Luego comenzó con la monótona historia de sus desdichas: los hombres que la abandonaron, años sin poder dejar París ni el Barrio Latino, un hijo en el campo donde una nodriza, sus recuerdos de niñez en Málaga, riñas con los patronos de hotel, líos con la prefectura. Yo bostezaba sin pudor. No hay cosa más aburrida que las confidencias tristes de una mujer a la que no amamos.

—Vamos —dije al fin, pagando la cerveza.

Cuando salimos, se sobreparó en la calzada, indecisa.

—Esta tarde... —comenzó.

—¡Ah, no! —protesté—. ¡No me vas a venir ahora con el cuento de los afiches!

Carmen se prendió de mi brazo, me suplicó, me habló del afiche que esa tarde había visto cerca de la escuela de Medicina, un afiche maravilloso de un mar azul y una costa que era la sombra del paraíso.

—Quieres arrancarlo, ¿no? —la interrogué.

—¡Míralo primero y después tú decidirás!

—¡Adiós! —respondí secamente y, dando media vuelta, me alejé. Detrás sentí las pisadas de Carmen. A los veinte pasos me alcanzó y se colgó de mi brazo.

—¡Es la segunda vez que salimos! Solamente dos veces y ya quieres dejarme. ¡Eres igual que todos!

—¡Déjame en paz! —grité.

Pero Carmen volvió a alcanzarme.

—Está bien —decía—. ¡Tú no puedes entender estas cosas! Vamos de una vez a mi hotel.

Su promesa me hizo entrar en razón. Mientras caminábamos le explicaba la vanidad de perder el tiempo de esa manera, los peligros que entrañaba robar afiches públicos, la falta de civismo consistente en sabotear la decoración municipal. Carmen me escuchaba en silencio, aprobando con movimientos de cabeza mi discurso.

Al llegar a la plaza Odeón se detuvo, miró con tristeza la prolongación del bulevar, donde se veía la escuela de Medicina, y me arrastró hacia su hotel por la rue Monsieur le Prince.

Después de cerrar la puerta con cautela, subimos las escaleras en puntas de pie, sin encender las luces en los entrepisos. Subíamos y subíamos. Yo me ahogaba en ese pozo negro, guiado a ciegas por la mano de Carmen. Al fin tropezamos con una pared.

—Es aquí —susurró y, empujándome, me hizo pasar a una nueva parcela oscura y encendió de golpe la luz.

Quedé asombrado: aquello no parecía un dormitorio de hotel, sino el desván de una imprenta. Por todo sitio se veían papeles y más papeles. En realidad eran afiches de toda forma y tamaño, doblados unos, enrollados otros, formando rumas o columnas que se desplomaban entre los escasos muebles. Muchos estaban clavados en las paredes, en el cielo raso o en la ventana, a manera de visillos. La cama apenas se distinguía bajo un aluvión de papeles.

—Aquí tengo más —dijo Carmen, y abrió un armario, de donde se desmoronó una pila de polvorientos carteles. Luego se agachó, metió las manos bajo la cama y extrajo otro montón.

Mientras yo contemplaba atónito ese caos, diciéndome cuántos meses, cuántos años le habría llevado reunir ese patrimonio, cuántas noches de desvelo, cuántas madrugadas de pavor o de nieve, ella desplegaba los afiches ante mi vista.

—¡Ésta es Roma! ¿No ves la cúpula de San Pedro? Aquí están los molinos de Holanda. ¡Mira, la Torre de Londres! El Partenón, en Grecia...

Al mirar su rostro me sentí sobrecogido: de sus ojos salía una luz cegadora, insostenible, sus narices aspiraban y exhalaban el aire con vehemencia, sus labios se movían sin descanso, articulando explicaciones muchas veces doctas, pero mecánicas, como una conferencia aprendida de memoria, mientras sus brazos, infatigablemente, desenrollaban los grabados y los dejaban caer a sus pies, en un torbellino de paisajes, donde se confundían las cataratas de Niágara con los templos budistas de Indochina.

De pronto sentí miedo. Los ojos de Carmen se iban poniendo estrábicos y su respiración más entrecortada. Retrocediendo había llegado a la puerta. Abriéndola bruscamente, gané el pasillo y bajé a la carrera las escaleras oscuras, sin importarme que el pasamanos de fierro me despellejara la mano.

Una vez en la calle, me lancé por el boulevard Saint Germain, confundido, tratando de serenarme, sabiendo que huía, que mi cuerpo se anticipaba, dejando a mi razón caída, dando tumbos a mis espaldas.

No me había aún recuperado cuando algo que vi con el rabillo del ojo me hizo detenerme. Había un afiche pegado en la puerta de una librería, cerca de la escuela de Medicina. Era un afiche de la costa malagueña, de su costa, un afiche como cualquier otro, en verdad, pero que me retenía de una manera extraña. Seguí contemplándolo fascinado, estudiando cada detalle, cada artificio del pintor anónimo o del fotógrafo astuto que había puesto su ingenio en abrir una ventana de color sobre los grisáceos días parisinos. Solamente entonces comprendí lo que significaba un afiche de turismo. Uno de estos afiches, cualquiera de ellos, era la evasión, el país remoto, la ciudad soñada, las vacaciones eternamente aplazadas, los imposibles días de paz o de descanso, el irrealizable viaje, el exotismo prometido y burlado, el consolador mundo de la ilusión. ¿Qué cosa había hecho Carmen al arrancarlos y juntarlos sino sustituir por esos papeles pintados cada uno de sus sueños, de sus proyectos frustrados? Durante años ella había viajado por todo el mundo sin salir de su barrio ni de su miserable cuarto de hotel, viajado, así, como los niños sobre sus libros de geografía, a la luz de una lámpara.

Fue por eso entonces o por un pueril sentimentalismo, o por un subterfugio de mi deseo reprimido, que arranqué el afiche y regresé aceleradamente hacia su hotel, pensando que ese dibujo completaba un periplo imaginario, era la pieza rara de una colección, el plazo que se concedía a una desesperada, un eslabón más en el delirio o tal vez la estación última de un itinerario infernal que cerraba el ciclo de la locura.

(Lima, 1960)

Agua ramera

—El cielo nublado desenvaina su espada de fuego y cercena la copa del árbol, que cae rota a mis pies.

Lorenzo y yo nos paseábamos por el parque, siguiendo una avenida de olmos que parecía llevar a un estanque. Corría viento y gotas de una tormenta cercana nos golpeaban por momentos la cara.

Lorenzo iba un paso más adelante, volteando la cabeza para hablar o deteniéndose cada cierto tiempo para cogerme del brazo y obligarme a escucharlo con mayor atención. De este modo la avenida de olmos se hacía interminable, el estanque inaccesible y la llovizna terminó por convertirse en un verdadero chubasco.

—Y el trueno, como un odre apuñalado, como el tambor mayor de una banda de provincia, desgarra el himen del silencio.

Muchas otras figuras compuso Lorenzo antes de que pudiéramos llegar al estanque. Éste era ovalado, estaba lleno de agua turbia y musgosa, flotaban hojas secas en su superficie. En su borde había una pérgola minúscula en la que nos guarecimos de la borrasca.

—¡Agua sucia, agua de nube, agua ramera! Abre tus piernas líquidas y absórbeme en el torbellino de tus algas.

—No hay algas —dije, por decir algo.

Lorenzo encendió un cigarrillo y murmuró que se trataba de una licencia poética.

—Aunque mejor —añadió— quedaría nalgas.

Luego quedó callado, mirando fijamente el estanque. La lluvia arreciaba y yo trataba de descubrir por qué sendero habíamos venido del edificio.

—¿Sabes lo que es despertarse —dijo de pronto Lorenzo— y ver a tu lado, apoyado en la almohada, un cutis rosado, un capullito de rosa, una cabecita de rizos dorados? La verdad es que no te he contado. Estaba alojada en mi mismo hotel, el de la calle Monsieur Le Prince. Es una danesa de diecisiete años. Me invitó a su cuarto. Allí empecé a acariciarla y después la levanté en mis brazos y la llevé a mi habitación. Y al día siguiente, al despertarme, ¡su pecho desnudo, sus palomitas y su cabeza apoyada en la almohada, sus rizos!

Le dije que era la primera vez que lo oía hablar de una danesa, que más bien me había contado algo de una alemana.

—¿Alemana? ¡Ah!, es verdad. Pero ésa es otra. Ésa fue el mes pasado.

Lo observé con más atención. A pesar del mal tiempo llevaba sólo una camisa de franela roja y estaba mal afeitado, sin peinar, con un aire indigente pero noble, como el de un castellano arruinado a quien sus acreedores le permiten pasearse por su predio confiscado.

Pero ya había empezado a sonreír y me señalaba el agua del estanque.

—Ésta es mejor; óyela bien, que se te grabe: abierto en la tarde como el ojo llorón del otoño, el estanque yace impávido bajo la tormenta, herido en su frágil carne y me observa con una voraz ternura, agua ramera.

—Fíjate, Lorenzo —le dije al fin—. No me has dicho todavía cómo viniste aquí, al castillo.

Sin vacilar me respondió:

—Muy fácil. La patrona de mi hotel, una mujer buenísima, se sintió mal, le dio algo así como un ataque. Como no había nadie en el hotel, tuve que llamar a una ambulancia y a un médico y la trajimos aquí.

La explicación me pareció un poco incongruente, pero ya Lorenzo, anticipándose a una nueva pregunta, añadía:

—Tú habrás creído seguramente que sigo escribiendo poemas. Pero te equivocas. Recitar es una cosa y escribir otra. He colgado la pluma para siempre. Ahora los poemas los digo simplemente pero a gritos. Además, no tengo por qué escribirlos, me acuerdo perfectamente de ellos. ¿Quieres que haga la prueba? Fíjate: el cielo nublado lanzó su jabalina dorada que cercenó la copa del árbol y cayó rota a mis pies.

—Enantes dijiste: desenvainó la espada.

—Claro, pero he hecho una variante.

Lorenzo miró el agua, se agachó para recoger un guijarro y lo lanzó al estanque.

—¡Agua ramera! —exclamó, mirando crecer y quebrarse la onda—. ¡Tragadora, blanda, velluda!

—Cuéntame algo más de la danesa.

—Pues como te digo, tenía diecisiete años, estaba en el cuarto vecino. Esa mañana que me desperté y vi sus rizos y por la ventana el hocico del invierno, el hocico helado del invierno, el hocico blanco del invierno, me puse a llorar de emoción. Nunca, nunca me había ocurrido nada semejante.

Como la lluvia amainó, le propuse que regresásemos apenas escampara.

—¿Adónde?

Yo señalé el edificio.

—Al castillo.

Lorenzo me observó con sorna y se puso bruscamente serio.

—¡Qué castillo! ¡Qué castillo! ¿Crees que soy un imbécil? Vamos, confiésalo de una vez, sabes muy bien que no es un castillo, sino una clínica.

—Es posible que ahora sea una clínica —dije—. Pero ha sido un castillo.

Lorenzo dio las últimas pitadas a su cigarrillo y lo tiró al suelo.

—Lo que te dije enantes de la patrona es mentira. Además, era muy claro darse cuenta de ello. Quise sólo tenderte una celada. ¿No te has preguntado acaso por qué si la patrona estaba enferma fui yo el que me quedé acá y no ella? La cosa fue al revés: fue ella la que me trajo.

Admití que su explicación de hacía un rato no me había satisfecho.

—¿Sabes por qué me trajo? Porque una mañana me puse a espiar el baño del hotel por una ranura de la puerta. Pero antes tengo que decirte que la patrona del hotel tiene una hija, una lindura, diecisiete años, rizos dorados.

—¿Como la danesa?

—¿La danesa? Mejor, una cabellera vegetal, espesa y amarilla. Bueno, lo cierto es que la hija entró al baño y yo salí al pasillo, me agaché y empecé a mirar por la ranura. Estaba haciendo caca, con su calzón en los tobillos. En fin, la patrona me vio y eso fue todo. Claro, lo que no sabía la patrona es que la hija me buscaba, me hacía guiños, me enseñaba su liga, ¿entiendes? Estaba templada de mí.

—Tienes suerte —le dije.

Lorenzo echó una bocanada de aire y sonrió. Luego se asentó el cabello con la mano y observó con perplejidad el cielo nublado.

—Así, el invierno, tiene sus modales, sus manías de galera vieja y vira hacia nosotros con todas sus velas henchidas y su proa hiriente, su portentoso falo.

—Pero porque miraras por la ranura no era suficiente para que te trajeran aquí —objeté—. Podía haberte echado del hotel y se acabó.

Lorenzo me observó de reojo.

—Es que no ocurrió de inmediato. De cólera me pasé dos días en la recepción del hotel, sentado en un sillón, y como me dio hambre me comí todas las flores que había en una maceta.

—Eso ya me parece grave —dije.

—¿Tú crees? Eran hortensias y gladiolos. Y una rosa, sólo una, encarnada.

Como yo lo observara un poco atónito, Lorenzo rió ruidosamente.

—¡Ya no quiero torturarte más! Tú eres de los que se creen todo al pie de la letra. Quería saber si reaccionabas igual que los amigos que vinieron a verme ayer. Vinieron tres o cuatro personas; asustadas, palabra. Vamos, cuenta, ¿qué te dijeron? ¿Fueron ellos los que te avisaron? ¿Te dijeron que estaba en el castillo?

Le dije que lo habían encontrado muy bien, que no se explicaban lo que había pasado.

—Mentira. Te dijeron que estaba loco.

—Pero no —protesté—. Nadie ha hablado de locos.

Lorenzo quedó observándome, incrédulo.

—Te voy a decir la verdad —prosiguió—. ¿Con cuánta plata llegué a París, te acuerdas? Con veinticinco francos, ¿no? Pues ya ves. ¿De dónde iba a sacar más? Mi familia no me manda, no tengo beca y trabajo para mí es difícil conseguir, eso salta a la vista. Ya sabes que del primer hotel me echaron y del segundo también. Cuando entré al tercero me dije: lo mejor es hacerse el loco. Ya te demostré que es fácil. Hice mi plan y todo salió bien. ¿No te he contado que un día me paseé calato por los cinco pisos del hotel? Bueno, aquí tengo casa gratis, comida gratis. Paga el Estado o la Asistencia Pública, qué me importa. Y además, para colmo, y esto te lo digo sólo a ti, tengo hasta mujeres gratis.

—¿Entre las enfermas?

—Todavía no he caído tan bajo. Entre las enfermeras. Hay dos que me rondan. A una de ellas ya la agarré, se llama Monique, es de Reims, jovencita, qué rizos tiene, dorados, aunque es un poquito gorda, pero parece que le gusto. Mírame, viejo, ¿hay pinta o no? ¿Qué te parece, zambo?

—¿De modo que todo es una farsa?

—Completa. Al doctor lo tengo chiflado. Y eso que es una notabilidad, uno de los mejores siquiatras, según dicen. Mi táctica, cuando me interroga, consiste en poner las palmas de las manos en el suelo y tratar de pararme de cabeza, debo quedar grotesco con mis piernecitas al aire, ¿no? O me abro la bragueta para amenazarlo con mi espolón. Ya me han puesto tres inyecciones.

Todo eso estaba muy bien, admití, ¿pero hasta cuándo se iba a prolongar esa comedia? La simulación era un delito y podía costarle caro.

—Pero, ¿qué otra cosa puedo hacer, viejo?

—Si de lo que se trata es de un cuarto donde vivir, se te puede conseguir uno barato, quién sabe si hasta gratis.

—¡A eso quería llegar! —me interrumpió Lorenzo—. Uno tiene que caer en los peores extremos para que alguien quiera ayudarlo. Ahora sí me tienden la mano, ¿no? ¡Ahora sí hablan de conseguirme un cuarto! ¿Pero antes? ¿Cuando no tenía dónde dormir? ¿Cuando me moría de hambre? Bueno, dejemos eso de lado. Eso del cuarto me interesa. Pero, ¿y la comida?

—Puedes comer en casa durante un tiempo.

Lorenzo quedó callado, meditando mi oferta.

—La verdad es que no sé. Aquí hay jardines, parque, el estanque con su agua lamedora, tormentas todos los días, con sus jabalinas y sus espadas doradas, y, además, mujeres, enfermeras, a la mano.

—Piénsalo bien. Claro, no vas a estar tan cómodo. Pero para decirlo crudamente, aquí estás encerrado.

—En eso tienes razón. A las seis cierran la reja. Es aburrido ver anochecer sin poder salir y tomar el tren para París. Y, encima, rodeado de verdaderos locos. A los quince días ya no los soportas. Mira, ya escampó.

En la superficie del estanque caían las últimas gotas de lluvia.

—Manada de bisontes —dijo Lorenzo señalando el poniente—. Por el rojo sendero huyen las nubes azuzadas por el latigazo del sol. No, esto es verdaderamente horrible. ¿Por qué la nube tiene que ser un bisonte? Aunque no se puede negar que esas nubes redondeadas parecen cuadrúpedos en fuga, grandes rebaños trashumantes. Lo del latigazo es lo que está mal.

—Sí, ya paró la lluvia. Te acompaño hasta el edificio.

Lorenzo me cogió del brazo y emprendimos el retorno. Una campana sonó a lo lejos. Por los senderos apartados algunos solitarios caminaban.

—Está decidido —dijo Lorenzo—. Para farsa está bien. Yo no he venido a París para hacerme el locumbeta. Además te voy a decir otra cosa: no creas lo que te dije enantes sobre la ranura de la puerta ni sobre que me paseé calato por el hotel. Pura mentira. Me hice el loco, es verdad, pero rodándome por las escaleras del hotel a medianoche. ¡Cómo me dolieron mis piernas! En fin, esto es ya historia antigua. Volvamos a lo del cuarto, ¿está ya libre?, ¿dónde queda?

Le expliqué que había uno en la rue Dauphine, pequeño, sin agua, pero, en fin, habitable.

—Perfecto. Esta noche arreglaré mi situación aquí. Prepárate, entonces, que mañana pasaré a buscarte.

Cuando le decía que iba a estar en casa todo el día, Lorenzo me obligó a detenerme.

—¡Y sus rizos de oro! —suspiró—. Sus rizos de oro como una cornucopia sobre la blanca almohada. En la ventana, día gris, y en los cristales el hocico inminente del invierno.

—¿Hablas de la danesa?

—De la hija de la patrona. Enantes te oculté algo porque me pareció mal; es un poco escabroso, ¿sabes? Pero cuando me vio calato se asustó. Es que yo tengo una cosa cosa, una cosa tremebunda. Lo mismo le pasó a Monique.

Reemprendimos el camino. Yo iba silencioso, sintiendo el brazo de Lorenzo temblar contra el mío.

—Reconoce que te he torturado —dijo volviendo a detenerse—. Pero lo he hecho porque te aprecio. Con los demás he sido menos sutil, he sido basto, como un español. Hice que se tragaran el anzuelo. Bueno, ¿no me dices nada?

La vida en París era dura —dije moralizando—, no había que dejarse amilanar por los contratiempos, había que superar los obstáculos, todo el mundo había pasado por las mismas, era necesario luchar.

—¡Me hablas como a un enfermo! —se quejó Lorenzo—. ¿Qué te pasa, viejo? ¿Será que todavía no estás convencido? ¿Qué pruebas quieres que te dé? ¿Quieres que te firme un papel?

—No necesito pruebas —respondí—. Si te hablo en ese tono, que no te gusta, es porque soy tu amigo.

—Gracias. Mira, ya llegamos al castillo o al sanatorio, como quieras. Te acompaño hasta la reja. Bueno, como amigo te voy a pedir una cosa, espero que no me la vas a negar: no le cuentes a nadie nuestra conversación. A lo mejor alguien se copia mi método y estamos reventados. Con tanto muerto de hambre que hay por aquí vamos a tener mucha competencia.

Una nube rezagada pasó echando un poco de lluvia.

—Ya regresa —murmuró Lorenzo, extendiendo la palma de la mano—. ¡No es un bisonte extraviado, ni siquiera un rebaño, son todos los bisontes, todos! ¿Quedamos entonces en que mañana?

—¿Quieres que pase por ti?

—No, no hace falta. Tengo sólo una maletita con libros. Eso sí, tenme listo el cuarto. Probablemente me lleve a vivir a la danesa. ¡Su pelo en la almohada tengo que verlo otra vez, caramba!

Yo le extendí la mano.

—Hasta mañana, entonces. Ojalá no tengas problemas.

Lorenzo me la estrechó con fuerza. Estábamos al lado de la verja. Con su mirada oscura me escrutó ansiosamente.

—¿Tienes confianza en mí? ¿Puedes poner la mano en el fuego por mí? ¿Eres verdaderamente mi amigo?

Le dije, en broma, que no me preguntara las cosas en ese tono, que me iba a hacer dudar.

—Entonces, ya que eres sincero, te voy a recitar una última, eso sí, una última primicia, óyela bien: admira sobre todo los días otoñales, el corazón seco del otoño, el corazón seco de los árboles, que cae sobre nuestro corazón seco, sin amor ni ternura, que cae sobre nuestro corazón seco y lo estruja, que cae sobre nuestro corazón seco y le arrebata para siempre la luz, que cae sobre nuestro corazón seco y lo entrega al sueño, a las tinieblas.

—Formidable —le respondí.

—Sí —dijo Lorenzo, sin entusiasmo, esquivándome la mirada.

Dándome la espalda se alejó hacia el edificio, cabizbajo, fatigado, llevando con dificultad su enorme joroba sobre sus piernas enclenques. Como la lluvia regresaba entre los olmos, se detuvo para echar al cielo una mirada imprecatoria.

—¡Agua ramera! —gritó.

Dos enfermeros venían en su dirección.

(París, 1964)

Las cosas andan mal, Carmelo Rosa

Las cosas andan mal Rosa cuando hoy subiste a la oficina y te quitaste la boina con desgano y tu abrigo con muchísima pena y tu bufanda como si fuera tu propio sudario y entre el ruido de los teletipos miraste sin ánimo los papeles que te esperaban por traducir siempre los mismos la Bolsa de París las cotizaciones de Wall Street el mercado del café y otros asuntos que hacen la fortuna o la desventura de muchos y de los cuales eres tú desde hace tantísimos años el anónimo escribano tú Rosa que entre el ruido de los teletipos subías como todos los días del primer piso de conversar entre siete y ocho de la noche con tu amigo maestro pontífice buda gurú Solano que acomodándose los anteojos tosiendo consultando recortes cartas papeles entre el ruido de los teletipos te informa de lo que pasa en tu país diciéndote esta vez seguramente pesimista acongojado que no había huelga en Asturias ni catalanes versus policía ni vascos secuestrando peleles ni parte anunciando dolencia del amo y por eso entre el ruido de los teletipos subiste cabizbajo enjuto muerta la mirada sabiendo que al acostarte esa noche no habrá en tu alma la más pequeña luz ni esperanza ni ilusión ni llamita redentora en esta noche que llega como tantas otras a la casa estrecha plagada de revistas y fotos dormirás mal Rosa acosado por recuerdos tu calvicie en la almohada tu tos en el alcanfor cuando hace cuarenta años fuiste joven disparaste algún tiro en Cataluña lanzaste mueras contra la dictadura enamoraste a una mujer probablemente fea y corriste del peligro sin que éste se diera el trabajo de alcanzarte ocupado como estaba de presas mayores tú Rosa que entre el ruido de los teletipos miras el papel más tiznado y escrutas su letra sucia para empezar a escribir la tendencia estuvo hoy floja entre los operadores de la bolsa pero se acentúa un leve movimiento de alza y entre el ruido de los teletipos tú responsable de organización exilada hermética globular ministro sin cartera ni monedero fantasma de gabinete que desde que te conocí casi a escondidas arrancas de los archivos de cables del día entre el ruido de los teletipos todo aquello que puede interesarte manifestaciones procesos atracos viendo en cada acto de estudiantes la caída de un régimen ilusionándote hasta con los delirios de los curas Rosa creyendo que de un día a otro todo regresará no a lo que fue sino a lo que pudo haber sido y tú regresarás y serás joven otra vez sin pensar que nada retorna hacia el pasado que todo se transforma y se complica cada vez más que no hay proyecto o idea que la realidad no destruya Rosa para qué pensar en esas cosas sigue escribiendo como te veo en tu papel con doble copia los valores cupríferos sufrieron una baja pero los ferrosos acusaron un leve repunte mientras escuchas a diestra y siniestra hablar de cosas que ya no entiendes tu vida se estancó hace cuarenta años sigue paseándose una parte de ti por una rambla ya muerta por un paisaje inexistente pero vives en una ciudad de la cual no conoces otra cosa que el túnel del metro y tres calles por las que caminas sin verlas una ciudad que también ha cambiado entre el ruido de los teletipos Rosa hazmerreír víctima payaso pobre muerto número masa sigue soñando que el sueño te mantiene pero no esperes ni confíes nada vendrá en tu socorro seguirás escribiendo entre el ruido de los teletipos repuntó el café pero el cacao se mantuvo flojo ah si se pudiera alterar esa noticia y decir la contraria bajó el café pero el cacao señaló un alza cómo la vida sería distinta hasta para ti pequeño gángster frustrado *escroc* de mala muerte soñador sin potencia entre los grandes números que hacen y deshacen fiel a tu profesión de supernumerario de la bolsa oscuro as de las finanzas mientras sigues soñando Rosa entre el ruido de los teletipos y te devanas y cabeceas y en Madrid hubo una huelga cae el régimen las cosas cambian se pueden señalar variaciones Solano te enseña papal socrático mahometano que cabe seguir esperando cambiaron a este ministro salió artículo libertario en panfleto de Málaga todo se viene abajo y algún día regresarás entre el ruido de los teletipos a tu casa de Barcelona conversar con el portero el dueño de la tasca hablar del tiempo presente y del pasado con tu boina sobre tu amplio cabello bien peinado calvo del alcanfor calavera impune dejaste tu cerebro en tu aldea tu alma en un trapo sucio que algún soldado quemó obscenas ideas soeces recorren un campo árido tu espíritu y sigues así esperando el mercado del azúcar se mantuvo activo y los bolsistas obtuvieron moderadas ganancias Rosa la cama fría la mujer escueta y tú esperando con tu bufanda en la percha y el hombre que desde hace diez años te ve comprar *La Vanguardia* andando bajo la lluvia Granada dos estudiantes heridos y un policía contuso inquietud en la fábrica de automóviles Seat ocurre algo subiendo las escaleras y los papeles allí acumulados para traducir la Bolsa de París Rosa la vida se te escapa por entre los dedos el metro no es tu amigo sino tu verdugo el francés es lengua muerta y matada por ti hablas latín entre los bárbaros y así morirás un día no despertarás no llegarás a la Agencia quedarán los papeles en su canasta y se dirá que quedaste atravesado por un sueño demasiado violento Rosa exilado esposo primogenitor el amo no murió todo es una repetición la bolsa es más importante que los hombres un número puede matarnos la lechuga es un sucio excremento no despertarás todo es así Rosa no hay que abrigar ilusión entre el ruido de los teletipos todo es enseñanza para quien sepa escuchar no hay consuelo para los supliciados es agradable morir sin socorro ni paz ni patria ni gloria ni memoria.

(París, 1971)

El próximo mes me nivelo

Una medalla para Virginia

—Pamela, mira los geranios, ¡mira cómo han crecido! La semana pasada eran sólo una rama, un botoncito.

Con la jarrita, echó agua a las macetas, mientras Pamela lloriqueaba en el muelle, muerta de miedo y decía que la llevaran a la casa.

—Espérate, apenas acabe de regarlos te leeré un cuento. ¿Para qué has querido venir entonces? Al muelle solamente vengo yo, cuando estoy triste, cuando quiero estar sola. Todavía no te das cuenta pero cuando crezcas verás que éste es el único lugar bonito de la casa. Mira qué hondo está el mar. ¿Sabes, Pamela? Te voy a decir un secreto: de mañanita, cuando nadie me ve, me pongo la ropa de baño y me tiro desde aquí al agua. Entonces nado y nado hasta que ya no puedo más, hasta que comienzo a ver todo rojo.

Pamela había dejado de llorar y, sentada en las tablas resquebrajadas del muelle, tenía la vista fija en un punto distante de la playa.

—Señora calde... señora calde...

Virginia recorrió la playa con la mirada y divisó a lo lejos una forma extravagante que se acercaba a la orilla. La forma se detuvo un momento, esquivó el lengüetazo de una ola que moría y se retiró, por último, hacia la arena caliente, dando cómicos saltitos.

—El agua debe estar hoy fría, cuando la señora Rosina ha salido corriendo. ¿Te diste cuenta? Si yo tuviera un colchón de aire, como ella, entraría hasta allí, hasta donde pasan los barcos que vienen de Panamá.

Pero ya Pamela se había levantado y miraba a través de las barandas del muelle cómo la señora Rosina efectuaba extraños movimientos con los brazos y parecía sacar de la arena una cama de goma.

—¡Mírala, tiene que utilizar el inflador! Yo lo inflaría con la boca, como si fuera un globito de carnaval.

—Señora calde...

—Sí, la señora del alcalde está inflando su colchón. Y ahora siéntate allí, tranquilita, y déjame leer este libro. Después te contaré lo que he leído. ¡Los geranios, míralos, qué felices están!

Cuando el colchón estuvo inflado, la señora Rosina lo levantó en vilo y mientras caminaba hacia el mar, contempló sus piernas, donde la edad comenzaba a hacer sus estragos: en los muslos, la piel se le templaba bajo la presión interna de bolitas de grasa y más abajo, en las pantorrillas, aparecía la marca azul de las varices.

Después de mirar a uno y otro lado, contenta de no tener testigos, lanzó su colchón al mar y ella misma se dejó caer en la primera ola, echando el cuello hacia arriba para no mojarse el cabello. De dos brazadas alcanzó al colchón, se trepó encima de él y, moviendo los brazos como paletas, se internó mar adentro. Era su ejercicio cotidiano. Gracias a él había perdido un poco de vientre, y su marido, antes de partir hacia Lima en una de sus misiones, la había observado la última noche, mientras ella se desvestía, con una mirada visiblemente perpleja.

Cuando su colchón sobrepasó el muelle, se puso de espaldas en él. Los tumbos eran suaves. Como no era época de temporada, los nadadores no podían importunarla. Cerrando los ojos, se dejó mecer por el mar.

—Señora calde... señora calde...

Pamela señalaba un punto lejano en el mar.

Virginia dejó su libro.

—¿Quieres que te lleve a casa? ¡Déjame en paz, Pamelita!

—No ta señora calde...

Virginia se levantó para coger a su hermanita del brazo, pero este brazo seguía extendido hacia el mismo punto lejano: en los ojos de la pequeña había una lucecita de ansiedad. Rápidamente Virginia volvió la cabeza hacia el mar y pudo ver a lo lejos el colchón de aire, sin su carga humana, mecido por los tumbos, al mismo tiempo que escuchaba un grito y distinguía un remolino alrededor de un brazo que se hundía.

En un instante Virginia se había quitado su vestido y sus sandalias.

—¡Corre a la casa! ¡Llama a papá! —y desde lo alto del muelle se lanzó de cabeza al agua describiendo una perfecta parábola.

Vigorosamente comenzó a nadar hacia el anillo espumoso que había dejado el cuerpo al hundirse. Mientras veía que el colchón vacío avanzaba hacia ella en la cresta de un tumbo, se dio tiempo para echar una mirada circular hacia atrás y pudo percibir el muelle, donde Pamela seguía de pie, aferrada a la baranda, y la playa, atacada en ese momento por una ráfaga de voraces patillos.

Del remolino quedaba sólo una onda que la resaca iba deshaciendo. Virginia buscó su vórtice y, llenando de aire sus pulmones, se sumergió. Con los ojos abiertos, describió rápidas espirales, sintiendo una quemazón en las pupilas. Al fin, en ese elemento vidrioso y turbio que la comprimía, distinguió una pierna deforme por la refracción, que parecía trazar un lánguido paso de ballet. Saliendo a la superficie, volvió a respirar y volvió a hundirse. Sus dos manos tocaron el cuerpo inerte y tiraron de sus brazos, que se escurrieron, luego del manojo de pelos, que resistió, y pronto, al seguir tirando, sintió que la masa se elevaba, como si desde abajo la hubieran impulsado. Un momento después estaba en la superficie, luchando con ese fardo frío, que se deformaba entre sus brazos y parecía negarse obstinadamente a la flotación.

Pasándole un brazo por el cuello, pudo mantener a la ahogada de espaldas, y con el otro brazo, lanzándolo rítmicamente hacia atrás, fue nadando hacia la orilla. Mientras salía, iba contando los soportes del muelle —Pamela ya no estaba— y miraba a veces ese rostro que tenía tan cerca y que, abandonado de la vida, se veía horrible. Estaba lleno de espinillas, además, y su dentadura era abominable.

Antes de tocar piso, dos hombres estaban ayudándola. Al final, uno de ellos corría por la orilla, llevando en peso a la señora Rosina y el otro trataba de socorrer a Virginia con un socorro que ella no había pedido.

—¡Déjeme! —protestó, al ver que estaba casi desnuda, con sólo su calzón calado al cuerpo y el sostén a punto de desprenderse.

Mientras corría al muelle a buscar su ropa, vio que un hombre se había sentado a horcajadas sobre doña Rosina y, delante de un grupo de testigos, trataba de hacerla vomitar.

—¡No quiero ir, Pamelita! ¿Por qué tienen que hacer tanto ajetreo? Te juro que no es nada del otro mundo sacar del agua a una persona que se está ahogando.

Delante de su espejito de pared, Virginia lloraba. Sobre la cama se hallaba extendido el traje blanco que debía ponerse para ir esa noche a la fiesta. Pamela jugaba con la escobilla que Virginia, renunciando a peinarse, había dejado caer al suelo.

Un hombre, con la cabeza vendada, entró al dormitorio.

—¿Estás lista, pichoncito? ¡Mira lo que parezco, sólo por tu culpa! Ayer le dije a mi compadre Fabián: «A que camino con las manos por la baranda del malecón.» ¡Estaba tan contento! ¿Acaso todos tienen una hija como tú? ¡Pum, me fui de cabeza al suelo! Por poco me parto el espinazo.

—No quiero ir. No me gusta la gente. Las hijas del alcalde son egoístas, son feas.

—¡Nunca se ha dado en Paita una fiesta como ésta y solamente por ti! Por lo menos, anda para que te pongan la medalla. El alcalde llegó anoche en avión. Él mismo te la pondrá. Anda, pichoncito, anda.

Una señora gruesa entró sofocada.

—¡El alcalde ha mandado su carro! ¿Todavía no te has vestido? ¡Y tú, Max, arréglate esa corbata!

Virginia miró a su madre y sintió nuevamente ganas de llorar.

—Ese sombrero te queda mal, mamá. Es enorme, tiene las alas caídas.

—¡Es el único que tengo! Si tu papá se diera el trabajo de comprarme otro. ¿Vas a venir a la sala, Max? Deja que la chica se vista. En cinco minutos tienes que estar arreglada.

Sus padres salieron discutiendo. Virginia cogió su traje con ambas manos y lo observó con lástima: era horrible, estaba almidonado, tenía un lazo lila en la cintura y una flor de terciopelo en el escote.

Desde el atardecer, la casa del alcalde estaba iluminada. Ya las buenas familias de Paita circulaban por los salones buscando qué beber o dónde sentarse. Cerca de la entrada, los notables fumaban y conversaban ruidosamente.

—¿Y a qué se dedica el viejo Max, ahora?

—Yo lo veo mucho por los bares. Parece que es imbatible jugando billar.

—¿Y siempre viven en esa casona del muelle que está a punto de venirse abajo?

Un hombre alto, bien conservado, con las sienes grises, iba de un grupo a otro, saludando con gravedad, invitando cigarrillos o dirigiendo con un gesto de la mano la distribución de los alcoholes.

—¿Cuánto duró el viaje, señor alcalde? —le preguntaron.

—Dos horas. El avión es algo formidable.

—¿Y el telegrama llegó a tiempo?

—Ayer en la tarde. Me produjo una impresión terrible. No era muy claro. ¿Me disculpan un momento?

—Está abatido nuestro alcalde —dijo el párroco—. Parece que ha envejecido diez años. No es para menos. Estuvo a punto de quedarse viudo. ¿Es verdad que al viejo Max lo mantiene su mujer?

—Lo que lo mantiene es la cerveza.

—Bajar la voz, que allí están.

Virginia entraba, escoltada por sus padres. El alcalde salió a recibirlos, secundado por los notables. Hubo un interminable rumor de felicitaciones. Los demás invitados se habían agolpado en la puerta. Virginia alcanzó a divisar, entre el tumulto, al fondo de la sala, a las dos hijas del alcalde que, inmóviles en sus trajes de fiesta, esperaban de pie, al lado de una consola.

Virginia avanzó rectamente hacia ellas y se detuvo a pocos pasos. Las dos muchachas se consultaron entre sí y le extendieron la mano.

—Te agradecemos lo que has hecho por mamá —dijo una.

—Eres la heroína de Paita —añadió la otra.

Virginia miraba sus vestidos, sus peinados.

—¡Yo le enseñé a nadar! —gritaba su padre en la terraza—. No exagero al decir que para mí debía haber también una medalla.

El alcalde se acercó a Virginia y a sus hijas.

—Invítenle algo a la chica. Y disculpe que mi esposa no salga todavía. Se está terminando de arreglar. Está un poco fatigada, además.

Virginia se dio cuenta de que parte de los invitados la habían seguido y desde cierta distancia la observaban con curiosidad. Más atrás, su padre había comenzado a beber con los notables; y su madre, sentada en un rincón, sola, se acomodaba con la mano el ala de su sombrero.

—¿Quieres un refresco? —preguntó una de las hijas del alcalde.

Virginia rehusó y trató de acercarse a su madre. Vio entonces que, en un salón contiguo, un grupo de muchachas estaban sentadas en unas sillas alineadas contra la pared y que una veintena de muchachos conversaban pegados a la pared del frente, aparentemente distraídos pero en realidad alertas, vigilando de soslayo a las muchachas.

Apenas la orquesta atacó el primer vals, los muchachos se lanzaron a través del piso encerado hacia las sillas y sin transición empezó el baile. Virginia misma, sin saber cómo, fue arrebatada por un mozo del lado de su madre y entró en el torbellino. A pesar de que el salón era grande, las parejas estaban apretujadas. Sólo se alcanzaba a distinguir las caras sudorosas de los hombres y los peinados vacilantes de las mujeres. En los breves intervalos entre dos piezas, pasaban sirvientes con bandejas de bebidas. Algunos bailarines, por comodidad, conservaban su vaso en la mano.

Virginia trató inútilmente de zafarse del baile. Los jóvenes paiteños le hacían descaradamente la corte. Todos, sin excepción, al bailar con ella, le pedían que les relatara cómo había salvado a doña Rosina y terminaban diciéndole que querían también ahogarse sólo por estar en sus brazos.

Virginia les respondía maquinalmente. Su mirada, entre la vorágine de cabezas, buscaba la vendada de su padre o la tocada con el horrible sombrero de su madre. Rara vez pudo divisarlas pero lo que siempre vio fue dos ojos que no dejaban un momento de observarla: los ojos del alcalde.

Oscuros, soñadores, alineados entre las sienes canosas, un poco tristes, estos ojos parecían poseer el don de la ubicuidad. Virginia los veía entre la gente que bailaba, entre la que conversaba al lado del bar, entre la que fumaba en la terraza, hasta que al fin, al terminar una pieza con una voltereta, los vio casi contra su rostro.

—¿Bailamos?

Virginia accedió y se dejó llevar casi en vilo por esos brazos vigorosos, que la atenazaban hasta hacerle daño y llevaban inflexiblemente el compás. Pronto sintió que aplaudían y se dio cuenta que todos habían formado una ronda y los miraban, sonrientes. Las únicas serias eran las hijas del alcalde: cogidas del brazo, cuchicheaban, mirándole el vestido blanco. Y la señora Rosina, que había aparecido por una puerta interior, un poco asombrada, llevando un maquillaje excesivo que, en lugar de restaurar sus rasgos, parecía subrayar su deterioro.

Alguien pidió otro baile pero se había dado seguramente una orden pues la orquesta no siguió tocando, los concurrentes pusieron rostros graves y el propio alcalde tuvo que exhortar al padre de Virginia para que no hiciera tanto ruido y se acercase al pie de la lámpara.

Luego, cuando los ruidos fueron espaciándose y sólo se escuchaban carrasperas de impaciencia, el alcalde tomó la palabra.

—Paita ha sido testigo de un hecho excepcional —comenzó—. La señorita Virginia López, hija de una familia decente y esforzada de nuestra ciudad, dio muestras hace dos días de un coraje, de una valentía a toda prueba. Mi señora Rosina, que está tan agradecida como yo, estuvo a punto de perecer ahogada, víctima de un desdichado accidente. Si no hubiera sido por la actitud sacrificada de la señorita Virginia, ahora, en estos momentos, estaría llorando mi viudez. Yo, mi familia y todos los paiteños, manifestamos nuestra admiración y agradecemos a esta muchacha su gesto valeroso, que es un digno ejemplo para la juventud de nuestra ciudad. En mi calidad de alcalde de Paita y con la aprobación unánime del Concejo Municipal, he decidido otorgarle en esta ceremonia la Medalla al Mérito. Pequeña recompensa, sin duda, pero que tiene para el caso un valor simbólico. Señores, les ruego dejar acercarse a la señorita Virginia, nuestra heroína regional.

En medio de las aclamaciones, Virginia avanzó hasta el centro de la sala, mirando el piso encerado, sintiendo que los oídos le zumbaban y que de durar la ceremonia le iba a salir un chorro de sangre, de puro rubor, por la nariz. Antes de llegar hasta el alcalde, escuchó a su padre que gritaba al fondo de la sala:

—¡Tres hurras por mi hija!, hip, hip, ¡ra!, ¡ra!, ¡ra!

—Señorita López —le dijo el alcalde avanzando las manos—, se ha hecho usted acreedora a la medalla más codiciada de nuestro Ayuntamiento.

Sus dedos vacilaron un momento sobre el escote y al fin, al lado de la rosa de tela, encontraron el sitio donde quedó colgada la medalla.

—¡La primera pieza para mí! —gritó su padre, cuando la orquesta comenzó nuevamente a tocar, esta vez una polca y los muchachos se precipitaban sobre sus parejas. La propia señora Rosina, a pesar de las recomendaciones de su médico, aceptó bailar una pieza con su marido y la fiesta continuó su ronda entre brindis, bromas y bramidos.

A medida que pasaba el tiempo, sin embargo, los circunstantes parecieron olvidar el motivo de esa reunión y extraños clanes se fueron formando en la casa. Junto al bar se agolparon los bebedores, que habían acaparado al viejo Max y le pedían por décima vez que contara su apuesta con Fabián y su caída de la baranda del malecón. Los notables se agruparon en la terraza exterior para charlar bajo el cielo estrellado. Las señoras —olvidando a la madre de Virginia en su silla— emigraron al comedor, en compañía del párroco, tal vez para gustar un caldo reservado a los devotos. Las hijas del alcalde, desertando del salón, se trasladaron a una salita contigua, con los hijos de los hacendados y organizaron allí una fiesta dentro de la fiesta, al son de un tocadiscos. La orquesta había partido.

Virginia se dio cuenta, de pronto, que estaba sola en medio de esa fiesta dada en su honor, sola entre sirvientes que bostezaban y muchachos que, al comienzo tan galantes, erraban ahora, borrachos, por el salón, abrazados, desmemoriados, entonando canciones estridentes.

Desazonada, buscó un lugar donde refugiarse. En el fondo del salón había una mampara entreabierta. Al cruzarla se encontró en una terraza interior, fresca, penumbrosa, separada por una baranda de lo que debía ser una huerta. Un jazminero trepador se enroscaba en los soportales del tejado.

Virginia distinguió una mecedora de mimbre y se dejó caer en ella, suspirando, respirando a pleno pulmón el aire marino de Paita. Hasta allí llegaban sólo rumores fragmentarios de la fiesta, voces quebradas, de vez en cuando alguna risotada.

De pronto tuvo la impresión que alguien más había en la terraza. Al mirar hacia un extremo distinguió al alcalde, de pie, con un cigarrillo en una mano y un vaso en la otra, observándola. Tal vez se había refugiado allí antes que ella, tal vez la había seguido. Luego lo vio acercarse, tirando, al avanzar, su cigarrillo por encima de la baranda.

—¿Cansada ya de bailar? ¿Tomando el fresco?

Virginia se puso de pie y miró hacia la mampara.

—No se vaya —prosiguió el alcalde—. No se vaya, por favor. He salido a respirar un poco de aire. Francamente no me gustan estas reuniones. Tanta gente, tanto ruido. Uno no sabe qué hacer, dónde meterse. Si me he animado a dar esta fiesta es porque quería hacerle público mi agradecimiento.

Al decir esto, sorbió un trago de su vaso y señaló la huerta.

—Son naranjos y guayabos. Los sembró mi padre. ¿Le gustan a usted las frutas?

Virginia asintió con la cabeza.

—Cualquier día puede venir a llevarse una canasta. Aquí se caen al suelo y se pudren. ¿Le gustan las flores? Éste es un jazmín de Indias. ¿No siente cómo perfuma?

—Yo tengo tres macetas con geranios —dijo Virginia—. Todas las mañanas las riego. Están en el muelle.

El alcalde quedó silencioso.

—El geranio es una bella flor —dijo al cabo de un rato—. No perfuma mucho pero dura. Es una flor popular. Otras, en cambio, más olorosas, más coloridas, se deshojan en una sola noche y al día siguiente, ¿qué queda de ellas? Nada, unos cuantos pétalos caídos.

Virginia vio pasar un aerolito. Era una noche espléndida. Tal vez iba a salir la luna pues tras los cerros se percibía un resplandor.

—¿Y cómo se siente? —prosiguió el alcalde—. ¿Cómo se siente en su papel de heroína de Paita? Dígame, ¿fue muy difícil? ¿No tuvo usted miedo?

Virginia dijo que un poco, cuando al zambullirse, el brazo de doña Rosina se le escurrió y creyó entonces que no podía salvarla.

—El brazo se escurrió —repitió el alcalde—. ¿Y qué más?, ¿qué hizo usted?

—La cogí del pelo. Alguien me dijo una vez que era lo mejor con los ahogados. En ese momento me acordé.

—Claro, se acordó —murmuró el alcalde sorbiendo el concho de su vaso.

Virginia volvió a mirar hacia los cerros. Sí, el resplandor aumentaba. No tardaba en salir la luna. En ese momento sintió un ruido de vidrios rotos y se dio cuenta que el vaso del alcalde había caído al huerto, haciéndose trizas contra el suelo. El alcalde, sin darle importancia a ello, seguía inmóvil con una mano en la baranda, mirando fijamente los frutales. Durante un rato, Virginia esperó.

—¿Me da permiso? —se atrevió a preguntar al fin.

El alcalde volvió la cabeza.

—¿Puedo decirle algo? Vea, conversemos un momento, todavía.

Virginia, que había dado un paso hacia la sala, se contuvo.

—Quería decirle algo más, quería decirle... pero, ¿me entenderá usted? Ahora, durante el baile, la miraba y me decía: cómo ha crecido la hija de Max, yo que la he visto de niña, siempre sola, correteando por el puerto, como si no quisiera estar en su casa, y de pronto verla crecida, llena de juventud, de fuerza. Sí, eso me decía y me pregunté: ¿por qué tenía que estar ayer en el muelle?, ¿por qué tenía que estar justo en ese lugar?

—Si no hubiera estado, su mujer se hubiera ahogado.

—Precisamente —dijo el alcalde—. Se hubiera ahogado, ¿y qué?

Virginia no supo qué responder.

—Se hubiera ido al fondo del mar, como una lancha picada y este señor, sí, este señor sería ahora un hombre feliz. Pero, ¿por qué me mira así? Claro, usted no sabe lo que es vivir veinte años al lado de una persona a la que no... Bueno, la quise al comienzo, es verdad, pero se marchitó tan rápido, se volvió fea, egoísta, vulgar... En fin, no vale la pena hablar de estas cosas. La noche está tan bonita, ¿no le parece?, y usted es tan, tan... ¿me promete que vendrá algún día al huerto a recoger un poco de fruta?

De la sala llegó un barullo. Alguien parecía discutir. Virginia creyó escuchar la voz de su padre.

—Discúlpeme —dijo, y aprovechó para escabullirse.

Al entrar a la sala distinguió un tumulto al lado del bar. Su padre, alentado por un corro de borrachos, había puesto las palmas de las manos en el suelo y trataba de pararse de cabeza.

—¡Déjate de disparates, Max! —gritaba su mujer—. ¿Por qué tienes que estar haciendo siempre el payaso? ¿Por qué tienes que tomar así? ¡Nunca lo he entendido! ¡Hace veinte años que haces lo mismo!

Su padre, azorado, se puso de pie, tratando de no tambalearse. Abotonándose el saco con dignidad, sonrió a los asistentes, pidiendo excusas. Pero de reojo lanzó una rápida mirada a su mujer, aparentemente benigna, como para comprobar de dónde venían los reproches, pero cargada de un sentido que sólo Virginia, en ese momento, comprendió.

(París, 1965)

Un domingo cualquiera

—Creo que alguien te busca. Hay un carro en la puerta que toca el claxon.

Nelly dejó en la mesa el biberón que daba al menor de sus hermanos y corrió a la ventana. Un Chevrolet azul estaba detenido frente al edificio de departamentos y en su volante se distinguía a una muchacha rubia, cuyo brazo pendía lánguidamente por la ventanilla.

—Es Gabriella, la hija del señor Guardini. La conocí en la fiesta del jueves pasado. ¿Cómo habrá averiguado mi dirección?

Su mamá echó una rápida mirada a la pequeña sala. Todo estaba en desorden. Los forros gastados de los sillones parecían cantar en la luz matinal una estridente elegía.

—Habrá que arreglar esto. Y decirle a tus hermanos que no hagan ruido. Voy a buscar una escoba.

—No —dijo Nelly—. No puedo hacerla pasar. Ella vive en Miraflores. Le diré que me espere.

Abriendo la ventana asomó a la calle.

—¡Gabriella!

Gabriella sacó la cabeza por la ventanilla.

—¡He cogido el carro de mi papá! Vamos a dar una vuelta.

—¡Bajo en cinco minutos!

Nelly fue al dormitorio que compartía con sus dos hermanas menores. Como era domingo, andaban en pijama, arreglando sus cosas. Frente al espejo se peinó rápidamente, se quitó el traje de entrecasa para ponerse una falda y una blusa de seda y se precipitó hacia la puerta.

—¡Chao! —exclamó, eludiendo a su mamá que hablaba de darle un billete de cinco soles y descendió a saltos los cuatro pisos.

Gabriella había encendido un cigarrillo.

—¡Qué barrio éste! ¿Cómo se llama? ¿Matute? Me he demorado media hora para dar con la dirección. Sube.

Nelly se sentó a su lado y Gabriella puso el carro en marcha.

—Mi papá está en cama, así que aproveché para coger la llave del carro. Quería dar un paseo. ¿Adónde vamos?

—¿Quién te dio mi dirección?

—Monique, la francesa, ¿la conoces?

Nelly dijo que no mucho, que la había visto en algunas fiestas.

—Una vez me pidió mi dirección, pero nunca ha venido.

—Ella me dijo que era tu amiga. Francamente quería salir contigo. Mis otras amigas me aburren. Son unas pelmas. Todo el día no hacen más que hablar del traje, del enamorado. ¿Adónde podemos ir?

Nelly no respondió, entretenida como estaba en observar la impresión que producía en las calles de La Victoria ese enorme Chevrolet, conducido por esa muchacha rubia, esplendorosa. Las mujeres se detenían para mirarlas con asombro y hasta reprobación. Grupos de vagos, parados en las esquinas, les hicieron gestos obscenos. Al entrar a la avenida Arequipa un carro conducido por un señor de lentes comenzó a perseguirlas hasta colocarse a su lado. Su piloto miraba hacia ellas y sonreía. Pero Gabriella aceleró a fondo y dejó al pequeño coupé vergonzosamente relegado en el camino.

—¿En qué trabaja tu papá? —preguntó Gabriella.

Nelly pensó un momento.

—Mi papá murió hace tres años.

—¿Tienes hermanos?

—Cinco, menores que yo.

—Quizá sea por eso. Pero el jueves que te conocí en la fiesta me di cuenta que eras distinta de las otras chicas. Pareces más seria, más mujer. ¿Me dijiste que tenías diecisiete años?

—Los cumplí hace un mes.

—Yo te llevo un año justo, entonces.

El carro entraba al parque de Miraflores.

—No tengo brevete, pero manejo desde los quince años. Nunca he chocado. ¿Y si vamos a la playa? En La Herradura debe haber todavía gente.

Después de contornear la quebrada de Armendáriz, el carro enfiló hacia Barranco.

—Yo quisiera saber manejar —dijo Nelly—. Mi papá tenía un carro verde, un Cadillac creo.

Gabriella la miró y sonrió.

—No, Nelly, tu papá no tenía ningún Cadillac verde.

Nelly se puso roja y quedó callada, esperando que Gabriella añadiera algo, pero ésta se limitó a prender otro cigarrillo en el encendedor del tablero. Sólo cuando llegaron al serpentín del Salto del Fraile, rompió el silencio.

—No sé cómo será ser pobre, pero creo que uno no debe avergonzarse. Yo soy hija única, he tenido siempre lo que he querido. Pero, ¿quieres que te lo diga? Mi vida es un poco vacía. Envidio a las chicas como tú que trabajan, que van a la universidad. Mi papá no quiso que yo fuera a la universidad porque dijo que estaba llena de cholos.

El carro entró a la explanada de La Herradura. A pesar de que abril terminaba se veían algunos bañistas. La mayoría de los kioskos de refrescos habían sido desmantelados, pero en el extremo del malecón el restaurante Las Gaviotas seguía abierto.

—Vamos a comer algo —dijo Gabriella, cuadrando el carro frente al restaurante.

Se sentaron en una terraza frente al mar y pidieron conchas a la parmesana. Gabriella encargó además una botella de vino blanco chileno. Nelly notó que los pantalones elásticos de su amiga despertaban la solicitud de los mozos. Eran unos pantalones color lila, que parecían tan finos como la piel humana.

—Me los trajeron de Estados Unidos —dijo—. Mi mamá va todos los años.

Después de las conchas pidieron un pastel de manzana, mientras observaban los soportes de las carpas desarmadas y los pocos veraneantes que, diseminados en la arena, se esforzaban en prolongar una temporada que se iba.

—¿Tienes enamorado? —preguntó de pronto Gabriella.

Nelly dijo que no, pero que uno de los abogados donde trabajaba de secretaria le hacía la corte.

—No te fíes mucho de los abogados. Yo tuve uno que sólo quería...

Gabriella vaciló un momento.

—Ya sé —dijo Nelly.

—Ahora salgo con un ingeniero. Es guapísimo, palabra. Pero a mí no me gusta porque a mi papá le cae simpático. Basta que el papá esté de acuerdo para que a una le parezcan un adefesio. Además no tiene conversación, creo que es un bruto.

El mozo se acercó para preguntar si querían algo más. Gabriella pagó la cuenta con un cheque.

—Hace calor —dijo—. ¿No terminas tu vino? Creo que mejor deberíamos ir a una playa del sur. Después de todo es domingo. A mí me gustaría irme hasta Ica, hasta Arequipa, a mil kilómetros de aquí, ¿por qué no? Pero es verdad que tú no puedes, tú tienes que trabajar mañana.

Nelly dijo que eso no importaba, pero que en su casa se podían asustar si no iba a dormir.

—En la mía también. De todos modos, demos una vuelta por Conchán.

El carro se puso otra vez en marcha. Después de atravesar el túnel, tomaron la carretera Panamericana. Más allá de los cañaverales y las lagunas de Villa entraron en pleno desierto. Cerros de arena a la izquierda, redondos, grises y playas grises, interminables a la derecha, golpeadas por olas colosales, que se veían a la distancia estallar lentas, sin ruido.

Más allá de Punta Negra, Gabriella le dijo que le gustaría entrar a la universidad.

—Tienes que recomendarme algún libro, un libro que me vuelva sabia. El otro día, en la fiesta, oí que discutías con una muchacha no sé de qué escritores. Tú has leído bastante. Yo soy una inculta, palabra.

Nelly le dijo que podía hacerle una lista si realmente quería comprar libros. ¿Qué cosa le interesaba?

—Todo. A mí me interesa todo —respondió Gabriella riendo.

Después de La Esmeralda el paisaje se hizo más sombrío. Viajaban entre cerros terrosos color azufre.

—Por aquí debe haber una playa que nadie conoce —dijo Gabriella—. Una vez vine de paseo con varias amigas. Nos desviamos por una huella de tierra y llegamos a un lugar lindo, una especie de caleta con una arenita blanca y al fondo una caverna.

Más allá detuvo el carro.

—Creo que aquí es.

Con la mano señalaba un rastro de llantas de automóvil que se perdía entre las colinas, ahora rojizas. Un mojón indicaba el kilómetro 68.

—¿Entramos?

Nelly dijo que sí, que le provocaba echarse a descansar un rato, el vino le había dado sueño.

Gabriella dejó la carretera asfaltada y entró por la huella arenosa. Después de trepar un cerrillo comenzaron a bajar hacia el mar. Gabriella aceleró un poco y atravesando un incomprensible y solitario juncal llegaron a una playa desierta.

Gabriella apagó el motor, abrió la portezuela y sin darse el trabajo de cerrarla se echó a correr hacia el mar, abandonando sus mocasines en el trayecto. Nelly la vio alejarse dificultosamente sobre la arena blanda y luego, cuando estuvo frente a las olas murientes, meter los pies en el agua y agacharse para mojarse la cara con las manos.

—¡El agua está tibia! —gritó—. ¡Apúrate!

Nelly se encaminó hacia el mar. Cuando llegó, Gabriella estaba despeinada, radiante y cogiendo agua con la cuenca de sus manos la salpicó.

—¡El lugar es fantástico! Mira la arena, mira esas rocas. Estoy segura que nadie ha venido nunca aquí. Será nuestra playa.

—Vamos a bautizarla —dijo Nelly.

Gabriella quedó pensativa.

—No se me ocurre ningún nombre.

—La playa de las delicias.

—¿Por qué has dicho eso?

—No sé.

Gabriella la observó. La falda de Nelly, de tela de algodón estampado, se agitaba con el viento.

—La playa de la ropa en serie —murmuró para sí.

Pero ya Nelly se ponía de rodillas y hundiendo sus manos en la arena húmeda comenzó a construir un castillo. Gabriella la imitó y media hora más tarde ambas estaban enarenadas hasta los codos, arrebatadas, ante dos soberbias fortalezas.

—La tuya es más bonita —dijo Gabriella poniéndose de pie, desinteresándose bruscamente de ese juego—. ¿No tienes calor? Si hubiera traído ropa de baño me metería al agua. Ah, mis cigarros, los dejé en el carro.

—Yo te los traigo —dijo Nelly levantándose a su vez.

—Están en mi cartera.

Nelly se puso sus sandalias y se encaminó hacia el automóvil. Éste, recalentado por el sol, estaba convertido en un horno. Cogiendo la cartera emprendió el retorno. En el camino recogió los mocasines que había dejado tirados Gabriella. Al mirar hacia la playa, notó que su amiga no estaba en la orilla. Pero al aproximarse más la distinguió metida en el mar hasta el cuello, agitando los brazos. Su ropa estaba amontonada en la arena. Su reloj y su sortija de diamantes brillaban encima de su blusa.

—¡No pude más! —gritaba—. ¡El agua está riquísima!

Y empezó a salir del mar, dorada, desnuda, salpicando al avanzar miríadas de gotas de agua que la aureolaban. Nelly contempló con cierta envidia su perfecta silueta en movimiento. Cuando la tuvo delante, instándola a imitarla, tirándola del brazo, se resistió. Pero cuando la escuchó decir que a esa playa nadie vendría, se echó a reír y con rápidos gestos se desabrochó la blusa, arrojó su falda y su ropa interior y de la mano de Gabriella corrió alegremente hacia el agua.

Gabriella sabía nadar y se aventuraba hasta donde mueren las olas. Nelly en cambio apenas dejaba que el agua rozara sus senos y sin saber por qué se sentía, en ese líquido que la abrazaba tan íntimamente, como a punto de ser víctima de un acto de impudicia.

Sólo cuando Gabriella regresó nadando y la cogió de la mano para enseñarle a afrontar las olas se sintió más segura. Incluso se zambulló apretándose con los dedos las aletas de la nariz y se atrevió a dar unas brazadas ayudada por su amiga. Al fin, exhaustas, con escalofríos, salieron a la playa.

Gabriella se secó la cara con su blusa y se tendió de bruces en la arena. Nelly se calentó de pie al sol y luego se sentó sobre su falda. Gabriella, con una mejilla apoyada en el antebrazo, reía, diciéndose que sería terrible que llegara una banda de muchachos y las encontrara en ese estado.

—Yo no me movería —dijo Nelly bromeando e inspirada, mirando a su alrededor, añadió—: Esta playa podría llamarse la playa de los complejos vencidos.

Gabriella había enterrado la cara entre sus brazos. Nelly preguntó si podía coger un cigarrillo y mientras lo encendía escuchó que su amiga preguntaba:

—¿Eres virgen?

Nelly, sorprendida, echó la primera bocanada de humo.

—Sí —dijo resueltamente—, ¿y tú?

Gabriella se dio la vuelta y quedó con los senos enarenados al sol, apoyada en los codos.

—Yo también. Pero hace dos años, un enamorado un tipo que ya se casó, me llevó a su departamento. No me mires con esa cara. No pasó nada. Creo que fue por culpa de él. Me dijo que estaba muy nervioso. Desde entonces nunca he estado con nadie, ni con el enamorado que ahora tengo.

Nelly siguió fumando.

—Yo nunca he estado con nadie.

Gabriella reptó sobre la arena y se acercó.

—No es nada del otro mundo. Da un poco de miedo, claro, pero todo depende de si una está, ¿cómo te puedo explicar?, excitada. Otra vez, me acuerdo, en el auto de un enamorado, fue el segundo que tuve, me besó acá —Gabriella tocó el cuello de Nelly—, y yo sentí que perdía la cabeza. No sé cómo me di cuenta, cuando ya tenía la falda sobre las rodillas...

—Tengo un poco de frío —dijo Nelly enterrando en la arena su cigarro. Con su blusa se cubrió los hombros. Gabriella volvió a apoyarse en los codos y quedó sentada, con las piernas flexionadas pero entreabiertas. Nelly notó que los vellos de su pubis parecían haber sido alguna vez afeitados, pues crecían todos a la misma altura, ligeramente dorados, enhiestos.

—Qué raro. Tienes unos senos bien chicos —dijo Gabriella—. Los míos me dan un poco de vergüenza. Me parece que son demasiado grandes.

—Son normales. Los míos son demasiado chicos.

—Pero los tengo duros, menos mal. Si no ya se habrían caído. Toca.

Nelly alargó la mano.

—Sí, igual que los míos.

Gabriella también se los tocó.

—Será porque todavía somos jóvenes. Hay unos ejercicios para mantenerlos siempre levantados. Lo que pasa es que yo soy muy perezosa. ¿Nos bañamos otra vez? Tienes que aprender a nadar.

—No tengo ganas. Si quieres anda tú.

—Yo tampoco tengo ganas.

Mirando hacia las rocas, hacia su automóvil, añadió suspirando:

—Prefiero dormir.

Se echó esta vez de espaldas. Al respirar su busto se elevaba y su vientre se hundía. Con el antebrazo se cubrió los ojos.

Nelly se puso de pie y dio unos pasos, tirando las puntas de su blusa sobre su vientre, mirando la arena, buscando alguna concha. Se alejó un poco, pero al ver que de un agujero surgía un cangrejo se asustó y avanzó corriendo hacia la orilla. Después de mojarse los pies regresó donde Gabriella y comenzó a ponerse su sostén.

—Ven.

Gabriella, tendida siempre de espaldas, alargaba un brazo y decía:

—Agáchate.

Nelly obedeció.

La mano de Gabriella avanzó por su muslo.

—No te muevas. ¡Ya lo tengo!

De inmediato se sentó para triturar algo entre sus uñas.

—Un piojo de mar. ¿No los conoces? Son esos bichitos que hay en la arena. Hay que tener cuidado porque a veces pican.

Nelly miró su vientre y le pareció distinguir una mancha roja cerca de su ombligo. Más abajo su pubis. Y hundida en la arena, apenas visible, el borde de una chapa de bebida gaseosa, tal vez de una Coca-Cola.

—Vamos a vestirnos —dijo.

Mientras terminaba de abrocharse la falda, Gabriella se puso los mocasines, sin limpiarse los pies, después un calzón de encaje negro y finalmente un sostén que le llegaba hasta la cintura. Cogiendo su pantalón, su blusa y su cartera se fue caminando hacia el carro.

Nelly quedó un momento sentada, quitándose la última arenilla de los pies para ponerse sus sandalias. Después de vestirse emprendió el camino. Gabriella ya se había puesto el pantalón elástico y la esperaba al volante, fumando. Había comenzado a soplar viento y el sol caía sobre el mar.

—¿Qué hora es? —preguntó Nelly.

Gabriella se limitó a alargar el brazo para mostrar su reloj. Nelly vio que eran las cinco de la tarde.

—¿No crees que tu papá se dé cuenta que te has llevado el carro?

—No sé.

Nelly se sentó al lado de Gabriella y ésta, después de dar marcha atrás, arrancó tan bruscamente que Nelly estuvo a punto de golpearse la frente con el parabrisas. Gabriella no dijo nada y echando humo por la nariz comenzó a seguir la traza de arena que ascendía hacia las colinas, a esa hora parda. Pasaron el oasis de cañas y al cabo de un rato se encontraron en una encrucijada: dos huellas exactamente iguales partían en dos direcciones diferentes.

—¿Te acuerdas por cuál vinimos? —preguntó Gabriella.

Nelly quedó vacilando.

—Claro, no te acuerdas —añadió Gabriella tomando la de la derecha.

Era una huella blanda que a veces se borraba o se subdividía en multitud de trazas paralelas. El carro avanzaba dificultosamente. Al fin se detuvo. Gabriella puso primera, pero las ruedas en lugar de avanzar comenzaron a girar sobre sí mismas, a medida que el automóvil se iba hundiendo. Fue inútil dar marcha atrás. El auto estaba atascado.

Gabriella botó su cigarrillo y descendió. Nelly la vio contornear el vehículo, agachándose ágilmente para mirar bajo el chasis. Luego regresó al volante y se sentó, dejando la puerta abierta.

—Nos atracamos en la arena.

—¿No quieres que empuje?

—¡Empujar, tú! Se necesitarían una docena de tipos brutos y unos costales para poner bajo las llantas. Tú sabías que el camino era el de la izquierda.

—Yo no sabía. Te juro que no.

Gabriella encendió otra vez el motor e intentó nuevamente avanzar, pero fue en vano. Cada vez el carro se hundía más. Por último cogió su cartera y bajó tirando la portezuela.

—Hay que ir hasta la carretera para ver si alguien nos ayuda.

Comenzaron a caminar por el arenal. La carretera estaba más lejos de lo que suponían. Conforme caía la tarde, las colinas, tan risueñas bajo pleno sol, iban cobrando un aspecto lunar, inquietante.

—Hay un libro estupendo que te puedo recomendar —dijo Nelly de pronto.

—No me interesan los libros —respondió secamente Gabriella.

Al fin divisaron un automóvil pasar a la distancia. Al cuarto de hora estaban en la Panamericana.

Un ómnibus venía. Gabriella extendió el brazo pero el ómnibus, sin desacelerar, pasó tan cerca de ella que tuvo que dar un salto atrás para no ser atropellada.

—Claro, domingo, todas las sirvientas, todos los cholos que vienen de Pucusana.

Siguieron esperando. Pasaron camiones con forraje, varios ómnibus repletos, automóviles con veraneantes. En el primer auto que se detuvo había dos parejas.

—Mi carro está atascado en el arenal. ¿Me pueden ayudar?

Los hombres se consultaron. Ya había empezado a oscurecer.

—¿Está lejos? —preguntó uno de ellos.

La que debía ser su mujer asomó la cabeza por la ventanilla para observar con impertinencia a Gabriella.

—¡Déjalas, estamos apurados! —y el automóvil reemprendió su camino.

—Creo que nadie nos ayuda —dijo Gabriella—. Lo mejor es regresar en el próximo carro que pare y mañana enviar una grúa. Tengo frío. Toca.

Nelly tocó la mano que Gabriella alargaba pero la sintió más bien tibia, extrañamente tibia y sin embargo temblorosa, a tal punto que la abandonó con presteza.

Al fin un colectivo se detuvo. Su asiento posterior estaba vacío.

—¿A Lima?

Gabriella explicó lo que pasaba.

—¿En el arenal? No tengo tiempo —dijo el chofer—. Mejor las llevo a Lima y hablan allá en una estación de servicio.

Gabriella abrió la portezuela y subió al carro seguida de Nelly. Cuando arrancó, Nelly se abandonó contra el respaldar, fatigada, diciendo que no importaba el accidente, que, a pesar de todo, el paseo había sido regio.

—Deberías dormir un rato —la interrumpió Gabriella—. Tú seguramente no tienes la costumbre de tomar sol, pues te has puesto roja como un camarón. Si te vieras en un espejo darías un grito.

Nelly se ovilló, y arrullada por el movimiento del carro se durmió. Sólo abrió los ojos cuando entraban ya a las calles iluminadas de Chorrillos. El carro estaba lleno de olor a tabaco. Gabriella, a su lado, despierta, vigilante, con las mandíbulas apretadas, fumaba sin interrupción, mirando por la ventanilla.

Nelly supo entonces que nunca más volvería a ser invitada.

(París, 1964)

Espumante en el sótano

Aníbal se detuvo un momento ante la fachada del Ministerio de Educación y contempló, conmovido, los veintidós pisos de ese edificio de concreto y vidrio. Los ómnibus que pasaban rugiendo por la avenida Abancay le impidieron hacer la menor invocación nostálgica y, limitándose a emitir un suspiro, penetró rápidamente por la puerta principal.

A pesar de ser las nueve y media de la mañana, el gran hall de la entrada estaba atestado de gente que hacía cola delante de los ascensores. Aníbal cruzó el tumulto, tomó un pasadizo lateral y, en lugar de coger alguna de las escaleras que daban a las luminosas oficinas de los altos, desapareció por una especie de escotilla que comunicaba con el sótano.

—¡Ya llegó el hombre! —exclamó, entrando a una habitación cuadrangular, donde tres empleados se dedicaban a clasificar documentos. Pero ni Rojas ni Pinilla ni Calmet levantaron la cara.

—¿Sabes lo que es el occipucio? —preguntaba Rojas.

—¿Occipucio? Tu madre, por si acaso —respondió Calmet.

—Gentuza —dijo Aníbal—. No saben ni saludar.

Sólo en ese momento sus tres colegas se percataron que Aníbal Hernández llevaba un terno azul cruzado, un paquete en la mano derecha y dos botellas envueltas en papel celofán, apretadas contra el corazón.

—Mira, se nos vuelve a casar el viejo —dijo Pinilla.

—Yo diría que es su santo —agregó Rojas.

—Nada de eso —protestó Aníbal—. Óiganlo bien: hoy, primero de abril, cumplo veinticinco años en el Ministerio.

—¿Veinticinco años? Ya debes ir pensando en jubilarte —dijo Calmet—. Pero la jubilación completa. La del cajón con cuatro cintas.

—Más respeto —dijo Aníbal—. Mi padre me enseñó a entrar en palacio y en choza. Tengo boca para todo, gentuza.

La puerta se abrió en ese momento y por las escaleras descendió un hombre canoso, con anteojos.

—¿Están listas las copias? El secretario del Ministerio las necesita para las diez.

—Buenos días, señor Gómez —dijeron los empleados—. Allí se las hemos dejado al señor Hernández para que las empareje.

Aníbal se acercó al recién llegado, haciéndole una reverencia.

—Señor Gómez, sería para mí un honor que usted se dignase hacerse presente...

—¿Y las copias?

—Justamente, las copias, pero sucede que hoy hace exactamente veinticinco años que...

—Vea, Hernández, hágame antes esas copias y después hablaremos.

Sin decir más, se retiró. Aníbal quedó mirando la puerta mientras sus tres compañeros se echaban a reír.

—¿Es verdad, entonces? —preguntó Calmet.

—Es un trabajo urgente, viejo —intervino Pinilla.

—¿Y cuándo le he corrido yo al trabajo? —se quejó Aníbal—. Si hoy me he retrasado es por ir a comprar las empanadas y el champán. Todo para invitar a los amigos. Y no sigas hablando, que te pongo la pata de chalina.

Empujando una puerta con el pie, penetró en la habitación contigua, minúsculo reducto donde apenas cabía una mesa en la cual dejó sus paquetes, junto a la guillotina para cortar papel. La luz penetraba por una alta ventana que daba a la avenida Abancay. Por ella se veían, durante el día, zapatos, bastas de pantalón, de vez en cuando algún perro que se detenía ante el tragaluz como para espiar el interior y terminaba por levantar una pata para mear con dignidad.

—Siempre lo he dicho —rezongó—. En palacio y en choza. Pero eso sí, el que busca me encuentra.

Quitándose el saco, lo colgó cuidadosamente en un gancho y se puso un mandil negro. En la mesa había ya un alto de copias fotostáticas. Acercándose a la guillotina, empezó su trabajo de verdugo. Al poco rato Pinilla asomó.

—Dame las cincuenta primeras para llevárselas al jefe.

—Yo se las voy a llevar —dijo Aníbal—. Y oye bien lo que te voy a decir: cuando tú y los otros eran niños de teta, yo trabajaba ya en el Ministerio. Pero no en este edificio, era una casa vieja del centro. En esa época...

—Ya sé, ya sé, las copias.

—No sabes. Y si lo sabes, es bueno que te lo repita. En esa época yo era Jefe del Servicio de Almacenamiento.

—¿Han oído? —preguntó Pinilla volviéndose hacia sus dos colegas.

—Sí —contestó Calmet—. Era Jefe del Servicio de Almacenamiento. Pero cambió el gobierno y tuvo que cambiar de piso. De arriba para abajo. Mira, aquí hay cien papeles más para cortar, en el orden en que están.

Aníbal asomó:

—Oye tú, Calmet, hijo de la gran... bretaña. Tú tienes sólo dos años aquí. Estudiaste para abogado, ¿verdad? Para aboasno sería.

Pues te voy a decir algo más: Gómez, nuestro jefe, entró junto conmigo. Claro, ahora ha trepado. Ahora es un señor, ¿no?

—Las copias y menos labia.

Aníbal cogió las copias emparejadas y se dirigió hacia la escalera.

—Y todavía hay otra cosa: el Director de Educación Secundaria, don Paúl Escobedo, ¿lo conocen? Seguramente ni le han visto el peinado. Don Paúl Escobedo vendrá a tomar una copa conmigo. Ahora lo voy a invitar, lo mismo que a Gómez.

—¿Y por qué no al ministro? —preguntó Rojas pero ya Aníbal se lanzaba por las escaleras para llevar las copias a su jefe.

Gómez lo recibió serio:

—Esas copias me urgen, Aníbal. No quise decírtelo delante de tus compañeros pero tengo la impresión que hoy llegaste con bastante retraso.

—Señor Gómez, he traído unas botellitas para festejar mis veinticinco años de servicio. Espero que no me va a desairar. Allá las he dejado en el sótano. ¡Ya tenemos veinticinco años aquí!

—Es verdad —dijo Gómez.

—Irán todos los muchachos del servicio de fotografías, los miembros de la Asociación de Empleados y don Paúl Escobedo.

—¿Escobedo? —preguntó Gómez—. ¿El director?

—Hace diez años trabajamos juntos en la Mesa de Partes. Después él ascendió. Tú estabas en provincia en esa época.

—Está bien, iré. ¿A qué hora?

—A golpe de doce, para no interrumpir el servicio.

En lugar de bajar a su oficina, Aníbal aprovechó que un ascensor se detenía para colarse.

—Al veinteavo, García —dijo al ascensorista y acercándose a su oído agregó—: Vente a la oficina de copias fotostáticas a mediodía. Cumplo veinticinco años de servicio. Habrá champán.

En la puerta del despacho del director Escobedo, un ujier lo detuvo.

—¿Tiene cita?

—¿No me ve con mandil? Es por un asunto de servicio.

Pero salvado este primer escollo, tropezó con una secretaria que se limitó a señalarle la sala de espera atestada.

—Hay once personas antes que usted.

Aníbal vacilaba entre irse o esperar, cuando la puerta del director se abrió y don Paúl Escobedo asomó conversando con un señor, al que acompañó hasta el pasillo.

—Por supuesto, señor diputado —dijo, retornando a su despacho.

Aníbal lo interceptó.

—Paúl, un asuntito.

—Pero bueno, Hernández, ¿qué se te ofrece?

—Fíjate, Paúl, una cosita de nada.

—Espera, ven por acá.

El director lo condujo hasta el pasillo.

—Tú sabes, mis obligaciones...

Aníbal le repitió el discurso que había lanzado ante el señor Gómez.

—¡En los líos en que me metes, caramba!

—No me dejes plantado, Paúl, acuérdate de las viejas épocas.

—Iré, pero eso sí, sólo un minuto. Tenemos una reunión de directores, luego un almuerzo.

Aníbal agradeció y salió disparado hacia su oficina. Allí sus tres colegas lo esperaban coléricos.

—¿Así que en la esquina, tomándote tu cordial? ¿Sabes que han mandado tres veces por las copias?

—Toquen esta mano —dijo Aníbal—. Huélanla, denle una lamidita, zambos. Me la ha apretado el director. ¡Ah, pobres diablos! No saben ustedes con quién trabajan.

Poco antes de mediodía, después de haber emparejado quinientas copias, Aníbal se dio cuenta que no tenía copas. Cambiando su mandil por su saco cruzado, corrió a la calle. En la chingana de la esquina se tomó una leche con coñac y le explicó su problema al patrón.

—Tranquilo, don Aníbal. Un amigo es un amigo. ¿Cuántas necesita?

Con veinticuatro copas en una caja de cartón, volvió a la oficina. Allí encontró al ascensorista y a tres empleados de la Asociación. Sus colegas, después de poner un poco de orden, habían retirado de una mesa todos los implementos de trabajo para que sirviera de buffet.

Aníbal dispuso encima de ella las empanadas, las copas y las botellas de champán, mientras por las escaleras seguían llegando invitados. Pronto la habitación estuvo repleta de gente. Como no había suficientes ceniceros echaban la ceniza al suelo. Aníbal notó que los presentes miraban con insistencia las botellas.

—Hace calor —decía alguien.

Como las alusiones se hacían cada vez más clamorosas, no le quedó más remedio que descorchar su primera botella, sin esperar la llegada de sus superiores.

—Aníbal se ha rajado con su champán —decía Pinilla.

—Ojalá que todos los días cumpla bodas de plata.

Aníbal pasó las empanadas en un portapapeles, pero a mitad de su recorrido las empanadas se acabaron.

—Excusas —dijo—. Uno siempre se queda corto.

Por atrás, alguien murmuró:

—Deben ser de la semana pasada. Ya me reventé el hígado.

Temiendo que su primera botella de champán se terminara, Aníbal sirvió apenas un dedo en cada copa. Éstas no alcanzaban.

—Tomaremos por turnos —dijo Aníbal—. Democráticamente. ¿Nadie tiene miedo al contagio?

—¿Para eso me han hecho venir? —volvió a escucharse al fondo.

Aníbal trató de identificar al bromista, pero sólo vio un cerco de rostros amables que sonreían.

—¿Qué esperamos para hacer el primer brindis? —preguntó Calmet—. Esto se me va a evaporar.

Pero en ese momento el grupo se hendió para dejar paso al señor Gómez. Aníbal se precipitó hacia él para recibirlo y ofrecerle una copa más generosa.

—¿No ha venido el director Escobedo? —le preguntó en voz baja.

—Ya no tarda —dijo Aníbal—. De todos modos haremos el primer brindis.

Después de carraspear varias veces logró imponer un poco de silencio a su alrededor.

—Señores —dijo—. Les agradezco que hayan venido, que se hayan dignado realzar con su presencia este modesto ágape. Levanto esta copa y les digo a todos los presentes: prosperidad y salud.

Los salud que respondieron en coro ahogaron el comentario del bromista:

—¿Y yo con qué brindo? ¿Quieren que me chupe el dedo?

Aníbal se apresuró a llenar las copas vacías que se acumulaban en la mesa y las repartió entre sus invitados. Al hacerlo, notó que éstos se hallaban un poco cohibidos por la presencia del señor Gómez; no se atrevían a entablar una conversación general y preferían hacerlo por parejas, de modo que su reunión corría el riesgo de convertirse en una yuxtaposición de diálogos privados, sin armonía ni comunicación entre sí. Para relajar la atmósfera, empezó a relatar una historia graciosa que le había ocurrido hacía quince años, cuando el señor Gómez y él trabajaban juntos en el servicio de mensajeros. Pero, para asombro suyo, el señor Gómez lo interrumpió:

—Debe ser un error, señor Hernández, en esa época yo era secretario de la biblioteca.

Algunos de los presentes rieron y otros, defraudados por la pobreza del trago, se aprestaron a retirarse con disimulo, cuando por las escaleras apareció el director Paúl Escobedo.

—¡Pero esto parece una asamblea de conspiradores! —exclamó, al encontrarse en el estrecho reducto—. Se diría que están tramando echar abajo al ministro. ¿Qué tal, Aníbal? Vamos durando, viejo. Es increíble que haya pasado, ¿cuánto dijiste?, casi un cuarto de siglo desde que entramos a trabajar. ¿Ustedes saben que el señor Hernández y yo fuimos colegas en la Mesa de Partes?

Aníbal destapó de inmediato su segunda botella, mientras el señor Gómez, rectificando un desfallecimiento de su memoria, decía:

—Ahora que me acuerdo, es cierto lo que decía enantes, Aníbal, cuando estuvimos en el servicio de mensajeros...

Aníbal llenó las copas de sus dos superiores, se sirvió para sí una hasta el borde y abandonó la botella al resto de los presentes.

—¡A servirse, muchachos! Como en su casa.

Los empleados se acercaron rápidamente a la mesa, formando un tumulto, y se repartieron el champán que quedaba entre bromas y disputas. Mientras Aníbal avanzaba hacia sus dos jefes con su copa en la mano se dio cuenta que al fin la reunión cuajaba. El director Escobedo se dirigía familiarmente a sus subalternos, tuteándolos, dándoles palmaditas en la espalda, mientras Gómez pugnaba por entablar con su jefe una conversación elevada.

—Sin duda esto es un poco estrecho —decía—. Yo he elevado ya un memorándum al señor ministro en el que hablo del espacio vital.

—Lo que sucede es que faltó previsión —respondió Escobedo—. Una repartición como la nuestra necesita duplicar su presupuesto. Veremos si este año se puede hacer algo.

—¡Viva el señor director! —exclamó Aníbal, sin poderse contener.

Después de un momento de vacilación, los empleados respondieron en coro:

—¡Viva!

—¡Viva nuestro ministro!

Los vivas se repitieron.

—¡Viva la Asociación de Empleados y su justa lucha por sus mejoras materiales! —gritó alguien a quien, por suerte, le había tocado tres ruedas de champán. Pero su arenga no encontró eco y las pocas respuestas que se articularon quedaron coaguladas en una mueca en la boca de sus gestores.

—¿Me permiten unas breves palabras? —dijo Aníbal, sorbiendo el concho de su champán—. No se trata de un discurso. Yo he sido siempre un mal orador. Sólo unas palabras emocionadas de un hombre humilde.

En el silencio que se hizo, alguien decía en el fondo de la pieza:

—¿Champán? ¡Esto es un infame espumante!

Aníbal no oyó esto, pero sí el director Escobedo, que se apresuró a intervenir.

—Nos agradaría mucho, Aníbal. Pero esto no es una ceremonia oficial. Estamos reunidos aquí entre amigos sólo para beber una copa de champán en tu honor.

—Sólo dos palabras —insistió Aníbal—. Con el permiso de ustedes, quiero decirles algo que llevo aquí en el corazón; quiero decirles que tengo el orgullo, la honra, mejor dicho, el honor imperecedero, de haber trabajado veinticinco años aquí... Mi querida esposa, que en paz descanse, quiero decir la primera, pues mis colegas saben que enviudé y contraje segundas nupcias, mi querida esposa siempre me dijo: Aníbal, lo más seguro es el ministerio. De allí no te muevas. Pase lo que pase. Con terremoto o con revolución. No ganarás mucho, pero al fin de mes tendrás tu paga fija, con que, con que...

—Con que hacer un sancochado —dijo alguien.

—Eso —convino Aníbal—, un sancochado. Yo le hice caso y me quedé, para felicidad mía. Mi trabajo lo he hecho siempre con toda voluntad, con todo cariño. Yo he servido a mi patria desde aquí. Yo no he tenido luces para ser un ingeniero, un ministro, un señorón de negocios, pero en mi oficina he tratado de dejar bien el nombre del país.

—¡Bravo! —gritó Calmet.

—Es cierto que en una época estuve mejor. Fue durante el gobierno de nuestro ilustre presidente José Luis Bustamante, cuando era Jefe del Servicio de Almacenamiento. Pero no me puedo quejar. Perdí mi rango, pero no perdí mi puesto. Además, ¿qué mayor recompensa para mí que contar ahora con la presencia del director don Paúl Escobedo y de nuestro jefe, señor Gómez?

Algunos empleados aplaudieron.

—No es para tanto —intervino el señor Escobedo, y como Aníbal había quedado un momento callado, añadió—: ¡Te agradecemos mucho, Aníbal, tus amables palabras. En mi calidad no sólo de amigo, sino de jefe de un departamento, permíteme felicitarte por tu abnegada labor y agradecerte por el celo con que siempre...

—Perdone, señor director —lo interrumpió Aníbal—. Aún no he terminado. Yo decía, ¿qué mayor orgullo para mí que contar con la presencia de tan notorios caballeros? Pero no quiero tampoco dejar pasar la ocasión de recordar en estos momentos de emoción a tan buenos compañeros aquí presentes, como Aquilino Calmet, Juan Rojas y Eusebio Pinilla, y a tantos otros que cambiaron de trabajo o pasaron a mejor vida. A todos ellos va mi humilde, mi amistosa palabra.

—Fíjate, Aníbal —intervino nuevamente Escobedo mirando su reloj—. Me vas a disculpar...

—Ahora termino —prosiguió Aníbal—. A todos ellos va mi humilde, mi amistosa palabra. Por eso es que, emocionado, levanto mi copa y digo: éste ha sido uno de los más bellos días de mi vida. Aníbal Hernández, un hombre honrado, padre de seis hijos, se lo dice con toda sinceridad. Si tuviera que trabajar veinte años más acá, lo haría con gusto. Si volviera a nacer, también. Si Cristo recibiera en el Paraíso a un pobre pecador como yo y le preguntara, ¿qué quieres hacer?, yo le diría: trabajar en el servicio de copias del Ministerio de Educación. ¡Salud, compañeros!

Aníbal levantó su copa entre los aplausos de los concurrentes. Fatalmente, a nadie le quedaba champán y todos se limitaron a hacer un brindis simbólico.

El director Escobedo se acercó para abrazarlo.

—Muy bien, Aníbal; mis felicitaciones otra vez. Pero ahora me disculpas. Como te dije, tengo una serie de cosas que hacer.

Saludando en bloque al resto de los empleados, se retiró de prisa, seguido de cerca por el señor Gómez. El resto fue desfilando ante Aníbal para estrecharle la mano y despedirse. En pocos segundos el sótano quedó vacío.

Aníbal miró su reloj, comprobó que eran las doce y media y se precipitó a su reducto para pasarse por los zapatos una franela que guardaba en su armario. Su mujer le había dicho que no se demorara, pues le iba a preparar un buen almuerzo. Sería conveniente pasar por una bodega para llevar una botella de vino.

Cuando se lanzaba por las escaleras, se detuvo en seco. En lo alto de ellas estaba el señor Gómez, inmóvil, con las manos en los bolsillos.

—Todo está muy bien, Aníbal, pero esto no puede quedar así. Estarás de acuerdo en que la oficina parece un chiquero. ¿Me haces el favor?

Sacando una mano del bolsillo, hizo un gesto circular, como quien pasa un estropajo, y dando media vuelta desapareció.

Aníbal, nuevamente solo, observó con atención su contorno: el suelo estaba lleno de colillas, de pedazos de empanada, de manchas de champán, de palitos de fósforos quemados, de fragmentos de una copa rota. Nada estaba en su sitio. No era solamente un sótano miserable y oscuro, sino —ahora lo notaba— una especie de celda, un lugar de expiación.

—¡Pero mi mujer me espera con el almuerzo! —se quejó en alta voz, mirando a lo alto de las escaleras. El señor Gómez había desaparecido. Quitándose el saco, se levantó las mangas de la camisa, se puso en cuatro pies y con una hoja de periódico comenzó a recoger la basura, gateando por debajo de las mesas, sudando, diciéndose que si no fuera un caballero les pondría a todos la pata de chalina.

(París, 1967)

—¿Quién es? ¿Quién está allí?

A través del grueso portón se entabló un diálogo de sordos. Bellido trataba de explicarle que era Bellido, pero Tomás no lo escuchaba o lo escuchaba mal, mientras gritaba que ése era un club, que había pasado la medianoche y que si seguía tocando el timbre de esa manera iba a llamar a la policía.

Sixto comprendió entonces que Tomás no estaba molesto, ni siquiera adormilado, sino muerto de miedo. Esperó que se calmara y dijo claramente:

—Soy Sixto Bellido, caramba. ¿No me conoces la voz? Hazme el favor de abrir la puerta. Quiero hablar un momento contigo.

El portón le transmitió un ah asombrado y un poco incrédulo y al poco rato chirrió el picaporte y se abrió un postigo. Sixto se encontró frente a un hombre en calzoncillos que se había echado una toalla sobre los hombros y tenía una linterna en una mano y un garrote en la otra.

—La semana pasada robaron en la fábrica de muebles que está al lado. Tengo que cuidarme, señor Bellido.

—Yo no voy a asaltar el club —se limitó a decir Sixto, avanzando hacia la fachada del edificio.

Tomás cerró la puerta y comenzó a seguirlo, al par que decía que los empleados de la Casa Watson eran unos pesados; ya una vez vino en la madrugada toda una pandilla, vendedores seguramente, para llevarse unas botellas del bar.

—Las pagaron, claro; yo no les iba a dejar que me hicieran perro muerto. Pero, de todos modos, me cortaron el sueño.

Sixto esperó a Tomás en las escalinatas de la entrada.

—Y bien, ésta es una sorpresa, don Sixto. ¿Quiere que le encienda las luces del billar? Ya le he puesto las fundas a las mesas, pero las puedo sacar.

—Vamos primero al bar.

Tomás se adelantó por el hall, mientras iba encendiendo luces y abriendo puertas.

—Esto que nadie lo sepa, señor Bellido. Los reglamentos dicen que después de medianoche nadie pone los pies aquí. Si se enteran en la Casa Watson me echan a la calle. ¿Qué tiene usted allí?

Sixto miró a su vez la bolsa de plástico azul que llevaba debajo del brazo.

—No es nada. Vamos a tomarnos un *capitán.*

Tomás se amarró la toalla al cuello y sacó una botella de cinzano, otra de pisco y un poco de hielo.

—Lo acompaño sólo por tratarse de usted. Yo con el alcohol, nada. Bueno, don Sixto, ¿y qué? ¿Piensa ganar el campeonato de billar? Esta tarde jugó muy bien, hizo una a tres bandas que dejó a todos bizcos. El que sabe, sabe, como dicen.

—Sí, voy a entrenarme un rato. Pero antes sequemos este menjurje.

Tomás cogió su copa mientras echaba una mirada curiosa a la bolsa que Sixto había dejado sobre el mostrador.

—Salud —dijo Sixto, bebiendo su trago de un sorbo—. Creo que puedes guardar las botellas. Juego fino, requiere buen pulso. ¿Me enciendes las luces de los billares?

Tomás alineó las botellas en el anaquel y dijo entretanto que cuando llegara la factura de la electricidad el directorio del club iba a poner el grito en el cielo. Por toda respuesta Sixto le extendió un billete de cincuenta soles. Tomás lo cogió sin chistar, terminó su *capitán* y dando la vuelta al mostrador se dirigió a la sala de billares, desfundó la mesa de campeonato y se aprestó a presenciar el entrenamiento.

Sixto, calmadamente, armó las bolas pegadas a la banda y empezó una serie interminable de carambolas. Cada vez que fallaba, volvía a armar las bolas y proseguía la serie americana.

—Esa manera de jugar me aburre —dijo Tomás—. A mí me gusta más de bola a bola o de lujo. ¿Se va a quedar todavía mucho rato?

—No sé. Hasta que me canse.

—Bueno, creo que mejor me voy a dormir. Mañana es domingo y los empleados vienen temprano al club. Me apaga todas las luces, por favor. Y antes de salir me pasa la voz para cerrar el portón.

Sixto intentó aún otras carambolas, sin mucha convicción, atento más bien a los rumores lejanos del guardián, a sus toses y abluciones, presagio de que pronto estaría acostado. Cuando todo ruido cesó, guardó las bolas y el taco y se dirigió a los vestuarios.

Desvistiéndose, puso cuidadosamente su ropa en un colgador. De su bolsa de plástico sacó una ropa de baño, una bata afelpada y un gorro de jebe y se los puso. Descalzo, se encaminó hacia el jardín.

La luz del bar y de los billares se filtraba por las enormes mamparas y reptando por el césped llegaba apenas al borde de la piscina. Sixto se aproximó cautelosamente a ella y quedó observando el agua oscura, inmóvil, que parecía sólida, una enorme placa de metal pulido. Subiendo al borde de cemento, comenzó a recorrer todo el perímetro de la poza, inquieto, mirando con atención el cuadrilátero sombrío. Al llegar bajo el trampolín se detuvo, levantó el vuelo de su bata, introdujo un pie en el agua y lo agitó con presteza. Bastó este pequeño gesto para que el agua despertara, empezara a respirar en la noche y a emitir ondas cada vez más grandes que rebotaban contra los bordes y hacían gluglú al chocar contra las esquinas.

Retirando el pie, esperó que el agua recobrara su calma. Vio cómo paulatinamente se iba desrizando, aflojaba una a una las clavijas de su música. Prosiguió entonces su paseo, esta vez más rápido, escuchando vagamente a lo lejos un ruido de motores. Era una noche tibia, estrellada y sin viento, que anunciaba un domingo tórrido, playero.

Al llegar al extremo opuesto al trampolín se detuvo. Unas gradas de cemento permitían bajar por allí a la zona de seguridad, donde los sábados se bañaban los hijos de los empleados. Volvió a escrutar el agua y la notó ya completamente lisa, desmemoriada, ausente. Se despojó entonces de su bata y sentándose en el borde introdujo con prudencia los dos pies hasta sentir el primer peldaño. Tocó luego el segundo y luego, con mayor precaución, el fondo de la poza.

El agua le llegaba apenas a la cintura y, nuevamente despierta, le golpeaba con dulzura las caderas. Sixto permaneció inmóvil, sin atreverse a dar un paso, con los brazos abiertos. Imperceptiblemente, sin separar casi las plantas de los pies del fondo, empezó a avanzar por el piso en declive. Cuando el agua le llegó al esternón, se detuvo para mirar a su alrededor.

Sólo vio los altos bordes de la piscina, que le ocultaban el jardín, la terraza, las instalaciones del club. Estaba en el centro mismo de la oscuridad más sombría y el agua había quedado súbitamente callada, emboscada, al punto que escuchó esta vez nítidamente el rodar de los camiones que iban al Callao. Dio entonces media vuelta y retornó hacia los peldaños, a trancos cada vez más enérgicos y torpes, que encrespaban el agua y abrieron detrás suyo un surco de espuma. Cuando el agua le llegó a la cintura, interrumpió su salida y quedó sin respirar, en equilibrio, con los brazos extendidos. La estela se fue reabsorbiendo mientras despachaba pequeñas ondas laterales que viajaban hacia los bordes y retornaban al centro, cada vez más indecisas. El agua quedó al fin quieta, indiferente.

Sixto se inclinó un poco para observarla, interrogándose si era la misma que segundos antes bullía, tronaba lúcida, vigilante en ese recinto cerrado. Bajando una mano, trazó un minúsculo surco en su superficie. Luego la golpeó con la palma, despacio, sacando un poquito de espuma.

—Agua tranquila —murmuró.

Durante un rato se entretuvo en golpearla, riéndose, dialogando con esa agua dócil que respondía a sus llamadas y, amigable, bulliciosa, hacía cabriolas a su alrededor.

—Agua mansita.

Al fin abandonó este juego y en lugar de avanzar hacia la zona donde no había piso tentó una nueva experiencia: flexionó las rodillas y fue hundiéndose hasta que el agua, trepando por sus brazos, por sus hombros, le cosquilleó el mentón. Giró entonces los ojos, comprobando que estaba realmente cercado por el agua. Su cabeza era lo único que sobresalía en ese pozo de tinieblas. De cuclillas caminó lentamente hasta uno de los bordes laterales, lo tocó con la mano y regresó hacia el otro, sintiendo el agua tan cerca de su boca que le hubiera bastado hundirse un poco más para beberla. Al fin se animó a sacar un brazo y luego el otro, imitando los gestos de un nadador y sin quitar los pies del piso recorrió varias veces el ancho de la piscina. El agua, domada, lo secundó en este paseo, cediendo a sus brazadas, impulsándolo de la espalda.

Cansado también de este ejercicio, se detuvo para mirar la parte honda de la piscina. Hizo varias inspiraciones y afrontó resueltamente el declive. Al avanzar, mientras el agua subía por su pecho, volvió a sacar los brazos y cortó con ellos rítmicamente el agua. Sus pies apenas rozaban el fondo, su tórax inflado lo mantenía a flote, se deslizaba con agilidad, ¡nadaba! Al llegar a la mitad de la poza giró con un movimiento de piernas y emprendió el retorno hacia la parte baja hasta sentir el piso.

Reposó un momento y volvió a dirigirse hacia la parte honda, tratando de flotar, pero inspeccionando de cuando en cuando el fondo de la piscina con la punta de un pie. Al llegar a la mitad de la poza, estiró una pierna y notó que no había nada abajo, que todo punto de apoyo había desaparecido y que se encontraba, ahora sí, a solas con su cuerpo y con el agua. Girando sobre sí mismo, empezó a bracear desesperadamente hacia los peldaños, sin preocuparse en saber si avanzaba, tratando sólo de mantener su cabeza a flote. Al dar una brazada demasiado enérgica, su cuerpo se balanceó hacia adelante y en un instante estaba con la cabeza sumergida y los pies en el aire. Agitó rápidamente las piernas, se impulsó con las manos en el fondo de la piscina y logró enderezar el cuerpo, sintiendo que sus pies tocaban el piso. Pero al pretender avanzar hacia los peldaños, esta vez caminando, resbaló hacia atrás y se volvió a hundir en un agua que notó bruscamente encolerizada, espumosa y que jugaba con él, empecinándose en no dejarlo derecho, tirándolo de las piernas, al extremo que Sixto empezó a tragársela, a vomitarla, a gritar «¡Tomás, Tomás!» mientras reflotaba, volvía a hundirse, resurgía para volver a gritar, se tambaleaba y al fin, luchando a cuerpo tendido, tocaba con la mano el peldaño y se aferraba a él.

Quedó sentado en el borde, tiritando, jadeando, mientras el agua oscilaba débilmente, hacía gluglú contra las escaleras y volvía a quedar inmóvil, distraída, como si nada hubiera pasado.

—Eh, ¿qué pasa? ¿Quién anda por allí?

Sixto volteó la cabeza sobresaltado y distinguió al guardián, que exploraba el jardín con la mirada, aferrando con ambas manos su garrote.

—¿Es usted, don Sixto? ¿Pero qué hace usted allí?

Ahora avanzaba por el césped, envolviéndose el cuello en su toalla.

—¡Bañarse a estas horas! Y yo que lo hacía jugando billar. ¿Fue usted el que gritó?

Sixto dijo que sí, que le había dado un calambre cuando nadaba.

—Me había hecho ya veinte *largos,* pero despacio, sin esforzarme, cuando en la parte honda me vino un dolor a la pierna que no podía ni moverme. Menos mal que pude llegar hasta aquí.

—Para bañarse mejor es venir de día. Un calambre es un calambre. Y si uno está solo se puede ahogar. ¿Y cómo así se le ocurrió meterse al agua? Usted es de los que no se bañan.

Sixto se puso de pie y fue a buscar su bata.

—Me ha dado frío. ¿Me puedes traer un pisco grande?

Tomás dejó su garrote en el borde de la piscina y se dirigió al bar. Buscó en el anaquel la botella de pisco moqueguano y llenando una copa de aperitivo la colocó en un azafate y regresó al jardín. El contorno de la piscina estaba desierto. En un rincón distinguió el gorro de jebe del señor Bellido. Mirando la piscina, aguzó la vista; tal vez se había tirado otra vez al agua y estaba nadando *largo* tras *largo,* pero no se veía nada ni se escuchaban las brazadas.

—¡Señor Bellido, señor Bellido!

En el fondo del jardín tampoco había nadie. Al fin divisó una lucecita en lo alto del trampolín. Sixto estaba sentado en la última plataforma, con los pies en el vacío, fumando.

—Se está bien allí, ¿verdad? Pero eso sí, don Sixto, yo no le subo la copa. La dejo aquí, junto a su gorro.

—Espera un minuto, ya bajo.

Tomás lo vio ponerse de pie envuelto en su bata y caminar por el trampolín hasta la escala de hierro. Al poco rato estaba a su lado. El gorro de jebe había asentado su pelo crespo. Parecía que acabara de salir de una peluquería.

—Salud —dijo Sixto, echándose de un golpe su trago en la garganta—. ¿Tú no te has servido? Bueno, ya es hora de vestirse. Estos ejercicios agotan.

Ambos se encaminaron hacia la terraza. Sixto dejó su copa en el mostrador del bar y se dirigió a los vestuarios seguido por Tomás, que bostezaba.

—¿Y siempre es ese paseo a la laguna de Chilca?

—Esta mañana —Sixto entró a una caseta—. Irán todos los empleados de la Sección Ventas. Hemos alquilado dos ómnibus.

—Allí sí se puede nadar bien —añadió Tomás—. De muchacho fui mucho porque su agua es buena para los granitos de la cara. Agua espesa, hace flotar a uno como un corcho. ¿Irá también la rubia?

—¿Qué rubia? —preguntó Sixto desde la caseta.

—La que vino ayer con ustedes, esa empleada nueva. Si estuvo en los billares, viéndolo jugar, aplaudiéndolo. Después fue a nadar a la piscina. ¡Y cómo nadaba!

Sixto abrió la puerta del vestuario y salió anudándose la corbata. Estaba demacrado y miraba escrutadoramente a Tomás.

—Claro que irá.

(París, 1968)

Será, pues, que los ángeles ya no me quieren o que las ánimas me celan porque no hago novenas o será mala suerte de perro o qué será, yo no lo sé, pero mi vida es pena sobre pena y cólera sobre cólera. Yo, la más bonita de Huamanga, la reina que he sido de la primavera, cuando vendía conservas en mi tiendecita, allí en el portal y venían todos los mozos, el hijo del prefecto y hasta el canónigo Salas, todos ellos que venían a decirme piropos, yo la reina, ¿por qué ahora no tengo un día de fiesta y todos me escarnecen y me sacan la lengua? Mi tío el presidente Prado, tengo las cartas, vendrá para vengarme de todos esos malos hombres, les cortará la verga y los colgará de la catedral. Mi tío el presidente me manda cajones con cubiertos, servicios completitos me manda, acá tengo la carta en la cartera, pero los ladrones del correo, el Jojosho y otros más, todos ellos son los ladrones, los verdaderos zorros, que se lo roban todo. Mil millones de dólares me mandó mi tío, de dólares en oro, en tres cofres, y ellos los ladinos, el obispo también dice don Licurgo, todos ellos se lo agarraron. Habráse visto, si allí estaban los cofres con mi nombre, yo vi las letras negras, don Licurgo me leyó mi nombre en letras grandes, todo eso era para mí, la reina del portal, la reina de la primavera. Yo no quiero engañar a nadie, si todos me conocen bien cuando vendía en mi tienda conservas, velas, jabones, todo eso, ron, aceitunas y otras cosas, cuando llegaron para nombrarme reina de la fiesta, con tres mil votos, si todos saben que yo no mentí ni trampeé, porque el Jojosho, que es el mismo diablo, el pishtaco, hijo del infierno, que seis mil años de viejo tiene, se robó los votos, se robó los cofres, todo se lo robó diciendo además que era su mujer. Yo escupo al suelo, vea, escupo sobre su nombre del Jojosho, ese mierda que tiene una verga de doce brazas que se la enrolla en la pierna de larga que es, ese hombre que se acuesta con animales, qué iba a ser yo su mujer. Mujer tendrá entre indias o viejas, capitán será de los maldecidos con cachos y rabo, pero yo la reina con los tres mil votos, jajay que no soy su mujer ni lo fui. Él lo dice para agarrarse mis casas, porque esa casa es mía y ésa donde está la escribanía también y el almacén de Ichicagua también y la casa del rector y todas las casas del jirón 28 de Julio, todas ellas son mías. Pero aquí tengo un palo envuelto en este periódico para matar al Jojosho cuando lo vea, le daré duro como a perro, le abriré la cabeza al pishtaco, pasto lo haré para alimento de gallinas, al ladrón de la verga ése, al diablo de los seis mil años. Y mi tío me dará autoridad para ello, el presidente Prado me mandará un telegrama de felicitación por haber matado al zorro de Huamanga.

Buenos días, mi respetable amigo, un contento para mis ojos verlo, me dará usted su venia para hacerle un poco de conversación, que yo estoy aquí paseando, tomando un poco de sol en este clima tan bueno, bajo el cielo de Huamanga. No me diga nada de la Ucucha, que lo mejor es no hacerle caso a esa mujer, está mal de su idea intelectual. ¿Sabe? Dizque tiene un palo para pegarme, la pobre puta, y dizque yo fui su marido, yo, capitán Fuentes, recibido y con galones. Es una mujer sin cultura, no es de nuestra condición, qué va a tener el roce que yo tuve con el gran mundo cuando fui agregado cultural en Roma. Sí, agregado cultural, por mis merecimientos y cultura. Yo estuve en Roma y estuve también en Estados Unidos, en Turquía, en Brasil, en China y en Sevilla. Claro que me he olvidado de los idiomas, hace tanto de eso. Pero francés todavía me acuerdo. Zapato se dice, por ejemplo, zapaté, catedral se dice catedré y perro se dice, se dice perro, igual que en español, usted sabe que todas las lenguas se parecen, se cambian sólo algunas letras y acentos, todo es muy fácil, ya verá usted cuando viaje por el gran mundo... Así como le decía, la Ucucha ladrona está mal de su idea intelectual y dizque durmió conmigo. Yo no puedo alternar con gente de esa condición, yo capitán Fuentes, que tengo mi solar y mi renta para pasar buena vida. Usted ha visto, en el cuello siempre corbata y si uso este bastón de palo de escoba es porque la Ucucha seguramente se robó el con mango de plata. Pero el bastón no hace al hombre ni el hábito hace al monje ni nadie es profeta en su tierra. Es verdad que mis rentas no andan muy bien y que tengo que hacer sacrificios, pero se vive bien en este pozo de lágrimas y lo vivido nadie me lo quita. Seguiré caminando un poco hasta mediodía para abrir el apetito, que a mi edad se pierde la hambre, daré cuatro vueltas a la plaza de Armas, le haré mis saludos al rector y a los doctores de la universidad. Uno de estos días iré por allí para dictar una conferencia, el tema no interesa, puedo dictarla sobre cualquier cosa, salvo que ustedes prefieran algo especial. Podría ocuparme, por ejemplo, de la historia de la humanidad sicológica o de cualquier otra cosa parecida. Yo ya estoy acostumbrado a dictar conferencias, que muy buenas y aplaudidas las di cuando fui candidato a la diputación, cuando reuní todos los votos de Huamanga y los pueblos colindantes y me los robaron los bandidos del gobierno. Todos conocen la historia, para qué repetirla, todo el mundo sabe que paseé a caballo y que me tiraron flores desde los balcones. Y ahora usted, con disimulo, aquí detrás del soportal, no vaya a ser que la gente se entere, usted sabe que mi solar no anda muy bien, será la última vez que le pido, présteme una libra, por favor.

Acá está doctor fíjese yo no lo había engañado acá está el plano de la batalla de Ayacucho yo mismo lo he dibujado hip me he quemado las pestañas para que usted lo vea con sus colores y todo a escala lo he hecho para demostrarle que es verdad que en todo el Perú no hay nadie que conozca mejor que yo la batalla de Ayacucho hip a pie he hecho mil veces con sol y con lluvia he caminado por la pampa y tengo mis documentos hip bien guardados y clasificados y ahora que venga el embajador de Inglaterra yo quiero ir con él hip para mostrarle por donde bajaron los realistas y donde estaban hip las tropas del general Córdoba con sus caballos hip debe emplear toda su vara para que vaya en la comitiva del embajador y hable como hablé el año pasado hip dos horas y cuarenta y cinco minutos enseñando en la pampa cómo fue la batalla que nos hizo libres a todos los peruanos hip *El Comercio* me publicó a tres columnas hip lo que yo dije esa vez refutando a todos los historiadores peruanos hip y venezolanos yo no soy como la Ucucha y el Jojosho gente sin crédito insanos que son por la maldad del pueblo hip yo presto mis servicios útiles al claustro con mis estudios de mineralogía que aquí tengo en el bolsillo las últimas piedras que he encontrado el sábado hip que hice como doce leguas a pie por los cerros y quebradas buscando hip uranio y los minerales que están por allí tirados hip para que los analicen en los laboratorios doce leguas a pie no es nada para mí yo he caminado tres días una vez por campo raso para ver a mi mujer y pasar la noche con ella porque usted sabe que yo me voy a casar con una maestrita linda hip mi madre que está en el Cuzco ya lo sabe y vendrá para el casamiento dice que está bien que me case yo hip que pertenezco al claustro y que además haré un periódico mural hip un invento mío para que todos se enteren lo que pasa aquí que los forasteros nada ven la carretera por ejemplo esa que se inauguró y que hip no existía y otras cosas que yo sólo sé es verdad que a veces me mareo y no voy a la oficina pero hip lo hago cuando leo las cartas de mi mamacita como ésta que tengo aquí en el bolsillo que me dice hip fíjese doctor querido hijo de mis tormentos que hace seis años partiste del Cuzco hip tú que vas a publicar un libro yo hip estoy orgullosa de ti tu diploma es la recompensa de mi vida me dice hip rezo por ti Licurgo a la virgencita milagrosa pero ahora le contaré que iré con el embajador de Inglaterra a la pampa y que dije señores hip en este grandioso escenario se produjo la tremolante hip apoteosis hip de nuestra independencia cuando las seculares huestes del prócer ínclito derrocaron el maléfico estandarte de la tiranía hip metropolitana etcétera usted que me conoce imagina cómo seguirá hip la oración que será de la buena oratoria como mi canto jubilar al obispo fundador de la universidad que anda por allí hip impreso por lo tanto ahora que usted me promete su apoyo debemos ir un rato al Baccará para tomarnos un trago sólo uno que tengo que barrer las aulas y pasar en limpio mi bibliografía sobre la batalla hip de Ayacucho.

(Lima, 1960)

Los jacarandás

La casa estaba allí, intacta, con su alta cerca de adobe que daba sobre la avenida de los Jacarandás. Había venido a pie desde la plaza de Armas, con su maletín de viajero en la mano, recordando lo que leyera una vez de las ciudades perfectas, las que se pueden pasear de un extremo a otro en un cuarto de hora. Todo estaba igual: los guayabos de la huerta, los tres eucaliptos y hasta las habitaciones, en las que halló el mismo viejo desorden. Por ellas anduvo hasta el anochecer, rodeado de voces silenciosas y hasta de la música silenciosa que salía de la radiola, donde el disco continuaba inmóvil, con la aguja detenida en el último surco.

—He hecho bien en venir —dijo Olga—. La casa queda tan cerca de la oficina. Así, cuando me sienta sola, salgo y te voy a hacer una visita.

Lorenzo observó la cama, cubierta con una manta indígena de dibujos geométricos y le pareció ver una mano crispada sobre la tela polícroma. Entonces cogió la guía turística que estaba en la mesa de noche y salió a la avenida de los Jacarandás.

No tomó hacia el Arco de los Españoles, donde la ciudad terminaba al borde del río y los potreros, sino que se encaminó hacia el centro. La calle 28 de Julio estaba desierta a esa hora. Los lugareños cenaban en sus casas y los forasteros, incapaces de habituarse a tantos campanarios y a tan pocos esparcimientos, bebían en los bares o veían en el único cine una película de vaqueros. Lorenzo pasó frente al solar del rector, la más bella casa de la ciudad, con su pórtico de piedra gris y su portón colonial. Más lejos se detuvo frente a la iglesia de Santa Ana y quedó observando su fachada.

—Mira ese elefante —dijo Olga—. Allí al lado de los apóstoles. ¿Qué cosa querrá decir?

Nadie pudo nunca explicarles por qué el picapedrero anónimo que labró ese frontis depositó ese animal al lado de las figuras sagradas.

Ya estaba en la plaza de Armas. Una sola persona se paseaba a esa hora: el rector. Daba sus diez vueltas nocturnas al cuadrilátero adornado con palmeras serranas, fumando su pipa. Lorenzo se le acercó.

—Me alegro que haya regresado, doctor Manrique, pero siento que no sea para quedarse. Los alumnos estaban tan contentos con usted. ¿Y cómo van sus asuntos?

—Mañana me ocuparé de ellos. Si no hay problemas, parto el sábado en el próximo avión.

—Esta tarde fue a verme miss Evans —prosiguió el rector—. Espero que se acostumbre. Sería conveniente que converse un poco con ella, antes de dejarle el puesto.

—Viajamos en el mismo avión, esta mañana, pero no hablé casi con ella. Prometí darle mi guía de la ciudad.

Miss Evans había gritado esa mañana cuando el bimotor, después de sobrevolar durante un cuarto de hora el techo de nubes, picó súbitamente por un claro buscando el aeropuerto.

—No se asuste —dijo Lorenzo—. Estos pilotos son muy seguros. Cuando saben que no se puede aterrizar regresan a Lima.

Pero miss Evans ya sólo se preocupaba de admirar los tejados de la ciudad y sus treinta y siete iglesias que el avión, inclinado sobre un ala, mostraba a vuelo de pájaro.

—¿Qué quiere decir Ayacucho? —preguntó.

—El Rincón de los Muertos.

El rector había concluido su décima vuelta.

—Pase mañana por casa, en la noche —dijo—. Véngase a comer.

Lorenzo se despidió para dirigirse al hotel de turistas, aún inconcluso, pero habitado a medida que sus habitaciones iban siendo terminadas. Miss Evans estaba justamente en la puerta, conversando con el guardián.

—Para comer, el Baccará, señorita. La segunda calle a la derecha.

Estaba en pantalones y se había echado a los hombros un ponchito ridículo, inauténtico, fabricado en serie en la capital.

—Aquí le traigo la guía —dijo Lorenzo—. Es apenas un folleto, pero le puede ser útil.

La acompañó un trecho por la plaza de Armas.

—Qué diferencia con la costa —dijo miss Evans—. Aquí sí que se respira aire seco. ¿Y ha visto el cielo? Nunca he visto tantas estrellas juntas.

El vestíbulo del cine se iluminó y al son de una ruidosa guaracha emergió una población hablantina que fue inundando la plaza.

—¿Usted no viene a comer?

—No. Fíjese, allí queda el restaurante.

Cuando retornaba a su casa por el portal de la prefectura surgió Ichikawa del zaguán de su bazar.

—Arreglado, profesor. Hablé por radio con la compañía. No hay problemas. Puede viajar en el avión del sábado.

Lorenzo evitó la calle 28 de Julio, por donde el rector volvía a su solar y tomó cuesta arriba una calle paralela. No había pavimento ni otra luz que la del cielo. En una de esas casas viejas, descuidadas, que tenían cuatrocientos años y se venían casi abajo, vivió el rebelde Francisco de Carbajal, decapitado por orden del Pacificador La Gasca.

—Me parece que he retrocedido varios siglos —dijo Olga—. Nada ha cambiado aquí. Me siento feliz, Lorenzo. Pero estos paseos cansan.

Lo que tenía que hacer lo había apuntado en una libretita. Su cabeza se había vuelto volandera y todo lo olvidaba. Temprano fue a ver a la propietaria de la casa.

—Creí que ya no regresaba de Lima, profesor Manrique. ¡Y tanta gente pidiéndome que les alquilara la casa! Ya no viene el profesor Manrique, me decían.

Lorenzo le pagó los dos meses corridos durante su ausencia y prometió entregarle las llaves el sábado, antes de su partida.

—¿Sabe usted? Al doctor Alipio lo han criticado mucho. ¡Lo que dice de él la gente! Mucha labia, pero de ciencia nada.

Lorenzo vaciló, sin saber por dónde proseguir y por último fue a ver al alcalde. Encontró sólo a su secretario, jugando naipes con un amigo. En la mesa del despacho había una ronera y una sartén con chicharrones.

—Ah, de eso no entiendo nada, profesor. El alcalde debe saber, pero viene poco por aquí. Búsquelo en su casa o en la cofradía de Santa Ana. O hable mejor con el juez.

Lorenzo había olvidado las costumbres de la ciudad. Se vivía de acuerdo a un orden viejo, enigmático, plagado de hábitos aberrantes. El médico recogía a los viajeros del aeropuerto en su camioneta, el alcalde tocaba tambor en las procesiones, el diácono curaba orzuelos y uñeros, el obispo salía los domingos con un caballete para pintar paisajes campestres, el tendero Ichikawa era radiotelegrafista y agente de la compañía de aviación, el doctor Flores, profesor de Zootecnia, cantaba boleros en la emisora local y el rector de la universidad había sido antes capitán de un barco mercante.

—¡Viva el Perú!

Del bar del hotel Sucre, en la sombra de los portales, emergió un sujeto escuálido, con sombrero, llevado en hombros por dos mestizos. Lorenzo se dejó caer en una de las bancas de la plaza de Armas, viendo al juez Logroño saludar a los transeúntes mientras viajaba hacia su oficina cargado por sus secretarios. Luego miró las torres de la catedral y lo que vio fue un gallo asomado a la ventana de uno de los campanarios, que extendió las alas y lanzó un estridente quiquiriquí.

—En esa torre vive alguien —dijo Olga—. He visto a veces que ponen ropa a secar.

Lorenzo se puso de pie de inmediato y siguió las trazas del juez que, al llegar ante su despacho, descendía de los hombros de sus ayudantes, se abotonaba el saco, se quitaba el sombrero y hacía esfuerzos para cruzar con dignidad el dintel del juzgado.

Al entrar a su bufete lo encontró reponiéndose delante de una taza de café.

—Sobre eso aquí no hay precedentes ni jurisprudencia —dijo—. Vea más bien al alcalde o al escribano Manzanares. Tienen que darle una partida, además.

Cuando retornó a la plaza de Armas para ir a la escribanía salían de la universidad alumnos y profesores a beber algo en los portales durante la recreación que separaba dos cursos. Lorenzo los evitó tomando una calle angosta que bajaba hacia el barrio de los curtidores. Los zaguanes de las antiguas mansiones coloniales estaban ocupados ahora por pequeños artesanos que se obstinaban en perpetuar, sin mucha ilusión, oficios barrocos, cuyos temas principales eran la iglesia, el retablo y el toro. Lorenzo distinguió una mujer que venía del barrio bajo, ondulando bajo el resplandor solar. Durante un rato su visión se ofuscó, hasta que reconoció a miss Evans, que avanzaba hacia él, con una máquina de fotos colgada del hombro. Sonriendo le dio el encuentro.

—¿Ya vio a sus alumnos?

—Esta tarde doy mi primera clase, doctor Manrique. El rector me va a presentar. ¡Qué miseria hay allá abajo! ¡Cómo apestan esas casas!

Caminaron juntos de regreso a la plaza de Armas.

—En el hotel de turistas no hay agua caliente. Anoche tuve que ducharme en agua helada. Y no sirven nada, tuve que tomar desayuno en la calle.

—A pesar de eso, terminará por gustarle la ciudad —dijo Lorenzo.

—¿Por qué dejó el puesto, entonces?

—Por asuntos personales. Pero es una ciudad en la cual, con un poco de esfuerzo, miss Evans, se puede realmente ser feliz.

Dejó a miss Evans en el centro de la plaza con ánimo de seguir interrogándolo y se dirigió a la escribanía. El actuario Manzanares le dijo que necesitaba dos testigos, una partida del registro civil y una autorización del juez. Lorenzo fue a almorzar al barrio alto, a una posada donde sólo comían arrieros y cargadores. En el camino vio un viejo que llevaba en los hombros una vaquilla desollada y más allá dos niños indígenas descalzos que pateaban, jugando al fútbol, una enorme mariposa azul.

—Acércate —dijo Olga—. Pon el oído aquí, en mi vientre. ¿No sientes nada? Un poco más abajo. Escucha bien. Se mueve.

Había olvidado también que era la ciudad de los clérigos. En sus correrías de la tarde se cruzó con el canónigo Salas que se escarbaba la oreja peluda con un palo de fósforo, con monseñor Lituma que regresaba de su chacra con un manojo de cebollas en la mano, con los padres Huari, Lezcano y Torrejón, con doce seminaristas que venían de jugar un partido de fútbol en el colegio Fiscal. Cuando anochecía sólo le faltaba conseguir a los testigos y ubicar al doctor Alipio, que había partido de mañana al campo para practicar una operación urgente.

Lo encontró en su consultorio, justo cuando en los bocales de su sala de espera (esos bocales que el primer día le parecieron peceras con especies raras) colocaba en formol el tumor que había extraído esa mañana.

—Ocho kilos —dijo—. La donante se llama Petronila Cañas y tiene cuarenta y dos años. Dentro de una semana estará otra vez de pie y fanegando.

—Disculpe que lo moleste, pero usted es el único que tiene aquí una camioneta. Yo quería...

—A sus órdenes, profesor. Para usted, lo que quiera. Mañana a las seis paso por la avenida de los Jacarandás.

El portón del rectorado estaba entreabierto. Un camino de grandes lajas irregulares partía en dos la huerta penumbrosa y conducía directamente desde el zaguán hasta las escalinatas de la mansión. Lorenzo eludió las oficinas, ya cerradas, y se detuvo frente a la mampara del hall, igualmente entreabierta. Sonó el timbre para anunciarse y entró. El rector estaba de pie al lado de su barcito portátil, con una chaqueta jaspeada y un pañuelo de seda al cuello.

—¿Un whisky o un pisco?

Lorenzo se sirvió un whisky.

—La universidad es como un barco encallado entre cerros turbulentos y resecos —dijo el rector—. Y la misma ciudad es como una nave encallada en un arrecife pelado, réprobo. Será difícil sacar todo esto a flote, doctor Manrique.

Lorenzo dejó discurrir un rato al rector, mientras observaba la comodidad de esa vieja casa, sus muros invulnerables y esa forma casi musical como se distribuía el espacio, a partir de la amplia sala, en series simétricas de habitaciones, que terminaban por unirse después de contornear el claustro interior.

—Los terratenientes están contra mí —decía el rector—. La universidad los espanta. Ven convertidos en alumnos a quienes estaban acostumbrados a tener como sirvientes. Para ellos la universidad es la subversión. Y si aciertan, tanto mejor.

El timbre lo interrumpió cuando empezaba a despotricar contra monseñor Lituma por un asunto de pared medianera entre la catedral y la universidad.

—Tengo otros invitados —dijo avanzando hacia la puerta.

Miss Evans apareció con un geranio en la mano.

—Disculpe, doctor, pero me pareció tan grande, tan limpio. Lo arranqué en el jardín de la entrada. En Lima están llenos de polvo.

—Dicen que los plantó el marqués de la Feria, hace trescientos años —dijo el rector—. Lo mismo que los jacarandás de la avenida, ¿no los ha visto? Pero claro que es mentira. Lo único que hizo el marqués fue construir esta casa.

—¿Qué tal su clase? —preguntó Lorenzo.

Miss Evans se quitó el abrigo, se sirvió el whisky que le ofreció el rector y se sentó en el suelo sobre un cojín, al lado de la estufa.

—Habrá que trabajar mucho. El nivel de los alumnos es un poco bajo.

Volvió a sonar el timbre y aparecieron dos mozos extremadamente fornidos, que desde el umbral hicieron con los brazos amplios saludos. La visión de miss Evans, que había extendido las piernas y levantado un poco su falda para calentarse en la chimenea, los transformó de inmediato en dos imperiosos gallitos. García, con la cintura muy quebrada, daba pasos elásticos por el hall, mientras Sepúlveda blandía con firmeza su vaso en la mano, como una antorcha olímpica y, a falta de qué decir, miraba con énfasis a sus interlocutores, sacando el mentón.

Lorenzo se hundió en el fondo de su sillón y quedó silencioso, observando consumirse los leños. Un mayordomo indígena, con saco y guantes blancos, apareció con un azafate y sirvió bocaditos. El rector distribuía whisky mientras García, renunciando a sus desplazamientos, encalló en el suelo al lado de miss Evans.

—Ayacucho es una ciudad campeona, señorita. Buen clima, procesiones, todo barato. Y bailes también, para quienes conocen. Yo y mi compañero somos profesores de gimnasia en la universidad. Sólo hay que llevar algo de beber y se arma la fiesta hasta la madrugada.

El mayordomo hizo un signo y el rector abandonó su vaso sobre el bar.

—Podemos pasar a comer.

La mesa estaba puesta en una de las arcadas del claustro. El rector tenía la costumbre de servir un vino francés que había descubierto en el bazar de Ichikawa. García, impregnado de furia gálica, invitaba en ese momento a miss Evans a visitar el gimnasio, mientras Sepúlveda le enseñaba al rector la forma de respirar después de un ejercicio violento a fin de evitar las palpitaciones. Lorenzo vio caer ante sí una pantalla de tristeza, de invencible aburrimiento.

—¿Es cierto que regresa el sábado a Lima?

Miss Evans, desde el otro extremo de la mesa, lo interrogaba.

Lorenzo distinguió su rostro, se le borró, volvió a verlo, esta vez claramente, y al fin pudo decir:

—Pasado mañana. He venido sólo...

Se interrumpió. El rector carraspeó.

—... para una diligencia.

En el resto de la comida apenas habló, limitándose a escuchar distraídamente al rector contarle a miss Evans la historia de esa universidad, la biografía de sus principales dignatarios, los avatares de sus clausuras y aperturas en los últimos tres siglos, en tanto que Sepúlveda y García perdían la voz en los meandros de una discusión banal sobre acrobacia.

—Tomaremos el café en la sala —dijo el rector.

Lorenzo se abandonó de nuevo en su sillón y encendió un cigarrillo. El rector, después del café, sirvió un pisco bendito, fabricado por los redentoristas de Huanta y colocó en la radiola un disco de música ayacuchana. Sepúlveda se acercó al ex marino para contarle la película que había visto el día anterior, *Drácula contra el hombre araña,* mientras García, sacando un pañuelo blanco, ofrecía mostrarle a miss Evans algunos pasos de huayno.

—Me disculpan —dijo Lorenzo poniéndose de pie—. Tengo mañana un día muy agitado. ¿Estarán ustedes en el gimnasio en la mañana? Pasaré por allí. Tengo que pedirles un favor.

—Mande usted —respondió Sepúlveda.

Despertó tarde, de una noche plena de ensueños. En su memoria sólo indicios, una abadía gótica, un bosque rojizo, otoñal, una serpiente. Desayunó en el bar de los portales y se dirigió al gimnasio. Sepúlveda, en pantalón de franela blanco, se entretenía en las barras paralelas, mientras García, en malla negra, delante de sus alumnos, daba saltos mortales sobre una colchoneta elástica.

Lorenzo los llevó a un rincón.

—Necesito que me sirvan de testigos esta tarde.

—Encantado, profesor. ¿Matrimonio?

García intervino de inmediato.

—No le haga caso, profesor. Lo que pasa es que Sepúlveda se ha templado de la inglesita. Ya no sabe ni lo que dice. Quedamos firmes, entonces. Venga a buscarnos a las seis.

Cuando Lorenzo se retiraba, García le pasó la voz.

—Anoche la acompañamos hasta su hotel. Nos contó que de chica había hecho ballet.

En la plaza de Armas quedó parpadeando, cegado por el sol matinal. Vio al canónigo Salas salir de la catedral llevando cogida de la cintura una imagen de la Inmaculada, a los padres Huari, Lezcano y Torrejón que abandonaban el restaurante Baccará con las manos cruzadas sobre el vientre. Un grupo de indígenas surgió a paso ligero del barrio bajo llevando hacia el mercado enormes bloques de sal amarrados a la espalda.

—Mira mis pies —dijo Olga—. Están hinchados. Yo no quisiera que me atendieran aquí. En esta ciudad, donde ni siquiera se conoce la rueda, ¿cómo puede haber un buen médico? Dos meses antes, me llevas a Lima.

Lo despertó de su siesta el claxon de un automóvil. Atravesó la huerta, habitado aún por las imágenes de los indios cargadores, de la lluvia que estalló esa tarde, de la botella de vino que se bebió antes de adormilarse y al abrir el portón vio, nítidamente, al doctor Alipio sentado al volante de su camioneta Chevrolet.

—Mire los jacarandás —dijo—. El chaparrón los ha rejuvenecido. De aquí a una semana, flores. Son las seis en punto, profesor. Palabra cumplida.

Lorenzo entró nuevamente a casa. Se lavó la cara con agua fría, se peinó con esmero y poniéndose corbata y saco volvió a salir.

—Tenemos que pasar por el gimnasio. Me esperan Sepúlveda y García.

—¿Testigos?

—De los fornidos.

La camioneta se dirigió a la plaza de Armas, recogió a los acróbatas y tomó el camino del cementerio. En la puerta los esperaba el escribano Manzanares.

Los cinco empezaron a caminar entre las tumbas guiados por el panteonero. Un sol tardío, en el cielo ya despejado, alumbraba en el oriente la Pampa de Ayacucho.

—El rector quiere hacer un monumento a la batalla —dijo Alipio.

—Aquí está —dijo el panteonero.

Era un cuartel donde los muertos eran metidos en nichos superpuestos. Con un cincel el panteonero picó el borde de la lápida de cemento y la extrajo de un tirón, dejando ver el extremo de un ataúd.

—Nuestro turno —dijo Sepúlveda cogiendo el féretro de su asa de hierro.

—¿Me permiten? —dijo el escribano—. Unas firmas por aquí.

Después de firmar el acta de exhumación, Sepúlveda tiró de la argolla y ayudado por García extrajeron el cajón. Alipio y Lorenzo metieron el hombro y entre los cuatro cargaron el ataúd hasta la verja y lo introdujeron en la camioneta.

—Triste cosa —dijo García—. ¡Cuando uno piensa! Con lo que le gustaban los chicharrones a la señora Olga.

—¿Donde Ichikawa? —preguntó el doctor Alipio.

—No, a casa —dijo Lorenzo—. Me dijo que mañana pasaría el camión para llevarnos al aeropuerto.

Anochecía en la avenida de los Jacarandás. Dejaron el ataúd en el centro de la sala en penumbra. Lorenzo, silencioso, rodeado de sombras que tosían, carraspeaban, trataba en vano de acordarse dónde estaba el conmutador de la luz.

—Lo dejamos —dijo al fin García—. Tendrá usted que hacer todavía antes de su partida. Ha sido un placer.

—Me siento mal —dijo Olga—. Tengo aquí una opresión en el pecho. No puedo respirar bien. Pon otra vez ese disco de Vivaldi, por favor.

Entrada la noche salió nuevamente a la calle. Recorrió toda la avenida de los Jacarandás hasta el Arco de los Españoles, cruzó los potreros, llegó al borde del río, retornó por el convento de las Clarisas y a pesar de que se desató una ventolera prosiguió su caminata por los barrios altos, sus callejas enlodadas por el chubasco de la tarde. Al descender hacia la plaza de Armas vio al rector que parecía retornar a su solar sin haber dado sus diez vueltas, ahuyentado por el viento. El cine anunciaba la reposición de *Drácula contra el hombre araña* y absorbía una procesión de tenaces, encorvados insomnes. Le faltaba sólo ver la espadaña de Santo Domingo y para llegar a ella pasó ante el hotel de turistas. Después de observarla, de perfil y de frente, regresó por el hotel y al llegar a la esquina se detuvo esperando que amainara ese viento carnicero, que descendía cada vez con menor ímpetu de los barrios altos. En la torre de la catedral, en la ventana enigmática, flameó y quedó rígido, cubista, un calzoncillo.

Volteando, distinguió a miss Evans que salía del hotel y avanzaba hacia él erguida, elástica, abotonándose el cuello de su impermeable.

—Me voy a un cambio de aros. Sus amigos atletas me invitaron anoche. ¿Cómo será eso? Es donde un señor Bendezú.

Lorenzo entrecerró los ojos un momento como si buscara, dentro de él, algo perdido y volvió a abrirlos.

—Eso queda por el Correo —dijo—. La acompaño un trecho. Así me despediré un poco más de Ayacucho. Mañana regreso a Lima.

—¿Por qué le gusta tanto Ayacucho? Es una ciudad sin campiña. Dicen que para ver árboles hay que ir hasta Huanta. Mañana haré un paseo por allí.

—Me parece que ya se lo dije una vez. Porque aquí, con un poco de esfuerzo, se puede ser feliz.

—¿Y qué ha venido a hacer esta vez? El rector me dijo que debería quedarse, que podría desdoblar el curso de inglés. Usted enseñaría a un grupo y yo a otro.

—¡Cuidado!

Miss Evans dio un ágil salto para evitar un charco de agua.

—Se nota que ha hecho usted ballet.

—¿Quién se lo dijo?

—Sus amigos. Pero yo ya lo sabía. Lo sabía desde hace muchísimo tiempo.

Estaban ya frente a la casa de los Bendezú. A través del portón que se abría en un alto muro de adobe llegaba el ritmo de un cha-cha-chá. Miss Evans estaba callada, escrutándolo en la oscuridad, apretando en las manos su carterita de charol.

—¿No entra?

—No.

Fue despertado nuevamente, pero no por el claxon de un automóvil, sino por unos puños que aporreaban con regularidad y firmeza la mampara de la sala, en esa mañana de sábado. Lorenzo vio a través de los cristales la figura de Ichikawa, que después de haber empujado la verja y atravesado la huerta, llegaba ruidosamente hasta el borde de su sueño.

—Suspendido el vuelo, profesor. Hablé por radio con Lima. Allá está nublado y no pueden despegar. Aquí tampoco está claro. Ya no viene el avión hasta el lunes.

Lorenzo, amarrándose el cordón de la bata, miraba aturdido a su alrededor. Vio el ataúd.

—Disculpe que lo haya despertado, pero vine temprano para advertirle.

Como Lorenzo no decía nada, Ichikawa miró también el ataúd y se sacó el sombrero.

—Quiero reiterarle mi pésame, doctor. Son cosas que pasan en la vida.

Lorenzo se dirigió hacia la mampara y la abrió.

—Espero que el lunes sea en serio. Yo ya no tengo nada que hacer aquí.

—Comprendo, doctor.

Antes de retirarse, Ichikawa vaciló un momento.

—¿Es cierto lo que dicen del doctor Alipio? Dicen que no quiso venir, que estaba en una comida.

—Es mentira —respondió Lorenzo cerrando la mampara.

El féretro seguía en medio de la habitación. Lo empujó contra la pared y se alejó unos pasos para observarlo. Regresó a él y lo cubrió con los tres ponchos que había comprado por una miseria a los campesinos que se aventuraban por los portales. Por la ventana contempló su huerta y le pareció ver asomar entre los guayabos, tras la cerca, anunciadora, lozana, la copa de un jacarandá.

Se preparó entonces un café a la carrera, se afeitó y se encaminó rápidamente hacia la plaza de Armas. El ómnibus que hacía el servicio a Huanta estaba a punto de partir. Detrás del padre Torrejón y de tres sacerdotes redentoristas, la distinguió.

—¿Y qué? Ya lo hacía a usted volando hacia Lima.

—Contratiempos de última hora, miss Evans. Parto el lunes. Quiero ver de cerca la campiña.

El ómnibus dejó en cinco minutos la ciudad y se internó por ese paisaje que el rector había definido, para siempre, como de cerros turbulentos y resecos. De los peñascales descendían ejércitos de plantas espinosas, cactus, tunares, maguey, hasta el borde de la carretera.

—Ayer en la fiesta me enteré de una cosa.

—¿Estuvo bien el cambio de aros?

—Me salí temprano. Llegó un momento en que todos estaban borrachos. Yo no sabía que era usted viudo.

—¿Y qué más le contaron sus amigos?

—Que su mujer está enterrada aquí.

Lorenzo quedó callado, mirando por la ventana. Seguían descendiendo hacia el valle de Huanta.

—Es un tema que prefiero no tratar —dijo cuando aparecieron los primeros naranjales.

El ómnibus se detuvo en un caserío para recoger a un grupo de indígenas.

—Bajemos aquí —dijo Lorenzo—. En Huanta no hay prácticamente nada que ver.

En un instante estuvieron en la calle de tierra viendo el ómnibus alejarse hundiendo sus llantas en un surco de lodo. Atravesando una zona de maleza y árboles enanos llegaron al río, en cuyo lecho corrían aguas cargadas y sucias. Las observaron un momento sin decir nada.

—En realidad, la campiña me aburre —dijo Lorenzo—. Soy un hombre de ciudad. ¿Regresamos?

De nuevo en la carretera esperaron en vano un ómnibus, un camión que los llevara de vuelta a Ayacucho. Miss Evans aludió a unos sándwiches que había olvidado en el hotel y Lorenzo propuso entonces entrar a uno de los tambos camineros. Les prometieron bistec con huevos fritos y para comenzar les pusieron por delante dos enormes botellas de cerveza. Estaba tibia. Miss Evans, al llevarse la mano al mechón de la frente, atrapó una mosca.

—Pienso insistentemente en el Mandrake Club —dijo Lorenzo—. Cuando viví en Londres me hice socio por dos libras esterlinas. Iba de noche por allí para comer spaghettis y jugar ajedrez.

Lorenzo midió el silencio que siguió a esta frase, notó que se estiraba insoportablemente, al punto que su cabeza se llenó de zumbidos espontáneos, que no podían venir del exterior, sino de su propia zozobra.

—Nunca me has contado lo que hiciste de muchacho cuando viviste en Londres —dijo Olga—. ¿Con quién andabas?, ¿tuviste alguna novia?

—Lo conozco —dijo al fin miss Evans—. Queda en Soho, cerca de los baños turcos.

—¿No bailamos allí una noche, en el salón que estaba al lado del bar? Poco antes de Navidad.

—Tocaban un *New Orleans,* una cosa de Sydney Bechet si no me equivoco, una cosa pegajosa que se llamaba *Absent Minded Blues.*

—Pero entonces te llamabas Winnie. Y eras enfermera. Y pelirroja.

—Me sigo llamando Winnie. Es mi segundo nombre. Vivien Winnie Evans. En cuanto al color del pelo...

Lorenzo observó a miss Evans, vio sus pequeñísimas pecas negras sobre un cutis de una blancura que el rector llamaría seguramente cerúlea o alabastrina y se echó a reír con tal fuerza que la arrastró en su risa y no sólo a ella, sino a un grupo de camioneros que comían en la mesa vecina. El posadero también reía, avanzando con los bistecs montados. Lorenzo notó que una mosca había aterrizado en su huevo y dejó de reír. La cerveza tórrida que había bebido le regresaba a la boca.

—Se diría que es una farsa —dijo—. Pero, ¿por qué no puede ser verdad?

—Puedo darle más detalles —añadió miss Evans sonriendo—. Recuerdo nítidamente muchas cosas. ¿Qué cuadro había tras el mostrador, encima del espejo?

Lorenzo vaciló.

—No vale la pena hacer estas bromas.

—¿Por qué?

—Creemos que pasamos por los mismos lugares, miss Evans, que nos cruzamos con la misma gente. Pero es una ilusión. Pasamos sencillamente cerca. Si la vida es un camino, como vulgarmente se dice, no es un camino recto ni curvo. Digamos que es un espiral.

—¿Y a dónde lleva?

—Al rincón de los muertos.

El posadero se acercó para preguntar si querían algo más, pero Lorenzo pidió la cuenta. Estaban otra vez en el camino, mirando el cielo que se había despejado, a la espera de un ómnibus. Miss Evans se alejó hasta el borde de una acequia para arrancar un ramo de retamas. Lorenzo la quedó observando desde lejos, la vio plegar las rodillas, inclinar el talle.

—¡No, miss Evans! —gritó—. ¡Usted no es Winnie! ¡Winnie era la inglesa que conocí hace siete años en el Mandrake Club y era también mi mujer, la que murió de un ataque al corazón hace dos meses, cuando esperaba bebé!

Miss Evans lo miraba ahora muy seria. Desde lejos, erguida sobre sus largas piernas, lo seguía mirando, mientras estrechaba contra su busto las retamas. Y empezó a caminar hacia él, sonriente.

—Eso último es mentira —dijo—. Winnie no era su mujer —y cogiéndolo de la barbilla lo tiró hacia sí hasta sentir su boca.

Cuando regresaron, resplandecían los jacarandás bajo el sol tardío. Lorenzo empujó la mampara de la sala y abrió de par en par las ventanas que daban a la huerta.

—Tengo hambre —dijo miss Evans, sentándose en la cama de la colcha polícroma.

Lorenzo pasó a la cocina y sólo encontró media botella de un viejo pisco conventual y un pedazo de mortadela. Al regresar a la sala con la botella, vio que miss Evans estaba a punto de coger el brazo del tocadiscos.

—No toque eso, por favor.

Miss Evans obedeció regresando hacia la cama, y Lorenzo, con su botella en la mano, buscando dónde sentarse, divisó el ataúd cubierto con los tres ponchos. Cerró entonces la cortina de las ventanas y tomó asiento en una pequeña butaca de madera colonial.

—No sé si se daría usted cuenta —dijo miss Evans—, pero cuando subimos al avión me tocó sentarme al lado de un cura. Entonces, antes de que despegáramos, me pasé a su lado.

Lorenzo tomó un sorbo de pisco.

—No me di cuenta de nada, miss Evans.

—Y durante todo el viaje no me habló, salvo poco antes de aterrizar en Ayacucho, cuando el avión pareció caerse por un hueco de aire. ¿Por qué ofreció prestarme su guía?

—Porque en el hall del aeropuerto, en Lima, antes que llamaran a los pasajeros, me di cuenta, sí, ahora lo sé, me di cuenta que Winnie estaba de nuevo entre nosotros.

Miss Evans se echó a reír.

—Invíteme un poco de eso. Ya vuelve usted con sus historias.

Lorenzo le pasó la botella a miss Evans y regresó a su butaca. Oscurecía. Estaban callados. La voz, nuevamente, se esforzaba por taladrar sus oídos. Lorenzo carraspeó varias veces, tratando de acallarla.

—Pon otra vez ese disco de Vivaldi, por favor. Y anda a buscar al doctor Alipio. Anda, Lorenzo, de una vez, te lo ruego.

Poniéndose de pie, se acercó al tocadiscos, lo encendió y levantó la aguja.

—¡No puede ser, no puede ser!

—¿Cómo? —preguntó miss Evans.

Empezó a sonar muy bajo *Las Cuatro estaciones,* de Vivaldi.

—Quiero desenmarañar todo esto, tengo que acordarme bien de las cosas... Quiero saber por qué me demoré en ir a buscarlo, cuando ella me lo pedía. Yo pensé que eran caprichos, tantas veces se había sentido mal, cosas que se le ocurren a las mujeres, más aún cuando están en estado.

—No entiendo, doctor Manrique.

—Llovía, puesto que cogí su paraguas. Yo hacía una lista de los libros que pensaba encargar a Lima, una lista larguísima, no me acordaba de algunos autores. Tenía pereza, además. Es cierto que el doctor Alipio tardó, porque estaba en una comida, una de esas comidas del lugar, que usted ya conoce, con botella de pisco y plato de chicharrones para cada invitado y discursos, interminables discursos. Pero yo tardé más en ir a buscarlo.

—¿Y cuando regresaron?

—Había terminado el disco de Vivaldi.

—¿Y Winnie?

—¿Winnie? Olga, dirá usted, miss Evans. Winnie era la inglesa. Olga se había quedado dormida como un pajarito, con la cabeza escondida bajo un brazo y una mano cerrada, crispada, la mano que me buscó, que me esperó y que al no encontrarme se hizo un ovillo sobre la colcha donde está usted sentada. Dormida ella y la otra vida que llevaba adentro. Como se dice, dormida para siempre. Entiéndalo bien, para siempre.

—Tranquilícese —dijo miss Evans—. Vea.

En la penumbra le alargaba la botella.

Lorenzo se acercó y, cuando la cogía del gollete, miss Evans lo tomó del brazo.

—Siéntese aquí. Lo que me cuenta es terrible. Sus amigos me contaron que había muerto, pero yo no sabía cómo, los detalles, yo no sé consolar, nunca he sabido hacerlo, ¿me disculpa?

—El amor —dijo Lorenzo—, esto lo leí una vez en una lápida del cementerio inglés de Niza, el amor es tan amargo como la muerte.

Miss Evans quedó callada. Lorenzo la tenía aferrada de la mano. En el silencio, en la oscuridad, sólo escuchaba Lorenzo su propia respiración sofocada, un hálito que iba tomando cuerpo, como de otro hombre que le saliera de la boca.

—Y lo peor de todo es que la deseo, miss Evans, la deseo terriblemente. Unas ganas locas de... aquí mismo, ahora mismo...

—¿A quién?

—A Winnie. Sí, deseo a Winnie, delante de Winnie, la otra.

—¿De qué Winnie?

—De la que está allí.

Miss Evans miró los ponchos, que formaban una sombra aún más sombría que la misma oscuridad. La poca luz que se iba dibujaba una forma rectangular.

—Todo esto es insensato —dijo desprendiéndose de Lorenzo que, bruscamente, trataba de hollarle el cuello con los labios—. Es una broma macabra, profesor Manrique. Lo siento mucho, pero no quiero hacerme cómplice de este juego. Tengo que irme, además.

Lorenzo la abandonó en el acto, dejando que se pusiera de pie y buscara su cartera en la penumbra. *Las Cuatro estaciones* apenas se escuchaban. La vio luego dirigirse hacia la mampara.

—Déjeme acompañarla.

Juntos atravesaron la huerta de los eucaliptos y llegaron a la verja. Miss Evans se sobreparó. Sus manos estaban crispadas sobre su cartera.

—Le deseo un buen viaje, doctor. Créame que...

Interrumpiéndose, le dio la espalda y comenzó a alejarse. Lorenzo esperó un rato, respirando copiosa, afanosamente, el aire perfumado: los jacarandás. Cuando la vio a una veintena de pasos, abrió la boca:

—¡Miss Evans!

Miss Evans siguió su camino.

—¡Winnie!

Seguía alejándose.

—¡Olga!

Ahora, aminorando su andar, se había detenido, sin volver la cabeza.

Lorenzo avanzó hacia ella, cada vez más rápido, y en el momento en que la alcanzaba la vio volverse con el pelo suelto, pelirrojo, pecosa, juvenil, sonriente, los brazos caídos, entreabiertos.

—Olga —repitió—. ¡Cómo es posible, otra vez!

La abrazó, besándola con tanta fuerza que perdieron el equilibrio y quedaron apoyados contra el muro. Cogiéndola al fin del talle, la hizo girar y la condujo enlazada hacia la casa. Miss Evans se dejaba llevar, mirando los árboles, que respiraban en la noche sin viento.

—¿Cómo dijo el rector que se llamaban?

—Los jacarandás. Otra vez, Olga, paseándose bajo los jacarandás.

Quedaron un momento contemplándolos. Lorenzo sonrió.

—¿Qué pasa? —preguntó miss Evans.

—Pensaba en lo del epitafio. Hasta los ingleses se equivocan.

(París, 1970)

Sobre los modos de ganar la guerra

Pues sí, ya estábamos reunidos en la cancha de basket, después de haber escuchado aburridos, impacientes, la clase de botánica del hermano Simón. Cuando dibujó en el pizarrón la última raíz y sonaba al fin el timbre del recreo, salimos disparados del aula, sin responder a su jaculatoria, y nos precipitamos por las escaleras rumbo a los vestuarios. Ahora, vestidos con overoles, pantalones desteñidos, zapatos con la suela rota, en verdadero traje de campaña, mirábamos al subteniente Vinatea, que esta vez había dejado su polaca, su gorra y su corbata en la dirección.

—Formen en fila de dos para pasarles revista.

Cuando estuvimos alineados, se paseó delante de nosotros, examinándonos. Al llegar a la altura de Luis Angulo, se detuvo.

—¿Qué dijimos la semana pasada, alumno Angulo?

—Que íbamos a salir de maniobras, mi subteniente.

—¿Y por qué no ha venido con ropa vieja como los demás?

—Porque no tengo ropa vieja, mi subteniente. Mi ropa vieja la regalo.

—Perfecto. Consigna no respetada.

Delante de Perucho Bunker volvió a detenerse.

—¿Y usted por qué ha venido con zapatos de fútbol? ¿Cree que vamos a ir al Estadio Nacional?

—Tengo un solo par de zapatos de calle, mi subteniente. No quería malograrlos.

Esta vez el subteniente se ahorró sus comentarios y cuando acabó de revistarnos señaló el campo de fútbol.

—Antes que nada, unas vueltas a la cancha para entrar en calor.

Él mismo dio el ejemplo, arrancando a correr a trancos gimnásticos, seguido por todos nosotros. Una vez que dimos tres vueltas al perímetro, nos hizo formar nuevamente en el centro de la cancha, nos ordenó descanso y firmes varias veces y dio, por último, la voz de marchen.

En doble fila salimos por el portón falso del colegio, entre los hermanos Simón y Ángel, que habían presenciado desde el córner estos preparativos. Ambos recomendaron al instructor traernos de vuelta antes de las cinco de la tarde para que pudiéramos rezar el ángelus.

Cuando llegamos a la avenida Pardo, el subteniente dio la voz de alto y sacando un plano del bolsillo comenzó a estudiarlo.

—Puro truco —dijo Perucho—. No habrá maniobras ni nada. Terminaremos como las otras veces, jugando fútbol en el primer pampón que encontremos.

Pero esta vez el subteniente Vinatea parecía haber tomado las cosas en serio. Del bolsillo trasero de su pantalón sacó un objeto pequeño y nacarado en el que no tardamos en reconocer unos prismáticos de teatro. Ajustándoselos a la vista, se puso a examinar el paisaje urbano y armonioso de la avenida Pardo.

—Buen tiempo y poco tráfico —comentó antes de extraer un tercer implemento, esta vez una brújula, que observó largo rato en la cueva de su mano, mientras nos explicaba que íbamos de campaña y que no se podía salir de campaña si no se contaba con plano, prismáticos y brújula.

—Nuestro objetivo es la huaca Juliana —añadió, y dio la orden de ponerse en marcha por la dirección opuesta a la que se encontraba la huaca.

—Dejémoslo que se pierda —propuso Luis Angulo—. Que quede en ridículo.

Pero ya algunos alumnos le hicieron notar que nos alejábamos de nuestro objetivo. El subteniente se mostró sorprendido, volvió a sacar su plano y nos ordenó rectificar el rumbo.

—Por aquí debe haber un campo magnético que hizo desviarse mi brújula.

Proseguimos el camino bajo las moreras de la calle Dos de Mayo.

—Cuando uno no tiene brújula —iba diciendo el subteniente—, puede orientarse por el sol. El sol sale por el oriente y se oculta por el occidente. Y si es de noche, uno se orienta por las estrellas. Así, donde está la Cruz del Sur se encuentra el sur.

—¿Y si está nublado? —pregunto Perucho.

—Mira usted su brújula.

A medida que avanzábamos, las filas se fueron estirando y quedamos formando una desordenada compañía cuyos últimos integrantes, los mayores, fumaban. El subteniente se embrolló aún con su plano, dio órdenes y contraórdenes, pero finalmente logró conducirnos hasta un potrero al fondo del cual se divisaba la huaca.

Nos hizo formar nuevamente filas y nos ordenó marchar por un terreno lleno de desmonte.

—¡Compañía, alto!

Estábamos ya al pie de la colina terrosa. Con los brazos en jarra quedó contemplándola. Luego se agachó, metió las bastas de su pantalón entre sus calcetines, se amarró bien los zapatos y nos advirtió que tomar por asalto un bastión empinado no era juego de niños.

—Sobre todo —agregó— si el enemigo dispone de ametralladoras.

Nosotros observamos la cumbre de la huaca en busca de eventuales adversarios. Sólo vimos tres gallinazos que se expulgaban al sol.

Pero ya el subteniente había dado la voz de asalto y se lanzaba por la falda de la huaca furioso, ejemplarmente. Nosotros lo seguimos en tropel, en medio de una horrible polvareda, dando gritos guerreros, y en pocos minutos estábamos en la cumbre, jadeando, con placas de tierra pegadas en el sudor de la cara.

El subteniente, lejos de detenerse, prosiguió su ascensión triunfal por una progresión de pequeños montículos hasta uno más elevado, donde se detuvo para hacer profundas inspiraciones mientras flexionaba las rodillas y extendía rítmicamente los brazos. Luego sacó sus prismáticos.

—¡Pueden descansar un rato! ¡Estoy estudiando el terreno!

Nos dispersamos por la cumbre de la huaca. Desde allí veíamos todo Miraflores, sus azoteas, sus árboles. La huaca estaba rodeada de chacras y terrenos baldíos. En el cuartel San Martín, unos soldados hacían ejercicios en sus caballitos trotones. Al fondo, el mar, las islas, el cielo.

El subteniente Vinatea bajaba a la carrera de su montículo.

—Estamos en plena guerra —nos informó—. Los dos ejércitos combaten sangrientamente por conquistar la victoria. El enemigo se ha apoderado de la fortaleza de la huaca Juliana y los patriotas luchan por reconquistarla.

Después de hacernos formar, pasó una detenida revista, eligió a los alumnos más corpulentos, entre ellos a Luis Angulo, y los hizo alinear a su lado.

—Nosotros somos los patriotas que vamos a recuperar la huaca. Todos los demás son el enemigo que la defiende. Si logramos llegar a la cima, hemos ganado la guerra.

—¿Podría quedarme entre el enemigo, mi subteniente? —preguntó Luis Angulo.

—Lo juzgaría por alta traición. Usted ya está en nuestro grupo. Será, además, mi ayuda de campo.

Y poniéndose al frente de su decena de partidarios emprendió a paso ligero el descenso de la huaca. Desde arriba los vimos ganar el llano y desaparecer en un terreno plagado de matorrales y arbustos de higuerilla.

—Nos hubiera dejado sus prismáticos —dijo Perucho—. Así hubiéramos visto a las alumnas del San Silvestre. A esta hora hacen gimnasia con unos calzones negros.

Pero ya nosotros deliberábamos, preparando un plan para impedirles la subida. Lo mejor era distribuirse por todo el contorno de la huaca, pero nos dimos cuenta que, una quincena como éramos, no podríamos vigilar enteramente sus faldas.

Carlos Huari, que iba los sábados allí a volar cometa, nos explicó que sólo había dos subidas probables: la del sur, por donde el subteniente había bajado, y la del norte. Las laderas este y oeste eran tan empinadas que era imposible aventurarse por ellas.

—Si han bajado por el sur, atacarán por el norte —opinó Perucho.

Otros pensaban, en cambio, que su treta era más sutil y consistiría en atacar por el mismo sitio por donde habían bajado. Pero toda discusión sobre estrategia fue interrumpida por Carlos Huari, que había ido de exploración y nos hacía señas para que nos acercáramos.

—¡Vengan, desde aquí se les puede ver!

En efecto, desde la cresta occidental de la huaca se veía claramente el penoso esfuerzo que hacían nuestros atacantes para camuflarse entre la maleza y las tapias rotas. Se veía la alta frente del subteniente Vinatea emerger tras un matorral, desaparecer tras un pedazo de muro para reaparecer luego en busca de su próximo refugio. Detrás iba Luis Angulo, en cuatro patas, visiblemente incómodo en su terno de lanilla, poniéndose de vez en cuando de rodillas para sacudirse el polvo de las manos. El resto del grupo iba a la zaga, caminando de cuclillas. Perucho, además, no se había equivocado: se dirigían hacia la pendiente norte, dando un fatigoso rodeo por un terreno infecto.

—¿Y ahora cómo se las van a arreglar? —preguntó Perucho.

Se acercaban sin saberlo a un antiguo sembrío de algodón, ahora pelado, inhóspito, donde no había ni siquiera una piedra donde ocultarse.

El primero en arrostrar el peligro fue el subteniente. Resueltamente se echó de bruces al suelo y comenzó a reptar entre el polvo y los terrones, utilizando como medio de tracción sus codos. Lo seguía Luis Angulo que, aferrando en la mano una rama, había intentado disfrazarse de matorral. Los demás, sin ningún arte pero con mucho empeño, trataban de imitar la reptación del subteniente y sólo conseguían dar la impresión de una pandilla de locos nadando en una piscina seca.

Al fin cruzaron el terreno descubierto y desaparecieron detrás de un alto muro, cerca ya de la pendiente norte.

—Habrá que recibirlos como se merecen —dijo Perucho—. Vamos a reunir munición.

Rompiendo algunos adobes, formamos un arsenal de proyectiles, que completamos con fragmentos de huacos y huesos de patillos. Carlos Huari nos guió hasta lo alto de la ladera norte. Allí había una especie de trinchera, formada por las excavaciones de los huaqueros. Nos escondimos en ella, mientras Huari se arrastraba hasta lo alto de la pendiente para espiar al enemigo.

—¡Siguen andando detrás del muro! ¡Desde aquí veo una cabeza!

Luego nos previno que el subteniente había asomado para observar la huaca con sus prismáticos. Nosotros fuimos preparando nuestra munición.

—¡Han arrancado a correr! ¡Vienen hacia aquí! ¡Ya suben!

Salimos de nuestra zanja y surgiendo en lo alto de la pendiente atacamos a pedradas al ejército patriota, que cargaba con ímpetu encabezado por el subteniente.

Nuestra brusca aparición, tan bien agrupada y aguerrida, los sorprendió. El subteniente vaciló un instante e intentó proseguir su ascensión oblicuamente, pero un terrón bien dirigido le reventó en el pecho, llenándole de polvo la cara, y otro le sacudió una oreja. Sus compañeros, desorientados, huían en desbandada, protegiéndose la cabeza con las manos.

—¡Alto! —gritó el subteniente desde la mitad de la falda, levantando el puño cerrado.

Lo vimos salvar con vigorosas zancadas el trecho que lo separaba de nosotros. Cuando lo tuvimos delante, olvidamos su facha polvorienta y vencida, para sólo tratar de entender lo que decía. Estaba rojo, su lengua trabada le impedía hablar, tenía el cuello surcado de tendones y venas que palpitaban. Por fin pudimos entenderlo.

—¡Ustedes olvidan que nuestra artillería protegía nuestro ataque! ¡En consecuencia, no podían estar ustedes aquí cuando empezamos a subir! ¡Este lugar había sido barrido por nuestros cañones!

—Sí, mi subteniente —dijo Perucho—. Pero nuestra aviación había intervenido antes y había silenciado a su artillería.

—¡Pero nosotros tenemos defensa antiaérea!

—Nuestros espías la habían saboteado, mi subteniente.

El instructor abrió la boca aún fatigada y quedó atónito mirando a Perucho. Vimos en ese momento en su rostro esa expresión de estupor infantil que lo asaltaba en clase cuando le hacíamos alguna pregunta al margen del curso de Instrucción Premilitar. Nunca lo vimos más grande que ahora; era realmente enorme, un verdadero coloso, pero nunca mentalmente tan indefenso, al punto que su galón de subteniente parecía quedarle ancho como si hubiera sido cosido en su camisa por algún adulto indulgente. En sus ojos, muy abiertos, se leía el más completo vacío.

—¡A formar filas! —gritó al fin—. ¡Eh, ustedes que están abajo, a subir ahora mismo, formen filas!

Sus partidarios subieron la cuesta a la carrera. Luis Angulo tenía las rodillas de su pantalón embarradas y una zarza enganchada en la solapa de su saco.

—¡Descanso, firmes! ¡Descanso, firmes! ¡Descanso, firmes! ¡De frente, marchen!

Empezamos a marchar por la cumbre de la huaca. El subteniente iba a nuestro lado, mirando el suelo de tierra seca, respirando entrecortadamente por la nariz. De vez en cuando levantaba un muslo para sacudirse el polvo de un palmotazo. Seguíamos marchando por depresiones y montículos.

—¡A la izquierda, izquierda! ¡A la derecha, derecha!

Continuábamos la marcha zigzagueando, retrocediendo, dando media vuelta, marcando el paso, sudando, maldiciendo, hundiéndonos cada vez más en el polvo, en un ejercicio idiota que parecía no tener fin.

—¡Alto!

El subteniente quedó cavilando un rato, luego se aproximó a la ladera occidental de la huaca, estudió su pendiente, pareció no convencerlo, regresó a la ladera oriental, la escrutó, estiró su largo cuello y se volvió al fin hacia nosotros.

—Muy bien, bajaremos por aquí, pero a paso ligero, ¿entendido? Cuando dé la voz, todo el mundo arranca a correr. Y al que baje último, carrera de baquetas. ¡Descanso, firmes! ¡Descanso, firmes! ¡Descanso, firmes! ¡Compañía, a la carga!

Partimos a la carrera, pero al llegar al borde nos detuvimos en seco: esa ladera de la huaca caía casi a pico desde unos cuarenta metros sobre un muladar.

—¿No han oído? ¡A la carga!

Se produjo un forcejeo en el filo de la pendiente, algunos perdieron el equilibrio y empezaron a rodar, otros prefirieron deslizarse sentados como por un tobogán, mientras los astutos se daban tiempo para elegir de antemano un camino imaginario, con la esperanza de ahorrarse la revolcada.

En medio del griterío, del desorden, de la polvareda, era difícil saber quién llegó primero y quién último. Pero el subteniente, desde arriba, dio su dictamen.

—¡Alumno Pedro Bunker, quédese donde está! ¡Los demás a formar filas!

Mientras formábamos, vimos al subteniente bajar por donde nosotros habíamos rodado, dando saltos enormes, volando casi, con sus largos brazos extendidos que aleteaban para mantenerlo en equilibrio.

Al llegar abajo se colocó al final de una de las dos columnas y ordenó un cuarto de vuelta, de modo que quedamos mirándonos la cara, formando el callejón de castigo. Perucho, al margen de esta formación, esperaba la orden.

—¡Alumno Pedro Bunker, avance!

Perucho se aventuró por el corredor y empezaron a llover los golpes. Los que tenían viejas cuentas que arreglar con él, aprovecharon la ocasión, pero la mayoría se contentó con darle un puntapié benigno o rozarle la espalda con el puño. Al llegar al final del callejón, el subteniente lo tiró de la camisa y le dio un empellón para distanciarlo. Cuando Perucho trastabillaba a pocos pasos de distancia, se lanzó detrás de él y le envió una patada entre las nalgas. Perucho perdió contacto con el suelo, se elevó unos centímetros y cayó enterrado de narices en un túmulo de basura. El subteniente se precipitó sobre él, sacándose la correa del pantalón. Alzando el brazo, la agitó como una honda, con la hebilla en el aire, pero el brazo se mantuvo erguido, sin descender. Sus labios se habían distendido y asomaban sus dientes. Reía. El subteniente Vinatea reía ahora sonoramente, con su brazo en alto, donde la correa seguía girando, silbó un momento más y quedó al fin rígida, enroscada en su brazo.

—¡Alumno Pedro Bunker, levántese!

Perucho se levantó dificultosamente de entre el montón de basura.

—Alumno Pedro Bunker, le voy a decir una cosa. Sus espías no podían haber destruido nuestra defensa antiaérea. Se lo digo que no podían. ¿Sabe por qué?

Nuevamente lo escuchamos reír. Perucho y nosotros lo mirábamos sin comprender.

—¡No podían porque sus espías habían sido descubiertos por nuestro servicio de inteligencia y fusilados! Fueron alineados contra una pared y, ¡ta, ta, ta, ta!, pasados por las armas. Yo mismo di la orden. ¡Ta, ta, ta, ta! ¡Fusilados!

El subteniente seguía riendo de su invención, mientras Perucho se sacudía la ropa, y nosotros también reíamos, pero de un modo horrible, sin saber bien por qué, dolorosamente.

El subteniente quedó de pronto callado. Inspiró varias veces por su larga nariz, comida en una aleta por los parásitos de la selva. Se le veía contento, reposado, seguro de sí mismo. Miró su reloj y se pasó luego la correa del pantalón.

—Así es la guerra —dijo—. La gana no sólo el más valiente, sino el que tiene más coco, esto de acá (se dio una palma en la frente). Bueno, en marcha, todavía tenemos tiempo de tomarnos en el camino una cerveza, antes que regresen a rezar su ángelus.

(París, 1969)

El próximo mes me nivelo

—Allí viene Cieza —dijo Gastón señalando el fondo de la alameda Pardo.

Alberto levantó la vista y distinguió en la penumbra de los ficus una mancha que avanzaba y que la cercanía dotó de largas extremidades, anteojos negros y un espinazo más bien encorvado.

—¡Al fin estás acá! —exclamó Cieza antes de llegar a la banca—. Te he estado llamando toda la tarde por teléfono.

—Quítate los anteojos —dijo Alberto sin levantarse.

Cieza se los quitó y dejó al descubierto sus dos cejas hinchadas y los ojos envueltos en una aureola violeta.

—Te has dejado masacrar —dijo Alberto—. ¿Tengo tiempo de ir hasta mi casa? Estos zapatos no tienen punta.

—Creo que no —dijo Gastón—. Ya debe haber empezado el programa. Ahorita llega el cholo Gálvez.

La gallada que estaba en la puerta de radio Miraflores se acercó. Todos abrazaron a Alberto, dieron la mano a Cieza y en grupo penetraron en la emisora. Se acomodaron en el auditorio, mirando el estrado donde una rubia postiza cantaba aires mejicanos con una voz deplorable.

—¿Y cómo te ha ido en todo ese tiempo? —le preguntó al oído el cojo Zacarías—. Hace un año que nadie te ve.

—Trabajando —dijo Alberto—. No me iba a pasar la vida parado en las esquinas.

El animador despachó amablemente a la rubia y el segundo aficionado en subir al escenario fue Miguel de Albarracín. Era casi un enano que hacía lo imposible por parecerse a Carlos Gardel. Apenas empezó su versión de *Tus ojos se cerraron,* se escuchó un bullicio en las filas altas del auditorio.

—Allí está —dijo Gastón.

Alberto volteó la cabeza y distinguió un rostro burlón, achinado, prieto, de gruesos labios y cabello encrespado. Lo circundaban varias cabezas hirsutas, descorbatadas, sobre contexturas dudosas y visiblemente desnutridas. Se acomodaron en la última fila, poniendo los pies en el respaldar de la fila delantera.

Alberto regresó la vista al escenario, donde el cantante pigmeo terminaba su tango doblado, gimiendo, con una mano en el corazón y otra en el hígado. Cieza, que estaba delante suyo, volteó a su vez la cara y al distinguir al cholo Gálvez que aplaudía la volvió con presteza hacia el estrado. Alberto alargó la mano y le quitó los anteojos.

—¡Cómo te han dejado la cara! Bueno, salgamos de una vez. Dejemos el teatro para otro día. Avísale a la gallada.

Poniéndose de pie, subió por las gradas del auditorio buscando con la mirada el rostro achinado. Lo encontró perdido entre los otros rostros, embelesado en la milonga que atacaba Miguel de Albarracín. Quedó mirándolo fijamente, hasta que los ojos oblicuos lo distinguieron. No tuvo necesidad de hacerle ninguna seña ni de pronunciar ningún desafío. Apenas cruzó el umbral del auditorio, Gálvez y su grupo se pusieron de pie para seguirlo y detrás de ellos salió la gallada.

Ambas pandillas se dirigieron a la acera central de la avenida Pardo, poco transitada a esa hora y umbrosa bajo la noche y la arboleda. Gálvez y su gente se acomodaron en una banca, sentados en el respaldar, con los pies en el asiento, mientras Alberto parlamentaba con Cieza.

—Él ya sabe que vas a venir —dijo Cieza—. El sábado pasado, después de la pelea, Zacarías le dijo que había cita para hoy. Le dijo: «Espera no más el sábado, va a venir el pibe Alberto.» Y el cholo dijo: «He oído hablar de ese gallo. Me lo paso por los huevos.»

Alberto se separó de su grupo y se dirigió solo hacia la banca, donde la pandilla de Gálvez al verlo venir entonó un coro de uy y de ay desafinado. Cuando estaba sólo a unos pasos, Gálvez bajó de la banca y avanzó. Quedaron mirándose, midiéndose, reconociéndose, evaluándose, mientras las colleras, de acuerdo a una ley inmemorial de protección al compañero y de comodidad para presenciar el espectáculo, formaban dos semicírculos que se ajustaron hasta constituir un anillo perfecto.

—¿El cholo Gálvez? —dijo Alberto.

—El mismo, pibe. Aquí, en Surquillo y donde quieras.

Alberto empezó a desabotonarse el saco con parsimonia y, cuando estaba al punto de quitárselo, el cholo Gálvez saltó y le aplicó el primer cabezazo que, fallando la nariz, resbaló por un pómulo y le aplastó una oreja.

Alberto se vio sentado en el suelo, con los brazos trabados en las mangas de su saco, mientras Gálvez se mantenía de pie a su lado, entre los gritos de la gallada, que hacía comentarios y admoniciones, recordando que no valía pegar en el suelo.

Alberto se puso de pie tranquilamente, logró al fin despojarse de su saco y se lo aventó a Cieza. Su pantalón tenía la pretina muy alta, casi a la mitad del pecho, y estaba sujeto con tirantes. Aún se hizo esperar mientras se quitaba la corbata, los gemelos de la camisa y se levantaba las mangas.

El cholo Gálvez, bien plantado sobre sus piernas cortas y macizas, con los brazos caídos y los puños cerrados, lo esperaba. Alberto comprendió de inmediato que el estilo de su rival consistía en atraerlo a su terreno, dejarse incluso romper una ceja o aplastar un labio para poder abracarlo, quebrarlo entre sus brazos y, como decían que hizo con Cieza, enterrarlo de cabeza en un sardinel. Empezó entonces a girar de lejos en torno al cholo, el que a su vez rotaba sobre sus talones.

Alberto tentó el momento de entrar, acometió varias veces con un pie en el aire, anunciando casi su golpe, para retroceder luego y virar rápidamente a izquierda y derecha, buscando un flanco descubierto. Gálvez se limitaba a rotar, con la guardia completamente caída, pero levantando a veces los antebrazos al mismo tiempo, acompañando su gesto de un falso quejido, femenil, obsceno.

La táctica se prolongó largo rato, pero no en el mismo sitio, pues el círculo que los rodeaba se iba desplazando hacia un extremo de la avenida Pardo, donde había una pila sin agua.

—¡Vamos, cholo, éntrale! —gritaron sus secuaces.

Gálvez balanceó los hombros, hizo algunas fintas con su ancha cintura y estirando de pronto un brazo trató de coger de una pierna a Alberto, que aprovechó el momento para levantar el otro pie y darle un puntazo en el cuello. En el instante en que Gálvez se cubría, Alberto saltó y sus dos pies martillearon la cara del cholo. Insistió una tercera vez, pero a la cuarta el cholo se agachó y Alberto pasó sobre su cabeza y cayó de cuclillas detrás de él. Cuando se enderezaba, ya Gálvez había volteado y su puño cerrado le sacudía la cabeza, mientras su pierna izquierda, elevándose, rasgaba el aire buscando su pelvis. Alberto bloqueó el golpe con la rodilla y se alejó para tomar distancia, pero ya el cholo estaba lanzado y lo atenazó de la cintura. Alberto retrocedió sobre sus talones, impidiendo que el cholo pudiera asentarse y levantarlo en vilo, rompió con la espalda el círculo de mirones, siempre con Gálvez prendido de su cintura, que se esforzaba por contenerlo, trastabillaba, hasta que al fin Alberto se detuvo en seco y levantando la rodilla golpeó al cholo en la mandíbula y cuando éste aflojaba la presión de sus brazos le dio un puñetazo en la nuca y al abandonar su tenaza lo remató de una patada en el estómago.

Gálvez cayó de culo. Parecía un poco mareado. Alberto estuvo a punto de enviarle un puntapié en la cara, pero ya la collera del cholo elevaba la voz al unísono, recordando las reglas que no se podían infringir.

Alberto retrocedió, esperando que su rival se pusiera de pie. Le sangraba la oreja. Tuvo apenas tiempo de distinguir las gafas de Cieza y la muleta de Zacarías, pues ya Gálvez se había parado y arremetía con la cabeza gacha, entregándose casi a su castigo. Alberto no quiso perder la ocasión y lo emparó con una patada en la frente. Pero el cholo pareció no sentirla y acometió otra vez agazapado. Alberto se dio cuenta que esa pelea se convertía para él en un paseo y sacudió la cabeza del cholo con ambos pies, adornándose, encontrando una especie de placer estético en castigarlo con la punta, el empeine, la suela. Se contuvo un momento para ensayar una nueva serie, en un orden distinto, cuando vio que el cholo se aventaba al suelo y en un instante se dio cuenta que se le había metido entre las piernas. Estaba ya en los hombros de su rival, que se irguió sobre sus dos piernas y antes de que pudiera prenderse de su pelo el cholo inclinó el cuerpo y Alberto se fue de cara contra el suelo. Gálvez volvió a cogerlo, esta vez de la pretina del pantalón, y nuevamente se vio en el aire, volando sobre su cabeza.

—¡De lejos, de lejos! —gritó Cieza.

Pero Alberto no tenía tiempo de alejarse. Apenas caía al suelo, el cholo lo volvía a levantar en vilo y volvía a estrellarlo con una facilidad que la repetición iba perfeccionando. Alberto sólo atinaba a volverse elástico, gomoso, convertirse en un ovillo, en una esfera, cuidándose de no ofrecer en su caída ningún ángulo quebradizo.

Fue en ese momento cuando vio surgir un objeto en el aire, la pierna de algún compañero, tal vez Cieza que entraba en la pelea, pero era sólo la muleta de Zacarías. De plano cayó sobre la clavícula de Gálvez. Éste contuvo su nueva arremetida y buscó con la mirada al agresor, que era enviado al suelo, a pesar de su cojera, por algún amigo de Gálvez, al mismo tiempo que Cieza intervenía para auxiliar al inválido y se armaba una pelea satélite en torno a la principal. Alberto logró ponerse de pie aprovechando la distracción de Gálvez, que de un puntapié mandaba rodar la muleta y arremetía nuevamente. Alberto tomó distancia, amagando con el pie a su rival para que no se acercara, cuando ya la riña periférica había concluido por acuerdo de sus contrincantes y se rehacía el anillo en torno a la pelea principal.

La constelación siguió desplazándose, abandonó la avenida Pardo, giró hacia la derecha y empezó a remontar la avenida Espinar, rumbo al Óvalo. Pasó de la pista al jardín de la avenida Espinar, de allí a la acera central, cruzó el otro jardín, la otra pista, se estrelló contra los muros de la embajada de Brasil y rebotó hacia el centro, fraccionándose contra los ficus y las bancas de madera, para volver a la pista y allí empezar a rotar contra el muro bajo de una casa.

Alberto sentía que sus fuerzas lo abandonaban. Tenía los codos magullados, las rodillas adoloridas y de su oreja manaba tanta sangre como de los cortes que tenía Gálvez en la frente y en los pómulos. Desde hacía rato no hacía sino girar y retroceder, alejando a su rival con un rápido puntapié o de un golpe a vuelamano, pero Gálvez iba siempre adelante, no cejaba, lo embestía con la cabeza baja y la guardia abierta. Alberto volvió a martillearlo en el pecho, en los riñones, esperando que al fin tendría que caer, que no era posible aguantar tanto golpe. Seguramente que así de duro, de pura bestia, había arrebatado al Negro Mundo y al sargento Mendoza, en Surquillo, el cetro de los matones.

Pero ya no estaban en la avenida Espinar. Todo el sistema, al cual se había agregado una pléyade de mirones, había doblado nuevamente, esta vez por la calle Dos de Mayo, donde había una acequia fangosa y filas de moreras bordeando las aceras. Allí la pelea se volvió confusa. Alberto erró varios golpes, otros fueron a estrellarse contra los árboles, se resbaló en el borde de la acequia y se vio de pronto acorralado, sin escape, contra la puerta de un callejón. Gálvez lo había cogido de los tirantes y lo atrajo hacia sí aplicándole un cabezazo en la nariz, para abracarlo luego con sus bíceps, doblarle la cabeza por debajo de la axila y empezar a estrangularlo, mientras con la rodilla le sacudía el mentón. Alberto se sintió desamparado, perdido, y como tenía la boca hundida contra el pecho de su rival y no podía respirar ni gritar, lo mordió debajo de la tetilla. Gálvez aflojó los brazos y Alberto, viéndose libre, aprovechó para alejarse lo más que pudo dentro del anillo rehecho, viendo que tenía roto un tirante y que los pantalones se le caían. Gálvez lo insultaba, persiguiéndolo. Alberto abrió una brecha entre los espectadores y corrió hacia la esquina de Dos de Mayo y Arica, pero sin prisa, amarrándose el tirante, inspirando copiosamente el aire cálido con su nariz rota. Cieza lo alcanzó y corriendo a su lado le dijo que aguantara un poco más, que el cholo estaba hecho mierda, a punto de tirar el arpa, mientras que las dos colleras confundidas le daban caza en la esquina y volvía a configurarse el circo.

Alberto reanudó la pelea. Pasado el límite de la fatiga, no se sentía peor ni mejor, sino simplemente distante, desdoblado y presenciaba su propio combate con atención pero sin fervor, como si lo protagonizara un delegado suyo al cual lo unían vagos intereses de familia. Los gritos y los insultos con que ahora Gálvez acompañaba sus amagos no lo arredraban ni lo encolerizaban. Simplemente los registraba y los interpretaba como recursos a los que echaba mano porque debía sentirse impotente, vencido.

El cholo insistía en entrar en su territorio y se exponía a sus patadas, buscando la ocasión de volver a abracarlo. Alberto daba y retrocedía, y así el circo recorrió una cuadra de la calle Arica, vaciló en la esquina de la calle Piura, fue embestido y hendido por un autobús rugiente, se engrosó con los parroquianos de una pulpería y siguió su rumbo hacia la huaca Juliana.

Alberto entró nuevamente en sí. Le pareció que hacía días que peleaba y al distinguir la rueda de mirones tuvo conciencia de que estaba cautivo, literalmente, en un círculo vicioso. Para romperlo era necesario apurar el combate, entrar al área de Gálvez, arriesgar. Estaban ya cerca de la huaca, en una calle sin pavimento, rodeada de casas nuevas, sin acera.

Como la iluminación era allí pobre, Alberto calculó mal una de sus entradas, se impulsó más de lo debido y se encontró cara a cara con el cholo, quien, renunciando esta vez a abracarlo, lo contuvo de los hombros, lo alejó de un empellón y le envió un puntazo fulminante al ombligo. Alberto se llevó la mano al hígado, mientras sentía flaquear sus rodillas y chillar a su collera. De buena gana se hubiera dejado caer, pero observó que Gálvez, arrastrado por la violencia de su golpe, había perdido el equilibrio y se esforzaba por mantenerlo, vacilando en un pie. Dio entonces un brinco y metió la pierna allí, en el lugar que desde hacía rato perseguía, los testículos, y su zapato penetró como por un boquete bajo la pelvis. El cholo gritó esta vez, dobló el torso hacia adelante, iba ya a caer de cara o tal vez estaba ya cayendo, tocando el suelo con una mano, pero Alberto quiso ignorar ese gesto y levantando la otra pierna le planchó la nariz con la suela del zapato.

Ya estaba Gálvez tendido, enrollado, revolcándose. Rodó por entre las piernas de sus secuaces, que saltaban para no pisarlo, y quedó al lado de un muro echado de cara. Probablemente aún era capaz de recuperarse, pero el anillo se agitó, se quebró, al escucharse unos pitazos al fondo de la calle Arica. Dos policías venían corriendo.

Gálvez fue levantado por su pandilla y llevado rápidamente hacia un garaje de reparaciones que tenía su portón entreabierto. Alberto, mareado, vio que Cieza se le acercaba con un pañuelo y se lo ponía como un tampón en la nariz, mientras Gastón le palmeaba la nuca y el resto de la collera se apretujaba a su alrededor, extendiendo los brazos para tocarlo.

—Al jardín —dijo Zacarías, señalando el muro bajo de una casa.

Sus amigos lo levantaron en vilo y lo depositaron al otro lado del cerco, donde una manguera humedecía el césped. Alberto tomó agua por su pitón, se mojó la cara, la cabeza y se puso a regar tranquilamente una mata de geranios.

La policía trató vanamente de encontrar en las pandillas trazas de peleadores, heridos, contusos, ordenó que se dispersaran y se retiró hacia la huaca.

Alberto seguía en el jardín mojándose la cabeza, lavándose los codos magullados, cuando Gastón le pasó la voz:

—Ya el cholo colgó el guante. Sus amigos se lo llevan.

Alberto vio un grupo apretujado, que se retiraba penitencial, casi funerario, entre lamentaciones, hacia la pulpería de la calle Arica. Salió entonces del jardín saltando el muro y Cieza lo recibió con los brazos abiertos, mientras el cojo Zacarías le alcanzaba su saco y su corbata. El resto de la patota hablaba de festejar el triunfo con unas cervezas.

—Sí —dijo Alberto—. Ha sido una pateadura en regla.

Con su saco debajo del brazo se encaminó hacia el bar Montecarlo, rodeado de sus amigos, sin prestar mayor atención a sus comentarios que, parciales, exagerados, contradictorios, iban echando las bases de la leyenda.

—Hagamos un pozo —dijo Cieza en el bar—. Todos dan, menos Alberto.

Las botellas estaban ya en la mesa deschapadas, los vasos llenos, espumantes. Alberto se bebió uno al seco ahogando una sed inmemorial. Empezó entonces a hablar pero no de la pelea, como todos esperaban, sino de Berta.

—Ahora caigo —dijo Gastón—. Ella es la que te ha separado de la patota. Estoy seguro que has caído en la trampa, que te casas.

—El año entrante —dijo Alberto—. Estoy en todo ese lío de comprar muebles, pagar cuentas. Cuando hay que pagar letras, tienes que olvidarte de los amigos, trabajar y adiós los tragos, las malas noches. Eso es lo que he hecho en todo este año que no me han visto.

—Deja eso de lado y háblanos de la pelea —dijo Zacarías—. Ésta ha sido la más brutal de todas, mejor que cuando hiciste llorar a Calato Balbuena en la bajada de los baños.

—A Calato también le pegó el Negro Mundo —dijo Gastón.

—Pero al Negro le pegó el sargento Mendoza.

—Y a Mendoza, el cholo Gálvez.

Alberto depositó su vaso sobre la mesa. La cabeza le había comenzado a dar vueltas. Haciendo un esfuerzo se puso de pie. Gastón lo tiró del brazo, no podía irse así no más, estaban en la primera ronda.

—Estoy fuera de forma —dijo Alberto—. Un sólo vaso me ha emborrachado. Discúlpenme.

Entre las protestas de sus amigos se dirigió hacia la puerta del bar. Cieza lo alcanzó.

—No nos vas a dejar así. Un año que no nos vemos, la patota...

—Cuídate más la próxima vez, Cieza; déjate de patotas y de niñerías. Ya no soy el mismo de antes. Si me van a buscar la próxima vez para estas cosas, palabra que no salgo.

—Te acompaño.

—No —dijo secamente Alberto, y tomó el camino de su casa, estirado, digno, haciendo sonar marcialmente sus zapatos sobre la calzada.

Apenas dobló la esquina, fuera ya de la vista de su collera, se cogió el vientre, apoyó la cabeza en un muro y empezó a vomitar. Arcadas espasmódicas recorrían su cuerpo, mientras vacaba su estómago sobre la vereda. Respirando con vehemencia, logró enderezarse y siguió su camino tambaleándose, por calles aberrantes y veredas falaces que se escamoteaban bajo sus pies.

Penetró a tientas en su casa oscura. Ya su mamá se había acostado. Atravesó la sala, tropezándose con los muebles nuevos comprados a plazos y sin ánimo de entrar al baño o de pasar a la cocina, logró ubicar su dormitorio y se dejó caer vestido en la cama. Estaba sudando frío, temblaba, algo dentro de sí estaba roto, irremisiblemente fuera de uso. Estirando la mano hacia la mesa de noche buscó la jarra de agua, pero sólo halló la libretita donde hacía sus cuentas. Algo dijo su mamá desde la otra habitación, algo del horno, de la comida.

—Sí —murmuró Alberto sin soltar la libreta—. Sí, el próximo mes me nivelo.

Llevándose la mano al hígado, abrió la boca sedienta, hundió la cabeza en la almohada y se escupió por entero, esta vez sí, definitivamente, escupió su persona, sus proezas, su pelea, la postrera, perdida.

(París, 1969)

El ropero, los viejos y la muerte

El ropero que había en el cuarto de papá no era un mueble más, sino una casa dentro de la casa. Heredado de sus abuelos, nos había perseguido de mudanza en mudanza, gigantesco, embarazoso, hasta encontrar en el dormitorio paterno de Miraflores su lugar definitivo.

Ocupaba casi la mitad de la pieza y llegaba prácticamente al cielo raso. Cuando mi papá estaba ausente, mis hermanos y yo penetrábamos en él. Era un verdadero palacio barroco, lleno de perillas, molduras, cornisas, medallones y columnatas, tallado hasta en sus últimos repliegues por algún ebanista decimonónico y demente. Tenía tres cuerpos, cada cual con su propia fisonomía. El de la izquierda era una puerta pesada como la de un zaguán, de cuya cerradura colgaba una llave enorme, que ya en sí era un juguete proteico, pues la utilizábamos indistintamente como pistola, cetro o cachiporra. Allí guardaba mi papá sus ternos y un abrigo inglés que nunca se puso. Era el lugar obligado de ingreso a ese universo que olía a cedro y naftalina. El cuerpo central, que más nos encantaba por su variedad, tenía cuatro amplios cajones en la parte inferior. Cuando papá murió, cada uno de nosotros heredó uno de esos cajones y estableció sobre ellos una jurisdicción tan celosa como la que guardaba papá sobre el conjunto del ropero. Encima de los cajones había una hornacina con una treintena de libros escogidos. El cuerpo central terminaba en una puerta alta y cuadrangular, siempre con llave, nunca supimos qué contuvo, tal vez esos papeles y fotos que uno arrastra desde la juventud y que no destruye por el temor de perder parte de una vida que, en realidad, ya está perdida. Finalmente, el cuerpo de la derecha era otra puerta, pero cubierta con un espejo biselado. En su interior había cajones en la parte baja, para camisas y ropa blanca y encima un espacio sin tableros, donde cabía una persona de pie.

El cuerpo de la izquierda se comunicaba con el de la derecha por un pasaje alto, situado detrás de la hornacina. De este modo, uno de nuestros juegos preferidos era penetrar en el ropero por la puerta de madera y aparecer al poco rato por la puerta de vidrio. El pasaje alto era un refugio ideal para jugar a las escondidas. Cuando lo elegíamos, nunca nuestros amigos nos encontraban. Sabían que estábamos en el ropero, pero no imaginaban que habíamos escalado su arquitectura y que yacíamos extendidos sobre el cuerpo central, como en un ataúd.

La cama de mi papá estaba situada justo frente al cuerpo de la derecha, de modo que cuando se enderezaba sobre sus almohadones para leer el periódico se veía en el espejo. Se miraba entonces en él, pero más que mirarse miraba a los que en él se habían mirado. Decía entonces: «Allí se miraba don Juan Antonio Ribeyro y Estada y se anudaba su corbatín de lazo antes de ir al Consejo de Ministros», o «Allí se miró don Ramón Ribeyro y Álvarez del Villar, para ir después a dictar su cátedra a la Universidad de San Marcos», o «Cuántas veces vi mirarse allí a mi padre, don Julio Ribeyro y Benites, cuando se preparaba para ir al Congreso a pronunciar un discurso». Sus antepasados estaban cautivos, allí, al fondo del espejo. Él los veía y veía su propia imagen superpuesta a la de ellos, en ese espacio irreal, como si de nuevo, juntos, habitaran por algún milagro el mismo tiempo. Mi padre penetraba por el espejo al mundo de los muertos, pero también hacía que sus abuelos accedieran por él al mundo de los vivos.

Admirábamos la inteligencia con que ese verano se expresaba, sus días siempre claros y accesibles al goce, el juego y la felicidad. Mi padre, que desde que se casó había dejado de fumar, de beber y de frecuentar a sus amigos, se mostró más complaciente, y como los frutales de la pequeña huerta habían dado sus mejores dádivas, invitando a la admiración, y se había logrado al fin adquirir en la casa una vajilla decente, decidió recibir, de tiempo en tiempo, a alguno de sus viejos camaradas.

El primero fue Alberto Rikets. Era la versión de mi padre, pero en un formato más reducido. La naturaleza se había dado el trabajo de editar esa copia, por precaución. Tenían la misma palidez, la misma flacura, los mismos gestos y hasta las mismas expresiones. Todo ello venía de que habían estudiado en el mismo colegio, leído los mismos libros, pasado las mismas malas noches y sufrido la misma larga y dolorosa enfermedad. En los diez o doce años que no se veían, Rikets había hecho fortuna trabajando tenazmente en una farmacia que ya era suya, a diferencia de mi padre, que sólo había conseguido a duras penas comprar la casa de Miraflores.

En esos diez o doce años Rikets había hecho algo más: tener un hijo, Albertito, al que trajo en su visita inaugural. Como los hijos de los amigos rara vez llegan a ser amigos entre sí, nosotros recibimos a Albertito con recelo. Lo encontramos raquítico, lerdo y por momentos francamente idiota. Mientras mi padre paseaba a Alberto por la huerta, mostrándole el naranjo, la higuera, los manzanos y las vides, nosotros llevamos a Albertito a jugar a nuestro cuarto. Como Albertito no tenía hermanos, ignoraba muchos de nuestros juegos caseros y colectivos, se mostró torpe para asumir el papel de indio y mucho más para dejarse cocer a tiros por el sherif. Tenía una forma poco convincente de caer muerto y era incapaz de comprender que una raqueta de tenis podía también ser una ametralladora. Por todo ello renunciamos a compartir con él nuestro juego preferido, el del ropero, y nos concentramos más bien en entretenimientos menudos y mecánicos, que dejaban a cada cual librado a su propia suerte, como hacer rodar carritos por el piso o armar castillos con cubos de madera.

Mientras jugábamos esperando la hora del almuerzo, veíamos por la ventana a mi padre y a su amigo, que recorrían ahora el jardín, pues había llegado el turno de admirar la magnolia, el cardenal, las dalias, los claveles y los alhelíes. Desde hacía años mi padre había descubierto las delicias de la jardinería y la profunda verdad que había en la forma de un girasol o en la eclosión de una rosa. Por eso sus días libres, lejos de pasarlos como antes en fatigosas lecturas que lo hacían meditar sobre el sentido de nuestra existencia, los ocupaba en tareas simples como regar, podar, injertar o sacar malayerba, pero en las que ponía una verdadera pasión intelectual. Su amor a los libros había derivado hacia las plantas y las flores. Todo el jardín era obra suya y como un personaje volteriano había llegado a la conclusión de que en cultivarlo residía la felicidad.

—Algún día me compraré en Tarma no un terreno como acá, sino una verdadera granja, y entonces verás, Alberto, entonces sí verás lo que puedo llegar a hacer —escuchamos decir a mi padre.

—Mi querido Perico, para Tarma Chaclacayo —respondió su amigo, aludiendo a la casa suntuosa que se estaba construyendo en dicho lugar—. Casi el mismo clima y apenas a cuarenta kilómetros de Lima.

—Sí, pero en Chaclacayo no vivió mi abuelo, como en Tarma.

¡Aún sus antepasados! Y sus amigos de juventud lo llamaban Perico.

Albertito hizo rodar su carrito debajo de la cama, se introdujo bajo ella para buscarlo y entonces lo escuchamos lanzar un grito de victoria. Había descubierto allí una pelota de fútbol. Hasta ese momento ignorábamos, nosotros que penábamos para entretenerlo, que si tenía una manía secreta, un vicio de niño decrépito y solitario, era el de darle de patadas a la pelota de cuero.

Ya la había cogido del pasador y se aprestaba a darle un puntapié, pero lo contuvimos. Jugar en el cuarto era una locura, hacerlo en el jardín nos estaba expresamente prohibido, de modo que no quedó otro remedio que salir a la calle.

Esa calle había sido escenario de dramáticos partidos que jugáramos años atrás contra los hermanos Gómez, partidos que duraban hasta cuatro y cinco horas y que terminaban en plena oscuridad, cuando ya no se veía ni arcos ni rivales y se convertían, los partidos, en una contienda espectral, en una batalla feroz y ciega en la que cabían todo tipo de trampas, abusos e infracciones. Nunca ningún equipo profesional puso, como nosotros en esos encuentros infantiles, tanto odio, tanto encarnizamiento y tanta vanidad. Por eso cuando los Gómez se mudaron abandonamos para siempre el fútbol, nada podía ya ser comparable a esos pleitos, y recluimos la pelota debajo de la cama. Hasta que Albertito la encontró. Si quería fútbol, se lo daríamos hasta por las narices.

Hicimos el arco junto al muro de la casa para que la pelota rebotara en él y colocamos a Albertito de guardavalla. Nuestros primeros tiros los atajó con valentía. Pero luego lo bombardeamos con disparos rasantes, para darnos el placer de verlo estirado, despatarrado y vencido.

Luego le tocó patear a él y yo pasé al arco. Para ser enclenque tenía una patada de mula y su primer tiro lo detuve, pero me dejó doliendo las manos. Su segundo tiro, dirigido a un ángulo, fue un gol perfecto, pero el tercero fue un verdadero prodigio: la bola cruzó por entre mis brazos, pasó por encima del muro, se coló entre las ramas del jazminero trepador, salvó un cerco de cipreses, rebotó en el tronco de la acacia y desapareció en las profundidades de la casa.

Durante un rato esperamos sentados en la vereda que nos fuera devuelta la pelota por la sirvienta, como solía ocurrir. Pero nadie aparecía. Cuando nos aprestábamos a ir a buscarla, se abrió la puerta falsa de la casa y salió mi padre con la pelota debajo del brazo. Estaba más pálido que de costumbre, no dijo nada, pero lo vimos dirigirse resueltamente hacia un obrero que venía silbando por la vereda del frente. Al llegar a su lado le colocó la pelota entre las manos y volvió a la casa sin ni siquiera mirarnos. El obrero tardó en darse cuenta que esa pelota le acababa de ser regalada y cuando se percató de ello emprendió tal carrera que no pudimos alcanzarlo.

Por la expresión de abatimiento de mi mamá, que nos esperaba en la puerta para llamarnos a la mesa, supusimos que había ocurrido algo muy grave. Con un gesto tajante de la mano nos ordenó entrar a la casa.

—¡Cómo han hecho eso! —fue lo único que nos dijo cuando pasamos a su lado.

Pero al notar que una de las ventanas del dormitorio de mi papá, la única que no tenía reja, estaba entreabierta, sospechamos lo que había sucedido: Albertito, con un golpe maestro, que nunca ni él ni nadie repetiría así pasaran el resto de su vida ensayándolo, había logrado hacerle describir a la pelota una trayectoria insensata que, a pesar de muros, árboles y rejas, había alcanzado al espejo del ropero en pleno corazón.

El almuerzo fue penoso. Mi padre, incapaz de reprendernos delante de su invitado, consumía su cólera en un silencio que nadie se atrevía a interrumpir. Sólo a la hora del postre mostró cierta condescendencia y contó algunas anécdotas que regocijaron a todos. Alberto lo imitó y la comida terminó entre carcajadas. Pero ello no borró la impresión general de que ese almuerzo, esa invitación, esos buenos deseos de mi padre de reanudar con sus viejas amistades —cosa que nunca repitió— había sido un fiasco total.

Los Rikets se fueron de buena hora, para terror de nosotros, que temíamos que nuestro padre aprovechara la coyuntura para castigarnos. Pero la visita lo había fatigado y sin decirnos nada se fue a dormir su siesta.

Cuando se despertó, nos congregó en su cuarto. Estaba descansado, plácido, recostado en sus almohadones. Había hecho abrir de par en par las ventanas para que penetrara la luz de la tarde.

—Miren —dijo señalando el ropero.

Era en realidad lamentable. Al perder el espejo el mueble había perdido su vida. Donde estaba antes el cristal sólo quedaba un rectángulo de madera oscura, un espacio sombrío que no reflejaba nada y que no decía nada. Era como un lago radiante cuyas aguas se hubieran súbitamente evaporado.

—¡El espejo donde se miraban mis abuelos! —suspiró y nos despachó en seguida con un gesto.

A partir de entonces, nunca lo escuchamos referirse más a sus antepasados. La desaparición del espejo los había hecho automáticamente desaparecer. Su pasado dejó de atormentarlo y se inclinó más bien curiosamente sobre su porvenir. Ello tal vez porque sabía que pronto había de morirse y que ya no necesitaba del espejo para reunirse con sus abuelos, no en otra vida, porque él era un descreído, sino en ese mundo que ya lo subyugaba, como antes los libros y las flores: el de la nada.

(París, 1972)

Silvio en El Rosedal

Terra incognita

El doctor Álvaro Peñaflor interrumpió la lectura del libro de Platón que tenía entre las manos y quedó contemplando por los ventanales de su biblioteca las luces de la ciudad de Lima que se extendían desde La Punta hasta el Morro Solar. Era un anochecer invernal inhabitualmente despejado. Podía distinguir avisos luminosos parpadeando en altos edificios y detrás la línea oscura del mar y el perfil de la isla de San Lorenzo.

Cuando quiso reanudar su lectura notó que estaba distraído, que desde esa galaxia extendida a sus pies una voz lo llamaba. Habituado a los análisis finos escrutó nuevamente por la ventana y se escrutó a sí mismo y terminó por descubrir que la voz no estaba fuera sino dentro de él. Y esa voz le decía: sal, conoce tu ciudad, vive.

Ya días antes esa voz había intentado hacerse presente, pero la había sofocado. Su mujer y sus dos hijas habían partido hacia México y Estados Unidos en una *tour* económica, hacía dos semanas, y desde entonces, por primera vez desde que se casó, se había quedado completamente solo. Solo en esa casa que después de veinte años de ahorros había construido en una colina de Monterrico y en la cual creía haber encontrado el refugio ideal para un hombre desapegado de toda ambición temporal, dedicado sólo a los placeres de la inteligencia.

Pero la soledad tenía muchos rostros. Él había conocido únicamente la soledad literaria, aquella de la que hablaban poetas y filósofos, sobre la cual había dictado cursillos en la universidad y escrito incluso un lindo artículo que mereció la congratulación de su colega, el doctor Carcopino. Pero la soledad real era otra cosa. Ahora la vivía y se daba cuenta cómo crecía el espacio y se dilataba el tiempo cuando uno se hallaba abandonado a su propio transcurrir en un lugar que, aunque no fuese grande, se volvía insondable, porque ninguna voz respondía a la suya ni ningún ser refractaba su existencia. La vieja criada Edelmira estaba, es verdad, pero perdida en las habitaciones interiores, ocupada en misteriosos trajines de los cuales no le llegaban sino los signos, un piso encerado, unas camisas lavadas, un golpe en la puerta anunciando que la cena estaba servida.

El golpe llegó también esta vez, pero el doctor no respondió. Detrás de la puerta Edelmira dejó escuchar una exclamación perpleja, pero cuando el doctor dijo que no se preocupara, que tenía una invitación a comer, se escucharon unos pasos enojados que se alejaban hasta esfumarse en el silencio. Sólo entonces el doctor comprendió que sus palabras se habían anticipado a su decisión y, puesto que ya lo había dicho, no le quedó más remedio que ponerse el saco, buscar las llaves de su automóvil y bajar las escaleras.

Cuando estuvo frente al volante quedó absolutamente absorto. Él tenía un conocimiento libresco pero perfecto de las viejas ciudades helenas, de todos los laberintos de la mitología, de las fortalezas donde perecieron tantos héroes y fueron heridos tantos dioses, pero de su ciudad natal no sabía casi nada, aparte de los caminos que siempre había seguido para ir a la universidad, a la biblioteca nacional, a la casa del doctor Carcopino, donde su madre. Por eso, al poner el carro en marcha, se dio cuenta que sus manos temblaban, que este viaje era realmente una exploración de lo desconocido, la *terra incognita.*

Vagó y divagó por urbanizaciones recientes, florecientes, cuyo lenguaje trató en vano de descifrar y que no le dijo nada. Al fin una pista lo arrancó de ese archipiélago de un confort monótono y más bien tenebroso y lo condujo hacia Miraflores, adonde iba muy rara vez, pero del cual conservaba algunos recuerdos juveniles: el parque, un restaurante con terraza, un vino pasable, muchachas que entonces le parecieron de una belleza inmortal.

No le fue difícil ubicar el local, pero notó que había sufrido una degradación: la terraza había sido suprimida. Se instaló entonces en el interior ruidoso, donde grupos familiares comían pizzas y spaghetti. Pidió una ternera a la milanesa y se decidió a beber un vino chileno. Pero le bastó un somero examen de su contorno para darse cuenta que de allí no cabía esperar nada. Las bellas deidades de su adolescencia habían desaparecido, frecuentaban seguramente otros lugares o eran ahora esas matronas saciadas que tronaban en una mesa blandiendo como signo de realeza un tenedor.

A pesar de ello terminó su vino y al hacerlo el local se volvió más risueño. Distinguió incluso una mujer que estaba sola, bella por añadidura, y que observaba indecisa un helado piramidal, con crema, cerezas y chocolate, al que al parecer no sabía por dónde atacar. Eliminando a todo el resto sólo concentró su atención en ella. Tenía un ensortijado cabello de Medusa y perfil que calificó de alejandrino. Se entretuvo en inventarle varios destinos —psicóloga, poetisa, actriz de teatro— hasta que sus miradas se cruzaron. Ello ocurrió varias veces y el doctor comenzó a encontrar la noche diabólicamente seductora. Pidió media botella más de vino, encendió un cigarrillo, examinó durante un momento la decoración del lugar y cuando volvió la mirada donde la solitaria notó con sorpresa que había devorado su helado en un santiamén y que llamando al mozo pagaba la cuenta y se retiraba. A partir de ese momento el local se ensombreció. El doctor penó para encontrar sabroso su vino, se escrutó con ansiedad llamando a la voz que antes lo llamaba, sin escuchar nada ni dentro ni fuera de sí. Esa salida había sido un fiasco total. No quedaba otra cosa que retornar a la lectura de Platón.

Pero cuando estuvo en la calle el aire fresco lo reanimó, escuchó el ruido del mar y en lugar de enrumbar a su casa recorrió en su automóvil la avenida principal observando sus calzadas, por donde derivaban retardados paseantes, cafés nuevos que iban cerrando, árboles que se mecían en la noche límpida, hasta que llegó al parquecito Salazar. Para asombro suyo grupos de muchachas y muchachos circulaban aún por sus veredas o platicaban en torno a una banca. No eran muchos, pero estaban allí y era reconfortante verlos, pues simbolizaban algo, eran como los milicianos de la noche resistiéndose a abandonar una ciudad que iba siendo anegada por el sueño.

Estacionando su automóvil quedó observándolos. Los grupos que circulaban en sentido contrario se detenían al cruzarse, quedaban un momento conversando y recomenzaban su marcha, intercambiando algunos de sus componentes. Los que estaban en torno a la banca cedían algunos de los suyos a los ambulantes y recibían otros en canje. Era un ir y venir aparentemente caótico, pero que obedecía a reglas inmemoriales, que se cumplían rigurosamente. Así, en pequeños espacios como ése, donde la gente se encontraba, se conocía, dialogaba, se afrontaba, debían haber surgido las premisas de la ciudad ateniense.

Y una figura entre todas lo intrigó. Era una muchacha en pantalones, de pelo muy largo, que parecía encarnar en un debate una posición extrema, pues era acosada por todos y se defendía haciendo graciosas fintas con el cuerpo o repartiendo gestos que mantenían a sus adversarios a distancia. Pero de pronto algo ocurrió, pues los que estaban junto a la banca quedaron callados y los que paseaban los imitaron y todos estaban inmóviles y miraban hacia él, el único auto detenido a esas horas en el lugar. De lejos daban la impresión de que parlamentaban en voz baja y un emisario partió en reconocimiento, la muchacha del pelo largo. Conforme se iba acercando el doctor registraba sus rasgos, sus formas y cuando estuvo cerca del auto comprobó que se trataba de un muchacho. El adolescente pasó cerca de la portezuela mirándolo con descaro y regresó donde sus amigos corriendo. Algo les dijo porque éstos rieron. Algunos lo señalaron con el dedo, otro hizo un ademán equívoco con el brazo. Escuchó claramente la palabra *viejo* y otras que entendió a medias pero que lo dejaron confuso. El ágora antigua estallaba, se ensuciaba. Encendiendo el contacto puso el carro en marcha y se alejó avergonzado.

Conducía distraído, extraviado, por calles arboladas y lóbregas, donde ya no se veía a nadie y sin ver tampoco a nadie, pues en espíritu estaba en su biblioteca, siete mil volúmenes lo rodeaban, del brazo de Jenofonte o de Tucídides recorría reinados, guerras, coronaciones y desastres. Y odiaba haber cedido a esa tentación banal, esa excursión por los extramuros de la serenidad, olvidando que hacía años había elegido una forma de vivir, la lectura de viejos manuales, la traducción paciente de textos homéricos y el propósito ilusorio pero tenaz de proponer una imagen antigua, probablemente escéptica, pero armoniosa y soportable de la vida terrenal.

El claxon de una camioneta que estuvo a punto de embestirlo lo sacó de sus meditaciones. Acababa de atravesar un puente sobre la Vía Expresa, el vino astringente le había dejado la garganta seca, ese barrio aún animado debía ser Surquillo, distinguió la enseña luminosa del bar El Triunfo, decían que era un antro de trancas y de grescas, no podía ser el ruido del mar lo que llegaba a sus oídos sino el canto de las sirenas, sus libros estaban tan lejos y la sed lo abrasaba, su auto estaba ya detenido frente al establecimiento y con paso resuelto caminaba hacia la puerta batiente.

En lugar de sirenas, hombres hirsutos y ceñudos bebían cerveza en los apartados pegados al muro o en las mesitas del espacio central. Ocupando una de éstas pidió también una cerveza y se deleitó con el primer sorbo de una amarga frescura y lo repitió llenándose la boca de espuma. Las noches podían ser eternas si uno sabía usar de ellas. Se entretuvo mirando las repisas cimbradas por el peso de la botellería, pero cuando quiso realmente implantar un sentido, un orden a lo que lo rodeaba, se dio cuenta que nada comprendía, que no había entrado a ningún lugar ni nada había entrado en él. Era el sediento perdido en el desierto, el náufrago aterrado buscando entre las brumas la costa de la isla de Circe. Figuras cetrinas en saco blanco patinaban sobre las baldosas con platos en la mano, una sirena gorda surgió en un apartado acosada por una legión de perfiles caprenses, por algún sitio alguien secaba vasos con un trapo sucio, algo así como un chino hacía anotaciones en una libreta, alguien rió a su lado y al mirarlo vio que desde millones de años atrás afluían a su rostro los rasgos del tiranosaurio, se llevó un vaso más a la boca buscando en la espuma la respuesta y ahora la sirena era la Venus Hotentote lacerada por los tábanos, sátiros hilares se dirigían con la mano en la bragueta hacia una puerta oscura y todo estaba lleno de moscas, miasmas y mugidos. Al levantar la mano tenía delante una grasienta corbata de mariposa. Dejó unos billetes y salió mirando escrupulosamente sus zapatos, avanzaba primero un pie y después el otro, sobre un dibujo de una incomprensible geometría, entre colillas de cigarros y cápsulas de botellas.

Anduvo tambaleándose por la acera, su auto debía estar en algún lugar, avanzó una centena de metros, llegó a una esquina, otro bar abría su enorme portón, mesitas de mármol acogían a una población chillona que hacía desaforados gestos con los brazos. No tuvo ánimo de entrar allí y prosiguió su camino, seguía buscando, pero no era la buena senda, desapareció el asfalto, los faroles se hicieron raros, perros veloces cruzaron la pista, escuchó correr el agua de una acequia, olía a matorral, un animal alado le rozó el cabello. Estaba en el reino de las sombras. Allí debían reposar los dioses vencidos, los héroes occisos de la *Ilíada.*

Un estrecho zaguán lo absorbió y se encontró con los codos apoyados en un mostrador de madera. A lo lejos se escuchaba croar a las ranas. Detrás de esos muros de adobe debía estar el descampado. Le había parecido leer a la entrada un letrero pintado a la brocha gorda que rezaba El Botellón. Por eso pidió el botellón y el botellón ya estaba allí, echando espuma por el pico y no pudo evitar el cogerlo entre sus manos, eso era lo que quería, la regla había sido transgredida, lo levantó con un gesto de adoración y bebió del gollete como hacían los otros, mientras escuchaba al hombre que hablaba a su lado o recitaba o cantaba, no lo sabía, era un rostro tiznado, gruesos labios emitían un discurso cadencioso, estimado caballero, un humilde servidor de usted, aprovechando de las circunstancias, hijo de un cortador de caña, nunca es tarde para aprender, decirle con toda modestia...

¿Qué decía? Haciendo un esfuerzo fijó su atención y descubrió al gigante, al invencible guerrero que se reposaba de sus lides y se esparcía narrando sus hazañas. Su ruda mano estaba apoyada en el mostrador y mostraba los estigmas del combate. Pero viéndolo bien, no era un guerrero, era el héroe civil confesando su culpa antes de ir al suplicio. Pero ni siquiera era eso, apenas un negro corpulento, medio borracho, que le hacía salud con su botella y le pedía un cigarrillo.

El doctor se lo ofreció y como premio inmediato recibió una palmada en la espalda. Pero luego un botellón espumante y ya estaba escuchándolo, once hermanos, al camión le faltaba una llanta, don Belisario era un hijo de puta, con perdón de usted, y toda esta historia tan llena de galardones, refranes y paréntesis lo fascinaba como la lectura de un texto hermético y a su vez ofreció un botellón, mientras se animaba a intercalar un comentario que hizo reflexionar a su interlocutor y lo forzó a nuevos comentarios y de pronto era él quien hablaba, por algún extraño camino había llegado a la poesía, los ojos del gigante estaban muy abiertos, de sus labios hinchados salió una copla en respuesta a una cita de Anacreonte, pero todo era muy frágil, el hilo tendido estaba a punto de romperse, detrás del mostrador alguien gritaba que todo el mundo debía irse, justo cuando el negro reía y le ponía la mano en el hombro, ya son las tres de la mañana, no tenemos licencia, sonaron golpes en el mostrador y todos estaban de pie, el portón se cerraba, iban saliendo en grupos a la calle oscura, parejas abrazadas tomaban senderos secretos hacia las copas del alba y el negro le preguntaba, ilustre caballero, dónde vamos a tomarnos, querido amigo, el último botellón y él respondió en mi casa.

Algo había sucedido. El negro se le recostó bruscamente al dar una curva, perdió el timón y se estrellaron contra una cerca de barro: una abolladura en el guardafango. Pero eso era ya historia antigua, tan lejana como la batalla de las Termópilas. Ya habían entrado a la biblioteca, el negro estuvo a punto de caer de espaldas cuando vio tantos libros, preguntó si los había leído todos y terminó por hundirse en el sillón de cuero, el mismo en el cual el doctor Carcopino, desde hacía tantísimos años, acostumbraba a repantigarse para comunicarle sus últimas lecturas de historia romana. Pero eso no era lo importante, ni el accidente ni el desconocido en lugar de Carcopino, era otra cosa, el hilo se había roto o se había enredado, el doctor estaba sentado frente al coloso y veía sus ojos enormes que lo miraban y sus gruesas manos inmóviles en las acodaderas del sillón, sin decir nada ni pedir nada, como si estuviera fuera del tiempo, espiándolo, a la espera. Entonces, claro, recordó, habían venido a tomar un trago y ya se preguntaba de dónde sacaría algo con qué hacer un brindis, si en esa casa jamás había nada que beber y por ello se excusó y fue a husmear por el comedor, por la cocina, pero sigilosamente, no fuera que Edelmira se despertara, las viejas tenían sueño ligero y sus manos temblaban en la oscuridad, palpando tazas, ensaladeras, hasta que se animó a encender la luz y descubrió un depósito de olvidadas botellas, un pisco, un whisky, un oporto y llevó todo a la biblioteca en un azafate con un poco de hielo. Los ojos del negro emitieron un destello y sus labios sonrieron, pero no dijo nada y él tuvo que preguntarle qué quería, un pisco naturalmente, en otra copa sirvió un whisky y al hacer el primer brindis todo pareció dar marcha atrás y era como si estuvieran nuevamente en El Botellón, el gigante hablaba de sus once hermanos, del hijo de puta de don Belisario, con el perdón de usted, y el doctor sentía la tentación de asesinar a ese patrón tiránico y al mismo tiempo de romper con los dientes la dura caña dulce y caminar descalzo por las playas del sur.

Al hacer el segundo brindis tomó el relevo y empezó una exposición sobre la agricultura en la época de Pericles, las palabras le fluían como de una urna de oro, brotaban espontáneamente todas las flores de su erudición, sin hiato pasó del agro a la escultura, regalándose con su propia elocuencia, agobiado casi por el esplendor de una inteligencia que refulgía a esa hora ante un interlocutor que no daba otro signo de vida que su boca cada vez más abierta y que por último, como traspiraba, se desabrochó algunos botones de su camisa dejando ver un tórax convexo de una soberbia musculatura. Entonces el doctor se dio cuenta que no se había equivocado, que en El Botellón había visto justo, ese hombre era el héroe arcaico, la imagen de Aristogitón y se lo dijo, pero como el negro no interpretó el mensaje y se limitó a servirse otra copa, se puso de pie para inspeccionar los libros de su biblioteca, todo podía olvidar menos dónde estaba precisamente ese libro y abriendo sus páginas le mostró la figura de un esplendoroso desnudo con el brazo erguido en un gesto triunfal.

El negro la observó largo rato, sin dar mayores muestras de interés y terminó por decir calato, la tiene muerta y por echarse a reír, mientras se abría un botón más de la camisa descubriendo un escapulario del Señor de los Milagros. El doctor ya estaba contando la historia de ese ciudadano ateniense que asesinó a un déspota en compañía de un amigo y fue por ello torturado a muerte, pero se interrumpió al ver el escapulario. Cerró entonces su libro y quedó vacilando, pero ahora era el negro el que decía ilustrísimo profesor, la fe venía de herencia, querido doctor, había cargado tres veces el anda, escuche amigo, una cosa es la religión y otra la vida, oiga usted, eso no impide olvidarse de las necesidades del cuerpo y ya estaba sirviéndose otra copa, mientras señalaba el libro que el doctor tenía cerrado contra su pecho y repetía lo del hombre calato que la tiene muerta y redoblaba su risa pataleando contra el piso alfombrado. El doctor estuvo a punto de imitarlo, pero se contuvo, iba hacia los estantes a guardar su libro, el abismo que crea la diferencia de cultura, escribir un ensayo sobre la forma de hacer accesible el arte al pueblo, colocó el libro en su lugar, mostrarle otras imágenes, pero cuando volvió la cabeza notó que el negro sostenía su copa vacía en la mano y se había quedado dormido en el sillón, completamente descamisado y cubierto de sudor. Entonces dirigió la mirada hacia los ventanales y vio las luces de Lima, que seguían clamando angustiosamente en la noche impávida.

Quitándose el saco se sentó en el sillón y como no sabía qué hacer se sirvió un whisky. En su escritorio distinguió un alto de papeles, un curso en preparación sobre Aristófanes, pero los olvidó y volvió su mirada hacia el gigante dormido, un Aristogitón ilusorio que iba recobrando el ropaje del camionero ebrio. Imaginó un instante que entraba el doctor Carcopino con un legajo bajo el brazo, pero rechazó indignado esta imagen y otra vez observó los ventanales, avisos luminosos se apagaban, algo indicaba el amanecer inminente. Edelmira era madrugadora y lo primero que hacía al levantarse era recoger de la biblioteca el cenicero sucio y la taza de café. Acercándose al sillón rozó con la mano la mejilla del coloso pero no logró sino arrancarle un ronquido. Con ambas manos lo abofeteó, cada vez más fuerte, la cabeza se bamboleaba de un lado para otro, no llegaba ninguna respuesta, apenas la copa cayó de su mano. Yendo al baño regresó con una toalla mojada, le frotó la frente, la cara, los hombros, pero nada salía de ese pesado monolito. Por último lo cogió de las muñecas y trató de`levantarlo, era un combate desigual, lograba un instante atraerlo hacia sí pero cedía ante su peso, consiguió separarlo del espaldar y ponerlo casi de pie para luego caer encima de él, lo tenía abrazado, olía su sudor, sentía en la cara la piel de su pecho, la barbilla mal afeitada le raspaba la frente, buscó su garganta y apretó, ojos enormes se abrieron, ojos asustados, carajo, lo empujaba hacia atrás, qué pasa, estuvo a punto de hacerlo caer, pero algo debió recordar pues ahora se excusaba, distinguido caballero, cualquiera se queda dormido, ilustre doctor, y miraba parpadeando su pecho desnudo, su camisa en el suelo y luego al doctor, que a su vez pedía perdón, no había sido nada, voy a llamar un taxi y el negro se miraba otra vez el torso, el pantalón y se dejaba caer en el sillón indagando por su copa, necesito otra oiga usted, pero no era posible, allí estaba la ducha, un chorro de agua fría le haría bien y al fin Aristogitón estaba de pie, más fornido que nunca, preguntando por qué tenía que irse de allí y si no había una cama donde tirarse.

Y el ruido del agua llegaba desde la ducha, mientras iba amaneciendo. El doctor estaba en su sillón, fumando, mirando agobiado los siete mil libros que lo circundaban. El taxi debía estar en camino. Tal vez en el cuarto de huéspedes, si hubiera pensado antes, abandonar a alguien así. Una voz tronó en el baño y de un salto se puso de pie, Edelmira y su leve sueño, el doctor Carcopino, estaba pidiendo una toalla y se atrevía a reír bromeando a propósito de los caños tan gordos y encorvados y tuvo que entrar con un paño enorme y ver la recia forma oscura contra la mayólica blanca, mientras el coloso aún medio perdido entre El Botellón, el agro, la ducha, el escapulario, seguía diciendo que la religión no tenía nada que ver con las necesidades de la vida y que después de todo no había ningún problema, siempre que hubiera una cama blanda donde tirarse y algo que le permitiese cambiar la llanta del camión.

El doctor había enmudecido. La idea del cuarto de huéspedes la abandonó, había escuchado en los bajos el claxon de un automóvil, no sabía aún qué ritmo era el del coloso, el chofer del taxi podía tocar el timbre, cada cual se vestía a una velocidad, pero el negro era de los rápidos y ya estaba en la biblioteca abotonándose la camisa, siempre sonriente, una copa le vendría bien, luego un café caliente. Ya el cielo estaba celeste, podía llevarse la botella pero no habría café, debía comprender, sus obligaciones, y lo estaba empujando hacia las escaleras, mientras el negro no ofrecía mucha resistencia, esas cosas ocurrían, ilustrísimo doctor, ha sido un placer, pero alguien tiene que pagar el taxi, ya sabe usted a sus órdenes, todas las noches en El Botellón, y el billete pasó de una mano a otra y al fin la puerta estaba cerrada con doble llave y el doctor pudo subir jadeando hasta la biblioteca.

Miró por los ventanales. El taxi se alejaba en la ciudad ya extinguida. En su escritorio seguían amontonados sus papeles, en los estantes todos sus libros, en el extranjero su familia, en su interior su propia efigie. Pero ya no era la misma.

(París, agosto de 1975)

El polvo del saber

Todos los días al salir de la universidad o entre dos cursos caminaba hasta la calle Washington y me detenía un momento a contemplar, por entre las verjas, los muros grises de la casona, que protegían celosa, secretamente, la clave de la sabiduría.

Desde niño sabía que en esa casa se conservaba la biblioteca de mi bisabuelo.

De ésta había oído hablar a mi padre, quien siempre atribuyó la quiebra de su salud a la vez que tuvo que mudarla de casa. Mientras mi bisabuelo vivió, los diez mil volúmenes estuvieron en la residencia familiar de la calle Espíritu Santo. Pero a la muerte del patriarca, sus hijos se repartieron sus bienes y la biblioteca le tocó al tío Ramón, que era profesor universitario.

Ramón era casado con una señora riquísima, estéril, sorda e intratable, que lo martirizó toda su vida. Para desquitarse de su fracaso matrimonial, la engañaba con cuanta mujer le pasaba por delante. Como no tenía hijos, hizo de mi padre su sobrino preferido, lo que significaba al mismo tiempo que una expectativa de herencia una fuente de obligaciones. Es así que cuando hubo que trasladar la biblioteca de Espíritu Santo a su casa de la calle Washington, mi padre fue el encargado de la mudanza.

Contaba mi padre que en trasladar los miles de volúmenes tardó un mes. Tuvo que escalar altísimas estanterías, encajonar los libros, llevarlos a la otra casa, volver a ordenarlos y clasificarlos, todo esto en un mundo de pelusas y polilla. Cuando terminó su trabajo quedó cansado para el resto de su vida. Pero toda esta fatiga tenía su recompensa. Cuando tío Ramón le preguntó qué quería que le dejara al morir, mi padre respondió sin vacilar:

—Tu biblioteca.

Mientras tío Ramón vivió, mi padre iba regularmente a leer a su casa. Ya desde entonces se familiarizaba con un bien que algún día sería suyo. Como mi bisabuelo había sido un erudito, su biblioteca era la de un humanista y constituía la suma de lo que un hombre culto debía saber a fines del siglo XIX. Más que en la universidad, mi padre se formó a la vera de esa colección. Los años más felices de su vida, repetía a menudo, fueron los que pasó sentado en un sillón de esa biblioteca, devorando cuanto libro caía en sus manos.

Pero estaba escrito que nunca entraría en posesión de ese tesoro. Tío Ramón murió súbitamente y sin testar y la biblioteca con el resto de sus bienes pasaron a propiedad de su viuda. Como tío Ramón murió además en casa de una querida, su viuda guardó a nuestra familia, y a mi padre en particular, un odio eterno. Jamás quiso recibirnos y optó por encerrarse en la calle Washington con su soledad, su encono y su sordera. Años más tarde cerró la casa y se fue a vivir donde unos parientes a Buenos Aires. Mi padre pasaba entonces a menudo delante de esa casa miraba su verja, sus ventanas cerradas e imaginaba las estanterías donde continuaban alineados los libros que nunca terminó de leer.

Y cuando mi padre murió, yo heredé esa codicia y esa esperanza. Me parecía un crimen que esos libros que un antepasado mío había tan amorosamente adquirido, coleccionado, ordenado, leído, acariciado, gozado, fueran ahora patrimonio de una vieja avara que no tenía interés por la cultura ni vínculos con nuestra familia. Las cosas iban a parar así a las manos menos apropiadas pero como yo creía aún en la justicia inmanente, confiaba en que alguna vez regresarían a su fuente original.

Y la ocasión se presentó. Supe que mi tía, que había pasado varios años en Buenos Aires sin dar signo de vida, vendría unos días a Lima para liquidar un negocio de venta de tierras. Se hospedó en el Hotel Bolívar y después de insistentes llamadas telefónicas logré persuadirla que me concediera una entrevista. Quería que me autorizara a elegir aunque sea algunos volúmenes de una biblioteca que, según pensaba decirle, «había sido de mi familia».

Me recibió en su *suite* y me invitó una taza de té con galletas. Era una momia pintarrajeada, enjoyada, verdaderamente siniestra. No abrió prácticamente la boca, pero yo adiviné que veía en mí la imagen de su marido, de mi padre, de todo lo que aborrecía. Durante los diez minutos que estuvimos juntos, tomó nota de mi embarazoso pedido, leyendo mi discurso en el movimiento de mis labios. Su respuesta fue tajante y fría: nada de lo que «era suyo» pasaría a nuestra familia.

Al poco tiempo de regresar a Buenos Aires falleció. Su casa de la calle Washington y todo lo que contenía fue heredado por sus parientes y de este modo la biblioteca se alejó aún más de mis manos. El destino de estos libros, en verdad, era derivar cada vez más, por el mecanismo de las transmisiones hereditarias, hacia personas cada vez menos vinculadas a ellos, chacareros del sur o anónimos bonaerenses que fabricaban tal vez productos en los que entraba el tocino y la rapiña.

La casa de la calle Washington continuó un tiempo cerrada. Pero quien la heredó —por algún misterio, un médico de Arequipa— resolvió sacar de ella algún provecho y como era muy grande la convirtió en pensión de estudiantes. De ello me enteré por azar, cuando terminaba mis estudios y había dejado de rondar por la vieja casona, perdida ya toda ilusión.

Un condiscípulo de provincia, de quien me hice amigo, me pidió un día que lo acompañara a su casa para preparar un examen. Y para sorpresa mía me condujo hasta la mansión de la calle Washington. Yo creí que se trataba de una broma impía, pero me explicó que hacía meses vivía allí, junto con otros cinco estudiantes de su terruño.

Yo entré a la casa devotamente, atento a todo lo que me rodeaba. En el vestíbulo había una señora guapa, probablemente la administradora de la pensión, motivo que yo desdeñé, para observar más bien el mobiliario e ir adivinando la distribución de las piezas, en busca de la legendaria biblioteca. No me fue difícil reconocer sofás, consolas, cuadros, alfombras, que hasta entonces sólo había visto en los álbumes de fotos de familia. Pero todos aquellos objetos que en las fotografías parecían llevar una vida serena y armoniosa habían sufrido una degradación, como si los hubieran despojado de sus insignias, y no eran ahora otra cosa que un montón de muebles viejos, destituidos, vejados por usuarios que no se preocupaban de interrogarse por su origen y que ignoraban muchas veces su función.

—Aquí vivió un tío abuelo mío —dije al notar que mi amigo se impacientaba al verme contemplar absorto un enorme perchero, del que antaño pendían pellizas, capas y sombreros y que ahora servía para colgar plumeros y trapos de limpieza—. Estos muebles fueron de mi familia.

Esta revelación lo impresionó apenas y me conminó a pasar a su cuarto para preparar el curso. Yo lo obedecí, pero me fue imposible concentrarme, mi imaginación continuaba viajando por la casa en pos de los invisibles volúmenes.

—Fíjate —le dije al fin—; antes de que empecemos a estudiar, ¿puedes decirme dónde está la biblioteca?

—Aquí no hay biblioteca.

Yo intenté persuadirlo de lo contrario: diez mil volúmenes, encargados en gran parte a Europa, mi bisabuelo los había reunido, mi tío abuelo Ramón poseído y custodiado, mi padre sopesado, olido y en gran parte leído.

—Nunca he visto un libro en esta casa.

No me dejé convencer y ante mi insistencia me dijo que tal vez quedaba algo en las habitaciones de los estudiantes de medicina, donde nunca había entrado. Fuimos a ellas y no vi más que muebles arruinados, ropa sucia tirada por los rincones y tratados de patología.

—¡Pero en algún sitio tienen que estar!

Mi amigo era ambicioso y feroz, como la mayoría de los estudiantes provincianos, y mi problema le interesaba un pito, pero cuando le dije que en esa biblioteca debían haber preciosos libros de derecho utilísimos para la preparación de nuestro examen, decidió consultarle a doña Maruja.

Doña Maruja era la mujer que había visto a la entrada y que —no me había equivocado— tenía a su cargo la pensión.

—¡Ah, los libros! —dijo—. ¡Qué trabajo me dieron! Había tres cuartos llenos. Eran unas vejeces. Cuando me hice cargo de esta pensión, hace tres o cuatro años, no sabía qué hacer con ellos. No podía sacarlos a la calle porque me hubieran puesto una multa. Los hice llevar a los antiguos cuartos de sirvientes. Tuve que contratar a dos obreros.

Los cuartos de la servidumbre quedaban en el traspatio. Doña Maruja me entregó la llave, diciéndome que si quería llevármelos encantada, así le desocuparía esas piezas, pero claro que era una broma, para ello necesitaría un camión, qué un camión, varios camiones.

Yo vacilé antes de abrir el candado. Sabía lo que me esperaba, pero por masoquismo, por la necesidad que uno siente a veces de precipitar el desastre, introduje la llave. Apenas abrí la puerta recibí en plena cara una ruma de papel mohoso. En el piso de cemento quedaron desparramadas encuadernaciones y hojas apolilladas. A esa habitación no se podía entrar sino que era necesario escalarla. Los libros habían sido amontonados casi hasta llegar al cielo raso. Emprendí la ascensión, sintiendo que mis pies, mis manos se hundían en una materia porosa y polvorienta, que se deshacía apenas trataba de aferrarla. De vez en cuando algo resistía a mi presión y lograba rescatar un empaste de cuero.

—¡Sal de allí! —me dijo mi amigo—. Te va a dar un cáncer. Eso está lleno de microbios.

Pero yo persistí y seguí escalando esa sapiente colina, consternado y rabioso, hasta que tuve que renunciar. Allí no quedaba nada, sino el polvo del saber. La codiciada biblioteca no era más que un montón de basura. Cada incunable había sido roído, corroído por el abandono, el tiempo, la incuria, la ingratitud, el desuso. Los ojos que interpretaron esos signos hacía años además que estaban enterrados, nadie tomó el relevo y en consecuencia lo que fue en una época fuente de luz y de placer era ahora excremento, caducidad. A duras penas logré desenterrar un libro en francés, milagrosamente intacto, que conservé, como se conserva el hueso de un magnífico animal prediluviano. El resto naufragó, como la vida como quienes abrigan la quimera de que nuestros objetos, los más queridos, nos sobrevivirán. Un sombrero de Napoleón, en un museo, ese sombrero guardado en una urna, está más muerto que su propio dueño.

(París, abril de 1974)

Tristes querellas en la vieja quinta

Cuando Memo García se mudó la quinta era nueva, sus muros estaban impecablemente pintados de rosa, las enredaderas eran apenas pequeñas matas que buscaban ávidamente el espacio y las palmeras de la entrada sobrepasaban con las justas la talla de un hombre corpulento. Años más tarde el césped se amarilló, las palmeras, al crecer, dominaron la avenida con su penacho de hojas polvorientas y manadas de gatos salvajes hicieron su madriguera entre la madreselva, las campanillas y la lluvia de oro. Memo, entonces había ya perdido su abundante cabello oscuro, parte de sus dientes, su andar se hizo más lento y moroso, sus hábitos de solterón más reiterativos y prácticamente rituales. Las paredes del edificio se descascararon y las rejas de madera de las casas exteriores se pudrieron y despintaron. La quinta envejeció junto con Memo, presenció nacimientos, bodas y entierros y entró en una época de decadencia que, por ello mismo, la había impregnado de cierta majestad.

Todo el balneario había además cambiado. De lugar de reposo y baños de mar, se había convertido en una ciudad moderna, cruzada por anchas avenidas de asfalto. Las viejas mansiones republicanas de las avenidas Pardo, Benavides, Grau, Ricardo Palma, Leuro y de los malecones, habían sido implacablemente demolidas para construir en los solares edificios de departamentos de diez y quince pisos, con balcones de vidrio y garajes subterráneos. Memo recordaba con nostalgia sus paseos de antaño por calles arboladas de casas bajas, calles perfumadas, tranquilas y silenciosas, por donde rara vez cruzaba un automóvil y donde los niños podían jugar todavía al fútbol. El balneario no era ya otra cosa que una prolongación de Lima, con todo su tráfico, su bullicio y su aparato comercial y burocrático. Quienes amaban el sosiego y las flores se mudaron a otros distritos y abandonaron Miraflores a una nueva clase media laboriosa y sin gusto, prolífica y ostentosa, que ignoraba los hábitos antiguos de cortesanía y de paz y que fundó una urbe vocinglera y sin alma, de la cual se sentían ridículamente orgullosos.

Memo ocupó desde el comienzo y para siempre un departamento al fondo de la quinta, en el pabellón transversal de dos pisos, donde se alojaba la gente más modesta. Ocupaba en la planta alta una pieza con cocina y baño, extremadamente apacible, pues limitaba por un lado con el jardín de una mansión vecina y por el otro con un departamento similar al suyo, pero utilizado como depósito por un inquilino invisible. De este modo llevaba allí, especialmente desde que se jubiló, una vida que se podría calificar de paradisíaca. Sin parientes y sin amigos, ocupaba sus largos días en menudas tareas como coleccionar estampillas, escuchar óperas en una vieja vitrola, leer libros de viajes, evocar escenas de su infancia, lavar su ropa blanca, dormir la siesta y hacer largos paseos, no por la parte nueva de la ciudad, que lo aterraba, sino por calles como Alcanfores, La Paz, que aún conservaban si no la vieja prestancia señorial algo de placidez provinciana.

Su vida, en una palabra, estaba definitivamente trazada. No esperaba de ella ninguna sorpresa. Sabía que dentro de diez o veinte años tendría que morirse y solo además, como había vivido solo desde que desapareció su madre. Y gozaba de esos años póstumos con la conciencia tranquila: había ganado honestamente su vida —sellando documentos durante un cuarto de siglo en el Ministerio de Hacienda—, había evitado todos los problemas relativos al amor, el matrimonio, la paternidad, no conocía el odio ni la envidia ni la ambición ni la indigencia y, como a menudo pensaba, su verdadera sabiduría había consistido en haber conducido su existencia por los senderos de la modestia, la moderación y la mediocridad.

Pero, como es sabido, nada en esta vida está ganado ni adquirido. En el recodo más dulce e inocente de nuestro camino puede haber un áspid escondido. Y para Memo García los proyectos edénicos que se había forjado para su vejez se vieron alterados por la aparición de doña Francisca Morales.

Primero fue el ruido de un caño abierto, luego un canturreo, después un abrir y cerrar de cajones lo que le revelaron que había alguien en la pieza vecina, esa pieza desocupada cuyo silencio era uno de los fundamentos de su tranquilidad. Ese día había estado ausente durante muchas horas y bien podía entretanto haberse producido, sin que él lo presenciara, alguna mudanza en la quinta. Para comprobarlo salió al balcón que corría delante de los departamentos, justo en el momento en que una señora gorda, casi enana, de cutis oscuro, asomaba con un pañuelo amarrado en la cabeza y una jaula vacía en la mano. Le bastó verla para dar media vuelta y entrar nuevamente a su casa tirando la puerta, al mismo tiempo que ella lo imitaba. Apenas habían tenido tiempo para mirarse a los ojos, pero les había bastado ese fragmento de segundo para reconocerse, identificarse y odiarse.

Memo permaneció un momento indeciso, poseído por un sentimiento nuevo, acompañado de vagos y puramente teóricos deseos homicidas, pero luego resolvió que el único partido a tomar era espiar a su vecina. Por intuición sabía que la única manera de derrotar a un enemigo —y esa señora gorda lo era— consistía en conocer escrupulosamente su vida, dominar por el intelecto sus secretos más recónditos y descubrir sus aspectos más vulnerables.

Al cabo de una semana de observación descubrió que se levantaba a las seis de la mañana para ir a misa, que había puesto una tarjeta en la puerta donde se leía *Francisca Viuda de Morales,* que hacía sus compras en la pulpería de la esquina, que no recibía visitas, que algunas tardes iba a curiosear tiendas al Parque, que usaba un sombrero de anchas alas y un traje negro muy largo para ir probablemente al cementerio y que el resto del día dormía, cosía, leía y canturreaba en su cuarto o en el balcón sentada en una vieja mecedora.

Mal que bien comenzó a sospechar que se trataba de una vecina soportable, que alteraba apenas sus hábitos y dotaba más bien a su soledad de un decorado sonoro hecho de los muros más inocuos, hasta la vez que se le ocurrió, como sucedía cada diez o quince días, escuchar una de sus óperas en su vitrola de cuerda. Apenas Caruso había atacado su área preferida sintió en la pared un ruido seco. ¿Algún descuido de su vecina? Pero al poco rato el ruido se repitió y cuando Memo volvió a poner el disco los golpes se hicieron insistentes. «¿Va a quitar esa música de porquería?» Memo quedó helado. Nadie en la vida lo había interpelado de esa manera. No sólo era un insulto pérfido contra su persona sino una ofensa a su cantor favorito. Sin hacer caso continuó escuchando a Caruso. Pero la voz de contralto de su vecina se impuso: «Pedazo de malcriado, ¿no se da cuenta que me molesta con esos chillidos?» Memo quedó un momento callado y al fin apretando los puños y los dientes gritó: «¡Aguántelos!» A mala hora. Ya no fueron golpes esporádicos los que removieron la pared, sino un martilleo insoportable, hecho seguramente con el metal de una cacerola. Memo estuvo a punto de ceder, pero adivinando que una primera concesión lo llevaría al sometimiento absoluto, aumentó el volumen de su vitrola y prosiguió escuchando impasible su ópera. La vieja continuó golpeando y refunfuñando y al fin cansada se fue de su casa tirando la puerta.

Este primer incidente alarmó un poco a Memo, pero al mismo tiempo halagó su vanidad, no se había dejado impresionar por esas bravatas y al final había salido con su gusto. Una vecina vieja y gorda no iba a mudar su rutina ni a menguar su tranquilidad. En los días siguientes continuó escuchando óperas, sin que la vecina pudiera impedírselo. Después de algunas protestas como «¡Ya empieza usted con su fregadera! ¡Me quiere volver loca!», optaba por irse de paseo hasta el atardecer. Memo tuvo la impresión de que el enemigo cedía terreno y que esa primera batalla estaba prácticamente ganada.

Una tarde vio llegar a doña Pancha con una enorme caja de cartón, que lo intrigó. Estuvo tentado primero de salir al corredor y espiarla por la ventana, pero finalmente optó por pegar el oído a la pared. La escuchó canturrear y deambular por la pieza desplazando muebles. Al poco rato una voz de hombre llenó la habitación vecina. Era alguien que hablaba de las ventajas del fijador de cabello Glostora. Memo se desplomó en su sillón: ¡un aparato de radio! El locutor anunciaba ahora el programa «Una hora en el trópico». Y la hora en el trópico empezó con la voz aflautada de un cantante de boleros. Memo escuchó dos o tres canciones sin atinar a moverse, pero cuando se inició la siguiente avanzó hacia la vitrola y colocó su Caruso. Su vecina aumentó el volumen y Memo la imitó. Aún no se habían dado cuenta, pero había empezado la guerra de las ondas.

Ésta duró interminables días. Doña Pancha había descubierto un arma más poderosa que la música bailable: el radioteatro. Su habitación se llenó de exclamaciones, llantos, quejidos, mallas de una historia que se prolongaba de tarde en tarde y en la cual, mal que bien, Memo había terminado por reconocer algunos personajes siempre arruinados o atacados por enfermedades incurables, pero incapaces de morir. Como le pareció indecente enfrentar a Verdi con tales adefesios, hizo una inspección por una disquería y llegó cargado de viejas marchas militares. Desde entonces cada vez que doña Pancha prendía su aparato para sintonizar un episodio de su novela, Memo hacía sonar los clarines de la marcha de Uchumayo o los redobles de tambor de la carga de Junín. Fue una lucha grandiosa. Doña Pancha hacía esfuerzos inútiles por evitar que bombos y cornetas contaminaran el monólogo dramático de la hija abandonada o los lamentos del viejo padre ofendido en su honra. La equiparidad de fuerzas hizo que esta guerra fuera insostenible. Ambos terminaron por concluir un armisticio tácito. Memo fue paulatinamente acortando sus emisiones y bajando su volumen, lo mismo que doña Pancha. Al fin optaron por escuchar sus aparatos discretamente o por encenderlos cuando el vecino había salido. En definitiva, había sido un empate.

Este conflicto fue seguido por un largo período de calma, en el cual cada contrincante, después de tanto esfuerzo desplegado, pareció entregarse con delicia a los placeres de la paz recobrada. Como cada cual conocía los hábitos del otro, procuraban no encontrarse jamás en las escaleras ni en la galería. Esto los obligaba sin embargo a vivir continuamente pendientes el uno del otro. Y fue así como Memo notó que su vecina había iniciado un vasto plan de embellecimiento de su habitáculo. El interior debía haberlo remozado, pues la vio pasar con latas de pintura. Pero luego —y esto era imposible no verlo— amplió sus proyectos decorativos hacia la galería. Su vieja mecedora la forró con una cretona floreada y en la baranda que corría frente a su departamento colocó una docena de macetas vacías. Éstas fueron progresivamente llenándose de plantas. Detrás de su visillo, Memo vio surgir con asombro claveles, rosas, siemprevivas, dalias y geranios. Doña Pancha no cumplía esta labor en silencio, sino repitiendo entre dientes que algunas personas no sabían lo que era «vivir decentemente», que tenían su casa como unos «verdaderos chanchos» y que cuando vivía su marido había estado acostumbrada siempre a tener un jardín.

Memo escuchaba estas palabras sin inmutarse, pero terminó por darse cuenta que eran el inicio de hostilidades muchísimo más sutiles. Doña Pancha quería imponerse a él, ya que no por la fuerza, al menos por el gusto y la ostentación. Memo no tenía ninguna pasión por las flores, de modo que renunció a emular a su vecina en este sentido, pero recordó haber visto en sus libros de viajes fotografías de arbustos exóticos. En una florería del parque descubrió un helecho sembrado en su caja de madera y haciendo un dispendio lo adquirió. Como era imposible ponerlo sobre la baranda, no tuvo más remedio que colocarlo en la galería, al lado de su puerta. Durante horas esperó que doña Pancha llegara de la calle. Al fin la vio subir pufando las escaleras y detenerse asombrada ante el arbusto que inesperadamente adornaba el balcón. Largo rato estuvo examinando la planta con una expresión de asco y al fin soltando la carcajada se retiró a su cuarto.

Memo, que esperaba verla palidecer de envidia, se sintió decepcionado. Haciendo una nueva pesquisa por las florerías compró esta vez un pequeño ciprés que instaló también en la galería, al otro lado de la puerta, lo que tampoco pareció impresionar a doña Pancha. Finalmente completó su colección con un cactus serrano que instaló en su macetón contra la balaustrada. Fue sólo esta planta la que provocó en doña Pancha un fruncimiento de nariz, una mueca de estupor y un ademán de abatimiento, que Memo interpretó como la más inconfesable envidia. Y para redondear su ofensiva, cada vez que regaba su huerta portátil no dejaba de decir en voz alta: «Geranios, florecitas de pacotilla. Dalias que apestan a caca. Hay que ser huachafo, tener el gusto estragado. La distinción está en los arbustos de otros climas, en la gran vegetación que nos da la idea de estar en la campiña. Las plantas en maceta, para los peluqueros.»

La rivalidad de las plantas se hubiera limitado a una simple escaramuza sin mayor consecuencia, si es que para llegar a su departamento doña Pancha no tuviera que pasar frente al de Memo. Y sus plantas iban creciendo. El ciprés había engrosado y tendía a dirigir sus ramas hacía el centro del pasaje, mientras el cactus serrano prolongó sus brazos en la misma dirección. De este modo, lo que antes era un corredor amplio y despejado se había convertido en una pequeña selva que era necesario atravesar con precauciones.

Una mañana que doña Pancha salió apurada a misa se enganchó el vestido con una espina. Memo fue despertado por sus gritos: «¡Esto no puede seguir así! ¡El viejo me quiere asfixiar con sus árboles! Quiere cerrarme el paso de mi casa. Ha llenado esto de cosas inmundas.» Y al notar que el vuelo de su traje tenía una rasgadura voló de un carterazo una rama del cactus.

Memo esperó pacientemente que bajara las escaleras. Cuando la vio desaparecer salió a la galería, inspeccionó detenidamente las macetas y eligiendo los claveles dio un golpe con la mano y el tiesto cayó al jardín de los bajos.

Al día siguiente Memo notó que a su cactus le faltaba otro de su brazos y esa misma noche, esperando que doña Pancha se durmiera, echó a los bajos su maceta con dalias. Las represalias no se hicieron esperar: Memo comprobó que a su ciprés le habían cortado la guía, condenándolo en adelante a ser un ciprés enano. Presa de furor envió esa noche al jardín las dos macetas de siemprevivas. A la mañana siguiente —doña Pancha debía haber madrugado— su helecho estaba partido por la mitad. Memo vaciló entonces si valía la pena proseguir esa guerra secreta de golpes de mano nocturnos y silenciosos: ella los conducía a la destrucción recíproca. Pero jugándose el todo por el todo esperó como de costumbre que llegara la medianoche y salió a la galería dispuesto a destruir esta vez la más preciada joya de su vecina: su maceta con rosas. Cuando se acercaba a la balaustrada la puerta del lado se abrió y surgió doña Pancha en bata: «¡Ya lo vi, sinvergüenza, viejo marica, quiere hacer trizas mi jardín!» «Me estoy paseando, zamba grosera. Todo el mundo tiene derecho a caminar por el balcón.» «Mentira, si ya estaba a punto de empujar mi maceta. Lo he visto por la ventana, pedazo de mequetrefe. Ingeniero dice la tarjeta que hay en su puerta. ¡Qué va a ser usted ingeniero! Habrá sido barrendero, flaco asqueroso.» «Y usted es una zamba sin educación. Debían echarla de la quinta por bocasucia.» «Soy yo la que lo voy hacer echar. Lo voy a llevar a los tribunales por daños a la propiedad.» Los insultos continuaron, subiendo cada vez más de tono. Algunas luces se encendieron en la quinta. Memo, temeroso siempre del escándalo, optó por retirarse, después de lanzar una última injuria que había tenido hasta entonces en reserva: «¡Negra!» Cuando entraba a su cuarto la vieja se deshacía en improperios, amenazándolo con un hijo que vivía en Venezuela y que estaba a punto de llegar: «¡Lo va a hacer pedazos, empleadito de mierda!»

Memo concilió tarde el sueño, temiendo que doña Pancha arrasara esa noche el resto de su boscaje. Pero a la mañana siguiente comprobó que no había pasado nada. Él tampoco tuvo ánimo para reanudar la contienda. Los intercambios de insultos parecía haberlos aliviado. Entraron a un nuevo período de paz.

Memo pasó unos días sosegados, observando por la ventana a su vecina ocupada en sus trajines cotidianos, regar el resto de sus flores, barrer y baldear la galería, ir de compras o a misa. Una mañana la vio salir con sombrero, llevando en la mano una pequeña maleta. En vano esperó que llegara al atardecer o en la noche. La habitación vecina estaba terriblemente silenciosa. Memo coligió que doña Pancha debía haber partido hacia alguna de esas estaciones de baños termales, uno de esos lugares donde los viejos se reúnen en pandilla con la esperanza de retardar la hora de la cita con la muerte. Entonces respiró a sus anchas, pudo poner de nuevo sus óperas a todo volumen, pasearse en pijama por la galería, fumar hasta tarde apoyado en la balaustrada y hasta darse el lujo de sentarse una tarde en la mecedora de su vecina.

La tranquilidad de Memo no duró sin embargo mucho tiempo. Doña Pancha apareció un día con su maleta rozagante y cobriza, lo que parecía corroborar que había estado de vacaciones. Ese día Memo no salió de su casa y se dedicó a espiarla, deseando casi que lo provocara con alguna impertinencia, a fin de tener un pretexto para elevar la voz y demostrar que estaba allí, intacto y vigilante. Pero su vecina no le concedió ninguna importancia. Se dedicó a reanimar su mustio jardín, a coser nuevas cortinas para su ventana y a escuchar sus radionovelas, pero a media voz, como si su período de descanso la hubiera persuadido de las ventajas de la convivencia pacífica.

Como lo temía Memo —y en el fondo lo esperaba— esto era sólo apariencia. La vieja debía haber urdido durante su retiro alguna nueva estrategia. En esos días Memo había contratado a una muchacha para que viniera una vez a la semana a lavarle la ropa. Era casi una niña, un poco retardada y dura de oído. Cada vez que venía, Memo se instalaba en su sillón, cogía un libro de viajes y mientras la fámula laboraba la vigilaba con un aire paternal y jubilado.

Doña Pancha no se percató al comienzo de esta novedad. Pero a la tercera semana, al ver entrar donde su vecino a una mujer sola y permanecer allí largo rato, concibió un montaje obsceno, se sintió vicariamente ultrajada en su virtud y puso el grito en el cielo: «¡Véanlo pues al inocentón! Tiene su barragana. A la vejez, viruelas. ¡Trae mujeres a su cuarto!» «¡Silencio, boca de desagüe!» «No me callaré. Si quiere hacer cochinadas, hágalas en la calle. Pero aquí no. Éste es un lugar decente.» «¡Zamba grosera, chitón!» «¡Es el baldón de la quinta!», añadió doña Pancha y no contenta con vociferar en su cuarto salió al balcón, justo cuando la muchacha se retiraba. «¡No vuelvas donde ese viejo, es un corrompido! Ya verás, te va a hundir en el fango.» La muchacha, sin entender bien, se alejó haciéndole reverencias, mientras Memo, que había salido a la puerta de su casa, se enfrentó por primera vez directamente con su vecina: «¡Es mi lavandera, vieja malpensada! Tiene usted el alma tan sucia como su boca. ¡Cuídese del demonio!» Ambos levantaron la voz a tal extremo que apenas se escuchaban. Como de costumbre terminaron por darse la espalda y refugiarse en sus cuartos tirando la puerta.

Desde entonces doña Pancha no cejó. Cada vez que venía la lavandera se deshacía en insultos contra Memo. Nosotros, los habitantes de la quinta, comenzamos a darnos cuenta que esa banal enemistad entre vecinos hollaba el terreno del delirio. Probablemente doña Pancha había terminado por comprender que esa visitante era una inocente empleada, pero embarcada en su nueva ofensiva no quería dar marcha atrás. Memo se limitaba a parar los golpes, pero su arsenal de injurias parecía haberse agotado. La situación, objetivamente, lo condenaba y tenía que mantenerse a la defensiva. Hasta que se le presentó la ocasión de pasar al ataque.

Fue cuando se le atoró a doña Pancha el lavadero de la cocina. Por más esfuerzos que hizo no pudo reparar el desperfecto y se vio obligada a llamar a un gasfitero. Una tarde apareció un japonés con su maletín de trabajo. Memo supuso que era un artesano del barrio y sospechaba a qué venía, pero no quiso desperdiciar la oportunidad de vengarse. Cuando el obrero se fue, salió a la galería e imitando a sus tenores preferidos improvisó un aria completamente destemplada: «¡La vieja tiene un amante! ¡Trae un hombre a su casa! Un japonés además. ¡Y obrero! ¡Y en la iglesia se da golpes de pecho, la hipócrita! ¡Que se enteren todos aquí, doña Francisca viuda de Morales con un gasfitero!» Doña Pancha ya estaba frente a él, más cerca que nunca. Cara contra cara sin tocarse, gruñían, babeaban, enronquecían de insultos, se fulminaban con la mirada, buscando cada cual la palabra mortal, definitiva. «¡Cobarde, pestífero, empleaducho!», logró articular doña Pancha, cuando Memo disparaba su último cartucho: «¡Vieja puta!» Doña Pancha estuvo a punto de desplomarse. «¡Eso no! ¡Ya verá cuando llegue mi hijo! Viene a vivir conmigo. Es rico además, no un pobretón como usted. ¡Lo aplastará como a una cucaracha!»

Y el hijo que vivía en Venezuela no era una invención. En efecto, llegó. Un taxi se detuvo un día frente a la quinta y de él descendió un señor corpulento, de pies muy grandes y andar acompasado. El chofer lo ayudó a transportar hasta el departamento dos baúles claveteados, decorados con etiquetas de todos los hoteles del mundo.

Memo, impresionado por su talante, permaneció unos días recluido, tratando de no dar signos de vida. A través del visillo lo vio salir con doña Pancha, acompañándola de compras o de paseo. Usaba camisas de colores chillones y corbatas floreadas. Su corpulencia sin embargo era un poco engañosa, pues Memo advirtió que a pesar de su gordura era pálido y daba a veces la impresión de una extremada fragilidad. Era además de poco hablar, pues Memo trató en vano, pegando el oído a la pared, de sorprender lo que hablaban. Sus veladas eran más bien tristes, lánguidas y finalizaban al anochecer con un breve paseo por la galería por donde discurrían silenciosamente.

Memo comprendió que el hijo se aburría y añoraba algo. Cuando su mamá se ausentaba, salía al corredor y pasaba largo rato en la baranda junto a las macetas floridas, fumando y mirando el cielo opaco. A veces se aventuraba a pasearse por la galería. Luego descendió al jardín, para errar pensativo bajo las coposas palmeras. Más tarde, en las noches, se resolvió a caminar solo por el balneario. Debía llegar tarde, pues Memo lo escuchó varias veces desde la cama subir fatigadamente las escaleras.

En esos días Memo se cruzó por azar en la escalera con su vecina. Hizo lo posible por evitarla, pero ella lo interpeló: «Ya no se oye chistar, corderito, ahora que hay un hombre en casa. ¿No lo decía? A ver, manifiéstese, pues.»

Memo no sabía aún qué partido tomar. Esa presencia varonil lo cohibía por un lado pero por otro despertaba su curiosidad. Una noche decidió seguir a su vecino en una de sus salidas nocturnas. El gordo inició una caminata oblicua, fue en dirección del parque, pasó persignándose frente a la parroquia, observó con parsimonia una vieja residencia, tomó la alameda Ricardo Palma y, cosa que extrañó a Memo, cruzó los rieles del tranvía rumbo a Surquillo. Este barrio siempre le había inspirado a Memo desconfianza. En muchas de sus calles se afincaban indigentes, borrachines, matones y rufianes. El gordo anduvo de un lado a otro, aparentemente desprevenido, hasta que entró a una chingana de trasnochadores. Acodado en el mostrador pidió una cerveza y al beber el primer trago su fisonomía se transformó, abandonó todo lo que en ella había de inseguridad y de desarraigo, como la de un hombre que regresa a su hogar luego de una penosa aventura. Después de una segunda cerveza el gordo miró con insistencia a un mancebo que bebía a su lado y trató de buscarle conversación. Ésta se entabló y el gordo le invitó una cerveza. Memo no quiso seguir observando, pues se sintió invadido por una invencible repugnancia. El gordo ofrecía cigarrillos a su vecino y pedía que le mostrara su mano para adivinarle las líneas de la fortuna.

Las conclusiones que Memo sacó de este incidente se las reservó y no tuvo por el momento ocasión de usarlas pues el hijo, así como vino, se fue. Una mañana se detuvo un taxi frente a la quinta, subió el chofer y ayudó al gordo a llevar sus baúles hasta el auto. Doña Pancha estaba en la vereda con un pañuelo en la mano. La despedida fue larga y, tal como la presenció Memo, extremadamente patética. Memo dedujo que el hijo regresaba a Venezuela, esta vez para siempre.

Doña Pancha pasó unos días inactiva, despatarrada en su mecedora, viendo por encima de la baranda la quinta, sus enredaderas y esas garúas matinales que un invierno mediocre enviaba por bravata antes de despedirse. En esa época una de las palmeras de la entrada se desplomó causando susto, pero no daño a los transeúntes. La casa de la familia Chocano amaneció un día con los muros agrietados y sus ocupantes tuvieron que mudarse precipitadamente. Nadie se daba el trabajo de renovar el césped del jardín central, que había terminado por convertirse en un lodazal. La quinta continuaba degradándose. Sus propietarios, un Banco, no hacían nada por repararla, esperaban que su decrepitud expulsaría a sus habitantes y que podrían así construir un edificio moderno en su solar. Memo vio por primera vez aparecer ratones en los corredores.

Doña Pancha no tardó mucho en reponerse de la partida de su hijo. Su temperamento imaginativo y hacendoso la empujó a colmar ese vacío con nuevas ocupaciones. Una mañana Memo descubrió que en la jaula vacía que doña Pancha trajera el día que se mudó y que desde entonces colgaba sobre el dintel de su puerta había un loro. Un loro enorme, verdirrojo, que lo observó inmutable con sus ojos colorados. Memo dedujo de inmediato que esa adquisición no era un mero pasatiempo sino una acción dirigida contra su persona. Pero esta vez se engañó, pues se trataba de un loro más bien reservado que sólo de cuando en cuando emitía un graznido metálico. Doña Pancha pasaba horas cambiándole el agua de su tacita y dándole de comer en el pico un choclo fresco.

Ese animal contenía sin embargo elementos de perturbación que no tardaron en manifestarse. En esos días una estación de radio había convocado a un concurso ofreciendo un premio de mil soles a quien presentara un loro que dijera «Naranjas Huando». A partir de entonces doña Pancha se dedicó a enseñarle a su perico esas palabras. Desde la mañana se paraba en una silla bajo la jaula y repetía sin desmayar «Naranjas Huando, Naranjas Huando», sin obtener del animal el menor eco.

Memo soportó los primeros días esa cantaleta, confiado en que su vecina terminaría por desistir. Pero doña Pancha era de una tenacidad inquebrantable y la estupidez de su loro parecía redoblar su ardor. Sus lecciones se fueron haciendo más sostenidas y estruendosas. Un día no pudo más y salió a la galería: «Vieja bellaca, ¿va a cerrar el pico?»

«Pico tendrá usted, cholo malcriado.» «Éste no es un corral para traer animales.» «Y a usted, ¿cómo lo han dejado entrar en la quinta?» «Animal será usted, una verdadera bestia para decirlo en una palabra. Más bruta que su loro.» «No me siga hablando así que voy a llamar a la policía.» «Que venga pues la policía y verá cómo hago que le metan al loro donde no le dé el sol.» «A mí hablarme de bocas. ¿No se ha visto la jeta en un espejo? Cara de poto.» «Asqueroso, tísico, pestífero.»

Estos altercados no impidieron que doña Pancha siguiera aleccionando a su loro. Cada día Memo preparaba una batería de agravios inéditos, pero que no hacían mella en su vecina. El loro, por otra parte, recompensando los esfuerzos de doña Pancha, salió de su mutismo y demostró tener una voz particularmente chillona, incapaz de articular la frase «Naranjas Huando», pero de bordar en torno a esas sílabas un estridente abecedario.

Memo comenzó a pensar que esta vez se había embarcado en una batalla sin salida o que tal vez era necesario replantear desde el comienzo toda su estrategia. Y al fin se le ocurrió la idea salvadora: así como durante la guerra de las flores opuso a las macetas de su vecina su pequeño jardín salvaje ahora era necesario enfrentar a su animal con otro animal. Y ya que en la quinta había ratones lo indicado era un gato.

Lo buscó afanosamente por el barrio y encontró al fin alguien que le cedió un capón negro, huraño y un poco viejo. Los primeros días el gato anduvo refugiado bajo el sillón y apenas se atrevía a salir para comer en la cocina o hacer su caca en una caja con arena. Luego, cediendo a la curiosidad, se aventuró por la pieza oliendo cada objeto y dejándose incluso acariciar el lomo por su dueño. Cuando Memo juzgó que ya había ganado su confianza le colocó una cadenilla y salió a pasearse con él por la galería.

Doña Francisca no dijo nada, pero comenzó a evaluar qué inconvenientes podría traerle la presencia de ese felino. Ella lo veía chusco, demoníaco, con la cola demasiado larga, capaz de propagar enfermedades repugnantes. Pronto comenzó a quejarse, diciendo que apestaba, que se meaba en el muro de su casa. «Mentira, chillaba Memo, sólo orina en su caja. No se caga fuera de la jaula como su loro y llena todo de moscas.»

Las cosas no quedaron allí. Cuando el gato se familiarizó más con la casa, Memo le permitió salir al corredor y tomar el sol al lado de su ciprés. Sólo entonces el capón reparó que en la jaula vecina había algo que se movía. Se dedicó entonces durante horas a observar las evoluciones del pajarraco, intrigado por el galimatías que era todo lo que había aprendido de su dueña. Doña Pancha notó que el gato se acercaba cada día más a la jaula. «¡Se quiere comer a mi loro! ¡Usted lo ha adiestrado para que lo mate.» «A buena hora. Libraría a la quinta de una plaga.» «Si lo veo acercase un centímetro más, ese animal va a saber lo que es un escobazo.» «Y usted una patada en el trasero.» «¡Ya se abrió el albañal! ¡Ahora van a salir sapos y culebras!» «Sapo será usted y una culebra es lo que yo debería traer para que la estrangule.»

A pesar de las protestas de doña Pancha, Memo dejó que su gato siguiera paseándose por la galería. En buena cuenta había delegado a su felino la tarea de ocuparse de su vecina y podía pasar así largas horas leyendo tranquilamente en un sillón. Un día sintió caer en el balcón un chorro de agua y al poco rato su gato penetró despavorido por la ventana completamente mojado. En el acto salió, cuando doña Pancha entraba a su casa con un balde.

«¡Ya la vi zamba canalla! Abusando de un animal indefenso.» Doña Pancha asomó: «Se había subido a mi ventana, iba a saltar a la jaula.» «No le creo. Además mi gato no quiere envenenarse mordiendo a ese pájaro inmundo.» «Viejo avaro, usted lo mata de hambre seguramente cuando quiere comerse a mi loro.» «Come mejor que usted, para que lo sepa, carne molida y sardinas.» «Por eso es que apesta a pescado podrido.»

Memo interrumpió la discusión pensando que su gato necesitaba socorro, mientras su vecina seguía refunfuñando, advirtiéndole que en adelante no toleraría amenazas contra su loro. El gato tiritaba acurrucado en un rincón de la pieza. Memo lo secó cuidadosamente con una toalla, lo envolvió en una chompa y le colocó una bolsa de agua caliente. El gato permaneció unos días encerrado, sin atreverse a salir. Pero más puede la curiosidad que el castigo y asomando primero la nariz, luego el pescuezo terminó por implantarse otra vez en la galería, vigilando al perico. Doña Pancha cumplió su palabra y el felino recibió un segundo chorro de agua fría. Esta vez Memo, que no esperaba tal ofensa se abstuvo de toda reacción, pero esa misma noche veló y cuando su vecina dormía salió, descolgó la jaula y la aventó con tal fuerza al jardín de los bajos que la jaula se despanzurró. El loro se fue volando.

Nunca Memo previó las consecuencias de este gesto y por primera vez pensó que tal vez había ido demasiado lejos. Doña Pancha estaba a la mañana siguiente aporreando la puerta de su cuarto y tan trastornada por lo ocurrido que apenas podía hablar. Gorda, oscura, envuelta en sus anchísimos vestidos, gesticulaba delante de él, movía los brazos, cerraba el puño, señalaba su puerta, la baranda, el jardín, sin lograr convertir su cólera en palabras. Memo vio en su rostro abotagado los signos de un colapso inminente. «Usted se lo ha ganado», se atrevió a decir y doña Pancha sólo pudo exclamar, pero con una carga de odio que lo aterrorizó: «¡Miserable!»

Sobrevinieron unos días de paz forzosa. Doña Pancha, olvidándose de Memo, salía muy temprano en busca de su loro, preguntando en el barrio de puerta en puerta. Puso un aviso a la entrada de la quinta ofreciendo una recompensa por su hallazgo. El viejo pájaro sin embargo no se había ido muy lejos. Su larga cautividad lo había despojado de toda veleidad libertaria y había terminado por recalar en la rama de un ficus vecino, donde un transeúnte lo ubicó. Su captura fue un ejemplo de movilización social. Doña Pancha concienció a la mayoría de los vecinos y hasta nosotros, observadores más bien morosos, participamos en la aventura. Con escaleras, cuerdas y pértigas tratamos de echarle mano. Cuando estábamos a punto de alcanzarlo se volaba a un árbol contiguo. La persecución se prolongó durante días de árbol en árbol y de cuadra en cuadra hasta que llegamos a las inmediaciones del parque. Al fin el loro encalló hambriento y fatigado en una florería y doña Pancha pudo recobrarlo y con él la tranquilidad y el honor perdidos. Esta vez lo instaló en una jaula de pie, metálica, roja e inexpugnable.

A partir de entonces sucedió algo extraño: entre el loro y el gato se estableció una rara complicidad. Bastaba que el loro lanzara en la mañana su primer graznido para que el gato saliera inmediatamente al corredor, empezara a hacer cabriolas, encorvar el lomo, enhiestar el rabo, dar saltos y volantines, hasta que fatigado terminaba por sentarse muy sosegado y ronroneando al lado de la jaula. El loro se pavoneaba en su columpio, improvisaba gorgoritos y cuando el gato se atrevía por juego a meter su mano peluda por las rejas, fingía el más grande temor para luego acercarse y darle un inocuo picotón en la garra. En este juego siempre repetido parecían encontrar un deleite infinito.

El acercamiento entre lo que antes había sido sus armas de combate no menguó la pugna entre los vecinos. Pero ésta asumió formas muchísimo más rutinarias y triviales. Sin pretextos graves para enfrentarse, recurrían al insulto maquinal. Cada vez que se cruzaban en las escaleras o la galería Memo decía entre dientes: «Zamba cochina» y obtenía como respuesta: «Cholo pulguiento.» A través del muro además se había entablado un diálogo que se cumplía rigurosamente. Con los años doña Pancha sufría de trastornos gástricos y soltaba muchos gases. Memo, atento a todos los ruidos, llevaba en voz alta una escrupulosa contabilidad: «Primer pedo», «Segundo pedo» y como a fuerza de fumar él tosía y escupía a menudo, doña Pancha respondía: «Ya empieza a echar gargajos el viejo tísico», «Un pollo más». Así, ambos nada olvidaban ni perdonaban y ocupaban sus días seniles en una contienda más bien disciplinada, cada vez menos feroz, que iba tomando el aspecto de una verdadera conversación.

Un día el cielo raso de doña Francisca se agrietó y poco después en el muro de la fachada apareció una fisura. La quinta seguía cayéndose a pedazos. Doña Pancha fue al Banco y trató inútilmente de localizar al propietario. Le dijeron que era una sociedad anónima y que ésta la formaban un centenar de personas o, lo que era lo mismo, ninguna. Al fin logró hacerse escuchar por un empleado quien le dijo que las reparaciones corrían por cuenta de los inquilinos y que si no podía hacerlas se mudara. Poco después recibió una notificación judicial diciéndole que si las averías se agravaban se vería obligada a dejar la casa.

Esto la sumió en el más grande terror. Por el alquiler antiguo que ella pagaba en ese lugar sólo encontraría un cuarto de esteras en una barriada. Cada mañana pasaba revista al cielo raso y los muros temerosa de ver surgir una nueva grieta. Pero la quinta se desmoronaba caprichosamente, sin seguir ningún orden preestablecido. Otra de las palmeras de la entrada se derrumbó, en los departamentos de los altos estallaron las cañerías inundando varios departamentos y las tejas de una casa exterior se vinieron abajo.

Memo no trató esta vez de sacar ninguna ventaja de las dificultades de su vecina. Varias veces estuvo tentado de intercalar, en uno de sus cotidianos diálogos murales, algo así como «Que se le caiga el techo encima» o «Reviente zamba bajo la pared», pero el temor de que el deterioro de la casa contigua se hiciera extensivo a la suya lo paralizaba. Esto no le impedía llevar el registro de los ruidos de su vecina y aparte de los gases había detectado en su respiración, en las noches, un ronquido que le dio pábulo a nuevas invectivas: «Ahora son los bronquios; las pulmonías se llevan a la tumba a las viejas gordas» o «Dentro de unos meses a Jauja, a respirar el aire de los desahuciados. Así me dejará tranquilo, harpía».

Una noche doña Pancha tosió sin interrupción, lo que redobló las puyas de Memo y el pleito que tendía a empantanarse en la moderación recobró su antiguo brío. «¡Asqueroso, insolente, no tiene respeto por una mujer de edad! A ver, ¿por qué cuando estuvo mi hijo aquí no levantó la voz? Se la pasó escondido bajo la cama, cobarde.» Por la mente de Memo pasó un viejo recuerdo y antes de que pudiera reprimirse gritó: «Sépalo bien, ¡su hijo era un rosquete!» En vano esperó la respuesta. En el resto de la noche sólo escuchó toses, ronquidos y suspiros.

Al día siguiente doña Pancha no salió de su cuarto. Memo esperó en vano verla regresar de misa o ir de compras para colocarle, de pasada, una de sus habituales estocadas. El loro estuvo más locuaz que de costumbre, probablemente esperando su choclo fresco y el gato trató de entretenerlo en vano con sus monerías de viejo capón. Memo permaneció todo el tiempo al acecho, escuchando tan sólo en la pieza contigua el carraspeo y el trajín de una persona agotada. En los días siguientes el trajín se fue haciendo más lento hasta que cesó por completo. Memo se alarmó: ese silencio le parecía irreal, despojaba a su vida de todo un escenario que había sido minuciosa, arduamente montado durante años.

Saliendo al balcón observó al loro que yacía acurrucado en un rincón de su jaula encarnada y, lo que nunca hacía, se atrevió a acercarse a la ventana de su vecina. Apenas vio su reflejo en los cristales dio un respingo. «Viejo idiota, ¿qué hace allí espiándome?» «No estoy espiando a nadie. Ya le he dicho que el balcón es de todos los inquilinos.» «Ya que tiene usted dos patas, vaya a la botica y tráigame una aspirina.» «A la última persona que le haré un favor será a usted. Reviente zamba sucia.» «No es un favor pedazo de malcriado, es una orden. Si no me hace caso va a caer sobre usted la maldición de Dios.» «Esas maldiciones me importan un comino. Búsquese una sirvienta.»

Memo regresó a su cuarto y anduvo entre sus álbumes de estampillas y sus libros de viajes tratando de entretenerse en algo. Pero nada lograba retener su atención, a no ser el silencio que lo cercaba. Al fin pegó la boca al muro y gritó: «¡Le traeré la aspirina, bestia, pero lo hago sólo por humanidad! Y aun así cuídese, no vaya a ser que le ponga veneno.»

Cuando regresó de la farmacia tocó la puerta de doña Francisca. «Un momento, cholo indecente, espere que me ponga la bata.» «¿Y cree que la voy a mirar? Lo último que se me ocurriría: ¡una chancha calata!» La puerta se entreabrió y asomó por ella la mano de doña Pancha. Memo depositó el sobre con las aspirinas. «Un sol cincuenta. No va a querer además que le regale las medicinas.» «Ya lo sé, flaco avaro. Espere.» La mano volvió a asomar y arrojó al balcón un puñado de monedas. «¿Así me paga el servicio? ¡Sépalo ya, no cuente en adelante conmigo, muérase como una rata!»

Pero esa noche cuando doña Pancha lo interpeló pidiéndole una taza de té caliente Memo, después de deshacerse en improperios, se la preparó. Esta vez la comunicación se efectuó a través de la ventana. Memo tuvo apenas tiempo de entrever el rostro de su vecina, ajado, sombrío, fláccido y violeta.

Al día siguiente fue un caldo lo que doña Pancha exigió. Memo preparaba su propia comida, a veces la encargaba a una pensión de donde se la traían en un portaviandas, muy rara vez iba a un restaurante. Ese día no tenía caldo.

«¿Y por qué no un pavo al horno, vieja gorrera?» «Un caldo, he dicho.» Memo cogió un poco de carne molida de su gato y preparó una sustancia. Doña Pancha lo esperaba en la ventana, apoyada en el alféizar. Memo la volvió a examinar y notó por primera vez que sus ojeras eran siniestras y que tenía dos enormes lunares de carne en la mejilla. Doña Pancha olió el caldo: «De hueso, seguramente, miserable.» «De caca de gato, para que lo sepa.»

Al día siguiente Memo se levantó temprano, fue a una pensión cercana y encargó para mediodía una doble ración de caldo de gallina. Cuando se lo trajeron lo puso en el fogón para que se mantuviera caliente. Sentado en su sofá esperó que doña Pancha se manifestara. Pero dieron las dos de la tarde y no escuchó ningún pedido. «¿No hay hambre, vieja pedorra?» Más tarde volvió a interpelarla: «¡Eh, aquí no estamos para aguantar caprichos! La sopa a sus horas o nada.» Como doña Pancha no contestó, apagó la cocina y se echó a dormir la siesta. Despertó al atardecer en medio de un gran silencio, puntuado sólo a veces por el cacareo de un loro cada vez más famélico. Memo se entretuvo escuchando sus discos de Caruso, a un volumen intencionalmente elevado, pero a diferencia de otras épocas no llegaron del otro lado ni protestas ni represalias. Cuando ya estaba oscuro volvió a encender la cocina para calentar el caldo y salió a la galería. Otra vez se vio circundado por una calma irreal. El departamento de su vecina estaba apagado. Memo se paseó delante de él taconeando fuerte sobre el enladrillado para hacer notar su presencia e interpelando al pajarraco: «Lorito de trapo sucio, a punto de estirar la pata, ¿no?» Al fin, intrigado, se decidió a dar unos golpes en la puerta y como no obtuvo respuesta la empujó. Estaba sin picaporte y cedió. En la oscuridad avanzó unos pasos, tropezó con algo y cayó de bruces. «Vieja bruja, ¿así que poniéndome zancadillas, ¿no?» A gatas anduvo chocando con taburetes y mesas hasta que encontró el conmutador de una lámpara y alumbró. Doña Pancha estaba tirada de vientre en medio del piso, con un frasco en la mano. El vuelo de su camisón estaba levantado, dejando al descubierto un muslo inmensamente gordo, cruzado de venas abultadas. El primer impulso de Memo fue salir disparado, pero en la puerta se contuvo. Agachándose rozó con la mano ese cuerpo frío y rígido. En vano trató de levantarlo para llevarlo a la cama. Esos cien kilos de carne eran inamovibles.

«Ya lo decía, masculló, tenías que reventar así. ¿Y ahora qué hago contigo? ¡Aún muerta tienes que seguir fregando! Dura como loza te has quedado, negra malcriada.» Su gato había aprovechado para entrar a husmear ese lugar no hollado y olía la mano de doña Pancha. «¡Fuera de aquí, bestia carachosa!», gritó Memo y como nunca le encajó un puntapié en las costillas. Con una rápida mirada escrutó la pieza y notó el desorden que deja una persona que bruscamente se ausenta: cajones abiertos, ropa tirada en las sillas, platos sucios en la cocina. Saliendo del cuarto fue a su casa, se puso su pijama, probó un poco de caldo y se metió a la cama. Pero le fue imposible conciliar el sueño. Cerca de medianoche se vistió y se dirigió a la comisaría del parque para dar cuenta de lo sucedido.

En el resto de la noche y hasta la madrugada pasaron por el cuarto vecino policías, el médico forense, un sacerdote, algunos vecinos y dos monjitas que vistieron a la muerta. No hubo velatorio. Vino a llevarla al cementerio la carroza de los indigentes. Cuando en pleno día sacaban el ataúd de madera sin barnizar, Memo dudó si debía o no hacer acto de presencia. Estuvo a punto de ponerse el saco, pero finalmente por desidia o por terquedad renunció.

Y desde entonces lo vimos más solterón y solitario que nunca. Se aburría en su cuarto silencioso, adonde habían terminado por llegar las grietas de la pieza vecina. Pasaba largas horas en la galería fumando sus cigarrillos ordinarios, mirando la fachada de esa casa vacía, en cuya puerta los propietarios habían clavado dos maderos cruzados. Heredó el loro en su jaula colorada y terminó, como era de esperar, regando las macetas de doña Pancha, cada mañana, religiosamente, mientras entre dientes la seguía insultando, no porque lo había fastidiado durante tantos años, sino porque lo había dejado, en la vida, es decir, puesto que ahora formaba parte de sus sueños.

(París, marzo de 1974)

Desde hacía cerca de tres años el capitán Zapata estaba al frente de la guarnición de Sullana, apenas cien hombres de tropa y un teniente, en un cuartelón de adobe perdido en arenales ardientes, impíos, a mil kilómetros al norte de Lima. Para redimirse de su insoportable soledad recibía cada quince días a los notables del pueblo y se emborrachaba con ellos, en la casona de madera que había alquilado al borde del mar. La había ido amoblando con sillas de mimbre, esteras, hamacas y un enorme bar con mostrador y anaqueles que era su orgullo. En la preparación de estas veladas, que esperaba siempre con ansiedad, ponía una pasión maníaca.

En la tarde venían tres o cuatro soldados para barrer, sacudir, matar insectos y otras alimañas, lavar la vajilla, preparar bocaditos y dejar expedito el lugar para la fiesta nocturna. Y al atardecer llegaba el teniente, quien tradicionalmente se encargaba del bar.

Ese domingo los preparativos estaban casi terminados, pero el capitán Zapata estaba más impaciente y nervioso que de costumbre y se paseaba por su casa, inspeccionando los últimos detalles. Iba atardeciendo y aún no se avistaban por la carretera los faros de los autos que venían del pueblo. En la terraza, fumando su pipa, mirando el poniente, se encontraba el teniente Arbulú, que había reemplazado hacía sólo tres días al teniente Ruiz, un moreno charlatán, fiestero y locumbeta, con quien pasó una temporada inolvidable. Arbulú, en cambio, mozo fornido y colorado, era de los herméticos y chancones. En esos días había cambiado sólo unas palabras con él. Era su primer destacamento fuera de Lima y había traído una maleta llena de reglamentos. Como eran ya las siete de la noche el capitán Zapata le pasó la voz.

—Teniente Arbulú, ¿puede venir un momento? Allí en el mostrador están las botellas. Hay pisco, cinzano, gaseosas, algarrobina, jarabe, hielo, limón. Prepárese unos cócteles, digamos para unas veinte personas.

—No, mi capitán.

El capitán Zapata creyó haber entendido mal y repitió la orden.

—Disculpe, mi capitán. Pero no puedo obedecerlo.

—No me va a decir que no sabe lo que es un chilcano o un cóctel de algarrobina.

—Sí, mi capitán. Pero los reglamentos no obligan a un teniente a preparar cócteles. Yo he venido acá como militar y para cumplir con mis deberes de militar. No como mayordomo.

El capitán Zapata quedó reflexionando.

—Bien, bien. Hágame entonces el favor de regresar a la terraza para recibir a los invitados. Y si puede apagar esa pipa sería mejor. La encenderá cuando termine la reunión.

El teniente Arbulú apagó su pipa y regresó a la terraza, mientras el capitán Zapata se dirigió al mostrador para exprimir un kilo de limones.

A las cinco de la mañana del día siguiente el teniente fue despertado por un sargento. Se había acostado tarde, moderadamente bebido y estuvo a punto de mandarlo al diablo, pero el sargento dijo que eran órdenes del capitán.

—Vamos de maniobras al desierto, mi teniente. Tiene usted que dirigir un grupo de combate. Revista dentro de quince minutos en el patio de la guarnición.

El teniente Arbulú se duchó y afeitó a la carrera y un cuarto de hora después estaba en el patio, donde lo esperaban doce soldados en armas y el capitán Zapata, que llevaba apenas un capote encima de su pijama.

—Aquí están las instrucciones, teniente Arbulú. Quince kilómetros al interior del desierto. Ejercicios y operaciones de rutina. Una pausa para el rancho y regreso al cuartel a las cinco de la tarde en punto. ¿Entendido?

—Bien, mi capitán.

Fue su prueba de fuego. Cuarenta grados de calor y sin un tambo, un parador donde tomar una cerveza o comer algo sabroso. El furriel sólo había traído cancha, papas y un depósito con agua. Pero aguantó el desafío y a las cinco estaba con su grupo de combate en el cuartel.

—Muy bien —dijo el capitán después de hacerlos formar en el patio—. Ahora a ducharse y dentro de una hora en la cantina para el rancho.

Comieron todos juntos, incluso el capitán Zapata que, por lo general, cenaba solo en su casa donde todas las noches venía de Sullana una vieja para prepararle un lomo con huevos fritos. Con el teniente Arbulú habló de asuntos indiferentes, ajenos al servicio, sin aludir para nada a las maniobras del día.

Al día siguiente el sargento tocaba la puerta del cuarto que ocupaba el teniente Arbulú en el cuartel.

—Órdenes del capitán Zapata, mi teniente. Salimos otra vez de maniobras.

Las instrucciones eran casi las mismas pero esta vez había que entrar más lejos en el desierto. Y regresar como siempre a las cinco de la tarde, sin otra ración que cancha, papas y agua. El teniente Arbulú cumplió rigurosamente las órdenes y estuvo de vuelta a la hora señalada. Estaba más rojo que el día anterior, pelado en partes por el sol y el uniforme desteñido por el sudor.

—Perfecto —dijo el capitán Zapata—. Rompan filas.

Las excursiones continuaron en los días siguientes. Solamente que sus integrantes se renovaban, con excepción del teniente y que cada vez había que entrar más en las dunas, dejando señales que el capitán inspeccionaría cuando le diera la gana de dar una vuelta en jeep.

A la semana de ejercicios el teniente Arbulú llegó después de la hora convenida.

—Tiene usted un cuarto de hora de retraso.

—Pero mi capitán...

—¿Es usted o no militar?

—Sí, mi capitán.

—Ni una palabra, entonces. Usted ha venido para cumplir con sus deberes de militar. Mañana avanzarán hasta el pie de las colinas, donde está el río seco.

Al décimo día el teniente volvió a llegar tarde, pero esta vez no por sus propios medios sino en brazos de la tropa. Le había dado un vahído a pocos kilómetros del cuartel. Entre cuatro soldados lo echaron en el camastro de su cuarto.

—Disculpe, mi capitán. Usted comprenderá. El sol...

—Deje al sol tranquilo. Le doy dos días de reposo. Luego veremos.

Pero fueron más de dos días. Lo que tenía era una insolación. Tuvo que venir el médico de Sullana para aplicarle suero, contener la deshidratación, aplacarle las quemaduras de la piel y así pudo estar de pie en vísperas de la próxima recepción.

Se trató de una fiesta extraordinaria, pues estaba de inspección el coronel Suárez, que visitaba las guarniciones del norte. Como había venido con su esposa hubo que invitar mujeres y los lobos solitarios del desierto volvieron a aspirar una cabellera, un cutis, unas ancas femeninas. Esta vez se preparó una verdadera comida y prescindiendo de los cócteles, el capitán Zapata regaló a sus comensales con whisky traído de contrabando del Ecuador. El coronel Suárez era un criollazo y desde el primer trago se adueñó de la casa y desafió a las norteñas a bailar la marinera. Tuvieron que retirar las esteras para zapatear sobre el entablado.

En medio de la velada el capitán Zapata salió a la terraza para respirar el aire marino. El teniente Arbulú lo imitó y con su copa en la mano se apoyó en la baranda a su lado. Mecidos por el barullo interior fumaban sin decir nada, mirando las aguas bañadas por la luna ecuatorial.

—Capitán Zapata, quería decirle una cosa. ¿Me permite?

—Diga usted, teniente Arbulú.

—Usted está abusando de su función, mi capitán. Ejercicios está bien, eso lo prevé el reglamento, pero no hay que exagerar.

—Usted me ha dicho que es militar, ¿no?

—Pero eso no implica que abuse de mí. Yo también soy un hombre, aparte de militar.

—¿Qué quiere decir con eso?

—Me parece claro, mi capitán. Si hay algún asunto personal entre nosotros podemos arreglarlo como hombres.

El capitán Zapata quedó callado, escuchando la voz del coronel Suárez que exigía en el interior más trago y la otra cara del disco.

—Perfectamente. Están muy entretenidos para darse cuenta de lo que pasa. Sígame dentro de un momento, lo espero en la carretera.

Al decir esto desapareció en la oscuridad. El teniente Arbulú dio unas pitadas más a su pipa y apagándola abandonó la terraza. Encontró al capitán apoyado en el motor de su jeep.

—Suba, mi teniente. ¿Adónde quiere ir?

—Donde usted diga, mi capitán.

El capitán puso el jeep en marcha y tomó la ruta del desierto. Al comienzo había algunos algarrobos dispersos, pero luego fue la planicie inhóspita, sin caminos ni ranchos, bañada por una luna amarilla que fugaces nubes cubrían. Subieron y bajaron dunas, por rutas que iban inventando, hasta que el capitán detuvo el vehículo al borde de una quebrada seca.

—Creo que está bien aquí, teniente Arbulú. Nadie nos ha visto salir. Tenemos una media hora. Ahora me va a decir qué cosa es lo que quiere.

El capitán se alejó unos pasos del jeep. El teniente lo siguió, tratando de afirmar bien sus pies en la arena.

—Yo sólo he dicho que usted está abusando de mí, mi capitán. A lo mejor mi cara no le gusta. Esto debe tener una solución, entre hombres.

—¿Qué cosa quiere?, ¿pegarme?

—Como usted diga, mi capitán...

Apenas había pronunciado esta frase un puñetazo le cayó en plena mandíbula y el teniente se encontró sentado en el suelo.

—Guerra avisada no mata gente, mi teniente. Pero yo no aviso. Efecto de sorpresa. ¿Se va a quedar allí tirado?

El teniente se puso de pie, cuando ya el capitán se lanzaba sobre él. Levantando una pierna lo emparó y lo hizo rodar a varios metros de distancia. Lo vio levantarse y de otra patada lo volvió a tender. El capitán esta vez fue absorbido por la penumbra y cuando lo buscaba por un lado surgió por el otro, ya lo tenía encima, sus puños cruzaban el aire, sintió una quemazón en la nariz, dejó de ver el desierto y se encontró con la boca enterrada en la arena tibia.

—¿Otra vez, mi teniente? Si hay una regla que respeto es no pegar en el suelo. Le doy la orden de levantarse.

El teniente Arbulú se levantó. Le regresaba a la boca el sabor del tabaco, del trago y tenía ganas de vomitar. Escupiendo un poco de arena se alejó, sacudió la cabeza, trató de orientarse en un espacio que se volvía cada vez más incierto. Una sombra danzaba a pocos pasos de él. Después de todo su adversario era un capitán solterón, un poco viejo, minado por la soledad, el trago y la rutina. Si lograba tranquilizarse y concentrar sus energías podría deshacerse de él. Tomando distancia lo dejó bailar, ensayar unos golpes estériles y al fin estirando el brazo lo conectó en el mentón. El capitán retrocedió varios pasos, pero no cayó. Estaba nuevamente frente a él, saltando sobre la arena.

—¡Muy buena, mi teniente! Por poco me tumba. Siga así no más. Aquí está mi cara, pegue. ¡Pegue, no más!

La silueta se le escabullía. Conforme iba avanzando, sus pies se hacían más pesados y se hundía en la arena hasta los tobillos. Lanzaba los puños sobre un contrincante fantasmal, del cual lo más claro que percibía era la voz. Pero una voz que se iba sofocando.

—¡Por aquí, teniente!... ¡Acérquese usted!

Al fin logró cogerlo de la manga de la camisa. Y la pelea criolla se convirtió en una lucha romana. Estaban abrazados, tratando de echarse al suelo. El capitán le metió una zancadilla, lo derribó y se tendió sobre él. Pero logró voltearlo, sentarse a horcajadas sobre sus muslos, mientras intentaba darle de cabezazos en el pecho. Eran golpes inútiles, que cada vez lo agotaban más. A cada intento no hacía más que tragar arena, sin sentir otra cosa que un jadeo, pero ningún signo de rendición. Al fin renunció a todo esfuerzo, abandonó su presión y se dejó caer hacia un lado, exhausto. Estaba tendido de espaldas, respirando a pleno pulmón, junto al cuerpo inmóvil del capitán.

—¿Y qué, teniente Arbulú? ¿Ya se cansó usted? Podemos continuar cuando quiera. Una pausa para fumarse un cigarrillo.

El teniente sólo deseaba quedarse tirado allí, pasar incluso la noche en las dunas, sin saber nada de nada.

—Como usted quiera, mi capitán.

El capitán Zapata encendió un cigarrillo.

—Digamos que ha sido un empate... Tenemos unos tragos adentro, además... Mire al fondo esos cerros, teniente. Detrás está el Marañón. Cuando me recibí de alférez, ¿cuánto tiempo hace de eso?, estuve por allí dos años... ¡Qué vida entonces! El cuartel era una barraca, maleza por todo sitio, lejos de todo, de todo... Durante la noche no hacía sino tomar cervezas y jugar durante horas al billar... Pero era lindo, sin embargo, ¿por qué?... Hasta las montañesas me parecían unas sirenas. Por poco me caso con una de ellas. ¡A lo mejor hubiera acertado! Ahora tendría un hijo de diez o doce años... Luego a Pomata, al borde del lago Titicaca, otro mundo, otras historias, después a Tacna y después aquí, al desierto... ¡Ya verá! La arena, el calor, jamás una lluvia... Uno se va secando, volviéndose torpe y perezoso... Nunca pude preparar mi ascenso a mayor. La hamaca en la terraza, mi playa, un vaso en la mano... ¡Suficiente!... Y las reuniones. Nada del otro mundo, como habrá visto, teniente, pero en fin, ver un poco de gente, conversar, discutir tonterías, sentir..., ¿cómo le puedo decir?, que uno sigue viviendo... ¡Pero le estoy contando mi vida, teniente Arbulú! ¿Qué ha decidido, en fin?

—Creo que nos esperan, mi capitán.

Ambos se pusieron de pie y se dirigieron hacia el jeep, sacudiéndose la arena. El capitán puso el carro en marcha rumbo a Sullana. Rodaban por la arena seca, en el mayor silencio. Sólo cuando avistaron las luces del cuartel el capitán abrió la boca.

—De esto ni una palabra a nadie, teniente. Asunto entre nosotros. No quiero que se enteren y me llamen la atención.

—Conozco los reglamentos, mi capitán.

Pasaron un momento por la guarnición para lavarse y cambiarse de uniforme y continuaron hacia la casa. La fiesta proseguía, animada siempre por el coronel Suárez que seguía tronando, bebiendo, bailando con su pañuelo en la mano. Tal vez alguna otra jovencita notó que los oficiales reaparecían con la ropa muy planchada, el pelo mojado y algunos extraños moretones en la cara. Ambos se echaron un trago en el bar y cada cual se lanzó por su lado detrás de una muchacha. El baile duró hasta la madrugada.

En los días siguientes entró de lleno el calor. El capitán Zapata pasaba las mañanas en la playa y aparecía en el cuartel después de mediodía. Con el teniente Arbulú hablaba sólo lo indispensable, una que otra tarde lo invitaba en el cuartel a jugar una partida de damas o de cartas. A su incursión al desierto no hacían ni la menor alusión. Y así llegó el día de la próxima recepción. Los ordenanzas ya habían dejado reluciente la casa, sólo esperaban a los invitados. El teniente Arbulú, sentado en una hamaca de la terraza, fumaba su pipa mirando el poniente. El capitán Zapata —sus manos temblaban— se acercó al bar para tomarse su primer trago seco e inspeccionar las botellas y vasos alineados.

—Teniente Arbulú, ¿puede venir un momento?

El teniente estaba frente a él.

—Teniente, ¿puede hacerme el favor de prepararme unos cócteles?

El teniente quedó un momento indeciso, mirando al capitán. Nunca vio su mandíbula más enérgica ni levantada, pero en su mejilla notó una palpitación, en sus sienes una naciente mata de canas y en sus ojos una lucecita de ansiedad.

—Por supuesto, mi capitán.

(París, marzo de 1976)

Almuerzo en el club

Tío Delfín pasó a buscarme en su viejo Impala y enrumbamos hacia el club hípico El Chalán, donde su hermano Carlos me había invitado a almorzar. Hacía años que tío Carlos, cada vez que yo venía a Lima, me invitaba a almorzar al club, pero por una u otra razón nunca había podido aceptar, hasta ese domingo.

El Chalán quedaba en el camino a Chosica, a unos treinta kilómetros de Lima, subiendo por la carretera central. Era un club bastante exclusivo, fundado por algunos ricachones persuadidos que la posesión de caballos y la práctica de la equitación les daba a su fortuna un timbre aristocrático. Si tío Carlos había llegado a ser socio no era por su fortuna ni por sus blasones, pues no tenía ni lo uno ni lo otro, sino por su calidad de coronel en retiro y porque de teniente había ganado varios trofeos en concursos hípicos. Pero también —y sobre todo— gracias al *savoir faire* de su esposa, mujer muy despierta, sociable y ambiciosa, dotada además de un verdadero gusto artístico, al punto que el club le había encargado la nueva decoración de los salones y piezas de aparato.

—¡Un club para blanquitos! —rió tío Delfín, al mismo tiempo que frenaba y detenía el auto al borde de la carretera. Miré a mi alrededor buscando el club, pero era obvio que aún no habíamos llegado, pues sólo se veía un campo de girasoles, carcomido en parte por una fábrica en construcción.

—Falta un poco de *gasolina* —suspiró tío Delfín, inclinándose para rebuscar bajo su asiento. Cuando yo esperaba que iba a sacar una galonera lo que apareció fue una botella de whisky.

—¿Un trago?

Rehusé y Delfín, luego de echarse un sorbo del gollete, metió la botella de Chivas en la guantera y proseguimos la marcha.

Tío Delfín era también coronel en retiro pero, a diferencia de su hermano mayor, no se había casado, ni tenido hijos, ni abrigado nunca ambiciones sociales o mundanas. Llevaba con orgullo y hasta intransigencia su condición de hombre de clase media limeña. Cuando dejó la carrera se compró con su indemnización un ranchito en Chorrillos y se dedicó a matar el tiempo en lo que siempre le había gustado: tomarse sus tragos, jugar a las cartas con viejos compañeros de armas y dar largos paseos en automóvil por la Costa Verde y los arenales del sur. Adoraba los perros, dormía la siesta con el televisor encendido y hacía años que se moría inexorable pero lenta y flemáticamente de una cirrosis al hígado.

—En fin, ya estamos cerca —dijo, y tomando un puentecito de madera cruzamos el Rímac y entramos a un parque en medio del cual se distinguía la fachada de un amplio edificio blanco, imitación de una antigua casa-hacienda colonial.

Tío Carlos y su esposa Adela estaban esperándonos en el pórtico del edificio, como si se tratase de pudientes propietarios en la puerta de su residencia. Ellos habían venido más temprano, pues tío Carlos era comisario de turno del club y debía tomar las disposiciones para que se atendiera bien a los socios que cayeran ese domingo por allí. Rara eventualidad pues, como era verano, los socios preferían irse a las playas que venir a sancocharse montando caballo en el picadero de esa calurosa quebrada.

—¡Estamos solos! —exclamó tía Adela—. ¡Qué suerte! Tenemos todo el club a nuestra disposición.

Y de inmediato me cogió del brazo para mostrarme el interior del local. El salón era enorme y estaba arreglado con sobriedad y gusto: cómodos sillones forrados con telas inspiradas en la iconografía Chancay; piso de cerámica encerada con una que otra alfombra de alpaca; cuadros coloniales y mucha artesanía, como retablos de madera, toros de arcilla, estribos de plata repujada y arneses de cuero de hebras tan finamente trenzadas y flexibles que parecían de seda.

Entusiasmada por mis elogios, Adela me paseó por el comedor, la biblioteca, un par de pequeños salones más y hasta por los baños, donde me invitó a jalar la palanca de un excusado, para demostrarme que todos los servicios funcionaban a la perfección.

—Las caballerizas te las enseñará Carlos más tarde —dijo Adela. Y a tiempo, pues ya ese recorrido me aburría y me moría de ganas de tomarme un aperitivo con mis tíos.

Cuando regresamos al salón, Delfín y Carlos estaban arrellanados en un sofá, terminando su primer trago. Adela y yo nos sentamos frente a ellos y de inmediato nos nivelamos con sendos gin con gin. Un diligente mozo indígena pasaba sin descanso para ofrecernos minúsculas bolas de causa y choros a la criolla, aparte de aceitunas, queso y almendras. El servicio era en realidad excelente, tanto como la decoración del local, y así se lo repetí a mi tía, que no cabía en sí de contenta con mis elogios.

—Tú sabes —me dijo muy seriamente—. Aquí viene en invierno la mejor gente de Lima. Vienen los Albornoz, los Ayulo, los Montero...

—Y los Pataplín y los Pataplán —la interrumpió tío Delfín—. ¿Y si hablamos de cosas más serias?... Yo me tomaría otro gin.

Vino una segunda ronda que secamos de prisa, pues ya el mozo —siguiendo sin duda instrucciones precisas de tío Carlos— nos invitaba a pasar a la terraza, donde habían puesto mantel y cubiertos en una de las tantas mesitas redondas protegidas por sombrillas. La terraza daba a una extensa planicie cubierta de césped, al fondo de la cual se distinguía una piscina.

—¿No te parece lindo el lugar? —me preguntó Adela—. ¡Ah, si yo tuviera una casa así!

No tuve tiempo de responderle, pues tío Carlos me alcanzaba el menú.

—Hay sólo lo que está marcado con una cruz, pues en esta época no viene prácticamente nadie. Pero todo es de primera calidad. Yo mismo me ocupo del aprovisionamiento.

Encargamos cebiche de corvina y de segundo un lomo saltado, aparte de vino tinto chileno y nos entregamos a los placeres de la comida criolla y la conversación intrascendente. Tío Carlos contaba que algunos socios le había propuesto un trabajo muy bien pagado, organizando el servicio de seguridad de una cadena de supermercados. Adela no se oponía a que aceptara, pero eso sí, para después del viaje que tenían planeado a París en una *tour* económica pagada a plazos.

—Yo no quiero morirme sin conocer la Ciudad Luz —añadió—. Nunca es tarde para culturizarse.

—Ciudad Luz, Ciudad Luz —rezongó tío Delfín—. Yo no viajaría a París ni a palos. ¡Qué diablos hacer allí si uno no habla ni papa de francés!

—¡Tú siempre con tus ideas! —le reprochó Adela y volviéndose hacia mí—: Pero a propósito de París, no nos has contado nada de tu vida por allá.

Aproveché para desempacar tres o cuatro viejas historias, siempre las mismas, contadas ya cien veces en similares circunstancias y que parecían tener la virtud de ser divertidas, hasta que noté que la atención de Carlos y Adela se dispersaba. Yo había visto algo así como una sombra pasar furtivamente por un extremo del salón, casi a mis espaldas y al poco rato, cuando el mozo retiraba el segundo plato, distinguí un joven fornido, alto, en traje de baño, que salía de una caseta disimulada en el jardín y se dirigía hacia la piscina con una toalla en la mano.

—Es Juanito Albornoz —me interrumpió Adela—. El hermano del presidente del club... Pero, bueno, sigue contándonos...

Proseguí mi última historia, sin mayor convicción, pues notaba que algo había cambiado en el ambiente. Adela y Carlos me escuchaban sonrientes, sin dejar de mirarme, pero con una mirada sin vida, como si su espíritu se hubiera ausentado de la mesa.

—¡Pedro, un gin con gin!

La voz llegó desde el fondo del jardín y se dirigía al mozo indígena que en ese momento nos llenaba la copa de vino y nos preguntaba qué queríamos de postre. Mientras revisábamos el menú nos llegó nuevamente la voz:

—¡Bien heladito, Pedro, y con su raja de limón!

El mozo tomó nota de nuestro pedido y se precipitó hacia la cocina para servirnos. Habíamos encargado helados, pero todos de sabor diferente, lo que retardaba su trabajo. La voz resonó desde la piscina:

—¿Y ese gin, ¿viene o no viene?

Pedro apareció con la fuente de helados, pero en su premura había olvidado traer cucharitas y retornó corriendo a la cocina. Esta vez no fue un grito, sino un verdadero bramido:

—¿Me vas a servir o no, cholo de mierda?

Tío Delfín dio un respingo y se enderezó sobre su silla para mirar hacia el fondo del jardín.

—¿Qué diablos le pasa a ese imbécil?

—Debe estar que se muere de sed —intervino tía Adela—. ¡Con este calor!

—¡Que lo aguante! ¿No ve que nos están sirviendo?

—Calma, calma —dijo tío Carlos—. Pedro, ocúpate del señor Albornoz. Pero tranquilo, sin precipitarte.

Pedro desapareció para preparar el trago del socio, pero ya el joven había salido de la piscina y se acercaba corriendo hacia la terraza, despidiendo al avanzar miríadas de gotas de agua que brillaban al sol. Pronto estuvo a nuestro lado.

—¡Oiga usted, coronel Zapata! (Se dirigía a tío Carlos). ¡Hace diez minutos que estoy pegando de gritos y nadie me atiende! ¿Ésa es la manera de tratar a los socios?

Tío Delfín levantó la vista hacia el joven, mientras sus manos crispadas buscaban un punto de apoyo sobre la mesa.

—¡Ponga un poco de orden en el servicio! Para algo es usted el comisario de turno.

—Pierda cuidado, señor Albornoz —tío Carlos hablaba con calma, pero estaba pálido—. Ya ordené que lo sirvan.

—¡A buena hora! Y de paso que me traigan el menú.

Girando sobre sus talones, el joven regresó corriendo hacia la piscina, dejando en las baldosas de la terraza las huellas húmedas de sus pies. Tío Delfín había bajado la cabeza y silbaba débilmente, barriendo con los dedos las migajas que había sobre el mantel.

—¡Mis helados están deliciosos! —exclamó tía Adela rompiendo el silencio—. ¿Quieres probarlos, Delfín? ¡Pero ni siquiera has probado los tuyos!

—¿Mis helados? —repitió tío Delfín, sobresaltado, mirando su copa. La apartó con la mano—. La verdad es que no tengo ganas. Para el calor no hay nada mejor que un whisky.

—Completamente de acuerdo —dijo tío Carlos—. Pero antes me tomaría un cafecito. ¿Pasamos al salón?

Nos arrellanamos en los sofás, un poco ahítos y cansados, pero bastó que sorbiéramos nuestro café y que mis tíos se echaran su primer whisky para que el ambiente se reanimara. Les dio entonces por evocar su vida militar y se entabló un duelo de anécdotas, cada cual más cómica o extravagante, al punto que nuestra reunión se fue convirtiendo en un concierto de carcajadas. Tío Delfín era el más locuaz y su estilo narrativo más teatral, pues lo reforzaba con mímicas, imitaciones y desplazamientos, mientras que tío Carlos, más sobrio, sólo se valía del empleo virtuoso de la palabra. El contrapunto se fue prolongando, más de lo necesario y de lo soportable, nuestra risa se volvió convulsiva y cuando tío Delfín en su euforia echó por tierra un cenicero lleno de colillas, tía Adela juzgó oportuno intervenir.

—Bueno, ¿y si damos una vuelta por las caballerizas? Ya debe haber bajado el calor.

—¡Ah, no! —protestó tío Carlos—. Para eso no cuenten conmigo. Yo me voy a echar una siesta.

—Lo mismo yo —suspiró tío Delfín—. Pero en mi casa.

Fue la orden de partida. Tío delfín secó el concho de su whisky y se encaminó hacia la puerta trastabillando un poco, escoltado por Carlos y Adela. En el trayecto le vino a la mente otra historia y no se privó de contarla y para confirmar el carácter interminable de las despedidas limeñas la empalmó con otra que sólo concluyó cuando estaba sentado ante el volante de su auto, con la portezuela abierta y el motor encendido.

Al fin emprendimos el retorno en el viejo Impala. La locuacidad de tío Delfín lejos de disminuir se fue acentuando conforme nos alejábamos del club. Agotadas sus historias cuartelarias, pasó a temas más confidenciales y domésticos y es así que, al llegar al pueblo de Vitarte, me hablaba de su perro Ulises que había muerto aplastado por un camión hacía un año. Me narró sus hazañas, sus pruebas de fidelidad y de inteligencia, cada vez más eufórica y emotivamente, hasta que de pronto quedó callado. Un trecho más allá frenó de golpe, el carro patinó, estuvo a punto de salirse de la pista, pero logró controlarlo y detenerlo sobre el borde de tierra. Apagando el motor se reclinó sobre el volante y quedó con la cabeza apoyada sobre los brazos, respirando sofocadamente.

—Qué pena, qué pena —lo escuché quejarse—. Qué pena, Dios mío, qué pena.

Creí por un momento que se refería a la muerte de su perro.

—¡Qué vergüenza! ¡Dejar que un mequetrefe nos levante la voz! ¡De un solo golpe lo hubiera mandado rodar hasta los potreros! ¡Qué afrenta para los Zapata!

En ese instante levantó la cabeza y vi que tenía los ojos enrojecidos: lágrimas le bajaban por las mejillas, contorneaban su bigote y caían sobre su camisa desde el mentón enérgico.

—No sé cómo me he podido aguantar! Los puños me quemaban. Sólo por Carlos, claro, sólo por él, para no fregarle su vida en el club y ese trabajo que le han ofrecido... ¡Guardián de supermercado!... Y porque les gusta codearse con la cremita, a los dos, con los niñitos gagá, los señorones, con todos esos mierdas que los tratarán siempre como a sus empleados... ¡Pobres Zapata, pobres! ¡Qué humillación!

Se reclinó nuevamente sobre el volante, llorando esta vez sin continencia, ruidosa e impúdicamente, mientras con una mano tanteaba su pantalón, el asiento, buscando algo, tal vez un pañuelo. Yo, por mi parte, buscaba algo que decirle pero no se me ocurría nada apropiado. Hubiera sido inútil además, pues tío Delfín levantó de pronto la cabeza y volvió hacia mí su cara húmeda. Tenía los ojos irritados, pero sonreía y había en sus rasgos una expresión radiante, sosegada.

—¿Qué pensarás tú, no? ¡El machote tío Delfín llorando como una mujercita! No se lo vayas a contar a nadie. O cuéntalo si quieres, pero cuando me muera, que ya no falta mucho... Bueno, ya es hora de seguir camino. Aunque, pensándolo bien, me parece que falta un poco de *gasolina.*

—Naturalmente —dije y, abriendo la guantera, le alcancé la botella de Chivas.

Alienación
(Cuento edificante seguido de breve colofón)

A pesar de ser zambo y de llamarse López, quería parecerse cada vez menos a un zaguero de Alianza Lima y cada vez más a un rubio de Filadelfia. La vida se encargó de enseñarle que si quería triunfar en una ciudad colonial más valía saltar las etapas intermediarias y ser antes que un blanquito de acá un gringo de allá. Toda su tarea en los años que lo conocí consistió en deslopizarse y deszambarse lo más pronto posible y en americanizarse antes de que le cayera el huaico y lo convirtiera para siempre, digamos, en un portero de banco o en un chofer de colectivo. Tuvo que empezar por matar al peruano que había en él y por coger algo de cada gringo que conoció. Con el botín se compuso una nueva persona, un ser hecho de retazos, que no era ni zambo ni gringo, el resultado de un cruce contranatura, algo que su vehemencia hizo derivar, para su desgracia, de sueño rosado a pesadilla infernal.

Pero no anticipemos. Precisemos que se llamaba Roberto, que años después se le conoció por Boby, pero que en los últimos documentos oficiales figura con el nombre de Bob. En su ascensión vertiginosa hacia la nada fue perdiendo en cada etapa una sílaba de su nombre.

Todo empezó la tarde en que un grupo de blanquiñosos jugábamos con una pelota en la plaza Bolognesi. Era la época de las vacaciones escolares y los muchachos que vivíamos en los chalets vecinos, hombres y mujeres, nos reuníamos allí para hacer algo con esas interminables tardes de verano. Roberto iba también a la plaza, a pesar de estudiar en un colegio fiscal y de no vivir en chalet sino en el último callejón que quedaba en el barrio. Iba a ver jugar a las muchachas y a ser saludado por algún blanquito que lo había visto crecer en esas calles y sabía que era hijo de la lavandera.

Pero en realidad, como todos nosotros, iba para ver a Queca. Todos estábamos enamorados de Queca, que ya llevaba dos años siendo elegida reina en las representaciones de fin de curso. Queca no estudiaba con las monjas alemanas del Santa Úrsula, ni con las norteamericanas del Villa María, sino con las españolas de la Reparación, pero eso nos tenía sin cuidado, así como que su padre fuera un empleadito que iba a trabajar en ómnibus o que su casa tuviera un solo piso y geranios en lugar de rosas. Lo que contaba entonces era su tez capulí, sus ojos verdes, su melena castaña, su manera de correr, de reír, de saltar y sus invencibles piernas, siempre descubiertas y doradas y que con el tiempo serían legendarias.

Roberto iba sólo a verla jugar, pues ni los mozos que venían de otros barrios de Miraflores y más tarde de San Isidro y de Barranco lograban atraer su atención. Peluca Rodríguez se lanzó una vez de la rama más alta de un ficus, Lucas de Tramontana vino en una reluciente moto que tenía ocho faros, el chancho Gómez le rompió la nariz a un heladero que se atrevió a silbarnos, Armando Wolff estrenó varios ternos de lanilla y hasta se puso corbata de mariposa. Pero no obtuvieron el menor favor de Queca. Queca no le hacía caso a nadie, le gustaba conversar con todos, correr, brincar, reír, jugar al voleibol y dejar al anochecer a esa banda de adolescentes sumidos en profundas tristezas sexuales que sólo la mano caritativa, entre las sábanas blancas, consolaba.

Fue una fatídica bola la que alguien arrojó esa tarde y que Queca no llegó a alcanzar y que rodó hacia la banca donde Roberto, solitario, observaba. ¡Era la ocasión que esperaba desde hacía tanto tiempo! De un salto aterrizó en el césped, gateó entre los macizos de flores, saltó el seto de granadilla, metió los pies en una acequia y atrapó la pelota que estaba a punto de terminar en las ruedas de un auto. Pero cuando se la alcanzaba, Queca, que estiraba ya las manos, pareció cambiar de lente, observar algo que nunca había mirado, un ser retaco, oscuro, bembudo y de pelo ensortijado, algo que tampoco le era desconocido, que había tal vez visto como veía todos los días las bancas o los ficus, y entonces se apartó aterrorizada.

Roberto no olvidó nunca la frase que pronunció Queca al alejarse a la carrera: «Yo no juego con zambos.» Estas cinco palabras decidieron su vida.

Todo hombre que sufre se vuelve observador y Roberto siguió yendo a la plaza en los años siguientes, pero su mirada había perdido toda inocencia. Ya no era el reflejo del mundo sino el órgano vigilante que cala, elige, califica.

Queca había ido creciendo, sus carreras se hicieron más moderadas, sus faldas se alargaron, sus saltos perdieron en impudicia y su trato con la pandilla se volvió más distante y selectivo. Todo eso lo notamos nosotros pero Roberto vio algo más: que Queca tendía a descartar de su atención a los más trigueños, a través de sucesivas comparaciones, hasta que no se fijó más que en Chalo Sander, el chico de la banda que tenía el pelo más claro, el cutis sonrosado y que estudiaba además en un colegio de curas norteamericanos. Cuando sus piernas estuvieron más triunfales y torneadas que nunca ya sólo hablaba con Chalo Sander y la primera vez que se fue con él de la mano hasta el malecón comprendimos que nuestra deidad había dejado de pertenecernos y que ya no nos quedaba otro recurso que ser como el coro de la tragedia griega, presente y visible, pero alejado irremisiblemente de los dioses.

Desdeñados, despechados, nos reuníamos después de los juegos en una esquina, donde fumábamos nuestros primeros cigarrillos, nos acariciábamos con arrogancia el bozo incipiente y comentábamos lo irremediable. A veces entrábamos a la pulpería del chino Manuel y nos tomábamos una cerveza. Roberto nos seguía como una sombra, desde el umbral nos escrutaba con su mirada, sin perder nada de nuestro parloteo, le decíamos a veces hola zambo, tómate un trago y él siempre no, gracias, será para otra ocasión, pero a pesar de estar lejos y de sonreír sabíamos que compartía a su manera nuestro abandono.

Y fue Chalo Sander, naturalmente, quien llevó a Queca a la fiesta de promoción cuando terminó el colegio. Desde temprano nos dimos cita en la pulpería, bebimos un poco más de la cuenta, urdimos planes insensatos, se habló de un rapto, de un cargamontón. Pero todo se fue en palabras. A las ocho de la noche estábamos frente al ranchito de los geranios, resignados a ser testigos de nuestra destitución. Chalo llegó en el carro de su papá, con un elegante smoking blanco y salió al poco rato acompañado de una Queca de vestido largo y peinado alto, en la que apenas reconocimos a la compañera de nuestros juegos. Queca ni nos miró, sonreía apretando en sus manos una carterita de raso. Visión fugaz, la última, pues ya nada sería como antes, moría en ese momento toda ilusión y, por ello mismo, no olvidaríamos nunca esa imagen que clausuró para siempre una etapa de nuestra juventud.

Casi todos desertaron la plaza, unos porque preparaban el ingreso a la universidad, otros porque se fueron a otros barrios en busca de una imposible réplica de Queca. Sólo Roberto, que ya trabajaba como repartidor de una pastelería, recalaba al anochecer en la plaza, donde otros niños y niñas cogían el relevo de la pandilla anterior y repetían nuestros juegos con el candor de quien cree haberlos inventado. En su banca solitaria registraba distraídamente el trajín, pero de reojo, seguía mirando hacia la casa de Queca. Así pudo comprobar antes que nadie que Chalo había sido sólo un episodio en la vida de Queca, una especie de ensayo general que la preparó para la llegada del original, del cual Chalo había sido la copia: Billy Mulligan, hijo de un funcionario del consulado de Estados Unidos.

Billy era pecoso, pelirrojo, usaba camisas floreadas, tenía los pies enormes, reía con estridencia, el sol en lugar de dorarlo lo despellejaba, pero venía a ver a Queca en su carro y no en el de su papá. No se sabe dónde lo conoció Queca ni cómo vino a parar allí, pero cada vez se le fue viendo más, hasta que sólo se le vio a él, sus raquetas de tenis, sus anteojos ahumados, sus cámaras de fotos, a medida que la figura de Chalo se fue opacando, empequeñeciendo y espaciando y terminó por desaparecer. Del grupo al tipo y del tipo al individuo, Queca había al fin empuñado su carta. Sólo Mulligan sería quien la llevaría al altar, con todas las de la ley, como sucedió después y tendría derecho a acariciar esos muslos con los que tantos, durante años, tan inútilmente soñamos.

Las decepciones, en general, nadie las aguanta, se echan al saco del olvido, se tergiversan sus causas, se convierten en motivo de irrisión y hasta en tema de composición literaria. Así el chancho Gómez se fue a estudiar a Londres, Peluca Rodríguez escribió un soneto realmente cojudo, Armando Wolff concluyó que Queca era una huachafa y Lucas de Tramontana se jactaba mentirosamente de habérsela pachamanqueado varias veces en el malecón. Fue sólo Roberto el que sacó de todo esto una enseñanza veraz y tajante: o Mulligan o nada. ¿De qué le valía ser un blanquito más si había tantos blanquitos fanfarrones, desesperados, indolentes y vencidos? Había un estado superior, habitado por seres que planeaban sin macularse sobre la ciudad gris y a quienes se cedía sin peleas los mejores frutos de la tierra. El problema estaba en cómo llegar a ser un Mulligan siendo un zambo. Pero el sufrimiento aguza también el ingenio, cuando no mata, y Roberto se había librado a un largo escrutinio y trazado un plan de acción.

Antes que nada había que deszambarse. El asunto del pelo no le fue muy difícil: se lo tiñó con agua oxigenada y se lo hizo planchar. Para el color de la piel ensayó almidón, polvo de arroz y talco de botica hasta lograr el componente ideal. Pero un zambo teñido y empolvado sigue siendo un zambo. Le faltaba saber cómo se vestían, qué decían, cómo caminaban, lo que pensaban, quiénes eran en definitiva los gringos.

Lo vimos entonces merodear, en sus horas libres, por lugares aparentemente incoherentes, pero que tenían algo en común: los frecuentaban los gringos. Unos lo vieron parado en la puerta del Country Club, otros a la salida del colegio Santa María, Lucas de Tramontana juraba haber distinguido su cara tras el seto del campo de golf, alguien le sorprendió en el aeropuerto tratando de cargarle la maleta a un turista, no faltaron quienes lo encontraron deambulando por los pasillos de la embajada norteamericana.

Esta etapa de su plan le fue preciosa. Por lo pronto confirmó que los gringos se distinguían por una manera especial de vestir que él calificó, a su manera, de deportiva, confortable y poco convencional. Fue por ello uno de los primeros en descubrir las ventajas de los blue-jeans, el aire vaquero y varonil de las anchas correas de cuero rematadas por gruesas hebillas, la comodidad de los zapatos de lona blanca y suela de jebe, el encanto colegial que daban las gorritas de lona con visera, la frescura de las camisas de manga corta a flores o anchas rayas verticales, la variedad de casacas de nylon cerradas sobre el pecho con una cremallera o el sello pandillero, provocativo y despreocupado que se desprendía de las camisetas blancas con el emblema de una universidad norteamericana.

Todas estas prendas no se vendían en ningún almacén, había que encargarlas a Estados Unidos, lo que estaba fuera de su alcance. Pero a fuerza de indagar descubrió los remates domésticos. Había familias de gringos que debían regresar a su país y vendían todo lo que tenían, previo anuncio en los periódicos. Roberto se constituyó antes que nadie en esas casas y logró así hacerse de un guardarropa en el que invirtió todo el fruto de su trabajo y de sus privaciones.

Pelo planchado y teñido, blue-jeans y camisa vistosa, Roberto estaba ya a punto de convertirse en Boby.

Todo esto le trajo problemas. En el callejón, decía su madre cuando venía a casa, le habían quitado el saludo, al pretencioso. Cuando más le hacían bromas o lo silbaban como a un marica. Jamás daba un centavo para la comida, se pasaba horas ante el espejo, todo se lo gastaba en trapos. Su padre, añadía la negra, podía haber sido un blanco roñoso que se esfumó como Fumanchú al año de conocerla, pero no tenía vergüenza de salir con ella ni de ser pilotín de barco.

Entre nosotros, el primero en ficharlo fue Peluca Rodríguez, quien había encargado unos blue-jeans a un *purser* de la Braniff. Cuando le llegó se lo puso para lucirlo, salió a la plaza y se encontró de sopetón con Roberto que llevaba uno igual. Durante días no hizo sino maldecir al zambo, dijo que le había malogrado la película, que seguramente lo había estado espiando para copiarlo, ya había notado que compraba cigarrillos Lucky y que se peinaba con un mechón sobre la frente.

Pero lo peor fue en su trabajo. Cahuide Morales, el dueño de la pastelería, era un mestizo huatón, ceñudo y regionalista, que adoraba los chicharrones y los valses criollos y se había rajado el alma durante veinte años para montar ese negocio. Nada lo reventaba más que no ser lo que uno era. Cholo o blanco era lo de menos, lo importante era la *mosca,* el *agua,* el *molido,* conocía miles de palabras para designar la plata. Cuando vio que su empleado se había teñido el pelo aguantó una arruga más en la frente, al notar que se empolvaba se tragó un carajo que estuvo a punto de indigestarlo, pero cuando vino a trabajar disfrazado de gringo le salió la mezcla de papá, de policía, de machote y de curaca que había en él y lo llevó del pescuezo a la trastienda: la pastelería

Morales Hermanos era una firma seria, había que aceptar las normas de la casa, ya había pasado por alto lo del maquillaje, pero si no venía con mameluco como los demás repartidores lo iba a sacar de allí de una patada en el culo.

Roberto estaba demasiado embalado para dar marcha atrás y prefirió la patada.

Fueron interminables días de tristeza, mientras buscaba otro trabajo. Su ambición era entrar a la casa de un gringo como mayordomo, jardinero, chófer o lo que fuese. Pero las puertas se le cerraban una tras otra. Algo había descuidado en su estrategia y era el aprendizaje del inglés. Como no tenía recursos para entrar a una academia de lenguas se consiguió un diccionario, que empezó a copiar aplicadamente en un cuaderno. Cuando llegó a la letra C tiró el arpa, pues ese conocimiento puramente visual del inglés no lo llevaba a ninguna parte. Pero allí estaba el cine, una escuela que además de enseñar divertía.

En la cazuela de los cines de estreno pasó tardes íntegras viendo en idioma original westerns y policiales. Las historias le importaban un comino, estaba sólo atento a la manera de hablar de los personajes. Las palabras que lograba entender las apuntaba y las repetía hasta grabárselas para siempre. A fuerza de rever los films aprendió frases enteras y hasta discursos. Frente al espejo de su cuarto era tan pronto el vaquero romántico haciéndole una irresistible declaración de amor a la bailarina del bar, como el gángster feroz que pronunciaba sentencias lapidarias mientras cosía a tiros a su adversario. El cine además alimentó en él ciertos equívocos que lo colmaron de ilusión. Así creyó descubrir que tenía un ligero parecido con Alan Ladd, que en un western aparecía en blue-jeans y chaqueta a cuadros rojos y negros. En realidad solo tenía en común la estatura y el mechón de pelo amarillo que se dejaba caer sobre la frente. Pero vestido igual que el actor se vio diez veces seguidas la película y al término de ésta se quedaba parado en la puerta, esperando que salieran los espectadores y se dijeran, pero mira, qué curioso, ese tipo se parece a Alan Ladd. Cosa que nadie dijo, naturalmente, pues la primera vez que lo vimos en esa pose nos reímos de él en sus narices.

Su madre nos contó un día que al fin Roberto había encontrado un trabajo, no en casa de un gringo como quería, pero tal vez algo mejor, en el club de Bowling de Miraflores. Servía en el bar de cinco de la tarde a doce de la noche. Las pocas veces que fuimos allí lo vimos reluciente y diligente. A los indígenas los atendía de una manera neutra y francamente impecable, pero con los gringos era untuoso y servil.

Bastaba que entrara uno para que ya estuviera a su lado, tomando nota de su pedido y segundos más tarde el cliente tenía delante su hot-dog y su coca-cola. Se animaba además a lanzar palabras en inglés y como era respondido en la misma lengua fue incrementando su vocabulario. Pronto contó con un buen repertorio de expresiones, que le permitieron granjearse la simpatía de los gringos, felices de ver un criollo que los comprendiera. Como Roberto era muy difícil de pronunciar, fueron ellos quienes decidieron llamarlo Boby.

Y fue con el nombre de Boby López que pudo al fin matricularse en el Instituto Peruano-Norteamericano. Quienes entonces lo vieron dicen que fue el clásico chancón, el que nunca perdió una clase, ni dejó de hacer una tarea, ni se privó de interrogar al profesor sobre un punto oscuro de gramática. Aparte de los blancones que por razones profesionales seguían cursos allí, conoció a otros López, que desde otros horizontes y otros barrios, sin que hubiera mediado ningún acuerdo, alimentaban sus mismos sueños y llevaban vidas convergentes a la suya. Se hizo amigo especialmente de José María Cabanillas, hijo de un sastre de Surquillo. Cabanillas tenía la misma ciega admiración por los gringos y hacía años que había empezado a estrangular al zambo que había en él con resultados realmente vistosos. Tenía además la ventaja de ser más alto, menos oscuro que Boby y de parecerse no a Alan Ladd, que después de todo era un actor segundón admirado por un grupito de niñas esnobs, sino al indestructible John Wayne. Ambos formaron entonces una pareja inseparable. Aprobaron el año con las mejores notas y míster Brown los puso como ejemplo al resto de los alumnos, hablando de «un franco deseo de superación».

La pareja debía tener largas, amenísimas conversaciones. Se les veía siempre culoncitos, embutidos en sus blue-jeans desteñidos, yendo de aquí para allá y hablando entre ellos en inglés. Pero también es cierto que la ciudad no los tragaba, desarreglaban todas las cosas, ni parientes ni conocidos los podían pasar. Por ello alquilaron un cuarto en un edificio del jirón Mogollón y se fueron a vivir juntos. Allí edificaron un reducto inviolable, que les permitió interpolar lo extranjero en lo nativo y sentirse en un barrio californiano en esa ciudad brumosa. Cada cual contribuyó con lo que pudo, Boby con sus afiches y sus pósters y José María, que era aficionado a la música, con sus discos de Frank Sinatra, Dean Martin y Tomy Dorsey. ¡Qué gringos eran mientras recostados en el sofá-cama, fumando su Lucky, escuchaban *The strangers in the night* y miraban pegado al muro el puente sobre el río Hudson! Un esfuerzo más y ¡hop! ya estaban caminando sobre el puente.

Para nosotros incluso era difícil viajar a Estados Unidos. Había que tener una beca o parientes allá o mucho dinero. Ni López ni Cabanillas estaban en ese caso. No vieron entonces otra salida que el salto de pulga, como ya lo practicaban otros blanquiñosos, gracias al trabajo de *purser* en una compañía de aviación. Todos los años convocaban a concurso y ambos se presentaron. Sabían más inglés que nadie, les encantaba servir, eran sacrificados e infatigables, pero nadie los conocía, no tenían recomendación y era evidente, para los calificadores, que se trataba de mulatos talqueados. Fueron desaprobados.

Dicen que Boby lloró y se mesó desesperadamente el cabello y que Cabanillas tentó un suicidio por salto al vacío desde un modesto segundo piso. En su refugio de Mogollón pasaron los días más sombríos de su vida, la ciudad que los albergaba terminó por convertirse en un trapo sucio a fuerza de cubrirla de insultos y reproches. Pero el ánimo les volvió y nuevos planes surgieron. Puesto que nadie quería ver aquí con ellos, había que irse como fuese. Y no quedaba otra vía que la del inmigrante disfrazado de turista.

Fue un año de duro trabajo en el cual fue necesario privarse de todo a fin de ahorrar para el pasaje y formar una bolsa común que les permitiera defenderse en el extranjero. Así ambos pudieron al fin hacer maletas y abandonar para siempre esa ciudad odiada, en la cual tanto habían sufrido y a la que no querían regresar así no quedara piedra sobre piedra.

Todo lo que viene después es previsible y no hace falta mucha imaginación para completar esta parábola. En el barrio dispusimos de informaciones directas: cartas de Boby a su mamá, noticias de viajeros y al final relato de un testigo.

Por lo pronto Boby y José María se gastaron en un mes lo que pensaban les duraría un semestre. Se dieron cuenta además que en Nueva York se habían dado cita todos los López y Cabanillas del mundo, asiáticos, árabes, aztecas, africanos, ibéricos, mayas, chibchas, sicilianos, caribeños, musulmanes, quechuas, polinesios, esquimales, ejemplares de toda procedencia, lengua, raza y pigmentación y que tenían sólo en común el querer vivir como un yanqui, después de haberle cedido su alma y haber intentado usurpar su apariencia. La ciudad los toleraba unos meses, complacientemente, mientras absorbía sus dólares ahorrados. Luego, como por un tubo, los dirigía hacia el mecanismo de la expulsión.

A duras penas obtuvieron ambos una prórroga de sus visas, mientras trataban de encontrar un trabajo estable que les permitiera quedarse, al par que las Quecas del lugar, y eran tantas, les pasaban por las narices, sin concederles ni siquiera la atención ofuscada que nos despierta una cucaracha. La ropa se les gastó, la música de Frank Sinatra les llegaba al huevo, la sola idea de tener por todo alimento que comerse un hot-dog, que en Lima era una gloria, les daba náuseas. Del hotel barato pasaron al albergue católico y luego a la banca del parque público. Pronto conocieron esa cosa blanca que caía del cielo, que los despintaba y que los hacía patinar como idiotas en veredas heladas y que era, por el color, una perfidia racista de la naturaleza.

Sólo había una solución. A miles de kilómetros de distancia, en un país llamado Corea, rubios estadounidenses combatían contra unos horribles asiáticos. Estaba en juego la libertad de Occidente decían los diarios y lo repetían los hombres de Estado en la televisión. ¡Pero era tan penoso enviar a los *boys* a ese lugar! Morían como ratas, dejando a pálidas madres desconsoladas en pequeñas granjas donde había un cuarto en el altillo lleno de viejos juguetes. El que quisiera ir a pelear un año allí tenía todo garantizado a su regreso: nacionalidad, trabajo, seguro social, integración, medallas. Por todo sitio existían centros de reclutamiento. A cada voluntario, el país le abría su corazón.

Boby y José María se inscribieron para no ser expulsados. Y después de tres meses de entrenamiento en un cuartel partieron en un avión enorme. La vida era una aventura maravillosa, el viaje fue inolvidable. Habiendo nacido en un país mediocre, misérrimo y melancólico, haber conocido la ciudad más agitada del mundo, con miles de privaciones, es verdad, pero ya eso había quedado atrás, ahora llevaban un uniforme verde, volaban sobre planicies, mares y nevados, empuñaban armas devastadoras y se aproximaban jóvenes aún colmados de promesas, al reino de lo ignoto.

La lavandera María tiene cantidades de tarjetas postales con templos, mercados y calles exóticas, escritas con una letra muy pequeña y aplicada. ¿Dónde quedará Seúl? Hay muchos anuncios y cabarets. Luego cartas del frente, que nos enseñó cuando le vino el primer ataque y dejó de trabajar unos días. Gracias a estos documentos pudimos reconstruir bien que mal lo que pasó. Progresivamente, a través de sucesivos tanteos, Boby fue aproximándose a la cita que había concertado desde que vino al mundo. Había que llegar a un paralelo y hacer frente a oleadas de soldados amarillos que bajaban del polo como cancha. Para eso estaban los voluntarios, los indómitos vigías de Occidente.

José María se salvó por milagro y enseñaba con orgullo el muñón de su brazo derecho cuando regresó a Lima meses después. Su patrulla había sido enviada a reconocer un arrozal, donde se suponía que había emboscada una avanzadilla coreana. Boby no sufrió, dijo José María, la primera ráfaga le voló el casco y su cabeza fue a caer en una acequia, con todo el pelo pintado revuelto hacia abajo. Él sólo perdió un brazo, pero estaba allí vivo, contando estas historias, bebiendo su cerveza helada, desempolvado ya y zambo como nunca, viviendo holgadamente de lo que le costó ser un mutilado.

La mamá de Roberto había sufrido entonces su segundo ataque, que la borró del mundo. No pudo leer así la carta oficial en la que le decían que Bob López había muerto en acción de armas y tenía derecho a una citación honorífica y a una prima para su familia. Nadie la pudo cobrar.

Colofón

¿Y Queca? Si Bob hubiera conocido su historia tal vez su vida habría cambiado o tal vez no, eso nadie lo sabe. Billy Mulligan la llevó a su país, como estaba convenido, a un pueblo de Kentucky donde su padre había montado un negocio de carnes de cerdo enlatada. Pasaron unos meses de infinita felicidad, en esa linda casa con amplia calzada, verja, jardín y todos los aparatos eléctricos inventados por la industria humana, una casa en suma como las que había en cien mil pueblos de ese país-continente. Hasta que a Billy le fue saliendo el irlandés que disimulaba su educación puritana, al mismo tiempo que los ojos de Queca se agrandaron y adquirieron una tristeza limeña. Billy fue llegando cada vez más tarde, se aficionó a las máquinas tragamonedas y a las carreras de auto, sus pies le crecieron más y se llenaron de callos, le salió un lunar maligno en el pescuezo, los sábados se inflaba de bourbon en el club Amigos de Kentucky, se enredó con una empleada de la fábrica, chocó dos veces el carro, su mirada se volvió fija y aguachenta y terminó por darle de puñetazos a su mujer, a la linda, inolvidable Queca, en las madrugadas de los domingos, mientras sonreía estúpidamente y la llamaba chola de mierda.

(París, 1975)

La señorita Fabiola

Yo aprendí el abecedario en casa, con mamá, en una cartilla a cuadrados rojos y verdes, pero quien realmente me enseñó a leer y escribir fue la señorita Fabiola, la primera maestra que tuve cuando entré al colegio. Es por ello que la tengo tan presente y que me animo a contar algo de su vida, su triste, oscura y abnegada vida de mujercita fea y pobre, tan parecida a tantas otras vidas, de la que nada sabemos.

Cuando digo que era fea no exagero. No tenía un Dios te guarde, Fabiola. Era pequeñita, casi una enana, pero con una cara enorme, un poco caballuna, cutis marcado por el acné y un bozo muy pronunciado. La cara estaba plantada en un cuerpo informe, tetón pero sin poto ni cintura, que sostenían dos piernas flaquísimas y velludas. A esto se añadía una falta absoluta de gracia, de *sexy* como diríamos ahora y una serie de gestos y modales pasados de moda o ridículos. Por ejemplo, tenía la costumbre de hacer huesillo o sea empujar el carrillo con la punta de la lengua cada vez que creía haber dicho algo ingenioso o de estirar mucho el dedo meñique cuando levantaba su taza de té para llevársela a la boca.

Aparte de ser nuestra maestra en el colegio era amiga de la casa, pues vivíamos en Miraflores, en calles contiguas. Como la escuela que frecuentábamos se encontraba en Lima, mis padres le pidieron que nos acompañara en el viaje, que entonces era complicado, ya que había que tomar ómnibus y luego tranvía. Todas las mañanas venía a buscarnos y partíamos cogidos de su mano. Gracias a este servicio que nos prestaba, mis padres le tenían mucho aprecio y una o dos veces al mes la invitaban a tomar el té.

Ella nos invitó una vez y todavía recuerdo la impresión que me causó la casa un poco ruinosa en la que vivía con toda su familia. Era una casa de una sola planta pero bastante grande, como correspondía a una familia numerosa que se mantenía unida para defenderse de las dificultades de la vida. Esas familias ya no existen, ni probablemente esas casas. Empobrecidos no sé por qué razones, Fabiola y sus cinco hermanos habían resuelto seguir viviendo juntos, con sus padres ancianos y prácticamente inmortales. Eran tres hombres y tres mujeres, todos solteros, todos incapaces de casarse, porque no tenían plata, porque todos eran muy feos. De los hermanos sólo recuerdo a uno que era oficial del ejército, medio loco, que había inventado algo así como un nuevo tipo de bomba, a otro que componía aparatos eléctricos y a la hermana mayor, que Fabiola odiaba, pues era mandona, austera, malgeniada y tenía a su cargo el gobierno de la casa. Entre todos reunían lo suficiente para seguir pagando el alquiler de esa casona miraflorina e irse extinguiendo con su aire de dignidad. Pero un día el militar fue destacado fuera de la capital, el electricista se mandó mudar, el padre se murió, la casa resultó grande, la renta disminuyó y tuvieron que dispersarse.

La señorita Fabiola se mudó a Lima con su mamá y su hermana mayor a un departamento que tenía al menos la ventaja de estar cerca del colegio. Por nuestra parte fuimos matriculados en un colegio de Miraflores. Así Fabiola dejó de ser nuestra maestra y nuestra vecina, pero nuestro contacto con ella se mantuvo.

Una noche la invitamos a cenar. Como el ómnibus se detenía a varias cuadras de la casa me encargaron que fuera a buscarla al paradero. Yo fui en mi bicicleta, con la intención de acompañarla lentamente. Pero cuando la señorita Fabiola descendió del ómnibus la vi tan chiquita que le propuse llevarla sentada en el travesaño de mi vehículo. Ella aceptó, pues las calles eran sombrías y no había testigos, se acomodó en el fierro y emprendí el viaje rumbo a casa. Antes de llegar había de dar una curva cerrada. Tal vez el piso estaba húmedo o calculé mal la velocidad, pero lo cierto es que la bicicleta patinó y los dos nos fuimos de cabeza a una acequia de agua fangosa. La tuve que rescatar a pulso del légamo, con la carterita y el sombrero embarrados. La pobre estaba tan asustada que ni siquiera podía llorar y se limitaba a repetir: «Ave María Purísima, Ave María Purísima.» Cuando llegamos a casa mis padres se pusieron furiosos y me enviaron esa noche a comer a la cocina.

Este incidente grotesco no enfrió nuestras relaciones, antes bien las estrechó y nuevos contactos surgieron, haciéndose extensivos a otros miembros de su familia. Pero estaba escrito que la familia de Fabiola se encontraba en plena caída y no cabía esperar nada de ella.

Mi padre era muy aficionado al fútbol y no se perdía un solo partido internacional. Cada vez que venía un equipo argentino o uruguayo era sabido que ese domingo no almorzaría en casa, pues desde antes del mediodía partía hacia el estadio con su fiambre en una maletita y una visera para protegerse del sol. Su pasión por el fútbol no se limitaba a presenciar los partidos sino a escucharlos por radio. Se realizaba en esa época un campeonato sudamericano, el Perú jugaba contra

Brasil y todos estábamos reunidos en la sala escuchando el encuentro. Los peruanos jugaban muy bien y el *scorer* iba cero a cero. De pronto el radio quedó mudo y de su parlante surgió al poco rato un ronquido. Mi padre movió todos los botones posibles, manipuló incluso detrás del aparato jalando alambres y enchufes, pero no había nada que hacer, la emisión se había perdido y sólo nos llegaban todos los ruidos del espacio. Mi padre era un hombre colérico y de decisiones intempestivas. Lo vimos entonces hacer algo memorable, que nos dejó pasmados. Se alejó hasta la puerta de la sala y tomando impulso corrió hasta el radio y le aplicó un puntapié tan preciso que su zapato se introdujo por el parlante incrustado en el aparato. El ronquido desapareció, naturalmente, pero el radio también.

No sé cómo la señorita Fabiola se enteró de este percance y sugirió que para componer radios no había nadie mejor que su hermano Héctor. No tenía taller ni era un profesional, pero sus precios eran módicos y su trabajo impecable. Mi padre aceptó encantado su propuesta y la instó a que el técnico viniera cuanto antes.

Héctor se presentó al día siguiente. Era la versión de Fabiola, pero en masculino. La misma cabezota y cutis agrietado, casi la misma estatura. La pretina de sus pantalones le llegaba a las tetillas y usaba tirantes. Cuando vio el radio dijo que era un juego de niños, abrió su maletín de cuero y se puso a desarmarlo. Mi hermano y yo observamos durante largo rato sus manejos. Con un destornillador iba retirando una a una las piezas, que distribuyó sobre la alfombra, con una aplicación artística en la que entraba en juego colores, formas y tamaños. A mediodía había desmontado íntegramente el aparato y haciendo una pausa dijo que iba a almorzar para continuar su trabajo en la tarde.

Lo esperamos en vano. Nunca en la vida regresó. ¿Se encontró en la esquina con algún amigo? ¿Le dio un colapso mortal? ¿Se dio cuenta que el radio era incomponible? Lo cierto es que cuando en la noche llegó mi padre, agitadísimo e impaciente por seguir escuchando sus partidos, se encontró con una caja de madera vacía y cientos de tornillos, tuercas y pilas diseminadas por el suelo. Una patada más y las piezas salieron volando por la ventana.

La chambonada de su hermano Héctor no nos alejó de Fabiola. Mi mamá era su más encarnizada protectora y siguió viniendo a casa a tomar el té o a cenar. Se quejaba siempre de su trabajo de maestra de primaria, no ganaba nada, se gastaba todo en trapos y pasajes, cualquier sirvienta u obrera la pasaba mejor pues no tenía que mantener su fachada de señorita de clase media. Fue así como mi padre, que era invulnerable, se dejó conmover y decidió darle un puesto en su oficina.

Aparte de enseñar a leer y escribir a niños la señorita Fabiola no sabía nada. No era taquígrafa, ni mecanógrafa, ni redactora de cartas comerciales. Fue rodando de puesto en puesto hasta que mi padre resolvió que se ocupara de la caja de su departamento, al menos conocía su aritmética y era honrada. Los frutos fueron inmediatos. Mi padre estaba encantado con la exactitud de los balances mensuales. Nunca faltaba ni sobraba un centavo. Las cuentas de fin de mes eran impecables. Pero cuando se hizo el arqueo de fin de año mi padre notó que sobraba una importante cantidad de dinero, que no lograba justificar, por más que se rompió la cabeza durante noches cotejando facturas. Después de una larga pesquisa descubrió la verdad: la señorita Fabiola, como las cuentas no le casaban cada mes, ponía de su bolsillo la plata que faltaba y así había logrado construir una contabilidad perfecta pero viciada en su origen. Esto era inadmisible como método de trabajo, el cajero general tuvo que rehacer todas las cuentas, sus quejas llegaron a oídos del gerente y mi padre se vio en la necesidad de despedir a Fabiola. Fue todo un drama. Fabiola vino a casa a llorar, mi madre intervino una vez más en su favor y así pudo seguir en su puesto, después de jurar que pondría más atención.

Y allí duró, más que mi padre, que se murió tiempo después y fue aprendiendo lo que tenía que aprender y acumuló años de servicios y beneficios sociales y probablemente hasta ahorró. Ya su madre inmortal había muerto y Hortensia, su hermana mayor, el mandamás de la casa, se había fugado con un libanés que vendía corbatas a domicilio, de modo que vivía sola en su diminuto departamento de Santa Beatriz. Iba todos los días a la oficina, puntual, sobre sus piernecitas velludas, era una solterona eficaz, una veterana de las cuentas, una rutera en la carretera de la vida. Unos años más y listo, jubilada, al retiro, con sueldo completo y ríete de mí.

Pero nadie está libre de las celadas ni de las chanzas de la vida. Alguien, por allí, la observó, la siguió, la estudió, la eligió, la convenció. Lo cierto es que un día cuando ya por la fuerza de las cosas habíamos perdido su pista, llegó a casa un parte de matrimonio y quedamos asombrados: ¡se casaba la señorita Fabiola! Mi padre, de vivir, se hubiera rascado pensativo la barbilla diciendo que se trataba de un hecho que trastocaba las leyes del universo. Fuimos a su matrimonio. El novio era un jovenzuelo, quince o veinte años menor que ella, un poco gordo, desteñido, reilón, muy simpático y dicharachero, lleno de atenciones para con Fabiola, a quien no soltó de la mano ni dejó de dar besitos durante la ceremonia. Sirvieron un pésimo champán nacional. Nos llamó la atención que no asistiera uno solo de sus parientes y que su único amigo, que sirvió de testigo, era un boticario charlatán, desdentado y borracho que, al salir de la iglesia, patinó en la acera y se fue de cabeza rompiéndose la frente.

Volví a ver a Fabiola sólo una vez, muchísimos años más tarde. Tenía varios hijos, se había separado de su marido y a pesar de estar jubilada necesitaba encontrar otro trabajo para mantener a su prole. Estaba más chiquitita, viejísima y fea como nunca. Quería por el momento que la ayudara en un juicio de divorcio, pues su marido seguía viniendo a casa para sacarle plata y la última vez, según me dijo, le había dado «una patada en la boca». Yo le di una recomendación para un amigo abogado y otra para un vocal de la Corte. Antes de partir me dijo que tenía una sorpresa e hizo un *huesillo,* esperando que le preguntara cuál era. De su cartera extrajo uno de mis libros y me lo mostró, diciendo que lo había leído de principio a fin —estaba en realidad subrayado en muchas partes— añadiendo que estaba feliz que uno de sus viejos alumnos fuera escritor. Me pidió, como es natural, que le pusiera una dedicatoria. Nada me incomoda más que poner dedicatorias. Traté de inventar algo simpático u original, pero sólo se me ocurrió: «A Fabiola, mi maestra, quien me enseñó a escribir.» Y tuve la impresión de que nunca había dicho nada más cierto.

(París, 1976)

El marqués y los gavilanes

La familia Santos de Molina había ido perdiendo en cada generación una hacienda, una casa, una dignidad, unas prerrogativas y al mediar el siglo veinte sólo conservaba de la opulencia colonial, aparte del apellido, su fundo sureño, la residencia de Lima y un rancho en Miraflores.

Gentes venidas de otros horizontes —del extranjero, claro, pero también de alejadas provincias y del subsuelo de la clase media— habían ido adueñándose poco a poco del país, gracias a su inteligencia, su tenacidad o su malicia. Nombres sin alcurnia ocupaban los grandes cargos y manejaban los grandes negocios. El país se había transformado y se seguía transformando y Lima, en particular, había dejado de ser el *hortus clausum* virreinal para convertirse en una urbe ruidosa, feísima e industrializada, donde lo más raro que se podía encontrar era un limeño.

Los Santos de Molina se habían adaptado a esta situación. Olvidaron sus veleidades nobiliarias, contrajeron alianzas con gentes de la burguesía, se embarcaron en especulaciones bursátiles, trataron de hacer tecnócratas de sus hijos y en la última generación surgieron incluso mozalbetes que recusaban en bloque los valores tradicionales y se iban en blue-jeans a fumar marihuana a la ciudad milenaria de Machu Picchu.

Pero el único que no aceptó esta mudanza fue don Diego Santos de Molina, el mayor de los tíos, un solterón corpulento, que seguía exigiendo en ciertos círculos que se le tratara de marqués, como su antecesor Cristóbal Santos de Molina, cuarto virrey del Perú. En plena juventud había sufrido un accidente que le paralizó el brazo izquierdo, lo que lo apartó de la vida activa y lo confinó al ocio, al estudio y la conversación. Para que se entretuviera en algo y gozase de una renta, la familia le encargó la administración de los bienes comunes y le cedió la casona de la calle Amargura, que de puro vieja nadie quería habitar.

Fue allí que rodeado de daguerrotipos y pergaminos, Diego Santos de Molina fundó una comarca intemporal, ocupado en investigaciones genealógicas y en la lectura de las memorias del duque de Saint-Simon, que terminó por conocer de memoria. Su contacto con la ciudad se había vuelto extremadamente selectivo: misa los domingos en San Francisco, té todas las tardes en el bar del Hotel Bolívar, algunos conciertos en el Teatro Municipal y tertulias con tres o cuatro amigos que, como él, seguían viviendo la hipótesis de un país ligado aún a la corona española, en el que tenían curso títulos, blasones, jerarquías y protocolos, país que, como estaban todos de acuerdo, «había sido minado definitivamente por la emancipación».

Estas tertulias eran siempre las mismas y su enjundia venía de su repetición. Después de un preámbulo nostálgico y empolvado, en el que se evocaba el mundo arcádico del príncipe de Esquilache y del Paseo de Aguas, se llegaba infaliblemente a la revista de los personajes y familias que estaban en el candelero. Sobre esta materia, don Diego poseía una autoridad canónica y una facundia que había llegado a ser legendaria. Gracias a sus pesquisas, a la tradición oral y a su prodigiosa memoria, conocía los orígenes de todas las familias limeñas. Y así no había persona descollada que no descendiera de esclavos, arrieros, vendedores ambulantes, bodegueros o corsarios. Alguna tara racial, social o moral convertía a todos los habitantes del país, aparte de los de su círculo, en personas infrecuentables.

Una de las tardes en que llegó al bar del Hotel Bolívar a tomar su té se llevó una enorme sorpresa: *su* mesa, la que desde hacía años le tenían reservada en el ángulo más tranquilo, donde podía leer el *ABC* y el *Times* sin ser importunado, estaba tomada por tres señores que departían en voz baja ante sendas tazas de café. Se aprestaba a ponerse los anteojos para identificarlos cuando el viejo mozo Joaquín Camacho se le acercó y tomándolo del brazo lo condujo hacia el mostrador pidiéndole excusas, tenía que comprender, señor marqués, pero don Fernando Gavilán y Aliaga...

Don Diego empezó a toser, se ahogó y tuvo la impresión de que se llenaba de ronchas. ¡Gavilán y Aliaga! ¡Esos malandrines que habían aparecido en el país hacía apenas un siglo y habían extendido sus tentáculos a todas las actividades imaginables! Había un Gavilán y Aliaga banquero, otro general, otro rector de universidad, otro director de periódico, otro campeón de golf... Y el que estaba sentado ahora en su mesa, según creía recordar, había sido alguna vez embajador y en la actualidad presidente de una de esas agrupaciones huachafas inventadas recientemente, algo así como la Sociedad Nacional de Tiro.

Refunfuñando pidió sus periódicos favoritos y se instaló en otra mesa, frente a los ventanales que daban a la céntrica calle de La Colmena. Pero no pudo leerlos, no sólo porque de la calzada le llegaba el insoportable vaivén del populacho, sino porque el nombre Gavilán y Aliaga se le había atravesado en el espíritu y le bloqueaba todo raciocinio. Sin terminar su té se retiró.

Al día siguiente volvió a encontrar ocupada su mesa. Y lo que es peor por la misma persona. Don Fernando reía a grandes voces acompañado esta vez por una señora con sombrero. Ni siquiera esperó al mozo, que se precipitaba hacia él consternado, y dándole la espalda abandonó el lugar, jurándose que no regresaría en toda su vida. ¡Ese bar, además, que llevaba el nombre de un zambo venezolano que había expulsado a balazos a sus antepasados de América!

Este nimio incidente fue motivo de innumerables tertulias en el salón de la calle Amargura. Todos lo consideraban como un acto flagrante de usurpación y una prueba más de la vocación imperialista de la nueva clase. Durante días pusieron su ciencia y su ironía en común para burlarse de los Gavilán y Aliaga, sacando sus trapitos al aire, en los que metían sus delicadas narices para morirse de risa. La cólera de don Diego fue así apaciguándose. Sus amigos le traían a casa sus periódicos preferidos y le recomendaron tomar su té en El Patio, un lugar sin muchas pretensiones pero que tenía apartados discretos y era frecuentado por la colonia española. Era además la época de la cosecha y don Diego tuvo que viajar varias veces a la hacienda para controlar la venta del arroz y recabar los dividendos de la familia.

Un nuevo hecho, sin embargo, lo remeció y volvió a ponerlo en la onda de los Gavilán y Aliaga. Don Diego leía de los diarios limeños sólo la página social, en donde cosechaba una información preciosa para sus chismes y ficheros. Por curiosidad hojeó un día la página editorial del periódico de los Gavilán y Aliaga y encontró un artículo que le puso los escasos pelos de punta. Bajo el título anodino de *Reformas Necesarias* se censuraba el régimen del latifundio, se abogaba por mayor justicia social en el campo y se terminaba sugiriendo, muy sutilmente, la necesidad de una Reforma Agraria. ¡Sólo faltaba eso! ¡Que los Gavilán y Aliaga se volvieran ahora socialistas! Claro, ellos tenían todo menos propiedades agrícolas. Éstas eran tradicionalmente símbolo de nobleza y estaban ligadas al nacimiento de la aristocracia. ¿Qué podían invocar los Gavilán y Aliaga en este dominio? ¡Nada! Sus blasones eran sus negocios y sería ridículo que buscaran en ellos el sustento de un título: el Conde Import & Export, por ejemplo. ¡Qué buen chiste! Decididamente lo que querían estos arribistas era privar de todo asiento a los vástagos de las reparticiones coloniales.

Sus amigos convinieron que se trataba de un hecho grave y resolvieron seguir el desenvolvimiento del asunto. En las semanas siguientes aparecieron otros artículos en el mismo diario, en los que cada vez se iban haciendo proposiciones más concretas respecto al agro. Y pronto fue un Gavilán y Aliaga, el diputado don Patricio, quien pronunció en el Parlamento un discurso explosivo en el que recomendaba la expropiación de las haciendas que no eran trabajadas por sus propietarios.

Don Diego se sintió esta vez directamente aludido y consideró el discurso como *casus belli.* Su mesa en el Bolívar, podía pasar,

¡pero su hacienda! Reunió en su casa un verdadero consejo de guerra, en el que invitó incluso a personas cuyo abolengo no le parecía muy probado y examinaron la situación. Algunos consideraron el discurso con escepticismo y hablaron de una simple maniobra política de los Gavilán y Aliaga con miras a las próximas elecciones. Otros lo tomaron en serio, pero opinaban que embarcarse en una lucha era suicida: ellos eran una minoría y frente a los Gavilán y Aliaga, sus aliados y secuaces, tenían todas las de perder. Solución: vender las tierras antes de la expropiación y reconvertirse a otras actividades.

Don Diego consideró esta actitud como una dimisión y juró que por nada del mundo permitiría que por culpa de unos *parvenus* tuviera que renunciar a una propiedad que les pertenecía hacía cuatro siglos. Sólo sus más fieles amigos lo secundaron y acordaron batallar por su cuenta y de acuerdo a sus posibilidades.

Pronto comprobó don Diego que sus posibilidades eran mínimas. Él no disponía de un partido, ni de periódicos ni de medios de presión. Los Gavilán y Aliaga, es cierto, tenían enemigos feroces dentro de su propia clase, pero se trataba también de gente sin distinción ni linaje, con la cual concertar un pacto hubiera sido vergonzoso. La única arma de que disponía era su lengua, una lengua que, como decían las malas voces, llegaba hasta la edad Media. Pero esta lengua culebrina hurgó en vano en los antecedentes de los Gavilán y Aliaga, buscando la mancilla, el hecho definitivo que arruinara para siempre su crédito y los cubriera de ridículo. Por más que indagó sólo llegó hasta el año 1854, cuando un abogado Belisario Gavilán abrió un bufete en Lima, se casó con una señora Aliaga y fundó una prolífica familia. Desde entonces siempre habían ocupado cargos destacados en el campo de los negocios y de la inteligencia. Los pocos hechos que ya conocía o que descubrió, como la quiebra dudosa de una de sus compañías, el matrimonio de uno de sus abuelos con una señora de moral equívoca o la deportación de uno de sus antepasados por razones políticas, no le dieron materia para un verdadero ataque y sirvieron apenas para alimentar las veladas chismográficas de la calle Amargura. Entretanto, los proyectos reformistas del diputado don Patricio Gavilán y Aliaga se habían hundido en las aguas cenagosas del Parlamento.

Descartado el peligro de la expropiación, los ánimos vindicativos de don Diego decayeron, si bien no dejaba de aplicar un puntillazo cada vez que en la conversación surgía el nombre de Gavilán y Aliaga. Algunos de sus parientes habían muerto lo que, gracias a herencias y legados, acrecentó su renta. Hizo un par de viajes a Europa para visitar museos, besarle la mano a alguna duquesa y comprarse calcetines ingleses. A cada uno de sus regresos encontró Lima más fea, sucia y plebeya. Cuando avistó los primeros indígenas con poncho caminando por el jirón de la Unión hizo un nuevo juramento: no poner nunca más los pies en esa calle. Lo que cumplió al pie de la letra, amurallándose cada vez más en su casona, borrando de un plumazo la realidad que lo cercaba, sin enterarse nunca que un millón de provincianos habían levantado sus tiendas de esteras en las afueras de la capital y esperaban pacientemente el momento de apoderarse de la Ciudad de los Reyes. Sólo se filtraban hasta su mundo los signos de lo mundano, bodas, bautizos, matrimonios, entierros, distinciones, bailes y nombramientos.

Se enteró así que un Gavilán y Aliaga había sido designado alcalde de Lima y esto le produjo la más grande zozobra. De esta gente era posible esperar todo, tal vez la demolición de las iglesias y conventos virreinales que aún quedaban. Pero don Amaro Gavilán y Aliaga parecía ser un tradicionalista y una de las primeras medidas que tomó fue hacer un catastro de las viejas mansiones de la colonia con el propósito, según dijo, de velar por su conservación. Recibió un día la visita de unos funcionarios que inspeccionaron su casa, tomaron medidas, trazaron croquis y se mostraron, para ser francos, de una impecable cortesía.

Pero, como lo confirmó luego, los Gavilán y Aliaga no daban puntada sin nudo. Esta política encubría una especulación perversa. El banco de los Gavilán y Aliaga había cobrado una importancia colosal, por todos los barrios y ciudades abría nuevas agencias y uno de sus planes era instalar las principales en residencias con prestancia. El famoso catastro de don Amaro sólo tenía como fin identificar las posibles sedes de sus sucursales.

Fue así como al poco tiempo recibió una carta del Banco Gavilán y Aliaga en la que le proponían la compra de su casona. A tal punto le pareció escandalosa esta propuesta que la consideró como no recibida. Otras cartas le llegaron, pero le bastaba ver el membrete para echarlas a la papelera. Al no obtener respuesta, el banco se dirigió a los familiares de don Diego. La oferta era tentadora y a éstos se les despertó la codicia. Hermanos y sobrinos vinieron a verlo para discutir el asunto.

La intransigencia de don Diego los dejó espantados y su elocuencia estuvo a punto de convencerlos. Pero los intereses en juego eran demasiado importantes. Esa casona, después de todo, era copropiedad de decenas de Santos de Molina y les cabía a ellos tomar la decisión. Se convocó un consejo de familia. Cuando se pasó al voto la venta quedó decidida.

El marqués Santos de Molina quedó anonadado. Firmadas las escrituras le dieron seis meses de plazo para mudarse. De inmediato pensó en irse del país, dejar para siempre esa tierra de cholos y Gavilanes y Aliaga pero su renta no le permitía instalarse en el extranjero.

¿Trasladarse al rancho de Miraflores? Imposible, estaba por el momento alquilado. ¿Recluirse en su hacienda? Peor aún, el inmortal Patricio Gavilán y Aliaga, reelegido diputado, volvía a agitar en el Parlamento el espantapájaros de la Reforma Agraria. Mientras buscaba una casa u hotel donde refugiarse decidió, esta vez sí, ya que la victoria le estaba vedada, consolarse al menos con la venganza.

Tanto encarnizamiento puso en este propósito que sus propios amigos se arredraron y le aconsejaron prudencia. Un Gavilán y Aliaga acababa de ser nombrado ministro de gobierno, otro presidente del Jockey Club y se rumoreaba que un tercero sería lanzado como candidato a las próximas elecciones presidenciales. Pero don Diego no quiso escuchar nada. Amparándose en el axioma de Saint-Simon: «Nada hace temblar más al poderoso que el ridículo o la chanza», abrió una vez más el expediente Gavilán y Aliaga y empezó a examinarlo a la lupa.

Encontró las cosas que sabía, pecadillos, historietas, decires no confirmados, pero no el baldón que destruye para siempre un apellido y ya sentía caer sobre él el desaliento cuando se acordó de su tía Marcelina. No la visitaba desde hacía décadas. De joven la frecuentó mucho y pasó inolvidables veladas en su casa escuchándola contar historias de las viejas familias limeñas. Como ya era centenaria, estaba ciega y medio sorda, se habían desembarazado de ella, recluyéndola en un asilo de ancianos.

Durante horas don Diego la interrogó. La pobre vieja hacía siglos que no exploraba ciertas galerías de su memoria, a las que don Diego la forzó a descender gateando. Y al fin sus esfuerzos fueron recompensados. Claro, don Belisario Gavilán, algo le había oído decir a su madre, el abogado, se casó con una Aliaga, fue durante el gobierno del mariscal Castilla. ¿No había llegado de México? De Monterrey, así se llamaba la ciudad, de eso no le quedaba la menor duda.

Don Diego no tuvo necesidad de más. Este simple dato le abrió perspectivas infinitas. Sus amigos se inquietaron cuando les comunicó su hallazgo y tejió en torno a él hipótesis delirantes. Pero se inquietaron más cuando de la noche a la mañana se enteraron que había partido rumbo a México.

En la capital mexicana ubicó a decenas de Gavilán, que eran desde artesanos hasta importantes hombres de negocios, pero cuyos orígenes se perdían en plena revolución. Continuó entonces viaje hacia Monterrey y empezó allí a expurgar los archivos parroquiales, notariales y municipales. Al cabo de dos meses, en una memorable tarde que consideró como la más jubilosa de su vida encontró lo que buscaba: la licencia otorgada por el ayuntamiento de Monterrey a don Carlos Gavilán, casado, padre de Belisario y Elena, para que abriera una carnicería dedicada en especial a beneficiar las reses que procedían de las corridas de toros. ¡Un carnicero! Y peor aún, ¡un matarife! ¡De allí venían los Gavilán y Aliaga! ¡Gente que descuartizaba toros y traficaba con sus vísceras! ¡Hombres de mandil, hacha y cuchillo! Que su hijo Belisario hubiera estudiado leyes y emigrado al Perú le tenía sin cuidado. Todo el clan había nacido entre los cuatro muros de una tienda sórdida llena de sangre.

Cuando regresó a Lima ya su casona de la calle Amargura había pasado a manos del Banco Gavilán y Aliaga que, renunciando a montar una agencia, la había convertido en un restaurante de lujo que llevaba como enseña *La Perricholi.* Don Diego encajó este golpe con entereza, era natural que los Gavilán y Aliaga, siguiendo un llamado ancestral, se dedicaran a traficar con tripas y alimentos. En su portafolio traía las pruebas de su vindicta y en el cuarto que alquiló en el Hotel Maury preparó minuciosamente su golpe de mano.

Una carta pública. En ella trazaría una semblanza de los Gavilán y Aliaga, empezando por sus descarríos recientes hasta remontarse a la gran revelación: el carnicero. Sus amigos lo escucharon con alarma. Los Gavilán y Aliaga habían accedido a nuevos cargos y la candidatura presidencial de don Escipión era ya un hecho. Otros problemas más urgentes habían surgido, forzando a las viejas y nuevas clases a cerrar filas: huelgas, invasiones de tierras, grupos políticos radicales que amenazaban con no dejar piedra sobre piedra. Los Gavilán y Aliaga, después de todo, representaban el partido del orden y ofrecían con sus reformas una alternativa al desastre.

Pero don Diego era inaccesible a estas argumentaciones. No habría cuartel contra esos miserables que habían hecho un mesón de su palacio. La carta que redactó en el Hotel Maury era una obra maestra de sarcasmo y su sólo título una promesa de gozo: «Del camal al sillón presidencial.» La envió con seudónimo al diario de los Delmonte que, terratenientes empedernidos y adversarios de los Gavilán y Aliaga, la acogieron como un regalo del cielo.

La carta produjo el efecto de una apestosa bombilla. Durante días no se habló en los salones de la sociedad limeña más que del carnicero Gavilán, que en Monterrey descuartizaba cornúpetas con sus manos. De los toros se pasó a sus adornos y por analogía los Gavilán y Aliaga se convirtieron en unos cornudos. Su propio apellido cobró un nuevo aspecto y se prestó a procaces juegos de palabras. Don Diego gozó hasta el exceso de las repercusiones de su noticia y, lo que nunca hacía, frecuentó las casas de los pocos viejos limeños que quedaban para recoger su chisme amplificado: un Gavilán y Aliaga monosabio, otro enterrador, otro verdugo.

Los Gavilán y Aliaga abrieron un proceso por difamación contra los Delmonte, sin muchas esperanzas de contrarrestar el efecto pernicioso de esta injuria, pero secretamente emprendieron investigaciones para identificar al autor de la carta. Don Diego había tomado la precaución de elegir un nombre y una dirección que no correspondían a nada. Los propios Delmonte ignoraban quién había enviado la carta. La única vía para llegar a su autor era el análisis del texto.

La carta de don Diego estaba redactada con letras de imprenta y en un estilo administrativo que no daba pie para ninguna indagación. Pero su presuntuosidad lo perdió. Al final de la misma no pudo resistir a la tentación de citar una frase del duque de Saint-Simon: «Si quieres entrar en mi casa, deja al animal en la puerta.» Y añadía de su propia cosecha: «Los Gavilán y Aliaga parecen ignorar esta lección y así traen al animal no sólo dentro de sí sino sobre su propio nombre.»

Cita fatal. Los lectores de Saint-Simon eran muy pocos en Lima. Sus memorias hacía años que no se reeditaban y se sabía más o menos quiénes las tenían en casa. Otras pesquisas paralelas permitieron a los Gavilán y Aliaga localizar sin equívoco al responsable de esta afrenta.

Una mañana lo llamaron de la recepción a su cuarto del Hotel Maury y le dijeron que un señor que no había querido dar su nombre lo esperaba en el bar. Don Diego pensó en alguien que había conocido en Madrid o en México y que quería darle una sorpresa y afeitándose a la carrera descendió. La sorpresa la tuvo: don Fernando Gavilán y Aliaga, ex embajador y presidente del Club Nacional de Tiro, estaba frente a él, con su capa negra forrada en seda roja, a una hora en que el bar bullía de clientes. Tal fue su asombro que estuvo a punto de desplomarse y probablemente se desplomó. No recordaba sino las palabras que esa ruda boca bajo el tupido bigote lanzó en alta voz para ser escuchado por los presentes: «Fíjate, Diego —y lo trataba de tú, además, ¿no habían estado juntos en el colegio durante unos años?— Ya sabemos que eres el autor de esa carta infame. No voy a entrar en detalles, pero si quisiera podría demostrar que ese virrey boludo del que desciendes tuvo un abuelo que fue ahorcado en Sevilla por contrabandista. Esta guerrilla genealógica no me interesa. Sólo quiero pedirte una cosa, pues ni siquiera puedo desafiarte a un duelo a causa de tu brazo. Que desdigas lo dicho en una nueva carta a publicarse en todos los periódicos. Y con tu firma, esta vez. De otro modo, la próxima vez que te encuentre, no voy a perder el tiempo insultándote sino que te haré apalear por uno de mis choferes.»

Don Diego sufrió un colapso, perdió momentáneamente el uso de la palabra y tuvo que guardar cama. Su memoria sufrió una veladura. El mundo comenzaba para él desde que ese señor lo interpeló en el bar del Hotel Maury. ¿Quién era ese personaje bigotudo? ¿Por qué estaba envuelto en una capa negra? ¿Cómo se atrevía a amenazar al más rancio marqués del continente?

A los pocos días se recuperó por completo y pudo ponerse de pie. Parientes muy cercanos y amigos adictos lo rodeaban, recordándole que su ardid había sido descubierto y que sólo cabía proceder al desmentido. Hasta se habían dado el trabajo de redactarlo en los términos más decorosos, no lo comprometía a nada, pero aplacaría la ira de sus adversarios.

Don Diego tuvo en la mano el texto y el lapicero, pero dijo no. Eso lo condenaba, estaba seguro, a no librarse nunca del acoso de los Gavilán y Aliaga. Pero un Santos de Molina no podía ceder a las amenazas de los matarifes. Los que estaban con él podían quedarse, los otros que se fueran en el acto, ¿habían entendido? Todos se fueron.

Esta deserción lo afectó mucho y pasó solitarios días en su hotel, meditando sobre la fragilidad de los sentimientos humanos y planeando una obra magistral sobre la familia Gavilán y Aliaga, en la que relataría con pelos y señales toda su abominable historia. Había proyectado cinco volúmenes, que empezarían con el carnicero y terminarían con el embajador. Y paralelamente, obedeciendo a las leyes de la simetría y para la edificación de las generaciones futuras, redactaría la historia de su propia familia, anales minuciosos de la grandeza y hazañas de los Santos de Molina, que culminaría con su propia efigie. Estas reflexiones le devolvieron la vitalidad y cuando se sintió en forma, a pesar de haber recibido dos misivas de la Sociedad Nacional de Tiro que no abrió, se resolvió salir a la calle para escuchar su misa dominical en San Francisco.

En las torres del templo unos gallinazos plomizos parecían secretear. Desde las bancas algunos conocidos le sonrieron evasivamente. Aparte de ello no notó nada de anormal. No había pues ningún peligro. Reanudó entonces sus tés en El Patio y se abonó a archivos y bibliotecas donde comenzó a reunir la documentación para una obra cuya escritura se le hacía cada vez más imperiosa.

Una noche, después de un concierto en el Municipal, se animó a hacer un paseo hasta el río Rímac, donde el alcalde don Amaro Gavilán y Aliaga había inaugurado hacía poco un puente. Confirmó, como era natural, que el puente era horrible y que para construirlo habían tenido que mutilar parte del convento de Santa Rosa. Cuando regresaba fue abordado por un mozo en blue-jeans, camisa floreada y pucho en el labio. Al comienzo lo tomó por uno de sus innumerables sobrinos y trató de entender lo que le pedía, pero de pronto lo vio alzar el puño y aplicarle un combo en plena boca que lo tendió en la vereda. Transeúntes que pasaron luego lo condujeron a la Asistencia Pública donde comprobó que le habían roto dos dientes y robado un prendedor de corbata con el blasón de la familia.

De inmediato imputó esta agresión a los Gavilán y Aliaga y así lo hizo conocer enviando cartas a los diarios que, dada la gravedad de la acusación, no fueron publicadas. Por precaución evitó las salidas nocturnas y se mostró vigilante en sus desplazamientos. Otros hechos turbadores se produjeron. Regresando de donde su dentista una maceta cayó desde un quinto piso a treinta pasos de él. En otra ocasión un automóvil montó sobre la vereda y estuvo a punto de arrollarlo junto con otros peatones. Una noche que no podía conciliar el sueño se asomó a la ventana y vio un hombre embozado en una capa que cruzaba la pista. Pronto descubrió algo así como una mancha de cera en la cerradura de su puerta. Notó igualmente que al Hotel Maury había entrado a trabajar un mozo que tenía un vago parecido con uno de los Gavilán y Aliaga. Una madrugada sintió un aletazo contra el vidrio de su ventana y le pareció distinguir un pájaro de enorme talla que se alejaba raudo. No necesitaba más pruebas: un complot había sido montado contra su persona, no ya para agredirlo sino para eliminarlo físicamente e impedirle la elaboración de su obra denunciadora.

En un baulillo metió las memorias del duque de Saint-Simon, sus kilos de notas y documentos y diez mil hojas de papel en blanco; en una maleta un poco de ropa; y en medio del mayor secreto se embarcó en el primer avión rumbo a París.

Se hospedó en un hotelito de Montparnasse y pasó unos días tranquilos yendo al Louvre y a la sala Pleyel y tratando de ver por qué medios podría presentarle sus saludos al conde Robert de Billy y a la princesa de Borbón-Parma. Al mismo tiempo hizo instalar una mesa en su alcoba, donde se acomodaba todas las tardes para revisar sus papeles y organizar el plan de su obra. Hasta que tuvo la impresión de haberse encontrado demasiado seguido y en barrios diferentes con un hombre de boina, impermeable y cutis rojizo. La última vez lo reconoció en el restaurante donde almorzaba, a pesar de que había reemplazado el impermeable por un abrigo. Al regresar a su hotel vio a dos extranjeros con sombrero que se inscribían en la recepción y hablaban una lengua extraña. Esto lo puso en guardia. Sin perder un minuto hizo su equipaje y partió por tren hacia Madrid.

Esta vez no fue a un hotel sino a una pensión de familia en el barrio de Argüelles. Pasaba los días en la Biblioteca Nacional leyendo libros de heráldica y tomando notas. Una que otra noche, con sombrero y gafas, se perdía en la multitud anónima de la Gran Vía. Allí volvió a tener la sensación de ser escrutado, pasteado. Personas caminaban durante cuadras a su lado, deteniéndose frente a las mismas vitrinas. Si tomaba las calles adyacentes siluetas de mujeres surgían de los pórticos y lo atraían con señas equívocas hacia corredores sombríos. Un chofer de taxi lo condujo un día al centro por un itinerario aberrante, al punto que tuvo que aprovechar una luz roja para descender precipitadamente del vehículo. En su propia pensión notó otros indicios: la camarera que, al hacer su pieza, miraba con demasiada insistencia sus papeles o el mozo del comedor a quien sorprendió haciendo un pase mágico sobre la garrafa de vino que le traía. Decidió a partir de entonces no beber vino, pero qué importaba el vino, si en el zaguán de su pensión vio a un guardia civil con cara de peruano que hablaba con la portera y, peor aún, cuando viajando en ómnibus distinguió en la calle un enorme anuncio con el título *La Venganza del Gavilán.* A la dueña de la pensión le dijo que se iba por unos días a Granada, pero en realidad se trasladó a Roma.

Resistió sólo unos días. Los escrutadores habían cambiado de apariencia y estaban ahora disfrazados de curas. Los encontraba por todo sitio, vestidos de franciscanos, capuchinos, mercedarios, curas que parecían guardias civiles españoles con caras de peruano. El propio Papa, a quien fue a escuchar a la plaza de San Pedro, trazó sobre su cabeza una cruz y se volvió hacia uno de sus asistentes para hablarle al oído. ¿No había sido don Fernando Gavilán y Aliaga embajador ante el Vaticano? ¡Qué error haberse instalado en las grandes capitales! La solución estaba en encontrar una ciudad mediana en un país anodino.

Inició entonces una vida errabunda que lo llevó por Yugoslavia, Austria, Alemania, Holanda, pasando de hoteles a pensiones, sin desprenderse de su baulillo, descubriendo por todo sitio indicios de sus seguidores, hasta que recaló en Amberes. Allí se sintió al fin seguro. No sólo se trataba de una ciudad dinámica, en la que se hablaba una lengua endemoniada y entre cuya población era posible disolverse sin dejar rastros, sino que pertenecía a un Estado monárquico gobernado por el bondadoso rey Balduino. Inscrito como arquitecto en un hotel burgués frecuentado por comerciantes y esporádicos congresistas, pudo reencontrar la paz que le permitió compulsar sus documentos y trazar el plan definitivo de sus obras. Éstas se habían ido ramificando y entrelazando hasta componer un díptico monumental en el que, al comparar su familia a la de sus adversarios, dejaría una imagen ejemplar de la gloria y de la venganza. Se enteró además que en Bruselas vivía el príncipe Leopoldo de Croi, una de las más rancias familias de la nobleza europea, a quien se propuso visitar alguna vez para pedirle acceso a sus archivos. Entre los siglos XVI y XVII había perdido a varios de sus ancestros y tenía urgencia en recuperarlos.

Regresando una tarde de un paseo por el puerto, feliz porque el príncipe de Croi había respondido a una de sus misivas, notó a la entrada de su hotel un ajetreo inhabitual. Taxis se detenían, descendían viajeros, corrían ujieres cargando maletas. El hall estaba lleno de afiches donde se veía una silueta disparando al blanco con un fusil. Grupos de personas hablaban de armas, tiros y concursos. Como se acercaba el invierno y hacía un poco de frío resolvió pasar al bar para beber algo caliente. No hizo sino cruzar el umbral cuando distinguió, sin que le quedara la menor duda, apoyado en el mostrador, envuelto en su capa negra, escrutando el recinto con una mirada ardiente, altanera y despiadada, a don Fernando Gavilán y Aliaga quien, al verlo, le mostró todos sus dientes y dio un paso adelante con un brazo extendido.

En el instante don Diego fue conmutado a un orden diferente y empezó a flotar en un tiempo cuyas secuencias se fundían tempestuosamente. Viajaba en un taxi por una oscura autopista, subía precipitadamente las escaleras de un hotel, un tren lo conducía hacia un país desconocido, tocaba en vano una puerta con el blasón del príncipe de Croi, un hombre lo perseguía con una factura en la mano, recorría una ciudad atestada de almacenes con salchichas, se escapaba de su hotel con su baulillo por la puerta de servicio, en una comisaría sentaba una denuncia ante policías hilares, un aduanero de aspecto feroz le pedía su pasaporte, atravesaba en un tranvía una arteria nevada, escuchaba marchas militares y valses vieneses, tendido en una calzada gélida, era meado por los perros, alguien escribía su nombre en el libro de un albergue, afiches rezaban Congreso Internacional de Sociedades de Tiro, un autobús lo depositaba ante una iglesia gótica, su hermano Juan le acariciaba la cabeza diciéndole frases reconfortantes, recorría parte de la Edad Media buscando un documento, yacía en un dormitorio blanco rodeado de nobles y agonizantes guerreros, un altoparlante repetía el tren para Múnich dentro de quince minutos, un anciano benévolo le sonreía elogiando las virtudes de la jeringa que tenía en la mano, su hermano Juan insistía en que todo peligro había cesado, volaba en un aeroplano sobre mares infinitos, estaba acostado en una alcoba con ventana teatina, perfume de jazmines, rumor de resaca marina, finísima niebla penetrando por las rejas, empapelado desvaído y retrato al óleo del Marqués Cristóbal Santos de Molina.

Estaba en realidad en su rancho de Miraflores. Hacía tiempo, seguramente no podía decirlo, pero estaba allí, no cabía duda, reconocía el espacio de su infancia y a su hermano Juan que le decía cosas amables: lo habían traído de incógnito, nadie sabía de su presencia, no importaba además, sus enemigos habían dado un traspié no había habido elecciones, un militar había tomado el poder, se entraba a una época de justicia y de orden y tenía toda la vida por delante para hacer tranquilamente lo que le diera la gana, al margen de cualquier asechanza.

Don Diego registró estas informaciones sin inmutarse, no tenía bastantes energías para reaccionar. Aceptó esa vida circular hecha de dietas, cucharadas, siestas interminables y una fatiga invencible que le impedía acercarse al baulillo y dedicarse a su tarea interrumpida. Pero de reojo observaba cautelosamente su contorno sin perder un detalle. El bigote de su hermano Juan era algo más que un bigote, los dos o tres amigos que lo visitaban hablaban con una voz de falsete, el señor que venía a tomarle el pulso e interrogarlo tenía una corbata cuyo dibujo carecía de toda inocencia, la sirvienta andaba siempre en puntas de pie y era necesario mostrarse atento al piar cada vez más estridente de las aves matinales.

Cuando estuvo mejor sus amigos y su hermano fueron espaciando sus visitas y terminaron por suspenderlas. Pudo entonces inspeccionar cuidadosamente la casa. Notó que había dos ventanas sin rejas y de inmediato ordenó poner remedio a ello. Luego despidió a la cocinera porque tenía un ojo más grande que el otro y con el grande lo enfocaba como un faro marino cada vez que pasaba por la cocina. Hizo lo mismo con el jardinero, a quien sorprendió cerca de la ventana de su alcoba con unas enormes tijeras en la mano.

Estas precauciones eran necesarias y lo confirmó cuando al asomar un día al jardín exterior vio pasar tras la verja a un militar con perfil de falcónido. ¡Qué ingenuos eran todos! Ahora se daba cuenta de la jugarreta: los Gavilán y Aliaga no habían quedado excluidos del poder sino que habían revestido la chaqueta del general para continuar ejerciéndolo y poder llevar a cabo solapadamente su venganza.

A partir de entonces redobló las medidas de seguridad. Hizo cambiar las cerraduras de todas las puertas y poner candados en las ventanas. Le prohibió al señor que le tomaba el pulso que pusiera más los pies en la casa. De los muros de la biblioteca descolgó las dos viejas espadas de sus ancestros que dejó en permanencia al lado de su velador. Ordenó a la sirvienta comprar muchas provisiones y se aprestó para un largo sitio. No en vano descendía de aguerridos señores que lucharon durante siglos contra infieles, bastardos y granujas. Ya que no quedaba otra salida, si querían pelea, la habría.

Todo empezó con crujidos y rumores nocturnos. Venían del jardín o de los aposentos alejados, cada vez más frecuentes, más próximos. Mirando el retrato de don Cristóbal se decía que el cerco se iba estrechando. Cuando juzgó que el asalto era inminente ordenó caballerescamente a la sirvienta que se fuera de la casa, no quería verla envuelta en una lid que no le concernía. Se encerró en su dormitorio con bolsas de galletas y jarras con té, atento a la menor trepidación e imaginando el preludio de su obra inmortal, que empezaría cuando las circunstancias le dejaran un respiro.

Lo que aguardaba al fin se produjo: una noche se despertó bañado en sudor, sintiendo en el jardín un insistente aleteo. Encendiendo la luz de su lámpara se levantó y cogió una de sus espadas. Los ruidos del jardín cesaron pero, de pronto, los postigos de la ventana teatina se abrieron de par en par y penetró un enorme pájaro gris que raspó el cielo raso, picó sobre su cabeza, lo hostigó con su pico encorvado. Se defendió dando mandobles a diestra y siniestra, mientras repetía la divisa familiar: «Tu fuerza es tu soledad.» El pájaro se transformó en una mariposa velluda que trataba de cegarlo con el polvillo infecto que despedían sus alas. Tuvo que protegerse la cabeza con su bata para proseguir el combate. Ya no era una sino decenas de mariposas las que lo atacaban, pasando acrobáticamente entre sus piernas. Y nuevamente el pájaro de rapiña, pero multiplicado, en turbulenta bandada que se estrellaba graznando contra los muros. Sin dejar de blandir su espada saltó sobre la cama, empujó butacas y consolas, patinó sobre los petates, inventó golpes y esquives hasta que, cuando perdía el aliento, se dio cuenta que los agresores habían huido y que se encontraba solo en el silencioso amanecer sobre el piso cubierto de plumas. Un pequeño insecto zumbaba en el aire tranquilo y tomando altura desapareció por la ventana teatina.

Todo estaba en el más completo desorden. Pero ¡qué importaba! Era el desorden de la victoria. Sus almohadones despanzurrados yacían sobre la cama. Los gavilanes no habían sacado una sola gota de sangre de sus venas. Se imponía consignar este hecho como algo memorable. Y como a pesar del cansancio no tenía sueño y se sentía lúcido decidió que era el momento de empezar la obra que una vida errante y amenazada le había impedido llevar a cabo. Abriendo el baulillo sacó las diez mil páginas en blanco y las colocó sobre su mesa. Metiendo el lapicero en el pomo de tinta escribió en la primera página con una letra que la emoción hacía más gótica: «En el año de gracia de mil quinientos cuarenta y siete, el día cinco de setiembre, en la ciudad de Valladolid, vio la luz don Cristóbal Santos de Molina, cuatro siglos antes del combate que su descendiente, don Diego, sostuvo victoriosamente contra los gavilanes.» Releyó la frase, sintiendo que le corría un escozor en los ojos y pasó a la segunda página: «En el año de gracia de mil quinientos cuarenta y siete, el día cinco de setiembre, en la ciudad de Valladolid, vio la luz don...» Secó la página cuidadosamente y pasó a la tercera: «En el año de gracia de mil quinientos cuarenta y siete, el día cinco de setiembre, en la ciudad...» Y así continuó, sin que nadie pudiera arrancarlo de su escritorio, durante el resto de su vida.

(París, 1977)

Demetrio

Dentro de un cuarto de hora serán las doce de la noche. Esto no tendría ninguna importancia si es que hoy no fuera el 10 de noviembre de 1953. En su diario íntimo Demetrio von Hagen anota: «El 10 de noviembre de 1953 visité a mi amigo Marius Carlen.» Debo advertir que Marius Carlen soy yo y que Demetrio von Hagen murió hace exactamente ocho años y nueve meses. Pocas semanas después de su muerte se publicó en un periódico local una nota mal intencionada que decía: «Como saben nuestros lectores, el novelista Demetrio von Hagen murió el 2 de enero de 1945. En su diario íntimo aún inédito se encontraron anotaciones correspondientes a los ocho años próximos. Se descubrió que lo escribía por adelantado.» Únicamente la amistad que me unía a Demetrio me incitó a emprender investigaciones para las que no encuentro otro adjetivo que el clásico de minuciosas. Si bien no lo veía desde la última guerra, conservaba de él un recuerdo simpático y siempre me pareció un hombre probo, serio, sin mucha fantasía e incapaz de cualquier mixtificación. El hecho pues de que escribiera su diario por adelantado sólo sugería dos hipótesis: o era una broma de los periodistas, que habían cotejado mal las fechas de su diario inédito o se trataba más bien del principio de un interesante enigma.

Cuando su cadáver fue trasladado a Utrecht —Demetrio murió misteriosamente en una taberna de Amberes— hice un viaje especial a dicha ciudad y extraje de la Biblioteca Municipal el manuscrito de su diario. Revisado superficialmente por los periodistas, quienes habían comprobado sólo la incongruencia de las fechas, el manuscrito se hallaba en un estado lamentable, lleno de quemaduras de cigarrillo y manchas de café. Con una paciencia de paleógrafo logré poco a poco ir descifrando sus páginas, esencialmente aquellas que se referían a los años subsiguientes a su muerte y que la presunción general tomaba por inventadas. En efecto, una lectura de primera mano podía robustecer esta opinión. Se hablaba allí de viajes prodigiosos, de amores ardientes y generalmente desesperados y de hechos también anodinos, como lo que comió en un restaurante o conversó con un taxista. Pero pronto un detalle me hizo prestar atención. En la página correspondiente al 28 de julio de 1948 decía: «Hoy asistí al sepelio de Ernesto Panclós.» El nombre de Ernesto Panclós me era vagamente familiar. Recapacitando pude precisar que tal nombre correspondía al de un amigo común que tuvimos en la infancia. Inmediatamente traté de ubicar a sus familiares, lo que no pude lograr, pero revisando los periódicos de la época comprobé que efectivamente el 28 de julio de 1948 había sido inhumado el cadáver de Ernesto Panclós. Este aserto me intrigó un poco, pero no me curó de cierto escepticismo. Pensé que podría tratarse de una simple coincidencia o de un caso de adivinación no ajeno al temperamento de los artistas. Pero de todos modos quedé preocupado y sólo por el afán de tranquilizarme decidí llevar mis indagaciones hasta sus últimas consecuencias.

En la página correspondiente al 14 de abril de 1949 decía: «Esta tarde tomaré el avión para Oslo y visitaré el Museo Nacional de la ciudad.» Tuve que hacer una inquisición en todos los registros de las compañías aéreas hasta que al fin descubrí que en la lista de viajeros de una de ellas figuraba el nombre de Demetrio von Hagen. Incitada mi curiosidad me trasladé a Oslo y en el libro de visitantes ilustres del Museo Nacional aparecía registrada la firma de mi amigo. Fue entonces cuando comencé a sospechar que algo extraño había ocurrido. Varias veces acudí al cementerio de Utrecht a fin de mirar la lápida mortuoria y verificar el nombre y la fecha de deceso de Demetrio. Pero como esto no me satisfacía inicié un enojoso trámite burocrático a fin de obtener el permiso para una exhumación. Cuando lo obtuve hice examinar los despojos por los médicos legistas, quienes me certificaron que los restos correspondían efectivamente a Demetrio von Hagen.

Continuando la lectura del diario hube de hacer una nueva y definitiva comprobación. En la página escrita el 31 de agosto de 1951 decía: «Acabo de regresar de Alemania. No olvidaré nunca a Marion y a la pequeña comuna de Freimann. Mis relaciones con ella han sido breves pero alucinantes.» Consideré que si lograba ubicar a Marion podría obtener una información directa e indubitable. No me fue fácil —Freimann no figuraba en los mapas y el nombre de Marion parecía ser atributo de la mayoría de las mujeres de esta comuna— y sólo al cabo de una agobiadora pesquisa pude dar con esta mujer. La descripción que me hizo de su antiguo amante coincidía con el aspecto de Demetrio y, aún más, tenía un hijo de sus relaciones con él. Cuando vi al vástago quedé pasmado. A pesar de ser una criatura, sus rasgos recordaban evidentemente a los de Demetrio.

Completamente convencido, pero al mismo tiempo desconcertado por esta última comprobación, regresé a mi país y durante largo tiempo reflexioné, no sin temor de estar hollando un terreno prohibido, sobre estos singulares fenómenos. Incluso consulté la opinión de entendidos en la materia, pero todos acogieron mi solicitud con chanzas, se negaron a revisar mis pruebas y dijeron que alguno de los dos —el difunto o yo— debía estar loco. Los más corteses me hablaron en términos indiferentes de «prospección de la conciencia» o disimularon su ignorancia bajo la palabra «azar».

Lo cierto es que en este momento mi confusión prevalece y pocas son las conclusiones que puedo sacar. Es evidente que Demetrio murió el 2 de enero de 1945, pero también es cierto que en 1948 asistió al entierro de Ernesto Panclós, que en 1949 estuvo en el Museo Nacional de Oslo y que en 1951 conoció en Freimann a Marion y tuvo con ella un hijo. Todo ello está debidamente verificado. Esto no quiere decir, sin embargo, que dichas fechas coincidieran con las del calendario oficial. El calendario oficial me ha llegado a parecer, después de lo ocurrido, una medida convencional del tiempo, útil solamente como referencia a hechos contingentes —vencimiento de letras de cambio, efemérides nacionales— pero completamente ineficaz para medir el tiempo interior de cada persona, que es en definitiva el único tiempo que interesa. Nuestra duración interior no se puede comunicar, ni medir, ni transferir. Es factible vivir días en minutos e inversamente minutos en semanas. Los casos son frecuentes, como es sabido, en los fenómenos de hipnotismo o en los estados de sobreexcitación o de éxtasis producidos por el amor, el miedo, la música, la fiebre, la droga, o la santidad. Lo que no me explico es cómo puede trasladarse esta duración subjetiva al campo de la acción, cómo se concilia el tiempo de cada cual con el tiempo solar. Es muy corriente pensar muchas cosas en un segundo, pero ya es más complicado hacerlas en ese lapso. Y lo cierto es que Demetrio von Hagen hizo muchísimas cosas en su tiempo personal, cosas que se cumplieron sólo después en el tiempo real. Y hay muchísimas cosas que hizo y que están aún por realizarse. Por ejemplo, para el año 1954 describe un viaje al Himalaya en el cual pierde por congelación la oreja izquierda. O, sin ir tan lejos, para hoy 10 de noviembre de 1953 señala una visita a mi casa. Esto sin embargo no me ha ocurrido a mí, no ha sucedido en mi tiempo, ni en el tiempo solar. Pero aún no ha terminado el día y todo puede ocurrir. En su diario no se precisa la hora y aún no son las doce de la noche. Puede, por otra parte, haber aplazado esta visita, sin haberlo anotado en su diario. Falta solamente un minuto y confieso sentir cierta impaciencia. El cuarto de hora solar en que he escrito estas páginas me ha parecido infinitamente largo. Sin embargo, no puedo equivocarme, alguien sube las escaleras. Unos pasos se aproximan. Mi reloj marca las doce de la noche. Tocan la puerta. Demetrio ya está aquí...

(París, noviembre de 1953)

Silvio en El Rosedal

El Rosedal era la hacienda más codiciada del valle de Tarma, no por su extensión, pues apenas llegaba a las quinientas hectáreas, sino por su cercanía al pueblo, su feracidad y su hermosura. Los ricos ganaderos tarmeños, que poseían enormes pastizales y sembríos de papas en la alta cordillera, habían soñado siempre con poseer ese pequeño fundo donde, aparte de un lugar de reposo y esparcimiento, podrían hacer un establo modelo, capaz de surtir de leche a todo el vecindario.

Pero la fatalidad se encarnizaba en sustraerles estas tierras, pues cuando su propietario, el italiano Carlo Paternoster, decidió venderlas para instalarse en Lima, prefirió elegir a un compatriota, don Salvatore Lombardi, quien por añadidura nunca había puesto los pies en la sierra. Lombardi fue además el único postor que pudo pagar en líquido y al contado el precio exigido por Paternoster. Los ganaderos serranos eran mucho más ricos y movían millones al año, pero todo lo tenían invertido en sembríos y animales y metidos como estaban en el mecanismo del crédito bancario, no veían generalmente el fruto de su fortuna más que en la forma abstracta de letras de cambio y derecho de sobregiro.

Don Salvatore, en cambio, había trabajado durante cuarenta años en una ferretería limeña, que con el tiempo llegó a ser suya y juntado billete sobre billete un capital apreciable. Su ilusión era regresar algún día a Tirole, en los Alpes italianos, comprarse una granja, demostrar a sus paisanos que había hecho plata en América y morir en su tierra natal respetado por los lugareños y sobre todo envidiado por su primo Luigi Cellini, que de niño le había roto la nariz de una trompada y quitado una novia, pero nunca salió del paisaje alpino ni tuvo más de diez vacas.

Por desgracia los tiempos no estaban como para regresar a Europa, donde acababa de estallar la segunda guerra mundial. Aparte de ello don Salvatore contrajo una afección pulmonar. Su médico le aconsejó entonces que vendiera la ferretería y buscara un lugar apacible y de buen clima donde pasar el resto de sus días. Por amigos comunes se enteró que Paternoster vendía El Rosedal y renunciando al retorno a Tirole se instaló en el fundo tarmeño, dejando a su hijo en Lima encargado de liquidar sus negocios.

La verdad es que por El Rosedal pasó como una nube veraniega pues, a los tres meses de estar allí, cuando había emprendido la refacción de la casa-hacienda, comprado un centenar de vacas y traído de Lima muebles y hasta una máquina para fabricar tallarines, murió atragantado por una pepa de durazno. Fue así como Silvio, su único heredero, quedó como propietario exclusivo de El Rosedal.

A Silvio le cayó esta propiedad como un elefante desde un quinto piso. No sólo carecía de toda disposición para administrar una hacienda lechera o administrar cualquier cosa, sino que la idea de enterrarse en una provincia le puso la carne de gallina. Todo lo que él había deseado de niño era tocar el violín como un virtuoso y pasearse por el jirón de la Unión con sombrero y chaleco a cuadros, como había visto a algunos elegantes limeños. Pero don Salvatore lo había sacrificado por su maldita idea de regresar a Tirole y vengarse de su primo Luigi Cellini. Tiránico y avaro, lo metió a la tienda antes de que terminara el colegio, justo cuando murió su madre, y lo mantuvo tras el mostrador como cualquier empleado pero a propinas, despachando todo el día en mandil de tocuyo, tornillos, tenazas, plumeros y latas de pintura. No pudo así hacer amigos, tener una novia, cultivar sus gustos más secretos, ni integrarse a una ciudad para la cual no existía, pues para la rica colonia italiana, metida en la banca y en la industria, era el hijo de un oscuro ferretero y para la sociedad indígena una especie de inmigrante sin abolengo ni poder.

Sus únicos momentos de felicidad los había conocido realmente de niño, cuando vivía su madre, una mujer delicadísima que cantaba óperas acompañándose al piano y que le pagó con sus ahorros un profesor de violín durante cuatro años. Luego algunas escapadas juveniles y nocturnas por la ciudad, buscando algo que no sabía lo que era y que por ello mismo nunca encontró y que despertaron en él cierto gusto por la soledad, la indagación y el sueño. Pero luego vino la rutina de la tienda toda su juventud enterrada traficando con objetos opacos y la abolición progresiva de sus esperanzas más íntimas, hasta hacer de él un hombre sin iniciativa ni pasión.

Por ello tener, a los cuarenta años, que responsabilizarse de una propiedad agrícola y por añadidura administrar su vida le pareció excesivo. O una u otra cosa. Lo primero que se le ocurrió fue vender la hacienda y vivir con su producto hasta que se le acabara. Pero un resto de prudencia le aconsejó conservar esas tierras, ponerlas en manos de un buen administrador y gozar de su renta haciendo lo que le viniera en gana, si alguna vez le daba ganas de hacer algo. Para ello, naturalmente, tenía que viajar a Tarma y estudiar sobre el terreno la forma de llevar a cabo su proyecto.

La hacienda la había visto muy de paso, cuando tuvo que venir precipitadamente de Lima para recoger el cadáver de don Salvatore y conducirlo al cementerio de la capital.

Pero ahora que volvió con mayor calma quedó impresionado por la belleza de su propiedad. Era una serie de conjuntos que surgían unos de otros y se iban desplegando en el espacio con el rigor y la elegancia de una composición musical.

Para empezar, la casa. La vieja mansión colonial de dos pisos, construida en forma de U en torno a un gran patio de tierra, tenía arcos de piedra en la planta baja y una galería con balcón y soportales de madera en los altos, rematada por un tejado de dos aguas. En medio del ala central se elevaba una especie de torrecilla que culminaba en un mirador cuadrangular cubierto de tejas, construcción extraña, que rompía un poco la unidad del recinto, pero le daba al mismo tiempo un aire espiritual. Cuando uno entraba al patio por el enorme portón que daba a la carretera se sentía de inmediato abrazado por las alas laterales y aspirado hacia una vida que no podía ser más que enigmática, recoleta y deleitosa.

Los bajos estaban destinados a la servidumbre e instalaciones y los altos a la residencia patronal. Y ésta la componían una sucesión de alcobas espaciosas, donde Silvio identificó tres salones, un comedor, una docena de dormitorios, una vieja capilla, cocina, baño y un saldo de piezas vacías que podrían servir de biblioteca, despensa o lo que fuese. Todas las habitaciones tenían empapelados antiguos, bastante desvaídos, pero tan complicados y distintos —escenas de caza, paisajes campestres, arreglos frutales o personajes de época— que invitaban más que a la contemplación a la lectura. Y felizmente que esos cuartos conservaban su vieja mueblería, que don Salvatore no había tenido tiempo de reemplazar por sus artefactos de serie, aún encajonados en un hangar de los bajos.

Tras la casa estaba el rosedal, que daba el nombre a la hacienda. Era un lugar encantado, donde todas las rosas de la creación, desde un tiempo seguramente inmemorial, florecían en el curso del año. Había rosas rojas y blancas y amarillas y verdes y violeta, rosas salvajes y rosas civilizadas, rosas que parecían un astro, un molusco, una tiara, la boca de una coqueta. No se sabía quién las plantó, ni con qué criterio, ni por qué motivo, pero componían un laberinto polícromo en el cual la vista se extasiaba y se perdía.

Contiguo al jardín se encontraba la huerta, pocas higueras y perales, en cambio cinco hectáreas de durazneros. Los árboles eran bajos, pero sus ramas se vencían bajo el peso de los frutos rosados y carnosos, cubiertos de una adorable pelusilla, que eran una delicia para el tacto antes de ser un regalo para la boca. Ahora comprendía Silvio cómo su padre, movido por una impulsión estética y golosa, se había tragado uno de esos frutos con pepa y todo, pagando ese gesto con su vida.

Y cruzando el cerco de la huerta se penetraba en el campo abierto. Al comienzo los alfalfares, que crecían hasta la talla de un mozo a ambas orillas del río Acobamba, y luego las praderas de pastoreo, llanísimas, cubiertas siempre de hierba húmeda, y como límite de la propiedad el bosque de eucaliptos, que empezaba en la planicie y ascendía un trecho por los cerros, dejando el resto librado a retamas, cactus y tunares.

Silvio se felicitó de no haber obedecido a su primer impulso de vender la hacienda y como le gustaba tal como era dio orden de inmediato de suspender los bastos trabajos de refacción que había emprendido don Salvatore. Sólo admitió que terminaran de enlucir la fachada de rosa claro y que repararan cañerías, goteras, entablados y cerraduras. Renunció además a buscar un administrador y dejó toda la gestión en manos del viejo capataz Eleodoro Pumari quien, gracias a su experiencia y a su treintena de descendientes, estaba mejor que nadie capacitado para sacarle provecho a esa heredad.

Estas pequeñas ocupaciones lo obligaban a postergar su retorno a Lima, pero sobre todo la idea de que en la costa estaban en pleno invierno. Nada detestaba más Silvio que los inviernos limeños, cuando empezaba la interminable garúa, jamás se veía una estrella y uno tenía la impresión de vivir en el fondo de un pozo. En la sierra en cambio era verano, lucía el sol todo el día y hacía un frío seco y estimulante. Eso lo determinó a entablar relaciones más íntimas con sus tierras y a ensayar las primeras con su nueva ciudad.

Los tarmeños lo acogieron al comienzo con mucha reticencia. No sólo no era del lugar, sino que sus padres eran italianos, es decir, doblemente extranjero. Pero al poco tiempo se dieron cuenta de que era un hombre sencillo, sano, serio y por añadidura soltero. Esta última cualidad fue el mejor argumento para que le abrieran las puertas de su clan. Un soltero era vulnerable y por definición soluble en la sociedad regional.

El clan lo formaban una decena de familias que poseían todas las tierras de la provincia, con excepción de El Rosedal, que seguía siendo una isla en el mar de su poder. A su cabeza estaba el hacendado más rico y poderoso, don Armando Santa Lucía, alcalde de Tarma y presidente del Club Social. Fue el primero en invitarlo a una de sus reuniones y todo el resto del clan siguió.

Silvio aceptó esta primera invitación por cortesía y algo de curiosidad e ingresó así paulatinamente a una ronda de comilonas, paseos y cabalgatas que se fueron encadenando unas con otras según las leyes de la emulación y la retribución. Todo el verano lo pasó de hacienda en hacienda y de convite en convite. Algunas de estas reuniones duraban días, se convertían en verdaderas fiestas ambulantes y conglomerantes, a las que iba adhiriendo de paso nuevas comparsas. Silvio recordaba haber cenado un domingo en casa de Armando Santa Lucía con cinco terratenientes y haber terminado la reunión un jueves, cerca de la provincia de Ayacucho, desayunando con una cuarentena de hacendados.

Como no era afecto a la bebida y parco en el comer rehusó varias de estas invitaciones con el propósito de romper la cadena, pero había empezado la época de las lluvias, las reuniones asumieron un aspecto más familiar y soportable, limitándose a cenas y bailes en las residencias de Tarma. Si el verano era la época de las correrías varoniles, el invierno era el imperio de la mujer. Silvio se dio cuenta que estaba circunscrito por solteronas, primas, hijas, sobrinas o ahijadas de hacendados, feísimas todas, que le hacían descaradamente la corte. Esas familias serranas eran inagotables y en cada una de ellas había siempre un lote de mujeres en reserva, que ponían oportunamente en circulación con propósitos más bien equívocos. Silvio tenía demasiado presente la imagen de su madre y su ideal de belleza femenina era muy refinado para ceder a la tentación y así poco a poco fue abandonando estas frecuentaciones para recluirse estoicamente en su hacienda.

Y en ésta cada día se sentía mejor, a punto que siguió postergando su retorno a Lima donde, en realidad, no tenía nada que hacer. Le encantaba pasear bajo las arcadas de piedra, comer un durazno al pie del árbol, observar como los Pumari ordeñaban las vacas, hojear viejos periódicos como si hicieran referencia a un mundo inexistente, pero sobre todo caminar por el rosedal. Rara vez arrancaba una flor, pero las aspiraba e iba identificando en cada perfume una especie diferente. Cada vez que abandonaba el jardín tenía el deseo inmediato de regresar a él, como si hubiera olvidado algo. Varias veces lo hizo, pero siempre se retiraba con la impresión de un paseo imperfecto.

Así pasaron algunos años. Silvio estaba ya plenamente instalado en la vida campestre. Había engordado un poco y tenía la tendencia a quitarse rara vez el saco de pijama. Sus andares por la hacienda se fueron limitando al claustro y el rosedal y finalmente le ocurrió no salir durante días de la galería de los altos e incluso de su dormitorio, donde se hacía servir la comida y convocaba a su capataz. A Tarma hacía expediciones mínimas, por asuntos extremadamente urgentes, al extremo que los hacendados dejaron de invitarlo y corrieron rumores acerca de su equilibrio mental o de su virilidad.

Dos o tres veces viajó a Lima, generalmente para asistir a un concierto o comprar algún útil para la hacienda y siempre retornó cumplida su tarea. Cada vez que volvía reanudaba sus paseos, reconociendo en cada lugar los clisés guardados por su memoria, pero no obtenía de ello el antiguo goce. Una mañana que se afeitaba creyó notar el origen de su malestar: estaba envejeciendo en una casa baldía, solitario, sin haber hecho realmente nada, aparte de durar. La vida no podía ser esa cosa que se nos imponía y que uno asumía como un arriendo, sin protestar. Pero, ¿qué podía ser? En vano miró a su alrededor, buscando un indicio. Todo seguía en su lugar. Y sin embargo debía haber una contraseña, algo que permitiera quebrar la barrera de la rutina y la indolencia y acceder al fin al conocimiento, a la verdadera realidad. ¡Efímera inquietud! Terminó de afeitarse tranquilamente y encontró su tez fresca, a pesar de los años, si bien en el fondo de sus ojos creyó notar una lucecita inquieta, implorante.

Una tarde que se aburría demasiado cogió sus prismáticos de teatro y resolvió hacer lo único que nunca había hecho: escalar los cerros de la hacienda. Éstos quedaban al final de las praderas y estaban cubiertos en la falda baja por el bosque de eucaliptos. Bordeando el río cruzó los alfalfares y pastizales, luego el bosque y emprendió la ascensión bajo el sol abrasador. La pendiente del cerro era más empinada de lo que había previsto y estaba plagada de cactus, magueyes y tunares, plantas hoscas y guerreras, que oponían a su paso una muralla de espinas. La constitución del suelo era más bien rocosa y repelente. A la media hora estaba extenuado, tenía las manos hinchadas y los zapatos rotos y aún no llegaba a la cresta. Haciendo un esfuerzo prosiguió hasta que llegó a la cima. Se trataba naturalmente de una primera cumbre pues el cerro, luego de un corto declive, proseguía ascendiendo hacia el cielo azul. Silvio se moría de sed, maldijo por no haber traído una cantimplora con agua y renunciando a continuar la escalada se sentó en una roca para contemplar el panorama. Estaba lo suficientemente alto como para ver a sus pies la totalidad de la hacienda y detrás, pero muy lejanos, los tejados de Tarma. Al lado opuesto se distinguían los picos de la cordillera oriental que separaban la sierra de la floresta.

Silvio aspiró profundamente el aire impoluto de la altura, comprobó que la hacienda tenía la forma de un triángulo cuyo ángulo más agudo lo formaba la casa y que se iba desplegando como un abanico hacia el interior. Con sus prismáticos observó las praderas, donde espaciadamente pastaban las vacas, la huerta, la casa y finalmente el rosedal. Los prismáticos no eran muy poderosos, pero le permitieron distinguir como una borrosa tapicería coloreada, en la cual ciertas figuras tendían a repetirse. Vio círculos, luego rectángulos, en seguida otros círculos y todo dispuesto con tal precisión que, quitándose los binoculares, trató de tener del jardín una visión de conjunto. Pero estaba demasiado lejos y a simple vista no veía más que una mancha polícroma. Ajustándose nuevamente los prismáticos prosiguió su observación: las figuras estaban allí, pero las veía parcialmente y por series sucesivas y desde un ángulo que no le permitía reconstituir la totalidad del dibujo. Era realmente extraño, nunca imaginó que en ese abigarrado rosedal existiera en verdad un orden. Cuando se repuso de su fatiga, guardó los prismáticos y emprendió el retorno.

En los días siguientes hizo un corto viaje a Lima para asistir a una representación de *Aída* por un conjunto de ópera italiano. Luego intentó divertirse un poco, pero en la costa se estaba en invierno, lloviznaba, la gente andaba con bufanda y tosía, la ciudad parecía haber cerrado sus puertas a los intrusos, se aburrió una vez más, añoró su vida eremítica en la hacienda y bruscamente retornó a El Rosedal.

Al entrar al patio de la hacienda se sintió turbado por la presencia de la torrecilla del ala central, tomó claramente conciencia del carácter aberrante de ese minarete, al cual además nunca había subido a causa de sus escalones apolillados. Estaba fuera de lugar, no cumplía ninguna función, al primer temblor se iba a venir abajo, tal vez alguna vez sirvió para otear el horizonte en busca del invisible enemigo. Pero tal vez tenía otro objeto, quien ordenó su construcción debía perseguir un fin preciso. Y claro, cómo no lo había pensado antes, sólo podía servir de lugar privilegiado para observar una sola cosa: el rosedal.

De inmediato ordenó a uno de los hijos de Pumari que reparara la escalera y se las ingeniara como fuese para poder llegar al observatorio. Como era ya tarde, Calixto tuvo que trabajar parte de la noche reemplazando peldaños, anudando cuerdas, clavando garfios, de modo que a la mañana siguiente la vía estaba expedita y Silvio pudo emprender la ascensión.

No tuvo ojos más que para el rosedal, todo el resto no existía para él y pudo así comprobar lo que viera desde el cerro: los macizos de rosas que, vistos del suelo, parecían crecer arbitrariamente, componían una sucesión de figuras. Silvio distinguió claramente un círculo, un rectángulo, dos círculos más, otro rectángulo, dos círculos finales. ¿Qué podía significar eso? ¿Quién había dispuesto que las rosas se plantaran así? Retuvo el dibujo en su mente y al descender los reprodujo sobre un papel. Durante largas horas estudió esta figura simple y asimétrica, sin encontrarle ningún sentido. Hasta que al fin se dio cuenta, no se trataba de un dibujo ornamental sino de una clave, de un signo que remitía a otro signo: el alfabeto Morse. Los círculos eran los puntos y los rectángulos las rayas. En vano buscó en casa un diccionario o libro que pudiera ilustrarlo. El viejo Paternoster sólo había dejado tratados de veterinaria y fruticultura.

A la mañana siguiente tomó la carreta que llevaba la leche al pueblo y buscó inútilmente en la única librería de Tarma el texto iluminador. No le quedó más remedio que ir al correo para consultar con el telegrafista. Éste se encontraba ocupadísimo, era hora de congestión y prometió enviarle al día siguiente la clave morse con el lechero.

Nunca esperó Silvio con tanta ansiedad un mensaje. La carreta del lechero regresaba en general al mediodía pero Silvio estuvo desde mucho antes en el portón de la hacienda, mirando la carretera. Apenas sintió en la curva el traqueteo de las ruedas se precipitó para coger el papel de manos de Esteban Pumari. Estaba en un sobre y llegando a su dormitorio lo desgarró. Cogiendo el papel y lápiz convirtió los puntos y rayas en letras y se encontró con la palabra RES.

Pequeña palabra que lo dejó confuso. ¿Qué cosa era una res? Un animal, sin duda, un vacuno, como los que abundan en la hacienda. Claro, el propietario original de ese fundo, un ganadero fanático, había querido sin duda perpetuar en el jardín el nombre de la especie animal que albergaba sus tierras y de la cual dependía su fortuna: res, fuera vaca, toro o ternera.

Silvio tiró la clave sobre la mesa, decepcionado. Y tuvo verdaderamente ganas de reír. Y se rió, pero sin alegría, descubriendo que en el empapelado de su dormitorio habían aparte de naturalezas muertas arreglos florales. RES. Algo más debía expresar esa palabra. Naturalmente, en latín, según recordó, res quería decir cosa. Pero, ¿qué era una cosa? Una cosa era todo. Silvio trató de indagar más, de escabullirse hasta el fondo de esta palabra, pero no vio nada y vio todo, desde una medusa hasta las torres de la catedral de Lima. Todo era una cosa, pero de nada le servía saberlo. Por donde la mirara, esta palabra lo remitía a la suma infinita de todo lo que contenía el universo. Aún se interrogó un momento, pero fatigado de la esterilidad de su pesquisa decidió olvidarse del asunto. Se había embarcado sin duda por un mal camino.

Pero en mitad de la noche se despertó y se dio cuenta que había estado soñando con su ascensión a la torre, con el rosedal, en dibujo. Su mente no había dejado de trabajar. En su visión interior perduraba, escrita en el jardín y en el papel, la palabra RES. ¿Y si le daba la vuelta? Invirtiendo el orden de las letras logró la palabra SER. Silvio encendió una lámpara, corrió a la mesa y escribió con grandes letras SER. Este hallazgo lo llenó de júbilo, pero al poco rato comprobó que SER era una palabra tan vaga y extensa como COSA y muchísimo más que RES. ¿Ser qué, además? SER era todo. ¿Cómo tomar esta palabra, por otra parte, como sustantivo o como verbo infinitivo? Durante un rato se rompió la cabeza. Si era un sustantivo tenía el mismo significado infinito y por lo tanto inútil que COSA. Si era un verbo infinitivo carecía de complemento, pues no indicaba lo que era necesario ser. Esta vez sí se hundió profundamente en un sueño desencantado.

En los días siguientes bajó a menudo a Tarma en las tardes, sin un motivo preciso, daba una vuelta por la plaza, entraba a una tienda o se metía al cine. Los nativos, sorprendidos por esta reaparición, después de tantos meses de encierro, lo acogieron con simpatía. Lo notaron más sociable y aparentemente con ganas de divertirse. Aceptó incluso asistir a un gran baile que don Armando Santa Lucía daba en su residencia, pues había ganado el premio al mejor productor de papas de la región. Como siempre Silvio encontró en esta reunión a lo mejor de la sociedad tarmeña y a la más escogida gente de paso, así como a las solteronas de los años pasados que, más secas y arrugaditas, habían alcanzado ese grado crepuscular de madurez que presagiaba su pronto hundimiento en la desesperación. Silvio se entretuvo conversando con los hacendados, escuchando sus consejos para renovar su ganado y mejorar su servicio de distribución de leche, pero cuando empezó el baile una idea artera le pasó por la mente, una idea que surgió como un petardo del trasfondo de su ser y lo cegó: no era una palabra lo que se escondía en el jardín, era una sigla.

Sin que nadie comprendiera por qué, abandonó súbitamente la reunión y tomó la última camioneta que iba a la montaña y que podía dejarlo de paso en la puerta de su hacienda. Apenas llegó se acomodó frente a su mesa y escribió una vez más la palabra RES. Como no se le ocurría nada la invirtió y escribió SER. De inmediato se le apareció la frase Soy Excesivamente Rico. Pero se trataba evidentemente de una formulación falsa. No era un hombre rico, ni mucho menos excesivamente. La hacienda le permitía vivir porque era solo y frugal. Volvió a examinar las letras y compuso Serás Enterrado Rápido, lo que no dejó de estremecerlo, a pesar de que le pareció una profecía infundada. Pero otras frases fueron desalojando a la anterior: Sábado Entrante Reparar, ¿reparar qué? Sólo Ensayando Regresarás, ¿adónde? Sócrates Envejeciendo Rejuveneció, lo que era una fórmula estúpida y contradictoria. Sirio Engendró Rocío, frase dudosamente poética y además equívoca, pues no sabía si se trataba de la estrella o de un habitante de Siria. Las frases que se podían componer a partir de estas letras eran infinitas. Silvio llenó varias páginas de su cuaderno, llegando a fórmulas tan enigmáticas y disparatadas como Sálvate Enfrentando Río, Sucedióle Encontrar Rupia o Sóbate Encarnizadamente Rodilla, lo que a la postre significaba reemplazar una clave por otra.

Sin duda se había embarcado en un viaje sin destino. Aún por tenacidad ensayó otras frases. Todas lo remitían a la incongruencia.

Durante meses se abandonó a ese simulacro de la felicidad que es la rutina. Se levantaba tarde, tomaba varios cafés acompañados de su respectivo cigarro, daba una vuelta por las arcadas, impartía órdenes a los Pumari, bajaba de cuando en cuando a Tarma por asuntos fútiles y cuando realmente se aburría iba a Lima donde se aburría más. Como seguía sin conocer a nadie en la capital, vagaba por las calles céntricas entre miles de transeúntes atareados, compraba tonterías en las tiendas, se pagaba una buena comida, se atrevía a veces a ir a un cabaret y rara vez a fornicar con una pelandusca, de donde salía siempre insatisfecho y desplumado. Y regresaba a Tarma con el vacío en el alma, para deambular por sus tierras, aspirar una rosa, gustar un durazno, hojear viejos periódicos y aguardar ansioso que llegaran las sombras y acarrearan para siempre los escombros del día malgastado.

Una mañana que paseaba por el rosedal se encontró con Felícito Pumari, que se encargaba del jardín, y le preguntó qué modo seguía para mantenerlo floreciente, cómo regaba, dónde plantaba, qué rosales sembraba, cuándo y por qué. El muchacho le dijo simplemente que él se limitaba a reponer y resembrar las plantas que iban muriendo. Y siempre había sido así. Su padre le había enseñado y a su padre su padre.

Silvio creyó encontrar en esta respuesta un estímulo: había un orden que se respetaba, el mensaje era transmitido, nadie se atrevía a una transgresión, la tradición se perpetuaba. Por ello volvió a inclinarse sobre sus claves, comenzando por el comienzo, y se esforzó por encontrarles si no una explicación por lo menos una aplicación.

RES era una palabra clarísima y no necesitaba de ningún comentario. E impulsado por la naturaleza de su fundo y los consejos de los hacendados se dedicó a incrementar su ganado, adquirió sementales caros y vacas finas y luego de sapientes cruces mejoró notablemente el rendimiento de sus reses. La producción de leche aumentó en un ciento por ciento, tuvo necesidad de nuevas carretas para el reparto y el renombre de su establo ganó toda la región. Al cabo de un tiempo, sin embargo, la hacienda llegó a su rendimiento óptimo y se estancó. Al igual que el ánimo de Silvio, que no encontraba mayor placer en haber logrado una explotación modelo. Su esfuerzo le había dado un poco más de beneficios y de prestigio, pero eso era todo. Él seguía siendo un solterón caduco, que había enterrado temprano una vocación musical y seguía preguntándose para qué demonios había venido al mundo. Abandonó entonces sus cruces bovinos y dejó de supervigilar la marcha del establo. Por pura ociosidad se había dejado crecer una barba rojiza y descuidada. Por la misma razón volvió a interesarse por su clave, que seguía indescifrable sobre su mesa. RES = COSA.

COSA. Muy bien. Se trataba tal vez de adquirir muchas cosas. Hizo entonces una lista de lo que le faltaba y se dio cuenta que le faltaba todo. Un avión, por ejemplo, un caballo de carrera, un mayordomo hindú, una corbata con puntitos rojos, una lupa y así indefinidamente. Otra vez se encontraba enfrentado al infinito. Decidió entonces que lo que debía hacer era la lista de las cosas que tenía y empezó por su dormitorio: una cama, una mesa de noche, dos sábanas, dos frazadas, tres lámparas, un ropero, pero apenas había llenado algunas hojas de su cuaderno se encontró con problemas insolubles: las figuras del empapelado, por ejemplo, ¿eran una o varias cosas? ¿Tenía que anotar y describir una por una? Y si salía a la huerta, ¿tenía que contar los árboles y más aún los duraznos y peor todavía las hojas? Era una estupidez, pero también por ese lado lo cercaba el infinito. Pensó incluso que si no poseyera sino su cuerpo hubiera pasado años contando cada poro, cada vello y catalogando estas cosas, puesto que le pertenecían. Es así que tirando su inventario al aire examinó nuevamente su fórmula e invirtiéndola se acodó frente a la palabra SER.

Y esta vez le resultó luminosa. SER era no solamente un verbo en infinitivo sino una orden. Lo que él debía hacer era justamente SER. Se interrogó entonces sobre lo que debía ser y en todo caso descubrió que lo que nunca debía haber sido era lo que en ese momento estaba siendo: un pobre idiota rodeado de vacas y eucaliptos, que se pasaba días íntegros encerrado en una casa baldía combinando letras en un cuaderno. Algunos proyectos de SER le pasaron por la cabeza. SER uno de esos dandis que se paseaban por el jirón de la Unión diciéndoles piropos a las guapas. SER un excelente lanzador de jabalina y ganar aunque sea por unos centímetros a esa especie de caballo que había en el colegio y que arrojaba cualquier objeto, fuera redondo, chato o puntiagudo, a mayor distancia que nadie. O ser, ¿por qué no?, lo que siempre había querido ser, un violinista como Jascha Heifetz, por ejemplo, cuya foto vio muchas veces de niño en la revista *Life,* tocando su instrumento con los ojos cerrados, ante una orquesta vestida de impecable smoking y un auditorio arrebatado.

La idea no le pareció mala y desenterrando su instrumento lo sacó de su funda y reinició los ejercicios de su niñez. A esta tarea se aplicó con un rigor que lo sorprendió. En un par de meses, a razón de cinco o seis horas diarias, alcanzó una habilísima digitación y meses después ejecutaba ya solos y sonatas con una rara virtuosidad. Pero como había llegado a un tope tuvo necesidad de un profesor. La posibilidad de tener que viajar para ello a Lima lo desanimó. Felizmente, como a veces ocurre en la provincia, había un violinista oscuro, que tocaba en misas, entierros y matrimonios y que era músico y ejecutante genial, a quien el hecho de medir un metro treinta de estatura y haber vivido siempre en un pueblo serrano lo habían sustraído a la admiración universal. Rómulo Cárdenas se entusiasmó con la idea de darle clases y sobre todo vio en ello la posibilidad de realizar el sueño de toda su vida, incumplido hasta entonces, pues era el único violinista de Tarma: tocar alguna vez el concierto para dos violines de Juan Sebastián Bach.

Pero allí estaba Silvio Lombardi. Durante semanas Rómulo vino todos los días a El Rosedal y ambos, encerrados en la antigua capilla, trabajaron encarnizadamente y lograron poner a punto el concierto soñado. Los Pumari no podían entender cómo este par de señores se olvidaban hasta de comer para frotar un arco contra unas cuerdas produciendo un sonido que, para ellos, no los hacía vibrar como un huayno.

Silvio pensó que ya era tiempo de pasar de la clandestinidad a la severidad y tomó una determinación: dar un concierto con Cárdenas. E invitar a El Rosedal a los notables de Tarma, para retribuirles así todas sus atenciones. Hizo imprimir las tarjetas con quince días de anticipación y las distribuyó entre hacendados, funcionarios y gente de paso. Paulo Pumari repintó la vieja capilla, colocó bancas y sillas y convirtió la vetusta habitación en un auditorio ideal.

Los hacendados tarmeños recibieron la invitación perplejos. ¡Lombardi invitaba a El Rosedal y para escucharlo tocar el violín a dúo con ese enano de Cárdenas! No se decía en la invitación si habría luego comida o baile. Muchos tiraron la tarjeta a la papelera, pensando luego decir que no la habían recibido, pero algunos se constituyeron el sábado en la hacienda de Silvio. Era una ocasión para echar una mirada a esa tierra evasiva y ver cómo vivía el italiano.

Silvio había preparado una cena para cien personas, pero sólo vinieron doce. La gran mesa que había hecho armar bajo las arcadas tuvo que ser desmontada y terminaron todos en el comedor de diario, en los altos de la casa. Después del café fueron a la capilla y se dio el concierto. Mientras ejecutaban la partitura Silvio comprobó de reojo que sólo había once personas y nunca pudo descubrir quién era el duodécimo que se escapó o que se quedó en el comedor tomándose un trago más o repitiendo el postre. Pero el concierto fue inolvidable. Sin el socorro de una orquesta, Silvio y Rómulo se sobrepasaron, curvado cada cual sobre su instrumento crearon en esos momentos una estructura sonora que el viento se llevó para siempre, perdiéndose en las galaxias infinitas. Los invitados aplaudieron al final sin ningún entusiasmo. Era evidente que les había pasado por las narices un hecho artístico de valor universal sin que se diesen cuenta. Más tarde, con los tragos, felicitaron a los músicos con frases hiperbólicas, pero no habían escuchado nada, Juan Sebastián Bach pasó por allí sin que le vieran el más pequeño de sus rizos.

Silvio siguió viendo a Cárdenas y ejecutando con él en la capilla, bajo las arcadas y aun en pleno rosedal, solitarios conciertos, verdaderos incunables del arte musical, sin otros testigos que las palomas y las estrellas. Pero poco a poco fue distanciándose de su colega, terminó por no invitarlo más y refundió su violín en el fondo del armario. Lo hizo sin júbilo, pero también sin amargura, sabiendo que durante esos días de inspirada creación había sido algo, tal vez efímeramente, una voz que se perdió en los espacios siderales y que, como la luz, acabó por hundirse en el reino de las sombras. Por entonces se le cayó un incisivo y al poco tiempo otro y por flojera, por desidia, no se los hizo reponer. Una mañana se dio cuenta que la mitad derecha de su cabeza estaba cubierta de canas. La mayor parte de los vidrios de la galería estaban quebrados. En las arcadas descubrió durante un paseo peroles con leche podrida. ¿Por qué, Dios mío, donde pusiera la mirada, veía instaurarse la descomposición, el apolillamiento y la ruina?

Un paquete que recibió de Lima lo sacó un momento de sus cavilaciones. En su época de furioso criptógrafo había encargado una serie de libros y sólo ahora le llegaban: diccionarios, gramáticas, manuales de enseñanza de lenguas. Lo revisó someramente hasta que descubrió algo que lo dejó atónito: RES quería decir en catalán nada. Durante varios días vivió secuestrado por esta palabra. Vivía en su interior escrutándola por todos lados, sin encontrar en ella más que lo evidente: la negación del ser, la vacuidad, la ausencia. Triste cosecha para tanto esfuerzo, pues él ya sabía que nada era él, nada el rosedal, nada sus tierras, nada el mundo. A pesar de esta certeza siguió abocado a sus tareas habituales, en las que ponía un empeño heroico, comer, vestirse, dormir, lavarse, ir al pueblo, durar en suma y era como tener que leer todos los días la misma página de un libro pésimamente escrito y desprovisto de toda amenidad.

Hasta que un día leyó, literalmente, una página diferente. Era una carta que le llegó de Italia: su prima Rosa le comunicaba la muerte de su padre, don Luigi Cellini, el lejano tío que don Salvatore había detestado tanto. Rosa había quedado en la miseria, con una hija menor, pues su marido, un tal Lucas Settembrini, había fugado del hogar años antes. Le pedía a Silvio que la recibiera en la hacienda, ocuparía el menor espacio posible y se encargaría del trabajo que fuese.

Si el viejo Salvatore no estuviese ya muerto hubiera reventado de rabia al leer esta carta. Así pues se había roto el alma durante cuarenta años para que al final su propiedad albergara y mantuviera a la familia del abusivo Luigi. Pero no fueron estas consideraciones lo que movieron a Silvio a dilatar su respuesta, sino la aprensión que le producía tener parientes metidos en la casa. Adiós sus hábitos de solterón, tendría que afeitarse, quitarse el saco de pijama, comer con buenos modales, etcétera. Como no sabía qué buen pretexto invocar para denegar el pedido de su prima, decidió mentir y decirle que iba a vender la hacienda para emprender un largo viaje alrededor del mundo que culminaría, según le pareció un buen remate para su embuste, en un monasterio de Oriente, dedicado a la meditación.

Cuando resolvió escribir su respuesta cogió la carta de la prima para buscar la dirección y la releyó. Y sólo al final de la misiva notó algo que lo dejó vibrando, en una difusa ensoñación: su prima firmaba Rosa Eleonora Settembrini. ¿Qué había en esta firma de particular? No tuvo necesidad de romperse la cabeza. Las iniciales de ese nombre formaban la palabra RES.

Silvio quedó indeciso, apabullado, sin saber si debía dar crédito a este descubrimiento y llevar su indagación adelante. ¿Estaría al fin en posesión del verdadero sentido de la clave? ¡Tantas búsquedas había emprendido, seguidas de tantas decepciones! Al fin decidió someterse una vez más a los designios del azar y contestó la carta afirmativamente, enviando además, como pedía su prima, el dinero para los pasajes.

Las Settembrini llegaron a Tarma al cabo de tres meses, pues por economía habían viajado en un barco caletero que se detuvo en todos los puertos del mundo. Silvio había hecho arreglar para ellas dos dormitorios en un ala apartada de los altos. Ambas aparecieron en El Rosedal sin previo aviso, en la camioneta del mecánico Lavander, que excepcionalmente hacía de taxi. Silvio aguardaba el atardecer en una perezosa de la galería y se acariciaba la barba rojiza atormentado por uno de los tantos problemas que le ofrecía su vida insípida: ¿debía o no venderle uno de sus sementales a don Armando Santa Lucía? Apenas ellas atravesaron el portón y se detuvieron en el patio de tierra, seguidas por Lavander que cargaba las maletas, Silvio se puso de pie movido por un invencible impulso y tuvo que apoyarse en la baranda de madera para no caer.

No era su prima ni por supuesto Lavander lo que lo sacudieron sino la visión de su sobrina que, apartada un poco del resto, observaba admirativa la vieja mansión, con la cabeza inclinada hacia un lado: esa tierra secreta, ese reino decrépito y desgobernado, recibía al fin la visita de su princesa. Esa figura no podía proceder más que de un orden celestial, donde toda copia y toda impostura eran imposibles.

Roxana debía tener quince años. Silvio comprobó maravillado que su italiano, que no hablaba desde que murió su madre, funcionaba a la perfección, como si desde entonces hubiera estado en reserva, destinado a convertirse, por las circunstancias, en una lengua sagrada. Su prima Rosa, contra su promesa, ocupó desde el comienzo toda la casa y toda la hacienda. Avinagrada y envejecida por la pobreza y el abandono de su marido, se dio cuenta de que El Rosedal era más grande que el pueblo de Tirole, que alguien podía tener más de cien vacas y se aplicó al gobierno del fundo con una pasión vindicativa. Una de las primeras cosas que ordenó, puesto que Silvio formaba parte de la hacienda, fue que reparara su dentadura, así como hizo reponer todos los vidrios rotos de la galería. Silvio no volvió a ver más camisas sucias tiradas por el suelo, porongos con leche podrida en los pasillos, ni cerros de duraznos comidos por los moscardones al pie de los frutales. El Rosedal comenzó a fabricar quesos y mermeladas y, saliendo de su estacionamiento, entró en una nueva era de prosperidad.

Roxana había cumplido los quince años en el barco que la trajo y parecía que los seguía cumpliendo y que nunca dejaría de cumplirlos. Silvio detestaba la noche y el sueño, porque sabía que era tiempo sustraído a la contemplación de su sobrina. Desde que abría los ojos estaba ya de pie, rogándole a Etelvina Pumari que trajera la leche más blanca, los huevos más frescos, el pan más tibio y la miel más dulce para el desayuno de Roxana. Cuando en las mañanas hacía con ella el habitual paseo por la huerta ingresaba al dominio de lo inefable. Todo lo que ella tocaba resplandecía, su más pequeña palabra devenía memorable, sus viejos vestidos eran las joyas de la corona, por donde pasaba quedaban las huellas de un hecho insólito y el perfume de una visita de la divinidad.

El embeleso de Silvio se redobló cuando descubrió que Roxana tenía por segundo nombre Elena y que, apellidándose Settembrini, reaparecía en sus iniciales la palabra RES, pero cargada ahora de cuánto significado. Todo se volvía clarísimo, sus desvelos estaban recompensados, había al fin descifrado el enigma del jardín. De puro gozo ejecutó una noche para Roxana todo el concierto para violín de Beethoven, sin comerse una sola nota, se esmeró en montar bien a caballo, se tiñó de negro la parte derecha de su pelambre y se aprendió de memoria los poemas más largos de Rubén Darío, mientras Rosa se incrustaba cada vez más en la intendencia de la hacienda, secundada por la tribu desconcertada de los Pumari, y dejaba que su primo se deleitara en la educación de su hija.

Silvio había concebido planes grandiosos: fundar y financiar una universidad en Tarma, con una pléyade de profesores ricamente pagados, para que Roxana pudiera hacer sus estudios como alumna única; enviar sus medidas a costureros de París para que regularmente le expidieran los modelos más preciosos; contratar un cocinero de renombre ecuménico con la misión de inventar cada día un plato nuevo para su sobrina; invitar al Papa en cada efemérides religiosa para que celebrara la misa en la capilla de la hacienda. Pero naturalmente que tuvo que reajustar estos planes a la modestia de sus recursos y se limitó a ponerle una profesora de español y otra de canto, hacerle sus trajes con una solterona del lugar y obligar a Basilia Pumari a que se pusiese delantal y toca al servir, lo que arruinó su belleza nativa y la convirtió en un mamarracho colosal.

Este período de beatitud empezó en un momento a enmohecerse. Silvio notó que Roxana disimulaba a veces un bostezo tras su mano cuando él hablaba o que el foco de su mirada estaba situado en un punto que no coincidía con su presencia. Silvio le había narrado ya diez veces su infancia y su juventud, adornándolas con la imaginación de un cuentista persa, y le había ejecutado en interminables veladas toda la música para violín que se había escrito desde el Renacimiento. Roxana, por su parte, conocía ya de memoria toda la hacienda, no había alcoba en la cual no hubiera introducido su grácil y curiosa naturaleza, era incapaz de extraviarse en el laberinto del jardín, para cada árbol de la huerta tenía una mirada de reconocimiento, todos los meandros del río conservaban la huella de sus pisadas y los eucaliptos del bosque la habían adoptado como su deidad.

Pero había algo que Roxana ignoraba: la palabra escondida en el rosedal. Silvio no le había hablado nunca de esto, pues era su más preciado secreto y quien quisiese descubrirlo tenía, como él, que pasar por todas las pruebas de una iniciación. Pero como Roxana tendía cada vez más a distraerse y su espíritu se escapaba a menudo de los límites de la heredad, decidió recobrar su atención poniéndola sobre la pista de este enigma. Le dijo así un día que en la hacienda había algo que ella nunca encontraría. Picada su curiosidad, Roxana reanudó sus andares por la hacienda, en busca de lo oculto. Silvio no le había dado mayores indicios y ella no sabía en consecuencia si se trataba de un tesoro, de un animal sagrado o de un árbol de la Sabiduría. En sus recorridos parecía que iba encendiendo las luces de habitaciones invisibles y Silvio tras ella, sombrío, apagándolas.

Como al cabo de un tiempo no descubría nada se irritó, exigió más detalles y como Silvio rehusó dárselos se molestó diciéndole que era malo y que ya no lo quería. Silvio quedó muy afligido, sin saber qué partido tomar. Fue entonces cuando Rosa salió de la sombra y le dio el golpe de gracia.

Rosa había puesto ya orden en la hacienda y dado por concluida la primera etapa de su misión. Esa codiciada propiedad, más floreciente que nunca, les pertenecería de pleno derecho cuando Silvio desapareciera. Pero había otras propiedades más grandes en Tarma. En sus frecuentes viajes a la ciudad había tenido ocasión de informarse e incluso de visitar fundos con miles de cabezas de ganado. Para acceder a ellos tenía un instrumento irreemplazable: Roxana.

Inversamente, los ganaderos tarmeños habían intuido que la presencia de esa niña era tal vez la ocasión soñada para entrar al fin en posesión de El Rosedal. Roxana nunca había puesto los pies en Tarma, cautiva como la había tenido el encanto de la hacienda y los cuidados de Silvio, pero se sabía de ella y de su belleza por los decires de sus profesoras.

De este modo, intereses contrarios pero convergentes se pusieron simultáneamente en marcha, con fines mezquinamente nupciales, que implicaban a la postre la sustracción de Roxana al imperio de su tío.

Todo coincidió con la feria de Santa Ana y con el aniversario de Roxana, que cumplía dieciséis años. Rosa dijo que ya era tiempo de que esa niña frecuentara un poco de mundo, al mismo tiempo que una delegación de hacendados vino a El Rosedal para rogarle a Silvio que fuera mayordomo de la feria. Esto último era más que un honor una dignidad, perseguida por todos los señores, pero que implicaba en contrapartida la organización de grandes y costosos festejos en los que participaba toda la comunidad.

Silvio se dijo por qué no, quizás la solución era que Roxana se distrajera, eso le devolvería el resplandor que día a día iba perdiendo y tal vez el júbilo de vivir en El Rosedal.

Decidió entonces reunir el aniversario de su sobrina y la feria en una gran fiesta, en cuyo preparativo se abocó durante un mes como si fuese el hecho más importante de su vida. Hizo aplanar y arreglar el patio de la hacienda, repintar nuevamente la fachada, colocar maceteros con flores en las arcadas, adornar con faroles la galería y limpiar los senderos del jardín y la huerta de pétalos y frutos caídos. Aparte de ello contrató artificieros chinos para el castillo de fuego, un elenco de bailarines de Acobamba, otro de músicos de Huancayo y un equipo de maestros de la pachamanca para que cocieran bajo tierra reses, puercos, carneros, gallinas, cuyes y palomas, aparte de todas las legumbres y hortalizas del valle. En cuanto al bar, dio carta blanca al Hotel Bolívar de Tarma para que surtiera la reunión de todas la bebidas regionales y extranjeras.

La fiesta pasó a los anales de la provincia. Desde antes del mediodía empezaron a llegar los invitados por los cuatro caminos del mundo. Algunos vinieron en automóvil, pero la mayor parte en caballos ricamente enjaezados, con arneses y estribos de plata repujada. Los hombres llevaban el traje tradicional: botas de becerro, pantalón de montar de pana, chaqueta de cuero o paño, pañuelo anudado al cuello, sombrero de fieltro y poncho terciado al hombro, esos ponchos de vicuña tan finamente tejidos que pasaban íntegros por un aro de matrimonio. Las mujeres se habían dividido entre amazonas y ciudadanas, según fueran esposas de hacendados o de funcionarios. Serían en total unas quinientas personas, pues Silvio había invitado a propietarios de lugares tan lejanos como Jauja, Junín o Chanchamayo. Y de estas quinientas personas casi la mitad eran hijos de los hacendados. No se sabía de dónde habían salido tantos. Vestidos al igual que sus padres, pero en colores más vivos, casi todos en briosas cabalgaduras, formaron de inmediato como un bullicioso corral de arrogantes gallitos, cada cual más apuesto y lucido que el otro.

Todo se desarrolló de acuerdo a lo previsto, salvo el instante en que Roxana se hizo presente y abrió una grieta de silencio y de estupor en la farándula. Rosa había imaginado una puesta en escena teatral: alfombrar la escalera que bajaba de la galería y hacerla descender al son de un vals vienés. Silvio pensó algo mejor: hacerla aparecer desde los aires gracias a un procedimiento mecánico o extraerla de una torta descomunal. Pero finalmente renunció a estos recursos barrocos, confiado en la majestad de su sola presencia y simplemente hubo un momento en que Roxana estuvo allí y todo dejó de existir.

Un círculo enmudecido la rodeó y nadie se atrevía a avanzar ni a hablar. A Silvio mismo le costó trabajo dar el primer paso y tuvo que hacer un esfuerzo para acercarse a la dama más próxima y presentarle a su sobrina. Los saludos continuaron y el barullo se reinició. Pero otro círculo más restringido se formó, el de los jóvenes, que luego de la presentación ensayaban la galantería. Enamorados fulminantemente y al unísono, hubieran sido capaces de batirse a trompadas o fuetazos si es que la presencia de sus padres y un resto de decoro no los obligara a cierta continencia.

Después de los aperitivos y del almuerzo empezó el baile. Silvio lo inauguró en pareja con Roxana, pero sus obligaciones de anfitrión lo pusieron en brazos de señoras que lo fueron alejando cada vez más del foco de la reunión. Desde la periferia vio como Roxana iba siendo solicitada por una interminable hilera de bailarines, que se esforzaban por cumplir esa tarde la más brillante de sus performances. ¡Y eran tantos, además, que nunca terminaría de conocerlos! El baile prosiguió interrumpido por brindis, bromas y discursos hasta que Silvio compartido entre atenciones a señoras y apartes con señores, se dio cuenta que Roxana hacía rato que no cambiaba de pareja. Y su caballero era nada menos que Jorge Santa Lucía, joven agrónomo reputado por la solidez de su contextura, la grandeza de su hacienda, la amenidad de su carácter y la hermosura de sus pretendientes. En el torbellino los perdió de vista, iba oscureciendo, tuvo que dar órdenes para que iluminaran los faroles de la galería y nuevamente regresó al patio, la mirada indagadora en el ánimo inquieto. Roxana seguía bailando con su galán y nunca vio en su rostro expresión de tan arrobadora alegría.

Aún hizo otros brindis, bailó incluso con su prima Rosa que se enroscó en sus hombros como una melosa bufanda, ordenó que fueran previniendo a los artificieros y cuando oscurecía se sintió horriblemente cansado y triste. Era el alcohol tal vez, que casi nunca probaba, o el ajetreo de la fiesta o el exceso de comida, pero lo cierto es que le provocó retirarse a los altos y lo hizo sin que nadie se percatara de ello o intentara retenerlo. Apoyado en el barandal, en la penumbra, contempló la fiesta, su fiesta que iba cobrando un ritmo frenético a medida que pasaban las horas. La orquesta tocaba a rabiar, las parejas sacaban polvo del suelo con sus zapateos, los bebedores copaban la mesa del bar, bailarines acobambinos disfrazados de diablos ensayaban saltos mortales cerca de las arcadas. Y Roxana, ¿dónde estaba? En vano trató de ubicarla. No era ésta, ni ésta, ni ésta. ¿Dónde la fontana de fuego, la concha de la caverna oscura, la doble manzana de la vida?

Desalentado entró en su dormitorio, cogió su violín, ensayó algunos acordes y salió con su instrumento a la galería. La recorrió de un extremo a otro hasta que se detuvo frente a la puerta que llevaba al minarete. Hacía años que no subía. La puerta tenía un viejo cerrojo del cual solo él conocía el secreto. Luego de abrirlo trepó trabajosamente por los peldaños apolillados y las cuerdas vencidas. Al llegar al reducido observatorio cubierto de tejas observó el rosedal y buscó el dibujo. No se veía nada, quizás porque no había bastante luz. Por algún lado lucía una mata de rosas blancas, por otro una de amarillas. ¿Dónde estaba el mensaje? ¿Qué decía el mensaje? En ese momento empezaron los fuegos de artificio y el cielo resplandeció. Luminarias rojas, azules, naranja, ascendían alumbrando como nunca el rosedal. Silvio trató otra vez de distinguir los viejos signos, pero no veía sino confusión y desorden, un caprichoso arabesco de tintes, líneas y corolas. En ese jardín no había enigma ni misiva, ni en su vida tampoco. Aún intentó una nueva fórmula que improvisó en el instante: las letras que alguna vez creyó encontrar correspondían correlativamente a los números y sumando éstos daban su edad, cincuenta años, la edad en que tal vez debía morir. Pero esta hipótesis no le pareció ni cierta ni falsa y la acogió con la mayor indiferencia. Y al hacerlo se sintió sereno, soberano. Los fuegos artificiales habían cesado. El baile se reanudó entre vítores, aplausos y canciones. Era una noche espléndida. Levantando su violín lo encajó contra su mandíbula y empezó a tocar para nadie, en medio del estruendo. Para nadie. Y tuvo la certeza de que nunca lo había hecho mejor.

(París, 29 de agosto de 1976)

Sobre las olas

Cuando a mi abuela le dio la fiebre malta fue trasladada a San Miguel, a una casita que quedaba a una cuadra del malecón. Ya antes había estado en Chilca, en Chosica, pero su salud no había mejorado. San Miguel era entonces reputado por su buen clima. La niebla que todas las mañanas invadía la costa limeña hacía una excepción y el sol misteriosamente bañaba desde temprano el litoral de este balneario.

Yo fui a acompañarla, junto con mi tío Fermín, el menor de sus hijos. Fermín había terminado el colegio y como aún no había decidido qué hacer de su tiempo y de su vida se entretenía enseñándome llaves de lucha libre, experimentos de química y leyéndome con voz atronadora trozos de la *Ilíada.* En las mañanas íbamos a veces de paseo por el malecón. Faltaba poco para la temporada, pero ya algunos veraneantes se ponían su trusa y, sin afrontar el mar, se tostaban en la playa de piedras.

Una de esas mañanas mi abuela se puso muy mal. La fiebre que no la abandonaba desde hacía un mes subió y empezó a delirar. El médico vino a verla, se alarmó mucho, convocó a los otros hijos de mi abuela, se habló de llevarla al hospital, de reunir una junta de galenos, de llamar a un cura. Había tal nerviosismo y alboroto en la casa que mi tío Fermín me cogió de la mano.

—La Negra Muerte ronda por San Miguel —dijo parodiando a Homero—. Vamos a dar una vuelta.

Más que nunca lucía el sol y hacía hasta calor. Los sanmiguelinos, orgullosos de su buen clima, se pavoneaban por el malecón. No había cabida en ese bello día para el menor pensamiento triste ni para la más leve tragedia. Y sin embargo, a pocos pasos de allí, una anciana se moría en una casita con geranios y rejas de madera.

Y era un día realmente excepcional pues un bañista, el primero, resolvió entrar al mar y decretó con este gesto la inauguración de la temporada. Se puso de pie, dejó cuidadosamente doblada su toalla sobre las piedras, aspiró con los brazos abiertos el aire marino y se lanzó de cabeza en las aguas frías. Salvó muy pronto las primeras olas y con un enérgico braceo se alejó de la playa, hasta detrás de la zona donde se formaban los tumbos. A unos quinientos metros de la orilla empezó a nadar paralelamente al malecón, yendo y viniendo en un estilo perfecto. Era un espectáculo reconfortante, que a todos nos llenaba de promesas, mientras la mañana transcurría y el sol iba llegando a su cenit.

De pronto se levantó una fuerte brisa, el mar se picó, las olas crecieron reventando muy adentro y llegando con estruendo a la playa pedregosa, entre el vuelo alborotado de los patillos. Esos cambios no eran raros, el dios Neptuno, como dijo mi tío Fermín, tenía sus caprichos. Y añadió que ya era tiempo de que el bañista saliera o que a lo mejor le convenía esperar que pasara la braveza.

El bañista pareció escuchar el primer término de su consejo, pues lo vimos virar hacia la playa. Pero apenas lo había hecho, una ola reventó detrás de él y lo sepultó en su cascada de espuma. Al instante reflotó e intentó otra salida, pero una nueva ola se lo impidió. Optó entonces por retornar mar afuera, buscando la zona donde las aguas estaban más calmas. Debía estar ya a un kilómetro de la orilla. Mucha gente se había detenido en el paseo y observaba atentamente sus maniobras. Se trataba de un nadador experimentado, decían, alguien que conocía todos los trucos del mar.

Sus comentarios fueron interrumpidos por un grito.

—¡Me estoy cansando!

Nos llegó perfectamente a pesar del fragor del mar.

—¡Espere un poco más! ¡Ya van a pasar las olas! —gritó alguien desde la playa.

Pero el mar no tenía trazas de calmarse. Enormes tumbos se formaban cada vez más adentro y llegaban en serie, bajo el cielo diáfano, reventando lejos de la orilla. Para evitarlos el hombre se zambullía y reaparecía tras ellos. Y esto se repetía sin descanso, al punto que en el malecón empezó a cundir la inquietud. Más gente se había agolpado y hasta en las ventanas de las casas que daban al mar aparecieron cabezas ansiosas y brazos extendidos.

—¡Ayúdenme, por favor! ¡Hagan algo por mí!

Este pedido fue escuchado por todos, pero nadie se movió. No existía en esa época en las playas Cuerpo de Salvamento. Como no era aún temporada tampoco había colchones de goma ni nadadores duchos dispuestos a jugarse la vida.

—¡Socorro, estoy cansado, me hundo!

—En casa tengo una cámara —dijo un hombre cerca de nosotros—. Avísenle que ya vengo.

—¡Aguante un poco más! —gritó mi tío Fermín—. ¡Han ido a buscar una cámara!

Algo debió escuchar el hombre, pues volvió a hacer una especie de saludo con la mano, se zambulló bajo un tumbo y siguió nadando.

Pero el hombre del neumático tardaba.

—¡Ya no puedo más!

—¡Siga no más así, que ya vienen!

Al fin el salvador apareció. Traía rodando por el malecón una enorme cámara negra, seguramente de camión y ayudado por otros hombres la llevaron hasta la orilla. Allí empezaron a discutir. Probablemente se preguntaban cómo hacer para que llegara hasta el bañista. Alguien había traído, por su parte, una soga. La amarraron a la cámara y la lanzaron al mar. Pero con el primer tumbo la goma inflada regresó a la orilla. Volvieron a lanzarla, pero cada vez las olas la devolvían.

—¡La cámara! ¡Me voy a ahogar!

La única solución era que alguien entrara al mar llevándole la cámara.

—Si diez hombres me acompañaran, yo encantado —dijo Fermín—, pero solo, ni por un millón de soles.

Pero ya la idea de la cámara había sido abandonada y alguien corría a grandes zancadas por el canto rodado rumbo al club San Miguel, que era apenas una caseta de madera sostenida sobre pilotes. Se decía que iba a llamar por teléfono a la capitanía del puerto del Callao para que enviaran una lancha.

—¡Va a venir una lancha! ¡Siga nadando!

—¡No tengo fuerzas!

—¡Aguante! ¡Unos minutos más!

El hombre de la llamada por teléfono reapareció en la terraza del club haciendo un gesto victorioso con los brazos, justo cuando una de las hermanas de mi tío llegaba a paso ligero al malecón. Cogiéndolo del brazo lo apartó de mí. Tenía los ojos muy irritados. Durante un rato conversaron aparte, mirándome de reojo, mientras yo me esforzaba por ver qué pasaba en el mar y buscaba la cabeza del bañista.

Mi tío Fermín estaba muy pálido.

—Ven —dijo cogiéndome de la mano, pero a los pocos pasos cambió de opinión—. No, mejor espérame aquí. Pero no te muevas un solo paso. Más tarde vendré a buscarte.

Del brazo de mi tía se alejó muy apurado.

Quedé confundido en el tumulto. Parecía que toda la población de San Miguel se había dado cita al lado de la baranda. Señoras que seguramente venían del mercado rumoreaban con sus bolsas en la mano, inspeccionando el mar.

—Allá está —decía una, extendiendo el brazo.

—El punto negro, claro, detrás de la ola.

Yo no veía nada, hasta que un corpachón me levantó en vilo para subirme a la baranda y después de darme un coscorrón en la cabeza prosiguió su camino.

—¡Ya viene la lancha, ánimo! —gritó alguien.

—¡Resista no más!

El bañista esta vez no respondió, pero desde mi nueva posición lo distinguí, cada vez más lejos de nosotros. Tal vez se había apartado voluntariamente de la orilla o lo había jalado la resaca. Las olas invadían con su espuma la playa y muchos veraneantes habían tenido que retirar precipitadamente sus toallas y su ropa.

—¡Socorro!

Este grito solitario atravesó el mediodía soleado.

Vimos el pequeño punto negro que derivaba tras los tumbos, sin sacar los brazos ya, desapareciendo por momentos. Pero al cabo de un rato reaparecía y del malecón surgían nuevos gritos de aliento.

—¡Ya está llegando la lancha!

—¡Ánimo, que lo van a salvar!

El sol seguía ardiendo y el hombre luchando. Tanta tenacidad nos fatigaba. De la terraza del club llegaron gritos jubilosos y vimos brazos que señalaban hacia el Callao.

—¡Ahora sí! ¡Allí viene la lancha!

No se veía nada en verdad. O tal vez se veía. En todo caso se multiplicaron los gritos pidiendo que aguantara, que era cuestión de minutos. Pero estos gritos se dirigían a un ser fantasmal. Unos lo ubicaban a la derecha, otros a la izquierda. Cada cual quería ver a su propio ahogado. Yo vi el mío, un punto indeciso y hasta unos brazos que en lugar de avanzar hacia la costa se internaban desesperados hacia altamar.

—¡La lancha! ¡Allí viene!

Esta vez sí era verdad. Contra el perfil de la isla de San Lorenzo se veía una vieja lancha motora que se bamboleaba en el mar picado dejando una estela de espuma.

—¡Ánimo, están llegando!

Yo creí ver un último punto, que reaparecía por donde nadie lo buscaba y en vano seguí mirando pues nada volví a ver. La lancha ya estaba cerca, se detuvo, lanzó el ancla y desde la borda varios guardias en ropa de baño nos interrogaban con los brazos. Le indicaron varios lugares y la lancha empezó a girar en redondo. Un guardia se lanzó al agua, se zambulló varias veces y al fin volvió a subir a la embarcación. Las olas habían repentinamente decrecido, los patillos fugitivos se animaban a rasar el mar, picando para coger la anchoveta; el viento cesó, el mar quedó como una taza de agua.

Alguien en ese momento me daba una punzada en las costillas con el dedo pulgar y no tuve necesidad de volverme para adivinar que era mi tío Fermín, aplicándome una llave que él llamaba el *dedo de la muerte.* Sin decirme nada me hizo bajar de un tirón de la baranda y me condujo hacia la casa. Yo andaba aún pensando en el puntito negro que había visto desaparecer en las aguas y apenas notaba que mi tío caminaba rápido, silbando, con la cabeza gacha, mirando el suelo.

En la puerta nos cruzamos con el médico que salía con su maletín en la mano y al vernos se quitó el sombrero ceremoniosamente. Todas mis tías estaban reunidas en la sala hablando con animación, pero en voz baja. Quise saludarlas, pero tío Fermín seguía tirándome del brazo, llevándome al dormitorio de mi abuela. Olía a éter, timolina, hospital, cámara mortuoria. Cuando abrió la puerta la sirvienta salía con una taza en la mano. En la cama distinguí a mi abuela, pero no exangüe y rígida, sino recostada en almohadones, sonrosada, sonriente, extendiendo ambos brazos hacia nosotros, como si emergiera triunfal en la cresta de una ola.

(París, 1976)

El embarcadero de la esquina

Con sus altas tapias de adobe coronadas con fragmentos de botellas rotas, la granja era más cárcel que paraje deleitoso. Desnudo, barbudo, Ángel erraba entre los árboles frutales, no como nuestro padre Adán en el Paraíso, sino como un hombre atormentado por una búsqueda imposible. El atardecer chosicano dejaba caer sobre ese vergel sus sobras estelares, rosados, violetas, amarillos y lo convertían en una especie de helado multicolor que uno hubiera sido capaz de tragarse de un bocado. Pero en ese huerto terrenal no había Eva, ni Dios, ni Árbol de la Sabiduría. Ángel buscaba simplemente qué ponerse sobre su piel blanca y venosa y cubrir sus gráciles formas que de lejos y en parte debido a su largo cabello se hubieran tomado por las de una muchacha. Cuando su padre se iba de la granja, después de darle de comer a los pollos y llevarse los huevos a la camioneta, cerraba el portón con candado y le escondía la ropa. No había nada mejor para inmovilizar a un hombre que dejarlo desnudo.

Pero esta vez Ángel estaba seguro de burlar a su carcelero. Su larga reclusión había aguzado en él el instinto del animal: felinamente se deslizaba entre los manzanos, oliendo, escrutando. A veces se ponía en cuatro pies y arañaba la tierra. Por allí no había nada, sólo lombrices. Quizás tras el macetero o encima de la enramada, un pantalón, por amor de Dios, una camisa. El sol chosicano terminó por ocultarse y Ángel quedó en la penumbra del vergel, convencido una vez más de su derrota, sentado sobre un adobe, llorando.

A esa hora los pollos comenzaban a piar. Debían ser tres mil o cuatro mil encerrados en sus celdas de alambre. Sólo las gallinas ponedoras andaban en libertad por la granja y Ángel no desperdiciaba la oportunidad de darle un puntapié a la primera que se cruzaba en su camino. Pero a los pollos los contemplaba con una infinita dulzura. Amontonados en sus jaulas, sólo salían de allí para ir al matadero. Eran sus hermanos de pico y plumas, los cautivos.

Ángel lloró un rato más, previendo que se avecinaba una de esas noches atroces, en las que tendría que extenderse en la cama, implorando por un poco de sueño, incapaz de encender un cigarrillo con sus manos temblorosas, levantándose para caminar por el jardín oscuro, aterrándose de las sombras y del canto de los grillos, viendo en la menor nubecilla la horrible faz del gigante, tan lejos del rumor de los embarcaderos. Su última salida databa de varias semanas. Nunca supo dónde anduvo ni cómo volvió a encontrarse entre los muros del vergel.

Crispado sobre la cama se revolcó luchando contra la tentación de dar un grito. ¡Esos desgarrados bramidos se los había llevado tantas veces inútilmente el viento! En su velador seguía reposando la pequeña tarjeta blanca y en ella encontró fuerzas para ponerse de pie y otra vez husmeaba a la intemperie, detrás de esta piedra, de este manzano. Con un cuchillo despanzurró tres o cuatro sacos de harina de pescado, pero no surgió prenda alguna, sino un polvo gris que las gallinas errantes devoraron en un santiamén.

Fue sólo en ese momento cuando tuvo una inspiración: ¡el espantapájaros! Pero, ¿dónde estaba? Su padre colocándolo en el árbol más alto. ¿Cuándo? Hacía días o semanas, era lo mismo. Escrutó nuevamente la granja hasta que divisó la forma recortada contra el cielo estrellado. En un instante estaba en la copa y se arrojó al suelo con su carga en la mano. Un pantalón agujereado y un saco cagado por las palomas. Un chambergo con las alas caídas. A manera de camisa el saco de pijama y para sus pies un par de viejas zapatillas de basket sin pasadores. ¿Y para ir a Lima? ¡Ah, boludas, panzudísimas gallinas! Algo sospecharon, pues cuando vestido de mamarracho salió a la huerta se echaron a cacarear, a correr y algunas intentaron pesados vuelos que terminaron contra el muro de adobe. Al fin logró arrinconar a una, la cogió del pescuezo y la hizo girar en el aire hasta que sus patas quedaron tiesas. Contorneó la tapia, palpando, buscando huellas de antiguas escaladas. Encaramándose quedó un rato a horcajadas sobre el muro, con su gallina cogida de las patas, sonriente.

Fueron bajando de sus automóviles y se encaminaron hacia la puerta del restaurante chino, haciendo girar y tintinear entre sus dedos las llaves de sus vehículos. No habían sido contratados especialmente para una representación ni se trataba de un chiste, pero esos señores parsimoniosos, tan bien encorbatados y acicalados, perfumados y sonrientes, pastosos, solemnes y ligeramente calvos, eran los adolescentes ágiles, despeinados y mugrientos que hacía dos décadas corrían por el patio del colegio tras una pelota de fútbol y a la salida se daban de trompadas por cualquier tontería, se trepaban a las moreras y mataban a hondazos a las cuculíes.

Como nunca falta en una promoción el memorioso, el nostálgico ex alumno que adora su época de colegial, Manolo Fuentes descubrió que ese mes se cumplía veinte años que terminaron el colegio y había bombardeado a todos sus condiscípulos con misivas, cartas y llamadas para convocarlos a esa cena conmemorativa. De los treinta y seis de la clase sólo respondieron una quincena. Algo era. Los demás trabajaban fuera de Lima o estaban en el extranjero, en el peor de los casos se habían muerto. Eso también sucedía. Bonito tema para pronunciar durante la reunión sentidas palabras.

Manolo montaba guardia a la entrada del chifa y antes que se acercara cada ex alumno ya estaba con los brazos abiertos, llamándolo por su antiguo sobrenombre, dándole palmadas en la espalda y diciéndole que estaba igualito, que los años no habían pasado, lo que cada cual, después de algunas protestas, terminaba por aceptar como una verdad absoluta.

Cuando los quince pasaron de la vereda al luminoso bar tuvieron oportunidad de observarse mejor y se sintieron reconfortados. No había una falsa nota. A pesar de sus diferencias de talla, peso, tez, profesión, tenían todo en común. Por una especie de selección natural estaban allí reunidos los que desde temprano bajaron la cabeza y embistieron, adelante, que se quite todo el mundo de mi camino, hasta llegar a ser lo que representaban: los caballeros.

El propietario de la pequeña fonda chosicana observó la gallina y ofreció por ella una botella de pisco. Ángel aceptó una *mula* y el resto en circulante. Trato hecho. Cien soles y el pomito de aguardiente. Salió del parador y se encaminó hacia la carretera de los colectivos. En el trayecto tomó al pico el primer trago. Todo lo que había en él de oscuro, de tembloroso, de repugnante, desapareció. Era un ser alado, fluorescente, que se deslizaba por el mejor de los mundos y para quien nada era imposible. Le bastó alzar la mano para que un colectivo se detuviera, pero naturalmente que el chofer debía estar ciego o no entendió sus palabras, pues arrancó dejándolo en la calzada. Muchos otros colectivos se detuvieron, lo observaron y se fueron. Al fin un taxista le abrió la puerta. Lo llevaría a Lima en carrera, como pasajero único, pero eso sí, la plata por adelantado y que no le fuera a vomitar sobre el asiento. Ángel se instaló sonriente. No hubo rey en carroza ni príncipe en palanquín tan cómodo como él, deslizándose en ese veloz vehículo hacia las moradas del mar. Cuando el camino se le hacía largo o el campo oscuro sorbía un trago de su pomito y resurgía en la cima de un chorro de luz. Veía su canilla sin calcetines, desteñida y escuálida y le parecía tan fina como el puente de una guitarra. Por poco se hubiera puesto a pulsarla, seguro de arrancarle una música divina y por ello poco le importó que el chofer frenara al llegar a una bifurcación, hasta aquí no más señor, me voy por el otro lado. Y se encontró caminando entre cerros plagados de castilletes, lo rodeaban torrecillas y troneras, patrullas de guerreros enanos vinieron a reconocerlo, uno que otro animal cuadrúpedo y de pezuña lo olfateó, muy cerca anchas pistas se entrecruzaban por los aires, surcadas por bólidos rugientes que dejaban una pestilente humareda. Ángel se acercó a una de las pistas y se entretuvo en alzar la mano, todos los pasantes lo saludaban, a pesar de estar de incógnito era reconocido, alguien al fin se detuvo y estaba otra vez en la carroza real, inspeccionaba tierra extranjera, se acercaba a la cita de la tributación.

Los caballeros habían pasado a los altos, al salón reservado por Manolo Fuentes. Los aperitivos tomados en el bar ponían manchitas rosadas en sus mejillas y en sus cabecitas ideas amenas. Se reían de cualquier cosa. Todos se sabían finamente jocosos. Dejaron que Manolo eligiera el menú: sopa de golondrinas, wantán frito, camarones en salsa agridulce, pavo laqueado, cerdo con tallarines chinos, mucho arroz chaufa y vino a granel.

—Vamos a ver —dijo Manolo—. Que cada cual se acuerde de la mejor anécdota del colegio. ¿Empezamos? Tú, Pata de Mula, a ver si te acuerdas de algo, tú que andabas siempre metiendo vicio.

Pata de Mula, apodo de Francisco Arana, el mejor abogado limeño en derecho tributario. Se le consideraba como un ministro de finanzas en potencia. Jugando al fútbol metía siempre goles de media cancha. Y a pesar de no jugar ya al fútbol los seguía metiendo: donde ponía el ojo llegaba una factura. Se había casado con la hija de un banquero y era uno de los verdaderamente ricos del grupo.

—Bueno, ese día que hicimos llorar al hermano Buenaventura. Alguien le colgó en la espalda una foto de Dorothy Lamour vestida de tahitiana. Fue durante una procesión. El cura se paseó con su foto delante de todas las beatas. Cuando se dio cuenta ya estábamos en la parroquia. Le entró tal rabieta que se echó a llorar y se fue corriendo al colegio con la falda de su sotana en las manos. Debajo tenía unos pantalones morados.

Risa general. Y un brindis en honor de la graciosísima historia de Francisco Arana. Prácticamente, un gol de media cancha.

—Y tú, Judío Errante —dijo Manolo dirigiéndose a Jacobo Sáenz—. Acuérdate de una de las buenas.

En el colegio Jacobo compraba chocolates durante el recreo y los revendía en la clase al doble de su precio. Más tarde fueron lapiceros o novelas de aventuras, lo que conseguía al grueso y colocaba al detalle. Poco antes de terminar el colegio se iba de vacaciones a Miami y traía corbatas, camisas, mocasines americanos, que revendía al comenzar los cursos. Luego siguió comprando y vendiendo, pues había descubierto desde temprano que la sustancia del comercio consistía en hacer pasar las cosas de unas manos a otras, pero entretanto por las suyas, de modo que quedaran en ellas la diferencia de precio. Dirigía ahora un floreciente negocio de importaciones.

—Teníamos que cantar el *Aleluya* de Hændel a cuatro voces delante de un público enorme, en el cine Colina. Una de esas fiestas que celebraba el colegio. El profesor de música decidió que algunos curas que tenían buena voz y se sabían el *Aleluya* de memoria se dispersaran entre los alumnos del coro, pero bien disimulados, de modo que desde las butacas no se les viera. Estaban un poco por detrás, parados en una banca, y apenas se les veía un pedazo de cabeza, una oreja. El concierto empezó muy bien, los curas desde atrás daban el tono y marcaban los compases, pero a mitad del asunto se rompió la banca donde estaban los alumnos, que se cayeron al suelo y quedaron al descubierto, con sus impecables sotanas, los curas Clemente, Buenaventura, Simón y Felipe, con sus partituras en la mano y fue un escándalo grandioso, la sala se mataba de risa.

—¿Se acuerdan ustedes de Cabrera? —intervino José Luis Molina—. Esto no pasó durante el colegio sino años después que salimos. (Molina, sin apodo memorable, resolvió dedicarse a la ginecòlogía no por amor a la ciencia sino por su interés por el sexo femenino. Con el tiempo había llegado a montar una pequeña clínica privada y se decía que en ella practicaba intervenciones muy caras que tenían la doble ventaja de salvaguardar el honor de ciertas familias y poner coto al crecimiento demográfico.) El pobre Cabrera había sufrido un terrible accidente de auto que le destrozó la cara. Durante meses estuvo hospitalizado y le rehicieron varias veces los rasgos. Cuando salió tuvo que llevar mucho tiempo un vendaje, como una momia, con antenas y alambres que le salían de la cabeza, una momia marciana. Como seguramente se aburría de estar encerrado, aprovechaba las altas horas de la noche y los barrios aislados para salir a pasearse. Una de esas noches me encontré de sopetón con este monstruo en el malecón y me llevé un susto horrible pues no sabía quién era. Él me reconoció, pues cuando me alejaba se puso a perseguirme gritando: «Molina, acuérdate de mí, espérame.» Yo me eché a correr y él detrás de mí y yo cada vez más rápido y sólo cuando llegaba al parque lo escuché decir: «Soy Cabrera, Molina, vamos a conversar.» Por supuesto que no lo esperé.

—Sí —dijo Manolo—. Supe que después se suicidó.

En el trayecto su *mula* se acabó y Ángel empezó a hundirse en una ciénaga inmunda. El taxi rodaba por parajes desolados, en los cuales no cabía esperar ningún socorro. Muros de chacras, terrenos baldíos, tinieblas, ni el menor indicio de un embarcadero. Al fin le pareció divisar una pequeña luz en la autopista y ordenó al chofer que se detuviera. Le importó un pito que el chofer le dijera que aún faltaba para Miraflores, váyase usted al diablo y ya estaba apeado, caminando por un canchón polvoriento. Él sabía reconocer esas luces perdidas en las grandes rutas, un pobre tambo caminero, un mostrador de cajones y detrás las repisas custodiadas por una especie de buda cetrino que no abría la boca sino para cobrar. Su atuendo no sorprendió, pues los pocos parroquianos eran de su misma estirpe. Encargó su *mula* y al sorberla era esta vez el señor que retornaba al castillo después de mil correrías por un mundo cruel. El buda, servil mayordomo de la propiedad, atendía solícito a sus caprichos. Seguramente que tendría ya listo el cochinillo dorado al fuego y el aposento y la doncella y hasta el bufón enano. Pero era imperioso asistir a la reunión de sus pares, que lo aguardaban en el burgo para tomar decisiones sobre la paz y sobre la guerra. Su arenga ya estaba lista: no habría cuartel. Le recitó parte de ella al mayordomo, que se limitó a tomar nota y luego obtuvo la aprobación del resto de los comensales. Pero cuando caminaba hacia la puerta, guardando en su bolsillo el resto de su *mula,* algún felón adversario surgió por traición y lo estaba tirando del cuello, haciéndole increpaciones indignas en nombre de algún monarca invisible. No había buda ni mayordomo sino un mestizo huatón que hablaba de la policía y lo amenazaba con un puño enorme. Tuvo que dejarle unas monedas en la mano, corromperlo como a un siervo vil, sin que ello le impidiera recibir un empujón en los hombros que lo despidió de narices sobre el canchón de tierra. Se levantó jurando vengarse de ese vejamen, sus pares le darían la razón y vendrían todos en banda para no dejar en ese lugar piedra sobre piedra.

A mitad del festín el lenguaje de los caballeros se corrompió. De los más profundos sótanos de su alma iba surgiendo su verdadera palabra. Los carajos de Pata de Mula abrieron las puertas de la imitación y siguieron los putas, mierdas, cojudos, cagadas, pichulas. Adiós anécdotas del colegio, se hablaba de cosas serias. Cada cual era el más grande Don Juan de la tierra. El Judío Errante daba ocho seguidos, Molina tenía la más joven amante, el coronel Becerra conocía el mejor burdel de Lima, el vocal Leguía había cerrado una *boîte* en Pigalle y el arquitecto Linares sostenía que le medía treinta centímetros. Nadie escuchaba a nadie, los monólogos ascendían hasta el cielo raso y rebotaban sobre los comensales, a pesar de los esfuerzos de Manolo Fuentes para reivindicar su papel de director de escena y poner un poco de orden entre sus actores. Con el café los ánimos se apaciguaron y momentáneamente ahítos, Manolo aprovechó para proponer una conversación más coherente.

—¿Y tú dónde vives, Linares, siempre en San Antonio?

Esto fue motivo para que cada cual hablara de su casa. Linares contó cómo la había construido, cuántas piezas tenía, dónde había comprado las mayólicas de los baños y las alfombras de las salas. Pata de Mula describió su piscina y su jardín, el coronel Becerra su garaje y su bar, el Judío Errante la ruta que siguió el mármol de Carrara para llegar a su vestíbulo y escaleras. Danzaban los millones, se proponían negocios, contratos, era necesario constituir una sociedad anónima, una financiadora, una corporación, un trust y como se sentían tan contentos, tan prósperos y tan cojonudos, Manolo se echó un discurso sobre la formación y el orgullo maristas y poniéndose de pie invitó a todos a cantar el himno del colegio.

Ángel estaba convencido de haber caído en una emboscada de los mongoles. Esa media docena de asiáticos con saco blanco que le cerraban la entrada no podían ser otros que los sicarios del gran jefe mongol Timur Lang. Probablemente el buda del embarcadero había tenido tiempo de enviarle un mensaje anunciándole su llegada al cónclave de los señores. Acorralado contra la mampara, ante los emisarios de algunas potencias extranjeras, trataba en vano de hacer valer sus privilegios. Primero se quitó el inmundo chambergo e intentó varias reverencias, luego ensayó una danza simbólica de conciliación, pero fue sólo cuando mostró su tarjeta que los sicarios confusos se consultaron y no tuvieron más remedio que referirse a las esferas más altas y pedir la presencia del gran jefe mongol. Ángel estuvo a punto de caerse de risa cuando apareció Timur Lang vestido de negro llevando un trapo blanco en el brazo. ¿Era un signo de paz? El gran jefe mongol consultó la tarjeta y dijo: «Mendigo borracho no puede entrar. Pero hombre con invitación sí puede entrar. Luego, problema sin solución.» Ángel aprovechó para explicarle que mendigo borracho no era mendigo borracho sino señor disfrazado para evitar estratagemas de buda andino que había tratado de interceptarlo en el albergue. Gran jefe mongol exigió más pruebas y Ángel extrajo diversos papeles y documentos, algunos redactados en verso que fueron inmediatamente recusados por gran jefe mongol. Ángel simuló aceptar su veredicto mientras su oído exploraba el rumor del local y su ojo de pollo cautivo reconocía pasadizos y escaleras y antes de que gran jefe mongol ordenara a sus sicarios su captura e inmediata ejecución, dio un salto magistral, bien impulsado por sus zapatillas de basket y arrollando a sicarios y observadores extranjeros, penetró en el palacio de jade. En un santiamén estaba en los altos, perseguido por una horda ululante y luego de irrumpir en una serie de apartados, donde bárbaros celebraban reuniones secretas, apareció en el salón de sus pares, que terminaban de entonar a viva voz el himno escolar.

Los caballeros enmudecieron y algunos se pusieron de pie. Ángel había hincado una rodilla en tierra, con una mano extendida mostraba la tarjeta y con la otra se despojó del sombrero para apoyarlo contra su pecho. La horda ululante que lo seguía se detuvo entre las puertas batientes, capitaneada por el gran jefe mongol. Y el silencio causado por la sorpresa fue llenándose de oh, eh, uh, qué, cómo, quién y un complicado intercambio de señas entre los comensales y los mozos. Los caballeros parecían estar dispuestos a aceptar la expulsión del intruso, pero Manolo Fuentes, el memorioso, fue reconociendo el cuello magro, el pelo desteñido, los ojos de un candoroso celeste, las finas canillas imbatibles en las pruebas de velocidad y la mano afilada, ducha en la redacción. ¡Acabáramos! ¡Ángel Devoto, el poeta! No cabía duda, ¡era Ángel Devoto! Los demás repitieron el nombre, se interrogaban, qué había pasado, como podía estar así, ¿podían sentarlo a la mesa? Pero ya el propio Ángel había lanzado un anatema contra los mongoles poniéndolos en fuga y se acercaba a la mesa con los brazos abiertos. Pero su amplio gesto no estaba destinado a las salutaciones de rigor sino a la captura de una botella de vino olvidada entre las tazas de café y que de inmediato elevó para llevarse a los labios.

Los caballeros volvieron a tomar asiento. Y bueno, ¿qué? Ángel Devoto, estaba bien, pero ¿qué hacían con él? ¿Le daban un sitio? ¿Y si les cagaba la fiesta?

—Apesta a mierda —dijo el coronel Becerra—. ¡Puf! ¡Abran la ventana! ¿Quién diablos lo invitó?

Manolo Fuentes se excusó, él no lo veía desde hacía mil años, no sabía que estaba tan fregado.

—Bueno, que diga algo al menos —intervino Molina—. No vamos a quedarnos mirándolo toda la noche. Eh, poeta, siéntate allí, ¿ya secaste tu vino?

—Más —dijo Ángel alargando la botella vacía.

—Y encima de todo, conchudo —añadió el coronel Becerra—. Si quieres más pórtate como gente. ¿Sabes lo que es un baño? Estás hecho una mugre. Vamos, cuéntanos de dónde has salido.

—Más, chetumadre.

El insulto hizo reír a muchos.

—No hay que provocarlo —dijo Manolo—. Démosle un trago más y que se siente un rato. Ya después se irá, supongo.

—Más.

Manolo dio una palmada y un mozo asomó al instante tras la puerta batiente. Ángel se volvió para hacerle una morisqueta mortal mientras Manolo encargaba una cerveza.

—Cerveza no, vino.

—Yo creo que mejor es levantar la sesión —sugirió el vocal Leguía—. Éste nos puede meter en líos. Qué van a decir de nosotros...

—Chetumadre.

—Bueno —concilió Manolo—. Que nos recite un poema. Con eso cerraremos la reunión. Vamos, poeta, aquí te piden unos versos.

—Trago o nada. Versos luego.

—¿Y por qué no baila, mejor?

—También baile. Pero trago.

El mozo entraba con una botella destapada en un azafate. Ángel la sustrajo al vuelo antes de que la pusiera en la mesa y bebió un sorbo. Mostró sus dientes ennegrecidos y cariados y volvió a beber.

—Vinazo bueno purita uva respeto para ustedes señores ¿alfombra? como quieran toda la vida muy chato muy tranquilo o como perro a sus pies así echadito sin ladrar lamiendo sus zapatos.

—¿Qué dice?

—Al gusto del respetable bailongo para empezar si quieren el paso del cojo Pérez Prado rey del mambo carnavales en el parque de Barranco 1948 demostración única mambo qué rico mambo el ritmo que estremece mambo qué rico mambo...

Sin soltar su botella arrancó a bailar doblando mucho una pierna, cantando, describiendo círculos cada vez más amplios hasta que se encontró de narices contra la pared.

—¿Se está riendo de nosotros o qué? —dijo el coronel Becerra—. ¡Que se deje de cojudeces! Que lo saquen de aquí o nos vamos.

—Déjalo —dijo Manolo—. ¿No ves que está hasta las patas? Dentro de un rato se cansa y se va.

—Yo creo que le falla la cabeza —dijo el arquitecto Linares—. Además, no estoy seguro si terminó el colegio con nosotros. Creo que se lo jalaron de año.

Pero ya Ángel avanzaba hacia la mesa tambaleándose, mostrando nuevamente sus dientes negros y hacía una reverencia.

—Programa completo señores después de bailongo recitación salucito por la prosperidad de todos recitación alturada gran calidad primicia atención poeta revela últimas composiciones atención.

Dejando la botella en el suelo hurgó en sus bolsillos y extrajo varios papeles arrugados que se llevó muy cerca de los ojos.

—Poeta lee poema reciente llamado *Embarcadero* atención señores atención viejo pecador perdón pescador de calles y de redes rotas por dónde andarás no por dónde echarás hoy día que el cielo está encrespado no de rulos naturalmente sino de cólera eso se entiende está encrespado y el mar indómito agitado tu red tu sed pescarás tal vez la forma poco importa que si sabes sonar la vida la vida en un vaso está el océano viejo pescador repetición como ven pescador de la huerta submarina busco en vano con la máscara de través al revés el embarcadero de una esquina.

—¿Qué baboserías son ésas? —dijo Becerra—. Manolo, pide la cuenta. La verdad es que ya no tenemos nada que hacer aquí. Este idiota nos fregó la reunión. ¿Alguien quiere tomarse un trago por otro lado?

—Momento momento chetumadre representación remuneración en verso además contribución para amigo tributo para amigo perrito hecho esfuerzo abandonar feudos poemas últimos baile lo que deseen.

Y Ángel pasaba el viejo chambergo delante de la mesa haciendo venias. Bastó que alguien echara un sol para que los otros siguieran. Cuando terminó de contarlos ya no quedaba nadie en el apartado.

Los caballeros formaron en la calzada un cerrado conciliábulo. Unos pocos alargaron las manos para despedirse, pero la mayoría consideraba que la noche era joven y que podían sacarle un poco más de provecho después de ese estúpido interludio en el cual tuvieron que aguantar a ese mierda.

—Tipos así desprestigian a la promoción —dijo Becerra—. Si alguna vez lo encuentro en la calle te juro que lo hago meter a la canasta. Que le vuelen la peluca al menos.

—¿Le vieron cómo tenía las uñas? En un momento me rozó la mano y me corrieron culebras por el cuerpo.

—Caso clínico —dijo Manolo—. Allí en el hospital, mi patrón los opera. Técnica moderna. Les cortan unos nervios y quedan como nuevos.

—Bueno, bueno, ya está bien, no vamos a seguir discutiendo huevadas. ¿Alguien quiere tomarse un trago en el Country? Los que quieran que me sigan. Invitación de la casa.

—Ya era tiempo que te manifestaras, Pata de Mula. Trago divino, viniendo de un amarrete.

—Chetumadre, como dice el poeta.

Riendo subieron a sus automóviles y se dirigieron en caravana hacia Orrantia.

Sentado en la cabecera de la inmensa mesa desierta y sucia Ángel degustaba su vino mientras volvía a colocar las monedas en el chambergo. El tributo. Al menos había logrado eso. Pero evidentemente eran unos felones, los chetumadre, esos baronetes maricas, gorreros, que lo habían abandonado después del suntuoso banquete, sin ofrecerle su brazo ante la amenaza tartárica. Y apenas había pensado esto cuando la horda ya estaba en la sala, había entrado por algún pasaje secreto y se precipitaba hacia él dirigida por el gran jefe mongol. Apenas tuvo tiempo de coger el chambergo y abrirse paso entre sus atacantes, cucarachas inmundas que se atrevían a tocarlo, fuera de aquí mierdas, ante sus pies se desenvolvían corredores y escaleras y escoltado por la guardia amarilla se vio de pronto en plena noche oscura, más allá de puentes y fosos, tan solo como había llegado.

Un monstruo metálico y luminoso se perdió en la noche rugiendo sobre ferrosas vías. Ángel se acuclilló bajo un árbol coposo, meditando sobre el empleo que debía dar al tributo. Rechazó la idea de armar un ejército de mercenarios y resolvió que ya era hora de emprender errante camino en busca del *aurea aprensio,* la visión dorada. En algún lugar debían estar reunidos los adeptos. Flamel, Raymundo y Paracelso. Hacer de la vil materia sustancia refulgente. Renunciando a los paradores ordinarios abandonó las callejas del burgo para hundirse en umbrosos potreros que lo llevaban a las fronteras de lo invisible. Acequias, matorrales, luciérnagas, pantanos y lechuzas, por algún lado debía estar la carretera, no había desierto que no tuviera su oasis y al fin distinguió el paraje olvidado, oculto, al cual sólo llegaban los iniciados, en busca del conocimiento perfecto: TÓMATE LA OTRA.

—Este whisky tiene doce años, ¿Chivas, dices?

—Veinte, por lo menos. Yo sólo whisky de veinte años...

—Eh, Pata de Mula, tú también, me estoy acordando, ¿cómo era ese verso del sol entre borbotones de sangre. Algo que escribiste en el colegio...

—A la mierda los versos, vamos Becerra, ¿aguanta el cuerpo? ¿Y esos galones?

—Ganados con el sudor de mi frente. Ustedes no saben nada, ustedes son todos unos rosquetes. La primera vez que salí de Lima...

—Sí, ya sé, metiste bala...

—Un momento, perdón, yo no metí...

—Ya sabemos, te están ofendiendo. Oye, Judío Errante, hasta ahora no nos has contado...

—No seas bestia, Molina, no toques ese tema...

—Pero si lo leí en los periódicos... Encontraron un avión en una pampa de la costa... Llenecito de telas, televisores...

—Momento, señores, no estamos aquí para discutir... Los he reunido para estar juntos, contentos. ¿Cojonudo todo, no? Arana nos ha invitado a este lugar, miren las paredes, puro cedro, y este trago, un Chivas... ¡Salud!

—¿Me llevo este cenicero? Que no mire el mozo, Linares, distráelo...

—¿Mozo? Un indio de mierda. ¡Eh, mochica, ven aquí! ¿Me limpias los zapatos?

—Se va a poner hecho un pincho, Linares...

—El Chivas de Pata de Mula está muy bueno, pero la carne pide carne... Alguien habló de un lugar...

—¿Qué lugar?

—Yo conozco uno...

—Veamos las cosas por partes, yo también conozco...

—Todo el mundo conoce...

—Eso de las balas, perdón, eso merece una explicación...

—Déjate de cojudeces, Becerra, estamos hablando de otras cosas...

—El Judío Errante ha levantado el dedo...

—Yo los llevo a un lugar...

—¡Bravo!

—De acuerdo, ¿Y la cuenta?

—¡Una firma, Pata de Mula!

—Que firme aquí...

—Un vale, mételes un golazo...

—Lo caro sale barato, como dicen...

—Bueno, ¿nos vamos? ¡De pie!

—Cuidado que se nos escape el Judío, ¿salimos?

—¿Qué quieres tú, cagarrutia? Ya todo está pagado.

Los alquimistas dialogaban frente a un anaquel lleno de frascos y probetas. Ángel desplegó sus monedas y sus papeles sobre la mesa apartada y los interrogó. El Maestro se acercó para darle la bienvenida y Ángel le encargó el brebaje. Apenas lo probó fue catapultado, ¿adónde? Por una fisura hasta entonces invisible vio a Pata de Mula robándole un soldado de plomo el día que lo invitó a jugar a su casa, al coronel Becerra metiéndole la mano cuando en la clase de gimnasia terminaban la prueba de salto alto, a Manolo sacando del alma de su corbata un papelito con todas las fórmulas durante el examen final de química. Pero ¡qué importaba eso! Por otra oculta chimenea llegaba asimismo vestido de pordiosero, bailando, recitando, alfombrita, perrito, basurita, el sombrero extendido, recibiendo el óbolo de los pudientes. ¿El óbolo? El tesoro, claro, para eso había venido, no debía olvidarlo, cazador escondido en los andrajos del peregrino, el tesoro está en tus manos, gracias a él podía pedir el brebaje y aspirar a la visión dorada: pollos en su cárcel de alambre, alto manzano con el espantapájaros, gallinas errantes poniendo huevos en sus matas de paja, muro con vidrios rotos, hirientes, y el poeta pobre mendigo, sediento, frágil, cegado por el resplandor de su sabiduría. Y más allá, ¿qué había? ¡Santo cielo! Más allá, le sonreía el Maestro, más allá un niño pálido, anchos pantalones remendados, una bicicleta con el aro roto, una mujer joven pero canosa que esperaba la noche mirando por la ventana, y esa niña que se reía de él y la vez que ganó una carrera de velocidad y la vez que ya no pudo ganarla y luego todo se enredaba, se confundía, otro brebaje oscuro, un entierro, una mudanza, tenía un cáncer la pobre, y esos libros que leyó, sabor del primer cinzano una noche de Fiestas Patrias, el señor viene a casa sólo una vez a la semana, y bailó feliz en las calles escuchando reventar los petardos, sí Maestro, póngalo no más, fue a inscribirse a la universidad con un traje de su padre que le quedaba largo, cuatro gatos al entierro, regio rimaba con sortilegio y ya estaba hundido, pataleando en lo inconfesable, lo inmundo, mientras el Maestro se acercaba una vez más trazando un signo cabalístico en el aire.

—Pues sí, pilares, ya lo dijo el coronel y ellos no se equivocan nunca, pilares, la coyuntura, ¿cómo dijiste?, ¿la patria?

—Eso es, la patria...

—Eh, tú, Pata de Mula, ¿nos metes otro gol ahora? ¡Cuéntate otra! Lilí, ven para acá, siéntate aquí, en estas rodillas, Lilí...

—Requetebuena...

—Ya no, Linares, ven, no pongas esa música, otra vez...

—Se lo metí primero por aquí, ¿me entiendes? y luego...

—Señores, creo que ya es hora...

—Te estás meneando como una rumbera, Linares, basta ya...

—Y como sabrás, le dije: quince por ciento o nada. Tú sabes, yo no me equivoco, quince por ciento, cedió...

—Aquí, sentadita, así... ¿alguien tiene un pitillo?

—¡Buena, doctor! ¿Como era la cosa en París? ¡Usted se las sabe todas! A ver, la demostración...

—Pilares...

—El sol se ahoga en borbotones de sangre, me acuerdo, nos cagaste a todos...

—¿Una más? El paso del cojo, entonces, que venga, miren...

—Ya no jodas, Linares, eh, Lilí, no te vayas...

—Y naturalmente, cuando llegó la Resolución Suprema, ya estaba todo preparado: lo que estaba aquí lo pasé para allá. Y asunto arreglado...

—Por favor, Manolo, no, no me toques la cabeza, yo no tengo nada, no me operes...

—Como tenían un rehén, ¿así se dice?, sí, un rehén, nada menos que el alcalde, entonces disparamos...

—Eh, parece que no hay molido, ¿quién tiene un poco de plata?

—Entonces el ministro me dijo: fíjate, Pocho, o hacemos esto o hacemos lo otro y yo le dije hacemos esto y él lo hizo, imagínate, cayó el chorro...

—Ahora te toca a ti, Judío Errante, la firma...

—Bueno, el que quiere que se quede, vamos saliendo...

—A la calle todos...

—La chetumadre quería otro billete...

—Eh, Linares, ¿ése es tu carro o el mío?

—Por aquí, por aquí...

—Un momento, antes de separarnos, todos en coro, ¿listos? ¡Porque somos muy buenos muchachos! ¡Porque somos muy buenos muchachos!...

—¡Porque somos muy buenos muchachos! ¡Y nadie lo puede negar!

Ángel abrió mucho los ojos para mirar al Maestro y en el instante se dio cuenta: rasgos mongólicos. *Troppo tardi.* Ya lo tenía encima, secundado por un enano que surgió tras el mostrador y se vio otra vez, santo cielo, circundado por adversarios superiores en número y artificios, que lo zurraban como a un can. Algo exigían a gritos, tal vez el tributo, pero éste se había esfumado, no quedaba un solo doblón sobre la mesa y ni un solo alquimista al lado de las probetas. Eran Timur Lang y su esbirro invencible quienes lo vapuleaban, enormes pies en las costillas, manos enormes en la cabeza, alguien lo tiraba del largo cabello y se encontró nuevamente en el descampado, descalzo, revolcado en el suelo, delante del mentido santuario: TÓMATE LA OTRA.

A gatas llegó a la carretera y quedó prosternado, tocando el suelo con la frente. ¿Dónde estaba, Dios mío, en qué odiosa comarca había caído, sin otra esperanza que el suplicio y la muerte? Un bólido luminoso pasó al alcance de su mano y en vano trató de retenerlo. Alzando la vista distinguió una estrella, padre mío, madre celestial, queridísimo hermano, amigo de mi corazón, ¿qué hago yo aquí herido y olvidado? ¡Socorro!

Su clamor se desvaneció en la noche. Ladridos lejanísimos en las chacras. Poniéndose de pie empezó a caminar cojeando por el borde de la carretera. El cielo se iba aclarando. ¡Alto muro coronado de botellas rotas, pollos encarcelados, posada familiar de los manzanos, qué lejos quedaba todo! Y se le venía encima algo peor que Timur Lang y todos sus secuaces, se le venían todas las luces del mundo. Sus pies se hundieron en la inmundicia, atravesaba un muladar, aves rapaces, cerdos, larvas humanas surgieron del detritus, una piedra zumbó sobre su cabeza, perros saltarines lo embistieron, ni aun allí estaba su lugar, un pedazo de sombra donde echarme, mi alma en pena se la lleva el viento.

Cuando amanecía estaba ya lejos de la ciudad. Chacras, fábricas, acequias. Sus papeles perdidos en mesas y mesones, en vano escarbó en sus bolsillos, pero algo había conservado, una borrosa copia le venía a la boca.

Viejo pescador
De calles y de redes rotas

¿Eran los Andes esa masa sombría al fondo del camino empinado? Ligeros se hicieron sus pies, rumbo al vergel florido.

¿Por dónde echarás hoy día
Que el cielo está encrespado
Y el mar estéril, irritado,
Tu sed?

Cerros graníticos, erizados, le cerraban el paso. Un seto de plantas filudas lo emparó. ¿Dónde el camino antes que llegara el día?

Pescarás tal vez
La cuota poco importa
Que si sabes soñar
—Tu ansia es corta—
En un vaso está el océano.

La quebrada se estrechó, se empinó y bruscamente, cuando encontraba un atajo, un dardo solar surgió tras los montes y tuvo que cubrirse los ojos para no ser fulminado. ¡La luz era tan terrible como la noche! Petroglifos, pulpos verdes y espinosos, insectos, torrentes secos, muros caídos y techumbres de lata lo cercaban.

Viejo pescador
Cautivo en tu huerta submarina
Busco en vano la máscara al revés
El embarcadero de una esquina.

En vano no, pues a la entrada del burgo, inmóvil, difuso en la fina bruma, esperándolo, lo distinguió. Jadeando llegó al muelle, le hizo una seña al capitán y le transmitió su pedido. Otros grumetes, más madrugadores, estaban ya inscritos para el viaje. Burlado quedaba Tamerlán, no te veré más vergel, qué le importaban los príncipes pudientes, adiós formas abominables que engendraba la luz. Un sorbo, el primer golpe de remo y se hizo nuevamente a la mar.

(París, 1977)

Cuando no sea más que sombra

Solamente el azar condujo a tres irresponsables como nosotros hasta ese enorme, apacible y sombrío departamento de la Place de la République donde, con toda seguridad, no había penetrado ningún forastero desde la guerra del catorce. Si madame Dufour y su hija Jeannette no hubieran estado necesitadas de dinero jamás habrían recibido como inquilinos a Paco, que traía por todo bagaje un paquete de partituras; a Jorge, que cargaba una maleta con alambres y tenazas; y a mí, que sólo llevaba mi vieja máquina de escribir. Los tres habíamos llegado en bicicleta de una larga temporada en la costa bretona y buscando dónde alojarnos vimos el anuncio en la vitrina de una panadería: «Damas alquilan cuartos a estudiantes.» Con respecto a las damas cabe precisar que madame Dufour tenía noventa y cuatro años y que su hija Jeannette pasaba de los setenta.

Los primeros días nos sentimos incómodos y deprimidos en esas habitaciones mohosas que tenían los muebles, el piano, los espejos forrados, donde todo estaba forrado, hasta las viejas, que se metían periódicos debajo del escote y motas de lana bajo el pañuelo de la cabeza. Madame Dufour no salía casi nunca de su alcoba y Jeannette, soltera y probablemente virgen, recorría como un espectro los pasillos envuelta en una bata floreada y recibía a una tercera vieja que hacía las compras y cocinaba la sopa.

Por ello, Paco, Jorge y yo, durante el día, optamos por sacar nuestras bicicletas de la *cave* para dar largos paseos por las afueras de París o nos íbamos a pie por las calles del Barrio Latino en busca de mujeres guapas, libros raros, tabernas animadas, panoramas insólitos, en fin, todo aquello que podía alimentar nuestra exigente inspiración. Anochecíamos en los cafés y llegábamos a casa excitados, con magníficos proyectos, pero apenas veíamos los muebles enfundados, apenas respirábamos el polvo envejecido, apenas sentíamos el ronquido de las viejas, nuestro entusiasmo se desvanecía y nos enterrábamos en nuestras camas para entregarnos a un sueño lleno de esterilidad.

Eso, naturalmente, no podía seguir así y Paco, que tenía la cabeza plena de acordes, obtuvo un día el permiso de madame Dufour para quitarle la funda al piano de la sala. Allí empezó la corrupción de este honorable hogar. Jorge, envalentonado, se apoderó del desván y encontró arrumadas mil antiguallas útiles a la construcción de sus móviles y esculturas y yo, estimulado por este ejemplo, comencé a teclear en mi máquina con la tenacidad de un mecanógrafo de notaría.

Las viejas se alarmaron, pero nosotros les compramos con nuestros francos el derecho de vivir en la anarquía. Ambas huían espantadas cada vez que Paco se desmelenaba sobre el teclado para lanzarse, como él decía, *à la recherche de l'atonalité* o cuando Jorge convertía a martillazos un humilde y perfecto péndulo de reloj en un disparate plástico al que llamaba *Forma liberada, dinámica y en expansión.* Poco a poco, las viejas, por la fuerza de las cosas, fueron cediendo más terreno y terminaron por resignarse, en su propia casa, a ocupar el menor espacio posible.

Probablemente nos odiaban, pero tenían que soportarnos. Largas semanas convivimos, procurando vernos lo menos posible. Por lo pronto con madame Dufour jamás hablábamos. Sólo Jeannette nos dirigía a veces veladas amonestaciones, nos recordaba que le debíamos el alquiler o nos dejaba escuchar parte de alguno de sus monólogos. Ya estábamos acostumbrados a verla aparecer algunas noches por los corredores, con una palmatoria en la mano, murmurando:

—*Quand je ne serai plus qu'une ombre!*

Así pasaban los días hasta que madame Dufour enfermó o seguramente empeoró, ya que desde nuestra llegada pasaba la mayor parte del tiempo en la cama. Nos lo dijo Jeannette y nos lo confirmó la vieja de la sopa. Padecía de un estreñimiento feroz, pues hacía doce días que no utilizaba su bacín.

Nosotros no le dimos mucha importancia a esta indisposición, pero como corría el tiempo y el bacín continuaba vacante y Jeannette procuraba a su madre sólo pócimas ineficaces decidimos intervenir.

—Debe llamar al médico —sugirió Paco—. Una retención de dos semanas no es precisamente lo normal.

Jeannette protestó. Los médicos, en su opinión, eran unos charlatanes o unos pervertidos que solamente buscaban ver en camisón a las mujeres. A lo único que atinó, luego de muchas súplicas, fue a correr con los gastos de un purgante. Ella misma fue a comprarlo, pues la vieja de la sopa estaba de permiso. Esto constituyó una memorable expedición. Desde la ventana la vimos arrastrarse por la Place de la République, aterrorizada por el tráfico de mediodía, perdida entre el gentío, en busca de la cruz verde de una farmacia parisina.

Una hora después subía jadeante los seis pisos de la casa. Le administró el purgante a su madre a la una de la tarde y a las seis madame Dufour estaba completamente muerta.

Esta muerte no nos sorprendió mucho, dado que para nosotros madame Dufour había estado siempre un poco muerta. En todo caso había accedido a un segundo grado de mortandad mucho más soportable que el primero: se la velaría, se la enterraría y allí terminaría todo. Pero Jeannette parecía no haber previsto nada. Estuvo toda la noche al lado de la muerta mirándola estúpidamente, sin llorar, y al amanecer se sentó en un banco de la cocina, encendió su palmatoria y repitió mientras pasaban las horas del día:

—*Quand je ne serai plus qu'une ombre!*

Para desgracia nuestra la vieja de las compras había prolongado su permiso más de lo autorizado. Tal vez estaba enferma o muerta por otro lugar. Nosotros habíamos interrumpido nuestro trabajo, más por cierto malestar frente a la muerte que por una verdadera aflicción. Francamente, nos molestaba que hubiera un cadáver tendido en una cama con la boca abierta y que en la cocina hubiera otro medio cadáver con una bujía en la mano.

A los dos días del deceso le pregunté a Jeannette sin pensaba hacer algo con la muerta.

—¿Con qué muerta?

—Con su madre.

Jeannette sonrió, me hizo un guiño malicioso, se puso de pie y trazó un grotesco e incompleto paso de minué.

—*Vive la liberté!* —exclamó dirigiéndose a su dormitorio. La seguí intrigado.

—Si viene, háganlo pasar a la sala —agregó—. Sírvanle un vermouth y díganle que lo espero aquí.

—¿Si viene quién?

—Paul.

Y sin añadir más cerró la puerta de su alcoba con cerrojo.

Mientras tanto, la muerta seguía tirada en su cama.

—Hay que hacer algo con ella —propuso Jorge—. No tarda en comenzar a apestar. Tal vez debamos llamar a los bomberos.

—Nada de bomberos —dijo Paco—. Esto lo arreglamos nosotros. Haremos como hicieron con mi abuela.

Los tres penetramos en el aposento de madame Dufour. Hedía un poco, es verdad, pero soportablemente, quizás porque en ese cuerpo escuálido no había mucha materia corruptible. Paco apartó la ropa de cama dejando el cadáver al descubierto. Madame Dufour estaba vestida con su traje negro de diario. Con mucho esfuerzo se lo quitamos, pero debajo de éste había un segundo traje y debajo un tercero. Al fin nos encontramos con una especie de camisón inmundo.

—¿Le sacamos también el camisón? —pregunté.

—Todo —ordenó Paco—. A los muertos hay que dejarlos calatos.

La operación era desagradable, pero honesta y completamente justificada. Para sorpresa nuestra, el camisón estaba tan pegado al cuerpo con el uso y la mugre que quitárselo hubiera equivalido a despellejarlo.

—Habrá que meterla en una tina —indicó Paco.

La tina, por falta de empleo, estaba llena de tierra. Tuvimos que empezar por lavarla. Cuando estuvo limpia abrimos el caño, cargamos a madame Dufour por los hombros y las piernas y la metimos en la bañera. Luego nos fuimos a fumar un cigarrillo a la sala. Cada cierto tiempo Paco iba al baño para verificar si el agua producía sus efectos. Al tercer o cuarto cigarrillo vino y nos dijo:

—Ya el camisón se está desprendiendo.

En efecto, el vuelo del camisón, abandonando la piel, trataba de subir a la superficie y formaba globos de aire. La sacamos de la tina y la desnudamos sobre el piso. Paco la secó con una toalla.

Cuando la pusimos sobre el lecho comenzamos a buscar algo con qué amortajarla. No encontramos ninguna sábana limpia. Las cortinas eran demasiado gruesas. En el ropero de madame Dufour sólo había colgadores vacíos y pilas de sombreros viejos. Al fin Paco hizo en un cofre un hallazgo extraordinario: un frac verde de domador, un poco apolillado, pero que conservaba aún el ribete dorado de sus solapas.

—Esto nos viene de perilla —opinó—. Ahora recuerdo haber oído decir que el marido de madame Dufour trabajaba en un circo.

Una vez embutida en el frac, madame Dufour adquirió un aspecto particularmente siniestro. Para disminuir nuestra aprensión le cubrimos la cara con un trapo de fregar. Luego fuimos al dormitorio de Jeannette para pedirle instrucciones. En realidad, ya habíamos hecho todo lo que estaba a nuestro alcance.

—¡Ya está amortajada! —gritó Paco a través de la puerta—. ¡Avise a las pompas fúnebres o a quien sea! ¡Nosotros ignoramos los usos de la ciudad!

—¿Ya llegó? —preguntó Jeannette desde el interior.

—¡Salga usted y déjese de preguntas!

—No estoy arreglada.

—¡Que se vaya al diablo! —continuó Paco—. Lo que quiere es que nosotros carguemos con el muerto.

—Esperaremos —propuse—. Hace dos días que no come nada. Por lo menos el hambre la obligará a salir.

En la sala pasamos largas horas discutiendo, mientras avanzaba la noche. La estufa de carbón se había apagado. Paco sostenía que el artista debería ser inhumano. Aquel que cedía al sentimentalismo estaba condenado a ocuparse del prójimo toda su vida y no tendría tiempo para el verdadero trabajo creador. Rousseau había enviado a sus hijos al orfelinato para poder escribir el *Emilio;* Rilke abandonaba a mujeres en llanto para encerrarse en una torre y componer las *Elegías de Duino;* si Boccaccio se hubiera dedicado a socorrer a los apestados de Florencia no tendríamos ahora el *Decamerón...*

De pronto Paco enmudeció para señalar con el dedo tembloroso el corredor. Una espantosa figura había surgido en el umbral. Mientras dudábamos sobre la naturaleza de esa aparición sentimos un verdadero terror. Al fin caímos en la cuenta de que aquel espantapájaros no podía ser otra cosa que Jeannette. Se había pintado los labios, tenía en la cabeza una corona de azahares de papel y vestía un amarillento traje largo que muy bien podía haber sido un traje de novia.

—¿Todavía no ha llegado? —preguntó.

Como su paso era inseguro, Jorge se puso de pie y la sostuvo del brazo. Yo lo ayudé a llevarla hasta un sofá.

—Todavía no —le dije, guiñándoles un ojo—. Pero ya no tarda. Ya no tarda en llegar.

—¿Pero, de quién hablan? —preguntó Paco sentándose ante el piano.

En ese momento sonó la campanilla de la puerta. Jeannette intentó ponerse de pie.

—¡Allí está, ya viene!

Jorge corrió a abrir la puerta y quien apareció fue la vieja de la sopa con su paraguas negro empapado, su sombrero negro y una enorme bagueta de pan bajo el brazo.

Durante un rato quedó observándonos perpleja.

—¡Ah, no! —estalló—. ¿Qué comedia es ésta? ¡Aprovechadores, haraganes! ¿Por qué no encienden la estufa? ¡La casa está helada! Y tú, Jeannette, ¿qué haces con ese disfraz? ¿Quién te ha vestido así? Ven conmigo. ¡Dejemos solos a estos salvajes!

—¡Un momento! —intervino Paco—. Guárdese sus insultos y escúcheme. Madame Dufour hace tres días que ha muerto y la pobre Jeannette, como usted verá, está a punto de seguirle los pasos.

La vieja miró a Paco incrédula, dejó caer su paraguas, tiró la bagueta sobre un canapé y se dirigió trotando hacia el cuarto de madame Dufour. Nosotros aguzamos el oído y escuchamos primero el silencio, después un grito sofocado y por último la caída de un cuerpo sobre el parqué.

—¡Otra vieja que se nos derrumba! —exclamó Paco y avanzó por el pasillo, seguido por nosotros. La vieja de la sopa estaba extendida de espaldas, a dos pasos de la cama de madame Dufour.

Paco se agachó, le tomó el pulso, le jaló el párpado para observarle la pupila, aplicó el oído sobre su pecho y volviéndose hacia nosotros hizo un gesto con la mano para dar a entender que todo había terminado.

—No tienes pruebas —objetó Jorge—. Hagamos algo. Démosle un poco de sales.

—Sí, sales —masculló Paco, levantándose—. Pero, ¿dónde hay sales? Además, ¿qué cosa son las sales? Después de todo, como se dice, ha pasado a mejor vida.

Cargándola, la puso al lado de madame Dufour y le cruzó los brazos sobre el pecho. La auscultó una vez más y regresamos a la sala.

Jeannette seguía sentada en su sofá, mirando fijamente la puerta de calle. Paco volvió a sentarse ante el piano y empezó esta vez a tocar una marcha fúnebre.

—Creo que debería cerrar ese piano —dijo Jorge—. Esto no puede quedar así. Un muerto pasa, pero dos ya no. Lo mejor sería llamar a la policía.

—¿Quieres meternos en un lío? Mientras se esclarece el asunto nos tendrán encerrados un mes en la comisaría.

Jeannette, atraída por la música, se puso de pie y trató de acercarse a Paco, sonriente, embelesada. Pero debía encontrarse muy débil, pues trastabilló y para no caer se aferró a la caja del piano.

—¡Que no interrumpa mi sonata! —chilló Paco—. Denle un poco de sopa y llévenla a su cama.

Entre Jorge y yo cogimos a Jeannette de ambos brazos y la remolcamos hasta su dormitorio. Ella se debatía con vigor, al punto que perdió su corona de papel. Al fin logramos tumbarla en su catre.

—Tiene que comer algo —dijo Jorge y se dirigió a la cocina para preparale un concentrado de carne.

—No ha venido —musitaba Jeannette—. *Mon cher Paul!* Tampoco ha venido hoy día.

—Ya vendrá —le dije—. Debe tener paciencia.

—Sí, vendrá, ya lo sé, pero vendrá cuando yo no sea más que sombra.

Cerca de medianoche estábamos otra vez reunidos en la sala, escuchando a Paco. Su marcha fúnebre, insensiblemente, se había convertido primero en un blues, después en un bolero, en seguida en un fox-trot y por último en un jazz desenfrenado que nos puso en un estado cercano al paroxismo. Jorge daba botes en su sofá mientras Paco, doblado sobre las teclas, abandonando el jazz, hacía derivar su largo *pot-pourri* hacia una estridente improvisación atonal que hizo temblar las repisas llenas de bibelots. Al fin hizo una larga escala con el pulgar y tiró la tapa del piano.

—Vamos a ver qué pasa con nuestras muertas —dijo—. ¿No creen que también debemos amortajar a la viejita de la sopa? Allí en el cofre de madame Dufour debe haber otro frac o por lo menos una malla de equilibrista.

Lo dejamos ir a la cámara mortuoria, mientras intentábamos reavivar el fuego de la estufa. Paco apareció a los pocos segundos.

—¡Increíble! ¡Esta vieja canalla ha desaparecido!

—¿Cuál? —preguntó Jorge.

—La vieja de la sopa.

Corrimos al cuarto de madame Dufour. En efecto, había sólo un cadáver sobre la cama. Pero ya la puerta del baño se abría.

—¡Puercos, cabezones, los denunciaré a la justicia! —gritaba la vieja mientras se secaba la cara con una toalla—. ¿Me han dado por muerta, no? ¡Y todavía celebraban el acontecimiento con ese maldito piano! A ver, díganme, ¿qué ha pasado con madame Dufour? ¿Quién le ha puesto ese ridículo frac?

—Vayamos por partes —contestó Paco—. *Primo*: nadie la ha dado por muerta. Era solamente una hipótesis. *Secondo:* mi sonata...

—¡Charlatán, charlatán! —gritó la vieja—. No entiendo lo que dice. ¡Dígame sólo cómo ha muerto madame Dufour!

—Jeannette le dio un purgante —contesté.

—¿Es verdad? ¿Qué purgante?

—Una cosa negra en un pomo —dijo Paco—. Una especie de aceite, a lo mejor de camión.

La vieja se dejó caer sentada en un canapé.

—¡Ay, ay, ay! —con las manos se daba golpecitos en los cachetes—. ¡Ay, ay, ay! ¡Ya me lo temía! ¡Esto tenía que suceder! ¡La ha matado! ¡Es una asesina!

—Aquí no hay asesinos —intervino Paco—. ¿No se da cuenta de lo que dice?

—¡Ay, ay, ay! ¡La ha matado porque no la quería dejar casarse! ¡Pobre madame Dufour! ¡No quería que su hija se casara con monsieur Paul! Hizo que Jeannette rompiera con él durante la guerra.

—¿Qué guerra? —preguntó Jorge.

—La Gran Guerra, ¿cuál va a ser? La del mariscal Foch. ¡Por eso no la quería, por eso la tenía abandonada, tirada todo el día en su cama!

—Eso es una grave imputación —dijo Paco—. Interrogaremos a Jeannette.

—No —dijo la vieja de la sopa poniéndose de pie—. Yo hablaré con ella. Yo sé cómo se deben decir las cosas. ¿Dónde está?

—La hemos llevado a su cuarto y le hemos dado una taza de caldo.

La vieja de la sopa se encaminó al dormitorio de Jeannette.

—Esto comienza a ponerse interesante —dijo Paco—. ¿Y si de verdad la ha matado? ¿Y si aquí ha habido un crimen con premeditación y alevosía?

La vieja de la sopa reapareció lívida.

—¡No está en su cuarto!

—Imposible —dijo Jorge—. Si yo mismo la he acostado.

—Vengan a ver.

Los tres la seguimos. La cama de Jeannette estaba vacía y destendida y en el velador la taza de caldo intacta.

—Tal vez se ha ido al cuarto de la finada —sugirió Jorge.

Pero en la alcoba de madame Dufour sólo estaba la muerta y tres moscas gordas y negras que zumbaban junto a la ventana. En vano buscamos en el baño, en el desván, por último en la cocina. No había trazas de Jeannette.

—Esto es absurdo —dijo Paco—. Si se hubiera ido a la calle la habríamos visto pasar por la sala.

La vieja de la sopa se persignó.

—¡Santo Dios! ¿Qué maldición ha caído en esta casa? ¡Esto es cosa de brujos! ¿De qué país son ustedes? ¿De qué religión?

—¡Basta de preguntas! —la interrumpió Paco—. A lo mejor la pobre Jeannette se ha salido por una ventana y está caminando por las goteras. Después de todo su papá era artista de circo. ¿Sigue lloviendo? Voy a sacar mi impermeable para hacer una inspección por los tejados.

Paco fue a su dormitorio, mientras la vieja de la sopa se ajustaba su sombrero y buscaba su paraguas.

—Yo me voy —dijo—. No quiero saber nada de nada. Aquí me voy a volver loca. No sé qué clase de gente son ustedes. ¡Arréglenselas como puedan!

Pero Paco ya reaparecía sofocado.

—¡La encontré! Ayúdenme a desalojarla. ¡Está metida en mi cama!

Jeannette, con su traje de novia, se había refugiado en la cama de Paco, cubierta con las cobijas hasta la cintura. Apenas nos vio entrar nos observó uno a uno, levantó un brazo magro enguantado y lo extendió hacia Paco.

—*Viens, mon cher, viens!* ¡Tanto tiempo esperándote! *Viens!*

—¡Mujerzuela! —chilló la vieja—. ¿No tienen una pizca de pudor? ¿Qué escenas son éstas? Y además, ¿qué has hecho con madame Dufour?

—¡Quiero engañar a Paul! —gritó Jeannette y se cubrió la cara con las sábanas—. ¡Quiero engañarlo con el pianista!

—Yo no me muevo de aquí hasta que esta mujer no salga de mi cama —protestó Paco—. No me van a obligar a compartirla con una persona de edad provecta.

Me acerqué a la cabecera de la cama y traté de persuadir a Jeannette de que se levantara.

—¡Nunca! —gritó sin descubrir la cara—. ¡De aquí salgo violada o muerta!

—¡Prefiero la castidad! —bramó Paco—. ¡Salga usted de aquí o la saco a empellones!

—¡Así no se trata a una dama! —lo increpó la vieja de la sopa—. ¡Es usted un energúmeno!

—¡Cállate tú, bruja! —terció Jeannette—. ¡Fuera de aquí, vieja vaca! ¡Que se lleven a esta cerda! ¡Vieja puta, no quiero verla, mátenla!

—¡Ay, ay, ay! ¡Insultarme a mí, que quiero ayudarla! ¿No digo que es una asesina? ¡Ha matado a madame Dufour y ahora quiere que me maten a mí!

—Yo sostengo que aquí no hay asesinos —intervino Paco—. Pero dentro de un minuto habrá uno si Jeannette no sale de mi cama o si usted no desaparece de aquí.

—Eso es lo que voy a hacer —convino la vieja—. Ya no quiero saber nada de nada. ¡Que se muera, que reviente esta mujerzuela! ¡Y váyanse todos al diablo, que se les caiga el techo, que se los coman las ratas!... Y encima voy a perder el último metro.

A paso ligero se dirigió hacia la puerta de calle. La seguí hasta la sala.

—Pero tiene usted que hacer algo —le rogué—. ¿Estas señoras no tienen familia?

—Solamente el primo, el primo que vive fuera de París. Pero hace treinta años que no se ven. No sé si podré avisarle.

Y cogiendo su paraguas como una espada salió tirando la puerta.

Paco apareció en la sala seguido de Jorge.

—Tienes razón —decía—. No puedo sacarla a la fuerza. Si a Jeannette le gusta mi cama, que se quede en ella. Pero, ¿dónde voy a dormir yo?

Jorge le sugirió que con madame Dufour. Era un lecho amplio, matrimonial.

—Lo haría —dijo Paco—. No me asustan los muertos. Pero ya comienzan a llegar las moscas. Esos animales me dan asco.

—Pues en el cuarto de Jeannette —dije.

Paco dio una palmada.

—¡Eso! Se trata así de una represalia. Si ella coge mi cuarto, yo agarro el de ella. Para que aprenda, esta pícara. ¿Ustedes no se van a acostar?

Jorge y yo teníamos hambre y resolvimos preparar unos spaghetti. Paco se desperezó y se fue a dormir al cuarto de Jeannette.

Mientras Jorge ponía el agua a hervir, hice un pequeño recorrido por la casa. Madame Dufour seguía rígida, pero las moscas se habían multiplicado: eran ahora una veintena las que zumbaban sobre el trapo que cubría su cara. Jeannette se había quedado dormida, doblada sobre un cojín, en la cama de Paco. Y Paco, echando al suelo la ropa de cama inmunda de Jeannette, se había tirado vestido sobre el colchón y roncaba cubierto con su impermeable.

Pasada la medianoche, Jorge y yo terminamos de cenar en la cocina. Como quedaba media botella de vino nos instalamos en la sala con nuestras copas. Jorge decía que si tuviera material haría una mascarilla mortuoria de madame Dufour, era un rostro interesante, un perfil típicamente galo que se había conservado a través de revoluciones y regicidios, desde la época merovingia, como la efigie de una moneda antigua...

—Espera —lo interrumpí—. Creo que alguien sube las escaleras.

Unas pisadas lentas, cortadas por largos silencios, venían del exterior.

—Debe ser esa maldita vieja que se olvidó de algo —dijo Jorge—. Claro, allí está su bagueta.

Al poco rato sentimos un quejido tras la puerta. Jorge se dirigió a ella y, cuando la abrió, se desplomó en la sala, más que entró, un anciano que llevaba un periódico abierto y húmedo sobre la cabeza. Entre los dos lo sujetamos de los brazos y lo condujimos a un sillón. Jorge le alcanzó un poco de vino.

—Gracias, gracias —mascullό el viejo—. Estoy empapado. ¡Venir desde la Puerta de Champerret y con lluvia! Tuve que caminar cuadras y cuadras para encontrar un taxi.

—¿Es usted el señor Dufour? —pregunté.

—El mismo, Paul Dufour, sobrino de la difunta. El taxi me costó treinta francos con sesenta centavos. Pero mi obligación era venir. Los lazos familiares, por flojos que estén, se hacen patentes en los momentos de desgracia. ¡Pobre mi tía Angélique! ¿Puedo verla? La señora Camille me avisó por teléfono hace una hora.

—Lo acompaño —dijo Jorge, poniéndose de pie.

—No, gracias. Conozco bien la casa, a pesar de que no vengo hace ya tantos años. Además, prefiero afrontar solo este reencuentro con mi tía, que equivale a un diálogo con la muerte.

Jorge y yo volvimos a tomar asiento, mientras el viejo se perdía por el corredor.

—Este viejo habla como en las novelas de Colette —comenté, cuando sentimos un alarido en las habitaciones interiores.

—¡Auxilio! —gritaba Paco—. ¡Auxilio!

Al poco rato entró despavorido en la sala. Lo seguía monsieur Dufour, desconcertado.

—¡Es él! —exclamó Paco señalándolo—. ¡Espantosa aparición! Me ha querido estrangular. Yo estaba ya dormido en la cama de Jeannette, soñando, cuando sentí...

—Disculpe —lo interrumpió monsieur Dufour—. Ha sido un lamentable equívoco.

—Pero, ¿quién es este viejo? —prosiguió Paco—. ¿De dónde lo han sacado? ¿Y por qué me agarraba del cuello?

—Es el sobrino de madame Dufour —dijo Jorge.

—Mil perdones —repitió el viejo—. Pero entonces, ¿Angélique ha cambiado de cuarto?

—Es el del fondo —dijo Jorge.

El viejo volvió a salir deshaciéndose en excusas y Paco, repuesto de su pavor, se desplomó en un sillón.

—¿Se imaginan? Abrir los ojos en la penumbra y ver a un tipo desconocido que te echa el aliento en la cara y te toca la garganta con intenciones más que sospechosas. ¡Pensé que era Jack el Destripador!

—Un momento —dijo Jorge—. Alguien está llorando. ¿No oyen?

Del cuarto de madame Dufour llegaba un gemido. Propuse ir a ver qué pasaba, pero Paco se opuso.

—No interrumpamos sus expansiones familiares. Dejémoslo solo con su tía. ¿No habían hablado de unos spaghetti?

Jorge dijo que quedaba un poco en el fondo de la olla. Cuando Paco se puso de pie para ir a la cocina nos percatamos de que los sollozos habían cesado en el cuarto de madame Dufour.

—Sospechoso —dijo Paco—. Jorge, ahora te toca ir a ti.

Mientras yo acompañaba a Paco a calentar los spaghetti, Jorge fue a investigar. Al momento reapareció.

—¡Vengan! Está tumbado sobre la cama. ¡No responde!

—A mí que no me vengan con cuentos —dijo Paco—. Debe haberse quedado dormido.

No obstante fuimos a verlo. El primo estaba tendido de bruces sobre las rodillas de madame Dufour. Paco lo volteó para observarlo. Estaba lívido, con los ojos vidriosos y la boca espumante. Cuando Paco le tomaba el pulso, Jeannette hizo su aparición, con su bujía en la mano. Al distinguir al viejo dejó caer su palmatoria y soltó un grito:

—¡Paul, Paul!

Apartándonos, se precipitó sobre su primo.

—*Paul, chéri!* ¡Al fin has regresado! ¡Mamá ya no podrá oponerse! ¿Me escuchas? *Oh, j'ai langui pendant trente ans en t'attendant, mais je savais que tu finirais par revenir à moi!...* Pero, ¿qué pasa? ¿Por qué no responde?

—¿No se da cuenta? —dijo Paco—. Su primo ya no pertenece al mundo de los vivos. Como dicen ustedes en su endiablada lengua, *son coeur a lâché.*

—*Oh, le mien aussi lâchera!* —exclamó Jeannette abrazando el cadáver del viejo—. ¡Fuera de aquí, extranjeros, ya no necesito de ustedes, a la calle, salgan!

—¡Algo se quema! —gritó Jorge.

El fuego de la palmatoria había inflamado la alfombra y una lengua sutil, reptando por el paño seco, había alcanzado el borde de la cortina que se alumbró instantáneamente y contagió al visillo. Una lluvia de chispas cayó sobre la cama incendiando la colcha.

—¡Trae agua del baño! —gritó Paco.

Corrí al baño y busqué en vano una palangana o un balde. Sólo vi un vaso de plástico y llenándolo en el caño regresé.

El cuarto de madame Dufour ardía ya por sus cuatro lados. Jorge había huido hasta la puerta, mientras Paco se esforzaba por arrancar a Jeannette de las llamas.

—*Je veux mourir dans le bûcher de l'amour! Lâchez-moi! C'est le coeur de Paul qui m'embrasse!*

—¡Vieja loca!, ¡vas a venir? Expongo mi vida por ti y tú...

Pero no continuó: de la colcha el fuego se propagó a su pantalón y, dando chillidos, salió disparado hacia el baño para envolverse la pierna con una toalla mojada. Jorge y yo estábamos en la sala.

Paco se nos unió, con el pantalón chamuscado.

—¡Vámonos de aquí! —gritó—. ¡A la calle! ¡Esta casa es el mismo infierno!

Cada cual cogió de su cuarto lo que pudo y descendimos corriendo las escaleras. De la *cave* sacamos nuestras bicicletas y salimos del edificio. En la calzada había ya un grupo de curiosos que miraba el resplandor rojizo del sexto piso y que nos abordó para interrogarnos.

—¡Es un incendio! —dijo Paco—. ¡Y dos muertos! ¡O tres! ¡Llamen a los bomberos!

El cuartel debía estar cerca, pues cuando logramos atravesar la Place de la République y tomamos el primer boulevard que conducía hacia la Estación del Norte, escuchamos el sonido de las sirenas.

—¿Adónde vamos? —preguntó Jorge.

—¡A la mierda! —respondí.

—¡En ese letrero dice Bruselas! —nos indicó Jorge.

—Es lo mismo —respondió Paco.

(Miraflores, 1960)

El carrusel

El primer día que llegué a Francfort tomé un hotel cerca de la estación del ferrocarril, dejé mi equipaje y salí a dar una vuelta, sin plano ni plan preciso. Nada es más agradable que recorrer un poco a la aventura una ciudad que no conocemos, sin saber cuáles son sus calles céntricas, sus monumentos, sus costumbres. Todo para nosotros es una sorpresa. Fue así como descubrí que Francfort tenía un río y un barrio viejo, atestado de soldados, prostitutas y bares donde servían vino de manzana. En uno de esos bares me encontré con un hombre maduro, que bebía una cerveza en un jarro descomunal. Apenas me vio acodarme en el mostrador me hizo una seña para que me acercara.

—Usted es extranjero —me dijo— y las leyes de la hospitalidad son sagradas. ¿Me permite que le invite una cerveza?

Sólo en ese momento me di cuenta que el hombre tenía un guante de cuero en la mano izquierda, la que parecía utilizar con cierta torpeza.

Acepté su invitación, pero elegí no una cerveza sino un vino de manzana y al poco rato charlábamos en francés, idioma que hablaba con fluidez pues, según me dijo, había estado prisionero en Francia durante la última guerra.

Como yo mirara con cierta aprensión su mano enguantada, el señor me dijo:

—Debajo de este guante llevo una mano mecánica muy fea a la vista, por eso la cubro cuando salgo. No fue durante la guerra cuando la perdí. Fue en circunstancias aún más dramáticas. En esa época yo era joven, más o menos de su edad, inquieto, indisciplinado, curioso y me aburría en mi ciudad natal. Un día le pedí a mi padre una suma de dinero con el pretexto de montar una pequeña librería, pero lo que hice en realidad fue irme de Francfort. Empecé por cruzar los Alpes, rumbo a Italia. Los alemanes, usted sabe, sentimos una atracción indomable por Italia y los países mediterráneos, desde la época de Goethe. Mi primera escala la hice en Génova. Allí busqué una pensión cerca del puerto y resolví instalarme en ella unos días. Me gustaba el puerto, las callecitas estrechas y sinuosas con tabernas, donde se bebe ese exquisito vino Barolo. Fue en uno de esos paseos que conocí una muchacha. Se llamaba Carla y era hija de un tendero. Carla me atrajo desde el comienzo, porque era muy frágil y parecía sufrir una enfermedad incurable. Yo iba a su tienda varias veces al día, pero como cada vez que lo hacía tenía que comprar algo, comencé a llenarme de provisiones que en realidad no necesitaba. De este modo, a la semana, no había cruzado una palabra con ella, pero mi cuarto de la pensión estaba lleno de quesos, salchichones, pizzas, cajas de spaghetti. Los quesos, especialmente, comenzaron a descomponerse, al punto que la dueña de la pensión penetró un día a mi cuarto y me dijo:

—Comprendo señor que forme usted un stock de alimentos, en previsión de épocas sombrías, pues nadie sabe en este mundo lo que puede pasar mañana. Pero, ¿por qué no compra más bien conservas que son, por definición, bienes que se conservan? Usted me hace recordar a mi tío Nicolás, que fue marino y naufragó en unas islas situadas en el Pacífico sur. Sólo él y un amigo lograron salvarse. Como eran buenos nadadores llegaron a una costa rocosa y descubrieron una isla desierta. El primer día vagaron por la playa buscando qué comer, pero como no encontraron nada decidieron regresar nadando hasta el barco, que había encallado en un arrecife a unas millas de la costa. Todos los días hacían este viaje, en perfecto estilo mariposa y sacaban de las bodegas latas con galletas, jamones, frutas, lo que encontraban y regresaban a comer en la playa. Un día que estaban satisfaciendo su hambre vieron aparecer un hombre en lo alto de las cimas rocosas. Llevaba barba y estaba vestido como un vagabundo. Al verlos se acercó a ellos y después de cambiar las primeras palabras se enteraron que era un francés que vivía allí desde hacía cuatro años, en la más completa soledad.

—No soy un náufrago —les dijo—, como a mi juicio parecen ustedes serlo, sino una persona que ha escogido la vida de los náufragos. Yo era un hombre que me encontraba en una buena situación en París, vivía en una casa burguesa de cinco piezas con vista imbatible y estaba casado con una mujer excelente. Los fines de semana íbamos con nuestros tres hijos fuera de París y hacíamos camping. En verano íbamos a la Costa Azul o a España. Mi negocio de venta de bienes inmuebles me daba una renta interesante. En realidad, no tenía por qué quejarme de nada. Una noche, sin embargo, salí a la calle después de cenar para comprar cigarrillos y como el tiempo era espléndido decidí dar una vuelta por el Sena. Caminé un rato por los malecones hasta que llegué sin darme cuenta al Pont Neuf. Recordé entonces que por allí, en el Quai des Grands Agustins, había tenido un pequeño departamento en mis tiempos de estudiante. Al mirar hacia el edificio donde antaño viví distinguí la luz prendida justo en mi vieja ventana y me entró un deseo irreprimible de ver el cuarto en el que pasé tantos años difíciles. Subí los siete pisos y toqué la puerta. Me recibió un muchacho muy pálido, en mangas de camisa, que se había levantado de una mesita donde había una máquina de escribir con un papel en el rodillo. Yo le expliqué para qué había venido y él, con una rara amabilidad, me dijo que podía pasar y sentarme un momento. Acababa yo de arrellanarme en el único y desvencijado sillón, respirando ese ambiente de estudiante pobre o de artista en agraz, cuando la puerta se abrió de par en par y penetró un hombre de color, a quien mis convicciones políticas impiden llamarlo negro y que tenía una herida en la mejilla, como si hubiera sido víctima de un navajazo.

—Bernard, tienes que ayudarme —le dijo al joven—, sin tomar en consideración mi presencia, acabo de hacer algo terrible. Es por esta maldita Monique, ¿te acuerdas? la del restaurante de self-service. Ayer fui a esperarla a la salida de su trabajo, a eso de las once de la noche, hora ideal para el deleite amoroso, como dice el más grande poeta vivo, Leopoldo Sedar Senghor, presidente de Senegal, país en el que me honro de haber nacido. Como de costumbre empezamos a caminar hacia su casa, pero a mitad del trayecto, cuando la iba a besar, me rechazó y me pidió que entráramos a un café, pues quería hacerme una confidencia. Como estábamos al lado del bar llamado La Romance, entramos a beber un trago. En La Romance había unos músicos sudamericanos que tocaban un cha-cha-chá, un bla-bla-blá, un la-la-lá, qué sé yo. Yo le pregunté si quería bailar y ella me dijo que prefería estar sentada. Yo sospechaba que alguna grave tribulación la atormentaba, pues permanecía silenciosa. Al fin se puso a llorar. Menos mal que la música era atronadora y nadie se percató de lo que pasaba. Como yo le pregunté qué sucedía, Monique me dijo:

—Es por mi hermano, tú sabes que él es medio loco o más bien medio vago. Hace un tiempo conoció a una muchacha española que se llama Socorro y es de muy buena familia. Ella estudia en la Alianza Francesa y vive en un lindo departamento de la rue de Seine. No sé qué cuentos le ha metido, pero la chica cree que es hijo de un riquísimo industrial. A veces él le dice que se va a Londres por un negocio y lo único que hace es irse al bar de la esquina y la llama de allí por teléfono diciéndole que está en Londres. La chica está enamorada de él. Cuando le pregunta por su carro, dice que está en el taller de reparaciones. Un día fue a la casa de Socorro muy temprano y la encontró todavía en pijama. Pierre, que es muy emprendedor, se sentó en su cama y comenzó a hacerle ese tipo de proposiciones que se llaman obscenas, que ella rechazaba con gestos mudos y elocuentes, señalándole la sala de baño. Pierre entendió al fin que alguien se hallaba en ese lugar y se precipitó furioso hacia su puerta, mientras Socorro trataba de contenerlo. Un hombre surgió en ese momento del baño con una llave inglesa en la mano.

—Perdóneme —dijo—, pero nunca he visto un desperfecto semejante. El caño no está obstruido, las empaquetaduras están en buen estado y las tuercas no se han robado, pero el agua no pasa. Yo me pregunto qué podrá ser y diría que han cortado el agua en todo el barrio si es que el caño del lavatorio no funcionara normalmente. Aunque tal vez, y esto habría que confirmarlo, se trata de un corte localizado en algún punto de las tuberías del inmueble que priva sólo de agua al caño de la bañera. Esos casos son raros, pero no imposibles, pues el mes pasado que estuve arreglando una instalación en una residencia de la avenue Foch, donde una familia vietnamita, descubrí que la tubería que lleva el agua a la ducha había sido criminalmente bloqueada mediante un torniquete. Se trataba de un trabajo bien hecho, obra seguramente de un profesional y yo me perdía en suposiciones cuando la propietaria de la casa, madame Nguyen, al ver mi perplejidad, se acercó a mí con un aire misterioso.

—Si tiene usted una sospecha, no vacile en decírmela, pues desde hace meses en esta casa suceden cosas extrañas. Usted sabrá que nosotros somos originarios de Saigón, de donde vinimos a París, hace tres años, a causa de la guerra. Allá tenemos unas plantaciones y una fábrica de caramelos. El día que decidimos partir, después de la caída de Diem, mi marido fue a la oficina a arreglar todos sus asuntos y dejarlos en manos de un administrador. Pero cuando salió del inmueble y regresaba a casa se produjo una explosión en un bar cercano. Mi marido se precipitó hacia el lugar del accidente, pues había muchos heridos que esperaban auxilio y él había sido enfermero en su juventud. En la vereda había un sargento norteamericano que tenía una herida en el pecho y plañía reclamando auxilio. Mi marido lo tomó de ambas manos y trató de levantarlo, pero el sargento parecía encontrarse en muy mal estado, ya que no atinaba a pararse.

—Todo sucedió tan rápido —dijo—, yo había entrado al bar con Jerry y Donald, sólo para tomar un aperitivo, antes de ir a comer a la guarnición. Estábamos sentados en la mesa que da a la puerta de la terraza. Jerry quería un whisky, Donald un dry martini y yo una cerveza de lata. El mozo vietnamita no puso muy buena cara ante este pedido tan disímil, entonces Jerry pidió un oporto, Donald un jerez y yo un gin con gin. Como el mozo manifestó su descontento con un gesto oriental, Jerry y yo nos pusimos de acuerdo acerca del oporto, pero Donald insistió en pedir un jerez. El mozo, más satisfecho esta vez, se alejó, pero Jerry cambió de parecer y cuando el mozo ya hacía el pedido gritó que quería un bourbon con hielo. El mozo repitió otra vez su descontento, esta vez con un gesto occidental, entonces Donald le preguntó si nosotros no pagábamos nuestro consumo y si ése no era un lugar público y si nosotros no peleábamos para librar a su país de los comunistas y si no teníamos derecho a ser tratados con consideración. Como el mozo no respondía y Donald elevaba cada vez más la voz, vino el patrón del establecimiento para ver qué pasaba y escuchó atentamente las quejas que le expusimos.

—Vuestras quejas están perfectamente justificadas —nos dijo—, pero tal vez ha habido un error en la forma de plantearlas. Hay un principio elemental en las relaciones sociales, que consiste en formular cualquier reclamo no ante los subalternos, mediante propósitos destemplados, sino ante la autoridad máxima y ciñéndose a las leyes de la cortesía. Si ante el primer signo de que el mozo estaba descontento por el pedido disímil ustedes hubieran recurrido a mí, yo le habría ordenado servirlos en el momento, en consideración a todos los argumentos por ustedes expuestos. Pero también reconozco que ustedes son extranjeros y deben tener otras costumbres y que el mozo está aquí para servir y debe acordarse de ese otro principio según el cual los clientes tienen siempre la razón. En consecuencia estoy en un dilema y no puedo tomar una determinación precipitada. Ustedes serán servidos, sin duda, y por el mismo mozo que ha originado este incidente, pero hay que resolver antes qué cosa es lo que les servirá, si lo que ustedes pidieron en primer término, en segundo término, en tercer término o en cuarto término o en un eventual quinto término que pueda surgir. Ya en época de la ocupación francesa se me planteó un caso semejante y yo estaba a punto de darle una solución salomónica —y noten que invoco una expresión que no tiene nada que ver con nuestra cultura— si es que el capitán Dupuis no socavara mis cavilaciones con una intervención exabrupta.

—Razonador oriental —me dijo—, no va usted a darle lecciones de lógica a un descendiente de Descartes. Mis compañeros de armas y yo sabemos lo que queremos y recusamos de antemano toda solución que no se acoja a las normas de la claridad y de la distinción. En el liceo Luis el Grande aprendimos de memoria *Fedra,* de Racine, desde que usábamos pantalones cortos y antes del bachillerato pensábamos como Pascal, pero más con la cabeza que con el corazón. Nuestro profesor de filosofía, René du Moulin, a pesar de que usaba levita era un hombre moderno y liberal, que nos hacía leer a los enciclopedistas y una tarde nos explicó la razón por la cual los franceses tienen siempre la razón. Fue, me acuerdo, al reanudarse las clases en setiembre, cuando todos veníamos aún con el espíritu vacante y vacacional. El profesor René du Moulin empezó a explicarnos el mecanismo de asociaciones mentales, preparando nuestra atención con atinados ejemplos e inolvidables juegos de palabras cuando alguien, desde el fondo de la sala, le arrojó un preservativo enfundado en un trozo de chorizo español. El culpable de este incidente fue, según algunos testigos de dudosa buena fe, un estudiante marroquí, que fue conducido de inmediato hasta la oficina del director.

—Se ha comportado usted como un salvaje —le dijo el director— y merecería como sanción el ser borrado de nuestra lista de alumnos. Pero no lo haré, pues nuestro país es la patria de todos los ciudadanos del mundo, en especial de los que proceden de las naciones en vías de desarrollo y no es justo que aquí, donde nació Voltaire y vivió Carlos Marx, seamos rigurosos con un ejemplar oscuro que nos viene de las regiones de Mahoma y el fez. Pero de todos modos le vamos a aplicar una sanción que le será provechosa y de la cual se acordará toda su vida. El general Ney, durante la campaña de Italia, descubrió una vez a uno de sus subalternos robándose un pedazo de jamón en la cantina del batallón. Lejos de hacerlo pasar por la corte marcial, lo llamó a su tienda y pronunció ante él una de las más memorables requisitorias contra la indisciplina que se conocen en el mundo occidental. Yo debería leérsela a usted, pero resulta que la única copia que tenía de ella desapareció de mi escritorio en circunstancias por demás oscuras. Convoqué entonces a mi familia y la sometí a un severo interrogatorio y para sorpresa mía tomó la palabra mi hija menor para decirme:

—Tengo una pista acerca de quién puede ser el probable autor de este hurto insensato, doblemente grave pues se ha sustraído un documento que condena la sustracción. Pero debo reconocer que se trata sólo de indicios y que ellos deben ser verificados a la luz de la teoría de la prueba estipulada por el derecho penal. Nuestro hermano Jean-Louis viene a casa a estudiar con dos amigos, François y Gustave, a los que se suma a veces un sujeto procedente de un país exótico llamado Argentina y que es conocido con el nombre del pibe Lanusse. Los he espiado varias veces cuando se reúnen en el escritorio para preparar sus cursos de bachillerato. Jean-Louis es generalmente el que lee los textos por aprender, con una voz en la que adivino ya a un futuro profesor intratable y sus compañeros lo escuchan haciéndole de vez en cuando objeciones de forma y de fondo. Debo reconocer que el pibe Lanusse es sumamente perspicaz y es casi imposible que no advierta los sofismas que plagan nuestros textos de estudio. Es así que la última vez observó que el profesor Lévi-Strauss incurría en un error cuando decía que sólo había tres formas de cocinar: lo crudo, lo cocido y lo frito. El pibe, invocando su experiencia en culturas lejanas, declaró que en un país andino se conocía una forma inédita de cocer los alimentos, que era mediante piedras calentadas previamente al fuego. Gustave dijo entonces que se trataba de un horno rudimentario, pero el pibe Lanusse rechazó esta observación.

—Una cosa es un horno rudimentario y otra cosa es un horno industrial —dijo—. Así como una cosa es un palanquín y otra un automóvil con motor de explosión. No creo yo que la identidad del resultado signifique que los medios para conseguirlo sean los mismos. Así, una persona puede morir de una puñalada o de una infección a la sangre originada por la bacteria colocada en su café por un cocinero japonés. De eso no se puede colegir que el puñal y la bacteria sean la misma cosa. Aunque también cabe suponer que en el puñal puede haber alguna bacteria y que ésta sea la que origina la muerte y no la puñalada. Pero esto no pasa de ser una hipótesis inverificable. En la estancia de mi abuelo Salvatore, que queda en la provincia de Córdoba, había un mayordomo yugoslavo llamado Pilic. Este hombre perdió un pie durante la ocupación alemana, pero jamás pudo saber si la explosión que le cercenó su extremidad andante fue una granada lanzada por los resistentes contra los invasores o un obús tirado por invasores contra resistentes. Pilic no era ni resistente ni invasor y según nos contó, la escaramuza lo sorprendió cuando ordeñaba una vaca suiza. Cuando empezó el tiroteo se metió debajo de la vaca, pero ésta, a diferencia de los carneros polifémicos, no lo libró de la explosión. La vaca perdió sus cuatro extremidades y Pilic sólo una. Pilic decía que un artefacto explosivo era un artefacto explosivo y que a él le daba lo mismo que fuera un obús o granada. Pero la solución de este enigma se la dio el médico que lo atendió.

—Pilic —le dijo—, usted razona como un hombre afectado por un grave trauma, que ha ensombrecido su espíritu. Yo he atendido desde el comienzo de las hostilidades a centenares de víctimas y conozco perfectamente mi oficio. Usted no ha sido herido ni por una granada ni por un obús de cañón, sino por una ráfaga de ametralladora pesada. Lo que habría que determinar es de qué campo provino el disparo. Eso es ya un problema arduo, pues no hemos encontrado fragmentos del proyectil. De todos modos le garantizo que usted podrá caminar y vacar a sus ocupaciones cotidianas, aunque apoyándose no sobre la planta del pie, que ya no existe, sino sobre el tobillo. Es una cuestión de costumbre. He visto casos más graves. Por ejemplo, un inglés que fue atravesado de parte a parte en Normandía por una bala de bazooka y perdió el bazo íntegramente, pero ningún otro órgano vital. Le quedó naturalmente un extraño orificio que fue necesario obturar con gasa durante largo tiempo hasta que los tejidos, hábiles hilanderas, segregaron su propia obstrucción. Pero conozco casos peores. Ese muchacho, por ejemplo, al que encontré tendido en el viejo barrio de Francfort, con las orejas y la nariz amputadas al parecer con una tenaza o mano mecánica y que al ser interrogado me dijo:

—El primer día que llegué a Francfort tomé un hotel cerca de la estación del ferrocarril, dejé mi equipaje y salí a dar una vuelta, sin plano ni plan preciso. Nada es más agradable que recorrer un poco a la aventura una ciudad que no conocemos, sin saber cuáles son sus calles céntricas, sus monumentos, sus costumbres. Todo para nosotros es una sorpresa...

(París, agosto de 1967)

La juventud en la otra ribera

No eran ruiseñores ni alondras, sino una pobre paloma otoñal que se espulgaba en el alféizar de la ventana. El doctor Plácido Huamán la vio desde la cama mover la ágil cabeza y enterrar el pico en su pechuga. Solange dormía a su lado, de perfil sobre el almohadón. La malla negra colgaba de una silla y en la pared la naturaleza muerta del pintor famélico recibía un dardo de luz que la recalentaba.

El doctor estiró un brazo hasta la mesa de noche para coger un cigarrillo. Mientras fumaba trató de recordar en orden los incidentes, los pequeños hechos que se habían ido encadenando en esos tres días hasta culminar en esa aventura que él inscribía ya, decididamente, en las páginas de oro de su vida. Solange, la joven, la rubia, la comestible Solange durmiendo al lado de un hombre que pasaba de los cincuenta años y que había hecho escala en París sin otra intención que visitar algunos museos, comprar cartas postales y regalarse en Pigalle con alguna fornicación venal. Pero todo ello había resultado diferente porque se le ocurrió, apenas llegó al hotel, salir sin abrir su equipaje, sentarse en la terraza de un café, precisamente de ese café, y pedir una copa de vino.

Esa terraza era una vitrina, un palco, una canasta de flores, un acuario, todo lo que puede haber de ameno, oloroso, tamizado y etéreo en un ancho y caliente boulevard ruidoso. La muchacha estaba sentada en la mesa vecina tomando un expreso y el doctor Huamán, con esa audacia que da el llegar a una ciudad extranjera, en la cual uno es para sí mismo un extranjero, la saludó y la invitó a acercarse a su mesa. Y contra todas sus esperanzas Solange estaba sentada a su lado, con sus blue jeans manchados de pintura, pidiendo otro expreso y hablando de sus estudios de decoración, de esa época mercantilista en la cual, desgraciadamente, no había cabida para la verdadera creación.

—Por eso tendré que ganarme la vida arreglando vitrinas, cuando en realidad lo que me gusta es pintar.

El doctor, apelando a sus estudios de francés, a las palabras que sabía de inglés y de italiano, se fue construyendo un idioma babélico que Solange encontró no sólo inteligible sino pintoresco y así pudo explicarle que era la primera vez que venía a Europa, que había sido invitado a un congreso de educación en Ginebra y que desde su adolescencia soñaba con vivir en París.

—Pero venir a los cincuenta años es diferente. A esa edad, verdaderamente, la juventud está ya en la otra ribera.

Solange no lo contradijo. Acotó más bien que había un placer para cada edad y habló, por ejemplo, de las delicias de la gastronomía, de las salsas que acompañaban a cada carne, de los quesos que se conjugaban con tales vinos y tanta elocuencia puso en esta disertación que el doctor Huamán, después de beber su tercer vino, no pudo resistir la tentación de invitarla a cenar.

—A condición, claro, que usted elija el lugar.

Solange lo condujo a un restaurante minúsculo y en apariencia populachero, pero cuya elegancia residía en su desgaire, en su imitación cautelosa de una fonda para taxistas. Los mozos, contrariamente a lo que había oído decir, fueron omnipresentes y de una cortesía un poco indecente, sobre todo cuando lo escucharon decirle a Solange si podía pagar en dólares. Y después de una ronda por los cafés de Montparnasse bebiendo algunos alcoholes, donde Solange saludó sin presentarlo a innumerables parroquianos, se encontró solo, de vuelta a su hotel, ante sus maletas cerradas, un poco borracho, aturdido por ese encuentro que él deseó más largo, pero que Solange clausuró bruscamente, dejándolo plantado en la puerta de un último bar donde la esperaban algunos amigos.

No era pues ninguna ave romántica, sino un pájaro ávido, glotón, soso y, mirándolo bien, hasta antipático, el que continuaba espulgándose al sol, en el alféizar de la ventana. El doctor Huamán comprobó que Solange seguía dormida y trató de despertarla con una caricia, pero la vio revolverse en la cama ronroneando y enterrar la cabeza en la almohada. Encendió entonces otro cigarrillo y observó complacido esa buharda, a la cual Solange lo había conducido con tanta afabilidad.

Fue al día siguiente de la cena en el comedor minúsculo. Se aprestaba a realizar su primera incursión solitaria a los museos, echando el encuentro de la víspera al saco de las experiencias truncas —lo que pudo ser, lo que nunca fue—, pero había olvidado que no hay relación perdida ni gesto que no se recoja. Solange lo estaba llamando por teléfono.

—Quería agradecerle la invitación de ayer. Como no tengo plata para retornársela, le propongo algo: servirle de cicerone. Así verá lo que vale realmente la pena y yo aprovecharé para dar un paseo.

Media hora más tarde estaban ambos al pie de la torre de Saint-Germain-des-Près. Solange surgió aparentemente del aire pues el doctor, que giraba sobre sus talones protegiéndose del sol con un sombrero de paño, la vio de pronto a su lado con sus pantalones manchados. Obedeciendo a un instinto de cortesanía latina se descubrió, se inclinó y cogiéndole la mano le besó la contrapalma. Mano opulenta, a su juicio, tibia, manducable.

Mientras caminaban hacia el Sena por la rue Bonaparte, ante vitrinas de anticuarios cuyas delicadezas Solange le explicaba, el doctor se quejó de que tuviera que quedarse sólo tres días en París.

—El hotel es carísimo. Tengo que guardar mis dólares para comprar algo en Suiza. Y un auto en Alemania. Allá son más baratos que en Lima.

Solange había quedado contemplando un escritorio estilo Regencia, con la frente apoyada en el cristal de la tienda.

—Hay cosas que uno tiene que contentarse con desear toda la vida. Nunca podré tener un escritorio igual. Cuesta más que un viaje alrededor del mundo. ¿Cuánto está pagando en el hotel?

—Cien francos diarios, sólo por dormir.

Al llegar al Sena recorrieron el malecón observando los *bouquinistes.* Las portadas de los libros se amarillaban al sol. Al lado de autores famosos se veían libros de autores oscuros que dormían allí, en sus nichos de madera, el sueño de una inalcanzable gloria. El doctor Huamán distinguió carátulas de una pornografía vistosa y compró un volumen sobre *La vida secreta en los conventos.*

—Tengo una idea —dijo Solange—. Una amiga mía que se ha ido a Londres por unas semanas me ha dejado su estudio en el Barrio Latino. Si quiere puede dejar el hotel y alojarse allí. Yo lo uso sólo cuando se me pasa la hora y no tengo tiempo de ir hasta mi casa, en Trocadero.

—Es mucha molestia —dijo el doctor.

Pero ya Solange le mostraba la fachada de Notre-Dame. El doctor quedó pasmado, sin habla, no sabiendo si admirar más la robustez del material o la fineza de las formas. Ese contraste lo sorprendió y tuvo la impresión de encontrarse ante un enigma, una sabiduría perdida.

—Pero en materia de vitrales la Sainte-Chapelle es mejor —dijo Solange—. Está aquí no más, a un paso.

El doctor se dejó conducir a la capilla gótica, luego a la isla de Saint Louis. Por la orilla derecha retornaron hasta el Louvre, recorrieron las principales salas y cuando salieron atardecía sobre los árboles dorados del Sena.

—¡Admirable ciudad! —suspiró el doctor viendo pasar una fila de barcazas por las aguas cobrizas—. Desgraciadamente en tres días no podré ver mucho. Estaba pensando en lo que dijo enantes, lo del estudio de su amiga.

—Es apenas un cuarto, pero no le costará nada. Podrá quedarse allí el tiempo que quiera.

—A las ocasiones no hay que dejarlas pasar. Aceptado. ¿Cómo hay que hacer para ir allí?

—Vaya al hotel por sus maletas. No tiene más que cruzar el puente. Yo lo esperaré a las siete en la puerta del estudio.

Era un antiguo hotel en la rue De la Harpe, convertido ahora en estudios amoblados. Guiado por Solange el doctor Huamán subió con entusiasmo los primeros pisos, cargando sus dos maletas de cuero. En el cuarto piso comenzó a resollar y llegó extenuado, arrastrando su equipaje al piso octavo, donde Solange abría una puerta enana.

Pero le bastó cruzarla para respirar al fin ese ambiente de bohemia con el que de joven tantas veces había soñado. Era la típica buhardilla parisina donde se vive un gran amor, se escribe alguna obra maestra o se muere en la desolación y el olvido. En las paredes había afiches y un mural que representaba una naturaleza muerta, obra tal vez de algún artista desnutrido que había aplacado su hambre pintando carnes rosadas, frutas del trópico y legumbres pomposas. Aparte de la cama, había una mesa sin mantel, dos sillas, un armario y un lavatorio, ante cuyo espejo Solange rehacía su peinado.

—Esto es París —dijo el doctor quitándose el sombrero para acercarse a la ventana.

Vio los tejados, las chimeneas, la rue Saint Severin y al fondo el tráfico del boulevard Saint Michel. Y hubiera quedado horas en contemplación si Solange no lo tocara del hombro para decirle que quizás deberían ir a cenar.

—¿Al mismo restaurante que ayer?

—No. Es un lugar muy caro. Por aquí hay cantidad de sitios donde uno se come un bistec con papas fritas por nada.

Solange no le propuso esta vez, después de la cena, dar una vuelta por los cafés del barrio. El doctor Huamán se sintió un poco decepcionado. Apenas consiguió que le prometiera acompañarlo al día siguiente a comprar unos encargos que le había hecho su mujer. Como estaba cansado no se animó a salir solo. Tendido en la cama trató de leer sin comprender nada su libro erótico, evocó la Venus de Milo y otras esculturas que viera en el museo y se durmió pensando que ni la literatura ni el arte reemplazaban a la vida, que más valía, por fugaz y perecedera que fuera, una mujer viviente, más que todas las bellas estatuas de la tierra.

Esta vez se habían dado cita en la plaza de la Opera. Solange, para aventurarse por esos barrios céntricos había reemplazado sus blue jeans por una minifalda, qué dejaba al descubierto sus piernas embutidas en una malla negra calada en rombos.

El doctor Huamán se dejó conducir a las galerías Lafayette. Le bastó cruzar la mampara de vidrio para sentirse acarreado por el brazo mayor de un torrente de compradores que, haciéndole perder contacto con Solange, lo llevaron consigo entre anaqueles de perfumería, castillos de sombreros y pelucas postizas y, dirigiéndolo hacia una escalera mecánica, lo elevaron hacia los pisos superiores entre millares de impermeables, batas y paraguas, maniquíes que avanzaban delicadamente hacia él sus largos brazos desnudos y alfombras, mesas, cocinas, osos de peluche dorado y al fin, cuando desembocaba en otro piso de esa versión climatizada de los mercados orientales, donde empleados circunspectos y muy bien peinados custodiaban muestrarios infinitos de corbatas y calcetines, se vio recuperado por Solange, que lo invitaba a seguirlo hacia el piso inferior preguntándole qué talla tenía su mujer y cuánto calzaba.

—Es baja. Diría casi que le llevas una cabeza. Es baja y flaca.

Esta vez Solange lo cogió del brazo y durante una hora fue un interminable discurrir por pasajes y ascensores, discutir con empleadas ariscas, asistir a exhibiciones, pruebas y muestras y cuando ya asfixiado, cargado de paquetes, se sentía desfallecer, cayeron en un recinto ideal, un espacio lleno de geishas que los abanicaban, los perfumaban con sándalo, mostrándoles porcelanas, túnicas de seda natural, objetos tallados en madera de una absoluta inutilidad, cigarreras de laca, juegos incomprensibles y sutiles, en lo que una banderola anunciaba como Exposición Japonesa.

El doctor Huamán, debatiéndose entre su maravillamiento y su cansancio, optó por quejarse, pero Solange tocaba ya objetos de jade, ceniceros humosos, tazas frágiles como un pétalo y se hacía mostrar echarpes impalpables con dibujos a pluma y pantuflas bordadas, discutiendo de nuevo con esas falsas geishas que hablaban perfectamente un francés insolente y que no eran otra cosa que vietnamitas disfrazadas. Finalmente se encontraron descendiendo por la escalera mecánica, efectuando un corte vertical en ese palacio del consumo, que les mostraba sucesivamente, a vuelo de pájaro, ropa, muebles, juguetes, pero cuando el doctor Huamán creía que esa bajada los conducía por fortuna a la calle, Solange lo hizo atravesar el piso para penetrar en un subsuelo donde se exhibía medio millar de abrigos de ante de todos los colores. Al ver su deslumbramiento, el doctor se conmovió.

—Yo había pensado ofrecerle algo, pues ha sido tan amable conmigo. ¿Le gusta uno de esos abrigos?

Solange no se hizo de rogar, eligió uno color turquesa, de paso una cartera que hacía juego y minutos después estaban en la calle, buscando inútilmente un taxi.

—Creo que podemos ir a pie.

El doctor se resignó a caminar por la avenida de la Opera. Se sorprendió de no ver el mismo tipo de gente que en el Barrio Latino. Se cruzaban con turistas, viejos de lento andar, hombres como él, con sombrero y chaleco, provenientes de las provincias subecuatoriales del mundo.

—Por aquí no se ven muchos jóvenes —resopló.

—Estamos en la orilla derecha. La juventud, realmente, está en la otra ribera.

La lluvia se desató cuando llegaban al estudio. Acodados en el alféizar veían anegarse la rue De la Harpe, abrirse los paraguas y correr a los transeúntes. Esa agua otoñal era capaz de ahogar todo, pero ese día prístino, se dijo el doctor, flotaría en la tormenta, en su recuerdo, como el arca privilegiada que se libró del naufragio.

Solange abrió su paquete de compras mientras le preguntaba distraídamente por su vida, por su trabajo. El doctor Huamán, que pertenecía al género amestizado y hermético, respondía con parquedad. Le habló un poco de sus veinte años en el Ministerio de Educación, postergado, dedicado a labores técnicas y oscuras, hasta que al fin se había realizado ese congreso y no habían tenido más remedio que enviarlo.

—Tenía algunos ahorros y además en el ministerio me dieron viáticos para el viaje.

Mientras se probaba el abrigo turquesa, Solange le dijo que era peligroso andar con sus dólares en el bolsillo, que uno podía verse expuesto a tantos accidentes. Y como la lluvia no amainaba propuso que comieran allí en la casa, su amiga debía haber dejado algo en la despensa. En una pequeña alacena adosada a la pared encontraron un paquete de tallarines, salsa de tomate y un queso camembert. Con eso podía prepararse una comida simpática, tipo artista, improvisada, ¿no estaban acaso en París?

—Una comida bohemia —añadió el doctor Huamán y a pesar de las protestas de Solange se puso su impermeable y salió a la calle arrostrando el chaparrón en busca de pan y vino.

El queso lo encontró delicioso y más aún el beaujolais, cuya segunda botella descorchó. Solange estornudaba. Su blusa se había humedecido con el chubasco y había pescado frío.

—Mejor es que me la quite y la deje secar. Me pondré encima el abrigo.

El doctor se dirigió discretamente hacia la ventana y quedó mirando la calle. La lluvia había cesado. En uno de los cristales vio reflejada a Solange que, habiéndose quitado su blusa y su minifalda, quedó un instante en combinación, para ponerse luego el abrigo. No sintió turbación ni excitación sino refluir hacia sí una de esas tristezas antiguas, como las que lo embargaban de adolescente cuando salía de los bailes sin haber hecho cita con ninguna muchacha.

Solange se había parado sobre una silla para observarse el abrigo en el espejo del lavatorio.

—Creo que mejor me quedaba en las galerías. ¿Qué le parece?

El doctor Huamán se volvió, contempló a Solange erguida sobre la silla en una coqueta pose de modelo, pero no dijo nada. Su sombrero estaba sobre la cama. De inmediato lo cogió y poniéndoselo se dirigió hacia la puerta. Sólo le provocaba caminar sin rumbo por las calles húmedas silbando un viejo bolero.

Solange había bajado de la silla para cerrarle el paso.

—¿La gente de su país es siempre así? ¿Tiene esa cara tan triste? Fíjese, aún no le he agradecido por el regalo que me ha hecho.

El doctor vio que Solange estiraba los brazos para cogerlo de los hombros, luego ese rostro radiante, fresco que avanzaba hacia el suyo, cetrino, ajado por años de rutina, de impotencia, de sueños suntuosos e inútiles y se dejó besar, la besó, con el ardor de quien se cobra, aunque tardíamente, su desquite.

No era pues ave cantora ni pájaro agorero lo que el doctor Huamán veía en la ventana, sino un pichón pulguiento que levantaba vuelo hacia el tejado vecino donde se soleaba el resto de su tribu.

Solange había abierto un ojo y sonreía. El doctor no le dio tiempo ni de desperezarse y la atrajo rudamente hacia sí, pues no debía dejar pasar la ocasión de un puntual pero efímero rapto de virilidad matutina.

Se levantaron pasado el mediodía y Solange propuso que fueran esa tarde a ver los cuadros de Paradis.

¿Paradis?

—Es el que pintó ese mural. Lo hizo cuando era joven y vivía en este cuarto. Ahora ya se abrió camino. Sus obras se exhiben en Nueva York, Alemania.

El doctor Huamán consideró buena la idea. Nunca había conocido a un pintor, a lo mejor se animaba a comprarle un pequeño apunte y después de comerse un sándwich en el café de los bajos se encaminaron hacia Montparnasse.

Paradis estaba en un bar de la rue Delambre tomando un agua mineral. El local era pequeño y a diferencia de otros que el doctor había tenido ya oportunidad de conocer, tenía la puerta cerrada y las ventanas protegidas por gruesas cortinas. Detrás del mostrador desierto un mozo leía un periódico.

—Es el doctor Huamán, del cual te hablé. Se interesa por el arte y quisiera ver algunas cosas tuyas.

Paradis se puso de pie. Usaba anteojos redondos y negrísimos y tenía una pierna ligeramente encogida. El doctor notó que era pálido, esa palidez que sólo adquieren los tenaces adeptos de la noche.

Paradis le invitó de inmediato un coñac e inició una disertación sobre la pintura. El doctor se sintió un poco incómodo pues no podía ver ni la forma ni la expresión de sus ojos. Paradis hablaba de esa época mercantilista en la cual para triunfar en el arte era necesario comportarse como un boxeador o como un payaso.

Esta comparación le pareció al doctor cosa ya oída, tal vez se la había escuchado a Solange, pero no pudo deducir en ese momento si Paradis se la había enseñado a Solange o a la inversa.

—Espérenme aquí —dijo Paradis—. Voy a traer algunas cosas.

Al cuarto de hora regresó con media docena de telas sin marco, clavadas en sus bastidores. Lo acompañaba un hombre corpulento de espesos bigotes negros.

—Es Jimmi, un pintor marroquí.

El mozo sirvió otra tanda de coñacs y Paradis empezó a mostrar sus telas. No se necesitaba ser un experto para darse cuenta que eran abominables. Gruesas pinceladas reproducían groseramente paisajes típicos de París, Notre Dame y sus torres truncas, el Pont Neuf, la Tour Eiffel. El doctor pidió que le volviera a mostrar la placita con una iglesia bizantina al fondo.

—La plaza du Tertre, en Montmartre. Es una de las últimas cosas que he hecho.

El doctor Huamán la examinó de cerca, mientras Solange, con su larguísimo dedo terminado en una uña mal cortada, le hacía apreciar algunos detalles de composición. Cuando preguntó el precio, Paradis le dijo que quinientos dólares.

El doctor Huamán le devolvió el cuadro.

—Muy interesante. Pero ese precio está fuera de mi alcance.

Paradis cambió de tema y habló de su juventud en Montmartre, cuando era un desconocido que vendía acuarelas en las calles. Quizás fue la mejor época de su vida, aquella en la que vivió la poesía de la pobreza.

—Voy a hacer una excepción. Por ser amigo de Solange le dejo la tela en trescientos dólares.

El doctor Huamán se volvió a excusar, diciendo esta vez que él era muy conservador en sus gustos y que prefería en todo caso una buena reproducción de un autor clásico.

—Sí, ya sé lo que le puede gustar —dijo Paradis—. Jimmi, ¿le enseñas algo al doctor?

El hombre de los bigotes movió aprobativamente la cabeza y salió del bar. Volvió al poco rato con una carpeta de cartón verde. Era una colección de desnudos de una intención ostensiblemente pornográfica.

—Eso es lo que le interesa, ¿no? Nosotros conocemos bien los gustos de los sudamericanos. Los amateurs se pelean estos apuntes de Jimmi por cien dólares.

El doctor Huamán observó que mientras Paradis seguía elogiando las obras de su amigo, Solange se mantenía un poco apartada, mirando hacia el mostrador, tal vez al mozo que había dejado de leer su periódico para escuchar la conversación, o los anaqueles llenos de botellas.

—Lo siento mucho —dijo el doctor—. Pero repito, no me interesa este tipo de cosas.

Paradis y Jimmi cambiaron algunas palabras en una lengua desconocida para él, tal vez argot o un dialecto meridional y al fin Paradis rió ofreciéndole otra vuelta de coñac. El doctor buscó la mirada de Solange que no esquivó la suya, pero que no le comunicó nada, una mirada neutra. Entonces se puso de pie, agradeció la invitación y sugirió a Solange retirarse.

Cuando salían a la calle, Paradis los retuvo.

—Solange, ¿vienes un rato?

El doctor Huamán quedó en la acera, con su impermeable y su sombrero en la mano. Le pareció que en el interior del bar se discutía. Al instante salió Solange crispada y le pidió un cigarrillo.

—Acompáñame al Sena.

En el trayecto se tranquilizó, había hecho bien en no comprarle nada, eran precios altos y además él no tenía ninguna obligación para con sus amigos.

—¿Por qué no aprovechamos la tarde para ir a Versalles? —añadió de pronto—. En esta época no va casi gente. Sólo unos cuantos turistas otoñales, que son los más soportables.

El doctor Huamán accedió. Estaban ya cerca de la buhardilla de la rue De la Harpe.

—Entonces sube y espérame. Voy a traer mi carro.

—¿Tienes carro?

—Digamos, algo que camina. Pero no lo uso en la ciudad. Es sólo para ir al campo.

Era un viejo Citroën, latoso y abollado que traqueteando, pujando y escurriéndose entre camiones y autobuses los dejó en una hora ante el castillo de Versalles.

—Aún tenemos una hora para ver el castillo —dijo Solange.

El doctor Huamán recorrió respetuoso, con el sombrero en la mano, la galería de los Espejos, el salón Dorado, la cámara de la Reina y otros lugares que Solange, renunciando al guía oficial, le mostró sin mucha persuasión, distraída, titubeante. Cuando se acercaban al teatro de Luis XIV un guardián anunció que llegaba la hora del cierre. Por los ventanales se veía atardecer sobre el parque.

—Daremos una vuelta por allí —propuso Solange.

Un grupito de turistas regresaba del Trianón escuchando las explicaciones del cicerone. El doctor Huamán contempló mudo, con emoción, los árboles rojizos y siguió silencioso a Solange que lo conducía hacia la glorieta de la Reina.

—Estoy pensando una cosa.

Solange interrumpió sus explicaciones.

—Estoy pensando en lo que le gustaría a mi mujer ver este parque. A ella le agrada tanto la naturaleza.

Esta vez fue Solange la que quedó callada. Pasaban frente a la fuente de Neptuno. El doctor la notó agestada.

—Disculpa. No puedo evitar a veces pensar en ella. Son cosas que a uno le pasan por la cabeza. Claro, tú eres diferente. Tú eres joven.

Solange le pasó el brazo por la cintura —una cintura tiesa, como la de un ídolo de terracota— y continuaron el paseo callados. Cuando divisaron la fachada del Trianón el doctor Huamán, obedeciendo a un impulso ecológico, la atrajo hacia sí para besarla en la boca.

—Regresemos.

Solange dijo que aún no habían visto los estanques.

—¿No cierran la reja?

—A las siete.

Anduvieron aún del brazo por senderos y boscajes, en la penumbra crepuscular. Solange hablaba de su infancia en Normandía, mientras el doctor hacía cálculos sobre el tiempo que invertirían en regresar a París y la forma prudente pero al mismo tiempo desenvuelta como debía subir los fatigantes ocho pisos de la buharda.

—Ya no se ve nada —insistió—. Regresemos.

—Claro —dijo Solange y desandando el camino se dirigieron hacia la explanada.

Cuando estuvieron en el carro, Solange, en lugar de arrancar, quedó recostada en el volante, meditando.

—Debíamos cenar acá. Hay un restaurante en Versalles que es famoso por su buey burguiñón. Ni en París lo hacen igual.

—Como quieras —dijo el doctor—. ¿Pero no se hará tarde?

—¿Tarde para qué?

—Es verdad —dijo el doctor oprimiéndole la mano.

En el Citroën recorrieron las calles de Versalles buscando el restaurante. Solange había olvidado probablemente dónde quedaba, pues pasó y repasó por los mismos lugares. Al fin se detuvo frente a un vulgar snack-bar.

—Creo que es éste.

En ese lugar no había buey burguiñón, pero ya que estaban allí se quedaron a comer un par de salchichas. El paseo les había abierto el apetito.

—Creo que mandaré un telegrama a Ginebra. Diré que no llego para la inauguración del congreso, que llegaré más tarde ¿Qué te parece?

Cuando estaban en los quesos, Solange se levantó.

—Me había olvidado. Tengo que hablar con mi tía que parte mañana para Normandía. Un encargo para mi mamá.

El doctor la vio dirigirse a una puerta donde se leía *toilette-téléphone.* Aprovechó entonces para llenar otro vaso de vino y engullir de dos mordiscos un pedazo de gruyère. Luego eructó de placer.

—No está en casa —dijo Solange reapareciendo—. Esperaremos un rato. ¿Un café?

—¿Y si llamas de París?

—No puedo. Si no la cojo a esta hora después será muy tarde.

Entre el café y el coñac Solange fue dos veces más al teléfono y sólo a la tercera regresó diciendo que al fin había podido hablar con su tía.

—¿Entonces listos?

—Cuando quieras.

El Citroën traqueteando, pujando, emprendió el camino de regreso. Pero Solange manejaba esta vez despacio, dejándose pasar hasta por los camiones. Al llegar a las afueras de París vaciló por qué puerta debía entrar. Eligió la de Orléans pero buscando esta puerta se extravió y cuando la encontró se volvió a extraviar por los barrios periféricos. El carro iba y venía por calles oscuras que se iban despoblando.

—¿Por qué no preguntas?

—Te digo que yo conozco.

Luego de interminables vueltas, cuando se acercaba la media noche, dio con el boulevard Saint Michel y finalmente se detuvo en la rue De la Harpe.

—¿Y si vamos a Montparnasse? La verdad es que no tengo sueño. Espérame aquí que subo a buscar mi abrigo de ante.

El doctor quedó en el automóvil, impaciente, fumando, mirando la puerta del amoblado. Solange no bajaba.

Cuando terminó el segundo cigarrillo descendió del automóvil y subió sosegadamente las escaleras. La puerta del cuarto estaba abierta. Desde el pasillo vio a Solange sentada en la cama con las piernas cruzadas, la cabeza entre las manos, llorando.

—¿Qué pasa?

—¡Nos han robado!

El doctor observó el cuarto y notó que no estaban sus dos maletas de cuero, ni los ternos que había dejado colgados detrás de la puerta.

—¡Se han llevado también mi abrigo de ante!

El doctor se dirigió de inmediato al armario, hurgó entre calcetines y papeles.

—Y también mi carnet con travellers.

—Deben haber entrado con una ganzúa. Cuando subí encontré la puerta entreabierta.

—Lo siento por tu abrigo y por mi ropa. Pero los travellers no podrán cobrarlos. Son de una cuenta especial y necesitan mi firma auténtica.

Solange dijo que era necesario presentar una denuncia en la comisaría del barrio y luego, acordándose nuevamente de su abrigo, recomenzó a gimotear.

—Si se hubieran robado mis dólares otra cosa. Pero mis dólares los llevo siempre conmigo.

Solange se calmó.

—Ya se me quitaron las ganas de ir a Montparnasse.

—Qué tanto, nos quedaremos aquí.

Solange se extendió sobre la cama y cerró los ojos. El doctor observó cómo sin transición se quedaba dormida y apagando la luz comenzó a desvestirse.

Se despertó entrada la mañana y notó que Solange no estaba. En la mesa de noche le había dejado un mensaje. Decía que tenía que llevar el carro a su casa, ver a unas amigas y que por eso le dejaba la tarde en libertad. Le daba cita para las ocho de la noche en La Coupole, Montparnasse.

Esa tarde vacante el doctor la llenó pausadamente con un nuevo paseo por el Sena, una visita a las Tullerías y una escalada a las torres de Notre-Dame, cuyos cuatrocientos escalones subió con heroísmo para observar, presa de vértigo, el panorama de París soleado. Al anochecer tomó el metro y se dirigió a Montparnasse.

Solange estaba sentada en la terraza con dos amigas. Lucienne debía tener cuarenta años y bebía un pernod. La otra era una pequeñeja con trenzas que tenía en los labios permanentemente un pitillo pestilente.

—Hay una sorpresa para esta noche —le dijo Solange—. Paradis nos ha invitado a una fiesta. Es en casa de un amigo, por el bosque de Vincennes.

El doctor Huamán objetó que en esa fiesta iba a ser un desconocido.

—Mejor —dijo Lucienne—, así es más divertido. Al tercer trago eres amigo de todo el mundo.

Paradis apareció muy bien peinado, con traje negro, anteojos negros y un pañuelo de seda blanco amarrado al cuello. Besó a Solange en ambas mejillas, a la pequeñeja en la boca y a Lucienne en la mano. De inmediato empezó a conversar con las mujeres sin darle al doctor, a quien saludó secamente, ninguna importancia. Hablaba de Petrus Borel, un hombre genial, que había organizado esa noche en su casa un *tout petit partouze.*

—Dijo que fuéramos temprano. Terminen su trago. Yo tengo el auto en la esquina de la rue Delambre.

Las mujeres se pusieron de pie y como el doctor hizo lo mismo, Paradis se volvió hacia él.

—¿Usted también viene?

—Yo lo he invitado —intervino Solange.

—Entonces lo llevas en tu carro.

Cogiendo con un brazo a Lucienne y con el otro a la enana, Paradis se encaminó hacia la rue Delambre. Solange condujo al doctor en la dirección contraria.

—¿Pero no habías dejado el carro en tu casa?

—Claro, pero después lo traje.

El Citroën siguió al carro de Paradis por boulevards arbolados, sombríos y tomando la orilla del Sena se dirigió hacia Nation. En una calle que daba al bosque de Vincennes se detuvo. Paradis escoltaba ya a sus pasajeras hacia la puerta de un edificio moderno y se introdujo en el ascensor con ellas. Solange y el doctor esperaron el segundo viaje y al poco rato estaban en un departamento a media luz donde un hombre calvo, moreno, cincuentón, un poco gordo, con los dedos cargados de anillos, los recibió amablemente, ofreciéndoles de inmediato cigarrillos, algo de beber, un sillón, el balcón frente al bosque, lo que quisieran. El doctor Huamán distinguió en la penumbra a varias personas sentadas en cojines, reclinadas en sofás, echadas en el suelo. Luego hizo un recuento y vio que no eran muchas. Aparte de los que habían llegado y que se habían distribuido decorativamente en el espacio, estaba el dueño de casa, Jimmi el pintor, un mozalbete en blue jeans, una señora en traje largo y una niña decididamente niña, etérea.

Petrus Borel volvía a la carga, esta vez con un azafate en el que se veían copas aflautadas llenas de vino blanco.

—Sírvanse, va a cantar Jean-Luc.

El doctor y Solange tomaron asiento en un sofá-cama adosado a la pared.

—¿A qué se dedica este señor Borel?

—¿Qué importa eso? Ya lo dijo Paradis. Es un hombre genial.

El muchacho en blue jeans cogió una guitarra que colgaba del muro y luego de afinarla empezó a cantar canciones renacentistas. La habitación se llenaba de humo.

—Te voy a traer otro vino —dijo Solange levantándose.

Lucienne se acercó en ese momento al sofá-cama y se acomodó al lado del doctor Huamán.

—Bueno, ¿y quién eres tú? ¿Qué haces?

—Soy doctor en educación. Lo que se llama ahora educación de adultos.

—¿Adultos? Debe ser una profesión apasionante.

El doctor se aprestaba a desengañarla, pero ya Solange llegaba con dos copas. Lucienne se retiró balanceando las caderas hacia donde estaba el pintor marroquí.

—Jean-Luc, canta algo más alegre —dijo Petrus Borel—. Esas canciones aburren.

Jean-Luc, cambiando de registro, atacó el repertorio de canciones licenciosas. El doctor Huamán no entendía bien la letra. Todos reían, salvo la niña etérea que miraba fascinada las manos del guitarrista.

—Voy a respirar un poco de aire —dijo el doctor.

—¿No te sientes bien?

—Al contrario, como nunca. Me siento como si tuviera veinte años.

Con su vaso en la mano se dirigió al balcón y contempló apoyado en la baranda el sombrío follaje del bosque de Vincennes. Respiró satisfecho el aire nocturno y bebió de un sorbo lo que quedaba en su copa. Paradis y Borel estaban de pie, cerca de la mampara.

—¿Quién ha traído a esta niña?

—Jean-Luc la trajo sin avisar —dijo Borel.

—Es una idea necia, desatinada.

El doctor Huamán entró al salón, interrumpiendo la conversación. Borel le pasó el brazo por el hombro.

—Sí, mi querido doctor. Mi filosofía es simple. Divertirse, como si estuviéramos en un barco condenado al naufragio, saber admirar en la caída las flores que crecen al borde del abismo. Y arrancar una de paso si es posible. ¿Un trago más?

Solange se acercaba.

—¿Puedo poner unos discos?

—Buena idea —dijo Borel—, Jean Luc está ya pesado con sus *cochonneries.*

—Ven —dijo Solange cogiendo al doctor de la mano—. Vamos a poner discos.

En un rincón de la pieza, en el suelo, había un pick-up rodeado de pilas de discos. Para llegar a él tuvieron que pasar de un tranco sobre la pequeñeja, que estaba tendida de vientre en el suelo, fumando.

—Acá hay de todo. Jazz, Aznavour, música latinoamericana. ¿Qué ponemos?

—Cualquier cosa, pero que no sea muy movida.

Solange escogió un disco de blues cantado por Bing Crosby y sus primeros acordes determinaron a Jean-Luc a colgar definitivamente su guitarra. La señora de traje largo apareció por un pasillo.

—La cena está lista. El que tenga hambre que levante la mano y que me siga.

Pero ya Petrus Borel, seducido al parecer por Bing Crosby, cogía a la señora por la cintura para embarcarla en el orden pegajoso, amelcochado, lenitivo de los blues de los años cuarenta.

—Adorable Medusa. ¿Quién dice que el amor se marchita?

Jimmi sacó a bailar a Lucienne, Jean-Luc a la niña etérea y el doctor, abotonándose el saco, invitó a Solange. Sólo quedaron desparejados la pequeñeja, que seguía tendida en el suelo y Paradis que fumaba mirando hacia el balcón, apoyado en su pierna levemente más corta.

El disco de Bing Crosby se desenrolló interminablemente por sus dos lados y fue seguramente repetido por algún fanático, pues el doctor Huamán comprobó que sentía hambre y que varias veces había echado mano a una copa que un escanciador invisible volvía a llenar.

—Creo que debíamos comer algo.

La Medusa lo escuchó, pues abandonando a Petrus Borel comenzó a batir palmas.

—¡Una buena idea! ¡Bravo, doctor! El que se anime que venga conmigo.

Y levantando con los dedos el remate de su largo vestido se encaminó hacia el pasillo, seguida por Jimmi, Lucienne, Solange y el doctor.

En una mesa de la cocina había una fuente con lonjas de ternera fría y un recipiente con ensalada de lechuga. Cada cual se sirvió a su guisa y regresaron al salón con sus platos en las manos. Bing Crosby había sido desalojado para dejar lugar a un rock que Jean-Luc y la etérea bailaban ocupando tanto espacio que habían tenido que arrimar cojines y sillones contra la pared. Borel también bailaba, pero solo, de la cintura para abajo, mientras su torso rígido mantenía una conversación seria con Paradis.

La Medusa sirvió un vino rosado y cuando fueron a la cocina a dejar los platos vacíos encontraron de regreso a Petrus destapando una botella panzuda.

—Un whisky especial, se lo compré al marino marsellés, ¿lo conoces?

Paradis respondió en esa lengua que el doctor ya una vez le había escuchado hablar en el bar de la rue Delambre y Borel respondió en la misma, riendo.

Jimmi y Lucienne, aspirados por el rock, entraron en colisión con Jean-Luc y la ninfa, al mismo tiempo que Solange tiraba del brazo del doctor.

—Yo te voy a enseñar. Es sólo cuestión de ritmo.

El doctor se dio cuenta que era la cosa más fácil del mundo y sin complejos, aflojando los torniquetes de su cintura, dejó a sus extremidades inferiores seguir su propio impulso.

—¡Cretino! ¡Ya me fregó el brazo!

El doctor bajó los ojos y vio que la pequeñeja, a quien había perdido de vista, estaba entre sus piernas, frotándose el brazo.

—Usted es Atila. Desde que lo vi me di cuenta. Donde pisa no crece más la hierba.

El doctor interrumpió su baile para deshacerse en excusas, pero Solange lo volvió a jalar.

—No le hagas caso. Está volando.

La pequeñeja se puso al fin de pie y comenzó a bailar sola, girando en torno a Paradis, invitándolo, incitándolo. Borel y la Medusa estaban besándose furiosamente en el sofá-cama, mientras Jimmi, abandonando a Lucienne, se dirigió hacia la botella panzuda para servir el whisky en vasos cortos y anchos que fue pasando a los presentes.

Al igual que Bing Crosby el rock se prolongó y a fuerza de repetirse fue adquiriendo un carácter encantatorio, casi sagrado, que arrastró en su dictado a Petrus Borel, que bailaba con Lucienne y a la Medusa, que se interpuso entre Jean-Luc y la etérea para inventar figuras a las que su larga falda daban el aspecto de un derviche frenético. El doctor Huamán estaba sudando.

—Quítate el saco si quieres, déjalo en uno de los dormitorios —dijo Solange.

—Eso nunca. Un caballero no se queda en mangas de camisa.

Paradis, que seguía hostigado por la enana, tuvo un gesto de impaciencia.

—Pon tu bosanova de una vez y déjate de monerías. ¿Me oyen todos? Nadine quiere su bosanova.

—¡Ya era tiempo! —exclamó Jimmi dirigiéndose hacia el tocadiscos.

Todos menos el doctor Huamán, que habiendo dejado en libertad a su cuerpo continuaba moviéndose espasmódica y casi dolorosamente, se interrumpieron para observar cómo Jimmi y Nadine hurgaban entre los discos. Cuando empezó a sonar la bosanova, buscaron dónde sentarse. Solange arrastró al doctor hacia el sofá-cama.

—Ven, siéntate aquí. Hay espectáculo.

Nadine había comenzado a menearse lentamente, con las palmas de sus manos acariciando sus muslos. Entre dos vueltas se despojó de sus zapatos que arrojó a un rincón de la pieza. Luego fue desabotonando su blusa hasta quitársela, la balanceó en una mano y la tiró sobre un sillón. De su falda se deshizo de un solo gesto, pues era abierta de un lado y abotonada en la cintura. En sostén y calzón evolucionó un momento, mientras se llevaba las manos a la espalda buscando el corchete, se despojó de su prenda y la arrojó al azar, cayendo en el hombro del doctor Huamán. El calzón se lo quitó según una progresión estudiada que mostraba, ocultaba y volvía a mostrar cada vez más sus glúteos y su vellocino y cuando lo tuvo en la mano, en lugar de arrojarlo, lo condujo hasta Paradis para meterlo en el bolsillo de su saco. Como la bosanova terminaba dio aún algunas sacudidas de caderas y aterrizó sobre un cojín con la cabeza hundida entre las piernas.

Jimmi, Petrus y Jean-Luc aplaudían, pero ya Nadine estaba de pie y buscaba su cartera para sacar un pitillo.

—Dame también uno —dijo Jimmi.

—Pídeselo a la Medusa.

—Así me van a arruinar. Qué dices, Petrus, ¿se lo doy?

El dueño de casa hizo un gesto ambiguo con la cabeza y la Medusa se perdió por un corredor para reaparecer con una caja de pitillos. Todos, menos Paradis y el doctor Huamán, aceptaron.

—¿Tú no fumas? —preguntó Solange—. No hace daño. Hasta los médicos están de acuerdo sobre eso.

—Me tomarás por tonto, pero esas cosas yo no fumo. Bastante tengo con el tabaco.

Nadine, que no tenía trazas de vestirse, se acercó otra vez al tocadiscos y puso una danza rusa.

—Doctor Huamán.

El doctor notó que por primera vez Paradis le dirigía directamente la palabra.

—Jimmi fue bailarín, acróbata y contorsionista antes de dedicarse a la pintura. ¿No es verdad Jimmi?

Jimmi fumaba y reía, volvía a fumar y a reír mientras la Medusa lo besaba en los bigotes y lo enlazaba de la cintura.

—Vamos Jimmi, anímate.

Jimmi sorbió su pitillo hasta consumirlo, lo apagó, se puso de pie y al poco rato estaba parado sobre las manos y luego de un salto mortal caía sobre sus talones. Repitió el volantín y quedó agachado, con los brazos cruzados sobre el pecho, bailando a lo cosaco la Danza de las Espadas, mientras Jean-Luc y la niña parodiaban la misma danza, pero en un rincón de la pieza y diríase en otro espacio, como una cita angular en el cuadro de un pintor renacentista.

El ballet de Jimmi estaba también unido al desnudamiento, pues su camisa voló dejando al descubierto pectorales velludos y un poco tetones y entre un pararse de cabeza para saltar y caer de pie su pantalón estaba arrugado y desinflado sobre la alfombra. Finalmente su calzoncillo blanco aleteó como una paloma guerrera dejando al vivo un sexo corto, grueso, venoso, encorvado y cabezudo. Lucienne, Nadine y la Medusa aplaudían mientras Jimmi, impelido por el ritmo, se acercó a la pared para descolgar una cimitarra que hasta entonces había permanecido invisible.

La danza adquirió un giro imprevistamente frenético. Jimmi trepidaba con el arma en la mano describiendo círculos cada vez más rápidos, interrumpidos por bruscas frenadas para cambiar de sentido, estirando cada vez más el brazo armado, cortando el aire con la hoja afilada. El doctor Huamán creyó notar que, a pesar del carácter inspirado y concentrado de su danza, Jimmi tenía para él una mirada especialmente vigilante. En un segundo lo vio dar un salto acrobático y la cimitarra pasó y repasó silbando sobre su cabeza. Al fin, acompañado por un estridente acorde de metales, Jimmi se desplomó lanzando su arma debajo del sofá-cama.

—¡Notable! —dijo Petrus Borel.

Todos estaban callados y miraban al doctor Huamán, esperando al parecer su opinión.

—Notable —repitió el doctor, secándose la frente con su pañuelo.

Jimmi se levantó y en lugar de quedar desnudo como Nadine se puso su calzoncillo y sus pantalones. Alguien había hecho girar otra vez el tocadiscos, los vasos cortos se habían llenado del trago añejo y respetando las órdenes de algún diligente maestro de ceremonias se encontraron todos esta vez bailando al son de la Sonora Matancera. El doctor tenía delante a la Medusa, Solange bailaba con Paradis, Petrus Borel con Lucienne, Jimmi con la niña etérea y Jean-Luc con Nadine.

—Esto es vida —dijo el doctor al girar cerca de Solange—. Nunca me había divertido tanto.

—Pues ya sabe —dijo la Medusa—. Petrus y yo adoramos divertirnos. ¿Qué otra cosa se puede hacer si uno no está seguro ni del día en que vive? Ya conoce la dirección de la casa, doctor.

Las parejas se intercambiaron al son de un cha-cha-chá y pronto el doctor se encontró bailando con la ninfa y luego, por una aberración del circuito, con Jimmi que reía agitando sus pectorales fofos. Hasta Paradis, impenetrable tras sus anteojos negros, pasó como una sombra delante suyo, moviéndose con sobriedad sobre su pierna anormal y al fin estaban formando una ronda, en el centro de la cual Nadine trataba de entrar en trance, batiendo las manos en alto, sacudiendo sus trenzas, haciendo temblar sus senos, meneando sus caderas, avanzando su vellocino. El doctor notó por primera vez que la pequeñeja tenía una cicatriz debajo del ombligo, que en la palidez de Paradis había algo de implacable y que leve, pero muy levemente, amanecía en el balcón.

Se sentaron en cojines, sofás y sillones, cansados traspirando, viendo bailar aún a Jean-Luc y la etérea, bebiendo una segunda botella panzuda que Borel ofrecía. El doctor tenía a Solange recostada sobre sus muslos. Insensiblemente la pieza se fue despoblando. Todos, con excepción de Paradis y la Medusa, que conversaban en el pasillo, habían desaparecido.

Solange se arrellanó entre las piernas del doctor, ronroneó, guiñó los ojos, se convirtió en una palomita golosa, otoñal.

—¿Y qué?, ¿nada?

—¿Dónde están los otros?

—¿Dónde va a ser? En los cuartos.

—Pero ¿hay sitio?

—Hay cuatro dormitorios.

—Espera. Voy al baño.

El doctor se puso de pie y tomó el pasillo. Tuvo que apoyarse en una y otra pared porque se tambaleaba. Sobre el pasillo daban las cuatro puertas de los dormitorios y al fondo la del baño. Después de orinar se remojó bien la cara y emprendió el retorno. La primera puerta estaba entreabierta y había luz adentro. Presa de una curiosidad súbita, indecente, avanzó la cabeza. En lugar del cuadro obsceno que esperaba, vio a Jimmi bostezando sentado en una silla y a Lucienne que, de espaldas, miraba por la ventana. La segunda habitación estaba cerrada, pero iluminada por dentro. El doctor aplicó el ojo a la cerradura y espió. Petrus Borel ponía en orden unos papeles y Nadine, completamente vestida, se limaba las uñas. Sólo el cuarto que presumiblemente ocupaban Jean-Luc y la niña estaba oscuro.

—Creo que mejor vamos a casa —dijo entrando a la sala.

Solange se sobresaltó.

—¿No quieres quedarte?

—No.

Paradis, a pesar de seguir conversando con la Medusa, los observaba.

—El doctor quiere ya irse —dijo Solange.

—Bien, pero antes tomaremos un café —respondió la Medusa dirigiéndose a la cocina.

Paradis vaciló un momento y se acercó al sofá para invitarles cigarrillos.

—Borel es formidable. La Medusa ya lo convenció para que me compre un cuadro. Él colecciona cuadros y antigüedades. Colecciona todo, en realidad. Aquí no hay nada, naturalmente. Lo tiene en la *cave.* Pero él sabe lo que compra.

Como el doctor no respondió —encontraba precipitadas, incongruentes las palabras de Paradis—, su interlocutor se dirigió al pasillo.

—Voy a ver si estas parejas ya terminaron con sus cochonneries.

—¿Por qué no quieres ir al cuarto?

—Porque no. Hay algo en todo esto que no me convence.

Solange, que estaba reclinada sobre un cojín, se enderezó bruscamente y quedó mirando la alfombra, mordisqueándose una uña. En el tocadiscos sonaba hacía rato, muy débil y lenta, una bosanova. Por el balcón se escapaba la noche, se escapaba la fiesta, dejando una resaca de vasos en el suelo, de ceniceros repletos de colillas, de botellas terribles, vacías.

—Tal vez tengas razón.

El doctor quiso interrogarla, pero ya Paradis aparecía con Petrus, discutiendo.

—Es la hija del profesor Dumesnil.

—¿Y qué vamos a hacer?

—Nos puede meter en un lío. Culpa de Jean-Luc.

—¿Qué pasa? —preguntó Solange.

—Nada. Que esta chica es menor de edad. Y esta vez va a llegar a su casa al amanecer, peor aún, en pleno día. Su papá es un profesor de la Sorbona, un viejo mandarín que tiene que ver algo además con la crítica de arte. Lo peor es echarse encima a gente así. Aunque tal vez... ¿qué piensa usted, doctor? Tal vez usted, como extranjero y una persona importante, quiero decir, una persona respetable, pueda dar fe, pueda atestiguar...

—No entiendo.

—Muy claro —dijo Petrus Borel—. Esta chica ha pasado la noche fuera de su casa. ¿Dónde ha estado? Su papá puede pensar lo peor. Si usted escribiera una nota diciendo que certifica que vino a una fiesta dada en su honor, que perdió el último metro, en fin, que todo se desarrolló correctamente...

—Por supuesto —intervino Solange—. El doctor es una garantía. ¿Qué dices?

—Lo que quieras. Me da igual.

Paradis fue a traer papel y lapicero, cuando la Medusa aparecía con el café en un azafate.

—¿Y qué puedo escribir?

—Paradis se encarga —respondió Solange.

—Mira tú. Yo firmo.

Paradis escribía apoyando el papel sobre una revista, mientras Solange iba leyendo en alta voz. Cuando terminó le pasó el papel al doctor.

—Que me den un lapicero.

El doctor releyó la nota, corroborando lo que había leído Solange y firmó.

—Listo.

Nadine apareció vestida, luego Jimmi y Jean-Luc. Todos se sirvieron café en un ambiente mustio, amodorrado. La Medusa iba llevando a la cocina ceniceros y vasos sucios.

—¿Nos vamos? —preguntó el doctor a Solange.

—Yo me quedo.

El doctor, que se había dado ya impulso para levantarse, volvió a caer en el sofá.

—Estoy muy cansada. Si salgo ahora a la calle se me va a ir el sueño.

—Allá estarás más tranquila. Yo esperaba...

—A mediodía te voy a buscar. Te lo prometo.

El doctor se puso de pie, besó la mano de la Medusa, agradeció a Petrus y despidiéndose de todos salió a la calle. Caminó por el lindero del bosque de Vincennes inspirando profundamente el aliento del follaje, expulsando los vapores de su borrachera. Transeúntes mañaneros se dirigían veloces hacia los paraderos de autobús y bocas de metro. Al comprender que se estaba extraviando detuvo un taxi y le dio la dirección de Notre-Dame. A esa hora las torres truncas tenían otro brillo, otro volumen y otro esplendor. Quedó admirándolas, sabiendo que nunca más la vería, que jamás regresaría a París. En la terraza de un bar algunas personas desayunaban. El doctor tomó asiento ante una mesa, pidió un café con leche y al tomar el primer sorbo se dio cuenta de todo: habían querido tener su firma, su firma para imitarla y cobrar los travellers robados.

Como ya era hora de oficinas tomó otro taxi y se dirigió al American Expres. Allí explicó que había perdido su talonario con travellers, hizo que lo anularan y obtuvo la promesa de que en la oficina de Ginebra le extenderían uno nuevo. Regresó a la rue De la Harpe, se acostó y, contra todas sus previsiones, se quedó inmediatamente dormido.

Solange fue puntual y a las doce del día estaba tocando la puerta. El doctor le abrió y sin decirle palabra volvió a meterse en la cama. Miraba impasible el cielo raso.

—¿Pudiste dormir bien?

—Como un tronco. Pero antes fui al American Express para anular los travellers que me robaron.

Solange cogió un cigarrillo de la mesa de noche.

—Me parece una buena idea.

—Por supuesto. Uno nunca sabe. Mejor es ser precavido.

Solange se dirigió fumando a la ventana y quedó con la cara pegada al vidrio.

—Me quiero ir de París —dijo.

El doctor miraba una manchita del techo.

—Es lo que pensaba decirte. Si te quedas acá no sé dónde vas a ir a parar.

—No aguanto más esta ciudad, esta vida. Estoy harta, harta, te lo juro. Quisiera irme donde no me encuentre nadie.

—¿Y si te vienes conmigo?

Solange se volvió para mirar al doctor, que seguía contemplando el cielo raso, sonriente. Quedó pendiente de esa sonrisa, esperando verla abrirse, desplegarse, pero sólo vio cómo iba siendo comida por su propia boca, hasta no quedar de ella nada, ni el recuerdo.

—Pero es imposible —prosiguió el doctor—. Si no estuviera casado, en fin. Además tengo que ir al congreso, me esperan allá. Y luego...

—Entiendo perfectamente. Además ya me las arreglaré. Uno termina siempre por arreglar solo su vida. ¿Siempre viajas mañana?

El doctor asintió.

—Entonces debemos pasar este día juntos, tu último día en París. Podemos ir a un teatro, a un cine. Lo que quieras. ¿Te levantas? Voy a comprar una guía de espectáculos.

—Eso es hablar. Acércate.

Solange se aproximó a la cama, pero al adivinar las intenciones del doctor, cambió de rumbo hacia la puerta.

—Ahora no. Esta noche.

Cuando regresó con la *Semana de París,* el doctor terminaba de afeitarse.

—Se me ha ocurrido una idea mejor —dijo Solange. Debíamos ir esta tarde de pic-nic al campo. El tiempo está formidable. De regreso vamos al cine y después preparamos aquí una cena, la cena de despedida. Como el otro día, ¿te acuerdas? Pero con champán.

—¿Ir adónde?

—A Fontainebleau, a Saint Cloud, a la Chevreuse. ¿Qué prefieres? Todos esos lugares son una maravilla.

—¿Has traído tu carro?

—Está abajo.

—De acuerdo. Pero eso sí, regresemos temprano. ¡Una cena con champán! Y ostras, también.

—Apúrate. Tenemos que ir a comprar las provisiones.

Solange cogió una redecilla, bajaron rápidamente las escaleras y del brazo fueron a hacer las compras en los comercios de la rue De la Harpe. Provistos de pan, queso, jamón, vino y frutas subieron al auto y pusieron rumbo a la puerta de Orléans.

La tarde, en realidad, estaba espléndida. El doctor no se cansaba de observar los prados, inclinados u ondulantes, que se desplegaban a ambos lados de la autopista del sur. Lo único que le disgustaba eran esas aglomeraciones de casas espantosas, enanas, que surgían bruscamente en el campo o esas moles de edificios grises, uniformes, donde, sin embargo, vivía gente con tanta ilusión que se atrevía a cultivar flores en sus ventanas. París era eso en verdad: una sucesión de fachadas sucias, monótonas, que sólo pueden albergar la polilla, la mezquindad y la muerte, pero en las cuales de pronto se abren unas persianas y aparecen sonrientes, felices, dos amantes abrazados.

Solange conducía esta vez rápido, pero tensa. El doctor notó en su perfil una curvatura extraña, dolorosa. Había encendido ya dos cigarrillos, que arrojó por la ventanilla apenas comenzados.

—¿Te pasa algo?

La vio ahora sonreír.

—Creí que era el motor. ¿No sentiste un ruido raro? Pero era una falsa alarma, como verás.

Cuando se desviaron hacia Fontainebleau la arboleda se espesó. El follaje estaba encarnado, broncíneo, rígido en la tarde sin viento.

—¡Terrible es el otoño! —exclamó el doctor—. Nunca he visto árboles así. Para decirlo en una palabra: impresionantes.

Solange, otra vez callada, había disminuido la velocidad y observaba con insistencia el lindero derecho del bosque.

—No me acuerdo bien dónde queda la entrada. Es un sendero de tierra, a unos dos kilómetros de un puesto de socorro. Otra cosa: nos olvidamos de traer un mantel. Qué tanto, creo que atrás hay unos periódicos.

Al fin el carro tomó un desvío y apenas empezó a recorrerlo el doctor tuvo la impresión que penetraba en un mundo irreal. Era un túnel dorado, oloroso, sinusoide, que se bifurcó para conectarlos con otro túnel rojo, rectilíneo, que se bifurcó a su vez para situarlos en una alameda umbría, que se iba ensanchando hasta desembocar en un claro enorme, circular, cercado de rocas grises, parduscas, detrás de las cuales proseguía el bosque.

—¡Maravilloso! —exclamó.

Solange atravesó el claro por el centro y detuvo el carro cerca de las rocas.

—Llegamos —dijo apagando el motor.

El doctor descendió de inmediato para inspeccionar el lugar, respirando el aire otoñal. En las rocas que bordeaban el claro había aberturas que conducían a otros claros más pequeños, distribuidos como las capillas flamboyantes en una iglesia gótica. En el césped se veían restos, pero veraniegos, lejanos, que la lluvia y la intemperie iban convirtiendo en humus.

Solange bajó a su vez con la red de provisiones y un periódico doblado.

—¿Dónde almorzamos?

Solange señaló al azar uno de los claros satélites.

—Allí, por ejemplo.

Desdoblando el periódico lo colocaron sobre el césped y encima pusieron las provisiones.

—Hay que ser idiota —dijo Solange—. No hemos traído tampoco cubiertos, ni siquiera un sacacorchos. Decididamente, esto del pic-nic no va con nosotros.

—Dame la botella. Verás cómo se hace en mi país.

Cogiendo la botella protegió su culo con su pañuelo doblado y la golpeó contra una roca plana hasta que el corcho saltó.

—Método primitivo, pero eficaz —dijo Solange.

—Habrá que tomar del pico —dijo el doctor dando el ejemplo.

Solange lo imitó, mientras el doctor se quitaba el saco para doblarlo cuidadosamente y sentarse sobre él con las piernas cruzadas. Con la mano partieron el pan y se prepararon sándwiches.

—Nunca olvidaré estos días en París —dijo el doctor—. Habrán pasado algunas cosas desagradables, pero el balance ha sido positivo. Yo ya estoy acostumbrado. No hay placer que no cueste, en alguna forma, su precio. Para mí, sobre todo, ha sido un baño de juventud. Te dije alguna vez que la juventud, para mí, estaba en la otra ribera. Esta vez he alcanzado esa orilla, milagrosamente. Días inolvidables, Solange.

Solange, sin responder, comía en silencio, mirando las letras del periódico que les servía de mantel.

—Este bosque, por ejemplo, mis paseos por el Sena, Notre Dame, el cuarto de la rue De la Harpe, ¡tantas cosas! Todo eso lo recordaré. En toda vida hay así, algunos paréntesis, cortísimos a veces, pero que le dan su sentido a toda la frase. ¿Qué piensas tú?

Solange seguía con la mirada en el periódico.

—¿Triste?

—Es natural.

—¿Porque me voy?

Solange sonrió.

—Quizás. ¿Te extraña? No sé, tengo algo así como escalofríos. Creo que terminado esto debemos irnos. Mira el cielo. Al norte hay nubes, se puede cubrir.

—Yo conozco de cielo, Solange. Te equivocas. Hay sol para toda la tarde.

—Haz como quieras. Pero eso sí, acuérdate. Te he dicho para irnos.

Desde donde estaban sentados veían el gran claro, las rocas que lo circundaban y la alameda que conducía a él.

—¡Qué soledad! —dijo el doctor y después de comerse una manzana y beber los restos del vino reptó hacia Solange. Cogiéndola entre sus brazos la dobló sobre sus rodillas. Sus labios estaban allí, a su merced. Los atacó voraz, canallamente, solazándose, regustándose con su sabor, hasta que empezó a jadear, a sentir que era imposible postergar la meta que perseguía y que sus manos le indicaban palpando, torpemente, la pulpa del placer.

—Esta noche —dijo Solange rechazándolo—. Ya te lo he dicho.

—Nadie nos ve.

—Es posible. Pero ahora no, por favor.

Solange logró al fin enderezarse y quedó nuevamente arrodillada. Sacudió varias veces la cabeza y miró como asombrada a su alrededor.

—Y todavía aquí. Por última vez, te lo ruego, vámonos.

—No.

El doctor, de pie esta vez, estaba acomodándose la camisa y encendió un cigarrillo. Dio un corto paseo satisfecho, sonriente, entre las rocas del pequeño claro y cuando se volvió para mirar a Solange vio que ésta observaba la entrada de la gran explanada. Un automóvil desembocaba lentamente de la alameda.

—Todo se malogra —dijo el doctor y apagó su cigarro—. Ahora sí creo que viene gente.

El automóvil se detuvo al lado opuesto del claro y de él descendió un hombre vestido de negro que se encaminó calmada pero resueltamente hacia el Citroën.

—Es extraño —dijo el doctor—. O a lo mejor estoy soñando. ¿Ese no es Paradis?

—Me parece que sí.

Paradis seguía avanzando, hacía humear su cigarrillo, miraba ora hacia el cielo, ora hacia la derecha o izquierda del bosque. Al fin, negrísimos sus anteojos, estaba delante de ellos.

—¡Qué sorpresa! —dijo el doctor.

—En efecto, una sorpresa. ¿Quiere venir un momento, doctor? Necesito hablar con usted. ¡Ah, es un lindo día! Los árboles. Y el cielo, mírelo. Lástima que más tarde lloverá.

—A sus órdenes —dijo el doctor—. Es algo urgente, imagino.

Paradis le cogió del brazo.

—Ya le voy a explicar. Venga. Pero no olvide su saco.

El doctor se agachó para recoger su saco y observó a Solange, que no se había movido y miraba ahora, sin titubear, una brizna de hierba.

Del brazo de Paradis recorrió el claro en dirección del automóvil que había llegado.

—Es por la chica de anoche, usted sabe, parece que su padre no está muy convencido.

El doctor prestó poca atención a estas palabras. Sabía que Paradis las pronunciaba mecánicamente, casi por hacerle el favor de darle a esa situación un aire de verosimilitud.

—Y otra cosa, el problema de la pintura. Usted no cree en el asunto, ¿no es verdad? Pero todos pasan por malas épocas y es necesario vender. Yo, por ejemplo, que expongo en las mejores salas del mundo, me encuentro a veces en situación difícil...

El doctor ya no escuchaba. Vio que del automóvil bajaba en ese momento Jimmi y quedaba esperándolos, con los pulgares metidos en la correa de sus blue jeans.

—Bueno y al fin de cuentas, ¿en qué lo puedo servir? —preguntó—. Una cosa, por si acaso. Esta mañana anulé mi carnet de travellers.

—Sí —dijo Paradis—. Me avisaron por teléfono.

—¿Quién?

—¿Quién? Solange.

El doctor notó que había una tercera persona en el automóvil, sentada en el asiento posterior. Reconoció a Petrus Borel que leía un periódico. Como insistió en mirar hacia la ventanilla, Borel abandonó un instante su lectura para sonreírle jovialmente y hacerle un amplio saludo con la mano.

—La verdad es que no entiendo —dijo el doctor—. ¿Qué cosa quiere, en suma?

—Las explicaciones sobran, como supondrá. Jimmi, ¿le recibes el saco?

Sin esperar que se lo entregaran, Jimmi avanzó y cogió el saco que el doctor llevaba bajo el brazo.

—Todo lo que contiene, no dejes ni un solo papel.

Jimmi obedeció y después de la cartera sacó hasta los billetes usados del metro.

—Un robo en regla —dijo el doctor—. Esperaba algo mejor de usted. Ya lo había notado en esa cara pálida. Un ladronzuelo cualquiera.

—¿Usted cree? Bueno, póngase el saco y váyase. Solange debe estar esperándolo. Que terminen bien su día.

La ventanilla del auto se bajó.

—Buenas tardes —dijo Petrus Borel volviendo a saludarlo—. Eh, Paradis, tú, no te olvides, la gasolina.

Jimmi se encaminó hacia el automóvil y abrió su maletera.

—Váyase —repitió Paradis—. ¿No ha entendido?

El doctor se puso el saco y se encaminó por el centro del claro hacia Solange. Cuando había dado unos pasos volteó la cabeza en el momento en que Paradis extendía el brazo hacia él. Al ver en su mano un pequeño objeto oscuro, amenazador en esa tarde tan hermosa, arrancó a correr. El claro era plano y sus piernas lo llevaban sin reflexión hacia las rocas. Sonaron dos detonaciones al parecer lejanas, al punto que se preguntó si cazadores no se entretenían en un coto vecino. Pero la tercera lo enganchó de la espalda como un arpón, lo detuvo en su carrera y después de hacerlo trastabillar lo derrumbó de bruces en el pasto. Levantando con esfuerzo la cabeza trató de ubicar a Solange, de encontrar en su boca algún auxilio, pero no había nada que hacer, no la vería más, su cuello estaba torcido, sólo vio a Paradis que se acercaba conversando con Jimmi, que balanceaba en su mano un recipiente de plástico. Aún se agitó tratando de ver algo más en la tarde que se iba y vio las hojas de los árboles que caían y esta vez sí ruiseñores y alondras que volaban.

(París, 1969)

Sólo para fumadores

Sólo para fumadores

Sin haber sido un fumador precoz, a partir de cierto momento mi historia se confunde con la historia de mis cigarrillos. De mi período de aprendizaje no guardo un recuerdo muy claro, salvo del primer cigarrillo que fumé, a los catorce o quince años. Era un pitillo rubio, marca Derby, que me invitó un condiscípulo a la salida del colegio. Lo encendí muy asustado, a la sombra de una morera y después de echar unas cuantas pitadas me sentí tan mal que estuve vomitando toda la tarde y me juré no repetir la experiencia.

Juramento inútil, como otros tantos que lo siguieron, pues años más tarde, cuando ingresé a la universidad, me era indispensable entrar al Patio de Letras con un cigarrillo encendido. Metros antes de cruzar el viejo zaguán ya había chasqueado la cerilla y alumbrado el pitillo. Eran entonces los Chesterfield, cuyo aroma dulzón guardo hasta ahora en mi memoria. Un paquete me duraba dos o tres días y para poder comprarlo tenía que privarme de otros caprichos, pues en esa época vivía de propinas. Cuando no tenía cigarrillos ni plata para comprarlos se los robaba a mi hermano. Al menor descuido ya había deslizado la mano en su chaqueta colgada de una silla y sustraído un pitillo. Lo digo sin ninguna vergüenza pues él hacía lo mismo conmigo. Se trataba de un acuerdo tácito y además de una demostración de que las acciones reprensibles, cuando son recíprocas y equivalentes, crean un *statu quo* y permiten una convivencia armoniosa.

Al subir de precio, los Chesterfield se volatilizaron de mis manos y fueron reemplazados por los Incas, negros y nacionales. Veo aún su paquete amarillo y azul con el perfil de un inca en su envoltura. No debía ser muy bueno este tabaco, pero era el más barato que se encontraba en el mercado. En algunas pulperías los vendían por medios paquetes o por cuartos de paquete, en cucuruchos de papel de seda. Era vergonzoso sacar del bolsillo uno de estos cucuruchos. Yo siempre tenía una cajetilla vacía en la que metía los cigarrillos comprados al menudeo. Aún así los Inca eran un lujo comparados con otros cigarrillos que fumé en esos tiempos, cuando mis necesidades de tabaco aumentaron sin que ocurriera lo mismo con mis recursos: un tío militar me traía del cuartel cigarrillos de tropa, amarrados en sartas como si fuesen cohetes, producto repugnante, donde se encontraban pedazos de corcho, astillas, pajas y unas cuantas hebras de tabaco. Pero no me costaban nada, y se fumaban.

No sé si el tabaco es un vicio hereditario. Papá era un fumador moderado, que dejó el cigarrillo a tiempo cuando se dio cuenta que le hacía daño. No guardo ningún recuerdo de él fumando, salvo una noche en que no sé por qué capricho, pues hacía años que había renunciado al tabaco, cogió un pitillo de la cigarrera de la sala, lo cortó en dos con unas tijeritas y encendió una de las partes. A la primera pitada lo apagó diciendo que era horrible. Mis tíos en cambio fueron grandes fumadores y es sabido la importancia que tienen los tíos en la transmisión de hábitos familiares y modelos de conducta. Mi tío paterno George llevaba siempre un cigarrillo en los labios y encendía el siguiente con la colilla del anterior. Cuando no tenía un cigarrillo en la boca tenía un pipa. Murió de cáncer al pulmón. Mis cuatro tíos maternos vivieron esclavizados por el tabaco. El mayor murió de cáncer a la lengua, el segundo de cáncer a la boca y el tercero de un infarto. El cuarto estuvo a punto de reventar a causa de una úlcera estomacal perforada, pero se recuperó y sigue de pie y fumando.

De uno de estos tíos maternos, el mayor, guardo el primero y más impresionante recuerdo de la pasión por el tabaco. Estábamos de vacaciones en la hacienda Tulpo, a ocho horas a caballo de Santiago de Chuco, en los Andes septentrionales. A causa del mal tiempo no vino el arriero que traía semanalmente provisiones a la hacienda y los fumadores quedaron sin cigarrillos. Tío Paco pasó dos o tres días paseándose desesperado por las arcadas de la casa, subiendo a cada momento al mirador para otear el camino de Santiago. Al fin no pudo más y a pesar de la oposición de todos (para que no ensillara un caballo escondimos las llaves del cuarto de monturas), se lanzó a pie rumbo a Santiago, en plena noche y bajo un aguacero atroz. Apareció al día siguiente, cuando terminábamos de almorzar. Por fortuna se había encontrado a medio camino con el arriero. Entró al comedor empapado, embarrado, calado de frío hasta los huesos, pero sonriente, con un cigarrillo humeando entre los dedos.

Cuando ingresé a la facultad de derecho conseguí un trabajo por horas donde un abogado y pude disponer así de los medios necesarios para asegurar mi consumo de tabaco. El pobre Inca se fue al diablo, lo condené a muerte como un vil conquistador y me puse al servicio de una potencia extranjera. Era entonces la boga del Lucky. Su linda cajetilla blanca con un círculo rojo fue mi preferida. Era no solamente un objeto plásticamente bello, sino un símbolo de standing y una promesa de placer. Miles de estos paquetes pasaron por mis manos y en las volutas de sus cigarrillos están envueltos mis últimos años de derecho y mis primeros ejercicios literarios.

Por ese círculo rojo entro forzosamente cuando evoco esas altas noches de estudio en las que me amanecía con amigos la víspera de un examen. Por suerte no faltaba nunca una botella, aparecida no se sabía cómo, y que le daba al fumar su complemento y al estudio su contrapeso. Y esos paréntesis en los que, olvidándonos de códigos y legajos, dábamos libre curso a nuestros sueños de escritores. Todo ello naturalmente en un perfume de Lucky. El fumar se había ido ya enhebrando con casi todas las ocupaciones de mi vida. Fumaba no sólo cuando preparaba un examen sino cuando veía una película, cuando jugaba ajedrez, cuando abordaba a una guapa, cuando me paseaba solo por el malecón, cuando tenía un problema, cuando lo resolvía. Mis días estaban así recorridos por un tren de cigarrillos, que iba sucesivamente encendiendo y apagando y que tenían cada cual su propia significación y su propio valor. Todos me eran preciosos, pero algunos de ellos se distinguían de los otros por su carácter sacramental, pues su presencia era indispensable para el perfeccionamiento de un acto: el primero del día después del desayuno, el que encendía al terminar de almorzar y el que sellaba la paz y el descanso luego del combate amoroso.

¡Ay mísero de mí, ay infeliz! Yo pensaba que mi relación con el tabaco estaba definitivamente concertada y que en adelante mi vida transcurriría en la amable, fácil, fidelísima y hasta entonces inocua compañía del Lucky. No sabía que me iba a ir del Perú y que me esperaba una existencia errante en la cual el cigarrillo, su privación o su abundancia, jalonarían mis días de gratificaciones y desastres.

Mi viaje en barco a Europa fue un verdadero sueño para un tabaquista como yo, no sólo porque podía comprar en puertos libres o a marineros contrabandistas cigarrillos a precios regalados, sino porque nuevos escenarios dotaron al hecho de fumar de un marco privilegiado. Verdaderos cromos, por decirlo así: fumar apoyado en la borda del transatlántico mirando los peces voladores del Caribe o hacerlo de noche en el bar de segunda jugando una encarnizada partida de dados con una banda de pasajeros mafiosos. Era lindo, lo reconozco. Pero al llegar a España las cosas cambiaron. La beca que tenía era pobrísima y después de pagar el cuarto, la comida y el trolebús no me quedaba casi una peseta. ¡Adiós Lucky! Tuve que adaptarme al rubio español, algo rudo y demoledor, que por algo llevaba el nombre de Bisonte. Por fortuna estábamos en tierra ibérica y la pobre España franquista se las había arreglado para hacerle la vida menos dura a los fumadores menesterosos. En cada esquina había un viejo o una vieja que vendían en canastillas cigarrillos al detalle. A la vuelta de mi pensión montaba guardia un mutilado de la guerra civil al que le compraba cada día uno o varios cigarrillos, según mis disponibilidades. La primera vez que éstas se agotaron me armé de valor y me acerqué a él para pedirle un cigarrillo al fiado. «No faltaba más, vamos, los que quiera. Me los pagará cuando pueda.» Estuve a punto de besar al pobre viejo. Fue el único lugar del mundo donde fumé al fiado.

Los escritores, por lo general, han sido y son grandes fumadores. Pero es curioso que no hayan escrito libros sobre el vicio del cigarrillo, como sí han escrito sobre el juego, la droga o el alcohol. ¿Dónde están el Dostoievski, el De Quincey o el Malcolm Lowry del cigarrillo? La primera referencia literaria al tabaco que conozco data del siglo XVII y figura en el *Don Juan* de Molière. La obra arranca con esta frase: «Diga lo que diga Aristóteles y toda la filosofía, no hay nada comparable al tabaco... Quien vive sin tabaco, no merece vivir.» Ignoro si Molière era fumador —si bien en esa época el tabaco se aspiraba por la nariz o se mascaba—, pero esa frase me ha parecido siempre precursora y profunda, digna de ser tomada como divisa por los fumadores. Los grandes novelistas del siglo XIX —Balzac, Dickens, Tolstoi— ignoraron por completo el problema del tabaquismo y ninguno de sus cientos de personajes, por lo que recuerdo, tuvieron algo que ver con el cigarrillo. Para encontrar referencias literarias a este vicio hay que llegar al siglo XX. En *La montaña mágica,* Thomas Mann pone en labios de su héroe, Hans Castorp, estas palabras: «No comprendo cómo se puede vivir sin fumar... Cuando me despierto me alegra saber que podré fumar durante el día y cuando como tengo el mismo pensamiento. Sí, puedo decir que como para poder fumar... Un día sin tabaco sería el colmo del aburrimiento, sería para mí un día absolutamente vacío e insípido y si por la mañana tuviese que decirme hoy no puedo fumar creo que no tendría el valor para levantarme.» La observación me parece muy penetrante y revela que Thomas Mann debió ser un fumador encarnizado, lo que no le impidió vivir hasta los ochenta años. Pero el único escritor que ha tratado el tema del cigarrillo extensamente, con una agudeza y un humor insuperables, es Italo Svevo, quien le dedica treinta páginas magistrales en su novela *La conciencia de Zeno.* Después de él no veo nada digno de citarse, salvo una frase en el diario de André Gide, que también murió octogenario y fumando: «Escribir es para mí un acto complementario al placer de fumar.»

El mutilado español que me fiaba cigarrillos fue un santo varón y una figura celestial que no encontraré más en mi vida. Estaba ya entonces en París y allí las cosas se pusieron color de hormiga. No al comienzo, pues cuando llegué disponía de medios para mantener adecuadamente mi vicio y hasta para adornarlo. Las surtidas tabaquerías francesas me permitieron explorar los dominios inglés, alemán, holandés, en su gama rubia más refinada, con la intención de encontrar, gracias a comparaciones y correlaciones, el cigarrillo perfecto. Pero a medida que avanzaba en estas pesquisas mis recursos fueron disminuyendo a tal punto que no me quedó más remedio que contentarme con el ordinario tabaco francés. Mi vida se volvió azul, pues azules eran los paquetes de Gauloises y de Gitanes. Era tabaco negro además, de modo que mi caída fue doblemente infamante. Ya para entonces el fumar se había infiltrado en todos los actos de mi vida, al punto que ninguno —salvo el dormir— podía cumplirse sin la intervención del cigarrillo. En este aspecto llegué a extremos maniacos o demoniacos, como el no poder abrir una carta sin encender un cigarrillo. Muchas veces me ocurrió recibir una carta importantísima y dejarla horas y horas sobre mi mesa hasta conseguir los cigarrillos que me permitieran desgarrar el sobre y leerla. Esa carta podía incluso contener el cheque que necesitaba para resolver el problema de mi falta de tabaco. Pero el orden no podía ser invertido: primero el cigarrillo y después la apertura del sobre y la lectura de la carta. Estaba pues instalado en plena insania y maduro ya para las peores concesiones y bajezas.

Ocurrió que un día no pude comprar ya ni cigarrillos franceses —y en consecuencia leer mis cartas—, y tuve que cometer un acto vil: vender mis libros. Eran apenas doscientos o algo así, pero eran los que más quería, aquellos que arrastraba durante años por países, trenes y pensiones y que habían sobrevivido a todos los avatares de mi vida vagabunda. Yo había ido dejando por todo sitio abrigos, paraguas, zapatos y relojes, pero de estos libros nunca había querido desprenderme. Sus páginas anotadas, subrayadas o manchadas conservaban las huellas de mi aprendizaje literario y, en cierta forma, de mi itinerario espiritual. Todo consistió en comenzar. Un día me dije: «Este Valéry vale quizás un cartón de rubios americanos», en lo que me equivoqué, pues el *bouquiniste* que lo aceptó me pagó apenas con qué comprar un par de cajetillas. Luego me deshice de mis Balzac, que se convertían automáticamente en sendos paquetes de Lucky. Mis poetas surrealistas me decepcionaron, pues no daban más que para un Players británico.

Un Ciro Alegría dedicado, en el que puse muchas esperanzas, fue sólo recibido porque le añadí de paso el teatro de Chejov. A Flaubert lo fui soltando a poquitos, lo que me permitió fumar durante una semana los primitivos Gauloises. Pero mi peor humillación fue cuando me animé a vender lo último que me quedaba: diez ejemplares de mi libro *Los gallinazos sin plumas,* que un buen amigo había tenido el coraje de editar en Lima. Cuando el librero vio la tosca edición en español, y de autor desconocido, estuvo a punto de tirármela por la cabeza. «Aquí no recibimos esto. Vaya a Gibert, donde compran libros al peso.» Fue lo que hice. Volví a mi hotel con un paquete de Gitanes. Sentado en mi cama encendí un pitillo y quedé mirando mi estante vacío. Mis libros se habían hecho literalmente humo.

Días más tarde erraba desesperadamente por los cafés del Barrio Latino en busca de un cigarrillo. Había comenzado el verano, cruel verano. Todos mis amigos o conocidos, por pobres que fuesen, habían abandonado la ciudad en auto-stop, en bicicleta o como sea rumbo a la campiña o a las playas del sur. París me parecía poblado de marcianos. Al llegar la noche, con apenas un café en el estómago y sin fumar, estaba al borde de la paranoia. Una vez más recorrí el boulevard Saint-Germain, empezando por el Museo Cluny, en dirección a la Plaza de la Concordia. Pero en lugar de inspeccionar las terrazas atestadas de turistas, mis ojos tendían a barrer el suelo. ¡Quién sabe! A lo mejor podía encontrar un billete caído, una moneda. O una colilla. Vi algunas, pero estaban aplastadas o mojadas, o pasaba en ese momento gente y un resto de dignidad me impedía recogerlas. Cerca de medianoche estaba en la Plaza de la Concordia, al pie del obelisco, cuya espigada figura no tenía para mí otro simbolismo que el de un gigantesco cigarro. Dudaba entre seguir mi ronda hacia los grandes boulevards o si regresar derrotado a mi hotelito de la rue De la Harpe. Me aventuré por la rue Royal y del Maxim's vi salir a un caballero elegante que encendía un cigarrillo en la calzada y despachaba al portero en busca de un taxi. Sin vacilar me acerqué a él y en mi francés más correcto le dije: «¿Sería usted tan amable de invitarme un cigarrillo?» El caballero dio un paso atrás horrorizado, como si algún execrable monstruo nocturno irrumpiera en el orden de su existencia y, pidiendo auxilio al portero, me esquivó y desapareció en el taxi que llegaba.

Un flujo de sangre me remontó a la cabeza, al punto que temí caerme desplomado. Como un sonámbulo volví sobre mis pasos, crucé la plaza, el puente, llegué a los malecones del Sena. Apoyado en la baranda miré las aguas oscuras del río y lloré copiosa, silenciosamente, de rabia, de vergüenza, como una mujer cualquiera.

Este incidente me marcó tan profundamente, que a raíz de él tomé una determinación irrevocable: no ponerme nunca más, pero nunca más, en esa situación de indigencia que me forzara a pedirle cigarrillos a un desconocido. Nunca más. En adelante debía ganar mi tabaco con el sudor de mi frente. Sabía que estaba viviendo un período de prueba y que vendrían mejores tiempos, pero por el momento me lancé como un lobo sobre la menor ocasión de trabajo que se me presentó, por duro o desdeñado que fuese y al día siguiente estaba haciendo cola ante la oficina de «ramassage de vieux journeaux» y me convertí en un recolector de papel de periódico.

Fue el primer trabajo físico que realicé y uno de los más fatigosos, pero también uno de los más exaltantes, pues me permitió conocer no sólo los pliegues más recónditos de París, sino aquellos más secretos de la naturaleza humana. A cada cual nos daban un triciclo y una calle y uno debía partir pedaleando hasta su calle e ir de edificio en edificio, de piso en piso y de puerta en puerta pidiendo periódicos viejos para los «pobres estudiantes», hasta llenar el triciclo y regresar a la oficina, con sol o con lluvia, por calles planas o calles empinadas. Conocí barrios lujosos y barrios populares, entré a palacetes y buhardillas, me tropecé con porteras hórridas que me expulsaron como a un mendigo, viejitas que a falta de periódicos me regalaron un franco, burgueses que me tiraron las puertas en las narices, solitarios que me retuvieron para que compartiera su triste pitanza, solteronas en celo que esbozaron gestos equívocos e iluminados que me propusieron fórmulas de salvación espiritual.

Sea como fuese, en diez o más horas de trabajo, lograba reunir el papel suficiente para pagar cotidianamente hotel, comida y cigarrillos. Fueron los más éticos que fumé, pues los conquisté echando el bofe, y también los más patéticos, ya que no había nada más peligroso que encender y fumar un pitillo cuando descendía una cuesta embalado con trescientos kilos de periódicos en el triciclo.

Por desgracia, este trabajo duró sólo unos meses. Quedé nuevamente al garete, pero fiel a mi propósito de no mendigar más un cigarrillo me los gané trabajando como conserje de un hotelucho, cargador de estación ferroviaria, repartidor de volantes, pegador de afiches y finalmente cocinero ocasional en casa de amigos y conocidos.

Fue en esa época que conocí a Panchito y pude disfrutar durante un tiempo de los cigarrillos más largos que había visto en mi vida, gracias al amigo más pequeño que he tenido. Panchito era un enano y fumaba Pall Mall. Que fuera un enano me parece quizás exagerado, pues siempre tuve la impresión de que crecía conforme lo frecuentaba.

Lo cierto es que lo conocí desnudo como un gusano y en circunstancias melodramáticas. Un amigo me invitó a cocinar a su estudio y cuando llegué encontré la puerta entreabierta y en la cama un bulto cubierto con las sábanas. Pensé que era mi amigo que se había quedado dormido y para hacerle una broma jalé las sábanas de un tirón gritando «¡Police!». Para mi sorpresa, quien quedó al descubierto fue un cholo calato, lampiño y minúsculo que, dando un salto agilísimo, se puso de pie y quedó mirándome aterrado con su carota de caballo. Cuando lo vi desviar la vista hacia el cortapapel toledano que había en la mesa de noche fui yo el que me asusté, pues un hombre calato por indefenso que parezca, se vuelve peligroso si se arma de un punzón. «¡Soy un amigo de Carlos!», exclamé. A buena hora. El hombrecito sonrió, se cubrió con una bata y me estiró la mano, justo cuando llegaba Carlos con la bolsa de provisiones. Carlos me lo presentó como a un viejo pata que había alojado por esa noche mientras encontraba un hotel. Panchito entretanto había sacado de bajo la cama dos voluminosas maletas. Una desbordaba de ropa muy fina y la otra de botellas de whisky y de cartones de una marca de cigarrillos desconocida entonces en Francia: Pall Mall. Cuando me estiró el primer paquete de los primeros king size que veía me di cuenta que Panchito era menos pequeño de lo que suponía.

A partir de ese día Panchito, yo y los Pall Mall formamos un trío inseparable. Panchito me adoptó como su acompañante, lo que equivalía a haberme extendido un contrato de trabajo que asumí con una responsabilidad profesional. Mi función consistía en estar con él. Caminábamos por el Barrio Latino, tomábamos copetines en las terrazas de los cafés, comíamos juntos, jugábamos una que otra partida de billar, rara vez entrábamos a un cine, pero sobre todo conversábamos a lo largo del día y parte de la noche. Él corría con todos los gastos y al despedirse me dejaba algunos billetes en la mano e, invariablemente, una cajetilla de Pall Mall.

A pesar de tan estrecho contacto, yo no sabía realmente quién era Panchito y a qué se dedicaba. De mis largas conversaciones con él saqué en limpio muchas cosas pero no las suficientes como para adquirir una certeza. Sabía que su infancia en Lima fue pobrísima; que de joven dejó el Perú para recorrer casi toda América Latina; que le encantaba vestirse bien, con chaleco, sombrero, zapatos Weston de tacos muy altos (por lo cual la primera vez que salimos juntos me pareció que había dado un pequeño estirón); que el oro lo fascinaba, pues eran de oro su reloj, su lapicero, sus gemelos, su encendedor, su anillo con rubí y sus prendedores de corbata; que odiaba a las fuerzas del orden y hacía lo indecible para volverse transparente cada vez que pasaba un policía; que el fajo de billetes que llevaba en el bolsillo de su pantalón era aparentemente inagotable; que a medianoche desaparecía en las sombras con rumbo desconocido, sin que nadie supiese dónde se albergaba.

Con el tiempo algunos de mis amigos lo conocieron y formaron en torno a él un cortejo de artistas mendicantes que habían encontrado amparo en un enigmático cholo peruano. A Panchito le encantaba estar rodeado por estos cinco o seis blanquitos miraflorinos, hijos de esa burguesía peruana que lo había menospreciado, y a los que daba de comer, de beber y de vivir, como si encontrara un placer aberrante en devolver con dádivas lo que había recibido en humillaciones. A Santiago le pagó sus cursos de violín, a Luis le consiguió un taller para que pintara, y a Pedro le financió la edición de una plaqueta de poemas invendible. Panchito era así, entre otras cosas un mecenas, pero que no aceptaba nada de vuelta, ni las gracias.

Uno de los últimos recuerdos que guardo de él, antes de su desaparición definitiva, ocurrió una noche invernal, eléctrica y viciosa. Pasada la medianoche quedábamos Panchito, Santiago y yo tomando el vino del estribo en el mostrador del Relais de l'Odeon. Cerraban el bar, éramos los últimos clientes, los mozos ponían las sillas sobre las mesas y barrían las baldosas. En el espejo del bar vimos tres siluetas inmóviles en la calzada: tres árabes cubiertos con espesos abrigos negros. Santiago nos contó entonces que días atrás, en ese mismo bar, un árabe había intentado manosear a una francesa y que él, movido por un sentimiento incauto de justiciero latino, salió en su defensa y se lió a puñetazos con el musulmán, poniéndolo en fuga luego de romperle una silla en la cabeza, dentro de la mejor tradición de los westerns. Puesto que de film se trata, estábamos viviendo ahora un film policial, ya que según Santiago, uno de los tres árabes que estaban en la calzada era aquel al que derrotó y que se alejó jurando venganza. Pues ahora estaba allí, en esa noche solitaria e inclemente, acompañado por dos secuaces, esperando que saliéramos del bar para cumplir su vendetta. ¿Qué hacer? Santiago era alto, ágil y buen peleador, pero yo un intelectual esmirriado y Panchito un peruano bajito con sombrero y chaleco. ¿Cómo enfrentarse a esos tres hijos de Alá, armados posiblemente de corvas navajas?

«Salgamos tranquilamente», dijo Panchito. Fue lo que hicimos y nos encaminamos por el centro de la pista desierta y lóbrega hacia la rue De Buci. A los cincuenta metros volvimos la cabeza y vimos que los tres árabes, con las manos en los bolsillos de sus abrigos peludos, aceleraban el paso y se acercaban. «Sigan no más ustedes», dijo Panchito, «yo les doy el alcance después». Santiago y yo continuamos nuestro camino y un trecho más allá nos detuvimos para ver qué pasaba. Vimos entonces que Panchito, de espaldas a nosotros, parlamentaba con los tres musulmanes que, a su lado, parecían tres sombrías montañas. En la mano de uno de ellos refulgió un cuchillo pero, lejos de amedrentarse, Panchito avanzó y sus contrincantes dieron un paso atrás y luego otro y otro, a medida que se iban empequeñeciendo y Panchito agrandando, hasta que al fin se esfumaron en la oscuridad y desaparecieron. Panchito volvió calmadamente hacia nosotros, encendiendo en el trayecto uno de sus larguísimos Pall Mall. «Asunto arreglado», dijo echándose a reír. «Pero, ¿qué has hecho?», le preguntó Santiago. «Nada», dijo Panchito y al poco rato añadió: «Toca», y se señaló el abrigo, a la altura del tórax. Santiago y yo tocamos su abrigo y sentimos bajo la tela la presencia de un objeto duro, alargado e inquietante.

Días más tarde Panchito desapareció, sin preaviso. Lo esperé durante horas en el café Mabillón, donde diariamente nos dábamos cita antes del almuerzo para tomar el primer aperitivo y emprender una de nuestras largas y erráticas jornadas. Fui a ver a mi amigo Carlos, quien me dijo ignorar dónde estaba. «Ya lo sabrás por los periódicos», agregó sibilinamente. Y lo supe, pero años después, cuando trabajaba en una agencia de prensa, encargado de seleccionar y traducir las noticias de Francia destinadas a América Latina. De Niza llegó un télex con la mención «Especial Perú. Para transmitir a los periódicos de Lima». El télex decía que un delincuente peruano, Panchito, fichado desde hacía años por la Interpol, había sido capturado en los pasillos de un gran hotel de la Costa Azul cuando se aprestaba a penetrar en una suite. Recordé que para su mamá y hermanos, a quienes enviaba regularmente dinero a Lima, Panchito era un destacado ingeniero con un importante puesto en Europa. Haciendo una bola con el télex lo arrojé a la papelera.

Los vaivenes de la vida continuaron llevándome de un país a otro, pero sobre todo de una marca a otra de cigarrillos. Amsterdam y los Muratti ovalados con fina boquilla dorada; Amberes y los Belga de paquete rojo con un círculo amarillo; Londres, donde intenté fumar pipa, a lo que renuncié porque me pareció muy complicado y porque me di cuenta que no era ni Sherlock Holmes, ni lobo de mar, ni inglés... Múnich, finalmente, donde a falta de sacar mi doctorado en filología románica, me gradué como experto en cigarrillos teutones que, para decirlo crudamente, me parecieron mediocres y sin estilo. Pero si menciono Múnich no es por la bondad de su tabaco sino porque cometí un error de discernimiento que me colocó en una situación de carencia desesperada, comparable a los peores momentos de mi época parisina.

Gozaba entonces de una módica beca, pero que me permitía comprar todos los días mi paquete de Rothaendhel en un kiosko callejero, antes de tomar el tranvía que me llevaba a la universidad. Se trataba de un acto que, a fuerza de repetirse, creó entre la vieja frau del kiosko y yo una relación simpática, que yo juzgaba por encima de todo protocolo comercial. Pero a los dos o tres meses de una vida rutinaria y ecónoma me gasté la totalidad de mi beca en un tocadiscos portátil, pues había empezado una novela y juzgué que me era necesario, para llevarla a buen término, contar con música de fondo o de cortina sonora que me protegiera de todo ruido exterior. La música la obtuve y la cortina también y pude avanzar mi novela, pero a los pocos días me quedé sin cigarrillos y sin plata para comprarlos y como «escribir es un acto complementario al placer de fumar», me encontré en la situación de no poder escribir, por más música de fondo que tuviese. Lo más natural me pareció entonces pasar por el kiosko cotidiano e invocar mi condición de casero para que me dieran al crédito un paquete de cigarrillos. Fue lo que hice, alegando que había olvidado mi monedero y que pagaría al día siguiente. Tan confiado estaba en la legitimidad de mi pedido que estiré cándidamente la mano esperando la llegada del paquete. Pero al instante tuve que retirarla, pues la frau cerró de un tirón la ventanilla del kiosko y quedó mirándome tras el vidrio no sólo escandalizada sino aterrada. Sólo en ese momento me di cuenta del error que había cometido: creer que estaba en España cuando estaba en Alemania. Ese país próspero era en realidad un país atrasado y sin imaginación, incapaz de haber creado esas instituciones de socorro basadas en la confianza y la convivialidad, como es la institución del fiado. Para la frau del kiosko, un tipo que le pedía algo pagadero mañana, no podía ser más que un estafador, un delincuente o un desequilibrado dispuesto a asesinarla llegado el caso.

Me encontré pues en una situación terrible —sin poder fumar y en consecuencia escribir— y sin solución a la vista, pues en Múnich no conocía prácticamente a nadie y para colmo se desató un invierno atroz, con un metro de nieve en las calles, que me condenó a un encierro forzoso. No hacía más que mirar por la ventana el paisaje polar, tirarme en la cama como un estropajo o leer los libros más pesados del mundo, como los siete volúmenes del diario íntimo de Charles Du Bos o las novelas pedagógicas de Goethe. Fue entonces cuando vino en mi auxilio herr Trausnecker.

Yo estaba alojado en casa de este obrero metalúrgico, que me alquilaba una pieza con desayuno y una comida en el departamento que ocupaba en un suburbio proletario. Una o dos veces por semana entraba a mi cuarto en las noches para informarse sobre mis necesidades y hacerme un poco de conversación. Hombre rudo, pero perspicaz, se dio cuenta de inmediato que algo me atormentaba. Cuando le expliqué mi problema lo comprendió en el acto, y excusándose por no poder prestarme dinero me regaló un kilo de tabaco picado, papel de arroz y una maquinita para liar cigarrillos.

Gracias a esta maquinita pude subsistir durante las dos interminables semanas que me faltaban para cobrar mi siguiente mesada. Todas las mañanas, al levantarme, liaba una treintena de cigarrillos que apilaba en mi escritorio en pequeños montoncitos. Fueron los peores y mejores cigarrillos de mi vida, los más nocivos seguramente pero los más oportunos. El tabaco estaba reseco, el papel era áspero y el acabado artesanal, tosco y execrable a la vista, pero qué importaba, ellos me permitieron capear el temporal y reanudar con brío mi novela interrumpida. Si la concluí se debe en gran parte a la maquinita del señor Trausnecker, quien lavó así la afrenta que recibí de la vieja frau y me reconcilió con el pueblo germánico.

Este servicio se lo pagué con creces, lo que me obliga a hacer una digresión, pues el asunto no tiene nada que ver con el cigarrillo, aunque sí con el fuego. Frau Trausnecker entró una tarde desolada a mi habitación: hacía más de una hora que había puesto en el horno un pastel de manzana, pero la puerta de la cocina se había bloqueado y no podía entrar para sacar el pastel que se estaba quemando. Intenté abrir la puerta primero con una ganzúa improvisada, luego a golpes, pero era imposible y el olor a quemado aumentaba. Me acordé entonces que el baño estaba al lado de la cocina y que sus respectivas ventanas eran contiguas. No había más que pasar de una pieza a otra por la ventana. Le expliqué a frau Trausnecker mi plan y me dirigí al baño, pero ella se lanzó tras de mí chillando, trató de contenerme, dijo que era muy arriesgado, hubo un forcejeo, hasta que logré encerrarme en el baño con llave. Como ella seguía protestando tras la puerta, abrí el caño de la tina y le dije que no se preocupara, que lo que en realidad iba a hacer era bañarme. Lo que hice fue abrir la ventana y quedé espantado: no sólo porque el cuarto piso de ese edificio obrero daba a un hondísimo patio de cemento, sino porque la ventana de la cocina estaba más lejos de lo que había supuesto. Pero ya no podía dar marcha atrás, a riesgo de cubrirme de ridículo y quedar como un fanfarrón. Me encaramé en la ventana del baño, me colgué de su borde con ambas manos y luego de un balanceo calculado salté hasta la ventana contigua y entré a la cocina. A tiempo, pues la atmósfera estaba caldeada y el horno echaba humo y fuego por sus ranuras. Abrí la puerta de la pieza y frau Trausnecker entró, apagó la llave del horno, cortó la corriente eléctrica, sacó el pastel, que era un montículo de carbón ardiente y lo tiró sobre el lavadero bajo un chorro de agua fría. La casa se llenó de vapor y de un insoportable olor a chamuscado, al punto que tuvimos que abrir todas las ventanas para que se aireara. Al poco rato estábamos sentados en la sala aliviados, satisfechos y felices por haber evitado un incendio. Pero un ruidito nos distrajo: del baño llegaba el rumor del grifo abierto de la tina y al instante vimos aparecer una lengua de agua en el pasillo. ¡La tina se estaba desbordando! Pero ¿cómo hacer para entrar al baño? Yo le había echado llave desde el interior. No me quedó más que rehacer el camino en el sentido inverso, a pesar de las nuevas protestas de frau Trausnecker. De la ventana de la cocina pasé a la ventana del baño en suicida salto sobre el abismo. Mi temeridad salvó a los Trausnecker sucesivamente de un incendio y de una inundación.

En muchas ocasiones —es tiempo de decirlo— traté de luchar contra mi dependencia del tabaco, pues su abuso me hacía cada vez más daño: tosía, sufría de acidez, náuseas, fatiga, pérdida del apetito, palpitaciones, mareos y una úlcera estomacal que me retorcía de dolor y me forzaba a someterme regularmente a un régimen de leche y de abominables gelatinas. Empleé todo tipo de recetas y de argucias para disminuir su consumo y eventualmente suprimirlo. Escondía las cajetillas en los lugares más inverosímiles; llenaba mi escritorio de caramelos, para tener siempre a la mano algo que llevarme a la boca y succionar en vez del cigarrillo; adquirí boquillas sofisticadas con filtros que eliminaban la nicotina; tragué todo tipo de pastillas supuestamente destinadas a volvernos alérgicos al tabaco; me clavé agujas en las orejas bajo la sabia administración de un acupunturista chino.

Nada dio resultado. Llegué así a la conclusión que la única manera de librarme de este yugo no era el empleo de trucos más o menos falaces sino un acto de voluntad irrevocable, que pusiera a prueba el temple de mi carácter. Conocía gente —poca, es cierto, y que siempre me inspiró desconfianza— que había resuelto de un día para otro no fumar y lo había conseguido.

Sólo una vez tomé una determinación semejante. Me encontraba en Huamanga, como profesor de su universidad, que acababa de reabrirse luego de tres siglos de clausura. Esa vieja, pequeña y olvidada ciudad andina era una delicia. El camarada Gonzalo no había hecho aún su aparición ni su filosofía señalado ningún sendero luminoso. Los estudiantes, casi todos lugareños o de provincias vecinas, eran jóvenes ignorantes, serios y estudiosos, convencidos que les bastaría obtener un diploma para acceder al mundo de la prosperidad. Pero no se trata de evocar mi experiencia ayacuchana. Volvamos al cigarrillo. Soltero, sin obligaciones y ganando un buen sueldo, podía surtirme de la cantidad de Camel que me diera la gana, pues había adoptado esa marca, quizás por la afinidad que existía entre el camello y las llamas y vicuñas que circulaban por el pueblo. Pero una noche, conversando y fumando con mis colegas en un café de la plaza de Armas, me sentí repentinamente mal. La cabeza me daba vueltas, tenía dificultades para respirar, sentía punzadas en el corazón. Me retiré a mi hotel y me tiré en la cama, confiado que reposando me iba a recuperar. Pero mi estado se agravó: el techo se me venía encima, vomité bilis, me sentí realmente morir. Me di cuenta entonces que eso se debía al cigarrillo, que al fin estaba pagando al contado la deuda acumulada en quince años de fumador desenfrenado.

Era necesario tomar una decisión radical. Pero no sólo tomarla —no fumar más— sino consagrarla con un acto simbólico que sellara su carácter sacramental. Me levanté de la cama tambaleante, cogí mi paquete de Camel y lo arrojé al terreno baldío que quedaba al pie de mi ventana. Nunca más, me dije, nunca más. Y desahogado por ese rasgo de heroísmo, caí nuevamente en mi cama y me quedé al instante dormido.

Pasada la medianoche me desperté, recordé mi determinación de la víspera y me sentí no sólo moralmente reconfortado sino físicamente bien. Tanto, que me levanté para consignar mi renuncia al tabaco en líneas que imaginé, si no inmortales, dignas al menos de una merecida longevidad. Escribí en realidad varias páginas glorificando mi gesto y prometiéndome una nueva vida, basada en la austeridad y la disciplina. Pero a medida que escribía me iba sintiendo incómodo, mis ideas se ofuscaban, penaba para encontrar las palabras, una angustia creciente me impedía toda concentración y me di cuenta que lo único que realmente quería en ese momento era encender un cigarrillo.

Durante una hora al menos luché contra este llamado, apagando la luz para tirarme en la cama e intentar dormir, levantándome para poner música en mi tocadiscos portátil, bebiendo vasos y vasos de agua fresca, hasta que no pude más: cogí mi abrigo y decidí salir del hotel en busca de cigarrillos. Pero ni siquiera salí de mi cuarto. A esa hora no había nada abierto en Huamanga. Empecé entonces a revisar los bolsillos de todos mis sacos y pantalones, los cajones de todos los muebles, el contenido de maletas y maletines, en busca del hipotético cigarrillo olvidado, tirando todo por los aires y a medida que más infructuosa era mi búsqueda más tenaz era mi deseo. De pronto mi mente se iluminó: la solución estaba en el paquete que había arrojado por la ventana. Cuando me asomé a ella vi ocho o diez metros más abajo el terreno baldío vagamente iluminado por la luz de mi habitación. Ni siquiera vacilé. Salté al vacío como un suicida y caí sobre un montículo de tierra, doblándome un tobillo. A gatas exploré el desmonte alumbrado por mi encendedor. ¡Allí estaba el paquete! Sentado entre las inmundicias encendí un pitillo, levanté la cabeza y lancé la primera bocanada de humo hacia el cielo espléndido de Huamanga.

Este percance fue un anuncio que no supe escuchar ni aprovechar. Proseguí mi vida errante por diferentes ciudades, albergues y ocupaciones, dejando por todo sitio volutas de humo y colillas aplastadas, hasta que recalé nuevamente en París, en un departamento de tres piezas, donde pude reunir una colección de sesenta ceniceros. No por manía de coleccionista, sino para tener siempre a la mano algo en qué tirar puchos o cenizas. Había adoptado entonces el Marlboro, pues esta marca, que no era mejor ni peor que las tantas que había ya probado, me sugirió un juego gramatical que practicaba asiduamente. ¿Cuántas palabras podían formarse con las ocho letras de Marlboro? Mar, lobo, malo, árbol, bar, loma, olmo, amor, mono, orar, bolo, etcétera. Me volví invencible en este juego, que impuse entre mis colegas de la Agencia France Presse, donde entonces trabajaba. Dicha agencia, diré de paso, era no sólo una fábrica de noticias sino el emporio del tabaquismo. Por estadísticas sabía que la profesión más adicta al tabaco era la de periodista. Y lo verifiqué, pues las salas de redacción, a cualquier hora del día o de la noche, eran espaciosos antros donde decenas de hombres tecleaban desesperadamente en sus máquinas de escribir, chupando sin descanso puros, pipas y pitillos de todas las marcas, en medio de una espesa bruma nicotínica, al punto que me pregunté si estaban reunidos allí para redactar las noticias o más bien para fumar.

Fue precisamente durante la era del Marlboro y de mi trabajo en la agencia que reventé. No es mi propósito establecer una relación de causa a efecto entre esta marca de cigarrillos y lo que me ocurrió. Lo cierto es que una tarde caí en mi cama y comencé a morir, con gran alarma de mi mujer (pues entretanto, aparte de fumar, me había casado y tenido un hijo). Mi vieja úlcera estomacal estalló y una hemorragia incontenible me iba evacuando del mundo por la vía inferior. Una ambulancia de estridente sirena me llevó al hospital en estado comatoso y gracias a transfusiones de sangre masivas pude volver a mí. Esto es horrible y no abundo en detalles para no caer en el patetismo. El doctor Dupont me cicatrizó la úlcera en dos semanas de tratamiento y me dio de alta con la recomendación expresa —aparte de medicinas y régimen alimenticio— de no fumar más.

¡No fumar más! Inocente doctor Dupont. Ignoraba con qué tipo de paciente se había encontrado. Dos meses más tarde, incorporado nuevamente a mi trabajo en la agencia de prensa, entre cientos de rabiosos fumadores, tiraba al canasto diariamente un par de cajetillas de Marlboro vacías. M-a-r-l-b-o-r-o. Mi juego gramatical se enriqueció: broma, robar, rabo, ola, romo, borla, etcétera. Esto puede tener gracia, pero así como nuevas palabras encontré, nuevas hemorragias tuve y nuevas ambulancias fueron llevándome al hospital, entre pitos y sirenas, para dejarme exánime ante los ojos horripilados del doctor Dupont. La ambulancia se convirtió en cierta forma en mi medio normal de locomoción. El doctor Dupont me devolvía siempre a casa rencauchado, después de jurarle que dejaría el cigarrillo y amenazándome que a la próxima renunciaría a paliativos y me metería cuchillo sin contemplaciones. Amenaza que me dejaba impávido, y la mejor prueba de ello es que a la cuarta o quinta entrada al hospital, me di cuenta que para fumar no era necesario que me dieran de alta: bastaba sobornar a una enfermera menor para que me comprara un paquete. De Marlboro, naturalmente: lora, orla, ramo, ropa, paro, proa, etcétera. Lo tenía escondido en el guardarropa, dentro de un zapato. Dos o tres veces al día sacaba un cigarrillo, me encerraba en el baño, le daba varias pitadas frenéticas y pasaba sus restos por el water-closet.

Diré para mi descargo que lo que contribuyó a echar por tierra mis buenos propósitos y en consecuencia fortaleció mi vicio fue una visión fugaz pero definitiva que tuve en el hospital. El doctor Dupont, por buen especialista que fuese, ocupaba sólo un rango intermedio entre los gastroenterólogos del local. En la cúspide se encontraba el patrón doctor Bismuto, que había llegado a esa situación posiblemente gracias a su apellido profético. El doctor Bismuto sólo se ocupaba de casos extremadamente importantes. Pero como el mío estaba a punto de convertirse en uno de ellos, el buen Dupont obtuvo el privilegio de que me hiciera una visita. Me la anunció con gran solemnidad y minutos antes de la hora prevista vino una enfermera mayor para verificar que todo estuviera en orden. Poco después la puerta se entreabrió y en fracciones de segundo distinguí a un señor alto, escuálido y canoso que en un acto furtivo digno de un prestidigitador se quitaba un cigarrillo de los labios, lo apagaba en la suela de su zapato y guardaba la colilla en el bolsillo de su mandil. Creí que estaba soñando. Pero cuando el mandarín se acercó a mi cama, rodeado de su séquito de internos y enfermeras, noté en sus bigotes amarillentos y en sus larguísimos dedos marrones la marca infamante del fumador.

¿Qué tipo de recompensa obtenía del cigarrillo para haber sucumbido a su imperio y convertido en un siervo rampante de sus caprichos? Se trataba sin duda de un vicio, si entendemos por vicio un acto repetitivo, progresivo y pernicioso que nos produce placer. Pero examinando el asunto de más cerca me daba cuenta que el placer estaba excluido del fumar. Me refiero a un placer sensorial, ligado a un sentido particular, como el placer de la gula o la lujuria. Quizás en mis primeros años de fumador sentí un agradable sabor o aroma en el tabaco, pero con el tiempo esta sensación se había mellado y podría decir incluso que fumar me era desagradable, pues me dejaba amarga la boca, ardiente la garganta y ácido el estómago. Si placer había, me dije, debía ser mental, como el que se obtiene del alcohol o de drogas como el opio, la cocaína o la morfina. Pero tampoco era el caso, pues el fumar no me producía euforia, ni lucidez, ni estados de éxtasis, ni visiones sobrenaturales, ni me suprimía el dolor o la fatiga. ¿Qué me daba el tabaco entonces, a falta de placeres sensoriales o espirituales? Quizás placeres más difusos y sutiles, difíciles de localizar, definir y mensurar, ligados a los efectos de la nicotina en nuestro organismo: serenidad, concentración, sociabilidad, adaptación a nuestro medio. Podía decir en consecuencia que fumaba porque necesitaba de la nicotina para sentirme anímicamente bien. Pero si lo que necesitaba era la nicotina contenida en el cigarrillo, ¿por qué diablos no recurría a los puros o al tabaco de pipa que tenía a mano cuando carecía de cigarrillos? Y eso nunca lo hice, ni en mis peores momentos, pues lo que necesitaba era ese fino, largo y cilíndrico objeto cuyo envoltorio de papel contenía hebras de tabaco. Era el objeto en sí el que me subyugaba, el cigarrillo, su forma tanto como su contenido, su manipulación, su inserción en la red de mis gestos, ocupaciones y costumbres cotidianas.

Esta reflexión me llevó a considerar que el cigarrillo, aparte de una droga, era para mí un hábito y un rito. Como todo hábito se había agregado a mi naturaleza hasta formar parte de ella, de modo que quitármelo equivalía a una mutilación; y como todo rito estaba sometido a la observación de un protocolo riguroso, sancionado por la ejecución de actos precisos y el empleo de objetos de culto irreemplazables. Podía así llegar a la conclusión que fumar era un vicio que me procuraba, a falta de placer sensorial, un sentimiento de calma y de bienestar difuso, fruto de la nicotina que contenía el tabaco y que se manifestaba en mi comportamiento social mediante actos rituales. Todo esto está muy bien, me dije, era coherente y hasta bonito, pero no me satisfacía, pues no explicaba por qué fumaba cuando estaba solo y no tenía nada que pensar, ni nada que decir, ni nada que escribir, ni nada que ocultar, ni nada que aparentar, ni nada que representar. La tiranía del cigarrillo debía tener en consecuencia causas más profundas, probablemente subconscientes. Lejos de mí, sin embargo, el ampararme en Freud, no tanto por él sino por sus exégetas fanáticos y mediocres que veían falos, anos y Edipos por todo sitio. Según algunos de sus divulgadores, la adicción al cigarrillo se explicaba por una regresión infantil en busca del pezón materno o por una sublimación cultural del deseo de succionar un pene. Leyendo estas idioteces comprendí por qué Nabokov —exagerando, sin duda— se refería a Freud como al «charlatán de Viena».

No me quedó más remedio que inventar mi propia teoría. Teoría filosófica y absurda, que menciono aquí por simple curiosidad. Me dije que, según Empédocles, los cuatro elementos primordiales de la naturaleza eran el aire, el agua, la tierra y el fuego. Todos ellos están vinculados al origen de la vida y a la supervivencia de nuestra especie. Con el aire estamos permanentemente en contacto, pues lo respiramos, lo expelemos, lo acondicionamos. Con el agua también, pues la bebemos, nos lavamos con ella, la gozamos en ejercicios natatorios o submarinos. Con la tierra igualmente, pues caminamos sobre ella, la cultivamos, la modelamos con nuestras manos. Pero con el fuego no podemos tener relación directa. El fuego es el único de los cuatro elementos empedoclianos que nos arredra, pues su cercanía o su contacto nos hace daño. La sola manera de vincularnos con él es gracias a un mediador. Y este mediador es el cigarrillo. El cigarrillo nos permite comunicarnos con el fuego sin ser consumidos por él. El fuego está en un extremo del cigarrillo y nosotros en el opuesto. Y la prueba de que este contacto es estrecho reside en que el cigarrillo arde, pero es nuestra boca la que expele el humo. Gracias a este invento completamos nuestra necesidad ancestral de religarnos con los cuatro elementos originales de la vida. Esta relación, los pueblos primitivos la sacralizaron mediante cultos religiosos diversos, terráqueos o acuáticos y, en lo que respecta al fuego, mediante cultos solares. Se adoró al sol porque encarnaba al fuego y a sus atributos, la luz y el calor. Secularizados y descreídos, ya no podemos rendir homenaje al fuego, sino gracias al cigarrillo. El cigarrillo sería así un sucedáneo de la antigua divinidad solar y fumar una forma de perpetuar su culto. Una religión, en suma, por banal que parezca. De allí que renunciar al cigarrillo sea un acto grave y desgarrador, como una abjuración.

El cuchillo del doctor Dupont fue mi espada de Damocles, con la diferencia que a mí sí me cayó. Eso ocurrió años más tarde, cuando el Marlboro y su estúpido juego de palabras —bar, lar, loma, ralo, rabo, etcétera— había sido reemplazado por el Dunhill en su lindo estuche burdeos con guardilla dorada. Me encontraba entonces en Cannes siguiendo un nuevo tratamiento para librarme del tabaco, luego de una última estada en el hospital. Dupont había decretado distracción, deportes y reposo, receta que mi mujer convertida en la más celosa guardiana de mi salud y extirpadora de mi vicio, se encargó de aplicar y controlar escrupulosamente. Ocupaba mis jornadas en *jogging* matinal, baños de sol y de mar, larga siesta, remo en bote de goma y bicicleta crepuscular. Ello alternado con comidas sanas y actividades espirituales pero de bajo perfil, como hacer solitarios, leer novelas de espionaje y ver folletones de televisión. Este calendario no dejaba ninguna fisura por donde pudiese colar un cigarrillo, tanto más cuanto que mi mujer no me abandonaba ni a sol ni a sombra. Al mes estaba tostado, fornido, saludable y diría hasta hermoso. Pero en el fondo, pero en el fondo, me sentía insatisfecho, desasosegado, por momentos increíblemente triste. De nada me servía percibir mejor la pureza del aire marino, el aroma de las flores y el sabor de las comidas, si era la existencia misma la que se había vuelto para mí insípida.

Un día no pude más. Convencí a mi mujer que en adelante iría a la playa una hora antes que ella y mi hijo, para aprovechar más los beneficios de esa vida salutífera y recreativa. En el trayecto compré un paquete de Dunhill y como era arriesgado conservarlo conmigo o esconderlo en casa encontré en la playa un rincón apartado, donde hice un hueco, lo guardé, lo cubrí con arena y dejé encima como seña una piedra ovalada. Es así que muy de mañana partía de casa a paso gimnástico, ante la mirada asombrada de mi mujer que me observaba desde el balcón orgullosa de mis disposiciones atléticas, sin sospechar que el objetivo de esa carrera no era mejorar mi forma ni batir ningún récord sino llegar cuanto antes al hueco en la arena. Desenterraba mi paquete y fumaba un par de pitillos, lenta, concentrada y hasta angustiosamente, pues sabía que serían los únicos del día. Esta estratagema, lo reconozco, pudo servir mis gustos y halagar mi ingenio, pero me rebajó ante mi propia consideración, ya que tenía conciencia de estar violando mis promesas y traicionando la confianza de mi mujer. Aparte de que mi plan no estuvo exento de imprevistos, como esa mañana que llegué a mi reducto y no encontré la piedra ovalada. El empleado que se encargaba de rastrillar y limpiar la playa había sido reemplazado por otro más diligente, que no dejó un solo pedrusco en la arena. Por más que escarbé por un lado y otro no di con mi cajetilla. Decidí entonces comprar cinco paquetes y hacer cinco huecos y poner cinco señas y dejar cinco probabilidades abiertas a mi pasión.

Si uno quisiera contar prolijamente las cosas no terminaría nunca de hacerlo. Todo debe tener un fin. Es por ello que me propongo concluir esta confesión.

Aquí entramos a la parte más dramática del asunto, con la reaparición del doctor Dupont, sus sondas y sermones y sobre todo su premonitorio cuchillo. Mal que bien, a pesar de mis dolencias y problemas ligados al abuso del tabaco, llegué a convivir con ellos y a tirar para adelante, como se dice, tirando de paso pitada sobre pitada. Hasta que fui víctima de una molestia que nunca había conocido: la comida se me quedaba atracada en la garganta y no podía pasar un bocado. Esto se volvió tan frecuente que fui a ver al doctor Dupont no en ambulancia esta vez, para variar. Dupont se alarmó muchísimo, me guardó en el hospital para someterme a nuevos y complicados exámenes y a los pocos días, sin explicaciones claras, rodaba en una camilla rumbo a la sala de operaciones. Me desperté siete horas más tarde cortado como una res y cosido como una muñeca de trapo. Tubos, sondas y agujas me salían por todos los orificios del cuerpo. Me habían sacado parte del duodeno, casi todo el estómago y buen pedazo del esófago.

Prefiero no recordar las semanas que pasé en el hospital alimentado por la vena y luego por la boca con papillas que me daban en cucharitas. Ni tampoco mi segunda operación, pues Dupont se había olvidado al parecer de cortar algo y me abrió nuevamente por la misma vía, aprovechando que el dibujo en mi piel estaba ya trazado. Pero algo sí debo decir del establecimiento donde me enviaron a convalecer, convertido en un guiñapo humano, luego de tan rudas intervenciones.

Se llamaba «Clínica dietética y de recuperación posoperatoria» y quedaba en las afueras de París, en medio de un extenso y hermosísimo parque. Sus habitaciones eran muy amplias y disponían de baño propio, terraza, televisión y teléfono. A ella iban a parar los que habían sufrido graves operaciones de las vías digestivas para que reaprendieran a comer, digerir y asimilar, hasta recobrar la musculatura y el peso perdidos. Las dos primeras semanas las pasé sin poder levantarme de la cama. Me seguía alimentando con líquidos y mazamorras y diariamente venía un fornido terapeuta que me masajeaba las piernas, me hacía levantar con los brazos pequeñas barras y con la respiración cojines de arena cada vez más pesados que me colocaban en el tórax. Gracias a ello pude al fin ponerme de pie y dar algunos pasos por el cuarto, hasta que un día la enfermera jefa me anunció que ya estaba en condiciones de someterme al control cotidiano.

De qué control se trataba lo supe al día siguiente, cuando vinieron a buscarme antes del desayuno. Fue mi primera salida de mi habitación y mi primer contacto con los demás pensionistas de la clínica. ¡Espantosa visión! Me encontré con una legión de seres extenuados, tristes y macilentos, en pijama y zapatillas como yo, que hacían cola ante una balanza romana. Una enfermera los pesaba y otra anotaba el resultado en un grueso registro. Luego se arrastraban penosamente por los pasillos y desaparecían en sus habitaciones por el resto del día.

Al horror siguió la reflexión: ¿a dónde diablos había ido a parar? ¿Qué disimulaba ese remedo de albergue campestre poblado de espectros? En las próximas sesiones creí vislumbrar la realidad. Ello no podía ser una clínica, sino la antesala de lo irreparable. A ese lugar enviaban a los desechados de la ciencia para que, entre árboles y flores, vivieran sus postrimerías en un decorado de vacaciones. La pesada era solamente el último test que permitía verificar si cabía aún la posibilidad de un milagro. Enfermo que aumentaba de peso era aquel que, entre cien, mil o más, tenía la esperanza de salir viviente de allí.

Esta sospecha la comprobé cuando dos vecinos de corredor dejaron de asistir a la pesada y luego me enteré, por una conversación entre enfermeras, que se habían «dulcemente extinguido». Ello redobló mi zozobra, lo que me impidió comer y en consecuencia aumentar de peso. Los platos que me traían, insípidos y cremosos, los pasaba por el W.C. o los envolvía en kleenex que echaba a la papelera. Mi mujer y algunos fieles amigos me visitaban en las tardes y hacían lo indecible, con un temple admirable, para no mostrarse alarmados. Pero algunos gestos los traicionaron. Mi mujer me trajo un finísimo pijama de seda, lo que interpreté por un razonamiento tortuoso como «Si te tienes que morir que sea al menos en un pijama Pierre Cardin». Algunos amigos insistieron en tomarme fotos, dándome cuenta entonces que se trataba de fotos póstumas, las que no alcanzaría a ver pegadas en ningún álbum de familia.

Me estaba pues muriendo o más bien «dulcemente extinguiendo», como dirían las enfermeras. Cada día perdía unos gramos más de peso y me fatigaba más someterme a la prueba de la balanza. El jefe de la clínica vino a verme y ordenó, como última medida, que me alimentaran a la fuerza. Me metieron una sonda de caucho por la nariz y a través de la sonda, con un enorme émbolo, me disparaban alimentos molidos al estómago. La sonda tenía que conservarla en forma permanente, su extremo visible pegado en la frente con un esparadrapo. Era algo tan horrible que a los dos días la arranqué y la tiré por los suelos. El jefe de la clínica regresó para sermonearme y como me resistí a que me la volvieran a poner se retiró despechado, diciéndome antes de salir: «Me importa un bledo. Pero de aquí no sale hasta que no aumente de peso. Usted asume toda la responsabilidad.»

A ese imbécil no lo volví a ver más, pero a quienes vi fue a unos seres hirsutos, sucios y descamisados que fueron surgiendo detrás de los arbustos que divisaba desde mi cama, a través de los amplios ventanales. Tras esos arbustos estaban edificando un nuevo pabellón y como ya habían levantado el primer piso, los obreros y sus trabajos eran visibles desde mi cuarto. Por su piel cetrina deduje que venían de lugares cálidos y pobres, Andalucía, sur de Portugal, África del Norte. Lo que primero me sorprendió fue la celeridad y la variedad de sus movimientos. Aparecían y desaparecían subiendo ladrillos, bolsas de cemento, cubos con agua, instrumentos de albañilería, en un ir y venir continuo, que no conocía tropiezos ni improvisaciones. Imaginé el esfuerzo que hacían y por una especie de sustitución mental me sentí terriblemente fatigado, al punto que corrí las persianas de la ventana. Pero a mediodía volví a abrirlas y comprobé que esos hombres, que yo suponía doblegados por el cansancio, estaban sentados en círculo sobre el techo, reían, se interpelaban, se comunicaban con amplios gestos. Era la pausa del almuerzo y de portaviandas y bolsas de plástico habían sacado alimentos que engullían con avidez y botellas de vino que bebían al pico. Esos hombres eran aparentemente felices. Y lo eran al menos por una razón: porque ellos encarnaban el mundo de los sanos, mientras que nosotros el mundo de los enfermos. Sentí entonces algo que rara vez había sentido, envidia, y me dije que de nada me valían quince o veinte años de lecturas y escrituras, recluido como estaba entre los moribundos, mientras que esos hombres simples e iletrados estaban sólidamente implantados en la vida, de la que recibían sus placeres más elementales. Y mi envidia redobló cuando, al término de su yantar, los vi sacar cajetillas, petaqueras, papel de liar y encender sus cigarrillos de sobremesa.

Esa visión me salvó. Fue a partir de ese momento que estalló en mí la chispa que movilizó toda mi inteligencia y mi voluntad para salir de mi postración y en consecuencia de mi encierro. No deseaba otra cosa que reintegrarme a la vida, por ordinaria que fuese, sin otro ruego ni ambición que poder, como los albañiles, comer, beber, fumar y disfrutar de las recompensas de un hombre corriente pero sano. Para ello me era imperioso vencer la prueba de la balanza, pero como me era imposible comer en ese lugar y esa comida, recurrí a una estratagema. Cada mañana, antes de la pesada, metía en los bolsillos de mi pijama algunas monedas de un franco. Progresivamente fui añadiendo monedas de cinco francos, las más grandes y pesadas, que cambiaba al repartidor de periódicos. Logré así aumentar algunos cientos de gramos, lo que no era aún suficiente ni probatorio. Le pedí entonces a mi mujer que me trajera de casa un juego completo de cubiertos, alegando que con ellos podría tal vez alimentarme mejor que con los toscos cubiertos de la clínica. Eran los sólidos y caros cubiertos de plata que mi mujer adquirió en un momento de delirio, a pesar de mi oposición y que ahora, desviándose de su destino, se volvían realmente preciosos. Como no podía disimularlos en mis bolsillos, los fui colocando en mis calcetines, empezando por la cucharita de café hasta llegar a la cuchara de sopa. A la semana había aumentado dos kilos y más todavía cuando cosí a mis calzoncillos los cubiertos de pescado. Las enfermeras estaban asombradas por esa recuperación que no iba con mi apariencia. Un galeno me visitó, revisó mis boletines de peso, me examinó e interrogó y días más tarde la dirección me extendió la autorización de partida. Horas antes que mi mujer viniera a buscarme en un taxi, estaba ya de pie, vestido, mirando una vez más por la ventana a los albañiles que ágiles, ingrávidos, aéreos y diría angelicales, terminaban de levantar el segundo piso de ese nuevo pabellón de los desahuciados.

De más está decir que a la semana de salir de la clínica podía alimentarme moderadamente pero con apetito; al mes bebía una copa de tinto en las comidas; y poco más tarde, al celebrar mi cuadragésimo aniversario, encendí mi primer cigarrillo, con la aquiescencia de mi mujer y el indulgente aplauso de mis amigos. A ese cigarrillo siguieron otros y otros y otros, hasta el que ahora fumo, quince años después, mientras me esfuerzo por concluir esta historia, instalado en la terraza de una casita de vía Tragara, contemplando a mis pies la ensenada de Marina Picola, protegida por el escarpado monte Solaro. Hace veinte siglos el emperador Augusto estableció aquí su residencia de verano y Tiberio vivió diez años y construyó diez palacios. Es cierto que ambos no fumaban, de modo que no tienen nada que ver con el tema, pero quien sí fumó fue el Vesubio y con tanta pasión que su humo y cenizas cubrieron las viñas y viviendas de la isla y Capri entró en un largo período de decadencia.

Enciendo otro cigarrillo y me digo que ya es hora de poner punto final a este relato, cuya escritura me ha costado tantas horas de trabajo y tantos cigarrillos. No es mi intención sacar de él conclusión ni moraleja. Que se le tome como un elogio o una diatriba contra el tabaco me da igual. No soy moralista ni tampoco un desmoralizador, como a Flaubert le gustaba llamarse. Y ahora que recuerdo, Flaubert fue un fumador tenaz, al punto que tenía los dientes cariados y el bigote amarillo. Como lo fue Gorki, quien vivió además en esta isla. Y como lo fue Hemingway, que si bien no estuvo aquí residió en una isla del Caribe. Entre escritores y fumadores hay un estrecho vínculo, como lo dije al comienzo, pero ¿no habrá otro entre fumadores e islas? Renuncio a esta nueva digresión, por virgen que sea la isla a la que me lleve. Veo además con aprensión que no me queda sino un cigarrillo, de modo que le digo adiós a mis lectores y me voy al pueblo en busca de un paquete de tabaco.

Ausente por tiempo indefinido

Mario se despertó una mañana con la conciencia dolorosa de estar malogrando su vida. Hacía por lo menos dos años que se acostaba al amanecer, después de haber rodado con sus amigos por bares, fondas, fiestas y tertulias. Desde que terminara la universidad se había ido hundiendo en las arenas movedizas de la bohemia limeña, hermandad nocturna, errante y suicidaria, formada por artistas de toda condición que se complacían en aplazar eternamente el momento de la gran obra y se encarnizaban en destruir en ellos la posibilidad de realizarla como si prefirieran, antes de afrontar los riesgos del triunfo solitario, perecer unidos en el mismo naufragio.

Mario, en particular, era el más vulnerable de todos. No trabajaba, pues su madre le había hecho un anticipo sobre su herencia, lo que le permitía pagarse, aunque modestamente, ocio, placer y compañía. Era soltero, de modo que no tenía mujer ni hijos a quienes rendirles cuentas de nada. Y vivía solo en un departamento de Miraflores, muy pequeño, pero tan acogedor y accesible que hacia él convergían los noctámbulos como a un puerto de embarque donde, tomándose unos tragos, esperaban el paso de la noche.

A causa de ello, Mario no había escrito nada después de un libro de cuentos juvenil que, al ser publicado, le valió el calificativo de «promesa de la literatura». Nada, aparte de la primera página de una novela, mil veces releída y corregida, pero que seguía en el rodillo de su máquina, sin que nunca hubiera encontrado el tiempo, la paz o la voluntad de continuarla. Esa página admonitiva, acusatoria, era la prueba de su infecundidad, el testigo de su disipación, pero sobre todo la causa de su conciencia dolorosa.

El único remedio a esta situación era evadirse, pero ¿a dónde? Mario soñaba a veces con una playa lejana, desierta, gris, a la cual llevaría su máquina Olympia, unos pocos libros, su manuscrito, tal vez su tocadiscos y en la cual no haría otra cosa que tomar sol, nadar, pescar y escribir. Esa playa soñada debía existir en el inmenso litoral peruano, pero las seguras, las que lo pondrían al abrigo de todo perseguidor se encontraban demasiado distantes y, si bien Mario adoraba los viajes, detestaba los desplazamientos. Un pueblito serrano tampoco era mala idea, había centenares diseminados en la cordillera. Pero la altura le hacía daño y como a todo hombre de costa los cerros, los altos cerros andinos que cerraban el horizonte, lo asfixiaban. En cuanto a irse al extranjero, era impensable. En esos dos años de bohemia su magro capital estaba a punto de extinguirse.

Una mañana, cuando en el muelle de pescadores de Chorrillos comían un cebiche, al cabo de una insensata noche de tragos y correrías, tuvo una iluminación. Alguien hablaba de Poe y de su cuento *La carta robada.* En el acto comprendió que no era la playa perdida ni el país extranjero el refugio ideal, sino algo más simple, un lugar insospechado por cercano. Y pensó entonces en el hotel de la Estación, en Chosica, apenas a treinta kilómetros de Lima. Todos lo conocían y veneraban, pero a nadie se le hubiera ocurrido refugiarse allí, pues estaba prácticamente en ruina y amenazado desde hacía tiempo de demolición. Su época dorada, cuando la única vía hacia la sierra era el ferrocarril, era apenas un recuerdo. Desde que construyeron la autopista quedó fuera de toda circulación y sólo se detenían allí trenes que traían mineral de la sierra y un autovagón que venía los domingos de Lima.

Mario se guardó muy bien de hablar esto con sus amigos, pero días más tarde metió en una maleta su máquina portátil, un poco de ropa, su página inconclusa, cientos de hojas en blanco y desapareció rumbo a Chosica, dejando en la puerta de su departamento una tarjeta con este mensaje: «Ausente por tiempo indefinido.»

Describir el hotel de la Estación merecería un aparte balzaciano. Todos sabemos que Balzac, en medio de la acción más galopante, hace de pronto un paréntesis y dice algo así: «Creo que ha llegado el momento de que el lector conozca el salón de la Marquesa X.» Y durante cuarenta páginas nos describe sádicamente cada bibelot, mueble, cuadro, alfombra o cortinaje. Lo mejor en estos casos es tomar un pasadizo y no entrar en el salón. El lector puede, si lo quiere, tampoco entrar en el hotel. Pero Mario y yo tenemos que hacerlo.

Para llegar a él, una vez en Chosica, era necesario atravesar el río por un puente de fierro y luego los rieles del ferrocarril. La larga construcción de madera de dos pisos daba al andén y estaba pintada de un verde desvaído. En la planta baja se encontraba la recepción, el bar, el comedor y una sucesión de vastas piezas, que debieron ser antiguos salones, pues quedaban en ellos uno que otro sillón desfondado, mesas cojas, espejos empañados o maceteros con plantas secas. La luz penetraba por amplios ventanales de vidrios coloreados, que le daban a esos espacios deshabitados una dimensión metafísica. Los altos tenían un balcón con soportes a lo largo de toda la fachada y a él daban las puertas de las veinte o treinta habitaciones. Éstas eran enormes, con piso de madera encerada anchas camas con varillas y perillas de bronce, imponentes armarios con espejos biselados y para la higiene una palangana, una jarra y un balde de losa blanca desportillados. Del balcón se veía los rieles el río, las viejas casas chosicanas y, al fondo, los cerros pardos, baldíos, del valle.

Los primeros días que pasó en el hotel fueron de reposo y reconocimiento. Como era el único inquilino, todo el hotel y sus anexos estaban a su entera disposición, así como media docena de mozos y camareros, que pasaban la mayor parte del día inmóviles, con una inútil servilleta o escoba en la mano y a quienes la desocupación persistente había convertido en seres casi intemporales, alegóricos, como los personajes de un cuadro que podría llamarse *Interior de un hotel campestre.* A Mario le gustaba pasearse por la galería de los altos escuchando la voz del Rímac y mirando los cerros pelados del valle. Le gustaba igualmente descender al jardín, un reducto romántico y descuidado cuyo único habitante era una gigantesca tortuga que se arrastraba penosamente en el fondo de una pileta seca. Pero lo que más lo atraía era el comedor estival, situado detrás del edificio, extenso recinto protegido del sol por una enramada de cuyas vigas pendían tiestos con plantas y flores exóticas. En él almorzaba, sentándose cada vez en una de las innumerables solitarias mesas, sin importarle la lentitud de un servicio que, por falta de uso, tenía cada día que improvisarse.

El único lugar del hotel donde había cierta animación era el bar. Durante el día estaba desierto, pero al atardecer caían algunos viejos chosicanos para tomarse un trago y en la noche un reducido grupo de adeptos que venían a jugar naipes o dados con el propietario. Éste era un italiano pequeño, pero muy distinguido y amable, que seguía regentando el local más por placer que por negocio. Él sabía perfectamente que su hotel se había ido a pique, pero se obstinaba en permanecer en él y en hacer de su bar un espacio lisonjero, gratísimo, donde pasaba deliciosamente su vejez, sin importarle deudas, contratiempos ni amenazas, como un príncipe toscano que siguiera presidiendo amenas veladas en un burgo sitiado por el enemigo. Mario apenas se atrevía a entrar a ese lugar, por el temor de encontrar a un conocido o ceder a la tentación de hacer nuevas relaciones, con su secuela de copas, charlas y compromisos.

Así como el bar en las noches, el hotel ciertos domingos recobraba su viejo esplendor. Tanto de Lima en autovagón como de Chosica a pie venían amigos o grupos familiares para tomar un aperitivo, almorzar o sencillamente visitar el lugar. Los mozos salían entonces de su letargo y se les veía con sus sacos blancos y sus corbatas de mariposa trotar torpemente entre las mesas llevando en lo alto de la mano azafates con copas o platos humeantes. Esos días Mario no abandonaba los altos y apenas osaba lanzar miradas furtivas al tumulto por el balcón o el hueco de escalera.

Un día de semana fue inhabitual. Por alguna razón desconocida se celebró en el hotel un almuerzo de bodas. A mediodía llegó una ruidosa caravana en varios automóviles y del más vistoso descendió la pareja de novios, en traje de ceremonia, seguida por los padrinos e invitados. En el bar siguieron bebiendo el champán que habían comenzado en la sacristía y luego entraron al comedor estival donde Mario acababa de pedir su menú, intrigado por la extensa mesa de mantel blanco que habían armado en un extremo. El novio era un gordito calvo, cincuentón, muy bajo y ceremonioso, con aspecto de notario de alguna comuna apartada o de director de alguna sociedad pequeña pero con posibilidades de expansión. La novia era mucho más joven, medianamente guapa y de una reserva de vulgaridad que se le desbordaba al menor descuido. Pequeños burgueses, en suma, que habían encontrado simpático celebrar su ágape en ese lugar. Mario notó además que se trataba de un matrimonio de interés y no de pasión: esa muchacha había visto en el notario su punto, una oportunidad de poner su codiciosa patita en una escala social más confortable. Desde que se instalaron en la mesa, la novia anduvo de un lado a otro, hablando y bromeando con los invitados, menos con su marido, hasta que Mario se dio cuenta que su situación de comensal marginal la intrigaba. Durante el almuerzo, protegida por la animación y el barullo, le lanzó primero miradas solapadas, luego francas y casi insolentes, y por último se atrevió a levantar su copa para hacerle un brindis.

Al terminar la comida colocaron música en un tragamonedas y el baile se inició. Mario, que ya había tomado su café, no se retiró como otras veces a fumar su cigarrillo en el jardín, sino que permaneció en su sitio. La novia bailaba alternativamente con todos los hombres de su grupo y al girar no dejaba de sonreír hacia Mario, que terminó por encontrar incómoda la situación y se dirigió a los altos. No bien se había apoyado en la baranda del balcón para tirar sus últimas pitadas antes de la siesta que sintió pasos en las escaleras y al instante vio surgir a la novia en la galería, recogiendo con los dedos el vuelo de su traje largo. Mario dejó caer su colilla al andén. La novia recorrió un trecho de la galería, volvió sobre sus pasos y quedó al fin inmóvil. Como Mario se limitaba a observarla, se acercó resueltamente a él y le preguntó dónde estaba el baño. Mario le explicó que quedaba en los bajos, al lado del bar, pero que en los altos había uno más pequeño. La acompañó hasta la entrada y regresó a su punto de partida, frente a la puerta abierta de su dormitorio. Al poco rato la novia salió del baño y en lugar de descender apoyó una mano en la baranda y con la otra se acarició la frente.

—¡Qué cansancio! ¡Qué día! —exclamó y volviéndose hacia Mario—: Tóqueme los dedos. Vea cómo están sudando.

Mario la vio alargar hacia él las manos con las palmas vueltas hacia arriba. En su boca distinguió una sonrisa indecisa, vagamente culpable. Cuando se disponía a ceder a su invitación, escuchó voces en las escaleras: unas amigas venían a buscarla y la condujeron a los bajos entre risas y reproches. Mario entró a su dormitorio. «La novia robada», se dijo. Y archivó la escena en su reserva de relatos que nunca llegaría a escribir.

Días más tarde encontró al fin el ímpetu necesario para acometer la prosecución de su novela. Para sorpresa suya, esa primera página sobre la que tanto había penado le pareció excelente, le abrió fulgurantes perspectivas y se encontró de pronto instalado en pleno trabajo creador. En las mañanas, después del desayuno, bajaba su máquina al comedor estival y aromado por el jardín colgante de los tiestos escribía sin descanso hasta el mediodía. En las tardes, terminada la siesta, trabajaba en su dormitorio, con las puertas abiertas de par en par, escuchando el discurrir del río y el lejanísimo trajín de los autos que iban y venían por la carretera central. Y al anochecer descendía al jardín de la tortuga y a veces hasta las márgenes del Rímac, por donde erraba entre cantos de grillos y mochuelos, antes de regresar al hotel para cenar y acostarse.

Gracias a esa disciplina su novela progresó. Estaba convencido de haber encontrado no sólo las líneas de fuerza de su relato sino el brío creador de su primera juventud. Todo fluía fácil y jubilosamente, sin escollos ni vacilaciones. El tema mismo, pletórico de personajes y de hechos históricos, le permitía el empleo de un lenguaje denso, por momentos desmesurado, en el que aplicaba todas las figuras de la retórica clásica y todas las innovaciones de su fantasía gramatical. Pronto avizoró el final, que debería ser una especie de coda sinfónica, beethoveniana, en la cual los diversos temas y ritmos se entrecruzaban y se fundían en un castillo de fuego, dejando al lector deslumbrado por tanta magnificencia.

Esta facilidad lo alarmó, y antes de atacar el desenlace decidió hacer una pausa para recobrar energías y recompensarse por la tarea cumplida. Nada le pareció mejor que renunciar por una vez a la cocina del hotel para almorzar en un restaurante del pueblo. Cruzó una mañana intrépidamente el puente en busca de un lugar atractivo. Después de titubear encontró un restaurante con una fresca terraza sobre el río.

Apenas se había instalado frente a una sopa de mariscos, cuando un joven se levantó de una mesa lejana y se acercó a él con los brazos abiertos. Era un compañero de universidad al que no veía desde hacía años. De inmediato empezaron los recuerdos de estudiantes y convinieron que era una idiotez almorzar separados. Para celebrar el reencuentro Oswaldo propuso reemplazar el agua mineral por una botella de vino. Le bastó verla descorchada sobre la mesa para que Mario se diera cuenta del error irreparable que acababa de cometer. Esa botella era el preludio de otras que lo conducirían a cualquier parte menos a la preservación de ese estado de gracia creadora que había conquistado con tanto esfuerzo. Estuvo tentado de escaparse con cualquier pretexto, pero Oswaldo era tan ingenioso, el primer vaso de vino le supo tan bien, hacía tanto tiempo que no conversaba con nadie y el lugar era tan seductor, que terminó por quedarse. Por añadidura Oswaldo había abandonado sus estudios de derecho para dedicarse a la literatura, lo que redobló el atractivo de su encuentro. Pronto se vieron embarcados en una de esas conversaciones literarias tentaculares, que abarcan la historia universal de la escritura. Homero, Virgilio, Dante, fueron las piedras angulares de un edificio de autores y libros que fueron erigiendo, a medida que iban las copas y encendían los cigarrillos, al punto que al anochecer se encontraban en la cúspide de una pirámide en la que refulgían sus propias obras y las de sus amigos, sobre las que discutían con la misma pasión que si se tratara de las de Shakespeare o Goethe. Habían entrado en realidad al campo eriazo de la embriaguez, donde todo es repetición, incoherencia y olvido. Un mozo diligente les hizo notar que ya cerraban el local.

Oswaldo, que residía en Chosica, se creyó obligado a pagar la cuenta y a mostrarle las curiosidades del pueblo. Éstas eran sólo unas viejas casonas que a Mario en otra oportunidad hubieran embelesado, no por su magnificencia, sino por ese aire minado, caduco, que tanto lo atraía. Pero las curiosidades para Oswaldo eran más bien los arrabales, hacia los que lo fue conduciendo por huertas y descampados, hasta llegar a calles sin pavimento, bordeadas de bares y chinganas de adobe, insólitamente ruidosas y vivientes a esa hora en que el resto del pueblo dormía, rebosante de vagos, borrachines y hampones. Mario ya no recordó sino la fuente de lomo encebollado que les ponían delante y las botellas de cerveza que alguien apilaba sobre la mesa y el rostro de Oswaldo sudoroso, tenso, narrándole fanáticamente, sin omitir ningún detalle, los cincuenta capítulos de la novela que pensaba escribir.

Mario despertó tardísimo, amargado, con la moral por los suelos. No sólo por haber sucumbido a la tentación de una noche de compañía, charla y bebida, sino por el peligro que veía cernirse sobre él. Oswaldo, según creyó recordar, había prometido venir a buscarlo todos los días para seguir «conversando de literatura», frase que en sí era inocua pero que, dado el contexto en que se daba, implicaba la destrucción de la literatura. Dio por ello instrucciones a la recepción para que dijesen que no estaba para nadie y se parapetó en su dormitorio sin asomar la nariz por los bajos. En dos ocasiones distinguió por la ventana a Oswaldo que cruzaba el puente radiante y retornaba con la cabeza gacha. La segunda vez encontró en su casillero un mensaje en el que Oswaldo se despedía, pues tenía que volver a Lima por unas semanas. Esto lo tranquilizó un momento, pero una reflexión lo turbó: Oswaldo no frecuentaba a su banda, pero entre ésta y él había amigos comunes, intermediarios indiscretos, que no dejarían de revelar el lugar donde estaba recluido. Esto lo movió a redoblar las consignas a la recepción y a prolongar su encierro, pendiente de cada sombra que cruzaba el puente, de cada pisada en la galería.

Al cabo de unos días, como nada ocurría, perdió sus aprensiones y pudo reanudar su trabajo. Escribía arrastrado por una fuerza aluvional, sin que pudiera darse un momento de respiro. Había alcanzado un estado de evanescencia, de desencarnación, que le hacía mirar la realidad como si fuese un sueño y su libro como si fuese la verdadera realidad. Ya luego tendría tiempo de poner orden y simetría en el torrente que brotaba de él, lo importante era sacar de sí todo lo que su ser contenía y no desaprovechar ninguna de las proposiciones de su fogosa inspiración. Afuera podía desplegar el mundo todos sus sortilegios, pero entre los cuatro muros de su cuarto él creaba un mundo paralelo, tan cierto e intenso como el otro y quizá más hermoso y duradero. Eso era, no le cabía duda, la literatura.

El clima cambió. En las mañanas una fina niebla invadía el estrecho valle para disiparse antes del mediodía y en las noches llegaba un aire fresco de las alturas. Los mozos cambiaron su saco blanco por uno negro de solapas sedosas y empezaron a servir sopas en lugar de ensaladas. Pero Mario estaba demasiado sumergido en su trabajo para darse cuenta de estos detalles. Estaba seguro, esta vez sí, de llegar al final de su obra, al vórtice en el que motivos y acordes se enlazaban en una vistosa corona flamígera. La víspera de atacar el desenlace suspendió su labor y decidió acostarse temprano para rematar su obra descansado y lúcido.

Un ruido extraño lo despertó en plena madrugada. Algo así como un martillazo en una mesa de madera. Quedó un momento tenso, pero como el ruido no se repitió volvió a reclinarse sobre la almohada. Esta vez ya no fue el martillo sobre la mesa, sino el ruido de un cristal que se hace trizas. Saltando de la cama cruzó la pieza sintiendo en su pie descalzo el hincón de un objeto filudo y abriendo la puerta se asomó al balcón.

Todos estaban en el andén, todos. En la cristalina luz del alba, inmóviles, con la vista clavada en el balcón, parecían efigies abandonadas por un tren fantasmal. En los primeros segundos de silencio, Mario registró los detalles de esta aparición. Paqui tenía las manos en los bolsillos del pantalón y la cabeza inclinada hacia un hombro, un cigarrillo humeante en su labios irónicos. Coco, muy tieso, cruzaba los brazos sobre su pecho robusto, con la mandíbula avanzada y los pies muy juntos, como para una foto de familia, la foto que un modelo poco natural malogró para siempre. Felipe acababa seguramente de dar un giratorio paso de danza, pues se encontraba en una pose desequilibrada, como a punto de caer pero sin caer, con una mano en alto y la otra rasgando las cuerdas de una invisible guitarra. Alfredo, el único que llevaba terno, chaleco y corbata, había retirado sus anteojos para disponerse a limpiarlos con un pañuelo. Y Hernando había plegado las rodillas, adoptando una máscara hilar, y avanzaba un brazo, para señalarlo con el índice filudo, seguramente el brazo que lanzó las piedras.

Y luego estalló el unánime grito, hurras, saludos, burlas, reproches. Las figuras entraron en movimientos convulsivos, como si estuvieran improvisando una danza triunfal. Mario permaneció mudo, trémulo. Distinguió al otro lado del puente el Volkswagen de Paqui con sus dos puertas abiertas y los faros encendidos. La zarabanda se interrumpió a la espera de una repuesta y Mario pudo reconocer en los visitantes los signos familiares de una noche estirada por bares y bulines: peinados deshechos, caras pastosas, ojos incandescentes, gestos indecisos, y sólo atinó a lanzar un bramido que retumbó en toda la quebrada: «¡Fuera de aquí!» Al instante les dio la espalda y regresó a su dormitorio, tirando la puerta. Llenando agua en la palangana se lavó el pie herido y mientras se lo vendaba con un pañuelo miró por la ventana del vidrio roto. La banda seguía en el andén, desconcertada. Felipe se llevó los dedos a los labios y lanzó un estridente silbido, mientras Hernando buscaba en el andén un nuevo guijarro y el resto levitaba llamándolo por su nombre. Mario no se movió. Los vio nuevamente concertarse, alzar hacia el balcón puños amenazadores y retirarse por el puente rumbo al automóvil, volviendo de vez en cuando la cabeza.

Ni ese día ni los siguientes pudo retomar el hilo de su relato. No sólo por el temor de que la banda tentara una nueva incursión, sino porque esa visita, aunque breve y fallida, había plagado su espíritu de imágenes viciosas. Cada vez que se sentaba frente a su máquina surgían en su mente, no los personajes de su fantasía, sino los actores de esa expedición matinal, que recomenzaba su espectáculo, enriqueciéndolo con variantes que Mario no sabía si eran recuerdos diferidos o elucubraciones de su imaginación: Hernando le hacía un gesto equívoco con el brazo, Felipe daba un grotesco paso de ballet, Alfredo sacaba de su bolsillo una botella, Coco agitaba en la mano un manojo de papeles que contenían seguramente su último poemario inmortal.

La banda no regresó, por despecho seguramente, o para testimoniarle que lo consideraban un desertor, un miserable tránsfuga, pero el eco de ese paso quedó vibrando en su espíritu. Para deshacerse de él Mario decidió cambiar de escenario y, como a su llegada, se trasladó desde temprano al comedor estival. Pero allí un nuevo peligro lo acechaba: en esa época del año, los limeños que tenían residencia en el barrio alto de Chosica, venían a pasar el invierno. La única vía para llegar a ese lugar era cruzando el hotel, de modo que a lo largo de la jornada había un tránsito de gentes que entraban por la puerta principal, atravesaban la recepción y el comedor veraniego y desaparecían por la salida posterior, no sin antes detenerse para observar desconcertados a ese forastero que en la sala desierta meditaba frente a una página en blanco. Ante la imposibilidad de concentrarse y el temor de ser reconocido y abordado por alguien optó por recluirse nuevamente en su dormitorio.

Una sensación de lasitud, de desánimo, lo iba ganando, tanto más lacerante cuanto que le faltaban tan pocas páginas para concluir su obra. Algo en él se había roto o mellado, su mente erraba por un terreno desértico donde tropezaba a cada momento con las osamentas de las mismas ideas o figuras muertas. A pesar de ello se mantuvo tercamente frente a su máquina, releyendo sin descanso la frase inconclusa que era como una fisura por donde todo su libro se precipitaba al vacío, hasta que una palabra que le vino al azar, una sola palabra, le permitió enlazar lo interrumpido con lo informe, cogiéndola al vuelo se sirvió de ella como de un punto de apoyo y en unos días de encarnizado esfuerzo y de una tensión casi dolorosa, pudo anudar todos los cabos sueltos y se dio cuenta que el último acorde había sonado y que ya no cabía sino poner, así con mayúsculas, la palabra FIN.

Semejante a la de Dios después de la Creación fue la sensación de alivio, paz y envanecimiento que lo embargó. Metiendo su manuscrito en un cartapacio, reservó para más tarde relectura y corrección y se dedicó al descanso y al plácido goce de su entorno. Como el invierno terminaba, aprovechó para pasear por las márgenes del río, entre sacuaras y peñas erráticas. En los restaurantes del pueblo se regaló con magníficas comidas. Algunas tardes anduvo por la plaza, en cuya pérgola central había los sábados retreta. Y hasta se animó a visitar los lugares aledaños, ruinas, minúsculos valles nunca habitados, caseríos suspendidos en las faldas de la quebrada. Tanto placer obtuvo de este esparcimiento que pensó seriamente radicarse en la región, tal vez se vendía o alquilaba una casita con su chacra, donde podría escribir las obras que ya planeaba y que, añadidas a la concluida, le abrirían las puertas de la gloria.

Para ello era necesario apuntalar su menguado capital y el único recurso que tenía era su libro. Un concurso que pudiera ganar, una buena editorial que lo lanzara, un productor de cine que le comprara sus derechos. El arte no tenía nada que ver con el dinero, sobre todo durante el proceso de concepción y creación (¡tantas veces lo había sostenido!), pero una vez la obra terminada entraba en el circuito del comercio, adquiría un valor de cambio y se convertía, como cualquier producto del esfuerzo humano, en un objeto de especulación.

Fue así que una mañana, venciendo una especie de indolencia que lo retenía en el ocio y le impedía darse impulso para revisar y pasar en limpio esos cientos de páginas, abrió su cartapacio e inició la relectura. La primera página lo deslumbró por la intensidad de su tono y la riqueza de su textura. Paulatinamente el carácter orquestal de su libro se le fue haciendo patente. Fue identificando los diferentes instrumentos de la polifonía, los temas recurrentes, los cambios de ritmo, los timbres dominantes. A medida que avanzaba su maravillamiento se mantuvo, hasta que llegó un momento en que un aire glacial fue enfriando su entusiasmo. Notó que el compás se perdía, temas parásitos hacían su aparición, la línea melódica se volvía confusa, voces desafinaban, un sonsonete ripioso y tedioso tendía a surgir, la masa sonora se volvía estridente o monótona y el libro, al acercarse al desenlace, se enredaba en un caótico contrapunto en el cual era imposible discernir ni cuidado ni razón, ni brillo, ni arte, ni grandeza. Sí, era una obra sinfónica, eso ya lo sabía, pero que parecía dirigida por el tambor mayor de la banda del pueblo.

Mario quedó anonadado. Se preguntó qué había ocurrido, por qué un libro escrito con tanto brío, pasión y optimismo había resultado eso, menos el libro soñado. Su decepción era tan agobiante que no se resignaba a aceptarla. Tal vez, se dijo, se había tratado de una mala lectura. Sabía por experiencia que no hay dos lecturas iguales y que una de ellas puede estar viciada por factores que escapan a todo control. Este razonamiento lo llevó a revisar su manuscrito.

Pero esta nueva lectura fue peor que la primera, al punto que no tuvo ánimo de acabarla. Las pocas dudas que tenía se disiparon: lo que había escrito era una monstruosidad. Había partes logradas, es cierto, y de una inatacable perfección. ¡Pero se trataba sólo de partes!

Una obra existía, ahora se daba cuenta, no por sus aciertos esporádicos sino por la persistencia de una tonalidad, es decir, por la presencia de un estilo. Y su libro carecía completamente de estilo.

Mario se abandonó esta vez a un total descorazonamiento. No hacía más que fumar tendido en su cama o apoyado en la baranda de la galería mirando los cerros pelados. A veces descendía al jardín, sin poder alejar de su mente la certeza de que si algo no tenía alternativa era el fracaso. La centenaria tortuga seguía en su poza seca, daba porfiadas vueltas estrellándose contra el brocal de piedra. A fuerza de observarla comenzó a intuir algo, algo así como que ese animal era una metáfora de su vida, el símbolo del encierro estéril, de la soledad inútil y del sacrificio sin recompensa. Quizás allí estaba la respuesta, una de las respuestas: todo su mal venía de su segregación. No era alejándose de la vida, de su vida, como le vendría el ánimo, la inspiración y a lo mejor hasta el talento, sino asumiendo plenamente esa vida, incluso si ello implicara su propia destrucción. Pero, ¿cuál era esa vida?.

Fue una tarde, cuando aburrido descendió al bar del hotel, que lo supo. En el mostrador pidió un agua mineral mientras observaba displicentemente a los parroquianos. Don Carlo, el dueño del local, estaba allí con sus amigos, jugando a los naipes, conversando, riendo. Al verlo servir, agasajar, con tanto calor, desinterés y elegancia le pareció comprender algo: que era posible llevar una vida creativa sin escribir jamás una línea. Don Carlo era un creador, pero de algo tan fugitivo y precioso como eso que ocurría ante su vista, el momento feliz. Ese albergue baldío, por el que nadie daba un céntimo, se convertía gracias a don Carlo en un templo resplandeciente donde los íntimos que venían todas las tardes creían durante unas horas estar en contacto con la eternidad, es decir, con el olvido.

En un instante Mario estuvo en los altos. Tirando en su valija sus enseres descendió a la recepción, pagó la cuenta y tomó un taxi en la carretera. Llegó a Miraflores al anochecer. Dejando su equipaje en un rincón encendió todas las luces de su departamento, abrió de par en par la puerta y las ventanas, colocó a todo volumen un disco en el aparato, se sirvió un trago y sentándose en su butaca se puso a esperar a sus amigos.

Té literario

Adelinda se dirigió hacia la ventana mientras su mirada recorría por enésima vez el living, viendo si todo estaba en su lugar, los ceniceros, la cigarrera, las flores y sobre todo los libros, pero no muy ostensiblemente, como llegados allí de casualidad. Descorriendo el visillo miró hacia el exterior, pero sólo vio la verja y detrás la vereda desierta y la calle arbolada.

—Supongo que habrán leído *Tormenta de verano* —preguntó, volviendo hacia la mesita central para coger un cigarrillo.

—¡Y todavía lo preguntas! —dijo doña Rosalba—. Para mí es su mejor novela. ¡Qué estilo, qué sensibilidad!

—Yo no diría que es una novela —dijo doña Zarela—; para mí es un poema. A eso se llama poema. En prosa, si quieres, pero poema.

—Aquí en el periódico está su foto, junto con la entrevista. Dime, tía, ¿se parece o no?

Adelinda se acercó para mirar el diario que le mostraba Sofía.

—Bueno, un poco... Debe ser una foto reciente. La verdad es que yo hace años que no lo veo, desde que era un niño, salvo una vez que vino a Lima por unos días. Tiene la misma expresión, en todo caso.

—Para tener cuarenta años no está mal —dijo Sofía—. ¿Y has visto lo que dice en la entrevista? Cuando le preguntan qué es lo que más desea...

—Ya lo sabemos —la interrumpió doña Rosalba—. Todas hemos leído la entrevista. Yo, al menos, no dejo pasar una sola línea de Alberto Fontarabia sin leerla.

—¿Qué dice? —preguntó Adelinda.

—«Lo que más deseo es ser olvidado.»

—¿No te parecería bien poner un poco de música? —preguntó doña Zarela—. Algo de Vivaldi, por ejemplo. Yo diría que sus libros tienen algo de vivaldiano...

—Dejemos la música para más tarde —dijo doña Rosalba—. Será mejor que veamos qué le podemos preguntar. Yo, por ejemplo, tengo ya dos o tres cosas que me interesaría saber. Las tengo aquí, apuntadas en mi carnet.

—¡Ah, no! —protestó Sofía—. ¡Nada de preguntas! Dejémoslo mejor que hable, que no se sienta acosado. ¿No te parece, tía?

—Ya veremos. Podemos preguntarle algo, claro, pero que no parezca un interrogatorio.

—Y a propósito, Adelinda, ¿para qué demonios has invitado a los Noriega? —dijo doña Zarela.

—Yo puedo invitar a quien quiera, ¿no?

—Hubieras invitado a los Ganoza, son gente más fina. Los Noriega son insoportables, sobre todo él. Se va a poner a hablar idioteces y seguramente le va a traer el libro ése que publicó hace años, para que le dé su opinión y a lo mejor hasta para que le escriba un artículo. ¿No publicó un libro Gastón?

—Un libro no, una especie de separata con un poema épico, algo sobre Túpac Amaru, me parece —dijo Adelinda.

—Yo estoy de acuerdo con Zarela —dijo doña Rosalba—. A los Noriega, ¡zas! los hubiera borrado. Gastón se pone a veces pesado, pero ella es una huachafa: se da aires de gran señora...

—No vamos ahora a empezar a rajar —dijo Adelinda—. ¿Me acompañas a la cocina, Sofía? Y ustedes no se muevan. Si tocan la puerta me avisan para hacerlo pasar.

Adelinda y Sofía entraron a la cocina.

—Yo no conozco a los Noriega ni a los Ganoza, pero este par de señoras...

—Por favor, Sofía, no vas a empezar tú también... Rosalba es una mujer muy culta, está abonada al Club del Libro, como yo, y no se pierde una conferencia en la Alianza Francesa. Y Zarela no será muy inteligente, pero...

—Ya sé, me dirás que son amigas del colegio o qué sé yo, pero a Alberto Fontarabia le va a parecer entrar a un museo... Tú en cambio, ¿te lo puedo decir?, estás guapísima... Es el peinado, tal vez, y además tu vestido... Dime, tía, ¿dónde conociste a Fontarabia? Porque él es mucho menor...

—Por favor, mira si los sándwiches no se han secado. Yo voy a ver si el queque ya está.

—¿Esto es lo que vas a servir?

—Herminia ha ido por unos pasteles... ¿Decías? Sí, Alberto es mucho más joven, claro. Yo lo conocí cuando era un niño. Yo estaba casada con Boby, éramos vecinos de los Fontarabia. Luego nos mudamos. Boby murió, Alberto se fue a Europa y lo dejé de ver durante años... Hasta que en uno de sus viajes a Lima dio una conferencia y fui a verlo. Al final me acerqué a él, estuvo muy cariñoso, me dedicó uno de sus libros. Hasta ahora me acuerdo de lo que puso: «Para Adelinda, mi inolvidable vecina.»

—¿El queque ya está? Vamos entonces a la sala. No vaya a ser que llegue el escritor y no lo reciba su «inolvidable vecina».

—Espera. Quería preguntarte algo. ¿Crees que puedo enseñarle mis poemas?

—Pero, claro, tía, ¡si son lindos! Son tan románticos. Estoy segura que le van a gustar. Sobre todo los dedicados a Boby...

—Pero, ¿qué van a decir Zarela y Rosalba?

—¿Y a ti qué te importa? Ellas pueden decir lo que quieran. Lo importante es que los lea Fontarabia.

—Tienes razón. Ya veré. Pon una servilleta húmeda sobre los sándwiches. Voy a calentar de una vez el agua para el té.

Apenas regresaron al living, Rosalba las emparó.

—Hay una cosa que te has olvidado, Adelinda, tú que prevés todo: ¡una cámara de fotos! Zarela tiene razón. No nos vamos a ir de aquí si no tenemos una foto con el escritor. Yo no me lo perdonaría nunca.

—No había pensado en eso —dijo Adelinda—. Arriba tengo una cámara pero creo que está sin rollo. Puedo mandar a comprar...

—Pero ahora mismo, Adelinda...

—¡Allí viene! —interrumpió Zarela.

Un automóvil se había detenido en la calle.

Adelinda corrió hacia la puerta y la entreabrió.

—¡Los Noriega!

Al poco rato entró un hombre corpulento, de bigotes espesos, con un pequeño paquete en cada mano, seguido por una mujer menuda, trigueña, en pantalones ceñidos y camisa sport.

—Si llegamos tarde es por culpa de Chita, que se ha pasado toda la tarde en la peluquería. ¿Saben lo que traigo aquí? *¡Tormenta de verano!* Es para que me lo dedique.

—Pero ni siquiera lo has leído —dijo Chita.

—¿Cómo que no lo he leído?

—Si lo compramos anoche, después que Adelinda nos llamó para decirnos que venía Fontarabia y que estábamos invitados a tomar el té...

—Yo leo rapidísimo. Y cuando te quedaste dormida...

—Si tú te quedaste dormido primero, con el libro en la mano.

—Es lo mismo, pero tuve tiempo de hojearlo.

—Y en ese otro paquete, ¿qué traes, Gastón? —preguntó doña Rosalba—. Pero no hace falta que lo digas, ya lo sabemos, debe ser tu cosa sobre Túpac Amaru.

—Tu cosa. ¿Has oído, Adelinda? ¡Tu cosa! ¡Y Rosalba se cree una intelectual! Pues sí, es mi cosa y la he traído en cuatro ejemplares, si quieres saberlo. Una para Fontarabia, otra para la Biblioteca Nacional de París, otra para que se la entregue a Jean-Paul Sartre y otra, otra... ¿para quién es la otra cosa, Chita?

—Qué sé yo...

—Qué importa, pero estoy seguro que irá a parar a buenas manos. ¿Y bien, Adelinda? Espero que no me vengas a mí con sándwichitos, pastelitos y otros adefesios por el estilo. Habrá un buen trago para mí... ¿Qué? ¿Nuestro escritor se hace esperar? ¡Yo tengo que decirle unas cuantas cosas! Soy su más grande admirador, pero tengo también mis propias ideas...

—No vas a venir ahora con tus propias ideas, Gastón. Ese disco me lo has puesto cincuenta veces.

—Y con razón, pues eres mi mujer y estás para escucharme. Pero no a estas señoras. Todas son mujeres de letras, además, empezando por la dueña de casa.

—Gastón, por favor, siéntate tranquilo que te voy a servir tu whisky. Y déjate de darnos coba a nosotras que, además, no tenemos nada de mujeres de letras. Ya se la darás a Fontarabia.

Adelinda sirvió un whisky puro con hielo.

—Y tú, Chita, ¿un trago también, o esperas para tomar el té?

—Yo nunca tomo un *drink* antes de las siete... ¡Ah, pero veo que tienes en la mesa la novela de Fontarabia! Yo tampoco la he leído, Adelinda; haznos un resumen, por favor.

—¡Pero qué cosas pides, Chita! —intervino doña Rosalba—. Como si se pudiera hacer un resumen de ese libro. Hay que leerlo de pi a pa. Cada frase... ¡qué digo!, cada palabra hay que saborearla.

—Lo que más me intriga es el final —dijo doña Zarela—. ¿Se dieron ustedes cuenta? ¿Estaba o no Leticia enamorada de Lucho? Todo queda en lo vago, en lo confuso...

—Yo no veo nada de confuso... —dijo Sofía—. Si es clarísimo que Leticia estaba enamorada de Lucho. Lo que pasa es que nunca se lo dijo, por orgullo.

—Pero aparte de eso, ¿el hijo de quién era? —añadió doña Zarela.

—¿De qué hijo hablan? —preguntó Gastón—. ¿Hay un hijo de por medio?

—El hijo era de Lucho, por supuesto —dijo doña Rosalba.

—Ah, no, del tío Felipe —dijo Sofía.

—¿No ves, Chita? —dijo Gastón—. Si hubieras comprado la novela cuando te lo dije, sabría yo de quién era el hijo... Para esas cosas soy un verdadero Sherlock Holmes.

—Eso del hijo no tiene importancia —dijo Adelinda—. O si la tiene, es secundario. Lo importante es el clima, la atmósfera de la novela.

—Pero en fin, ¿de qué se trata la novela? —preguntó Gastón—. Hasta donde leí, era algo que pasaba en una hacienda.

—Es una novela costumbrista... —empezó doña Rosalba.

—¿Costumbrista? —interrumpió doña Zarela—. ¡Ni hablar! Precisamente, de lo que no tiene nada es de costumbrista...

—Si quieres ponerle un nombre, yo diría más bien sicológica —dijo Adelinda.

—¿Y por qué no social? —dijo doña Zarela—. Porque de hecho hay de por medio un problema social...

—Para mí todo es más simple —dijo Sofía—. Es una novela de amor... de amor entre adolescentes.

—Un momento —dijo Gastón—. Vamos por partes. Lo que yo quiero saber...

—Tú no quieres saber nada —dijo Chita—. Lo único que quieres es meter tu cuchara en la discusión.

—¡Tía! ¡Me parece que allí viene!

Una sombra se proyectó contra la ventana. Adelinda se precipitó para descorrer el visillo.

—Es Herminia. Viene de la pastelería.

—¡Uf! —dijo Gastón—. ¡Y yo que me preparaba para emparar a nuestro escritor! Con una pregunta, una sola, pero de esas que hacen pensar... ¿Por qué pones esa cara, Chita? Tú eres la única acá que no cree que soy capaz de conversar con un escritor. Que dirija una fábrica de explosivos no quiere decir nada. Te he citado mil veces el caso de Alfredo Nobel.

—Si Fontarabia tarda —dijo doña Zarela— creo que deberías servir el té. Para mí una cosa es el arte y otra la puntualidad.

—Los artistas son distraídos —dijo Sofía—. Creo que sería mala educación...

—Como ustedes quieran —dijo Adelinda—. Para mí es igual. Yo no soy muy formal, pero si les parece...

—Para mí otro whisky —dijo Gastón—. En cuanto a ustedes, que tomen su té ahora o cuando llegue, me da igual.

—¿Por qué no llamas a su casa? —dijo doña Zarela—. Averigua si ya salió. De todos modos, ya son más de las seis.

—Si hemos esperado una hora podemos esperar diez minutos más —dijo doña Rosalba—. Por mi parte no tengo hambre. Después de todo el té es sólo un pretexto. Nuestro verdadero alimento va a ser la conversación de Fontarabia.

—Yo pienso lo mismo —dijo Sofía—. ¡Debe ser una conversación apasionante! ¿No es verdad, tía? Tú que eres la única que lo conoce, cuéntanos...

—¿Qué les voy a contar? Ya te he dicho, aparte de cuando era mi vecino, de chico, después lo he visto sólo ocasionalmente...

—¿Nunca te contó algún secreto? —dijo doña Rosalba—. ¿Algo sobre su vida íntima o sobre su manera de escribir? A mí me encantan los pequeños detalles de la vida de un artista, lo que no se cuenta sino en *petit comité.*

—A mí eso no me interesa —dijo Gastón—. Que escriba tirado en un sofá o dando de brincos, me es igual. A mí me interesan las ideas. ¿Qué piensa, por ejemplo, de la función del escritor en nuestra sociedad? ¡Eso es algo que quisiéramos saber!

—¿Y tú qué piensas sobre eso? —dijo doña Zarela.

—Pero si Gastón no piensa —dijo Chita—. Ni sobre eso, ni sobre nada. Gastón sólo habla.

—Me parece bien que hable —dijo Rosalba—. ¡Caramba, Chita, todo el mundo tiene derecho de hacerlo, hasta tu marido! Pero si se trata de hablar, dejen de lado las banalidades y hablemos de algo más elevado. Nadie ha dicho nada, por ejemplo, del estilo de Fontarabia.

—El estilo es el hombre —dijo Gastón—. ¡Salud!

—Pero si yo ya dije que su estilo es pura poesía —dijo doña Zarela—. Lo que pasa, Rosalba, es que tú eres de las que no escuchan. Yo leo sus libros, no sé, como si estuviera leyendo los poemas de José Santos Chocano...

—Yo no creo en los novelistas que escriben poéticamente —dijo Sofía—. Al contrario, en Fontarabia hay algo un poco seco, yo diría algo como de una falta de estilo, aunque esto parezca una idiotez...

—Y vamos a ver tú, Chita, ¿qué piensas tú del estilo de Fontarabia? —dijo Gastón.

—Yo lo único que pienso es que tengo un vacío en el estómago.

—Bueno —dijo Adelinda—, creo que podemos servir el té. En cuanto a Fontarabia, seguramente que preferirá tomarse un trago.

—Lo que parece muy bien —dijo Gastón—. Y a propósito de trago...

—Espera un momento, Sofía —dijo Rosalba—. Eso que has dicho de la falta de estilo es una barbaridad. Todo el mundo tiene un estilo, bueno o malo, pero lo tiene. Y el de Fontarabia...

—Depende de sus libros —dijo Adelinda—. Hay cambios de un libro a otro, según los temas que trate... Yo preferiría hablar de los estilos de Fontarabia.

—Ah, no —dijo doña Zarela—. Los grandes escritores tienen solamente un estilo...

—Pero, ¿qué cosa es el estilo? —preguntó Sofía.

—El estilo es el hombre —dijo Gastón.

—Adelinda, por favor —dijo Chita—. No le sirvas otro trago, si no nos va a venir con ese refrán toda la noche.

—Para mí —dijo doña Rosalba— el estilo es la manera como se ponen las palabras una tras otra. Unos las ponen bien, otros mal... Hay escritores que las amontonan así no más, digamos, como las papas en un costal. Otros en cambio las escogen, las pesan, las pulen, las van colocando como, como...

—Como perlas en un collar —dijo Gastón—. ¡Muy original!

—Bueno, sigan ustedes conversando —dijo Adelinda—. Sofía y yo vamos a servir. ¿Vienes Sofía?

Al entrar a la cocina, Herminia había ya dispuesto los pasteles en una fuente y las tazas de té vacías en un azafate.

—¡Esas cucharitas no, las de plata! —rezongó Adelinda—. Pon los sándwiches en un plato.

—Dime tía, ¿hablaste tú con Fontarabia?

—¿Cómo que si hablé con él?

—Quiero decir, cuando lo invitaste, ¿hablaste directamente con él?

—Hablé con su mamá... Pero es como si hubiera hablado con él. Alberto se estaba duchando, pero doña Josefa, que es vieja amiga mía, me dijo que estaba de acuerdo.

—¿De acuerdo quién?

—De acuerdo él, naturalmente... Pero, ¿qué estás pensando, Sofía? ¿Que yo?...

—No, pero como ya se hace tarde... Déjame que lleve las tazas. Tú lleva más bien las fuentes.

—¡Bravo! —exclamó Chita, al verlas aparecer—. Vienen a tiempo, porque ya nos íbamos a tirar de los moños.

—¿Sabes lo que estaba diciendo Chita? —dijo doña Rosalba—. ¡Que somos unas esnobs! Ahora al que le gusta leer y hablar de literatura es un esnob. Gracias, Chita. Prefiero ser una esnob que una ignorante.

—Por favor, Rosalba —dijo doña Zarela—. No es exactamente eso. Chita decía... en fin, ¿qué decías, Chita?

—¡Bah! Ya ni me acuerdo.

—Lo que pasa es que Chita es incapaz de leer ni siquiera un telegrama —dijo Gastón—. Pero se ha pasado toda la tarde en la peluquería. Para impresionar a nuestro escritor, supongo.

—Sírvanse, por favor —dijo Adelinda—. ¿Cuántas cucharas de azúcar?

—Espera un momento —dijo doña Zarela—. Yo todavía estoy metida en Fontarabia... ¿me permiten criticarlo? Lo que se le puede reprochar es que es un poco sombrío. Todas sus historias terminan mal, siempre hay muertos, enfermos, heridos, desaparecidos...

—A mí en cambio me parece divertidísimo —dijo Gastón—. Yo diría incluso que es un autor humorístico.

—¿Te das cuenta de lo que estás diciendo? —protestó doña Rosalba—. ¡Fontarabia un autor cómico! Si es de una tristeza que me parte el alma.

—Pero ambas cosas no se excluyen —dijo Sofía—. Se puede ser triste y al mismo tiempo humorístico.

—Yo diría que es pesimista —dijo doña Zarela.

—A eso voy —dijo Gastón—. Pero un pesimista que no toma las cosas a lo trágico, sino que se muere de risa de la realidad.

—¿Realidad? —dijo Sofía—. Pero si en Fontarabia la realidad no tiene nada que ver... Todo lo que cuenta es inventado.

—Ahora resulta —dijo doña Zarela— que Fontarabia es un autor fantástico... Adelinda, la única que puede aclararnos eso eres tú, que lo conoces bien. O el mismo Fontarabia... Pero, por fin, ¿va a venir o no?

—Como te dije enantes, llámalo por teléfono —dijo doña Rosalba—. Yo a las ocho tengo que estar en casa.

—En el acto —dijo Adelinda—. Era simplemente para no mortificarlo con tantas llamadas. ¡Ustedes se imaginarán cómo deben estar importunándolo! Pero sírvanse, que el té se va a enfriar... ¿Me acompañas, Sofía?

Ambas pasaron al corredor que conducía a la cocina. En una mesita, al pie de un espejo mural, estaba el teléfono. Adelinda levantó el auricular, se miró en el espejo para acomodarse el peinado y quedó inmóvil.

—¿Qué pasa, tía?

—No me acuerdo bien del número... Lo debo tener apuntado en mi libreta... Pero no sé dónde está mi libreta.

—A lo mejor la has dejado en los altos. ¿Quieres que vaya a ver?

—No, ya me acuerdo del número... ¡Ah, se me está deshaciendo el peinado! ¡Qué chasco! ¿Me queda bien? ¿No es muy juvenil?

—Si ya te lo dije, tía, te queda regio. Marca el número de una vez.

Adelinda metió el índice en el disco.

—Regresa mejor al living, Sofía. Cuida que Gastón no se sirva otro trago.

—Pero déjalo que tome: se pone menos solemne...

—¡Ya están comunicando!... Mejor es que tú hables, Sofía. ¡Coge! Creo que nos hemos olvidado de las servilletas.

Al instante Adelinda se esfumó en el corredor crepuscular, dejándola con el fono en la mano, un fono desde el cual una voz varonil se impacientaba. Sofía intervino:

—¿Aló? ¿Señor Fontarabia?... habla con la sobrina de Adelinda... Adelinda Velit... ¿No la conoce?... Velit con v de vaca... su antigua vecina... la esposa... la viuda de Boby quiero decir... sí, vivía al lado de su casa... Era para tomar el té... su mamá... me parece que ella tomó el recado... ¿No se lo dijo? Comprendo, señor Fontarabia, claro... es natural... de todos modos... bueno... muchas gracias... muy amable... así le diré... hasta luego.

Sofía colgó el auricular y en ese momento se dio cuenta que Adelinda había reaparecido; veía su sombra a dos pasos de distancia, en el corredor ya oscuro.

—¿Y?

—Ya hablé con él... —en el acto se rectificó—. No con él precisamente, con alguien de su casa... con alguien allegado a él, quiero decir... con su mamá, eso es, con su mamá...

—¿Qué dijo?

—Dijo que... dijo que Alberto no estaba bien. Un almuerzo... sí, un almuerzo que le había caído mal... una indigestión, algo que le hizo daño... Imagínate que está en cama... ¡No puede ni levantarse!

Del living llegó una voz estridente:

—¡Yo le voy a decir tres o cuatro cosas!... Una fábrica de explosivos, no lo niego, pero también una cultura... ¡Salud, doña Zarela! ¡El estilo es el hombre!

—¿No viene, entonces?

¿Quién preguntaba eso? ¿Por qué esa voz tan cascada?

—Eso está muy oscuro, tía —dijo Sofía encendiendo la lámpara del corredor.

El brusco resplandor iluminó a Adelinda, pero a una Adelinda que era una Zarela más, una vieja más.

—Te manda miles de besos, me dijo su mamá... Dice que lo perdones, Adelinda. Está pero apenadísimo... pero su indigestión, tía... dice que la próxima vez... cuando regrese de París...

—Gracias —dijo Adelinda—. Gracias, Sofía, gracias. Sin duda debe sentirse muy mal. Dame el brazo, por favor. Pasemos a tomar el té.

La solución

—Bueno, Armando, vamos a ver, ¿qué estás escribiendo ahora? La temida pregunta terminó por llegar. Ya habían acabado de cenar y estaban ahora en el salón de la residencia barranquina, tomando café. Por la ventana entreabierta se veían los faroles del malecón y la niebla invernal que subía de los acantilados.

—No te hagas el desentendido —insistió Óscar—. Ya sé que a los escritores no les gusta a veces hablar de lo que están haciendo. Pero nosotros somos de confianza. Danos esa primicia.

Armando carraspeó, miro a Berta como diciéndole qué pesados son nuestros amigos, pero finalmente encendió un cigarrillo y se decidió a responder.

—Estoy escribiendo un relato sobre la infidelidad. Como verán ustedes, el tema no es muy original. ¡Se ha escrito tanto sobre la infidelidad! Acuérdense de *Rojo y negro, Madame Bovary, Ana Karenina,* para citar sólo obras maestras... Pero, precisamente, yo me siento atraído por lo que no es original, por lo ordinario, por lo trillado... Al respecto he interpretado a mi manera una frase de Claude Monet: el tema es para mí indiferente, lo importante son las relaciones entre el tema y yo... Berta, por favor, ¿por qué no cierras la ventana? ¡Se nos está metiendo la neblina!

—Como preámbulo no está mal —dijo Carlos—. Vamos ahora al grano.

—A eso voy. Se trata de un hombre que sospecha de pronto que su mujer lo engaña. Digo de pronto pues en veinte o más años de casados nunca le había pasado esta idea por la cabeza. El hombre, que para el caso llamaremos Pedro o Juan, como ustedes quieran, había tenido siempre una confianza ciega en su mujer y como además era un hombre liberal, moderno, le permitía tener lo que se llama su «propia vida», sin pedirle jamás cuentas de nada.

—El marido ideal —dijo Irma—. ¿Me escuchas, Óscar?

—En cierto sentido sí —prosiguió Armando—. El marido ideal... Bueno, como decía, Pedro, lo llamaremos así, comienza a dudar de la fidelidad de su mujer. No voy a entrar en detalles sobre las causas de esta duda. Lo cierto es que cuando esto ocurre siente que el mundo se le viene abajo. No sólo porque él le había sido siempre fiel, salvo aventurillas sin consecuencia, sino porque quería profundamente a su mujer. Sin la pasión de la juventud, claro, pero quizás en forma más perdurable, como pueden ser la comprensión, el respeto, la tolerancia, todas esas pequeñas atenciones y concesiones que nacen de la rutina y en las que se funda la convivencia conyugal.

—Eso de la rutina no me gusta —dijo Carlos—. La rutina es la negación del amor.

—Es posible —dijo Armando—. Aunque ésa me parece una frase como cualquier otra. Pero déjame continuar. Como decía, Pedro sospecha que su mujer lo engaña. Pero como se trata sólo de una sospecha, tanto más angustiosa cuanto incierta, decide buscar pruebas, y mientras busca las pruebas de esa infidelidad descubre una segunda infidelidad, más grave todavía, pues databa de más tiempo y era más apasionada.

—¿Qué pruebas eran? —preguntó Óscar—. Sobre este asunto de la infidelidad las pruebas son difíciles de producir.

—Digamos cartas o fotos o testimonios de personas de absoluta buena fe. Pero esto es secundario por ahora. Lo cierto es que Pedro se hunde un grado más en la desesperación, pues ya no se trata de uno sino de dos amantes: el más reciente, del cual tiene sospechas y el más antiguo, del cual cree tener pruebas. Pero el asunto no termina allí. Al seguir investigando sobre la frecuencia, la gravedad, las circunstancias de este engaño, descubre la presencia de un tercer amante y al tratar de averiguar algo más sobre este tercero aparece un cuarto...

—Una Mesalina, quieres decir —intervino Carlos—. ¿Cuántos tenía al fin?

—Para los efectos del relato me bastan cuatro. Es la cifra apropiada. Aumentarla habría sido posible, pero me hubiera traído problemas de composición. Bueno, la mujer de Pedro tenía pues cuatro amantes. Y simultáneamente además, lo que no debe extrañar pues los cuatro eran muy diferentes entre sí (uno bastante menor que ella, otro mayor, uno muy culto y fino, otro más bien ignorante, etcétera), de modo que satisfacían diversas apetencias de su carne y de su espíritu.

—¿Y qué hace Pedro? —pregunto Amalia.

—A eso voy. Imaginarán ustedes el horrible estado de angustia, de rabia, de celos en que esta situación lo pone. Muchas páginas del relato estarán dedicadas al análisis y descripción de su estado de ánimo. Pero esto se los ahorro. Solo diré que, gracias a un enorme esfuerzo de voluntad y sobre todo a su sentido exacerbado del decoro, no deja traslucir sus sentimientos y se limita a buscar solo, sin confiarse a nadie, la solución de su problema.

—Eso es lo que queremos saber —dijo Óscar—. ¿Qué demonios hace?

—Para ser justo, yo tampoco lo sé. El relato no está terminado. Pienso que Pedro se plantea una serie de alternativas, pero no sé aún cuál es la que va a elegir... Por favor, Berta, ¿me sirves otro café?... Pero se dice, en todo caso, que cuando surge un obstáculo en nuestra vida hay que eliminarlo, para restablecer la situación original. ¡Pero, claro, no se trata de un obstáculo sino de cuatro! Si sólo existiera un amante no vacilaría en matarlo...

—¿Un crimen? —preguntó Irma—. ¿Pedro sería capaz de eso?

—Un crimen, sí. Pero un crimen pasional. Ustedes saben que la legislación penal de todo el mundo contiene disposiciones que atenúan la pena en caso de crimen pasional. Sobre todo si un buen abogado demuestra que el agente del crimen lo cometió en estado de pasión violenta. Digamos que Pedro está dispuesto a correr los riesgos del asesinato, sabiendo que dadas las circunstancias la pena no sería muy grave. Pero, como comprenderán, matar a uno de los amantes no resolvería nada, pues quedarían los otros tres. Y matar a los cuatro sería ya un delito muy grave, una verdadera masacre, que le costaría la pena capital. En consecuencia, Pedro descarta la idea del crimen.

—De los crímenes —dijo Irma.

—Justo, de los crímenes. Pero, entonces, se le ocurre una idea genial: enfrentar a los amantes, de modo que sean ellos quienes se eliminen. La idea la concibe así: puesto que son cuatro —y comprenderán ahora por qué ese número me convenía—, haré una especie de eliminatorias, como en un torneo deportivo. Enfrentar a dos contra dos y luego a los dos ganadores, de modo que por lo menos tres queden eliminados...

—Eso me parece ya novelesco —dijo Carlos—. ¿Cómo diablos hace? En la práctica no creo que funcione.

—Pero estamos justamente en el mundo de la literatura, es decir, de la probabilidad. Todo reside en que el lector crea lo que le cuento. Y éste es asunto mío. Bueno, Pedro divide a los amantes en el Uno y el Dos y en el Tres y el Cuatro. Mediante cartas anónimas o llamadas telefónicas u otros medios revela al Uno la existencia del Dos y al Tres la existencia del Cuatro. Todo ello gracias a una estrategia gradual y una técnica de la perfidia que le permiten despertar en el agente escogido no sólo los celos más atroces sino un violento deseo de aniquilar al rival. Me olvidaba de decirles que los amantes de Rosa, así llamaremos a la mujer, estaban ferozmente enamorados de ella, se creían los únicos depositarios de su amor y por lo tanto la revelación de la existencia de competidores los ofusca tanto como a Pedro mismo.

—Eso sí es posible —dijo Carlos—. Un amante debe tener más celos de otro amante que del mismo marido.

—Para resumir —prosiguió Armando—, Pedro lleva tan bien el asunto que el amante Uno mata al Dos y el Tres al Cuatro. Quedan en consecuencia sólo dos. Y con éstos procede de la misma manera, de modo que el amante Uno mata al Tres. Y al sobreviviente de esta matanza lo mata el propio Pedro, es decir que comete directamente un solo crimen y como se trata de uno solo y de origen pasional goza de un veredicto benévolo. Y al mismo tiempo logra lo que se había propuesto, o sea eliminar los obstáculos que contrariaban su amor.

—Me parece ingenioso —dijo Óscar—. Pero insisto en que en la práctica no funcionaría. Suponte que el amante Uno no logre matar al Dos, que simplemente lo hiera. O que el amante Tres, por más enamorado que esté de Rosa, sea incapaz de cometer un crimen.

—Tienes razón —dijo Armando—, y por eso es que Pedro renuncia a esta solución. Eso de enfrentar a los amantes con el fin de que se exterminen no es viable, ni en la realidad ni en la literatura.

—¿Qué hace entonces? —preguntó Berta.

—Bueno, yo mismo no lo sé... Ya les he dicho que el relato no está terminado. Por eso mismo se los cuento. ¿No se les ocurre nada a ustedes?

—Sí —dijo Berta—. Divorciarse. ¡Nada más simple!

—Había pensado en eso. Pero, ¿qué resolvería el divorcio? Sería un escándalo inútil, pues mal que bien un divorcio es siempre escandaloso, más aún en una ciudad como ésta que, en muchos aspectos, sigue siendo provinciana. No, el divorcio dejaría intacto el problema de la existencia de los amantes y del sufrimiento de Pedro. Y ni siquiera aplacaría su deseo de venganza. El divorcio no sería la buena solución. Pienso más bien en otra: Pedro expulsa a Rosa de su casa, luego de demostrarle e increparle su traición. La pone en la calle brutalmente, con todos sus bártulos o sin ellos. Sería una solución varonil y moralmente justificada.

—Lo mismo pienso yo —dijo Óscar—. Una solución de macho. ¡Puesto que me has engañado, toma! Ahora te las arreglas como puedas.

—El asunto no es tan simple —continuó Armando—. Y creo que Pedro tampoco elegiría esta solución. La razón principal es que expulsar a su mujer le sería prácticamente insoportable, puesto que lo que él desea es retenerla. Expulsarla sería hacerla aún más dependiente de sus amantes, arrojarla a sus brazos y alejarla más de sí. No, la expulsión del hogar, si bien posible, no resuelve nada. Pedro piensa que lo más sensato sería más bien lo contrario.

—¿Qué entiendes tú por contrario? —preguntó Irma.

—Irse de la casa. Desaparecer. No dejar rastros. Dejar sólo una carta o no dejar nada. Su mujer comprendería las razones de esa desaparición. Irse y emprender en un país lejano una nueva vida, una vida diferente, otro trabajo, otros amigos, otra mujer, sin dar cuenta jamás de su persona. Y ello aún suponiendo que Pedro y Rosa tengan hijos, aunque mejor sería que no los tuvieran, pues complicaría demasiado la historia. Pero Pedro se iría, abandonando incluso a sus supuestos hijos, pues la pasión amorosa está por encima de la pasión paternal.

—Bueno, Pedro se va. ¿Y qué? —preguntó Berta.

—Pedro no se va, Berta, no se va. Porque irse tampoco es la buena solución. ¿Qué ganaría con irse? Nada. Perdería más bien todo. Sería un buen recurso si Rosa dependiera económicamente de Pedro, pues tendría al menos ese motivo para sufrir su ausencia, pero había olvidado decirles que ella tenía fortuna personal (padres ricos, bienes de familia, lo que sea), de modo que podría muy bien prescindir de él. Aparte de ello, Pedro ya no es un mozo y le sería difícil emprender una nueva vida en un país nuevo. Obviamente, la fuga beneficiaría sólo a su mujer, la que se vería desembarazada de Pedro, estrecharía sus relaciones con sus amantes y podría tener todos los otros que le vinieran en gana. Pero la razón principal es que Pedro, así lograra instalarse y prosperar en una ciudad lejana y como se dice «rehacer su vida», viviría siempre atormentado por el recuerdo de su mujer infiel y por el gozo que seguiría procurando y obteniendo del comercio con sus amantes.

—Es verdad —dijo Amalia—. Eso de desaparecer me parece un disparate.

—Pero este recurso de la fuga tiene una variante —empalmó Armando—. Una variante que me seduce. Digamos que Pedro no desaparece sin dejar rastro, sino que simplemente se muda a otra casa luego de una serena explicación con su mujer y una separación amigable. ¿Qué puede pasar entonces? Algo que me parece posible, al menos teóricamente. Pero esto requiere cierto desarrollo. ¿Me permiten? Yo pienso que los amantes son raramente superiores a los maridos, no sólo intelectual o moral o humanamente, sino hasta sexualmente. Lo que sucede es que las relaciones del marido con la mujer están contaminadas, viciadas y desvalorizadas por lo cotidiano. En ellas interfieren cientos de problemas que nacen de la vida conyugal y que son motivo de constantes discrepancias, desde la forma de educar a los hijos, cuando los hay, hasta las cuentas por pagar, los muebles que es necesario renovar, lo que se debe cenar en la noche...

—Las visitas que es necesario hacer o recibir —añadió Óscar.

—Exacto. Estos problemas no existen en las relaciones entre la mujer y el amante, pues sus relaciones se dan exclusivamente en el plano del erotismo. La mujer y el amante se encuentran sólo para hacer el amor, con exclusión de toda otra preocupación. El marido y la mujer, en cambio, llevan a casa y confrontan a cada momento la carga de su vida en común, lo que impide o dificulta el contacto amoroso. Por ello digo que si el marido se va de la casa, desaparecerían las barreras que se interponen entre él y su mujer, lo que dejaría el campo libre para una relación placentera. En fin, lo que quiero decir es que la separación amigable tendría para Pedro la ventaja de endosar a los amantes los problemas cotidianos, con todo lo que esto trae de perturbador y de destructor de la pasión amorosa. Pedro, al alejarse de su mujer, se acercaría en realidad a ella, pues los amantes terminarían por asumir el papel de marido y él el del amante. Al convivir más estrechamente con los amantes, gracias a la partida de Pedro, y al ver a éste sólo ocasionalmente, la situación se invertiría y en adelante irían a los amantes las espinas y al marido las rosas. Es decir, Rosa donde Pedro.

—Todo eso me parece muy elocuente y bien dicho —intervino Óscar—. Invertir los papeles, gracias a una retirada estratégica. ¡No está mal! ¿Qué les parece a ustedes? A mi juicio es el mejor recurso.

—Pero no lo es —dijo Armando—, y créanme que me molesta que no lo sea. Un autor, por más frío y objetivo que quiera ser, tiene siempre sus preferencias. ¡Ah, sería maravilloso que las cosas pudieran ocurrir así! Preservar la condición de marido y ser al mismo tiempo el amante. Pero en esta solución hay una o varias fallas. La principal, en todo caso, es que Rosa ya está probablemente cansada de Pedro y no puede soportarlo ni de cerca ni de lejos, ni como marido ni como amante. Todo lo que se relaciona con él está impregnado de las escorias de su vida en común de modo que, por más que no vivieran juntos, le bastaría verlo para que resurgieran en su espíritu los fantasmas de su experiencia doméstica. El esposo arrastra consigo la carga de su pasado marital. Lo que le impedirá siempre acercarse a su mujer como un desconocido.

—En definitiva —dijo Carlos—, veo que las posibilidades de Pedro se agotan...

—No, hay todavía otras posibilidades. Simplemente no hacer nada, aceptar la situación y continuar su vida con Rosa como si nada hubiese ocurrido. Esta solución me parece inteligente y además elegante. Revelaría comprensión, realismo, sentido de las conveniencias, incluso cierta nobleza, cierta sabiduría. Es decir, Pedro aceptaría tener en la cabeza un par, o mejor dicho, cuatro pares de magníficos cachos y pasar a formar parte resignadamente de la corporación de los cornudos que, como es sabido, es una corporación infinita.

—¡Hum! —dijo Carlos—. No estoy de acuerdo con eso. Claro, revela amplitud de espíritu, ausencia de prejuicios, como dices, pero creo que sería poco digno, humillante. Yo al menos no lo aguantaría.

—Yo tampoco —dijo Óscar—. Y atención, Amalia. Llegado el caso, que sirva de experiencia.

—¡Oh, qué maridos tenemos! —dijo Amalia—. Unos verdaderos falócratas.

—Pero esta alternativa tiene sus ventajas —insistió Armando—. La principal es que, al aceptar la situación, Pedro mantendría a su mujer a su lado. Una mujer que lo engaña, es cierto, y que carnal y espiritualmente pertenece a otros, pero que al fin está allí, a su alcance y de la cual puede recibir esporádicamente un gesto errante de cariño. Conservaría no su cuerpo ni su alma, pero sí su presencia. Y esto me parece una maravillosa prueba de amor, de parte de él. Una prueba digna de quitarse el sombrero.

—Sombrero que no podría calarse Pedro en su adornadísima cabeza —dijo Óscar—. No, evidentemente, no me parece bien eso de aceptar la situación. Consentir, en este caso, es disminuirse como hombre, como marido.

—Es posible —dijo Armando—. Pero sigo pensando que sería una solución ponderada y que requiere cierta grandeza de alma. Es preferible quizás ser infeliz al lado de la mujer querida que dichoso lejos de ella... Pero en fin, digamos que tampoco es el buen recurso.

—No puede matar a los amantes... —dijo Carlos—. No puede echar a la mujer de la casa, no puede tampoco desaparecer, ni divorciarse, ni acomodarse a la situación. ¿Qué le queda entonces? Hay que reconocer que tu personaje se encuentra metido en menudo lío.

—Hay todavía otro recurso —dijo Armando—. Un recurso directo, limpio: suicidarse.

Irma, Amalia y Berta protestaron al unísono.

—¡Ah, no! —dijo Irma—. ¡Nada de suicidios! ¡Pobre Pedro! La verdad es que me cae simpático. ¿Y a ti, Berta? Tú que tienes influencia sobre Armando, convéncelo para que no lo mate.

—No creo que lo mate —dijo Berta—. El relato se convertiría en un vulgar melodrama. Y además Pedro es demasiado inteligente para suicidarse.

—No sé si será inteligente o no —dijo Óscar—. Después de todo es una suposición tuya. Pero la situación es tan enredada que lo mejor sería pegarse un tiro. ¿No crees, Armando?

—¿Un tiro? —repitió Armando—. Sí, un tiro... Pero, ¿qué resolvería esto? Nada. No, no creo que el suicidio sea lo indicado. Y no porque se trate de un desenlace melodramático, como dice Berta. A mí me encanta el melodrama y pienso que nuestra vida está hecha de sucesivos melodramas. Lo que ocurre es que esta solución sería tan mala como la de desaparecer sin dejar rastros. Con el agravante de que se trataría de una desaparición sin posibilidad de regreso. Si Pedro se va de la casa le queda la esperanza del retorno y hasta de la reconciliación. ¡Pero si se suicida!

—Es verdad —dijo Carlos—. Yo prefiero tener siempre en el bolsillo mi ticket de regreso. Pero tampoco es una solución absurda. Si Pedro se suicida se borra del mundo, borra también a Rosa, a sus amantes, es decir, borra su problema. Lo que es una manera de resolverlo.

—No te falta razón —dijo Armando—. Y voy a reconsiderar esta hipótesis. Aunque entre resolver un problema y eludirlo hay una gran diferencia. Y además, ¡quién sabe! ¡A lo mejor el dolor de Pedro es tan grande que lo perseguiría más allá de la muerte!

—En buena cuenta tu personaje está fregado —bostezó Óscar—. Veo que no has encontrado una solución a tu historia. Pero nuestra historia es que ya pasó la medianoche y que mañana trabajamos. Y nosotros sí tenemos una solución: irnos al tiro.

—Espera —dijo Armando—. Me había olvidado de otra posibilidad...

—¿Todavía hay otra? —preguntó Berta.

—Y una de las más importantes. En realidad debería haberla mencionado al comienzo. También es posible que Pedro llegue a la conclusión de que Rosa no le es infiel, que todas las pruebas que ha reunido son falsas. Ustedes saben bien, tratándose de un asunto como éste la única prueba es el flagrante delito. Todo lo demás —cartas, fotos, testimonios— es recusable. Puede haber error de interpretación, puede tratarse de documentos apócrifos o falsificados, de testimonios malévolos, en fin, de circunstancias que se prestan a una acusación sin fundamento. Y la verdad es que Pedro no tiene la prueba plena.

—¡Acabáramos! —dijo Óscar—. Deberías haber empezado por allí. Nos has tenido dándole vueltas a un problema que en realidad no existía. ¿Nos vamos, Irma?

—¿No quieren un coñac, una menta? —preguntó Berta.

—Gracias —dijo Carlos—. La historia de Armando nos ha divertido, pero Óscar tiene razón, ya es tarde. De todos modos, Armando, espero que cuando nos reunamos la próxima vez hayas terminado tu relato y nos lo puedas leer.

—¡Oh! —dijo Armando—. Los relatos que más nos interesan son por lo general aquellos que nunca podemos concluir... Pero esta vez haré un esfuerzo para terminarlo. Y con la buena solución.

—¿Nos traes nuestras cosas, Berta? —dijo Amalia.

—Yo se las traigo —dijo Armando—. Pónganse de acuerdo con Berta para la próxima reunión.

Armando se retiró hacia el interior, mientras Berta y las dos parejas se despedían. ¿Dónde será la próxima cena? ¿Donde Óscar? ¿Donde Carlos? ¿Dentro de quince días? ¿Dentro de un mes? Un ruido seco, perentorio, llegó del fondo de la casa. Quedaron paralizados.

—Se diría un tiro —dijo Óscar.

Berta fue la primera en precipitarse por el corredor, justo cuando Armando reaparecía llevando un bolso, una bufanda, un abrigo. Estaba pálido.

—¡Curioso! —dijo—. Éstas son las coincidencias que a uno lo desconciertan. Al buscar una pastilla en mi mesa de noche desplacé mi revólver y no sé cómo salió un tiro. Atravesó el cajón de la mesa y rebotó contra la pared.

—¡Buen susto nos has dado! —dijo Óscar—. Es así como ocurren los accidentes. Es por eso que yo jamás tengo armas a la mano. Pon un poco más de atención otra vez.

—¡Bah! —dijo Armando—. Tampoco hay que exagerar. Después de todo no ha pasado nada. Los acompaño hasta la puerta.

El malecón seguía brumoso. Armando esperó que los autos arrancaran y entrando a la casa corrió el picaporte y regresó a la sala. Berta llevaba a la cocina los ceniceros sucios.

—Ya mañana la muchacha pondrá orden aquí. Estoy muy cansada ahora.

—Yo en cambio no tengo sueño. La conversación me ha dado nuevas ideas. Voy a trabajar un momento en mi relato. No me has dicho qué te pareció...

—Por favor, Armando, te digo que estoy cansada. Mañana hablaremos de eso.

Berta se retiró y Armando se dirigió a su escritorio.

Largo rato estuvo revisando su manuscrito, tarjando, añadiendo, corrigiendo. Al fin apagó la luz y pasó al dormitorio. Berta dormía de lado, su lámpara del velador encendida. Armando observó sus rubios cabellos extendidos sobre la almohada, su perfil, su delicado cuello, sus formas que respiraban bajo el edredón. Abriendo el cajón de su mesa de noche sacó su revólver y estirando el brazo le disparó un tiro en la nuca.

Escena de caza

Para cazar palomas, decía mi primo Ronald, era necesario acampar el día anterior en el lugar escogido y levantarse de madrugada, a fin de sorprender a las aves en el momento de alzar el vuelo en busca de su sustento. Era lo que habíamos previsto, partir el sábado en la tarde y cazar el domingo al amanecer. Pero Ronald cayó en la cuenta que ese sábado era aniversario de la muerte de su padre, tío George, y que la familia le había mandado a hacer una misa nocturna. En consecuencia decidimos salir el domingo, de buena hora, con la esperanza de llegar a Sayán antes de que las palomas se dispersaran.

Pero claro, nuestras previsiones fallaron. En primer lugar, nuestros hijos Harold y Ramón, que por primera vez salían de caza, nos obligaron a detenernos en cuanto poblado atravesamos, para tomarse un refresco o comer una golosina. Luego se nos bajó una llanta. Como si esto fuera poco, al tomar el desvío hacia la sierra Ronald se equivocó de camino y anduvimos más de una hora por una tablada desértica hasta poder orientarnos. Total, que cuando llegamos a las cercanías de Sayán eran ya las diez de la mañana y el sol caía a plomo sobre el campo ardiente, donde no se veía ni el más mísero gorrión.

—Viaje a la China —dijo Ronald—. ¡Ya me lo temía! No nos queda sino dar media vuelta y regresar.

Pero nuestros hijos protestaron. ¡No valía la pena haber hecho un viaje de casi tres horas para nada! En realidad, Ronald y yo habíamos planeado esa expedición sólo para ellos. Ronald, mal que bien, aún se daba tiempo para salir de caza dos o tres veces al año. Pero yo hacía diez años o más que no cogía una escopeta, desde la época en que vivía tío George y guiados por él íbamos a cazar patos o flamencos a las lagunas de Villa o perdices a las alturas de Canta.

—Haremos un ensayo —dijo Ronald—. Pero si vemos que no hay nada, regresamos a Lima.

Tomando un sendero de tierra, condujo la camioneta entre chacras peladas e inhóspitas hasta que la ruta se fue arbolando y llegamos al fin a unos naranjales.

—Con un poco de suerte, aquí podemos encontrar algo.

Bajando del vehículo distribuimos las escopetas, la munición y los morrales, pasamos revista a las consignas para evitar accidentes y nos dividimos por parejas: Ronald con mi hijo Ramón y yo con su hijo Harold. Acordamos reunirnos a mediodía al lado del automóvil o antes previa salva de cinco tiros.

Harold y yo agazapados, el ojo avizor y la respiración contenida, recorrimos el huerto hasta el cerco final sin distinguir una sola paloma. De los surcos de regadío húmedos brotaba un vaho hirviente que nos asfixiaba. Ronald y mi hijo no debían haber corrido mejor suerte, pues no escuchamos venir de su lado ni un solo disparo.

—¡Si tu abuelo, el tío George, nos viera! —bromeé—. ¡Qué tales imbéciles, diría, buscando palomas en plena mañana, con este calor! Creo que lo mejor sería regresar al auto.

Pero Harold no quiso darse por vencido. Propuso salir de la huerta y caminar hacia la falda de los cerros, donde se avistaba una hilera de coposos eucaliptos. Fue lo que hicimos, atravesando un sembrío de maíz del cual quedaba sólo la hojarasca. Antes de llegar a los árboles escuchamos venir de los naranjales dos detonaciones, seguidas de otras dos.

—¡Vaya! —dije—. Parece que al fin encontraron algo.

—¡No nos vamos a dejar ganar! —protestó Harold—. Nosotros también tenemos que cazar algo.

Apurando el paso llegamos a los eucaliptos, justo cuando una tórtola solitaria levantaba el vuelo y se alejaba hacia los peñascales, sin darnos tiempo de ajustar la mira.

—Tu abuelo George no hubiera dejado escapar esa presa —dije—. Una vez en Conchán lo vi darle a un patillo en pleno vuelo, pero óyelo bien, con una carabina 22 y a unos trescientos metros de distancia.

Durante un rato anduvimos bajo los eucaliptos, con la mirada en alto y el dedo en el gatillo. Nuestros movimientos se habían vuelto sigilosos y perfectos, como si nos vinieran de viejas disposiciones conservadas por la memoria de la especie. Pero de nada nos valió todo ello, pues el mediodía llegó y no tuvimos ocasión de disparar un solo cartucho.

—Ahora sí es hora de regresar. Ronald y Ramón deben estar esperándonos.

Harold aceptó de mala gana mi propuesta y emprendimos la vuelta, sudando a chorros. Al cruzar nuevamente el naranjal distinguí una paloma picoteando fruta verde. Me encaré el arma y de un solo tiro la abatí. Pero no había muerto. Herida en un ala se arrastraba por el suelo.

—Yo la remato —dijo Harold—. Así llegaremos con algo.

Y al instante abrió fuego sobre el ave herida, casi a boca de jarro, desplumándola. Crueldad infantil. Eso nunca hubiera hecho el tío George.

Ronald y Ramón nos esperaban al lado del auto. Desde lejos les mostramos nuestra tórtola. Como respuesta Ronald metió la mano a su morral para extraer una presa exacta. Cinco cartuchos y toda una mañana para dos pajarracos. Un verdadero fiasco.

Era el momento de regresar a Lima. Pero no contábamos con la tenacidad de nuestros hijos. Ambos se pusieron agestados y jetudos.

—Tú me has dicho que cuando venías a cazar con papa George regresaban con más de cien palomas —dijo Harold.

—Eran otros tiempos —respondió Ronald.

Yo observé a mi primo, que se había calado una gorra con visera. Me sorprendió su fortaleza, su placidez, su bigote castaño, ralísimo y enhiesto, pero perfectamente recortado.

—Estás igualito a tu papá —dije—. Lo único que te falta es la puntería.

—También la tengo. Pero ¿qué se puede hacer cuando no hay nada?... Bueno, ¿qué hacemos? ¿Regresamos? ¿Nos quedamos a almorzar aquí?

Los muchachos respondieron por nosotros: nos quedaríamos a almorzar en Sayán y en la tarde continuaríamos la cacería. No hubo más que obedecerlos.

Sayán es uno de esos pueblecitos ígneos, solares, que se cuecen lentamente bajo la canícula entre los desiertos de la costa y las primeras estribaciones de los Andes. En torno a una plazoleta con capilla colonial se entrecruzan unas pocas callejuelas, desiertas de habitantes a esa hora tórrida, como el campo de palomas.

—¿Sabías que Sayán fue antes una hacienda que perteneció a la familia de papá? —preguntó Ronald—. Siempre le oí decir que aquí jugaba de niño. Por eso le gustaba tanto regresar de grande, cuando salíamos de cacería. Justamente, mira, allí está el restaurante donde almorzábamos.

Entramos a una sala cuadrangular, también desierta, con rústicas mesas de madera sin mantel. En el aire denso zumbaban voraces moscas y flotaba un fuerte olor a cebolla. Encargamos un conejo a la cacerola, gaseosas heladas y, a pesar del calor, de la dureza de las sillas y de la impaciencia de los muchachos, prolongamos la estada lo más posible, esperando que refrescara un poco. Cuando vimos aventurarse por la calle a los primeros lugareños salimos. Eran las cuatro de la tarde.

—Bueno —dijo Ronald—. Haremos un intento por aquí cerca y punto. No quiero regresar a Lima de noche.

En el auto nos fuimos alejando de los naranjales, pero muy despacio, observando los campos y arboledas en busca del lugar propicio.

—Tal vez por aquí —dijo Ronald, abandonando la carretera para tomar un desvío de tierra que conducía hacia un criadero de caballos. El desvío estaba bordeado por árboles frondosos, detrás de los cuales se extendían potreros de alfalfa. Cerca de un pequeño estanque detuvo el auto.

—Ustedes vayan por donde quieran —le dijo a los chicos—. Nosotros nos quedaremos aquí.

Harold y Ramón se internaron por los alfalfares, mientras Ronald y yo nos apostamos al borde del estanque, a la expectativa de lo que pudiera venir, pero sin mucha ilusión.

—Sería una lástima que no cazáramos nada —dije, al ver que Ronald soltando su escopeta se entretenía lanzando piedras a la poza—. ¡Qué decepción para los chicos!

—Tienes razón —dijo Ronald—. Habrá que hacer un esfuerzo.

Cogiendo su escopeta se caló bien la gorra y se fue alejando por el sendero. Su andar era lento, cauteloso. Veía al fin surgir en él el instinto y la raza del cazador. Una paloma abandonó velozmente el follaje y Ronald, levantando su arma la derribó de un solo cartucho. La guardó maquinalmente en su morral y prosiguió su sigilosa marcha. Del alfalfar llegaron algunos disparos aislados. Yo también me atreví a disparar contra algo que me pareció ver agitarse en una rama, pero nada cayó. Al poco rato Ronald volvió a tirar. Del alfalfar llegaron nuevas detonaciones. En la tarde apacible, caldeada y silenciosa los estampidos se sucedían esporádicamente, se hacían eco, se interrumpían durante interminables momentos de calma para volver a resonar uno tras otro, casi al unísono, rasgando el cielo purísimo. Algo había de angustioso, de antiguo y de terrible en el deporte de la caza.

Yo ensayé aún varios tiros, pero sin fortuna. Como caía la tarde regresé hacia la camioneta. Sentado ante el volante encendí un cigarrillo, mirando los cerros pétreos ahora color amatista y contando las lejanas detonaciones. El primero en aparecer fue Ronald. Sacó cuatro palomas de su morral.

—No he podido hacer más. Está visto que no hay nada. Y estos chicos, ¿todavía no vienen?

Vimos sus cabecitas y la punta de sus fusiles que emergían del alfalfar. Se acercaban con parsimonia. Cuando estuvieron a nuestro lado mostraron su cuadro de caza, avergonzados: Harold una tórtola y Ramón un mochuelo.

—¿Y ustedes?

Ronald enseñó sus cuatro palomas.

—¡Eso es una porquería! —protestó Harold—. ¿Por qué no seguimos? Ya no hace calor, papá.

Yo pensé que Ronald se opondría, pero lejos de eso lo vi vacilar y tirarse los pelos de una ceja, como tantos años atrás había visto hacer al tío George.

—Me estoy acordando —dijo—. Por aquí hay un dormidero. Una vez me trajo papá. Antes del anochecer vienen las palomas a dormir. Suban al carro, pero rápido, vamos.

Continuamos por el camino de tierra, para tomar luego otro más estrecho y sinuoso. Ronald conducía cada vez más rápido, sin hablar, llegó a una bifurcación, no vaciló en elegir una ruta llena de baches, cruzamos un caserío alborotando a perros y gallinas, bordeamos una colina, hasta que llegamos a un prado casi circular, cubierto de césped, rodeado de viejos eucaliptos.

—Este es el dormidero. ¡Me acuerdo perfectamente! Fue la última vez que vine a cazar con papá. Bajemos, pero atención, sin hacer ruido.

Apenas pusimos pie en tierra, por más cuidado que tuvimos, una bandada de palomas se desprendió del follaje para perderse tras la colina.

—Vamos a rodear el campo —dijo Ronald—. Cada cual por su lado. Pero eso sí, no disparar sobre las ramas, sólo al vuelo, cuando vengan las palomas.

Los cuatro nos dispersamos. Se ponía el sol y soplaba al fin un aire fresco. Yo encontraba imposible cazar en la penumbra; este último intento era inútil, peligroso, un capricho de mi primo Ronald. Mientras buscaba un lugar donde apostarme sonó un primer disparo y vi caer en medio del campo una veintena de palomas.

—¡No recogerlas! ¡Esperar todavía!

¿Era la voz de Ronald? Pero ¿dónde estaba? A mi derecha distinguí a mi hijo que se había parapetado tras un montículo, con su escopeta en alto y a la izquierda a Harold, casi confundido con el tronco del árbol. ¿Pero Ronald?

Sonó otro disparo, esta vez detrás mío y una nueva lluvia de palomas se precipitó a tierra. Volteé la cabeza, pero no distinguí sino sombras. Lo único claro era el resplandor del cielo. Una mancha lo rasgó. Era una bandada que venía al dormidero.

—¡No disparar todavía! ¡Esperar que se acerquen!

Cuando la bandada estuvo sobre el campo estalló un nuevo cartucho, al frente esta vez, la formación pareció inmovilizarse y cayó a plomo sobre el césped.

—¡Ya está bien! ¡Ahora podemos recogerlas!

Empezamos a converger hacia el centro del campo siguiendo las instrucciones de Ronald, recogiendo las palomas que íbamos encontrando, mi hijo por la derecha, Harold por la izquierda y Ronald, imprevistamente, detrás de mí.

Los chicos, excitadísimos, contaban las presas mientras las metíamos en los morrales, celebraban la magnitud del trofeo, pero se quejaban de que nosotros, los grandes, no les habíamos dado tiempo de disparar un solo tiro.

—¡Ya luego contaremos las presas! —dijo Ronald con voz autoritaria—. ¡A regresar al auto!

Cuando partimos, la noche había caído. Ronald conducía velozmente por la sinuosa pista de tierra, muy inclinado sobre el timón, sorteando diestramente las curvas, sin despegar los labios. Atrás, los chicos, luego de parlotear un rato, se habían quedado dormidos. Sólo cuando cruzamos la tablada y llegamos a la autopista abrió la boca.

—Nuestro honor quedó a salvo. ¿No te parece? Ha sido una buena batida.

—Gracias a ti —dije.

—¡Vamos, vamos, déjate de cumplidos! Tú sabes bien que ni tú ni yo hemos disparado un solo tiro.

—¿No? ¿Entonces quién?

—La quinta sombra... la que se desprendió de mí o la que sigue apostada allí, sin que pueda moverse nunca, en el dormidero.

Conversación en el parque

Estaban sentados en una banca del parque de Miraflores, en el atardecer veraniego, viendo desfilar los automóviles, pasar los peatones, anidar en los ficus las tórtolas tardías. Apenas a una cuadra, el colegio donde habían estudiado juntos hacía tantos años. Y en la esquina un hombre de pelo entrecano, pero de edad indecisa, dando vueltas en redondo, con un grueso paquete de libros bajo el brazo.

—¡Pobre Cooper! —dijo Alfredo—. Todavía sigue allí... ¿Desde cuándo? Quizás desde la creación del mundo. Yo al menos nunca he pasado por acá sin verlo hablando solo, siempre en ese lugar, con sus libros bajo el brazo. Dicen, no sé si será verdad, que justamente en esa esquina un auto atropelló a su novia y la mató, hace ya de eso una punta de años. Desde entonces todos los días regresa a ese lugar y habla, habla y habla con su novia... Debe estar loco, es lo menos que se puede decir.

—Como nosotros —dijo Javier, rematando su respuesta con una de esas risotadas imposibles de describir y para las cuales había que encontrar una expresión gráfica: ¡BRUBRUBRUBRUBRUBRUBRUBRUBRUBRUBRU!

—No te rías, imbécil, que estoy hablando en serio. No te das cuenta todavía, pero yo siempre hablo en serio... ¡BRUBRUBRUBRUBRUBRUBRUBRUBRUBRUBRU! Es lo único que sabes decir. No puedo en consecuencia ser sincero contigo, decirte lo que veo, lo que pienso... La otra noche, por ejemplo, estuve en el malecón y vi pasar una luz sobre el mar, algo que cruzó el cielo, un poco en zigzag, pero sin hacer ruido. No era un avión ni nada conocido...

—Un platillo volador... ¡BRUBRUBRUBRUBRUBRUBRUBRUBRUBRU...!

—Un platillo volador, sí ¿y por qué no? Lo que pasa es que tú no tienes ninguna fantasía, tú sólo lo que ves, lo que tocan tus manos inmundas. ¿Por qué demonios no van a existir en otras praderas cósmicas (y mira cómo te regalo así, sin pedirte nada de vuelta, frases inmortales: praderas cósmicas), por qué no van a existir seres más inteligentes que nosotros, que no lo somos, capaces de?... Bueno, no quiero empezar a dar resbalones en este, en este... ¡Añade algo, caramba, demuestra que me has comprendido!

—En este callejón sin salida... ¡BRUBRUBRUBRUBRUBRU-BRUBRUBRUBRUBRU...!

—Eso es, callejón sin salida... Y noto una vez más que sólo se te ocurren lugares comunes. Bueno, Javier, dime, ¿por qué te dicen diablito?

—No sé...

—No importa... ¡Pero me olvidaba! El otro día me encontré en el microbús con Paco Gonzales, ¿te acuerdas? Estaba en nuestra clase. Hablamos del colegio, de los curas, de ti también. Debe estar fregado, cuando anda en microbús como nosotros... Me acuerdo que era un buen futbolista, pero picón, abusivo. Contigo sobre todo. Te robaba tus lapiceros, te echaba tinta en la ropa, un día te quemó tus libros. Y tú ni protestabas. Te dejabas pegar y hasta te reías: ¡BRU-BRUBRUBRUBRUBRUBRUBRUBRUBRUBRU...!

—¡BRUBRUBRUBRUBRUBRUBRUBRUBRUBRUBRU...!

—¿Y te acuerdas de Bambarén? ¿Por qué diablos me viene esto a la cabeza? Estaba también en nuestra clase. Un día pasé por un bar de Santa Cruz y lo vi jugando a las maquinitas, ésas donde metes una moneda y tienes que hacer puntos. Estuve mirándolo jugar, sin decir nada. Al día siguiente volví a pasar por allí y Bambarén estaba otra vez jugando. Me quedé nuevamente mirándolo. Y esto comenzó a repetirse. Todos los días pasaba por el bar y miraba jugar a Bambarén. «Ya debe estar frente a su maquinita», me decía y me vestía al tiro para ir a verlo. Esto duró como un mes. Bambarén se ponía cada vez más nervioso, no me había reconocido seguramente, pero le molestaba que todos los días viniera un tipo y se parara a su lado y lo mirara. Y a mí me encantaba mirarlo. Hasta que una vez que me vio llegar, abandonó el bar a la carrera y se alejó pegando chillidos... ¡Pobre tipo! Nunca más regresó. Al menos no lo volví a ver más cuando pasé por allí... Pero en fin, para volver a lo de enantes, ¿por qué te dicen diablito?

—No sé...

Alfredo encendió un cigarrillo y tiró pitadas con una exagerada fruición.

—Vicio necio, cruel, que me llevará a la tumba, lo sé, pero aún así, pero aún así... ¡Oh, me aburre hablar de estas cosas! ¿Qué podemos hacer, Javier? A ver, dime, ¿qué podemos hacer? Pronto se irá el sol, se irá la tarde de fuego, se irá el loco de la esquina y el fantasma de su novia y nos quedaremos aquí, al anochecer, los dos solos, como otras veces... ¡Mira a ese tipo que pasa! ¿A dónde irá? ¿Por qué camina tan rápido? ¿Cómo se llama? ¿De qué sufre? ¿Qué piensa de la vida o de la muerte? A lo mejor no piensa nada y camina simplemente como un perrito... A veces me gustaría tener un poder sobrehumano, penetrar en la gente como una sonda, explorar no sólo su pasado sino su porvenir.

—Salirte del tiempo... ¡BRUBRUBRUBRUBRUBRUBRUBRU-BRUBRUBRU!

—Salirme del tiempo, sí, y encuentro bobo e impertinente que te rías... ¿No sabes acaso que uno puede salirse del tiempo, de su tiempo? Esto tendría que explicártelo, pero no me fatigaré en vanos preámbulos. Para simplificar, lo que en los bebes se llama mollera, la parte no osificada del cráneo, es la vía por la cual nos evadimos de nuestro ser para entrar en contacto con el cosmos, en el cual el tiempo desaparece para convertirse en espectáculo. Mollera se dice en francés *fontanelle,* que es más bonito y que significa pequeño surtidor, y que yo interpreto como «fuente de conocimientos». Con la edad se nos estrecha y se nos clausura esa vía de acceso al infinito, pero podemos recuperarla gracias a la droga, los sueños, la meditación profunda y la locura.... Cooper, por ejemplo, no vive ni está en nuestra época, sino veinte años atrás, cuando su novia murió en esa esquina... A Buda se le presenta a menudo con una aureola sobre la cabeza, símbolo del lugar por donde está en contacto con la eternidad. Y los santos cristianos también. ¿Y qué significa la tonsura en los sacerdotes, sino despejar la vía de la *fontanelle* para facilitarles el camino de la experiencia mística?

—Los calvos, entonces...

—¡Los calvos no tienen nada que ver con esto! No sabotees mis enseñanzas con chistes de colegial... ¡Allí viene otro tipo! ¿Has visto cómo camina? Es el típico hombre seguro, el que sabe. El mundo es para él clarísimo, sin dudas ni misterio. Dos más dos son cuatro. El este es lo opuesto al oeste. Ésos son los tipos que yo prefiero para mi juego del «amigo viejo». ¿Nunca te he contado? Lo practicaba mucho antes de que me operaran. Cuando veía venir un tipo así lo abordaba sonriente, con los brazos abiertos, para decirle efusivamente: ¡Como estás, qué ha sido de tu vida, hace tanto tiempo que no te veo!, etcétera. El tipo me miraba arisco, trataba de zafarse, balbuceaba algo así como «bueno, en fin, no me acuerdo», pero yo seguía hablando, le ofrecía un trago, le preguntaba por su familia, no le daba tiempo de reflexionar... Al cabo de un momento comenzaba a vacilar, se preguntaba si no era algún antiguo camarada de colegio o alguien que conoció durante un viaje o un pariente lejano... Tomaba al fin confianza y me hablaba de su vida, de su trabajo, de sus problemas, pero cuando estaba ya embalado me despedía bruscamente y lo dejaba plantado. Plantado con su duda y con la cuenta. Nunca sabría quién era yo, si realmente un conocido, o alguien que se equivocó o un bromista. Y esta duda será quizás el primer guijarro que pongo en su camino triunfal por la vida, el que quizás lo salve para siempre de ser un imbécil.

Javier soltó su ¡BRUBRUBRUBRUBRUBRUBRUBRUBRUBRU! y quedó callado, con las manos hundidas hasta el fondo de los bolsillos de su pantalón.

—Pero, en fin —continuó Alfredo—, ésta es ya historia antigua... No podemos salvar a la humanidad persona por persona gracias a este artificio, hoy uno, mañana otro, no nos alcanzaría la vida. Más aún cuando el método del «amigo viejo» no es infalible. Una vez se lo apliqué a un corpulento mulato, que de entrada captó mi teatro y me mandó rodar de un solo combo... Y además, ¿para qué salvar a la humanidad? A mí nadie me ha salvado, que yo lo sepa, al menos... Pero tú, a lo mejor tú, que eres en cierta forma un sabio, a lo mejor tienes una receta.

—Tirarte un salvavidas... ¡BRUBRUBRUBRUBRUBRU!

—Salida típicamente javieresca, claro... ¡Mira! Mira cómo se va la tarde, cómo se va el verano... ¡Pronto llegarán no las oscuras golondrinas, que no son además verdaderamente oscuras, sino la humedad, la neblina, lo que ya conocemos! ¡Cuánto viejo tosiendo por las calles! En el invierno, ¿te has dado cuenta?, en el invierno Lima está hundida en el fondo de un pozo. Nos volvemos batracios, nos salen branquias y durante seis meses llevamos una existencia submarina. Esto no lo entienden los extranjeros. Y así vamos durando, Javier, de verano en invierno, hasta que, ¿has visto?, sobre la oreja tienes unas canitas... Estás viejo, Javier, estás viejo, y ¿qué has hecho, dime?... Yo al menos me casé, tuve un hijo, me divorcié, pero eso tampoco tiene importancia, la verdad es que me siento terriblemente triste. Mañana termina mi permiso y regreso. Y regreso sin saber lo que quería saber, sin que me hayas querido decir...

—Yo te puedo decir todo... ¡BRUBRUBRUBRUBRUBRU!

—Pero no lo que quiero saber... ¿por qué te dicen diablito?

—No sé...

—¡Hay cosas que nunca he llegado a entender! El temor de la gente a decir todo, siempre guardan algo en reserva, algo que se va pudriendo en su interior como un queso, como un pericote muerto y que termina por infestar su alma y, peor todavía, por descomponer su razón. En ti, que te conozco tanto, hay algo oscuro, impenetrable... ¡Y yo me torturo por descubrirlo! Yo en cambio no oculto nada, digo todo lo que me viene a la cabeza... Bueno disculpa, es hora de mi pastilla. Mira este tubito, una pastilla en la mañana, otra en la tarde... Lo gracioso es lo que dice en el papel que hay adentro. Yo gozo leyendo la literatura médica. En uno de esos papelitos que vienen con los remedios leí una vez algo relativo a los «microbios banales». ¿Qué serán los microbios banales? Hay toda una literatura hecha de pequeños textos que son una delicia. Otro ejemplo: los resúmenes que hacen los periódicos de los films que están en cartelera. Digamos, se anuncia en el listín el film *María* y debajo dice algo así: «La bella muchacha creía estar por encima de la pasión, pero esa tarde de verano, gracias a un encuentro fortuito, la flecha de Cupido atravesó su corazón.» O por ejemplo, en el western *El invencible,* dice el periódico: «Tom Carter, víctima de la injusticia, decide vengarse y su Colt 45 deja un recuerdo imborrable en el vasto oeste.» Estos textos son verdaderas joyas literarias. Deberían publicarse en antologías y sus autores rescatados del anonimato.

—Bueno, me voy...

—Espera, Javier, espera... ¡Tenemos que hablar de tantas cosas! Espera al menos que oscurezca. Dime algo, cuéntame algo. No he tenido tiempo de leer los periódicos. Tú sabes que allá nos dan sólo uno y a veces de la semana pasada. No sé qué pasa en el mundo. Hazme un resumen, Javier. ¿Alguna nueva guerra? ¿Un terremoto? ¿Una revolución?

—Todo eso... ¡BRUBRUBRUBRUBRUBRUBRUBRU!

—Pero, ¿por qué no te sacas las manos de los bolsillos? ¿Te estás acariciando las pelotas?... Cuando se está con alguien, por educación, hay que tener las manos visibles, descubiertas. Detesto a la gente que oculta sus manos. Pero dejemos esto. Decías que he adivinado, hay una nueva revolución, una nueva guerra, otro terremoto... ¡No me sorprende! Yo no creo realmente en lo que se llama actualidad: eso es una ficción. Uno puede estar perfectamente al día enterándose de lo que ocurrió hace ochocientos o mil años, digamos en la época de Bizancio. Esos teólogos, esos filósofos, esos clérigos que discutían sobre la gracia, la trinidad, la eucaristía, las imágenes, ¿no te parecen de una actualidad, para decirlo en el término que conviene, palpitante? Como no se ponían de acuerdo se crearon sectas que a su vez se volvieron a descomponer en nuevas facciones, cada una de las cuales dio origen a nuevas herejías... ¿Y esto qué tiene que ver con la actualidad?, me dirás. No lo dices, claro, pero entonces lo digo yo. Concédeme al menos el derecho de desarrollar mis propias ideas, de responderme y de interrogarme yo mismo. Para citar sólo un caso, el marxismo. Del tronco central de Marx se desprende el tronco Trotsky (y habrás notado de paso la cacofonía, pero ¡qué culpa tengo yo que tronco y Trotsky empiecen con las mismas letras!), pero a su vez del tronco Trotsky se desprenden varios cuerpos distintos, irreconciliables... En suma, aquí funciona el principio de la subdivisión permanente, que es el requisito y la prueba de la fecundidad de una doctrina.

—¡BRUBRUBRUBRUBRUBRUBRUBRU!

—Ya estaba extrañando tu bramido, especie de animal... Pero aún no he terminado. En la física molecular ocurre lo mismo. En cada época se cree haber llegado a la verdad última, al principio primero, como quieras llamarlo, en el que reposa toda la estructura del universo. Y sin embargo no es así. Para hablar de la física, por ejemplo, cada vez se descubren elementos más pequeños, gracias a los grandes aceleradores... (Y cuidado, no me creas un erudito en estas materias, no tengo ni la menor idea de lo que es un gran acelerador, simplemente leí eso en una de esas revistas que ponen en las peluquerías.) Bueno, en Estados Unidos han descubierto el upsilón, la partícula más ínfima hasta ahora conocida, al lado de la cual los protones, los neutrones, los electrones son unos mastodontes... Pero, el upsilón a su vez, ¿no contendrá otros elementos que todavía no podemos percibir?

—El upsiloncito... ¡BRUBRUBRUBRUBRUBRUBRUBRU!

—Es inútil, es idiota, es baboso convidarte a que participes de mi dinamismo espiritual y de mis intuiciones geniales... ¡BRUBRUBRUBRUBRUBRUBRUBRU!... Pero si lo hago, si me prodigo, si me sobrepaso es sólo para distraerte y para saber por qué... ¡Pero ya comienzo a sentir hambre! ¿Puedo ir a comer a tu casa? En la mía me esperan, claro, pero tener que aguantar a mi papá, un hombre íntegro, un caballero, tú lo sabes, pero con el cual sólo cambio lo que los latinos llamaban *flatus vocis*... ¿Qué se puede esperar de un hombre que hace veinte años lee el mismo periódico sentado en el mismo sillón y que nunca ha llegado tarde a su oficina?... De todos modos, si no me puedes invitar, iré a un restaurante. Cerca del cine Colina hay uno donde preparan un bistec encebollado inmortal. Receta: picar la cebolla en tiritas, cortar el tomate en finos trozos, poner en la sartén una regular cantidad de aceite, tener a la mano pimienta, sal, un poco de ají... ¡Ah, pero me da asco comer en los restaurantes al lado de gente que no conozco! La última vez que estuve en uno se sentó frente a mí un tipo gordo, no tanto como yo, pero sí sus buenos noventa kilos. Y de pronto me di cuenta que este hombre estaba haciendo algo horrible. Horrible no, pero raro. Raro tampoco, pues es algo que hacemos todos los días nosotros, pero algo que nunca había observado bien. Este tipo se introducía por un orificio de su cara que se llama boca una serie de materias de consistencia diferente, líquidas, sólidas, viscosas, que le traían en recipientes circulares y esas materias desaparecían con gran contento de su parte. Yo lo miraba y mis manos temblaban. Una cosa, el gordo, que se come otra cosa, la comida. ¿Cómo podía una cosa desaparecer en otra cosa? No entendía nada, se me quitó el hambre y dejé todos los platos sobre el mantel. Y el tipo siguió así, haciendo desaparecer como un prestidigitador todo lo que le ponían por delante. Luego me di cuenta que eso no era nada del otro mundo, que simplemente ese hombre estaba comiendo, como comes tú o como yo. Lo que pasa es que nosotros no podemos soportar en los otros lo que nos es más natural. Yo no puedo ver a alguien haciendo caca, por ejemplo, o haciendo el amor o, ahora me doy cuenta, comiendo... ¿Por qué, me pregunto? Quizás porque lo más natural, lo más necesario en nosotros es al mismo tiempo lo más animal. Esos actos nos tumban de nuestro pedestal y nos recuerdan nuestra pobre condición de mamíferos o antropoides más o menos desarrollados, sujetos a las necesidades de cualquier animal de pezuña... Sólo el amor, Javier, sólo el amor nos permite aceptar esos actos en nuestro prójimo y volvernos tolerantes...

—Ya me tengo que ir...

—Espera, por favor, Javier, espera, déjame terminar... No me dejes así, con la palabra en la boca. ¿Dónde la voy a soltar? ¿A quién se la voy a decir? Me dejas además en este triste crepúsculo... ¿Quién me va a ayudar a soportarlo? Cerrémosle, por favor, juntos, cómplicemente unidos, cerrémosle el párpado a esta larga tarde moribunda... Y disculpa que te abrume con mis frases huachafas. Si quieres caminamos un poco y te acompaño hasta tu casa... Hasta Cooper ya, el pobre Cooper, se ha retirado, él y sus fantasmas... Damos un paseo por el malecón, miramos el mar que, supongo seguirá allí, al pie del acantilado, no creo que se haya ido, me fumo un cigarrillo, el último esta vez, sí, te lo juro, damos la vuelta y andamos hasta tu casa. Te dejo en la misma puerta, delante de la reja, aunque no me invites a comer... Y de paso me dirás, porque ya es hora de que me lo digas, por qué te dicen diablito...

—No sé...

—Sí, lo sabes, Javier, lo sabes. La sirvienta de tu casa te dice diablito, una vez la oí. Te dijo diablito y se rió de ti.

—No sé de quién hablas...

—Pero si estaba en la ventana y te dijo diablito...

Javier se puso de pie, doblado y encogido, sin sacar las manos de los bolsillos de su viejo pantalón.

—Me voy. La próxima vez que te den permiso ven a verme.

—¡La próxima vez! ¿Y si no hay próxima vez? ¡Ah Javier, Javier, ten un poco de piedad! Tú no tienes una idea cómo sufro pensando en ti... Me voy a morir sin saber lo único que quiero saber... Hace meses que me interrogo, que me torturo y nada. Diablito, ¿por qué diablito? Me siento como esos viejos alquimistas que consumieron su vida sin haber alcanzado la visión dorada... ¡Espera!

Javier se echó a caminar hacia el malecón y Alfredo, poniendo su masa en pie, se lanzó tras él.

—¡No camines tan rápido! Déjame que te acompañe... ¡La visión dorada! Me acuerdo ahora de la Tabla Esmeraldina de Hermes Trimegisto... Tú de esto no entiendes nada, nunca te has interesado por la alquimia, pero en cambio sí por la química... Me acuerdo que en una época querías fabricar jabones. ¡Jabones! ¡Qué diferencia con los sueños alquímicos de Paracelso y de Fulcanelli! Toda la ciencia esotérica se ha degradado. El tarot, por ejemplo, que era un ejercicio de la más alta espiritualidad, se ha convertido en sórdida cartomancia; la astrología en pronósticos sentimentales a cargo de periodistas ignaros; y la alquimia, que no era solamente el deseo de fabricar oro, como vulgarmente se cree, sino una vía espiritual en pos de la visión dorada, la vieja alquimia, como te digo, la encarnan ahora inventores de detergentes...

—Y de la bomba atómica... ¡BRUBRUBRUBRUBRUBRUBRUBRUBRUBRU!

—¡Has dicho algo genial... Pero volvamos a la Tabla Esmeraldina. Uno de sus versículos dice: «lo que está arriba es como lo que está abajo y lo que está abajo es como lo que está arriba». ¿Una idiotez, no? Te voy a proponer una experiencia para que veas que no es así, verás que contiene una carga intelectual explosiva. Coge un planisferio, pero en lugar de mirarlo al derecho míralo de cabeza. ¿Qué ocurre? Al comienzo te costará trabajo reconocer de qué se trata... no entiendes nada, pero poco a poco vas identificando los continentes, los países, ¡pero al revés! El Mediterráneo, por ejemplo, está encima de Francia, de Italia y de Grecia, África, la sudecuatorial, se convierte en un continente septentrional y casi ártico... Chile queda al norte del Perú, como un largo cucurucho de papel que llevásemos en la cabeza para nuestra vergüenza, y Canadá le sirve de pedestal a Estados Unidos... ¡Toda nuestra visión de la geografía ha cambiado! Pero no sólo de la geografía, sino de la historia... Las migraciones, conquistas, descubrimientos, guerras, cobran un nuevo significado al inscribirse en ese espacio insólito... ¿No te parece más natural que los árabes invadieran España por el norte? ¿O más difícil que Pizarro empezara la conquista del Perú desde el sur? ¡Extraño es todo esto! Pero nada más que extraño. Ello demuestra que nuestra representación del mundo está basada en convenciones. Pues, ¿qué sentido tendría hablar de norte o de sur dentro del cosmos? Ninguno, pues como dice la esmeraldina tableta «Lo que está arriba es como lo que está abajo y lo que está abajo como lo que está arriba».

—Como quieras, pero de todos modos mi casa está allá arriba, en la esquina, no allá abajo, en el malecón... ¡BRUBRUBRUBRUBRUBRUBRUBRUBRU!

—¡Y yo que esperaba tus aplausos después de tan elocuente discurso! He arado en el mar, como decía el zambo Bolívar. Creo que me debo tomar otra pastillita. No sé si serás tú o la noche lo que me pone nervioso. Mañana otra vez al asilo... Tú tuviste suerte, después de todo. Hiciste bien en no operarte. A mí el neurólogo ese me reventó para siempre. Mira mi frente, ¿se ven las huellas de la operación? Me encantaba escribir, ahora nunca cojo un lapicero. Me encantaba ir al cine, ahora no soporto las salas oscuras. Iba sobre todo a ver películas francesas. Cuando había un buen diálogo o una buena escena me ponía de pie en medio de la función y empezaba a aplaudir y a gritar ¡bravo, bravo! hasta que la gente me hacía callar. Tú en cambio no hacías esas cosas. Ni siquiera ibas al cine. Estabas todo el día metido en tu casa. Inventabas problemas de ajedrez, fórmulas para fabricar jabones. Nunca le has hablado a una mujer. Tienes todo el tiempo las manos en los bolsillos, tocándote las pelotas... Bueno, ya estás en tu casa. Regresas a tu guarique, viejo mañoso. Pero antes de que cruces la verja, por favor, antes de que me quede solo, prométeme que... ¡Pero mira, allí está la sirvienta, en la ventana! ¡Te está mirando, se está riendo de ti!

—No veo nada.

—Pero sí, mira bien, allí...

—Mentira. No veo nada.

—Está bien... No ves nada porque no quieres ver nada. Me iré ahora a comer algo al restaurante del cine Colina, siempre que no esté el gordo del otro día. Luego me iré a dar una vuelta por el malecón, donde me esperan el vuelo de los gallinazos y los fantasmas, ¡ah, los fantasmas!, de mi niñez. Tú vete ya a dormir. Pero acuérdate de una cosa: ni aun en tu sueño te voy a dejar:

Como un aparecido
Hasta tu alcoba llegaré sin ruido
Y a favor de lo oscuro
Me acercaré a tu lecho junto al muro.
Y te daré alma mía
Besos más fríos que la luna fría
Caricias de serpiente
Que se arrastran por el mármol torpemente.

Sí, me verás aparecer en lo oscuro, siempre con la misma pregunta. Porque sólo cuando la respondas te sentirás bien; sólo cuando reveles lo que hasta ahora escondes en lo más hondo de ti, diablito.

Nuit caprense cirius illuminata

Como de costumbre Fabricio llegó a Capri a mediados de setiembre, a la casita que tenía alquilada desde hacía años en vía Tragara. A su juicio, era el mejor momento para venir de vacaciones a la isla. Por lo pronto su mujer y su hijo, que habían pasado julio y agosto allí, habían regresado ya a París, de modo que la casita estaba enteramente a su disposición y podía así disfrutar durante un par de semanas de bienes tan preciosos como la soledad, la tranquilidad y la libertad. Luego, a mediados de setiembre, el flujo de estivantes había menguado, sobre todo el de niños y jóvenes, que no sólo embotellaban y alborotaban con sus juegos y devaneos las callejuelas de Capri, sino que le recordaban tangiblemente a Fabricio el peso de su edad. Por último, en esa época de verano declinante, hacía menos calor, había menos mosquitos y era frecuente que amaneciera nublado o lloviznando y Capri mostrara así un anticipo de su faz oscura, secreta e invernal.

Como de costumbre, también la casita estaba impecablemente limpia, ordenada y surtida. Su mujer se esmeraba siempre en dejarla lista para su uso inmediato: la refrigeradora y la despensa con provisiones para quince días; el baño con todos los productos higiénicos y medicinas necesarios; el ropero con su ropa de estación lavada y planchada; y el bar con los licores y gaseosas habituales, si bien esta vez Fabricio encontró, como una delicada ofrenda a sus gustos, tres botellas de un excelente burdeos Chateau Pavie 1965.

Por último, como de costumbre, Mina, la empleada que los atendía durante las vacaciones, se apersonó al atardecer para ver si necesitaba algo y recordarle que, como en los años anteriores, vendría todas las mañanas poco antes del mediodía —salvo el *week-end*— para ordenar un poco la casa y prepararle eventualmente algo de comer.

Fabricio pudo así entregarse a lo que constituía desde hacía quince años sus vacaciones caprenses. Éstas, a fuerza de repetirse, se habían ido depurando de todo lo accidental para adquirir un carácter escueto que no estaba exento de cierta monotonía. Ciertamente, en los primeros años, no vacilaba en descender a diario a la playa de los Farallones, escalar el monte Solaro, visitar las ruinas del palacio de Tiberio, frecuentar bares y restaurantes y recorrer el laberinto de callejuelas por simple curiosidad o con la esperanza vaga de algún encuentro sentimental que amenizara su estada solitaria en la isla. Pero con el tiempo fue renunciando a estos esfuerzos y veleidades y terminó por recluirse en la casita de vía Tragara, tomando sol en la pequeña terraza, leyendo, escuchando música o tratando a veces de escribir algo, sin ninguna ilusión, sólo por satisfacer una vieja vocación literaria que zozobró en los veinte años que llevaba trabajando en París como funcionario de un organismo internacional. Sus únicas salidas eran hacia mediodía para comprar *Le Figaro* y el *Corriere della sera,* que hojeaba tomando una naranjada en un café de la Piazzetta y hacia el atardecer para beber un aperitivo en algún bar de vía Camarelle, antes de cenar en casa los restos del almuerzo que le había preparado Mina. Todo esto era chato, trivial y sin fantasía —Fabricio era el primero en reconocerlo— pero al menos le daba la satisfacción de haber descartado todo imprevisto y contratiempo gracias al buen gobierno de la rutina.

Por lo tanto una mañana en que, como de costumbre, hojeaba los periódicos en el Gran Caffè de la Piazzetta, vio pasar a una mujer que de inmediato llamó su atención. En realidad, eran muchas las mujeres que llamaban su atención durante sus naranjadas matinales, por su elegancia, su belleza o su sensualidad, pero se limitaba a registrar su paso para enfrascarse nuevamente en su lectura. Pero ahora esta mujer hizo latir aceleradamente su corazón. Algo en ella —su perfil, su expresión, su andar— le resultaba familiar, algo ya visto en algún momento de su vida pero aún nebuloso en su memoria. Y de pronto, un detalle percibido en ella, un lunar en la comisura de los labios —detalle que le vino retrospectivamente— lo iluminó. *«C'est elle, mon dieu»,* se dijo en francés sin saber por qué. Ya hacía unos minutos que la mujer había cruzado la Piazzetta rumbo a la vía Camarelle. Fabricio llamó al mozo con un grito, pagó la cuenta y salió apresurado del café.

Como era sábado, grupos compactos de napolitanos habían tomado el alíscafo para pasar el día en Capri, de modo que las callejuelas estaban atiborradas. Fabricio se abrió paso entre la multitud, estirando de cuando en cuando el cuello para ver si distinguía algún indicio de esa fugaz figura. Según sus cálculos debería llevarle unos doscientos metros de distancia. De su paso por la Piazzetta recordaba sus cabellos castaños atados sobre la nuca con una cinta, un vestido beige veraniego y una bolsa azul colgada del hombro. En un momento creyó reconocerla entre los caminantes que tomaban vía Tragara y aceleró el paso, pero la circulación se detuvo para dejar campo a un carrito eléctrico que venía cargado de maletas y luego tropezó con un ordenado pero inoportuno grupo de turistas japoneses que obstruía la ruta para escuchar beatamente las explicaciones de un guía. Al fin la vía Tragara —su calle— se despejó y Fabricio pudo proseguir esa búsqueda que parecía más bien una persecución, cruzándose con veraneantes sorprendidos de ver su prisa y su expresión ansiosa, pasando ante su casa sin echarle siquiera una mirada, hasta que llegó al belvedere, al término de la calle, sin encontrar a la mujer entrevista.

El belvedere tenía una baranda de hierro y una magnífica vista de los Farallones. A partir de allí sólo podían tomarse dos caminos: las larguísimas escalinatas que descendían en zigzag hasta la playa o el estrecho sendero de Pizzolungo que bordeaba la isla para, luego de pasar por la gruta de Matermania, retornar al centro de Capri. Fabricio quedó perplejo, sin saber qué ruta seguir. Al fin, recordando el vestido playero de la mujer y su bolsa azul —tal vez una bolsa de baño— se lanzó por las escalinatas. Llegó sudando a la playa rocosa, donde apenas una veintena de bañistas se soleaban en sus mecedoras al lado de las casetas que servían de vestuario. Su elección no había sido la buena: no estaba allí. No le quedó más remedio que subir frustrado, resollando, los mil escalones de esa cuesta infernal que lo devolvieron al belvedere. Una vez más Yolanda se le escurría entre los brazos.

Yolanda.

Madrid, veinte años atrás Fabricio había obtenido una beca para seguir un curso de postgrado en Derecho Internacional, luego de haber terminado sus estudios universitarios en Lima. Una tarde, cuando fumaba un cigarrillo en la puerta de su pensión, vio pasar dos muchachitas cogidas del brazo conversando animadamente. Una de ellas —¿por qué?, ¿qué tenía de especial que la diferenciaba de tantas otras?— lo atrajo instantáneamente y contra su costumbre, pues no era de los de acercarse a las chicas en la calle, empezó a seguirlas. Por falta de entrenamiento no sabía cómo abordarlas. Pero el azar vino en su auxilio. La muchacha que lo atraía, poco antes de llegar al malecón de Argüelles, tropezó en un adoquín, se dobló un pie y quedó acuclillada cogiéndose el tobillo. Fabricio se precipitó para ayudarla a levantarse cogiéndola del brazo.

—¿No se ha hecho daño? ¿Me permite?

La muchacha se dejó levantar y le dirigió una sonrisa espontánea, radiante, como si se tratara de un conocido.

—No es nada, gracias... Es por culpa de Milagros que me estaba contando no sé qué idioteces.

Fue suficiente, el contacto estaba ya hecho. Fabricio las acompañó en su paseo por el Parque del Oeste. Ambas eran compañeras de clase y acababan de terminar ese año sus estudios escolares. Debían tener entre dieciséis y diecisiete años. Milagros era la más preguntona y parlanchina, pero era muy fea: rubia desteñida, ojitos celestes, nariz larga, género gallináceo, en suma. Yolanda, en cambio, era de una belleza sobria, sin estridencia: un fino rostro oval enmarcado por una espesa cabellera castaña, ojos color almendra, labios pulposos acompañados de un lunar en la comisura izquierda (lunar idéntico, según notó Fabricio, al de una prima que frecuentó en su infancia), pero sobre todo rasgos indecisos, de una gran movilidad, que le permitían expresar alternativamente la jovialidad más natural y la reserva más impenetrable.

Durante cuatro o cinco días Fabricio salió con sus dos jóvenes amigas. Ellas parecían encantadas de frecuentar a ese sudamericano, unos diez años mayor que ambas, discreto, educado, que no les hacía la corte y que estaba siempre dispuesto a invitarlas al cine, a las cafeterías, sin estar contando sus duros. Pero a Fabricio la situación lo incomodaba, pues la presencia de Milagros le impedía entablar una relación más íntima con Yolanda. Más aún cuando había notado en ella, a través de miradas, de medias palabras, un interés, diríase una atracción por él. Al fin una tarde, en el momento de despedirse, Fabricio rompió la fórmula consabida: «¿Nos vemos mañana?» para reemplazarla por: «Yolanda, te espero mañana para ir a bailar al Pasapoga.» Ese *te* en lugar del *nos* fue seguido de un breve silencio. Yolanda lo rompió con un «por supuesto», mientras Milagros balanceaba los brazos y parodiaba un vals, haciéndose la desentendida.

A partir de entonces, Fabricio y Yolanda se encontraron solos casi todas las tardes y entre ellos fue surgiendo más que una amistad un verdadero enamoramiento. A cafeterías y cines se sumaron paseos por el parque del Retiro, por el viejo Madrid, en una España franquista con sus serenos, su prensa censurada, sus mutilados de guerra que vendían cigarrillos en canastas. Yolanda era aún menor de edad e hija de un coronel del ejército, de modo que Fabricio, por más tentado que estuviera, no osó nunca pasar de caricias o besos furtivos en parques o salas de cine. Una vez, sin embargo, estando cerca de su pensión, Fabricio le propuso que conociera su alojamiento y Yolanda aceptó con la mayor naturalidad. Durante largo rato conversaron en la pequeña habitación, cuya única ventana daba a un sombrío patio interior, hasta que de pronto, sin saber cómo, se encontraron enlazados en la cama. Fabricio tenía conciencia de todos los riesgos que corría, pero su deseo era tal que no vaciló en quitarle la blusa y el sostén, a pesar de la resistencia de Yolanda. La visión de esos senos vírgenes, con sus pezones erectos en medio de una aureola rosa le recordaron en el acto los de su prima Leticia, de quien estuvo enamorado en su adolescencia, la vez que la vio desnuda, hundida medio cuerpo en el estanque de la hacienda, senos que nunca pudo tocar, escena que años más tarde le vendría a la mente cuando leyó en París el verso de Apollinaire: *«Je rougirais le bout de tes jolis seins roses.»* Fabricio quedó atónito un instante, pero luego se abalanzó sobre ese delicioso busto con la voracidad de un niño hambriento. Yolanda, sofocada, lo contuvo, se puso de pie y empezó a vestirse.

—Ahora no —dijo—. Ahora no, por favor. Habrá una próxima vez.

No hubo próxima vez. Fabricio recibió la noticia de que había obtenido una nueva beca para proseguir sus estudios en París y le era imperioso estar allí a comienzos de setiembre. Era mediados de agosto. En los últimos quince días volvieron a salir pero rara vez solos, pues Milagros resurgió y los acompañó en sus paseos sin que hubiera forma —y Yolanda no ponía mucho empeño en eso— de deshacerse de ella. A comienzos de setiembre Fabricio dejó Madrid. Yolanda y Milagros fueron a despedirlo a la estación del Norte. Quedaron en escribirse. Por precaución (el papá coronel) convinieron en que Fabricio debería enviarle sus cartas a la dirección de Milagros.

Fue una correspondencia continua y cálida. Ambos se contaban los quehaceres de su vida cotidiana, recordaban sus mejores momentos madrileños, hacían planes para el futuro, planes que no excluían un posible matrimonio. A mediados de diciembre Fabricio terminó la primera parte de su *stage* y le anunció a Yolanda que viajaría a Madrid para Navidad a fin de pasar unos días juntos. Quedaron en encontrarse el 23 de diciembre en el café La Cachimba a las siete de la noche.

Fabricio nunca olvidaría ese encuentro. Como llovía, Yolanda llevaba un impermeable beige y una inesperada, luminosa boina verde de la que se escapaban a raudales sus cabellos castaños. Fabricio había alquilado una habitación en un albergue elegante y discreto cerca de la Plaza Mayor. Esa noche sólo conversaron en el café, con las manos enlazadas sobre la mesa, pero quedaron en verse al día siguiente, vísperas de Navidad. Se dieron cita en una esquina de Vallecas, pues en ese barrio vivían los abuelos de Milagros, que celebraban la Nochebuena en familia y adonde Yolanda acostumbraba a pasar luego de cenar en su casa. Se trataba en realidad de una coartada, convenida entre los tres, a fin de que Yolanda y Fabricio pudieran estar solos a medianoche.

La cita en Vallecas era a las once de la noche. Desde las nueve Fabricio estaba ya vestido, dando vueltas impacientes por el cómodo cuarto de su pensión, examinando cada detalle del ambiente donde recibiría la Navidad con Yolanda: el regalo que le había traído de París (un pañuelo Christian Dior), la botella de champán en su balde de hielo, una fuente con bocaditos, el ramo de rosas rojas en el florero. Su corazón latía aceleradamente, mientras pasaba al tiempo, fumando cigarrillo tras cigarrillo. A las diez y media salió, tomó un taxi y se dirigió a Vallecas al lugar de la cita.

Nunca imaginó que en ese barrio popular la Navidad se celebrara callejeramente. Las calzadas estaban atestadas de vecinos que conversaban y se felicitaban a gritos desde las puertas de sus casas, de grupos de muchachos que pasaban cantando y de bandas que recorrían las calles tocando panderetas. Fabricio ubicó la esquina de la cita y se puso a esperar. Tenía cinco minutos de adelanto. A la hora indicada sintió que lo llamaban por su nombre y, al volverse, se encontró no con Yolanda sino con Milagros. Cogiéndolo del brazo lo forzó a caminar entre la muchedumbre, sin abrir la boca.

—Tengo que decirte algo —habló al fin—. Un mensaje de Yolanda. Dice que no la veas más, que no la busques más, que no le escribas más.

Fabricio se detuvo demudado. Por un momento creyó que se iba a desplomar. Tal debía ser su expresión de incredulidad, de sorpresa y de abatimiento, que Milagros lo estrechó entre sus brazos.

—Disculpa —le susurró al oído—. Disculpa por esta mala noticia. Pero las cosas son así. Yolanda no me ha dado ninguna explicación. Te digo lo que me dijo.

Separándose quedaron cogidos de las manos. Fabricio miraba los minúsculos ojos celestes de Milagros, esperando de ella algo más, una razón, una esperanza. Sólo le pareció notar piedad y al mismo tiempo algo más ambiguo, secreto, que no pudo en ese momento descifrar.

Soltó entonces las manos de Milagros y sin decir nada se alejó, se alejó por las calles jubilosas de Vallecas, hendiendo la muchedumbre febril, ensordecido por el ruido de las panderetas, asaltado por pandillas de jóvenes hilares que le ofrecían vino en rubicundas botas. Al fin encontró un taxi. A la media hora estaba en su pensión. Era ya medianoche. Los pensionistas festejaban la Navidad en el comedor y lo invitaron a sumarse a su fiesta. Pero Fabricio pasó de largo movido por una idea fija: irse lo más pronto posible, alejarse del centro del dolor. Un tren nocturno partía hacia París a la una de la mañana. Tiró sus cosas en su maleta y desdeñando su regalo y la botella de champán se hizo conducir a la estación del Norte y una hora después se encontraba viajando rumbo a París.

Nunca más volvió a ver a Yolanda, ni a tener de ella la menor noticia. De París, luego de unos días de reflexión y de sufrimiento, le escribió varias cartas rogándole que le explicara su actitud, cartas que dirigía siempre a la casa de Milagros (Yolanda jamás le dio su dirección), pero no recibió respuesta. Los años fueron pasando, tuvo nuevos amores y aventuras, se casó, su viejo romance madrileño fue hundiéndose en su memoria hasta no quedar nada de él, salvo en agitados sueños de los que despertaba siempre con el desencanto de un placer inconcluso. Yolanda ya no existía. Hasta esa mañana en que la vio pasar por la Piazzetta de Capri y la persiguió desesperadamente hasta perder sus rastros en la playa de los Farallones.

Luego de esa fallida búsqueda, agotado por el retorno hasta el belvedere (mil escalones, decían los folletos turísticos), Fabricio quedó tendido en un sofá del living, desalentado, fumando sin descanso, mientras caía la tarde. Ni siquiera se animó, como formaba parte de su rutina, a tomar un poco de sol en su adorable terracita, gozando de la espléndida vista sobre Marina Piccola y el monte Solaro. Sólo al anochecer se puso de pie y descorchó una de las botellas del Chateau Pavie 1965 aún intocadas. A la tercera copa su optimismo renació y tomó la decisión de recorrer Capri al revés y al derecho en pos de la visión perdida. Anduvo por vías conocidas y se aventuró por callejuelas ignotas, entró a bares, restaurantes y tiendas (en algunos bares aprovechó para tomarse una copita de jerez), se aventuró por recónditos patios y espió por las ventanas de iluminados albergues. Por momentos tenía la impresión de estar hollando una ciudad inventada, mitológica, en la que se cruzaba con Dianas y Afroditas en minifalda, con robustos mancebos bastardos de Zeus vestidos por Cerruti, pero también con monstruos salidos del Averno, turistas arrugados y panzones que venían a respirar su último verano o caprenses valetudinarios que se arrastraban penosamente con su muerte a cuestas por la escarpada vía Sopramonte. Avanzada la noche, estaba ebrio, exhausto, confundido y derrotado. Regresó trastabillando por vía Tragara, se detuvo un momento para contemplar un arco de ladrillo que por primera vez parecía ver —¡y había pasado tantas veces por allí!— y llegando a su casa tuvo apenas fuerzas para alcanzar la cama y echarse a dormir sin desvestirse.

Entrada la mañana despertó cansadísimo, pero en posesión de una idea que había germinado mientras dormía: para encontrar a alguien no valía la pena echarse a caminar por las calles de Capri sino instalarse en un café de la Piazzetta. Ése era el punto neurálgico del villorrio, el lugar obligado por donde todos los habitantes pasaban en algún momento de la jornada. A mediodía estaba ya sentado en la terraza del Gran Caffè sorbiendo un Negroni. Era domingo y las cinco callejuelas que convergían a la Piazzetta acarreaban una tupida población de estivantes y excursionistas ocasionales que se entrecruzaban y se dispersaban por las vías de evacuación. Fabricio comprobó una vez más que en esta época la mayoría de los veraneantes eran gentes de la tercera edad y eso, pensando en su caso, le causó una viva desazón, si bien él consideraba que, con sus cincuenta años, no tenía aún títulos suficientes para formar parte de ese club.

A las tres de la tarde Fabricio se dio por vencido. Tenía un insoportable dolor de cabeza, no sólo por los Negroni que bebió, sino por la atención que puso en registrar el paso de toda mujer (algunas lo sobresaltaron, pues notó en ellas algo en común con su modelo). Se dijo, resignado, que el día anterior había sido víctima de un error de percepción o de una alucinación. No le quedaba otra cosa que olvidar ese incidente y reanudar su tranquila aunque tediosa temporada insular. Llamó al mozo y cuando pagaba la cuenta una mujer atravesó aceleradamente la Piazzetta. Al principio no la reconoció, pues llevaba blue-jeans (nunca había visto a Yolanda en pantalones), unos blue-jeans ceñidos que moldeaban un cuerpo muy juvenil y un sombrero de paja con una cinta azul. Pero cuando salía de su campo de visión distinguió el lunar. Sin recoger su vuelto se puso de pie y se lanzó tras ella, que se había internado por la vía Bothegge. Era una de las vías más estrechas y concurridas de Capri, por la cantidad de pequeños negocios de ropa, artesanía, bares y tiendas de comestibles que albergaba. Fabricio temió una vez más perderla entre el gentío, pero al fin la vio detenida ante el escaparate de una farmacia. Se detuvo tras ella, el corazón palpitante.

—Yolanda —murmuró y al instante la mujer se volvió.

Quedó mirándolo largo rato, sin ninguna reacción. Fabricio notó que era más joven de lo que había previsto y se preguntó una vez más si no habría sido víctima de una confusión.

—¿Yolanda Gálvez o me equivoco?

Y unos segundos después ese rostro frío y desconfiado se abrió en una luminosa sonrisa (la misma, descubrió Fabricio, que lo sorprendió veinte años atrás cuando la ayudó a levantarse en el paseo de Argüelles).

—Pero no... no lo puedo creer... ¿Fabricio? Pero ¿qué haces aquí?

—Eso mismo te pregunto yo.

—Déjame, déjame que me recupere... Nunca habría pensado...

Fabricio la cogió de las manos.

—Vamos, vamos a tomar algo. Tenemos muchísimo que hablar.

Yolanda miró su reloj.

—Ahora no puedo. Estoy corriendo. Tengo que regresar al hotel pues espero una llamada de Nápoles de mi marido y luego voy a Anacapri. Salí sólo un instante pues necesitaba comprar algo en la farmacia... unas tijeritas para las uñas. Siempre que salgo de viaje me olvido de algo. Pero deja que te mire un poco. No, no has cambiado. Quizás... No sé, algo en la mirada. ¡Pero qué tufo tienes! ¿Has estado bebiendo?

—Yolanda, por favor, vamos a tomar sólo un café, no me vas a dejar plantado, luego de tantos años..

—Espérame un instante. Compro lo que necesito y luego me acompañas hasta mi hotel. En el camino conversaremos.

Yolanda entró a la farmacia y a los pocos minutos salió sonriente.

—Vamos —dijo, cogiéndolo del brazo—. Estoy en el hotel Quisisana. Date prisa. Tengo el tiempo medido.

Fabricio se dejó arrastrar, mientras Yolanda le iba contando que había acompañado a su marido a un congreso internacional de Cardiología en Nápoles y que había aprovechado el *week-end* para darse un salto a Capri. Era la primera vez que venía a la isla. Estaba fascinada. El día anterior había bajado a la playa de los Farallones...

—Pero si te vi y te seguí —la interrumpió Fabricio—. Te seguí hasta el final de vía Tragara. Pero cuando bajé a la playa no estabas por ningún lado.

Yolanda lo miró incrédula. Habían llegado a la puerta del hotel.

—Esta tarde voy a Anacapri con las esposas de algunos cardiólogos. Pero a partir de las seis estoy libre.

—¡Esperaba que me dijeras eso! —suspiró Fabricio—. Te invito a cenar a casa, una casita que tengo alquilada en vía Tragara. Es el número 115. Acuérdate, 115 vía Tragara.

—A las siete estoy allí —dijo Yolanda y, rozándole la mejilla con los labios, desapareció por la puerta del hotel.

Fabricio regresó exultante, casi corriendo, para preparar el escenario de ese inesperado reencuentro. Al pasar bajo el pequeño arco de vía Tragara se sobreparó, sin saber por qué y observó con curiosidad su fina estructura de ladrillo y la buganvilla grosella que lo coronaba. En casa tuvo que poner todo en orden, pues como era domingo Mina no venía. Luego regresó a vía Bothegge para hacer las compras necesarias: jamón de Parma, melones, ravioles caprenses, quesos, helados y champán. Su único problema era saber dónde cenarían: si en el patio perfumado por el jazminero, si en la terracita sombreada por las palmeras y bordeada con macetas donde lucían geranios y plantas verdes o si en el living de la casa, que tenía la ventaja de estar al lado de la cocina. Se decidió por la terracita, pues el día espléndido anunciaba una noche cálida y despejada.

Poco antes de las siete todo estaba listo y Fabricio fumaba en la terraza, degustando a pequeños sorbos un jerez y mirando ponerse el sol tras el monte Solaro. ¡Cuántas veces, en sus vacaciones anteriores, había estado sentado allí mismo, mirando el mismo espectáculo, pero entonces no esperaba a nadie! Por un simple azar su gris y monótona vida caprense había dado un vuelco.

Una nubecilla gris apareció tras el monte Solaro, seguida de otra más grande. Empezó a soplar el siroco. Al dar las siete el cielo se fue cubriendo con altas nubes oscuras que pasaban velozmente. Fabricio, que había conocido ya algunas de esas terribles tormentas insulares que anegaban las calles y enclaustraban a los nativos en sus casas, se preguntó si el tiempo no le iba a jugar una mala pasada, cuando sonó el timbre. Corrió a la verja y al abrirla se encontró con Yolanda que llevaba un vestido de tarde gris muy escotado y sin relación con él, incongruente, una boina verde de la que se escapaban a raudales sus cabellos castaños.

—Madrid, 1953 —susurró Fabricio como para sí.

—Claro —dijo Yolanda—. Pero vamos, déjame pasar e invítame algo que estoy cansadísima.

Apenas se habían sentado en la terracita ante sendas copas de champán —Yolanda le contaba detalladamente su fatigosa excursión a Anacapri— un resplandor surgió tras el monte Solaro y al instante estalló el primer trueno. Un ventarrón estremeció la palmeras y empezó a llover copiosamente. En el acto se precipitaron al living con sus copas en la mano. Yolanda retiró su boina para observar risueña la decoración de la pieza. Fabricio, a su vez, no dejaba de mirarla, sin dominar aún su emoción, preguntándose cómo podía estar allí, Yolanda, con su figura juvenil, su gracia de colegiala, su luminosa sonrisa, pero también su brusca e impenetrable reserva... Y le vino de pronto a la mente el doloroso momento de su encuentro fallido en el barrio de Vallecas.

Yolanda abrió los labios como para hacer un comentario, pero Fabricio la interrumpió.

—Nunca entendí, Yolanda, nunca entendí por qué esa noche en Vallecas, esa noche de Navidad, cuando había venido de París expresamente para verte, no estuviste en la cita y me mandaste decir con Milagros...

Un nuevo trueno, fortísimo, los ensordeció. Los muros de la casa se estremecieron y la luz eléctrica vaciló.

—Me extraña lo que dices —dijo Yolanda—. El que no fue a la cita fuiste tú.

Esta vez el estampido fue más cercano y de golpe la luz se extinguió.

—No te asustes —dijo Fabricio—. Estos cortes duran sólo minutos. Voy a buscar unas velas.

Su previsora mujer tenía siempre un paquete de velas refundido por algún lugar. Fabricio se puso de pie, tropezándose con los muebles, mientras buscaba en su bolsillo su encendedor para orientarse en la oscuridad. Recordó que lo había dejado en la terraza y salió del living arrostrando a la carrera el chaparrón. De vuelta a la sala lo encendió: el sitio de Yolanda estaba vacío.

—Pero... pero, ¿dónde diablos te has metido? —exclamó, levantando el brazo con el mechero flamígero para examinar la pieza. Nadie le respondió. Fabricio quedó confundido, entró a la cocina y se aprestaba a buscarla en el dormitorio cuando un ruido le llegó de la sala de baño y al instante Yolanda apareció.

—¿Qué? —preguntó Fabricio— ¿Cómo llegaste allí?

—Yo veo en la oscuridad —sonrió Yolanda.

—Siéntate y no te muevas de allí, por favor. Voy a buscar las velas.

Por fortuna encontró el paquete en uno de los armarios de la cocina. Como no había candelabros puso unas velas en el pico de botellas vacías y otras en platitos de café y las distribuyó en el living.

—Las tinieblas no me asustan pero hubiera sido triste estar contigo sin poderte ver —dijo Fabricio—. De todos modos esta cena va a ser un chasco: ¿cómo voy a calentar los ravioles? ¡Los helados se van a derretir!

—¿Te importa? —dijo Yolanda y, luego de un silencio, añadió—: *Nuit caprense cirius illuminata.*

—¿Qué dices?

—No sé. Algo que me pasó por la cabeza. Pero cálmate, estás hecho un saco de nervios. Mira, vamos a hacer un salud.

—Tienes razón —dijo Fabricio sentándose al lado de Yolanda para coger su copa de champán—. ¡Tchin-Tchin!

Chocaron las copas para beber al seco.

—Pero volvamos a lo que decías —empalmó Fabricio—. La noche de Navidad en Vallecas, una de las noches más negras de mi vida. ¿Qué pasó? Me decías que yo no fui, pero te puedo jurar que estuve allí, me encontré con Milagros y me dijo que...

—Ya lo sé, te dijo seguramente que yo no había venido a la cena de sus abuelos. Todo es pura mentira. Tardé mucho tiempo en darme cuenta. Milagros estaba celosa, envidiosa, no soportaba que yo...

—¡Maldita gallinácea! —exclamó Fabricio, sirviéndose otra copa de champán—. ¡Le cortaría el pescuezo de un tajo!

—Yo estaba en casa de sus abuelos y preferí que ella fuera a encontrarte. Quedamos en que vendría a avisarme cuando llegaras y yo saldría con algún pretexto para estar contigo. Pero ella regresó y me dijo que no habías venido. Me pareció muy raro, no la creí y de vuelta a casa llamé de camino a tu pensión. Me dijeron que a medianoche habías partido de regreso a París.

Fabricio quedó un momento pensativo.

—O sea que por culpa de esa mujercita, mi vida, nuestra vida, tal vez...

—Hay personas así. No fue la primera vez, además. Un año después de tu partida conocí a un poeta colombiano muy inteligente y con él me hizo una jugada parecida. Desde entonces dejé de verla. A mi papá lo destacaron a Barcelona, nos mudamos y nunca más supe de ella.

—Volvamos al presente —dijo Fabricio—. Lo cierto es que estamos aquí, juntos otra vez o cerca para ser más exacto, a pesar de las maniobras de la gallinácea... Estoy feliz, Yolanda, deja que te sirva otra copa de champán... Pero esta luz ¿cuándo va a regresar? Comeremos al menos el jamón de Parma y el melón. Vamos, cuéntame algo más de ti mientras me ocupo de la cena.

La cocina estaba al lado del living y se comunicaba con él a través de una amplia ventana sin postigos, cuyo reborde de madera servía eventualmente de bar. Mientras Fabricio se afanaba en la cocina, Yolanda sorbía su champán hablando entrecortadamente.

—Pues sí, en Barcelona seguí cursos de Literatura en la Universidad. Pero luego conocí a Miguel, mi marido, me llevaba unos diez años, como tú —y ahora que lo noto tiene algo de ti, algo de furtivo, no sé—, había terminado Medicina, me casé con él, ¿no has oído hablar de Miguel Sender? Es el mejor cardiólogo de España, bueno, uno de los mejores, no quiero que me tomes por una pretenciosa y luego...

Fabricio se había interrumpido para observar a través de la ventana a Yolanda. La veía de perfil en el sofá, hablando de sus cosas y en la incierta luz de las velas, la veía casi fantasmagórica, con una voz que parecía un recitativo venido de otro mundo, al punto que se preguntó si estaba allí o si no sería una nueva alucinación.

—¿Y cuándo ocurrió el accidente? —le preguntó de improviso.

—¿Qué accidente? —dijo a su vez Yolanda.

—Esa cicatriz que tienes en la sien, apenas se ve bajo tu pelo.

—Ah, un choque que tuvimos viajando a Valencia. No fue nada. Pero, como te decía, Miguel es un gran cardiólogo. De modo que ya sabes. Si alguna vez tienes un problema en el corazón, no vaciles en avisarme.

—Por desgracia —dijo Fabricio— los problemas que tengo en el corazón no los puede tratar un cardiólogo.

—Es un comentario fácil —observó Yolanda—. Sabía que ibas a decir algo así.

Fabricio entró al living llevando un azafate con el jamón, los melones y los cubiertos.

—No me jacto de ser muy original. ¿Seguimos con el champán o abro una botella de burdeos?

—Es igual. Pero vamos, yo soy la única que he hablado. Ahora te toca a ti. Eres un gran jurista, supongo.

—¡Va, peor que eso! Soy un funcionario internacional. Trabajo en la Unesco desde hace casi veinte años. Dirijo un departamento que se ocupa de... ¡Pero para qué hablar! Digamos que reúno comisiones para hacer informes que pasan a otras comisiones que hacen otros informes y así...

Volvió a estallar un trueno, los muros temblaron, tanto que la luz de las velas estuvo a punto de extinguirse, mientras afuera, en el patio y la terraza, la lluvia arreciaba.

—La tormenta se despide —dijo Fabricio—. Ya las conozco muy bien. Dentro de cinco minutos...

Bruscamente se interrumpió. Notó que Yolanda no había probado su plato y permanecía como ausente, mirando el vacío. A la luz de las velas su cabellera castaña parecía vibrar, despedir chispas como un manojo de paja ardiente. Y junto a sus labios, el lunar.

—Curioso —dijo Fabricio—. ¿Nunca te lo he dicho? A los quince años me enamoré de una prima que tenía un lunar exactamente donde lo tienes tú. Fue un amor loco, estúpido, pero nunca pude ni siquiera besarla. ¿Pero qué? ¿Me escuchas?

—Sí —dijo Yolanda, sobresaltada—. Tu prima Leticia, la del lunar... ¿y después?

—Después nada —susurró Fabricio. Tenía la impresión que en algún momento un hilo se había roto entre él y Yolanda y se sintió al instante profundamente desgraciado. Sorbió un trago de su copa de vino y quedó con la cabeza enterrada entre las manos.

—Ven —escuchó de pronto decir a Yolanda.

Al levantar la cabeza la vio reclinada en el sofá, con los brazos extendidos y las palmas de las manos abiertas.

—Ven, Fabricio, ven... No pongas esa cara de niño castigado. Olvídate de tu prima del lunar. ¿Acaso no estoy aquí?

Fabricio se acercó y le cogió las manos. Bastó este contacto para sentir que penetraba en él una savia tibia que expulsó su desánimo y lo colmó de ardor. Yolanda respiraba profundamente con los ojos entrecerrados y a cada inspiración su busto se henchía, desbordando su escote. Su busto, ese busto que en la pensión de Argüelles, hacía tantos años, pudo contemplar en su púber esplendor y que era como un doble heraldo que le abría las puertas de un palacio virginal, pero que apenas pudo rozar antes que...

—Ven Fabricio —repitió Yolanda—. ¿Te acuerdas lo que dijiste en tu pensión de estudiante?: *«Je rougirais le bout de tes jolis seins roses.»*

En el acto Fabricio deslizó el vestido de Yolanda de sus hombros y dejó al descubierto sus senos, los mismos de entonces, blancos, redondos, sólidos, con su aureola rosa y sus pezones erectos. Pero una reflexión inesperada le cruzó por la mente.

—Yo no dije esa frase, te lo puedo jurar. ¿Cómo podía haberla dicho? Entonces no sabía francés ni había leído a Apollinaire.

—¿Estás seguro? Espera. Tal vez, tal vez... tal vez me la enseñó el poeta colombiano de que te hablé. Me leía poemas. Fuimos...

—¡Al diablo con tu poeta colombiano! —exclamó Fabricio y sin poder contenerse cayó sobre el pecho de Yolanda. Afuera reinaba el silencio. La lluvia había dejado de resonar sobre los techos, el patio y las palmeras de la terraza. Las velas chisporroteaban y se extinguían en sus improvisados candelabros. *«La seconde chance»,* pensó Fabricio mordiendo con furor los labios de Yolanda.

Se despertó al amanecer, desnudo, tiritando sobre el sofá del living. Las luces estaban encendidas, pues en algún momento debió regresar la corriente. Pero Yolanda no estaba. La buscó inútilmente por toda la casa, sin encontrar el menor rastro de ella, un objeto, un mensaje. La mesa de centro estaba en desorden —los cascos vacíos de sus botellas de burdeos—, pero los platos ordenados y limpios en el lavadero de la cocina. Envolviéndose en una toalla salió a la terraza con la esperanza... Pero sólo vio la mesita y sus sillas vacías y un resplandor tras el monte Touro y un cielo celeste que se aclaraba anunciando un día espléndido.

Regresando al living trató de rememorar en orden las secuencias de esa noche insensata. En algún momento había perdido la conciencia de todo. Sólo recordaba su ropa tirada en el suelo, el ruido de una botella que se descorchaba, una vela que se apagó. Y luego la fatiga, las sombras, el olvido y el sueño. Dio aún unas vueltas arropado con su toalla, pensando súbitamente en el emperador Tiberio quien, veinte siglos atrás, debía haberse paseado al amanecer por los corredores de su palacio envuelto en su túnica al cabo de una noche diabólica, buscándose a sí mismo entre los escombros de sus recuerdos. Pero las piernas se le doblaban de cansancio y, sin fuerzas para interrogarse más, se tiró en el sofá y se quedó dormido.

Despertó fresco, lúcido, a mitad de la mañana. En otras ocasiones, en otras vacaciones, fiel a su rutina, se hubiera preparado un café y unas tostadas para salir luego a tomar sol en la terracita esperando el mediodía para ir a la Piazzetta a comprar los diarios y hojearlos en el Gran Caffè tomando una naranjada. Pero ahora eso era imposible. Su rutina había estallado en pedazos. Le era imperioso ver nuevamente a Yolanda. Se sentía aún impregnado de su olor, cercado por su invisible presencia. Recordó que en algún momento le dijo que ese lunes a mediodía regresaba a Nápoles para reunirse con su marido y retornar a Barcelona. En el acto se vistió y salió disparado hacia el hotel Quisisana. Ese encuentro azaroso, tardío, no podía haber sido un sueño o el fruto de su imaginación. Entró directamente a la recepción y cuando el empleado le preguntó a quién buscaba Fabricio dudó.

—Yolanda Gálvez —dijo al fin.

El empleado consultó su registro.

—Aquí no hay ninguna Yolanda Gálvez.

Fabricio dedujo que debería estar inscrita con su nombre de casada y durante un momento se devanó los sesos para acordarse cómo se llamaba su marido.

—Yolanda Sender —dijo al fin.

El empleado volvió a consultar su registro.

—No hay ningún Sender.

—Ayer la acompañé hasta aquí —insistió Fabricio—. La dejé en la puerta del hotel. Tenía una excursión esa tarde a Anacapri.

—Le digo que no está registrada. Mucha gente entra aquí, al hotel, pero no está alojada.

—¿Y las señoras que estaban con ella? Las esposas de los médicos. Hay un congreso de cardiólogos en Nápoles. Averigüe.

El empleado se volvió hacia un colega.

—¿Sabes tú si hay un congreso de cardiólogos en Nápoles?

—De congresos nada, que yo sepa. Comienzan en octubre, más bien.

Fabricio salió confundido, descorazonado, rumbo a su casa. Los Negroni, el champán, el burdeos que bebió el día anterior, ¿lo habrían trastornado hasta el punto de imaginar lo que no había ocurrido? Rechazó esta idea, pero otra le vino a la mente. Yolanda había estado en Capri, no le cabía duda, pero no en el hotel Quisisana. Simplemente fingió estar alojada allí porque se trataba del hotel más caro y elegante de la isla y había querido *darse su parte.* A lo mejor estuvo en una modesta pensión de vía Sopramonte y quizás hasta lo de su famoso marido cardiólogo era un embuste.

Estaba en la vía Tragara, la larga calle que recorría todos los veranos y que siempre le producía una emoción inexplicable, pues venía no sólo de la belleza de sus mansiones —muchas de ellas convertidas en hoteles— y de su magnífica vista sobre el mar Tirreno. Al llegar al arco de ladrillos se detuvo. Y su memoria resplandeció: sí, ese arco sencillo, coronado de buganvillas grosella, era el que había visto de niño en un álbum con postales y grabados que había en casa. Su padre adoraba la imagen de ese arco, sacada de una vieja revista de turismo, al punto que decidió construir uno igual, pero más pequeño, en un pasaje del jardín. Las obras comenzaron, pero a la mitad su padre enfermó, poco después murió y el arco quedó siempre inconcluso. Pero el verdadero estaba allí, el que nunca pudo cruzar en su casa. Y en este arco había cobrado vida el que no pudo ser y por ello —ahora comprendía— cada vez que pasaba bajo él sentía como un soplo de primaveral entusiasmo, como si regresara a los más hermosos días de su infancia. Cruzar el arco era una forma de volver al pasado para revivir lo ocurrido o rehacer lo que no ocurrió.

Exaltado por este descubrimiento que era al mismo tiempo un presentimiento, Fabricio prosiguió su camino cada vez más de prisa, buscando nerviosamente las llaves en su bolsillo, ansioso de llegar a casa lo antes posible. Se detuvo un momento temblando ante la verja al notar que la puerta del living estaba entreabierta y que del interior llegaba un rumor de pasos. Empujando la verja cruzó precipitadamente el patio, justo cuando la puerta del living se abría y asomaba Mina, la empleada, con la bolsa de basura en la mano. ¡Mina! Había olvidado que venía poco antes de mediodía para hacer la limpieza.

—Todo en orden, *signore* Fabricio. *Domani* a las once, como de costumbre. *Bon giorno.*

Fabricio quedó apoyado en la puerta del living, una vez más decepcionado. Al fin dio un paso para entrar, cuando Mina le pasó la voz desde la verja.

—Encontré algo bajo el sofá, *signore* Fabricio. Lo he dejado sobre la *tavola. A rivederci.*

Al entrar al living Fabricio distinguió sobre la mesa de centro un objeto que resplandecía en medio de las revistas y los ceniceros de mayólica: la boina verde. La tomó entre sus manos, la estrujó, aspiró su olor, el olor de Yolanda y un olor más sutil que parecía venir de mucho más lejos. De su interior cayó un pequeño papel. Recogiéndolo leyó:

«Tu as rougi le bout de mes jolis seins roses.»

Y más abajo una inicial confusa que podría ser una Y o una L.

(Capri, 17 de septiembre de 1993)

La casa en la playa

Al encontrarnos en Lima ese verano, Ernesto y yo decidimos poner en ejecución nuestro viejo proyecto de buscar una playa desierta donde construir nuestra casa. Ambos vivíamos en Europa desde nuestra juventud pero, al llegar a la cincuentena, caímos en la cuenta que estábamos ya hartos de las grandes ciudades. No soportábamos su ajetreo, la estridencia de sus medios artísticos y la sofisticación de su vida social. Estábamos seguros además de haber sacado ya bastante partido de nuestra estada europea y considerábamos que era tiempo de retirarnos a un lugar tranquilo, primitivo e incluso solitario, donde seguir trabajando en nuestros asuntos, más cerca de la naturaleza y de nosotros mismos. Y ese lugar no podía ser otro que la costa peruana, pues ambos habíamos nacido al borde del mar, jugado de niños en las vastas playas del sur, crecido explorando sus dunas y arenales y guardado para siempre la marca de ese paisaje aparentemente baldío, pero cargado para nosotros de presencias, de poesía y de misterio. Saturados de cosmopolitismo, habíamos sentido resonar en nosotros, como decía Ernesto, «el llamado del desierto».

Es así que al coincidir en Lima ese verano, nos lanzamos en busca de un lugar apropiado a nuestro futuro refugio. La primera expedición la hicimos a Conchán, la extensa playa rectilínea que va desde el Morro Solar hasta el río Lurín, 50 kilómetros al sur de Lima. Pero nos bastó una sola inspección para darnos cuenta que no se adecuaba a nuestros planes. Por lo pronto estaba demasiado cerca de la capital, lo que nos ponía a la merced de visitas intempestivas y contrariaba nuestro deseo de aislamiento. Luego la braveza de su mar con olas gigantescas que en Semana Santa alcanzaban ocho metros de altura. Esa playa era buena para acampar un día, solearse, remojarse los pies, pero no para bañarse, nadar, ni mucho menos instalarse en ella. Sólo algunos pescadores seguían afrontando desde tiempos inmemoriales ese mar rudo y traicionero. Los vimos esta vez entrar a horcajadas sobre sus embarcaciones de totora, embestir intrépidamente las altas murallas de agua que avanzaban rugientes hacia la orilla y llegar invictos a la zona calma donde tendían sus redes. Regresaban empujados por los tumbos y desde la playa, formando una compacta fila, tiraban la red con una cuerda, con movimientos rítmicos punteados con gritos de aliento.

Pero el más grave inconveniente de Conchán es que había dejado de ser una playa solitaria. Los tiempos habían cambiado. Antes llegaban allí sólo unas cuantas familias, los fines de semana, en automóvil y, como la playa era tan grande, podían repartirse en decenas de kilómetros y sentirse cada cual en su playa privada. Ahora en el verano los autos llegaban en caravana, volcando parejas, familias, y verdaderas tribus que plantaban sus parasoles en la arena y poblaban con sus gritos y sus juegos el extenso litoral. Pero aparte de eso —la ocupación de Conchán por una tupida clase media motorizada— un nuevo *peligro* se había cernido sobre ese lugar: los habitantes de los pueblos jóvenes surgidos detrás de las colinas arenosas descendían como hormigas por la empinada pendiente de Lomo de Corvina y al cabo de una hora de caminata cruzaban la Panamericana y se repartían por todo el litoral con sus pelotas de fútbol, sus cacerolas, su prole interminable, y ropas de baño caseras, generalmente calzoncillos en los hombres por cuyos bordes jetones asomaban testículos lampiños. Este fenómeno —la gradual pero indefectible transformación de Conchán de playa para privilegiados en playa popular— podía tener un alto interés para sociólogos, antropólogos o politólogos, pero Ernesto y yo éramos sólo artistas de bolsa más bien escasa y edad algo provecta cuyo único interés era encontrar un lugar tranquilo donde pasar el resto de nuestros días.

Descartado Conchán, hicimos en los días siguientes nuevas incursiones cada vez más lejos, comprobando que los antiguos y rústicos balnearios de Punta Negra, Punta Hermosa y San Bartolo habían crecido y tendían a unirse para formar una sola aglomeración y que más al sur aún, hasta Pucusana, en caletas y playas antes solitarias, habían surgido grupos de casas, sencillas o lujosas, destinadas a convertirse con el tiempo en verdaderos balnearios. Decididamente, si queríamos encontrar el lugar ideal, había que aventurarse aún más lejos.

Fue lo que hicimos al año siguiente, cuando volvimos a encontrarnos en Lima durante el verano. Pero esta vez, como no disponíamos de mucho tiempo como para gastarlo en cercanas y sucesivas exploraciones, decidimos ir inmediatamente hasta Ica, a unos trescientos kilómetros al sur. Para mayor seguridad, conseguimos ser recomendados a un abogado del lugar que conocía perfectamente la zona y podía con sus consejos evitarnos rodeos inútiles.

En la vieja pero robusta camioneta Ford de Ernesto —que dejaba siempre en Lima para usarla durante sus venidas al Perú— hicimos el viaje de un tirón hasta Ica, alquilamos un bungalow en el hotel Las Dunas y de inmediato fuimos a visitar a nuestro informante, el doctor Tacora. Éste no vaciló en decirnos que el lugar que buscábamos existía, era Laguna Grande, una caleta donde él tenía una casita aislada en la que acostumbraba a pasar algunos días al año dedicado, según dijo, «a la pesca, la lectura y la meditación», frase que me encantó por su resonancia romántica y roussoniana. Por desgracia, añadió, no podría acompañarnos a Laguna Grande, pero pasaría al día siguiente temprano por el hotel a fin de guiarnos hasta el desvío que debíamos tomar.

Apareció, en efecto pero a las once de la mañana, cuando ya Ernesto y yo echabámos pestes contra nuestro mentor. Seguimos a su Volkswagen rojo una veintena de kilómetros por la Panamericana, entre planicies áridas y cerros pelados, viendo de trecho en trecho huellas terrosas que se internaban misteriosamente en el desierto rumbo al litoral. Al fin el Volkswagen se detuvo ante una de esas huellas.

—Éste es el buen desvío —nos indicó—, tienen que seguir derecho, siempre por la huella principal. Laguna Grande está a unos treinta kilómetros. En un par de horas llegan.

Acto seguido nos entregó la llave de su casa, diciéndonos que podíamos descansar allí o quedarnos a dormir si nos venía en gana y se despidió de nosotros dejándonos abandonados en la carretera solitaria bajo un sol de plomo. A la distancia los arenales reverberaban bajo la canícula. Quedamos mirándolos un rato, dubitativos.

—Adelante —dijo al fin Ernesto, y poniendo en marcha su vieja camioneta tomamos el desvío rumbo a *nuestra* playa.

No tardamos en darnos cuenta que hollábamos tierra desconocida. El desvío, al comienzo afirmado con pedregullo, se convirtió en una simple huella en la arena, huella que se volvía cada vez más difusa y se subdividía en multitud de huellas que partían en diversas direcciones o que se entrecruzaban para volver a reunirse más lejos. Nosotros seguimos la recomendación de nuestro consejero y tratamos de no abandonar la huella principal, si bien nos costó muchas veces trabajo saber cuál era la huella principal. Pero una especie de instinto nos fue llevando hacia el litoral, luego de sucesivos tanteos, en medio de un paisaje cada vez más árido y accidentado. Bordeamos altos cerros baldíos, dunas, cauces secos de antiguos riachuelos, sin ver planta, animal u hombre, abrasados de calor, atemorizados, pero al mismo tiempo fascinados por la soledad y el silencio del desierto.

Al fin el terreno se volvió más llano, sentimos un poco de aire fresco y al contornear una colina divisamos el mar al final de una planicie ligeramente descendente.

—¡Hurra! —exclamó Ernesto, aceleró y al cabo de quince minutos estábamos en Laguna Grande.

Era una caleta, en efecto, pero contrariamente a lo que habíamos previsto (el doctor Tacora nos habló de una playa desierta) estaba poblada. Una veintena de barracas de madera se alineaban en la orilla de una calma y extensa laguna de agua de mar encerrada entre dos promontorios rocosos. Algunas barcas de remo descansaban en la arena y al menos un centenar de lugareños, entre hombres y mujeres, circulaban frente a las barracas o se afanaban en la laguna con el agua hasta la cintura, ocupados en capturar algo que metían en pequeñas canastas.

La aparición de nuestra camioneta pareció sorprenderlos al comienzo, pero luego continuaron su trabajo sin darnos la menor importancia.

—Tacora debe estar loco —dijo Ernesto—, a esto le llama playa desierta. ¿Y dónde diablos estará su casa?

Apartada de las barracas, en un extremo de la playa, distinguimos una construcción grisácea. Al acercarnos nos encontramos con una rústica vivienda cuadrangular de madera bastante carcomida. Esa era la casa, sin duda, pues la llave abrió el grueso candado de su única puerta.

Adentro había dos camastros, una mesa con sus sillas y una cocina unida por un tubo a un balón de gas. Olía a moho y a encierro. Por el suelo de tierra apisonada vimos surgir dos arañas de mar que se refugiaban tras unos aparejos de pesca.

—¡Coño! —exclamó Ernesto—, ¡qué tristeza!

Hacía además un calor de los diablos y nos moríamos de sed. Para la excursión habíamos traído unas bolsas con sándwiches de queso y un botellón de agua. El queso se había derretido durante la travesía del desierto y el agua recalentado.

—Vamos a tomarnos una cerveza en la caleta y a comprar unos pescados —dije—. Los preparamos acá, comemos y luego se verá.

De regreso a la caleta vimos que algunos pescadores salían de la laguna con sus canastas llenas de choros y conchitas. Una barca de remos había llegado de la mar y descargaba chitas y corvinas.

—Primero la sed y luego el hambre —dijo Ernesto.

Y seguimos por la orilla hasta encontrar entre las barracas una pequeña tienda de comestibles. En el suelo de arena estaba tendido un enorme negro que roncaba. Aparte de ello no se veía a nadie.

—¿Quién atiende aquí? —preguntó Ernesto—. ¿Se puede tomar una cerveza?

Nadie nos respondió. Pero al poco rato sentimos un ruido tras el mostrador y una voz susurrante:

—¿Decían?

Tardamos en descubrir en medio de los frascos con galletas, caramelos y chupetes que atiborraban el mostrador, una frente, unos ojitos penetrantes y, al saltar por encima del negro, vimos a una mujer pequeñísima, una verdadera enana. Al instante subió a un banquillo y quedó a nuestra altura.

—Perdón —dijo Ernesto—, ¿tiene cerveza helada?

En ese momento el negro se despertó.

—¡Qué buen suelazo! —exclamó enderezando el tronco y estirando los brazos para desperezarse—. Estoy como nuevo. Olga. anda preparándome un caldito.

Cuando se puso de pie —su cabeza llegaba casi al techo de cañas—, quedó observándonos un momento con desconfianza y luego mostró toda su dentadura.

—Bienvenidos a Laguna Grande. ¿Turistas?

—Somos amigos del doctor Tacora.

El negro se echo a reír.

—¡Ese viejo huevón! Olga, atiende a los señores.

La enana había puesto sobre el mostrador una botella de Cristal y dos vasos.

—Helada no tenemos.

Entretanto el negro se nos acercó. Vimos en ese momento que por el bolsillo de su pantalón asomaba un instrumento punzante. Tal vez quería sólo hacernos un poco de conversa, pero Ernesto y yo, sin consultarnos, preferimos coger nuestra botella, pagamos y salimos del local. El negro nos siguió hasta la puerta.

—¡Que la pasen bien en Laguna Grande! —gritó mientras nos alejábamos hacia la casa de Tacora.

En el camino nos detuvimos ante dos pescadores que contaban y clasificaban el pescado.

—¿Nos venden una corvina?

Ambos nos observaron de arriba abajo. Sin responder continuaron su faena. Hicimos otras tentativas ante otros pescadores con el mismo resultado. Uno de ellos nos dio a entender, sin mucha convicción, que esa pesca era para su consumo. Cuando nos retirábamos hacia la casa de Tacora, desalentados, una mujer nos alcanzó con una corvina en la mano, nos la ofreció por un precio exorbitante y a regañadientes tuvimos que comprársela.

Pero una vez en la barraca, comprobamos que no había gas en el balón y que, además, no sabíamos cómo cortar la corvina y sacarle las escamas. El calor arreciaba a través del techo de madera. No tuvimos otro recurso que beber nuestra cerveza tibia y engullir nuestros sándwiches derretidos.

A pesar del calor agobiante, decidimos inspeccionar los alrededores. Saliendo de la barraca caminamos hasta el extremo de la caleta, trepamos unas rocas y nos encontramos con otras caletas más pequeñas que Laguna Grande, pero de playas estrechísimas, batidas por olas encontradas. Seguimos nuestro camino y llegamos a otra playa también pequeña, pero rocosa y plagada de arrecifes.

—¿Seguimos? —pregunté.

—¡Las huevas! —contestó Ernesto—. Me estoy cagando de hambre. ¡Y con este sol nos vamos a desollar!

Llegamos a la casucha de Tacora extenuados y deshidratados. La caleta se había desploblado. Por el olor a pescado frito que venía de las barracas supusimos que los lugareños almorzaban. Nos metimos al mar en calzoncillos para refrescarnos y luego nos tendimos en los camastros para descansar. Pero el calor era insoportable.

—¡Una cervecita bien helada en el hotel Las Dunas! —suspiré.

—Al tiro —convino Ernesto—. ¡Viva la civilización!

Minutos después abandonábamos Laguna Grande en la vieja camioneta. Mi última visión fue la del gigantesco negro que, solitario en la playa, observaba sonriente nuestra partida. A mitad de camino, en pleno desierto, Ernesto comprobó que había desaparecido su billetera que por descuido dejó en la guantera de su carro.

Esta excursión había sido un fracaso, pero ello no nos desalentó. De vuelta a París, durante nuestros esporádicos encuentros, abordamos nuevamente nuestro proyecto, a la luz de lo que llamábamos «el chasco de Laguna Grande», del cual sacamos útiles enseñanzas. Por lo pronto era indispensable que la playa fuese absolutamente desierta. Estaba visto que los lugareños de las caletas apartadas no veían con buenos ojos la aparición de extraños en su territorio, presagio de otras apariciones y probables afincamientos que amenazaban su libertad, sus costumbres, su medio ambiente y su estilo de vida. Pero era indispensable también que esa playa fuese no sólo desierta sino de fácil acceso (si bien ambas condiciones parecían incompatibles), para poder llegar sin problemas a un centro poblado en caso de emergencia. Esto nos llevó además a replantearnos el asunto de la naturaleza de la casa. Yo había imaginado al comienzo una especie de rancho miraflorino tradicional, con su terraza delantera, su azotea y su jardín, lo que era a todas luces una aberración. Por su lado Ernesto había ideado sucesivos proyectos, desde la casa de concreto armado y grandes ventanales de vidrio hasta la casa de adobón, con ventanas estrechas, piso de tierra y doble techo de cañas que nos protegiera del calor.

Con éstas y otras nuevas ideas emprendimos dos años más tarde una nueva expedición. Esta vez Ernesto consiguió prestada una robusta Land Rover con tracción en las cuatro ruedas, capaz de aventurarse por los terrenos más escarpados. Aparte de ello nos proveímos de víveres, botiquín y un mapa de la zona que íbamos a explorar, una playa al sur de Laguna Grande que nos habían recomendado por su extensión, su belleza y su soledad.

La entrada se encontraba en la zona desértica de la antigua hacienda Ocucaje. El desvío era un ancho camino terroso que se internaba hacia el mar, distante a cuarenta kilómetros. El comienzo no era tan inhóspito, pues encontramos una que otra ranchería donde crecían arbustos y andaban sueltos niños, perros y gallinas, pero a medida que nos adentrábamos todo el resto de presencia humana desapareció y de la vegetación sólo vimos algunas centenarias palmeras semienterradas en la arena. Una hora más tarde, luego de cruzar las instalaciones abandonadas de la vieja hacienda, entramos ya en pleno desierto. Ondulábamos entre médanos que parecían animados por un movimiento envolvente. O recorríamos páramos calcinados por el sol. Al contornear una colina, nos topamos con un lago insólito: una decena de pirámides que parecían obra del ingenio humano, pero que eran sólo formaciones arenosas perfectamente cónicas moldeadas por el viento.

—Se dirían esculturas —le dije a Ernesto—. Las tuyas.

—Mejores —contestó Ernesto—. A la naturaleza nadie la supera.

Kilómetros más lejos desembocamos en una planicie llena de boquetes y grietas: era una zona de ejercicios militares. Seguramente algunos días al año ensayaban allí obuses y granadas. El desierto se prolongaba sin trazas de terminar y el terreno se volvía cada vez más abrupto. Menos mal que la robusta Land Rover sorteaba todos los obstáculos sin dificultad. Al término de la mañana, luego de escalar una empinada colina, divisamos al fin el mar. Por una ancha huella que corría entre pequeñas dunas la camioneta enfiló rápidamente hacia el océano. Poco después nos detuvimos al borde de una extensísima playa pero ¡oh sorpresa!: no era una playa desierta. Al pie de una duna cercana al mar distinguimos una decena de extrañas casuchas de estera en torno a las cuales se afanaban un grupo de pescadores. Éstos continuaron su faena sin concedernos la menor atención. Esta aparente indiferencia me trajo a la mente nuestra vieja excursión a Laguna Grande. Quise decírselo a Ernesto, pero éste había ya bajado de la camioneta para contemplar pensativo la agrupación de viviendas. Estaban formadas por tres láminas de esteras unidas para formar un cono, con una gran abertura por un lado. Parecían simplemente superpuestas en la arena, de modo que podían ser trasladadas de un lugar a otro o cambiadas de posición con relación al viento.

—La casa movible y ambulante —dijo Ernesto—. Ésa podría ser una solución.

A mi turno bajé de la Land Rover y ambos recorrimos la playa alejándonos de los pescadores, en busca de un lugar donde bañarnos, pues el calor arreciaba. Esta vez habíamos traído ropa de baño, toallas y hasta un bronceador. Minutos después estábamos sumergidos en ese mar inmenso, de aguas frías y transparentes. El lugar era realmente espléndido y mientras nadábamos paralelamente a la orilla nos decíamos que ése era tal vez el lugar que buscábamos. ¿Por qué no?

—Después de todo —dijo Ernesto—, estos pescadores deben ser nómades y no se van a quedar todo el tiempo aquí. Cuando no hay buena pesca se echan sus casas al hombro y se van a otro lugar.

De todos modos decidimos alejarnos un poco más rumbo a un pequeño roquedal que se divisaba a la distancia. Pero mejor era ir hasta allí en la camioneta. Regresamos hasta el vehículo y nos pusimos en marcha rodando por la arena cerca de la orilla. Poco antes de llegar al roquedal sentimos un golpe bajo la camioneta y ésta se inmovilizó.

—¿Qué pasa? —exclamó Ernesto.

Al bajar y agacharnos vimos una pequeña roca disimulada en la arena que había golpeado el chasis de la Land Rover.

—Creo que nos jodimos —dijo Ernesto—. El eje delantero se ha doblado.

En efecto, vimos que la varilla metálica estaba ligeramente torcida.

Como la piedra impedía avanzar no había otro recurso que dar marcha atrás.

Ernesto lo intentó, pero la camioneta no retrocedía y a medida que más esfuerzo hacíamos las llantas se iban hundiendo en la arena. Insistimos un poco más pero era inútil: la camioneta estaba completamente atascada.

—Vamos a tener que pedir ayuda —dijo Ernesto—. Entre los dos no podremos mover este tanque.

Ambos nos encaminamos por la orilla hasta las viviendas de los pescadores. Se había levantado un poco de viento y notamos que las casuchas de estera habían cambiado de posición para que el aire no entrara por la abertura delantera.

—¿Nos pueden dar una manita? —preguntó Ernesto a un fornido mulato que afilaba un anzuelo en la puerta de su vivienda—. Se nos atracó la camioneta.

—¿No ve que estoy ocupado? —respondió sin mirarnos.

Interrogamos a dos pescadores más que tiraban con mucho esfuerzo la red que habían lanzado al mar. Su respuesta también fue negativa. En las otras viviendas grupos de pescadores y sus mujeres se aprestaban a almorzar. El olor a pescado frito, al mismo tiempo que nos abrió el apetito, me recordó nuevamente nuestra excursión a Laguna Grande: veía también en estos lugareños esa despreocupada indiferencia que revelaba en realidad un rechazo ancestral hacia los forasteros.

No tuvimos más remedio que regresar hacia la Land Rover con la esperanza de poder desatascarla sin ayuda de nadie. Fue lo que hicimos luego de una hora de encarnizado trabajo. Sin otro instrumento que nuestras manos tuvimos que sacar la arena debajo del vehículo y hacer un surco tras las llantas posteriores formando una rampa por la cual la camioneta pudo al fin retroceder hasta llegar a la arena húmeda y dura de la orilla. Estábamos agotados, muertos de calor.

—Creo que debemos darnos otro baño —dijo Ernesto.

El viento seguía soplando cada vez más fuerte. Para protegernos de él nos lanzamos rápidamente al agua. Pero el mar estaba demasiado agitado y al poco rato tuvimos que salir cuando ya el paracas soplaba con toda su intensidad. La arena nos hincaba como una ráfaga de minúsculos perdigones. No en vano, según había oído decir, paracas quería decir «dientes de arena». Nuestro cuerpo húmedo se impregnó íntegramente de una mica plateada, de modo que quedamos cubiertos de escamas como dos enormes peces grotescos y bípedos. Nos limpiamos con las toallas y subiendo a la camioneta que marchaba con dificultad debido a su eje averiado emprendimos el retorno. Tardamos más de cuatro horas en atravesar el desierto de Ocucaje y llegamos a Ica al anochecer, una vez más decepcionados y vencidos.

Este segundo chasco —tan semejante al primero al punto que parecía una nueva versión con algunas variantes— no doblegó nuestro entusiasmo. Al año siguiente estábamos ya en Lima preparando la próxima excursión. Esta vez, sin embargo, decidimos innovar: para compartir nuestra aventura y amenizar nuestro viaje resolvimos ir acompañados por sendas amigas.

Siendo ambos casados y con hijos, este detalle merece una digresión. La verdad es que nuestras mujeres, luego de treinta años de matrimonio, estaban ya hartas de nosotros y no les disgustaba vernos desaparecer o al menos alejarnos por un buen tiempo, solos o acompañados. Ambas eran mujeres prácticas, capaces de ganarse su propia vida y que habían hecho muchos sacrificios para permitirnos llevar nuestra vida de artistas. Mujeres abnegadas, hay que decirlo, dispuestas a aceptar en nombre de nuestra felicidad, nuestro absurdo proyecto de refugiarnos en una playa desierta.

Anticipo que esta tercera excursión fue también un fracaso, para así ir en contra de las normas que establecen crear suspenso en un relato. Pero el fracaso se debió esta vez a razones que nada tienen que ver con la dificultad de encontrar playas desiertas. Se debió simplemente al botellón.

Todo había comenzado muy prometedoramente. Nos acompañaban dos jóvenes amigas, Carol y Judith. Tuvimos además la suerte de que nos permitieran alojarnos por tres días en el club de Pesca Perú, un pequeño centro vacacional muy cerca del hotel Paracas, reservado a los altos funcionarios de esa empresa. El club era lindo: una docena de bungalows, piscina, sauna, frontón, área común con salones de estar y comedor, aparte de personal a nuestro servicio. Como eran días de entre semana, todo el local estaba a nuestra disposición.

Tanto nos agradó el lugar, que el primer día lo pasamos bañándonos en la piscina y gozando de los excelentes platos que preparaba un cocinero japonés. Nuestro proyecto era incursionar al día siguiente en la camioneta de Ernesto hacia playas situadas más al sur de Ocucaje —teatro de nuestra última expedición—, esta vez sin guía ni indicadores, simplemente al azar.

Al anochecer, decidimos ir hasta el hotel Paracas, para cambiar de ambiente y tomarnos un pisco souer. Fue entonces cuando el botellón hizo su aparición, pero no aún bajo su forma real, vidriosa y cilíndrica, sino bajo la forma de don Felipe Otárola, que podía ser cilíndrico pero no vidrioso, y que era en todo caso un reputado viticultor de la zona. Era viejo amigo de Ernesto, se sentó en nuestra mesita del bar y nos invitó a visitar al día siguiente su pequeño viñedo de Ica, lo único que le quedaba luego de la reforma agraria. Ernesto trató de explicarle que estábamos sólo por tres días con el exclusivo fin de encontrar una playa desierta, pero Otárola fue inflexible y nos conminó a pasar por su chacra a las diez de la mañana. Luego nos dejaría libres para continuar con esa búsqueda que, a sus ojos, era una idiotez.

A Carol y Judith la enología les interesaba un pito y se negaron al día siguiente a visitar los viñedos de Otárola, prefiriendo quedarse en el club soleándose en tanga al borde de la piscina. De modo que Ernesto y yo tuvimos que afrontar solos este compromiso y atravesamos estoicamente el ígneo tablazo de casi cien kilómetros que separa Paracas de Ica. Llegamos achicharrados a la casa de Otárola, cerca del mediodía. ¡Y aún nos esperaba la visita al viñedo! Otárola nos condujo por camino seco y polvoriento hacia las afueras de la ciudad, hasta detenerse ante un largo muro de adobe donde había un portón. Cruzamos el portón y nos encontramos en el viñedo: apenas cinco o diez hectáreas, pero muy bien cuidadas. Las viñas alineadas en surcos de regadío crecían, hasta un metro y medio de altura, apoyadas en estacas y protegidas por enramadas de cañas, donde entretejían sus brazos sarmentosos. Los racimos no estaban aún maduros. Ernesto y yo pensamos que la visita se limitaría a contemplar el viñedo desde la entrada y escuchar algunos comentarios de nuestro anfitrión. Pero los viticultores son unos fanáticos, hombres de ideas fijas y pasiones violentas, de modo que Otárola no se limitó a mostrarnos panorámicamente su viñedo, sino que nos lo hizo recorrer surco por surco, vid por vid, semiagachados debido a la poca altura de la enramada, asfixiados de calor, respirando polvo y escuchando explicaciones técnicas que nuestra desesperación impedía entender. Esta visita duró una hora bajo sol cenital. Cuando salimos del lugar, Ernesto y yo estábamos enjutos y agotados, pero Otárola ufano de su demostración.

Esta tortura debía tener una recompensa, De vuelta a la casa de Otárola, muertos de sed y de hambre (Carol y Judith nos esperaban en el club para almorzar), nuestro anfitrión ofreció despedirnos con un pisco souer. ¡Una espera más! Pero no fue en vano, pues el pisco souer que nos puso por delante en grandes copas de cristal nos pareció un regalo de los dioses. No sólo nos quitó la sed y la fatiga, sino que nos dotó de una alegría desbordante. Pedimos otro y otro, pero el tercero nos fue negado. Otárola era un hombre responsable. Teníamos que regresar en auto a Paracas y era mejor hacerlo sobrios. Llegó finalmente el momento de la partida.

—El vino que fabrico no es de gran calidad —nos dijo Otárola con franqueza—, pero mi pisco, el que hago para mi consumo, no tiene igual aquí, ni en otra parte del mundo.

Acto seguido fue a la cocina y reapareció con una damajuana que debía contener unos diez litros de pisco.

—Aquí lo tienen. Para que se lo lleven a Lima o a París y se acuerden de este pobre chacarero.

¡El botellón!

A partir de entonces la tarde derivó hacia lo absurdo. Carol y Judith seguían al borde de la piscina, recalentadas por el sol, pero sobre todo calientes por nuestra tardanza. Para desagraviarlas les mostramos el botellón como un trofeo y le pedimos al cocinero-barman japonés que nos preparara un pisco souer para antes del almuerzo que, según nos reprocharon nuestras amigas, hacía más de una hora que estaba listo. Pero el pisco souer estaba tan bueno que lo repetimos y poco después los cuatro estábamos metidos en la piscina, eufóricos, chapaleando y dando gritos, mientras el oriental nos traía nuevas tandas de su brebaje y nos recordaba, sin que le hiciéramos caso, que el cebiche se calentaba y que el arroz con pollo se enfriaba. Sólo cuando atardecía recobramos un poco de lucidez y caímos en la cuenta que:

Primo: no habíamos almorzado.

Secondo: por segundo día consecutivo habíamos aplazado la excursión objeto de nuestro viaje.

Luego de un duchazo comimos muy rápidamente y decidimos salir en busca de la playa desierta, así tuviésemos que pernoctar esa noche en tierra incógnita. Metimos algunos enseres y provisiones en la maletera y entre ellos, muy bien encorchado, el botellón.

Cuando habíamos hecho apenas unos veinte kilómetros anocheció y cayó sobre nosotros la duda: ¿a dónde íbamos exactamente?

Estábamos además en una bifurcación: la Panamericana que llevaba a Ica y otra pista que presumiblemente iba hacia alguna caleta. Para determinarnos descorchamos el botellón y bebimos del gollete, ayudándonos recíprocamente a levantarlo, a tal punto era pesado. Así puro, sin mezclas ni adornos, ese pisco era un rocío celestial, un denso néctar que llenó nuestra boca de un calor perfumado y un sabor a viñas mitológicas, donde poco faltó para que viéramos a Baco bebiendo y a Sileno danzando.

—Por allá —decidió Ernesto. Y tomó la ruta secundaria que, según notamos kilómetros más lejos, no llevaba al mar sino que se internaba en los arenales. ¡Y qué arenales! En esa noche sin luna se vislumbraban ondulantes, infinitos, bajo la sola luz de las estrellas. Una suavísima voz parecía venir de la planicie sombría. Un trecho más allá sucumbimos a su llamado y convinimos en que debíamos bajar de la camioneta y afrontar a pie el arenal inhóspito. Ernesto cuadró la camioneta al borde de la carretera y nos internamos en lo oscuro, llevando como todo pertrecho el botellón.

La arena estaba tibia, a pesar de la hora tardía, y nuestros pies se hundían sin ruido en la blanda materia. Avanzábamos muy juntos, siguiendo los accidentes del terreno, tan pronto leves declives como pequeños montículos, todo ello bajo la difusa luz estelar. Pero a medida que avanzábamos (regularmente hacíamos un alto para beber un trago del botellón que llevaba Ernesto) fuimos sintiendo una embriaguez que venía, más que del licor, del poderoso embrujo del desierto. Cada vez caminábamos más rápido, como absorbidos por una invisible fuerza y cada vez más separados, hasta que al fin empezamos a correr y nuestro grupo se dislocó. Ernesto y Carol desaparecieron por un lado y me encontré solo con Judith bajo la inmensidad de la cúpula celeste.

—Espera —le dije, antes que desapareciera como los otros y atrapándola por la mano quedamos inmóviles escuchando el silencio.

¡Qué maravillosa sensación! Sentía latir el corazón de Judith en mi mano y al unísono con nosotros las pulsaciones lejanísimas del mundo sideral. Ambos nos sentamos en la arena y luego nos tendimos de espaldas para observar asombrados el cielo. En la noche avanzada, los espacios que separaban estrellas, planetas y constelaciones, se iban poblando de más y más luminarias, tan pegadas unas a otras que formaban una mancha lechosa y al final el firmamento terminó por convertirse en una titilante bóveda de plata. Un cielo semejante no había visto en las más altas mesetas de los Andes, ni en las costas más secas de Almería o África del norte. Ahora comprendía, sólo ahora, por qué los antiguos habitantes de esas planicies, sin nubes, ni lluvias, tuvieron un contacto tan estrecho con los astros y aprendieron tantas cosas por esa ventana que se abría cada noche hacia los espacios infinitos.

Astrónomos, adivinos, alfareros, tejedores, agricultores, pescadores, constructores de caminos, templos y ciudades, fueron educados durante siglos en la escuela del cosmos.

Judith y yo, cogidos siempre de la mano, estábamos fundidos en el desierto y la noche y confundidos con los cuerpos celestes que parpadeaban en el techo argentado, en un estado de beatitud que nos desencarnaba y nos disolvía en la inmensidad del universo. Y hubiéramos seguido así a no ser por lejanos gritos que nos llegaron.

—¡...to!

—¡...ol!

Eran las voces de Ernesto y Carol que se buscaban en el desierto. De inmediato nos pusimos de pie para ir a su encuentro y nos lanzamos a correr por el páramo ondulante y al perseguir esas voces nos alejamos uno del otro y a nuestro turno nos separamos. Cada cual corría por su lado llamando al otro. Yo avanzaba o retrocedía o viraba a derecha o izquierda, guiado por un grito o distraído por otro, en un espacio que no era ni oscuro ni claro, sino bañado por una luz fantasmagórica. Me di cuenta entonces que no era necesario gritar todo nuestro nombre, sino la última sílaba, el llamado era más agudo y el esfuerzo menor. Y los demás también lo adivinaron, pues ahora se escuchaban diversos:

—¡...it!

—¡...to!

—¡...ol!

—¡..lio!

Al fin un «to» resonó a mi lado y me encontré con Carol.

—¡Hace horas que busco a Ernesto! —exclamó—, ¿dónde diablos estaban ustedes? No nos separemos, por favor.

Continuamos avanzando en la oscuridad guiados por los gritos de Ernesto y de Judith que resonaban angustiosos, en puntos distintos y distantes. Bajo esa luz difusa y ese terreno indiferenciado era imposible orientarse. Al fin, luego de infinitas vueltas y contravueltas, nos tropezamos con Judith. Sólo faltaba Ernesto. Los tres, sin alejarnos mucho esta vez, gritando nuestros nombres para indicar nuestra posición rastreamos el páramo y al sortear un médano divisamos a Ernesto, de pie en la cima de un pequeño montículo, con los brazos en alto contemplando la bóveda celeste.

—¡Coño! —exclamó al vernos—. ¡Ya iba a despegar hacia la Vía Láctea!

Estábamos fatigados, excitados, pero felices del reencuentro. Ahora se trataba de encontrar la carretera donde habíamos dejado la camioneta. La única información que podíamos obtener con nuestros pobres conocimientos astronómicos era de la Cruz del Sur, que refulgía triunfal en el mapa estelar. Seguimos sus órdenes y quince minutos después llegamos a la carretera y caminando por ella a la camioneta. Ernesto encendió los faros y vimos un mojón amarillo que marcaba el kilómetro 33. Sólo cuando arrancamos para regresar a nuestro alojamiento en el club, caímos en la cuenta que habíamos olvidado algo en el desierto: el botellón.

Esta accidentada excursión nocturna creó ciertos lazos emocionales en nuestro grupo de modo que esa noche, cosa que no había ocurrido en la anterior, Ernesto y Carol compartieron un bungalow y Judith y yo otro. Pero esta historia no viene al caso. Lo cierto es que al día siguiente en que nos levantamos avanzada la mañana con la intención de partir en fin en busca de la playa desierta, nos encontramos con una sorpresa: había visitantes en el club, lo que no estaba previsto antes del fin de semana. Cuando fuimos a desayunar al comedor vimos una pareja en ropa de baño al borde de la piscina. Él era un señor corpulento y correntón y ella una mujer rubia y de aspecto delicado. El japonés que nos atendía se apresuró a decirnos:

—Don Raúl Rojas Ruiz, alto ejecutivo de Pesca Perú y su señora esposa.

Tuvimos naturalmente que acercarnos y saludarlos. Él nos devolvió el saludo con naturalidad, pero ella con suspicacia. Sin duda se preguntaba qué podían hacer en ese club solitario ese par de cincuentones con dos muchachas guapas y mucho más jóvenes. Por cortesía obviaron las preguntas, pero a través de la conversación fue apareciendo que no eran nuestras esposas. Raúl Rojas Ruiz tomó la cosa no sólo encantado sino excitado, pero a su mujer era evidente que le chocaba compartir el club con dos parejas de irregulares.

El bendito pisco de Otárola vino en nuestro auxilio. La noche anterior, antes de partir hasta el desierto, habíamos trasvasado un litro del néctar a una botella, a fin de que el cocinero-barman dispusiera de una reserva para prepararnos sus deliciosos brebajes. Fue lo que hizo ese mediodía, cuando ya nos disponíamos a tomar un baño en la piscina con Raúl Rojas Ruiz y su mujer, antes de partir en busca de nuestra playa desierta. Bastaron los primeros cócteles para que RRR (así lo llamaré en adelante, como lo bautizamos) se mostrara mucho más facundioso y su mujer menos arisca. En ella era efecto del brebaje, pero en él había otra razón: era viejo pisquero, adorador y coleccionista de este jugo de las viñas, según nos informó, al punto que renunció al cóctel para que le sirvieran el pisco puro y desnudo. Tanto lo alabó que le confesamos que era regalo de un viticultor amigo, pero que por desgracia el botellón que lo contenía lo habíamos perdido en el desierto. RRR pareció no darle mucha importancia a ese detalle, pero durante el almuerzo —puesto que habíamos resuelto almorzar en el club antes de partir en busca de la playa desierta— volvió al asunto del botellón y nos preguntó de sopetón dónde lo habíamos perdido. La verdad es que nosotros no sabíamos exactamente dónde. Nuestra única referencia era el mojón amarillo en el kilómetro 33. Algo nos movió a no darle este dato. Pero como él seguía interrogándonos y almorzábamos tan bien y la cerveza helada estaba tan cristalina tuve la mala idea de plantearle un acertijo.

—El botellón se nos perdió en los arenales. El lugar tiene que ver algo con la religión católica.

Al decir esto pensaba en el mojón que marcaba el kilómetro 33, edad de la muerte de Cristo, suponiendo que era imposible que RRR pudiera con su magín de funcionario apelar al razonamiento analógico y resolver la adivinanza. Pero había subestimado su inteligencia o su amor al pisco pues, cuando terminábamos de almorzar y hablábamos de otras cosas y nadie pensaba aparentemente en el botellón, RRR se aprovechó de un silencio para decirnos:

—Hay de por medio un número, ¿no es cierto?, ¿12 como los apóstoles?, ¿33 como la edad de Cristo en la cruz?; ¿es uno de esos kilómetros?

Tuvimos que convenir, sorprendidos, que había acertado, pero sin precisarle si era 12 o 33, y añadimos que iríamos a buscar el botellón al día siguiente, antes de regresar a Lima, pues esa tarde la dedicaríamos a buscar la playa desierta.

Acto seguido fuimos a nuestros bungalows a prepararnos para la excursión. El almuerzo había sido copioso, eran ya las cuatro de la tarde y estábamos un poco embotados. Tal vez se imponía una corta siesta, lo que RRR aseguró que iba a hacer cuando nos levantamos de la mesa. Pero ésa había sido una estratagema de su parte, pues cuando estábamos por echarnos a reposar un rato escuchamos el ruido del motor de un auto que arrancaba. Por la ventana de su bungalow Ernesto vio a RRR que partía raudo en su automóvil rumbo a la carretera. Al instante entró a mi dormitorio.

—¡RRR se nos adelantó! Acaba de partir. Apuesto que va a buscar el botellón.

Contra lo que creíamos, Carol y Judith fueron las más indignadas y exigieron de inmediato salir en persecución de RRR para impedir que se apoderara de nuestro bien. Diez minutos después partíamos en la camioneta tras él.

Eran ya las cinco de la tarde pero el sol aún quemaba. Al llegar a la bifurcación tomamos la ruta secundaria que seguimos la noche anterior. No nos habíamos equivocado: al llegar al kilómetro 12 (RRR empezó por los apóstoles), vimos su auto detenido al borde de la carretera. Estaba cerrado y vacío. Seguramente RRR se había internado en los arenales en busca de su presa codiciada. Seguimos fierro a fondo hasta llegar al kilómetro 33.

El desierto diurno tenía otra faz que el nocturno. Era su aridez, el delicado diseño de sus crestas y ondulaciones, su recatada manera de existir como paisaje, sin ninguna grandilocuencia, lo que nos fascinaba de día, cuando en la noche su embrujo venía del misterioso llamado de su espacio silente y sombrío y de su apertura hacia los abismos estelares. Los cuatro entramos en las arenas luminosas de nuestra incursión nocturna. Durante media hora nos internamos rumbo al oriente, reconociendo a veces nuestras huellas dispersas, pero sin distinguir por ningún lado el botellón. Al fin vimos algo que refulgía al pie de un médano: era un rayo de sol vespertino que se reflejaba en el frasco de vidrio. Corrimos dando de hurras hasta que tuvimos el recipiente en nuestras manos. Hicimos un brindis celebratorio (recalentado por el sol el pisco sabía a fuego líquido, pero a fuego sagrado) y emprendimos el retorno hasta la camioneta. Unos kilómetros más allá, cuando volvíamos al club, nos cruzamos con el auto de RRR que presumiblemente se dirigía veloz hacia el kilómetro 33.

Esa noche en el bar del club nos encontramos con RRR, su esposa y otros funcionarios que habían venido a pasar allí el fin de semana. Estaban en un jolgorio muy animado y corporativo. Al vernos RRR se mostró esquivo, incómodo, como avergonzado. No hicimos ninguna alusión a esa partida que habíamos ganado.

Al día siguiente tuvimos que regresar a Lima y de allí a París. Una vez más no habíamos encontrado la playa desierta. Pero al menos nos quedaba el consuelo de haber recobrado el botellón.

El botellón fue un incidente que nos divirtió, pero que nos apartó esa vez de nuestro verdadero objetivo: la búsqueda de nuestro solitario refugio. Fue por eso que Ernesto y yo, de vuelta a Lima al año siguiente, retomamos con ahínco nuestro plan. Esta vez convinimos en que —como lo de la playa desierta en el litoral se mostraba problemático— lo mejor sería tal vez buscar una isla. Y lo más indicado nos pareció las islas de Chincha, donde esporádicamente se explotaba el guano, pero que la mayor parte del tiempo estaban deshabitadas.

Enrumbamos nuevamente hacia el hotel Paracas, en la ocasión sin Judith ni Carol y a pesar de ello más entusiastas que nunca, pues la posibilidad de instalarnos en una isla dotaba a nuestro proyecto de una aureola literaria, al convertirnos en intrépidos Robinson Crusoe. En el hotel tratamos de encontrar una lancha que nos llevara a nuestro destino, pero éstas sólo hacían excursiones con turistas cerca del litoral o a islas más accesibles y frecuentadas. Al fin nos enteramos que del embarcadero La Puntilla salía una vez a la semana un remolcador rumbo a las islas guaneras. Por fortuna el remolcador partía al día siguiente. Hablamos con el piloto que accedió a llevarnos mediante una buena propina.

Era un remolcador enano, chato y lento que tardaba más o menos tres horas en llegar a las islas, según el estado del mar y de los vientos. Esa mañana el mar estaba agitado y la embarcación embestía pujando cada tumbo para caer ruidosamente detrás de él y afrontar al que venía luego. Ernesto y yo estábamos medio groguis y apenas pudimos admirar el enorme y misterioso candelabro inscrito en una pendiente arenosa del litoral que se alejaba y que el piloto nos señaló dándonos explicaciones que la fuerza del viento nos impidió entender. Poco después el oleaje se calmó y el remolcador tomó su ritmo de crucero. Una hora más tarde divisamos en el horizonte una silueta grisácea, que parecía surgir del mar y crecer a medida que avanzábamos. La silueta adquirió la forma de dos abruptos y secos promontorios: eran las islas de Chincha. Ágiles y lustrosos delfines saltaban a nuestro lado. El remolcador se fue dirigiendo hacia la isla de la derecha, donde alcanzamos a divisar algo así como un muelle y tras él una casa cuadrangular con baranda en todo su perímetro. Minutos después atracábamos en el embarcadero donde un sujeto nos hacía señas con la mano, invitándonos a subir por una carcomida escala de madera.

Sólo al estar en el muelle pudimos contemplar la isla vecina y vimos en ella, en una ensenada rocosa, una gigantesca masa parda que parecía vibrar bajo la intensa luz solar. Ernesto pensó, según me dijo, que era un amontonamiento de viejas llantas de camión. Pero de pronto surgió de la masa un rugido: ¡eran los lobos de mar! Al instante bandadas de pelícanos, patillos y gaviotas despegaron de la cresta del cerro graznando, mientras algunos lobos, como obedeciendo a una orden, se lanzaron al agua y empezaron a zambullirse y a retozar, para luego regresar al promontorio.

—Ya empiezan a despertar —dijo el sujeto que nos había recibido, para luego preguntarnos si éramos del ministerio.

Nos percatamos que era un hombrecillo curtido como un viejo pescador, pero de rasgos andinos. Nos observaba con suspicacia, pues no estaba prevenido de nuestra visita. Qué ministerio ni qué diablos, le dijimos, veníamos sólo a conocer las islas, aprovechando el viaje del remolcador. El hombrecillo sonrió:

—Eleodoro Pauca, a sus órdenes. Soy el guardián de la isla.

Entretanto el piloto, luego de amarrar su embarcación al muelle, había subido la escalera y apareció con una canasta llena de provisiones. Se veían verduras, huevos, panes, pero sobre todo botellas de gaseosas y cervezas.

—¿Vienen? —preguntó el guardián dirigiéndose a la casa.

Lo seguimos escoltados por el piloto y su canasta.

Entramos a una construcción muy grande, vieja y descuidada, que databa seguramente del siglo pasado, época del auge del guano. Atravesamos un largo corredor al que daban innumerables habitaciones con camastros desvencijados. Al final llegamos a una pieza que debía ser el comedor, pues había una amplia mesa rodeada de sillas, donde el piloto descargó las provisiones.

—Están ustedes en su casa —dijo el guardián. Ahora nos disculpan. Don Pedro y yo vamos a pescar. De regreso almorzamos aquí.

Acto seguido se esfumaron dejándonos dueños de la casa y de la isla. Al encontrarnos solos, Ernesto dio rienda suelta a su emoción.

—¡Fantástico!, ¿no? Esto es lo que estábamos buscando. Un lugar desierto, tranquilo... ¿Te imaginas una casa aquí? Vamos a conocer nuestra isla.

Empezamos por inspeccionar la casa, sus dormitorios con sus camas sin otra cosa que un colchón de paja, una oficina con estantes llenos de papelotes, un baño enorme con tina de hierro. Claro, todo eso era pintoresco, anacrónico y atractivo, pero allí no íbamos a vivir, había que echarse a buscar por los alrededores una ensenada donde edificar una vivienda acorde a nuestro sueño, algo que no tuviera nada que ver con esa enorme construcción incongruente, que parecía una factoría colonial de la época del imperio británico.

Saliendo de la casa encontramos una bajada que llevaba a la orilla del mar, cerca del muelle. El sol del mediodía golpeaba y el mar estaba calmo. Pelícanos y patillos habían anclado nuevamente en la cresta de la isla vecina, al mismo tiempo que los lobos de mar —«la montaña de llantas», como decía Ernesto— seguían reposando en su ensenada. Esa orilla al pie del muelle era una playa divina. Vimos al guardián y al piloto que en un bote de remo abandonaban el estrecho que separaba las dos islas para internarse en alta mar. El escenario era demasiado tentador para resistir al impulso de darnos un baño.

Tiramos nuestra ropa en la arena y desnudos como dos viejos gusanos nos arrojamos a las aguas impolutas y fresquísimas. Ambos éramos buenos nadadores (de muchachos habíamos hecho excursiones de varios kilómetros, entre Chorrillos y Miraflores) y avanzamos hacia la isla cercana. ¡Qué felicidad sentirse en ese mar profundo, limpio y seguro, chapaleando, zambulléndose, jugando, bromeando como unos niños! Un rugido nos alarmó y de pronto vimos que del promontorio vecino manadas de lobos se lanzaban al mar y venían a nuestro encuentro. No sabíamos si los lobos mordían, comían o trituraban, pero dimos media vuelta y retornamos hacia la playa a una velocidad que ni siquiera en nuestras competencias escolares habíamos logrado. Quedamos tendidos en la orilla, jadeantes, aplanados e inánimes, como los restos de un naufragio.

No tuvimos fuerzas para explorar la isla, de modo que seguimos echados en la arena, mirando el cielo azul por donde las aves guaneras, espantadas por un nuevo rugido lobomarino, cruzaban graznando los aires. Cuando empezamos a sentir hambre —debían ser ya las tres de la tarde— divisamos el bote donde el piloto y el guardián se acercaban al embarcadero remando dificultosamente. Nos vestimos y fuimos a recibirlos al muelle. Desde lo alto vimos la embarcación repleta de peces plateados que coleteaban, algunos con tanta fuerza que pasaban por encima de la borda y regresaban al mar.

—¡Buena pesca! —gritó Eleodoro agitando un pescado de la cola.

Media hora más tarde, estábamos los cuatro sentados en el comedor ante una fuente de cebiche de corvina y otra de lenguado frito. La cerveza que había traído el piloto de Paracas estaba tibia, pero era igual. Allí nos enteramos por la conversación entre Eleodoro y don Pedro de sus solapados negocios. El piloto le traía cada semana las provisiones que el guardián necesitaba, pero recibía de vuelta una apreciable cantidad de pescado que don Pedro negociaba en Paracas. Nos enteramos además que ésa era una época de paz, pero que en cualquier momento, dentro de un mes o dos, empezaría la recolección del guano. Cerca de un millar de peones llegarían a la isla para instalarse durante una larga temporada antes de regresar a su tierra.

—Todos vienen de Huaraz, de mi pueblo —dijo Eleodoro—. Trabajan como unas bestias, los pobres. Pero todo se lo gastan aquí. Los comerciantes vienen también, arman sus puestos en la isla y les venden comida, trago, coca y hasta mujeres. ¡Y los líos que arman mis paisanos! Gritan más que los lobos de mar.

Esta revelación nos sobresaltó. Mil personas en la isla era casi una invasión, pero en fin, eso no era todo el año y podía pasar. Sin embargo no teníamos mucho tiempo para reflexionar sobre este asunto, pues estábamos ansiosos de explorar la isla en busca del lugar anhelado. Don Pedro nos dijo que a las seis regresaba a Paracas y que entretanto saldría nuevamente en el bote con Eleodoro para seguir pescando.

Ernesto y yo aprovechamos para explorar la isla. Trepamos el escarpado cerro arenoso, bordeando el litoral. Desde lo alto divisamos algunas ensenadas estrechas que no nos convencieron. Encontramos al fin una amplia en forma de media luna, si bien bastante lejos del embarcadero. Como playa era ideal, dijo Ernesto, y de inmediato me explicó que nuestra casa no tenía que parecerse en nada a una factoría británica y que veía, sí, ya veía una casa de bambú, cañas, construida sobre pilotes y que tuviera amplios espacios interiores, frescos y serenos, donde podríamos trabajar en nuestros asuntos, «más cerca de la naturaleza y de nosotros mismos», como era nuestro deseo. Pero estábamos demasiado cansados para seguir soñando y regresamos a la casa cuando ya el sol descendía tras la isla de los pelícanos. Don Pedro y Eleodoro aún no habían retornado de su pesca vespertina.

—¿Y si nos quedamos aquí unos días? —preguntó Ernesto entusiasmado—. Regresaremos con el remolcador la próxima semana.

¿Por qué no?, pensé, las camas eran incómodas y comeríamos sólo pescado, pero podríamos aprovechar para explorar mejor la isla. La idea nos sedujo y ya nos lanzábamos a inspeccionar los dormitorios, en busca del menos destartalado, cuando de la isla vecina surgió un estruendoso rugido, seguido de otro y de otro, y pronto todos los lobos marinos empezaron a gritar al mismo tiempo, creando con sus aullidos una impetuosa orquestación, de tonos variadísimos que rebotaban contra las paredes rocosas de las islas. Había rugidos que parecían gritos de guerra, llantos desesperados, alaridos de placer o quejidos de niños abandonados en una noche oscura. Y ese concierto no tenía trazas de acabar, sino que se amplificaba y se enriquecía con variantes agudas o graves, mientras se iba la luz del día. Ernesto y yo, al principio sorprendidos, nos sentimos sofocados y casi empavorecidos por ese estruendo.

—¡Coño! —exclamó Ernesto—. ¿Tú crees que se puede dormir en ese burdel?

Justo en ese momento Eleodoro y el piloto aparecieron en lo alto del muelle con una canasta llena de pescado.

—¿A qué hora termina este zafarrancho? —los interpeló Ernesto, a gritos para hacerse escuchar.

—¡Eso dura horas! —le contestó Eleodoro en el mismo tono—. ¡Pero uno se acostumbra!

Había que tomar una decisión, pues el piloto se despedía de Eleodoro. Quedarse una semana allí era tentador, me dije, tal vez podríamos hallar en esos días, al otro extremo de la isla, una ensenada recoleta adonde no llegaran los rugidos de los cetáceos.

Pero de otro lado había la amenaza, aún más grave, de ese millar de peones que vendrían a recoger el guano. ¡Y además, la isla quedaba tan lejos de la costa! ¿Qué haríamos si alguno se enfermaba o sufría un accidente?

—¡Es hora de regresar! —nos gritó el piloto—. ¿Vienen conmigo o no?

—Allí vamos —dijo Ernesto, que seguramente se había hecho las mismas reflexiones que yo.

Nos despedimos del guardián y descendimos resignadamente las escaleras del muelle hasta poner los pies en el remolcador. Atardecía cuando nos alejábamos de las islas, que se iban empequeñeciendo y hundiendo en el mar bajo la luz crepuscular. A pesar de la distancia, seguimos escuchando —o tal vez era una simple alucinación— los rugidos de los lobos de mar.

Ernesto y yo quedamos descorazonados, luego de este nuevo fracaso. Durante algún tiempo, de vuelta a París, no volvimos a hablar del asunto y reintegrados a nuestros hogares seguimos llevando nuestra vida europea, encontrando a veces hasta agradable nuestro rutinario trabajo —él pintando y yo escribiendo— en ese ambiente mal que bien de un excitante cosmopolitismo. Por añadidura, Ernesto dejó París para instalarse un tiempo en Milán, donde el mercado de los plásticos era más abierto y dinámico, y luego en Nueva York, de modo que dejamos de vernos. A pesar de ello, cada cual guardaba dentro de sí la añoranza de nuestro viejo proyecto. A veces, en la esporádica correspondencia que cambiábamos, hacíamos al final, por lo general en una posdata, alguna alusión a nuestras frustradas excursiones. Ernesto llegó incluso en una carta a enviarme un croquis de una nueva casa que había imaginado, esta vez enorme y ovular como una media naranja, inspirada en no sé qué lugar que visitó en el norte de Canadá. Pero lo cierto es que poco a poco nuestro fallido sueño se fue enmoheciendo y como enterrando en el fondo de nosotros mismos. Tres o cuatro años más tarde volvimos a coincidir en Lima. Contentos por este azar que nos reunía nos vimos a diario, contándonos nuestras aventuras, triunfos y decepciones. Y a medida que nos frecuentábamos nuestro antiguo ideal fue resurgiendo. Estábamos más viejos, es cierto, Ernesto un poco panzudo y yo más flaco y enjuto que antes pero, según comprobamos, más hartos que nunca de lo que llamábamos «la vieja cultura» y más sensibles al poderoso «llamado del desierto».

Una noche, tomando una cerveza en un café de Miraflores, al ver nuestro balneario transformado, desfigurado, convertido en una urbe abigarrada y ruidosa, que se parecía cada vez más al barrio de una de las tantas metrópolis de las que habíamos tratado de huir, nos preguntamos: ¿por qué no? ¡Aún había tiempo! Hasta entonces, según comprobamos, sólo habíamos recorrido algunas playas del sur. Pero nuestra costa tenía casi tres mil kilómetros de largo. Nos quedaba muchísimo por explorar. Y en el acto resolvimos volver a las andadas y emprender una nueva excursión en busca de la playa desierta donde construir nuestra casa.

—¡Iremos esta vez hacia el norte! —dijo Ernesto eufórico—. Me han hablado de lugares increíbles. Iremos caleteando. No puede ser posible que no exista un lugar, nuestro lugar.

—¿Y si no lo encontramos?

Ernesto quedó pensativo.

—¡Qué importa! —dijo muy serio—. Si no encontramos la playa desierta, nuestra casa sólo existirá en nuestra imaginación. Y por ello mismo será indestructible.

Días más tarde rodábamos rumbo a las playas del norte.

(Barranco, 1992)

Relatos santacrucinos

Mayo 1940

Era una mañana soleada, límpida, quizás un poco ventosa, pero eso no tenía nada de extraordinario, ya que estábamos en pleno otoño. Los limeños vacaban a sus ocupaciones cotidianas, como en cualquier día de trabajo. El centro comercial hormigueaba de peatones que circulaban entre ministerios, bancos, almacenes, hoteles, iglesias y notarías, dándose cada vez más prisa, pues se acercaba el mediodía y a esa hora, como en una ciudad andaluza, la gente se iba a almorzar a su casa y toda actividad se interrumpía. El Parlamento se aprestaba a recibir esa tarde a los Padres de la Patria para continuar un retórico debate sobre «la condición del indígena». En el Callao los estibadores ganaban las fondas para regalarse con cebiches y cervezas luego de haber descargado los barcos acoderados en el muelle. En ómnibus y tranvías, viajeros se dejaban transportar cómodamente leyendo con despreocupación periódicos que hablaban de hechos graves pero lejanos, como era la guerra europea. Las emisoras de radio mecían a las amas de casa con valses sentimentales y polcas alegres que festejaban las bondades de Lima, «balcón florido asomado al mar», como rezaba una canción de moda. Es bueno recordar que Lima era entonces una ciudad limpia y apacible, de apenas medio millón de habitantes, rodeada de huertos y cultivos, poblada por gente cortés, *decente,* una especie de gran familia que se reconocía y saludaba en las calles y se sentía orgullosa de vivir en una urbe que al lado de templos y casonas coloniales ostentaba bellas quintas republicanas, chalets cada vez más numerosos en los balnearios del sur y una docena de edificios de seis o siete pisos que los espíritus adelantados saludaban como un símbolo de progreso. Tan sólo en los cerros de San Cosme y El Agustino una población marginal de pobres, desocupados, migrantes andinos y maleantes se habían obstinado en levantar casuchas de adobe, sacuara, latas y cartones. Pero ya el municipio había decidido tomar cartas en el asunto y, como lo anunció el alcalde «barrer esa lacra de la ciudad» de un solo escobazo. En fin, esa mañana límpida y soleada era semejante a muchas otras mañanas limeñas, no presagiaba nada de extraordinario pues —aparte de algún robo, pugilato o accidente de tránsito— parecía predestinada a no dejar huellas en la memoria de nadie.

Y sin embargo, el día anterior, hubo al atardecer un *tren de fuego.* Se llama así a un crepúsculo poco habitual: una larga nube roja cubre toda la línea del horizonte entre el cielo y el mar y se mantiene incandescente hasta entrada la noche, como las ascuas de una chimenea en una habitación oscura. Ese crepúsculo, según los limeños, es el anuncio de hechos fastos o nefastos. Pero muy pocos lo vieron. Sólo los habitantes de las viejas residencias que dan al poniente, al borde de los acantilados, o uno que otro paseante vespertino que se aventuró por los malecones desiertos, para contemplar el mar desde los escarpados barrancos, movido por ideas poéticas o suicidas.

Nosotros tampoco vimos ni presentimos nada. Nuestra sirvienta diría luego que esa mañana Tony y Rintintín ladraron más de la cuenta. Pero no pudimos corroborarlo, pues estábamos a esa hora en el colegio. Como era el mes de María pasamos la primera hora en la cancha de basket sentados en las duras bancas de madera, rezando, cantando y escuchando sermones que nos invitaban a la castidad y la devoción. Luego vino el curso de gimnasia en el que, como de costumbre, metimos vicio por lo cual nuestro profesor nos infligió cinco vueltas a paso ligero a la cancha de fútbol. La última clase matinal fue la de inglés, de modo que la escuchamos aplatanados en nuestros pupitres, sin otro deseo que llegara la pausa del mediodía para ir a nuestras casas a almorzar. Por ello, apenas sonó la campana, recogimos al vuelo nuestros libros y bajamos disparados las escaleras para formar filas en el patio central.

Los primariosos salíamos del colegio en cuatro filas, correspondientes a diferentes barrios de Miraflores. Por seguridad y disciplina un hermano acompañaba a cada fila durante un trecho. Nuestra fila, la de quienes vivían en Santa Cruz, la conducía el hermano Juan. No habíamos hecho más que traspasar el portón y avanzar hacia la Alameda Pardo cuando escuchamos un ruido sordo, lejano, que parecía provenir de las profundidades de la tierra, al mismo tiempo que las tórtolas de los ficus levantaron el vuelo y huyeron alborotadamente hacia las lomas. Algunos creyeron que se trataba de un gran camión o aplanadora que remontaba la Alameda, pero ningún vehículo surgió y al ruido se sumó una trepidación. La vereda empezó a ondular, tan pronto parecía subir como bajar, al punto que trastabillamos, pues no sabíamos a qué distancia debíamos poner los pies. Alguien dijo «se nos viene un temblor», pero cuando vimos caerse las tejas de la residencia Moreira y abrirse una grieta en su alto cerco de adobe no nos quedó duda que se trataba de un terremoto. Nuestra fila se disgregó despavorida y antes que nadie el hermano Juan que, remangando su sotana, salió disparado hacia el colegio. Algunos alumnos huyeron rumbo al Parque y nosotros hacia la Alameda Pardo, por donde mujeres pasaban dando de gritos con los brazos en alto. El ruido subterráneo cesó, pero la trepidación fue en aumento, la pista fluía como si fuese líquida, la fachada de la bodega Romano se tambaleó, su gran vitrina se hizo trizas, dos indias de pollera cayeron de rodillas y clamaban al cielo dándose golpes en el pecho, una nube de polvo llegó de los acantilados y llenó nuestros ojos de tierra, el muro de un rancho se vino abajo, ramas de ficus cayeron estruendosamente, mientras que automovilistas pasaban fierro a fondo tocando con estridencia sus bocinas.

La tierra seguía temblando por intermitencias cuando arrancamos a correr por la Alameda Pardo, cruzándonos con gente que corría en sentido contrario. Formábamos un grupo compacto de escolares que se desplazaban jadeantes, sin hablar, como si participaran en un cross. En cada calle transversal alguien se desviaba y se perdía desalado hacia su casa sin despedirse de nadie. De las residencias ribereñas salían vecinos que se interpelaban a gritos en la vereda. Hacia el fin de la Alameda nuestro grupo se había reducido a mi hermano, a mí y al gordo Battifora, quien a su vez fue absorbido por un rancho con rejas de madera. Al llegar a la pila de agua tomamos la avenida Espinar y aceleramos el paso al divisar nuestra casa y a mamá que nos aguardaba en la puerta y que, al distinguirnos, elevaba los brazos al cielo en acción de gracias.

Lo primero que hicimos fue inspeccionar la casa, sin ver otra cosa que una leve rajadura en el techo de la cocina, mientras que mamá nos seguía angustiada, corría del teléfono al radio y del radio a la puerta de la calle, pues aún no habían llegado nuestras hermanas del colegio ni papá de su oficina en Lima. Mi hermana mayor estaba en un grande y moderno colegio alemán en San Isidro, pero la menor en uno inglés de Miraflores que funcionaba en una vieja residencia de adobe. Todo ocurría además en el más grande desorden. Vecinos de cuadra pasaban al vuelo para inquirirse de nuestra suerte y desaparecían dejando noticias alarmantes, como que un nuevo terremoto se produciría en la tarde. Nuestra cocinera había dejado el almuerzo a medio hacer para correr donde su familia que vivía en Surquillo y nuestra empleada Matilde, refugiada en el jardín, no quería entrar ni a palos a casa para terminar los arreglos domésticos. Los perros, aprovechando del susto, se habían escapado. El servicio telefónico estaba interrumpido y el radio se limitaba a transmitir boletines de la Emisora Nacional que daban cuenta minuto a minuto de los estragos del terremoto. Según el locutor, Miraflores, nuestro balneario, había sufrido poco, pero Barranco, Chorrillos, Bellavista, el puerto del Callao, estaban al parecer destruidos. En cuanto a Lima, sus informaciones eran inciertas, se hablaba de edificios tan pronto agrietados como desplomados, de sólo decenas como miles de muertos. El *epicentro,* precisó —era la primera vez que escuchaba esta palabra— se hallaba en pleno mar, a unos doscientos kilómetros de la costa, por lo cual una marejada había inundado el balneario de La Punta.

Como papá y nuestras hermanas tardaban, la ansiedad de mamá llegó a su colmo y no sabía qué iniciativa tomar, si las espirituales que le dictaba su devoción o las materiales a las que la llevaba su sentido práctico. Optó por ambas a la vez y al mismo tiempo que encendió una vela ante la imagen de la Inmaculada que había sobre su tocador, nos ordenó ir a buscar a nuestras hermanas a sus respectivos colegios. Y en bicicleta además. Mi hermano y yo discutíamos para saber quién iría a buscar a quién, cuando el ómnibus del Santa Úrsula se detuvo ante la puerta y mi hermana mayor bajó de un salto, entró a la carrera, tiró su maleta en un sillón del living y empezó agitadísima a contarnos lo ocurrido, tan pronto con muecas de espanto como muerta de risa, el sustazo que se llevaron en clase, la gritería, una monja que se desmayó, dos compañeras y fräulein Inge que se rodaron por las escaleras rompiéndose la crisma y un pedazo de muro que se cayó en el patio de recreo aplastando al perro del jardinero. Pero apenas tuvimos tiempo de escucharla, pues en ese momento llegó nuestra hermana menor, conducida de la mano por una profesora de su colegio que vivía en el barrio y que la dejó en la puerta como un paquete y se esfumó rumbo a su casa sin que pudiéramos darle gracias.

Sólo faltaba papá. Lo esperamos en el living, prendidos del radio, que seguía transmitiendo boletines alarmantes. Las noticias que daba sobre Lima nos pusieron los pelos de punta: el centro estaba intransitable, se habían caído torres de iglesias, balcones coloniales y cornisas de edificios, aplastando peatones y automóviles. Los hospitales estaban atestados de heridos y se hacía un llamado a voluntarios para que donaran sangre. El presidente de la República se dirigiría esa tarde a la nación... Esa tarde, pero, ¿no estábamos ya en la tarde? El reloj de péndulo del comedor se había detenido a las once y treinta y cinco minutos de la mañana, hora del terremoto, y apenas era un poco más de mediodía. ¿Cómo habían podido pasar tantas cosas en tan poco tiempo? Eso nos preguntábamos mi hermano y yo, pero mamá no se hacía este tipo de cavilaciones, había encendido una segunda vela en su tocador (ante esa imagen de la Inmaculada que años más tarde me negó el único milagro que le pedí) y se devanaba los sesos para saber cómo podría hacer para llegar a la oficina de papá.

Pasada la una de la tarde, cuando ya mamá estaba decidida a lanzarse en busca de un taxi improbable, un viejo camión cargado con desmonte y conducido por un negro se detuvo en la esquina. Vimos descender de él a papá, agradecer al chofer y quedar un momento en la acera con los brazos en jarra contemplando la casa. Luego dio un brinco y cruzó el jardín haciendo cabriolas, felicitándose de vernos a todos sanos y salvos y de comprobar que el techo del living no se había desplomado, como había sido su temor, pues siempre le pareció que era demasiado grande para la ligereza de su estructura. De pie en medio de la pieza miraba incrédulo el cielo raso intacto.

—¡Este cangrejo de ingeniero había hecho bien las cosas! —exclamó—. Ahora creo que sí me voy a animar a levantar un segundo piso.

Su observación, tan fuera de lugar dadas las circunstancias, nos hizo reír, lo que relajó la tensión y nos devolvió confianza y tranquilidad. Ni siquiera los temblores que se produjeron en la tarde nos asustaron más de la cuenta. Algunos parientes pasaron a vernos y nos enteramos así que no había víctimas en la familia. Según las primeras estimaciones oficiales había entre dos mil y tres mil muertos, lo que era poco dada la intensidad del seísmo. Nos habíamos librado de una buena, como dijo papá. En otros hogares, ciertamente, la situación era distinta y a esa hora reinaba el llanto y la desolación. Pero en casa todo había vuelto al orden. Hasta nuestros perros regresaron a la hora del crepúsculo, sucios, extenuados y hambrientos.

Sólo con el correr de los años nos daríamos cuenta que ese terremoto que no destruyó nuestra casa había removido el fondo de los seres y de las cosas, que ya no volvieron a ser lo mismo. Fue como una señal que marcó una fractura en el tiempo: nuestra infancia había terminado; Lima perdería pronto su encanto de sosegada ciudad colonial; el conflicto europeo se extendió a otros continentes para convertirse en la más mortífera guerra de la historia.

Y en cuanto al segundo piso del que habló papá, nunca se llegó a construir. Por eso nuestra casa, a pesar de estar terminada, nos dejó siempre la impresión de algo inconcluso, como este relato.

Cacos y canes

Santa Cruz tenía un sobrenombre: vecinos viejos lo llamaban Matagente. Esto era exagerado, pues los anales policíacos del barrio sólo registraban un crimen, el de un chofer de taxi que descuartizó a una mujer y tiró sus restos por los acantilados. Mejor le hubiera caído el tilde de Robagente pues no hubo casa, al comienzo, que no fuera visitada por los cacos. La nuestra, entre otras, pues fue una de las primeras en edificarse, cuando el alumbrado público era incipiente y no había vigilancia policial.

Ni sé cuántas veces nos robaron, cerca de diez en todo caso. Fueron robos menores en general, cosas que habíamos dejado en el jardín que rodeaba la casa —la manguera, algunas sillas, una bicicleta—. Bastaba que los ladrones pasaran por el muro que daba a la avenida Espinar para barrer con todo lo que había en el jardín. Pero a la casa misma entraron sólo una vez y de pura suerte.

En esa época papá había hecho construir un cuarto para la empleada separado del cuerpo de la casa, en un ángulo del jardín. Para que al levantarse pudiera entrar a la casa se le dejaba todas las noches las llaves en el alféizar de la ventana alta de la cocina. Los cacos entraron de noche una vez más al jardín y como ya no había allí nada que llevarse empezaron a tantear las ventanas, con la esperanza de encontrar una abierta o mal cerrada. Encontraron algo mejor: las llaves de la casa.

Mamá fue la que dio la voz de alarma. Se despertó en plena noche y distinguió por la puerta abierta de su dormitorio una lucecita que vacilaba en el hall. Sin despertar a papá se levantó y salió a ver qué ocurría.

Al entrar al living se encontró de bruces con alguien que avanzaba con una linterna en la mano. Su primera reacción fue dar un chillido, lo que bastó para que ese alguien apagara su linterna y saliera disparado hacia el jardín, del jardín de la calle y de la calle hacia la noche tenebrosa. Mamá lanzó unos cuantos gritos más desde la calzada y volvió a la casa cuando ya papá había encendido las luces y nosotros habíamos saltado de la cama.

Nos encontramos todos en el living escuchando el relato entrecortado de mamá.

Papá cogió la única arma que tenía, una cachiporra de goma, y salió descalzo y en pijama a la calle, pero se dio cuenta que en la inmensa oscuridad toda búsqueda o persecución era inútil. Regresó entonces al living e hicimos el recuento de lo que faltaba: el radio, un reloj de mesa, algunos marcos y ceniceros de plata, el candelabro que había sobre la chimenea, cosas que tenían un relativo valor y que indicaban además que el caco debía haber tenido un cómplice a quien pasó a tiempo estos objetos. Pero cuando papá comprobó que de la percha había desaparecido su sombrero gris inglés, una prenda que adoraba, él que era tan poco afecto a los bienes vestimentarios, montó en cólera y decidió vestirse y salir en busca de su sombrero por donde fuese y a costa de cualquier peligro. En ese momento escuchamos un pitazo y al salir al jardín vimos que por la avenida Espinar venía rápidamente un policía que tenía cogido del brazo a un pequeño hombre en civil. Papá pensó en ese momento que el pequeño hombre en civil era el caco que había sido capturado por el policía y se precipitó hacia él dispuesto a estrangularlo a fin de recuperar su sombrero. Fue un verdadero chasco: el pequeño hombre en civil era un soplón encargado de custodiar o espiar la embajada de Brasil, que daba a la avenida Pardo. Ambos habían escuchado los gritos de mamá y venían a ver qué pasaba.

—¡Debían haber venido más rápido! —protestó papá.

—Disculpe —dijo el policía—. Pero esos gritos me parecieron al comienzo el cacareo de una gallina.

La observación era poco caballeresca, pero papá prefirió ignorarla e hizo pasar a los custodios a casa. Ambos tomaron nota del robo, pidieron a mamá un relato circunstanciado y se retiraron diciendo que vendría un inspector de policía para hacer las investigaciones del caso.

El inspector vino al cabo de dos o tres días y entramos entonces al dominio del vodevil. Se trataba del inspector Fontana, en quien reconocí de inmediato al hermano mayor de un compañero de clase. Los Fontana era la familia más fea de Miraflores. Hombres y mujeres, por razones genéticas u otras difíciles de elucidar, tenían las narices más grandes, los ojos más salidos, las orejas más separadas, las articulaciones más nudosas y la facha más desgarbada de todo el balneario. No había Fontana que no fuera el remedo de otro Fontana. Pedro Fontana debía haber leído muchas novelas de Conan Doyle o visto muchas películas de Sherlock Holmes, pero lo cierto es que vino a casa disfrazado del actor Basil Rathbone, que encarnaba al célebre detective en *El mastín de los Baskerville,* film estrenado hacía poco en Lima. Llevaba gorra, fumaba pipa y lucía un saco a cuadros con martingala y botones de cuero, que podía pasar muy bien por una chaqueta británica. Lo primero que hizo fue sacar una lupa y advertirnos que no debíamos tocar nada, para no borrar la huella de los ladrones. Advertencia inútil pues hacía ya dos días que se había producido el robo y todo el mundo había tocado todo lo que había en la casa. Con su lupa examinó mueble por mueble, objeto por objeto y cuarto por cuarto, seguido pacientemente por papá que, con las manos cruzadas en la espalda, se interrogaba sobre las conclusiones que podría sacar de esa pesquisa. Luego de examinar en cuclillas hasta los botones de la cocina eléctrica, el inspector Fontana se puso de pie, carraspeó, se ajustó la gorra y le preguntó a papá:

—¿No tiene usted una idea de quien es el ladrón?

Papá tuvo que recurrir a toda su sangre fría para no echarlo a patadas, le agradeció su visita, lo acompañó hasta la puerta y le dijo con ironía que ya le pasaría la voz cuando descubriera al caco. Regresando al living se despatarró en un sillón suspirando:

—Puesto que los detectives son más brutos que los animales, tengamos animales.

Y fue así como llegaron los canes a la casa. El primero fue Tony un perro chusco y descastado, incompetente además, pues durante su custodia volvieron a entrar ladrones y se llevaron el farol de fierro forjado que daba luz a la entrada. Para reforzar la guardia, papá consiguió un hermoso perro lobo, Rintintín, quien lo primero que hizo, para sentar su autoridad, fue sacarle la mugre al pobre Tony. Poco después eran amigos y dormían en el jardín, en una caseta de madera que se les construyó bajo las parras. Rintintín cumplió perfectamente su función de ahuyentar a los cacos y de paso se convirtió en nuestro compañero de juegos y paseos. Los sábados y domingos le poníamos su collar y nos íbamos por las chacras, escalábamos la huaca Juliana y si hacía calor bajábamos por los barrancos a La Pampilla y nos bañábamos en la playa desierta. Tony nos seguía en estas caminatas, solo y suelto, sin derecho a collar, triste y olvidado. Algún complejo debió crearle esta segregación pues adquirió la mala costumbre de comer sus excrementos. Papá lo descubrió un día en esta faena e *ipso facto* lo regaló al cuartel militar de Chorrillos. Rintintín quedó solo en casa y a partir de entonces se volvió bravo, al punto que nuestro problema ya no era protegernos de los ladrones sino protegernos de Rintintín. Pasaba todo el día encadenado en su caseta y sólo se le soltaba de noche para que corriera por el jardín. Una tarde rompió su cadena cuando habían amigos en casa y atacó a uno de ellos, mordiéndolo en ambos muslos. Fue un asunto tan grave que papá optó por deshacerse también de Rintintín, enviándolo a la chacra de un pariente, en las afueras de Lima. Pero como entretanto un caco sutil entró nuevamente a casa y se robó la bandera que habíamos izado en la azotea por Fiestas Patrias, papá aceptó un segundo perro lobo, Rintintín II. Su reinado fue largo y pacífico. Copia exacta del primero, pero mucho más sereno e inteligente, sabía distinguir entre aliados e intrusos y mientras estuvo con nosotros no volvió a saltar el cerco ningún amigo de lo ajeno. Una mañana que mi hermano y yo salimos muy temprano rumbo al colegio, nos sorprendió no ver a nuestro fiel can surgir de su caseta a despedirnos. Lo buscamos por el jardín y lo encontramos muerto detrás de los cipreses, al lado de restos de comida. Tenía la lengua muy salida y casi negra. Lo habían envenenado.

Tanto nos apenó esta muerte que papá decidió no tener más perros en casa. Los perros por lo general se mueren antes que sus amos, dijo, de modo que uno se expone a tener muchos duelos en su vida. Nos libramos así de nuevos duelos, pero quedamos sin perros y por ello mismo a merced de nuevos ladrones. Papá recurrió entonces a su imaginación e intentó un dispositivo genial capaz de protegernos para siempre de las incursiones nocturnas.

Se trataba de una larga plancha de madera que hizo colocar al pie del muro que daba a la avenida Espinar. Debajo de la plancha habían varios conmutadores eléctricos, de modo que bastaba la más leve presión sobre la madera para que de inmediato sonara un timbre y se encendiera una luz en el dormitorio de papá. Como ése era el camino obligado de los cacos para entrar a casa, estaban condenados a pisar la plancha y desencadenar la alarma.

Papá quedó orgulloso de su invención. Él mismo la ensayó varias veces escalando el cerco e hizo que nosotros la ensayásemos. Cuando venían familiares o amigos a casa no perdía la oportunidad de hacerles una demostración. Los cacos olfatearon algo o sería una coincidencia, pero lo cierto es que pasaron semanas y meses sin que se aventurasen a saltar el muro. Papá, decepcionado, atribuyó esto a que los cacos no tenían nada que llevarse del jardín, puesto que de noche guardábamos todo en casa. Pensó entonces que lo mejor era dejar algo visible y codiciable, un parasol, una mecedora, la cortadora de pasto. De lo que se trataba ahora, por un razonamiento aberrante, no era de evitar que los rateros entraran sino de invitarlos a que entraran. Sólo por el gusto de que papá pusiera a prueba su invención.

Al fin una noche sonó el timbre y se encendió la luz en su dormitorio. Papá cogió su cachiporra de goma, que dejaba siempre en su velador y se precipitó al jardín. Llegó corriendo al lugar donde estaba la plancha, entre los cipreses y el muro, y apenas tuvo tiempo de ver dos grandes gatos que huían despavoridos por encima del cerco lanzándole de paso un chorro de orines pestilentes.

Papá quedó mortificado y humillado por este incidente que no sólo echaba por tierra sus expectativas sino que lo ridiculizaba. Hizo revisar el sistema eléctrico para hacerlo menos sensible, pero aún así no pasaba semana sin que sufriera un chasco cuando manadas de gatos e incluso perros que venían a husmear en el cubo de basura saltaban el muro desencadenando la alarma. Aparte de eso, con las primeras garúas que mojaron la plancha se produjo un cortocircuito y el dispositivo eléctrico se fue al diablo. Papá lo hizo arreglar un par de veces, pero al final renunció.

Quedó al pie del muro esa larga plancha de madera carcomida, sin uso ni función.

Pero también quedaron en el jardín el parasol, unas sillas y otras cosas que una noche desaparecieron. Papá entró en crisis: no sabía si recurrir nuevamente a los perros o si inventar un sistema de alarma más eficaz. Al fin optó por comprarle a un amigo una Colt usada, convencido que si el Estado no garantizaba su seguridad no quedaba otro recurso que la autodefensa. No tardó en tener que ejercerla. Escuchó una noche ruidos sospechosos en el jardín y al asomarse a la ventana de su dormitorio vio a un hombre que trataba de forzar la puerta de entrada al living. Cogiendo su Colt sacó el brazo por la ventana y gritó «¡Manos arriba!». El sujeto, que no estaba en el oeste americano sino en el barrio de Santa Cruz, no levantó los brazos en alto sino que puso sus piernas en funcionamiento y en una fracción de segundo cruzó el portón entreabierto y se perdió en lo oscuro. Entretanto papá apretó el gatillo y de su Colt no salió estampido ni bala sino un miserable susurro. Esa vieja pistola era más inservible que un cohete mojado.

No había pues nada que hacer. La única esperanza para librarse de los cacos era que construyeran más casas en el barrio —pues la masa de habitantes sería una fuerza de disuasión—, que mejorara el sistema de alumbrado público y que se implantara una verdadera vigilancia policial. Fue lo que ocurrió, paulatinamente. Aun así volvieron una noche a entrar ladrones al jardín, para llevarse no sé qué, pues ya se habían llevado todo. Papá se apercibió del hecho y salió en calzoncillos, esta vez sin armas de ninguna clase y al ver a un hombre de espaldas no se le ocurrió otra cosa que ponerse en cuatro pies y lanzar un estruendoso rugido, imitando a un león. El tipo se llevó tal susto que de un salto salvó el cerco y desapareció sin volver la cabeza. Nunca más volvieron a entrar ladrones. Papá decía muy ufano e irónico cuando recordaba este incidente —aunque también muy filosóficamente— que para proteger bienes o personas más útil que perros o pistolas era recurrir al animal que hay en cada uno de nosotros.

Las tres gracias

En todos los chalets de la cuadra y del barrio vivían matrimonios fidedignos con uno o varios hijos, respetables familias burguesas que se frecuentaban o al menos se saludaban —los señores quitándose el sombrero—. Por eso la aparición de tres mujeres que alquilaron el departamento situado encima de la bodega de don Eduardo causó un verdadero revuelo. Tanto más cuanto que las tres eran jóvenes, guapas, fachosas y, según se dijo, oriundas de la tórrida comarca de Loreto.

Al principio el barrio no supo por dónde cogerlas y se dedicó a observarlas. Eran presumiblemente hermanas pues, a pesar de su diferencia de morfología, tenían un aire de familia, salvo que éste se explicase por la región selvática de donde provenían.

La mayor debía tener unos veinticinco años, era un poco entrada en carnes, de talla mediana, lucía trajes vistosos y cara redonda, solar, que anunciaba un carácter alegre y dispuesto a la convivialidad. La segunda, de unos veinte años, era menudita, linda de rasgos y de figura, llevaba siempre pantalones ceñidos de colores apastelados —rosa, celeste, pistacho— y sandalias con tacos muy altos para aumentar su estatura. A diferencia de la mayor, andaba siempre muy seria, mirando al suelo, indiferente a lo que ocurría a su alrededor. Pero la tercera era la joya del trío: no se le daba más de dieciocho años, era altísima para la norma de entonces —debía medir un metro ochenta—, de piernas muy largas y perfectamente torneadas, cintura estrecha, nalgas prominentes, senos turgentes sin ser exagerados, usaba vestidos sedosos —uno rojo en especial— que eran como una segunda piel sobre su piel y calzaba algo así como zapatillas de bailarina, sin suela, como si quisiera por condescendencia rebajar su altura para ser más accesible a la contemplación de los humanos. Su andar era muy pausado y lánguido, acompañado de un meneo de caderas tan cadencioso que papá, tan reservado en lo que concernía a las mujeres, se detenía cada vez que se cruzaba con ella, se daba la vuelta y la observaba sonriente, con el busto muy inclinado hacia adelante, en una actitud obviamente teatral. Ella sabía además que era observada y que iba dejando al pasar un reguero de miradas ávidas, de bocas abiertas y de proyectos licenciosos. Por eso, sin darse por aludida, lucía siempre en sus labios una sonrisilla sardónica, que era una muestra de su desdén por tantos sueños inútiles y un emblema de su poder. Las tres, por último, eran de piel muy blanca, pero de cabello y ojos negrísimos.

Nos llamó la atención también que, viviendo en el mismo departamento, salían siempre separadas y a horas diferentes. Sus salidas tenían objetivos muy precisos, al menos en nuestro territorio: comprar algo en la bodega de los bajos, ir a la farmacia, caminar un rato bajo los ficus de la avenida Espinar o apresurarse hasta el paradero de taxis. No tenían un solo amigo o relación en el barrio, no recibían a nadie en su casa, no respondían a ningún piropo callejero ni aceptaban ningún abordaje. Eran realmente irreprochables.

¿Por qué corrió entonces el rumor de que eran putas?

¿Qué certidumbre había?

¿Quién podía dar un testimonio?

Todo se basaba en una fina red de suposiciones. En primer lugar que eran loretanas —lo que no estaba probado, alguien lo dijo una vez y fue aceptado como una verdad absoluta—, eran loretanas pues y para los limeños las selváticas tenían fama de ser ardientes, desprejuiciadas y fáciles. Segundo, que vivían solas en un departamento un poco de media mampara, pues quedaba en los altos de la única chingana de la cuadra, donde recalaban noctámbulos y borrachines. Tercero, que ninguna de ellas tenía al parecer trabajo regular en oficina, tienda o empresa, pues sus entradas y salidas no se ajustaban a ningún horario ni a las exigencias de una ocupación estable. Por último su propio aspecto: sensuales, muy maquilladas, tan animalmente atractivas, esas mujeres sólo podían dedicarse a la fornicación venal.

Como se ve, se trataba de presunciones ridículas, que no estaban refrendadas por ninguna prueba. En el caso de la mayor, sin embargo, hubo algo así como un indicio, que cayó a pelo para los chismosos: se la vio a menudo entrar y salir a horas tardías por la puerta cochera de la embajada de Brasil, residencia que ocupaba toda una manzana frente a nuestra casa. De inmediato se dijo que era la amante del embajador. ¿No existía acaso entre loretanos y brasileños una predestinación al entendimiento debido a su vecindad geográfica, su clima tropical y cierta comunidad de gustos y costumbres? Nada más natural que una hija de Loreto, sin tener que navegar por el Amazonas, llegara directamente a la cama del representante del gobierno de Brasil. Lo que nadie dijo es que por esa puerta cochera se accedía también a la casa de una modesta costurera instalada en los altos del garaje, a la que recurrían respetables damas del barrio para encargarle trabajos menudos.

De hermana barragana, hermana putana, se pensó. Es así que el prejuicio que cayó sobre la mayor se hizo extensivo a las menores. A la intermedia por sus pantalones ajustados y porque a veces encendía un cigarrillo en plena vía pública. Con ésta fue la única —y quizás yo el único del barrio— con quien tuve un contacto fugaz. Siendo la menos fachosa era la que más atraía, quizás por su fina silueta y su andar pensativo, mirando siempre el suelo. Una o dos veces por semana caminaba hasta una de las bancas de la avenida Espinar y se sentaba bajo los ficus a leer un libro. Desde la ventana de mi escritorio la observé varias veces y una mañana, a pesar de mis quince años y de mi timidez, decidí abordarla. Salí a pasearme por la avenida y en un momento dado, al pasar frente a ella, la interpelé para preguntarle la hora. Levantó la mirada con curiosidad, sorprendida tal vez de lo poco original de mi pretexto para entablar una conversación, me dio la hora y prosiguió su lectura. Aproveché para ver lo que estaba leyendo y advertí que se trataba de *Los hermanos Karamazov,* en la edición argentina que yo tenía en casa. Quise valerme de esta coyuntura para intentar una charla literaria, pero las dos o tres preguntas que le hice fueron respondidas con tal laconismo y frialdad que no tuve más remedio que batirme en retirada.

Pero fue sobre todo con la menor, la más guapa de todas, que se cebó la maledicencia del barrio. Se decía que bailaba en una *boîte,* que era la amante de un ministro, que iba todas las tardes a una lujosa casa de citas, que la habían visto en un banco empozando un abultado paquete de dólares. *Se decía,* pero ese *se* no tenía ni rostro ni nombre. Para colmo fue la única de las tres que se atrevió a exhibirse con un hombre, lo que aparte de un cargo irrefutable fue considerado como una afrenta a la dignidad del barrio.

El tipo apareció una tarde y se detuvo en una de las esquinas de la embajada de Brasil. De inmediato llamó la atención, pues no era de Miraflores. Nuestro balneario había crecido en los últimos años, pero aun así todo el mundo se conocía y a ese tipo nadie lo había visto ni en pelea de perros. Pero aparte de eso tenía una pinta extraña: muy alto, bigotudo, medio zambo, lucía terno y corbata, pero su terno era demasiado grueso para el calor veraniego, su saco tenía los hombros muy anchos y descolgados y sus pantalones le quedaban ligeramente cortos. Usaba corbatas chillonas, se echaba brillantina al peinado, calzaba zapatos acharolados y puntiagudos. Era un huachafo, en suma.

Al comienzo se pensó que era un soplón que venía a vigilar la embajada, pero cuando la menor surgió en su sedoso traje rojo para darle el encuentro y pasearse con él hasta el anochecer, el barrio se estremeció y se convirtió en un ojo alerta y despiadado. Esos paseos se prolongaron durante varios días. La pareja daba diez o veinte vueltas a la manzana, sin tocarse, hablando poco y sosegadamente. Pero ¡qué importaba! Y a pesar de que a las dos o tres semanas el tipo no vino más (se trataba quizás de un simple galán o de un paisano o pariente lejano de paso por la capital) todos reconocieron en él la pieza que faltaba en el acta de acusación: el cafiche que administraba una célula familiar de prostitutas.

Hacia fines del verano la situación se deterioró. Las loretanas eran un asunto local, santacrucino y mal que bien, nosotros éramos personas educadas. Aparte de los chismes, rumores y embustes que circulaban, nadie tuvo en el barrio gestos ofensivos o destemplados hacia ellas. Pero los barrios y los balnearios se comunican por un correo invisible y en otros lugares se enteraron que a vuelta de nuestra casa, detrás de la embajada de Brasil, vivían tres regias putas en un departamento. Desde entonces comenzaron a aparecer automóviles al anochecer que se detenían bajo las ventanas de las tres loretanas. Sus pilotos esperaban un rato, se impacientaban, tocaban a veces el claxon y algunos incluso —jóvenes, guapos, deportivos, altaneros, pero decididamente nulos y tristes si tenían que recurrir al amor pagado— descendían para tocar el timbre de la casa, sin obtener nunca respuesta. Luego de varias intentonas, uno por uno iban desapareciendo en sus relucientes bólidos, sin regresar jamás.

Las hermanas debían estar hartas de estas manifestaciones que les hacían la vida imposible. El puntillazo se lo dio el imbécil que nunca falta en estos casos y que se convierte en el vector del destino. Un mequetrefe que vivía en Barranco, porque había estudiado en Estados Unidos y tenía un carrito descapotable, pretendía ser un play-boy y persistió en cuadrarse todas las noches bajo la ventana de las loretanas. Estuvimos presentes la vez en que desesperado de tocar el claxon o el timbre de la casa sin ningún resultado se desquitó con una vileza. Como en los altos había luz y una de la ventanas estaba abierta, sacó unas monedas del bolsillo y dijo que a las putas había que llamarlas «como se hacía en San Francisco». Lanzó entonces un puñado de monedas contra el edificio y algunas penetraron por la ventana. Al poco rato las luces del departamento se apagaron. El idiota lanzó unas cuantas piezas más y luego de esperar inútilmente una respuesta, aunque fuese un insulto, se fue muriéndose de risa, pero de risa despechada, diciendo que esas mujeres no estaban a su altura. Su ridículo carrito se perdió en las noches de Santa Cruz dejando una estela de humo pestilente.

El vaso se había rebasado. De un día para otro no se vio más a la bellas loretanas. Quienes las codiciaban, quienes las envidiaban, quienes las detestaban, espiaron en vano su paso por las calles del barrio. Como llegaron se fueron, discretamente, sin aviso ni despedida, dejando en lo vago todo lo que les atañía. Nunca más se supo de ellas ni nadie dijo haberlas visto en algún otro lugar, ciudad o país. Pero donde se encontrasen, estoy seguro que debían recordarnos con odio.

El señor Campana y su hija Perlita

Apenas el hermano Juan anunció que el lunes próximo iban a venir al colegio el señor Campana y su hija Perlita y que no olvidásemos de traer cinco soles para el espectáculo, la clase entera estalló en hurras. El señor Campana y su hija Perlita podían irse a la porra, sus monerías nunca nos habían hecho reír, pero aún así eso era preferible a un par de horas de cursos, más tediosos que nunca en esas húmedas y neblinosas mañanas de invierno.

Y el lunes próximo encontramos la cancha de basket preparada para la actuación: las bancas de madera alineadas en dos largas filas donde cabía todo el colegio, como durante el mes de María, y en una de las galerías laterales un pequeño proscenio alfombrado de rojo y amoblado con unos pocos accesorios.

Como otras veces, el hermano director tomó la palabra para recordarnos que el señor Campana y su hija Perlita venían de España atravesando el ancho océano para regalarnos con un espectáculo artístico y que debíamos guardar compostura, sin aprovechar la ocasión para meter vicio. Luego el hermano Jaime nos hizo poner de pie para cantar el himno Marista y rezar algunas avemarías. Cuando estábamos nuevamente sentados, el señor Campana surgió en el estrado lanzando vivas a España, al Perú, a Dios y al colegio y dio comienzo a su programa.

Esta vez empezó por enseñarnos la letra y la música de un himno a la Raza que había compuesto y nos lo hizo repetir y aprender durante el primer cuarto de hora. Luego nos recitó el interminable rollo de una oda a la gloria del almirante Miguel Grau, seguido de varios poemas satírico-moralizantes, entre ellos el de la mosca que por golosa se ahoga en un panal de miel. Para variar nos enseñó cómo se hacía un nudo marino, contó algunos chistes sobre toreros y comediantes y dando una rápida voltereta se extrajo un enorme pañuelo rojo y blanco de la nariz, lo que despertó una ovación espontánea, debido al efecto de sorpresa y al simbolismo de los colores. Continuó con un baile flamenco acompañado de palmas y olés y al cabo de un truco de naipes que nadie entendió, decretó una pausa de diez minutos, mientras se preparaba para la segunda parte del espectáculo.

Esta segunda parte era en realidad la que más podía interesarnos porque en ella aparecía su hija Perlita. No era bonita, ni joven, ni siquiera fachosa, pero era tan insólito ver a una mujer en ese recinto por donde sólo circulaban hombres ensotanados y velludos y cientos de colegiales petulantes y soeces, que su sola presencia era una atracción. No era extraño además que en una de sus tantas evoluciones se elevara el vuelo de su falda y dejara al descubierto muslos castellanos, tal vez un poco regordetes y lechosos, pero capaces aún de provocar pulsiones pecaminosas en más de un mozalbete.

Apenas apareció fue recibida con aplausos. Al igual que su padre cantó, bailó, recitó, contó historias, ensayó un número de contorsionista del cual pudo difícilmente desanudarse y anunció como remate de la representación el sainete de rigor. Y no había hecho más que anunciarlo cuando ya el señor Campana estaba en el estrado, pero con peluca postiza, levita, lentes y paraguas, en uno de sus clásicos números de transformación que eran la cima de su arte teatral.

La pieza era necia, verbosa, sin pies ni cabeza. El señor Campana encarnaba el papel de un notario avaro que se oponía al matrimonio de su sobrina (Perlita) con un pretendiente joven y pobretón llamado Artidoro. Después de una serie de diálogos e incidentes estúpidos, entre ellos un ataque de asma del notario que su sobrina calmaba con una poción milagrosa, el anciano aceptaba el matrimonio como prueba de gratitud. Al hacerlo se retiró, dejando a su sobrina en un soliloquio romántico, pero al minuto reapareció, nuevamente transformado, pero esta vez en Artidoro, un galán con traje a cuadros, sarita, mostachos y bastón. Galán agilísimo que de un salto se hincó a los pies de su amada para besarle las manos y anunciarle que había recibido una herencia. La pareja cerró el sainete y la actuación con una jota aragonesa que curas y alumnos acompañaron con palmadas, en medio de la alegría general.

Para entonces era ya cerca de mediodía. El señor Campana y su hija Perlita agradecieron los aplausos con reverencias y besos volados y repitiendo los vivas del comienzo desaparecieron de nuestra visión y de nuestra vida hasta el próximo año, según dieron a entender.

Nunca más regresaron. Los hermanos cayeron quizás en la cuenta que no podían seguir acogiendo, sólo por caridad cristiana o piedad patriótica, a ese viejo cómico español en pleno declive, con su repertorio de trucos usados y babosos. Pero la verdadera razón la descubrimos por azar.

Fue a los pocos días de la representación. Con mi hermano y un amigo decidimos una tarde hacernos la vaca para ver en el centro de Lima una película con la rumbera María Antonieta Pons. En la cola del cine distinguimos una pareja que nos recordó vagamente algo: un vejete mal afeitado, con los ojos vidriosos y saltones, un puro apagado en los dedos amarillos, ligeramente ventrudo, el terno raído pero la mirada arrogante, acompañado de una mujer muy pintada. Entramos tras ellos a la sala y nos sentamos en la hilera inmediatamente posterior. Apenas se apagó la luz, él pasó el brazo por el cuello de su pareja, para hablarle con el hocico muy pegado a la oreja. Se reía, cuchicheaba. En el intermedio la soltó para comprar un chupete de chocolate, pero cuando comenzó el film volvió a abrazarla. María Antonieta Pons había empezado ya a descaderarse —y habíamos venido sólo para ver eso pero el diálogo de nuestros vecinos nos distraía:

—Si te menearas así, mi vida.

—Déjame, golfo, que estás apestando a tabaco.

—Quién habla de tabaco, si te robas los pitillos de mi chaqueta.

—No veo las horas que termine esto, ya estoy harta de tus viajes.

—Sólo nos falta el colegio San Carlos, tal vez los Salesianos y, ¡up!, hasta México esta vez.

—Es la última vez que vengo contigo.

—Sí, ahora me lo dices, luego me rogarás para que te traiga.

—¿Rogarte yo? Lo habrán hecho otras de tus mujeres, payaso.

—Y me sales con chulerías, además, yo que te he sacado del fango...

Alguien hizo ¡chut!, y la pareja quedó callada hasta el término de la función. Cuando salimos la seguimos un rato por las calles ya penumbrosas del centro. Tan pronto iban cogidos de la mano, tan pronto separados, como enfadados. A veces se detenían absortos ante la vitrina de una tienda de joyas, de ropa, de artículos eléctricos, para seguir su caminata, aparentemente perdidos entre el gentío. Fuera del tablado se les veía insignificantes. Nadie daba por ellos medio, nadie, y menos aún cuando, bruscamente reconciliados, los vimos desaparecer en el vestíbulo de un hotelito de mala muerte, pobres, ridículos amantes.

El sargento Canchuca

Desde muy niños papá nos había obligado a tomar cucharadas de emulsión Scott y de aceite de hígado de bacalao, dos celebrados y nauseabundos tónicos de la época. Pero cuando entramos a la adolescencia decidió reemplazar esos remedios bucales por fortificantes más eficaces. De allí le vino la idea que todos debíamos recibir regularmente inyecciones intravenosas de calcio. Todos éramos en este caso los cuatro hermanos y mamá, pues papá se excluía de este proyecto por considerar que su edad había ya pasado. Siempre se quejó que de niño había estado mal atendido y sobre todo mal medicinado, de allí que sufriera todas las enfermedades del mundo y llegara a los cuarenta años convertido en un hombre enclenque y achacoso.

—Lo que no da la herencia lo da el bolsillo —repetía a menudo pensando que podía pagar con remedios la fortaleza que su sangre no nos pudo transmitir.

Pero pronto se dio cuenta que su bolsillo le iba a resultar flaco si quería llevar adelante su plan de salud familiar. Hacer venir todos los días una enfermera a casa —¡y al barrio tan apartado donde vivíamos!— le iba a costar un ojo de la cara o, en otros términos, la mitad de su sueldo. La única solución era encontrar alguien que hiciera el mismo trabajo pero cobrando menos, un cachuelero o, como se diría ahora, un informal.

Por suerte ese cachuelero existía. Fue tío Milo quien nos habló de él una noche que vino a cenar a casa y escuchó quejarse a papá de las dificultades que encontraba para la ejecución de su proyecto. Tío Milo, que era teniente del ejército, nos reveló que en la enfermería de la Escuela Militar de Chorrillos había un sargento que tenía manos de seda y ponía inyecciones con la delicadeza de una bordadora. A tal punto era apreciado que sus superiores le permitían salir en las tardes del cuartel para atender a su clientela privada. Papá no dejó pasar la ocasión y se inscribió de inmediato entre su clientela privada, sobre todo al enterarse que cobraba precios bobos por un trabajo impecable. Fue así como días más tarde el sargento Canchuca hizo su aparición en nuestra casa.

Nunca olvidaremos ese día. Se nos había anunciado su llegada a las seis de la tarde y desde mucho antes andábamos inquietos por la casa, saliendo de vez en cuando al jardín para ver si no asomaba su cabeza tras el muro que daba a la calle. No vimos nada, pero a las seis en punto, ni un segundo más ni uno menos, sonó el timbre. Y con razón no habíamos visto nada, pues cuando nuestra criada Zoila abrió el portón distinguimos un soldado pequeñísimo, en uniforme de grueso paño verde, cuya testa con gorra no pasaba la altura del cerco. El soldadito tenía en la mano un maletín de cuero gastado y sus pantorrillas estaban envueltas en bandas de lana muy ajustadas. Al cruzar el portón se quitó la gorra y avanzó por el jardín a paso marcial hasta la entrada del living. Allí se cuadró delante de mamá, hizo una venia y enderezándose dijo con voz firme:

—¡Sargento Canchuca, a sus órdenes!

Esta primera sesión de inyecciones se realizó en el comedor y fue extremadamente ceremoniosa. Todos —menos papá, que llegaba de su oficina en la noche— estábamos de pie en torno a la mesa, mirando al sargento Canchuca que abría su maletín de cuero y extraía un minúsculo pero completo equipo de enfermería: gasa, esparadrapo, algodón, tijeritas, ampolleta hipodérmica, alcohol, tripa de jebe y hornillo con su recipiente para hervir agua. Terminados estos preparativos, en medio del silencio general, absorbió con su jeringa el contenido de una ampolleta de calcio, la miró al trasluz, expulsó el aire contenido y preguntó por quién debía comenzar.

Nos miramos la cara para saber quién iba primero al matadero (estábamos aterrorizados, pues nunca nos habían puesto inyecciones en la vena), hasta que mamá adelantó resueltamente su brazo. El sargento Canchuca la hizo sentar en una silla, le anudó la tripa de jebe encima del codo, le pidió que cerrara el puño con fuerza, le pasó un algodón con alcohol por la gruesa vena que se le infló en el antebrazo, acercó cuidadosamente la punta de la aguja y la hundió con una levísima vibración de sus dedos (dedos, que como entonces notamos, eran muy delgados, pulidos, oscuros y que desentonaban con el resto de su figura tosca y maciza). Al sentir el pinchón mamá lanzó un pequeño ay, más de nervios que de dolor, pero ya el sargento Canchuca le pedía que abriera el puño, desanudó el elástico y le advirtió que iba a sentir un calor en las mejillas. En un momento dado puso un algodón con alcohol sobre la aguja y con un rapidísimo aleteo de sus dedos la extrajo y le pidió a mamá que doblara el brazo y lo mantuviera así unos instantes. En la pequeña hornilla donde ya hervía el agua desinfectó la hipodérmica y nos interrogó con la mirada sobre quién iba a ser el próximo paciente. Mi hermano y yo, en nuestra calidad de varones, pasamos primero y dejamos el turno final a nuestras hermanas. Quince minutos más tarde todos habíamos sido pinchados con pericia, Canchuca había guardado en su maletín su variado instrumental y había partido después de hacernos una venia y calarse la gorra para atravesar marcialmente el jardín guiado por Zoila.

A partir de entonces, al comenzar el invierno, el sargento Canchuca vino a casa todos los días, salvo los fines de semana. Lo hacía infaliblemente a las seis en punto de la tarde, cuando las cuculíes empezaban a cantar en los ficus y eucaliptos del barrio y se ponía el sol en los malecones de Miraflores. Que fuera tan puntual era sorprendente, pues sus pacientes estaban dispersos por toda la ciudad y para atenderlos tenía que movilizarse en ómnibus y tranvías escasos, lentos e irregulares. Pero a las seis en punto, ni un segundo más ni uno menos, sonaba el timbre y ya lo teníamos en el living abriendo su viejo maletín y ejecutando los gestos de su oficio con tanta pericia y perfección que, a pesar de repetirse todos los días, no dejaban menos de admirarnos.

Pronto en el barrio su figurita se hizo familiar y los vecinos, intrigados al comienzo y enterados luego de la índole de sus servicios, de lo acabado de su técnica y de lo bajo de sus honorarios, asediaron a mamá para que les enviara este prodigio. La mayoría estaba sana y no tenía necesidad de inyecciones pero ya que había esta ganga a la mano había que aprovecharla, así tuviesen que pincharse vena, muslo o nalga. Canchuca tenía demasiado trabajo para atender nuevos clientes y a ruego de mamá convino en aceptar, «sólo uno más», lo que exacerbó la lucha por su captura. Al final sólo quedaron en liza doña Chabela, nuestra más cercana vecina, que invocó una real crisis reumática y tía Marisa, que vivía más lejos y no sufría de nada, pero que de puro porfiada y novelera no quiso abandonar la partida. Tía Marisa terminó por imponerse, no por razones de parentesco sino de procedimiento, pues durante días no dejó de llamar por teléfono mañana, tarde y noche para repetirle a mamá: «Canchuca para mí, Canchuca para mí.»

Tía Marisa tuvo su Canchuca y doña Chabela su decepción, ¿pero nosotros? Nosotros, ay, nosotros en verdad, a los dos meses de su aparición, no aguantábamos más al sargento. Su venida al atardecer nos impedía ir a la vermouth, retardaba algún paseo por el malecón o interrumpía nuestro partido de fútbol callejero. A fuerza de observarlo, además, se nos antojó que bajo sus modales respetuosos y ceremoniosos se ocultaba un hombrecillo desdeñoso y presumido. Mis hermanas fueron en este aspecto implacables. Lo acusaban de mirarse en el espejo de la chimenea cada vez que entraba al living o de mostrar una exagerada concentración mental antes de su primer pinchazo, como un pianista inspirado que va a atacar un concierto.

De allí pasaron a lo físico:

—¿Has visto sus deditos? —decía mi hermana Meche—. ¡Parecen deditos de macaco!

—¡Y sus pantorrillas! —añadía mi hermana Josefina—. Todas gorditas, envueltas en esas bandas verdes, como un par de tamales de chancho.

—¡Y ese lunar que tiene en el cachete! ¡Qué asco! Un lunar negro y peludo como una araña... Parece que va a comenzar a caminar...

—¡Ay, no seas idiota! La próxima vez que venga se lo voy a aplastar con un matamoscas...

La única que salía en su defensa era mamá. Acusaba a mis hermanas de necias, malas y criticonas y alababa la corrección del sargento Canchuca que nunca tenía palabras ni gestos fuera de lugar.

—Y si se fijan bien, hasta tiene bonitos ojos. Grandes y bien negros. Si no fuera tan retaco, tan prieto y tan motoso, sería un cholo bien plantado.

Eso de «cholo bien plantado» dio alas a nuestra imaginación y mi hermana Meche le inventó una dudosa aventura con nuestra criada Zoila, para desacreditarlo y empañar su buena reputación. Zoila era muy fea, como lo son (dejándose de patriotismo) los mochicas: ojos saltones, nariz ganchuda, cuello corto, ancha cintura y nalgas nulas, con el agravante de que, por una rara derogación genética, era altísima y corpulenta, lo que hacía doblemente visible su fealdad. Mi hermana Meche dijo que una tarde, al terminar la sesión de inyecciones y cuando se suponía que el sargento Canchuca se había ido, sintió unos ruiditos extraños en la cocina que estaba a oscuras y cuando entró y encendió la luz vio a Zoila sentada en una silla al lado del lavadero y al sargento Canchuca que, con gorra y todo, había logrado treparse sobre el mujerón y sentado en sus faldas la besaba con aplicación, emitiendo pequeños pujidos, sin que Zoila manifestara el menor signo de sorpresa, de reprobación o de placer.

Esta historia, por improbable que fuese, nos hizo reír y nos incitó, ya que no podíamos deshacernos de Canchuca, a valernos de él para tontas bromas familiares que amenizaran nuestras veladas caseras. Mi hermana Josefina vino con el cuento que Canchuca echaba la baba por tía Marisa y había sugerido ponerle inyecciones no en la vena sino en la nalga, pero que tío George se había opuesto diciendo: «¡Ese cholo no le va a ver el poto a mi mujer!» Surgió también el rumor extravagante que Canchuca, convertido ya en un verdadero sátiro, había visitado clandestinamente a doña Chabela para ofrecerle sus servicios a cambio de «un ósculo en la nuca». Eso de «ósculo» no sé quién lo inventó, pero quedó entendido en adelante que Canchuca no daba besos sino «ósculos» y que como su bocaza, según mi hermana Meche, era una verdadera *aspiradora,* las víctimas del ósculo corrían el riesgo de desaparecer en las entrañas del sargento.

La culminación de estas fabulaciones no se hizo esperar: mi hermano y yo decidimos que de quien estaba templado Canchuca y a quien iban sus ilusiones y sus suspiros era nuestra hermana Meche. Tratamos de acreditar el asunto con algunas alusiones, pero como no tuvieron éxito fraguamos una carta que despachamos por correo:

Señorita Mercedes:

Con el mayor respeto quisiera expresarle mi admiración por las prendas con que la ha adornado la madre naturaleza. Al verla bulle en mi corazón una dulce sensación de alegría y cuando estoy solo en casa mi alma se inunda de tristeza. ¿Aceptaría la amistad de un hombre humilde pero honrado?

Un admirador.

P.S. Deposito un ósculo a sus pies.

Mi hermana empezó a leer la carta con sorpresa, curiosidad e incluso inquietud, pero cuando llegó a la posdata descubrió la patraña. No le quedó más remedio que seguir el juego: arrojó el papel al suelo y se revolcó en el sofá pataleando y dando gritos de indignación:

—¡Qué rabia! ¡Qué tal cuajo el de este retaco! ¡Voy a hacer una bola con su carta y se la voy a meter por la *aspiradora!*

Naturalmente que no hizo nada, ni nosotros lo esperábamos. Se trataba ya de un divertimento entre nosotros y nadie más, de una representación estrictamente familiar, que continuó aún, pues seguimos enviándole cartas a mi hermana, cartas cada vez más ardientes y huachafas o llamándola por teléfono para cantarle boleros aún más huachafos, con exagerada voz de sargento serrano y sentimental. Al final este juego dejó de hacernos gracia. Terminaba ya el invierno, además, y con él la campaña de inyecciones prevista por papá.

Faltando solamente tres días para la última sesión, un jueves exactamente, ocurrió algo imprevisible: dieron las seis y Canchuca no apareció. Tanto nos sorprendió este hecho que continuamos reunidos en el living hasta la puesta del sol, atentos al menor rumor de pasos en la calle. Pero era evidente que, por primera vez, nos había dejado plantados. ¿Se trataría de una represalia de su parte por las historias insensatas de las cuales lo habíamos hecho protagonista? Tal vez había escuchado algo o sorprendido las miraditas o risitas disimuladas que cambiábamos mientras cumplía concienzudamente su tarea de enfermero. Pero eso no podíamos saberlo. Mamá más bien dijo que en los últimos días lo había notado alicaído y tristón, como si algún problema lo preocupara. Al día siguiente tampoco vino, pero como era viernes decidimos esperar hasta el lunes para hacer las averiguaciones del caso.

Como el lunes tampoco apareció, mamá llamó por teléfono a su hermano Milo para saber qué pasaba. Después de todo era Milo quien nos lo había traído del cuartel militar de Chorrillos. Pero Milo, según nos dijo su esposa, hacía ya una semana que había viajado a Cajamarca en misión y no volvía hasta dentro de unos días.

—Apenas llegue le diré que averigüe —nos prometió.

Pasaron diez o quince días. Estábamos ya en plena primavera. En los colegios se eligieron a las reinas de la estación florida. El club Terrazas anunciaba su primera fiesta y los muchachos reanudamos nuestros paseos por los malecones y el parque Salazar detrás de los lomitos del balneario. De Canchuca nos habíamos casi olvidado. Hasta que una noche apareció tío Milo en casa con su impecable uniforme de teniente. Había llegado esa misma mañana de Cajamarca y se había enterado de la mala nueva: la muerte de Canchuca.

En pocas palabras nos explicó lo sucedido: se había suicidado sobre su cama, en la cuadra del cuartel donde dormía la tropa. Se había disparado un tiro de fusil en la boca. Como la distancia entre el caño del mosquetón y el gatillo era más larga que su brazo, había apretado el gatillo con el dedo gordo de su pie descalzo. El cráneo le había estallado y sus sesos quedaron estampados en la pared.

La descripción nos dejó helados.

—¿Se sabe por qué se mató? —preguntó mamá, que era la más afligida.

—Bueno, sí. Dejó una carta a su mamá, pidiéndole disculpas por darse la muerte. ¿Saben? Su mamá era su único familiar. Vivía con ella. Una vez fui a su casa, un ranchito en La Victoria minúsculo pero muy bien tenido, todo lo que ganaba lo metía en la casa, tenía a su mamá como una reina... Pero en fin, eso es otro asunto. Lo cierto es que se suicidó por cuestiones sentimentales. En el catre de la cuadra encontraron otra carta, una nota más bien que explica su gesto. Aquí tengo una copia.

Sacando un papel de su bolsillo lo leyó:

—Para la ingrata: Me mato porque me desprecias.

—¿Y quién era la ingrata? —preguntó mamá, encuadrada por mis hermanas Meche y Josefina, que parecían muy impresionadas. Detrás, en el umbral del living, Zoila asomaba su ejemplar rostro mochica, esta vez ligeramente intranquilo.

—¿Cómo se puede saber? —preguntó a su vez tío Milo—. Cuando uno de estos tipos se mata se lleva su secreto a la tumba.

Mariposas y cornetas

Las mariposas de nuestra infancia han regresado en este ardiente verano: las anaranjadas con pintas negras, las polícromas que parecían un vitral satinado y las más leves y etéreas de todas, las amarillas. Aleteaban entonces en jardines y calles de Miraflores y nosotros, crueles mocosos, las perseguíamos por los potreros y las cazábamos para pegarlas, al lado de flores y raíces, en las páginas de nuestro herbario. Pero no sólo las mariposas han regresado en este ardiente verano, también los ecos y espectros de años igualmente tórridos: placeres y juegos de nuestra niñez, ensueños y presagios, trajes de organdí con sus muchachas muertas, rumores y músicas de esos tiempos. Si aguzas bien el oído escucharás venir las canciones de antaño, pero sobre todo escucharás el timbre de las cornetas.

¡Las cornetas!

Empezaban a gemir en las tardes, semanas antes de Fiestas Patrias, cuando las bandas de música de los colegios se preparaban para el desfile escolar. Punzantes, desafinados, los soplidos metálicos rompían la calma crepuscular, cruzaban los aires del balneario y no había distancia ni muro que no salvaran, en las alcobas más recónditas donde hacíamos nuestros deberes escuchábamos su llamado y levantábamos un momento la cabeza sonrientes. ¿Nuestra banda ganaría el concurso ese año? ¡Luego del desfile vendrían las vacaciones! El corneteo se prolongaba en el atardecer, acallaba con su estruendo el toque del ángelus y se iba extinguiendo conforme oscurecía, hasta morir con una última clarinada, cuando se encendían las luces en el malecón y las palomas anidaban en ficus y eucaliptos.

Al correr de los días este concierto vesperal se iba afinando. En su estridente tejido reconocíamos acordes, melodías. Los aprendices aprendían y llegaba un momento en que estábamos circundados por la perfección. De todo lugar nos llegaban purísimos solos, las cornetas conversaban de colegio en colegio, se lanzaban desafíos, se parodiaban. Los tanteos habían quedado atrás para dejar sitio a la virtuosidad. Empezaba entonces el turno de los tambores y su rataplán se integraba al timbre de los clarines. Una semana antes de Fiestas Patrias las bandas estaban a punto y se podía pasar ya al ensayo general.

No era anunciado ni publicado, pero todo Miraflores sabía que esa tarde saldrían las bandas a la calle, seguidas de sus respectivos colegios, para reconocer el circuito del desfile y adiestrar a los alumnos a marchar sobre el pavimento. Los miraflorinos se movilizaban entonces hacia el parque para vernos pasar. Todo resultaba atropellado y confuso, pero era la ocasión de corregir las fallas y dejar expedita la ceremonia. Al terminar el ensayo los colegios se dispersaban y los músicos recibían carta blanca para regresar a sus casas tocando como quisieran. Se formaban así pequeñas bandas que tomaban diversas direcciones y que se iban al mismo tiempo multiplicando y dividiendo a medida que cada músico tomaba el camino de su morada. A nuestro barrio sólo llegaban al final un corneta y un tambor, pero las glorias del colegio. Nosotros seguíamos al flaco García y al gordo Battifora bajo los ficus de la avenida Pardo aplaudiendo, marchando, saltando o haciendo cabriolas entre las bancas y maceteros con geranios. Al llegar a un cruce ambos músicos tomaban una calle diferente y se perdían en el crepúsculo, sin dejar de tocar sus instrumentos.

Las mariposas naranja venían a nuestro jardín, pues eran las más golosas y se regalaban con el néctar de begonias, dalias, lirios y retamas. Pero las amarillas preferían los jazmines trepadores de la casa de Frida.

Hacía apenas una semana que era nuestra vecina y ya el barrio estaba alborotado. Venía de Chile, era hija única de padre alemán y madre araucana y de esta combinación había surgido un fruto raro y exquisito. El primer día que asomó a la calle hasta a los chicos se nos cayó la baba. Nunca habíamos visto cutis más rosado, trenza más negra y sedosa, ojos tan celestes y turgencias tan marcadas que nos hicieron revisar nuestra idea de la belleza. Las chicas del barrio eran delgadas, elásticas, acrobáticas, andróginas, mozuelos con falda y peluca, pero Frida era rellenita, lenta y convexa por donde se la mirara. A nadie se le hubiera ocurrido desafiarla a una sesión de lucha romana o invitarla a caminar por el filo de altas tapias, como hacíamos con las otras chicas. Era como una mamá chiquita, algo reposado y dulce, un regazo donde provocaba caer y quedarse dormido.

Las chicas del barrio al comienzo le hicieron hielo pues vieron en ella un elemento extranjero que podía poner en peligro el armonioso equilibrio del grupo y sobre todo modificar la carta sentimental de nuestra esquina. Pero Frida era tan sencilla e ingenua y tan poco maliciosa y coqueta que pronto la adoptaron y la sumaron a la nuez de la pandilla.

Bastó eso para que los grandes del barrio, que asomaban sólo de cuando en cuando a nuestra calle para fumar un pitillo y burlarse de nuestros entretenimientos idiotas, se entusiasmaran con nuestros juegos y de la noche a la mañana encontraran lindo correr por las calles como unos boludos jugando a la pega o a ladrones y celadores. Sólo por ver a Frida, naturalmente, abordarla, hablarle y, si la ocasión llegaba, tocarla. Y entre los más asiduos estaban el corneta García y el tambor Battifora. Apenas terminaban los ensayos de la banda, aparecían en la esquina con sus pantalones bombachos que flameaban en las calancas del flaco y moldeaban las gambas del gordo.

Ambos habían ya incursionado por el barrio meses antes, con intenciones románticas que les salieron cuadras. El flaco García descubrió antes que nadie que Chela Velarde, una de las chicas de la collera, a pesar de ser un poco morena —por ser un poco morena más bien— tenía lindos labios y mejores piernas y trató de meterle caballo. Pero Chela tenía un padre intransigente que apenas vio rondar por su casa a un colegial altote pero huesudo que tocaba corneta y miraba a su hija con ojos de cordero degollado le dio cuatro gritos y lo mandó rodar sin posibilidad de retorno. El gordo Battifora, en cambio, fue más sutil. Bajo su capa de grasa disimulaba el arte de un estratega amoroso. Comenzó a frecuentar nuestra casa con el pretexto de canjear estampillas, pues mi hermano y yo estábamos formando un álbum. Pobres inocentes no nos dábamos cuenta que los ojos del chancho estaban puestos más en mi hermana Mercedes que en las figuritas que cambiábamos. Sólo lo supimos una noche en que mi hermana dio de chillidos pues había encontrado en la sala un papelito destinado a ella que decía solamente ¿SÍ o NO? y que estaba firmado por el gordo Battifora. Discutimos sobre el sentido del mensaje y la respuesta que debía dársele. Mi hermana, que se sentía ofendida por las pretensiones de Battifora, escribió NO con enormes letras y nos pidió que le entregásemos su mensaje al gordo. Lo hicimos al día siguiente en el colegio, durante el primer recreo. Cuando el gordo se enteró de su contenido se precipitó sobre nosotros con una gamba en el aire, sin alcanzarnos, pero nos odió por el resto del año.

Pero ahora, no por Chela Velarde ni por mi hermana Mercedes, venían al barrio el flaco García y el gordo Battifora sino por Frida. Y para llamar su atención tuvieron que plegarse al protocolo de nuestros juegos y someterse a rudas pruebas de ingenio, agilidad y destreza. Mal que bien se batieron a armas iguales jugando a las adivinanzas, a las estatuas, a la gallina ciega, a ladrones y celadores, buscando siempre la ocasión de lucirse ante Frida e ir ganando su estima. Pero la situación cambió cuando mi hermana Mercedes, que corría con la velocidad de un gamo y el aguante de un león, impuso en el barrio el juego —la competencia, más bien— de las carreras. Eran vespertinas, todos debían participar y se repartían premios. Las carreras de velocidad se hacían en la avenida Espinar sobre una distancia de cien metros y las de resistencia dando una o varias vueltas a la embajada de Brasil, que ocupaba toda una manzana.

Estas pruebas fueron para el gordo Battifora un descalabro. En las de resistencia osó intervenir una vez, pero antes de haber cumplido la primera vuelta a la manzana estaba echando el bofe, abrazado al tronco de un eucalipto. En las de velocidad se mostró más tenaz, confiando en que una vez logrado el impulso inicial su propia masa, por inercia, lo llevaría aceleradamente hasta la victoria. Vana ilusión pues en cada intentona no había conseguido aún impulsarse cuando ya el flaco García con sus largas calancas había cubierto la distancia y en ágil salto roto con el pecho escuálido la cinta imaginaria de la meta. Este gesto olímpico de su adversario selló en forma apoteósica la derrota del gordo y decretó su desaparición de nuestros juegos y en consecuencia la cancelación de sus pretensiones sobre Frida.

Quedó así el terreno libre para el flaco y, con la complicidad de nosotros, se abocó a la conquista de su amada. Cuando jugábamos a ladrones y celadores le dejábamos la chance de atrapar a Frida para que tuviera así la ocasión de tocarla unos momentos Y en el juego de las escondidas, el más propicio a sus planes, nos ocultábamos lo más lejos posible para permitir que el flaco lo hiciera junto a Frida y aprovechara esos momentos de soledad y aventura para declarársele.

La declaración al fin se produjo una noche y fue tras el tronco del más grueso y robusto eucalipto que bordeaba la embajada de Brasil. Ambos se habían escondido al pie de ese árbol y quien debía buscarlos se dio maña para ir por otro lado a fin de dejarle tiempo al flaco. Luego supimos que cuando al fin logró hacerle la pregunta tradicional: «¿Quieres estar conmigo?» Frida no respondió ni sí ni no sino: «Le voy a preguntar a mi mamá.» Y como el flaco insistió en que cómo y cuándo sabría si la respuesta era buena, Frida le alcanzó su trenza, esa larga trenza de cabellos negros en donde llevaba siempre anudado un lazo blanco y le dijo: «Cuando me ponga un lazo rojo.»

Faltaba apenas una semana para Fiestas Patrias y el tiempo se descompuso. Amanecía con neblina, garuaba durante el día y en la noche soplaba un aire frío del mar. Tuvimos que interrumpir nuestros juegos pues muchos de nosotros cayeron en cama con gripes y catarros, Frida entre ellos. Pero eso no impidió que la banda prosiguiera sus últimos ensayos. Los músicos quedaban en el colegio hasta entrada la noche, lo mismo que las diferentes clases, por turnos, para perfeccionar nuestro desfile, que repetíamos una y otra vez alrededor de la cancha de fútbol. Las cornetas al mando del flaco García y los tambores comandados por el gordo Battifora (ambos habían tenido que sacrificar sus rencillas personales en nombre de los intereses superiores del colegio) habían alcanzado su óptimo grado de sonoridad y de coordinación y nosotros, los alumnos marchantes, no nos quedábamos atrás en marcialidad, ritmo y ganas de conquistar el preciado trofeo del colegio que mejor desfilaba. Nuestros únicos rivales varones en Miraflores era un colegio privado y otro estatal, pero a juicio de todos sus posibilidades eran nulas.

En vísperas del desfile, cuando anochecía en medio de una llovizna, el flaco García asomó en el barrio (llevaba su corneta bajo el brazo, pues venía del último ensayo) con la esperanza tal vez de ver a Frida y obtener una respuesta a su declaración. Pero Frida, según supimos por mi hermana Mercedes que también estaba en cama, había sido llevada por sus padres a Chosica a fin de reponerse de una fuerte bronquitis. El flaco merodeó aún un rato por el barrio, pero al no ver signos de vida ni en la calle ni en las casas desapareció bajo la garúa.

Por fortuna al día siguiente amaneció despejado, con un sol radiante y una luz ideal para el desfile escolar. Todo el distrito estaba embanderado y en Santa Cruz como en otros barrios los ciudadanos se preparaban para sacar partido de esos tres días de patriótico feriado. Los muchachos nos deleitábamos pensando que esa noche podríamos pernoctar en las calles reventando cohetes, rondar por ferias y verbenas y echarnos en el gaznate nuestros primeros tragos de alcohol. Pero lo más importante por el momento era el desfile.

A las once de la mañana estábamos ya todos los alumnos en el patio del colegio, con nuestro uniforme de gala: pantalón blanco de franela y saco azul con las solapas ribeteadas. El millar que éramos, entre primaria y secundaria, formábamos varios escuadrones por clases y orden de talla. La banda, a la cabeza, dio la orden de partir y salimos por el portón principal del colegio marchando jubilosa y orgullosamente hasta llegar al parque, ante la parroquia, donde nos estacionamos esperando el momento del desfile. Los otros colegios, tanto de hombres como de mujeres (no había entonces colegios mixtos) habían formado al lado de nosotros en la explanada del parque. Observamos de lejos las bandas rivales, así como a las chicas de los colegios de mujeres, con sus uniformes planchaditos, pero era inútil buscar a Frida entre ellas pues, aparte de estudiar en un colegio alemán que desfilaba en otro distrito, sabíamos que convalecía aún de su gripe.

Cuando el alcalde, el párroco y otras autoridades se instalaron en el tabladillo improvisado que hacía de tribuna oficial, en la avenida Larco, se inició el desfile. Todo el distrito se había dado cita en la avenida para vernos pasar, de modo que marchábamos entre una doble fila de lugareños que aplaudían a rabiar y saludaban por su nombre a los alumnos que pasaban. El flaco García, a la cabeza de nuestra banda, nos dirigía con un aire imperial, lanzaba a veces su corneta al aire y la emparaba con destreza y el gordo Battifora hacía lo mismo con los palillos de su tambor y el ritmo de cornetas y tambores nos condujeron marcialmente entre aplausos hasta llegar cerca de la tribuna oficial, marchando cada vez con mayor energía y perfección...

Y de pronto algo ocurrió: entre el público, un poco antes de la tribuna oficial, estaba Frida en primera fila, encuadrada por sus padres, mirándonos desfilar. Y en su larga trenza negra, que por encima del hombro le caía sobre el pecho, tenía un lazo rojo. El flaco García debió percibir ello con el rabillo del ojo, no hay otra explicación, pues en lugar de su mil veces ensayada y pura clarinada le salió a su corneta un gallo horrible, se interrumpió, trató de retomar el buen timbre, pero volvió a sonar en falsete y a causa de ello el resto de las cornetas desafinó y los tambores perdieron el compás y nosotros que veníamos atrás perdimos el paso y se armó delante de la tribuna una confusión espantosa y sin remedio, pues nadie sabía cómo retomar el ritmo y el paso, un corneta lo intentó seguido por un tambor, pero ya no había nada que hacer, detrás venía el colegio estatal con su pequeña banda bien entrenada y nosotros tuvimos que dejarle el terreno libre casi a la carrera, entre pifiadas del público y regresar al colegio en una desordenada formación, amonestados en el trayecto por nuestros profesores y formar filas en el patio de basket donde el director, el hermano Gedeón, nos lanzó una filípica reprochándonos el haber perdido un premio que en los últimos años siempre habíamos ganado.

—¿Por culpa de quién? —preguntó.

Las miradas se dirigieron iracundamente a la banda y en particular al corneta mayor, el flaco García. Pero éste parecía insensible a esas miradas y en sus labios flotaba una sonrisa de felicidad.

Atiguibas

En el viejo estadio nacional José Díaz —ahora ampliado y modernizado— viví de niño y luego de muchacho horas inolvidables. Con mi hermano vimos desfilar por la grama pelada de la cancha a los más renombrados clubes del fútbol de Argentina, Brasil y Uruguay. Y también del Perú, hay que decirlo, pues entonces teníamos grandes jugadores y equipos que realizaron hazañas memorables. En las Olimpiadas de Berlín del 36, para poner un ejemplo, estuvimos a punto de campeonar luego de vencer a Austria por 4 a 2. Pero a Hitler no le gustó la cosa: que negros y zambos de un país como el Perú derrotaran a rubios teutones era para él no sólo un traspié deportivo sino un revés ideológico. La FIFA, presionada por el Führer, ordenó que se anulara el partido alegando que la cancha tenía no sé cuántos metros más o menos de largo. Nos retiramos de las Olimpiadas, con lo que salvamos nuestra dignidad, pero perdimos el campeonato.

En esa época, cuando venía un equipo extranjero, había que ir al estadio a la diez de la mañana, si uno quería encontrar sitio en las tribunas populares. El partido de fondo era a las cuatro de la tarde, de modo que para que el público no se aburriera se jugaban antes unos diez o doce partidos preliminares: calichines, infantiles, juveniles, equipos de barrio o clubes de segunda y tercera división. Todo ello bajo un sol de plomo, pues las temporadas internacionales eran en pleno verano. Los espectadores tenían que ponerse viseras o fabricarse gorros con papel periódico. Y la mayoría de ellos llevar su almuerzo en bolsas o paquetes, si no querían desfallecer de hambre a mitad de la tarde. Las tribunas se convertían así no sólo en una galería atestada de hinchas sino en un gran comedor público o pic-nic distribuido en las graderías. Y en un tráfico de vendedores ambulantes, pues siempre faltaba algo que comer o que beber o que fumar y entonces entraban a tallar los mercachifles que se deslizaban por las gradas ofreciendo empanadas, butifarras, anticuchos, cigarrillos al menudeo y botellas de cerveza y gaseosas. Cuando el partido estaba que ardía, se deslizaban agachados, casi reptando, pues de lo contrario eran blanco de insultos y proyectiles, si no eran simplemente echados a empujones por encima de las cabezas de los espectadores hasta aterrizar al borde de la cancha.

Un detalle para completar el ambiente de las tribunas populares de entonces: la de «segunda», a la que íbamos mi hermano y yo, era de cemento hasta las diez primeras gradas y de madera hasta la parte más alta. No había en ellas baños ni retretes. Después de horas de ver fútbol y de beber, el público quería orinar. No quedaba más remedio que subir hasta la última grada y mear por encima de la baranda sobre el espacio de tierra situado entre las tribunas y las altas paredes que cercaban el estadio. Quien en esos momentos se arriesgara a caminar por ese lugar tenía asegurado su duchazo de orines. Pero lo más frecuente era que los meones no pudieran subir hasta la última grada porque había mucho público o porque ya no se aguantaban y entonces buscaban un orificio en las graderías de madera y adoptando posiciones grotescas metían su pito por allí y se aliviaban entre las risas y bromas de los hinchas. En esa época no iban mujeres al estadio. El fútbol era sólo cosa de machos.

El grito surgió en medio del tenso silencio que reinaba durante el partido entre el popular club nacional Alianza Lima y el visitante argentino de turno, el San Lorenzo de Almagro. Los negros del Alianza acababan de empatar a un gol con sus rivales cuando la voz resonó en lo alto de la tribuna de segunda:

—¡Atiguibas!

Era la primera vez que escuchábamos ese grito. El público lo recibió con risotadas y el partido continuó, cada vez más angustioso pues los argentinos amenazaban sin descanso el arco aliancista. Pero cada cinco o diez minutos volvía escucharse el grito:

—¡Atiguibas!

Y el ambiente se relajaba.

Pronto los argentinos concretaron su dominio: el corpulento Lángara, centro delantero vasco del San Lorenzo, marcó tres goles seguidos, el último de ellos con un cañonazo desde treinta metros. Ya no había nada que hacer, habíamos perdido. Dejamos las tribunas con el rabo entre las piernas justo cuando un último «¡Atiguibas!» resonaba en el estadio y lograba apenas hacernos sonreír.

A partir de entonces, no hubo match internacional o de campeonato, en el que este grito no se escuchara en el estadio, estuviese el partido aburrido o apasionante, fuésemos ganando o perdiendo, despertando siempre hilaridad en el público. ¿Quién lo lanzaba? Su autor era al aparecer inubicuo, alguien que estaba un día en una tribuna y luego en una diferente. Mi hermano y yo, a fuerza de ir al estadio, logramos localizar el origen del grito en la parte alta de la tribuna de segunda y a veces en la tribuna de popular norte, pero no distinguimos al sujeto que lo lanzaba. La voz era potente, ronca, una voz borrachosa o negroide. Pero el estadio estaba lleno de borrachosos y negroides. ¿Qué significaba además esa palabra? Nadie lo sabía. Todos a quienes preguntamos, en el estadio o fuera de él, decían haberla escuchado pero ignoraban su significado.

Una tarde al fin logramos ver al gritón y en circunstancias más bien sombrías. Fue durante un partido muy esperado en el cual el campeón nacional Universitario de Deportes —del cual mi hermano y yo éramos hinchas furiosos— recibía al campeón brasileño São Paulo. Como el uniforme de ambos equipos era blanco, Universitario por cortesía con el visitante cambió el suyo por una camiseta verde. Ver salir a nuestro equipo con una camiseta de otro color nos dio mala espina. Había de por medio además un duelo entre centrodelanteros: Leonidas, llamado el Diamante Negro brasilero, y Lolo Fernández, el Cañonero peruano. Apenas sonó el silbato se escuchó un estruendoso «¡Atiguibas!» que puso a todos de buen humor. Y el buen humor aumentó cuando nuestro equipo abrió el marcador gracias a un tiro libre de Lolo Fernández. El primer tiempo terminó a nuestra ventaja, pero al comenzar el segundo el Diamante Negro se destapó. Era un negro de frente muy despejada, casi calvo y de físico esmirriado, pero diabólicamente técnico, inteligente y mañoso. En apenas veinte minutos sus jugadas sembraron la confusión en nuestra defensa y el São Paulo anotó cinco goles seguidos. El último de éstos fue como un detonador: el público pasó por encima de las alambradas e invadió la cancha, no se sabía si para agredir a los brasileros o para linchar a los peruanos. El árbitro dio por terminado el partido y ambos equipos huyeron hacia los camerinos custodiados por la policía. Fue entonces cuando sonó un «¡Atiguibas!» lastimero en medio de las graderías que se despoblaban y pudimos ver en lo alto de la tribuna de segunda, nuestra tribuna, a un mulato bajo, regordete, de abundante pelo zambo, que hacía bocina con sus manos y lanzaba un postrero «¡Atiguibas!», justo cuando fanáticos de la mala entraña hacían fogatas con periódicos, las tribunas de madera empezaban a flamear y nosotros teníamos que abandonar el estadio a la carrera.

No sólo las fogatas nos impidieron esa tarde acercarnos al mulato gritón, sino el abatimiento. Quien no conoce las tristezas deportivas no conoce nada de la tristeza. Esa vez, como muchas otras veces, salimos del estadio con la muerte en el alma, desesperados de la vida, sin saber cómo podríamos consolarnos del fracaso de nuestro equipo. Éramos aún muy chicos para buscar olvido en las cantinas y por supuesto no lo bastante maduros para encajar filosóficamente una derrota. No nos quedaba otra cosa que sufrir durante días o semanas, hasta que el tiempo aplacara nuestro dolor o una victoria de nuestro equipo nos devolviera la alegría.

Una victoria, eso tardaría en venir, pero al fin la tuvimos e inolvidable, uno o dos años más tarde, cuando llegó a Lima precedido por inmensa fama el Racing Club de Buenos Aires. Acababa de ganar el campeonato argentino, habiéndose mantenido invicto en los últimos veinte partidos. En su plantel todos eran estrellas, pero sus figuras más descollantes eran el arquero Rodríguez, el defensa Salomón (un metro noventa y cinco por cien kilos de peso) y el alero izquierdo Ezra Sued. Universitario de Deportes, en cambio, había terminado tercero del torneo nacional y su célebre Cañonero Lolo Fernández, nuestro ídolo, estaba lesionado y quedaría en el banco de los suplentes.

El partido comenzó a las cuatro de la tarde, precedido por un estruendoso «¡Atiguibas!» que resonó esta vez muy cerca de nosotros. El Racing era realmente una máquina de hacer goles. En apenas diez minutos su centro delantero Rubén Bravo, gracias a pases milimétricos de Ezra Sued, perforó dos veces la valla de nuestro equipo. La delantera de Universitario, conducida por el flaco Espinoza, se estrellaba sin remedio contra el gigante Salomón. En el estadio reinaba un silencio pavoroso y ni siquiera el zambo gritón, a quien ubicamos ahora pocas filas más arriba, se atrevía a lanzar su arenga.

Al promediar el primer tiempo el entrenador de Universitario decidió hacer entrar a Lolo en reemplazo del flaco Espinoza. Su aparición en el campo, con su redecilla en la cabeza y un ancho vendaje en el muslo, despertó aplausos atronadores y un alentador «¡Atiguibas!». Y entonces se produjo el milagro. Lolo Fernández marcó cinco goles, pero cada uno de ellos fue una obra de arte, un modelo de fuerza, técnica, coraje y oportunismo. El primero fue un cañonazo de quince metros, al empalmar a la carrera un centro a media altura que le envió el alero izquierdo. El segundo una «palomita» entre las piernas de Salomón, impulsado con la cabeza, casi al ras del suelo, un centro-tiro de su hermano Lolín. El tercero fue simplemente un golpe de taco, de espalda al arco, aprovechando una bola que vacilaba en el área de castigo. En la segunda parte del encuentro, Racing de entrada marcó un gol, con lo que igualó tres a tres y sembró pánico en la hinchada. Los platenses se volcaron con ardor en el campo de Universitario, decididos a defender su prestigio de campeón argentino. Pero Lolo estaba en su tarde gloriosa: aprovechando un tiro de esquina se elevó por encima del gigante Salomón y envió un cabezazo que rebotó delante del arco y penetró en la valla. Minutos más tarde, durante un nuevo contraataque, recibió un pase en el centro del campo, avanzó velozmente con el esférico y sin detenerse envió desde fuera del área un violento tiro rasante que venció la valla argentina por quinta vez. El arquero Rodríguez, de pura rabia, se quitó la gorra y la arrojó al suelo.

Fue un signo de claudicación: el Racing, desmoralizado, aceptaba su derrota. En los minutos finales se limitó a jugar a la chacra para evitar un nuevo gol. El match terminó en medio de hurras, cantos y chillidos de júbilo y entre éstos el infalible y sonoro «¡Atiguibas!». Como esta vez el mulatón estaba a nuestro alcance, mi hermano y yo tratamos de abordarlo para compartir nuestra emoción y sonsacarle de paso el sentido de su enigmático grito. Pero una turba de hinchas borrachos que blandían botellas de cerveza lo rodearon y en ruidosos tumultos se perdieron por una de las oscuras escaleras que descendían hacia las puertas de salida.

Seguimos yendo al viejo estadio durante años, más por costumbre que por pasión. Las derrotas nos hacían aún sufrir y los triunfos gozar, pero con menos intensidad que antes. Éramos ya mozos, descubríamos el amor, el arte, la bohemia, la ambición, otros ámbitos donde invertir nuestros sueños y cobrar otra calidad de recompensa. Íbamos a la segunda en grupo, tomábamos cerveza, llegábamos incluso a burlarnos piadosamente de nuestros ídolos, Lolo Fernández entre otros, que se acercaba a la cuarentena y fallaba lamentablemente hasta tiros de penal. Y el «¡Atiguibas!» seguía resonando, con menos frecuencia que antes, es verdad, pero seguía resonando, despertando siempre la risa del público y nuestra curiosidad. Una especie de fatalidad impedía sin embargo que abordásemos la fuente del grito, el zambo borrachoso, a pesar que lo tuvimos algunas veces tan cerca que pudimos ver su encrespada melena, su tosca nariz un poco torcida y su cutis más morado que negro, marcado por cráteres y protuberancias, como un racimo de uvas borgoña muy manoseado. Gresca, tranca o llegada de la «segundilla» (público al que se abría las puertas del estadio media hora antes que terminara el partido y que inundaba las tribunas de segunda) lo sacaron siempre de nuestra órbita. Es así que terminé por no ir ya más al estadio y luego por abandonar el país sin haber podido resolver el secreto de este grito.

Muchos años más tarde, en uno de mis esporádicos viajes al Perú, me aventuré por el Jirón de la Unión, convertido ya en calle peatonal atestada de ambulantes, cambistas, vagos y escaperos. Me abría paso difícilmente entre la muchedumbre cuando divisé en el atrio de La Merced a un pordiosero de pie al lado del pórtico con la mano extendida. Su rostro me dijo algo: esa nariz asimétrica, esa pelambre ensortijada ahora grisácea y sobre todo ese cutis morado, violáceo, como de carne un poco pútrida. ¡Acabáramos, era Atiguibas! ¡La ocasión al fin de abordarlo, de acosarlo y de averiguar el significado de esa palabra que durante años traté en vano conocer! Me salí del río de peatones y me acerqué al mendigo que, según noté, tenía un pie envuelto con un espeso vendaje sucio. Al sentir mi presencia alargó más la mano cabizbajo:

—Alguito no más para este anciano enfermo.

Su voz ronca era inconfundible.

Inclinándome le murmuré al oído:

—Atiguibas.

Fue como si lo hubiera hincado con un alfiler. Dio una especie de respingo y levantó la cabeza, mirándome con los ojos muy abiertos.

—No me digas que no —continué—. Te conozco desde que iba al estadio de chiquito. La tribuna de segunda, allí arriba. ¡Cuántas veces te he oído gritar! Pero ahora me vas a decir lo que quiere decir Atiguibas. He esperado más de veinte años para saberlo.

El mulato me observó con atención y alargó más la mano.

—Sí, pero me sueltas unos verdes.

Tenía en el bolsillo un billete de cinco dólares y otro de cien.

Le mostré el de cinco. Hizo un gesto negativo con la cabeza.

—Veinte dólares.

Protesté, diciendo que eso era una estafa, que si no fuera porque estaba en Lima de paso no le hubiera ofrecido ni un solo dólar, pero el mulato no cejó.

—Bueno —dije al fin—. Voy a cambiar estos cien dólares. Espérame aquí.

El mulato me retuvo.

—Esos cambistas son de la mafia. Venga conmigo acá adentro. Yo conozco al sacristán. Él paga bien.

Entré a la iglesia guiado por él, que se desplazaba sin mucha dificultad a pesar de su pie vendado. El templo a esa hora estaba casi vacío, frecuentado sólo por algunos turistas y beatas e iluminado por los cirios que titilaban ante algunas imágenes. Pasamos delante de varios confesonarios desiertos hasta llegar a una puerta lateral que estaba entreabierta.

—¿Tiene el billete allí? Me espera un instante.

Le entregué los cien dólares y di unos pasos hacia el sagrario para apreciar de más cerca las tallas barrocas del altar mayor, pero a los pocos metros me detuve atenazado por la sospecha y volví rápidamente hacia la sacristía. En esa pieza no había nadie, ni tampoco en la contigua, ni en la siguiente que, por una pequeña puerta, reconducía a la nave lateral. Ya ni valía la pena echarse a buscar al mulato, que no era ni cojo ni mendigo. De pura cólera lancé un estruendoso «¡Atiguibas!» que resonó en todo el templo alarmando a las viejas dobladas en sus reclinatorios. Y creí comprender el sentido de esa palabra cuando al salir de la iglesia me sorprendí diciéndome que ese mulato pendejo me había metido su *atiguibas*.

La música, el maestro Berenson y un servidor

Papá nos inculcó desde temprano el gusto por la música clásica, haciéndonos escuchar en su vieja victrola de manizuela y púa de acero fugas de Bach, sonatas de Mozart y nocturnos de Chopin y entonando con su débil pero melodiosa voz de tenor arias de ópera italiana. Pero papá murió muy joven, llevándose a la tumba su cultura de melómano y dejando interrumpida nuestra educación musical. Ésta se hubiera seguramente pasmado y quizás extinguido a no ser por Teodorito y sobre todo por la aparición en Lima del *maestro* Hans Marius Berenson.

Teodorito estaba en nuestra clase y era conocido, aparte de su pequeña talla, por la forma prolija y pausada como contaba cada historia, por simple que fuese, al punto que a la segunda o tercera digresión sus auditores se habían esfumado. Pero Teodorito tenía una cualidad secreta: era un amante apasionado de la música selecta. Esto lo descubrí una tarde en que saliendo del colegio, alejados un poco de la collera, lo escuché silbar el *Sueño de amor* de Liszt con el brío de un jilguero y la virtuosidad de un concertista.

Me bastó esta demostración para hacerme íntimo de él y a partir de entonces ir dos o tres veces por semana a su casa, un chalet en la avenida Pardo donde unos viejos tíos sin hijos —Teodorito era orfelino— lo habían alojado en una amplia habitación del traspatio. Allí Teodorito había erigido un templo musical: victrola como la mía, pero más voluminosa y moderna; estantería con decenas de álbumes de discos; retratos y bustos de sus compositores favoritos; y espacio libre para la danza pues Teodorito, en sus momentos de arrebato, no podía resistir a la tentación de expresar corporalmente su júbilo musical.

Gracias a Teodorito mi afición por la música renació y se fortaleció y no acabaría nunca si tratara de evocar las noches interminables que pasé en su templete escuchando sinfonías heroicas, patéticas, italianas, fantásticas o novomundistas, aparte de sonatas, oberturas, fugas, suites y conciertos. En casa, por mi parte, pasaba horas íntegras con el oído pegado a Radio Selecta y apuntando en un cuaderno las piezas que escuchaba. Pude así considerarme, terminado el colegio, si no como un melómano erudito, al menos como un joven y entusiasta amante del arte musical. Pero, por desgracia, todo mi conocimiento de este arte, adolecía de una gravísima falla: era un conocimiento puramente *libresco,* por llamarlo de alguna manera, pues nunca había asistido a un concierto público ni visto una orquesta sinfónica. Nunca, hasta la aparición del *maestro.*

¿Cómo diablos llegó Hans Marius Berenson a Lima? Por una serie de circunstancias en las cuales el Führer Adolfo Hitler desempeñó un papel protagónico. Berenson era un joven, brillante y polimorfo instrumentista de la sinfónica de Viena de los años treinta, a cargo entonces del célebre director Bruno Walter. De violoncelista a sus comienzos, prosiguió su carrera como violinista, luego como primer violín hasta ser promovido al puesto de director suplente. Todo parecía indicar que algún día reemplazaría al viejo Bruno a la cabeza de esta prestigiosa orquesta. Pero los tiempos en Europa se ensombrecieron, se produjo la anexión de Austria por la Alemania nazi, estalló la segunda guerra mundial y tanto Bruno Walter como su discípulo, en tanto que judíos, tuvieron que abandonar precipitadamente Austria, donde corrían el riesgo de perder no sólo sus cargos sino sus vidas. Berenson anduvo un tiempo en París, luego en Londres, hasta que emigró a Estados Unidos. Allí trabajó unos años difícilmente, pues había demasiada concurrencia y las mejores plazas las ocupaban músicos europeos que se le habían anticipado. Por un amigo se enteró que la sinfónica de Perú estaba en plena reorganización y buscaba un director competente. Decidió entonces jugar la carta sudamericana y es así como un día aterrizó en Lima con su mujer, su violín y un baúl lleno de partituras.

Fue Teodorito quien me habló de la aparición de este «genio de la batuta», como él mismo lo llamó, y de la necesidad imperiosa de ir a escucharlo. En los pocos meses que estaba en Lima, me dijo, había logrado que la Sinfónica Nacional sonara como las propias rosas. Era entonces verano y los conciertos dominicales se daban al aire libre, en la Concha Acústica del Campo de Marte.

Un domingo me decidí a acompañarlo. Estaba emocionado y atemorizado. Me preguntaba cómo sería *ver* una orquesta y no sólo *escucharla,* si la experiencia directa y visual de la música añadiría o quitaría algo a mi goce hasta entonces solamente auditivo. La experiencia fue concluyente. Si bien al comienzo me chocó tener que asociar melodías que me eran familiares al centenar de señores en smoking que manipulaban laboriosamente sus instrumentos, terminé por comprender que una y otra cosa eran inseparables y que todo mi conocimiento musical había sido hasta ese día puramente fantasmagórico. A esto había que añadir la presencia de Hans Marius Berenson, su frágil y elegante silueta, su alada batuta que parecía tejer y destejer los acordes con una infalible certeza. Mi convencimiento llegó a su cúspide cuando la orquesta atacó la quinta de Beethoven, el plato fuerte de la reunión. Yo había escuchado cientos de veces esta sinfonía y la conocía casi de memoria, pero cuando el cuádruple estampido de las cuerdas marcó su inicio, salté sobre mi silla como si hubiera sentido en mí «el zarpazo del destino». Escuché toda la pieza en éxtasis y cuando terminó entre atronadores aplausos no pude moverme de mi silla y Teodorito tuvo que jalarme del brazo y decirme que teníamos que salir rápidamente si queríamos llegar al paradero del ómnibus antes que el resto del público. Yo lo obedecí como un sonámbulo, titubeando sobre el césped del Campo de Marte, entre miles de espectadores que seguían aplaudiendo y viendo a Teodorito que corría de espaldas al escenario por su prisa de llegar al paradero pero que, cada cierto número de pasos, para rendir homenaje a la orquesta, daba un agilísimo salto, giraba ciento ochenta grados en el aire y batía palmas sin tocar el suelo, para retomar luego su posición original y proseguir su carrera.

A partir de entonces me convertí en un fanático de la Sinfónica Nacional y de Berenson y pasé a engrosar la no muy numerosa pero selecta corporación de los melómanos limeños. Cuando la temporada de verano terminó, los conciertos se reanudaron en el Teatro Municipal y no había semana en que, solo o con Teodorito, no subiera jadeando los cinco pisos que llevaban a la cazuela, lugar que aparte de barato tenía, según los entendidos, la mejor acústica de toda la sala. La cazuela estaba siempre repleta de un público en su mayor parte juvenil y conocedor y en sus graderías reinaba un aire de fiesta. Se veían alumnos del Conservatorio, algún compositor, pintores, aspirantes a filósofos, poetas, periodistas y algunas muchachas bellas o emancipadas o cultas que encarnaban para mí la flor de la inteligencia artística. Era el público de cazuela el que más aplaudía, el que más pifiaba cuando había lugar y el que arrancaba siempre con sus estruendosos bravos los bis de la orquesta.

Pero mi afición musical no se detuvo allí. Cuando ingresé a la facultad de derecho tenía que pasar forzosamente frente al Teatro Municipal para llegar a la casona donde se dictaban los cursos. Como iba siempre muy apurado tenía apenas tiempo de ver con el rabillo del ojo los afiches que anunciaban el próximo concierto semanal y de escuchar a veces muy sordamente algunos acordes de la orquesta que ensayaba. Una mañana no pude resistir la tentación y me colé por la entrada de los artistas. Pude así presenciar por primera vez, entre bambalinas, la preparación de un concierto y ver, apenas a unos metros de distancia, a Berenson en mangas de camisa, verlo incisivo, sudoroso, construir pedazo a pedazo, luego de miles de interrupciones y repeticiones, la ejecución perfecta, como un escritor luego de infinitas correcciones logra la página soñada. Mi admiración por el *maestro* se redobló y a partir de entonces, la mayor parte de las mañanas, al pasar frente al Teatro

Municipal, mandaba al diablo las clases de la facultad de derecho y me dejaba absorber por la entrada de los artistas. Mi formación musical se enriqueció, pero mis estudios flaquearon. Al terminar el año podía reconocer con los ojos cerrados el sonido del violín del de la viola y distinguir la menor falsa nota de una de las trompetas, pero en los exámenes finales me aplazaron en los cursos de familia y procesal civil.

Ésta no fue la única incidencia de mi pasión musical sobre mi vida. También tuvo consecuencias en mi entorno familiar y en particular sobre el destino de mi hermana mayor. Mercedes tenía dieciocho años y multitud de pretendientes. Después de haber dado calabazas a varios enamorados, retuvo finalmente a dos, sin saber por cuál decidirse, pues ambos correspondían más bien a un *tipo* que a un *individuo.* Ambos eran cadetes de la Escuela Militar, jóvenes, guapos, fornidos, pertenecientes a conocidas familias de la burguesía miraflorina e igualmente pugnaces en su corte y asiduos en sus visitas. Venían a verla además juntos, aprovechando los permisos que tenían en los fines de semana. Mi hermano y yo no teníamos por ellos ninguna preferencia particular y nos hubiera dado lo mismo que Mercedes escogiera uno u otro. Quizás Hernán era más guapo, pero Genaro era más inteligente. Hasta que nos enteramos que Genaro era muy aficionado a la música clásica y que su familia tenía una notable discoteca. Genaro, al tanto a su vez de nuestra melomanía, captó de inmediato la ventaja que podría sacar de ello en su contienda contra Hernán y a partir de entonces no había sábado en que no nos trajera un álbum de su casa. Eran por lo general óperas cantadas por Enrico Caruso, Bengiamino Gigli, Amelita Gallicursi, grabaciones raras dignas de un coleccionista y que hicieron las delicias de mi hermano, que desdeñaba la música sinfónica y prefería el *bel canto.* Y a medida que la discoteca de Genaro se iba despoblando nuestra simpatía por él fue en aumento. Y de simpatía se convirtió en abierta complicidad y en lucha solapada contra su rival. No sólo en la intimidad familiar desvalorizábamos las cualidades de Hernán y glorificábamos las de Genaro sino que, como Mercedes seguía indecisa, empleamos golpes bajos, mezquinos, como no transmitirle las llamadas telefónicas de Hernán o, peor aún, inventarle romances en otros barrios de Miraflores, mediante alusiones vagas e indemostrables, como «me parece haberlo visto», «he oído decir», etcétera. Mercedes que era celosa y posesiva cayó en el juego y sin que el pobre Hernán llegara nunca a explicarse la razón lo mandó definitivamente a pasear. Dos años más tarde se casaba con Genaro.

Teodorito y yo, por nuestra parte, no podíamos casarnos con el maestro Berenson, a pesar que lo adorábamos tanto como mi hermana a su novio Genaro, pero seguíamos rindiéndole homenaje en los conciertos del Teatro Municipal. Otros directores de orquesta estuvieron de paso en Lima, como Erich Kleiber o Fritz Busch, pero nosotros seguíamos prefiriendo al nervioso, frágil y elegante Hans Marius Berenson y a su aérea batuta que, a fuerza de fineza e inteligencia, parecía un instrumento más.

Una noche, al fin, decidimos esperarlo a la salida del teatro y acercarnos a él para confiarle nuestra admiración. Apostados en la puerta principal vimos dispersarse al público y salir a varios miembros de la orquesta. Luego nos percatamos que otros músicos salían por la puerta de los artistas, a la vuelta de la esquina. Esto nos desconcertó y convinimos en que Teodorito vigilaría la puerta principal y yo la otra. Al fin Teodorito vino corriendo para anunciarme que el maestro había salido solo y se dirigía hacia el jirón de la Unión. Nos lanzamos tras sus pasos y al llegar al jirón de la Unión lo distinguimos que andaba hacia la plaza San Martín. Lo seguimos a una veintena de pasos, dudando del momento y la forma de abordarlo. A veces se nos perdía entre los transeúntes y teníamos que apurar el paso. Lo vimos detenerse en la plaza San Martín indeciso. Pensamos que dudaba entre tomar un taxi o el expreso que llevaba a Miraflores. Pero de pronto se dirigió con paso resuelto hacia el bar Romano. Minutos más tarde entramos y lo vimos en el ruidoso y concurrido local, acodado en el mostrador, tomando una cerveza. No cabía otra cosa que acercarse y fue lo que hicimos. Cuando Teodorito lo abordó con un «Maestro Berenson, nosotros...» tuvo un sobresalto y nos inspeccionó con unos ojitos claros y penetrantes. De tan cerca parecía más joven por su cutis rosado y liso, pero en su expresión había un aire de cansancio, de ansiedad y de vejez. Cuando Teodorito terminó su titubeante discurso, le agradeció muy cortésmente sus palabras de simpatía, pero en el acto secó su cerveza y con un brusco «buenas noches» se retiró, dejándonos frustrados.

A pesar de ello, Teodorito y yo nos mantuvimos fieles a los conciertos de la Sinfónica y semanalmente trepábamos los cinco pisos del Teatro Municipal para aplaudir a rabiar a nuestro ídolo vienés. Nuevos y brillantes instrumentistas traídos por Berenson —sobre todo un oboe y una flauta— se habían integrado a la orquesta y el elenco alcanzó una sonoridad magistral. El célebre Herman Scherchen, que vino a Lima a dirigir unos conciertos, declaró en una entrevista que nuestra sinfónica era la mejor de Sudamérica, gracias en especial a la calidad de su director titular.

Este elogio nos colmó de orgullo, al punto que Teodorito y yo consideramos nuevamente la posibilidad de abordar al maestro. Ello se produjo en circunstancias muy particulares. Era el mes de octubre y con ocasión de la feria del Señor de los Milagros se organizaban kermeses y tómbolas muy animadas en diferentes barrios de Lima. Por ese motivo, y como estábamos con ánimo de divertirnos, renunciamos por primera vez al concierto que se celebraba esa noche para ir a una feria instalada en la avenida Tacna. Vagamos horas entre los kioskos haciendo tiro al blanco, participando en rifas, comiendo anticuchos y bebiendo cachina y chicha de jora. Poco antes de medianoche recordamos que a unos pasos de distancia la Sinfónica daba su concierto semanal y envalentonados por los tragos nos precipitamos hacia el Teatro Municipal para esperar al *maestro.* La puerta estaba cerrada y el hall a oscuras. Hacía media hora que el espectáculo había terminado. Lejos de desanimarnos nos lanzamos por el jirón de la Unión rumbo a la plaza San Martín y el bar Romano con la esperanza remota de encontrarlo. A esa hora tardía, el bar, sobrecargado de noctámbulos eufóricos, parecía tambalearse y derivar hacia lo irreparable. Y entre la multitud lo distinguimos. Estaba acodado en el mostrador, como la primera vez, pero lo acompañaban dos de sus músicos, el oboe y la viola, que habían dejado los estuches con sus instrumentos apoyados contra el muro del mostrador. Desde la puerta los observamos parlamentar, reír, brindar. La presencia de sus colegas había enfriado nuestro ímpetu. Por fortuna, ambos le estrecharon la mano, cogieron sus estuches y se retiraron dejando al maestro solo frente a su vaso de cerveza en medio del bullicio. Era el momento de acercarse. Quizás nos reconoció, no podíamos saberlo, pero esta vez sus ojitos perspicaces y brillantes nos examinaron con simpatía. Teodorito aprovechó para lanzarle el viejo rollo de nuestra afición a la música y la admiración que le profesábamos. El maestro acogió estas expresiones con modestia y nos ofreció una copa. Pedimos un capitán y al poco rato conversábamos animadamente. Nos interrogó sobre lo que hacíamos y al enterarse que no éramos alumnos del Conservatorio Nacional de Música sino anónimos *habitués* a sus conciertos pareció dispensarnos más atención.

Nos invitó una segunda ronda, mientras él repetía su cerveza que, según noté, acompañaba con una copita de pisco, tragos que bebía alternativamente, a pequeños sorbos. Largo rato nos habló con amenidad de su formación musical, de la vida en Viena antes de la guerra, mientras yo, cuando empecé mi tercer capitán, me fui hundiendo en una torpe bruma, al punto que tenía que hacer enormes esfuerzos para entender lo que el maestro decía y darme cuenta dónde estaba. En un momento dado el ruido y las luces del bar quedaron atrás y nos encontramos en la calle, el maestro, yo y un Teodorito que percibía apenas como un minúsculo ectoplasma. Berenson agitaba un brazo, buscando seguramente un taxi. Cuando uno se detuvo, nos dio la mano para despedirse, pero al enterarse que vivíamos en Miraflores ofreció llevarnos. Nos acomodamos en el asiento posterior y apenas el vehículo arrancó sentí que la cabeza me daba vueltas y un sudor frío me inundaba la frente. Estaba en realidad completamente borracho.

Mi mal se fue agravando a medida que avanzábamos por la avenida Arequipa, viendo el raudo desfile de árboles y casas. A mitad del trayecto no pude más y empecé a vomitar. ¡Qué chasco!, pensé entre mí, ¡qué pobre impresión debo darle al maestro Berenson! El chofer estalló en chillidos e insultos, amenazando con echarme del auto y cuando pensé que el maestro vendría en mi socorro y se opondría a los propósitos del energúmeno, lo escuché ordenar al piloto que se detuviera en plena avenida, abrió la portezuela y prácticamente me expulsó del taxi, con expresiones que no llegué a comprender pero que me parecieron del más aborrecible desprecio. Quedé tendido en la acera oscura y solitaria, en un mar de vómitos, sintiéndome morir de náuseas, vergüenza y humillación.

Me desperté a mediodía, en casa de un tío que vivía cerca de donde caí y a la cual no supe gracias a qué instinto pude llegar. Me juré no repetir jamás esa mezcla mortal de cachina, chicha y capitán (juramento que cumplí, pero burlé gracias a otras mezclas igualmente mortales). Sólo al anochecer pude decidirme a ir donde Teodorito para comentar con él los poco gloriosos incidentes de la víspera. Teodorito estaba en su templete musical, escuchando a todo volumen la obertura de los *Maestros Cantores.* Al verme interrumpió la música. Lo noté pálido, agitado, a punto de estallar. Pensé que me iba a reprochar crudamente mi comportamiento de la noche anterior, que echaba por tierra para siempre nuestra eventual amistad con el maestro, pero me equivoqué, pues encendió un cigarrillo, hizo una larga pausa y empezó uno de sus largos y prolijos relatos, el relato en este caso de la prosecución de su viaje en taxi con el maestro por la avenida Arequipa. Me habló del chofer que continuaba refunfuñando, de unos pajaritos que piaban en los árboles de la avenida (lo que me valió la evocación de un viaje que hizo de niño a una ciudad andina), del silencio del maestro Berenson puntuado por leves suspiros, de la somnolencia que lo invadió y por último de una sensación extraña, algo así como una pesadez en la pierna, algo reptante y tibio en su muslo, una mano al fin, la mano del maestro que lo acariciaba, cada vez más ostensiblemente, avanzando hacia su vientre...

—¡Me tuve que bajar! —exclamó furioso—. ¡Le pedí al chofer que parara antes de llegar al parque de Miraflores! El viejo también bajó, no sé qué cosa decía, pero yo arranqué a correr hacia mi casa por la alameda Pardo.

El viejo había dicho y no el maestro. Eso era ya suficiente.

Nuestra decepción fue dura, lo que no impidió que siguiésemos yendo a los conciertos del Teatro Municipal. Pero los escuchábamos sin el mismo fervor, quizás con mayor exigencia, creyendo descubrir a veces ligeras fallas en la dirección sinfónica. Una que otra vez pasamos por el bar Romano después de la función y distinguimos ocasionalmente al maestro al pie del mostrador, con su vaso de cerveza y su copita de pisco, solo o conversando con algún esporádico y joven bebedor. Se rumoreó por entonces que Berenson se había visto implicado en un escándalo nocturno cuya naturaleza no se esclareció y que algunos integrantes de la Sinfónica habían puesto en tela de juicio el rendimiento del maestro. Esto último era discutible, pues a fin de año dirigió conciertos memorables, cuando pasaron por Lima Yehudi Menuhin y Claudio Arrau y ambos intérpretes elogiaron una vez más las calidades de la orquesta y de su director.

Algún tiempo después Teodorito se casó y yo, como complemento a mis estudios, entré a trabajar al gabinete de un abogado. Esto no solamente nos alejó a uno del otro sino que redujo nuestra fidelidad a los conciertos. Íbamos rara vez, hasta que terminamos por no ir. Yo preparaba entonces mi viaje a París y Teodorito esperaba su primer hijo. Poco antes de abandonar el Perú me enteré que el maestro había triunfado en una emotiva interpretación de la *Patética* de Chaikovski, días antes de que su mujer abandonara el hogar para regresar a Viena.

Pasé muchos años en Europa, durante los cuales mi pasión musical creció, se diversificó, se afinó, hasta que finalmente, si no se extinguió, alcanzó una moderada quietud, a medio camino entre el deber y el aburrimiento. Probablemente ése sea el destino de todas las pasiones. Luego de escuchar a las grandes filarmónicas de París, Viena, Londres y Berlín, dejé de asistir a las salas para retornar a mi gusto juvenil por las grabaciones, que escuchaba en casa sosegada y distraídamente. Llegué a constituir una valiosa discoteca —mi cuñado Genaro hubiera empalidecido de envidia—, que me acompañó como un decorado sonoro durante el ejercicio de otras pasiones, como amar o escribir. Una que otra vez, durante estas audiciones, pasó por mi mente el recuerdo del maestro, con sus cualidades y sus defectos, recuerdo que yo acogía con gratitud e indulgencia.

A comienzos del setenta regresé a Lima, luego de diez o más años de ausencia. La ciudad, el país, se habían transformado, para bien o para mal, ése es otro asunto. Anduve unas semanas por los espacios de mi juventud, buscando indicios, rastros, de épocas felices o infelices, encontrando sólo las cenizas de unas o la llama aún viva de otras. Al cabo de unos meses decidí irme a respirar un poco el aire de la provincia. Mi cuñado Genaro, que por entonces era ya comandante, había sido destacado al Cuzco. Vivía en una amplia casona en las afueras de la ciudad en la que le encantaba recibir familiares y amigos. De un día para otro resolví hacerle una visita y tomé el avión. Llegué a la ciudad imperial a mediodía, pero apenas la camioneta que venía del aeropuerto me dejó en la plaza de Armas, me sentí tan mal a causa de la altura que en lugar de dirigirme a la casa de mi cuñado tomé el primer hotel y me eché a dormir como un bendito.

Desperté en la noche y de inmediato llamé por teléfono a Genaro para anunciarle mi llegada.

—Vente en el acto —me conminó—. Hay un concierto esta noche en casa. Berenson va a dirigir Beethoven.

—¿Berenson?

—¿No lo sabías? Hace tiempo que vive y trabaja aquí. Es el pilar de los martes musicales que yo organizo.

No lo sabía, ni tampoco que en el Cuzco hubiera una filarmónica. Sin dilación me vestí, pedí un taxi y partí hacia la casa de Genaro. Era una residencia colonial, un poco deteriorada pero señorial, en el límite de la campiña y la urbe. Ante el portón había varios automóviles. Genaro me hizo pasar hasta el salón, donde me presentó a la treintena de invitados —los melómanos cuzqueños— grupo heteróclito, donde estaba el subprefecto, dos militares, un sacerdote, algunas señoras, todos muy animados, copa o cigarrillo en mano, atendidos por mi hermana Mercedes.

—¿Y el maestro? —pregunté.

—Ahorita sale. Se está preparando.

A los pocos segundos apareció por una puerta lateral, batuta en mano, con el pantalón rayado y la chaqueta negra con que lo vi dirigir en Lima inolvidables conciertos. Pero su ropa estaba lustrosa y gastada, tan gastada como su propia figura, que me pareció lívida, doblegada, resumida. Genaro le alcanzó un vaso de cerveza, me lo presentó —ignoraba que yo lo conocía— y la reunión continuó como si nada mientras yo, mirando hacia un lado y otro, trataba de descubrir dónde estaría la orquesta y en qué lugar se realizaría el concierto. En esas casonas siempre había una capilla o un patio propio a estos eventos. Pero de pronto Genaro pidió silencio, los invitados tomaron asiento y el maestro se plantó ante nosotros, bajo el arco que daba a una terraza interior, que se iluminó en ese momento dejando ver detrás un claustro desierto. Genaro entretanto se había dirigido hacia un rincón donde —sólo entonces lo noté— había un moderno estéreo. Colocó una casete y puso en marcha el aparato. Al instante estalló el punzante comienzo de la quinta de Beethoven, al mismo tiempo que la batuta de Berenson surcaba el aire para acompañar el cuádruple gemido de las cuerdas con movimientos enérgicos e inspirados.

Durante el primer movimiento permanecí anonadado, sin despegar los ojos del *maestro* que, de tiempo en tiempo, se interrumpía para coger el vaso de cerveza colocado en una mesita a su alcance. Su mirada, desdeñando al público, vagaba por el cielo raso, sabe Dios contemplando qué celestiales visiones y en sus labios enjutos, entre su barba rala, flotaba una sonrisa estólida. Pero a medida que se prolongaba, el espectáculo se me volvió intolerable. En ciertos pasajes, sin embargo, los gestos del maestro eran convincentes y tuve por un momento la ilusión de estar ante el gran Hans Marius Berenson de mi juventud, la primera vez que lo vi, dirigiendo esa misma sinfonía en el Campo de Marte, ante una afinada orquesta. Pero era sólo una ilusión. Estaba ante un pelele que mimaba sus antiguas glorias por ganarse unos tragos, un poco de calor y algo de simpatía, en una ciudad donde tal vez no había filarmónica sino una que otra camerata en la que debía tocar el violín en matrimonios y entierros para hacerse un cachuelo.

«El zarpazo del destino», me dije cuando los cornos retomaron el tema inicial, «¡pobre maestro Berenson!». Pero me consolé pensando que sólo tenían derecho a la decadencia quienes habían conocido el esplendor.

Tía Clementina

Todas las hermanas de mamá se casaron de muy jóvenes, antes de cumplir los veinte años, menos tía Clementina, a pesar de ser tan bonita como las demás y la más inteligente y vivaz de todas. Pretendientes no le habían faltado pero, por una u otra razón, no pasaron de ser pretendientes. El último fue un guapo y adinerado chacarero del norte, que estaba dispuesto a pedir su mano, pero con el cual rompió al descubrir que era adicto a la morfina. Esta decepción, sumada a las anteriores, la afectó tanto que se volvió arisca y desconfiada, renunció a toda relación galante o amorosa y se resignó a llevar en adelante algo que era considerado entonces como deslucido e incluso penoso en la mujer: una vida de soltera.

Consiguió entonces un trabajo de mecanógrafa en una firma importadora y alquiló una casita en Santa Beatriz, donde se instaló con su madre anciana. Allí llevó durante años una vida rutinaria fatigante y estrecha. Se levantaba muy temprano para tomar los ómnibus atestados que la llevaban a su oficina en el centro, almorzaba en una pensión y al atardecer llegaba a su casa para preparar la cena, atender a su madre, ocuparse de su ropa y otros asuntos domésticos, de modo que se acostaba exhausta, amargada, convencida que nada en su vida había de cambiar y que sus días se sucederían siempre iguales, indefinidamente, hasta reventar.

Para combatir este sentimiento de frustración, ocupaba sus fines de semana en pequeñas tareas que la realzaban ante sus propios ojos, pues exigían no sólo destreza sino perfección en los gestos, tales como el bordado pero sobre todo el arte de la dulcería. Era la única entre todas sus hermanas que sabía preparar un postre exquisito y raro que se llamaba queso de naranja. Se trataba de una especie de flan o de *crème caramelée,* pero muchísimo más refinado, pues en su confección entraban otros ingredientes, entre ellos el jugo de veinte naranjas. Tía Clementina guardaba celosamente la receta y no se la transmitía a nadie, pues el ser la única depositaria de este secreto le permitía poseer algo que sus hermanas no poseían y, por ello mismo, algo precioso y original, que la distinguía de ellas y la dotaba al mismo tiempo de un instrumento de negociación y, llegado el caso, hasta de chantaje. Si alguno de sus sobrinos le hacía un desplante, tía Clementina lo amenazaba con que para su aniversario no le prepararía el queso de naranja. De igual modo, cuando quería obtener un pequeño servicio de una de sus hermanas le daba veladamente a entender que le revelaría alguna vez, pero a ella sola, la receta del codiciado postre.

Su otro pasatiempo era el visitar algunos domingos a sus hermanas, alternativamente. Sus hermanas que habían ido prosperando, mudándose a casas cada vez más grandes, teniendo cada vez más hijos y adquiriendo con los años una majestad de matronas. Se la recibía siempre con cariño, pero era obvio que estas visitas las incomodaban un poco pues veían retrospectivamente en esta hermana pobre y solitaria lo que ellas podrían haber sido de no haberse casado. Del mismo modo, Clementina salía muchas veces de estas visitas con un sabor agrio en la boca y un peso en el corazón, pues sus hermanas encarnaban todo lo que ella no tenía: marido, hijos, hogar, dinero, compañía, protección. Fue así como durante todos esos años tía Clementina fue secándose y arrugándose cada vez más hasta convertirse para todos en la típica y caricatural solterona de la familia.

De pronto, algo comenzó a cambiar en su vida. En sus veinte y tantos años de trabajo, gracias a su laboriosidad, experiencia y honradez, había ido ganándose la consideración de sus jefes y mejorando su situación, hasta que fue promovida al cargo de secretaria de la gerencia. Ello no le representaba una ventaja económica apreciable, pero le permitió entrar en contacto directo con el directorio de la firma. Asistía a las reuniones del Consejo de Administración, del que llevaba las actas y dos o tres veces por semana permanecía hasta el anochecer en la oficina del gerente general, ayudándolo a despachar asuntos urgentes.

Éste era un sesentón corpulento, sobrio, católico y secreto, que había hecho toda su carrera en la firma, desde los escalones más ínfimos. Toda su vida la había consagrado al florecimiento de la empresa y al cuidado de su madre, anciana posesiva y achacosa, que requería toda su afección, al punto que lo había condenado a una soltería forzosa. Cada vez que don Sergio Valente tuvo una amiga con posibilidades matrimoniales, su madre se dio maña para batirla en retirada y chantajear a Sergio con tantas quejas y amenazas que el pobre se resignó a ser el hijo sacrificado, el marido simbólico y el doméstico de su mamá. Sus únicos momentos de libertad —y sus únicos placeres— consistían en cuidar el jardín de su solar miraflorino y pasear a su fox-terrier por el malecón vecino a la hora crepuscular.

Bastaron unos meses de trabajo en común para que tía Clementina y don Sergio descubrieran el paralelismo de sus vidas y la consanguinidad de sus espíritus. Nació entre ellos una solidaridad que se transformó rápidamente en simpatía, amistad, afecto y, por último, en un amor tardío pero tan apasionado como un amor de juventud.

Algo sospechábamos en la familia, pues Clementina había ido espaciando sus visitas y cuando las hacía se le veía mejor vestida y arreglada, menos tensa y por momentos más joven y lozana. Se pensó que tal vez vivía uno de esos postreros romances con que las solteronas se ilusionan y que se extinguen dejando un quebranto más. Por ello cuando el día de Año Nuevo, durante el almuerzo tradicional que celebraba toda la familia en casa de una de las hermanas, Clementina apareció con un aro de compromiso en el dedo y anunció que se iba a casar con don Sergio Valente, gerente general de la sociedad en la que trabajaba, todos quedamos estupefactos. Después de ese momento de sorpresa e incredulidad vino la alegría y las felicitaciones. Se temió por un momento que ese noviazgo sería largo, pues tanto Clementina como don Sergio tenían a su cargo a sus respectivas madres. Pero éstas murieron pronto, a muy pocos días de diferencia, como si se hubieran puesto de acuerdo para retirarse del mundo y dejar a sus hijos libres para que gozaran sin trabas de su alianza sentimental. Guardando un plazo prudencial de duelo se casaron en privado, como correspondía a la edad de ambos y al espíritu reservado, discreto y poco mundano de don Sergio, y Clementina pudo así dejar su modesta casita de Santa Beatriz para instalarse en la residencia miraflorina de los Valente.

Allí empezó para Clementina su época de esplendor.

Esa casa, sin ser de las enormes y suntuosas de la avenida 28 de Julio, era una de las más lindas y agradables. Respondía a esa concepción fanática de la simetría que tuvieron algunos de nuestros arquitectos republicanos. Era de una sola planta, partida en toda su longitud por un ancho corredor central al cual daban todas las habitaciones, según un orden que iba de lo más público a lo más privado, de modo que al comienzo estaba el vestíbulo, el salón, la sala, el comedor, el escritorio y luego los dormitorios, baños, cocina y despensa. De la calle estaba separada por una verja de madera y un pequeño jardín exterior que, por fortuna, no era inglés ni francés, sino miraflorino, es decir algo muy espontáneo, nacido de los sucesivos caprichos de los ocupantes del solar, de modo que se habían ido codeando plantas, arbustos y enredaderas, de todo tipo y especie, como geranios, rosas, dalias, cipreses, cactus, magnolias, cardenales, retamas, jazmines y buganvillas.

Así como los muros de adobe eran anchos, los techos de la casa eran altísimos y por ello mismo las puertas y ventanas desproporcionadas para la estatura de sus habitantes, de modo que a veces se tenía la impresión de ser un enano. Tal era la sensación de holgura y espacio que de una pieza a otra uno se desplazaba con tanta facilidad como por una plazoleta y por el corredor central como si paseara por una avenida. Al corredor llegaba la luz de la azotea por una larga farola de vidrio y en toda su extensión habían sillones de mimbre, maceteros con plantas verdes, mesitas con revistas viejas y bibelots, espejos, perchas y en los muros litografías kitsch y fotos familiares.

Pero la pieza más agradable era la última: casi un hangar de grande y alta, su pared posterior era toda de cristales, con una ancha mampara por la que se bajaba al jardín interior por una escalinata de piedra. En esa habitación había viejos sofás de cuero, sillones forrados en cretona, mecedoras de esterilla, mesitas inverosímiles y muchísimas macetas con helechos, orquídeas y flores exóticas, por lo que se tenía la sensación de estar en un jardín botánico y al mismo tiempo en un salón destinado a las tertulias crepusculares del verano. Su pared transparente dejaba entrar la luz a raudales y en las tardes el fresco y a través de los vidrios se veía el jardín ortogonal, protegido de las casas vecinas por un alto muro cubierto de enredaderas, sin otro adorno que una pileta de azulejos fuera de uso y musgosa. En esa pieza no cabía el odio ni la desesperanza ni la angustia, pues era tan hermosa, apacible e íntima —un recinto fuera del mundo— que sólo podía albergar una felicidad sin palabras, intransmisible.

Allí empezó para Clementina su época de esplendor. Las mañanas las pasaba en bata, reconociendo las diferentes piezas y haciendo el inventario de lo que contenían. Luego salía al jardín interior para admirar y cuidar plantas y flores; subía a la azotea donde (oh sorpresa, la primera vez que subió) había un corralito con gallinas y pollos, a los que por entretenerse daba de comer. Cerca del mediodía estaba ya vestida y arreglada, la empleada doméstica había ordenado la casa y la cocinera hecho las compras y preparado el almuerzo. Entretanto había respondido a dos o tres llamadas que le hacía Sergio de la oficina, sólo para preguntarle cómo estaba, antes de verlo aparecer para el almuerzo, siempre a las dos de la tarde. Después del almuerzo, la siesta en el amplísimo dormitorio fresco y un paseo por el centro de Miraflores gastando en algún capricho y la preparación de algún dulcecito para Sergio que era goloso y la llegada de Sergio al atardecer y las conversaciones en las que se recontaban por enésima vez su vida cogidos de la mano en la gran pieza vidriada del fondo de la casa y la salida a un cine o a cenar en la calle o a un concierto, hasta que tarde en la noche estaban enlazados en la ancha cama, desnudos, fláccidos, cansados, sin mucha aptitud para el goce, pero felices.

Y esta felicidad pasó al grado superior de la beatitud cuando Sergio, que había cumplido ya cuarenta años en su trabajo, se jubiló y pudieron ambos entonces consagrarse recíprocamente todas las horas de su vida. Cuando hacía buen tiempo paseaban por el malecón llevando al fox-terrier o daban vueltas en el auto por otros balnearios o las afueras de Lima. Al llegar el invierno se trasladaban por un par de meses a la casona que tenía Sergio en Chosica, huyendo de la garúa y de la niebla y trayendo consigo servidumbre y animales domésticos. Cuando no salían en auto hacia los pueblos vecinos o a pie para merendar a orillas del Rímac, Sergio escuchaba sinfonías y zarzuelas en su victrola de cuerda y Clementina bordaba manteles y pisitos o preparaba en la repostería el celebrado queso de naranja. Algunos fines de semana hacían el viaje hasta Huaral, donde Sergio tenía una chacra de cuarenta hectáreas, con buena agua, frutales, terrenos de panllevar y un caserón rústico pero espacioso y acogedor.

Era a esta chacra que Sergio invitaba tres o cuatro veces al año a un almuerzo campestre a toda la parentela de Clementina. Era una manera inteligente de quedar bien con toda ella gracias a estos agasajos masivos, que tener durante todo el año que ir visitando o recibiendo a los diferentes miembros de la tribu. Con el tiempo estos almuerzos se volvieron legendarios. Días antes de su celebración los participantes eran convocados mediante una esquela, a fin de que se fueran preparando a la expedición y la comilona. Y el día señalado, generalmente un sábado, partían todos en caravana, un centenar de personas en general, pues a los cuatro hermanos y las cuatro hermanas de Clementina había que sumar a sus cónyuges, sus hijos con sus respectivas esposas o novias, sus nietos, más una recatafila de empleadas y amas. La veintena de automóviles llegaba a Huaral al mediodía y de inmediato empezaba el jolgorio. Don Sergio Valente se mostraba en estas ocasiones munificente: en una larga mesa de madera situada en la galería posterior de la casa estaba el bar, donde había cerveza para los sedientos, vino chileno para los gourmets, pisco para los borrachos, whisky para los alienados, ron cubano para los contestatarios y chicha para los indigenistas, aparte de toda clase de refrescos para niños, mujeres recatadas y varones austeros, cuyo único representante para el caso era el propio don Sergio Valente. Además, la familia del aparcero que vivía y trabajaba en la chacra había preparado una decena de platos criollos, fríos y calientes, que iban desde la causa rellena con camarones hasta el adobo de cerdo y el arroz con pato.

Estas reuniones se convertían así en verdaderas kermeses flamencas, dignas del pincel de Rubens o Brueghel. A las dos de la tarde la mayoría de los adultos y muchos de los jóvenes estaban ya más que alegres y no hubieran parado de beber si no fuera por la conspiración de las mujeres, verdadero matriarcado en estos asuntos, que escondían botellas o sacacorchos y empezaban a hacer circular platos con tan apetitosas viandas que los bebedores cedían a la tentación y renunciaban a una inminente borrachera. Después del postre y el café y algunas siestas dormidas en hamacas o bajo los árboles, el ardor renacía: los jóvenes cantaban y bailaban o se dispersaban alegremente por la chacra para saltar acequias, trepar cerros o recoger fruta, mientras los adultos recomenzaban a beber y se ponían a jugar cartas o bochas y a discutir a gritos y los niños corrían jugando a la pega o la gallina ciega, con tanto entusiasmo que arrastraban en ellos a veces hasta a las tías viejas. Cuando oscurecía, el silencioso don Sergio que había observado complaciente a sus huéspedes sin intervenir en sus discusiones, juegos y desafíos, sacaba un silbato de su bolsillo y daba tres penetrantes pitadas. Era la orden de partir. De todo sitio afluían los invitados hacia el patio, se hacía el recuento para ver si no faltaba nadie, subían a los autos donde previamente Sergio había hecho colocar bolsas con frutas y verduras de la chacra y la caravana retornaba a Lima, despedidos con la mano en alto por los dueños de casa que pernoctaban en su propiedad.

Clementina y Sergio declinaron su felicidad en ésta y otras formas durante tres, cinco, ocho años —una felicidad que al resto de la familia le parecía a veces un poco ostentosa: siempre estaban cogidos de la mano o del brazo, nunca discutían, nunca se enfermaban, nunca les robaron o asaltaron ni sufrieron chascos ni afrontaron problemas graves. Navegaban embelesados por las aguas de la senectud sin encontrar escollos. Ambos se trataban alternativamente de «papito» y «mamita» o de «hijito» e «hijita», lo que indicaba que ambos se sentían al mismo tiempo hijos y papás uno del otro. El «papito» y el «mamita» lo utilizaban en el trato normal: «Papito, alcánzame las tijeras» o «¿Cómo has amanecido, mamita?». Y el «hijito» e «hijita» cuando había un reproche que formular o una advertencia que hacer: «No comas tanto dulce, hijito» o «Hijita, baja un poco el volumen de la radio». Y esta costumbre de invertir los roles hacía más rica y menos monótona su vida pues les daba la impresión de formar más que una pareja una verdadera familia en la que habían padres, esposos e hijos.

Claro que esto último no pasaba de ser una ficción, pues al cumplir diez años de felicidad persistía en ellos como un tenue lunar el hecho de no tener descendencia. Ello lo supieron desde que se casaron, pues por la edad de Clementina esa posibilidad quedaba excluida. Pero muchas veces al pasear por el malecón con el fox-terrier no podían dejar de echar miradas sensibleras y melancólicas a uno que otro gracioso chiquitín que andaba por allí con sus padres y a expresar su secreta pena mediante un suspiro y una presión de sus manos enlazadas. Esta carencia la reemplazaron a veces invitando a casa por una corta temporada a alguno de sus más pequeños sobrinos, al que mimaban y llenaban de caricias y regalos, pero del que se deshacían a tiempo no sólo porque alteraba sus hábitos de pareja vieja sino por el temor de que naciera entre ellos y el niño una afección sin porvenir.

El otro punto sombrío de su decenio feliz fue la fobia de don Sergio por los aviones. Cuando estuvo al frente de la firma tuvo que viajar dos o tres veces a Buenos Aires y siempre recordaba lo pésimo que se sintió antes, durante y después de cada viaje en avión. Clementina en cambio era intrépida y curiosa y anhelaba extender su dicha a otros continentes, para ver otros panoramas y corroborar en otros escenarios, de la mano de don Sergio, la permanencia y la solidez de su paraíso conyugal. Pero a causa de esta maldita fobia a los aviones, ambos se habían limitado a conocer el país por vía terrestre y «a tiro de arcabuz», es decir, hasta donde el viejo Nash y la resistencia de don Sergio como piloto podían conducirlos: por el norte hasta Trujillo y por el sur hasta Nazca. Teniendo el tiempo y los medios, no conocer Estados Unidos, Europa, Egipto y tantos otros lugares era imperdonable.

Pero al fin la tenacidad de Clementina se impuso. Los lejanos ancestros de Clementina eran vascos y los de Sergio catalanes... ¿No sería lindo ir juntos a perdidos pueblecillos ibéricos en busca de sus respectivas raíces? Aparte de ello, Sergio adoraba la música y Clementina, con la ayuda de una sobrina que trabajaba en una agencia de viajes, consiguió un detallado programa de los festivales y conciertos del verano europeo: Verdi en Milán, Mozart en Salzburgo, Chopin en Praga, Hændel en Londres, etcétera, lo que dejó deslumbrado a don Sergio. Al fin cedió y quedó decidido que festejarían sus diez años de casados con este viaje artístico y sentimental al viejo continente.

Los preparativos duraron algunas semanas, pues el minucioso don Sergio hizo diez veces la lista de lo que debían o no debían llevar en esta gira que duraría dos meses y de las ciudades por donde debían o no debían pasar. Aparte de que con la nerviosidad del viaje se indispuso, le dolía la cabeza, sentía náuseas, perdía el equilibrio, hasta que al fin su médico lo autorizó a partir. La camioneta de la agencia de viajes vendría a buscarlos a las nueve de la mañana para llevarlos al aeropuerto y desde la siete estaban ya ambos levantados, ocupados en los últimos arreglos. La más demorona fue Clementina, pues don Sergio que tenía ya todas sus cosas en orden y su maletín de viaje al alcance de la mano, se sentó en su sofá preferido en la gran pieza botánica y luminosa del fondo de la casa, sofá que daba a la mampara del jardín interior, hojeando una revista y esperando la orden de partida. La camioneta llegó al fin y Clementina, que había logrado cerrar la última valija, corrió a pasarle la voz a don Sergio. «¡Papito, arriba, partimos!» Don Sergio no se movió. «¡Vamos papito, que tenemos el tiempo justo!» Como don Sergio seguía inmóvil, Clementina avanzó hacia él sonriente, pensando que se había adormilado y cogiéndolo por detrás de los hombros lo sacudió. Don Sergio se fue de bruces al suelo. Le bastó ver su cara torcida sobre la alfombra, sus ojos desorbitados pero sin expresión y su boca abierta y babosa para comprender que estaba muerto.

Durante muchos días Clementina quedó anonadada, sin acertar a explicarse cómo una vida conyugal dichosa que ella imaginaba si no eterna al menos sin un fin cercano, podía haberse quebrado de un solo golpe y sin advertencia. Sus hermanas trataron delicadamente de explicarle que don Sergio no era un muchacho y que a los setenta años cualquiera está expuesto a un derrame cerebral o un infarto. Pero ella alegaba que «papito» era un hombre sano, que «papito» no fumaba ni bebía y que en consecuencia... Al fin, luego de interminables lamentos y debates que fueron verdaderas sesiones de sicoterapia familiar, llegó a comprender que su decenio de felicidad compartida había terminado y que en adelante tendría que vivir nuevamente sola, sin amor, protección ni compañía, como en sus largos años prematrimoniales en la triste casita de Santa Beatriz. Pero con una diferencia y de nota: que si antes había sido una solterona pobre, ahora era una viuda rica.

Y mucho más rica de lo que podía suponerse. Como esposa de don Sergio (cuyos padres habían muerto y no tenía hermanos ni hijos) heredó en forma indivisa el solar de Miraflores, la casona de Chosica, la chacra de Huaral, tres departamentos de renta en diversos barrios de Lima, acciones en la sociedad donde trabajó el finado, depósito en la Caja de Ahorros, una cuenta corriente en Lima y otra en dólares en Miami y un importante seguro de vida. A ojo de buen cubero eso representaba, pagados los impuestos a la sucesión, un patrimonio de un millón y medio de dólares. Esta cifra podía ser modesta para un empresario u hombre de negocios de la burguesía limeña, pero para una viuda vieja sin hijos y sin pretensiones ni vicios ni caprichos era excesivo y casi escandaloso. ¿Qué iba a hacer con tanto dinero?

Nosotros, sus familiares, nos poníamos en su lugar e imaginábamos que podría hacer muchísimas cosas, en buena cuenta todo lo que anheló durante su soltería pobre o dejó de lado durante su decenio conyugal: reemplazar el viejo Nash por un Mercedes con su chofer; tener una dama de compañía o ama de llaves (aparte de la cocinera y la criada) que se ocupara de la intendencia de la casa; comprarse o mandarse hacer ropa fina; pagarse buenas comidas en los restaurantes caros de Lima; construir una piscina en su casona de Chosica e invitar allí a sus sobrinos; continuar con la tradición de las comilonas en la chacra de Huaral, pero enriqueciéndola con algún detalle pintoresco, se tratase de pelea de gallos o concurso de marinera; inventarse una pasión, como la horticultura, la fotografía, el espiritismo o la cerámica precolombina; en fin, realizar el viaje a Europa que la muerte de don Sergio canceló y otros más lejanos o aventurescos como hacia la «China milenaria» o el «África profunda» que recomendaban los prospectos turísticos.

Tía Clementina, obviamente, no compartía estos proyectos. Estaba anclada en su viudez, la que vivía con obstinación y amargura. Cada vez que alguien le sugería con mil cuidados alguno de estos gastos o distracciones, protestaba o se enfurruñaba y se empecinaba en mantener el rigor de su duelo. Vestida siempre de negro, salía sólo para ir a la iglesia, al cementerio o a cobrar el arriendo de sus propiedades. Se había vuelto, además, avara. Alguien le pidió ropa de don Sergio para una tómbola de caridad y ella, a pesar de tener armarios llenos con prendas del finado, colaboró sólo con unos calzoncillos largos de lana y una camisa vieja. Se quejaba de que la servidumbre le robaba y a cada rato cambiaba de cocinera y empleada. Le dio por guardar todo: pitas, bolsas de plástico, potes vacíos de Nescafé y de yogur, que formaban verdaderos cerros en la repostería. Al mismo tiempo descuidó el mantenimiento de su residencia miraflorina: plantas, enredaderas y arbustos se secaban en sus jardines sin riego; pollos y gallinas se extinguían de hambre en la azotea entre angustiosos cacareos; y sólo se decidió a reparar las cañerías cuando una mañana se despertó en su dormitorio inundado.

Esta situación no podía dejar a su familia indiferente. Sus hermanas se preocupaban sobre todo por la salud y seguridad de Clementina, pero los sobrinos e hijos de los sobrinos teníamos más bien puestos los ojos en un patrimonio que, por negligencia de la tía, corría el riesgo de irse a la deriva. Sabíamos que a la casona de Chosica sin guardián habían entrado varias veces ladrones, que los aparceros de la chacra de Huaral le sacaban la vuelta y que los inquilinos de sus departamentos de arriendo le pagaban tarde, mal o nunca. Para colmo las dos últimas veces que tía Clementina fue a cobrar los alquileres le vaciaron la cartera en el microbús (pues insistía en viajar en los atiborrados carromatos en lugar de tomar taxis, la «vieja tacaña», como la llamábamos a media voz).

Este último incidente nos autorizó a intervenir con razón y energía y le sugerimos que era imperioso que nombrara un administrador de bienes, dentro de la familia o fuera de ella, que se encargara de todos los aspectos prácticos de la gerencia de su fortuna. La idea le pareció buena pero, cuando se enteró que al administrador había que pagarle un sueldo, la rechazó de plano y decidió vender todo, chacra, casas, acciones, y concentrar su capital en un banco extranjero, dejando en Lima una pequeña cuenta para sus gastos ordinarios. Por suerte esta decisión fue la justa: había tomado el poder un gobierno militar de tendencia socialista cuyo programa (reforma agraria, ley de inquilinato, fiscalización del sistema bancario, etcétera) amenazaba seriamente no sólo la solidez sino la existencia del patrimonio clementino. Todos nos felicitamos pues de que la «vieja tacaña» hubiera puesto a buen recaudo sus fondos, los que tarde o temprano revertirían sobre todos o algunos de nosotros. No cabía pues otra cosa que mostrarse atento con ella y esperar.

Ocurrió que Clementina empezó a durar más de lo previsto. En su solar miraflorino (el único que había conservado de la venta de sus predios) siguió envejeciendo en la soledad y la frugalidad, tejiendo complicados pisitos que no servían para nada y mirando distraídamente a lo largo del día tediosas telenovelas. Una vieja criada que sobrevivió a sus caprichos la atendía y un sobrino se ocupaba de tener al día sus cuentas bancarias. Entretanto, dos de sus hermanos y una de sus hermanas murieron, a pesar de ser más jóvenes que ella, lo que redujo el número de sus herederos potenciales y creó en la familia un clima de expectativa malsano. Nos preguntábamos en efecto a quién o a quiénes les dejaría su fortuna cuando hiciera su testamento. Todos en la familia se sentían más o menos con derecho a ello, invocando servicios prestados a la tía en tiempos idos o cercanos o algunos vagos indicios de simpatía o de afección que habían notado en la anciana y que les permitía abrigar esa esperanza. Así, su hermana Delia se mostraba confiada, pues durante tres largos meses la acompañó en las tardes poco después de su viudez, ayudándola a capear esos primeros y duros momentos de tristeza. Su hermana Dolores alegaba por su parte que ella se quedó a dormir dos semanas seguidas en el cuarto de Clementina, en una camita de campaña, cuando ésta sufrió una fuerte bronquitis. En la generación de los sobrinos no faltaban tampoco argumentos: el que le llevaba sus cuentas por el trabajo que le costaba llevárselas; el que la asesoró en la venta de su chacra y departamento de renta porque se rajó para que obtuviera el mayor beneficio; y el más pobre de todos porque Clementina era su madrina de confirmación y cada vez que lo veía le sonreía de oreja a oreja y lo llamaba «ahijado». ¿Y qué decir de las sobrinas? Una de ellas era la única que lograba a veces sacarla de casa para tomar un té en la avenida Larco o llevarla a una peluquería; otra que era devota la acompañaba con frecuencia a misas o novenas; pero la más joven de todas se apuntó un poroto cuando logró que tía Clementina viajara un fin de semana a la laguna de Huacachina y más aún cuando la convenció, cosa increíble, para que realizara la vieja y frustrada gira a Europa.

Ésa sí que fue una sorpresa. O tía Clementina renacía tardíamente a la vida activa y el gusto por la aventura, lo que era una prueba de rejuvenecimiento y una hipótesis (un peligro, pensaron algunos) de longevidad o simplemente le patinaba la cabeza. Lo cierto es que, en compañía de la joven sobrina, se embarcó sin pestañear en una gira que duraba tres semanas y abarcaba tres países europeos: España, Italia y Francia. Según su sobrina —nuestra prima— que la acompañó, Clemen (es tiempo de acortar su nombre, aunque sea tarde) estuvo muy contenta durante esta gira, visitó museos, iglesias, palacios y castillos, subió a góndolas y coches tirados por caballos, entró a cabarets y salas de concierto, llegó incluso a dar unos pasos de flamenco en la feria de Sevilla y a comer ancas de rana en un bistrot de París. Pero todo esto con una particularidad: que al día siguiente no se acordaba de nada. Como no se acordaba que había estado en Europa cuando regresó a Lima.

De lo que sigue fui testigo más o menos directo pues entonces, luego de vivir muchos años en el extranjero, me instalé en Lima. Tía Clemen había vendido su residencia de Miraflores, aconsejada por todos, pues le quedaba demasiado grande y había optado por albergarse temporal y rotativamente en las casas de sus diferentes hermanas. Con todas ellas se fue peleando por quítame estas pajas hasta que recaló en forma definitiva donde tía Delia, que era paciente, beatona y hospitalaria y vivía sola con su marido octogenario en un cómodo chalet de Santa Cruz. Muchas mañanas neblinosas las vi a ambas ir raudas cogidas del brazo a la primera misa de la parroquia comunal. Dos viejitas muy arrugaditas. Las veces que conversé con Clemen me di cuenta que, contrariamente a lo que pensaba la familia, estaba en su perfecta razón, si bien su memoria de lo reciente le jugaba malas pasadas. Pero de lo lejano guardaba un recuerdo indeleble. Yo recurría a menudo a ella cuando quería acordarme de nombres de calles de la vieja Lima o de salones de té o tiendas que ya no existían. Y sobre hechos más cercanos tenía a veces fulguraciones. Cuando viajó a Europa estuvo en París, lo que había olvidado, pero de vez en cuando recordaba haber visto la estatua de «una gorda calata y sin brazos, rodeada de japoneses que tomaban fotos en un museo francés». Pero la fulguración más recurrente era la del Papa, al que vio en una audiencia pública en el Vaticano y que, según ella, le guiñó un ojo cuando bendijo a los fieles. Había traído de él una fotografía en colores que llevaba siempre en su cartera y que le gustaba mostrar, sosteniendo que era igualito al difunto don Sergio Valente.

Tiempo después, sin embargo, su salud empezó francamente a declinar. Ya no era sólo asunto de mala memoria (se perdía cada vez que salía sola a la calle, confundía a las personas) sino de mareos, dolor de cabeza, diarreas, etcétera. Tía Delia, donde estaba alojada, y su viejo marido don Mendo, se convirtieron prácticamente en sus barchilones. Con toda la plata que tenía, decíamos, podía pagarse no una sino diez enfermeras, pero ella no quería ni oír hablar de gastos y no cesaba de repetir que queríamos arruinarla. Al empezar el invierno le dio una neumonía, se puso gravísima y tuvimos que hospitalizarla. Todos pensamos que esa vez templaba, pero a las dos semanas salió recuperada y aparentemente más lúcida, al punto que por primera vez la oímos hablar de testamento. Esto nos puso nerviosísimos, pues significaba que tenía ya elegido a su o a sus herederos, lo que redobló nuestras atenciones hacia ella y suscitó sordas querellas en la familia. Una mañana le pidió a su hermana Delia papel de carta y un sobre y dijo que iba a redactar su testamento «ortográfico». Sin duda (quizás un lapsus explicable a su edad) había querido referirse a un testamento «ológrafo», es decir al testamento manuscrito, no redactado ante notario, pero cuyo efecto jurídico es el mismo. Se pasó toda una tarde encerrada en su dormitorio, mientras emisarios de los diversos clanes familiares se habían dado cita en la sala de la casa, esperando algo, algún indicio, no se sabía exactamente qué. Al fin tía Clemen apareció con el sobre cerrado en la mano diciendo que allí estaban escritas sus últimas disposiciones.

—Eso no quiere decir que mañana me voy a morir —dijo muy bromista—. La malayerba tiempo dura. Si no miren a Mendo, este viejo panzudo que está aquí. Ya tiene un siglo, seguro, y todavía anda por la casa tirándose pedos.

Tío Mendo no llegaba a los cien, pero estaba cerca y era en verdad un anciano robusto. Además un hombre de absoluta integridad moral, un incorruptible. Por ello es que todos estuvimos de acuerdo en que fuera el depositario del sobre con el testamento ológrafo y la propia Clemen aprobó esta elección.

Pero la propia Clemen había alardeado al considerarse malayerba y apostar sobre su longevidad, pues sus días estaban contados. Es cierto que no fue enfermedad sino accidente. Una tarde, a la puesta del sol, salió con su hermana Delia a dar una vuelta por el parque de Miraflores. Hacía meses, más bien años que no hacían este paseo. Lo cierto es que, para su sorpresa, el parque estaba atestado de vendedores ambulantes, de muchachos que se precipitaban hacia los autos ofreciendo vender o comprar dólares, de pandillas (no de miraflorinos, de *cholos,* según dijo tía Delia) que pasaban en grupo con estéreos portátiles que sonaban a todo volumen. De pronto alguien se abalanzó sobre ellas en el tumulto y les arrancó las carteras. Tía Clemen, que trató de resistirse, recibió un puñetazo en la cabeza que la echó por tierra. Nadie dijo haber visto algo, salvo tía Delia. Clemen murió en el acto de un traumatismo craneano. Apenas a unos trescientos metros de la casona, donde fue tantos años feliz con don Sergio Valente.

El sobre con el testamento ológrafo fue abierto al día siguiente del sepelio de tía Clemen, que fue enterrada al lado de don Sergio, en el mausoleo de los Valente. Como la casa de tío Mendo, depositario del testamento, no era muy grande, sólo estuvieron presentes los cinco hermanos y hermanas que le quedaban a la finada y que para el caso representaban a treinta y tres sobrinos y setenta y cinco sobrinos nietos. Luego nos enteraríamos, a través de diversas versiones concordantes, del carácter solemne y al mismo tiempo ridículo del acto: tío Mendo sentado ante su escritorio frente a los hermanos de la difunta Clemen. La apertura del sobre con el testamento. La expresión un poco perpleja de tío Mendo al echar una ojeada al texto manuscrito. La lectura que inició del mismo con voz muy alta y clara para sus noventa años: «un kilo de harina refinada, una tasa de azúcar en polvo, una docena de huevos, dos litros de jugo de...» ¡Se trataba en suma de la receta del famoso dulce queso de naranja! Tío Mendo continuó impertubable la lectura: «... receta casera que dejo a todos mis hermanos y sobrinos sin excepción, a fin de que no se pierda esta tradición familiar. En cuanto a mis bienes... (aquí tío Mendo, según dicen, marcó una pausa y entre los presentes hubo suspiros, resoplidos, toses, carrasperas, hasta bajísimos quejidos), en cuanto a mis bienes —prosiguió tío Mendo— los lego en su integridad al Papa, con la condición que haga misas diarias en el Vaticano por mi alma y la de Sergio hasta el fin del siglo.»

Tío Mendo, el incorruptible, luchó hasta el final para que se aplicase estrictamente el testamento. Pero era fácil demostrar —al menos todos estábamos seguros de ello— que se trataba de un documento redactado por una persona que no disponía de su sano juicio. En consecuencia el testamento fue declarado nulo y destruido y todos heredamos partes alícuotas de una fortuna que, luego de los impuestos a la sucesión y otros gastos, se había reducido enormemente, de modo que a cada uno de los cientos y tantos herederos les tocó una bicoca. A mí lo suficiente para comprarme diez cajas de un excelente Saint-Emilion Grand Cru, Larcis Ducasse, 1982, que me duraron sólo tres meses.

Los otros

Ese hombre gordo y medio calvo que toma una cerveza en la terraza del café Haití mientras lee un periódico y se hace lustrar los zapatos fue el invencible atleta de la clase que nos dejó siempre botados en la carrera de cien metros planos y esa señora ajada y tristona que sale de una tienda cargada de paquetes la guapa del colegio a quien todos nos declaramos alguna vez en vano. Ahora, que como otras veces, paseo por Miraflores luego de tantos años de ausencia, veo y reconozco a ambos, como a otros tantos amigos de escuela o de barrio y me siento afligido pues nada queda de sus galas y ornamentos de juventud, sino los escombros de su antiguo esplendor. Pero en fin, me digo, envejecidos o achacosos, ellos siguen habitando el espacio de su infancia y marcándolo con sus pisadas, sus victorias, sus penas y sus sueños. Pero los otros, me pregunto, ¿dónde están los otros? ¿Dónde están los que se fueron tan temprano y ya no pueden, aunque fuese minados por la vida, y ya no pueden seguir hollando los caminos de su niñez y respirando el aire de su balneario?

I

Martha vivía en un chalecito de la calle Grau, a media cuadra de la alameda Pardo. La veo aún con su uniforme azul y sus trenzas doradas caminando rauda rumbo a su colegio, bajo los ficus frondosos que ornaban la alameda. Su familia había llegado de Polonia poco antes de la segunda guerra mundial, como otras tantas familias de origen judío que emigraron a tiempo presintiendo el holocausto que les esperaba. No sé por qué eligieron el Perú, pero lo cierto es que los Lerdau se instalaron en Miraflores y se fueron incorporando poco a poco a la vida del distrito. David ingresó al colegio Champagnat y Martha al Villa María.

David era un gordito tímido, fofo y paliducho, del que me hice pronto amigo, con la atracción que siempre me han inspirado los marginales. Lo protegí de las chanzas de los compañeros de clase y le enseñé las cláusulas del contrato que permite ser aceptado por los nativos sin pasar por un forastero pelotudo. Se tuvo que mechar a la salida del colegio con dos o tres impertinentes, aprenderse los giros y palabrotas que usábamos los cundas y reemplazar sus pantalones cortos varsovianos por los de golf entonces de moda, a condición de no abotonárselos en las pantorrillas y dejar su basta pender hasta los zapatos. Gracias a ello logró algo tan difícil de conquistar como la notoriedad y que consiste en pasar desapercibido.

Martha, en cambio, se hizo rápidamente popular. A los tres o cuatro meses de llegar hablaba el español de corrido, jugaba basket por el equipo de su colegio, no se perdía una fiesta en el club Terrazas y formaba parte de las colegialas que se paseaban al atardecer por el parque Salazar, seguidas por una banda de mocosos disforzados. Las chicas admiraban su dinamismo, su audacia y su falta de prejuicios, y presentían en ella el modelo de un nuevo tipo de muchacha, aún no realizado en Lima y que sólo aparecería una o dos generaciones más tarde. Y a nosotros nos atraía su manera natural de tratarnos, sin malicia ni coquetería, como si fuésemos de su mismo sexo, al punto que no tenía empacho en desafiarnos a sesiones de lucha libre o a escalar la huaca Juliana, a cuya cumbre trepaba con la celeridad de una gacela.

Su esbelta figurita rubia se convirtió así en uno de los atributos del balneario, como podían serlo el jardín Tanaka o el palacio municipal. Pero su apoteosis —pues reveló en ella cualidades más preciosas y secretas— se produjo durante una velada que se celebró en el teatro Marsano en beneficio de una obra de caridad. En ella participaron los colegios del distrito con espectáculos preparados por los escolares. Nos aburrimos con la pieza de Shakespeare que puso el colegio San Silvestre, aplaudimos las sevillanas bailadas por las alumnas de La Reparación, pifiamos la pantomima que presentó nuestro colegio —pues reconocimos a los grandotes de secundaria a pesar de sus pelucas y barbas postizas—, pero nos quedamos lelos, deslumbrados cuando Martha, por el Villa María, apareció en el tablado para interpretar un extracto de *El lago de los cisnes.* Sola en el enorme escenario, con su tutú, su malla y su cola de caballo, transformada en un ser etéreo, irreal, trazó con su cuerpo sobre el telón gris el más hermoso dibujo que era dable imaginar. Para muchos de nosotros, que nunca habíamos visto ballet, fue la primera prueba de la existencia del arte. Luego supimos que Martha, en Varsovia, había seguido cursos de danza clásica y que su verdadera vocación era llegar a ser bailarina.

Fue poco después de esta velada que la clase de Martha realizó su paseo anual a las afueras de Lima. Se trataba de un evento tradicional en los colegios privados. Toda la clase se metía en un ómnibus y se iba de mañana a un lugar pintoresco y campestre, con cesta de provisiones y ropa deportiva, para regresar al atardecer. Según las épocas del año se podía ir a las Lomas de Lachay, al valle de Canta o a las ruinas de Pachacámac. Esta vez la clase de Martha fue al valle de Chosica y acampó a las orillas del Rímac, entre sacuaras y pedrones. Después de merendar, las treinta o cuarenta alumnas se dispersaron por el campo y la ribera, en parejas o grupos, para gozar del sol chosicano. A mitad de la tarde, luego de haber escalado un cerro, Martha decidió refrescarse en las aguas del río. Aún no era época de crecida, pero el caudal del Rímac tendía a engrosar y era ya difícil vadearlo caminando sobre las piedras que emergían del lecho. Martha se quitó los zapatos, la falda y la blusa y se aventuró en la corriente hasta que el agua le llegó a la cintura. Desde allí bromeó e interpeló a sus amigas, instándolas a que la imitaran y como éstas no se resolvían avanzó un trecho más, a pesar de las protestas de miss Evans. Cuando estaba a punto de hacer escala en una roca desapareció. Tal vez pisó una piedra resbaladiza o una oculta turbulencia la aspiró, pero lo cierto es que no se vio sino surgir su brazo que se alejaba arrastrado por la corriente y al final su mano que buscaba algo a lo cual asirse.

Pasado el primer momento de confusión, miss Evans se lanzó vestida al agua, intrépidamente, y se dejó llevar por la correntada que serpenteaba entre las piedras, pero de nada le sirvió, pues salió centenares de metros en aval, exhausta y rasguñada, sin haber visto rastros de su alumna. Sólo al día siguiente descubrieron el cuerpo de Martha atascado en las cañas de la orilla, algunos kilómetros más abajo. Salvo una herida en la frente, según dijeron, su rostro estaba sereno, intacto, pero su cuerpo desnudo horriblemente marcado por golpes y picaduras de insectos y camarones. Del posible crematorio nazi en Polonia, Martha se libró para morir ahogada a los trece años en las miserables aguas de un río miserable de un país miserable.

II

Paco era el único cholo de la clase en ese colegio de blanquiñosos. Los curas lo habían aceptado seguramente porque su padre era un rico comerciante serrano con tierras en Huancayo y una enorme residencia en la alameda Pardo. Llevaba siempre una honda en el bolsillo con la cual, a la salida del colegio, se entretenía en abatir a las cuculíes que anidaban en los ficus. Si no había cuculíes se iba hasta el malecón para diezmar a los gallinazos que husmeaban en los basurales. Y si no había gallinazos se bajaba por los acantilados hasta la playa y tiraba sobre patillos y pelícanos. Como todo cazador era hosco y solitario, pero nosotros lo respetábamos, pues era fortísimo para sus doce años, un nudo de músculos cobrizos coronado por un penacho de pelos tiesos, y aparte de eso el mejor futbolista de la clase.

Sus cualidades futbolísticas las descubrimos en el curso de esos breves e inverosímiles partidos que se jugaban durante los recreos. Las diferentes clases de primaria se dividían imaginariamente la cancha en varias canchas contiguas a lo ancho del terreno, de modo que simultáneamente se efectuaban cuatro o cinco partidos. Pero ocurría que en el ardor del combate y como no habían límites precisos los jugadores de un encuentro se pasaban al campo vecino y se confundían con los jugadores de otro encuentro, y al final no se sabía quién estaba jugando contra quién y quién había ganado. Lo importante era rechazar cuanta bola le cayera a uno en los pies, arremeter hacia adelante y no dejar pasar a ningún jugador que viniera del lado opuesto. Y en esto último Paco demostró tal energía y fogosidad que nadie entraba invicto a su terreno: o pasaba el jugador o pasaba la pelota, pero nunca los dos juntos.

Fue por ello que se convirtió en el back titular del equipo de la clase, en el torneo interno que se jugaba todos los años en el colegio. Con el gordo Battifora formó una pareja infranqueable, temida incluso por los equipos de los últimos años de media, donde había mozos recios y peludos que ensayaban sus primeros bigotes y fumaban a escondidas en los baños. Gracias a esta defensa llegamos a las finales del torneo, lo que causó sensación pues era la primera vez que un equipo que empezaba sus estudios de secundaria tenía que disputar la copa contra los alumnos de terminal.

Fue un partido memorable que se disputó un domingo, luego de la misa matinal. Apenas sonó el pitazo los grandes arremetieron con la intención de aniquilarnos desde el arranque. Sus aleros lanzaban centros aéreos o rasantes que sembraban el pánico ante nuestra valla; su centro delantero, el gran Aicardi, irrumpía como un ariete en el área chica, repartiendo patadas y codazos; sus mediocampistas disparaban de lejos buscando los ángulos. Pero todos sus esfuerzos se estrellaron contra el gordo Battifora y sobre todo contra Paco, quien por alto y por bajo, a lo fino y a lo macho, se batió como un león, sacando cardenales en las canillas y champas de la grama. Fue así como el primer tiempo terminó empatado a cero goles.

Al empezar el segundo tiempo los peludos redoblaron su ofensiva con mayor temeridad. Su defensa se adelantaba cada vez más y se confundía con sus delanteros, buscando desesperadamente el gol. Ello nos permitió ensayar algunos contraataques. En uno de ellos Perucho se infiltró solo desde el medio campo y cuando el arquero salía para interceptarlo le bombeó la pelota por encima de la cabeza y nos puso en ventaja. Minutos más tarde, en otro contraataque, vi llegar una bola por alto, la peiné con el cráneo y la envié al fondo de la red. ¡Íbamos ganando dos a cero! Nuestra barra entró en delirio y el público de familiares y amigos de los jugadores y de vecinos del distrito se volcó a nuestro favor alentándonos con sus gritos. Ya no se trataba sino de resistir, pues faltaban quince minutos para que terminara el encuentro. Los grandotes apelaron al juego sucio y a todo tipo de mañas para intimidarnos, pero no había nada que hacer, allí estaban Paco y el gordo Battifora, olímpicos, inexorables.

Y de pronto algo ocurrió: Paco se dejó desbordar por un alero que no tuvo la menor dificultad en fusilar a nuestro guardameta. Poco después el gran Aicardi le ganó una bola por alto y de un mitrazo decretó el gol de empate. Paco en realidad erraba en nuestra área como un zombi, sin poder correr ni saltar, a pesar de los gritos de aliento de nuestra barra. Se había convertido en un colador por donde pasaban pelotas y adversarios. Pronto comenzaron a lloverle las invectivas y por último los insultos cuando, ante una nueva falla de su parte, un peludo nos encajó el tercer gol. En los últimos minutos Perucho y yo tejimos una red de espirituales combinaciones, pero la fatiga y nuestro gusto por la perfección nos llevó a fallar el remate final. Cuando el árbitro se aprestaba a dar por terminado el encuentro, Paco se dejó burlar una vez más y el gran Aicardi marcó el cuarto gol, que selló la victoria de los peludos y barrió nuestras ilusiones. El partido terminó en medio de la consternación general y de las pifias a Paco, que cabizbajo trotaba fatigosamente hacia los vestuarios.

Fue sólo allí y cuando nos aprestábamos a recriminarlo que nos dimos cuenta que para Paco ya el partido de fútbol había perdido todo interés, quizás mucho antes de que terminara, y que era sólo ahora que estaba librando el verdadero match de su vida. Sentado en las losetas del baño, con la espalda recostada en la pared, tenía la cara verdosa, los pelos más parados que nunca, los ojos empañados y se esforzaba en respirar por la boca abierta pidiéndonos por señas un vaso de agua. Cuando se lo trajimos lo rechazó para arrastrarse hacia el excusado tratando de vomitar, pero antes de llegar quedó tendido de bruces, con los brazos en cruz. Estaba sin conocimiento. Intentamos reanimarlo echándole agua a la cara y dándole palmadas en los cachetes, inútilmente. Alguien había ido a buscar al hermano director, quien no hizo sino entrar, verlo y salir disparado a llamar una ambulancia.

Esa misma tarde lo operaron, pero en vano, pues no sobrevivió a la intervención. Según el gordo Battifora, en el segundo tiempo del encuentro Paco le dio a entender que tenía dolor de estómago. Su familia confirmó que días antes se había quejado de punzadas en el apéndice. El médico dictaminó peritonitis y hemorragia irreversible, a causa seguramente del esfuerzo desplegado durante el partido. Partido que, viéndolo bien, tenía una importancia minúscula, nada iba a cambiar en el mundo, pero en el cual el cholo Paco puso todo su pundonor y dejó su vida.

III

María y sus amigas salían de la Reparación a las cinco de la tarde, tomaban la alameda Pardo y formando un alegre y bullicioso ramillete de colegialas caminaban a la sombra de los ficus hacia los acantilados y se iban dispersando por las calles laterales, hasta que no quedaba sino María, rumbo a su casa cerca del malecón. Nosotros, los cundas, que salíamos de clases media hora antes, nos dábamos maña para demorarnos en la alameda jugando lingo o mirando a Paco tirar hondazos a las cuculíes, de modo que cuando María quedaba sola la perseguíamos en grupo diciéndole idioteces o intentábamos retenerla por la blusa, con la esperanza de que nos mirara, nos reconociera y nos confiriera el derecho a la existencia, aunque fuese mediante un insulto. Pero María nunca nos miró ni nos dirigió la palabra, era demasiado lote para nosotros y no podía arriesgarse a condescender con unos pobres mocosos, ella que, además de sus ojos verdes y su pelo castaño, tenía el cuerpo más lindo de todo el balneario.

Ese cuerpo lo descubrimos temprano, lo vimos ir formándose y florecer durante los veranos, en los baños de Miraflores. Llegábamos sudorosos al mar, luego de bajar a paso ligero por la estrecha quebrada, con nuestra trusa envuelta en una toalla. En la playa de piedras, luego de zambullirnos, nadar mar afuera y correr olas sin tabla, a puro pecho, caminábamos por la orilla buscando a las chicas más guapas para echarnos a su lado y tratar de meterles letra. Fue entonces que reparamos en María que, al igual que sus amigas, llevaba una ropa de felpa con faldellín, color fresa, pero que le sentaba mejor que a ninguna, sin que supiésemos claramente por qué. Cuando al año siguiente se pusieron de moda las ropas de baño encarrujadas y alveoladas, que engordaban a las gruesas y les chorreaban a las flacas, nos dimos cuenta que nada podía irle mal a María, debido a sus largas piernas, sus nalgas turgentes y su cintura estrechísima. Pero fue sólo el próximo verano que el cuerpo de María reveló todo su esplendor, pues fue la primera en usar las ropas de baño Lástex, elásticas, tenues y brillantes, con un pescadito bordado en el vientre y que eran como una segunda piel que se amoldaba a sus formas perfectas. A partir de entonces los baños de Miraflores se convirtieron en el reino de María y tanto los mocosos como los peludos bajábamos a la playa ansiosos, sólo para admirar ese regalo de la natura que enriquecía nuestra inteligencia de la belleza, ponía en ebullición nuestros sentimientos y alimentaba nuestros turbios sueños de adolescentes.

Y ese cuerpo, quizás fui yo el único que lo pudo contemplar en sus más límpida desnudez y en circunstancias completamente azarosas. Mi hermano y yo éramos malos en matemáticas, en casa decidieron que tomáramos cursos particulares y quien los daba en nuestro barrio era el hermano mayor de María, que acababa de recibirse de ingeniero. Para ello, dos veces por semana, íbamos al atardecer a casa de María y cruzábamos temblorosos la verja, con la esperanza de verla. Pero esa posibilidad estaba descartada, pues el ingeniero nos recibía en una habitación construida en un ángulo del jardín, apartada del cuerpo del chalet, que le servía de escritorio y sala de clases. Pero una noche, en medio del curso de geometría, sentí la necesidad de ir al baño y el hermano de María, que cavilaba frente al pizarrón ante un difícil teorema, me dijo que entrara a la casa y tomara la tercera puerta de la izquierda. Atravesé el jardín y entré a la casa penumbrosa por un ancho corredor de losetas donde alternaban sillones de mimbre y maceteros con plantas. La puerta que me indicó estaba ligeramente entrabierta y en su interior había luz. La empujé apenas para cerciorarme si era el lugar que buscaba y quedé petrificado: María, desnuda, ligeramente de espaldas con un paño amarrado en la cabeza, tenía un pie apoyado en el borde de la bañera y se cortaba las uñas con unas tijeritas. Visión fulgurante pues María, presintiendo algo, esbozó un movimiento mientras interpelaba por su nombre a una criada. Al instante, en puntas de pie, me deslicé aceleradamente fuera de la casa y me reintegré al escritorio donde el ingeniero, tiza en mano, me aguardaba para la explicación de su teorema. Pero por más atención que puse no comprendí nada ni podía ver otra cosa que el cuerpo de María, que seguía vibrando blanquísimo, incólume y glorioso en mi memoria.

De ello no le hablé a nadie, pues nadie lo hubiera creído y me hubieran tomado por un fanfarrón. Entrábamos además en el mes de diciembre, época de los exámenes de fin de año y entonces los colegiales dejábamos de lado nuestros juegos, paseos y pasiones, preocupados como estábamos de llegar cuanto antes a casa para repasar nuestros cursos. Eran dos o tres semanas de encierro y de sacrificio, pero al final de las cuales espejeaban ya las navidades, las vacaciones de verano y la playa de Miraflores con sus ya conocidas o nuevas, imprevisibles deidades.

Fue una de esas tardes, muy calurosas ya, que María y sus amigas salieron del colegio, un poco más tarde que de costumbre, pues acababan de rendir un examen. En grupo fueron recorriendo los doscientos metros que separaban el colegio de la alameda Pardo. María se retrasó un poco para agacharse y ajustarse las hebillas de sus zapatos. Un enorme Buick negro, negrísimo en esa tarde espléndida, surgió en la calle a mediana velocidad, aceleró bruscamente, empezó a zigzaguear, se salió de la pista y pasando entre dos moreras trepó a la vereda y se estrelló ruidosamente contra el muro de una casa. Todo ocurrió tan rápido que nadie tuvo tiempo ni de gritar, mucho menos María, que estaba aún de rodillas. El auto, conducido por un anciano que habría sufrido un vahído, la cogió de pleno con el parachoque y le destrozó el cráneo contra la pared.

IV

Ramiro bajaba con nosotros por la alameda Pardo, a la salida del colegio, pero se mantenía siempre un poco a la zaga, como si quisiera estar en nuestra compañía y al mismo tiempo separado. Teníamos muchas veces que esperarlo, pues se quedaba mirando los jardines y fachadas de las viejas casonas o recogiendo uno de esos gusanos peludos que caían de los ficus y que depositaba delicadamente en los geranios de la alameda antes que los reventásemos de un pisotón. Como vivía en pleno malecón, más lejos incluso que María, era el último en proseguir caminando bajo el arbolado túnel que conducía directamente al poniente. Veíamos así su frágil figura irse alejando y empequeñeciendo hasta convertirse en un puntito que desaparecía en el crepúsculo.

Ese puntito siempre nos intrigó, pues nadie podía jactarse de ser amigo de Ramiro, a causa de su reserva y su desinterés por todas las actividades de nuestra vida gregaria. En clase andaba siempre distraído, haciendo dibujos en papelitos, lo que no le impedía sacar excelentes notas. En los recreos prefería pasearse alrededor de la cancha sin intervenir en nuestros enredados partidos de fútbol y era un atleta flojo que obtuvo un permiso para que lo eximieran del curso de ejercicios físicos. No se le vio nunca además en el parque Salazar ni en las fiestas del club Terrazas y en los baños de Miraflores sólo tres o cuatro veces, pero vestido, en la terraza del establecimiento, observando un rato a las bañistas tras su anteojos ahumados.

A pesar de ello le teníamos estima y hasta admiración pues intuíamos que su diferencia provenía, más que de defectos, de cualidades que nos estaban vedadas. En su mirada, por ejemplo, sorprendíamos a menudo un fulgor que confundía, pues parecía la mirada de un hombre maduro, la de alguien *que sabía.* Y en sus palabras, pocas pero justas, había siempre algo de inesperado, que dejaba sin respuesta a los más listos, al punto que el gordo Battifora, que se complacía en batir a los buenos alumnos y a los malos atletas, le tenía respeto y cuando Ramiro le contestaba algo se limitaba a tocarse la frente diciendo: «Tiene materia gris.»

Fue en el malecón de nuestro barrio donde tuve ocasión de frecuentar un poco a Ramiro. En las tardes, después de hacer mis tareas, me iba a veces hasta ese paseo para mirar la puesta de sol. Me encantaba ese lugar donde había jugado tanto de chico, sus acantilados pedregosos, el monótono fragor de las olas reventando en la playa de piedras y la calma sobrenatural del paseo interrumpida sólo por el vuelo de tardíos gallinazos. Y a menudo encontré a Ramiro, que habitaba una casa solariega construida al borde de los barrancos y el poniente. Lo encontraba caminando pensativo por el malecón desierto o sentado en el parapeto mirando el atardecer. Conversábamos entonces un momento, pero de cosas sin importancia, del colegio, de la brisa marina, de las lucecitas que se encendían en la isla de San Lorenzo. Algunas veces tuve la impresión de que estaba tenso, inquieto, como si quisiese hablar de otra cosa, pues noté que me escrutaba disimuladamente, como para cerciorarse si era alguien en quien se podía fiar. Pero terminaba por quedarse callado y al poco rato desmontaba la baranda, sin despedirse, y enfilaba hacia su casona, con las manos enfundadas en los bolsillos de su pantalón.

Algo de su personalidad se nos reveló cuando, al entrar a tercero de media, nos tocó el curso de literatura y el hermano José nos puso como tarea un día escribir un poema. Pocos en su vida habían leído un poema y eran menos aún los que sabían cómo escribirlos. Durante media hora pujamos y nos arrancamos los pelos para tratar de salir del apuro. El gordo Battifora me pasó un papelito con lo que había y pude leer:

Quiero mucho a mi papá
y también a mi mamá
ja, ja, ja.

Encontré estúpida su composición, pero me inspiró, pues me di cuenta que un poema tenía que rimar y escribí:

Un pantalón color tierra
Se pone don Pepe Guerra
Cuando se va a la sierra.

Me sentí orondo de mi hallazgo de rimas en erre, pero ya el hermano José pedía las tareas y después de revisarlas las fue tirando a la papelera, hasta que se quedó con una. Después de anunciarnos que la había elegido no sólo por su calidad sino porque era un homenaje a la santa Virgen la leyó:

La llamaban la dulce María
Su voz era suave, su gesto un cantar

Tenía su pelo el color de las mieles
Para los poetas sus ojos tendrían verdor de laureles
y agua de las fuentes que rezan humildes
al pie de las rocas: sus Dioses.

Quedamos boquiabiertos, pues nos dimos cuenta que ese poema más que con la Virgen María tenía que ver con la María que seguíamos tan vanamente por la alameda y porque no podíamos imaginar quién en la clase era capaz de escribir algo tan superior a nuestras baboserías. Como las pruebas eran anónimas, el hermano José pidió que su autor se identificara y entonces se levantó Ramiro.

Es uno de los últimos recuerdos que guardo de él: de pie al lado de su pupitre, avergonzado y casi arrepentido de habernos revelado que era un poeta y con un poema a María, como si se tratara de una doble infidencia que lo volvía en adelante vulnerable. Al poco tiempo se ausentó de clase por varias semanas. Reapareció más perfilado y evasivo que nunca, diciendo que había estado de viaje, pero hacia medio año volvió a ausentarse y ya no regresó más. Decían algunos que su familia —que se reducía a él y a su padre— se había trasladado al extranjero y otros más inclinados a la fabulación, que se había fugado en un barco mercante.

Nada de eso era cierto, pues Ramiro seguía en su caserón solariego, recluido, llevando una vida crepuscular. En una de mis excursiones al malecón pasé ante su casa y al observar su fachada lo distinguí apoyado en el alféizar de una alta ventana mirando el poniente. Al instante desapareció, al punto que me pregunté si no había sufrido una alucinación. Pero en otros paseos lo volví a ver tras los cristales cerrados, apenas una sombra difusa en el atardecer.

Hacia fin de año tuve que ir varias veces al hospital del Niño para hacerme tratar de una erupción en la piel. Entrando un día al edificio vi en el hall a un señor que salía llevando cuidadosamente del brazo a alguien que me llamó la atención pues por la estatura parecía un niño y por su cabeza sin pelos, su terno y su corbata, un adulto. A pesar de ello lo reconocí. Era Ramiro, empequeñecido, avejentado, convertido en un siniestro pelele. El director del hospital, que era amigo de la familia, nos dijo que ese chico hacía tiempo que se trataba de una anemia tenaz, una enfermedad rara a la sangre que no tenía curación.

Se extinguió seguramente al empezar el verano, pues cuando en esos días tórridos pasé una tarde frente a su casa vi su fachada más sombría que nunca, sus ventanas cerradas, su jardín mudo y sin vida, como el escenario abandonado de un teatro al término de la función.

Llego al malecón desierto al cabo de mi largo paseo, agobiado aún por el aleteo de invisibles presencias y reconozco en el poniente los mismos tonos naranja, rosa, malva que vi en mi infancia y escucho venir del fondo de los barrancos el mismo viejo fragor del mar reventando sobre el canto rodado. Me pregunto por un momento en qué tiempo vivo, si en esta tarde veraniega de mil novecientos ochenta o si cuarenta años atrás, cuando por esa vereda caminaban Martha, Paco, María, Ramiro. Presente y pasado parecen fundirse en mí, al punto que miro a mi alrededor turbado, como si de pronto fuesen a surgir de la sombra las sombras de los otros. Pero es sólo una ilusión. Los otros ya no están. Los otros se fueron definitivamente de aquí y de la memoria de todos salvo quizás de mi memoria y de las páginas de este relato, donde emprenderán tal vez una nueva vida, pero tan precaria como la primera, pues los libros y lo que ellos contienen, se irán también de aquí, como los *otros*.

Este libro
se terminó de imprimir
en los Talleres Gráficos
de Rogar, S. A.
Fuenlabrada, (Madrid)
en el mes de mayo de 1994